70 YEARS

NEW CHINA
EXCELLENT LITERARY
WORKS LIBRARY

1949–2019

新中国70年
优秀文学作品文库

中国当代重要小说分年评介

A REVIEW OF
CHINESE CONTEMPORARY MAJOR
NOVELS IN DIFFERENT YEARS

马振宏 / 编著

1

第 一 卷

SH 中国言实出版社

图书在版编目（CIP）数据

中国当代重要小说分年评介 / 马振宏编著 . -- 北京：
中国言实出版社，2018.10
（新中国 70 年优秀文学作品文库）
ISBN 978-7-5171-2930-1

Ⅰ．①中… Ⅱ．①马… Ⅲ．①小说评论—中国—当代
Ⅳ．① I207.42

中国版本图书馆 CIP 数据核字（2018）第 221844 号

出 版 人：王昕朋
策 划 人：王昕朋
总 监 制：朱艳华
责任编辑：张　强
文字编辑：赵　歌
出版统筹：冯素丽
责任印制：佟贵兆
封面设计：柒拾叁号

出版发行　中国言实出版社
　　　　　地　址：北京市朝阳区北苑路 180 号加利大厦 5 号楼 105 室
　　　　　邮　编：100101
　　　　　编辑部：北京市海淀区北太平庄路甲 1 号
　　　　　邮　编：100088
　　　　　电　话：64924853（总编室）　64924716（发行部）
　　　　　网　址：www.zgyscbs.cn
　　　　　E-mail: zgyscbs@263.net
经　　销　新华书店
印　　刷　北京中科印刷有限公司
版　　次　2019 年 7 月第 1 版　　2019 年 7 月第 1 次印刷
规　　格　710 毫米 ×1000 毫米　1/16　88 印张
字　　数　1338 千字
定　　价　238.00 元（全三卷）　ISBN 978-7-5171-2930-1

第一卷目录

contents

（黑体者为茅盾文学奖获奖小说）

1954 年

1955 年

1956 年

1957 年

1958 年

1959 年

1960 年

1961 年

1964 年

1965 年

1966 年

1967 年

第二卷目录

contents

（黑体者为茅盾文学奖获奖小说）

1979 年

1980 年

1981年

1982年

1983 年

1985 年

1986 年

1989 年

1990 年

1991 年

1992 年

1993 年

1994 年

1995 年

1996 年

1997 年

1998 年

1999 年

第三卷目录

contents

（黑体者为茅盾文学奖获奖小说）

2002 年

2003 年

2004 年

2007 年

2010 年

2011 年

2012 年

2013 年

2014 年

2017 年

2018 年

第一卷概述

一、"十七年"时期的小说

1949 年 7 月，全国第一次文代会在北京召开时，周扬在大会上对毛泽东《在延安文艺座谈会上的讲话》作了最权威的诠释，明确强调了新中国成立之后文艺工作者应当遵循的创作方针和方向即"解放区"文艺创作路线，这在相当长的一段时间内设定了中国当代文学的发展方向。

从新中国成立至 1966 年，我国的小说和其他文学体裁的主题由于受到当时大环境的影响，普遍表现的是"歌颂 / 揭露"的思想倾向：新中国成立初期把新华颂、英雄颂、劳动（建设）颂作为基本主题，突出歌颂与教育功能，在真实性与倾向性中，强调倾向性；1956 年"双百"方针提出后，文艺界出现了空前的活跃景象，许多作家创作出一批干预生活和描写日常生活琐事，描写亲情、友情、爱情的小说，在读者中引起广泛反响；20 世纪 50 年代后期至"文革"前，颂歌与战歌相融合，不仅对新政权和现行政策的合理性与合法性进行了论证和歌颂，而且通过作品宣扬了斗争哲学，把反帝、反修、反封建作为主题，把反对旧风俗、旧习惯、旧思想、旧文化等作为主题。

"十七年"时期，小说自身的文体发展很不平衡，创作短篇小说和长篇小说的人很多，而创作中篇小说的人相对较少，从而形成了两头大中间小的鲜明特点。短篇小说之所以繁荣，一是因为它能迅速地反映火热的现实生活，为现实服务；二是与新中国成立后发生的文艺运动、文艺思想斗争、文艺思潮的演变有很紧密的关系。中篇小说虽有一定的数量，但成绩并不突出。长篇小说容量大，能满足人们表现丰富的人生经历的需求，也与很多作家想通过长篇小说创作来实现创作"史诗性"作品的追求有关。

1957 年的反"右派"斗争和紧接着的"大跃进"、反"右倾"等政治运动，对短篇小说的冲击很明显，但对长篇小说的创作损害程度要轻一些，但 1963 年之后，长篇小说繁荣的局面又受到了阻扼。

"十七年"时期的作家们纷纷被各级"文联""作协"等文学组织吸纳，因此，他们的思想、生活和创作也被高度地组织了起来，其小说创作主要书写历史上的革命战争和当时"火热"的生产、斗争、生活；由于过分重视写什么，以至于怎样写却被轻视了，强调形式为内容服务；在题材上主要写革命斗争的历史和社会主义建设时期的新人新事。

在书写历史题材时，强调书写中共领导的第一次国内革命战争、抗日战争、解放战争时期的事情，主要表现革命斗争的胜利史，从而达到对过去的革命和当时现实之间关系的认识，以使人们获得社会主义建设的更大信心和热情；证明新社会的真理性，为处于社会转折期中的民众提供生活的准则和思想的依据等。创作手法采取现实主义方法，纪实品格明显，常以真人真事为题材，具有作者参与战争的自传色彩；强调民族化风格和大众化的英雄传奇色彩，风格雄浑、庄重，普遍具有昂扬的革命精神和朝气；政治色彩浓烈，体现了政治的要求、导向，强化了文学的社会教化功能，这种情况后来演变为"三结合"的创作方法；追求"史诗性"风格，即内容上要揭示"历史本质"，结构上要寻求宏阔的时空跨度与规模，着眼于重大革命历史事实的重现，突出革命英雄的形象创造，体现革命英雄主义的基调，比如长篇小说《保卫延安》《红日》《红旗谱》《红岩》及以"一代风流"为总题的《三家巷》《苦斗》等都显示了作家的这种追求；追求"诗意化"表现，艺术处理上力求使生活故事诗意化，英雄形象抒情化，形成诗化小说，比如峻青、王愿坚的短篇小说就是如此；创作方式是"组织生产"的方式，即在选定一个特定的革命战争历史事件后，组织一定的创作力量来集体创作，以突现革命斗争的光荣历史，弘扬革命传统的精神，比如《红岩》就是"组织生产"的产物；"处理题材"时不是充分地通过故事的叙写来实现"革命本质"的表现，而是更多地凸显了小说家自我的个人化的情思意绪，比如《青春之歌》就是如此。

书写革命历史题材的小说具体可以分为以下类型：

一是反映 20 世纪二三十年代革命斗争的小说。短篇小说方面的有王愿坚的《粮食的故事》和《七根火柴》、胡万春的《骨肉》、马识途的《找红军》等；长篇小说方面的有李六如的《六十年的变迁》、李劼人的《大波》、梁斌的《红旗谱》、杨沫的《青春之歌》、冯德英的《山菊花》、马忆湘的《朝阳花》、李建彤的《刘志丹》、秦兆阳的《两辈人》、陈立德的《前驱》、马识途的《清江壮歌》等。

二是描写抗日战争的小说。短篇小说方面的有刘白羽的短篇小说集《龙烟村纪事》、孙犁的《山地回忆》、峻青的《党员登记表》、白刃的《血战天门顶》;中篇小说方面的有胡石言的《柳堡的故事》、刘盛亚的《再生记》、管桦的《辛俊地》等;长篇小说方面的有周而复的《燕宿崖》、孔厥和袁静合著的《新儿女英雄传》、那沙的《骨肉亲》、王林的《腹地》、马烽和西戎合著的《吕梁英雄传》、师陀的《历史无情》、孙犁的《风云初记》、李克和李微含合著的《地道战》、刘知侠的《铁道游击队》、杨大群的《小矿工》、冯德英的《苦菜花》、雪克的《战火中的青春》、刘流的《烈火金刚》、李英儒的《野火春风斗古城》、冯志的《敌后武工队》、李晓明和韩安庆合著的《平原枪声》、克扬和戈基合著的《连心锁》、张孟良的《三辈儿》、赛时礼的《三进山城》、李晓明的《破晓记》等。

三是反映解放战争的小说。比如孙犁的短篇小说《嘱咐》、刘白羽的小说集《战火纷飞》、朱定的短篇小说《关连长》、孟淑池的短篇小说《金锁》、峻青的短篇小说《黎明的河边》、茹志鹃的短篇小说《百合花》等;草明的《原动力》、刘白羽的《火光在前》、沈默君的《渡江侦察记》等中篇小说;周立波的《暴风骤雨》、马加的《江山村十日》、陈登科的《活人塘》和《淮河边上的儿女》、柳青的《铜墙铁壁》、杜鹏程的《保卫延安》、吴强的《红日》、冯德英的《迎春花》、萧玉的《高粱红了》第一部《当乌云密布的时候》、罗广斌和杨益言合著的《红岩》、李云德的《沸腾的群山》、黎汝清的《海岛女民兵》等长篇小说是代表作。

另外,也有书写古代历史的小说。比如师陀的《出奔》、蒋星煜的《海瑞的故事》、程小青的《高士驴》、陈翔鹤的《陶渊明写〈挽歌〉》和《广陵散》等历史小说都是这方面的名作。

这一时期反映现实题材的小说,具体又有以下几类:

一是描写抗美援朝战争的小说。如沙汀的短篇小说《到朝鲜前线去》、杨朔的长篇小说《三千里江山》、陆柱国的中篇小说《上甘岭》、路翎的短篇小说《战士的心》《初雪》《洼地上的"战役"》、李准的短篇小说《妻子》、巴金的中篇小说《团圆》等。

二是描写农村生活的小说。这类小说主要描写了农村土地变革（土改）、生产方式变革（农业合作化）、人民公社、大跃进、三年困难时期及"文革"前的中国农村社会状况，表现了农村社会"深刻的变化"现实。同时，少数作品也在表现农村社会主义建设的火热劳动情况时，描写了乡村的日常生活、社会风习、人伦关系等。为了达到描写上的"深入核心"，作家们多到农业生产第一线去体验生活，然后用被农村现实改变了的立场、观点、情感去描写农民、反映农业生产状况。这期间形成了以赵树理为轴心的"山西作家群"和以柳青为轴心的"陕西作家群"，同时出现了备受关注的"浩然现象"。描写农村生活的小说再进行分类，主要有以下几种：

第一是描写土地改革后农民观念变化的小说。比如赵树理的短篇小说《传家宝》《田寡妇看瓜》《登记》《求雨》、孙犁的短篇小说《正月》和中篇小说《铁木前传》、谷峪的短篇小说《新事新办》、方纪的短篇小说《让生活变得更美好些》、马烽的短篇小说《结婚》和中篇小说《三年早知道》、刘绍棠的短篇小说《青枝绿叶》、秦兆阳的短篇小说《农村散记》、骆宾基的短篇小说《王妈妈》、周立波的长篇小说《铁水奔流》《卜春秀》和短篇小说《山那面的人家》、茹志鹃的短篇小说《姐娌》、峻青的短篇小说《苍松志》、张行的长篇小说《武陵山下》等是这方面的代表作。

第二是描写农业合作化运动的小说。比如李准的《不能走那一条路》和《李双双小传》、骆宾基的《夜走黄泥岗》、师陀的《前进曲》和《胡进财的故事》、端木蕻良的《钟》、康濯的《春种秋收》、沙汀的《卢家秀》和《风浪》、王汶石的《风雪之夜》、周立波的《腊妹子》、马烽的《我的第一个上级》、茹志鹃的《里程》等短篇小说，赵树理的《三里湾》、秦兆阳的《在田野上，前进！》、周立波的《山乡巨变》、柳青的《创业史》、于逢的《金沙洲》、胡正的《汾水长流》、欧阳山的《高干大》、康濯的《东方红》等长篇小说和柳青的中篇小说《狠透铁》是代表作。

第三是描写"大跃进"时期农村现状的小说。比如王汶石的《新结识的伙伴》、王愿坚的《普通劳动者》、赵树理的《套不住的手》和《张来兴》、张庆田的《"老坚决"外传》、西戎的《赖大嫂》、柯蓝的《三打铜锣》、周立波的《霜降前后》等短篇小说，王汶石的《黑凤》、草明的《乘风破浪》、陈登科的《风雷》等长篇小说以及韶华的中篇小说《浪涛滚滚》是代表作。

第四是描写两条道路斗争的小说。比如赵树理的短篇小说《"锻炼锻炼"》《实干家潘永福》《互作鉴定》、王汶石的短篇小说《沙滩上》、陈残云的长篇小说《香飘四季》、刘真的短篇小说《长长的流水》、浩然的长篇小说《艳阳天》等是代表作。

三是反映工业题材的小说。这类小说的内容涉及多方面的情况。比如草明的中篇小说《原动力》写某电厂工人孙怀德等对日本侵略者投降时破坏了的电厂进行保护、维修，终于使电厂发出了强大的电力，使城市、工厂、农村一下子大放光明。康濯的长篇小说《黑石坡煤窑演义》写新中国成立后，技术很高、性格爽直的工人张大三同群众一起克服困难，使昔日的煤窑恢复了生产的故事。萧军的长篇小说《五月的矿山》写某煤矿为了支援全国的解放，开展了献工活动。张弦的短篇小说《甲方代表》反映了一名热情、向上、年轻的上海姑娘白玫投身到中国工业建设战线中去的故事。杜鹏程的中篇小说《在和平的日子里》以20世纪50年代修建宝成铁路为背景，描写了筑路工人积极投身到祖国铁路建设事业中去的故事。艾芜的长篇小说《百炼成钢》描写了辽南钢铁公司炼钢厂工人秦德贵及其他人积极为国家炼钢的故事，其间也描写了阶级斗争情况。周而复的长篇小说《上海的早晨》描写了民族资本家徐义德在新中国成立后继续残酷剥削工人及采取多种手段和人民政府对抗，但最后还是在社会主义改造运动面前悔过自新，加入了公私合营队伍之中。另外，胡万春的中篇小说《特殊性格的人》《内部问题》、唐克新的短篇小说《沙桂英》、白危的长篇小说《垦荒曲》、欧阳山的短篇小说《金牛和笑女》、李季的短篇小说《脊梁吟》等都反映了工业领域内各种各样的情况。

四是少数民族题材小说。这方面的小说也书写了多方面的内容。白桦的短篇小说《山间铃响马帮来》讲述了党和政府对云南边区苗族、哈尼族人民的支援。李乔的长篇小说三部曲《欢笑的金沙江》第一部《醒了的土地》描写了凉山彝族人民在解放初期的生活与斗争，第二部《早来的春天》描写了凉山地区1956年的民主改革运动，第三部《呼啸的山风》描写了在彝族干部、群众的密切配合下，我人民解放军顺利粉碎了国民党残部勾结反动奴隶主发动的叛乱的故事。玛拉沁夫的长篇小说《在茫茫的草原上》描述了蒙古族解放斗争的历史，为中国共产党领导的革命以及由这一革命所建立的新政权、新社会，做出了合法性的证明。徐怀中的长篇小说《我们播种爱情》讲述了农技工作人员在西藏更达坝子建立农业站，推广农耕新技术、新设备的故事，其间也讲述了他们与阶级敌人的斗争情况。高缨的短篇小说《达吉和她的父亲》写在

1956年，工程队老技师任秉清在凉山尼古拉达人民公社社长马赫家里见到了失踪多年的女儿达吉，最后，马赫让达吉认了自己的父亲，任秉清也搬进了马赫的家。从此以后，达吉与两个父亲愉快地生活在了一起。杨大群的长篇小说《彝族之鹰》写与奴隶主有杀父之仇的彝族少年阿鹰幻想着飞向天空，做个自由的人。新中国成立后，阿鹰成为新中国的飞行员。在抗美援朝战争中，阿鹰英勇作战，成为著名的战斗英雄。另外，刘澍德的中篇小说《桥》、徐怀中的短篇小说《松耳石》、贺政民的长篇小说《玉泉喷绿》、李乔的短篇小说《杜鹃花开的时候》、孙健忠的短篇小说《"老粮秣"新事》书写的也是少数民族地区的故事。

五是少量干预现实的小说。这些小说以直面现实的精神，大胆地干预现实，勇敢地揭露生活中存在的矛盾和问题，批判了官僚主义、教条主义。比如，王蒙的短篇小说《组织部来了个年轻人》讲述了一个对革命抱着单纯而真诚信仰的青年人林震被调到新单位之后不被接纳的情况，激烈地批评了党委机关里大大小小的官僚主义者。刘绍棠的短篇小说《田野落霞》描写了北运河平原的社会主义建设热潮，通过区委干部之间的矛盾纠纷，反映出有的干部滋生了腐败现象，尖锐地批判了县、区干部中的官僚主义作风。白危的小说《被围困的农庄主席》展现了一个昔日作为标杆的农业社遭遇的困境，这困境多来自上级的瞎指挥、强迫命令等，尖锐批评了少数干部的官僚主义、特权腐化及脱离实际、脱离群众、好大喜功的工作作风和管理方式等。李国文的短篇小说《改选》虽然歌颂了作为劳动人民的代表郝魁山的大公无私的精神，但也讲述了他的工会主席职务一点一点失去及被工人们重新选上之后死在了选举现场的悲惨事情，批评了官僚主义、任人唯亲等不良现象。赵树理的短篇小说《杨老太爷》讲述了杨老太爷对儿子的前途横加干涉的事情，批评了有严重私有观念的干部家属。

六是表现人性、爱情、亲情的小说。比如萧也牧的短篇小说《海河边上》《我们夫妇之间》、孙犁的短篇小说《看护》、艾芜的短篇小说《夜归》、邓友梅的短篇小说《在悬崖上》、陆文夫的短篇小说《小巷深处》、浩然的短篇小说《喜鹊登枝》《亲家》、蓝珊的短篇小说《爱的成长》、宗璞的短篇小说《红豆》、丰村的短篇小说《美丽》、茹志鹃的长篇小说《高高的白杨树》和短篇小说《静静的产院》、刘真的短篇小说《英雄的乐章》、李准的短篇小说《耕云记》、李云德的长篇小说《鹰之歌》等都是这方面的优秀作品。

七是写和平时期转业军人和现役军人的小说。比如林予的长篇小说《雁飞塞北》描写了十万转业官兵开发荒原雁窝岛、建设农场的生活。金敬迈的长篇小说《欧阳海之歌》描写了和平时期我人民解放军队伍中一名普通战士的成长经历。

另外，欧阳山的5卷本长篇小说《一代风流》之《三家巷》《苦斗》《柳暗花明》《圣地》《万年春》反映了从1919年至1949年间中国人民的革命斗争生活，是20世纪中国文坛上少有的史诗性长篇小说，填补了以小说形式反映南方革命斗争历史题材的空白。羽山、徐昌霖的长篇小说《东风化雨》描写了主人公王少堂从20世纪30年代经营的橡胶厂遭受日本侵略者及官僚势力的层层盘剥的情况，被一些人看作是茅盾长篇小说《子夜》的翻版。慕湘将军的四部曲长篇小说《新波旧澜》第一部《晋阳秋》讲述了"七七"事变后，中国共产党在山西太原地区开展抗日救亡运动的情况。第二部《满山红》叙述了共产党员郭松等开辟抗日根据地，积极开展对敌斗争的故事。第三部《汾水寒》描写了1938年八路军120师离开山西去冀中开辟抗日根据地时，阎锡山借机大搞反共摩擦的事情。第四部《自由花》描写了郭松率领八路军开赴晋西北，与日军正面作战，结果惨遭敌人杀害的事情。

"十七年"时期，创作小说的作家和创作诗歌、散文、报告文学、剧本的人一样，都经历了多次"文学运动"的"洗礼"。1951年5月20日，新中国成立后的第一场文学运动《武训传》批判"运动开始，接着又是批判《红楼梦》(1954)、批判胡适文学思想(1954)、批判胡风文艺思想(1955)、批判"丁（玲）陈（企霞）反党集团"(1955—1957)、批判"写中间人物论"(1964)、批判《海瑞罢官》(1965)等"文学运动"，使作家们的创作受到很大影响。王林创作的长篇小说《腹地》在1949年9月由新华书店刊行后，因为写了因伤致残的八路军战士辛大刚和一家剧团的演员白玉萼相爱的事情，1950年被禁，这成为新中国成立后第一部遭到批判的长篇小说。萧也牧的短篇小说《海河边上》因为讲述了大男如何为了和女青年小花谈恋爱才追求进步的故事，也遭到了批评。朱定的短篇小说《关连长》写解放军某部的关连长带领大家攻打敌指挥所，当他发现里面有数百名孤儿时，放弃炮攻，改用白刃战。小说发表后，一些人认为它"歪曲"了解放军的形象，在对电影《武训传》进行批判时，该小说及同名电影继续受到了批判。孟淑池的短篇小说《金锁》写流浪汉金锁参加了解放军，一些人认为"人物不真实，侮辱了劳动人民"，使主张刊发它的赵树理接二连三地在《人民日报》《文艺报》上检讨。刘盛亚的中篇小说《再生记》描写一对逃难的孪生姐妹被迫参加了国民党的特务培训。结业之后，姐姐成了革命者，妹妹则成了国民党的职业特工。姐姐为了革命牺牲后，妹妹通过参加我方医院的护理工作获得新生。一些人认为该小说充满了小资产阶级的情调，模糊了敌我界限，歪曲了阶级斗争，丑化了人民群众的形象，作者屡遭批斗后被错划为"右派"，受迫害而死。前面提及的创作出干预现实和表现人情人性小说的作者中，有不少人在 1957 年的"反右"运动中被错划为"右派分子"而被流放、劳动改造或被投进监狱。另外，《血战天门顶》（白刃）、《洼地上的"战役"》（路翎）、《田野落霞》（刘绍棠）、《达吉和她的父亲》（高缨）、《上海的早晨》（周而复）、《狠透铁》（柳青）、《战火中的青春》（雪克）等许多作品也都受到了批判。更为荒诞的是路翎创作的短篇小说《初雪》因为写了中国人民志愿军汽车兵刘强和助手王德贵在朝鲜战场上执行任务时，一个战士怀里抱了一个朝鲜儿童，一些人便认为这个行为体现了两个战士的头脑里存在着"纠缠不清的想法"，小说随即被彻底否定。

"十七年"时期，作家们都有创作出史诗性作品的追求，因此一些小说确实也塑造出了一些典型的人物形象。从艺术表现形态上看，作家们基本都以社会运动、风俗变迁、人生历程、革命英雄传奇为叙事内容。

"十七年"时期的小说存在的缺陷也很明显：一是文艺政治化，人们普遍对文艺与政治的关系做了简单、机械的理解，把文艺当作表现政治、革命、战争的工具，让文艺直接为政治服务。二是题材单一化，主要围绕历史上的革命战争和当时"火热"的生产、斗争来创作，忽视了社会生活的丰富性、复杂性。三是手法为单一的现实主义，片面追求大众化、民族化，用文学去图解历史、政治，造成了公式化、概念化的倾向，使作家的创作个性没有得到很好的体现。四是人物多为扁平化、类型化、模式化的人物，在塑造英雄人物和反面人物时，常按照英雄就是彻底的英雄，反面人物就是彻底的反面人物的原则去塑造，很少出现性格组合式的复合型人物。中间人物也不被提倡。五是作家非专业化，许多人是"一本书作家"，他们只借助自己熟悉的历史和生活去写作，普遍缺乏文学创作的素养，难以进行长期的创作。

二、"文革"时期的小说

"文革"时期，进行小说创作的人几乎没有"文革"前的那些人，绝大多数作家几乎都在"文革"前后休笔，文坛上消失了他们的身影。

浩然在"十七年时期"和"文革"时期都很活跃，他在"文革"前的小说创作形成了"浩然现象"。1964年，浩然在《收获》第1期发表了长篇小说《艳阳天》第一卷；1965年，在《北京文艺》第11期发表了《艳阳天》第二卷的部分内容；1966年，在《北京文艺》第1—2期和《收获》第2期发表了《艳阳天》第三卷的部分内容。1972年5月，浩然的另一部长篇小说《金光大道》第一卷由人民文学出版社出版；1974年5月，第二卷由人民文学出版社出版。一、二卷出版后，各地累计印行了大约600万册之多，并被翻译成日、英以及多种少数民族文字。小说也受到了评论界的高度评价。第三卷创作完成后，部分章节在《人民文学》和《北京文艺》等杂志连载、选载，但最终未出版。第四卷创作完成后，也未出版（1994年，京华出版社将三、四卷和一、二卷进行了出版）。1973年，浩然出版了四部短篇小说集：《幼苗集》(4月)、《七月槐花香》(4月)、《春歌集》(6月)、《杨柳风》(8月)。1974年6月，浩然的长篇小说《西沙儿女——正气篇》(约10万字)出版；11月，《西沙儿女——奇志篇》上卷(约20万字)在《北京文艺》第6期发表。11月，《西沙儿女》整部小说由北京人民出版社出版。1976年9月，浩然的中篇小说《百花川》由天津人民出版社出版。

李英儒在1954年出版了长篇小说处女作《战斗在滹沱河上》，受到评论家和读者的好评。1958年在《收获》第6期发表了长篇小说《野火春风斗古城》，11月，小说由作家出版社出版单行本。1970年初，李英儒被投入秦城监狱后，失去自由达8年之久。在狱中，他在家人送来的一套《资本论》上，用牙膏皮的底角，蘸上墨水创作了《女游击队长》和《上一代人》两部长篇小说。

黎汝清在"文革"期间创作了长篇小说《万山红遍》(上卷)。古华、张抗抗、张长弓、贾平凹、叶蔚林、谌容、蒋子龙、刘心武、陈忠实、孟伟哉、姚雪垠等在"文革"时期走上文坛，新时期成为更加著名的作家。除了上述作家，"文革"期间走上文坛的大多数人在"文革"结束后消失了身影。

"文革"期间，文学被要求只能写"社会主义建设和斗争"、只能写中共领导的革命斗争生活，认为"社会主义文学"必须把塑造"正面人物""先进人物""英雄人物""工农兵英雄形象"等作为"中心的"或"根本的"任务；在所有作品的创作中，必须遵循"三突出"的原则。"三突出"原则最早是于会泳在1968年5月23日的《文汇报》上发表的《让文艺界永远成为宣传毛泽东思想的阵地》一文中提出来的，受到了江青等人的赞同和推广，被称为"文艺创作塑造无产阶级英雄人物必须遵循的一条原则"。具体讲就是在所有人物中突出正面人物，在正面人物中突出英雄人物，在英雄人物中突出主要英雄人物。塑造英雄人物必须"高大全"，不允许有思想性格上的弱点等。

从题材上看，"文革"时期的小说涉及了以下类型：

一是爱情题材。这些小说都以地下文学的状态存在着，秘密流传着。比如1968年流传的无名氏（卜乃夫）创作的中篇小说《塔里的女人》讲述了一个很有名望、很有身份的小提琴家罗圣提和一个外交官的女儿黎薇的爱情故事。黎薇最后进入了修道院，把自己封闭在了"精神之塔"中。1970年流传的张扬的长篇小说《第二次握手》讲述了丁洁琼和苏冠兰的爱情。苏冠兰和叶玉菡成婚后，丁洁琼痛苦万分，最后在苏冠兰、叶玉菡的热诚挽留下，她第二次和苏冠兰握了手。小说大胆突破禁区，将视角锁定在知识分子身上，歌颂了人性人情，体现了作者独立的文学品格。毕汝协的中篇小说《九级浪》讲述了"我"的同学司马丽被绘画老师骗奸后，从此走向了堕落的故事。1970年流传的北岛的小说《波动》写了杨讯下乡当知青时偶遇了女孩肖凌，两人彼此相爱。但肖凌曾未婚生过女儿。杨讯的父亲于是拆散了杨讯和肖凌。故事的结尾是肖凌死了。靳凡的中篇小说《公开的情书》写老久、老嘎和真真之间的感情纠葛，真真最后选择了老久。小说描写了一代人在黑暗中对祖国前途的热切探索，对个人情感的热烈追求。张宝瑞的手抄本小说《落花梦》写了才子陈洪波和名姝骆小枝同游天国的经历。

二是书写过去战争的小说。第一是描写20世纪二三十年代革命斗争的小说。比如黎汝清的长篇小说《万山红遍》（上卷）写了1928年春天到秋天，党领导的一支红军队伍在南方某山区为建立农村革命根据地而艰苦奋斗、英勇作战的故事。李心田的长篇小说《闪闪的红星》讲述了红军后代潘冬子在红军大部队战略转移后，面对国民党军队和还乡团的残酷镇压、围剿，和广大革命群众一道坚持斗争，巧妙地与敌人周旋，终于成为一名红军战士的故事。

　　第二是书写抗战题材的小说。比如李英儒的长篇小说《女游击队长》描写了八路军游击队女队长凌雪晴领导游击队员与日伪军进行艰苦战斗的故事。前涉执笔的长篇小说《桐柏英雄》描写了八路军战士赵永生与养妹赵小花、亲妹妹何翠姑（真名也叫赵小花，是游击队女英雄）团聚的故事。长篇小说《盐民游击队》反映了天津汉沽盐区人民在党的领导下开展抗日武装斗争的故事。江苏民兵革命斗争故事选《京江怒涛》反映了抗日战争和解放战争时期，江苏民兵艰苦卓绝的武装革命斗争情况。李永鸿的长篇小说《淀上飞兵》写抗战时期，京、津、保（定）三角地区的人民武装白洋淀雁翎队坚持水上游击战，和日寇进行顽强斗争的故事。浩然中篇小说《西沙儿女——正气篇·奇志篇》写西沙儿女抗击侵略、保卫西沙的故事，集中塑造了程亮这一无产阶级革命英雄的形象。郭澄清的长篇小说《大刀记》的第一部写梁永生走上革命道路以前的人生经历，由于没有共产党的领导，所以他在与敌对阶级的斗争中总是遭受失败。第二部写梁永生走上革命道路以后，被党派回家乡组织大刀队进行抗日武装斗争，屡屡取得了胜利。刘云鹏的长篇小说《柳河屯烽火》描写了八路军挺进到冀中平原后，建立根据地，与日军、汉奸展开了英勇顽强的斗争。王精忠的长篇小说《万里战旗红》描写了黄继光烈士所在的连队在抗日战争、解放战争和抗美援朝战争中的战斗故事。

　　第三是讲述解放战争题材的小说。比如姜树茂的长篇小说《渔岛怒潮》描写了1947年国民党军向山东解放区发动重点进攻时，某岛上的渔民同渔霸与匪特之间发生的一系列错综复杂的斗争。孙景瑞的长篇小说《难忘的战斗》写了1949年5月，解放军副团长田文中同国民党特务陈福堂之间的斗争。胡学方的长篇小说《威震敌胆》写了解放战争开始后，我人民解放军组建炮兵，但却没有炮，于是派一支部队到东北找寻日军偷埋的各式大炮的故事。

　　第四是反映抗美援朝战争及解放初期消灭残敌斗争的小说。比如郑直的长篇小说《激战无名川》讲述了我志愿军铁道兵战士抢修大桥的故事。齐勉的长篇小说《碧空雄鹰》讲述了志愿军的一支年轻的空军部队和朝鲜军民并肩抗击美帝国主义的故事。李丰祝的长篇小说《保卫马良山》记录了1951年11月，志愿军战士集中兵力吃掉英美联军驻守在马良山的第28旅的一个边防营的故事。孙家玉的长篇小说《战火催春》写志愿军钢刀团侦察排长龙中青带领侦察员插入敌区，侦察敌情，牵制敌人，最终使中朝联军消灭了美军"王牌"飞甲团。孟伟哉长篇小说《昨天的战争》（第一部）写中朝两国百万大军在鸭绿江和三八线之间英勇奋战，彻底粉碎了"二战"名将艾森豪威尔"光荣地结束朝鲜战争"的狂妄叫嚣。孙景瑞的长篇小说《不息的浪潮》描写解放初期解放军在海防前线消灭残敌的故事，刻画了副连长雷大鹏、战士陈明德、炊事员张富等革命军人的英雄形象。张宝瑞的手抄本悬疑中篇小说《一只绣花鞋》讲述了新中国成立前后我侦察员与敌特之间进行斗争的故事。李晓明的长篇小说《追穷寇》讲述了1950年初春，我人民解放军某部参谋长江峰率领部队在大别山消灭国民党残匪李懵之的故事。闵国库的长篇小说《风云岛》写风云岛前大渔霸刘海鳝逃往台湾后，当上了蒋匪的小股武装司令，我军民最终活捉了刘海鳝，使蒋介石反攻大陆的美梦又一次破灭。蔡振兴的长篇小说《激战长空》描写了海军航空兵在东海上空与蒋介石争夺制空权的故事。克扬的长篇小说《农奴戟》反映了1959年党派遣一支工作队摧毁西藏地方反动政府发动的一场妄图分裂祖国的武装叛乱。

　　另外，姚雪垠的长篇历史小说《李自成》描写了明末农民起义由盛而衰的过程，其第二卷（上中下）在1982年12月15日获得了第一届茅盾文学奖。

　　三是反映"文革"前一些运动和生产建设的小说。比如敬信的短篇小说《生命》讲述了1967年上海"一月革命"发生后，"四清"下台干部崔德利夺取了向阳大队的领导权，贫协主席老铁头与之开展了反夺权的斗争。海笑的长篇小说《春潮》以新中国成立后实现第一个五年计划为背景，集中反映了地处苏南的溪城纺织厂在增产节约运动中所开展的一场革新与保守的思想斗争，展示出一幅丰富多彩的生活画卷。《西沙儿女——奇志篇》上卷描写了新中国成立初期，以阿宝为代表的西沙儿女，在海岛上抓革命、促生产时，在西沙自卫反击中，勇敢捍卫祖国神圣领土的故事。

　　四是反映当时农村的现实生产、劳动和日常生活的小说。比如署名"上海县《虹南作战史》写作组"的《虹南作战史》第一部讲述了虹南村农会主任、团支部书记洪雷生带领村里的第一个互助组坚决抵制两极分化，积极投入拆庙战斗，战胜春荒，增强互助合作力量的故事，是"文革"时期主流文学中的代表性小说，也是一部"主题先行"的小说。第二部未出版。浩然的长篇小说《金光大道》第一部和第二部写我党经过艰苦细致的工作，在农村成立了互助组、合作社，把农民引上了共同富裕的社会主义集体化道路；第三部表现实行粮食统购统销前后农村的状况；第四部写农业合作化高潮的兴起和胜利。古华的短篇小说《"绿旋风"新传》讲述了贫农社员周兴老爹不辞劳苦地守在"小洞庭"边，养鱼、管水库，奋战一年，为队里扩大了公共积累，购回了一部水稻插秧机，加速了水稻插秧机械化。绍闯的长篇小说《百丈岭》讲述了百丈岭大队贫下中农决心"学大寨人，走大寨路，创大寨业"的故事，是一部对"农业学大寨"进行具体实验的小说样板。

五是反映阶级斗争、反特活动的小说。 比如余松岩的长篇小说《海花》写南海边的小姑娘海花和敌人进行斗争的故事。周良思的长篇小说《飞雪迎春》讲述了"文革"中以宋铁宝为代表的湖影山铁矿工人，以阶级斗争为纲，跟修正主义办矿路线进行了坚决斗争，挖出了长期潜伏在矿山的阶级敌人。屈兴歧的《伐木人传》以两条路线斗争为主线，讲述了工人们用采育结合的方式来伐木及抓捕潜伏在林场的特务的故事。浩然的短篇小说《爱美的小姑娘》写玉环同富农刘二贵进行斗争，保护了集体的财产。他的短篇小说《七月槐花香》讲述小学生张槐香和"一肚坏"浪费电力，破坏抗旱的行为进行了斗争。徐瑛的儿童小说《向阳院的故事》写向阳院里的四个孩子粉碎了阶级敌人胡礼斋破坏铺设公路材料的事情。杨啸的长篇儿童小说《红雨》写了少年赤脚医生红雨占领农村医疗卫生阵地，全心全意为人民服务的故事。毕方、钟涛的长篇小说《千重浪》写了铁岭大队支部书记洪长岭同富农之间的斗争。贾平凹的短篇小说《弹弓和南瓜的故事》写了小旺和弟弟小军同地主王迫人斗争的故事。

上面的小说反映了农村的阶级斗争。而刘彦林的长篇小说《东风浩荡》反映了一家制药厂的阶级斗争，李伯屏执笔的长篇小说《黄海红哨》写了解放军某守岛部队和民兵同敌特进行斗争的故事，沈顺根的长篇小说《水下尖兵》讲述了潜水中队长李锁龙以及小分队战士和工人、革命干部、技术人员同暗藏的特务之间展开的斗争。周振天长篇小说《斗争在继续》写我公安人员抓获偷拍"猎字99号"图纸的特务的故事。龚成的长篇小说《红石口》讲述了1972年秋，我公安人员粉碎国外敌特分子企图破坏"红石"国防工程阴谋的故事。

六是"干预生活"和委婉对一些行为进行歌赞的小说。 比如蒋子龙的短篇小说《机电局长的一天》塑造了有干劲、有魄力、有经验、勇于开拓的老干部霍大道的形象，反映了广大干部群众在特殊时期对现代化事业的带有局限性的追求。叶蔚林的短篇小说《大草塘》艺术地描写了执政党与底层民众之间的关系，显示了作者较深刻的思想洞察力。程贤章的长篇小说《樟田河传》围绕樟田河治理过程中的矛盾与冲突展开叙事，直面现实矛盾，反映了当时的时代氛围与生态环境给人造成的心理压力。艾芜的短篇小说《高高的山上》写在高山水电站工作的彝族知识青年金小良擅离职守，去看望得了重病的父亲，结果被父亲狠狠地训斥了一顿。颜慧云的短篇小说《牧童》描写了知识青年张志远，跟着老羊倌董大伯学会用笛声指挥羊群的故事。该小说有别于当年反映知识青年上山下乡的主流作品，显得有些"另类"。童边的《新来的小石柱》写石成钢从农村来到省体操队，勤学苦练后获得了全国少年体操冠军。鲁之洛的长篇小说《路》反映了湘黔、枝柳铁路建设中，修路者与大自然进行的艰苦斗争。

七是描写知青的劳动生活和灾难的小说。比如1970年在地下流传的无名氏的小说《逃亡》记述了在东北插队的几名知青扒火车返城时，在寒风中被冻死的事情。华彤等人的长篇小说《延安的种子》讲述了上海知青纪延风在延安插队期间，与阶级敌人进行斗争的故事。张长弓的长篇小说《青春》描写了来自北京、天津、上海的知青积极投身于屯垦戍边的故事。郭先红的长篇小说《征途》讲述了上海知青金训华1969年8月15日在插队的黑龙江省逊克县为修筑抗洪堤坝英勇牺牲的故事。邢风藻、刘品青的长篇小说《草原新牧民》讲述了一批到内蒙古牧区插队的天津知青的生活斗争故事。小说重点写了天津知青英雄张勇放羊时被激流冲走的事情，张勇是继上海知青金训华之后又一个为集体利益献出生命的知青。张抗抗的长篇小说《分界线》描写了扎根在黑龙江农场的知青在兴办农场时历经的两条路线的激烈斗争。王士美的长篇小说《铁旋风》（第一部）描写了北京知青、红卫兵小将强小兵和他的战友们到内蒙古阿拉腾草原驯马场和潜伏的特务朗布及火灾进行斗争的故事。张枫长篇小说《胶林儿女》讲述谷春梅带领碧江生产队群众忘我地开荒山、种橡胶、抢险排涝，并对知青刘绣云进行教育，使其提高了阶级觉悟的故事。牧夫的长篇小说《风雨杏花村》写的是1970年初夏，在广东省潮汕地区的一个渔村里，女知青张秀梅抢救了一个患了急病的孩子的故事。

八是少数民族题材小说。这类小说和"十七年"时期相比，数量很少，似乎只有柯尤慕·图尔迪的长篇小说《克孜勒山下》，该小说塑造了沙比尔、泽彤乃慕等坚定地走社会主义道路的新青年形象以及坚决拥护共产党领导的贫下中农铁木尔爷爷、图拉洪大哥等人的形象，也塑造了处在社会主义阵营中常犯个人主义错误并受敌人诱惑的危险分子卡斯穆的形象以及处在对立阶级中间的狡猾的纳曼、苏莱曼等人的形象。

另外，上海人民出版社出版的十三辑"上海文艺丛刊"，除少数作品书写了历史题材，绝大多数直接写了"文革"运动本身。

"文革"期间，除了前述七类小说在主题思想、人物形象塑造、艺术手法运用上可圈可点之外，也出现了一些在主题上有问题，在人物塑造上平面化、艺术手法上单一甚至乏善可陈的小说，有些小说的故事情节机械、可笑。

谌容的长篇小说《万年青》描写 1962 年，万年青大队在支书江春旺的带领下，同县委副书记黄光推行的"包产到户"试点工作展开了斗争。小说是在江青的直接干预下发表的，"文革"后受到批评。陈忠实的短篇小说《无畏》讲述 1975—1976 年发生的全面整顿及"反击右倾翻案风"，其思想倾向是：全面整顿是"反革命逆流"，农村必须继续进行"文化大革命"，用大批判来促进生产。"文革"后，该小说受到批评。刘心武的儿童小说《睁大你的眼睛》反映了北京市一个街道在批林批孔运动中开展的和资本主义腐朽势力进行斗争的故事。整个故事告诉人们：必须睁大警惕的眼睛，加强对资产阶级的全面专政，这和他后来发表的《班主任》的立场不同。王尧认为，要研究刘心武的《班主任》，必须关注《班主任》与他的《睁大你的眼睛》之间的联系，因为谢惠敏脱胎于《睁大你的眼睛》中的方旗，作者在《班主任》中否定了谢惠敏，但在《睁大你的眼睛》中却肯定了方旗。[1] 丛敏的长篇小说《新桥》写新桥大队长钱树嵩想把大队饲养的猪崽分给社员，然后抓海产品捕捞，但却遭到大队书记黄志浩和公社书记曲强的反对。小说还写了高中毕业生章刚在管理集体饲养场时复习功课，准备参加高考，但作者认为章刚的思想有问题。谌容、陈忠实、刘心武在"文革"后对自己的这些作品进行了深刻反思，然后努力使自己转型，成为新时期文坛上的重要作家。

"文革"时期，"左"倾思潮泛滥，文学作品的风格与艺术形式明显受到限制，文学创作遭到严重的摧残，有创造力和个性的作品并不多见。从 1966 年中期发生的所谓的"砸烂文艺黑线"的疯狂运动开始，全国文联及其各文艺协会被解散，文艺刊物被停办，文学出版社被关闭，文艺工作者被押解到农场劳动，直到 1971 年，在长达 6 年的时间里，几乎没有发表、出版优秀的小说作品，只有一些手抄本小说在地下状态中流传。本书在这几年里用一些港台作家的作品和地下流传的小说略作补充。

1972 年，文学创作出现了逐渐复苏的苗头，出现了敬信的《生命》、李心田的

---

① 王尧《思想历程的转换与主流话语的生产——关于"文革文学"的一个侧面研究》，《当代作家评论》，2001.4。

《闪闪的红星》、浩然的《金光大道》、郑直的《激战无名川》、钱涉执笔的《桐柏英雄》等佳作。但1973—1975年，出现的好小说寥寥无几，只有1973年出现的孙景瑞的《难忘的战斗》、李晓明的《追穷寇》，1974年出现的李丰祝的《保卫马良山》，1975年出现的郭澄清的《大刀记》较有影响。1976年的文学又出现了一些转机，蒋子龙的《机电局长的一天》、黎汝清的《万山红遍》（上卷）、孟伟哉的《昨天的战争》、姚雪垠的《李自成》第二卷（上中下三册）是这一年的优秀作品。

十年"文化大革命"的确是一场灾难，它对包括文学创作在内我国各项事业的破坏令人感到无比痛心。这场运动将文学问题与政治问题结合在一起，提出了"文学为政治服务、成为斗争武器"的口号，使文学作品主要被赋予了政治的意义。

这一时期，我国与国外的文化交流几乎处于隔绝状态，国外文学作品的译介基本上处于停顿状态。所幸，这场劫难在1976年10月终于画上了句号，中国又重新扬帆启程，在新时期，中国文学获得了新生。

（概述中提及的一些小说由于资料缺乏及篇幅限制，在正文中未予评介；本概述写作时参阅了多种资料，一些参考做了注释，一些化引的资料未注释说明，敬请谅解。）

1949 年

张恨水长篇小说《纸醉金迷》：描写了沉迷赌博的女人们迷失在金钱中的生活

张恨水（1895—1967），安徽人，原名心远，笔名恨水，生于江西广信，有"中国大仲马""民国第一写手"之称。《纸醉金迷》1月1日由上海百新书店刊行，是张恨水后期最具影响力的作品。小说以小公务员魏端本与田佩芝的同居、结婚及分手为线索，以众多人物抢购黄金储蓄券、大发国难财为契机，展开了纷纭复杂的叙事。田佩芝好赌成性，欠下大量外债。为还债，田佩芝抛夫弃子，出卖色相，后来投靠专做男女皮肉生意的朱四奶奶，在命运的捉弄与自身性格弱点的挟持下，随波逐流，走向绝路。抗战的胜利，使大发国难财的投机者的一切梦想均成了幻影，田佩芝也失去了容身之所，但她面对丈夫的挽救，仍然难以放弃赌博，过着纸醉金迷的堕落生活。小说对小商人、银行家、交际花、公务员、老妈子、苦力工人等被卷入黄金潮的情况作了描写，展示了在全民投机的背景下，人性日渐扭曲，纲常日渐混乱，人的感情、肉体以及人与人之间的交往都成了投机和赌博的砝码。

赵树理短篇小说《福贵》：一个二流子最终的人生正道

赵树理（1906.9.24—1970.9.23），山西沁水人。《福贵》2月份由中原新华书店印行。小说写福贵出生在一个普通人家，在地主的剥削和压榨下，"日子没法过了"，他自暴自弃，经常赌博，最后在抗日根据地政府的帮助下走上了正道，有了属于自己的粮食，属于自己的牛。作者写该小说是为了改变某些人对旧社会里的"二流子"的偏见，他站在抗日根据地大多数人民和党的立场上，写福贵在抗日根据地政府的帮助下，不仅夫妻团圆，而且其生活也充满了希望。

孙犁短篇小说《嘱咐》：描写了一位革命军嫂的家国情怀

孙犁（1913.5—2002.7），河北安平人。《嘱咐》写于1946年，1949年3月24日发表在《进步日报》，它和作者1945年5月15日发表在延安《解放日报》上的《荷花淀》为姊妹篇。《荷花淀》是作者的成名作、代表作，也是作为文学流派——"荷花淀派"的名称。小说描写了河北中部白洋淀地区青年男女踊跃参加抗日斗争的故事。但小说并没有直接写战争的激烈、残酷，而是把笔墨集中在普通百姓的夫妻之情、家国之爱上，表现了人民不畏强暴、保卫家园的精神。《嘱咐》的背景是解放战争时期，和《荷花淀》一样，两篇小说的主人公都是水生夫妇，除了《荷花淀》中的小华在《嘱咐》中没有交代外，其他人物、情节几乎都是前后连贯的，即水生参加抗日战争一去八年，其间，水生嫂独自含辛茹苦地侍奉老人、抚育孩子、操持家务，努力地做好后方工作。解放战争开始后的某一天，水生所在的部队在重返冀中时，水生请假绕道回到家里后才知道，父亲已去世，女儿也八岁了。水生在家里住了一个晚上后，第二天一大早，他要去前线和国民党兵作战，妻子撑着冰床子送他到了前线。两篇小说里最突出的人物是水生嫂。她织席子又快又好，体现出她的能干与勤快；她对早出晚归的丈夫温柔、体贴；当丈夫要去参军时，她"手指震动了一下，想是叫苇眉子划破了手"，表现了对丈夫的依恋和关心；丈夫参军没几天，她偷偷地和众伙伴去看望丈夫，体现出她对丈夫的一往情深；丈夫参加抗战后，她侍奉公公，养育孩子，是典型的贤妻良母；丈夫要去和国民党兵作战，她虽然不想让丈夫走，但最终还是流着泪同意了，表现了她的深明大义。小说语言质朴、简明，但又内涵丰富。作者把儿女情和家务事同当时迫在眉睫的战争联系起来，使小说的思想内容非常深厚。8月，作者在上海联合发行所出版了短篇小说、散文集《荷花淀》。后来，《嘱咐》《光荣》《浇园》《纪念》也以《嘱咐》为总名结集出版。

周而复长篇小说《燕宿崖》：成功塑造了抗战时期不同阶层的人物形象

周而复（1914.1.3—2004.1.8），安徽旌德人，生于南京。《燕宿崖》4月1

日开始在《小说》第4期连载，9月由上海群益出版社出版。小说描写抗日战争时期革命根据地的斗争生活，歌颂了抗日军民的献身精神和高尚情操。燕宿崖村是平西抗日根据地的要冲，这里经常发生激烈的战斗。在一次日寇的冬季大扫荡中，燕宿崖遭到了一万多敌人的合击。根据地人民在抗日民主政权的领导下，迅速坚壁清野，并布下了地雷阵。因此，敌人进村后不仅没有粮食维持生活，找不到民夫修工事，而且被地雷炸得魂飞魄散，付出了沉重的代价。八路军主力则在附近的齐家庄打了一个漂亮的伏击战，围歼了日寇的一支主力军，缴获了大量武器，从而初步粉碎了敌人的扫荡阴谋。但是，由于敌我力量过于悬殊，八路军班长王福保和四位战士陷入了敌人的包围之中，在前有悬崖挡路，后有追兵拦截的险境里，战士们宁死不屈，毅然纵身跳崖，显示了大无畏的英雄气概。抗日村长张小平也不幸被捕，在敌人的严刑拷打面前，他表现了共产党人的崇高气节，用勇敢和智慧战胜了敌人的阴谋伎俩，最后大义凛然，英勇就义。英雄们的机智斗争为八路军主力赢得了时间，冯团长率领主力在燕宿崖全歼了敌军铃木大队。小说比较成功地塑造了抗战时期不同阶层人物栩栩如生的形象，比如八路军首长们的沉着冷静，战士们的英勇顽强，抗日村长张小平的机智，以及富农张乐山的软弱怕事，懒汉二混子的厚颜无耻等。①

赵树理短篇小说《传家宝》：妇女观念解放路漫漫

《传家宝》4月19至21日发表在《人民日报》。小说写金桂的婆婆李成娘是一名恪守旧规的典型的封建妇女，她勤俭持家，但却顽固守旧，不仅自己被落后的生产生活方式束缚着，还顽固地将封建教条看成是传家宝，誓死守护，要传给下一代。金桂精明能干，善治家财，既是一个农业生产的好手，又是一个积极投身于农村政治活动的人，她不理睬妇女应该"大门不出，二门不迈"，一心只做侍奉婆婆的孝女的老观念，勇敢地摆脱了封建牢笼，追求思想解放和人格平等。当婆媳正面交锋后，婆婆妥协了，金桂取得胜利。但金桂取得的胜利却是暂时的，因为婆婆并没有从内心里承认自己的无知。作者通过该小说表现了像李成娘这样的农村妇女要改变观念，并不是那么容易的事情，她们的

---

① 参阅夏三万的博客文章《读书破万卷·〈燕宿崖〉》，新浪博客，2018.1.3。

"解放"还需要很长的时间。

孙犁中篇小说《村歌》：新型劳动妇女的赞歌

《村歌》是孙犁的第一部中篇小说，5月6日和12日，发表在《天津日报》，10月，小说由北平天下图书公司出版。小说以1946年中共中央发出《"五四"指示》以后的土改斗争和1947年5月土改复查前后为历史背景，反映了冀中平原上的张岗村的新生活。小说主人公双眉俊俏、聪颖、泼辣、能干，别人一天卸一个半布，她一天能卸三个，是个织布能手；她既有组织能力，又有文艺特长，她使张岗村的剧团在方圆几十里内都有名。但是她身上也有明显的弱点：骄傲自满，瞧不起别人，尤其是瞧不起那些不如她的人。因为"她又好说笑，好打闹，好打扮"，加上她妈年轻时名声不好，父亲开个小店，因而有关她的谣言在地主分子的作祟下四起，她被撤了妇女自卫队长的职务，但在邴区长的支持下，她又组织了一个互助组，尽管组员是由王同志故意安排的落后妇女，但她最后还是把互助组带成了先进典型。在土改斗争中，双眉不断克服自己身上的急躁等弱点，成为一名新型的、进步的劳动妇女的带头人。小说没有从正面去描写土改中激烈复杂的阶级斗争，而是摄取土改斗争中的一些生活细节和片段，塑造了双眉、邴区长、李三、王同志等人的形象，通过这些人物所带来的新的矛盾与新的斗争，说明农民生活和思想发生的可喜变化，同时也艺术地提出了党在新形势下进行群众思想工作所面临的新的难题。小说塑造的其他人物也给人留下了极其深刻的印象，比如邴区长脚踏实地，王同志爱主观判断、爱听信谣言，李三勤劳能干、讲求方法，大顺义保守迷信等。小说具有浓郁的散文味，有一股清新明媚的韵味，它不是靠故事情节来组织结构，而是用散文般的抒情语言来联络作品的内在精神；它往往在短小的对话或简练的描写之中传达了一种意境，从而给人以美的享受。整个小说充满了诗情画意，这是孙犁小说的一贯风格，也是他的小说成功的主要因素之一。

赵树理短篇小说《田寡妇看瓜》：新社会　新风尚

《田寡妇看瓜》5月14日发表在《大众日报》。小说共四段，第一段写田寡妇看瓜的原因：南坡庄穷人多，他们不敢偷地主家的瓜，于是专偷田寡妇家的瓜，最会偷的数秋生。第二段写田寡妇在土改后不相信分了地的秋生们不再偷瓜，仍每天到地里看瓜。第三段写田寡妇因病三天未去看瓜，却未丢一颗西瓜，故而隔数天去看一回，然后在瓜上刻了些十字记号。第四段写田寡妇对秋生产生了误会，真相大白后，她彻底断了看瓜的念头。小说紧扣一个"看"字谋篇布局，线索十分单一明了。这是赵树理创作中篇幅最短小的小说，仅千余字，但却设置了许多"扣子"：土改前每年的夏秋两季，田寡妇总要到园里看瓜，那么，土改后还需要去看瓜吗？孩子们说，已经没有人偷瓜了。那么，情况是不是这样？田寡妇因病三天未去瓜园，瓜是否丢了？秋生院里放着带十字的瓜是田寡妇家的吗？小说尽管线索单一，篇幅精悍，但仍然曲尽其妙。

欧阳山长篇小说《高干大》：塑造了合作化时期一位实干家的形象

欧阳山（1908.12—2000.9），湖北荆州人。《高干大》于1947年8月由华北新华书店初版，1949年5月24日由北京新华书店重新出版。小说写延安附近的任家沟合作社在任常有主任的主持下"半死不活"，濒临倒闭。副主任"高干大"（即"干爸"）高生亮当了合作社社长后，同群众的落后观念进行斗争，也同巫神、神官、法师、梦仙等黑恶势力进行了殊死斗争。豹子沟的一个育龄妇女被巫神郝四儿治死了，郝四儿却散布谣言说是合作社的医生治死了那妇女；当地的"梦仙"认为那产妇是被"血腥鬼"缠身后才死了的。群众相信了郝四儿和"梦仙"的说法。郝四儿看到大家相信了，于是便在豹子沟大兴闹鬼之风，以此来吓唬愚昧落后的群众。"高干大"为了煞住这股歪风，设计"捉鬼"。结果，他和郝四儿一起滚下了悬崖，郝四儿被摔死了。"高干大"开办了医疗合作社。不久，"高干大"为了发展生产，组织运输队到三边去驮盐；他又请来河南籍逃难的纺织手艺人帮助村里开办纺织厂等，使原来由任常有管理的濒临倒闭的合作社充满了朝气，它集售货、送医送药、纺织加工、运输等于一身，最终成为一个新型的、群众性的集体互助经济形式。合作社被"高干大"拯救后，他被评为陕甘宁边区的"劳动模范"。小说塑造的"高干大"是一位精明能干、懂经营、善管理、有事业心的实干家。小说也写了一些领导如区长程浩明、乡长罗升旺、合作社原主任任常有等工作方法机械的问题。

周立波长篇小说《暴风骤雨》：讲述了土改时期的那些事

周立波（1908.8.9—1979.9.25），湖南益阳人。《暴风骤雨》创作于1948

年，描写了东北地区一个名叫元茂屯的村子从 1946 年到 1947 年进行土地改革的全过程。小说的上卷讲述的是土改初期"三斗韩老六"的过程。元茂屯土改工作队进村后，因为只"发动"起了赵玉林一人，所以召开的第一次斗争地主韩老六的大会"意外失败"了，这使得"斗争大肚子"的倡议只得到了少数贫雇农底气不足的"赞成"和满腹疑惑的回应。第二次斗争地主韩老六的大会虽然是在郭全海、白玉山、老田头等人成功"发动"并正式成立了"农工联合会"之后召开的，但当老田头对韩老六进行血泪控诉，激起群众的愤慨情绪之时，韩老六却以几滴鼻血、几句陈情和检讨，就让"斗争的情绪，又往下降"，一些人便说了"人家就是地多嘛，叫他献了地，别的就不用多问了"的话。斗争会又没有取得实质性的胜利。第三次召开斗争韩老六的大会时，工作队除了继续"发动"所见的成效之外，还将"韩老六鞭打小猪倌"的事情当成了斗争会必须要开，而且要开成功的一个关键因素，加上韩老六的现行犯罪行为激起了民愤，群众于是被"发动"起来了，韩老六被愤怒的人们斗倒了。本卷的主要人物是赵玉林，但他在参加一次剿匪行动时英勇牺牲了，小说也随即结束。1948 年 7 月，周立波又开始了《暴风骤雨》下卷的写作，46 天后，下卷完成，1949 年 5 月 24 日由东北书店出版。下卷在广阔的背景上，写赵玉林牺牲一年后，主人公郭全海带领农民继续赵玉林等人未竟的事业，锄奸反特，开展对地主杜善人的斗争，巩固了胜利果实。最后，郭全海带头参加了人民解放军，南下作战。小说也写了萧队长带领工作队进驻元茂屯后，对反复出现的不利形势进行扭转的情况。1959 年 9 月 10 日，根据该小说改编的同名电影文学剧本发表在《电影创作》第 10 期。1961 年，电影文学剧本被北京电影制片厂拍摄成了电影。

孔厥、袁静的长篇小说《新儿女英雄传》：塑造了一群令人难忘的抗战英雄的形象

孔厥（1914—1966），江苏吴县（今苏州）人。袁静（1914—1999），江苏武进人。《新儿女英雄传》于 5 月 24 日在《人民日报》文艺版开始连载，7 月 12 日结束。连载时，受到读者的一致好评，郭沫若、谢觉哉等都给予了高度评价。小说写抗日战争初期，黑老蔡的小姨子杨小梅在县训练班学习时和同学牛大水相处甚好。在反"扫荡"斗争中，牛大水与杨小梅被俘。后来，杨小梅带伤逃脱；牛大水在救护民兵高屯儿时，被汉奸何世雄、张金龙百般折磨；高屯儿脱险后俘获了何世雄之子，于是用其换回了牛大水。牛大水和杨小梅因养伤又相聚在一起，感情倍增。两人伤愈后，在黑老蔡的领导下活捉了汉奸何世雄和张金龙。小说成功地刻画了黑老蔡、牛大水、杨小梅等农民自卫队员的形象，他们一个个在斗争中成长为出生入死的英雄，但又保留着普通农民的素质；他们是刚刚觉醒的普通农民，正是这些新英雄儿女，谱写了中国人民伟大的抗日战争的英雄史诗。汉奸何世雄、张金龙等反面人物也写得活灵活现。小说把政治、军事斗争和家庭、亲友伦理交织在一起，既追求传奇，也追求传神，既有硝烟味，也不乏人间情。小说没有机械地搬用传统小说中塑造侠义之士"胆大艺高"的模式，而是把人物放置在接受无产阶级革命思想教育，成为无产阶级战士的新高度来塑造，既表现了抗战期间人民力量的发展壮大和日伪势力的削弱灭亡，又显示了牛大水、杨小梅等新英雄儿女的成长道路。在牛大水最迷茫的时候，黑老蔡作为组织的代表出面教育牛大水使他走向了革命，他们智勇双全地完成了一个又一个近乎神话的任务。作者还充分发挥了章回体小说故事性强的特点，情节发展波澜起伏，但又不是一味地紧张，而是掌控着发展的节奏，如在严酷的战斗中插入了牛小水巧扮新娘、攻占日军岗楼的短曲；在描写日寇大扫荡的残酷之后，又描写了自卫队员卧冰潜伏的事情，洋溢着乐观的精神。小说没有受旧章回体小说陈规俗套的束缚，而是自由设置回目，每回可长可短，根据故事发展的需要自如伸缩，充分发挥了章回体小说环环相扣、善置悬念和引人入胜的长处，把故事叙述和场景描写结合在一起，写得生动活泼，紧凑自然。小说寓教于乐，通俗而不媚俗，将娱乐功能与教育功能较好地结合在一起，使通俗文学逐渐走上了与"雅"文学趋同的道路。[1]本年8月，冀南新华书店出版了该小说的单行本；9月，上海海燕书店也出版了该小说的单行本。

---

[1] 参阅巩璠《从〈新儿女英雄传〉到〈铁道游击队〉——浅析红色英雄传奇小说的文化意识》，《图书与情报》，2006.4。

刘白羽《龙烟村纪事》和《战火纷飞》：反映抗日根据地人民斗争生活和解放军战士战斗品质的小说集

刘白羽（1916.9.28—2005.8.25），山东青州人，生于北京通州。《龙烟村纪事》和《战火纷飞》1949年6月26日分别由上海中兴出版社、北平新华书店出版。《龙烟村纪事》中的小说大多是作者1938年先到延安，后又深入到华北各抗日根据地时创作的。其中的《龙烟村纪事》写了青年农民杨发新的深刻变化，《歌声响彻山谷》写了农村姑娘喜子的成长故事，《黑马》写了小骑兵王福的勇敢和机智，《金英》写了朝鲜女性金英的觉醒和成长。这些小说反映了抗日根据地人民的斗争生活，展现了一个新的天地，描写了一些新人的成长过程。

《战火纷飞》包括《政治委员》《无敌三勇士》《战火纷飞》《血缘》等作品，曾经产生了较大影响。《政治委员》写老红军出身的团政治委员吴毅虽然只剩下了一条右臂，但他坚决要求留在前方作战，他的沉着刚毅，勇猛善战显示出了我军中级指挥员和政工干部的优良素质。《无敌三勇士》除了成功地塑造了战斗英雄阎成福的形象外，还把"老油条"李发和及解放军战士赵小义的形象塑造得活灵活现，个性鲜明。小说中人物的思想境界都比较高，焕发出照人的光彩；小说形式吸收了说书和章回体小说的长处，使故事发展有条不紊，情节生动，语言通俗活泼。《战火纷飞》中的王喜和《血缘》中的陈启祥都是被压迫阶级出身的穷人，他们参加了人民军队后，决心要为千百万阶级兄弟报仇，从他们身上体现出了人民解放军勇如猛虎、克敌制胜的战斗品质。

那沙长篇小说《骨肉亲》：描写了主人公的抗战生活

那沙（1918.11—2000），广东博罗人。《骨肉亲》7月份由东北新华书店出版。小说写抗日战争时期，长工出身的王三元在八路军撤往河东后，坚持留在古镇与敌斗争，他率领群众成功地粉碎了日军抓壮丁、大扫荡等一系列阴谋。日军为捉拿王三元，施尽了各种手段。王三元被捕后，敌人采用软硬兼施的手段逼他投降，但他始终不向敌人屈服。最后，王三元在革命同志的营救下，脱离虎口，又投身到广阔的战斗天地中了。

草明中篇小说《原动力》：书写战争年代工业战线的作品

草明（1913.6.15—2002.2.16），原名吴绚文，广东顺德人。《原动力》8月份由上海新华书店出版。小说写日本侵略者投降时，疯狂地对玉带湖水电厂进行了破坏；国民党接收大员逃跑时又准备炸掉电厂。面对这些情况，老工人孙怀德巧妙地哄骗大员，保住了机器。后来，王经理成为电厂的领导，他非常信任自己带来的积极分子陈祖庭，把孙怀德等人撇在一边。陈祖庭很看重"三朝元老""能说会道，溜须拍马"的佟金贵，结果造成了第一次机修的失败。在严重的教训面前，王经理终于醒悟，改进了自己的工作作风，他既充分调动广大工人群众的积极性，让他们日夜抢修机器，又粉碎了土匪企图利用庆功会来破坏电厂、杀害干部的阴谋。电厂终于发出了强大的电力，城市、工厂、农村一下子大放光明。水电站的原动力本来是水，但作者歌颂的原动力却是工人阶级。小说问世后，郭沫若评价道：草明以"诗人的素质，女性的纤细和婉，把材料所具有的硬性中和了"[①]；茅盾评价道："《原动力》写得很好。特别因为现在还很少描写工业及工人生活的作品，所以值得珍视……在政治上把握得正确，那是一眼就看得见的。其次，它写的是典型环境中的典型人物典型事件，那也是毫无疑问的。"[②]郭沫若的评价侧重于作者的写作技巧，茅盾的评价则是从题材、政治性标准和现实主义创作方法等方面加以肯定，这为草明走进中国当代文学史打通了道路，使其成为十七年文学中少有的女作家之一，这一点在文学史中可以得到普遍证明。

王林长篇小说《腹地》：一部展现民族苦难和苦战的长篇小说，也是新中国成立后第一部遭到批判的长篇小说

王林（1909—1984），河北衡水人。《腹地》9月份由新华书店刊行，是王林在1942年至1943年之间写成的长篇小说，是他在地道口、夹墙中、战争间隙、"堡垒户"中用麻袋遮住窗户，依赖昏暗的油灯才完成的作品。小说主人公辛大刚是一位因伤致残而回到村中的八路军战士。后来，辛大刚成了一家

---

① 参阅余仁凯等《草明葛琴研究资料》，北京十月文艺出版社，1991.12，P227-228。

② 参阅刘钊《中国现代文学史的性别权力——以茅盾的女作家作品论为例》，《苏州科技学院学报（社科版）》，2006.2。

剧团的演员，并和团里一个叫白玉蓼的美丽姑娘相爱。破落地主后代范世荣是村支书，他丧妻后想将白玉蓼续弦，但看到白玉蓼和辛大刚相爱，于是召开了所谓的反淫乱斗争大会，对辛大刚进行了批判。这时候，日军发动了残酷的"五一"大扫荡，范世荣躲到了亲戚家，使村政权陷入瘫痪。危急之时，辛大刚率领村民和日军展开了反扫荡斗争。小说用细致的笔触写出了冀中人民的生活、战斗及基层党组织的状况，真实地描写了范世荣的自私自利和辛大刚对现实的不满、对当地领导的怀疑、对爱情的渴望。小说出版后，一印再印，受到读者的欢迎，著名作家孙犁看过后称小说描绘出了"一幅完整的民族苦难图和民族苦战图"。但《文艺报》主编陈企霞却在 1950 年 11 月撰文，全面否定了小说，并使其遭禁。《腹地》成为新中国成立后第一部遭到批判的长篇小说。王林从那时起开始了没完没了的检查、申辩与抗争，时间长达 40 多年，直到2007 年 8 月，解放军出版社按新中国成立前的版本才重新出版了《腹地》。①

康濯长篇小说《黑石坡煤窑演义》：一部反映煤炭行业艰苦创业的作品

康濯（1920.2—1991.1），原名毛季常，湖南汨罗人。《黑石坡煤窑演义》10 月 13 日开始在《人民日报》连载，1950 年 1 月 11 日结束。小说的中心人物是大三。在国民党统治时期，大三受尽了折磨；新中国成立后，大三为恢复煤窑生产发挥了他的技术专长，同群众一起克服困难，集股开窑，在成功打通东西两窑风筒后，使黑石坡人逐渐过上了幸福生活，大三也光荣地加入了中国共产党。小说塑造的大三是一位有智慧、胆子大、技术好的先进工人；塑造的玉宝、喜绿等人的性格也非常鲜明。小说的主题在内容中自然延伸，故事生动感人，并表现了浓郁的地域风情和煤炭行业的许多术语，展现了优美的煤炭文化。1950 年 11 月，小说由北京三联书店出版了单行本。

马烽短篇小说《村仇》：表达了天下农民是一家的思想

马烽（1922—2004.1），山西孝义人。《村仇》发表在 10 月 25 日创刊的《人民文学》上，写赵庄和田庄的庄稼汉由于被地主利用结下了深仇，就连从小在一起干活、后来成了连襟的贫农田铁柱和赵栓栓也成了冤家。土改期间，

---

① 参阅董之林《"旁生枝节"对写实小说观念的补正——以〈腹地〉再版为关注点》，《文学评论》，2012.1。

两村的地主又利用这种"村仇"挑拨两村的关系，破坏土地改革。在党的教育和工作团的领导下，农民们提高了觉悟，认识到结仇的根子是地主老财，于是两村团结一致，斗倒了共同的阶级敌人，田铁柱和赵栓栓也喝下了"和合酒"。小说通过旧社会农村常见的两姓或两村的村仇，揭露了地主阶级的阴险毒辣，表现了"天下农民是一家"，只有团结起来才能消灭封建剥削制度的思想主题。小说的结构严谨，故事性强，人物性格突出，矛盾冲突波澜起伏，语言朴素通俗，笔调明快晓畅，具有大众化、民族化特点。

马加长篇小说《江山村十日》：表达了老百姓坐江山的主旨

马加（1910.2.7—2004），满族，辽宁新民人。《江山村十日》10月份由上海群益出版社出版。小说写了1947年冬《中国土地法大纲》发布后东北地区的土改斗争情况，集中写了十天内发生的事件，以划分阶级，成立贫雇农大会，发动农民群众和地主高福彬进行面对面的斗争为主线，以金城和周兰的婚事为副线叙事。作者把两条线索结合得很紧密，使内容显得很充实，生活气息很浓厚，人物形象也较为突出。与此同时，小说通过贫雇农委员会对待陈二踹子的态度表现了土改中如何正确对待中农的问题；李大嘴的形象则说明了积极分子队伍的变化和教育问题。小说结构比较严谨，开头和结尾能互相照应。小说结束时群众谈论了村名的演变，他们一致认为把原来的村名高家村改为"江山村"，表明土改以后是"老百姓坐江山"，显示了解放区农村的伟大变化，也给读者留下深长的意味。小说的主要缺点是典型化不够，有些地方如搜地主的财物、分浮财的描写显得有些自然主义；工作组的沈洪是贯穿全书的党的领导人物，但作者对他和斗争的关系写得不够充分，形象也显得单薄；小说语言在总体上比较流畅，学习运用群众的语言也较好，但仍有一些知识分子语言，群众的口语锤炼得也不够到位。[①]

马烽、西戎长篇小说《吕梁英雄传》：吕梁革命史的真实写照

西戎（1922—2001.1），山西蒲县人。《吕梁英雄传》写于1945年，1949年10月由北京新华书店出版，是一部反映中国共产党领导全民族人民抗战的

---

① 参阅《周立波的〈暴风骤雨〉和其他中、长篇小说》，中国作家网，2011.12.9。

小说，是吕梁革命史的真实写照。小说写吕梁山中的村落康家寨在抗战爆发后，村民们渐渐明白了应该保卫自己的村庄，绝不能让日寇侵略了自己的家园的道理，大家于是成立了以雷石柱、康明理、孟二楞、刘石头、张有义、李有红、武二娃等人为骨干的民兵队伍，他们在党的领导下，同敌人展开了顽强的斗争。康家寨的老财主康锡雪为了夺回自己在减租减息斗争中失去的钱粮，勾结日本鬼子，充当汉奸，重树自己在村里的威势。民兵们不仅打鬼子，还同康锡雪等土豪劣绅、汉奸走狗进行斗争。他们拿起大刀、火枪，并自制了石雷、手榴弹等各种武器来打击敌人，最终粉碎了敌人的"三光政策""蚕食政策""怀柔政策"，赶走了日寇，揪出了汉奸康锡雪，取得了胜利。小说故事性强，情节曲折生动，通篇由许多大大小小的故事连缀而成，因而较能吸引读者。小说的结构方法虽然是用人物串联故事，但故事与故事之间有时却缺乏内在的联系。据作者说，他们最初只是想把许多生动的斗争故事用几个人物联结起来，并未作通盘计划；当时是写一段登一段，因而对人物性格的刻画、全书的结构安排、故事的发展走向等，都未作精细的安排。现在流传的单行本虽然作了较大加工，但原来的缺陷仍然留有痕迹。[①] 尽管如此，《吕梁英雄传》仍不失为一部反映抗日战争的较好的作品。1950 年，小说被北京电影制片厂改编拍摄为电影《吕梁英雄》。2004 年，小说又被改编拍摄为 22 集同名电视连续剧。

师陀长篇小说《历史无情》：一部显示新的历史动向和时代进步可能性的小说

师陀（1910.3.10—1988.10.7），河南杞县人。《历史无情》11 月 3 日开始在上海《文汇报》连载。小说讲述 20 世纪 30 年代初和 40 年代中期，内地某一县城绅宦之家"布政第"的兴衰史，也讲述了抗日游击队伍发展壮大的斗争史。小说塑造了十几个鲜明的人物形象，其中较丰满、较具有美学深度的是胡太太、胡凤英母子、投机商人魏仲达、门房老张等。胡太太、胡凤梧是封建绅宦家庭病态人物的典型，他们共同的性格特征是自私、自大、专横、愚昧、屠

[①] 参阅《周立波的〈暴风骤雨〉和其他中、长篇小说》，中国作家网，2011.12.9.

弱。魏仲达是投机商人兼投机政客，性格狡诈、贪婪、凶残、圆滑。冯嫂是布政第的女佣人，虽然是底层人物，但性格刻薄、势利、狡猾、贪婪。老张也是底层人，他厚道、本分、诚实、善良。小说里的小张、郑恩是两个全新的人物形象，虽然稍显突兀、单薄，但具有崭新的标志意义。小张善良淳朴，郑恩明辨是非，他们都把握住了自己的命运，显示了新的历史动向和时代进步的可能性。[①]

孙犁短篇小说《吴召儿》：塑造了一位矫健勇敢的抗战女青年的形象

《吴召儿》创作于 1949 年 11 月，收入 1950 年 12 月由北京生活·读书·新知三联书店出版的"文艺建设丛书"《采蒲台》（短篇小说集）中。小说写作者在晋察冀遇到了一位抗日女青年吴召儿，她带领战士们躲过了敌人的扫荡。吴召儿在给机关的同志当向导时，中途遇到了日本鬼子的扫荡队伍，她一边安排机关的同志转移，一边把身上的红棉袄翻过来，伪装成一只奔跑的白山羊，迎着敌人主动出击。作者用寥寥几笔，就刻画出了吴召儿矫健勇敢的身影，不但记下了她在乱石尖上跳跃着前进的英姿，还特意捕捉了一个红棉袄被风吹卷的细节，并以朵朵鲜花作比喻，给读者塑造了一位充满视觉冲击力的深沉、文静、干练的抗日女性的形象。作者给小说起了七个小标题，一是"得胜回头"，二是"民校"，三是"向导"，四是"神仙山"，五是"姑家"，六是"截击"，七是"联想"。"得胜回头"写了抗日战争时期八路军的很多生活片段，尽管扼要、简洁，但是字里行间充满了艰难、困苦。那时，八路军战士吃的是黑豆，穿不上棉衣。"民校"写了办民校的过程之后，侧重写了认识吴召儿的细节。"向导"写"我"是反扫荡的小组长，而吴召儿是为"我"这个组带路的向导。"神仙山""姑家"两节不仅为吴召儿的正面表现提供了舞台，也写了她成了"我"这个小组的真正领导的情况。爬山时，吴召儿走在最前面，当大家实在爬不动的时候，她给"我们"带来了鼓舞和力量。当吴召儿把战士们领进了姑姑家之后，她便成了"我"这个组当之无愧的领导。"截击"写吴召儿送给战士们每人一根木棍，用来做拐杖，是黑夜里战士们的"眼睛"。"联

---

① 参阅翟金春《皈依与漂泊——师陀后期创作综论》，河南大学 2009 年硕士学位论文。

想"对吴召儿做了这样的交代:"不知道她现在怎样了。我能断定,她的生活和历史会在我们这一代生活里放光的。"这样的文字,言犹未尽,给人们留下了思考与回味的空间。

萧也牧短篇小说《海河边上》:一篇遭到批判的小说

萧也牧(1918—1970.10),浙江吴兴人。《海河边上》原题《"我等着你!"》,12月9日发表在《天津日报》。小说讲述了大男如何为了和女青年小花谈恋爱才追求进步的故事。作者说他当时在天津的工厂里工作,看到有些青年工人因为婚姻不能自主而苦恼不已,于是就写了这篇小说,想说明这样一个问题:在新社会里,只要自己努力争取,就能达到婚姻的自主。但在写恋爱的时候,作者觉得纯粹写恋爱不像样,于是穿插了一些生产、学习、青年团等等的事情。在小说里,作者把恋爱当作生活里边最主要的东西,当作工作、学习的动力,表达了一个人为了恋爱可以牺牲一切的观点。由于作者将这种观点强加到一个青年工人团员的身上,把他打扮成一个"恋爱至上者",所以,遭到了著名文艺理论家冯雪峰的批评,他认为该小说玩弄了劳动人民,趣味低级。丁玲也认为这是一种很不好的倾向。萧也牧于是受到了批判,一大批陪绑的人也一起遭到了批评。萧也牧写检查表示自己一定要改正错误,在当不了作家的情况下,好好地当一个编辑。后来,他帮助梁斌出版了长篇小说《红旗谱》。

1950 年

萧也牧短篇小说《我们夫妇之间》：探讨了革命干部进城后面临的新问题

《我们夫妇之间》1 月 1 日发表在《人民文学》第 1 卷第 3 期。小说写一对夫妻在经历了惊心动魄的革命生活之后，进城过上了太平无事的日子。但妻子不习惯大城市繁花似锦的现代生活，两人于是发生了分歧。小说把日常生活题材升华到政治意识形态的层面之上，通过夫妻二人的"矛盾"表现了知识分子与工农干部之间的"思想斗争"这一政治主题，或者由夫妻二人在城乡生存方式之上的审美趣味、生活习惯等差异来体现新中国成立后的新生活现实，表现了"新的历史时期革命队伍中出现的城乡文化差别问题"①。小说提出了老干部进城后所面临的新问题，描写了在新旧交替时代人物性格的复杂情况。小说发表后的第二年，《人民日报》《文艺报》等陆续发表了一批批判文章，《中国青年》编辑部专门为该小说召开了座谈会，《新华日报》也对此番批判风潮发表了综合稿。1951 年 10 月，萧也牧在《文艺报》上发表了《我一定要切实地改正错误》一文，才使批判告一段落。1958 年，萧也牧因这篇小说被错划为"反党反社会主义"的分子。

朱定短篇小说《关连长》：塑造了一位平凡但又很伟大的人民战士的形象

朱定（1928—），上海人。《关连长》1 月 1 日发表在《人民文学》第 1 卷第 3 期。小说写中国人民解放军某部八连在关连长带领下整训待命，随时准备投入解放上海的战斗。战士们在整训中刻苦学习文化知识，以适应革命形势的

---

① 参阅张鸿声《〈我们夫妇之间〉及其批判在当代城市文学中的意义》，《郑州大学学报（哲社版）》，2005.4。

需要。上海战役打响后，上级命令八连作为预备队，继续待命。在战斗进入激烈阶段时，关连长与八连战士个个摩拳擦掌，纷纷写保证书请缨，终于得到上级批准。关连长他们奉命迂回到敌后之后，正待向敌军指挥所发起攻击，但关连长发现指挥所竟然是一座孤儿院，楼内有数百名孤儿。关连长当机立断，决定放弃炮火，改用白刃战。连队战士在保护孤儿们生命安全的同时也消灭了全部敌军，但关连长却永远地倒下了。小说塑造了一位解放军的基层指挥员为了人民而英勇战斗、善于战斗并献出自己宝贵生命的光辉形象。1951年，文华影片公司根据该小说改编拍摄了同名电影。影片上映后，一些评论者认为它"歪曲"了解放军的形象，观众则认为关连长是一位平凡、伟大又可爱的人民战士。在对电影《武训传》进行批判时，该小说及同名电影都受到了批判。"文革"结束后，对小说的错误评价才得到改正。

孙犁短篇小说《山地回忆》：展现了底层百姓的苦乐人生

《山地回忆》2月1日发表在《小说》杂志第3卷第4期。小说写"我"在天津工作，当"我"见到快十年没见面的来自阜平山区的农民朋友时，往日的回忆油然而生。作者在写这些回忆时没有直接写战争，而是通过妞儿的话（"我们的房，叫他们烧过两三回了！"）来点出抗日战争的大背景，然后把笔墨集中在日常小事的描写上："我"去河边洗脸，和妞儿拌嘴；妞儿给"我"做袜子；"我"跟妞儿一家越来越熟，在妞儿家吃饭、唠家常，帮着妞儿的父亲长途贩运红枣，用挣的钱让妞儿做主买回了一架纺车，妞儿开始兴致勃勃地学习纺织的全套手艺等事情。小说让人感受到中国底层百姓对生活的执着、坚忍、乐观和热情，这些身上具有坚韧生命力量的百姓是支撑起我们民族的脊梁。

孙犁短篇小说《正月》：一篇意蕴深厚的小说

《正月》3月1日发表在天津《文艺学习》第1卷第2期。小说写多儿出生在一个贫苦的农家。多儿长大后，参加了抗日，当了村里的妇女部长。在多儿到了谈婚论嫁的时候，她不想再走母亲和两个姐姐的老路，于是和德发自由恋爱起来。多儿说服母亲，卖掉了家里用了百多年的一台织布机，然后买回了一架新机子，开始以辛勤的劳动为自己准备嫁妆。正月里，两个村的贫民团为多儿和德发操办了一场热热闹闹的婚事。小说故事平淡无奇，但意蕴却极为深厚，比如在多儿家放了一百多年的那台织布机，整整陪伴了三代女人，"陪伴她们痛苦，陪伴她们希望……一百年来，它没有听见过歌声"。但到了多儿这里，她在卖掉这台旧机子后，买来了一台新机子，这新机子不仅为多儿织出了出嫁的衣服，而且还为她织出了恋爱自由、婚姻自主的幸福生活。

孟淑池短篇小说《金锁》：一篇有关农村生活的、多灾多难的小说

孟淑池，生平不详。《金锁》3月20日在《说说唱唱》第3—4期连载。小说写流浪汉金锁在一个恶霸地主家当长工，地主不给他工钱，而是给他弄来了一个女难民当老婆。地主想强奸女难民，女难民不从。地主于是想将金锁和女难民一同治死。金锁死里逃生，参加了解放军。案情澄清后，地主伏法。小说发表后，主编赵树理很快收到了读者的"意见"信，认为"人物不真实，侮辱了劳动人民"，有人甚至在《文艺报》上对该小说进行了批评。赵树理和他领导的大众文艺创作研究会，不得不开了三次讨论会，对小说"逐字逐句检查了一番"，在作检查的同时，适当为小说作了一点"辩解"，但这一"辩解"很快又招来了更严厉的指责：态度不好。赵树理又接二连三地在《人民日报》《文艺报》上检讨，承认"大家是对的，我是错的"，并承认自己之所以为该小说辩护，是因为自己思想上有一个"熟悉农村的包袱"。1950年《说说唱唱》第6期发表了《半年来编辑工作的检讨》，并附载了赵树理的《〈金锁〉发表前后》和《对〈金锁〉问题的再检讨》两篇文章。

张爱玲长篇小说《十八春》：讲述了女主人公的血泪史

张爱玲（1920.9.30—1995.9.8），河北唐山人，生于上海。《十八春》3月25日开始在上海《亦报》连载，1951年2月11日结束，署名梁京。小说中的女主人公顾曼桢家境贫寒，自幼丧父，全家老小七人全靠姐姐顾曼璐做舞女养活。顾曼桢中学毕业后自立自强，希望凭借自己的辛勤劳动养活家人，她在一家公司工作，业余时间还兼着几份工。来自南京的沈世钧与顾曼桢倾心相爱，决定与她结婚。顾曼璐在嫁给暴发户祝鸿才后并不幸福，由于她不能生育，祝鸿才便对她渐生厌弃之心。顾曼璐为了拴住丈夫，设计让妹妹顾曼桢来为祝鸿才生下一儿半女。顾曼桢中计后遭到祝鸿才的幽禁，最后与祝鸿才生下一个男

孩。顾曼桢在同产房里一对穷夫妇的帮助下，抛下孩子逃脱魔掌。但这时候，沈世钧已经娶了石翠芝为妻。顾曼桢为了那个可怜的孩子，在姐姐顾曼璐死后，又违心地与心中最痛恨的姐夫祝鸿才结了婚。十八年后，顾曼桢与沈世钧又在上海相遇，但这时候，曾经深爱的两个人却"再也回不去"了。

谷峪短篇小说《新事新办》：反映了农村的新风尚

谷峪（1928—1990），河北武邑人。《新事新办》刊登在 3 月 26 日《人民日报》上。小说描写了刚当上区干部的王贵德与本村姑娘凤兰的婚事，表现了农村群众在砸碎封建政治枷锁以后，进一步挣脱封建主义精神束缚的斗争。小说的人物形象鲜明，反映了农村的新风尚，它同赵树理的短篇小说《登记》一起，给建国初期的文坛带来了新鲜的气息。小说发表后，茅盾写了《评〈新事新办〉等三篇小说》一文，对其给予了很高的评价，认为它是新中国成立以来短篇小说创作中的最重大的收获。

胡石言中篇小说《柳堡的故事》：描写了军民情及青年人的爱情

胡石言（1924.10.24—2002），浙江平湖人。《柳堡的故事》3 月份发表在《文艺》第 3 期。小说写新四军某部班副李进在村民田学英家养伤的时候，和田学英相爱了。但担任指导员的"我"听到这件事后劝说李进放下了儿女私情。部队离开田学英所在的村子后，恶霸地主刘胡子想霸占田学英，部队在接到田学英的弟弟小牛送来的消息后，迅速返回，及时救出了田学英。李进和田学英的感情更加深厚了，但为了革命事业，李进放下了这段感情，然后随部队南下作战。五年后，李进成为连长，田学英也光荣地入党并成为革命的骨干力量。小说把李进的性格刻画得十分生动传神。小说描写了新四军同人民群众的鱼水关系及特殊环境里青年人的纯洁爱情。小说发表后，被译成英、德、匈、印等文字，1956 年被八一电影制片厂拍摄成同名电影。

方纪短篇小说《让生活变得更美好些》：探讨了新中国成立后的人们怎样才能生活得更美好的问题

方纪（1919—1998），河北束鹿人。《让生活变得更美好些》3 月份发表在《人民文学》第 3 期。小说通过描写美丽、聪慧、爱笑、爱玩、爱唱歌的贫农姑娘小环在土改中和土改后的处境及村党支部书记兼农会主席何永如何理解她、帮助她（解开她心上的疙瘩）的事情后，提出了一个非常严肃的问题：土改消灭了农村的封建制度，那么还要不要继续消除存在于某些人头脑中的封建残余思想，以利继续解放农村生产力？村支部书记何永关心全村人的心态、情绪及青年人的文娱活动、恋爱、婚姻等，他经常对他们因势利导，解决他们的问题，使大家的心情舒畅，充满活力地向更加美好的未来前进。两个月后，小说被一些批评者给戴上了"恋爱至上主义"和"弗洛伊德主义"两顶帽子。他们说："难道我们党在农村中长期对农民所进行的教育和政治上组织上的领导作用，还不如一个漂亮姑娘所起的作用吗？"这不是"弗洛伊德主义"或"恋爱至上主义"吗？在这种情况下，小说中的某些夸张描写，在被批评者无限放大后，就变成了"毒草"。实事求是地看，批评者没有看到作者苦心描写何永在支持小环动员青年人参军事情中所起的决定作用，却去攻击作者写了小环对青年人的吸引力。其实，小说的总体思想和批评者所说的"恋爱至上主义""弗洛伊德主义"是不搭界的。①

马烽短篇小说《一架弹花机》：对新生事物进行了礼赞

《一架弹花机》3月发表在《文艺报》第1卷第12期。小说写张家庄有个弹棉花的高手宋有有，他有个十八岁的闺女叫小娥，小娥和父亲的徒弟张宝宝恋爱了。张宝宝到刚解放的太原买来了一架弹花机，他使用弹花机弹棉花，弹得又快又好。但宋有有迷信自己的手艺，不肯学，这使他的生意一落千丈。他想向徒弟张宝宝学但又放不下架子。小娥看准了父亲的心思，假装向张宝宝提问，让父亲听，结果她父亲也学会了使用弹花机，然后抛弃了落后的老手艺，实现了手工劳动半机械化。小说写了新旧事物的矛盾，歌颂了新生事物的胜利。语言活泼幽默，人物生动有趣。

孙犁短篇小说《看护》：讲述了一位小护士的仁心仁术

《看护》6月2日发表在《天津日报》。关于小说所写的事情，孙犁曾在1982年9月20日给山西繁峙县地方志编纂委员会写了一封《关于小说〈蒿儿梁〉的通信》，信中介绍了自己新中国成立前在一个名叫郭四的同志家里养病

---

① 参阅吕海琛《十七年时期〈人民文学〉：小说中爱情描写探微》，吉林大学2004年硕士学位论文。

时，遇到了一位名叫刘兰的小护士给自己治病，刘兰只接受了几个月的速成训练，虽然她只有一把剪刀、一把镊子、一瓶红药水，但每天，她都能把剪刀、镊子放在饭锅里煮煮，把水痘的化脓处清理干净，然后用棉花蘸着红药水，在伤处擦一擦。虽然这种疗法的疗效很有限，但她对病人的尽职尽责却让作者很是感动。小说记录的就是这段生活。在作者的笔下，刘兰坚毅而精神抖擞，并且她是被作者幻化成了他潜意识中的母亲形象来进行塑造的。①

赵树理短篇小说《登记》：讴歌了《婚姻法》保护下的青年人的爱情

《登记》6月5日刊登在《说说唱唱》第6期。小说分为"罗汉钱""眼力""不准登记""谁该检讨"四节，讲述了江南农村青年李小晚和张艾艾相恋，互赠罗汉钱和小方戒为爱情信物的故事。但他们的恋爱却遭到了有封建思想的村长等人的反对。张艾艾的母亲小飞娥发现女儿所藏的罗汉钱后，回忆起二十年前自己与恋人保安相爱，后来被父母拆散并强迫她嫁给张木匠的经历，她害怕女儿日后重蹈自己的覆辙，于是拒绝了媒婆给女儿的说媒。村里另一对男女青年小进与燕燕也在相恋，同样，在旧习惯、旧势力的包围中，他们的恋爱之路也坎坷不已。但他们为争取婚姻自由，相互支持，共渡难关。后来，燕燕去找小飞娥给张艾艾"说媒"，经过她的劝说，小飞娥同意将张艾艾许配给李小晚，但村长还是设法阻挠，结果他们的婚姻登记未办成功。两个月后，《婚姻法》颁布，李小晚和张艾艾、小进与燕燕两对恋人终于登记结婚了。该小说是作者在新中国成立后发表的第一篇小说，是为配合我国颁布的第一部婚姻法而创作的，体裁为评书体短篇小说。小说后来被改编为《罗汉钱》搬上银幕和各种戏剧戏曲舞台，可以看作是《小二黑结婚》的姊妹篇。

刘白羽中篇小说《火光在前》：深情礼赞了人民解放大军

《火光在前》系《中国人民文艺丛书》之一，6月份由北京新华书店出版。小说描写了解放军横渡长江、挺进南方的历史事件。小说以师长和师政委两个高级指挥员为中心，形象地写出了渡江作战时战士们遇到的严重困难：暴雨暴晴，天气酷热，水土不服；山高路险，河汉纵横，行军不便；另外还有饥饿、

---

① 参阅李遇春《孙犁小说创作的深层心理探析》，《华东师范大学学报（哲社版）》，2003.4。

蚊子的折磨、叮咬及某些战士的思想波动……但在这样的严酷环境下，两位指挥员率领战士们夜以继日、马不停蹄地追击敌军，扫荡残匪，表现了他们勇敢战斗、不怕牺牲的革命乐观主义精神。小说通过对人物心理的刻画和生活细节的描写，真实地记录了人民解放军为解放全中国而进行的壮丽动人的战斗场面。小说也写了南方人民对解放大军到来的渴望，表现了解放军和人民群众之间的鱼水关系。

碧野长篇小说《我们的力量是无敌的》：唯一描写太原战役的小说

碧野（1916.2—2008.5），原名黄潮洋，广东大埔县人，定居在今潮州市。《我们的力量是无敌的》8月份由新华书店出版。小说写的是作者作为一名入伍不久的新战士在太原前线的战斗生活情况，从一个侧面写出了中国革命战争的伟大胜利，而且把这胜利的战果向全国人民进行了汇报，其情感热烈，心灵忠诚。小说被认为是描写太原战役的唯一的一部长篇小说，也是新中国成立之初出版的第一批长篇小说之一，里面写了爱情，特别是写了部队里普通干部、战士的爱情，还写了高级干部的爱情，所以受到当时文艺界领导周扬的高度重视，他嘱咐周立波等审阅通过，又经出版总署领导审定出版。小说出版后受到国内读者的高度评价，许多省市陆续重印发行，并获得香港方面的好评："谁说革命没有人情味？"但1951年在对萧也牧的《我们夫妇之间》等小说进行批判时，该小说及白刃的《战斗到明天》、朱定的《关连长》等小说也遭到了严厉的批判。这些批判，是为了维护第一次文代会确立的文学规范而开展的批判。虽然受到批判，但碧野没有气馁，他在铁道部丰台机务段深入生活后，又创作了长篇小说《钢铁动脉》。1979年，全国第四次文代会召开，《解放军报》公开为《我们的力量是无敌的》平了反。碧野在中国人民解放军第四野战部队徐向前部政治部工作时，胡耀邦担任主任，他给胡耀邦写信希望小说再版，10天后，小说获准在解放军文艺出版社再版。

孙犁长篇小说《风云初记》（第一集）：可以认识作者思想感情及创作个性等的小说

孙犁创作《风云初记》前后历经12年之久，1950年7月写成第一集后，9月22日开始在《天津日报》连载，随后，人民文学出版社在1951年10月出版了第一集的单行本；1951 年 3 月至 1952 年 7 月，孙犁完成了第二集，1953 年 4 月，该集由人民文学出版社出版；1953 年 3 月至 1954 年 5 月，孙犁完成了第三集，1955 年第 6 期的《人民文学》发表了该集的一些片段。整部小说虽然在 1950 年 7 月至 1954 年 5 月期间完成，但定稿却在 1962 年，这一年，孙犁还重写了尾声。《风云初记》写 1937 年春夏两季，日军侵略我国的消息传到子午镇和五龙堂后，激起了人民的抗日热情。这时，子午镇的高疤正给自己拉队伍，当他看到街上贴出共产党吕正操司令员正在改编各地的杂牌军的通告时，他怕自己的队伍被改编，于是在俗儿的建议下去找十年前曾经领导了一次农民暴动的高庆山想办法。结果，高庆山改编了高疤率领的队伍，建立了人民自卫军，由共产党员高翔和子午镇地主、村长田大瞎子的儿媳妇李佩钟协助领导。春儿让小长工芒种参加了高庆山领导的人民自卫军。革命积极性很高的春儿还协助李佩钟组织了妇女救国会，俗儿被选为妇救会主任。有一天，春儿到田大瞎子家分派做军鞋的任务时，被田大瞎子推倒在地，欲行不轨，已经升为县政府指导员的儿媳妇李佩钟解救了春儿并惩罚了公公田大瞎子。子午镇成立了妇女自卫队后，任命春儿担任队长，春儿渐渐成为真正的抗日先锋战士，并受到吕正操司令员的接见。春节过后，又升为县长的李佩钟下令拆掉城墙，但她父亲李菊人却代表城关的绅商拒不执行，李佩钟逮捕并惩处了父亲等人，使拆墙工作顺利完成。这时，田大瞎子的儿子田耀武领着部分国民党的中央军回到了子午镇，高庆山要求他不要搞内战和摩擦，而要共同抗日。但田耀武却游说高疤的队伍脱离了人民自卫军，跟随他去抗战。李佩钟于是同田耀武离了婚。不久，高疤领导的一团人因为没有按照命令和日军作战，结果使队伍遭到很大损失。一天，田耀武在高疤的帮助下，冒充八路军包围了村庄，打死了他的前妻李佩钟。日军也在当天下午占领了县城。春儿与芒种被派到民运学院和军事院校学习，毕业后，芒种回部队当了指导员，春儿因成绩优异被留在学校担任了下一期学员的小队长。武汉失守后，冀中敌情严重，春儿所在的学院转移，她奉命到滹沱河沿岸去慰问由贺龙率领的 120 师。芒种则上了前线。地主田大瞎子因为赖租，被区政府逮捕，又因罪恶累累，被从严法办。俗儿潜回家乡干了坏事，被区政府处决。冀中军民克服种种困难，按时交纳了公粮。子午镇在春儿的领导下，向着边区的大山里前进着，大家又将投入到更加艰巨的斗争中去了。小说描写了抗日战争初期冀中平原上各个阶级的生活和思想，展示了冀中人民在共产党的领导下，建立抗日武装和抗日政权，同日军和敌伪、汉奸进行英勇斗争的情况。但小说的叙事和结构稍显散漫、局促，给"革命历史叙事"留下了"破碎"和"裂痕"。该小说可以让人们了解孙犁的"思想和情感"及创作个性，了解和认识那个时代的文学与历史、作家个性与主流话语之间紧张而又微妙的关系。①

陈登科长篇小说《活人塘》：一部如实描写军民鱼水关系的小说

陈登科（1919—1998.10.12），江苏涟水人。1947年夏，陈登科以著名的涟水保卫战为故事背景，创作了长篇小说《活人塘》。这部小说脱稿时，适逢淮海战役打响，陈登科被派往新华社华中分社新组建的淮海战役支前分社当记者。淮海战役结束后，陈登科被调往新华社合肥支社工作。就这样，他把放在包里的《活人塘》书稿从苏北背到淮海，又从淮海背到合肥。后来，在别人的劝说下，他把稿子寄给了《说说唱唱》杂志的主编赵树理。赵树理看完书稿后，先后请田间、康濯两位编委阅看。他们认真修改后，将小说发表在10—11月份的《说说唱唱》杂志第10—11期上。《活人塘》写华中地区的新河集农民在恶霸孙车涛的奴役下过着"活人塘"般的辛酸生活。1942年，新四军解放了新河集，农民翻身做了主人。但以孙车涛为首的还乡团勾结蒋匪军对新河集发起了进攻。我军为了诱敌深入，暂时撤离了新河集，负伤班长刘根生不幸被俘。敌人逼令群众薛陆氏活埋刘根生，薛陆氏采用"调包计"，埋了被敌机炸伤即将死亡的二女儿七月子，换回了刘根生。最后，刘根生接受党的指示，组织群众开展了抗捐抗税斗争，配合大军重又解放了新河集。小说依据真实事件进行写作，具有不加虚饰的写实风格，表现了军民的血肉关系。小说发表后，1951年4月22日的《人民日报》报道了作者从一个粗识文字的青年农民、新四军战士起步，写出了近600万字文学作品的不平凡经历，并刊登了周扬的《陈登科和他的小说》一文，对作者的大众化文艺创作给予了充分肯定和热情

① 参阅王玉、成湘丽《破碎的革命历史叙事——重读孙犁的小说〈风云初记〉》，《新疆大学学报（哲社版）》，2012.4。

鼓励。该小说不仅轰动了新中国文坛，而且被翻译成英、日、法、德、俄等10多种文字出版，奠定了陈登科在我国当代文学史上的地位。1951年7月，小说经作者进一步加工修改后由人民文学出版社出版发行。

沙汀短篇小说《到朝鲜前线去》：书写了时代巨变中的新人形象

沙汀（1904—1992），四川安县人。《到朝鲜前线去》12月20日发表在《大众文艺》第2期。小说写主人公牛中由新中国成立前的壮丁、流浪汉成为新中国政府机关的通信员的经过。牛中的要求进步、努力工作，乃至报名参加志愿军，都源于他的一种朴素的思想感情。小说把一个时代巨变中的新人形象写得真实感人。小说后改名为《归来》。

1951 年

刘盛亚中篇小说《再生记》：在时代大潮中获得新生

刘盛亚（1915—1960），重庆人。《再生记》1月30日在重庆《新民报》连载，3月6日结束。小说描写一对孪生姐妹因穷困而堕落，转而走向光明的经历。它的背景是抗战初期，当时，河南的一对姐妹逃难到黄河边的风陵渡口后，因为年轻貌美，都被国民党兵拘留并奸污。随后，她们被迫参加了特务培训班。姐妹两人结业后，姐姐去了延安，成为一个革命者，妹妹则去了成都，成为国民党的职业特工。后来，姐姐奉延安组织之命，前往成都开展地下工作时被捕，妹妹被逼迫去辨认，最后姐姐遇害。妹妹在解放战争中参加了医院的护理工作，获得了新生。小说发表后，1951年夏天，重庆文联评价该小说时说它充满了小资产阶级的情调，模糊了敌我界限，歪曲了阶级斗争，丑化了人民群众形象，违背了毛泽东《在延安文艺座谈会上的讲话》的精神，是一篇有害的小说。作者于是受到了半年时间的"有组织"的、"群众性"的批判，史称"《再生记》事件"。

白刃短篇小说《血战天门顶》：讲述了一个被敌人包围的连队"假投降"的故事

白刃（1918—），原名王寄生，福建石狮人。《血战天门顶》是作者长篇小说《战斗到明天》中的四章，5月1日发表在《人民文学》第5期。《战斗到明天》写了抗日根据地军民的对敌斗争和小资阶级知识分子克服自身原罪成长为人民战士的过程。茅盾为之作序，高度赞赏道："读了《战斗到明天》，我很受感动。这部小说对于知识分子，是有一定的教育意义的。知识分子的小资产阶级意识、优越感、自由主义，都是前进路上的绊脚石，作者是以这一点作为主眼来写这部小说的，他获得了成功。"茅盾还称赞作者对孟家驹"处理得颇为细心"，"林侠、辛为群、沙非，这三个人物，作者写得比较多，也写得有声有色"。同时，茅盾也指出了小说的不足，即作者对焦思宁"写得较少，而且形象也比较模糊"，对"几个正面人物的思想改造的过程都表现得不够多，形象性似嫌不足"。最后，茅盾写道："尽管有上述的这些美中不足，这部小说对于知识分子还是具有一定的教育意义的。"①《血战天门顶》写的是一个被敌人包围的连队"假投降"的故事。小说发表后，遭到一篇未署名的题为《"血战天门顶"诬蔑了我军的英雄品质》的文章的严厉批评，文章写道："白刃愚蠢地歪曲了人民解放军的无产阶级品质，也严重地歪曲了毛主席英明伟大的战略战术思想"，并说他的整体创作是"一贯地从概念出发、制造一些离奇故事来吸引读者，暴露了他的小资产阶级的思想倾向。白刃的创作思想显然是有着严重的错误，应该迅速加以纠正，并对于他已经发表的作品进行认真的检讨"②。

马烽短篇小说《结婚》：一篇富有教育意义的优秀作品

《结婚》7月份发表在《中国青年》第7期。小说写团支书田春生和柳林村的女团员杨小青相爱多年，准备秋后结婚。但在结婚的前两天，杨小青去县里学习新的接生法，他们的婚期便推迟了。杨小青毕业后，认为必须在柳林村立即开展妇婴工作，她和田春生的婚期又推迟了。杨小青的新接生法在年老妇女及孕妇跟前受阻，这使她感到难过和失望。后来在团支书巧英和田春生的安慰和鼓励下，杨小青重新鼓起了勇气，积极地投入到工作中去。妇女们在杨小青的宣传教育之下，逐渐接受了新接生法。第二年春天，田春生和杨小青约定到区里去办理结婚手续。但田春生在半路上遇见一辆慰问志愿军的大车陷在泥泞里，他便帮助卸、装车上的慰问品。完毕之后，他向区上赶去，但在途中，他又看见水堤决口，于是用身体堵住缺口，然后呼叫村中人前来抢修。等水堤修好后，他才到区上，却发现杨小青还没有到。原来杨小青在半路上看到一位妇女难产，于是就为她接生。当杨小青到区上后，两人才办了结婚手续。小说后

① 参阅龚奎林《共和国初期革命战争小说的生产、修改与传播》，《现代中文学刊》，2014.6。
② 参阅高洪波《一张老报纸》，《人民日报》，2016.3.26。

来被改编为歌剧剧本。当时的评论认为：小说正确并极自然地处理了个人与集体、私人生活和社会生活的关系；真实具体地表现了我们新社会涌现出来的新的人格、新的品质，因此是一篇富有教育意义的优秀作品。①

柳青长篇小说《铜墙铁壁》：讲述陕北人民支援解放军作战的小说

柳青（1916—1978.6），陕西吴堡人。《铜墙铁壁》是作者深入陕北米脂县，体验了八个多月生活，在获得第一手材料后创作出来的，9月由人民文学出版社出版。小说以解放战争中西北野战军消灭国民党军整编第36师的沙家店战役为背景，讲述了陕北人民支援解放军的故事。小说以沙家店粮站的工作为中心，通过曲折生动的事件叙述和栩栩如生的人物描写，表现了人民群众和人民军队在解放战争中建立的不朽功绩，揭示了在党的领导下，军民只有团结一致，方能无坚不摧，攻无不克，方能战胜强大的敌人这一富有深刻意义的主题。小说运用的是白描手法，基本上没有过多的景物描写，也没有繁复的人物外貌摹画，更没有冗长枯燥的心理叙述，它对所有人物形象的塑造都是通过对话和行为举止完成的。于是，作者塑造出了英武智慧、生龙活虎的石得富，美丽多情、为人大方的李银凤，思虑全面、临危不乱的金树旺，患得患失、遇急畏葸的石永公等形象。小说不仅着力描写了群众的力量，而且第一次描写了毛泽东、周恩来、任弼时等领袖人物的形象，开创了文学创作对领袖人物描写的先例。小说中心突出，脉络清晰，尤其在语言上，将陕北方言运用得恰到好处，既独特，又不生涩，显得朴素、简练，富有生活气息。

张爱玲中篇小说《小艾》：解剖了女性在男权中心制社会中命运发生的畸变

《小艾》11月4日开始在上海《亦报》连载，署名梁京，至1952年1月24日结束。小说以女性言说的文学立场叙述了一个在新旧交替时代里生活着的女用人小艾的故事。小艾幼年时候，被卖给上海的席家做用人，她记不起父母的名字，也说不清自己的名字。小艾在席家饱受了老爷太太和其他仆人的欺负，老爷席景藩强暴她后使她怀孕，姨太太忆妃强迫她打掉孩子。小艾在打掉

---

① 参阅张万一等《结婚——根据马烽同志小说"结婚"改编》，《剧本》，1952.5。

孩子后却留下了病根。后来，小艾遇见了在印刷厂工作的冯金槐，他们情投意合并结婚。抗战爆发后，冯金槐工作的印刷厂搬到了香港，小艾便和去了香港的冯金槐分离了。战火越燃越旺，冯金槐的母亲和兄弟从乡下逃到上海来投奔小艾。这时候，小艾流产后的病根正在发作，但为了养活婆婆一家子，她不得已又给别人当了用人。小说除了塑造出小艾的形象外，还塑造了席五太太、席景藩、忆妃、秋老四等人的形象。小说鲜明地体现了张爱玲小说"凌厉细腻"的特色，作者以冷静的思考深刻解剖了在男权中心制社会中像小艾这样的女性的生命畸变。小艾跌宕起伏的命运令读者唏嘘感叹。

高玉宝自传体长篇小说《高玉宝》：红色少儿文艺的一篇经典之作

高玉宝（1927.4.6—），山东黄县人。《高玉宝》中的片段11月16日发表在《解放军文艺》第1卷第6期。小说讲述了东北农村少年高玉宝在周姓地主"周扒皮"家所遭受到的残酷剥削、虐待及最终参加革命的故事。小说在国内外共有二十多种版本，中文版印数高达450多万册，改编为24种连环画和多种文艺演唱形式。其第九章《半夜鸡叫》1952年5月16日发表在《解放军文艺》第5期，描述了地主"周扒皮"为了让长工早起干活，半夜偷偷地钻进鸡窝学公鸡叫，结果被高玉宝发现了，他便和长工们合计，以"捉贼"为名，让日本军官将"周扒皮"当成偷鸡贼，开枪打伤了。"半夜鸡叫"的故事从此家喻户晓。"周扒皮"也被看成是地主阶级的典型代表。该故事教育了新中国一代又一代的青少年，是红色少儿文艺的一篇经典之作。

1952 年

张天翼儿童小说《罗文应的故事》：描写一个少年逐渐克服不良习惯的小说

张天翼（1906.9.26—1985.4.28），祖籍湖南湘乡，生于南京。《罗文应的故事》2月1日发表在《人民文学》第2期。小说描写罗文应很早就有了远大的理想，将来想当人民解放军，而且要当炮兵。罗文应接受了解放军和老师的教育，懂得"现在一定要听老师的话，好好学习，还要把身体锻炼好"，但是在现实中，他总是为自己的过错寻找借口，把今天的事情推到明天，明天的事情推到后天，形成了恶性循环。比如星期一下午放学后，他本是要按时回家、按时做功课的，但他却不知不觉地走进了市场，在市场看这看那花费了两个多钟头；从市场出来后，克郎球的声音又使他的步子停了下来，结果，他回家晚了，这使他没有时间写作业，他想，明天早点回家再写作业吧；但第二天早上上课时，他的注意力不集中，打瞌睡，影响了对当天知识的掌握，到了晚上，他还是不会做作业，到很晚时，他才睡觉，这又耽误了第二天的课程。后来，在班上成立的复习小组的帮助下，罗文应改变了不良习惯，开始努力学习，成绩越来越好，成为一位优秀的学生，而且还当上了少先队员。

刘绍棠短篇小说《青枝绿叶》：一篇被编入语文课本后，上中学的作者亲自给同学们讲授的小说

刘绍棠（1936.2.29—1997.3.12），北京人。1952年元旦，16岁的刘绍棠在《中国青年报》发表了小说《红花》，在全国青年中引起了强烈反响，团中央开始对他进行重点培养。当时任团中央书记的胡耀邦希望他多写农村青年题材，鼓励他到东北农村去进行采访。刘绍棠在东北住了两个多月后，把采访到的素材写成了短篇小说《青枝绿叶》。9月5日，小说发表在《中国青年报》后，引起了很大反响。后来，该小说被叶圣陶编入高二年级的语文课本。当时，上高中的刘绍棠亲自给班上同学讲授了课文《青枝绿叶》。刘绍棠因《青枝绿叶》也赢得了"神童作家"的美誉。《青枝绿叶》把作者家乡的人物、风光、生活情趣写得很清新、很传神、很动人，有一种扑面而来的感觉。

杨朔长篇小说《三千里江山》：一部以较大规模和篇幅反映抗美援朝战争的优秀小说

杨朔（1913—1968.8），山东蓬莱人。1950年12月，杨朔以《人民日报》特约记者的身份奔赴抗美援朝战场，一边写作大量的战地报道，一边创作出反映抗美援朝战争的长篇小说《三千里江山》。该小说1952年10月1日开始在《人民文学》第10期连载。小说描写了一支由中国铁路工人组成的工程总队完成保护江桥、支援前线志愿军战士奋勇作战的动人事迹，热情歌颂了中国人民志愿军战士崇高的爱国主义和国际主义精神及中朝人民的战斗友谊。小说对铁路工人援朝大队长武震优秀品质的赞颂，对姚长庚父女在抗美援朝斗争中的积极表现和姚大婶转变的描述令人难忘。老铁路工人、共产党员姚长庚耿直、严肃，对革命事业无限忠诚，对美国侵略者无比仇恨，对女儿参加援朝大队的爱国行为积极支持；在抢修江桥的时候，他更是表现得奋不顾身。另外，小说对姚大婶对丈夫和女儿关切的描述，表现了她由最初对抗美援朝的重大意义认识不足到最终完全认识的转变情况；小说对青年团员姚志兰坚决投入抗美援朝斗争的叙述，表现了她的新的革命品质的成长情况。该小说是我国第一部以较大规模和篇幅反映抗美援朝战争的优秀小说，曾荣获朝鲜人民民主主义共和国颁发的二级国旗勋章。

1953 年

梁羽生武侠小说《龙虎斗京华》：开创"新武侠小说"先河的作品

梁羽生（1924.3.22—2009.1.22），广西蒙山人。《龙虎斗京华》1 月 20 日在《新晚报》开始连载。小说反映了晚清时代，在中国沦为半封建半殖民地社会之后，河北保定太极门丁派掌门人丁剑鸣结交伪善退休官员索善余，使江湖群雄对之普遍不齿的事情。关外武术名家独孤一行因对丁剑鸣不满而动镖拔旗以示警诫，他及云中奇等老英雄结识了丁派太极门高手柳剑吟，让其劝告师弟丁剑鸣离开索善余，但丁剑鸣并未听从劝告。不久，丁剑鸣被索善余杀害，临终时方才醒悟，但悔之晚矣。义和团声威大振之后，柳剑吟为给丁剑鸣报仇，和大徒弟娄无畏、三徒弟左含英加入义和团，二徒弟杨振刚护送受伤致残的师母去了山西的万胜门，女儿柳梦蝶却被武功卓绝的心如神尼收为弟子，多年不曾和父母见面。入京后的义和团分为三派。柳剑吟属于"反清灭洋"派，于是受到"保清灭洋"派的忌恨，其首领岳君雄设计害死柳剑吟。后来，柳剑吟的三徒弟左含英也被岳君雄杀害。娄无畏、柳梦蝶闻讯后伤心欲绝，为报大仇，他们联合太极门丁派新掌门人丁晓向岳君雄寻仇，京城校场处于是展开了一场龙虎斗。最终娄无畏、柳梦蝶、丁晓大获全胜，岳君雄败北隐居。后来，出家为尼的柳梦蝶终于杀死了岳君雄。小说注重历史真实和人物性格刻画，风格深沉，文字精练，开创了"新武侠小说"的先河。

李克、李微含合著的长篇小说《地道战》：描写华北平原广大民兵抗击日本侵略者的红色经典小说

李克（1923—2000），河北蠡县人；李微含（1922—1985），陕西周至人。

《地道战》3月1日由上海新文艺出版社出版。小说讲述的故事发生在反"扫荡"期间，作者以抗战时期的河北清苑县冉庄为背景，真实而生动地描写了华北平原广大民兵在党的领导下，凭着迷宫一样的地道优势，抗击日本侵略者的动人故事。民兵们在区委书记老马、民兵队长王振海及妇救会主任白燕等人的领导下，神出鬼没地打击日伪军，使敌人的死伤十分惨重。在战斗中，王振海和白燕建立了恋爱关系。小说还塑造了可亲可爱的小英雄来福的形象。小说充分表现了冀中民兵和群众的机智勇敢和永不妥协的精神。1957年2月，小说被刘振业、南舟、石笃画为152幅连环画，由朝花美术出版社出版，内容忠实于小说《地道战》。1965年，八一电影制片厂拍摄了电影《地道战》，片头字幕显示编剧为任旭东（兼导演）、潘云山、王俊益、徐国腾等四人，未出现"根据同名小说改编"的字样。事实上，该电影与小说几乎没有关系。小说中出现的村名有赵庄、孙庄、玉田村、大堤村、小团丁、大王庄、小王庄、双石镇等，电影中出现的村名是高家庄、马家合、黑风口等。电影讲述的是冀中地区的高家庄人民在党支部书记高老忠和民兵队长高传宝的带领下，把几家土洞和地窖挖成相通的地道，同日军进行斗争的故事。[①]2010年拍摄的40集同名电视连续剧也是根据电影拍摄而成的。

白桦短篇小说《山间铃响马帮来》：讲述党和政府支援云南边区人民的作品

白桦（1930.11.20—），原名陈佑华，河南信阳人。《山间铃响马帮来》3月2日发表在《人民文学》第3期。小说讲述党和政府为支援云南边区人民，向苗族、哈尼族山寨派遣解放军马帮和民族工作宣传队，将盐、布匹等生活用品运往山寨，解决他们生活物资紧缺问题的故事。解放军三连一排排长黄明高受命指挥马帮执行这一任务。当马帮进入山区之后就陷入困境，他们和三个手拿土枪的哈尼族团丁狭路相逢，三个团丁是哈尼族大土司普黎的团丁，正奉命去接普黎读书归来的女儿惹朵。由于紧张，一名团丁的土枪走火，击中了马锅头龙保的手臂。解放军收缴了团丁的枪。由于土枪被缴，团丁深感任务难以完

---

① 参阅申国瑛《小说〈地道战〉失而复得 同名电影是改编而成？》，《保定晚报》，2010.1.18。

成，想偷回自己的枪支，但枪声响起，两人中弹身亡，一人夺路而逃。逃生团丁向族人诉说了解放军枪杀同伴的消息，族人群情激愤，围堵解放军。解放军百般解释，最后族人离去。团丁被杀的消息传到普黎耳中，他因为见女儿心切，又派了三名团丁去接惹朵。但他们又重蹈覆辙，都被杀害。解放军杀人的消息在哈尼族村寨不胫而走，族人又一次围堵解放军。为了彻底证明清白，民族工作队队长韩欣挺身而出，甘当人质，被押往普黎的土司府。其实杀害普黎家团丁的人，是假扮商人的国民党特务白廷双。白廷双在成功地嫁祸给解放军之后，悄悄打入解放军队伍，然后引来司令王金对解放军进行伏击。解放军工作队的医生陈芷对白廷双早有戒备，在她的帮助下，战士们击退匪军，抓获了白廷双。但在普黎的团丁被杀的风波刚刚平息之后，解放军又遇到新的麻烦，白廷双在大雾中被人放跑了，马帮的发报机也被盗……一系列事件使马帮一次次陷入危险的混乱之中。种种迹象表明，马帮队伍里隐藏着更大的特务，为肃清内特，解放军对马帮内部进行了排查。小说采用了民族视角与作者视角合一的方式来叙述解放军对边地各少数民族人民的热爱，民族视角有效地调节了小说与读者的距离；作者视角带给小说强烈的现场感。小说还体现了作家对小说严整形式感和虚实相生叙事策略的追求，形式追求表现在小说由欢乐起、快乐结，歌声起、笑声结的结构方式上；虚实相生追求表现在叙事策略、人物以及场景上。①

陆柱国中篇小说《上甘岭》：描写志愿军战士为中朝联军实施大反攻奠定坚实基础的作品

陆柱国（1928.10.12—），河南宜阳人。抗美援朝战争打响后，陆柱国奉命赴前线采访，广泛接触参战指挥员，回国后发表了反映志愿军战斗生活的中篇小说《风雪东线》。1952年冬季，陆柱国二次赴朝，在战壕里创作出中篇小说《上甘岭》，1953年3月在《解放军文艺》3至5月号上连载；12月15日，小说又发表在《文艺月报》第12期。小说写抗美援朝进入最关键的决胜阶段时，美军利用在板门店谈判之机，暗中调集大量军队，发动对上甘岭的突然袭击，

---

① 参阅王瑛《写气图貌，于心徘徊——评白桦的〈山间铃响马帮来〉》,《名作欣赏：中旬》,2014.3。

企图占据上甘岭，进而夺取五圣山。守卫上甘岭的是中国人民解放军某部八连，战士们面对敌众我寡的形势，没有退缩，而是选择了顽强抵抗，以此拖延时间，粉碎敌人阴谋。连队在连长张忠发的带领下，与美军浴血奋战。虽然上甘岭坑道里的环境非常恶劣，而且面临着断水断粮的危险，但是志愿军战士硬是坚守了 24 天，为中朝联军大反攻奠定了坚实的基础。10 月，人民文学出版社出版了《上甘岭》单行本。1953 年 12 月 15 日，《上甘岭》又发表在《文艺月报》12 月号。1956 年，长春电影制片厂摄制的电影《上甘岭》与该小说关系不大，它的剧本是由时任中央电影局艺委会秘书长的林杉和长春电影制片厂导演沙蒙于 1955 年初夏合作创作的剧本《24 天》，后改名为《上甘岭》。

陈登科长篇小说《淮河边上的儿女》：讲述淮河两岸人民同反动派作斗争的小说

《淮河边上的儿女》4 月 2 日在《人民文学》第 4 期连载。小说讲述在解放战争时期，淮河两岸的人民同反动派作斗争的故事。解放军在苏北七战七捷之后，撤入山东解放区，国民党军便趁机侵占了涟水城，汉奸特务地主恶霸也嚣张起来，淮河两岸的人民又遭到了严重的迫害。这时，党的区委书记颜景华根据党的指示，领导人民进行了顽强的斗争。民兵队长李振刚则在敌人的心脏地带扩大游击队，严厉地打击着敌人。虽然敌人疯狂地来镇压革命，但是，游击队始终和人民团结在一起，越战越勇，越战越强，他们利用敌人的矛盾，寻找敌人的弱点，然后给其以严厉的打击。在残酷的斗争中，淮河两岸的人民也愈发坚强，使革命的武装力量不断地扩充壮大起来。从内容、表现手法及完整的艺术结构看，该小说是《活人塘》的姊妹篇，达到了职业作家的创作水准。

秦兆阳短篇小说《农村散记》：描绘变革中的农村里新与旧斗争的作品

秦兆阳（1916.11.15—1994.7），湖北黄冈人。1953 年，河北农村掀起社会主义大变革的热潮，秦兆阳立刻投入到这场大变革之中。期间，他以饱满的政治热情、敏锐的目光摄取生活素材，接连创作出多篇短篇小说并在《人民日报》和《人民文学》上发表，其中的短篇小说《农村散记》发表在 5 月 2 日出刊的《人民文学》第 5 期上。1954 年，这些作品结集为《农村散记》出版。《农村散记》以素朴而又明快的艺术风格及诗一般的情调，从不同生活侧面，描绘出了变革中的农村里新与旧的斗争，歌颂了崭新的、健康的、聪明的农民及他们正在创造的幸福生活。这一组作品，曾经在读者中广为流传，许多年轻的文学作者和新闻工作者受其影响，写起了农村的新人新事。

骆宾基短篇小说《王妈妈》：讲述了一则"欺贫爱富"的故事

骆宾基（1917—1994.6），山东平度人，生于吉林珲春。《王妈妈》5月2日发表在《人民文学》第5期。小说以王妈妈看望闺女桂姐儿为线索，展现了她与桂姐儿的公公李老汉，以及桂姐儿与公公之间"人情世故"的变化。土改之前，王妈妈孤身一人，穷困潦倒，一年有四个月时间住在闺女家。期间，她常常要面对李老汉的冷眼与鄙视，女儿不得不在公公面前低眉顺眼。互助组成立之后，王妈妈当上了托儿所的主任。由于身份不同了，王妈妈的家境也富裕了，她再去看望闺女时，感到一切都变了：李老汉像对待贵客一样招呼她了，闺女也是满脸的兴奋，说话也高声大嗓了。小说虽然演绎的是一个"欺贫爱富"的陈年话题，但在当时强调文艺"为政治服务"的背景下，却具有超时代人性的独到意味。

吴运铎传记小说《把一切献给党》：吴运铎一生的真实写照

吴运铎（1917—1991.5），湖北武汉人。《把一切献给党》7月份由中国工人出版社出版，是吴运铎一生的真实写照。吴运铎本是一个煤矿工人。抗战期间，他在新四军中参加武器研制工作，为制造炮弹，多次冒险试验，三次负重伤。面对死亡的威胁，他始终以坚强的意志和对革命的无限忠诚来战胜死亡的威胁。当他躺在病床上的时候，也紧张地学习，坚持写作和进行科学实验，充满了革命的英雄主义和乐观主义精神。本传记小说真实、生动地记述了作者在党的领导与教育下成长的经历。作品被称为"生活的教科书"，自1953年出版至今，印数已超过1000万册，不仅在我国多次再版，影响了几代人，而且被译成七种文字，在国外广为流传。

李准短篇小说《不能走那一条路》：讲述不能走资本主义的道路的小说

李准（1928—2000.2），蒙古族，河南洛阳人。《不能走那一条路》11月20日发表在《河南日报》，其题名指不能走资本主义的道路，它是"十七年"小说中反映农业合作化题材的代表作之一，是作者创作的第一篇小说。小说通过张栓和宋老定这两个人物表现了农村中存在的两极分化和资本主义自发势力的问题。其中，宋老定思想的转变是小说的关键主题，他先不理解儿子宋东山参加合作社，后来又主动把钱借给张栓，帮助他渡过难关。宋老定的转变让人们看到了农村土改的成绩，看到了党对农民的改造情况，看到了社会主义发展的希望。从艺术创作的角度看，小说塑造了土改后不同类型的人物，分别有思想逐步转变的宋老定，先进共产党员宋东山和卖地的张拴，宋老定的形象对后来的文学创作产生了较大的影响。从文学史的角度看，本小说是新中国成立以来第一部反映农村两种思想、两条道路斗争的小说，它的创作主题受当时政治环境的影响，旨在写出我国农村里社会主义道路和资本主义道路的斗争，体现了作家敏锐的发现社会问题的能力，曾得到党中央和毛主席的支持。小说语言采用豫西口语，极具地方色彩。

骆宾基短篇小说《夜走黄泥岗》：反映了互助合作化运动中出现的新人物、新思想、新风尚

《夜走黄泥岗》12月7日发表在《人民文学》第12期，写李四虎为了支援国家的水利建设，派遣互助组的骡子车去参加工地运输。临走时，南旺庄的支部书记对李四虎嘱咐道："这一次出车，是支援国家的建设。"小说反映了互助合作化运动促进着新人物、新思想、新风尚的出现。作者善于从广阔的生活片段中选取细小的事件作为故事的核心，其刻画人物、表达主题都透露着时代的强烈气息。

路翎短篇小说《战士的心》：展现志愿军战士英勇反击敌人的小说

路翎（1923—1994），原籍安徽省无为县，生于江苏苏州。《战士的心》12月7日发表在《人民文学》第12期。小说的叙事主线按照战斗发生的时间顺序，展现了一个班的战士在反击无名高地上的敌人时的英勇精神，副班长刘贵兴、战士廖卫江、吕得玉为了胜利都献出了自己宝贵的生命。叙事副线讲述了英雄班中一个叫张福林的"另类"人物在战斗中的成长历史。张福林是一个新战士，战场经验不足，战斗刚开始，他不小心拉响了照明弹，引起了敌人的注意，导致反击行动处于被动中。在面对敌人猛烈的火力时，张福林的心里忐忑不安，其表现与他的战友廖卫江、吕得玉形成了凡人与英雄的鲜明对比。渐渐地，张福林从英雄人物身上吸取了精神力量，不断克服心理障碍，最终成长为一名合格的英雄战士。当他的左臂受重伤后，他继续追击美国逃兵，在照明弹的照耀下，他看到一个十八九岁的美国兵面对他的枪口极度恐惧，他第一次近距离地面对敌人，内心也非常恐惧。最终，他做出了开枪的决定，年轻的美国士兵在中弹后发出"绝望的号叫"，然后"旋转着倒下去"。本小说和作者的另一篇小说《洼地上的"战役"》都属于抗美援朝题材的代表作，不仅再现了战争中的流血牺牲和人性冲突，而且已初具成长小说的一些风格。该小说的叙事模式是"双线"并进的方式。一条线索是人物行动的外部表现：失误（犯错）—阻碍—成长；另一条是人物心理的内部建构：激情—动摇—幻灭—追求。张福林第一次参加战斗时在慌乱中拉响了照明弹，结果暴露了我军，打乱了作战计划；之后又由于慌张，未瞄准敌人就射击，结果被班长责备。而他的战友则为全排拉响了爆破筒，打开了进攻的道路，这使他感到羞愧与自责。加上在班长的喊声中，他对战争产生了紧张和恐惧的情绪，觉得自己辜负了班长的期望。但当他得知老战士吕得玉牺牲后，他重新进行战斗并获得了班长的信任，完成了任务。[1]

师陀短篇小说《前进曲》：讲述了一个坚持单干的老农最终入社的过程

《前进曲》12月15日发表在《文艺月报》第12期。小说写了初级社的一番新气象，一个坚持单干的老农，在合作社社员增产增收的事实面前和社干部的热情说服下，终于同意入社，大伙于是欢快地一同前进。小说中的"老朱克勤"是一个很有性格的老农，他是种庄稼的老把式，而且在种庄稼时能接受新的农业技术。他做事精明、稳当、踏实，是个过日子的人。他的政治思想也不落后，相信政府号召的合作化不会错。但他认为入不入社"绝不会有人勉强"，所以他不想入社。他心里想的是土地分到手了，可以过种庄稼的瘾，尝小家小户自种自收的乐趣。他也看不上别人种的地。小说后半部分写了"老朱克勤"不肯"入社"后所面临的种种精神压力。首先是自然灾害。夏天旱，玉蜀黍快

---

① 参阅李亚诺《路翎成长主题小说的艺术风格——以〈战士的心〉、〈洼地上的"战役"〉为例》，《北方文学》，2016.11。

枯死了；秋天涝，长势喜人的白薯都毁在了连天淫雨中。因为没有入社，所以抗旱打井或防涝抢收都显得人手缺少。其次是家庭矛盾。"老朱克勤"的老伴及女儿二梅都愿意入社，"老朱克勤"却不想入社。于是，"我"这个下乡干部去安抚"老朱克勤"的儿子大宝及女儿二梅，大宝托"我"在城里给他找工作，这是他要离家出走的一种暗示、警告，而"老朱克勤"却浑然不觉；然后，"我"去劝"老朱克勤"入社，"我"与老人"从生产治家谈到天时、地利、人和，从旧社会谈到新社会，从互助组谈到合作社"，然后谈到大宝要离家出走的事情后，"老朱克勤"彻底被击倒了，他最后终于入社了。入社后，"老朱克勤"还被选为社里的"技术委员"。后来，"老朱克勤"在老伴督促下，上东北去找大宝，但却没找到。小说发表后，1954 年第 3 期的《人民文学》很快转载了该小说。小说的题材是农业合作化运动，表现了作者对外部世界的敏锐体验，成功地塑造了老农民朱克勤的形象，也成功塑造了要求"进步"的青年农民大宝以及带有知识分子气的工作员"我"的形象。小说的情感基调沉重而悲凉，在同时期作品中独树一帜。①

---

① 参阅郭战涛《历史漩涡中的三个人物——师陀〈前进曲〉细读》，《当代作家评论》，2008.2。

1954 年

路翎短篇小说《初雪》：一曲赞颂国际主义和革命人道主义的深情颂歌

《初雪》1月7日刊登在《人民文学》第1期。小说通过志愿军汽车兵刘强和他的助手王德贵闯过敌人重重封锁线，往安全地带运送一车朝鲜妇女、儿童的故事，真实、细致地写出了两位战士的不同性格和美好、动人的精神面貌，也写出了他们和朝鲜人民水乳交融的深厚情谊。从思想内容看，该小说是一曲赞颂国际主义和革命人道主义的深情颂歌。从小说的艺术构思和艺术描写看，它是对真实生活的重新锻铸、提炼，达到了诗化和美的境界，完全符合毛泽东同志讲的艺术的美应有比"普通的实际生活更高，更强烈，更有集中性，更典型，更理想……"的要求。作者没有着意编排离奇、曲折的故事情节，而是在真实情境、人物心灵、环境气氛及细节的描写上下功夫，"红装素裹"，织成了一幅清新纯美的图画。小说的思想艺术达到了完美统一，是新中国成立以来最好的短篇小说之一，也是当时和后来描写抗美援朝战争最好的小说之一。小说发表后，文学评论家巴人在《文艺报》1954年第2号（1月30日出版）上发文进行了高度评价。但1954年第7号（4月15日出版）的《文艺报》却发表了一篇"读者中来"的文章，认为刘强和王德贵在执行"极其紧张极其危险的任务"时，不应该在驾驶室里怀抱着一个小孩，不应该有"纠缠不清的想法"，从这两点上对小说进行了彻底否定。自然，这种"意见"在今天看来是十分荒谬可笑的。

刘知侠长篇小说《铁道游击队》：一部反映中国人民开展抗日游击战的优秀作品

刘知侠（1918—1991.9），河南卫辉人。《铁道游击队》1月份由上海文艺出版社出版，是一部反映中国人民开展抗日游击战的优秀作品。1943年，作者到山东滨海抗日根据地去参加全省的战斗英雄模范表彰大会，其间，他结识了铁道游击队的英雄们，被他们的战斗事迹感动了，于是决定根据他们的事迹写一部小说。为了创作该小说，作者两次通过敌人的封锁线去鲁南的枣庄、微山湖及铁道游击队里收集素材。小说描写鲁南地区的人民在党的领导下，与日本侵略者进行英勇斗争的故事。小说主要写了煤矿工人和铁路工人为主体的游击队的成长过程，歌颂了他们英勇无畏的斗争事迹，成功地刻画了刘洪、芳林嫂等英雄人物的形象。刘洪是游击队的大队长，他被军区领导派往枣庄组建游击队，在艰难的环境中，他率领游击队员夜袭洋行，飞车抢枪，再袭洋行，巧袭客车，充分表现了勇敢无畏、机智果断、一心向着党的英雄品格。在微山湖的战斗岁月中，刘洪与游击队员屡遭困厄，但他率领大家与敌人巧妙周旋，最终转危为安，显示出一个共产党员和革命战士永不屈服、坚韧不拔的革命信念。小说还写了刘洪与芳林嫂之间的爱情生活，表现出一个普通男人和共产党人的纯洁、美好的心灵。芳林嫂是作者重点刻画的人物形象之一，她的丈夫是个铁路工人，被鬼子杀害了，从此她独自担负起照顾老人和女儿的重担。她恨透了鬼子，参加了抗日活动，后来成为游击队的交通员。她把自己的家当作游击队的联络点，利用自己熟悉临城和微山湖一带情况的有利条件，经常为游击队刺探敌情，传递情报，掩护同志。被捕后的她，坚强不屈，成为令敌人害怕的女游击队员。小说也塑造了其他更多的英雄人物形象，而且都写得较生动，有一定的个性，比如机智勇敢的彭亮、王强，豪爽粗犷的鲁汉，勇敢顽强的小坡等。小说所讲述的人与事，都是对历史真实的忠实记录，作者以高昂的革命激情和富有革命传奇色彩的故事情节，集中歌颂了鲁南地区铁道游击队敢于斗争、善于斗争的革命精神和英雄气概。1956年，上海电影制片厂将小说改编拍摄为同名故事片在全国上映。"文革"期间，小说被"四人帮"加上各种罪名而横遭"批判"。①

艾芜短篇小说《夜归》：描写了一个工人和一个农民勇往直前的精神面貌

艾芜（1904—1992），四川成都人。《夜归》3月7日发表在《人民文学》第3期。小说写青工康少明下班后搭乘一个少女赶的送粮马车回村的故事。作者以富有感情的笔触，描写了两个普通的、平凡的青年工人和农民的形象，细腻地刻画了他们积极向上、勇往直前的朝气蓬勃的精神面貌。青年工人的性格积极活跃，少女的性格倔强、天真。

路翎短篇小说《洼地上的"战役"》：描写了一名志愿军战士和一名朝鲜姑娘悲剧性的爱情

《洼地上的"战役"》写于1953年11月，是作者到朝鲜战场，和中国人民志愿军一起生活了一段时间后写成的小说，1954年3月7日发表在《人民文学》第3期。小说以大量的笔墨写了志愿军战士王应洪和朝鲜姑娘金圣姬之间的悲剧性的爱情。小说对王应洪的内心活动及他和金圣姬相处时的言行、神态的描写是写得最好的文字。朝鲜姑娘金圣姬向王应洪求爱的事情给王应洪带来了烦恼。小说也塑造了严酷环境中的英雄人物形象；诗意浓郁，气势恢宏，笔调豪放、粗犷，语言明白晓畅，朴实生动，既有浓郁的生活气息和群众风格，又具有澎湃的激情和深刻的哲理。后来，这篇小说和作者的另两篇反映部队生活的小说《战士的心》《你的永远忠实的同志》都受到了批判，批判者认为它们都"有着严重的缺点和错误，对部队的政治生活作了歪曲的描写"。"文革"后，该小说被收入到小说集《重放的鲜花》之中。

沈默君中篇小说《渡江侦察记》：讲述了渡江战役中解放军的英雄事迹

沈默君（1924.1.4—2009.8.20），安徽寿县人。《渡江侦察记》4月30日由中国青年出版社出版。小说取材于渡江战役中先遣大队的真实事迹。三大战役胜利后，为了赢得渡江战役的胜利，人民解放军第三野战军抽调了300多名精明强干的战士，组成了"先遣渡江大队"，计划偷渡长江，但由于天气原因，不得不改为强渡。战士们抵挡住了敌人猛烈炮火的袭击，抵达南岸后积极开展

---

① 参阅李先锋《钢刀插在敌胸膛——重评长篇小说〈铁道游击队〉》，《山东文艺》，1978.7。

敌后侦察活动，在很短的时间内，他们侦察到敌人的江防部署、兵力调动、编制装备、作战能力、炮兵阵地、舰艇活动等情报，并迅速报告给江北军部。这次成功渡江，被誉为"百万雄师过大江"的前奏。作者将当年四名女游击队员的事迹融合成女主角"刘四姐"的形象，同时也给小说赋予了很多抒情、温柔的细节，比如老班长吴老贵在突破敌人江岸封锁时中弹了，生命最后，他给小马留下的遗言非常感人。1954 年 6 月，在陈毅的悉心指导下，上海电影制片厂摄制了同名电影。影片惊险曲折的故事情节，塑造的智勇双全的侦察连长李春林及他带领的班长吴老贵、战士小马、侦察员周长喜，还有当地游击队女队长刘四姐等人的形象给人们留下了难以忘怀的印象，为中国军事题材惊险影片的创作提供了经验。1972 年，上海电影制片厂又在原拍摄地安徽省繁昌县拍摄了彩色故事片《渡江侦察记》。

杜鹏程长篇小说《保卫延安》：讲述了人民解放军和陕甘宁边区人民英勇歼敌的故事

杜鹏程（1921.3.28—1991.10.26），陕西省韩城人。《保卫延安》6 月份由人民文学出版社出版。小说描述了 1947 年 3 月初，国民党政府派遣数十万兵力对延安发动了疯狂的进攻，人民解放军和陕甘宁边区人民在毛泽东主席的亲自领导下，从防御转入进攻，并在沙家店等战役中歼灭了数倍于我的敌人，取得了在当时西北战场上具有决定性意义的辉煌胜利。小说以我军主力纵队一个连的参战过程为引子，串起了青化砭、蟠龙镇、榆林、沙家店等一系列战役。作者从高级将领的重大决策和基层连队的战斗生活写起，对大大小小的战斗和根据地人民及游击队的斗争进行了真实、正面的描写，艺术地表现了战略防御到战略反攻的转换过程及西北战场总指挥彭德怀的形象，塑造了周大勇、李诚等指战员的英雄群像，歌颂了党中央的英明决策，反映了人民解放军和人民群众的血肉关系，揭示了人民军队必然胜利的历史规律。正是由于小说塑造了连长周大勇，士兵王老虎、孙全厚，营指导员张培，团参谋长卫毅，旅长陈兴允等一批坚定、勇敢、崇高的解放军英雄形象，所以出版不久，即被誉为是"一部具有英雄史诗的精神的作品"①。小说中的人物多有真实原型。据作者杜鹏程自述："这些形形色色的人，我是从实际生活中的真人开列了很长的名单，尔后逐渐筛选、合并出来的。"②战争期间，杜鹏程一直跟随西北野战军二纵四旅作战，并"在战壕里、在膝盖上、在炕头上、在碾台上完成"了"一二百万字的战争日记"③。小说即以这些真实素材为依据写成。2009年，小说被摄制成28集长篇电视连续剧《保卫延安》播放。

峻青短篇小说《党员登记表》：歌颂共产党员和人民群众对党无比热爱与忠诚的优秀作品

峻青（1922—1991），原名孙俊卿，山东海阳人。《党员登记表》8月8日发表在《解放日报》，是作者根据一件真实的事情创作的。1943年4月初，山东莱东县委副书记宋云甲和九区区委副书记宋洪禄深入九、十区敌占区检查地下党的组织工作，并对这些地区的党员进行登记。两人在由霞峰村返回县委的途中，与国民党县区队的队伍遭遇，宋洪禄、宋云甲先后牺牲，他们随身携带的干部、党员、进步群众的登记表及组织发展的谈话记录等被敌人获得，随后不少党员和抗日群众落入国民党县区队队长赵保原的手中。5月7日，赵保原部在五处渡、淳于、大陶漳、留格庄等地共杀害了46名党员和25名群众，史称"五七"惨案。据亲历者回忆，当时党的地下工作是在极端秘密的情况下进行的，人们传递情报时，甚至把情报塞进驴粪球里，然后扮成捡粪的农夫，走村串巷，秘密开展工作。峻青便以这段故事为原型，写了处在敌占区的地下党区委书记老赵被叛徒出卖后，他将一份党员登记表埋藏起来。在敌人逮捕老赵的时候，共产党员黄淑英正巧给他来送饭。老赵示意黄淑英要找到这份关系到全区党员生命的登记表。黄淑英实现了老赵的遗愿。不久，黄淑英也被敌人逮捕，她坚贞不屈，严守党的机密，直至壮烈牺牲。黄淑英的母亲接受女儿牺牲前的重托，以乞讨为掩护，保存了这份党员登记表，保护了党组织的安全。小说着力刻画了共产党员黄淑英和黄妈妈的英雄形象，通过这对母女为了收藏党

---

① 参阅冯雪峰《五年来我国文学创作的发展方向》，《人民日报》，1954.10.1。
② 参阅赵俊贤《〈保卫延安〉创作答问录》，《新文学史料》，2001.1。
③ 参阅张均《怎样"塑造人民"——小说〈保卫延安〉人物本事研究》，《文艺争鸣》，2014.5。

员登记表、保护地下党组织，不怕牺牲、前仆后继，同敌人英勇斗争的故事，歌颂了共产党员和人民群众对党的无比热爱与忠诚，表现了党和人民的血肉联系，是一篇优秀的文学作品。作品不仅体现了当时地下工作的紧张情势，而且鼓舞了广大党员干部的革命积极性，同时让老百姓回味了昨天残酷的战争，提升了建设新中国的积极性。①

端木蕻良短篇小说《钟》：描写了农业合作化运动中人们的无私奉献精神

端木蕻良（1912.9.25—1996.10.5），满族，辽宁昌图人。《钟》9月7日发表在《人民文学》第9期，是"十七年时期"描写农业合作化运动的小说。小说写村里建起集体农庄后，开始以生产队为单位组织耕作，全体庄员每天早晨五点半都要像工厂敲钟上班那样敲钟上工，这可苦坏了集体农庄的积极分子胡大叔，他极不习惯这个现代工业"时间"，老赶不上点，不是早了就是晚了，弄得每天晚上连觉也睡不踏实。为了对付这个"现代时间"，年轻庄员朱长林买了一块表，目的是为了"不早来一分钟，也不晚一分钟"。胡大叔第三次误点后，受到朱长林的启发，下决心也买块表，免得老受青年人奚落。起先，他只想像朱长林那样，买块旧怀表。但会计老孙劝他要买就买个小闹钟，只要一到点，闹钟一闹，起来就可干活，"简直和在工厂一样"。小闹钟买回来后，胡大叔的家人把小闹钟当成了一个稀罕物件儿，老老小小都成了"现代科技"的信徒。第二天五点半，闹钟准时响起，胡大叔、胡大婶终于觉着"捉住了时辰"，可以和工人一样按钟点上下班了。胡大叔经常爱说的话是：我们能捉住时辰，就能赶过时辰去。在小说的结尾，胡大叔把小闹钟献给了集体，为的是让所有社员都能"把时辰攥在手里"。大家都被胡大叔的大公无私感动了，在大家眼里，那"一口煊红的小闹钟"仿佛是胡大叔跳动的心脏，"大家的眼睛都看住那钟，那钟在'嗒、嗒'地走着"。"钟"在这里是一个内涵丰富的"现代时间"的隐喻。农业合作化运动的全部矛盾，在小说里被简化成了传统与现代两种时间观的冲突。实行集体化生产后，个体农民日出而作、日落而息的"传统时间"与集体化所要求的"现代时间"发生了功能性紊乱；胡大叔时时

---

① 参阅段继军《入境·入情·入理——〈党员登记表〉教学一得》，《中学语文教学参考》，1995.6。

挂在嘴里的"时辰"，在这里成了一种哲学的、叙事学的隐喻。在这种时间美学修辞的深处，潜藏着由戏拟带来的反讽意味。《钟》的"时间美学"在小说里成功地转化成了一种"性格美学"。"传统时间"与"现代时间"的冲突，使胡大叔的性格得到了生动的刻画。胡大叔之所以被"现代时间"折腾得彻夜难眠，乃是因为他是个热爱集体生产的"老把式"，他买钟、护钟、献钟，都是出于对合作化、对集体农庄的热爱。这与朱长林买表的目的形成了鲜明对比。朱长林也受到了"现代时间"的煎熬，但他买旧怀表是为了"不早来一分钟，也不迟来一分钟"。胡大叔最终将闹钟无私地献给了全体庄员，朱长林却要将旧表卖给小队，占点小便宜。两人的品格差异由此可见。①

马烽短篇小说《韩梅梅》：讲述合作化时期知识分子回乡务农的小说

《韩梅梅》9月7日发表在《人民文学》第9期。小说讲述了韩梅梅在县中学考试落了榜，受到了家人的数落。合作社缺少有文化的人，十分欢迎韩梅梅回乡务农。社长想让韩梅梅当管理员，韩梅梅却主动承担了喂猪的工作，不怕脏臭，科学养猪，猪养得又肥又壮。秋后农业社结算，韩梅梅挣了七十多个劳动日的工分，分到一千多斤粮食，还被选为生产模范，派到县国营农场去受训，家人也对她转变了看法。一时间，"知识分子回乡养猪"的话题街传巷议。

雷加长篇小说《春天来到了鸭绿江》：较早反映了我国工业建设的小说

雷加（1915.2.1—2009.3.10），原名刘涤、刘天达，辽宁丹东人。《春天来到了鸭绿江》9月份由作家出版社出版，是作者"潜力"三部曲的第一部，另两部是《站在最前列》（1956年7月由作家出版社出版）、《蓝色的青林》（1958年3月由作家出版社出版）。作者在解放战争时期曾在东北某造纸厂做过长期的实际工作，"潜力"三部曲就是作者这段生活的结晶。小说塑造了何士捷、岳全善、徐家光等一系列有血有肉的英雄人物形象。共产党员何士捷是三部曲中最关键、最重要的人物，处于核心的地位。由于工作的需要，党安排他去一家造纸厂完成恢复生产的重大任务。他面临的社会环境是异常复杂和恶劣的。当时，民主政府刚刚成立不久，反革命分子的活动十分猖獗；粮价正涨；伪保

① 参阅杜国景《农业合作化的"时间美学"及其退却——评端木蕻良十七年时期被遗忘的两篇小说》，《民族文学研究》，2010.3。

管委员会主席帮着奸商迫害工人；大批工人食不果腹，饿着肚子拉三轮、摆香烟摊或心灰意懒地蹲在墙根晒太阳；工厂里的铁梁上结着冰，玻璃上挂着灰，皮带静止不动，水管闪着冰冷的面孔，不冒烟的烟囱筑着鸟窝，庞大而复杂的机器像一头头巨兽蹲在那里。何士捷自己对造纸工业一点也不熟悉。但他没有被漫无头绪的困难所吓倒，而是立即着手恢复生产。《潜力》三部曲较早地反映了我国的工业建设，不仅艺术地再现了解放战争初期东北地区的伟大历史变革，表现了国民党大举进攻东北地区期间复杂而尖锐的斗争，而且它回答了一个十分重大的历史问题：共产党领导全国人民的解放斗争必将取得胜利，但是共产党能否领导胜利后的中国人民开展大规模的经济建设，尤其是工业建设？对于这个问题，小说做出了肯定的回答。小说从纷繁的生活本身出发来表现时代的变革，没有用概念去套生活，也没有从某种观念去找寻生活素材和演绎故事。小说多少带有些"写实"和"自传"的性质。小说向读者展示了一幅广阔的社会生活图景：前方是敌我军队的交战，后方是工厂为恢复生产而与敌人及各种困难所作的斗争。小说写出了党的干部和工人阶级、人民大众蔑视困难、蔑视敌人、英勇战斗、忘我工作、最终赢得整个胜利的英雄气概。

赵树理短篇小说《求雨》：一篇表现反封建主题的小说

《求雨》10月7日发表在《人民文学》第10期。小说写土地改革后，金斗坪村遇到了干旱，党支部书记于长水领着大家开渠抗旱。但在动工这一天，龙王庙里有人敲钟打鼓求起了雨来。于长水派一个青年跑到庙里去看，发现庙里有八个老头在向龙王求雨，最想不到的是土改积极分子于天佑也在里面。青年回来把这情况给于长水报告后，于长水想出的对付办法是一方面说服他们，一方面加紧开渠。但庙里的钟鼓不断地敲着，把一些心里还没有和龙王爷完全断绝关系的人也敲得动心了，工地上有些人便跑到庙里去求雨了。两天之后，开渠遇上了新困难，就是水渠得从庙下边的石崖边经过，但那里的石头太硬，根本过不去。于是，工地上的人又跑得所剩无几了。于长水最终想出在石崖上架上木槽后把水接过来的办法。他的办法被通过后，工地上又来了很多人。庙里跪香的人自然少了不少，气得于天佑拼命地敲起钟来。当石崖上的木槽架好后，全村男女老少都去看新鲜。但于天佑和另外五个老头还在庙里虔诚地求着雨。水接通后，有四个老头从庙里走了出去。剩下的只有于天佑了。但最后，于天佑也爬起来跟着别的老头走了。小说通过记述求雨这一件事直截了当地表现了"反封建"这一主题。作者在这篇只有2000多字的小说中塑造了土改积极分子于天佑、党支部书记于长水及地主周伯元的形象。于天佑在土改中积极批斗地主周伯元，但他的脑子里依然充满着封建迷信的思想，他无疑是当时一些农民的典型代表。于长水对领导大家开渠抗旱这件事矢志不移，尤其是当庙里求雨的钟鼓声把很多人吸引得也去求雨及开渠遇到困难时，他依然不放弃，反而开动脑筋想出了解决困难的办法，表现了他是一位充满智慧的村级领导。渠修好后，河里的水被顺利地引到了田地里，旱灾终于被抗住了。小说短小精悍，其语言表述、情节结构、人物形象塑造、思想内容表达都取得了很高的成就，体现出了作者深厚的艺术功力和极高的文学造诣。

康濯短篇小说《春种秋收》：反映农村青年积极参加农业生产的小说

《春种秋收》1954年11月20日发表在《说说唱唱》第11期，是作者在1953到1954年一年多的时间里写成的小说，反映了农村青年积极参加农业生产的事情，表现了他们高尚的品质。小说的具体情节是初中毕业生刘玉萃回乡参加农业生产，但她总是愁眉苦脸，认为自己文化高，便瞧不起庄稼人。后来，她认识了岭前庄青年团干部、远近闻名的劳动能手周昌林。在接触中，刘玉萃发现周昌林虽然没有读过几年书，但文化程度并不低，他看了很多农业技术方面的书，并对村里的远景抱着无限的希望。刘玉萃渐渐被周围热情可亲的人和紧张愉快的劳动氛围所感动、感染，她决定在农村安家立业了。秋收的时候，周昌林和刘玉萃结婚了。从此，村里和刘玉萃曾有同样想法的姑娘，也渐渐认识到一些人所说的在农村没有发展前途的说法是不对的，每个人只要在祖国需要的岗位上发挥力量，无论在哪儿都会有发展，都会有前途。小说后来被拍摄成电影《她爱上了故乡》。[1]

---

① 参阅李希凡《农村社会主义新人物的颂歌——读康濯的"春种秋收"》，《人民文学》，1956.1。

萧军长篇小说《五月的矿山》：一部反映矿工生活的小说

萧军（1907—1988），辽宁凌海人。《五月的矿山》写于1949年"五一"节到来时，1954年11月由作家出版社出版，是一部反映矿工生活的小说。小说写某煤矿为了支援全国的解放，开展了献工活动，确定的完成指标是5000吨。但这个目标却不能满足工人们的要求，露天矿工人鲁东山去找领导交涉，但领导没有同意他提出的增加指标的要求。鲁东山随后不顾生病的儿女，不顾妻子的感受，毅然到矿上去拼命工作。在领导没有同意的情况下，他号召工人们修一段路，以粉碎由反动派密谋的一场爆炸活动。鲁东山的工友杨平山因病住院，他提前出院后也加入献工活动之中。台山井矿修坑道的工人张洪乐也不顾妻子生产，加入坑道的修复工作之中。献工活动结束后，矿上召开了表彰大会。但此后，领导却不重视生产安全，无视矿工的意见，最终导致杨平山等人在一起事故中死亡了。小说高调颂扬了工人阶级的献身精神，展现了工人在翻身后高涨的工作热情，同时也反映了部分矿山领导的官僚主义。但从艺术角度看，小说情节组织不紧密，最后写的事故跟前面的关系不够密切，情节铺垫不够，显得有点突兀；另外，小说的主题出现两重性：前面以赞扬工人为主，后面以批判官僚主义为主，两者结合得不够好。

周立波长篇小说《铁水奔流》：一篇盲目紧跟形势的小说

《铁水奔流》在1952年2月完成后，历经六遍修改，直到1955年5月才由作家出版社出版，其中的第1—4章《最初的几天》发表在12月7日出刊的《人民文学》第12期上。小说塑造的李大贵这一形象，是作者将其作为"群众所向往的理想人物"来处理的。李大贵是新中国第一代工人中的先进分子代表，小说着力展现了他的勇于斗争、忘我工作和不怕牺牲的高贵品质，同时也写出了他性格和思想上的缺点，如性子暴、脾气大、简单等。李大贵外号叫"大炮"，小说第10章写他和金超群发生的口角，便是他性格缺点的突出表现，结果导致一些言论对他很不利，"在职工中间留下了深重的影响"。小说还大胆地描写了已有妻儿的李大贵在党训班学习时和女工范玉花发生婚外恋的事情。但作者由于急切于政治上的功利，盲从于政策上的需求，所以不顾自己生活积累和艺术积累上的不足，紧跟形势，仓促开篇，结果只能是盲目紧跟，反为盲目误，导致创作上的失败。[①]

王愿坚短篇小说《党费》：塑造了一位在敌后坚持革命斗争的女共产党员的形象

王愿坚（1929—1991.1.25），山东诸城人。《党费》是王愿坚的处女作，12月12日发表在《解放军文艺》第12期。小说讲述了在第二次国内革命战争时期，闽粤赣根据地的一位女共产党员黄新在白色恐怖下，不畏艰险，援救同志而英勇牺牲的故事。作品塑造的黄新是一位在敌后坚持斗争的女共产党员，她勇敢机智，对党无比忠诚。小说的构思新颖独特，把咸菜作为特殊的党费贯穿全篇，描写了一系列动人的情节；在人物刻画上，作者细腻地刻画了黄新的性格，让她在严峻的考验中表现出精神美；小说中的伏笔设计和细节描写也颇具特色。

---

① 参阅康咏秋《盲目紧跟反为紧跟误——评〈铁水奔流〉》，《湖南科技大学学报（社科版）》，1988.3。

1955 年

赵树理长篇小说《三里湾》：反映农村合作化运动的小说

1951 年春，赵树理在家乡晋东南地区的平顺县的川底、羊井底等地参加了农业合作社的建立工作。1953 年，他根据自己的经历，创作出了长篇小说《三里湾》，1955 年 1 月 8 日开始在《人民文学》第 1 期连载，到第 4 期止；5 月，小说由通俗读物出版社出版。《三里湾》是反映农村合作化运动的长篇小说，同时也是赵树理的代表作。小说写三里湾的秋收、整党、扩社、开渠等故事，塑造了范登高、袁天成、"能不够"、"糊涂涂"马多寿、"常有理"、"铁算盘"、"惹不起"等许多中间落后人物的形象。村长范登高先是工作积极分子，后来却逐渐热衷于雇工做买卖，反对扩社、修渠。他怕自己互助组的人入了社以后，自己也要被迫入社。他也反对菊英提出的分家要求，怕菊英分家后加入合作社，从而引起"糊涂涂"等人也入社，他只想维持现状。老党员袁天成是个"两只脚踏在两条路上"的人，他参加了合作化，但在家里，却受到了老婆"能不够"的领导，以维护她的权威和利益。"能不够"是个自私愚昧的泼妇，她有一套损人利己的人生哲学，一套"搅家婆"的小本领，村里人对她的评价是"骂死公公缠死婆，拉着丈夫跳大河"。中农马多寿绰号"糊涂涂"，他对集体利益常犯糊涂，但对个人利益却算计得十分清楚；他始终在家里维持着一套封建秩序，当三儿子参军后，他认为是儿媳妇菊英放走的，因此虐待菊英；他怕四儿子马有翼学他哥走掉，于是不等他中学毕业就把留他在家里；他坚决不允许马有翼与范灵芝或是王玉梅谈恋爱，而是逼着马有翼和小俊结婚。马多寿老婆的绰号是"常有理"，她能把没有理的事情也说得仿佛"端端有理"。马多寿的大儿子马有余绰号"铁算盘"，他自私自利，精打细算，在老婆和弟媳菊英、王满喜吵架时出来息事宁人，似乎很仁义，但他的这份"仁义"也是"用算盘算出来的"，因为"得罪了菊英，怕菊英提出分家；得罪了满喜，怕满喜离开他们的互助组。不论得罪哪一个，对他都是很不利的事"。马多寿的大儿媳绰号是"惹不起"，她是一个愚昧自私、蛮横泼辣的妇女，在和满喜吵架时撒泼的场面令人过目难忘。与这些中间落后人物相对应，小说也塑造了王金生、王玉生、王玉梅、范灵芝、王满喜等先进人物的形象。支部书记王金生坚持党性，一心为公，他那个写着"高、大、好、剥、拆、公、畜、欠、配、合"的奇怪的笔记本便是他热心工作的反映。王玉生"聪明、肯用思想，琢磨出来的新东西很多"。王玉生的妹妹玉梅勤劳、正义、热情，迫切追求进步，是一个充满活力的农村女青年形象。中学毕业生范灵芝是一个掌握了一定文化的知识青年，朝气蓬勃，积极上进，是农村中的一种新生力量。"一阵风"王满喜"在自己的利益上不算细账"，但在别人认为不值得花上工夫去闹的事上，却很上心。把作家塑造的这些社会主义新人形象和他塑造的那些旧人形象放在一起比较，可以看出他对旧人旧事的刻画较为生动具体、血肉丰满，对新人新事的描写则显得比较单薄、比较粗糙，比如对王金生的塑造，只写出了他一心为公、坚持党性的一面，性格比较单一，有点概念化。关于这一点，赵树理自己也有所觉察，他在《〈三里湾〉写作前后》一文中说："旧的多新的少——写马多寿等人仍比金生、玉生等人突出。"对小说没有塑造地主、富农等反动人物形象，赵树理解释道："……文艺作品不是百科全书，不能把什么问题都包括进去。要分清主次，抓主要的东西，省略次要的东西。《三里湾》这篇小说里对资本主义思想和右倾保守思想进行了批判，是作为人民内部矛盾写的。有人说其中没有敌我矛盾是漏洞，我不同意。"[①]《三里湾》的故事性强，通过描写王金生、范登高、马多寿、袁天成四个家庭在扩社过程中的矛盾与变化，生动真实地反映了农业合作化运动中先进力量和落后力量之间的斗争及农民在生产关系、家庭关系和婚姻问题上的种种矛盾冲突，也反映了农村各阶层人们的精神

---

① 参阅《赵树理文集》（第四卷），中国工人出版社，1980。

面貌，歌颂了广大农民的社会主义积极性，揭露了封建思想在农村的流毒和影响。小说中部分人物的形象栩栩如生，语言通俗、口语色彩鲜明，是当时颇受欢迎的一部优秀作品。但全书在写秋收、扩社及计划开渠等事情时前紧后松，结尾过于匆忙。 1958 年，长春电影制片厂将该小说改编拍摄为电影《花好月圆》在全国上映。[①]

峻青短篇小说《黎明的河边》：讲述一家人为护送两个武工队长过河而献出生命的故事

《黎明的河边》2 月 12 日发表在《解放军文艺》第 2 期。小说生动地描写了 1947 年秋中国人民解放军主力从昌潍撤退后，通讯员小陈及其一家为护送两个武工队长过河而献出生命的故事。小说一开始就描述了紧张、复杂的矛盾冲突。由于出了叛徒，河东的游击队垮了；为了重组队伍，坚持斗争，牵制敌人，上级派小陈护送"我"和老杨在黑夜里穿过敌占区去河东领导武工队的工作。出发之后，他们遇上了暴风雨，并同敌人遭遇，于是迷失了方向。好不容易来到潍河河边后，隐藏在树丛里的渡船却被暴涨的河水冲走了。小陈在护送"我"和老杨后，他的母亲和弟弟小佳被还乡团扣为人质以诱使他投降，但他们英勇不屈，临危不惧，大义凛然。小陈把革命的大义放在首位，向冲上来的匪徒开枪。母亲和弟弟牺牲后，他坚毅刚强，沉着镇定，注意节省弹药，没有像被复仇的火焰燃烧着的老姚那样连发子弹。在完成了任务、打光子弹以后，他把冲锋枪扔向河里，抱着一个冲到他面前的匪徒跳进了河里，表现了气壮山河的英雄气概。在护送"我"和老杨的时候，小陈的父亲毫不顾念家庭和个人的安危，忍受着妻子和两个儿子都牺牲了的巨大悲痛，毅然决然地带领着武工队员凫水渡河。小陈的父亲、母亲和弟弟是用鲜血和生命支持革命战争的人民群众的代表。小说以螺旋状递进式结构及"第一人称"来叙事，从不同侧面展示了各个人物的特征，并通过设置悬念来增强故事情节的曲折动人性，使小说在富有传奇性和浓郁的浪漫主义色彩时，也具有了将小说的思想内容与艺术技巧相结合的独特风格，即"悲壮美"。后来，《黎明的河边》和《老水牛爷爷》

[①] 参阅余红梅《赵树理小说〈三里湾〉的人物塑造和情节安排》，《河北理工学院学报（社科版）》，2005.1。

《东去列车》《党员登记表》等 13 篇小说结集为《黎明的河边》短篇小说集出版。1958 年,《黎明的河边》由长春电影制片厂拍摄为同名电影。

茹志鹃短篇小说《妯娌》:一篇写"家务事"的小说

茹志鹃(1925.9.13—1998.10.7),浙江绍兴人,生于上海。《妯娌》3 月 6 日发表在《解放日报》。小说写的是典型的"家务事",从婆婆赵二妈的角度写了她对二媳妇进门后与大媳妇相处不好可能会导致分家的担忧。二媳妇红英进门时,听别人介绍了自己婆家的家庭成员,"红英嘴里机械地跟着称呼,脑子里却想着昨天在青年团员小组会上同志们给自己做鉴定时,嘱咐的那些话……";第二天一早,赵二妈听到两个儿媳在为一件什么事争执着,大媳妇说她不同意,二媳妇反驳说:"你这是什么思想?还是青年团员呢!"赵二妈知道了两个媳妇都是青年团员,都在按着青年团员的原则办事,她们不仅没有矛盾,还争着互相关心,争着为国家做贡献。赵二妈心里的担心一下子烟消云散了。小说对赵二妈的心理活动写得细腻、真实,凸显了人物的性格。

茹志鹃小说集《关大妈》:塑造了一位为革命无私奉献自己的老妈妈形象

《关大妈》10 月份由中国青年出版社出版,集子里收录的作品主要有《妯娌》(见前面三月介绍)、《关大妈》等。《关大妈》写于 1954 年。这篇小说无论是作家表达思想、摄取生活的方式,还是艺术手法都迥异于她后来的作品。小说描写了一位为革命无私地献出一切的光辉的老妈妈的形象。关大妈的儿子桂平在革命中牺牲了,她把自己的爱转移给了猫子等游击队员,用自己母爱的力量支持他们的成长。关大妈是埋藏在作家心中的无数革命者的典型代表。小说对英雄性格展示得比较充分,加之作品充满了挚热的爱和崇高的理想,因此读起来颇令人感动。不足之处是由于过分注重了故事情节的叙述,所以忽略了人物个性的刻画。

沙汀短篇小说《卢家秀》:讲述一个农村少女成长为合作化积极分子的故事

《卢家秀》12 月 23 日发表在《人民日报》。小说描写了一个农村少女卢家秀在农业合作化运动中从"家庭小主妇"成长为合作化积极分子的故事。卢家秀是一个普通的农村女孩,十二三岁就成为肩负家庭重担的"小主妇"。在农村合作化运动中，她从家庭的束缚中挣脱出来，成为独当一面的生产组长。她在家庭生活中也和迟钝的父亲换了一个位置，由女内父外变成了父内女外，最终，她成长为一个支配家庭、集体并主宰自己命运的新人。卢家秀是那个时代的典型形象。

西戎短篇小说《宋老大进城》：展现新中国成立后农民发生转变的小说

西戎（1922—2001），原名席诚正，山西蒲县人。《宋老大进城》12月份发表在《人民文学》第12期。小说描写了老农民宋老大受农业社委托，赶着一辆大车进城卖了麦子，再把添置的一些生产资料拉回来的事情。小说所写的事情不多，也不大，但却把宋老大为集体力量的强大而感到的自豪，为新生活的美好而产生的陶醉表现了出来。宋老大乐观开朗、乐于助人、爱管闲事、多嘴多舌、幽默风趣。他人老思想却不守旧，他热爱社会主义，热爱农业生产合作社，有农业合作社社员的主人翁责任感。他虽不是社员干部，但每次社干会他都参加。凡是危害集体利益的事，他都要过问一番，自己做下错事也能正确对待。小说通过宋老大进城的一天经历，在富于戏剧性的情节中生动有趣地描述了这位普通农民心灵深处正在产生的思想意识、道德风尚的新变化，映现了20世纪50年代中期农民改变旧思想、旧习惯，由旧到新的转变过程。小说语言朴素，富于幽默感。

1956 年

王汶石短篇小说《风雪之夜》：反映农村生活在合作化运动时期发生深刻变化的小说

王汶石（1921.10.21—1999.6.5），山西万荣人。《风雪之夜》2 月份发表在《文学月刊》第 2 期；3 月 8 日，小说被《人民文学》第 3 期转载。小说写除夕之夜时，在县城开完会的区委书记严克勤未与在城里工作的爱人团聚，而是顶风冒雪深入到农村去开展调查研究工作；他在验收了新社后，又与乡支书杨明远等人研究了巩固和发展农业合作社的问题；随后，他又不顾疲劳，迈着坚定的步履，在临近黎明的时候赶回区里，主持召开了全区的农业生产动员大会。小说通过几个饱含时代气息的生活片段，生动地反映了农村生活在农业合作化运动高潮中的深刻变化。小说发表后，产生了较大影响。由此开始，作者以后发表的每个短篇小说几乎都产生了很大反响，因为它们对农业合作化刚刚完成以后我国农村的新生活、新人物进行了敏锐而及时的反映，都具有精细缜密、清丽峭拔、庄谐并济相结合的艺术风格及鲜明的时代色彩、民族特色，直到现在仍然影响着一些文学创造者的创作。[1]

李乔长篇小说《欢笑的金沙江》：一部较早反映党的民族政策在少数民族地区取得胜利的小说

李乔（1909—2002），彝族，云南石屏人。《欢笑的金沙江》共三部。第一部《醒了的土地》2 月份由人民文学出版社出版，描写了凉山彝族人民在解放

---

[1]　参阅李星《王汶石短篇小说创作的再认识——读新版〈风雪之夜〉》，《西北大学学报（哲社版）》，1982.1。

初期的生活与斗争，是中国少数民族文学作品中较早反映共产党的民族政策取得胜利的长篇小说，曾被译成俄文、英文。第二部《早来的春天》1962年3月由作家出版社出版，描写了凉山地区1956年的民主改革运动，展现了新的历史条件下奴隶与奴隶主之间的阶级斗争。第三部《呼啸的山风》1965年4月由作家出版社出版，描写的是彝族干部、群众密切配合，粉碎国民党残部勾结反动奴隶主发动的武装叛乱的故事。《欢笑的金沙江》散发着浓郁的乡土气息，具有鲜明的彝族特色，在当代彝族文学及当代少数民族文学创作中，占据着举足轻重的地位，并确立了当代民族文学的一个发展方向：现代性的方向，这个方向不仅直接影响着少数民族作家的创作，而且也为汉族作家表现民族题材提供了潜在的思维模式。但小说的主要缺点是：情节结构上"平顺有余，波俏不足"；在人物刻画上也比较粗略。①

秦兆阳长篇小说《在田野上，前进！》：一部反映农业合作化运动的作品

《在田野上，前进！》3月份由作家出版社出版。小说围绕曲堤村农业合作社由将要垮台到巩固、扩大这一中心线索展开，具体描写了农业合作社产生、成长、发展的曲折过程，表现了我们国家在开始进行社会主义建设的时候，农村中存在的尖锐、复杂的阶级斗争和广大农民走向社会主义道路的高涨热情。作品着重写出了农村工作干部在新的现实面前所持有的两种不同态度：一种以县委书记王则昆为代表，他们对社会主义方向很冷漠，怀疑农民走合作化的热情，因而不去关注社会主义建设和社会主义改造这一历史性的中心任务；另一种以县委副书记张骏为代表，他们对社会主义事业忠心耿耿，深入研究农民的生活特点，热情领导农民走合作化的道路。作者在描写这两种人物之间的斗争时，批判了前者，热情地赞扬了后者，说明每一个干部都应该以积极的态度来对待社会主义事业。小说反映的主题思想及许多细节都比较超前地与毛泽东同志的《关于农业合作化问题》及党中央的决议精神相符合。小说被称为是当时

---

① 参阅胡彦《对民族文学的另一种理解——从李乔长篇小说〈欢笑的金沙江〉谈起》，《边疆文学》，1999.6。

反映农业合作化作品中最成功、最优秀的一部杰作。[1]

孙谦小说集《奇异的离婚故事》：抨击干部队伍中一些人见异思迁、灵魂龌龊的小说

孙谦（1920.4.4—1996.3.5），原名孙怀谦，山西文水人。《奇异的离婚故事》5月份由长江文艺出版社出版。小说集内收入了十多篇短篇小说，其中第12篇《奇异的离婚故事》写某局的办公室主任于树德，是一个曾经经受过艰苦的革命战争环境锻炼的干部。于树德进城后，随着职务的提高，开始受到资产阶级思想的侵蚀，逐渐厌弃在战争中曾冒着生命危险掩护过他、在他病中精心侍奉过他并已为他生育了儿女的农村妻子杨玉梅，而追求起同机关年轻漂亮的女大学生陈佐琴来。他谎称自己没有妻子儿女，骗取了陈佐琴的爱情并使她怀了孕。骗局败露后，于树德为了笼络住陈佐琴，回乡同妻子杨玉梅办理了离婚手续。杨玉梅得知一切后，强忍着痛苦，毅然同他离了婚。于树德满身轻快地回到了机关，但没想到等待他的并非是美梦的实现，而是组织上对他的撤职处分和陈佐琴向法院对他提出的控告。小说改编成电影剧本后，被拍摄成电影《谁是被抛弃的人》上映，影片以揶揄嘲讽的笔调抨击了干部队伍中像于树德这样的见异思迁、灵魂龌龊的人，并从婚姻伦理的角度触及了当时一个带普遍性的社会问题：干部进城后，如何对待战争年代和自己同甘共苦、相濡以沫的伴侣？影片采取"夹评夹叙"的表现方法，对这一问题进行了探讨。影片丰富了小说的思想和艺术内涵。

王愿坚短篇小说《粮食的故事》：一篇描写老根据地人民坚持革命斗争的小说

1934年开春，某根据地的主力红军和中央红军合编，参加长征去了，游击队于是和国民党军队展开了激烈的斗争。当时由于敌人的残酷封锁，游击队的粮食短缺问题十分严重，几乎影响到了游击队的生存和发展。群众为了支援山上的游击队，不让红旗倒下去，想出了种种办法，在牺牲了生命和克服了许多困难的情况下，把粮食送到了山上。《粮食的故事》7月8日发表在《人民文学》

---

[1] 参阅陈明刚《"易世而不能重复"的艺术力作——〈在田野上，前进！〉新论》，《文艺理论与批评》，1993.5。

第 7 期。小说写的是 1935 年红军北上抗日后，湘鄂赣根据地遭到了国民党军队的重重封锁和严重破坏。根据地某山村里的地下工作者老高，接到了山上交通员小张带来的游击队政委要求他必须在天亮前送一部分粮食上山，以配合作战需要的重要命令。老高的儿子红七听到这个消息后，跟着父亲一同去送粮了，老高的妻子则留下来做村里的工作。老高父子挑着担子送粮时，机智地躲过了敌人的巡逻队，在快接近目的地时，被敌人发现了。为了保护粮食，老高当机立断，让红七转移敌人的视线，自己则挑起两副担子继续向山上艰难地走去。一阵枪响后，红七被敌人抓住，押进了村子。匪军军官逼着红七供出游击队的所在地，红七一言不发。敌人恼羞成怒，把红七关进了土牢，并决定枪毙他。正当敌人要对红七下毒手的时候，老高领着游击队冲进了村子，救出了红七。游击队在人民的支持和配合下，夺取了村庄，消灭了敌人；红七也实现了自己的理想，成为一名小游击队员。小说生动地描述了老根据地人民坚持革命斗争的情况，表现了革命干部和群众的精神面貌。1960 年，《粮食的故事》被拍摄成电影《父子俩》在国内及古巴等国上映，深受好评。①

玛拉沁夫长篇小说《在茫茫的草原上》：一部最早反映蒙古族生活的小说

玛拉沁夫（1930.8.7—），蒙古族，辽宁阜新蒙古族自治县人。《在茫茫的草原上》分为上下两卷，1956 年 9 月 1 日开始在《内蒙古文艺》第 9 期上连载；上部于 1957 年初版，原名为《在茫茫的草原上》，一些人认为该部小说具有"民族主义的情绪"及一些"自然主义"的描写，所以受到了批评；1963 年，经作者修改，《在茫茫的草原上》更名为《茫茫的草原》后出版，评论界认为该部小说是一部相当标准的"革命回忆录"，与同一时期产生了广泛社会影响的革命历史题材小说一样具有类似的主题和叙事模式。《在茫茫的草原上》的下部则由于"文革"等原因，直至 1988 年才出版。《在茫茫的草原上》是中国当代文学史上最早出现的反映蒙古族生活的长篇小说，被认为是一部"在思想上和艺术上都取得了相当成就的好书"，曾获茅盾文学奖提名。小说对蒙古族解放斗争历史的描述，为中国共产党领导的革命以及由这一革命所建立的新

---

① 参阅于海洋《略谈〈粮食的故事〉》，《语文学习》，1958.8。

政权、新社会做出了合法性的证明。小说在民族革命的大背景下，描写了察哈尔草原上特古日克村发生的许多故事，从中揭示了特定年代内蒙古人民的历史命运。小说着重叙写了蒙古族青年铁木尔接受革命的询唤后，由一个粗犷、率性、散漫的草莽英雄，逐渐成长为一名"有组织、有纪律"的革命英雄的人生历程。铁木尔是牧民的儿子，父母死后，大富户瓦其尔收养了他。铁木尔厌恶瓦其尔的自私和虚伪，于是搬到老猎人道尔吉的家中去居住。道尔吉教铁木尔打猎，把他培养成了一个机警、勇猛、枪法好的猎人。道尔吉美丽的女儿斯琴也和铁木尔相爱了。后来，贡郭尔把铁木尔抓去当劳工。铁木尔先是在呼和浩特的盖兵营当劳工，后来又到四子王旗给一家牧主放牧牲口。八路军到达四子王旗后，铁木尔给八路军喂马。八路军对铁木尔很好，但铁木尔却不愿意参加汉族的部队，而是想当蒙古族的骑兵。铁木尔于是骑着八路军送给他的马，背着八路军送给他的枪，在1946年春天的一个寒冷多雾的早晨，回到了位于察哈尔草原上的家乡特古日克村。但这时，他的恋人斯琴已经被贡郭尔霸占了。斯琴心里仍然思恋着铁木尔，但她又对自己的失身感到内疚，她不愿再见到铁木尔。铁木尔后来又回归到了党的怀抱，投身到了火热的革命斗争中。当察哈尔草原再度掀起革命的浪潮时，铁木尔使斯琴变得"跟男人一样"，"学会杀敌人"了。不久，斯琴由一个女奴变成了一个革命者，最后还成为一个让共产党员官布都表示"真不敢相信"的孤身杀敌的女英雄。虽然斯琴参加革命的动机源自铁木尔那句"只要我们相爱着，就会永远在一起"的话的感召，但她的人生转变也让铁木尔的英雄人生更加圆满。铁木尔不仅通过"闹革命"有效地"发动了群众"，他最终也获得了斯琴的爱情。小说还写了共产党员官布的妻子托娅在接受了丈夫的教育后，经受住了革命的考验；另外也塑造了党的工作队政委、女"蒙古八路"苏荣和汉族党员洪涛的形象。但在修改后的小说中，作者却将洪涛这个人物彻底删去，用苏荣代替了，因为苏荣不仅是在草原上生活过的蒙古族女性，与当地民众有着天然的联系，而且她还是一名能够体现党的正确领导的少数民族干部。小说也从民族生活经验出发，以人道情怀和女性关怀的意识观照了处于历史边缘的蒙古族女性的境遇和命运，反映了作者的人道情怀和朴素的女性关怀意识。小说中还有一个比较独特的女性形象——

寡妇莱波尔玛。在作品的初版本中，由于作者描写了莱波尔玛的性爱，对莱波尔玛进行了抒情性的赞扬，所以引起过颇多的争议。在 1963 年的修改版中，作者虽然删去了对莱波尔玛的一些性爱描写话语和抒情性的赞扬话语，但他依然将莱波尔玛作为一个独立的审美对象去表现，所以一些细心的评论者在肯定修改本比初版本"更上一层楼"时，还是含蓄地指出了修改本对莱波尔玛的性爱描写及抒情性赞扬话语过多的问题。时过境迁，如今，当我们把莱波尔玛这个人物形象放置在蒙古族文化谱系以及蒙古族文学史的链条中加以观照时，可以看到，作者对莱波尔玛的性爱描写，主要传达的是其对健康自然的生命存在形态的欣赏和对生命机体活力的赞叹。①

李六如长篇小说《六十年的变迁》（第 1 卷）：描写了清末至新中国成立期间 60 年历史的变迁

李六如（1887—1973.4.10），湖南平江人。《六十年的变迁》第一卷 9 月 3 日开始在《北京日报》连载。小说从清末的维新变法前后写到辛亥革命失败为止。小说写主人公季交恕于 1887 年出生在湖南平江县的一个富裕家庭，他母亲童少英是父亲季晚和的小老婆。季晚和兄弟三人皆未得贵子，季交恕的出生给季家带来了欢乐。此后，童少英又生了两个男孩。季交恕七岁时，父亲去世了。童少英带着三个男孩跟随季交恕的伯父季昌志迁居到凌家湾。凌家湾的田产本是用季晚和与季昌志共同经商赚的钱买下的，但季昌志居心不良，处处欺侮童少英。童少英只好迁回泼头老家，却遭受到了季晚和大老婆的欺侮。后来，季交恕长到十九岁时，进入黄杏村先生的经馆求学。这时正是康梁维新变法思想流行的时代，在黄先生的影响下，季交恕阅读了《新民丛报》《盛世危言》等具有新思想的书刊，他尤其喜爱梁启超的文章；同时，季交恕还仿效梁启超的"新文体"撰写了许多畅谈现实大事、包含着爱国思想的文章，被人称为"时务派"。季交恕的刻苦学习精神深得黄杏村的赏识，认为他完全可以考中秀才。后来，季交恕成功地通过了县考和府考，但在道考中却名落孙山，使母亲童少英感到了失望和烦闷。小说以季交恕的人生经历为中心线索，描写

---

① 参阅乔以钢、包天花《民族·性别·历史叙事——重读玛拉沁夫〈茫茫的草原〉》，《社会科学》，2011.10。

了清末至新中国成立期间 60 年的历史变迁，刻画了孙中山、黎元洪、廖仲恺、蒋介石、宋美龄、毛泽东等历史人物的形象，既有丰富的历史内涵，又有生动的文学描述，展现了中国革命曲折复杂的历史进程。作者将历史与文学熔于一炉，具有深厚的人情味和丰富的历史真实；小说在环境气氛渲染、人物形象刻画及人情世态等的描写方面，亦有民族风格。①

王蒙短篇小说《组织部来了个年轻人》：讲述了一个外来者的故事

王蒙（1934.10.15—），河北南皮人，生于北京。王蒙写《组织部来了个年轻人》的时候，只有 22 岁，当时在北京东四区团委工作。小说发表在 9 月 8 日出刊的《人民文学》第 9 期上。小说用清新的文字，讲述了一个对革命抱着单纯而真诚信仰的青年人林震因工作出色，由小学教师被调到中共北京某区委会工作的情况。这是一个有关外来者的故事，也是一个表现现代中国疏离者命运的故事。林震到了新环境之后，却发现自己不被接纳，无法融入新的环境之中。林震原先对革命事业、对党的领导机关的神圣想象在现实中受到打击，他与组织部的领导及同事之间的摩擦，使他困惑不已。小说激烈地批评了党委机关里大大小小的官僚主义者。结尾是林震靠在单位门前的大柱子上望着夜空呆立着。夏风吹拂着他，他通过自省自审渐渐地成熟了起来。小说中刘世吾的性格比较复杂，他有一定的革命经历，有能力、有魄力，懂得"领导艺术"，知道如何去抓重点，认为只要"下决心"就可以把工作做得很出色，但他却不主动去抓工作；对于损害党和人民利益的错误和缺点，他漠然置之，麻木不仁，他自嘲是得了如炊事员厌食的"职业病"，什么都"习惯了，疲倦了"，他的口头禅是"就是那么回事"，表现了他的革命意志的严重衰退。另一个人物韩常新是另一种类型的官僚主义者，是"金玉其外"，"漂浮在生活边上，悠然自得"的新生官僚主义的典型。小说在揭露和批判新的社会制度和社会环境下官僚主义顽疾时，也以个人体验和感受为原发点，通过个人的理想激情和现实环境的冲突，表现了叙述人的心路历程。作者将自我与作品中的人物相互交织、相互辉映，使作品总体上呈现出"青春"的色彩与魅力。作品的中心"年轻人"具

---

① 参阅熊坤静《长篇小说〈六十年的变迁〉创作的前前后后》，《党史博采：纪实版》，2014.3。

有相同的特质：真诚、热情，都是单纯的理想主义者、乐观主义者。"年轻人"对理想的追求却常常遭遇到尴尬和困惑，最后逐渐走向世事洞明。作者通过林震这一人物让读者去体会和感悟"年轻人"的理想追求与生活、个体人生与社会之间的差异，让人们看到他对"年轻人"的赞美与批判。①

杨大群长篇小说《小矿工》：反映了东北沦陷后抚顺矿工的生活与斗争

杨大群（1927—），辽宁新民人。《小矿工》发表在9月8日出刊的《人民文学》第9期上。小说写小牛的爸爸被日本鬼子杀害了，妈妈也被鬼子和汉奸卖了，小牛顽强地生活下来，当上了小矿工。小牛在矿山里历尽了千辛万苦，同时也受到了党的地下组织的爱护和教育。后来，小牛参加了在山里打游击的"抗联"小分队，经历了几次紧张激烈的战斗。一次，小牛为从鬼子手里营救出二百多个革命者而和"抗联"的老战士一起下山去侦察敌情，在战友们的帮助、掩护下，他不畏艰险，机智勇敢地完成了任务。小说通过一个十几岁孩子的经历，反映了东北沦陷时期抚顺矿工的生活与斗争情况。小说由少年儿童出版社出版后，在全国发行了300多万册，有24个国家翻译出版了30多种版本，并参加了莱比锡世界图书博览会。

邓友梅短篇小说《在悬崖上》：一篇讲述三角恋爱故事的小说

邓友梅（1931—），山东平原人，生于天津。《在悬崖上》9月份发表在《文学月刊》第9期。小说以第一人称"我"的口吻，讲述了一个恋爱故事：设计院的技术员与工地上的会计员自由恋爱了，他们结婚后，生活得十分美满。当设计院分来一名年轻的女雕塑师加丽亚后，技术员又见异思迁，恋上了加丽亚，几乎导致家庭的破裂。加丽亚拒绝了技术员的追求。技术员悔恨交加，与妻子重修于好。从艺术上来看，该小说不是一篇完整的作品，它的结尾显得过于"行色匆匆"；但小说所着力表现的是"我"的轻浮、薄情、虚荣，以这些来反衬妻子的质朴、善良和纯洁。但妻子的形象因为单薄、苍白而显得并不成功。

---

① 参阅魏洪丘《年轻人的真诚热情与世事洞明——重读王蒙的〈组织部来了个年轻人〉》，《名作欣赏》，2010.9。

陆文夫短篇小说《小巷深处》：一篇以爱情题材为主的"干预生活"的小说

陆文夫（1928.3.23—2005.7.9），江苏泰兴人。《小巷深处》10月份发表在《萌芽》第10期。小说里面的女主角徐文霞是一个文静、温柔的女人。她住在用青石铺着道路的小巷深处。在旧社会时，徐文霞曾做过妓女，这种经历让她始终无法释怀。她拒绝别人的求婚，但又本能地爱上了大学生技术员张俊。对此，她矛盾、困惑，却又情不自禁地陷入了爱河。一段时间内，徐文霞和张俊很幸福地约会，在一起共同学习。美好的爱情让徐文霞几乎忘记了自己的过去。但是，有一天一个名叫朱国魂的人忽然闯进了徐文霞的生活，打断了她甜蜜的爱情。朱国魂曾经是徐文霞的客人，当他知道徐文霞与张俊的关系后，就以徐文霞曾经做过妓女的经历相威胁，企图使她就范。徐文霞在内心里苦苦挣扎，因为她害怕张俊知道一切后不再接受她。同时，她也不想再与朱国魂有任何瓜葛。经过一番深思熟虑后，徐文霞向张俊说明了一切。张俊知道徐文霞的过去后，原谅了她，并去小巷找她。小说的整个故事以一阵急促的敲门声结束，给人留下了无限遐想的空间。小说描写的是一个深藏着难言痛苦的灵魂的觉醒，成功地将主人公的心灵世界中的复杂性和痛苦的情感历程展现了出来。张俊的纯洁、善良、正直、宽容及反面人物朱国魂的贪婪、无耻、丑陋形成了鲜明的对比。徐文霞的形象被作者塑造得最为丰满，她的痛苦和矛盾是吸引读者视线的焦点。此外，小说的环境描写充满着诗意，让人感到无比舒心；环境描写也给居住在孤寂小巷里的徐文霞添加了一些凄清优美的情调。该小说和宗璞的《红豆》一样，也是以爱情题材为主的"干预生活"的作品。他们通过这些故事，拨动了人们的"心弦，鞭挞了自私丑恶的灵魂，批判了旧社会，歌颂了新生活，让人自省，引人向上"[1]。

浩然短篇小说《喜鹊登枝》：一篇具有强烈戏剧冲突的小说

浩然（1932.3.25—2008.2.20），本名梁金广，天津人。《喜鹊登枝》11月4日发表在《北京文艺》第11期。小说写韩兴和老伴儿谈起了女儿玉凤的婚事。

---

① 参阅卢水金等《重读〈小巷深处〉》，《海南师范大学学报（社科版）》，2007.3。

这时候，玉凤正在和青春社的男青年杜雨泉谈着恋爱。玉凤是在修两社的桥时和杜雨泉相识并相恋的。但玉凤的二姨想把玉凤介绍给城里的供销股长。韩兴主张女儿自由恋爱，正好他要去青春社换种子，于是想借机了解一下杜雨泉的情况。韩兴走到邻村时，骑着自行车的杜雨泉撞了他，杜雨泉扶起他后，给他介绍起了新品种的特性。韩兴一直没想到杜雨泉就是女儿的对象。他来到社里，见到了杜雨泉的父亲。杜父将韩兴拉到家里。韩兴看到，杜雨泉作为会计股长，严把关，坚决按原则制度办事，不给违规账目报销。杜父这时向韩兴打听玉凤的情况。韩兴说自己就是玉凤的父亲。韩兴才知道女儿谈的对象就是杜雨泉，于是直夸杜雨泉是个好孩子。小说具有强烈的戏剧冲突性，通过撞车一事使韩兴了解到了杜雨泉的品性与特点，这是一个道德检验关，杜雨泉顺利通过了；然后，通过杜雨泉严把关，不给违规账目报销一事，体现了他坚持原则、立场坚定、爱社如家的品格，使杜雨泉又通过了政治关。作者让人物先通过道德关，为其确定正向的地位，然后再让其通过政治关，教他去图解政策，这是作者在之后的创作中一直沿用的模式。1958年，该小说和作者的另外十篇短篇小说结集为《喜鹊登枝》后出版。叶圣陶评论道："光就收进集子里的11篇短篇看，已经可以从多方面见到，在被革命唤醒的新农村里，受合作化的实际教育的新农村里，人的精神面貌怎么样焕然一新，人与人的关系是怎样发生自古未有的变化。"①

张弦短篇小说《甲方代表》：批评损公利己错误倾向的"社会问题"小说

张弦（1934.6—1997），浙江杭州人，生于上海。《甲方代表》11月8日发表在《人民文学》第11期。小说反映了一名热情、向上、年轻的上海姑娘白玫投身到中国工业建设战线中去的故事。青年技术员陆野不喜欢上海姑娘，认为她们爱吃零食，爱打扮，爱玩，不爱劳动。但工地上的检查员白玫却是个工作积极、不怕艰苦的上海姑娘。白玫的行动渐渐改变了陆野对上海姑娘的看法，他们相爱了。后来，陆野在工作上产生了骄傲情绪，自高自大，听不得别人的劝阻，盲目采用了一种新的方法来施工。白玫为了工程质量，写信向陆野

---

① 参阅叶圣陶《新农村的新面貌——读〈喜鹊登枝〉》,《读书》,1958.14。

的领导反映了情况，但这位官僚主义的领导却把信转到了白玫的单位。白玫于是受到了批评并被调离了原工作单位。小说反映了生活中出现的一些值得注意的不良征象，那就是一种损公利己的错误倾向正悄悄地在一些人的头脑中滋长着。作者通过一个性情活泼开朗、工作严肃认真的女青年知识分子白玫和建筑公司某些人之间的矛盾冲突，揭示了这个重要的社会现实问题，显示了作者观察力的不一般。这个短篇和王蒙的《组织部来了个年轻人》是同时期同性质的作品，只是它还不及后者那样深刻和尖锐，因而使它免遭了厄运；另外，在当时工业题材比较欠缺的情况下，该小说因为具有一定的生活气息，格调比较健康，所以受到了一些赞扬。作者后来把其改编为电影文学剧本《上海姑娘》，1959 年，北京电影制片厂拍摄了影片。[①]

李準短篇小说《妻子》：侧面书写了一位青年妇女具有的刚毅坚强精神

《妻子》12 月 1 日发表在《长江文艺》第 12 期。小说写一个青年妇女的丈夫在朝鲜战争中牺牲了，她在独自承受失去丈夫的痛苦时，因为怕婆婆知道后太伤心，于是每月冒充丈夫按时给婆婆写信。信由她写，由她念，又由她复。因为爱，她的心灵在承受着更加痛苦的煎熬。作品从一个侧面书写了青年妇女的刚毅坚强，产生了强大的鼓舞力量。小说后来改名为《信》。

孙犁中篇小说《铁木前传》：迎合了当时的主流意识形态，但也存在着一定的偏离

《铁木前传》12 月 8 日发表在《人民文学》第 12 期。小说写铁匠傅老刚和木匠黎老东两家在抗战爆发以前就是患难与共的朋友，他们的儿女六儿和九儿在童年时亲密无间，后来产生了爱情。但土改以后，黎老东和傅老刚却变成了东家和雇工的关系，黎家的儿子六儿成了二流子，傅家父女于是和黎家父子决裂了。小说是作者描写农村合作化运动的作品，表现了作者对当时主流意识形态的迎合，但也存在着一定程度的偏离，从而使小说在创作意图、价值判断与情感取向等方面都呈现出与主流话语的裂隙。小说以散文的笔调来叙述情节，语言风趣，人物性格刻画生动。1957 年，《铁木前传》由天津人民出版社出版。

---

① 参阅陈元泰《张弦小说的现实性与历史感——兼论张弦的创作》，《中州学刊》，1991.2。

高云览长篇小说《小城春秋》：描写了党的地下工作者的对敌斗争

高云览（1910.5.14—1956.6.13），福建厦门人。《小城春秋》12月份由作家出版社出版。小说取材于1930年5月的厦门大劫狱事件，描写了党的地下工作者的对敌斗争。何剑平和吴坚组织了"锄奸团"，然后同日本浪人展开了巷战。何剑平后来加入了共青团，吴坚加入了共产党。经过党的教育，何剑平抛弃了狭隘的家族观念，和仇人之子李悦成为好朋友，一起创办了民众夜校和印刷所。由于叛徒告密，何剑平、李悦被捕入狱。李悦因证据不足被释放后立即组织劫狱，经过里应外合，劫狱成功。何剑平、李悦随后奔赴游击区，继续进行革命。小说真实地反映了1927年至1936年期间厦门地区艰苦卓绝的革命斗争情况，生动地刻画了不同类型的知识分子形象，并对他们的心理活动进行了细致生动的描写，小说情节紧凑，引人入胜。但作者却没有看到自己的作品出版，就赍志而殁。

1957 年

李準短篇小说《灰色的帆篷》：反映了农村基层党组织里存在的许多问题

《灰色的帆篷》1 月份发表在《人民文学》第 1 期。这是一篇反映农村基层党组织里存在着干部见风使舵、左右逢源、弄虚作假的作品，作者以鲜明的批判态度和严肃的现实主义精神为先一年提出的"双百"方针提供了历史性的创作参照。然而，这篇小说却使作者险些被打成"右派"，在经历了七次批判会、七次检讨后，却总是无法过关。后来由省委书记出面，以毛泽东同志曾经称赞他的短篇小说《不能走那一条路》为由，才使他逃过了一劫。

陆文夫短篇小说《平原的颂歌》：歌颂了一位铁路工人在寂寞环境中努力工作的精神

《平原的颂歌》1 月份发表在《雨花》创刊号上。小说讲述的是发生在大山深处的一个小火车站里的故事。故事主人公宋波新中国成立前是上海某铁路学校的学生，毕业后被分配在一个荒凉的山沟小站工作，"在那黑暗的年月，工作不是凭才识分配，而是凭权势、靠山和各种各样的裙带关系，他只好强忍着一切，一步三摇地熬过了六年。"新中国成立后，宋波把所学的知识和精力全部投入到小站的建设中。六年后，宋波已升职为站长，而小站也在其带领下"样样都是好"起来。正在这时，宋波却接到了调他去北京工作的调令——北京可是他向往的地方，他曾多少次想象能到外面的世界尤其是北京走走看看，如今机会终于来了。然而，宋波发现这里的一山一水、一草一木都因投射、凝结着他的深厚情感而让他难以割舍，他已经将自己的灵魂完全融入在这里了，小车站才是他的家，小山沟才是他安顿心灵的所在。宋波于是向领导退回了调令。小说歌颂了宋波热爱平凡岗位、安于在寂寞冷清的环境中工作的一种精神。但小说在当年被打成"反党反社会主义的大毒草"而遭到了封杀，作者也因此"毒草"而引火烧身。1979 年，上海文艺出版社复将其编入《重放的鲜花》之中，一时间"其传扬说好者甚众"。

曲波长篇小说《林海雪原》：一部充满着浪漫色彩的革命英雄传奇

曲波（1923—2002），山东蓬莱人。1946 年冬，曲波带领牡丹江军区二支队第二团，深入东北地区茫茫林海，皑皑雪原，歼灭了国民党在牡丹江一带的残匪，为东北的彻底解放，做出了重大贡献。1952 年春，曲波根据自己在东北地区的剿匪经历开始创作长篇小说《林海雪原》，1956 年 8 月完成，共 40 万字。1957 年 2 月 8 日，小说的第 3 章到第 8 章，即《受命》《杨子荣智识小炉匠》《刘勋苍猛擒刁占一》《夜审》《蘑菇老人神话奶头山》《破天险奇袭奶头山》以《奇袭虎狼窝（奶头山）》为总名发表在《人民文学》第 2 期上；9 月，《林海雪原》由作家出版社、人民文学出版社出版。小说共 38 章。开头两章写土匪许大马棒血洗杉岚镇的事情。1946 年深秋的一个夜晚，国民党匪徒许大马棒一伙窜到杉岚镇，焚烧抢掠，惨杀村干部与土改工作队员九人。从第三章起，小说写我军消灭许大马棒匪徒的故事。我军 203 首长少剑波奉命率骑兵连夜急袭许匪，但赶到时，匪徒们早已逃之夭夭。为了保护土改、巩固后方、彻底消灭残匪，团领导决定由少剑波带队，组建一支由 36 人构成的小分队进山剿匪。不久，侦察排长杨子荣捉到伪装成小炉匠的敌匪栾平，摸清了许大马棒的巢穴在奶头山。小分队于是攀越飞涧，神不知鬼不觉地到达奶头山。刘勋苍擒获刁占一后，虽给小分队寻找匪徒带来了希望，但奶头山险恶的山势却使大家一筹莫展。在这个时候，小分队得到了久居深山的蘑菇老人的指点，林业工人出身的栾超家于是发挥他善于攀援的本领，使小分队突然从天而降，一举攻克奶头山，全歼了许家匪徒。从第九章起，写小分队智取威虎山，消灭另一个匪首座山雕的故事。在全歼了许家匪徒后，少剑波率领追剿队进山消灭逃进威虎山的座山雕土匪武装。途中，刘勋苍活捉了"一撮毛"，意外获得了许大马棒的"先遣图"。杨子荣于是冒充许大马棒的饲马副官胡彪，以缴获的"先遣图"为见面礼，单枪匹马闯进座山雕占据的威虎山。少剑波决定全队立即向威虎山进发。杨子荣向座山雕献上了"先遣图"，在经受了种种考验后，终于取得了座山雕的信任，并被封为"八大金刚"之下的老九，担任滨绥图佳保安第五旅上校团副。杨子荣在威虎山细心侦察，然后借一次演习机会把自己拟定的摧毁座山雕老巢的计划装在桦皮膜卷里，送了出去。孙达得往返八百里，准时地取走了情报，送给小分队。但在这时，小分队由于遭到伏击，敌匪栾平逃跑了，这给深入虎穴的杨子荣带来威胁。大年三十，座山雕的百鸡宴即将开席。突然，栾平意外地闯进来了，一眼认出杨子荣，形势顿时紧张。杨子荣以惊人的机智跟栾平展开舌战，紧紧抓住栾平不敢承认自己被解放军抓住又拿不出"先遣图"的弱点，步步紧逼，终于使座山雕下令枪杀了栾平。接着，杨子荣把众匪徒灌得烂醉如泥。少剑波率领的小分队也从天而降，大战威虎厅，活捉了座山雕。从第二十四章到第三十七章，写小分队消灭马希山、候殿坤等匪徒的故事。当小分队在威虎厅欢度大年初一时，去第三路侦察的栾超家送来了他截获的国民党匪帮侯殿坤、谢文东给土匪的密令。小分队将计就计，在伏击中消灭了土匪九彪的全部人马。小分队得到了上级的嘉奖和支援，接着又开赴新的战场——绥芬大甸子，消灭了特务头子侯殿坤、惯匪马希山一伙。至此，机警精悍、英勇无畏的小分队，出色地完成了上级交给的战斗任务。

《林海雪原》塑造了性格突出而又具有传奇色彩的人物。比如杨子荣在智取小炉匠、奋力打虎、智取威虎山中表现得经验丰富、有胆有谋、智勇双全、百战百胜；少剑波英勇俊俏、足智多谋、沉着冷静、不骄不躁，指挥作战时有条不紊，分配任务时恰到好处，练习滑雪时苦练不懈；刘勋苍骁勇威猛，但谋略不足；栾超家身怀绝技、粗俗诙谐；"长腿"孙达得忠厚老实、刻苦耐劳；警卫员高波忠诚、勇毅。作者突出了这些人物身上的一种主要性格，有的忠，有的勇，有的有谋，有的有技（才），有的有德，等等，主次分明，互为衬照。[①]小说主要人物有生活原型。203首长少剑波的部分原型是作者自己。"小白鸽"白茹的原型是作者的妻子刘波。杨子荣的原型是杨宗贵（1917年—1947年2月7日）。1947年2月7日，杨宗贵在追击土匪时，在一个窝棚被一个叫孟恫

① 参阅陈思和《中国当代文学史教程》（第二版），复旦大学出版社，2013.6，p65-66。

春（1909—1989年）的土匪一枪打中而永远地倒下了……刘勋苍的原型是天津人刘蕴苍（1928年—1989年5月）。孙达得的原型是北京中医学院附属医院管理员孙大德，"文革"中被指"犯有严重政治错误"，1970年含恨而死。[①]小说大胆描写了主人公少剑波与姐姐鞠梅英浓厚的亲情，以及他与护士白茹无比纯洁的爱情，与杨子荣、高波、孙达得等同志生死与共的战友情，对杀害自己亲人或同志的国民党顽匪的刻骨仇恨之情（由于这些原因，小说在"反右"运动中遭到批判，1958年，人民文学出版社编辑龙世辉对其120多处进行修改后，作家出版社出版了第二版）。小说运用旧小说的章回体形式及接近日常口语的叙述语言，讲述的故事节外生枝，环环相扣，曲折惊险，引人入胜。比如在攻克奶头山、智取威虎山、消灭匪徒马希山和侯殿坤的三个大故事中，又包含着许多独立成篇的小故事，这种写法类似于《三国演义》；小分队连克顽敌，遇到一股匪徒，消灭一股匪徒，节节取胜的写法很像《西游记》；集中某些章节刻画某一个人物又效法于《水浒传》。作者这种对旧小说既承继又改革的创作，比普通的英雄传奇故事要有更多的现实性，又比一般的反映革命斗争的小说更富于传奇性，被人们称为"革命英雄传奇"，填补了当时言情、武打、鬼怪等小说被取缔后通俗文学领域的空白。作者讲述故事的方法，与民间说书艺术有异曲同工之妙，使故事大起大落，情节大开大阖，人物大忠大奸，情绪大悲大喜，把艺术的各种要素都推向极致，产生了引人入胜的魅力。小说充满着浪漫的传奇色彩，真实地表现了这支由36人组成的人民解放军小分队突破险中险，历经难上难、发挥智上智、战胜魔中魔的惊人奇迹。小说描写了奇特的自然环境。像能使血液冻结的严寒气候，能搅起雪龙改变地形的穿山风，使天昏、地暗的暴风雪，还有九龙山的巍峨险峻，鹰嘴山顶的巨石倒悬，河神庙的外静内阴，都有力地烘托了作品的浪漫色彩。小说在故事情节中穿插了一些古老的传说，如神奇的灵芝姑娘的传说，表现了人民战胜邪恶的意志，李鲤姑娘的传说，透露了人民的美好理想，同时也加强了故事的传奇色彩。[②]《林海雪原》诞生后，1957年，北京京剧团将小说的第十至二十一章改编为京剧《智擒惯匪座

---

① 参阅《〈智取威虎山〉原型演绎："座山雕"确有其人》，《东方早报》，2015.2.27。
② 参阅陈思和《中国当代文学史教程》（第二版），复旦大学出版社，2013.6，p66-67。

山雕》，演出效果甚好。1958 年，上海京剧院将小说中"智取威虎山"一段故事改编为同名话剧。1960 年初，小说被拍摄为同名电影。1970 年，样板戏电影《智取威虎山》按照"根本任务论"、"三突出"原则、"三结合"创作方法拍摄完成。1986 年，电视剧《林海雪原》拍摄完成，因其与文艺潮流的错位而反映平淡。 2004 年，电视剧《林海雪原》拍摄完成，因其解构历史，俗化英雄，遭到了质疑，引起了热议。2014 年，3D 电影《智取威虎山》拍摄完成，它是在消费主义思潮流行下对原小说及其人物进行的一个重新审视。2017 年 7 月，64 集电视连续剧《林海雪原》作为建军 90 周年的献礼片在安徽卫视、山东卫视、黑龙江卫视播出。

师陀短篇小说《胡进财的故事》：讲述了一个落后农民退社退组的事情

《胡进财的故事》2 月 5 日发表在《文艺月报》第 2 期。小说里的胡进财抱着"不过了"的心情及占便宜的打算，卖掉了心爱的大青驴，闹着要退社。他想：卖掉大青驴"总比入到合作社落一笔烂账好"。胡进财这个人物和作者的另一篇小说《老故事》中的郭德福几乎一样，郭德福认为再在互助组里待下去，"还穷的穷，富的富。你想想在组里，我一个人抵不上你们一匹青驴：你们的驴算十八分，大牛算二十五分，我只算十分"，于是硬是退了互助组。胡进财和郭德福退社退组的行为说明：在不发达的小农经济及大多数农民的素质觉悟还不高的情况下，在社会生活日益政治化的背景下，由于人心浮动，合作社、互助组的发展是越来越举步维艰了。

吴强长篇小说《红日》：反映了解放战争期间的一个横断面和解放军所经历的历史性转变

吴强（1910—1990.4.10），原名汪大同，江苏涟水人。《红日》完成于 1957 年 1 月，3 月 5 日开始在《延河》第 3 期连载，部分章节也在《人民文学》《解放军文艺》等刊物发表，7 月由中国青年出版社出版。小说以陈毅、粟裕率领的华东野战军由战略防御转为战略反攻，最后全歼国民党整编 74 师的史实为依据，通过开阔的战争画面的描写，反映了解放战争的一个横断面和解放军所经历的历史性的转变。小说从沈振新军长所率部队在第二次涟水之战的失利写起。1946 年深秋，国民党王牌整编第 74 师在张灵甫的指挥下开始向华东解放区疯狂进攻，我人民解放军沈振新部奋起抗击，杀退了敌人。面对敌人第二次更加猛烈的进攻，我军被迫撤退到山东。不久，蒋介石在全国发起了攻势，妄图将我华东战场 30 万大军逼至山东沂蒙山区，以求最后决战。在敌军南北夹击的形势下，沈振新部和友邻部队一起完成了对莱芜守敌李仙洲部五万余人的包围。沈振新在华东野战军司令员陈毅的指示下，把刘胜、陈坚的"老虎团"调往前沿，组成一支突击队，活捉了敌军师长何莽。蒋介石飞抵济南后，命令张灵甫的 74 师在孟良崮一带与我华东野战军进行决战。孟良崮战役打响了，经过两个多小时的激战，盘踞在山洞中的张灵甫被我军击毙。国民党王牌 74 师终于全军覆没，我军夺取了孟良崮战役的最后胜利。小说虽然描绘的是一场惊心动魄的现代战争，但作者却把从高级指挥官到普通战士，从地方干部到平民百姓等几乎所有参战者的丰富的本色、思想、性格、气质、修养及经历上的差别都写了出来，尽管他们当中也有勇敢与怯弱，机智与莽撞之分，尽管他们对于战争胜利所起的作用各不相同，但正是这些力量的汇聚，才赢得了这场战争的胜利，而且这胜利也包含了像涟水之战失利带来的教训。[①]1960 年，吴强、瞿白音将该小说改编为同名电影剧本后发表；1963 年，剧本被上海天马电影制片厂搬上银幕后产生了巨大的反响；1966 年，小说被冠以"大毒草"罪名而受到了批判。

刘绍棠短篇小说《田野落霞》：尖锐地批判了官僚主义作风

《田野落霞》3 月 15 日发表在《新港》第 3 期。小说描写了北运河平原的社会主义建设热潮，通过区委干部之间的矛盾纠纷，反映了有的干部滋生了腐败现象。小说尖锐地批判了县、区干部中的官僚主义作风。本小说和作者的另一篇针砭时弊的小说《西苑草》发表后，1958 年，作者被打成了"右派分子"，使他写作和发表作品的权利都遭到了剥夺。1961 年，作者被摘掉"右派"帽子后，又因发表小说《县报记者》而再度遭到批判，又一次被剥夺了写作和发表作品的权利。在这种情况下，已经结婚生子的作者便独自回到了出生地北京通县儒林村，接受思想改造。

---

① 参阅宋炳辉《〈红日〉：中国现代战争文学发展史上的一个里程碑》，中国文学网，2011.4.13。

陈翔鹤短篇小说《方教授的新居》：表达了党和政府要正确对待和发挥知识分子作用的愿望

陈翔鹤（1901—1969.4.22），重庆人。《方教授的新居》4月5日发表在《文艺月报》第4期。小说写在一所著名的大学里，有一位风趣幽默的方教授，他是一位来自旧社会的知识分子，学有专长，"三反"运动中却被人怀疑有问题，被错划为贪污分子。后来，方教授的冤案得到了"平反"，他得到了一套新居。方教授在逐步放下思想包袱后，积极地在工作岗位上贡献着自己的力量。他努力讲好自己所代的课，学生们都喜欢听他的课。一天下午，又是方教授上课的时间，大家都在等他来上课。不一会儿，方教授拿了几个瓶子进了教室，那瓶子里装着的是不知名的液体。方教授想干什么呢？大家都很好奇。方教授把瓶子排好后，说里面装着煤油、酒精、醋酸。然后，方教授小心地把三瓶液体各取了一点，倒进了一个空瓶子里。再然后，方教授把一根手指伸到了瓶子里沾了一下后放到了嘴里品尝起来。同学们非常好奇，也照着方教授的样子把一根手指伸到了瓶子里沾了一下后放到嘴里品尝了起来。可是当每个人尝到那东西后，都一脸哭相。大家都说方教授骗人。这时，方教授严肃地说："看你们的样子，我就知道你们刚才没有注意到我的动作。其实我刚才伸到瓶子里的是中指，但放到嘴里的是食指啊！我希望你们要仔细观察，不要再犯同样的错误了。"小说主要表达了作者希望党在社会主义建设时期要正确对待和发挥知识分子作用的愿望。

白危小说（也被认为是特写）《被围困的农庄主席》：反映官僚主义、特权腐化，以及脱离实际、脱离群众、好大喜功的工作作风和管理方式的作品

白危（1911—1984），原名吴渤，广东兴宁人。《被围困的农庄主席》4月8日发表在《人民文学》第4期。小说展现了一个昔日作为标杆的农业社遭遇的困境，这困境更多来自上级：在农业社的规模、种植计划、牲畜饲养、副业生产等一系列问题上，都能看到上级的瞎指挥、强迫命令。他们只知道要产量、指标，要宣传效果，并不关心基层的困难和实际运转情况，使农庄主席成天忙碌在应付上级领导交办的各种杂事中，无法专心地抓生产。这种来自领导层的官僚主义、特权腐化，以及脱离实际、脱离群众、好大喜功的工作作风和管理方式，严重扰乱了合作化运动的健康发展，损害了在生产中建立起来的良好的干群关系、上下级关系；也损害了党政部门的健康肌体。所以，小说反映的这些问题是对一种更为重大、更为普遍的不良现象的反映，是对干群关系、上下级关系日益分离问题的反映，是对不断扩大的、庞大的官僚主义者日益背离并凌驾在百姓之上问题的反映。①

蓝珊短篇小说《爱的成长》：一篇提倡爱心的小说

蓝珊，原名徐铁铡，生平不详。《爱的成长》5月—6月发表在《人民文学》第Z1期。小说讲一个小男孩起先不认后妈，后来由于这个后妈对小孩细心呵护，投入了自己的真诚爱心，结果使小孩深受感动，最后唤了一声"妈"。作者采用白描手法叙事，文笔细腻、生动，入景入情，是一篇优秀之作。然而这篇小说后来却被人认为是鼓吹人性论的具有小资产阶级情调的作品。"反右"运动中，作者徐铁铡在单位被划为"右派"，发配到青海劳改。一篇提倡爱心的小说，就这样让作者蒙冤遭祸了多年时间。

耿龙祥小说《入党》：折射了现实生活的荒诞悖谬和滑稽可笑

耿龙祥（1930.5—2007.1.2），江苏沭阳人。《入党》6月份发表在《江淮文学》第6期。小说紧紧围绕韩梅渴望"入党"这一普通的政治事件来展开叙事。生于革命家庭、带有红色基因的某人民医院的女医生韩梅对于加入党组织具有高度的热情，她想入党后不仅可以实现自己的理想、信仰，寄托情感，而且"党员"的身份标志对她也具有巨大的吸引力和诱惑力。然而出人意料的是，韩梅本应一帆风顺的"入党"之路却出现了意外的波折。因为医院院长、党支部书记李海山竟然把发展韩梅成为党员的这一正常的政治活动看作了向卫生局领导请功示好的天赐良机，他迫使曾经给卫生局局长提过批评意见的韩梅去作检讨并承认错误，以挽回所谓的"不良影响"。面对这样的支部书记，面对这样无理的要求，韩梅陷入了无比的困惑与烦恼之中，她最后只得暂时放弃了入党的心愿。韩梅由入党而引发的人生挫折，揭示了她入党事情存在着的逻辑悖论：如果她要入党，她就得认同权力者提出的种种无理要求，从而使入党

---

① 转引自易晖《"革命的第二天"——合作化小说中的乡村治理》，《文艺批评》，2017.7.20。

演变成了一场庸俗无聊的权力交易；如果她坚守道德底线和做人良知与权力者进行抗争，那么她的入党愿望只能变成幻想。但年轻单纯、不谙世事的韩梅对政治理想与现实社会、对党章的规定与真实党员之间的关系出现了幼稚的理解，她忽略了它们之间存在的巨大裂痕，因此她的"入党"之路才变得曲折坎坷、荒诞可笑。小说不仅折射了现实世界的荒诞悖谬和滑稽可笑，更表现了作者对党的肌体内部隐藏的一些危险"病菌"的凝思。另外，女主人公的姓名"韩梅"具有深刻的内涵，在中国古典文学中，"寒梅"这个意象暗示了人物高洁的情操与纯净的气质。女主人公无疑也具有这种美好的品质。①

杜鹏程中篇小说《在和平的日子里》：较早触及知识分子问题和正确处理人民内部矛盾问题的小说

《在和平的日子里》7月5日发表在《延河》第7期。小说以20世纪50年代修建宝成铁路为背景，写了党委书记阎兴和工程处长梁建在秦岭的一处桥梁工地上的工作情况。阎兴和梁建都是从部队转业的革命军人，现在又成了同事。小说多次从正面、侧面写到了梁建在革命战争时期的英勇事迹，也写到了工地上的年轻人对他的无比钦佩。但在和平的年代里，梁建却失去了往昔那种一往无前的奋勇精神，缺乏闯劲，坐等条件，过分看重设备、机械的作用，差点误了工期。当他意识到上级领导要批评自己的时候，他"蛮有劲"地为自己辩解。他在和平年代里为求自保而渐渐失去了建设祖国的激情，并"屡次打算离开建设工地"。阎兴作为党的代表，不怕困难，善于依靠群众，最终纠正了梁建的保守思想，保证了工程的最终胜利。小说还塑造了一位出身于剥削阶级家庭的技术员常飞的形象，他怕苦畏难，迷信技术，思想后进，身上体现出了那个时代的明显烙印。小说的风格雄浑豪放，语言富有抒情色彩，文字锤炼颇见功力。小说较早触及了知识分子问题和正确处理人民内部矛盾的问题，在"十七年时期"的工业文学中占有相当重要的地位，也是带有开拓性意义的一篇小说。

---

① 参阅李少恒《"百花文学"：对于主流意识形态的消解与疏离》，《天水师范学院学报》，2015.4。

李国文短篇小说《改选》：一篇"内容尖新独特""最有分量""艺术上也相当出色"的作品

李国文（1930— ），上海人。《改选》7月8日发表在《人民文学》第7期。小说歌颂了作为劳动人民的代表郝魁山的大公无私精神，塑造了他一心为人民服务的工会主席的形象。小说主要通过三件事塑造了郝魁山的崇高形象：为死去的老工人处理后事，解决死者家属的生活困难；修建休养所；修建工房为工人谋福利等。郝魁山只当过一届工会主席，因他在大会上发言时说错了话而被降职并渐渐免除了职务。但他并不在乎当不当主席，认为只要能给工人们做点实事，解决一下他们的实际困难就行。所以他后来虽然没有主席的职务，但做事依然非常积极。郝魁山所做的事，一方面给工人们带来了很多好处，另一方面也使现任工会主席极其不满，他处处给郝魁山找茬，把他做的有功劳的事归到别人身上，把出了问题的事归到他身上。在郝魁山的工会主席职务由主席降为副主席，又由副主席降为劳保委员后，厂里举行了新一轮工会主席的选举，当工人们重新选举郝魁山担任工会主席的时候，他却因积劳成疾，死在了选举会场。《改选》在《人民文学》发表时，编辑部认为"内容尖新独特""最有分量""艺术上也相当出色"。小说发表后，在"反右"斗争中遭到了严厉批判，被认为是"恶毒攻击党的领导和社会主义制度"的作品，作者因之而获罪，被划成"极右"分子，强迫"改造"22年。1979年小说得到了平反，被收入《重放的鲜花》中重新得以面世，作者也以"归来的作家"的身份复出，活跃在新时期的文坛上。在新的文学史观念中，《改选》与王蒙的《组织部新来的青年人》等作品一道，被赋予了挑战文学规范的意义，被看成是因"干预生活"而坚持了现实主义传统的作品。《改选》在文学史中的地位重新被确立之后，得到了一些新的阐释。①

宗璞短篇小说《红豆》：超越"十七年"文学公式化、概念化倾向的作品

宗璞（1928.7— ），祖籍河南唐河，生于北京。《红豆》7月8日发表在《人民文学》第7期。小说写江玫在一个雪天重返母校，来到曾经住过的宿舍后，

---

① 参阅钟振纲等《重读〈改选〉》，《海南师范大学学报（社会科学版）》，2008.4。

找到了两粒红豆，它们是她和一个资产阶级青年齐虹的爱情信物。江玫面对两粒红豆，陷入了回忆之中。很小的时候，江玫的父亲就去世了。江玫长大后，上了大学。一天，江玫去练琴时，在路上邂逅了会弹钢琴、懂得欣赏文学作品、懂得物理的齐虹。齐虹是一个大银行家的儿子，面目清秀、"有一种迷惘的做梦的神气"。江玫对齐虹产生了好感。在琴房里，江玫受到了齐虹的指点，两人很快陷入了热恋之中，他们一起谈音乐、谈文学。但不久，他们的爱情却因政治选择的不同而产生了矛盾。江玫受党的地下工作者萧素的影响倾向于革命，积极参加了民主运动；齐虹则在看到自己所属的阶级大势已去时，仇恨起革命、仇恨起社会。因此，两人尽管在性格爱好、生活情趣上有很多相同之处，但最后还是分道扬镳了。齐虹在新中国成立前夕逃离祖国，而江玫却成了一位职业的革命者。小说所描写的女大学生江玫在革命与爱情之间的抉择，有异于当时图解政策的主流作品的风格，超越了十七年文学的公式化和概念化倾向，细致地呈现了人物的情感世界和内心挣扎，得到了读者共鸣。小说放弃了对曲折离奇的故事情节的追求，而将大量笔墨泼洒在对江玫的内心世界的描写上，从"幻想——期待——矛盾——决绝的分手"这一变化过程，细腻丰富地呈现了江玫的性格和心灵世界的变化过程。另外，小说追溯与回忆的节奏舒缓，对往事进行了世事洞明的价值判断，使个人情感因宏观历史的映衬而具有了理性的节制感，充满了人道主义和理性主义的双重光芒。但作者因此篇小说也遭逢了政治磨难。"文革"结束后，作者才得到了平反，她的《红豆》也被收入《重放的鲜花》中，重新面对读者。①

丰村短篇小说《美丽》：描写了一个被压抑的勇敢、美丽的人

丰村（1917.11.13—1989.2.20），原名冯叶莘，河南清丰人。《美丽》7月8日发表在《人民文学》第7期。小说通过一位名叫季凤珠的女性讲述了她侄女季玉洁的故事。季玉洁是一位美丽、能干的姑娘，得到了组织的信任，被安排在一个首长的身边做秘书工作。首长经常忘我地工作，季玉洁于是给予了他日常生活上的很多照顾，并对他产生了感情。两人之间这种亲近的关系于是遭到

---

① 参阅宋如珊《论宗璞小说〈红豆〉的人物塑造》，《江汉论坛》，2010.4。

一直在家养病的首长夫人姚大姐的猜疑和仇恨，她担心自己深爱的丈夫被年轻的季玉洁夺走。但首长始终不知道两个女人之间的矛盾。季玉洁后来惶恐不安地向组织汇报了自己的境况，并信誓旦旦地向党组织作了保证。后来，首长的夫人姚大姐因病去世了，季玉洁想起自己曾向党组织保证过，也想起姚大姐去世前留给自己的充满仇恨的眼神，所以她不敢向首长表白自己藏在心里的爱。之后，季玉洁仍然在首长身边做秘书工作，当首长向她表达爱意时，尽管她也爱着首长，但因为依然忘不了姚大姐仇恨的眼神而拒绝了首长的爱。最后，首长另娶了他人，季玉洁在升任主任后也将自己的感情抛在了一边，忘我地进行工作，最终成为一名只知道工作的优秀干部。小说最后写故事讲述者季凤珠在看了侄女季玉洁的工作状态后，发出了这样的感叹："一个事业上的胜利者，在生活上会是败北的么？"小说的主题似乎是女主人公在经历了锻炼和考验之后，最终成为一个优秀的干部。但，作者真正想传达的却不是这些。仔细聆听故事讲述者的讲述，会发现女主人公过去是一个勇敢和大胆的人，但她却被自己在爱情上的慎重态度压制了，她的热情被严肃埋没了。她穿着的纯黑外套和蓝色制服，以及平梳的发式，都使人感到她是个努力想脱离青年人的人。但她的精神世界中也隐藏着苦恼。这些正是作者想传达的东西，即青春美丽的主人公在机械化的工作生活中逐渐地被压抑成了一个工作狂。表达这样的观点显然是 20 世纪 50 年代的创作环境所不允许的，但作者的内心又渴望表达这种关于社会人生的自由信息。小说在故事的讲述方式上虽然也采取了与一般的小说创作大致相同的模式，但它的故事框架不是"讲述"的形式，而是"聆听"的形式。小说用"我"来叙事，第一个"我"是聆听者；第二个"我"是季凤珠，她是季玉洁私人生活经历的见闻者；到了故事讲述的第三层，季玉洁才出场了。这种讲述故事的方式将讲述者的主动行为几乎隐匿了，使两个"我"都成了聆听者，这就为故事的讲述提供了一个个人化的自由表达空间，使故事讲述没有受到公众意识的控制，使故事的内核存在着多重的听取效果。[1]

---

[1] 参阅吴德利《"十七年"小说写作的禁忌与自由——对丰村小说《美丽》的写作学阐释》,《作家》, 2009.24。

艾芜长篇小说《百炼成钢》：一部反映新中国成立后工业建设和工人生活的作品

1952年春天，艾芜与夫人蕾嘉前往东北鞍山钢铁厂深入生活。1953年9月，他带着丰富的生活素材在北京集中精力创作《百炼成钢》，年底写成初稿，几易其稿后，1957年7月24日，小说的部分章节发表在巴金、靳以主编的《收获》杂志创刊号上。小说再度修改后，1958年6月，由作家出版社正式出版。《百炼成钢》写辽南钢铁公司炼钢厂九号炉甲班炉长袁廷发和乙班炉长张福全为了与排除了七号炉出钢口故障的共产党员秦德贵比技术，结果使炉顶掉了砖。秦德贵主动补好了炉顶。但张福全认定这是秦德贵暗中化过炉顶才使炉顶掉了砖。秦德贵没有理睬张福全的主观臆断和冷言冷语。电修厂青年女工孙玉芬自小和秦德贵一起长大，彼此生出爱慕之情。秦德贵回家后，家里让他相亲，他假装睡觉没去。孙玉芬知道后，对秦德贵的态度冷淡起来。张福全于是追求起孙玉芬来，他在孙玉芬面前说了不少秦德贵的坏话。张福全还把察看炉底的重要工作交给了暗藏在钢厂的反革命分子李吉明。一次，钢炉出钢水时，炉底漏穿，钢水四溅，火光照红了半个厂房。秦德贵冒着生命危险关好煤气管水封，然后去开水龙头时，李吉明趁机对他下了毒手。秦德贵被送进医院抢救。秦德贵的英雄行为感动了孙玉芬，她也看清了张福全的卑劣灵魂，最终把爱情献给了秦德贵。李吉明因为蓄意破坏钢厂而被揪了出来。卫生员林娟请求秦德贵在日记本上题词，秦德贵写下了"努力学习，百炼成钢"的句子。

《百炼成钢》面世后，引发了热烈讨论，巴人认为"'百炼成钢'是一部好作品"，"是一部有益的生活教科书"，其"特殊成就，我以为就在于我们作家有那相当高度的艺术概括力量。他将广阔的生活现象集中于一点上，突出地描写，从而使读者得以由小见大，由点及面"[①]。冯牧认为，"《百炼成钢》是艾芜同志创作道路上的一个新的进展，新的跃进"，它"是一部成功的作品，是一

---

① 参阅巴人《广阔的生活 集中的描绘：略评"百炼成钢"》，《中国当代文学研究资料·艾芜专辑》，四川大学中文系编，1979.8，P172—173。

部解放后几年以来出现的反映工业建设和工人生活的少见的优秀作品"①。不久，作家出版社推出了《〈百炼成钢〉评介》专辑，《百炼成钢》同时也成为《中国青年报》向广大青年推荐的"十本好书之一"。但当时的评论界也对《百炼成钢》提出了批评。于是，1968年6月，人民文学出版社筹划再次出版《百炼成钢》时，艾芜对其又"动了一次大手术，割去不满意的段落"，并且加有"新版后记"以及"艾芜同志关于《百炼成钢》与黄祖良同志的通信"的附录。但这次修改稿在1983年7月才正式出版，而且出版前，艾芜又进行了修改，尤其是"把第十三章的几段，全部删去"。《百炼成钢》是艾芜"完成创作任务"的作品，同时也是窥探他当时的创作及后来创作心态与现实情怀的重要作品之一。

李劼人长篇小说《大波》：一幅展现保路运动和四川民俗风情的长篇画卷

李劼人（1891.06—1962.12），祖籍湖北黄陂，生于四川成都。李劼人长篇历史小说"大河三部曲"包括《死水微澜》《暴风雨前》和《大波》三部。《死水微澜》写成于1935年7月，1936年7月由中华书局出版，通过四川成都郊外的天回镇，具体写出了当时社会上的教民与袍哥两种势力之间的矛盾斗争，真实记录了中国1894年到1901年这段历史。1954年11月，李劼人对《死水微澜》进行了修改后，1955年由作家出版社出版。20世纪90年代，《死水微澜》被拍摄成电影《狂》和电视剧《死水微澜》。《暴风雨前》于1936年12月由上海中华书局出版。作品反映的时代是1901年到1909年，即《辛丑条约》之后，写成都某官员的儿子郝又三在新人物苏星煌、尤铁民等的影响下，应邀加入了文明合行社。压轴之作《大波》分上中下三卷。上卷1937年1月由上海中华书局出版。中卷1937年4月由上海中华书局出版。下卷1937年7月由上海中华书局出版。新中国成立后，李劼人任成都市人民政府副主席、第二副市长、西南文联副主席、四川文联和四川作家协会副主席等一系列职务。这期间，他不仅创作了《解放前夕一小镇》（又名《天要亮了》）、《帮林外婆搬家》等为数不多的几个短篇小说，还集中精力修改了《死水微澜》《暴风雨前》，并重新改写了写于新中国成立前的约百万字的《大波》（上中下）。和新中国成立

① 参阅冯牧《艾芜创作路程上的新跃进》，《中国当代文学研究资料·艾芜专辑》，四川大学中文系编，1979.8，P176-177。

前的上中下三卷本相区别，修改、重写的《大波》不再按卷分，而是分为四部。第一部于 1957 年 9 月 24 日发表在《收获》第 2 期。第二部于 1960 年 3 月 24 日发表在《收获》第 2 期。这两部分别于 1958 年、1960 年由作家出版社出版。第三部于 1962 年由作家出版社出版。第四部仅写到第四章第五节，作者因遭遇坏血性肠炎，于 1962 年底不幸病故，这几章由作家出版社在 1963 年出版。《大波》第一部正面描写保路运动这一场革命暴风雨，再现了 1911 年发生在四川的保路运动，通过四川保路同志会的成立及其活动、赵尔丰对保路同志会的血腥镇压、同志军与反动统治者针锋相对的斗争、反动政府的迅速崩溃和各种社会力量的矛盾冲突，反映了四川保路运动中各种政治势力的互相冲击及各阶级、各阶层人物的思想动态，也反映了整个保路运动的渊源、兴起、发展及其历史面貌和经验教训。第二部描写各地同志军蓬勃展开的武装斗争和反动统治者所采取的一系列阴谋手段。第三、四部表现反动政权迅速崩溃的必然性、大汉军政府和蜀军政府成立的复杂过程，以及在新的政治形势下各种社会力量的矛盾冲突和精神面貌的巨大变化。改写版《大波》和旧版相比，变化体现在：一是对某些历史事件进行了增删和强化，比如旧版对历史的描述特点是勾勒重于细化，某些史实或者轻描淡写或者避而不谈，新版却采取了正面和深层次的挖掘，增加了"水电报"行动、犀浦学生军的战斗、三渡水惨案等不少历史事件。二是对小说人物进行了增删，而且人物描写也发生了较大变化，比如增加了许多历史人物，尤其是增加了各地同志军和革命党的代表人物，这些人物在旧版中或者根本就没有出现，或者仅仅是通过吴风悟、彭家祺等人的口吻侧面透露了一下罢了，基本上没有正面出场；删去了陶刚主、徐独清等人，人民群众陈小面也被删去；人物描写上，新版对端方、赵尔丰、郝又三等人的形象加强了描写，当然，对有些人物的外形、性格、心理描写也进行了弱化。三是在小说的总体结构布局、情欲描写、人性描写和地方人情风俗描写上也有较大的变化。①

徐怀中长篇小说《我们播种爱情》：展现西藏解放初期历史风貌的史诗性作品

徐怀中（1929—），河北邯郸人。《我们播种爱情》10月份由中国青年出版社出版。小说写初秋时节，在西藏的更达坝子农业站里，工委书记苏易要求站长陈子璜坚决将农业站办下去。苏易的独生女儿林媛也在更达工作。更达农业站的发展很快，更达坝子的变化日新月异。这引起了国民党特务马银山的极大恐惧，他指使手下进行了破坏。当更达地区的人民代表大会召开时，大奴隶主出身的女土司格桑拉姆和年事已高的活佛呷萨都出席了大会。马银山指使国民党特务察柯多吉乘机暗杀格桑拉姆。和格桑拉姆有世仇的珠玛也想杀掉她。但珠玛在开枪时因慌乱而打伤了活佛呷萨。苏易请群众代表察看了活佛的伤势，认为并不严重。苏易请格桑拉姆讲话，终于稳定了局势，保证了人民代表大会胜利进行。会后，苏易请调主力部队，一举消灭了马银山控制的匪特。又是初秋，农业站组建一周年时，已发展成"启明星"农场。站长陈子璜当了场长后，被苏易派出深造；苏易的女儿林媛也去师范学院学习了……在丰收的田野上，大雁又飞来了，它们迟迟不敢降落，因为它们不认识这块改变了面貌的土地。

小说依托广阔的社会背景，以现实主义的有力笔触，塑造了富有时代精神的众多人物形象，比如工委书记苏易在面对复杂多变的情况时，忠实而又灵活地落实党的政策，当藏族青年郎加因"抢福"而砍伤了农业站站长陈子璜后，苏易却把他送到了农业站工作；当郎加私自逃回山里后，苏易并没有派人去追他。当女土司格桑拉姆拒领党发给她的工资时，苏易并没有批评责怪，而是每次派人给她送过去。当山民偷占了农业站开出来的荒地，苏易劝陈子璜不必计较，还把地让给他们，认为只要他们试种冬麦就行……苏易这些做法的出发点都是为了让藏胞的根本利益不受损失，美好远景不破灭。可以说，苏易的形象打破了以前一些文学作品中塑造的党的领导者的形象雷同、干瘪的"政治化身"模式，给文学画廊增添了一个富有个性的党的领导者的新典型。叶圣陶先生曾说："有人说，文艺作品写党委书记不容易写好。我觉得这篇小说里的苏易就写得很好，我们常常说的党的领导，在苏易身上形象化了。"①小说还塑造了雷文竹、倪慧聪、林媛、朱文才等在不同领域发挥不同作用的知识青年和转业军人的形象，他们是先进生产力的代表，有着共同的理想和抱负，富有忘我的精神，满怀着革命激情。小说塑造的这些人物不仅在20世纪50年代具有巨大的典型意义，而且直至今天，这些形象仍然具有不可低估的艺术魅力。②小说真实地展现了西藏人民在和平解放初期的历史风貌，准确地预示了西藏社会不可逆转的发展前景，充分显示了作者的马克思主义社会学知识以及他在结构安排上的技巧和典型化的能力。从这个意义上说，小说具有一定的史诗性质。

阿章短篇小说《寒夜的别离》：描写了革命时期的一个爱情悲剧

阿章（1927.11—），原名郑春辉，浙江衢州人。其小说《浦江红侠传》曾被改编、拍摄成著名电影《开枪，为他送行》。《寒夜的别离》10月份发表在《萌芽》第3期。小说描写的是革命时期的一个爱情悲剧，作者截取了车站送别的一幕，展示了革命战争给爱情、家庭带来的错位，使相爱的人不能在一起，使主人公向往的家庭幸福只能成为记忆深处的一首美丽的歌而已。故事讲述了一对年轻的夫妻，在和同伴们前往延安"抗大"的途中，突遇了胡宗南的特务袭击，女主角南燕不幸被捕，半年后又传来她牺牲的消息。经过多年抗战及三年解放战争，就在新中国成立前夕，南燕的丈夫又结婚了。多年后，在寒夜中上海站候车室，南燕的丈夫又见到了传言已牺牲了的妻子南燕，但时过境迁，旧日的夫妻再也不能重温昔日的恋情了。南燕对丈夫有了新家庭的事情，决定不去追究，她不想打扰丈夫在和平年代里的平静的家庭生活，于是选择了离开。但从此之后，伴随南燕的却是终生的怅惘。小说深入人物的内心世界，刻画出了他们情感经历的微妙和曲折，这是"鸣放"期间爱情婚姻小说对于种种清规戒律的明显突破。特别值得注意的是，当情感的溪流开始从"革命"叙事的隙缝中满溢出来时，它给当时的小说创作增添了别样的一种情调。小说不仅表达了"相见时难别亦难"的微妙感情，更重要的是歌颂了老一辈革

---

① 转引自《当代中国文学名作鉴赏辞典》，辽宁人民出版社，1992.4。
② 参见"豆瓣读书"。

命者不惜牺牲自己的爱情、婚姻、家庭的崇高品德。女主人公南燕含辛负重的精神与豁达宽广的胸怀，令人肃然起敬。小说在描写他们见面的同时，还透过南燕的视角，描述了一对青年情侣的分离，这是作为背景也是作为反衬而出现的一个情节。

周立波短篇小说《腊妹子》：讲述了政治环境对青少年的影响

《腊妹子》11月8日刊登在《人民文学》第11期。小说中的王腊梅，是一个十三四岁的天真无邪、单纯可爱的小女孩。她出身贫寒，但却充满了生命活力；她既带有很强的孩子气，同时又有那个时代的人所特有的一种真诚和热情。当王腊梅得知自己未考上初中时，曾痛苦过，但她"心性刚强"，响应政府"除四害"的号召，担任了"除四害"的小组长，自己一人去打麻雀。王腊梅以为自己一人去打麻雀的事情会得到乡长的表扬，但乡长却批评了她没有发动小朋友一起去打麻雀。"她起初是垂头丧气，往后是她越来越气，听到最后，她噘起嘴巴，把手里提的那一挂麻雀往乡长脚边一撂，转身就跑。"这样的描写使一个"心性刚强"的少年形象跃然纸上。作家在主观上歌颂了小女孩王腊梅打麻雀的事情，客观上却批评了那个时代的政治对一个少女心灵的影响、操纵和异化过程。

赵树理小说《金字》：一篇有别于作者"问题小说"风格的作品

《金字》是作者1933年在太原写的，1957年11月24日发表在《收获》第3期。小说写"我"作为一个乡村教师，当被夹在统治者与被压迫乡民之间的尴尬处境中时，"我"虽然站在群众的一边，但迫于生计，"我"不得不受命为鱼肉百姓的统治者书写歌功颂德的"金字"。《金字》一反其"问题小说"风格，大有人生况味。

梁斌长篇小说《红旗谱》：一部涵盖了三代农民在近半个世纪中革命斗争的史诗性作品

梁斌（1914—1996），河北蠡县人。1953年起，梁斌开始创作三部曲长篇小说《红旗谱》，1956年底完成第一部《红旗谱》、第二部《播火记》、第三部《烽烟图》。1957年11月，第一部《红旗谱》在由中国青年出版社出版前，梁斌将稿子修改了八遍，有的地方甚至修改了十几遍。第一部出版后，出版社要出精装本去参加世界图书博览会，梁斌又在成书上作了一次修改。《人民文学》编辑部派人到天津向梁斌组稿，他把第二部《播火记》中写李霜泗父女的内容交给来人，编辑部加了题目《绿林行》后在《人民文学》1960年12月号上刊登，受到读者喜爱；该部的第十五至十八章也在《新港》1960年7月15日进行了连载，很快，《北京晚报》《黑龙江日报》依照《新港》版进行了转载；该部连载期间，梁斌又对其进行了细致的修改；1961年4月12日，该部的部分章节在《解放军文艺》第4期发表；1963年11月，该部由百花文艺出版社和作家出版社正式出版，此后进行了多次印刷。第三部《烽烟图》（原名《战寇图》）于1966年9月被造反派抄家时抄走了原稿，故没有发表、出版。1970年1月，《河北日报》连续刊登文章批判已经出版的第一部《红旗谱》和第二部《播火记》，给作者戴上了种种莫须有的罪名，其中最主要的罪状是"为王明路线招魂"，批判持续至3月，使梁斌的身心惨遭迫害。"文革"结束后，梁斌多次找有关人员索要第三部《烽烟图》原稿，但都不知道它的下落。1979年1月，《人民日报》《光明日报》《天津日报》等全国15家报纸将第三部《烽烟图》手稿遗失的事情报道后，当月底，河北省张家口市委办公室的张瑞林给梁斌写信说，他当年在保定当兵时，看到并保存过这部书稿，但他转业后将书稿交给了战友李向前。不久，梁斌收到了李向前寄来的《烽烟图》的上半部书稿，下半部仍不知去向。1979年，山东复员军人李焕昌将《烽烟图》的下半部书稿转交给了梁斌。至此，自1966年丢失了13年之久的《烽烟图》的书稿"完璧归赵"了。梁斌对《烽烟图》进行了两年多的修改后，1983年，《烽烟图》由中国青年出版社出版，为《红旗谱》三部曲画上了圆满的句号。

第一部《红旗谱》描写的主要历史事件都是作者的亲身经历。该部主要写了两个事件，一是1931年蠡县人民的反"割头税"斗争，二是1932年7月的保定"二师学潮"。小说故事发生在清末民初某年秋天的冀中平原锁井镇上。大地主冯兰池要砸掉作为四十八个村公产凭证的古钟，农民朱老巩和严老祥奋力保护古钟，却中了冯兰池的诡计，大钟还是被砸毁了。朱老巩悲愤交加，离开了人世。冯兰池为斩草除根，逼死了朱老巩的女儿，逼走了朱老巩的幼子小虎子。二十多年后，改名为朱老忠的小虎子带着妻子和儿子大贵、二贵，怀着复仇的愿望回到了故乡。冯兰池惊恐万分。此时，冯兰池的民团因为抢劫了逃兵的车子和白面，致使逃兵请来一个团，架起大炮，要他赔偿 5000 块大洋。冯兰池却把这笔钱分摊到锁井镇穷苦百姓的头上。朱老忠于是串联 28 家穷人告了冯兰池的状，但官司从县里打到了北京的大理院后，穷人最后还是输了。朱老忠也赔了 5 亩地，几乎气瞎了眼睛。严志和（严老祥的儿子）也搭进去了一头牛。秋天，严志和的儿子运涛、江涛和大贵、二贵逮到一只价值连城的脯红鸟，冯兰池想据为己有，被孩子们拒绝了。冯兰池便指使人将大贵抓去当了兵。第二年春天，运涛出外做工，遇到了共产党员贾湘农，懂得了革命的道理，在村里宣传革命，并和少女春兰相爱了。这一切都让冯兰池嫉恨。大革命的浪潮席卷全国后，运涛南下参加了北伐军。大革命失败后，身为共产党员的运涛被关进了监狱。运涛的家里人得到这个消息后，他的奶奶当场身亡，他的父亲严志和也病倒了，等待运涛回来结婚的春兰甚至想自杀殉情。江涛和朱老忠徒步到济南去探监，他们见到了被判了终身监禁的运涛。江涛决心要像哥哥一样，继续进行革命。快过年的时候，江涛、朱老忠和一群贫苦农民去城里赶集，他们在闹市上召开了反割头税的大会，农民、市民齐声响应；他们趁热打铁，组织了农会。在火热的斗争里，严知孝的女儿严萍爱上了江涛。过年时，锁井镇的穷人过了一个欢乐的胜利年，这使冯兰池恼羞成怒，他控告江涛等人是共产党员。这时，江涛带着造了大财主父亲反的张嘉庆回到了保定，在保定，江涛帮助张嘉庆考上了第二师范。1931 年"九一八"事变爆发后，江涛、张嘉庆和同学们积极宣传抗日救亡，使保定市的 13 所学校同时罢了课，大家要求当局停止"剿共"，一致抗日。省政府为了瓦解学潮，于第二年夏天宣布解散保定二师。江涛领导同学们开展了护校运动。反动军队包围了学校，然后切断了学生们与外边的联系，对学生们实行"饥饿政策"。朱老忠和严志和把一车油、盐、面粉运到二师校门口，江涛、张嘉庆组织巧妙地将油、盐、面"抢"了进去。后来，江涛、张嘉庆带领学生们冲出学校时，十七八个学生被敌人屠杀了，张嘉庆身负重伤，江涛也被抓进了监狱。朱老忠和严志和决定与敌人战斗到底。张嘉庆在一家美国人办的教会医院里养伤时和一个名叫冯大狗的看守他的士兵交上了朋友。冯大狗本是锁井镇上的无业游民，憎恨黑暗社会，同情学生。一天，在冯大狗的帮助下，张嘉庆被装扮成车夫的朱老忠拉着逃出了保定城，冯大狗背着长枪离开了反动军队。本部小说里的人物众多，但塑造得最好最突出的是农民朱老忠和严志和的形象，朱老忠代表了中国农民的英勇、豪爽、酷爱自由、坚忍不拔的一面，严志和代表了中国农民的善良、勤劳、朴实和保守的一面。本部小说风格浑厚、豪放，受到了人们的广泛好评；小说里的很多情节几乎都是作者的亲身经历，一些学生的名字甚至用了真名，如惨遭杀害的护校委员会宣传部部长刘光宗、组织部部长曹金月、检查部部长杨鹤生等烈士的名字就是真名……小说出版后受到周恩来、陈毅、陆定一、郭沫若、茅盾、周扬、田汉、老舍等人的赞扬和文艺界的高度评价。时任中共河北省委书记的林铁给梁斌提高了两级行政级别，使他享受省部级待遇，以表彰他对祖国文学事业所做出的贡献。1959 年 8 月 10 日，本部小说的电影文学剧本发表在《电影创作》第 8 期。

　　第二部《播火记》的故事紧接着保定"二师学潮"惨案，描绘了锁井镇农民的生活和斗争。运涛的恋人春兰和江涛的恋人严萍帮着严志和家干农活。朱老忠从保定回到锁井镇后，又掀起了一场有理有力的阶级斗争。冯兰池的儿子冯贵堂进城后，拉拢"马快头"章树贵成立了民团，企图剿灭共产党；冯贵堂又派老山头拉拢土匪头子李霜泗来当帮凶，但李霜泗一向杀富济贫，他那当共产党区委书记的舅父又经常劝说他，所以他拒绝了冯贵堂。张嘉庆按照贾湘农的指示，顺利地完成了争取李霜泗的工作；同时，李霜泗为了替惨死的盟弟报仇，和女儿芝姑娘用妙计刺杀了章树贵；在行刺过程中，芝姑娘表现了惊人的英勇机智。章树贵被刺杀后，贾湘农趁大伙的斗争情绪高涨，在滹沱河地区成立了红军队伍，开始了有组织的武装斗争。

　　第三部《烽烟图》写江涛、运涛、大贵、二贵、严萍、春兰等人在党的教育下，茁壮成长，成为开展伟大的民族革命战争的中坚力量。老一代革命者朱老忠、严志和、朱老明、伍老拔等人也以空前的爱国热忱和鲜明的无产阶级立场，投入到时代的洪流当中。由于阶级斗争形势的推动，江涛出狱了，然后当上了县委书记；大贵带着游击队回到了锁井镇；运涛出狱后先去了延安，回到家乡后担任了游击队的参谋长，并与春兰结了婚。一场震撼世界的抵抗日本法西斯的战争，已经在广阔的华北大平原上准备成熟了。

《红旗谱》三部曲是内在统一的，有着深层的有机联系。作者原计划写五部《红旗谱》，第四部写抗日游击根据地的繁荣和"五一"大扫荡，第五部写游击根据地的恢复，直到北京解放。但作者觉得自己还没有掌握写长篇的经验，因此改变计划，使《红旗谱》的全书到《烽烟图》为止。《红旗谱》三部曲的整体性，首先表现在其作为一部史诗的意义和价值上。三部小说涵盖了近半个世纪中三代农民的革命斗争，表现了广大农民的革命潜力和伟力。另外，三部小说还全面完整地、多侧面地展现了我们民族自古以来所铸炼而成的自强不息、英勇无畏的强硬精神。小说里的众多人物形象，都个性鲜明：朱老明百折不挠，朱老星宁死不屈，朱大贵火烈刚强，朱二贵天真纯洁，涛他娘善良柔顺，贵他娘泼辣仗义，甚至连老套子、老驴子等人物也都各具风采。张嘉庆、李霜泗父女、严知孝父女也给人留下了深刻印象。张嘉庆既是新时代中国共产党的领导干部，又带着非常浓厚的中国传统风范。严知孝是中国传统知识分子的典型代表，清高、孤傲、坦诚、正直，在豺狼当道时，他想尽量远离政治，但又不失报国之心，所以本质上还是怀抱着一种"达则兼济天下，穷则独善其身"的文士古风；其女严萍最后成为党的一名优秀战士和领导干部，内心中仍然流动和承继着父辈的遗风。李霜泗在第二部中出场并参加暴动，在第三部中英勇就义，他出身于土匪，但本质不坏，这样的人物一旦找到正确方向，一定会发挥巨大的正面作用。李霜泗的女儿芝儿的性格是其父亲性格的延伸，她最后的下落不明给读者留下了一定的想象余地。在第三部才正面出场的马老将军的性格属于我们民族精神中的又一种类型，他看上去生活得很闲散，过着陶渊明式的隐居生活，每日拾掇着自己的一片小小的田园。但是，他的内心里却一直涌动着一团炽热的烈火，在释放江涛、组织后援会等一些革命活动中发挥着关键性的作用。《红旗谱》全书就是从以上各个层面和方位上，全面地展示了我们的民族精神和人民的意志。小说以雄浑的气魄告诉人们，只要民族精神在，我们这个民族就会永远顽强地生存下去，就会战胜一切邪恶的力量和强大的外敌。当然，《红旗谱》在艺术上也有一些粗糙之处，比如受当时流行观念的影响，作者害怕小说的革命和抗战主题不够鲜明，因而出现了强行向政治概念靠拢的情况，使一些政治术语由作者直接讲述或者强加在人物之上，让读者读起来感到很生硬；尤其在再版时，作者对其所进行的修改，更是带有更多的当时流行的政治观念的痕迹。①

① 参阅郝雨《古老民族精神在血与火中的现代升华——梁斌〈红旗谱〉（三部曲）新论》，《文艺理论与批评》，1997.3。

1958 年

马烽中篇小说《三年早知道》：反映了个人主义改造的艰难性和必要性，以及社会主义力量终使人物脱胎换骨的情况

《三年早知道》1月1日发表在《火花》第1期。小说中的机灵鬼赵满囤绰号为"三年早知道"。赵满囤不论做什么事总要先算算对自己有没有利。当全村合作化时，别人问他入社不入，他抚摸着自己那匹健壮的大红马说道："我这匹马说了话，我就入社。"但过了一夜，他突然牵着马入社来了。原来他那当人民解放军的弟弟来信叫他入社，并说如果他不入社就把自己那份家产给入了社。他算来算去不合算，只好牵着牲口入了社。赵满囤虽然人入了社，可是心却没有入社。他在社里做饲养员，竟给自己的牲口吃小灶，叫社里的牲口啃槽帮。社长知道后批评了他，派他去赶车。他赶着车却不为合作社工作，而是拉脚做起了买卖。社里派他进城拉肥料，他不但没有进城，反而用合作社买肥料的钱买了一对小猪仔。所有生产队都不要他，亲戚也不敢沾他。社长分配他去打井，他却因偷偷贩卖红枣而耽误了打井。社长和众人严厉地批评他，他终于克服了自私自利的思想，工作态度也积极认真起来，并且被选为水利委员，在全村水利化运动中，他把自己存在银行的钱全部取出来支援了社里的水利建设，成为优秀的社员。小说描写了一个自私落后的老中农赵满囤的转变情况，深刻地指出：他的个人主义思想根深蒂固，不是三两次批评斗争就可以克服的；同时又鞭挞了个人主义思想，用事实表明个人主义的危害性很大，必须克服。小说不仅写出了个人主义改造的艰难性和必要性，而且站在先进的立场上，以昂扬的热情、欢乐的色彩，着力描写出了不可遏止的、前进的社会主义力量是怎样以必胜之势使赵满囤终于转变，终于脱胎换骨，最终成为一个忘我为公的先进人物的情况。①

周立波长篇小说《山乡巨变》：一部功力相当深厚的现实主义力作

《山乡巨变》写于1955年初冬，1958年1月8日开始在《人民文学》第1期连载，至第6期止。6月由作家出版社出版单行本。小说写了团委副书记、共产党员邓秀梅来到清溪乡后，合作化运动很快便在这里开展起来。邓秀梅和清溪乡党员干部充分发挥党团组织的先锋带头作用，发展壮大党团组织，吸收盛淑娟等加入共青团，并组织宣传队，宣传合作化的优越性。邓秀梅亲自搬到盛佑亭家里住下来，经常和他促膝谈心，启发他的阶级觉悟，很快使他变成了一个坚决要求入社的骨干。邓秀梅还到陈先晋家里给陈先晋做耐心的动员工作，使他自愿加入了合作社。当张桂秋把耕牛赶到山里准备杀掉时，邓秀梅把耕牛追了回来，保证了春耕时的畜力，同时也教育了那些私心较重的农民。邓秀梅按照党的政策，戳穿了暗藏下来的阶级敌人龚子元的阴谋诡计，提高了广大群众的阶级觉悟。通过细致的思想工作，清溪乡的合作社很快成立了。邓秀梅由于工作的需要调走后，清溪乡党支部书记李月辉和社长刘雨生决心带领社员夺取第一个大丰收，进一步发挥集体所有制的优越性。但是，以龚子元为首的阶级敌人却利用一切机会向合作社进攻。刘雨生挺身而出，多次牺牲个人利益，鼓舞大家的干劲，使阶级敌人的阴谋被粉碎了。一些群众也认清了龚子元的嘴脸，最后使他落入了人民的法网。合作社也巩固、发展了。该小说被视为《暴风骤雨》的续篇。1960年4月，小说的续篇由作家出版社出版。续篇中的故事情节是上篇中人物行动的继续和发展，清溪乡的常青初级农业社加入了两个小社，成为一个约有九百人口的常青高级农业社，这个农业社成立后获得了首次特大的丰收，单干户于是纷纷入社。1970年9月，《湖南日报》连续刊登文章批判《山乡巨变》，说它是"一部鼓吹农村资本主义复辟的黑作品"。该小说（正篇）是20世纪50年代合作化题材小说中将合作化的本质揭示得最真实、最充分的一部小说。这部小说虽然对政治理念进行了简单的图解，但是，

---

① 参阅王世德《评析"三年早知道"——并略谈马烽小说的一些特色》,《语文学习》,1958.7。

它却建立在生活本身基础之上，对农业合作化运动，对乡村社会，特别是对乡村伦理进行了细致的表现，揭示了农民们在合作化过程中的复杂、犹豫的矛盾心态，表现了他们身上寓含的真实历史和文化精神，体现了相当深厚的现实主义功力。与此同时，小说的人物塑造也不是简单的政治二元对立，而是牢固地和乡村泥土融为一体，表现出了强烈的生活特征。小说塑造的党的代表邓秀梅和李月辉的身上也有缺点，他们是不具备完美"英雄"气质的普通人的形象。邓秀梅犹豫、朴实，李月辉沉稳、持重，在某个方面，他们的形象反映了作者思想上的慎重和严肃，也体现了作品立足生活、还原生活的特点。①

胡万春短篇小说《骨肉》：描写了旧社会一个工人家庭家破人亡、骨肉分离的悲惨情景

胡万春（1929—1998），浙江鄞县人。《骨肉》1月15日发表在《中国青年报》。小说讲述了1936年发生在"我"家里的故事。因为家庭经济窘迫，妈妈出外替人洗衣，爸爸又被裁员。在被逼无奈之下，妈妈只好跟黑心的高老板借了高利贷，由于无力偿还，高老板强行抢走了刚会扶着床沿走路的"我"妹妹作为抵押。妹妹到高老板家里后，高老板不断地殴打她，并不许"我"去探视。从此我们骨肉分离。后来，"我"得知妹妹被开水烫伤，生死未卜。小说最后在一种愁苦凄凉的氛围中结束了，无声地控诉了旧社会带给人们的苦难。《骨肉》曾获得1957年第六届世界青年联欢节国际文艺竞赛的荣誉奖，这是新中国成立初期继丁玲的《太阳照在桑干河上》和周立波的《暴风骤雨》获得斯大林文学奖之后，国内获得的第三个国际文学奖项。小说后来被翻译成英、俄、法、日等国文字出版。作者胡万春曾受到毛泽东主席的亲切接见。

管桦中篇小说《辛俊地》：一个个人英雄主义者的悲剧

管桦（1922—2002）原名鲍化普，河北丰润人。《辛俊地》1月24日发表在《收获》第1期。小说里面的主人公辛俊地是抗战时期冀东游击区里的一个勇敢的民兵，曾经伏击过日本鬼子，保护过麦收，挽救过游击队队长白虹的生命。但他也是一个组织观念和纪律观念非常差的民兵。他的个人英雄主义思

---

① 参阅贺仲明《真实的尺度——重评50年代农业合作化题材小说》，《文学评论》，2003.4。

想严重，当游击队到外面打伏击时，他没有听从队长的命令，就私自打了第一枪，结果将队长布置的一场伏击战完全破坏了，使游击队遭到了很大损失，也丢掉了他自己的生命。小说结尾叹息道："他生前这几年做了很多好事，也做了许多坏事，他自己还没有了解这一切的时候就死了，他使人气愤，也使人怀念。"小说发表后遭到批判，辛俊地的性格特征、革命经历、情爱故事更是受到了集中批判，导致了此后乡土小说创作中主人公形象塑造的大变迁，"党之子"形象代替了辛俊地那样的"地之子"形象，"个人主义"思想也受到了集中批判。①

杨沫长篇小说《青春之歌》：当代文学史上第一部描写学生运动、塑造革命知识分子形象、讲述其成长命运的优秀作品

杨沫（1914.8—1995.12.11），湖南湘阴人，生于北京。《青春之歌》1月份由作家出版社出版。小说以"一二·九"运动为背景，描绘了北京学生运动的壮烈画面。小说中的林道静出身于一个地主家庭，生母是佃农，惨遭迫害致死。由于深受养母的凌辱和虐待，林道静从小就养成了孤僻倔强的性格。她憎恨害死生母的封建家庭和封建制度，为反抗不幸的命运而离家出走，流亡到北戴河附近的杨家村，投亲不遇后做了村小学的代课教师。然而，校长余敬唐却想把她嫁给当地的权贵。在走投无路之下，林道静投海自尽，但被北大学生余永泽相救。在余永泽爱情的感动下，林道静答应和他共建爱巢，享受家庭的温馨。但林道静却不甘心做余永泽的"玩物"和"花瓶"，于是寻找工作自食其力。在找工作受挫后，林道静遇到共产党人卢嘉川，开始接触到革命思想。余永泽一再拦阻林道静参加革命活动，并导致卢嘉川被捕。林道静下定决心离开庸俗、自私、平庸的余永泽，然后跟随卢嘉川、林红干起了革命。在参加了"一二·九"学生运动等一系列革命实践后，林道静在政治上逐渐成熟起来，最终成为一名无产阶级革命战士。小说出版后，立刻激起了千层涟漪，臧否不一。郭开在《中国青年》1959年第2期发表题为《略谈对林道静的描写中的缺点——评杨沫的小说〈青春之歌〉》的文章，首先对《青春之歌》发起了

---

① 参阅魏宏瑞《从"地之子"到"党之子"——管桦〈辛俊地〉透视》，《中国现代文学研究会第十一届年会论文集》，2014.11.1。

载刺。他认为，作品"没有很好地描写工农群众，没有描写知识分子和工农结合"，"书里充满了小资产阶级的情调，作者是站在小资产阶级立场上，把自己的作品当作小资产阶级的自我表现来进行创作"，"林道静自始至终没有认真地实行与工农结合"，"她的思想感情没有经历从一个阶级到另一个阶级的转变，到书的最后她也还只是一个较进步的小资产阶级分子"。这种火药味十足的、简单化的庸俗社会学式的批评，无异于给作品打了一通乱棒。在讨论中，更多的人提出林道静的小资产阶级感情是否有必要在小说中去写，林道静是否应该与工农结合，林道静入党后是否起到作用等问题。作者听取了这些批评意见，决定"重写"与"修改"《青春之歌》。修改版特意加写了"林道静在农村"的七章内容（《青春之歌》第二部的第7章到第13章）和"北大学生运动"的三章内容（《青春之歌》第二部的第34章、第38章、第43章）。其中"林道静在农村"的第7章发表在1959年9月24日出版的《收获》杂志第5期上，写由于叛徒的出卖，林道静被捕了，陷入了胡梦安的魔掌之中，在郑瑾的帮助下，她逃到了定县，继续教书。江华的来访使林道静又恢复了和党的联系，农民的苦难使她迅速觉醒，她参加了江华领导的秋收斗争。后来，林道静又回到了北平，结果又一次被捕。在狱中，郑瑾对林道静的帮助和壮烈牺牲，使她的觉悟有了很大的提高，她经受住了酷刑的考验。后来林道静被王教授保释，识破了戴瑜的叛徒面目。林道静在政治上成熟了，终于光荣地加入了中国共产党。作者之所以这样变动的基本意图是想让林道静从一个小资产阶级知识分子成长为无产阶级战士。这样的"修改"却不符合当时历史的事实，知识分子大量接触工农是"一二·九"运动以后的事；对于北大学生的运动，作者没有亲身经历，但为了配合当时的主流意识形态，为了显示自己对这场运动的立场，也为了使这部已产生重大影响的小说更具有宣传和教育作用，她便在"修改"时没有顾及历史的真实，对初版本《青春之歌》进行了修改，让林道静与"工农兵"结合起来，这种做法被认为是"以对生活的损害为代价去人工地缝合某些政治内容，换取某种思想符号而已"。总之，《青春之歌》详细讲述了林道静的三个阶段的成长过程：反抗封建家庭干涉婚姻自由、寻找个人出路是第一阶段；渐渐意识到个人奋斗没有出路，必须将个人利益与人民利益相结合是第二阶段;让个人利益服从于工农大众的利益是第三阶段。但第三阶段的特征表现得并不鲜明,作者只是用当时"左"的政治思潮净化了林道静的"个性特征"而已。1960 年 3 月,《青春之歌》的修改本由人民文学出版社出版。①

冯德英系列长篇小说《苦菜花》《迎春花》《山菊花》:集中反映胶东半岛人民艰苦卓绝、英勇顽强革命斗争的小说

冯德英(1935—),山东乳山人。《苦菜花》是长篇系列小说"三花"之一,另两部是《迎春花》《山菊花》。《苦菜花》最初名叫《母亲》,因与高尔基的作品重名,1958 年 1 月由解放军文艺出版社出版时改名为《苦菜花》。《苦菜花》写抗日救亡的烽火在胶东半岛的昆嵛山区燃烧起来之后,王官庄的贫农冯仁义为逃避恶霸地主王唯一的迫害,只身去闯关东。冯仁义的妻子独自拉扯着五个孩子艰难地度日。牛倌出身的共产党员姜永泉领导乡亲们武装暴动。仁义嫂的大女儿娟子拿起父亲的猎枪参加了暴动。暴动胜利后,王官庄群众公审并枪决了王唯一,建立了抗日民主政权。仁义嫂冲破重重阻力,支持娟子当妇救会长,让她投入抗日斗争的洪流。秋末的一个夜晚,国民党特务、王唯一的叔伯兄弟王柬芝奉命回到王官庄后,骗取群众信任,当上了小学校长。王柬芝的妻子虽然出身于破落地主的家庭,但她不愿做封建婚姻制度的牺牲品,不愿忍受丈夫的精神折磨,爱上了长工王长锁,并生下女儿杏莉。王柬芝知道妻子和王长锁的关系后,挟制王长锁为他传送情报,进行特务活动。伪军分队长、王唯一的儿子王竹根据王柬芝的情报,带领日伪军洗劫王官庄,残酷地杀害了副村长七子等人。群众怀着满腔仇恨去祭奠烈士时,娟子的弟弟德强及村党支部书记德松等人参加了于得海团长率领的八路军。仁义嫂也参加了抗日救亡工作。八路军某部兵工厂迁到王官庄后,鬼子大队长庞文带兵突袭王官庄,将群众赶往南沙滩,仁义嫂被捕。敌人逼仁义嫂带领他们上山寻找八路军兵工厂,结果仁义嫂把敌人引到雷区。总攻开始后,军民们英勇奋战,终于全歼敌军。1963 年 5 月 15 日,冯德英将小说改编为同名电影文学剧本后发表在《电影文学》第 5 期。2005 年,王冀邢将《苦菜花》改编拍摄成 20 集电视连续剧上映。

① 参阅谷鹏《〈青春之歌〉的传播与修改》,《苏州大学学报(哲社版)》,2010.1.

第二部小说《迎春花》是冯德英为向新中国成立十周年献礼而创作的45万字的长篇小说，先在《收获》1959年7月24日的第4期全文刊出，9月由解放军文艺社出版。小说写1947年，军统特务组织密令特务汪化堂潜入解放区后方，让他亲率敌匪偷袭区政府并暗杀区委书记和区长。长期潜伏的特务蒋殿人与汪化堂一起收集刺探情报，策划暗杀、爆炸事件，配合国民党军45万人对山东解放区的全面进攻。汪化堂的外甥孙承祖也一直从事着破坏革命的活动，其妻王镯子与汪化堂狼狈为奸，乘机策反继任区长张滔叛变；孙承祖冒充战斗英雄强行非礼军属；妇救会长孙俊英借机鼓动群众暴动，其夫江仲亭也以"逃兵"身份秘密回村，但他的真正身份神秘难辨。军统特务组织又派职业杀手老B担任汪化堂的助手，以协助其进行疯狂的暗杀行动。老B伪装成青年军人暗杀了新任区长汪水山，后又扮作孙俊英的姐姐潜回山河村，枪杀了支部书记曹振德。在敌特的暗杀行动步步升级的情况下，区长江水山智取了孙承祖，然后又巧施连环计，决定将敌特一网打尽。那么，隐藏最深的特务"老B"究竟是谁？敌人的反共破坏行动能否得逞？一系列扑朔迷离的事件使敌我双方的斗争继续陷入了重重迷雾之中。不久，《迎春花》被搬上话剧舞台，并出现了多个版本的话剧剧本。冯德英还亲自将小说改编成电影剧本，但没有拍摄。2005年，王冀邢将《迎春花》改编拍摄成20集电视连续剧上映。

第三部长篇小说《山菊花》1979年2月由解放军文艺出版社出版。小说描写了第一次国内革命战争时期，中共胶东特委发动和领导胶东昆嵛山区人民反抗阶级压迫、宣传抗日救国、进行武装暴动的可歌可泣的动人故事。昆嵛山区腹地孔家镇的大地主兼大资本家孔庆儒身兼区长和校董等职，拥有军警宪特和私人武装，在孔家镇为所欲为。在远离孔家镇的"世外桃源"桃花沟，蚕农张老三的女儿好儿的恋人高玉山是孔家镇小学的教员，因他的同事孔志红的中共地下党员身份暴露，他受牵连后奉命转移，临走前向好儿告别，张老三大发雷霆，决心将女儿尽快嫁出去。张老三的二女儿桃子跟张老三到孔家镇卖蚕茧时，遇到石匠于震海教训孔家狗腿子的场面，心里留下了深刻印象。孔志红被判处死刑游街示众，他高呼口号，视死如归，使好儿和桃子姐妹深受震撼；孔庆儒的女儿孔香兰也为堂兄之死失声痛哭。孔志红牺牲后无人收尸，他的恋人和战友凤子率领部分学生处理后事，与警察队长孔显发生冲突。孔志红的哥哥孔居任从烟台赶回孔家镇奔丧，大义凛然地保护了师生们，引起了全镇的轰动。孔居任闯入孔家大院找孔庆儒谈判家产之事，孔庆儒使用软硬兼施方法无效后只好让步，他将孔家镇丝坊和小学等资产划归到孔居任名下。孔居任看上了好儿，张老三将好儿许配给孔居任。好儿和孔居任结婚后不愿同房，分床而眠。桃子在姐姐出嫁后嫁给了于震海为妻。但于震海在新婚之夜竟跳窗而出，去参加党的秘密活动了。孔居任的政治倾向比较鲜明，引起了地下党组织的注意。经过严格考察，由小学教员凤子出面介绍，孔居任秘密加入了党组织。孔居任到昆嵛山区农村协助于震海筹划武装斗争，两人渐渐成为配合默契的战友。桃子也在与孔庆儒的斗争中消除了对丈夫和姐夫的误解，秘密加入了党组织。孔庆儒从威海请来了程先生当校长，孔家小姐香兰暗恋上了程先生。程先生是地下党员，暴露身份后和凤子同时被捕。凤子坚贞不屈，壮烈牺牲。程先生却叛变投敌，继续担任小学校长。于震海和孔居任受命将程先生击毙。中共胶东特委决定清算孔庆儒的罪行。于震海和孔居任率领队伍占领了孔庆儒的府邸，孔庆儒跑到威海市公安局局长家躲了起来。军阀、省府主席韩复榘调动展书堂的八十一师围剿于震海和孔居任的队伍，使胶东特委领导人珠子被杀害。新任代理特委书记理琪很快到任，与于震海和高玉山接上头，开始肃清内部的敌特分子。孔居任预感危险逼近，杀害妻子好儿后潜逃，但被于震海生擒归案。孔居任其实早已秘密加入了中统特务组织，是他将亲弟弟孔志红送上断头台的，凤子、崔素香、珠子等人的牺牲都与他有关。于震海亲手处决了孔居任。理琪宣布成立胶东红军游击队，任命于震海和高玉山分任大队长和政委。桃子被孔庆儒打入死牢后受尽酷刑。于震海与理琪和高玉山调动精兵强将冲进孔家大院，将孔庆儒父子击毙，但桃子已牺牲。于震海在昆嵛山区公开打出胶东红军抗日游击大队的旗号，队伍迅速发展壮大。桃子的妹妹小菊也在血与火的斗争中成长起来，并与高玉山相知相爱。于震海也成长为成熟的革命领导人，担当起中共胶东特委副书记和山东人民抗日救国军的领导重任。抗战爆发后，于震海率领部队奔赴抗日前线作战。1982年，《山菊花》被改编拍摄成同名电影。2006年，王冀邢将《山菊花》拍摄成45集同名电视连续剧上映。

高缨短篇小说《达吉和她的父亲》：一篇因表现人性人情曾遭到批评的作品

高缨（1929.12.25—），原籍天津，生于河南焦作。《达吉和她的父亲》3月1日发表在《红岩》第3期。小说写在1956年，凉山的尼古拉达人民公社来了一个支援公社建设水库的工程队。工程队的老技师任秉清在新中国成立前是凉山脚下的一名穷石匠。公社社长马赫在自己家里为工程队开了一个欢迎会，马赫的女儿达吉为客人们表演了节目。任秉清看着达吉的表演，不禁想起十几年前，自己5岁的女儿被当地的奴隶主抢上山去后，一直没有下落的事情。新中国成立后，任秉清曾进山找女儿，但未找到。任秉清想如果女儿还活着，应该与达吉的年龄一样大，也会像达吉一样聪明、能干。后来，任秉清从达吉的很多特征里，终于认出她就是自己的女儿。但任秉清想到，如果自己认走女儿，马赫社长将失去亲如骨肉、相依为命的女儿。当公社党委书记木呷将实情告诉给马赫之后，马赫回忆起自己当年从奴隶主手里救出达吉及将她抚养成人的情况，也想起新中国成立以后，自己曾寻找达吉亲人的情况。最后，马赫让达吉认了自己的亲生父亲任秉清，任秉清也搬进了马赫的家。从此以后，达吉与两个父亲愉快地生活在一起。小说在《红岩》第3期发表一年之后，被《新观察》杂志转载，影响渐大。1961年6月，小说被峨眉电影制片厂拍摄为同名电影后公映。电影放映后，反映不一，在作品的思想性问题、人物的典型性问题、作品的人性表现问题、电影文学剧本与原小说的差别问题、批评观念与方法问题等上引发了激烈争论。1961年6月19日，周恩来总理在"全国文艺工作座谈会和故事片创作会议"上作了重要讲话，在全面阐述党的文艺方针政策时，批评了一段时期文艺工作中存在的"左"的错误做法，他联系《达吉和她的父亲》电影和原作引起的争论作了深刻的分析，认为电影和原作各有所长，都是好的作品；明确批评了一些人认为作品表现了"资产阶级人性论""小资产阶级温情主义"等"左"的论点。周恩来的讲话引起了与会者的高度关注，引发了广泛联系《达吉和她的父亲》电影和原作来进行讨论的热潮。1962年7月11日，《文艺报》第7号发表了高缨《关于〈达吉和她的父亲〉的创作过程》一文。

茹志鹃短篇小说《百合花》：以优美细腻的笔调表现了军民的真挚感情

《百合花》3月5日发表在《延河》第3期。小说描写解放战争时期，小通讯员来到前沿包扎所后，为了护理伤员，他向一位新媳妇借了一条绣着百合花的新被子。腼腆的通讯员在抱着被子离开新媳妇的家时，慌张之间，把衣服钩破了。新媳妇要给他缝补，他不肯。不久，发生了一场战斗，通讯员在战斗中牺牲了。新媳妇知道后，一扫羞涩之态，为通讯员擦洗身子，缝补衣服，并把那条百合花被盖在了他的身上。小说描写的是普普通通的事件，表现的是军民之间真挚纯洁的感情，笔调细腻，形象逼真，具有浓厚的生活气息和强烈的艺术感染力。作者善于转常为奇，把一些平凡小事写得枝叶扶疏、意趣盎然。因此，小说素被称为优美的诗篇。人们喜爱它，主要是由于它塑造了小通讯员和新媳妇这样两个各具风采、栩栩如生的人物形象，揭示了我军永远立于不败之地的力量源泉。[①]

周而复长篇小说《上海的早晨》：一部反映民族资产阶级在新社会中的命运及革命人物成长过程的优秀作品

1952年夏，周而复开始动笔创作长篇小说《上海的早晨》，到1954年3月13日写完第一部，1957年11月12日改完，1958年3月24日发表在《收获》第2期。5月，小说由作家出版社出版。小说描写了民族资产阶级向工人阶级的猖狂进攻。1954年，作者创作了小说的第二部，1956年9月3日写完，1961年前后，部分章节在文艺刊物发表并在《北京晚报》连载，1961年冬出版单行本，描写了工人阶级打退民族资产阶级的进攻，开展"五反"运动的事情。1962年4月12日创作好第三部二稿，1965年交出版社，因为有些章节要修改，从出版社取了回来，还没有改好，"文革"开始了，直到1979年春，小说才在复刊的《收获》第1期和第2期刊载，描写了民主改革；第四部于1976年11月改出二稿，1979年冬在《新苑》文学季刊发表，描写了公私合营，对私营工商业进行社会主义改造的事情。四部小说的主人公是民族工业资本家徐义德。上海解放前夕，徐义德将大量资产转移到中国香港和美国，为自己留好

---

① 参阅刘文田《朴素的真理 瑰丽的诗境——读〈百合花〉》，《河南大学学报：社科版》，1981.4。

退路。上海解放后，他舍不得家产，没有走逃亡香港的退路。他希望抗美援朝失败，期待新中国的局面在不久后改变。他通过梅佐贤贿赂税局驻厂干部方宇来窃取情报，在政府决定提高税率之前，他打着为国家建设服务的招牌，不顾工人生命安全，要求工人加班加点，为自己谋取私利。为了抵制政府统一收购纱布的政策，徐义德在"星二聚餐会"中鼓动资本家提出统配统销，向政府要原料，向人民银行要资金，企图把原料不足和资金短缺的问题转嫁到政府身上。"五反"运动开始后，他以退为进，以没有资金为理由，企图停薪停伙停工。"五反"运动结束后，他又迟迟不补交税款，而是打着增加工人工资的名义，将工会置于工人的对立面，企图扰乱形势，抗拒改造。为了保住自己的地位和财产，徐义德费尽了心机，耍尽了伎俩，但这些阴谋最终还是被党组织和工会识破，他最后才不得不在势不可当的社会主义改造运动面前低头退让，加入公私合营的队伍之中。"文革"前，在文艺社会学批评方法的指导下，人们对于《上海的早晨》的评价多为较客观的文本分析，认为它是一部继茅盾的《子夜》之后，反映民族资产阶级在社会主义社会里的命运以及反映革命人物成长过程的成功作品。"文革"中，主要批判小说美化了资产阶级、丑化了工人阶级，企图阴谋复辟资本主义云云。1970年1月24日，在张春桥的策划与指挥下，上海市委写作组又以"丁学雷"的笔名在《人民日报》上发表文章，继续诬陷《上海的早晨》是"毒草"，并把桑伟川的文章打成是为毒草翻案的"毒草文章"，从而在上海制造了"桑伟川事件"。在此前此后四个月时间内，上海文教系统和有关单位以及郊区组成了"批桑"班子，对桑伟川连续召开了290多次大型批斗会。桑伟川被戴上"现行反革命"帽子，投进监狱长达七年之久。1978年8月11日，这一冤案才得以平反。新时期以来，随着比较研究、文化研究、接受研究等新方法的运用，人们对于《上海的早晨》的研究视野得到了拓展，观点也逐步出新。评论界开始尝试用审美、经济、人物形象塑造、革命意识形态背后的思想史渊源、革命与浮华并置的空间叙述特点、"物质性"和"反物质"、焦虑与浮华、"革命与现代"等多种视角去评价它。在一些文学史教材中，基本对它作了肯定性的评价，比如1982年22所院校编写组编写的《中国当代文学史》认为《上海的早晨》的意义在于它的宏大叙事；1984年华中师范学院编写组编写的《中国当代文学》认为《上海的早晨》有着鲜明的主题、多线索并行发展的结构及刻画的资本家的形象具有丰富性等优点，但也认为小说的不少人物的个性特征缺乏，应该说归纳得比较到位。1999年，杨匡汉、孟繁华主编的《共和国文学50年》指出《上海的早晨》具有"不容忽视的象征意义"，即自《上海的早晨》之后，"中国的城市文学也暂时画上了一个句号"。同年，洪子诚的《中国当代文学史》指出周而复是依据毛泽东关于民族资产阶级"两面性"的论述来设计人物性格的，不过，仍为我们"提供了50年代初期城市生活的某些状况，尤其是围绕资产者的日常生活、经济活动的图景，和城市在改造过程中，原先城市中心力量在迅速边缘化过程中的复杂反应"。在1999年的上述两部文学史中，对《上海的早晨》的评价都比较公允而有创见。①

孙谦短篇小说《伤疤的故事》：写了两兄弟在合作化运动中的斗争

《伤疤的故事》3月份发表在《火花》第3期。小说写陈友德复员回乡后，发现哥哥陈修德在嫂嫂凤英的影响下，忘记了从前苦难的日子，搞单干，放高利贷，走个人发家致富的道路，凤英还虐待妹妹小凤。陈友德为人正直，爱社如家，一心要帮助哥哥嫂嫂入社，但他们却认为陈友德是在算计他们，于是两兄弟分了家。在合作化运动中，陈友德当了合作社社长，他和小凤彼此同情和照顾。一次，陈友德发现哥嫂偷贩粮食，便与之斗争。哥哥打伤了他的胳膊，留下一块伤疤。为此，陈修德受了应有的处分。1955年冬天，各地都在大张旗鼓地宣传社会主义农业合作化，陈友德哥嫂也随大流入了社，但他们兄弟之间仍存在矛盾差异。

柳青中篇小说《狠透铁》：对冒进高级社进行了批评

柳青创作《狠透铁》的时间开始于1957年，是在写作《创业史》的间隙完成的。《创业史》开笔于1954年春，1959年4月在《延河》月刊连载。《狠透铁》初稿写成于1958年3月，小说的题目下面有一行字"1957年纪事"。这一年，正是高级社成立一年多时间，柳青保留"1957年纪事"这样一行带

---

① 参阅郭传梅《周而复〈上海的早晨〉研究述评》，《延安大学学报（社科版）》，2016.2。

有说明意味的小说注释，正好反映出他的创作意图，表达了他对冒进高级社的委婉含蓄的批评。《狠透铁》1958年4月5日在《延河》第4期发表时名为《咬透铁锨》。1959年8月25日至9月8日在《中国青年报》连载，11月，陕西东风文艺出版社出版了单行本，12月，作家出版社出版了单行本，但都改名为《狠透铁》。小说写1949年新中国成立之后，水渠村一个绰号叫"狠透铁"的壮汉第一个和地方工作组接头，开始组织起农会，当上农会小组长；后来又当上人民代表。1954年春天，"狠透铁"组织十一户农民成立了初级合作社，1955年又成立了高级社，一下子有五十多户人家涌了进来，"狠透铁"虽然担任队长，但他却很难管理高级社，他恨自己脑筋迟钝，没有能耐。高级社的工作头绪多，他常常忙得丢三落四，副队长王以信看见他丢三落四，从不提醒。"狠透铁"有难以抉择的事情，征求王以信的意见，王以信总是说："你是队长，你看么。"就这样，"狠透铁"常常会耽误一些重要的事情，比如忘记了种洋芋，忘记了将三包合同交给会计。最要命的是，队里的红马得了病，他拿着药方去买药，却忘了买，结果导致红马死了。他于是被撤了生产队的队长，只担任村里的监察委员。王以信于是升任为队长，他的户族叔叔王学礼担任了副队长。王以信是上中农成分，是个有能耐的人，在水渠村很有势力，许多人都乐意听他的。"狠透铁"也担心整不赢王以信。王以信当了队长后，"几乎一下子变了另一个人，起早贪黑地奔波，饲养上、副业上、保管上，样样项项料理得井然有序"，赢得了一片赞誉。后来，王以信企图瞒产，并打算提高水渠村的劳动日报酬，他进一步赢得了群众的信任。王以信在粮食入仓时，没有叫上监察委员"狠透铁"，自己却伙同几个队委把大量的粮食放在了王学礼家的楼上，并且做了手脚，企图悄悄私分。来娃他妈发现后，给村里人传扬了出去。最后，王以信被处理，"狠透铁"重新又获得了大家的信任。柳青认为，像"狠透铁"这样的贫农，他的能力只够管理初级社的十余户人家，再大就超出了他的能力范围。若要管理一个五十来户的大社，非得经历一段时间的磨炼不可。但当时铺天盖地而来的大跃进浪潮，却一下子把他推到了大社的舞台上。于是，他不适应了，手足无措了，他露了怯，最终下了台。柳青很惋惜"狠透铁"这样的农村基层干部，他看到的现实是，"狠透铁"斗不过王以信。他担心，农村的基层政权最终会被王以信这样的人所掌控。

小说发表后，引起很大反响，有人批评柳青"对社会主义描写得有点阴暗"。到"文革"时，被批为"大毒草"，认为"将合作化道路描写得一团漆黑"。实际上，《狠透铁》写出了初级社向高级社转变中，新社会形态与传统乡村伦理之间的不融合性。①易晖认为，《狠透铁》在表面上看是当时很主流的一部小说，它所讲述的故事发生在农业社新成立之时，当时隐藏很深的阶级异己分子王以信利用一心为公的老社长"狠透铁"在工作中的失误，通过民主改选方式篡夺了合作社的领导权。但最后，"狠透铁"在上级的引导帮助下，揭穿了敌对分子王以信的不法行为，重新掌握了农业社的领导权。小说在深层上触及了合作化中普遍存在的如何对集体生产、公共事务进行管理的问题。小说也批评了普通社员对集体事务的漠然与盲从，他们分不清是非，对侵夺集体财产的行为常常摆出一副事不关己高高挂起的态度。当坏分子被揪出，老队长"狠透铁"重回领导岗位后，此前遗留的问题仍然难以解决。从这个角度上说，本篇是柳青针对合作社建立后的新情况、新问题而创作的"问题小说"。然而作者又以阶级叙事的方式对这些新情况、新问题进行了想象性的解决。这种解决方式其实在合作化小说中是一种普遍现象，也就是基层普遍存在的管理经验缺乏、管理方法僵化和管理思想错位的问题，也正是从上到下对农村现状及其治理上的思想狂热、经验缺失、方法错位的体现。而此前在1956、1957年的"百花时代"集中出现的一批农村题材的"干预生活小说"，则甚为尖锐地反映了上级单位和领导的官僚主义。②

沙汀短篇小说《风浪》：描写农业社存在着诸多问题但却被彻底否定的作品

《风浪》6月8日发表在《人民文学》第6期。小说通过写1957年太阳升农业社发生的一场政治风浪，既写了富裕农民、二流子、退社贫农向新生的农

---

① 参阅仵埂《乡村传统伦理与阶级意识的博弈——论柳青的中篇小说〈狠透铁〉》，《西北大学学报（哲社版）》，2016.1。
② 参阅易晖《"革命的第二天"——合作化小说中的乡村治理》，《文艺批评》，2017.7.20。

业社发起的"进攻"，也写了农业社存在的官僚主义、思想工作薄弱、管理不当等诸多问题。小说是通过一个先进农民何秀兰来展开故事情节的。小说发表后，1966年10月17日的《人民日报》刊登了《周扬手下的一员干将——沙汀》一文，认为沙汀歪曲了"当时农村阶级斗争和两条道路斗争的形势。他一方面恶毒地丑化党领导下的贫农下中农，把坚决走社会主义道路的贫农下中农，污蔑为动摇于社会主义和资本主义之间的'中间状态'的人，甚至跟着阶级敌人'控诉合作社带给她的损害'，根本否定贫农下中农的社会主义革命积极性和阶级优势；把农村干部也丑化成头脑简单、不懂政策、在阶级斗争的严重时刻只会'扯谎'应付的形象；另一方面，他又大肆渲染阶级敌人的反动气焰，妄图掀起一股反革命的逆风黑浪，在我国复辟资本主义"[①]。

王愿坚短篇小说《七根火柴》：谱写了一曲感人肺腑的悲壮赞歌

《七根火柴》6月8日发表在《人民文学》第6期。小说写卢进勇是一名正在追赶大部队的长征战士。草地上这时正在下着一场夹杂着冰雹的暴雨。暴雨过后，一切皆湿，火的温暖成了大家的希冀。卢进勇发现一位重伤的战友正卧在泥水里，已经完全不能动了。那战友让卢进勇从自己的腋窝下取出一个纸包。卢进勇展开纸包后看到里面有一张党证，党证中"并排摆着一小堆火柴。焦干的火柴"，一共七根。不久，战友牺牲了，卢进勇拿着他留下的七根火柴，加快速度，赶上大部队。然后，卢进勇用一根火柴引燃了一簇簇篝火，使在风雨、烂泥中跌滚了几天的战士们吃到了一口热饭，烘干了湿透的衣裳……卢进勇将剩下的六根火柴仔细地、郑重地交给了指导员。小说紧紧扣住"火柴"这一线索，叙述了一个动人心弦的故事，主人公是一位无名战士，他对党的事业无限忠诚的崇高精神催人泪下，谱写了一曲感人肺腑的悲壮赞歌。小说里的比喻生动，心灵描写的场面震撼人心。小说将思想与艺术融于一体，从头到尾洋溢着浓厚的抒情气氛。[②]

---

① 参阅《周扬手下的一员干将——沙汀》，《四川日报》，2012.4.9。

② 参阅刘三连《创境激情引人入胜——谈〈七根火柴〉的教学体会》，《湖南工业大学学报：社会科学版》，1998.4。

胡万春短篇小说《步高师傅所想到的》：一篇较有意味的作品

《步高师傅所想到的》发表在6月出刊的《人民文学》第6期。该小说是一篇较有意味的作品，其中步高师傅与其徒弟杨小牛在伦理与技术两个层面上形成复杂的关系。两人都被任命为工段长并展开生产竞赛。杨小牛自认为与师傅同样担任领导，不愿再接受师傅的帮助。而步高师傅则执意要帮助杨小牛，杨小牛因而负气。在杨小牛拒绝了师傅的帮助后，他没有处理好"尖子"就出钢，于是出了生产上的差错，他不得不接受师傅的教训。杨小牛与师傅同属于领导，但杨小牛遵行的是官僚行政关系，完全不能阻止师傅在师徒伦理优势下的紧逼；而师傅代表的不仅有伦理优势，还有"觉悟"与"道德"的政治特性。

赵树理短篇小说《"锻炼锻炼"》：书写了部分农民的消极怠工和农村存在的两条路线斗争

《"锻炼锻炼"》8月1日发表在《火花》第8期。小说以"小腿疼""吃不饱"两个落后分子和杨小四之间的斗争为线索，写出了部分农民的消极怠工和农村存在的两条路线的事实。杨小四是新型农村干部的代表，果断、干练，为求目的不顾手段。他可以贴大字报来揭发"小腿疼""吃不饱"的懒惰，可以设圈套来整治、批斗"小腿疼"，利用政府和法院的威慑力来威胁"小腿疼"。他利用农民惧怕权力的心理，迫使"小腿疼"认错。王聚海是一个"和稀泥"式的人物，他主张年轻干部必须锻炼锻炼才能委以重任。对于村里的落后分子，他主张摸清脾气，然后再予以劝导。他的柔性路线和杨小四雷厉风行式的刚性路线形成强烈对比。农村普遍存在的消极怠工、思想落后、自私自利现象似乎与王聚海的纵容脱不开关系。所以，实际上最终"需要锻炼锻炼的"是王聚海。作者通过小说反对的就是王聚海这种单纯依靠定额来提高农民积极性的做法。小说发表后引起了争论，一些人认为小说表面上涉及了如何处理农村干部与落后妇女的矛盾问题，实际上表达的内容却是：通过塑造三个农村基层干部的形象，触及了在"合作化"过程中，国家、集体和个人关系紧张的问题，指出各类矛盾的焦点往往集中在基层干部的身上；通过对两个落后妇女的描写，揭示了"集体化"之后，农村劳动计量方式的转变（"工分制"）与农民劳动具体性之间的冲突。赵树理面对这两方面的矛盾，试图以"具体的普遍性"加以应对，其努力固然可贵，但他却难以克服当时已经形成的结构性矛盾。在这个意义上，《"锻炼锻炼"》包含的内在紧张，是新中国从20世纪50年代后期开始，发展到60年代愈来愈明显的社会结构性矛盾的预兆与缩影。①

赵树理长篇评书《灵泉洞》：一个让人们摆脱动乱世界的栖息地

《灵泉洞》（上部）8月份开始在《曲艺》第8期连载，到第11期止；1959年2月，评书由作家出版社出版。《灵泉洞》的故事发生在1940年初夏的一个中午，一支国民党军队在刘接旺的率领下包围并摧毁了抗日的县政府和县委会，接着，刘接旺又带兵迅速扑向灵泉沟，抓走了村支书王正明、银虎等人，村长张得福脱险后，转移到其他地方。此时灵泉沟的党组织呈现出破碎凌乱的状态。村里剩下的人中除了李铁栓、小胖这两个处在隐蔽状态的党员外，其他人基本上无法直接获得党的有效组织和领导。金虎娘的"天塌了，大家顶！事到头上怕他不算！顶着吧！割了头不过碗大个疤！""咱们孩子又没有杀过人，放过火！没有罪！"等话就勾勒出了一位面对艰难和压迫，倔强不屈的农村劳动妇女的形象。李铁栓和小胖两个党员虽然留在村里，但他们也没有发挥党员的作用。后来，他们被抓去当差，差使完毕之后，他们进入了敌后武工队，与灵泉沟暂时脱离了关系。于是，灵泉沟就只剩下普通农民同各种反动势力、地主恶棍进行斗争了。后来，灵泉沟的金虎和小兰为了躲避敌人的搜捕，无意间闯入了灵泉洞。在洞中，金虎和小兰私定终身。他们的到来也打破了一直冰封的灵泉洞的自然状态和神秘，灵泉洞不仅给他们提供了定情栖身之所，开辟了通往希望的路途，而且也以它的神秘力量消灭了敢于迫害善良百姓的敌人。除了灵泉洞，作者还写到了一个叫阎王脑的地方，那里有丰富的山药蛋让食不果腹的人们生存下去。作品说明灵泉洞、阎王脑都是生命之源，是安静稳定的生存之所，是人们摆脱动乱世界的栖息地。《灵泉洞》（上）的创作是作家与现实相生相克的结果，它完全是为创作下部作铺垫的，但下部的创作却夭折了，因

---

① 参阅罗岗《"文学式结构"与"伦理性法律"——重读〈"锻炼锻炼"〉兼及"赵树理难题"》，《文学评论》，2014.1。

为当时的人们对赵树理在 1958 年 8 月发表的《"锻炼锻炼"》进行了激烈的争论，褒贬不一的评价对作者产生了很大的心理障碍，使他无法全身心地投入到《灵泉洞》（下）的创作中。①

刘澍德中篇小说《桥》：记录了农民在合作化运动中思想上的斗争

刘澍德（1906—1970），吉林永吉人。《桥》9 月份由人民文学出版社出版。小说以云南边疆农村为背景，写了老农民高正国在集体化道路上的痛苦挣扎，他只想自己拼命干活，走"一家富千家穷"的老路。后来，高正国在农会、老陈和女儿、他老婆的帮助下，认识到农业合作化道路才是农民的金"桥"。小说记录了当时中国农村社会的历史变革，表现了农业合作化过程中农民的思想斗争和心理变化，人物刻画生动，语言亲切风趣，富于乡土气息，在当时较有影响。

雪克长篇小说《战斗的青春》：描写游击队员深入敌后开展游击战争的作品

雪克（1919—1987），原名孙洞庭，河北献县人。《战斗的青春》9 月份由新文艺出版社出版。小说描写八路军主力部队和党政机关被迫分散转移，深入敌后开展长期游击战争。区委书记胡文玉深深地爱上了年轻漂亮的区妇救会主任许凤。但许凤与胡文玉在抗战工作指导思想上发生了严重分歧。在游击队执行解救伤员和群众的战斗中，许凤跳水逃生，幸被游击队长李铁所救，二人在革命的战斗岁月中，萌生了爱情。胡文玉在一次大扫荡中遭遇敌人伏击，被捕，沦为汉奸。但胡文玉对许凤仍抱痴心妄想，在许凤被敌人包围后，他软硬兼施，无耻地表示要娶许凤回北平永享太平，否则，等到天亮，将对许凤执行惨绝人寰的"凌迟"死刑。许凤怒斥胡文玉的无耻背叛。胡文玉又逼迫许凤给李铁和游击队写招降书，被许凤断然拒绝。李铁和他的战友们率领的游击队与县手枪队扮演的"日特总部宪兵队"胜利会合，救出了许凤等革命战友，击毙了叛徒胡文玉，许凤和李铁这对心心相印的革命恋人终于重逢。1961 年 4 月 10 日，上海戏剧学院实验话剧院根据该小说集体改编了同名话剧，剧本发表在

① 参阅施学云《夭折的乡村叙事——重读赵树理〈灵泉洞〉》，《淮北煤炭师范学院学报（哲社版）》，2008.1。

《剧本》第4期。2009年，由王冀邢导演的25集同名电视连续剧在多家电视台播放，是向新中国成立60周年献礼的一部大片。

刘流长篇小说《烈火金钢》：一曲展现冀中军民英勇反"扫荡"的英雄壮歌

刘流（1914—1977），河北河间人。1943年，刘流在晋察冀边区第二届群英会上从事服务工作，这诱发了他创作长篇小说《烈火金钢》[①]的欲望。群英会期间，晋察冀英雄儿女们可歌可泣的战斗事迹激励着他，他先以英雄们的事迹为素材写了一部多幕剧，让英雄们自己来演，获得了极大成功。通过这次舞台艺术实践，刘流萌生了一个愿望，他要用长篇小说的形式展现中国人民在伟大的抗日战争中英勇斗争的壮丽画卷。但由于当时严酷的战争环境，他只能把这粒愿望的"种子"埋在心底。抗战胜利后，刘流回到同样是抗日战场的冀中家乡河间，收集了大量的素材。新中国成立后，刘流调到保定市文化宫工作，以后又调到河北省文联。这时，战火纷飞中的那些英雄们的形象开始在他的脑海中纷至沓来，他们再一次激起了刘流不可遏制的创作冲动。刘流于是开始了《烈火金钢》的创作准备工作。后来，刘流的创作得到了组织上的支持，组织上特批了他一年的创作假，使《烈火金钢》得以最后脱稿。1958年9月，长篇小说《烈火金钢》由中国青年出版社出版。《烈火金钢》以评书形式写成，以1942年日本帝国主义在冀中进行大"扫荡"和我军民英勇反"扫荡"为背景，真实地反映了冀中军民所进行的艰苦卓绝、惊心动魄的抗日斗争，表现了中国共产党对抗日战争的坚强领导和中国人民的英雄气概。1942年，在河北省滹沱河的下游桥头镇上，发生了一次残酷的阻击战斗。当时跟主力部队离散的我八路军排长史更新、飞行侦察员肖飞、骑兵战士丁尚武、女区长金月波等人，在冀中平原上坚持斗争，后来与敌后武工队配合，组成了一支强有力的抗日武装，向敌人展开了袭击战，最后他们配合主力部队歼灭了侵略军、伪军，争取了起义军，取得了胜利。《烈火金钢》刻画的主要人物给读者留下了难忘的印象，在广大青少年中产生了深远的影响，显示

---

① 小说本名应为《烈火金钢》，但在很多时候及后来拍摄的电视连续剧中被写成《烈火金刚》，本书使用其本名《烈火金钢》。

了较强的艺术生命力。史更新、肖飞、丁尚武等是书中写得最成功的人物。史更新勇猛无比，机智顽强；肖飞在敌人身边来去自如，踪影飘忽，大智大勇，对敌人无比仇恨，对革命无限热爱和忠诚，对胜利和未来满怀信心，是一个智勇双全的传奇式的革命英雄；丁尚武也是一个勇敢顽强、足智多谋的革命战士的形象。另外，小说中的田耕、齐英、孙定邦等人物也都各有特点。当然，作者对这些人物的塑造，虽然还存在着这样那样的不足，似乎有点不够完整，性格也缺少更多的变化，思想深层的东西写得还不够，但他们所构成的英雄群体，却真实地展现了英雄们和全体人民所进行的轰轰烈烈的伟大斗争，表现了他们高度的爱国主义精神和革命乐观主义精神，显示了他们的高贵品质。小说用现实主义和浪漫主义相结合的创作方法来写作，因而特别注意故事情节的传奇性。有些情节虽有夸张，但从本质上揭示出了人民战士的智勇，可谓奇而不失其真。因此，本小说的传奇性的情节加强了生动感人的艺术效果，同以往某些评书所展示的传奇性不同。小说一出版，立刻在读者中引起较大轰动，"……不论大街小巷，或是穷乡僻壤，凡是有收音机或大喇叭的地方，平头百姓都尖着耳朵听'肖飞买药'。就这样，在五六十年代《烈火金钢》就印了上百万册"①。1959年，刘流开始在河北艺术学院任教，这时他听取了读者对《烈火金钢》的不少建议和意见，准备着手进一步修改第一卷并进行第二卷的创作。"文革"开始后，和文化界其他人士一样，他也没能逃脱厄运，挨打、挨斗、关牛棚、隔离审查一样没少。同时，《烈火金钢》也遭到了批判，一些人到河间县大批刘流，批《烈火金刚》。隔离审查后，刘流被下放到河北卢台"五七干校"劳动。"文革"末期，刘流准备创作《烈火金钢》第二部，然而此时，他的身体状况已经不给他时间和机会了，由于重疾多年并无力彻治，终致肺气肿引发心脏病，于1977年春节前夕逝世。②1991年建党70周年时，《烈火金钢》被拍成电影，2003年又被拍成了23集电视连续剧，进一步扩大了影响。

---

① 参阅黄伊《我所知道的〈烈火金钢〉》，转引自张志强《〈烈火金钢〉：烽火硝烟中的英雄传奇》，《中国国防报》，2015.8.21。

② 参阅《小说〈烈火金刚〉为什么影响了一代又一代人》，《河间周报》，2016.6.2。

王汶石短篇小说《新结识的伙伴》：描写两位妇女队长具有火热的革命激情的作品

《新结识的伙伴》11月5日发表在《延河》第11期。小说主要围绕一面红旗展开情节，深入挖掘。在棉田管理现场会议上，妇女队长张腊月和妇女队长吴淑兰一见面，就情不自禁地向对方说出了既是赞美又交织着不服气情绪的话来。"闯惯了"的张腊月在新伙伴吴淑兰面前充满热情，而貌似温顺实则刚毅的吴淑兰在新伙伴张腊月面前也不是百依百顺，当她被张腊月拉回家后，在张腊月及其女伴提出要夺回红旗时，她一步也不退让，甚至还有意询问为何不挂黄旗来杀杀对方的威风。小说显示，在吴淑兰沉静的外表里包孕着一颗对事业无限忠诚的火热的心。张腊月泼辣、大胆，吴淑兰沉静、贤淑、蕴藉，于沉静中透出干练。但是她们两人都胸怀广阔，都有为共同理想争胜而不嫉妒的性情，强烈的力争上游的共同信念鼓舞着她们，使她们结下深厚纯真的友谊。在以后的共同事业中，又成了并肩作战的诤友，相互从对方身上吸取前进的力量，决心相互"撩着干"。①

周立波短篇小说《山那面人家》：具有浓郁生活气息与地方色彩的一篇佳作

《山那面的人家》11月8日发表在《人民文学》第11期。作者用"清新秀美、含露凝香，令人喜爱"的"茶子花"贯穿全文，描写了许多画面：姑娘们捧着肚子在路边大笑，茶子花开满山野，忙碌的乡长、社长们参加婚礼时顺带监督、开展工作，婚宴上，姑娘们躲在板壁下边听壁脚，司仪邀请来宾发言时侃侃而谈，众人看新娘新郎比赛发言的热闹兴奋情况。这些乡村生活，普通而又真实，让人们了解了农民。作者对朴素自然的方言运用也大大地增强了小说的生活气息与地方色彩，展示了农村的风俗和习惯。小说的句式简短精练，短句多，口语化句式占主要部分，通俗浅近，简洁明快。

王愿坚的短篇小说《普通劳动者》：描写一位老将军伟大精神的名篇

《普通劳动者》11月8日发表在《人民文学》第11期，是以修建十三陵水库为背景而写成的一篇优秀的短篇小说。小说写林将军来到工地，跟一个年轻

---

① 参阅周绍萍《新时代新生活的演绎——试析王汶石〈新结识的伙伴〉》,《新余高专学报》,
2003.3。

战士小李合作抬土筐，二人争挑重头。小李发现这老同志干劲可不小。林将军则为小李的责任感和主动精神所感动。后来，小李得知这位老同志就是他所敬仰的爬雪山过草地、身经百战的林将军时，不禁惊叫起来，但林将军只是轻轻地推了他一把，把抄起的扁担又搁在肩上。小说以充沛的激情，热烈地赞颂了身经百战的革命老前辈，在社会主义建设中表现出来的伟大精神，并充分地表现了革命前辈和革命后代在革命传统上的继承关系。它既是一曲对革命老前辈崇高的革命精神的热情颂歌，又是一篇对年轻一代进行革命传统教育的生动教材。①

李英儒长篇小说《野火春风斗古城》：真实反映我地下工作者同日寇和汉奸进行不屈不挠斗争的经典作品

李英儒（1914—1989），河北清苑人。李英儒在20世纪30年代初考入保定市志存中学后，阅读了《共产党宣言》等革命书籍，积极投身于学生运动，并开始尝试写作。1937年高中毕业后，他被保送到燕京大学深造。"七七"事变后，他放弃学业，返乡投身于抗日救国事业。1938年春参加了八路军游击队。不久，他回到清苑县组织抗日武装。他打听到一个从张学良部队回来的名叫张豹子的老兵不仅枪法准，而且会武术，是出了名的好身手。于是，他结交了张豹子，两人一起抗日，他们广泛发动群众，很快在家乡集结起上百人的晋察冀军区北上抗日先遣支队独立团。独立团先后奉命承担了护送干部、破坏铁路、攻打易县和涞水等重任。李英儒率部转战冀中大地，与日伪军作战几十次。李英儒还让妻子张淑文参加了送情报这项危险工作，并在自己家里设置了党的地下交通站。在戎马生活之余，李英儒勤奋笔耕，把亲身经历的战斗故事和感人事迹写成反映攻打武强的《夜摸城》、攻打安平的《子弟兵夜袭安平城》、攻占文安县城的《攻占文安》和《没有太阳的都市》等作品，都发表在当时的《冀中导报》和《晋察冀日报》上。1940年以后两年间，李英儒先在《文艺学习》刊物当编辑，后参与《冀中一日》的初审，并主编《冀中一日》第四辑。1942年5月1日，侵华日军纠集日伪军数万人，对冀中抗日革命根据地发动了疯狂

---

① 参阅任耀云《重读王愿坚的〈普通劳动者〉》，《齐鲁学刊》，1978.2。

的"拉网"式的大扫荡，实行野蛮的"三光"（烧光、杀光、抢光）政策。冀中区党委派李英儒打进保定城，开辟一条由冀中通往山区抗日革命根据地的安全地下交通线。李英儒进了保定城后，了解了汉奸省长吴赞同、杜锡钧等诸多可耻可恨的卖国内幕。李英儒还策反了一个在日军据点里当差的伙夫，让他不断地把日寇内部的情报送出来。1946 年，李英儒担任华北军区政治部敌工部第一科科长，翌年在中共中央华北局联络部工作，直至北平和平解放。新中国成立前后，李英儒先后担任天津某部队医院政委兼党委书记、解放军总后勤部政治部文化部副部长、宣传部副部长等职。1954 年，他根据新中国成立前的革命经历创作出版了长篇小说处女作《战斗在滹沱河上》，受到读者和评论家的好评。从 1955 年起，他开始创作长篇小说《野火春风斗古城》，1958 年完成长达 34 万字的小说，11 月 24 日发表在《收获》第 6 期，12 月由作家出版社出版。《野火春风斗古城》是根据作家抗战时期在保定地下工作站的亲身经历写成的，描写 1942 年冬，抗日战争进入了最艰苦的阶段，团政委兼县委书记杨晓冬按党的指示，到省城保定去作瓦解敌人的工作的故事。杨晓东、金环、银环等共产党员，出生入死，不畏艰险，战斗在敌人心脏里，表现了崇高的革命气节。小说真实地反映了我地下工作者在敌人内部展开的激烈而复杂的斗争，歌颂了共产党人为了民族、国家和人民的利益不屈不挠、前仆后继的献身精神；同时也揭露了日寇和汉奸丑恶、凶残的嘴脸。小说中塑造的人物形象鲜明生动，艺术构思缜密，故事性强，引人入胜。小说自 1958 年末问世后，相继被译成英、日、俄、保加利亚、朝鲜等十多种文字在国外出版。1963 年，八一电影制片厂将小说摄制成同名故事片。"文革"中，林彪、"四人帮"盗用工农兵的名义，炮制了《是斗，还是降？——评李英儒的大毒草〈野火春风斗古城〉》《不是革命母亲，是贪生求全的胆小鬼——评〈野火春风斗古城〉中的杨老太太》《肮脏的交易——从对关敬陶的"欢迎会"看杨晓冬的机会主义嘴脸》等文章，挥舞"人性论"的棒子，诬蔑该作品是"大毒草"，是"反动小说"。由此，李英儒遭受更加残酷的批斗、迫害，于 1970 年初被投入秦城监狱，失去自由达八年之久。粉碎"四人帮"后，李英儒获平反昭雪，《野火春风斗古城》得以重印、再版，他在狱中创作的上百万字的长篇小说《女游击队长》和《上一代人》，也公开出版发行。①1995年和2005年，《野火春风斗古城》又两次被改编摄制成同名电视连续剧。

冯志长篇小说《敌后武工队》：反映一支武工队抗战生活的经典作品

冯志（1923—1968），天津静海人。《敌后武工队》11月份由解放军文艺出版社出版，所写故事与冯志的经历相关。1942年5月1日，侵华日军纠集日伪军5万余人，由日本华北驻屯军司令冈村宁次指挥，对冀中抗日根据地发动了疯狂的"拉网"式的大扫荡，实行野蛮的"三光"（烧光、杀光、抢光）政策。冀中一时间成为村村有岗楼、处处有碉堡、封锁沟密布的敌占区。为了与敌人展开斗争，冀中第九军分区党委遵照党中央的指示，决定组建一支深入敌后开展军事、政治、经济、文化斗争的精干武装组织——敌后武装特别工作队（简称敌后武工队），这是全国各抗日根据地最早出现的敌后武工队。冯志闻讯，积极报名参加，于同年8月被选拔任命为武工队第一小队队长。从此，他积极组织并充分依靠当地群众，带领队员们拔炮楼，杀鬼子，惩恶霸，机动灵活地运用各种方式打击瓦解敌军，被老百姓誉为"敌后神八路"。在浴血战斗中，他三次负伤。由于机智勇敢，屡立战功，他被评为模范党员，还荣获冀中军区颁发的"五一"一等奖章。1944年，冀中第九军分区敌后武工队圆满完成了它的历史使命，冯志调到冀中第三纵队前线剧社工作。在此岗位上，他经常深入部队了解新人新事，搜集生动的素材写成稿件投给《前线报》；还撰写了报告文学《神枪手谢大水》、通讯《团结模范高永来》以及小剧本、诗歌、歌词、快板等。另外，他还创作发表了反映武工队员护送干部过铁路的《护送》、反映惩办侯扒皮的《打集》和反映攻克保定南关火车站的《化袭》等一些短篇小说，这些小说故事经过进一步修改、加工，都成为长篇小说《敌后武工队》的重要章节。1947年冬，冯志进入华北联合大学中文系学习深造，毕业后于1949年调任新华社河北分社任记者。新中国成立后，冯志于1951年调到河北人民广播电台工作，历任编辑、记者、科长、文艺部副主任等职。工作之余，他开始创作长篇小说《敌后武工队》。经过5年创作，1956年，30余万字的《敌

---

① 参阅熊坤静《长篇小说〈野火春风斗古城〉创作的前前后后》，《党史博采：纪实版》，2013.1。

后武工队》初稿完成。经广泛征求意见，他又把初稿改成了 50 余万字的修改稿，最后又精缩到 37 万字，由解放军文艺出版社隆重推出。小说以冀中地区一支武工队的战斗生活为题材，描写了大小 30 多次战斗。1942 年，日寇在冈村宁次指挥下，集结七八万精兵对我冀中抗日根据地进行了残酷的"五一"大扫荡。根据党中央的指示，冀中军区九分区派遣魏强、贾正在南峪找到武工队队长兼政委杨子曾，认为首先要打击保定宪兵队队长松田的心腹哈巴狗、侯扒皮和刘魁胜三个汉奸，他们在东王庄一次就杀害了 170 多个村民，罪行累累。40 多名武工队员先对侯扒皮进行了打击，使他恐慌不安，也使百姓们精神振奋。魏强率领的小分队与杨子曾和蒋天祥等分别来到号称"小延安"的西王庄住下来，在群众的精心掩护下，频频打击敌人，搞得敌人日夜不宁。而松田和刘魁胜组织的"联合清剿队"连一点武工队的影子也摸不到。抗日战争胜利的日子越来越近了，魏强根据上级的指示，决定逼近保定市区活动。他们通过各种关系，控制了敌人的炮楼，并在炮楼头目田光的配合下，把巡视途中前来炮楼避雨的松田和刘魁胜活捉了。松田在被押解途中，投河自杀，刘魁胜在东、西王庄召开的公审大会上被枪决。正在这时，日本投降的消息传来，人们沉浸在欢乐之中，而魏强他们却走向了新的征程，去迎接为保卫抗战果实而同国民党反动派的斗争。小说后来被翻译成英、法、日、朝鲜、哈萨克等多种文字出版。"文革"及其之前，小说多次被广播电台播讲，被袁阔成改编为同名评书进行播讲，被改编为话剧上演。①1995 年，小说被长春电影制片厂改编摄制成同名故事片公映。另外，小说还在 1988 年、1999 年、2005 年，三次被改编摄制成 8 集、20 集、26 集同名电视连续剧播放。

---

① 参阅熊坤静《长篇小说〈敌后武工队〉创作的前前后后》,《党史博采：纪实》,2014.2。

1959 年

罗丹长篇小说《风雨的黎明》：描写了党领导鞍钢工人恢复生产的英雄事迹

罗丹（1911—1995），原名罗士垣，广东兴宁人。1948 年五六月间，罗丹主动辞去《大连日报》报社总编兼社长，参与鞍钢建设，先后出任小型轧钢厂和铸造三厂厂长。当时，解放战争在辽南地区正处于"拉锯战"状态，罗丹奉命带领第一列抢运器材的列车，顶着国民党飞机的尾追和轰炸，将约 40 节车皮的器材和物资运往解放区瓦房店。罗丹在鞍钢历经了护厂、抢运和复工的全部过程。他根据这段经历，写出了《风雨的黎明》，1959 年 1 月，小说由中国青年出版社出版，描写了 1948 年中国人民解放军攻克鞍山到撤离鞍山前，共产党领导鞍山钢铁工人同暗藏的国民党分子进行斗争、整顿工厂、恢复生产的英雄事迹。小说写了护厂斗争中的敌我矛盾，同时也表现了宋则闻等共产党员昂扬的斗志、饱满的激情、必胜的信心和大无畏的革命英雄主义、革命乐观主义精神。

柳青长篇小说《创业史》：一部在"十七年"文学史中占据显赫地位的小说

《创业史》计划写四部，仅完成两部。第一部于 1953 年开始创作，第一部先以《稻地风波》的名字在《延河》1959 年 4 月号上开始连载，每期两章，刊至 8 月号。经过修改后，该部被作为庆祝新中国成立十周年的献礼作品在 1960 年 5 月由中国青年出版社出版。作者创作该小说的目的是表现中国农村为什么会发生社会主义革命、这次革命是怎样进行的等问题。柳青想通过对各阶级人物在合作化运动中的行动、思想和心理变化过程的描写来探讨这些问题。"文革"前，柳青还创作出了第二部第1至25章的初稿，其中的《梁生宝与徐改霞》两章发表在1964年1月25日出版的《收获》杂志第1期上。"文革"中，第二部的创作被迫停止。1976年，柳青在病床上对第二部的第1至第13章进行了修改，将其作为上卷于1977年6月由中国青年出版社出版；第二部的下卷从第14章开始，原先写到第25章，后来又写了3章，即写到28章，作者只对第14至第17章进行了修改，就溘然长逝了，最终没能完成《创业史》四部曲的写作。第14至第17章后来在《延河》杂志上刊载。再后来，柳青女儿刘可风从第二部下卷的第14至第28章中选择了第19、20、21、23、25章后寄给《人民文学》，1978年第10期的《人民文学》只发表了第20、21、23、25章，第19章未发表，当期的编者按指出，柳青在病床上完成了第二部上卷和下卷14章至17章的修改工作，14—17章在《延河》上刊载，第18—28章因病故未加工修改。第二部下卷创作于"文革"前后，所以深深印着那个时代的历史烙印，不可避免地存在着一些缺陷。第1—17章和第18—28章各成体系，前后缺乏必要的连贯性①。下卷于1979年6月由中国青年出版社出版。

《创业史》第一部写互助组阶段的事情，具体而言就是写1929年，陕西大旱，颗粒无收，灾民黑压压地涌向渭河滩。下堡村蛤蟆滩的二茬光棍梁三大步流星地穿行在女性灾民群中。梁三妻子新丧，大家明白他的目的。果不其然，梁三将女灾民宝娃母子领进了自己的草房院。梁三后来将宝娃的姓改为梁姓，起名为梁生宝。梁生宝从小就非同凡俗，13岁当长工时，就用工钱换回一头小牛犊，他把牛犊牵回家后，使梁三都惊呆了。梁生宝18岁时，他又独自租种了18亩稻地，创业的劲头，超过了父辈。新中国成立前夕，梁生宝为了躲避国民党溃兵抓壮丁，逃进终南山，成了不敢见天日的"黑人"。新中国成立后，蛤蟆滩发生了天翻地覆的变化。大地主吕二细鬼、富农姚士杰都被斗倒了，梁家分到了十多亩稻地。梁生宝也当了民兵队长，并且入了党，他完全忙碌在建立互助组的事务中。但富裕中农郭世富却和梁生宝的互助组对着干，村主任郭

---

① 参见晓珂、尹传安、高兴利《〈创业史〉（第二部）刊行始末》，《文艺报》，2014.2.21。

振山也把希望寄托在富农和中农身上。富农姚士杰于是给贫苦农民偷放高利贷，郭世富这时候也要和贫雇农进行"和平竞赛"。村主任郭振山已经失去了控制这种局面的能力。在此形势下，梁生宝成了互助组和贫雇农的主心骨和带头人。为了推行一年稻麦两熟的丰产计划，梁生宝到郭县为互助组去买百日黄稻种。为了筹集生产资金和度过春荒，他组织互助组组员深入到终南山里割竹子。这些举措，打击了自发势力的气焰，稳住了互助组的阵脚，使人们看到了社会主义的优越性。但梁三老汉却不理解梁生宝的所作所为。只有团员徐改霞倾心于梁生宝，梁生宝也暗恋着徐改霞这个美丽的姑娘。但徐改霞在郭振山不怀好意的鼓励下，离开了蛤蟆滩，到北京当工人去了。秋天，梁生宝的互助组获得了大丰收，蛤蟆滩的统购统销工作也提前完成。郭振山的所作所为使他威信扫地。梁生宝到县里参加培训归来后，又成立了全区第一个农业社——灯塔社。梁生宝的创业成功了，梁三老汉也服气养子了。

第二部写农业生产合作社的巩固和发展。上卷贯彻了一个基本的原则，就是必须确保政治上正确，并及时阐释党和国家的大政、方针。所以，作家让小说中的人物说了一些毛主席的名言、诗句、指示。比如"真是个'江山如此多娇'，真是个'红装素裹，分外妖娆'！""他想起毛主席从前的一句著名的教导：'群众是真正的英雄，而我们自己则往往是幼稚可笑的'"。其实，按照正常规律，小说中的人物应该不具备这样的说话能力，但他们动不动说出了此类话语，这是不符合他们本身的性格逻辑和思想水平的，自然也就经不起读者的推敲。这种情况在下卷中也不同程度地存在着。下卷续写了农业生产合作社成立和巩固的过程，侧重表现了人们在这一过程中的思想、心理上的变化情况。

柳青计划在第三部里写农业合作化运动的高潮，在第四部里写全民整风和大跃进，直至农村人民公社的建立。但由于他突然去世，这两部未创作。

《创业史》第一部在《延河》杂志刚刚连载完，1960年7月，中国作协召开第三次文代会的时候，周扬、茅盾等对该小说给予了高度的评价和肯定，这给柳青带来极大的声誉。在此后的三四年里，评论《创业史》的文章见于全国最重要的政府机关报及主要的学术刊物，很多地方也召开了讨论该小说的座谈会。《创业史》之所以能收获一系列赞誉，很重要的一个原因是它塑造了很多鲜明的人物形象，尤其在对"新人"形象的塑造上，成就非凡。这一点也是人们争议的焦点。在小说发表之初，评论普遍高度赞扬了作者对"新人"梁生宝的成功刻画，认为"《创业史》当中成功地塑造了许多人物形象"，"对于读者最富感染力和教育意义的，应当说首先是那些正面人物的形象，或者说，首先是以梁生宝为首的几个体现了我们时代的光辉思想和品质的先进人物的形象"，"在梁生宝身上，我们可以看到：一种崭新的性格，一种完全是建立在新的社会制度和生活土壤上面的共产主义性格正在生长和发展"[1]。从这些评论可以看出，他们对"新人"梁生宝的评价是建立在人物所体现的政治高度和思想高度上，而不是艺术表现力上。这些评价看中的是梁生宝的精神与当时主流意识形态的契合情况。当然，在赞誉"新人"梁生宝的时候，也有赞誉梁生宝之外的其他人物的观点，比如郑伯奇在称赞小说中的人物"栩栩如生""有血有肉"，"一言一行"都"充分表现出他们的身世、性格和内心活动"时，又具体分析了梁三老汉和郭振山两个人物。[2] 朱寨认为"在《创业史》塑造的许多成功的艺术形象中，我认为郭世富这个形象，应该受到重视"[3]。严家炎认为"作为艺术形象，《创业史》中最成功的不是别个，而是梁三老汉"，梁三老汉"虽然不属于正面英雄形象之列，但却具有巨大的社会意义和特有的艺术价值"，是"全书中一个最有深度的、概括了相当深广的社会历史内容的人物"[4]。严家炎还进一步总结了柳青塑造梁生宝形象时的"三多三少"："写理念活动多，性格刻画不足（政治上成熟的程度更有点离开人物的实际条件）；外围烘托多，放在冲突中表现不足；抒情议论多，客观描绘不足。'三多'未必是弱点（有时还是长处），'三不足'却是艺术上的瑕疵。"严家炎的观点遭到了一百多篇文章的批驳，甚至作者柳青也撰文予以驳斥。邵荃麟在《文艺报》社召开的一次会议上曾说："《创业史》中梁三老汉比梁生宝写得好，概括了中国几千年来个体农民的精神负担。但很少人去分析梁三老汉这个人物，因此，对这部作品分析

---

① 参阅冯牧《初读〈创业史〉》，《文艺报》，1960.1。
② 参阅郑伯奇《〈创业史〉读后随感》，《延河》，1960.1。
③ 参阅朱寨《读〈创业史〉》，《延河》，1960.4。
④ 参阅严家炎《关于梁生宝形象》，《文学评论》，1963.3。

不够深。仅仅用两条道路斗争和新人物来分析描写农村的作品（如《创业史》、李准的小说）是不够的。"在1962年的大连会议上，邵荃麟再次表示"我觉得梁生宝不是最成功的，作为典型人物，在很多作品中都可以找到。梁三老汉是不是典型人物呢？我看是很高的典型人物。郭振山也是典型人物"①。后来，《文艺报》发表了《十五年来资产阶级是怎么反对创造工农兵英雄人物的？》一文，一些人将"人物"问题上升到"反动""革命""斗争"的高度，使人物问题的讨论告一段落。总之，《创业史》"这部作品，是部深刻而完整地反映了我国广大农民的历史命运和生活道路的作品，是一部真实地记录了我国广大农村在土地改革和消灭封建所有制以后所发生的一场无比深刻、无比尖锐的社会主义革命运动的作品"②。在"十七年"文学，特别在农村题材中，《创业史》占据着显赫的位置，是"经典"中的经典，这与它的历史价值和文学价值是分不开的。尽管《创业史》并不完全是当时中国农村生活的反映，但在很大程度上接近于真实。它塑造了许多有血有肉、性格鲜明的人物形象。首先是以徐改霞为代表的正面女性形象。从徐改霞的身上可以看到不同时期女性解放的相似点和延续性。无论对爱情、对事业，她都有着强烈的自我意识。另外，以素芬为代表的另类女性类似于传统文化中狐仙型女性形象，她们具有淫、媚、诱的外在形象特征，但此类女性不是传统意义上"恶"的化身。其次，小说成功塑造了梁生宝、梁三老汉、郭世富、郭士杰、郭振山等一批男性农民的形象。特别是梁生宝和梁三老汉的形象已排进中国现代文学史的典型形象行列。梁生宝是社会主义农村中的英雄典型，他有胆有识，有气魄，有实干精神；他勤劳、朴实、善良；他公而忘私、勇于牺牲个人利益；他讲原则、重情感……这些都使读者倍感亲切可爱。梁三老汉是书中写得最凝重最精彩的人物，作者没有单线条勾勒他，而是深挖精凿，浓墨重彩地描绘出了他丰富复杂的内心世界，刻画了他鲜明感人的多重性格，使他成为一个最有深度、最能显示作者艺术潜能的不可多得的中国老农的形象。《创业史》的艺术成就除了体现在主题深刻和人物形象塑造成功等之外，还有很多方面：采用革命现实主义与革命浪漫主义相

---

① 参阅邵荃麟《关于"写中间人物"的材料》，《文艺报》，1964.8-9。
② 参阅冯牧《初读〈创业史〉》，《文艺报》，1960.1。

结合的创作原则；具有史诗风格；叙事方法上善于在宏阔的社会历史大背景下书写人物的生存成长史，善于把个人的命运与家族、民族命运联系在一起；结构宏伟，气势磅礴，充分昭示了柳青雄浑而劲健的艺术风格；语言质朴而凝重，恰到好处的抒情段落，好似警句格言一般留在读者的记忆中，实为现代文学中的精品。但《创业史》初刊本到初版本的修改较大，修改主要是围绕梁生宝的形象问题、农民问题、素芳形象的再塑造问题进行。从初版本到再版本，作者也进行了修改，主要围绕路线斗争以及性、爱的删改两个大问题进行。主要修改动因是对"文革"前的"错误"进行"纠正"。可以说，从《创业史》初刊本到初版本，再到再版本，柳青一次又一次地与主流意识形态妥协，一次又一次地按照主流思想的写作标准进行修改，呈现出的他的主体意识在慢慢流失、异化及至最后丧失的情况。这也使他盲目地接受了主流意识形态提倡的各种荒谬的理论和政策，导致了他的政治思想、创作思路不断地发生着变换。①

师陀历史小说《出奔》：为曹操翻案的小说

师陀受《文汇报》副刊编辑唐振常约请，出于为曹操翻案的目的而写了《党锢》《出奔》《青州黄巾的悲剧》这样三个系列短篇小说。《党锢》（原名《曹操》）是最早发表在《文汇报》上的改写曹操的作品，也是第一篇发表的改写曹操的小说作品，写曹操在洛阳营救被捕的太学生；《出奔》1959年4月6日开始在《文汇报》连载，写曹操逃出洛阳奔陈留招兵买马；《青州黄巾的悲剧》也发表在《文汇报》，写思归中原的黄巾军被曹操收编后，待命准备收复被董卓占领的洛阳失地的事情。三篇小说在《文汇报》发表时，分别被置于"故事新编"和"曹操的故事"的小标题下，突出了"新编"的特征，模糊了文体的分类。《党锢》中的事件叙述时间跨度从"已近黄昏时分"开始到"去乔家的当天下午"，再到"当天夜里"，大致一天的时间。《出奔》的叙事自"早上雾渐渐散了"到"不到晌午"，再到他在一个功曹的帮助下潜逃而直奔陈留止，也在24小时之内。《青州黄巾的悲剧》则采用了时间概括的方法，写曹军与黄巾军的相遇、对峙和最后的尘埃落定。三篇小说集中叙述了曹操的一则故事：救太学

---

① 参阅范河南《从〈创业史〉的修改，看柳青的自我异化与消失》，南京师范大学2006年硕士毕业论文。

生、奔陈留、对阵黄巾军，其情节单一紧凑，不枝不蔓；其线索的安排及开端、发展、高潮等的设置方式，都是按照戏剧冲突来设置、结撰的。

茹志鹃短篇小说《如愿》：反映了人物在新旧社会中所过的不同生活

《如愿》5月5日发表在《文艺月报》第5期。小说写新中国成立前，年轻的何永贞因为丈夫去世，孤身一人带着年幼的儿子，被迫到资本家开办的丝厂做女工。为了生活，何永贞狠心地把六岁的儿子阿永反锁家中，自己起早贪黑，在丝厂里加班加点干活，不料家中失火，她在工作时间内赶回家中抢救被大火围困的儿子，被工厂扣除了整月的薪水，并被无情地开除。后来，何永贞只能靠给有钱人家做女佣来维持母子的生活。新中国成立后，何永贞参加了里弄生产组，第一次感到自己不再是一个可有可无的人，自己做好做坏，和大家，甚至和国家都有了关系。何永贞当了生产组小组长，使她意识到了自己的价值和社会之间的关系。她的生活已经不再愁柴米油盐了，而是过着安稳的生活，虽然她"有一种空荡荡的感觉"，但却使她感到了幸福。她于是马不停蹄地从商店购买了当年答应儿子阿永的那个"又大又红的苹果"，物质和精神的双重"如愿"令她简直神清气爽。小说通过阿永对自己带有创伤性的童年生活的追忆，把何大妈在新中国成立前短暂的女工生涯的凄楚与无奈展现了出来。小说也通过何大妈的失落与幸福，反映了解放了的女性在获得物质生活保障、政治权利平等之后的更高、更深的精神追求，表达了新中国女性对自己命运的思考：妇女的解放不能只停留在男女平等的政治口号下，同工同酬的经济保障上，妇女们只有不断加强自身素质，广泛地参加各种社会劳动，把自己从家庭中解放出来，才能保证对社会的永久参与权，才能真正成为一个与男性有同等地位的人。小说在细节的穿插上面颇有心得，如同信手拈来。

马烽短篇小说《我的第一个上级》：塑造了一位实事求是、尊重科学、为人民利益着想的农建局副局长的形象

1959年，作者正在一个县里担任"客串"的县委书记，经常到各个水利工地去检查工作，其间结识了不少工地上的人物，他们中有"科班"出身的技术人员，也有在实际工作中锻炼成长起来的"土专家"。引起作者最大兴趣的是一位水利工地的总指挥，他是县教育局局长，1958年临时抽调出来负责这项工程。他平素的生活疲疲沓沓，但工作起来却一丝不苟，特别是在遇到工程上的一些关键性的问题时，很有主见，连技术人员都佩服不已。他不仅对这项工程显得很内行，而且对全县的河流、渠道等情况也很熟悉。后来才知道他以前曾经在水利局工作过几年。基于此，作者创作了短篇小说《我的第一个上级》，小说发表在 6 月 8 日出刊的《人民文学》第 6 期。小说写"我"——彭杰对第一个上级老田的了解认识过程。老田四十出头，是农建局的副局长，负责着全县的水利工作，并兼任县防汛指挥部副总指挥，他反应迟钝、疲沓，行动迟缓，给人感到很"怪"；他走路"低着头，驼着背，倒背着手，迈着八字步"，讲起话来少气无力，"好像什么事都不能使他激动"。这使"我"这个刚刚走上工作岗位的青年人感到很不满。后来，一场洪水突然袭来，老田根据多年的经验准确地判断了洪水的危害性和补救措施。在整个抗洪斗争中，他坚定沉着，全身忘我，力挽狂澜，甚至他对全县的每一水库，每段河堤，每个水闸，每条支渠都了若指掌；他不用地图就能成功地指挥全县的抗洪，显示出他高超的业务水平和卓越的组织能力。在决口合龙的时候，"我"发现老田昏倒在水中，救上岸来后，已是人事不省。当老田从昏迷中醒来时，看到自己曾严厉批评过的老姜头，他的第一句话就是向老姜头道歉："大叔，我骂你了，我……"七十多岁的老姜头哭着说："孩子，别说这话，你骂得对……"小说没有华丽的辞藻，只用平时朴素的话语便唤起了读者心中的共鸣，其白描和映衬手法的使用使得人物生动形象，突出了老田实事求是、尊重科学、为人民长远利益着想的优秀品格。1959 年 9 月，人民文学出版社出版了《我的第一个上级》短篇小说集，收录了作者的 17 篇小说，除压轴小说《我的第一个上级》外，还有《一架弹花机》《饲养员赵大叔》等，它们多描写了新中国成立后的农村生活，歌颂了新人新事和老干部的公而忘私，人物形象鲜明生动，语言精练，有些篇章被选入中学语文教材。①

蒋星煜历史小说《海瑞的故事》：弘扬了海瑞刚正不阿的精神

蒋星煜（1920—），江苏溧阳人。1957 年，蒋星煜写出七万多字的《海瑞

---

① 参阅马烽《〈我的第一个上级〉写作经过》，《语文教学通讯》，1980.8。

传》，由上海人民出版社推出后在海内外广为传播，是现代关于海瑞的第一部传记。1959年4月，在毛泽东同志号召人们学习海瑞刚正不阿的精神的时候，《解放日报》文艺部的一位编辑约请蒋星煜写海瑞，蒋星煜于是写出了《南包公海瑞》并在该报全文刊发；写出的历史小说《海瑞的故事》于7月1日刊登在《新观察》上，12月，小说由少年儿童出版社出版单行本，里面包括《爱护长官的名声》《斗钦差》《买棺谏君》《海龙王》《大报恩》《不识抬举》《私访上新河》《长留清白在人间》等讲述海瑞故事的作品。1962年4月，《解放日报》一位编辑又向蒋星煜约稿，请他写篇关于魏徵的历史小说，以提倡魏徵那种敢于说真话的精神。蒋星煜于是写出了历史小说《李世民与魏徵》，随后刊载在7月8日、9日的《解放日报》上。1965年，《李世民与魏徵》被打成"反党反社会主义的大毒草"。

胡万春中篇小说《特殊性格的人》：展现了生活中出现的一种新理想即"特殊性格"

《特殊性格的人》7月8日发表在《人民文学》第7期。小说里面塑造的王刚是一个体力劳动者，他同时有着特殊的艺术爱好和艺术修养；他作为一个知识分子，具有劳动人民的气质和修养；他作为一个企业的科级干部，经常能深入群众，和工人同甘共苦。王刚这个形象反映了我们生活中的一种趋向，揭示了一种新的理想在出现，像他这样的新型人物在当时的生活中正在越来越多地出现着。他的所有作为都表明了他的"特殊性格"。小说也表现了人们的劳动热情和劳动智慧，以及人与人之间的新型关系，所以极有新意。作者在人物塑造上，追求的是有深度的性格，写出了工人阶级的宽广胸怀、豪迈气概和丰富美好的心灵世界。作者将干部作为主人公来描写，显示了他的创作走向了广阔的领域，同时，艺术概括性也在加强。

于逢长篇小说《金沙洲》：反映农业合作化运动结束后农村出现的土地私有制的事情

于逢（1915—2008），广东台山人。《金沙洲》7月10日发表在《作品》第7期。小说讲述了在1956年春季的农业合作化运动中，凤洲县的金斗、沙海、龙塘三个村庄的六个初级社在社会主义改造高潮的推动下，合并为社会主义集体所有制的金沙高级社，从而结束了农村土地私有制的情况。小说塑造了许多生动的人物形象：踏实正直的县委生产合作部部长郑若平，"左倾"得脱离实际但又有工作激情的乡党总支书记黎子安，土生土长的能干而又憨厚的金沙社主任兼党支部书记刘柏，私心较重且精于谋划的社副主任郭有辉，忍辱负重、勤劳善良的生产队长梁甜，快人快语、努力支持梁甜工作的郭月婵……这些在黑土地上摸爬滚打的青壮年们，为了生活得更好一点这个简单而朴素的信念，为了使集体能够迸发出更强的带领作用，他们在凤洲县的金沙合作社演绎了一段人生的奋斗史，其中的艰辛、曲折、欢乐、矛盾、甜蜜、期待、迷茫、冲突、鼓舞令人心潮起伏，可歌可泣。小说发表后，评论界对它的艺术典型、创作方法等进行了激烈的辩论。1959年底，小说由作家出版社出版。1961年4月至10月，《羊城晚报》副刊《文艺评论》共发表32篇文章讨论该小说。最后，广东作协理论研究组以《典型形象：熟悉的陌生人》《论〈金沙洲〉》《文艺批评的歧路》等作了总结性的论述，指出由于《金沙洲》遵循了现实主义方法，按照生活的本来面目表现生活，所以一些人指责作者写出来的人物、情节不符合当时的政治观念，认为该小说是"非主流""非本质""不典型"的作品，这是错误的。广东作协理论研究组的文章全面、深入地批评了上述观点，认为它们是受极"左"思潮影响而采用了庸俗社会学和艺术教条主义的批评观念与方法来看待《金沙洲》的。《文艺报》随即分期全文转载了广东作协理论研究组的文章，还专门配发了一篇《一次引人深思的讨论》的推介报道，在全国引起巨大反响。①

欧阳山长篇小说《一代风流》：一部内容恢宏，规模浩大，人物众多，结构繁复罕见的反映中国革命历史的重要作品

《一代风流》的创作始于1957年，1985年全部完成并出齐。小说共5卷，分别是《三家巷》《苦斗》《柳暗花明》《圣地》《万年春》，连起来有200章，150万字。小说反映了从1919年至1949年间中国人民的革命斗争生活，是20世纪中国文坛上少有的作品，而且填补了以小说形式反映南方革命斗争历

---

① 参阅于逢《〈金沙洲〉遭遇记》，《文艺理论与批评》，1993.4。

史题材的空白。

第一卷《三家巷》8月3日开始在《羊城晚报》副刊上连载；9月，小说同时由人民文学出版社和广东人民出版社出版。1960年1月，小说也在作家出版社进行了出版。该卷以第一次国内革命战争前后广州地区的历史事件为背景，写广州三家巷住着互有姻亲关系的三户人家：买办资产阶级的陈家、官僚地主的何家和手工业工人的周家。三家的青年们都怀有救国救民的抱负，立志为祖国富强献身。省港大罢工开始后，周家幼子周炳的表妹、鞋匠之女区桃在沙基惨案中不幸中弹牺牲。与区桃相爱的周炳痛不欲生，大病一场。后在大哥周金和表姐区苏的劝导下，重新振作起来，并与陈家四小姐文婷一起参加了支持省港罢工的文艺演出。不久，廖仲恺遇刺的消息传来，陈家大少爷文雄丧失革命信心，哄骗周家三姑娘周泉与他结了婚，后又退出罢工委员会，到德昌洋行当了经理。周炳二哥周榕与陈家二小姐文娣私奔上海作新婚旅行，归来后，陈文娣的革命意志开始动摇。在一次聚会上，三家巷青年发生激烈争辩，终致彻底决裂，成为势不两立的仇人。周榕与陈文娣从此分手。只有周炳认为陈文婷是陈家的例外，并接受了她的爱情。"四·一二"大屠杀开始后，周家三兄弟到乡下避难。其间，陈文娣嫁给了何家少爷守仁。后来，何守仁在周炳给陈文婷的信封邮戳上发现了周家兄弟的藏身之地，遂予告发。周榕、周炳逃脱敌人追捕，周金却不幸牺牲。南昌起义后，革命形势有所好转。周炳满怀革命热情和陈文婷相见。不料，此时的陈文婷只热衷于建立舒适的小家庭。不久，她嫁给了财政厅官员宋以廉。残酷的现实使周炳幡然醒悟，他怀着对区桃的怀念和对革命的信念，投入了广州起义的革命洪流。

第二卷《苦斗》于1962年12月同时由作家出版社和广东人民出版社出版，写广州起义失败后，周炳到上海，度过了一段极其苦闷的生活，后又回到广州的震南村。在震南村，周炳一面教书，一面深入发动群众，并和童年的好友及广州起义时的战友一起组织了"第一赤卫队"，领导农民和农场工人进行斗争。在严峻的斗争面前，革命内部也发生了分化。共产党员谭槟、冯敬义、胡柳为革命献出宝贵生命；赤卫队员区细、马有由"左"倾蛮干，到最后成为逃兵；李子木经不起考验，叛变革命。而以金瑞、周炳、冯斗为代表的革命志士，经受了考验，在党的领导下，走上了新的革命道路。小说通过在大革命的风暴中经受了锻炼的周炳的生活道路，深刻地反映了大革命失败后革命势力和反革命势力尖锐、复杂的斗争。小说还描写了周炳的爱情欢乐和痛苦，真实地展示了革命处于低潮时的社会生活面貌。作品运用白描手法，通过人物语言和行动刻画人物性格，具有浓郁的地方色彩和民族风格。

第三卷《柳暗花明》的第81至85章于1964年3月9日—4月18日在《羊城晚报》上不定期连载；1981年8月，人民文学出版社、花城出版社同时出版了单行本。该卷写周炳经历了省港大罢工、沙基惨案、震惊世界的广州起义，以及大革命失败后革命与反革命的搏斗，逐渐成长起来了。小说开始时，周炳从震南村回到了城里，在振华纺织厂做工。"九·一八"事变发生后，周炳带领工友们参加了如火如荼的抗日示威游行和抵制日货运动。但是，周炳被国民党抓捕入狱，受尽了非人折磨。经多方营救，周炳出狱，然后又投身到抗日的洪流中。小说还写了牺牲了的胡柳的妹妹胡杏在经过千灾百难后，带着她特有的光辉成长起来的经过。作家围绕胡杏，用艺术的笔触写出了她许多感人肺腑、动人心弦的故事。三家巷周炳的那些亲戚和他少年时代的朋友，身居要职，他们在方兴未艾的抗日浪潮中，有的千方百计地破坏抗日运动，有的残酷地镇压抗日群众，周炳就是被陈文雄投进监狱的。当日军的铁蹄踏进广州后，周炳到长沙去接受新的任务；胡杏和三家巷新一代的革命青年一起去了延安。小说运用大量广东方言描写景物和风俗人情，随着人物的行动，作者还有意把普通话、广东方言和古汉语熔为一炉，使作品的生活气息和地域色彩更为浓烈。1983年，《柳暗花明》获广东省鲁迅文学艺术奖文学类一等奖。

第四卷《圣地》在1983年9月由人民文学出版社和花城出版社同时出版，描写周炳和胡杏等人奔赴革命圣地延安以后的生活和斗争。周炳以八路军中尉副官的身份，往返于重庆和延安之间，机智勇敢地与敌人周旋，在斗争中成为一个相当老练的革命干部。小说也写到了著名的延安整风、抗战胜利、边区土改和保卫延安等重大历史事件。小说还描写了三家巷第二、三代年轻人在延安的种种经历和考验，叙述了他们不无痛苦的自我改造过程以及周炳与胡杏的爱情发展情况。小说在革命与爱情两条线索中，把爱情编织在革命编年史式的恢宏规模中，广泛地反映了抗战爆发后十年间重庆与延安的生活风貌，尤其是生动地刻画了大学生何守礼丰富复杂的内心世界，结构上依然保持着革命加爱情的两条线索，使作品呈现一种苍中含秀、浑厚华滋的艺术特色。

第五卷《万年春》在1985年3月由花城出版社出版，以三年解放战争为背景，写周炳等投入晋冀豫解放区土地改革运动的斗争生活，最后以周炳、胡杏、何守礼、区卓等人凯旋广州三家巷作为结局。在此卷里，作者对周炳作了许多既有分寸又符合人物彼时彼地心理特征的描写。比如说，他一时高兴，"抓住胡杏的双手，充满深情地望着胡杏的脸孔"时，"一晃之间，他脸上露出一种痴呆的神态"。在写周炳面对地主王大善的阴谋破坏、土改工作组组长吴生海的错误主张、工作组内部多数人的思想偏颇以及县委组织部部长扬生明的错误领导时，他陷入了"孤立"之中，觉得"路漫漫"而难走，出现了"踌躇起来"的情况。但作者还是更突出、更着力地表现了周炳坚持真理和实事求是的一面，增加了人物的真实度和立体感。

《一代风流》全面展现了周炳在革命熔炉里的经历，写了他经历的省港大罢工的浪潮、参加广州起义的壮举、率领震南村赤卫队的苦斗、遭受广州宪兵司令部的毒刑以及在重庆国统区与敌人的周旋等事情，内容恢宏，规模浩大，人物众多，结构繁复，在当代文学史上是一部罕见的反映中国革命历史的重要作品。[1]

羽山、徐昌霖的长篇小说《东风化雨》：反映民族资本家联合工人应对外来侵略势力及官僚势力的作品

羽山（1921—2012.11.26），四川成都人；徐昌霖（1916.9.11—2001.8.23），浙江杭州人。《东风化雨》第一部8月份由上海文艺出版社出版；1960年，第二部由上海文艺出版社出版。小说被一些人看作是茅盾长篇小说《子夜》的翻版，因为它也写的是上海资本家的题材。羽山是《平原游击队》的主要作者，徐昌霖则是上影厂的一位导演。小说由羽山执笔，分为两部。第一部写王少堂认一老板娘为干娘，后两人同居，借机害死老板娘，占了家产，卖鞋为业。王

---

① 参阅于逢《欧阳山及其〈一代风流〉》,《文艺理论与批评》, 1987.3。

少堂遇到工程师杨亚生后，又开了橡胶厂。王少堂与妻子的妹夫张少振联系，进口生产机器，生产车胎，但机器被外国扣留，他便研制成功了第一个车胎。英国商人为打压王少堂，给汽油提价，王少堂购买美孚汽油，又高价抛出，获得大胜。张少振向英人告密，英商降低车胎价，王少堂也降低价格，英商无奈，又降价，王少堂到乡下推销车胎，但推销无果。英人指控王少堂橡胶厂侵占英胎花纹专利，王少堂败诉。英人让王少堂为他们加工内胎，王少堂拒绝。英美油商在英商车胎厂主的牵拉下，合谋降价，又提价，王少堂想买油，英商不卖。不久，日商车胎进来，学生抵制日货，产品滞销，王少堂看到了希望。第二部写1937年，日本侵略中国。王少堂的工厂迁到内地。日厂总裁去找王少堂，提起合作的事，被王少堂拒绝。王少堂感到应该与工人一起对付日本人的吞并阴谋。太平洋战争爆发后，日本人开进了租界，英国人被抓进集中营，王少堂厂子被封存。日本人松山派人说合，让王少堂加入他的大公司。王少堂很是犹豫。日本人送来生产胶鞋的订单，王少堂的工人们故意掺入杂料，破坏鞋子的质量。日本人知道后，立刻派人查封了工厂。王少堂称鞋子的质量问题是厂里工人的破坏造成的。日本人抓走了地下党员工人赵自强等人。地下党施加压力后，王少堂答应去保出被捕的工人。派驻工厂的日本婆经常欺负工人，王少堂也反感日本人驻在厂里，于是和地下党联合起来，掀起了驱赶日本人的活动。抗战胜利后，王少堂将日资四厂归在自己名下，招股引资，建立了托拉斯。但厂子被作为伪产查封了。王少堂拜见了处理敌伪资产的陈主任，陈主任解封了厂子，但王少堂并没复工。工人们去找王少堂谈判，王最后答应让三分之一工人先复工。王少堂准备收并日本的东亚厂。但东亚厂被南京的一个姓吴的人以微弱的高价竞争去了。1948年，王少堂因私藏金银被抓，赵自强等人也因抢米被关在牢里。不久，王少堂被释放，为政府生产军用轮胎。赵自强还被关在牢里，他嘱咐大家护厂。不久，工厂成立了护厂队，王少堂的亲戚王大宝为负责人，他和工人们一起准备迎接上海的解放。小说从20世纪30年代一直写到1949年，形象化地表现了资本家王少堂应对接踵而至的外来势力、侵略势力及官僚势力的过程，反映了他如何在风雨飘摇中左支右绌，投机取巧，真可谓险象环生，步步惊心。小说出版后受到批判，因为它描写了资本家有时与工人之间惺惺相惜的关系，涉及究竟是资本家剥削工人还是工人救了资本家这样一个令人困惑的命题。还有就是工人在对付资本家的时候，总是要顾及不能一下子把资本家逼死，而是有时要联合他们一起对付外来的压迫力量，这使工人们显得无原则。这必然使得小说里的工人运动缺乏战斗力与强悍，而更像是资本家的同伙。另外，小说是用评书的语调叙事的，这导致它更接近于通俗文学，给人一种浮浅而单薄的感觉；小说人物的视角混编，有时一个章回中夹杂着几件事情，导致单一章回里存在多起事件。

草明长篇小说《乘风破浪》：讴歌钢铁工人英雄气概和献身精神的小说

《乘风破浪》9月24日发表在《收获》第5期。小说以1957年的"整风"和1958年的"大跃进"为背景，以一个炼钢厂为中心，展现了20世纪50年代末期我国工业战线上所进行的惊心动魄的斗争，通过工业建设中两条路线的矛盾和斗争，成功地刻画了各种人物，如先进人物刘进喜、青年工人李少祥、总经理陈家骏、厂党委书记唐绍周、市委女宣传部长邵云端、市工业部长钱友太等，这些人物都写得性格鲜明、真实可信。作者对工人阶级怀有很深的感情，在劳动斗争中发掘出了生活的诗意，使得作品浑厚感人。例如，总经理陈家骏上任不久，给他的妻子写信说："……我留下来了，也许你觉得我这人容易改变主意，但要是当你也来这儿待上几天，看见这只大熔炉冶炼着几十万人，把人们残余在脑子里的旧思想无情地淘汰成为渣滓，把工人阶级的优良素质升华为社会主义先进思想的时候，你也会被迷住，会完全赞成我这个决定的。"又说："我盼望你快点来，你到了这儿会很快爱上它的。特别可爱的是这儿的人，假如你和这儿道地的工人接触，你会把心也交给他们的！假使我长了千头万臂，我将一个一个地拥抱这儿的人。"这其中自然也表达了作者的感情。正是由于作者深味这种感情，所以他把枯燥机械的工业劳动给诗化了。总之，小说讴歌了钢铁工人为迅速改变我国工业落后面貌所表现的那种乘长风破万里浪，顽强奋进的英雄气概和献身精神，显示了工人阶级已经不再是可怜的受苦受难者，而是社会的主人，是推动历史的伟大力量。

西戎小说集《姑娘的秘密》：收录了作者九篇小说的作品集

该小说集 9 月份由人民文学出版社出版，内收西戎从 1954 年至 1958 年写成的《姑娘的秘密》《王仁厚和他的亲家》《女婿》《两涧之间》《麦收》《盖马棚》《宋老大进城》《纠纷》等 9 篇小说。其中《姑娘的秘密》写于 1958 年 1 月，主要讲一位高小毕业，热心农机工作的十八岁姑娘玉花，玉花偶然与邻村开农机懂技术的朴实青年王宝山相遇，随即产生钦佩和爱慕之心。此后，这个秘密一直藏在玉花姑娘心里，时间愈久，积累愈深，难以自拔。无奈之下，玉花只好向本村一个叫翠香的嫂子倾诉。在翠香的开导下，玉花姑娘大胆向宝山写信，双方通过多次书信往来，终于确定了恋爱关系。小说塑造的玉花是一位敢于追求爱情的年轻姑娘，因为她的纯洁善良而得到了心仪的爱人。另外两个人物是小伙子李桂生和王宝山，李桂生虽然在镇上发了财，然而其性情浮飘，做事不老实，爱出风头，爱吹牛撒谎，正是他的喜欢炫耀、他的不诚实，使得他得不到玉花的好感；王宝山爱学习，喜欢动脑筋，他改装了社里的解放式水车，提高了抽水效率，超额完成了任务，他作为一个农业生产积极分子，热爱工作、热爱劳动，因此便在玉花的心头留下了爱的种子。作者通过这三个人物的对比描述，突出了人物个性，反映了时代的主题：以集体的利益为重，那才会有出路，才会在爱情、生活等方方面面得到好的结果。小说用白描和映衬的手法使得人物形象更加生动形象。李桂生是小说里的映衬人物，通过李桂生与王宝山的对比描述，映衬了主要人物玉花姑娘选择对象的标准，也就是她藏在心中的"秘密"。

茹志鹃小说集《高高的白杨树》：收录了作者十篇短篇小说和五篇特写散文的作品集

本小说集系"上海文艺丛书"之一，9 月份由上海文艺出版社出版，收录了作者从 1954 年到 1959 年期间创作的十篇短篇小说和五篇特写散文，篇目依次为《关大妈》《妯娌》《在果树园里》《新当选的团支书》《百合花》《高高的白杨树》《澄河边上》《如愿》《鱼圩边》《黎明前的故事》《生命》《美丽的事业》《在社会主义的轨道上》《运动场边》《收获时节》。其中的《妯娌》《关大妈》《百合花》《如愿》等是名篇（前面已经评价过）。《高高的白杨树》写年事已高的"我"父亲患了绝症,"我"和医生们为了不让他知道病情,就编造出一套善良的谎言来骗他。"我"父亲的病已经难以越过冬天了,但"我"却对他说:"冬天,您的病冬天就会痊愈,到时我来接您。"但"我"父亲却希望"我"在开春之后来接他。"我"答应了他。后来,"我"来接父亲,"我"凝望着虚弱、苍老的父亲时,树上的黄叶,纷纷扬扬地在他的身旁飘落着。白杨树在开了春后还会焕发生机,而"我"的父亲却没有枯木逢春的机会了。父亲临终时,由于发报人粗心,使"我"未能及时赶回去。"我"最终赶回去时,父亲已过世三天了。第二年春天,"我"遵照自己的承诺,把父亲的骨灰送回了老家。小说表现了生命的短暂脆弱,似乎轻轻触碰一下,它便会消失。所以爱惜生命,是我们每个人的职责。爱惜生命就等于拥有了一切,这好比在白纸上添加美丽的色彩,能使人朝气蓬勃。

萧玉长篇小说《高粱红了》:全方位描写中国共产党人在东北进行解放战争的作品

萧玉,生年不详,山东文登人。《高粱红了》的第一部是《当乌云密布的时候》,9月由广东人民出版社出版。小说写林玉生11岁在胶东参加了八路军,17岁的迟义贵是他的兄长,担任营长的一名传令兵。后来,迟义贵当了所在连队的连长,26岁时牺牲。林玉生担任的是连指导员。小说从民主联军退出安东(今丹东)开始,写了英勇的"新开岭战役"和"四保临江"战役,此时,20岁的略带文弱的指导员林玉生在连长迟义贵牺牲后,既当指导员,又当连长,他以自己的英勇、沉着和智慧稳定连队,将连队每一个战友都紧紧地团结在自己的周围,终于赢得了全连战士的信任和爱戴,完成一系列艰巨的战斗任务。小说写出了中国共产党人在乌云密布的1946年冬季时所表现出来的承受危难、承受打击、承受牺牲、承受流血、承受黑暗的内在力量。小说的另一条线是林玉生九年来寻找恋人李秋英的过程。李秋英的父亲李文勇参加革命后,母亲遇害,李秋英被人拐卖,好心人收养她后,她参加了革命。后来,李秋英找到了已是东北民主联军松山部队团长的父亲李文勇,林玉生也找到了她。李秋英寻找父亲和林玉生寻找李秋英的曲折坎坷经历体现了战乱年代亲人的牵挂及有情人甘心为对方赴死的生死恋情。《高粱红了》的第二部是《战鼓催春》,1963年

6月由广东人民出版社出版，全方位地描写了东北的解放战争，既写了林玉生，也描写了一些高级指挥员如林彪，小说以"林总"称之。在文学作品中直接描写林彪的形象，无论是"文革"时期还是"文革"前，似乎并不多见。《高粱红了》的第三部是《紧锁关山》，写团政委高望林牺牲，林玉生被提拔为团政委，和李文勇搭档。李文勇女儿李秋英被俘后又逃出来了。《高粱红了》在2009年被拍摄成同名电视剧，2010年在多家电视台播放，三分之二的情节取自于第一部小说《当乌云密布的时候》，后面的有一些情节取自于第二部《战鼓催春》。

李晓明、韩安庆长篇小说《平原枪声》：讲述冀中平原人民英勇抗战的作品

李晓明（1920—2007.12.25），河北枣强人；韩安庆（1932—1967），湖北武汉人。《平原枪声》10月份由作家出版社出版。小说写抗战爆发后，国民党军队节节败退。在冀南平原上，地主大户组建的会道门互相械斗，散兵游勇组织民军，草头王自封司令，而老百姓则人心惶惶。共产党员马英回到了家乡肖家镇。一进镇，马英见树上吊着白吉会的陈宝义，陈宝义是被红枪会的王二虎捉来的，王二虎想杀死陈宝义。马英见状，立即上前制止，他让众人倾听从北边传来的隆隆炮声，"战火已烧到家门口了，我们在干什么？互相残杀，杀自己的同胞，这不是给日本鬼子帮忙吗……"马英趁机向群众宣传共产党的抗日主张，驳斥了无赖杨百顺对共产党的诬蔑。在场群众心服口服。但是，要放陈宝义，须经红枪会会长苏金荣同意。马英去找苏金荣。马、苏两家曾是仇人，苏金荣强奸过马英的姐姐并害死了马英的父亲。为了抗日大业，马英迫使苏金荣放掉了陈宝义。白吉会会长王金兰想与苏金荣和好，商议在民军头目刘中正那儿相见。王金兰见到苏金荣后，表示想干掉马英，苏金荣转怒为喜。当夜，马英得到苏金荣的侄女苏建梅的报信，才免遭了王金兰的毒手。日本人越打越近了，马英加紧组建抗日力量。苏建梅参加了抗日工作，她积极向群众宣传抗日救国的道理。苏建梅的哥哥苏建才参加了刘中正的队伍，但当他看到刘的队伍四处抢掠百姓财物，官兵普遍为大烟鬼时，他很失望。在苏建梅的动员下，苏建才参加了马英的游击队。小说通过形形色色的人物形象和迂回曲折的故事情节，真实地反映了抗日战争时期，冀中平原地区的人民怎样在极端恶劣的条件下战胜了敌人的"铁壁合围"等种种毒计，不断发展，壮大自己的队伍，并最终取得最后胜利的历程。小说同时也反映了中华民族的优秀儿女怎样和阴险毒辣的日寇、汉奸进行艰苦斗争并在这斗争的烈火中经受住严峻的锻炼和考验的情况。小说在2001年由北京电影制片厂拍摄为同名影片。2010年，28集同名电视连续剧在电视上播出。

茹志鹃短篇小说《里程》：讲述合作化运动使人物摒弃自私自利观念的作品

《里程》11月5日发表在《上海文学》第11期。小说写王三娘虽然已经入了社，但仍保有"鸟看见一根树枝，也知道往自己窝里衔，何况于人"的观念，于是经常钻营算计，并把这些作为成家立业的经验，多次教育已是生产队队长的女儿也要如此为人处世，待人接物。王三娘的观点，在走农业集体化的初期，存在于许多人的身上，这是封建社会不合理的土地制度造成的饥贫所带来的后遗症。因此，作者注意让政策促进王三娘转变以外，还让她主动响应"劳动"，让她从土地拥有权中产生主人翁的意识与责任感。最终，在合作化运动带给农村新变化的事实教育下，王三娘真正走上了勤劳致富道路。

徐怀中短篇小说《松耳石》：和平解放期间，藏族男女青年突破私人恩怨参加革命的故事

《松耳石》是作者的一篇短篇小说，后来，他将小说改编为电影文学剧本《无情的情人》，11月10日，剧本发表在《电影创作》第11期。原小说写在和平解放西藏期间，一个被农奴主迫害的藏族青年多吉桑参加革命的故事。在这之前，多吉桑爱上了一个卖艺姑娘娜梅琴拾。娜梅琴拾是西藏一个反动大土司的女儿，20多年前，她的父亲杀死了多吉桑的母亲。娜梅琴拾的父亲后来被农奴却路丹珠杀死，却路丹珠还烧毁了他的庄园。娜梅琴拾于是寻机给父亲报仇。当却路丹珠担任了西藏地方政府的副主席后，娜梅琴拾计划要行刺他。却路丹珠其实是多吉桑十七年未见的父亲。小说于是产生了一场富有传奇性的戏剧冲突。多吉桑热恋的情人娜梅琴拾原来是他的仇人。作者将私仇孕育在阶级矛盾的主题和复杂的人物关系中，揭露了西藏上层反动分子的极端残酷、野蛮的本质，显示了他们灭亡的必然性。11月10日，由作者自己根据该小说改编的电影文学剧本《无情的情人》发表在《电影创作》第11期。

浩然短篇小说《亲家》：在戏剧性误会中展现了两位母亲一心为公的形象

《亲家》12月12日发表在《解放军文艺》第12期。小说写的是荷花妈给亲家母桂元妈祝寿的故事。但这祝寿实质上是要和亲家母竞赛。因为荷花妈是个争强好胜的老人，虽年过半百，但在热爱集体、参加劳动上，却从不甘居人后。但女儿荷花却将自己的婆婆夸得天花乱坠，这使她的"自尊心受了损伤"，她又怎能服气呢？于是她要破例请假去走一回亲家了。荷花妈在走亲时出现了一系列戏剧性的误会。当她看到桂元妈把场边的粮食粒打扫回家时，她对这种"自私行为"不能容忍了，于是委婉地对亲家母进行了批评；而当亲家母埋怨大媳妇夜里加工饲料时，她对亲家母的"落后"思想愤怒不已；但当她了解到亲家母是为集体扫粮食，加上当她亲眼看到亲家母怕累坏队里的牲口，自己却推起碾盘碾饲料时，她于是释然了、感动了，并和亲家母一起推起碾盘来。小说通过一系列戏剧性的误会将两位同是热爱集体、力争先进的老人形象清晰地展现在了读者面前。她们之中一个耿直开朗、争强好胜，一个谦和敦厚、朴实热情，各人的性格区别非常鲜明。

刘真短篇小说《英雄的乐章》：一篇发表后反复遭批判的"问题"革命小说

刘真（1930—），原名刘青莲，山东夏津人。刘真9岁参加八路军，是在八路军这个大学校里成长起来的。刘真写的战争小说，多与她自己的亲身经历有关，有的甚至像自传体小说，如《长长的流水》。1959年下半年，刘真完成了小说《英雄的乐章》，恰逢新中国成立十周年大庆。小说是纪念与她一同成长、后来牺牲了的一位英雄战士的。

小说写毕后，有位比刘真年长的作家看罢让她不要急着拿去面世。但河北省作协的一位负责人却将刘真的手稿交给了作协办的内部文学杂志《蜜蜂》，要他们赶快将这篇"有问题"的作品发表，以供世人批判。结果《英雄的乐章》于1959年12月被发表在《蜜蜂》半月刊的最后一期（第24期）上。同期刊发了"本刊评论员"的题为《高举毛泽东思想红旗，坚决反对修正主义思潮》的文章。文章指出：《英雄的乐章》以资产阶级人道主义观点看待革命战争和爱情问题，这是当前右倾机会主义分子反党反社会主义建设总路线在文艺界的反映。"文章特别强调，要以此为例，"坚决把形形色色的修正主义文艺思潮打击下去！"随后，河北省作协组织了省内外力量对刘真和她的小说进行了规模浩大的围攻批判。

《英雄的乐章》以刘邓大军 1947 年 7 月过黄河、挺进鲁西南为背景，写了在一场解放军与国民党精锐部队的恶战中，女主人公的恋人英勇牺牲了。小说在赞颂英雄奋勇战斗献身的同时，也大胆表现了战争给人们带来的灾难，写了女主人公心中流露出来的一种感伤情绪。就因为这些，一大批批判文章铺天盖地对她进行围攻。很多批判文章认为"小说宣扬的是资产阶级人道主义的'乐章'"[1]，是"温情、调和、投降"的"私情的哀歌"，是"资产阶级个人主义的赞歌"，是"挂着歌颂的幌子制造悲剧"，是"在修正主义思潮影响下诅咒革命战争"的作品，等等[2]。1963 年夏天，刘真得到平反，中宣部副部长、文化部副部长周扬对河北省文联的负责人说："人家还没有发表的作品，你们就拿出去批判，这是不道德嘛！"并鼓励刘真说："党需要你在政治上和艺术上都尽快成熟起来，你是有才华的。"[3]但到了 1966 年 4 月，当江青的"部队文艺工作座谈纪要"出笼后，《英雄的乐章》又被打成江青讨伐"黑八论"之一的所谓"反'火药味'论"的一个黑标本。这次，刘真惨遭批斗、侮辱、游街、关入"牛棚"及强制劳动改造……一直到了 1980 年，刘真的《英雄的乐章》才彻底得到平反。

马烽短篇小说《太阳刚刚出山》：以打井为切入点，展示公社领导干部群众建设热情的作品

《太阳刚刚出山》12 月发表在《人民文学》第 12 期。小说写社员们在高岗地一口气打了九眼井，每眼井出水都很旺，大家都很高兴。可全社只有几部锅驼机，满足不了全社浇地的需要，大家都很着急。党支部郭书记进城几次也没搞到锅驼机。高老大听说生产资料公司有几部已拨给东照村但还未拉走的锅

---

① 参见张涧、方士《宣扬资产阶级人道主义的"乐章"》,《中国青年报》, 1960.1.14。

② 参阅尧山壁《记刘真》,《当代人》, 2016.5。

③ 参阅刘真《忆周扬》, 内蒙古人民出版社出版, 1998, p393。

驼机，他便急忙去找县委高书记批准借用一下。此时，高书记、区委李书记正和东照村的田主任等社队干部在东照村研究村子打井不出水的原因。高老大看到这些，他没有马上提出调拨锅驼机的要求。高书记和李书记仔细查看了柳庄的出水情况和出水记录，发现柳庄把井都打在村北面，通过修建一条不渗水的水渠后，把水可以引到较远的土地进行浇灌，于是决定在全县推广这种集中打井、修渠引水的方法。他们把东、西照村的打井队集中到柳庄，在柳庄成立了一个抽水站，利用它灌溉三个村的土地。高老大对这种做法一时想不通，他不同意三个村合作打井，他怕柳庄吃亏。高书记批评了他的自私。高老大接受不了高书记批评。高书记耐心地说服他，终于使他认识到自己的错误，然后迅速地投身到三个村子合作搞生产的运动中去了。高老大根据合作打井提出了将三个村合并成一个社的建议。高书记同意后，决定拨一台发电机给他们办一个发电厂。最终，困扰人们很多天的抽水、照明、磨面等问题都解决了。东、西照村的人们听到这个消息，当夜便敲锣打鼓来到柳庄，人们在一起兴奋地研究打井、修渠、搞生产的事情。在党的领导下，根据农民群众的迫切需要，三个村大办农村人民公社的高潮终于来到了。一轮红日从地平线上升起，放射出万道霞光，田野上充满了愉快的歌声。

李束为短篇小说《于得水的饭碗》：两次发表，意旨却发生大变的小说

李束为（1918—1994.3.4），原名束学礼，山东东平人。小说曾经发表过两次，引起过不小的争论，反映的是农村兴办公共食堂的故事。第一次发表在 12 月出刊的《火花》第 12 期，作者在"歌颂"食堂化的同时，更多地透露了农村生活的真实情况：农民群众在吃食堂时，深感不大如意、不大称心，连温饱都难以保证，致使农民于得水不得不偷盗集体的山药蛋度日。支部书记发现后，没收了于得水偷盗的山药蛋。到春节时，于得水全家八口人只能依靠别人送的一点粮食和山药蛋充饥。结尾部分被作者加了一个"光明的尾巴"。小说发表后，被一些人扣上了"歪曲大好形势"的帽子，一份全国性文艺理论刊物专门给该小说组织了批判文章。迫于压力，身为省文联党组书记、主席的作者，把小说又重新写了一遍。第二次发表时，小说写的虽然还是原来的人和事，但立足点却发生了很大变化，成了一篇宣扬浮夸风的作品。小说带给作者的直接影响是他在此后的近三年时间里没有再写过小说，他认为，与其写那些违背自己愿望、违背农村真实生活的作品，还不如不写。由此可以看出作者在创作上的真诚态度。直到 1962 年 8 月，作者参加了中国作家协会在大连召开的农村题材小说创作座谈会后，心情才顺畅起来，又重新写起了小说。

1960 年

李準短篇小说《李双双小传》：一篇呼应人民公社化运动的经典作品，塑造了一代人的经典形象

《李双双小传》3 月 8 日发表在《人民文学》第 3 期。小说中的李双双原是旧式家庭妇女，在新形势的感召下，她不顾丈夫喜旺的反对，参加了社会劳动，并敢于同损害集体的行为和各种旧意识做斗争。在她的影响下，喜旺的思想也有了很大变化。作品成功地塑造了李双双这个农村妇女的新人形象，生活气息浓郁，语言生动活泼，颇具喜剧色彩。小说不仅呼应了当时的人民公社化运动，延续了其对农村社会分层、家庭变化的思考，而且引入了"妇女"的维度，着重考察了农村妇女在新的社会背景下的变化。在今天如何来看待 20 世纪 50 年代"集体"场域中的"个体"和性别，应该联系当时的社会背景。小说后来被改编拍摄为电影《李双双》后，故事情节和思想内涵都发生了很大的改变，电影摒弃了原小说通过"大跃进"中的妇女办公共食堂的故事来歌颂"大跃进"的乌托邦理想，而是在原小说的人物性格冲突中去发现新的主题，歌颂了普通老百姓的美好人性，提倡了敢于和社会上的自私行为和干部的自私自利作斗争的精神，这便在客观效果上淡化了时代的浪漫主义气息，也是影片之所以受欢迎的根本原因之所在；小说是在当时产生了很大影响的宣传读物，但电影却超越了时代的局限，在其中注入了民间的艺术精神，使其成为一部具有长久艺术生命力的优秀喜剧片。①

---

① 参阅郭丽君《"集体"场域中的"个体"与性别——以〈李双双小传〉为个案》，《文艺争鸣》，2014.6。

茹志鹃短篇小说《静静的产院》：展现了人物由先进到后进，再到最终觉悟的过程

《静静的产院》6月份发表在《人民文学》第6期。小说写谭婶婶是一个从39岁就当了寡妇的女人，她见过女人生孩子的场面，觉得是过"关"。谭婶婶的儿媳妇生孩子时，胎胞是产婆用脚踩下来的。1956年的时候，公社的杜书记要谭婶婶到镇上的医院里去学习新法接生，并告诉她这也是革命，是跟封建落后势力的斗争。谭婶婶学会了新法接生后，一方面不断地和旧思想、旧习惯、旧接生婆进行斗争；另一方面，她也灰过心，流过泪，她向杜书记诉苦，杜书记劝她：我们学习也叫作干革命，不会的得赶紧学会，不懂的就得赶紧学懂。谭婶婶听了后，不再灰心了。公社成立后，谭婶婶组织了一个"静静的产院"，里面有产床，有电灯，有雪白的墙壁，有助产的用具……谭婶婶也成为"产科医生"。在产院成立的两年里，谭婶婶一共接生了356个孩子，得到了公社里的母亲们的爱戴，这使她感到自豪、幸福。这个静静的产院使她愉快无比。但谭婶婶从此也开始了满足于自己的现状，她渐渐看不惯电灯等新东西了。她对产妇做操也不喜欢。产院里的荷妹代表着新生力量，谭婶婶对荷妹把产妇捣弄起来做产后操有些反感。虽然她在说服自己，但她似乎改变不了自己。她把生活上的知足和工作上的落后，看成是一个东西。小说里的旧产婆潘奶奶在鸡场里工作，一心一意地向前赶，她使谭婶婶又想起了杜书记的话，她便不安，对自己不满，不肯掉队，于是急忙回到医院里，正赶上刚送来的产妇彩弟生孩子。她于是像一个身经百战的老战士，带着产妇们"在自己的战斗岗位上，守候那喜悦而又紧张的一刻"。小说结构严谨，把谭婶婶由先进到后进，再到最后觉悟的过程进行了详细描写，塑造了她与旧东西告别，向新目标前进的鲜明形象。小说"没有一点废笔，时间只有一日夜，上场的人物，只有谭婶婶、荷妹、潘奶奶、彩弟，还有两个产妇，一个是丰产田的小队长，先进生产者——阿玲，另外一个连名字都没有。以上几个女角，她们的言谈、动作、心理活动，详略配搭得非常匀称"[1]。

[1] 参阅冰心《一定要站在前面——读茹志鹃的〈静静的产院里〉》,《人民日报》,1960.12.14。

李凖短篇小说《耕云记》：反映时代生活推动了农村妇女的变化

《耕云记》1959 年 9 月 8 日发表在《人民文学》第 9 期。小说故事源自作者与一位记者一同下某公社时候的际遇，主人公萧淑英在党的培养下成为公社的气象员，在她还没有正式工作的时候，就正确地预报出了冰雹，但她因疑虑而不敢报告，导致了严重损失。萧淑英正式工作之后，预测到有霜冻，但大家却是挨着冻空守了一夜，于是被人们埋怨不已。后来，萧淑英又预测到有霜冻，因为预测准了，大家才慢慢地信任、佩服她了。后来，萧淑英的气象预测都被证明是正确的，她成了"诸葛亮"，老天爷也低下头来认输了。作者笔下的萧淑英和他的《李双双小传》中的李双双形象，曾在 20 世纪 50 年代末期引起注意，人们从她们的身上看到了时代生活怎样推动了农村劳动妇女的性格、心理、理想、追求发生变化的情况。她们要求走出束缚自己智慧、才干、能力的小家庭的生活圈子，然后投身到社会化的生产中去。她们的行动，在当时的社会条件下是对传统道德规范、封建家庭伦理观念的挑战。她们胜利了，并以自己的胜利，喜气洋洋地走进了当代文学的人物画廊。[①]

赵树理短篇小说《套不住的手》：一曲关于劳动人民的赞歌，一篇具有独特艺术韵味的作品

《套不住的手》11 月 8 日发表在《人民文学》第 11 期。小说写陈秉正不服老，他已经是 76 岁的老人了，但身体却很硬朗，一点也不显老，干起活来，一般青年小伙子都比不上。更重要的是，陈秉正的思想不老。按惯例，这样岁数的老人，早都进敬老院了，但陈秉正在 1956 年农业合作化时，却当上了教练组长。1958 年队里进行公众评议时，他退休入院。但他进去三天后就想干那些"揭麻皮，拣棉花之类的轻微劳动"，他觉得自己有气力没处使，坚决想为社会主义的农业建设贡献力量。于是，他自动要求出院，依旧去当教练组长。小说对陈秉正老汉那一双闲不住的手进行了真切的描绘：他的"手掌好像四方的，指头粗而短，而且每一根指头都展不直，里外都是茧皮，圆圆的指头肚儿

---

① 参阅魏家骏《农村妇女形象塑造的历史性变化——从李双双、萧淑英到春妞儿、关侠》，《中州学刊》，1986.1。

都像半个蚕茧安了个指甲，整个看来真像用树枝做成的小耙子"。这些描写说明陈秉正老汉的双手不但粗壮、坚硬，而且灵巧，表现了他勤劳、纯朴、热爱劳动、关心集体事业、性格倔强等特点。该小说是一曲关于劳动人民的赞歌，是一篇具有独特艺术韵味的作品。[1]

林海音短篇小说集《城南旧事》：一部透露着委婉诗意、宁静意境的纯美小说集，也是广受读者欢迎的经典作品

林海音（1918.3.18—2001.12.1），祖籍广东蕉岭，生于日本大阪。《城南旧事》本年由台湾光启出版社出版，是林海音最具影响力的成名作，由《惠安馆传奇》《我们看海去》《兰姨娘》《驴打滚儿》《爸爸的花儿落了，我也不再是小孩子》《冬阳童年骆驼队》等短篇组成，20世纪50年代在不同刊物上分别单独发表，但1960年出版成合集时，却使其情节互相连贯，主题前后呼应，形成了一部长篇。因此它既是短篇小说也是长篇小说。小说写小女孩林英子跟随爸爸妈妈从台湾漂洋过海来到北京，住在城南的一条胡同里。经常痴立在胡同口寻找女儿的"疯"女人秀贞，是英子的朋友。秀贞曾与大学生思康暗中相爱，后来思康回了老家，再也没回来。秀贞生下的女儿小桂子被家人送到城墙根脚下后，不知去向。英子对秀贞非常同情，她在不经意间发现了妞儿的身世与小桂子极其相似，还发现妞儿脖颈后的青记，于是急忙带她去找秀贞。秀贞与离散六年的女儿相认后，立刻带她去找寻爸爸，但母女二人却在赶火车时一同丧命于火车下。英子高烧昏迷了十天，差点丢了性命。后来英子一家迁居到新帘子胡同，在那里的一处荒园中认识了一个厚嘴唇的年轻人。年轻人为了供弟弟上学，不得不去偷东西。英子只觉得他很善良，但却分不清他是好人还是坏人。后来，兰姨娘来到英子家，英子发现爸爸对兰姨娘的态度不对，她想了一个办法，把兰姨娘介绍给德先叔，使他们相识后乘马车走了。英子9岁那年，她的奶妈的丈夫来到林家。英子得知奶妈的儿子两年前淹死了，女儿也被丈夫送给了一对没有儿女的骑三轮的夫妇，英子不明白奶妈为什么要撇下自己的孩子来伺候别人。后来，奶妈被她丈夫用小毛驴接走了，英子的爸爸也因肺病去

---

① 参阅小全、太龙《以"手"传神的巧妙表现手法——读赵树理〈套不住的手〉》,《广西师范大学学报（哲社版）》,1984.1。

世了。爸爸去世后，英子体会到了自己的责任，觉得自己长大了。《城南旧事》具有极强的平民意识，是一部纯美的电影式散文；字里行间带有一种委婉的诗意，一片宁静的意境；近乎一幅素雅、淡泊、简约的中国水墨画；满含人间烟火味，却无半分名利心。全书满含着怀旧的基调，将多层次的情绪色彩以一种自然的、不着痕迹的手段精细地表现出来，使一切都显得有条不紊，如同缓缓的流水、缓缓的驼队、缓缓而过的人群、缓缓而逝的岁月……小说的景、物、人、事、情完美结合，如同一首淡雅而含蓄的诗。①1983 年，上海电影制片厂导演吴贻弓将该小说拍成同名电影，获得了"中国电影金鸡奖"等多项大奖，风靡海内外。

---

① 参阅《〈城南旧事：是一部纯美的电影式散文〉》，人民网－新疆频道，2014 年 4 月 18 日。

1961 年

茹志鹃短篇小说《三走严庄》：讲述了一位年轻媳妇成长为革命者的故事

《三走严庄》1月份发表在《上海文学》第 1 期。小说写主人公收黎子在土改斗争、解放战争的锻炼中，由一个娴静、温顺的年轻媳妇，成长为一个勇敢、干练的支前队长。里面的"我"是一个年轻的女干部，收黎子的进步是透过"我"的视角来体现的。

程小青历史小说《高士驴》：借古人之事指陈现实

程小青（1893—1976），安徽安庆人，生于上海。《高士驴》2月1日发表在《雨花》第 2 期，其素材来自在苏州民间流传甚广的关于徐俟斋的故事。徐俟斋是明朝崇祯年间的举人，他的文章诗画闻名吴中，他为继承父亲反清复明的遗志，立誓终身不降清，40 多年不踏入城市，只跟一些农夫和手艺人来往。《高士驴》讲述的是徐俟斋躲在深山，却让一头十分有灵性的驴子给他卖画的故事。每逢集市，这头驴子不要人骑，驮着徐俟斋的一幅"折枝黄菊"的立轴和一张另书"换米三斗"的小红纸，和徐俟斋一样，不进城门只停留在泰伯庙门前为徐俟斋卖画，在卖完画之后又独自返回深山。这个故事显然是民间传说，但对现实却有所指陈。小说在话语类型上多次出现了"戏剧式呈现"的话语，如："画画的徐先生是个最有志气的老人，他是最看重种田人，看重手艺人。可看不起做官的人"，"这匹驴儿也像徐先生一样有骨气，从来没有进过城门"。①

---

① 参阅吉咸乐《有限的偏离——十七年历史小说的主题话语探析》，《广西社会科学》，2007.11。

刘澍德长篇小说《归家》：赞颂农业合作化的小说

《归家》2月5日开始在《边疆文艺》第2—11期连载。小说中的菊英、朱彦从小青梅竹马，并订有婚约，但由于父辈在"合作化"道路选择上的分歧，婚约破裂。少男少女内心的骄傲、敏感及多疑，使他们连生误会。菊英伤心之下进省城考学，考上了农业学校，后又去农大专科实习。实习结束后，她请求返回自己的家乡。此时朱彦已是生产队长，两人再次见面，过去的恩怨并没有被彼此忘记，因为彼此的内心都还爱着对方。可他们的自尊却阻止了两人情感的沟通，他们都控制着自己的情感。菊英的情感很脆弱，这使她在精神上承受更大的痛苦。在面临工作问题时，菊英和朱彦都撇下了个人的情感，以大局为重。小说对人物个性的把握有时也显得有些过火，比如菊英过于好胜、任性，而朱彦的语言则有些知识分子化；另外，作者对当时农村"合作化"问题缺少批判，这使得小说总体上还是称赞合作社，并没有比同时期作品有任何突破。但作者通过该小说却对云南农村的社会风貌、自然景象、生活方式、乡土习俗都作了十分逼真的描绘，所以与其他同题材的小说相比，它的重要特色在于塑造人物形象时，能细腻描写人物的内心情感，从而避免了许多作者在塑造社会新人时所表现出的共性多于个性的毛病、不足；作者在对人物的内心活动探寻时，连人物内心的些微情感涟漪也不放过，这使得小说显得细腻、生动。从总体上看，该小说在当时仍称得上是一部相当有特色的作品。

王汶石短篇小说《沙滩上》：一篇中西合璧的"牛肉泡馍"派小说

《沙滩上》3月5日发表在《延河》第3期。小说呈现的是向河滩征要土地的事情，塑造了两个回乡知识青年的形象。陈大年和陈囤儿都是穷苦人家的孩子，他们初中毕业后，抱着建设家乡的理想回家务农，使原先的穷队变成了富队，他们也光荣地加入了共产党。在整风整社中，群众对他们提出了批评。陈囤儿一肚子怨气，索性丢开工作不管，用拼命劳动发泄心头怨气；陈大年因为有改变、开发家乡千亩沙滩的宏愿，所以他不仅坚持学习驾驶大型拖拉机的技术，而且还在每晚开过批判会之后，一个人到村外千亩沙滩上刨坑探查沙层下的土质。当陈大年把陈囤儿领到沙滩，让他看铁犁翻出来的沃土时，陈囤儿又喜又悔，他要求陈大年向他"开炮"，"结结实实揍我一顿"。陈大年批评他："你可真不像话，不像个无产阶级战士的样子。"陈大年的话使陈囤儿受到震动。陈囤儿在拖拉机翻出的黑色泥土面前，激情立刻燃烧起来："多肥的粪土啊，黑乎乎的，啊，多美！"他眼里最美的风景是田野，于是发出了"啊！咱们这秦川地多美啊"的赞叹。小说涉及了农村干部在指挥生产中的思想作风问题，发表后曾在全国报刊上引起广泛评论。小说没有采用那些情节性、故事性小说常采用的线性推进式结构，而是采用戏剧式结构，整篇小说分成两大块、两大场景（"林檎树下"和"沙滩上"），作者把事件的缘由、过程、内容完全推到幕后，让人物一个个登场，亮相，在一幅幅风俗画般的场景中，通过人物相互间的对话及不同的行为方式塑造人物；作者凭借的不是事件的冲突而是人物性格的冲突，让其在相互的冲突和转化中，来刻画人物，来突出主题。很明显，王汶石小说艺术上的这一显著特征，是受了西方小说艺术的影响，特别是俄国作家契诃夫的影响。契诃夫既是小说家又是戏剧家，他的很多短篇小说都是场景化、戏剧化的。王汶石也认为自己的小说创作是深受了契诃夫的影响的。这说明，早在 20 世纪五六十年代，王汶石的小说艺术观念就是比较开放的、超前的，是中西合璧的"牛肉泡馍"派，而不只是传统乡土的"羊肉泡馍"派。①

马识途短篇小说《找红军》：讲述了两位受压迫者不同的人生道路

马识途（1915.1—），重庆市忠县人。《找红军》3 月 12 日发表在《人民文学》第 3 期。小说写王天林在寻找红军无果的情况下，自己在深山中组织武装力量，专打土豪劣绅。在遭遇全军覆没的惨败之后，王天林并没有放弃与地主恶霸、军阀之间的对抗，而是在吸取血的教训之后，懂得了除勇猛之外还需要谨慎行事之理。他始终坚信自己能将国民党的江山砸垮，能将"他们这个摊摊打得稀烂"。虽然斗争遭遇惨败，但是他那誓与压迫者抗争到底的坚定和执着却促使着他继续义无反顾地投身到阶级斗争之中。小说中的郭本寿是一个一天到晚不声不响老实做活的农民，他唯一的嗜好就是积几个钱，买些香烛纸到各家庙宇去敬拜神灵，这成为他逃避苦难现实的方式，庙宇成为他寄托美好愿望的处所。面对伙夫头无穷尽的欺压以及王天林的挑衅，郭本寿从未在内心深

---

① 参阅金汉《矢志不渝的艺术追求——读四卷本〈王汶石文集〉感言》，《小说评论》，2005.3。

处去计较他们的不是，他总是心平气和地说："算了吧，我就将就他一点又算啥？"郭本寿屈从与认命的性格恰好与革命需要的反抗精神背道而驰，所以他没有走上革命道路。

赵树理短篇小说《实干家潘永福》：歌赞了一位革命干部实干的工作作风

《实干家潘永福》4月12日发表在《人民文学》第4期。小说写潘永福参加革命前，到处都受到劳动大众的欢迎，因为他心胸宽广不保守，肯传、帮、带且大量培养船工；他随时随地地乐于助人；他能力强又肯琢磨，技术好又吃苦耐劳。潘永福认同共产党八路军，因为在兵荒马乱、人命如草的年代里，蒋军打人而八路军不打人，日本人烧杀抢就更不用说了。八路军工作队见潘永福和他的几个穷朋友们有舍己为人的精神，就吸收他们入了党。之后因为潘永福工作有成绩，得到不断提拔。潘永福没上过学，缺少知识，组织上就在1954年将他送往文化补习学校学习，提高他的文化素质。潘永福当上干部以后，无论外观、工作和生活都保持着原有的作风。

陈残云长篇小说《香飘四季》：书写农业合作化运动的一部具有精神独异性的小说

陈残云（1914—2002），广州人，新加坡归侨。《香飘四季》6月28日开始在《羊城晚报》连载。小说描写了20世纪50年代农业合作化运动中珠江三角洲一个乡村的变化。东涌村是一个出名的穷村，"有子莫当耕田哥，有女莫嫁东涌郎"。党支部书记林耀坤、社主任许火照带动复员军人何津、妇女干部许凤英等骨干，响应党的号召，领导全村群众，坚定地走合作化道路。根据东涌的自然条件和生产情况，他们首先进军盐碱地蛇窝，排沟灌水，改变土质，合理密植，使粮食喜获丰收。他们还采纳经验丰富的老农的建议，大力种植香蕉，发展畜牧业。辛勤劳动换来了丰硕的果实，东涌村获得了空前的好收成，摘掉穷帽，变成富村，人们的精神面貌也焕然一新。该小说是农业合作化长篇小说中一部具有精神独异性的作品，它从"社会本质秩序的断裂""阶级斗争生活的移位"与"乡土意识的复苏"等方面改写了当代文学中有关农业合作化题材长篇小说的创作模式，从而使文学的政治负重在乡土光烛的辉映下，以审美的生活的方式运作起来，显现出一种纤巧轻盈的美感效应。作者"改写"的动力来自岭南文化的精神特征以及他自己一贯坚守的审美品格。小说表现了广大农民群众在党的领导下以自力更生、奋发图强的精神改天换地、建设社会主义的英雄气概和壮丽图景。作者后来与方荧合作将小说改编成电影文学剧本。①

巴金中篇小说《团圆》：讲述几位有血亲关系的志愿军战士的故事

巴金（1904.11.25—2005.10.17），四川成都人，祖籍浙江嘉兴。1952年冬天，巴金到朝鲜战场上，同志愿军某团六连战士在一起生活了两个多月时间。六连在1952年10月的开城保卫战中担任攻打"红山包"的主攻任务。在连长、指导员先后负伤后，副指导员赵先友指挥全连坚守阵地，最后只剩下赵先友和通讯员刘顺武两个人。赵先友用步话机向团长报告，敌人已冲上我军阵地，要求炮兵直接向自己阵地射击，并大声喊："向我开炮！"阵地被夺回来了，但赵先友和刘顺武却壮烈牺牲了。战斗胜利后，六连所在团团长张振川向巴金详细介绍了战斗经过和赵先友烈士的英雄事迹。1961年，巴金根据英雄的事迹写出了中篇小说《团圆》，发表在1961年8月5日出刊的《上海文学》第8期。小说的情节是：在抗美援朝时期的某高地，激烈的战斗正在进行，刚出院的志愿军战士王成一回到部队就要求投入到战斗中去，并让张团长和政委王文清看他父亲王复标鼓励他为国立功的家书，王复标是王文清的老战友，他知道王成是王复标的儿子。王成在战斗中壮烈牺牲后，全团展开了向他学习的活动。王文清接触了王成当文艺兵的妹妹王芳后，认出她是自己18年前无奈丢下、后被王复标收养的女儿。但王文清没有和王芳相认，而是鼓励她以实际行动向哥哥王成学习。王芳也在后来的战斗中有英勇的表现。小说发表后，时任文化部副部长的夏衍要求长春电影制片厂将它改编成电影。1963年夏天，导演武兆堤和编导毛烽奉命将小说改编成电影剧本《英雄儿女》，12月15日，剧本发表在《电影文学》第12期。1964年，小说被长春电影制片厂拍摄成故事片《英雄儿女》，影片中，王文清最终和女儿王芳在朝鲜战场上团圆了。影片主题曲《英雄赞歌》流传甚广。

---

① 参阅惠雁冰、任霄《从"负重"到"从轻"——论〈香飘四季〉对农业合作化题材长篇小说叙事模式的改写》，《延安大学学报（社会科学版）》，2009.5。

欧阳山短篇小说《在软席卧车里》：讲述一位文人遭遇的出书冷遇

《在软席卧车里》10月12日发表在《人民文学》第10期。小说写在一间软卧车厢里，司徒老先生讲述着他自己曲折的人生经历。当他初入社会的时候，官运亨通，他因喜欢舞文弄墨，于是文名大噪。有一天，他突发奇想，放弃仕途，远离尘嚣，闭门谢客，立意创作出一部伟大的堪与《伊里亚特》《神曲》《唐璜》和《失乐园》等世界著名史诗相媲美的诗篇。几年后，大作杀青，不料遭到各家出版商的冷遇，最后只得改行，成了化学家。司徒老先生感慨道："有志者事竟不成，无志者事竟成。"

马忆湘长篇小说《朝阳花》：作者的革命回忆录

马忆湘（1923—2016.9.11），土家族，湖南永顺人。《朝阳花》11月1日由中国青年出版社出版，是老红军马忆湘以自己参加革命的经历为基础，用湖南方言创作的20多万字的自传体小说。小说讲述13岁的湘西女孩吴小兰参加红军，在部队作为医护人员和战友们一起经历艰苦的长征岁月的经历。小说故事的时间跨度在一年左右。"文革"期间，这部小说曾被列为60部"毒草小说"的第五位而遭到批判。近几年，马忆湘的儿子等人已将《朝阳花》拍成电视剧，搬上了荧屏。

罗广斌、杨益言长篇小说《红岩》：描写革命者在"中美合作所"里悲壮事迹的红色经典

罗广斌（1924—1967），重庆忠县人；杨益言（1925—2017.5.19），四川武胜人。新中国成立后，罗广斌、杨益言接到任务，以他们在重庆"中美合作所"被关押过的经历及他们目睹、了解的"中美合作所"美蒋特务残酷镇压、迫害共产党人的事实为素材，写作系列报告文学，来揭露美蒋特务的罪行，宣传革命志士的英雄事迹。两人很快合作写出了《圣洁的血花》《禁锢的世界》等一系列报告文学作品，其中的部分章节在《重庆日报》《中国青年报》上进行了连载。1958年，团中央常委、中国青年出版社社长兼总编辑朱语今向杨益言提出写作小说《红岩》的想法。杨益言和罗广斌商量后，通过近三年时间创作出了长篇小说《红岩》，1961年11月10日，小说开始在《中国青年报》连载；后来在四易其稿之后，40万字的小说由中国青年出版社出版。《红岩》以

重庆解放前夕为背景，描写了革命者在"中美合作所"里发生的悲壮事迹，歌颂了共产党人前仆后继、不怕牺牲的崇高品质和革命精神。小说塑造了江姐、许云峰、齐晓轩、成岗、华子良等无产阶级英雄形象；情节曲折惊险，描写细腻，真实感人。小说出版后，重印113次，再版2次，印数超过1000万册。它被各种艺术形式或搬上银幕，或搬上舞台，如1965年拍摄了由夏衍（署名周皓）根据小说编剧的电影《烈火中永生》，使江姐和许云峰这两个英雄人物家喻户晓；1964年，中国人民解放军空军政治部文工团的阎肃将小说中有关江姐的故事编为歌剧《江姐》公演后，在全国引起强烈反响。

陈翔鹤短篇小说《陶渊明写〈挽歌〉》：表现陶渊明生死观的小说

《陶渊明写〈挽歌〉》11月12日发表于《人民文学》第11期。小说描写了陶渊明晚年的几个日常生活场景，表现了他对生死问题的平静坦然和对世事清醒超越的态度，刻画了他"不戚戚于贫贱，不汲汲于富贵"的旷达宁远、清贫自守的性格。全文分四个层次：第一，陶渊明晨起后回想起昨天在庐山东林寺看了寺人做法事的事情，内心里感到不快，于是提前回家。第二，秋天萧瑟的寒气，使躺在过道间胡床上的陶渊明想起阮籍的《咏怀诗》，他告诉孙子小牛说，他再也不会去庐山了；当他听儿媳妇说亲家把他的诗稿拿去重抄，留作传家之宝之后，心中有些快慰，但对刺史王弘、檀道济等大官前来攀亲论友又感到由衷厌烦。第三，描写了傍晚时分，陶渊明与儿子阿通及其媳喝酒时，谈论朋友颜延之及与慧远和尚在生死问题上的不同见解，还讲了一个和尚论道的笑话。第四，陶渊明在三更醒来后，为他的《挽歌》三首定了稿，然后继续推敲起《自祭文》来。该小说和作者在1962年第10期《人民文学》上发表的历史小说《广陵散》一起，在当时产生了广泛的影响，掀起了历史小说创作的一个小高潮。比如黄秋耘创作了《杜子美还家》《顾母绝食》和《鲁亮侪摘印》，冯至创作了《白发生黑丝》，姚雪垠创作了《草堂春秋》，等等。《陶渊明写〈挽歌〉》《广陵散》丰富的艺术技巧，至今仍值得我们借鉴，其偏离当时主流意识形态的个性化叙述，在文学史上有着深刻而持久的意义。《陶渊明写〈挽歌〉》截取了陶渊明在庐山法会上对慧远"我慢"态度的不满，逃禄归耕、居家生活，刻画他"向死而生"的超脱。《广陵散》选取了嵇康打铁，与向秀对饮，夫妻分别和临刑顾日弹琴等几个场面，突出了嵇康与司马氏集团的不合作、"不堪俗流"、傲岸不群的性格特征。1965 年 2 月，《文学评论》发表文章批判该小说，认为它有攻击"庐山会议"之嫌疑，认为《广陵散》存在"鼓动牛鬼蛇神起来'叛逆'，妄图推翻无产阶级专政"的嫌疑，云云。①

舒巷城长篇小说《太阳下山了》：一篇典型的香港乡土小说

舒巷城（1921.9.12—1999.4.15），原名王深泉，祖籍广东惠阳。《太阳下山了》本年在香港《南洋文艺》连载，1962 年由香港南洋出版社出版。小说以 20 世纪 40 年代末期的香港社会为背景，描写了泰南街一带贫苦群众的挣扎和奋斗，深刻揭示了香港这个殖民地社会贫富的尖锐对立和世态炎凉的本质特征。作品在艺术上继承了写实主义文学的手法。叙述笔法冷静，有浓郁的时代气息和地方色彩，可视为典型的香港乡土文学小说。

---

① 参阅陈国宇《风雨飘摇中的历史叙述——重读陈翔鹤历史小说的批评》，《绵阳师范学院学报》，2009.6。

1962 年

唐克新短篇小说《沙桂英》：反映纺织工人工作和生活的小说

唐克新（1928— ），原名唐克舜，江苏无锡人。《沙桂英》2 月 5 日发表在《上海文学》第 2 期。小说写的是一个模范青年纺织女工的成长过程。沙桂英用自己对集体利益无私奉献的精神争取了一个落后同志，和她交换织布机，情愿用差一些的机器来开展工作。沙桂英高度的政治良知让一个单相思者、男性沙文主义者邵顺宝也感到羞愧，经过沙桂英责任感的感染、影响，邵顺宝接受了批评，成为一个优秀工人。作者没有拘泥于对人物的技术钻研和改进情况进行描写，而是力图将焦点放在人的身上，围绕沙桂英、邵顺宝和新嫂子之间的关系和矛盾来突现人物的性格。小说的前半部分表现不错，只是结尾显得有些牵强而乏力。但小说却反映了那一特定历史时期的纺织工人的工作和生活，表现了作者在 20 世纪 50—60 年代文艺创作被日益加强控制的背景下，抓住一次次运动当中松动的间隙，去千方百计地突破限制，表现自己感兴趣的东西的良好现象。①

赵树理短篇小说《杨老太爷》：批评了有严重私有观念的干部家属

《杨老太爷》2 月 12 日发表在《解放军文艺》第 2 期。小说的故事时间是新中国成立初期。当时有些干部的家长，对儿女在外参加革命工作之事，仍以"做事赚钱，发展家业"的眼光来看待，认为儿女不给他们往回捎钱、寄钱是坏了良心的表现。作者认为这种思想应该纠正，于是应《解放军文艺》约请，

---

① 参阅巴金主编《上海五十年文学创作丛书·小说卷序言》，上海文艺出版社，1999，第 5 页。

创作了《杨老太爷》。小说塑造的封建家长典型杨老太爷，原名叫杨大用，在抗日战争之前，他家是个中农户。新中国成立后，杨大用凭借着家长之名，对儿子的前途横加干涉，他振振有词地说，"我不管你是谁的干部，你先是我的儿子"。小说批评的是有严重私有观念的干部家属；按黄修己的说法，小说也是针对三年困难时期后的农村现实而创作的。①

克扬、戈基长篇小说《连心锁》：写了朝鲜志士在中国淮北战场的抗战故事

克扬（1926—2005），原名薛克扬，安徽来安人；戈基（1927—），原名杜承龙，浙江东阳人。《连心锁》2 月份由山西人民出版社出版。小说写了一些朝鲜的爱国志士当年在中国淮北抗日战场与新四军及当地人民一道开展抗日斗争的故事。

这些朝鲜勇士跃马横刀，组成骑兵部队，在艰苦的环境下，与中国军民一道坚持抗击敌伪的武装斗争，取得了出色的战绩，并且在战斗中与中国军民结下了深厚的友谊。1941 年，我军独立团以刘家郓地区为中心，建立了革命根据地，他们一边休整，一边保卫秋收果实。敌伪团长周祖銮连续吃了败仗，不甘失败，一边派周疤眼潜伏在村里刺探军情，一边伺机破坏。周疤眼带领汉奸火烧公粮，被我军战士发现。朝鲜战士朴成模同敌人展开英勇搏斗，用生命保卫了秋收果实。我军拟订出作战方案，使潜伏的敌人暴露并被消灭，狠狠地打击了敌人。小说结尾写了 1958 年初秋的一天上午，朝鲜军民在新义州车站送行中国人民志愿军归国的场面，重点描写了曾在 17 年前到中国淮北刘家郓一带抗战的朝鲜英雄许哲峰和我志愿军某军军长方炜深情告别的场面。小说着力刻画了朝鲜战士许哲峰、安蓉淑、朴成模和我方的方炜、刘大娘、刘大嫂等闪烁着共产主义思想光辉的英雄形象，歌颂了中朝人民用鲜血凝成的伟大友谊。小说题材新颖，情节曲折，语言朴实。

白危长篇小说《垦荒曲》：歌颂了白手起家者的艰苦创业精神

1950 年，白危到豫东参加土改，在黄泛区农场接触到各式各样的人，他们

---

① 参阅黄修己《赵树理评传》，江苏人民出版社，1981，第 203 页。

在党的团结下，变成了一支向自然进军的坚强队伍。白危决心把黄泛区农场职工平凡而伟大的事迹写出来。1954年，他再次到黄泛区农场体验生活，组织上安排他担任了农场副场长。在这里，他工作了十年，和工人们朝夕相处，甘苦与共，最后写出了长篇小说《垦荒曲》。小说分上下两册，共75章，55万字，4月5日出刊的《上海文学》第4期选载了其中的《小喜鹊》；上册于1963年11月由作家出版社出版，下册于12月由作家出版社出版。《垦荒曲》主要歌颂了白手起家、自力更生、艰苦奋斗的创业精神，表现了国营农场的优越性和示范作用。通过对建场过程的描述，作品展示了当时复杂的社会背景以及农场内外的矛盾和斗争，塑造了许多不同类型的人物形象，其中着力描写了不畏任何艰难，具有坚定革命意志的共产党员、机耕队长赵辛田的形象，为黄泛区农垦职工树起了一座千古丰碑。

冯至短篇小说《白发生黑丝》：写了疾病缠身的杜甫晚年的情况

冯至（1905.9.17—1993.2.22），河北涿州人。《白发生黑丝》4月份发表在《人民文学》第4期。小说十分精简，文笔也很简洁，在寥寥几页中，让人们看到了另一个杜甫，一个身残多病，家况贫寒的老诗人是怎样用一颗炽热的心去提携后生苏涣的。小说严谨，忠于事实，也从另一个意义上填补了杜甫研究的空白。小说把杜甫的爱国、爱民精神进行了进一步的提升：先写杜甫在和劳动人民——渔民一起生活时，看到渔民所遭受的沉重赋税及其造成的后果后，他脱口吟道："谁能叩君门，下令减征税。"但现实却使他认识到，国君"下令减税是不大可能的"。这与渔民们的看法一致。由此可见，杜甫已经清醒地认识到了统治阶级的面目。当他经历了数年的逃亡生涯及他的妻儿们过着非常艰辛的生活时，他的认识更加清醒。作者以杜甫的诗为依据，写了他一反建安诗人刘桢的《朱凤行》，从"羞与黄雀群"转身到渔夫们中间去，经常与苏涣这样的底层奇士来往的情况。关于杜甫的死因，历来有"饫死""溺死""病死"等说法，冯至采用了"病死"说，从这可以看出他的严谨，说明他不迷信旧说，这对后来的人们是有很大的教育和鼓励作用。小说让我们看到了疾病缠身的杜甫在晚年的情况，他不像一般人想象的那样衰颓，他能欣赏奇士苏涣并给他赠诗，说明他的精神是积极的。从《白发生黑丝》的艺术性来说，它不太像小说，因为它比较忠于史实，作者处处用杜甫的诗来作佐证，体现了严谨的写作作风，这在当时是有积极作用的。

欧阳山短篇小说《金牛和笑女》：反映了两个小人物不同的人生道路

《金牛和笑女》5月12日发表在《人民文学》第5期。小说的题目容易让人想起"牛郎织女"的传说。小说开始在介绍了两个主人公为何叫作"金牛"和"笑女"之后，通过乡亲们的赞叹使人确信两个小孩童在将来长大成人时一定会有一段好姻缘。但小说却通过三个十年展现了金牛和笑女的不同性格、命运。在第一个十年里，金牛对笑女怀有不敢言说的热望与期待；在第二个十年里，笑女不听劝告嫁给了一个国民党兵痞；第三个十年是新中国的鼎盛发展期，金牛在农村扎扎实实地为社会主义大厦添砖加瓦，而落魄海外、偶尔回乡的笑女却再也笑不出来了。小说反映了在大时代里两个小人物由于选择的人生道路不同，所以他们的人生结局也不同这样一件事，引发了人们的丰富思索。小说对于时间的描写是不经意的，它让时间的河流淡淡地流淌而去。金牛对笑女的等待是默默的，他从未正式地向笑女表示过他的心迹，也从未强烈地要求笑女留下来，笑女是一个对未来犹疑不定、毫无主见、心事迷茫的女孩子。[①]

艾芜的《南行记续编》：记录了人民信心百倍地建设社会主义的情况

1925年夏天，艾芜为逃避包办婚姻，怀着"到远方去的"理想，离开了还差一年就毕业的省立师范学校，从成都徒步走到了昆明，从昆明又进入了瘴气弥漫的深山峡谷，再穿越滇缅边境走到了仰光。在缅甸，艾芜因对英国殖民当局不满而被抓入狱，最终被遣送回国。后来，艾芜到上海后，把自己在滇缅边地六年时间内所经历的人和事用一篇篇小说表现出来，这些小说被结集为《南行记》后于1935年出版。《南行记》包括《人生哲学的一课》《山峡中》《松岭上》《在茅草地》《洋官与鸡》《我诅咒你那么一笑》《我们的友人》《我的爱人》等8个短篇小说。1963年以后，《南行记》多次再版，并加收了《山中送客记》《海岛上》《偷马贼》《森林中》《荒山上》《乌鸦之歌》《快活的人》《瞎子客店》《我的旅伴》《卡拉巴士第》《海》《寸大哥》《安全师》《私烟贩子》《流浪的人》

---

① 参阅焦亚辉《时间的流逝和存在——读〈金牛和笑女〉》，《语文学刊》，2004.3。

《月夜》《山官》等二十多个短篇小说及一部中篇小说。它们描绘了之前的人很少提到的奇特的西南边地自然风光及风土人情，描写了一群充满野性的另类男男女女身上发生的奇特的生活故事。《南行记》对开拓新文学创作领域做出了贡献，被认为是"中国第一部真正意义上的流浪汉小说"，作者本人也被尊称为"现代流浪小说之父""流浪文豪"。《南行记续篇》于1964年由人民文学出版社出版，是新中国成立后，作者以作协的一员再次南行，记录自己所看到的人民群众在"三面红旗"照耀下，信心百倍地建设社会主义，使生活得到很大改善，地位得到普遍提高，思想意识获得较大进步的作品。《南行记续篇》是对新生活的歌颂，是对党和政府的歌颂，带有浓厚的政治色彩。但里面的不少小说细致含蓄、意境深远。1991年，由四川电视台、中央电视台联合摄制的五集电视系列剧《南行记》是以作家的《南行记》及其续篇为蓝本改编拍摄而成的。艾芜作为特邀演员参演了自己的作品，该电视剧荣获了"'93中国四川国际电视节"金熊猫奖，深受国内外观众的赞赏。

《南行记续篇》之《野牛寨》1962年5月12日发表在《人民文学》第5期。作者用第一人称方式讲述"我"在一次采风时，遇见了一对母女，这令"我"回忆起多年前在缅甸边境寨子里的一段邂逅，那也是一对母女。女主人公是阿秀，她原是一个美丽姣好、勤劳能干的少女，在旧社会尽管遭受着生活的煎熬，但却对未来充满信心，相信总有地方会让她活下去。然而，命运不断捉弄着她，她先是被恶霸抢去做小老婆，然后又被卖到妓院。她和母亲于是到一个叫野牛寨的地方去寻找妹妹阿香。新中国成立后，"我"来到野牛寨才知道，阿秀到寨子后生活很不幸，被无赖丈夫逼死。野牛寨的女社长就是阿秀的妹妹阿香。小说主要刻画了女社长阿香的形象。

《南行记续篇》之《芒景寨》1962年12月12日发表在《人民文学》第12期，写一个一再说服"我"相信天堂，死后可以去极乐世界的大佛爷岩丙的故事，但岩丙后来却还俗了。岩丙的徒弟波迈逻说岩丙还俗是由一个叫米康瑞的女人引起的。地主们把米康瑞看作妖精，岩丙却怜悯、同情她。渐渐地，岩丙信任米康瑞，并由信任而对她产生了爱情。在这样的变化过程中，岩丙的宗教信仰动摇了，他逐步认识到自己只是一个披着袈裟的工具而已。这显然不只是一个动人的爱情故事。岩丙思想感情的转变、心理活动的发展过程是对愚弄人生、束缚人性的宗教迷信、礼教制度的否定与反抗，是他争取要过正常生活的意识的觉醒，这是历史的必然。然而，走出寺庙、建立了家庭的岩丙还是没能逃出地主们的暗算，两年后，他饮恨而亡了。这是特定历史环境下的必然结果。作者通过对岩丙的命运和思想经历的把握，塑造出了岩丙这一具有深广典型意义的艺术形象。

《南行记续篇》之《边疆女教师》1963年2月1日发表在《四川文学》第2期，塑造了郭淑敏老师的形象。郭淑敏自从感到自己的存在是有用的以后，她就一直扎根边疆，在异常艰苦的环境中，为教育事业奉献着自己，这期间她没有产生一丝一毫的动摇。但作者在将郭淑敏的复杂性剥掉之后，却使活生生的她变成了单面人，使她缺失了生命的厚度和生活的可信度。

《南行记续篇》之《边寨人家的历史》1963年9月12日发表在《人民文学》第9期，写20世纪20年代中期，艾芜肩挎书袋从成都出发后，只身来到云南边陲克钦山寨的茅草地，在那里，他认识了勤劳善良的钟大妈一家。钟家大女儿阿月暗暗爱上了来自远方的有学问的青年艾芜。但恶霸侯德武为了霸占阿月，派人绑架了阿月并放出谣言说她跟盗马贼跑了。然后，侯德武凶残地杀害了阿月的哥哥阿安、小弟阿宝和寻找她的亲人钟大伯。阿月因为誓死不从侯德武，所以被酷刑折磨得死去活来。侯德武的打手廖海娃偷偷解救了奄奄一息的阿月后，两人跑到深山老林生活。阿月在那里苦练枪法后，和妹妹阿星一起前去报仇。在一次伏击中，姐妹俩却误杀了彼此的男人。在撕肝裂胆的悲恸中，阿月和阿星携起手来，打死了侯德武，为全家亲人报了仇。

《南行记续篇》之《群山中》1964年3月25日发表在《收获》第2期，写身居豪宅，皮肤白皙，内心狂野的山官小老婆为了爱情，宁愿与山官的仆人私奔到山林茅屋过清贫生活的故事。

总体看，《南行记续篇》里的小说，更多的是对新生活的歌颂，对党和政府的歌颂。它有三个特点：一是女性形象阳刚化。比如《野牛寨》里的阿香、《芒景寨》里的伊温和她的母亲米康瑞、《边疆女教师》里的郭淑敏及作者在《姐哈寨》里刻画的赫玲贝、《边寨人家的历史》里刻画的阿月、《玛露》里刻画的玛露、《攀枝花》里刻画的米捷等女性形象似乎都是用铁做的，肤色红黑，身体健壮，天天奔走在山区的沟沟岭岭里，为老百姓医治病患，给个别落后分子做思想工作；她们同男人一样有担当、有理想，有些甚至超出了男人的体力和精力。二是表现视野的被限。《南行记续篇》里的小说的表现领域完全被限定在"新中国成立后的幸福生活"上，表现的是底层人民在经历了万恶的旧社会后，最终获得新生活的情况、村寨干部具有先进思想的情况、支教教师甘愿扎根边疆的情况等。三是语言具有浓重的意识形态味。作品中到处充斥着时代的政治话语，显得生硬和牵强附会。作者显然是意识先行，这种僵化的意识遮蔽了他的眼睛，绑住了他的笔杆。这样，他便成了主流意识形态下的傀儡。

赵树理短篇小说《张来兴》：解构"假大空"式"英雄人物"的小说

《张来兴》5月19日发表在《人民日报》。小说里的老农民张来兴是一位技艺高超的厨师，一生走南闯北，伺候过无数东家、官员，但他耿直的个性如铁骨一样傲然不倒，他身上具有的传统农民的正直和自尊也永不褪色。作家用这样的形象对抗和解构着当时到处流行的"假大空"式的"英雄人物"形象。

唐克新短篇小说集《种子》：普通工人在新社会中日益成长为技术骨干的故事

小说集于5月份由上海文艺出版社出版，共收录了近20篇小说，其中《种子》采用先抑后扬的手法，写女工王小妹从人们眼里的"累赘"，无声无息地变成了挡车高手的故事。作者采用心理线索和行为线索交相推进的写法，塑造的王小妹形象让读者心悦诚服。作者喻意，王小妹虽像一颗先天条件极差的种子，但却结出了硕果。如果把王小妹的经验推广到全体工人中去，那么，整个社会都会"硕果累累"。

张庆田短篇小说《"老坚决"外传》：塑造了一个平凡而有个性的支部书记形象

张庆田（1923—2009），河北无极人。《"老坚决"外传》7月1日发表在《河北文艺》第7期。小说塑造了一个敢于实事求是、抵抗"浮夸风""共产风"的农民党支部书记甄仁的形象。甄仁寓示来自真人真事。他的原型是河北一个叫周家庄的党支部书记雷金河，他的外号就叫"老坚决"。雷金河与作者张庆田在内在品性和外在个性上出奇地一致，作者说"他就是另一个我"。他们摞在一起搞合作化，在把初级社从20户人家发展到人民公社的1600户人家的过程中，饱经了风吹浪打，但依然风雨同舟。《"老坚决"外传》的主人公甄仁是新村大队党支部书记，他思想中没有对上级的盲从，而是一个平凡而有个性的真人。他从农村的生产实际出发，抵制了县农村工作部长王大炮的瞎指挥，坚决地维护了农民的切身利益。小说深刻地揭示了领导与被领导的矛盾，批评了王大炮弄虚作假、大搞形式主义的领导作风。1962年，中国作协在大连召开了农村题材短篇小说创作座谈会，邵荃麟在会上号召文艺作品不仅要写英雄人物，同时还要重视对中间人物的描写，他对赵树理的创作给予了高度的评价，还把西戎的《赖大嫂》、张庆田的《"老坚决"外传》分别作为写中间人物和现实主义深化的代表作品而让大家去研究、讨论。会议之后，尽管"左倾"教条主义与庸俗社会学的观念依然存在，但是，现实主义批判精神却在潜在状态下得到了复归与发展。①

西戎短篇小说《赖大嫂》："写中间人物"的代表性作品

《赖大嫂》7月12日发表在《人民文学》第7期。小说通过赖大嫂三次养猪的经验，塑造了赖大嫂这个自私自利、损人利己的落后农村妇女的形象，并由她的转变，表现了社会主义思想的强大教育力量，反映了社会主义建设时期复杂的人民内部矛盾，批判了自私自利思想和损公肥私的个人主义，提出了如何更好地发展农村经济的问题。小说作者长期深入生活，感到农民固有的小农意识在新社会仍然多有表现，中国的政策与农民劳动生产的积极性和农村经济发展存在密切关系，基于这些，便创作了该小说。小说提出的问题尖锐，塑造的人物形象真实生动。因此，发表后受到读者的喜爱，也引起了文学界的广泛关注。中国作协于1962年在大连召开"农村题材小说创作座谈会"，会上对这篇小说作了充分肯定，将其视为一篇典型的"山药蛋"派作品，而且视为"写中间人物"的代表性作品进行推广。然而，到了1964年，文艺界的"左倾"思潮盛行，中国全面开展了对"中间人物论"的批判，本小说于是成了"中间人物

---

① 参阅张峻《坦荡文坛说庆田》，《散文百家》，2007.7。

论"的"黑样板"，认为它塑造了落后的人物形象，调和了阶级斗争，最终被打成"毒草"。"文革"中，小说更成为西戎的一大罪状，继续遭到了批判。[①]

李建彤长篇小说《刘志丹》：一部屡遭磨难的较有文学性与感染力的传记小说力作

李建彤（1919.3.26—2005.2.14），河南许昌人，刘志丹弟弟刘景范妻子，著名作家刘索拉母亲。1956年，中国工人出版社正式约请作家李建彤承担创作以刘志丹生平为内容的长篇小说《刘志丹》的任务。1958年初，李建彤动笔创作三卷本小说《刘志丹》，同年冬写出初稿，次年春写出第二稿，夏天写出并改完第三稿。1961年春，李建彤根据国务院副总理习仲勋同志的意见写出第四稿。1962年春又写出第五稿，并印出样书征求意见。中宣部审阅后认为小说写得很好，可以出版，还可拍成电影。1962年，《刘志丹》第六稿在《工人日报》《中国青年》《光明日报》发表了部分章节后，康生煽动起对《刘志丹》的批判，小说随即停止连载。1962年9月下旬，八届十中全会召开后，康生给正在讲话的毛泽东主席递了一张写有"利用小说进行反党活动，是一大发明"的纸条，毛泽东在会上念了这张纸条。很快，全会决定成立由康生负责的专案委员会，对小说《刘志丹》进行审查。"文革"期间，康生伙同林彪、江青等使小说《刘志丹》的冤案进一步升级、扩大。习仲勋同志被撤销国务院副总理职务，1965年被下放到洛阳矿山机器厂当副厂长，"文革"期间被关押八年；原国家经委副主任贾拓夫亦被撤职下放，1967年5月7日被迫害致死；1968年5月，刘志丹弟弟刘景范被以"现行反革命罪"逮捕入狱；作者李建彤于1968年1月遭关押，1970年被开除党籍，接受劳动改造；1968年1月，时任劳动部部长的马文端也被关押，"习、贾、刘反党集团"一转眼被说成了"习、马、刘反党集团"。在陕甘宁老区，有上万基层干部和群众被打成这一集团的"黑爪牙"。更有甚者，康生、江青诬蔑电影《红河激浪》是"《刘志丹》小说的变种"，又株连迫害了近千人。十一届三中全会后，邓小平指示复查此案，冤案终于昭雪平反。1978年5月27日至6月5日，中国文联第三届全国委员会第

---

① 参阅赵茜琦《从西戎的〈赖大嫂〉看"山药蛋"派的小说创作》，《安徽文学月刊》，2010.11。

三次（扩大）会议在京召开，会议提议为杜鹏程的《保卫延安》、李建彤的《刘志丹》和吴晗的《海瑞罢官》等作品和作者平反。12月23日，《人民日报》发表评论员文章《加快为受迫害的作家和作品平反的步伐》。1979年7月14日，中央组织部向中央递交《关于为小说〈刘志丹〉平反的报告》。8月4日，中共中央向全党批转了这一报告。至此，小说《刘志丹》在成书二十三年后的1979年10月由中国工人出版社正式出版。①

　　长篇传记小说《刘志丹》第一卷主要写刘志丹在一个普通劳动世家的成长情况及他参加革命的情况。作者以酣畅的文笔，生动地再现了刘志丹作为一个正直的爱国青年，在革命处于低潮的黑暗日子里，如何努力学习，勇于革命实践，成为坚强的共产主义者的战斗历程。刘志丹参加并领导过学生运动、农民运动，又从黄埔军校被派回陕北，积极组织武装起义，进行公开和地下的对敌斗争。为了寻求真理，开创革命的新局面，刘志丹在极其艰苦的情况下，冲破王明"左倾"机会主义路线的干扰，出生入死，前仆后继，几次组建起部队，又几次被打垮，但他从不畏惧，昂首前进，充分显示了一个共产主义者的高尚情操。第二卷写刘志丹的大智大勇，着意塑造他高瞻远瞩、多谋善断、雄才大略、赤胆忠心的无产阶级革命家的光辉形象。此卷故事发生在1933年秋至1935年7月间，当时敌我力量悬殊，环境极其艰苦，但在刘志丹领导下，新生的革命力量愈战愈勇，愈战愈强。小说以酣畅的文字、质朴的文风，真实地再现了西北革命根据地人民的斗争生活。这里有威武雄壮的战斗凯歌，有共产党人开展地下斗争和改造土匪的传奇故事，有革命者之间建立的纯真爱情小曲，有建设根据地的灿烂之花……总之，小说从多个侧面、多个角度，突出地描绘了刘志丹作为西北群众领袖和红军杰出将领的勃勃雄姿。第三卷主要描写发生在陕甘革命根据地的两条路线之间惊心动魄的斗争。1935年秋，革命发展到一个严重的历史关头，刘志丹一方面率领红军不间断地进行艰苦卓绝的斗争，一方面遭遇到一些红军领导人在革命内部开展的路线斗争，他们非要搞出一个以刘志丹为首的"右倾"机会主义集团不可，最后，刘志丹被他们关押起来。刘

---

① 参阅方海兴《小说〈刘志丹〉冤案始末》，《时代潮》，2001.11。

志丹在狱中和他的战友们团结一起，与狱外广大革命群众遥相呼应，保住了陕甘这块革命根据地，表现了共产党人的革命情操和高度的党性原则。毛泽东、周恩来、彭德怀等率领的中央红军到达陕北后，及时果断地制止、处理了由王明的"左倾"机会主义路线给陕北革命根据地造成的伤害，使革命转危为安，使经过了一年多时间长征的中央红军在陕北落了脚。刘志丹出狱后，在率领红军东征时英勇牺牲，他的光辉形象永远活在人民心中，并鼓舞着人们前进。

《刘志丹》从编辑组稿到作者完成创作，经历了从革命回忆录到传记作品，再到长篇小说的演化过程。从传记小说角度来看，《刘志丹》基本实现了作者原来的写作意图，是一部较有文学性与感染力的传记小说力作。《刘志丹》由一部小说又演化成一桩大案，原因是它涉及了与刘志丹有密切关联的诸多干部。此外，小说涉及的写作与批评，文学与政治等诸多问题，也需要人们总结其经验、汲取其教训。①

胡正长篇小说《汾水长流》：再现农业社曲折发展历程的小说

胡正（1924.10.25—2011.1.17），山西灵石人。《汾水长流》创作于1959年至1960年，1961年先在《火花》杂志连载，7月份由作家出版社和山西人民出版社同时出版。小说写1954年，在党的过渡时期总路线公布以后，农业社在全国农业合作化运动中，像雨后春笋一样纷纷诞生。在晋中平原一个位于汾河岸边的村庄里，刚刚诞生不久的杏园堡农业社一开始就遇到了严重的困难：霜冻、天旱、春荒缺粮……年轻的党支部书记郭春海，在坚决走社会主义的道路上，坚持依靠广大贫下中农，千方百计地同困难作斗争。而一心想发财的党员副社长刘元禄却多方阻挠郭春海。富农兼商人的赵玉昌也在此刻趁机伙同已被拉下水的刘元禄一起倒卖粮食、造谣生事、鼓动社员闹退社，他们企图把农业社办成一个资本主义的"合成地庄"。郭春海依靠党团员和贫下中农，及时地提出了抗旱办法，通过"互借"解决了缺粮困难，团结了大多数社员，打垮了资本主义的猖狂进攻。农业社在战胜天灾、人祸之后获得了夏季的大丰

---

① 参阅白烨《一部小说的罹运及其他——〈刘志丹〉从小说到大案的相关谜题》，《文学评论》，2014.5。

收。但是不甘心放弃走资本主义道路的刘元禄在扩社问题上仍怀二心，在麦收中不但丢掉了一颗颗麦穗，而且恶语伤人。为了挽救刘元禄，郭春海给予他耐心的帮助，提醒他正视和富农分子赵玉昌的关系，希望他早些回到自己的队伍中来。刘元禄随后怀着惧怕的心情，表达了要和赵玉昌一刀两断的想法。但赵玉昌继续威胁、诱惑刘元禄，使刘元禄难以自拔。赵玉昌为了阻止农业社的发展，又设计让刘元禄给王连生栽赃，借以打击郭春海，企图夺得农业社的领导权。当刘元禄给王连生栽赃的事情被一个艰难地摆脱着旧思想束缚的老农郭守成揭发了之后，执迷不悟的刘元禄最终被撤了职，赵玉昌也被人民政府逮捕法办了。1963年，小说被北京电影制片厂摄制成同名电影上映，反响很大。①

韶华中篇小说《浪涛滚滚》：描写"大跃进"运动的小说

韶华（1925— ），原名周玉铭，河南滑县人。《浪涛滚滚》8月份由中国青年出版社出版。小说写1958年春，钟叶平被调到青龙水库任党委书记。不久，全国掀起了轰轰烈烈的"大跃进"运动，钟叶平调研后制定出了水库建设提前一年竣工的跃进计划。省水利局局长陈超人对钟叶平用一年时间建成水库的跃进计划大为不满，但省委倪书记却支持这个计划。冬季来到后，该跃进计划的实施缓慢下来。陈超人听了助手魏晶莹对修建水库期间遭遇的困难的夸大汇报后，主观制定了一个扒开合龙口的错误方案，迫使水库工程局局长封树凯推行了这个方案，并撤换了抵制这个方案的党委办公室主任苏士荣。陈超人还准备撤换钟叶平的党委书记职务。钟叶平面对蛮横跋扈的顶头上司，据理力争。苏士荣给省委写信反映了陈超人的行为后，省委倪书记来到工地，支持钟叶平的工作，并批评了陈超人。但陈超人却没有认识到自己的错误，继续硬搞"遍地开花"，结果引起了溢洪道陡坡的大面积塌方，造成了严重的人员伤亡事故。省委对陈超人进行了严肃的处理。最终，钟叶平的跃进计划实现了，大坝建成了。1965年，小说被拍摄成同名电影。茅盾先生在1963年阅读《浪涛滚滚》时，评点了小说，他在17万字的《浪涛滚滚》的空白处，评点了15000多字，涉及了长篇小说的结构问题、人物性格刻画的问题，故事情节的起伏跌宕、张

---

① 参阅杨占平《胡正的〈汾水长流〉及其他》，《山西文学》，2011.3。

弛结合问题，语言和环境风景的描写问题等。韶华读了茅盾的评点后，根据自己创作该小说时的真实心态，写出了若干段"作者自白"，对《浪涛滚滚》的创作得失进行了自我总结。1991年1月，中国青年出版社出版了茅盾评点本《浪涛滚滚》。

陈翔鹤历史小说《广陵散》：表达了作者对时代环境的感慨

《广陵散》10月12日发表在《人民文学》第10期。小说写魏晋之际的嵇康及其友人吕安无辜被杀的事情，临刑前，嵇康大义凛然，弹奏了一曲广陵散，随后从容弃世。小说选取了嵇康打铁、与向秀对饮、夫妻分别、临刑顾日弹琴等几个场面。在对这几个场面的描写中，充分突出了嵇康与司马氏集团不合作、"不堪俗流"、傲岸不群的性格特征。嵇康因不慕权贵、恣情任性，被钟会构陷，最终与吕安一起被司马集团杀害。该悲剧反映了当时的封建统治者为了争夺王位和政权，致使一些具有反抗性和正义感的艺术家们遭遇到悲惨命运的情况。小说寄寓着作者对自己当时所经历的政治纷扰的感慨。这是他在特殊环境中坚持现实主义精神的曲折表现。1965年2月，《文艺报》和《文学评论》发表文章批判《广陵散》和作者的另一篇历史小说《陶渊明写〈挽歌〉》，表明了创作此类小说的艰难性和当时"左倾"思想的严重情况。

赵树理短篇小说《互作鉴定》：一篇具有教育和警戒意义的小说

《互作鉴定》10月12日发表在《人民文学》第10期。小说是从一个不安心农业劳动的中学生刘正给县委书记写的一封信写起的。刘正在信里申诉了自己的"不幸"，把自己周围的环境说成是"一个冷酷无情的角落"，说自己处处受到了排挤和打击。当然，这封信也暴露了刘正思想上的缺点，因为他所说的每一件事都是他轻视劳动、不安心农业生产的有力证明。刘正刚刚初中毕业，就自以为了不起，应该干一番"英雄的事业"，但他所说的"英雄的事业"却是离开农村，离开生产劳动，去干轻松的工作。他向县委呼吁赶快把自己从那个"黄蜂窝"里救出去，党虽然向他伸出了爱护的手，但却没有让他离开能锻炼人、改造人的农业战线，而是要求他从个人主义的泥坑里拔身出来，然后向健康的人生道路迈进。

刘真短篇小说《长长的流水》：讲述作者在太行山上参加革命的事情

《长长的流水》10月12日发表在《人民文学》第10期，是刘真在1962年初秋写的一篇自传体小说，作者用第一人称讲述了她在太行山上参加"整风大队"的事情。其间，她与刀子嘴、豆腐心的大姐相处在一起，大姐是县妇联主任，生在有钱人家。抗战前夕，大姐就是一位革命者了，她多次进出牢房，并与旧家庭彻底决裂，成为一位职业的革命家。她的未婚爱人在一次战斗中以身殉职，她忍受着悲痛，更加忘我地工作。她关怀、爱护革命队伍里像"我"这样不太懂事的小辈，从生活到学习，无微不至地给"我"帮助。在她的严格要求下，"我"一步步地成长了起来。15年后，当"我"已经成长为一名文艺工作者的时候，又遇到了失去了一条腿的大姐。大姐把她细心批改过并珍藏了多年的日记本交给"我"，使"我"终于体会到了她的良苦用心。

柳杞长篇小说《长城烟尘》：描写了一次著名的抗日战役

柳杞（1920—2015.2.12），原名蔺风萼，山东郯城人。《长城烟尘》10月份由解放军文艺出版社出版。小说生动地描绘了发生在河北省涞源县的一次著名的抗日战役。1939年11月，涞源县的八路军第一军分区的抗日军民，在黄土岭战斗中一举击毙了盘踞在张家口的伪蒙疆驻屯军司令长官兼第二混成旅团长——日本人阿部规秀中将和他的九百多官兵。阿部规秀是在抗日战争中被击毙的唯一一个中将级日本军人。小说依据黄土岭之战十天内所发生的事件，生动地刻画了晋察冀敌后抗日根据地的斗争面貌，真实地展示了根据地军民大无畏的斗争精神，表现了以阿部规秀为代表的日本侵略者的阴险毒辣、胆小如鼠和颟顸无知。小说出版后广受欢迎。2015年，小说入选中宣部和新闻出版广电总局纪念中国人民抗日战争暨世界反法西斯战争胜利70周年"百种抗战经典图书"。

刘以鬯长篇小说《酒徒》：中国的第一部长篇意识流小说

刘以鬯（1918.12.7—2018.6.8），原名刘同绎，祖籍浙江镇海，生于上海。《酒徒》10月份在香港《星岛晚报》上连载。小说的背景是20世纪五六十年代的香港，主人公是一位穷困潦倒的职业作家，小说主要"写一个困处于这个时代而心智不平衡的知识分子怎样用自我虐待的方式去求取继续生存"的故事。

作者通过对人物精神活动、意识流程的描写，透视和折射出了香港转型期的工商业社会的情况。小说中的"我"即"老刘"是一个具有深厚的中西文化修养的人。"我"多年从事文艺工作，办过报纸的文艺副刊、编过文艺丛书，知识渊博，但移居香港后为生活所迫，不得不靠卖文为生。商品主宰了现代都市后，严肃的文学艺术失去了市场，这使"我"这个有良知的作家的内心十分痛苦，不得不违心地给报纸副刊写武侠小说、黄色小说。《酒徒》被认为是"中国的第一部长篇意识流小说"。1963 年 10 月，小说由台湾远景事业出版社出版。

汪曾祺短篇小说《王全》：描写了一个落后人物的日常生活

汪曾祺（1920.3.5—1997.5.16），江苏高邮人。《王全》11 月 12 日发表在《人民文学》第 11 期。小说刻画了马夫王全的形象，他的口头语是"看看"，这恰当而生动地体现了他的性格。刘所长对王全说道："王全，你也该学习学习了……去年叫你去上业余文化班，你说：'我给你去拉一车粪吧'，是不是？……今年可不能再溜号了。"刘所长走了，王全指着刘所长的背影说："看看！"然后，一缩脑袋，跑了。"看看"一词让人感受到了王全的愚鲁率直、憨态可掬和他当时的尴尬与自我解嘲的情况。

林予长篇小说《雁飞塞北》：描写十万官兵开发荒原，建设农场的事情

林予（1930—1992），原名汪人以，江西上饶人。1958 年初夏，林予随同十万转业大军从总政文化部转业到富饶美丽的北大荒，开始在八五〇农场当农工，期间创作了反映垦区生活的短篇小说《我们的政委》。不久，林予被调到牡丹江农垦局宣传部，参与北大荒电影纪录片的摄制和编导工作。在那里，林予奉命筹办《北大荒文学》。他多次去雁窝岛，深入生活，和那里的转业官兵们同吃同住，召开座谈会，访问职工家属，然后于 1962 年出版了长篇小说《雁飞塞北》。12 月 1 日，《雁飞塞北》由人民文学出版社出版。小说取材于1956 年铁道兵和 1958 年十万转业官兵开发荒原雁窝岛、建设农场的事情。小说以生动的艺术形象，在相当巨大的规模上表现了 20 世纪 50 年代末期，十万转业官兵开发北大荒的宏伟壮举，反映了他们战天斗地的英雄气概，讴歌了他们艰苦创业的丰功伟绩。小说所反映的转业官兵开发孤岛的斗争生活，真切动人，催人奋进，描绘的自然风光，神奇壮丽，令人神往。小说出版后，茅盾在总结全国文学创作成果的书面发言中，曾将这部长篇小说列为当时的优秀之作。当时，一些青年人看了这部小说后，自愿要求去北大荒参加开发建设。小说不仅是描写北大荒开发建设的第一部小说，也是新中国成立以后黑龙江省的第一部小说。①

慕湘长篇小说《新波旧澜》：真实再现山西省抗日风云的鸿篇巨制

慕湘（1916—1988），山东蓬莱人，少将。慕湘的抗战四部曲长篇小说《新波旧澜》是一部具有革命浪漫主义色彩的小说。第一部《晋阳秋》12月由解放军文艺出版社出版，讲述的是"七七"事变后，中国共产党在山西太原地区，广泛发动群众，积极开展抗日救亡运动的火热斗争生活。故事以共产党人郭松赴太原县开展牺盟会工作，组织发动群众进行反劣绅、反投降、反封建斗争，组建抗日队伍上山打游击等线索来展开情节。围绕这一主线，小说通过对郭松与兰蓉、江明波的革命三角关系，杨守业与吴姨太、丁来昌的反革命三角关系，以及高世俊与小娥的恋爱关系，杨洪文与李凝芳的恋爱关系等的描写，刻画了在那个特殊的年代里，不同身份、地位、阶层的人们丰富的情感世界，从侧面反映了抗日民族统一战线从组建到壮大的艰难而又充满传奇的历程。第二部《满山红》1978年11月由解放军文艺出版社出版，叙述郭松他们撤出县城之后，开辟抗日根据地，壮大人民武装力量，积极展开对敌斗争的故事。第三部《汾水寒》1987年4月由解放军文艺出版社出版，写1938年我120师离开山西省去冀中平原开辟抗日根据地时，阎锡山借机以"第二战区司令长官"的名义来大搞反共摩擦，缩编我党留在山西的抗日部队，派"敌区工作团"蚕食我敌后根据地的事情。小说表现了郭松、兰蓉、凝芳等在这个复杂多变的环境中，积极揭露敌顽勾结、清除内部隐患、开展党内批评、打击日伪、取得了一个又一个胜利的事情，最后，因形势需要，郭松和兰蓉这一对情侣又两地分居。第四部《自由花》1987年4月由解放军文艺出版社出版，仍然以郭松和兰蓉为线索，描写了当时广阔的抗日斗争生活画卷。为了对阎锡山进行有利、有理、有节的斗争，郭松和兰蓉不得不将队伍一分为二，一部由郭松率领开赴晋

---

① 参阅熊坤静《林予和他的长篇巨著〈雁飞塞北〉》，《世纪桥》，2017.1。

西北，正面与日军作战；一部由兰蓉率领坚持原地斗争。结果，郭松在战斗中负伤被俘，惨遭敌人杀害；兰蓉也坠入顽伪设置的陷阱，献出了年轻的生命。作品始终保持着情节曲折生动、人物形象鲜明、语言具有个性化、时代气息浓郁等艺术特色。《晋阳秋》《满山红》《汾水寒》《自由花》有机连贯地构成了抗战四部曲《新波旧澜》，是真实再现山西省在 1937 年至 1940 年期间抗日风云的鸿篇巨制。①

---

① 参阅熊坤静《将军作家慕湘和他的〈新波旧澜〉四部曲》，《党史文苑》，2015.13。

1963 年

李季短篇小说《脊梁吟》：一首关于民族脊梁、精英、骨干、主体的赞歌

李季（1922.8.16—1980.3.8），河南唐河人。《脊梁吟》1 月 22 日发表在《人民日报》。小说写"我"搭乘一辆顺路车返回矿务局，在路上了解到油田工人们为了完成工作而忘我拼搏及与郑队长相遇的故事。在车上，给"我"介绍油田钻井队工人们工作情况的是"一位怀里抱着个三岁小男孩的年轻妇女"和年轻人小赵。小赵给我介绍了油田职工夜以继日钻油井的情况，抱孩子的妇女讲到她从南方来戈壁滩后一直见不到当副司钻的丈夫，丈夫总是因工作忙而不能回来看她和儿子。当我们到了钻井队的队部后，"我"终于见到了小赵和年轻妇女一再提到的郑队长，原来他和"我"是故人，我们在一起说了好长时间的话，他说他们钻井队为了找到石油，遇到了很多困难，但是他们面对着困难时，总能"把胸膛挺起，把脊梁伸直"。听了郑队长的介绍，"我"由衷地说道："脊梁呵，你是民族的精英，祖国的骨干，人民的主体！大地依靠你，支撑山河；祖国依靠你，飞速前进。你贡献得最大最多，享受得最小最少。社会财富靠你创造，那浩繁的辉煌的历史篇章，哪一页，哪一行，又不是用你那粗大有力的手，写出来的呢？依靠你，过去我们能够胜利，今天也要胜利，明天的胜利，也一定是我们的！"

秦兆阳长篇小说《两辈人》：赞颂了义和团领袖的英雄主义和理想主义精神

作者对该小说的酝酿达 40 余年。1959 年至 1960 年间，作者被下放到广西，用较多时间来思考这部小说的写作。后来，他从《学习》杂志上读到一篇考证义和团领袖张德成的文章。张德成是白洋淀人，从这个农民运动领袖的身上，作者想到农民群众为什么会在19、20世纪之交爆发义和团运动？为什么鸦片战争之后农民起义不断发生？中国农民反封建、反外来侵略的自发斗争的要求是什么？对这些问题的思考使他找到了开展写作的切入角度，于是在1962年秋动笔写《两辈人》，完成了三万字左右后，先在《广西文艺》上连载；1963至1964年期间，他又陆续写了十几万字，3月10日，《两辈人》第一卷开头五节刊载在《广西文艺》。"文革"中，他的写作被迫停止，稿子也被抄走。1978年原稿才退回。1982年后，作者对原稿做了一些修改，并集中精力完成了这部长达42万言的具有史诗规模的反映农民命运的长篇力作，其中某些章节在《当代》发表。《两辈人》描写贫苦农民的革命力量，充满了慷慨悲歌的英雄主义精神和理想主义气息。小说最先名叫《不平的平原》，后改题为《两辈人》，又更名为《大地》。1984年，《大地》获人民文学出版社举办的首届（1977—1984）人民文学奖。

周立波短篇小说《卜春秀》：反抗包办婚姻的小说

《卜春秀》3月12日发表在《人民文学》第3期。小说表现了农村姑娘卜春秀对"父母之命，媒妁之言"的包办婚姻和"养女攀高门"的陈旧思想的抵制。卜春秀敢爱敢恨，对参军去了的守卫祖国边疆的"冒失鬼"情有独钟，对姑妈介绍的街上来的、家里条件好的相亲对象黄贵生却不屑一顾，对他的无赖、死缠烂打产生了厌恶和憎恨。在卜春秀身上，可以看到她对爱情的忠贞，看到她那"认准一个目标，就拼死拼活，一往无前，带有湖南'蛮子'特有的勇悍、坚忍、倔强，乃至某种执拗和刁蛮，有'骡子'一般的犟脾气。"

峻青短篇小说《苍松志》：反映胶东人民建设社会主义的小说

20世纪50年代以后，峻青写了一些反映胶东人民在和平建设时期建立了许多英雄业绩的小说，如《苍松志》《老水牛爷爷》《山鹰》《丹崖白雪》等。《苍松志》5月12日发表在《人民文学》第5期。这些作品，表现了胶东人民在社会主义建设时期所具有的高涨的劳动热情和逐步成长的新的品质。作者通过这些小说将新中国成立后美好的现实与艰难的战争年代有机地联系起来，说明要巩固和发展用鲜血换来的胜利成果，还得进行艰辛的劳动，甚至付出鲜血与生命。

琼瑶长篇小说《窗外》：一部描写师生恋的经典小说

琼瑶（1938.4.20—），原名陈喆，祖籍湖南衡阳，生于四川成都，现居台湾台北。《窗外》7月21日在台湾出版。小说中的江雁容是被同学们羡慕的文学才女，但数理化常不及格。父母对她态度严厉，常责备她不用功。她得不到家庭温暖，常望着窗外遐想，编织自己的梦。高中三年级时，全校最好的语文老师康南担任江雁容的导师，他在江雁容的周记中了解到她的烦恼和悲哀。康南喜爱她的文学才华，给予她无微不至的关怀和照顾。江雁容对康南由尊敬发展到爱恋。他们相爱了，学校流传起关于他们的流言蜚语。因他们相差20岁，康南怕害了江雁容，江雁容则怕毁了一位好老师，两人于是下决心悬崖勒马不再来往，但又难舍难分。大学联考后，康南被学校解聘。江雁容认为是自己害了老师，适值她大学联考也落榜，她于是给康南写绝笔书后服毒自杀。江雁容被救之后，她向母亲坦白了自己与康南的关系，并请求母亲同意她与康南结婚。母亲佯作同意这桩婚事，但限定江雁容在法定年龄20岁时结婚，一年内两人不能见面，并介绍江父的学生李立维与江雁容相识。江雁容仍暗地与康南会面。江母发现后去刑警队控告康南勾引少女。康南又被省立女中解聘，被迫离开台北到南部乡村学校任教。后来，江雁容与李立维结婚，后因不堪李立维的凌辱提出离婚。江雁容离婚后去南部的乡村学校幻想找回那段与康南的刻骨铭心的旧情。但康南的精神已经崩溃了，校长罗亚文不让江雁容再打扰他的生活。下课时，一个脏兮兮的、老态龙钟的老师走出教室，又从江雁容眼前走过，江雁容看他再也不是自己梦里的康南了。

贺政民长篇小说《玉泉喷绿》：描写内蒙古人民农业合作化运动的小说

贺政民（1939.7.14—），山西河曲人。《玉泉喷绿》上部1963年8月由作家出版社出版，下部1965年由作家出版社出版。这是描写内蒙古伊克昭盟（即今鄂尔多斯）人民农业合作化运动的第一部长篇小说。上部以生动、朴素的口语，饶有风趣的情节，鲜明亲切的形象，描写了草原人民在农业合作化初期曲折、复杂的斗争，歌颂了他们的大公无私、艰苦踏实、奋发图强、自力更生的精神。下部继续描写了农业合作化初期存在于人们之中的有关两条道路的斗争情况。作者以他擅长的白描手法和幽默的风格，展现了青年贫下中农成长的历程，保留了上部的优点和特色，充满了浓郁的农村生活气息，不仅反映了贫下中农坚定的革命精神，更烘托了社会主义新农村朝气蓬勃的景象。

王汶石长篇小说《黑凤》：具体展示社会主义事业建设时期"妇女能顶半边天"的小说

《黑凤》9月份由中国青年出版社出版。小说叙述的是干劲冲天的黑凤姑娘在"大跃进"时期如何闯入男性劳动世界的故事。黑凤是一位决心要在战斗中生活的女战士，叙述者强调了她的竞赛意识，并把这作为她雄化的标志。在她眼里，男人能干，女人亦能干。当她进山背矿石时，她背的石头与男人一样多；累了，她也不让其他男性帮忙。黑凤显示的是与男人一样的体力和强者的姿态。最终，她被由矿石、猛虎连、钢铁英雄、窝棚等构成的男性世界所接受，而且，她也进一步成为一个以非凡的干劲、无比的热情和不怕吃苦的精神参与劳动的英雄人物。小说描写的仍是在那个时代闪着社会主义光辉的普通劳动者的形象。小说还描写了芒芒、葫芦以及月艳这些女性对党对领袖的巨大信任，对改变祖国落后面貌所产生的迫切要求和对新生活的渴望。她们身上具有的一往无前的英雄气概和乐观主义精神，以及坦诚、纯洁、善良、为了他人而不存在一丝一毫私念的品格都令人感动。作者对主人公们性格的刻画描写，都是非常真实的。因而，小说对今天以至今后的读者来说，可以从一个特定的窗口去了解那段生活，了解那个时代的人们特别是年轻人的精神风貌，认识社会主义事业在进程中的艰难曲折性。[①]

康濯长篇小说《东方红》："文革"前唯一一部描写"反右"斗争的小说

《东方红》是康濯创作于1962年7月的长篇小说，原计划写成多部集长篇小说，但未完成，已写部分于1963年10月由作家出版社出版。该小说是"文革"前唯一一部描写"反右"斗争的长篇小说。它描述了河北省灵河县（虚构县名）麒麟庄农业社在1957年春至1958年春期间，通过开展群众性大鸣大放的整风运动，揪出了向党猖狂进攻、破坏生产的阶级敌人，使群众的精神面

貌发生了巨大的变化，从而掀起了兴修水利、进行农业"大跃进"的事情。小说通过叙述少数落后群众要求退社搞单干、冒领救济粮、对干部工作作风不满等事情，突出地反映了人民内部的种种复杂矛盾；通过叙述落后群众背后阶级敌人对他们的挑拨以及阶级敌人对生产进行破坏的事情，反映了敌我矛盾的尖锐；通过群众迫切要求兴修水利的事情，反映了人民群众与自然灾害的矛盾。

李乔短篇小说《杜鹃花开的时候》：奴隶推翻奴隶主统治，坚决参加合作社的故事

《杜鹃花开的时候》11月5日发表在《边疆文艺》第11期。小说主要讲述奴隶主洛木布衣用各种条件诱惑意志薄弱的社员克多退社，破坏社会主义合作化建设的事情。克多的母亲成功地做通了儿子的思想政治工作，使其悬崖勒马，坚决走社会主义合作化道路。小说可分为三个部分。第一部分写洛木布衣老头叫上克多一起到山上去捉野鸡。在路途中，他试图探听有关合作社调整的信息，可是他并没有在克多身上获得什么信息。第二部分写洛木布衣劝说克多退出合作社。洛木布衣说他愿意与克多家、接米毕摩家建立互助组。克多受诱惑后决定退社。第三部分写克多的母亲开会回来，把儿子从洛木布衣家叫回来，向他诉说家里与洛木布衣之间的冤仇。原来克多的父亲是被洛木布衣打死的。克多于是选择了应该选择的道路，第二天就搬到合作社那边去，坚持跟合作社走一条路。作者在不到两万字的小说中设置了明确的主题：小凉山娃子与奴隶主作斗争，推翻了奴隶主的残酷统治，坚决走社会主义合作化的道路。小说是一篇围绕主题铺垫巧妙的主流作品，但它究竟是在呈现问题还是在描写斗争？对此，小说显得较含混，其实这种含混不是作者故意为之，而是他在无意之中让文字本身留下了歧义。[①]

胡万春中篇小说《内部问题》：源于生活，源于基层，源于群众的小说

《内部问题》12月5日发表在《上海文学》第12期。小说写平炉车间的欧阳俊提出了一项"新学三号"建议，希望全面推广，增产好钢。工人出身的副厂长王刚了解了炉子的实际情况和方案的一些缺陷后，反对立即试验，但没有

---

① 参阅李蕙《"走资走社"两条道路重读短篇小说〈杜鹃花开的时候〉》，《文学教育：下》，2010.5。

得到群众的理解，还出现了打击他的大字报。在试验中，炉子真的出了事故，欧阳俊垂头丧气。不了解情况的厂长立刻下令停止试验。王刚奋力抢修炉子，并完善方案重新投入试验，终于取得了成功。小说的创作素材源于生活，源于基层，源于群众。1963 年，小说被胡万春、佐临、全洛改编为话剧《激流勇进》上演，剧本发表在《剧本》1964 年第 3 期。1964 年，话剧《激流勇进》晋京汇报演出，周恩来总理在百忙中观看了三遍半（一次因有要事中途退场）。3 月31 日，周总理和陈毅副总理两次接见了胡万春，谈了对《激流勇进》的看法，既给予了热情赞扬，也指出了存在的不足。

李云德长篇小说《鹰之歌》：第一部描写地质勘探工作的小说

李云德（1929— ），辽宁鞍山人。《鹰之歌》本年由春风文艺出版社出版。小说以地质勘探为素材，赞美了葛锋与"山鹰"似的女技术员佟飞燕在共同事业基础上建立的纯真爱情；而女医士白冬梅与技术员恋人罗伟，在选择留在深山旷野过艰苦生活还是回到城市过舒适生活的问题上产生矛盾，最终，他们苦闷的爱情破裂，这是作者扬弃和批判的对象。该小说刻画了众多鲜明的人物形象。李云德是全国当时第一位创作地质勘探题材小说的作家。

1964 年

浩然长篇小说《艳阳天》: "十七年" 文学的幕终之作

　　1960 年春节刚过, 浩然被下放到山东潍坊昌乐县, 在这里生活了 8 个月后, 回京在《红旗》杂志社工作。工作之余, 他决定根据自己在昌乐下放期间的所见所闻创作一部长篇小说。1962 年年底, 浩然到北京西山八大处作家写作所创作《艳阳天》第一卷, 完成后, 他把手稿交给人民文学出版社。很久后,《收获》杂志编辑拿走了第一卷复写稿, 并很快在 1964 年 1 月 25 日发表于《收获》第 1 期, 9 月, 第一卷由作家出版社出版。浩然又一鼓作气写出了《艳阳天》第二卷、第三卷, 第二卷选择部分章节发表在《北京文艺》1965 年第 11 期, 整卷由人民文学出版社在 1966 年 3 月出版; 第三卷选择部分章节发表在《北京文艺》1966 年第 1—2 期, 又发表在《收获》1966 年第 2 期, 整卷由人民文学出版社在 1966 年 5 月出版。三卷本小说描写了 1957 年初夏, 京郊东山坞农业社的小麦获得了大丰收, 社员弯弯绕、马大炮等一伙中农在新中国成立前出卖革命干部的阶级异己分子和合作社副主任马之悦的唆使下, 提出根据土地多少来分麦子的要求。团支部书记焦淑红对此十分着急。马之悦乘合作社党支部书记兼社主任萧长春正带领民工在水利工地劳动的机会, 想随心所欲地分掉麦子。焦淑红担心马之悦一伙的阴谋得逞, 便写信把萧长春叫回了东山坞。马之悦见萧长春突然回到东山坞, 就唆使头脑简单的马连福在干部会上大骂萧长春和农业社, 企图激化矛盾, 制造事端。萧长春通过摆事实、讲道理, 驳斥了马连福。萧长春最后按工分多少制定了小麦分配方案。马之悦看自己的阴谋要破产, 便唆使生活作风不好的孙桂英去勾引萧长春。萧长春拒绝了孙桂英，并教育她好好做人。麦收前一天，马之悦又偷偷把瘸老五、弯弯绕等人召集到集市的茶棚里开小会，决定给焦淑红找婆家，以削弱萧长春的力量。麦收开始后，东山坞合作社男女老少齐上阵收起麦子来。下大雨的时候，社员们把自己家的席子拿来盖在麦子上。马之悦表面上积极参加麦收，暗地里却挑拨离间。老地主马小辫对萧长春等领导干部恨之入骨，用草做了他们的形状，扎上钢针，咒他们早死。他还企图杀害萧长春，然后放火烧掉麦子。当他的阴谋没有得逞后，他便将萧长春的儿子小石头推到山崖下去。马之悦怂恿社员们去寻找小石头，想让堆在场上的麦子烂掉。萧长春识破了马之悦的险恶用心，忍住悲痛，让社员们抢收麦子，保住粮食。负责治保工作的韩百仲把马小辫作为嫌疑犯抓了起来。下乡检查工作的乡长李世丹听信马之悦的假汇报，批评萧长春把农业社搞乱了，还自作主张放走了马小辫。马之悦趁机打着乡长的旗号，领着弯弯绕、马大炮等人去仓库抢麦子。焦淑红等人拦住了他们。马之悦又唆使马大炮等人去牵社里的牲口，企图搞散农业社。这时乡党委书记王国忠和县公安局的人赶到，逮捕了凶手马小辫和马之悦。几天后，小麦收完打完，一队队长焦克礼带领马车队去给国家交公粮，马车上插着小红旗，上面写着"支援国家社会主义建设，一粒粮，一颗心，送到北京献给毛主席"。与此同时，社员们在欢天喜地地分麦子，去水利工地劳动的人们也圆满地完成任务回来了。王国忠送给萧长春一套《毛泽东选集》，作为祝贺和鼓励。

《艳阳天》被认为"是十七年文学的幕终之作"。小说是在"阶级斗争"理论的影响下创作的，因而里面不同阶级立场、不同政治属性的各色人等一应俱全，由于作者具有丰富的农村生活体验，所以以对农民的性格和心理进行了深刻的刻画，加上小说的语言生动，富于乡土情趣，因而使它不仅在当年拥有大批读者，而且即使在今天看来，也仍然蕴藏着动人的艺术光彩。作者对自然风光的描写和对日常生活场景的呈现，是小说最基本的构成元素。口语化的语言是小说的一个突出特点。小说的结构主线是两个阶级、两条道路之间的斗争，但是，乡土中国超稳定的文化结构仍然顽强地流淌在文本中。小说里面塑造的旧式农民萧老大等人的形象较好地揭示了传统中国农民与乡村文化的深刻关系。小说描写的家庭成员之间的亲情、邻里之间的友情、青年男女之间淳朴的爱情都感人至深。该小说和作者的其他小说的政治倾向性虽然明显，但是我们不能要求身处那个时代的他完全超越那个时代的局限，况且，抛开政治倾向性，他的小说的乡土画面依然顽强地存在着，这是不争的事实。这是他对百年来中国乡土文学的继承和发展。1965年，浩然和汤汝雁合作将《艳阳天》改编为电影文学剧本，剧本很快发表在《电影文学》第10期。"四清"运动开始后，汪曾祺把《艳阳天》改编为现代京剧，但因"文革"爆发，改编中断。北京人民艺术剧院还把《艳阳天》改编为话剧，虽然彩排，但未公演。1973年，《艳阳天》被长春电影制片厂拍摄成同名电影；6月，河北省话剧团改编的话剧《艳阳天》剧本由河北人民出版社出版。1974年1月26日，《人民日报》刊登方耘和初澜的文章，盛赞影片《火红的年代》和《艳阳天》。①

赵树理中篇小说《卖烟叶》：教育犯错误的青年要迷途知返的小说

《卖烟叶》1月份开始在《人民文学》第1期连载，至第3期结束，是赵树理的最后一篇作品。小说描写了一个投机青年的卑污行为。小说中的贾鸿年原先是个"堕落"的人，他不安心农村生产，倒卖烟叶，"投机倒把"，触犯法律，最终被抓进了公安局。作者创作该小说的意图是想教育犯错误的青年迷途知返，做一个有益于人民的人。王兰等人都是作者在小说中着力刻画的进步人物的典型，正是通过这一个个进步人物形象的塑造，让我们看到了革命取得胜利的希望。但小说一发表，就遭到批判。1970年8月9日，《山西日报》以"向资产阶级反动作家赵树理猛烈开火"为通栏标题发表了一组批判文章，集中批判《卖烟叶》。9月23日，赵树理病逝于太原，终年64岁。

柯蓝短篇小说《三打铜锣》：一篇呼吁维护集体利益的小说

柯蓝（1920—2006），原名唐一正，湖南长沙人。《三打铜锣》2月5日发表在《湖南文学》第2期。小说所写的故事发生在秋收季节的南方农村。生产大队委派社员蔡九打铜锣，督促社员关好鸡鸭，防止糟蹋庄稼。蔡九第一年打锣，遇到林十娘放鸭下田吃谷，由于顾及情面，让林十娘占了集体的便宜，还被她捉弄了一番。第二年蔡九打锣，吸取教训，坚持原则，抓住林十娘放到田

---

① 参阅梁晓君《一个时代和一个作家——重评浩然和他的〈艳阳天〉》，《文艺理论与批评》，2010.6。

里吃谷的鸭子，终于促使林十娘承认了错误。小说短小精悍，矛盾集中，通过对农村日常发生的事件的描写，提出了维护集体利益的问题，批评了损公肥私的思想和行为，呼吁正确处理人民内部的矛盾。

周立波短篇小说《霜降前后》：描写农村水利建设的小说

《霜降前后》5月25日发表在《收获》第3期。小说表现了农村水利建设的巨大发展和成就。具体写了红星二队遭受了旱灾，有些落后的社员在应当出集体工的大白天，却去浇自家的自留地。王队长虽然心里十分着急，却没有生气地骂人，反而一言不发地带头去浇队里的红薯地。双喜跟他去了。在王队长行动的影响下，全队社员都去浇队上的红薯了。最终，由于王队长的带领作用，由于公社水库起了大作用，由于田里肥料放得足，队里的双季稻和秋红薯全丰收了。

陈登科长篇小说《风雷》：一部具有浓厚艺术情趣的、反映社会主义农村建设的小说

1954年，陈登科来到安徽省阜阳地区颍上县和以盛产樱桃闻名于世的太和县，在这里开始构思一部题为《樱桃园》的长篇小说。1956年夏，陈登科赴北京出席党的八大会议，其间，他和时任中国青年出版社编辑室主任江晓天说起《樱桃园》的故事梗概：一个在淮海战役中负伤、被抬担架的老贫农冒死救出的解放军战士，后来参加了抗美援朝战争。战争结束后，他回国并转业到地方工作。为了报答那位老贫农的救命之恩，他主动选择去淮北地区工作，并在那里带头创建了农业合作社。江晓天认为小说的名字与俄国作家契诃夫的话剧剧本《樱桃园》相同，所以建议陈登科把名字改一下，陈登科于是将其改为《寻父记》。1958年冬，陈登科开始动笔创作这部小说，1963年底，小说全部脱稿。1964年5月，长达60余万字的《寻父记》分上、中、下三册由中国青年出版社出版。但出版时名字又被改为《风雷》。《风雷》讲述的是祝永康在淮海战役中负伤，是淮北的父老乡亲用他们的生命救了他。祝永康复员后，来到淮北旧战场寻找救他的人。后来，他把家安在了淮北农村一个叫黄泥乡的偏远地方，和村里人一起在"大跃进"中建设共产主义新农村。当时黄泥乡党委领导的思想退化，再加上阶级敌人的猖狂进攻，结果使农业合作化运动一直处在无法正常开展的状态之中。小说还写了区党委书记熊彬"英雄难过美人关"，最终被"糖衣炮弹"打倒；区委宣传部长朱锡坤公开叫嚷"资本主义也好，社会主义也好，能吃饱肚皮就是好主义"；富农坏分子黄飞龙兴风作浪，气焰嚣张，凭借书记女婿的暗中庇护，称霸一方等事情。祝永康面对这些情况，在经历了党内外急风暴雨般的激烈斗争后，他发动黄泥乡农民，战胜了人为干扰与严重困难，义无反顾地走上了社会主义的康庄大道。

小说揭示了在农业合作化运动中，我国农村尖锐复杂的阶级斗争和路线斗争，歌颂了劳动人民大干社会主义的积极性，肯定了党在农村社会主义建设中所起到的伟大作用。作者以其高度自觉的政治意识和崇高理想，塑造了一批"精英"形态的农民革命英雄形象。出于作品政治主题的客观需要，作者对正面人物与反面人物的精神品格都做了极为大胆的人为置换与错位处理，进而深刻反映了红色经典审美规范的历史独特性。小说的时代气息浓厚，故事情节紧凑，波澜起伏，喜剧性强，地方色彩浓郁，风土人情描绘出色，这些都使小说具有了浓厚的艺术情趣。《风雷》出版后，社会反响强烈，一些省（市）、地区把它作为"四清"工作的参考读物，甚至人手一册。"文革"中，《风雷》遭到疯狂围剿。1967年11月，陈登科被批斗300余场，抄家3次，洗劫5次，《风雷》等一大批手稿被焚毁。"文革"后，《人民日报》重新为《风雷》正名。[①]

黎白长篇小说《龙潭波涛》：描写了革命波涛滚滚向前的小说

黎白（1930—），湖南湘潭人。《龙潭波涛》5月份由中国少年儿童出版社出版。小说写1934年秋天，活跃在四川、贵州边界的红军某部，为了探寻从江西突围出来的兄弟部队的动向，派侦察排长陈福康回到他的故乡陈家潭，建立秘密农民协会、打听消息的事情。在陈家潭，陈福康发动了陈福民、陈祥田、陈海南、陈二柱等人组织农民武装，枪决了当地恶霸陈宝泰，俘虏了许多白军，最后和兄弟部队胜利会师。陈福民和儿子小龙一起参加了红军，投入新的战斗。

张孟良长篇小说《三辈儿》：描写旧社会劳苦大众走向革命的小说

张孟良（1928—），天津静海人。《三辈儿》7月份由中国青年出版社出版。

---

① 参阅宋剑华《精英意识与农民意识的相互置换——论陈登科〈风雷〉中人物形象的身份错位》，《社会科学辑刊》，2009.1。

小说写三辈儿（曹金虎）的祖孙三代在旧社会时都给恶霸地主曹秃子家扛长活，受尽了剥削压榨。曹家三代人虽然都曾不断地和曹秃子进行过斗争，但始终摆脱不了悲惨的命运。抗日战争时期，三辈儿由于领头抗租，遭到了曹秃子的迫害，他逃离家乡后，投奔了八路军。小说通过对三辈儿的苦难身世遭遇和最后投奔八路军的描绘，揭露、鞭挞了吃人的旧社会、旧制度，揭示了三座大山压迫下的劳苦大众在共产党领导下走向革命、获得新生的必然性。

孙谦短篇小说集《南山的灯》：表现解放战争到"文革"前农村变化的作品

《南山的灯》8月份由作家出版社出版，以创作年代为序，共收短篇小说13篇。除第1篇《我们是这样回到队伍里的》描写的是抗日战争时期八路军一位女机要秘书英勇对敌作战、舍身保护机密的英雄故事外，其余12篇都是以农村生活为题材，表现了从解放战争到"文化大革命"前农村各个时期所发生的深刻变化。其中《南山的灯》创作于1963年4月，写偏僻山村想通电，县电气化办公室主任徐国梁在县里举办的电工短期训练班上，先是劝阻，然后又接收了尚未通电的冯家山村派来的学员。当他后来去冯家山村会见一个曾经在战争时期跟他结下情谊的冯家山村的老朋友时，才看到老朋友竟然是一心想通电并作了20多年准备的老队长，他的心情一下子难以平静下来。小说故事虽不曲折，但人物情绪却被表现得跌宕起伏，且小说在情节间歇处多用抒情散文笔墨，读来颇感清新灵动，活泼流畅，意蕴丰厚，情味浓重。

司马文森长篇小说《风雨桐江》：一部描写第五次反"围剿"的小说

司马文森（1916—1968），原名何应泉，福建泉州人。《风雨桐江》近40万字，8月份由作家出版社出版。小说描写的是第五次反"围剿"失败，中央红军北上长征后，我国东南沿海地区侨乡人民坚持斗争的可歌可泣的故事。小说一开始就描绘了一幅波澜壮阔而又冷气扑面的历史画卷：刺州市正面临着大屠杀，城头到处悬挂着革命者的头颅，狱中还关押着大批共产党人，军警宪兵四处活动，岗哨检查站到处都是。这种阴冷的环境渲染，为人物出场做了近景铺垫，为后面的斗争埋下了线索，同时也表现了党的领导者的胆识与气概。小说在南国农村与城市的广阔背景上，花开两枝，双线并进，既写城市，更重写农村；既写中央军、地方反动武装、乡团土匪互相残杀、互相利用，又写人民笑对刀丛，一心向党；既写正义真理、忠贞善良、刚直不阿，又写苦难血污、虚伪无耻、投敌叛变等。所写的两个营垒、四大集团，有名有姓的人物有30多人，给人留下难忘印象。小说规模宏大，故事情节曲折引人；民族特色和地方色彩浓厚，获得了广大读者的喜爱。①

陈立德长篇小说《前驱》：记录了一位革命军人"革命到底"的成长过程

陈立德（1935.7.12—），湖北天门人。陈立德在1961年写过著名电影剧本《吉鸿昌》《刑场上的婚礼》。《前驱》9月份由作家出版社出版。小说写1926年，湖南人民开展了轰轰烈烈的驱除湖南省省长赵恒惕的运动，但由于广东革命军没有实现派兵支援的诺言，使"驱赵运动"失败了。湖南人万先廷由家乡奔赴大革命根据地广州时，一路上看到很多尸体。他到了广州后，被组织派往革命军某团。他去报到时，看到40多岁的蒋介石正和一群人在谈北伐之事，"谋士"们出主意让共产党先打头阵，胜了，功归蒋介石，败了，说明共产党无能。不久，万先廷所在团队要率先北代，他被任命为排长。队伍向北挺进到湖南后，万先廷和他的连队奉命夺回了被北洋军占领了的碌田高地。当北洋军组织大队人马反扑的时候，万先廷率领共产党员冲入敌阵与敌人展开白刃战，最终打退了敌人。随后，万先廷在没有得到上级命令的情况下，果断下令，打下了攸县城。营长樊金标知道后大发雷霆。同时，万先廷接到了团长叫队伍在攸县宿营的命令；团长还表扬了万先廷机智灵活的应变能力和指挥艺术，并提拔他为连长。在又一次战斗中，万先廷身负重伤被送往医院，和他一起长大的大凤来寻他，但他却在身体还没有完全恢复的情况下，和营长齐渊等化装成老百姓，回到了故乡。然后，万先廷在故乡发展了农民自卫军。平江战役打响之后，万先廷率领农民自卫军帮助北伐军攻克了平江县城。在与大凤告别的时候，万先廷收到了大凤赠给他的一只绣着鸳鸯的荷包，上面还绣着四个字"革命到底"。小说通过对几次战役的描述，着重表现了几名共产党员士兵和连长、营长的光辉形象，并细致地刻画了青年连长万

---

① 参阅连介德、韩江《司马文森和他的〈风雨桐江〉》，《海南大学学报（社科版）》，1984.4。

先廷的成长过程。贫苦农民出身的万先廷，入伍后渐渐成长为一名具有高度革命觉悟，指挥沉着、果断，身先士卒，爱护士兵，为人民解放事业甘愿奉献一切的革命军人。营长齐渊善做战士的思想工作，体贴、爱护部下，使队伍总是士气高昂。另一位营长樊金标出身穷苦，在军阀队伍中待过，因此，他身上有着这样那样的缺点，他看不起万先廷这样的青年军官，爱发脾气，但他也知道自己不该发脾气，所以在暗地里改过，这又是他的纯真可爱之处；他英勇善战，豪爽侠义，最终成为一位真正的革命军人。同时，作者还揭露了蒋介石的阴险和吴佩孚的凶顽，虽然着墨不多，却描绘得有声有色。蒋介石平时"大声讲话，大踏步走路，大刀阔斧地发号施令"，这与他后来的老气横秋不大一样；吴佩孚外表是个儒帅，喜欢说"之乎者也"，处处维护着帝国主义和封建势力的利益，但在面对英勇顽强的以共产党人为骨干的北伐军时却无能为力，只能做垂死挣扎。

杨佩瑾中篇小说《雁红岭下》：展示了人和人之间团结互助的精神

杨佩瑾（1935—），浙江诸暨人。《雁红岭下》9月份由少年儿童出版社出版。小说所写的故事发生在一个小火车站，因爆发的山洪冲垮铁路，致使一列火车滞留。旅客中一位身体不适的老奶奶和她的小孙女莎莎被一位在火车站工作的女服务员接到家中安置。这位女服务员是一位年轻的母亲，她有一个十来岁的小男孩，他的年龄和莎莎的年龄相仿。故事就围绕着两个孩子层层展开。小说展示了那个年代人和人之间团结互助、亲密无间的精神风貌。1965年，根据小说改编的同名电影文学剧本在《电影文学》上发表，第二年剧本由长春电影制片厂拍成电影。

赛时礼长篇小说《三进山城》：一部不能忘记的红色经典小说

赛时礼（1919—2001），山东文登人。《三进山城》10月份由山东人民出版社出版。小说是作者依据自己的亲身战斗经历创作而成的，原名《三进文城》。1964年春天，作者将稿子送到山东人民出版社，十多天后，编辑部决定出版此小说。发排前，因李建彤小说《刘志丹》写了真人真事而正在遭受批判，编辑部认为《三进文城》很容易使人想到它所写的内容是发生在文登城的真人真事，为免受牵连，便将书名改为《三进山城》，将里面的文登县也改了名字。

10月,《三进山城》正式出版。小说写抗战时期,八路军欲夺回日军占领的军事要地齐阳城,便派侦察员刘宏志乔装打扮后几次前往齐阳城执行几项任务:恢复瘫痪的交通站、除掉叛徒、摧毁日军生化武器、寻找并炸掉日军的弹药库、营救被捕的同志……最后,八路军与日军、伪军、汉奸等几路敌人周旋、斗智斗勇,终于全歼了敌人,解放了山城。小说出版不久,长春电影制片厂将其改编为电影文学剧本,与小说相比较,剧本的故事情节主线没有变,但增加了许多小说中所没有的精彩情节,使故事更加惊险、曲折。1965年5月,《三进山城》电影文学剧本定稿;7月25日,影片在东北的兴城与山东的蓬莱正式开拍,10月拍竣;1966年4月,影片在全国上映。"文革"开始后,影片遭到批判和禁演。"文革"结束后,《三进山城》作为首批解禁的影片重新在全国放映。①

陈映真短篇小说《将军族》:讲述了一对为纯洁爱情殉情的苦命人的故事

陈映真(1937.10.6—2016.11.22),台湾台北人。《将军族》本年刊登在台湾《现代文学》第19期。小说中的"三角脸"是大陆去台湾的退伍老兵,年已四十,孑然一身,只能到"康乐队"里吹吹小喇叭。"小瘦丫头"是台湾花莲一个贫苦人家的女儿,因生活所迫,家里把她卖到青楼当妓女,但她坚决"卖笑不卖身",逃跑出来后到康乐队里跳跳舞或"用一个红漆的破乒乓球盖住伊唯一美丽的地方——鼻子。瘦板板地站在台上"演女小丑。"三角脸"和"小瘦丫头"这两个人,一个无家可归,一个有家难回,"同是天涯沦落人"的命运使他们产生了爱的火花:"小瘦丫头"的遭遇使一向"狂嫖滥赌的独身汉""三角脸""油然地生了一种老迈的心情",他真正地关心起身形瘦小、无依无靠的和自己女儿差不多大的"小瘦丫头";有家难回的"小瘦丫头"也对"三角脸"这位"外省人"产生了好感。不久,"三角脸"做出了他人生中的一个重大决定:在一个夜里,他把自己的退伍金——一个三万元的存折留在"小瘦丫头"的枕边,然后悄悄地离开了康乐队。但"小瘦丫头"并没有因为"三角脸"的倾囊相助而脱离苦海,反而被嫖客弄瞎了一只眼睛。她一直非常想见

---

① 参阅赛曙光《父亲赛时礼与〈三进山城〉创作》,《齐鲁晚报》,2012.9.14。

"三角脸"一面，这个信念支撑着她，使她勇敢地活了下来。五年后，两人相遇，但一个怕自己身子不干净而愧对对方，另一个却说"我这副皮囊比你还要恶臭不堪的"。于是，两人为了纯洁地结合在一起，决意放弃生命，一同自尽于甘蔗林里。

1965 年

孙健忠短篇小说《"老粮秣"新事》：记录了一位汉族干部的帮贫历程

孙健忠（1938—），土家族，湖南吉首人。《"老粮秣"新事》3 月 12 日发表在《人民文学》第 3 期。小说讲述了解放初期，从陕北随军南下的"老粮秣"来到湘西土家族山区之后，在粮站帮助收购公粮的事情。在这期间，他亲自参加土家族人背岩板、修晒坝的生产劳动，他跟老铁匠商讨改进收割庄稼的毛镰刀的打法，他与供销社商议购置生产资料和生产用具。当粮船陷入岩峡时，"老粮秣"不顾河水冰冷和身体上的疾病，硬是跳入水中抢救粮船直至脱险。十几年过去，"老粮秣"的体魄、神气、打扮等完全变成了土家族人，他已经彻底融入土家族人民群众当中去了。小说塑造了一个为帮助发展湘西土家族地区社会生产，不畏艰辛、公而忘私、平易近人的汉人"老粮秣"的形象，表现了只有迎来民族的解放新生，建立起自由平等的新型民族关系，土汉人民才能亲密无间地相互帮助，共同为改变湘西土家族地区的贫穷落后面貌和发展湘西土家族地区的社会生产做出贡献的主题。

金敬迈长篇小说《欧阳海之歌》：一曲关于共产主义战士的赞歌

金敬迈（1930.8.17—），江苏南京人。1964 年 2 月 6 日，金敬迈在《南方日报》发表《共产主义战士欧阳海》之后，6 月 1 日，他的长篇小说《欧阳海之歌》选载在《解放军文艺》第 6 期。小说发表后，全国掀起了一场学习欧阳海英雄事迹的热潮。小说以纪实的笔法描写了和平时期我人民解放军队伍中一名普通战士的成长经历。全书除了写欧阳海在为了保护人民的生命财产安全，奋不顾身地用身体阻挡住冲向人群的受惊马匹的惊心动魄的场面外，其余均是描写出生于贫苦家庭的欧阳海为了家庭生活，用年幼的身躯，过早地担当起了维系家庭生活重任的情况。该书也描述了欧阳海关心困难战士家庭，将自己微薄的津贴积攒下来，不留姓名地给战士家中寄去，而他自己的鞋子、衣服则是补了又补……欧阳海就是从这一件件小事做起，从而成就了他后来的伟大。当他用身体阻挡受惊的烈马和滚滚的车轮时，最终献出了年轻的生命。1965年7月，《收获》发表了《欧阳海之歌》。1966年1月9日，《欧阳海之歌》节选刊登在《人民日报》第5、6版，并加编者按予以推荐。2月26日，金敬迈在《羊城晚报》发表了《〈欧阳海之歌〉的酝酿和创作》。3月26日，《人民日报》发表了刘白羽的长文《〈欧阳海之歌〉是共产主义的战歌》，提出了必须批判"资产阶级的现实主义"。4月12日，《欧阳海之歌》的部分章节发表在《人民文学》第4期。[①]

李晓明长篇小说《破晓记》：歌颂了大别山人民为解放战争做出的贡献

《破晓记》共50回，7月份由作家出版社出版。小说讲述的是一支小部队奉命在金刚台一带建立根据地的故事。政委江峰带领游击队在山区机动作战，虽然历经曲折，但最终建立了革命政权。小说反映了山区人民与军队的阶级感情，他们面对敌人的残暴迫害，顽强斗争，英勇不屈。小说情节跌宕起伏，故事引人入胜，如"江峰巧布疑兵计""惩首恶 方克荣独闯茶蚌埠镇"极富传奇色彩；"茶姐受刑仓房院""调虎离山 李耀金中计"等章节展现出了人民群众不畏强横的斗争精神。小说塑造的江峰、方克荣、茶姐等一系列英雄人物的形象，可歌可泣，充分表现了军民团结一致的鱼水之情，歌颂了大别山人民用鲜血和生命为解放战争做出的贡献。小说曾由著名评书大师单田芳演播，产生了较大影响。

白先勇短篇小说《谪仙记》：讲述了一位由"天上"跌落到人间的高官之女的故事

白先勇（1937.7.11—），回族，生于广西桂林，台湾作家。《谪仙记》7月份发表在台湾《现代文学》第25期。小说所说的"谪仙"是指被贬下凡间的

---

① 参阅罗永常《荣辱相随：金敬迈与〈欧阳海之歌〉》，《党史文汇》，1994.5。

仙子，这个仙子就是指女主人公李彤。李彤的父亲是国民党的高级官员，李彤在上海时过着公主般的生活。李彤到美国留学后不久，家庭突遭变故，一瞬间她由天上跌落到人间，亲人、地位和财富全都离她远去，只剩下她一个人孤零零地面对着茫茫人世，最后无奈地选择了自杀。李彤酷爱赌博，连找男友的首要条件都是要会赌博，她这种对赌博的酷爱实际上反映了她对命运的反抗，但她的反抗总是失败的。李彤第一次出场时身着一袭红旗袍，而且是最艳的红。这时的李彤，正处于人生中最辉煌灿烂的时候，她不仅是年轻貌美的千金小姐，而且正踏上出国留学之路。她此时的生活状态、内心情绪，被作者用一个"红"字来进行了淋漓尽致的展现。李彤第二次出场是在"我"和慧芬的婚宴上，她"穿着一袭银白底子飘满了枫叶的闪光缎子旗袍，那些枫叶全有巴掌大，红得像一球球火焰一般"。这一次的李彤已不是当年那个无忧无虑、自在张扬的小姑娘了，而是一个"美得惊人"的艳女郎，她在经历了一夜之间的家庭变故之后，变得像"火红的枫叶"一样张扬不驯，即使遭受打击，依旧骄傲地不愿在世人面前流露出丝毫不幸，不接受任何人的怜悯与施舍。在"我"替她介绍男朋友时，她"穿了一袭云红纱的晚礼服，相当潇洒"，她猛喝烈酒，狂乱地跳着"恰恰"，跳到忘我时，不由得流露出"痛苦的舞动着"的神态。李彤第三次出场是在赌马场上，她穿着"一条紫红色的短裤子，白衬衫的领子高高倒翻起来"；她不愿听男友的意见，专挑冷门马或是名字古怪的马下注，结果输得一塌糊涂。在"我"家的聚会上，当别人正热闹地打牌时，李彤却靠在一张藤摇椅上睡着了，她的潇洒、她的不驯，都在这疲惫的一睡中退场了，其内心的悲凉与落寞显现于表。最后一次见到李彤时，"我"看到她身上已没有红色，只是"头上系了一块绿色的大头巾"；她坐在金色的敞篷车里，"那金色的车子像一丸流星，一眨眼，便把她的身影牵走了"。绿，本是生的希望，作者让李彤带上绿头巾，是将她心如死灰的绝望用生机勃勃的绿来做了形容，以表现她在绝望中的自嘲，在绝望中的游戏人生。金色似乎表明她在离开这个世界时要光鲜亮丽地离开，要驾着帝王般辉煌的金色车子告别这个世界。最后描写李彤，已不见其人，仅是一张彩色照片，只见"李彤站着，左手捞开身上一件黑大衣"，然后她走完了自己悲剧的一生。

张行长篇小说《武陵山下》：描绘了解放初期湘西的剿匪斗争

张行（1932—），重庆涪陵人。1959 年，张行为了向国庆十周年献礼，写了约四万字的回忆录《山高水长》，在《湖南工人日报》上连载了《苗汉一家》和《武陵山下水流长》两段。这便是《武陵山下》的雏形。后来，作者根据自己的生活感受又把其增写成 20 万字，送给老作家蒋牧良征求意见，蒋牧良在原稿上写了 10 余万字批语，帮助作者提炼主题、安排情节、刻画人物、锤炼语言，小说最终被扩写成 50 余万字，于 1965 年 10 月由湖南人民出版社出版。1975 年，作者又对初版进行修订，出版了修订版。两个版本在思想和艺术方面都有很大的不同，反映了作者在创作和修订这部作品时创作思想的改变，涉及了一些重要的艺术原则问题。初版安排了两条线索：一是区委副书记、工作组组长吴玉茜着重抓地方政权的建设工作；二是教导员兼区委书记赵红桥着重抓武装剿匪斗争的事情。这两条线，围绕着革命的总方向，急速地发展、变化着故事情节，显得千姿百态。这两条线，把较为众多的人物、丰富的生活场景有机地组织起来，描绘出了解放初期湘西剿匪斗争的广阔画面，引人入胜。两条线相辅相成，从艺术角度看，使作品的结构间架极为均衡有致。修订版除了对文字修改外，删去了下列情节：区委副书记、工作组组长吴玉茜的形象塑造，教导员兼区委书记赵红桥的母亲及儿子来探亲和牺牲的事情，关于土匪司令聂玉姣形象及土匪生活的某些描述，农会主席高二佬被土匪掳上山及后来作战牺牲的事情，等等。增写约 30 章节，占修订版篇幅的四分之一强。主要内容是：故事开展的背景，塑造赵红桥、高二佬形象的有关言行及场景描述等。改动这样大，应该是一次再创作。但修订版却不如初版好，原因在于作者、责任编辑都没能摆脱"四人帮"的思想流毒、艺术情趣的影响和牵制。①

李云德长篇小说《沸腾的群山》：展现了中国民族工业振兴的艰难步履和新型工人阶级精神成长的浩荡历程

《沸腾的群山》共有三部。第一部于 1965 年 12 月份由人民文学出版社出版，修订后于 1971 年 12 月再版；第二部出版于 1973 年 5 月；第三部出版于

---

① 参阅吴恭俭、吴亦农《谈〈武陵山下〉的两个版本》，《湘潭大学学报（哲社版）》，1980.3。

1976 年 9 月。第一部描写解放战争时期的 1948 年秋，矿工出身的营指挥员焦昆率领部队解放了辽南的孤鹰岭矿区，并担任起恢复矿山、支援人民解放战争的任务。在恢复生产的过程中，他遇到了国民党残敌和潜伏特务的破坏，这些阶级敌人散布谣言，制造井下塌方事故，妄图使矿山的恢复建设停下来。技术员出身的矿长邵仁展，不仅看不到群众的力量，而且把阶级敌人造成的事故视为焦昆蛮干的结果。焦昆依靠群众，战胜了敌人的一次次进攻，活捉了匪首和特务。事实使邵仁展认识到自己的错误。经过不到一年时间的建设，矿山恢复了生产，支援了前线。第二部主要描写了在修复五号大井的过程中，矿山工人在党的领导下依靠人民群众，军民团结一心，共同战胜牛乐天一伙匪特企图破坏矿山生产的故事。第三部主要描写了在修复四号矿井过程中的阶级斗争。1950 年，美帝发动了侵略朝鲜的战争，国内阶级敌人加紧活动，进行捣乱和破坏。矿山广大工人和干部在党的坚强领导下，排除内部错误思想的干扰，粉碎了阶级敌人的破坏，挖出了隐藏在内部的敌特，捕获了以金大马棒为首的国民党残匪，胜利修复了四号矿井，为恢复国民经济做出了贡献。三部小说整体上以辽南孤鹰岭铁矿的修复、重建为中心内容，将时代的帷幕在 20 世纪 40 年代末期的一片废墟上徐徐拉开，从初创时期的举步维艰到修复过程的困难重重，从土匪特务的沆瀣一气到上层领导之间的意见分歧，从资产阶级的猖狂进攻到矿山面临的满楼风雨，从矿井爆破成功到正式投产等都进行了逼真、细致的描写，展现了中国民族工业振兴的艰难步履与新型工人阶级精神成长的浩荡历程。[1]1976 年，小说被北京电影制片厂拍摄成同名彩色故事片。

---

① 参阅惠雁冰《"文革"时期的工业题材小说——以〈沸腾的群山〉为中心》,《人文杂志》,2011.5。

1966 年

黎汝清长篇小说《海岛女民兵》：一篇充满丰沛的革命激情，风格清新的小说

黎汝清（1928.11—2015.2.25），山东博兴人。1964 年到 1965 年，黎汝清曾在浙江省洞头县住了多半年，和洞头女子民兵连及驻军六连结下了深厚友谊。后来，他根据洞头女子民兵连的事迹写下了《海岛女民兵》这本小说。小说后半部分于 1 月 25 日刊登在《收获》第 1 期。小说描述了女主人公海霞的成长过程，反映了 1949 年前后洞头一带的渔民生活及民兵队伍的发展壮大情况。小说开篇是海霞参加完全国民兵大会后，坐着列车回家，一些民兵让她讲述自己的事迹。接下来，小说以"我"为旁听者的角色，"忠实记录"了海霞的讲述。小说中的同心岛就是洞头岛，里面还有半屏、北岙镇、东沙等地名，它们都是洞头真实的地名，很多情节也是直接从女子民兵连身上采撷过来的。小说故事情节生动，文字优美清新。1966 年 7 月，整部小说由人民文学出版社出版，在全国引起了轰动效应。1972 年，小说再版后，相继被译成多种外文出版。1975 年，小说由北京电影制片厂谢铁骊导演摄制成彩色故事片《海霞》后，周恩来总理带病审看了影片；不久，朱德等中央领导同志也陆续调看了这部影片，一致表示肯定和赞赏，并建议有关部门放映此片招待国际友人。但"四人帮"却以文化部的名义连续给北京电影制片厂的全体职工写信说《海霞》是黑线回潮的代表作"。在遭到"四人帮"的批判和阻挠之后，影片编导谢铁骊、摄影钱江先后给毛泽东、周恩来写信反映情况。7 月 29 日，毛泽东批示："印发政治局全体同志。"7 月 31 日，在邓小平主持下，中央政治局审看了送文化部审看的片子和经过修改的片子，肯定了这部影片，并决定在全国上映修改过的片子。1976 年初，"四人帮"又把《海霞》作为文化部所谓"右倾翻案风"的"典型事件"，再一次把矛头指向周恩来、邓小平和政治局其他领导。[①]"四人帮"垮台以后，影片《海霞》得到重新评价："它以丰沛的革命激情，清新的抒情风格，散文式地谱写了海岛渔民的沧桑之变，塑造了一个苦难的渔家女儿在阶级斗争的风浪中成长为飒爽英姿的女民兵的典型形象，展现了中华儿女'不爱红装爱武装'的精神境界，讴歌了'全民皆兵，常备不懈'的主题思想。"[②]

杨大群长篇小说《彝族之鹰》：讲述了一位彝族英雄的革命人生

《彝族之鹰》1 月份由人民文学出版社上海分社出版。小说写与奴隶主有杀父之仇的彝族少年阿鹰，装上竹翅膀，幻想飞向天空，做个自由的人。当他正从高处落下的时候，遇上奴隶主。奴隶主将他毒打了一顿，还要扔下悬崖喂野兽。结果阿鹰的母亲被逼代他跳崖，阿鹰从此也被抓去做了奴隶。两年后，阿鹰逃出了牢笼，但又被国民党军抓去修建飞机场。后来，他参加了机场暴动，加入了我党领导的游击队。新中国成立后，阿鹰被选拔到空军部队，被培养成新中国的飞行员。在伟大的抗美援朝战争中，阿鹰以无比强烈的阶级感情和国际主义精神，英勇作战，同朝鲜人民空军一起，狠狠打击敌人，最后击落了美军的"王牌"飞行员，成了著名的空军战斗英雄。作者是书中主人公，也是后来完成中国第一颗实战氢弹投放实验的杨国祥。

马识途长篇小说《清江壮歌》：再现历史真实的一部感人作品

《清江壮歌》3 月份由人民文学出版社出版，是马识途以何功伟、刘惠馨两位烈士为原型写成的。刘惠馨是作者的妻子。两位烈士是 20 世纪 30 年代走向革命的知识分子，他们怀着推翻旧中国、建立新社会的理想来到清江河畔的鄂西恩施地区后，开展秘密的地下党工作，但因叛徒出卖，被捕入狱，最终惨遭杀害。刘惠馨被捕时刚生完孩子，在遭受敌人的残酷折磨时，表现出了最伟大

---

① 参见文化部批判组：《"四人帮"围剿〈海霞〉是一场严重的阶级斗争》，《人民日报》，1977.12.3。

② 参见《文汇报》，1977.3.3。

的母爱；在走向刑场时，更是临危不乱，她将婴儿巧妙地放到路边的草丛中，使孩子逃脱了一场大劫。后来，一对普通百姓收养了这个孩子，马识途（即小说中的任远）在20多年后才找回孩子。这个故事既是小说，也是真实历史，感动过20世纪60年代的中国读者，更感动了清江两岸的人民，是清江人永远的精神滋养。[①]

白先勇短篇小说《游园惊梦》：反映了原国民党上层在撤离大陆后的境遇变迁和20世纪五六十年代台湾的现实

《游园惊梦》是白先勇小说集《台北人》的首篇，12月份刊登在台湾《现代文学》第12期。《台北人》的主题是"旧时王谢堂前燕，飞入寻常百姓家"，主要感叹物是人非、世事变化无常及喟叹人生如梦、真假莫辨带来的伤感等。《游园惊梦》本是昆曲《牡丹亭》中的片段，分为游园和惊梦两出。白先勇酷爱昆曲，他在小说《游园惊梦》中就是围绕这个曲子来讲述故事的。小说写秦淮河畔得月台的昆曲名伶蓝田玉因一曲《游园惊梦》而红遍南京城。随后，蓝田玉被政治地位显赫的钱将军看中，纳为填房夫人，享尽了荣华富贵。钱将军过世后，蓝田玉的地位一落千丈，孤单落寞，寓居台南。某日，应昔日姐妹窦夫人的邀请，蓝田玉专程从台南到台北赴宴。在窦夫人三姐桂枝香的晚宴上，蓝田玉目睹了满堂花团锦簇、衣裙明艳的夫人们，不禁触景生情。特别是当她听到自己昔日唱过的《游园惊梦》之后，更是勾起了对往事的种种回忆，不禁愁肠百结、伤痛交加。小说通过对女主人公蓝田玉这次赴宴经历的叙述，描写了这位守寡的将军夫人悲剧性的命运遭际，表现出人世沧桑的历史感和人生如梦的失落感，反映了原国民党上层在撤离大陆后的境遇变迁和20世纪五六十年代的台湾现实。

於梨华长篇小说《又见棕榈，又见棕榈》：表现留学国外的人的生存状态的小说

於梨华（1931—），浙江镇海人，生于上海，华裔美国作家。《又见棕榈，又见棕榈》始写于1965年3月，完稿于1966年4月，同年在台湾出版，1967

---

① 参阅杨尚梅、杨奕蓉《清江流域的英雄叙事——读马识途的〈清江壮歌〉》,《三峡文化研究》, 2006.00。

年获台湾最佳小说奖。小说写的是留美华人的生活故事。主人公牟天磊是从大陆去台湾的青年，大学毕业后，正赶上"出国热"，看到别人出国，他也去了美国。到美国前，他朝气蓬勃，倔强、任性，有时还有点野。他对着校门前的棕榈树许愿道："自己也要像它们的主干一样，挺直无畏，出人头地。"牟天磊在美国留学后，最终拿到了博士学位，但他却在汽车保险公司干起了签写保险单的工作，后来又在一所不知名的学校教小学程度的美国大学生学中文。他一个人住着几间宽敞的房间，里面有洗衣机、电冰箱等，可以说，物质文明的东西一样不缺，但渐渐地，他感到了寂寞，寂寞似乎是他永远也甩不开的影子。十年后，他变成了一个人心灵苍老、早衰的人，这源自他在美国独自"打天下"的痛苦的留学生生活。他为了克服物质上的困难，白天读书，晚上到餐馆里去当差，或打扫女厕所；暑假又到苹果园当苦工，还整夜整夜地开运冰大卡车……在贱卖自己劳动力的时候，他不仅要忍受老板的训斥，还要忍受种族歧视带来的耻辱。但他父母和与他恋爱了几年的意珊却叫他继续留在美国，意珊甚至把和他一同去美国作为跟他订婚的条件。他所尊敬的邱尚峰教授邀请他在台大执教，合办文艺杂志。他自己虽然很愿意，但想到如果真的留下，那么就要失去意珊。当邱尚峰教授突然在车祸中惨死后，他一下子处在了去和留的纠结中。后来，他回到了台湾，当他面对自己许过愿的棕榈树时，他默默地低下了头。他最终打算在台湾娶妻成家，在台湾的亲人中间松散一下自己的"整个身体和精神"，然后再做一番自己觉得有用的事。小说在三个时间（过去、现在、未来）和三个空间（美国某地、台湾和大陆）里进行叙述，淋漓尽致地表现了牟天磊的十年生存状态。

1967 年

八部"革命样板戏"：按照"三突出"原则创作的现代剧

1967 年 5 月 23 日，北京、上海分别组织集会，纪念毛泽东的《在延安文艺座谈会上的讲话》（以下简称《讲话》）发表 25 周年。集会上，陈伯达和戚本禹在北京，姚文元在上海发表了讲话。陈伯达在讲话时说，江青"做了一系列革命的样板"。5 月 25 日至 28 日，为了纪念《讲话》，《人民日报》连续发表了毛泽东关于文学艺术问题的五份文献，首都舞台还上演了京剧《红灯记》《智取威虎山》《沙家浜》《海港》《奇袭白虎团》、芭蕾舞剧《红色娘子军》《白毛女》、交响音乐《沙家浜》八部戏，演出 218 场，历时 37 天。5 月 31 日，《人民日报》以《革命文艺的优秀样板》为题发表社论，指出京剧《红灯记》等八部戏"宣告了反革命修正主义文艺黑线的破产"。"文革"期间的"八个革命样板戏"的说法由此而来。6 月 18 日，《人民日报》报道会演结束。至于当时的其他作品如京剧《龙江颂》《杜鹃山》《平原枪声》《海岛女民兵》、舞剧《沂蒙颂》、钢琴伴唱《红灯记》等均是以样板戏的"三突出"原则所创作出的现代剧，它们并不是"样板戏"。

20 世纪五六十年代，剧作家黄泳江创作了一部名叫《革命自有后来人》的电影剧本，它以东北抗日联军为原型，反映了他们的抗日斗争，其故事发生地在虎林铁路上的"辉崔"小站（黑龙江省五大连池市龙镇境内）。1962 年，黑龙江省哈尔滨市京剧团的史玉良、王洪熙、于绍田三人将黄泳江的电影剧本《革命自有后来人》改编为京剧。同年 9 月，《电影文学》杂志第 9 期又刊登了沈默君和罗静的电影文学剧本《自有后来人》（又名《红灯志》），1963 年，沈、罗二人的剧本被拍成电影后在全国上映。1963 年 6 月，周恩来总理陪同朝鲜贵宾在哈尔滨市观看了哈尔滨京剧团演出的《革命自有后来人》。1964 年 2 月，哈尔滨市京剧团携《革命自有后来人》参加了"黑龙江省京剧现代剧目观摩演出"；7 月，该团又携《革命自有后来人》参加了在北京举办的"全国京剧现代戏观摩演出大会"，一同演出的还有中国京剧院一团的《红灯记》。两个剧团演出的京剧剧名不同，但内容相同。江青决定把两个剧合并为《红灯记》。随后，凌大可、夏剑青将其改编成沪剧《红灯记》，主角从李铁梅变为李玉和，剧中人王金才改名为王连举，还改变了一些唱腔、动作、场景的设计等。不久，文化部副部长林默涵指示中国京剧院总导演阿甲排演京剧《红灯记》。1964 年底，翁偶虹（1908—1994，原名翁麟声，北京人）和阿甲（1907—1994，原名符律衡，江苏武进人）又根据沪剧《红灯记》改编出了现代京剧《红灯记》，剧本发表在《剧本》杂志第 11 期；1965 年第 2 期的《红旗》杂志也发表了他们的剧本。现代京剧《红灯记》是中国京剧院的优秀保留剧目，全剧共十一场，分别为：第一场"接应交通员"，第二场"接受任务"，第三场"粥棚脱险"，第四场"王连举叛变"，第五场"痛说革命家史"，第六场"赴宴斗鸠山"，第七场"群众帮助"，第八场"刑场斗争"，第九场"前赴后继"，第十场"伏击歼敌"，第十一场"胜利"。此京剧的内容是：抗日战争时期，东北某地隆滩火车站的铁路工人、共产党员李玉和与上级派来的一个交通员接头。此事却被敌人知道了，他们对火车站实行了戒严。火车进站后，交通员从车上跳下来摔昏，李玉和在王连举的掩护下，把交通员背到自己家中。对上暗号后，交通员把密电码交给李玉和，让他设法交给柏山游击队的磨刀人。李玉和带着密电码来到接头地点，磨刀人也赶到了。二人正欲接头时，出现了日本宪兵。日本宪兵搜查在场人员时，李玉和把密电码放进了饭盒。敌人没有搜出密电码，但逮捕了王连举。王连举经受不住拷问，供出了李玉和。李玉和于是被捕。宪兵队长鸠山对李玉和软硬兼施，用尽了所有伎俩，但李玉和死不开口。鸠山又到李玉和家中骗取密电码，没有骗到。随后，李玉和的女儿李铁梅带上密电码，在邻居田慧莲一家的掩护下，直奔柏山而去。路上，李铁梅遇到了磨刀人。此时，鸠山率宪兵队正在追赶李铁梅。磨刀人让一个战士护送李铁梅上山，然后自己率领部分战友阻击敌人。战斗间，柏山游击队从山上杀下来，把敌人一举歼灭。铁梅上山后把密电码交给游击队长，众战士欢庆胜利。1970年2月9日，《人民日报》发表红岭的文章《不屈不挠斗敌顽——赞李玉和的革命英雄主义精神》，认为李玉和的革命英雄主义突出表现在他勇敢无畏、一往无前的进攻性格；他不仅敢于斗争，而且具有善于斗争的精神；他具有生为人民战斗、死为革命献身的气度。该文进一步确定了京剧《红灯记》的经典地位。[①]1970年，八一电影制片厂摄制了普通彩色京剧艺术片《红灯记》，时长112分钟，由中国京剧团《红灯记》剧组演出，影片导演是成荫，编剧是阿甲。

曲波的长篇小说《林海雪原》在1957年出版后，北京人民艺术剧院从1958年开始就上演了四幕九场话剧《智取威虎山》，到1964年7月23日的最后一场演出，共演出了190场。话剧《智取威虎山》的演出，引起了京剧界的关注，很快就出现了3个京剧改编本：北京京剧院的京剧《智取顽匪座山雕》、上海京剧院的京剧《智取威虎山》、范钧宏的京剧《林海雪原》。其中上海京剧院的《智取威虎山》后来成了"样板戏"《智取威虎山》的最初版本。1958年春天，上海京剧院一团的几位演员，决定把小说《林海雪原》中杨子荣打进威虎山、活捉匪首座山雕那一段故事改编成京剧。他们拟定提纲后，分头去写。最后，申阳生把各人写的草稿整理后，起名为《智取威虎山》。剧团对剧本表示肯定后，决定排练。1958年9月17日，《智取威虎山》在中国大戏院正式公演。1963年，上海京剧院院长周信芳得知要在北京举行全国京剧现代戏观摩演出大会的消息，于是提出对《智取威虎山》进行加工修改。随后，剧院指派陶雄、刘梦德对剧本进行了修改加工。该稿在结构上保留了1958年演出本的原有基础，但整体上显得粗糙。1964年12月20日，上海京剧团的剧本《智取威虎山》发表在《剧本》第12期。在全国京剧现代戏观摩演出大会期间，毛泽东观看了《智取威虎山》，提出"加强正面人物的唱，削弱反面人物"的指示。演出大会结束后，上海代表团在京请来小说作者曲波和他的爱人以及当年的战友孙大德，他们为剧组讲述了杨子荣的战斗故事和牺牲经过，并讲述了他

---

① 参阅王飞《现代京剧〈红灯记〉诞生的前前后后》，《湖北档案》，2011.12。

们当年剿匪的经历。1965 年 3 月，《智取威虎山》的第三次修改启动，至 1966 年 5 月，《智取威虎山》在剧本、音乐、表演形式、舞台装饰、演出阵容等方面基本上确定了下来。1969 年，上海京剧团对《智取威虎山》又进行了集体修编，最终定稿。全戏共分十场，每一场包括舞台说明、文学唱词（以唱段形式出现）、人物对白等，语言经过千锤百炼，精益求精。《智取威虎山》的具体情节是：1946 年冬，我人民解放军在东北战场取得辉煌胜利，为落实毛泽东主席"建立巩固的根据地"的指示，某部团参谋长少剑波率领一支追剿队进入深山，以便消灭逃进威虎山的座山雕土匪武装。途中，小分队抓获了座山雕手下的情报副官一撮毛，经反复提审，少剑波掌握了座山雕的情况。少剑波于是派侦察排长杨子荣装扮成土匪，打入威虎山土匪窝中，自己则率领追剿队进驻夹皮沟，组织民兵，发动群众恢复生产。杨子荣凭借丰富的战斗经验，多次战胜了凶恶狡猾的座山雕的盘问与试探，取得了座山雕等人的信任，被封为威虎山老九。杨子荣利用"九爷"的身份，以"练兵"为名，送出情报。当追剿队得到情报，整装待发时，被我方逮捕的土匪栾平在被押送途中逃到威虎山，这给杨子荣造成了严重威胁。但杨子荣临危不惧，机智沉着，抓住栾平的弱点主动进攻，最后亲手处死栾平。杨子荣借给座山雕祝寿之机，将全部匪徒集中在威虎厅用酒灌醉。当追剿队和民兵及时赶到后，他们与杨子荣里应外合，彻底消灭了这股顽匪。

京剧《沙家浜》的前身是沪剧《芦荡火种》。1958 年，上海市人民沪剧团的编剧文牧根据崔左夫的革命回忆录《血染的姓名——三十六个伤病员斗争纪实》创作了抗日传奇剧《碧水红旗》，公演时改叫《芦荡火种》。《芦荡火种》讲述 1939 年秋，由叶飞率领的新四军第六军团为主的抗日义勇军离开苏常地区后，留下的数十名伤病员在面对日伪顽匪相互勾结、下乡"扫荡"的事情时，他们在地方党组织和群众的支持帮助下，不畏艰险，重建武装、坚持抗日斗争。1963 年，江青在上海观看了沪剧《芦荡火种》的演出，要求北京京剧团将它改编成京剧。

北京京剧团于是成立了由汪曾祺、杨毓珉、肖甲、薛恩厚四个人组成的创作组，将沪剧《芦荡火种》改编成名叫《地下联络员》的京剧。但该剧在北京公演时还是叫《芦荡火种》。最终，毛泽东同志将它的名字确定为《沙家浜》。《沙家浜》的剧本在1965年3月18日的《人民日报》上开始连载。《沙家浜》讲述在抗日战争时期，江南新四军某部指导员郭建光带领十八名新四军伤病员在沙家浜养伤。他们和当地群众生活在一起、战斗在一起，结下了鱼水之情。反动武装忠义救国军的头子胡传魁、刁德一秉承日寇大佐黑田旨意，千方百计地搜捕新四军伤病员。郭建光在对地方党政干部作了反扫荡的布置后，率领伤病员暂时隐蔽在芦苇荡里。沙家浜镇上的茶馆老板娘阿庆嫂是党的地下联络员，她利用胡传魁、刁德一之间的矛盾，机智地与他们进行了斗争，并在党的领导和群众的协助下冲破险阻，终于将18个伤病员安全转移。胡传魁和刁德一当着阿庆嫂的面拷问沙奶奶和革命群众，阿庆嫂和沙奶奶互相掩护，沙奶奶痛斥敌人，其间，阿庆嫂乘机了解了敌司令部的虚实，然后配合郭建光率领的痊愈归队的战士们和大部队，活捉了日寇黑田和汉奸胡传魁、刁德一。

交响音乐《沙家浜》是中央交响乐团根据现代京剧《沙家浜》改编而成的。在当时，它的意义不仅仅是用一种新的艺术形式丰富了舞台，而且它响应了毛泽东所提出的"古为今用、洋为中用"的口号。该交响音乐由西洋管弦乐队、京剧锣鼓四大件和从美声唱法改行而来的京剧演员演出。从艺术上来讲，它既有交响音乐的宏大气势，又保持着京剧的基本风格，给人耳目一新之感觉。

1963年，江青以需要一出写工人题材的戏为由，决定将上海京剧院李晓民创作的淮剧《海港的早晨》改编为京剧。淮剧《海港的早晨》由上海京剧院在1964年演出后，受到刘少奇和周恩来的肯定和鼓励。1964年冬，张春桥按江青的要求命令中共上海市委书记处书记石西民、市文化局副局长李太成具体负责将《海港的早晨》改编为京剧，石西民等组织郭炎生、何慢、杨村彬为编剧，将《海港的早晨》改编成了京剧，取名《海港早晨》。1965年2月1日，《海港早晨》首演于人民大舞台。江青看后不满意，决定由闻捷、郑拾风、李晓民、郭炎生、何慢五人对其进行改编。1965年4月2日改编本完成。试演后，江青指责其无冲突。创作组于是反复修改，于1966年5月完成修改，剧中主人公名字由金树英改为方海珍，剧名也改成了《海港》。1966年10月1日，京剧《海港》在沪东工人文化宫上演。1967年春，该剧进京参加《在延安文艺座谈会上的讲话》发表25周年纪念演出，5月31日，京剧《海港》和《红灯记》等八部戏被《人民日报》社论《革命文艺的优秀样板》树立为"样板戏"。6月22日，毛泽东在中南海审看了《海港》后，建议要突出敌我矛盾。创作组又先后调张士敏、王炼、黎中城、刘梦德进一步反复修改，强调了阶级斗争，塑造了阶级敌人钱守维的形象。《海港》讲述的故事是：码头上，一批稻种要装上船，一批援外小麦要装入仓库。青工韩小强在装卸中跌落麦包，暗藏的阶级敌人钱守维，乘机将玻璃纤维连同散麦一起装入包内，继而又指使韩小强将一包稻种当作麦包扛进仓库，企图制造错包事件，破坏我国的国际声誉。装卸队党支部书记方海珍发现散包事故，立即发动群众，追查事故起因。在方海珍的领导下，大家连夜翻仓，迫使钱守维露出破绽。方海珍又和退休工人马洪亮一起对韩小强进行回忆对比的思想教育，韩小强觉悟了，揭发了钱守维的罪行，从而揪出了这个暗藏的阶级敌人，完成了援外任务。1972年2月1日，《红旗》第2期发表了由上海京剧团《海港》剧组集体改编的革命现代京剧剧本《海港》（1972年1月演出本），同期配发了闻军的评论文章《无产阶级专政下继续革命的光辉典型——赞方海珍形象的塑造》。3月，《海港》剧本由上海人民出版社出版。中央人民广播电台播送了全剧录音。1971—1973年，上海电影制片厂的导演傅超武、谢晋、谢铁骊先后两次拍摄了《海港》彩色戏曲片，并在全国公映。

京剧《奇袭白虎团》由李师斌、方荣翔、李贵华根据中国人民志愿军侦察兵副排长杨育才在金城战役中的英雄事迹编写而成，参照的是《志愿军英雄传》中的《奇袭》一文，后经孙秋潮执笔加工完成。《奇袭白虎团》的初创是在朝鲜战场上。1955年，中国人民志愿军京剧团首演了此剧。1958年，中国人民志愿军京剧团从朝鲜回国后，与山东省京剧团合并，对《奇袭白虎团》又进行了修改。1964年，《奇袭白虎团》参加了京剧现代戏观摩演出大会。1967年，《奇袭白虎团》被封为"样板戏"，但导演尚之四和编剧之一的孙秋潮却被打成"反动学术权威""牛鬼蛇神"而横遭批斗。《奇袭白虎团》的剧情是：1953年，朝鲜金城前线附近安平村的老百姓与中国人民志愿军和朝鲜人民军建立了深厚的感情。志愿军某部战斗英雄严伟才排长曾在安平村一带与敌人作过战，受到当地老百姓的爱戴和拥护。安平村村民崔大娘是拥军模范，她的儿子参加了人民军，儿媳崔大嫂是支前模范。严伟才负伤后曾住在崔大娘家，崔大娘给予了他精心的照料。敌人将村里的老百姓和崔大娘抓去修筑工事并发现崔大娘与我军有联系后，便将她抓去审问。崔大娘揭露了敌人的侵略罪行。敌人恼羞成怒，将崔大娘杀害。严伟才和战士们听到崔大娘被杀害的消息，义愤填膺，决心要为崔大娘报仇。敌人派"王牌军"首都师"白虎团"为主力，向我军疯狂进攻，妄图实现其"北进计划"。为了粉碎敌人的进攻，我军决定在金城发起大反击。严伟才和战士们积极向团部请战。王团长考虑到严伟才在上甘岭战役中曾率领全排战士战胜了两个营的敌军兵力及几百门大炮的轰击，声名显赫，于是派严伟才率领一个尖刀班插入敌人的心脏。深夜，严伟才在朝鲜人民军派来的联络员韩大年和金大勇的协助下，化装成美、李伪军，越障碍、跨天险，冲过了敌人的多道防线，排除了敌人的多个地雷，抓住了敌人的巡逻兵，了解到敌人的最新部署。在担任穿插任务的志愿军某营的配合下，严伟才他们活捉了白虎团团长白昌谱及美国顾问，捣毁了"白虎团"团部，打乱了敌军的部署，为全线反击创造了有利条件。1972年11月1日，《红旗》杂志第11期发表了由山东省京剧团《奇袭白虎团》剧组集体改编的革命现代京剧剧本《奇袭白虎团》(1972年9月演出本)，并配发了路戈的文章《中朝人民战斗友谊的壮丽颂歌——评革命现代京剧〈奇袭白虎团〉》。11月3日，《人民日报》也发表了《奇袭白虎团》剧本。11月，《奇袭白虎团》1972年9月的演出本由上海人民出版社出版。同年，该剧由长春电影制片厂摄制成艺术片，基本保留了京剧的剧情。

　　芭蕾舞剧《白毛女》是由上海舞蹈学校在1964年根据同名歌剧改编而成的故事剧，后逐渐发展成大型舞剧。《白毛女》的舞剧剧本由贺敬之、丁毅执笔，马可等作曲。它的故事是：新中国成立前，贫苦佃农杨白劳和女儿喜儿相依度日。邻居王大婶及其儿子王大春常照顾杨家父女，两家关系融洽和睦。喜儿和王大春相处日久，情投意合。两家老人商定秋后为他俩完婚。恶霸地主黄世仁欲霸占年轻貌美的喜儿，遂与管家穆仁智设计，以重租厚利强迫杨白劳在年内归还欠债。旧历除夕，杨白劳因无力偿还重利，被黄世仁逼迫在喜儿的卖身契上画了押。杨白劳痛不欲生，回家后饮盐卤自尽。喜儿被抢入黄宅后，受尽折磨。黄世仁为斩断喜儿和王大春的关系，夺回了王家的租地，驱逐王大婶母子离村，又伺机将喜儿奸污。王大春救喜儿未成后，投奔红军。怀有身孕的喜儿在黄家女佣张二婶的帮助下逃离虎口，途中生下婴儿，但旋即夭折。喜儿后来独自进入深山穴居，风餐露宿。日久，喜儿的一头青丝变成白发。她常到破庙中取供品充饥，被村人视为"白毛仙姑"下凡。抗战爆发后，王大春随八路军回到家乡。此时，黄世仁制造"白毛仙姑"降灾的谣言来惑乱众人。留乡工作的王大春决定跟踪"白毛仙姑"，一探究竟。王大春跟踪后，发现"白毛仙姑"竟是喜儿。两人于是在山洞中相逢。在全村公审会上，黄世仁、穆仁智受到严惩。喜儿绝路逢生后，白发复换青丝，终于和王大春喜结良缘。

芭蕾舞剧《红色娘子军》根据梁信编剧的同名电影改编而成。1964 年，中国国家芭蕾舞团成功首演了该剧。该剧的剧情是：在 20 世纪 30 年代的海南岛，贫农女儿吴琼花被绑吊在恶霸地主南霸天土牢的柱子上，狗腿子老四奉命将她卖掉。吴琼花满腔仇恨，踢倒老四后逃走了。深夜里，吴琼花被追来的恶奴捉捕，被打得遍体鳞伤，昏死过去。南霸天以为吴琼花已死，遂与奴仆仓皇而去。红军干部洪常青与通信员小庞化装后侦察敌情，途经椰林时，救起吴琼花，问明身世后，指引她投奔红区。几天后的上午，在红色根据地，军民共庆红色娘子军连的成立。吴琼花历尽艰辛赶到会场，受到热烈的欢迎和亲切的关怀。她愤怒地控诉了南霸天的滔天罪行，激起了军民的万丈怒火。娘子军党代表洪常青用吴琼花的世代冤仇来教育广大军民。吴琼花随即加入娘子军。黄昏，南霸天在给自己庆寿，洪常青乔装为归国华侨巨商，进入南府，他和娘子军约定午夜以鸣枪为号，里应外合，歼灭南贼。入夜，吴琼花悄悄进入匪巢与小庞联络。她一见南霸天，就抑制不住满腔怒火，擅自向南贼开枪，结果过早地暴露了战斗信号。南霸天从地洞潜逃。洪常青与战友齐攻匪巢后开仓分粮。洪常青对吴琼花违反纪律、打乱作战部署的事情进行了批评教育。吴琼花决心为解放全国而战斗。不久，敌人进犯解放区。为歼灭敌人后援，红军主力部队迅速转移，插入到敌军后方。洪常青率领战士们把守住山口阻击敌人。任务完成后，洪常青掩护战友撤离阵地，自己不幸身负重伤昏迷不醒。南霸天俘获了洪常青。红军主力以排山倒海之势，追歼匪军。黄昏，红军主力逼进南霸天老巢。南霸天威逼洪常青投降。洪常青怒斥南霸天，断然拒绝，英勇就义。最终，红军歼灭了南霸天，解放了椰林寨。琼花接任了党代表职务。广大群众纷纷参加红军。战斗的歌声响彻云霄。

欧阳子短篇小说集《那长头发的女孩》：描写人类情爱丑陋、畸形的作品

欧阳子（1939—），本名洪智惠，生于日本广岛，台湾南投县人。小说集《那长头发的女孩》6月份由文星书店出版。其中的《那长头发的女孩》中的女主人公敦治当年不顾父母的反对嫁给了丈夫鸿年，她认为爱情能克服一切困难。但四年后，她目睹了丈夫的越轨行为，从此对爱情彻底失望，人生也失去了色彩。她没办法原谅丈夫，于是把儿子当成自己情感的慰藉。她想掌握儿子的一举一动，于是任意翻阅儿子的信件。当她发现一个长头发的女孩和儿子有书信来往时，她总觉得这个女孩一定是想偷走她的儿子，于是千方百计试探儿子的态度，说女孩的坏话，甚至以哭相逼。儿子在无奈之下显示出痛苦，她以为这痛苦是因自己而起，立刻感觉到安慰，可当她得知这一切其实与自己毫不相干后，她又陷入了失望之中。敦治需要的是儿子只爱她一个人。她不但把母爱无私地给了儿子，还把从丈夫身上收回的爱情也给了儿子。在这种情况下，她怎能满足于儿子对她基于义务和责任感的情意呢？作者在刻画人物心理时，精雕细刻，层层剖析，仿佛电影的特写镜头，慢慢推近，及至把人心的最深层面、最阴暗的一隅无情地翻出来放大在读者眼前。和《那长头发的女孩》一样，欧阳子的几乎每一篇小说都涉及了情爱，但这种情爱与传统的爱情中的情爱很不相同，它们都暴露了人类爱情中丑陋、畸形、自私自利的一面，多是不正当的情爱关系，使人看不到男女双方脉脉温情的相守和心心相印的美感。1972年，欧阳子又出版了小说集《秋叶》，但里面的大部分作品是对小说集《那长头发的女孩》的修改。作者对这些小说进行重写或大改时，都精细地描写了人物的心理，而且结构严谨。一个小说家能如此精细地修改自己的作品，在世界小说史上，可能也是一个特例。

司马中原长篇小说《狂风沙》：描绘了一幅宏伟壮阔、神秘传奇的历史画卷

司马中原（1933.2.2—），本名吴延玫，江苏淮阴人。《狂风沙》9月份由台湾皇冠出版社出版，是作者的经典之作，曾入选《亚洲周刊》评选的"二十世纪中文小说一百强"。小说以苏北农村为背景，以关八爷带领的一群饱受北洋军阀盘剥和欺凌的北方汉子为主要人物，以走私食盐为主线，描绘了一幅宏伟壮阔而又神秘传奇的历史画卷。在这里，关八爷把抵抗北洋军阀、暗助北伐军的统一大业作为自己毕生的大事。他通达世故，明辨是非，以一种特有的草根智慧，在儿女情长、公众利益、家族恩怨和民族大义的取舍上，黑白分明，凛然正直。他的大智大勇降服了土匪，揪出了家族的内奸，甚至发动盐城百姓抵抗了北洋军阀的暴政；同时他也付出了惨痛的代价：一起出生入死的兄弟填身沟壑，对他情深义重的女人抱憾而亡，他瞎了一只眼后虽然有小馄饨陪伴，但还是悲怆地远走他乡。整部小说明线暗线相交，气势恢宏，情节曲折跌宕，充满了粗犷的乡野风情和浓郁的中国色彩。

1968 年

钟肇政长篇小说《台湾人三部曲》：讲述台湾人民抗击日本侵略者的小说

钟肇政（1925.1.20—），台湾桃园人。《台湾人三部曲》主要讲述了台湾人民抗击日本侵略者的故事，全书分为《沉沦》《沧溟行》《插天山之歌》三部。1964 年，钟肇政开始创作三部曲当中的第一部《沉沦》，1967 年 11 月开始发表于台湾报纸，至 1968 年 6 月连载完毕，当月由兰开书局出版，共分上、下两册。《沉沦》记述了日本占台初期名门大族的陆家子弟兵，祭祖誓师，奋起抗日。他们在民间抗日领袖吴汤兴、姜绍祖的率领下，杀敌献身。第二部《沧溟行》于 1976 年 8 月在台湾报纸发表，至 1977 年 1 月连载完毕，同年 10 月，竹南七灯出版社出版了单行本，写 20 世纪初，陆家第六代青年陆维梁继承前辈抗日传统，组织和领导农民反剥夺、反压榨、抗租请愿、英勇斗争，最后，陆维梁跨越海峡，回归大陆，与祖国融为一体。第三部《插天山之歌》于 1973 年 6 月在台湾报纸连载，至 10 月连载完毕，1975 年 5 月由志文出版社出版。描写陆家第七代青年陆志骧在东京参加秘密抗日组织，潜回台湾后，隐蔽于插天山，一直坚持到抗日战争胜利。三部小说以日本占据台湾到抗日战争胜利为背景，以台湾陆氏家族的抗日斗争为主线，描写了 50 年时间里台湾同胞前仆后继，英勇反抗日本殖民统治的可歌可泣的英雄事迹，字里行间洋溢着中华民族的浩然正气和浓郁的乡土气息。1980 年 6 月，三部小说合并为长篇小说《台湾人三部曲》，由远景出版社出版发行。

无名氏（卜乃夫）的中篇小说《塔里的女人》："文革"时期被广为传抄的上海"孤岛"时期的小说

无名氏（1917—2002），本名卜宁、卜宝南，又名卜乃夫。香港知名报人，原籍江苏扬州，生于南京。中篇小说《塔里的女人》本年在社会上被传抄（一说1970年被传抄），一直流传到"文革"结束。该小说本来是20世纪40年代上海"孤岛"时期出现的小说，曾被"左翼"文坛视作荒诞离奇、逃避现实的"庸俗"之作，认为它"冲洗了求民主的呼声"；"右翼"文坛也认定它是整个抗战期间写得"最为恶劣的作品"。"文革"时期，《塔里的女人》却被广为传抄。小说主要讲一个很有名望、很有身份的小提琴家罗圣提和一个外交官女儿黎薇的爱情故事。罗圣提与黎薇相识不久，黎薇提出结婚，但罗圣提却已婚了。黎薇受到刺激，于是与罗圣提分手。黎薇最后进入了修道院。小说结尾是若干年后，罗圣提带着忏悔之心去修道院看望黎薇，黎薇走出来，怀中抱着一只猫，她已经遗忘了和罗圣提曾经发生过的事情。罗圣提于是无限惆怅。小说中的塔是"艺术之塔""精神之塔"和"孤独之塔"。黎薇最终把自己封闭在了"精神之塔"中。《塔里的女人》在北京、南京以及北大荒"疯魔"了许多女青年。它由书面文字变成口头语言后，在许多知青点及社会各阶层中流传。如今，一些人还能背诵出其中的片段。小说在传抄过程中，曾出现过不同版本和名称，比如南京流传时被改名为《塔里"木人"》，西安流传时被改名为《塔姬》。后来，有人又将其由口头语言写成文字。1967年，台湾将《塔里的女人》拍摄为同名电影；1990年，台湾又将《塔里的女人》拍摄为电视连续剧，故事架构虽然依据了无名氏的原著，但编剧和导演在原单纯的故事上，又加入了不少的情节和血肉。大陆在2011年也拍摄过一部电视连续剧《塔里的女人》（又名《爱可以重来》），但故事情节及人物并非来自无名氏的中篇小说《塔里的女人》。

1969 年

於梨华长篇小说《焰》：书写 20 世纪 50 年代初期台湾大学生生活的小说

《焰》在 9 月份由台湾皇冠出版社出版。小说写了 20 世纪 50 年代初台湾的大学生生活，追记了当时几位出色的女性，追述了当年校园里不安静的现象。故事发生在 1949 年到 1953 年期间，三位大学女生王修慧、殷莫迪、郑湄珠各有各的个性。王修慧的脾气是我行我素，从不在乎别人的批评，自成一格，但她生性善良诚恳，只是因为生活中没有一个人关心她或保护她，她才装出"不在乎"一切的样子。殷莫迪明朗闪亮，像一颗不停顿的水珠，又像一团火，偶尔管管闲事，打抱不平一下，她是一个听心而不听脑的女孩。郑湄珠是音乐系的学生，有声乐的天赋，也有曼妙的身材，十五岁就很成熟了。小说还写了另外两位女性：一个是莫迪的同学王之璎，另一个是莫迪的母亲。作者对王之璎的着墨虽然不多，但却写出了她浑身所透出的高贵娴雅的气质，说明她是那个时代里的一位出淤泥而不染的女孩，这也许跟她对男朋友赵中忠贞不渝的爱有关。殷莫迪的母亲放弃自己老年时候的清闲，却去保护女儿的好友王修慧的名誉，替她带养未婚生产的婴儿，不让她为一桩年轻人的错误而耽误一生。如此为人牺牲的情怀，显示了伟大的母爱。

1970 年

张扬小说《第二次握手》：大胆突破禁区，歌颂了人性人情

张扬（1944.5—），河南长葛人，在湖南长沙长大。1963 年 2 月，张扬写出短篇小说《浪花》，后来改成中篇小说《香山叶正红》，主题由"消极"改为积极。1969 年，张扬开始对《香山叶正红》进行大面积改动。1970 年，张扬因被指怀疑"文化大革命"，所以在 1 月份开始了逃亡生活。张扬在湖南省的汨罗县和长沙市逃亡期间，将《香山叶正红》改成了长篇小说，并将题目改为《归来》，其手抄本很快于当年在全国流传开来。《归来》在流传的过程中出现了各种各样的名字，比如《氢弹之母》《归国》等。其中有一本流传到北京一个工厂里的书没有封面，一名工人看完后，在一张纸上面写了《第二次握手》的书名后贴在上面。从此，长篇小说《归来》在北京以《第二次握手》为名向全国扩散，并为广大读者所接受。《第二次握手》是"文革"时期最有影响的手抄本小说。1970 年，张扬还是因被指责怀疑"文化大革命"而被关进了监狱，1972 年 12 月 29 日才被释放。1974 年夏，张扬在长沙又写起了另外一稿的《归来》，这是一部 20 余万字的长篇小说。1974 年 10 月，姚文元将《归来》定性为"实际上是搞修正主义，反对毛主席的革命路线"的小说。张扬于是在 1975 年 1 月 7 日被拘留，1976 年 3 月 24 日被正式逮捕，定的罪状为：一是利用小说反党；二是吹捧"臭老九"；三是鼓吹科学救国；四是明明不准写爱情了，还非写不可。1976 年 6 月 18 日，湖南省公安厅将张扬起诉至法院，要求判处死刑。湖南省法院于 7 月 28 日受理该案后，感到这是一起冤案，于是将案子拖延下来。1978 年，《中国青年报》将此案上报中央领导，中央领导高度重视。1979 年 1 月 18 日，张扬走出监狱，结束了 4 年零 11 天的囚徒生活。张扬出狱后，在北京修改了《归来》。1979 年 7 月下旬，《归来》在中国青年出版社出版，经张扬同意，其名被改为《第二次握手》。小说在 3 个月时间内的发行量达到了 300 多万册，成为该出版社成立 30 年以来小说发行史上的一个奇迹，也在新时期以来我国当代长篇小说发行量中占据首位。1980 年，小说由北京电影制片厂拍摄为同名电影。2017 年，又被拍摄为电视连续剧。

小说讲述的故事是：1956 年秋，药物研究所苏冠兰教授的家里来了一个华侨打扮的不速女客。苏教授的夫人叶玉菡热情接待了这位客人，但苏教授却显得又惊愕又痛苦。来客在什么也没有讲的情况下，就匆匆离去了。原来，早在 1928 年，苏冠兰在齐鲁大学读书时，他在暑假去南京度假。有一天，一个名叫丁洁琼的姑娘掉进长江里，苏冠兰奋不顾身地跳江将她救起。攀谈之后，苏冠兰知道了丁洁琼主张科学救国，这和自己的主张不谋而合。共同的志向使两人产生了爱情。苏冠兰回到北方后，他父亲苏凤琪强迫他与故友的女儿叶玉菡成婚。苏冠兰说自己 20 年后再结婚，叶玉菡竟然同意了。然后，苏冠兰准备与丁洁琼一起赴美留学。但齐鲁大学校长、美国联邦调查局的特务查路德却只让丁洁琼一人赴美。丁洁琼到了美国后，在奥姆霍斯教授的指导和帮助下获得了博士学位，但因她反对美国在日本广岛使用原子弹，所以被美国监禁了起来。从此，丁洁琼中断了与苏冠兰的联系。苏冠兰与美国特务查路德搏斗时，叶玉菡用身子挡住了查路德射向苏冠兰的子弹，苏冠兰深受感动，便与叶玉菡结为夫妻。丁洁琼始终铭记着与苏冠兰的誓言，拒绝了奥姆霍斯对她的真诚爱情，毅然回到祖国。当她满怀希望地找到苏冠兰时，才知道苏冠兰已与叶玉菡结婚。丁洁琼怀着深深的痛苦，离开了苏冠兰的家，决定到遥远的边疆去搞科研工作。在周恩来总理的关怀和科学界友人的劝慰及苏冠兰、叶玉菡的热诚挽留下，丁洁琼抛开个人的不幸，重新振作精神，第二次和苏冠兰握起手来。小说大胆突破禁区，将视角锁定在知识分子身上，歌颂了人性人情，体现了作者独立的文学品格。①

1970 年 1 月及其以后传抄的小说还有毕汝协的《九级浪》、无名氏的《逃亡》、艾姗的《波动》等。

毕汝协被传抄的小说《九级浪》：消解"文革"文学"高大全"形象的小说

毕汝协（1951—），籍贯不详，定居在美国纽约。中篇小说《九级浪》是作者在 1968 年末、1969 年初写就的，约 10 万字。小说叙述有一天，"我"发现一个美丽的、气质不俗的少女从窗下走过。"我"于是期待着她每日都能出现。后来，"我"认识了她，并知道她名叫司马丽，然后和她一起去向老师学习画画，但老师骗奸了她。她从此走向堕落。"我"也跟着其他男性玩弄她。她是她父亲的小老婆生的，这使她在"文革"中备受歧视和屈辱。一个夜晚，"我"和她学画归来，在小胡同里，我们突然被流氓拦住。她被流氓拖到黑暗角落里强行施暴，"我"却仓皇逃跑了。后来，她被下夜班的工人解救了。"我"追随在她后面，发现她跑到了绘画老师的家里后，屋里的灯熄灭了。"我"受到毁灭性的打击，捂着脸跑开了。小说结尾是"我"与司马丽发生了性关系。她脱下衣服，胸部露出被烟头烫过的疤痕，她戴的乳罩是金丝镶边的（腐朽的象征）。"我"玩弄了她后，跟朋友说，老师是第一个玩弄她的人，"我"跟在后边，踏着老师的足迹，其他人也一个个地跟着上。小说的名字，缘于俄国画家埃瓦佐夫斯基的油画《九级浪》。司马丽堕落后，男青年们说她浪得很厉害，浪得够九级了（另一版本的小说结尾是男主角同司马丽一同前往山西农村插队去了）。作者以一种一反常态的写作方式及其主题，用正面接触小人物的笔法，来消解"文革"文学"高大全"的形象；甚至，他以反道德的激烈诉求来张扬性的自由和美，这是对正宗浪漫主义的反拨，是嬉皮士和雅皮士生活风格的最初呈现，其挑战主流意识形态的异见形象，被历史一举推到了前台。一时间，毕汝协和《九级浪》，成为那时最有趣的符号之一，被人们争相传告。②

---

① 参阅袁方芳《"文革"时期的手抄本小说》，陕西师范大学 2014 年硕士学位论文。

② 参阅刘自立《教我如何来想他！——毕汝协和他的〈九级浪〉》，《博览群书》，2003.5。

无名氏被传抄的小说《逃亡》：直面人生，大胆暴露"文革"期间知青悲惨生活的小说

1970 年冬天，北京流传一本叫作《逃亡》的小说。小说记述了在东北插队的几名知青扒火车返城的经历。这几名知青爬进了一列拉煤的空铁皮车厢里，他们在寒风中蜷缩成团，各自回忆起"文革"初期不同的生活情况，这些情况有人性的丑恶、污秽，也有一闪即逝的美妙片段。作者把每个人不同的回忆片段剪辑在一起，展现了"文革"的历史场景。小说结尾是在东北某一小站，人们发现了这几名知青已经冻僵了的尸体，他们抱在一起，在睡眠中离开了人世。小说写了他们在临终前梦到了自己的童年、少年，梦见了自己的父母亲人。该小说是一部敢于直面人生、大胆暴露黑暗面的作品。在当时，没有一部小说，能够把知青的悲惨命运揭示得这么尖锐、深刻。

艾姗被传抄的小说《波动》："文革"时期"地下文学"的佼佼者

《波动》的作者艾姗是著名诗人北岛。北岛（1949.8.2—），原名赵振开，祖籍浙江湖州，生于北京，香港中文大学讲师。《波动》初写于 1974 年，1976 年 6 月和 1979 年 4 月经过两次修改后，在 1979 年第 4 期至第 6 期的《今天》杂志连载，是北岛发表的唯一的一篇小说。1981 年 1 月，小说以北岛的本名赵振开发表在《长江》杂志第 1 期上。小说的主线是杨讯下乡做知青时偶遇了女孩肖凌，两人彼此相爱。然而，肖凌是高级知识分子出身，是被批判的罪人，社会地位低下，在刚下放农村的时候就委身给一个救过她性命的大学生，未婚先孕，生下了女儿。那大学生在回京之前许诺肖凌，他回京后就让自己的父亲动用权力将她从苦海当中打捞出来。但他却食言了，他回京后并没有再联系肖凌。杨讯的父亲对杨讯和肖凌相爱很是忧心，怕影响了儿子的前途，因为他想起自己当年与领导夫人相爱但最终没有得到好结果的往事。杨讯父亲于是拆散了杨讯和肖凌的爱情。小说的结尾是杨讯登上列车离开了家，而肖凌则在雨夜之中孤独地死去了。"《波动》是反映这些知青处于乡村与大城市之间——小城镇——亚文化区的已知的唯一一部小说，也是'地下文学'中已知的反映下乡知青情感生活的最成熟的一部小说。无论在艺术上还是在思想认识深度上，都是'地下文学'中的'佼佼者',并具有'长篇小说'的规模、气度"①。小说对高干子弟腐朽的贵族生活和小资情调进行了讽刺;对官员腐败和煤矿矿难进行了揭露。小说讲述的爱情凄婉而苦涩,塑造的人物为非脸谱化的人物,叙事角度切换快速,大量使用了人物对话,这些都显现出该小说远远超出了同时代的作品,而且现代色彩很浓。小说突破视觉限制,大胆使用了现代主义手法,深入描写了"文革"时期的各个阶层,带有很强的社会批判意识,实现了对封建传统、"文革"当权阶层和"文革"自身的批判;同时,小说也描写了人们渐渐觉醒的个人意识。②

李英儒长篇小说《女游击队长》和《上一代人》:作者在狱中以牙膏皮为笔创作出来的两部小说

李英儒曾以长篇小说《野火春风斗古城》驰名全国,1970年,他又因这部小说及其被拍摄的电影而被江青指使的人关进了北京的秦城监狱。在狱中,李英儒创作了两部长篇小说《女游击队长》和《上一代人》,合计100万字。两部小说是他在家人送来的一套《资本论》白边上,用牙膏皮的底角,蘸上墨水创作完成的。当妻子儿女秘密将圆珠笔和几支笔芯送进来后,他的小说创作进入到最佳最快的状态。1973年底,《女游击队长》初稿完成。1979年3月,小说由解放军文艺出版社出版,共58万字,描写八路军的一支游击队在女队长凌雪晴的领导下,逐步发展壮大,最后成为八路军主力,并将敌占区开辟为根据地。凌雪晴出身于贫苦农民家庭,质朴、坚强、多谋善断、严己宽人,集女性美德于一身。在果园大战中,凌雪晴指挥游击队员凭借6挺机枪、30支短枪、150支步枪,与上千日伪军展开了一天一夜的战斗,最后,游击队胜利突围。作者借用中国传奇小说的手法,对战斗场景的描写从容不迫,情节曲折,细节生动,张弛有致,铺展得体,深深吸引着读者。但该小说也有几点不足:第一是由于作者受到当时流行的"三突出"创作原则的影响,把凌雪晴塑造成了一个高、大、全的形象,这使凌雪晴和作者的《野火春风斗古城》中的金环相比起来显得不够生动、感人。第二是作者在使用中国传奇小说的创作方法时,有

---

① 参阅杨健《文化大革命中的地下文学》,朝华出版社1993.1,p166—172。
② 参阅张志忠《有待展开的当代文学可能性——以〈波动〉、〈公开的情书〉和〈晚霞消失的时候〉为例》,《文学评论》,2010.4。

些部分运用失当,使内容失于单薄、简单化。第三是整部小说的政治色彩比较浓,这削弱了它的艺术魅力。

《上一代人》也是李英儒在《资本论》的白边上用牙膏皮所制的笔,蘸着紫药水写出来的,原名《一代青春》。1974年11月29日,小说的写作完成。1982年12月,小说由山西人民出版社出版时改为现名。《上一代人》讲述1947年冀晋交界地区的阳岭村开展土地改革的故事。主要人物为复员军人、村支部副书记冷铁冰,寡妇安素寒,村支书兼农会主席白老木,胡助理员等。冷铁冰在作战中负伤后回到家乡,然后投入到土改和反击还乡团的斗争中。安素寒的丈夫在对敌作战中牺牲了,安素寒正派沉稳,对敌人不屈服。冷铁冰和安素寒恋爱后,在舆论压力下,最终没有结成眷属。冷铁冰最后在和还乡团作战时牺牲了。白老木狭隘、自私,但他为人老实,服从领导,于是受到了胡助理员等人的重用和赏识。胡助理员把阳岭党支部及支部书记、村长、农会主席、治安委员等视为土改的拦路石,听不得他们的不同意见,动不动就对他们打击报复。当冷铁冰对一些事情表达了自己的不同意见后,胡助理员便说他在反党,他于是被停了组织生活,并被审查。小说结尾是调戏了地主媳妇小剪刀的胡助理被提升为副区长。作者以解放战争和晋察冀的土地改革为背景,使用现实主义、批判现实主义方法,并吸收了中国传奇小说的手法创作了该小说。作者对冷铁冰的塑造最为成功,冷铁冰斗争性强,是一个有血有肉的农民战士形象;对胡助理及常副书记的塑造也较为生动,这与作者曾亲身参加过土改有关。小说的不足之处是未将视点完全移到揭示封建传统的层面上来,而是用过多的笔墨歌颂了正面人物冷铁冰的英勇斗争、忍辱负重,这使冷铁冰这一形象停留在了光辉榜样的层面上;另外,小说也用了过多的笔墨描写了对还乡团的斗争,但头绪太多,重点不够突出。

1971 年

张宝瑞被传抄的悬疑小说《一只绣花鞋》：中国悬疑文学的"先驱"

张宝瑞（1952.8.23— ），生于北京。张宝瑞是"老三届"毕业生，1970 年在北京铁合金厂当炉前工，他具有很高的文学天赋，口才极佳，因为三班倒，总上夜班，为防止自己和工友们犯困，作为班长的他，就给大家讲故事。从 1971 年开始，19 岁的张宝瑞将自己给工友们讲的故事写成了 4 万多字的小说《一只绣花鞋》，讲述的是"梅花党"的故事。张宝瑞的工友魏彦杰在仔细翻看《一只绣花鞋》时，大风卷起的炉灰在他的衣服上铺了厚厚一层，他竟全然不顾。这一幕给张宝瑞带来了创作的动力，他在一盏摇曳的油灯下，用一支支简陋的圆珠笔在一本本印有天安门图案的日记本上进行创作。1974 年夏，张宝瑞把三年时间里给工友们讲述的故事加入《一只绣花鞋》中，使其由 4 万多字扩充为一部 12.5 万字的小说。随后，张宝瑞用圆珠笔把小说工工整整地抄在日记本上，然后通过在内蒙古大草原插队的哥哥，在西北当兵的表哥，以及在东北军垦，在山西、陕西插队的同学，将这部小说流传到社会上，引起了更大的轰动。一次，张宝瑞见到了《一只绣花鞋》的传抄本，但它在传抄中因为被不同的人加工，所以已经变得面目全非了。《一只绣花鞋》讲述的是新中国成立前后我侦察员与敌特斗争的故事。敌特梅花组织的每个成员都带有"梅花"标志，"党魁"白敬斋有三个如花似玉的女儿，分别是白蔷、白薇和白蕾，梅花组织第二号人物黄飞虎也有两个风韵十足的女儿，这五个女人号称"五朵梅花"，手段各有千秋。1948 年，南京国民政府风雨飘摇之际，我党地下工作者龙飞与白敬斋的二女儿白薇同窗相恋以后知道了白薇的身份，于是受地下党组织的委派，潜入紫金山梅花组织总部，偷取记有梅花组织人名单的"梅花图"，结果失败，龙飞顺利逃遁。此后，"梅花图"音信杳无，图上的人名单成为悬秘……20世纪60年代初期，一系列怪事接连发生：某港口城市的潜艇设计图纸外泄；老虎滩出现了一个伪装的女尸；火葬场"闹鬼"；看门老头的假腿里发现了发报机；重庆废弃教堂的楼板上发现了一只华丽的绣花鞋，一个清洁工横尸楼前；武汉长江大桥的哨兵遇到了一个临产的孕妇，没想到她的腹部绑着一个炸药包……种种迹象表明，已销声匿迹十余年的"梅花党"又开始蠢蠢欲动。我反间谍机关派出龙飞、肖克、南云等优秀特工人员，分头出击，有的打入"梅花党"内部，有的闯荡江湖，由此展开了跌宕起伏、险象环生的寻找"梅花党"的惊险故事……小说融侦探、悬疑、恐怖色彩于一体，在当时引起了极大的轰动效应。小说的结构复杂、内容环环相扣、情节细腻，引人入胜。张宝瑞透露，实际上，小说里的"龙飞"就是他自己，当时的他和"龙飞"一样，憧憬着美好的人生和真挚的爱情，白家的二女儿白薇是他当时的"梦中情人"。他对爱情的向往，处处投射在他的笔下。"文革"后，《一只绣花鞋》从地下走到了地上，1980年上映的影片《雾都茫茫》中的一些情节就来自该小说。2000年，小说由大众文艺出版社正式出版。2002年，根据小说改编拍摄的22集电视连续剧《一双绣花鞋》在全国上映。2003年10月，根据《一只绣花鞋》改编拍摄的26集电视连续剧《梅花档案》在全国播出，引起了热烈反响，收视率名列第一，被称为中国首部悬疑惊悚电视剧，直接带动了红色悬疑影视剧的制作和播出的热潮。有人称《一只绣花鞋》为中国悬疑文学的"先驱"。[①]

---

① 根据《时代邮刊》和《华商报》综述。

1972 年

浩然短篇小说《铁面无私》：丰富和拓展作者描写农村新人精神风貌的小说

《铁面无私》1 月 25 日发表在《北京日报》。小说主人公是一位姓侯的房东大娘，平日里以大公无私、坚持原则而著称，她看起来斤斤计较，实际上很爱护集体的一草一木，对孩子、军属、五保户充满了热情，并且敢于同觉悟不高、爱占集体便宜的人作斗争。侯大娘的形象栩栩如生、个性鲜明，丰富和拓展了作者自 20 世纪 50 年代通过小说创作来展示农村新人精神风貌的范围。

敬信短篇小说《生命》：揭示了"文革"时期夺权斗争的复杂性

敬信（1930—），本名李敬信，满族，辽宁岫岩人。《生命》1 月份发表在《工农兵文艺》（沈阳）第 1 期。小说讲述了上海"一月革命"兴起后，"四清"下台干部崔德利捷足先登，夺取了向阳大队的领导权，大队贫协主席老铁头与之展开了针锋相对的反夺权斗争。小说在一定程度上揭示了"文革"时期夺权斗争的复杂性。1973 年，辽宁大学中文系工农兵学员发起了对《生命》的批判；1974 年 1 月起，《辽宁日报》陆续发表文章批判《生命》；《辽宁文艺》第 2 期刊登了工农兵业余作者批判《生命》的发言记录；上海《朝霞》1974 年第 2 期也发表文章批判《生命》，认为小说描写的崔德利和老铁头之间的冲突，"不仅歪曲了一月革命风暴农村中的夺权斗争，而且也从根本上歪曲了'文化大革命'的性质"；《人民日报》《红旗》杂志、《解放军报》在 1974 年的《元旦献词》中也以《生命》为例，指出："'肯定无产阶级文化大革命还是否定无产阶级文化大革命'，这是当前意识形态领域内的一场尖锐的阶级斗争。由《生命》

及其所引起的讨论，使我们又一次看到这样的斗争在文艺战线上同样是激烈进行着的。"小说《生命》由此在全国范围内受到关注。1978年，小说得到平反。

"上海县《虹南作战史》写作组"长篇小说《虹南作战史》（第一部）：一部"主题先行"，演绎"两个阶级、两条道路、两条路线"斗争的小说

1970年6月，上海市革命委员会郊区组、上海县革命委员会、上海人民出版社为了贯彻5月6日徐景贤、朱永嘉在上海市革委会召开的出版工作座谈会上传达的张春桥、姚文元要求迅速改变"文革"兴起后出版物空白状况的指示，决定组织"三结合"（领导出思想，群众出生活，作家出技巧）写作组，编写一部反映当时在报纸、电台上正大力宣传的上海县七一公社号上大队坚持农村两条路线斗争事迹的长篇报告文学。写作组由5人组成（1名公社干部，代表县、社党组织来领导写作组，不参加具体写作；3名农村"土记者"，其中的2名是初中毕业的回乡青年，1名是小学未毕业者；1名出版社专业编辑），他们8月动笔，四易稿子，最后在1971年5月完成了30万字的长篇报告文学《号上作战史》，并由出版社印出1000册"征求意见稿"分发给有关单位和正在北京参加全国出版工作会议的各省、市代表。后来，中共上海市委写作组根据张春桥、姚文元等人的指示，提出把报告文学改编为长篇小说，指出小说要反映农业合作化运动中两条路线之间的斗争。写作组于是跳出号上大队范围，将报告文学改写成了描写整个上海郊区贫下中农坚持两条路线斗争的长篇小说，并起名为《虹南作战史》。1972年2月，小说第一部由上海人民出版社出版。全书除"引子"外，共4章28节，近40万字。1976年5月，约50万余字的第二部初稿完成，但不久，"文革"结束，第二部未能出版。

《虹南作战史》第一部讲述虹南村农会主任、团支部书记洪雷生带领虹南村第一个互助组，坚决抵制两极分化，积极投入拆廓战斗，战胜了春荒，增强了互助合作的集体力量的故事。南村的富农妄图螳臂当车，公开打出"富农互助组"的旗号，准备放火烧掉洪雷生互助组的集体猪棚，洪雷生紧紧依靠广大贫雇农，坚决打击富农的破坏活动，取得了第一个回合的胜利。《虹南作战史》给当年的大多数读者留下的是难以卒读的记忆。它作为一种意识形态话语的写作、作为一个失败的文本，在"文革"时期的主流文学中是最具代表性的。它是一部"主题先行"的小说。在最初创作报告文学《号上作战史》时，其确定的主题是写"农村两条路线斗争"。在由报告文学到小说的修改过程中，"两条路线"这一主题更为明确和突出，并且试图把小说写成农村"两条路线斗争"的"文学教科书"。这无疑是将合作化运动中"左"的倾向"合法化"，并且对其进行了扩大和强化，从而扭曲了历史。小说人物形象按"样板戏"人物模式和阶级分析的方法进行塑造。主人公洪雷生的形象按当时上海市写作组之下的文艺组的"方泽生"在《文汇报》上发表的《还要努力作战——评〈虹南作战史〉中的洪雷生形象》一文的评价是："洪雷生是在农业合作化运动中涌现出来的大批群众领袖人物的一个艺术典型。这个英雄形象所以引人注目，在于人物形象里如作者所说的'注入了某些新的因素'，即从社会主义社会中两条路线斗争的高度来塑造这个英雄形象，表现出了时代的风貌，反映了农业合作化运动这场斗争的本质，概括了从贫下中农中间成长起来的无产阶级英雄形象的特点。"① 这样的评价显然是"文革"主流意识形态主导的评价。在这个意义上，小说虽然写的是合作化运动的历史，但实际上是对"文革"所强调的"两个阶级、两条道路、两条路线"斗争的演绎。小说读起来味同嚼蜡，里面充斥着的议论给当时的读者和今天的研究者带来的是极大的反感。高度评价该小说的方泽生对此也表示了不满。②

南哨长篇小说《牛田洋》：一部假左真右的小说

南哨是林彪、"四人帮"横行时在一些报刊上出现的一个笔名。《牛田洋》2月份由上海人民出版社出版，其五分之一篇幅是毛主席语录。牛田洋是一处咸腥的滩涂，野战军来了之后才使它发生了巨变。具体情节是：1962年，我国进行国民经济调整，林彪下令广州军区陆军第四十一军一二二师一万多官兵卸甲荷锄"与海奋斗"。1966年5月7日，毛泽东将"牛田洋"树为典型，写下了"五七"指示：全体官兵要学工、学农、批判资产阶级，学生也可学工、学农、学军、批判资产阶级，学校的"学制要缩短，教育要革命，资产阶级知识

---

① 参阅方泽生《还要努力作战——评〈虹南作战史〉中的洪雷生形象》，《文汇报》，1972.3.18。
② 参阅王尧《"两条路线斗争"的"文学教科书"——关于〈虹南作战史〉》，《小说评论》，2011.2。

分子统治我们学校的现象，再也不能继续下去了"。部队、教育等领域的"文化大革命"由此被发动了起来。1979 年第 1 期《学术研究》发表的文章认为："《牛田洋》以'批林'为旗号，极力美化、颂扬和推销林彪路线的黑货，主要是通过'一号人物'师政委赵志海来体现的。小说的'内容提要'中，硬把他作为'叱咤风云、英勇无畏、刻苦学习、善于分析的英雄形象'推荐给读者。当年'四人帮'控制的一些报刊评论，也把他吹捧为'自觉执行毛主席革命路线的英雄'，赞美这个人物的塑造'是成功的'。既然如此，对赵志海的形象进行剖析，进一步揭穿他的实质，就显得很有必要了。小说在描写赵志海指挥围垦牛田洋的一系列情节发展中，煞费苦心地从三方面对他作了'着力刻画'：一是他如何'认真学习毛主席著作'；二是他如何'注重实践'，'反对天才论'；三是他如何同'修正主义路线和阶级敌人'作斗争。作者经过精心选择，特意从对待马列主义、毛泽东思想的态度上，从思想路线和政治路线上，赋予他们心目中的英雄以极端革命的色彩，以便把他树立起来。然而，事实又是如何的呢？他的本质，集中到一点，就是大搞假左真右。"①

靳凡中篇小说《公开的情书》：一篇描写一代人在黑暗中探索，接通了"五四"启蒙主义文学的经典文本

靳凡，原名刘青峰，生于 20 世纪 40 年代中期，山西人。《公开的情书》是书信体形式，一稿在 1972 年 3 月完成后，即以手稿和打印稿的形式在青年中流传；二稿完成于 1979 年 9 月，同年刊登在杭州师范学院的学生刊物《我们》上，正式发表在 1980 年的《十月》第 1 期，北京出版社 1981 年出版单行本。小说主要由老九、老嘎、老邪门、真真四个人在 1970 年 2 月至 8 月半年间互相写的 43 封信组成。这些信被分为四辑：第一辑"等待和寻找"（包括 10 封信）；第二辑"心的碰撞"（包括 10 封信）；第三辑"戴着镣铐的爱情"（包括 9 封信和 3 个附件）；第四辑"只有一次生命"（包括 14 封信）。具体就是：老久、老嘎、老邪门都是"文革"期间毕业的大学生。老久在某山区一家工厂的实验室工作；老嘎是一位画家；老邪门被下放在一个农场里；真真

---

① 参阅吴世枫、谭志图的《一个假左真右的图解式人物——评〈牛田洋〉中的赵志海形象》，《学术研究》，1979.1。

是老嘎大学里的同学，毕业后分配到西南山区一个小镇的一所中学教书，接受"再教育"。老嘎来到真真这里，向真真讲述他的朋友们学习、工作和探索的情况，使真真受到极大的震动。老嘎鼓励真真与老久通信。同时，老嘎给老久写了信。老久接到真真的信后，爱上了真真。但老嘎也爱着真真。然而，老嘎的父亲在美国开饭馆，这使他不能勇敢地去爱真真。真真陷入了巨大的矛盾之中，她向老久讲述了自己的经历，她是高干子女，一个工人的儿子石田爱上了她，可石田是个市侩，一心只追求金钱和地位。帮助过真真的"精神流氓"童汝让真真与石田结婚，与他自己则保持情人关系。老久和老嘎闯入真真的生活后，使她的心中出现了新的光明，她内心深处深深地爱上了老久。真真给石田写了信，要求断绝关系。但她收到了石田用血写成的文字。真真犹豫和胆怯了，她坠入了一个痛苦的旋涡。真真最后选择了老久。老嘎真诚地祝福他们幸福。《公开的情书》通过书信体的方式描写了一代人在黑暗中的探索，他们对诚与真的真诚呼唤，对祖国出路的热切探索，对个人情感的热烈追求都感动着一代人。作品不仅感动了一代人，而且在文学史上具有重要的地位，不仅实现了对主流文学的反叛和超越，同时也践行着"五四"以来逐渐式微的人道主义传统，并且和伤痕小说、反思小说、现代主义小说等都有着密切的联系，作为一条隐秘的暗线连接着整条文学史。[①] 小说最为重要的启蒙意义就在于它率先在革命的主流意识形态之外展开了对于现实人生道路的独特思考。这些思考，一方面超越了"文革"意识形态的粗暴限制；另一方面，也不尽符合1980年前后的主流意识形态的重新"勘定"。小说似乎经历了一个相当有趣的轮回，革命的主流意识形态此前为知识分子规定好了的革命道路反而又被老久、老嘎、真真和老邪门们所抛弃，在他们的通信中频仍出现的道路焦虑不仅无关革命，反倒更多的是诸如"相信科学""坚持个性""争取爱的权利"和"反对庸众"之类的"五四"时期的启蒙话语。这样一来，小说便很突出地在话语主张和精神立场上接通了"五四"时期的启蒙主义文学，成了启蒙主义文学在新时期的一个经典文本。小说的美，最主要的正是来自它充满激情和不无"混乱"

---

① 参阅袁方芳《"文革"时期的手抄本小说》，陕西师范大学2014年硕士学位论文。

的思想。①

李心田长篇小说《闪闪的红星》：一部影响了几代人的红色经典小说

李心田（1929— ），江苏睢宁人。1961 年，李心田在中国少年儿童出版社出版了小说《两个小八路》，受到欢迎。后来编辑约请他再为孩子们写一部小说。李心田是部队文化速成中学的教员，所教学生中，有很多人的父母都是参加过长征的老红军，像济南军区司令员许世友、政治部主任鲍先志等的子女都是他的学生。学生中，一名学生的父亲也是一位老红军，长征时他给家中留了一顶帽子，上面有他的名字，后来他的儿子也就是这名学生拿着帽子才找到了他的父亲。一个女青年在抗战时入党，第二天就被敌人吊在树上，最后壮烈牺牲。这些真实的故事为李心田的创作提供了有利的素材。经过两年的紧张写作，李心田于 1964 年完成了一篇名叫《战斗的童年》的小说。"文革"前，李心田将稿子寄给中国少年儿童出版社。后来，人民文学出版社编辑谢永旺向他约稿，他便将《战斗的童年》交给他。李希凡审阅了小说，认为可出可不出。人民文学出版社主持工作的王致远坚决主张出版。但有人认为《战斗的童年》书名太一般。李心田提出改为《闪闪的红星》。编辑谢永旺提议叫《闪闪的红五星》，出来的清样也是这个名字。后来，王致远把"五"字去掉，用了作者建议的《闪闪的红星》。小说《闪闪的红星》5 月份由人民文学出版社出版，讲述的故事是：在 1934 年的江西柳溪村，年仅七岁的潘冬子一心想参加红军。潘冬子的爸爸随着红军队伍奔赴抗战前线，临行时给潘冬子留下了一颗闪闪的红星。在潘冬子的妈妈英勇牺牲后，潘冬子怀着为亲人报仇、参加红军的愿望，巧妙地与敌人周旋，进入米店当学徒，独自冒险寻找游击队。在残酷斗争的不断磨炼下，潘冬子终于成为一名红军战士。《闪闪的红星》出版后，1974 年 7 月，八一电影制片厂根据王愿坚、陆柱国执笔改编的电影文学剧本拍摄了《闪闪的红星》电影。11 月 1 日，《红旗》第 11 期刊登祝新运的文章《演冬子，学冬子，做党的好孩子》，评析了影片《闪闪的红星》的主人公潘冬子的形象。12 月 12 日，王愿坚、陆柱国的电影文学剧本《闪闪的红星》发表在《解放军文艺》12 月号。1975 年

---

① 参阅何言宏《正典结构的精神质询：重读靳凡〈公开的情书〉和礼平〈晚霞消失的时候〉》，《上海文化》，2009.3。

初夏，江青说《闪闪的红星》是给许世友树碑立传的，但鲍先志的儿子鲍苏声主动承认《闪闪的红星》是写他们家的事情的。于是，李心田和《闪闪的红星》才躲过一劫。1975 年，电影文学剧本《闪闪的红星》由人民文学出版社出版单行本。2007 年，《闪闪的红星》被拍摄成了 23 集同名电视连续剧。[①]

郑加真长篇小说《江畔朝阳》：被大肆修改、与作者原意相违的时代主题小说

郑加真（1929.11—），浙江温州人。《江畔朝阳》原名《黑龙江畔》，5 月份由上海人民出版社出版，是作者创作的反映北大荒生活的长篇小说《雁飞塞北》《大甸风云》《黑龙江畔》三部曲之一部。小说写的是黑龙江国营农场的故事。作者以十万转业官兵开发北大荒为背景，全方位地颂扬了投身于北大荒开发的英雄们的事迹。小说交给出版社后，出版社对其进行了伤筋动骨的修改，违背了作者的原意，使其由一朵鲜花变成了适应阶级斗争需要的一株枯草，体现出鲜明的意识形态倾向：家庭成为展示意识形态话语的重要场所，成为一个"全景敞视"建筑中的"微缩模型"；里面的女性，则在来自男性和主流话语的双重束缚中，再次失去了为自身的性别角色"言说"的权利与资格。《江畔朝阳》出版后，再版 13 次，总印数超过 110 万册。[②]

李学诗长篇小说《矿山风云》：描写了抗日根据地人民的反扫荡斗争

李学诗（1937—），山东枣庄人。《矿山风云》5 月份由上海人民出版社出版。小说描写抗战时期在敌占区的一个煤矿里有一个童工叫黑子，他和小伙伴清海在地下党员孙大山的领导下，巧妙地在井下找来炸药，配合八路军游击队炸掉了敌人的水泥桥，使鬼子掠夺的煤炭运不出去，并迫使鬼子军官将进山扫荡的日军和伪军撤了回来，从而有力地支援了抗日根据地人民反扫荡的斗争。著名评书表演艺术家刘兰芳曾播讲过该小说。

浩然长篇小说《金光大道》：给中国当代文学做出独特贡献的小说

《金光大道》共四部。1970 年 12 月，浩然动笔创作《金光大道》第一部，

---

① 参阅山林《李心田与〈闪闪的红星〉》，《党员干部之友》，2005.6。
② 参阅赵志敏《公共景观化的私人空间——评〈江畔朝阳〉中的家庭生活描写》，《当代文坛》，2010.5。

次年 11 月完成,1972 年 5 月由人民文学出版社出版。1974 年 5 月,《金光大道》第二部由人民文学出版社出版。一、二部出版后,各地累计印行了大约 600 万册之多,并被翻译成日、英以及多种少数民族文字。小说也受到了评论界的高度评价,代表性的文章有:马联玉的《社会主义道路金光灿烂——评长篇小说〈金光大道〉第一部》(《北京文艺》1973 年第 2 期)、谢文的《用党的基本路线指导创作——评〈金光大道〉第一部》(《北京日报》1974 年 2 月 3 日)、任犊的《必由之路——评长篇小说〈金光大道〉第二部》(《人民日报》1974 年 12 月 26 日)、辛文彤的《社会主义历史潮流不可阻挡——评长篇小说〈金光大道〉第一、二部》等。第三部创作完成后,部分章节在《人民文学》和《北京文艺》等杂志连载、选载,后经人民文学出版社审定,并排了清样,但最终未出版。第四部创作完成后,先由长春电影制片厂打印成册,但被搁置,既未拍成电影,也未出版。直到 20 年后的 1994 年,三、四部连同一、二部才由京华出版社推出。

20 世纪 70 年代,长春电影制片厂摄制了《金光大道》的彩色影片,分为上中下集。上集表现的是小说第一部和第二部的内容,中集表现的是小说第三部的内容,下集因前述原因未能投拍。小说《金光大道》第一部和第二部写我们党经过做艰苦细致的工作,在农村成立了互助组、合作社,把几千年沿袭下来的从事个体劳动的农民,引上了共同富裕的社会主义集体化道路;第三部表现的是实行粮食统购统销前后农村的状况;第四部写的是农业合作化高潮的兴起和胜利。在时间跨度上,四部小说的故事从 1950 年春天开始,到 1956 年春天结束,从互助组写到高级农业生产合作社,这正好是我国农业进行社会主义改造运动从开始到完成的全过程。在取材方面,浩然没有局限于图解这个"过程",而是着眼于揭示追求幸福生活的中国农民应该走什么道路这个历史性的问题。浩然说:"整个的作品,我想回答一个问题:只有社会主义能够救中国!这是我的信仰,是活生生的历史事实不断坚固着的信仰。"[1]

"文革"结束后,《金光大道》受到了批判,被认为是极左思潮和"三突

---

① 引自《浩然研究专辑》,百花文艺出版社,1994.11,p181。

出"创作理论指导下的产物。浩然解释道："《金光大道》所描写的生活情景和人物，都是我亲自从50年代现实生活中吸收的，都是当时农村中发生过的真实情况。今天可以评价我的思想认识和艺术表现的高与低、深与浅乃至正与误，但不能说它们是假的。土改后的农民大多数还活着，他们可以证明：那时候的农民是不是像《金光大道》所描写的那样走过来的？当时的中央文件、几次的关于互助合作问题的决议，也会说话：当时我们党是不是指挥高大泉、朱铁汉、周忠、刘祥，包括作者我，像《金光大道》所表现的那样，跟张金发、王友清、谷新民、小算盘等在作斗争中发展集体经济的，而且做得虔诚？今天，评论家可以说那时的做法错了，但不能说作者根据先验的'路线出发'、'三突出'等模式，编造的假东西。"①"《金光大道》是我艺术生命青春季节，是我年富力强、文思敏捷、创作欲望盛期的产儿，是我在写出一百多个短篇、有了长篇的实践经验、信心十足的状态下写作的。"②"这部书不但酝酿时间长，而且雄心勃勃：想给中华人民共和国的农村定一部'传'；想通过它告诉后人，几千年来如同散沙一般的个体单干的中国农民，是怎样在短短的几年间就组织起来，变成集体劳动者的。我要如实记述这场天翻地覆的变化，我要歌颂这个奇迹的创造者。"③"我以自己的所见所闻所感，如实地记录了那个时期农村的面貌，农民的心态和我自己当时对生活现实的认识，这就决定了这部小说真实性和它的存在的价值。用笔反映真实历史的人不应受到责怪：真实地反映生活的艺术作品就应该有活下去的权利。"④

新时期以来，学术界围绕浩然的农业合作化题材小说《艳阳天》和《金光大道》进行了持久的争论。对于《艳阳天》，人们对其艺术性多有评述，并形成了一定的共识。对于《金光大道》，人们往往把它看作是极左的文艺作品，在缺乏精细文本分析的情况下做出了政治性的否定，致使对它的研究颇为薄弱，观点陈陈相因，进展不大。由于人们对《金光大道》的研究呈现出重思想

---

① 浩然《有关〈金光大道〉的几句话》，《文艺报》，1994.8.27。
② 浩然《有关〈金光大道〉的几句话》，《文艺报》，1994.8.27。
③ 浩然《有关〈金光大道〉的几句话》，《文艺报》，1994.8.27。
④ 浩然《有关〈金光大道〉的几句话》，《文艺报》，1994.8.27。

轻文本的倾向，迄今从艺术方面对其进行全面分析的论著仍然是凤毛麟角。^①的确，《金光大道》的语言不及《山乡巨变》《香飘四季》形象生动、乡土气息浓郁；情节不如《艳阳天》跌宕起伏；叙事技巧不如赵树理评书体作品《三里湾》，而且还有着这样那样的缺陷和硬伤。但《金光大道》那恢宏的时空跨度和丰厚的社会生活容量，深刻的警示教育意义和较为真实可信的人物形象塑造，却为当代文学做出了独特的贡献。如果说"在当代农村叙事这一题材的发展流脉中，浩然不仅仅是'农村合作化叙事模式'的继承者，而且是这一叙事模式的'终结者'"^②，那么《金光大道》称得上是"终结者"的终结之作；如果说浩然是合作化的最后一个歌者，那么《金光大道》就是他这个最后的歌者对农业合作化运动发出的最后的绝唱。尽管浩然在"文革"红极一时，但现在不能因此就因人废言，全盘否定、全盘抹杀他及他的《金光大道》的思想艺术成就。

郑直长篇小说《激战无名川》：一篇描写志愿军战士修复桥梁的小说

郑直（1922—2014），辽宁阜新人。《激战无名川》5月份由人民文学出版社出版。小说讲述在抗美援朝战争时期的1951年冬，美帝国主义仰仗强大的空中优势，不断轰炸我志愿军后方运输线。我军铁道兵九连担负着对无名川大桥的抢修任务，连长郭铁率领全连官兵在酷寒中维修着被敌机炸毁的路基和铁轨，丝毫不敢懈怠。师部要求大桥必须在1952年元旦通车，但在离新年只有三天时，美军又出动大批飞机对大桥进行了狂轰滥炸，大桥被炸成两截。师首长心急如焚。郭铁向首长立下军令状，保证新年零点前修好大桥，不误通车。郭铁带领战士们下到冰冷的河水中打工字梁，扑灭被燃烧弹点燃的大火，并机智地排除了尚未爆炸的定时炸弹。他们还布下疑阵，迷惑敌轰炸机。在我高炮部队和朝鲜人民的支持配合下，郭铁率领的部队终于提前修好了大桥。1974年12月，小说由八一电影制片厂拍摄成同名电影上映。

---

① 参阅李杰俊《从〈艳阳天〉到〈金光大道〉——浩然小说艺术论》，中国社会科学院研究生院2010年硕士学位论文。

② 参阅杨建兵《浩然与当代农村叙事》，中国社会科学出版社，2011.11，第1页。

华彤等人的长篇小说《延安的种子》：歌赞了贫下中农的一位好后代

华彤，生年不详，辽宁辽阳人。《延安的种子》6月份由上海人民出版社出版。小说讲述的故事是：上海知识青年纪延风出生于革命老干部的家庭，她决心继承老一辈的革命传统，到祖国偏僻的山村——春风峪生产队插队落户干革命。在阶级斗争、生产斗争和科学实验三大革命运动中，纪延风在老贫农田大爷的教育下，勇敢地与阶级敌人展开了面对面的斗争，决心一辈子战斗在这可爱的山村。但在一次劈山开渠的战斗中，纪延风为了抢救贫农社员身负重伤，被群众赞誉为贫下中农的好后代。

余松岩长篇小说《海花》：一部有着优美风景描写和浓厚童趣的小说

余松岩（1933—2003），江西南昌人。《海花》7月份由广东人民出版社出版。小说写的是南海边的小姑娘海花和敌人进行斗争的故事。小说虽然未能摆脱"以阶级斗争为纲"的模式，但生活气息比较浓厚，故事情节生动曲折，是"文革"期间少见的有着优美风景描写和浓厚童趣的作品。小说对海滩、丛林及有着酸甜果肉的仙人果的描写，给当年那些未曾见过世面的孩子们以强烈的震撼。小说里有几个孩子。十一二岁的主人公海花是一个"高大全"式的英雄人物。小波是一个有诸多缺点的孩子，胆小、想占公家的便宜，等等；他有一支树枝做的枪，本来玩得很好，在受到坏分子"渔霸婆"的教唆后，感觉那枪不像枪了，于是想占公家的便宜，到村里修船组拿了一块木头做了一支好枪；在听了"渔霸婆"讲的关于"毒蛇、山魈、海怪"后，小波被吓得一夜没有睡好，只要一闭上眼，"那些妖魔鬼怪就在他眼前浮动起来"，以至于第二天没能早早起来去执行巡海任务。海花勇敢地和"渔霸婆"进行了斗争，最后使"渔霸婆"得到了惩罚。

周良思长篇小说《飞雪迎春》：反映了两条路线、两个阶级的斗争

周良思，生平不详。《飞雪迎春》7月份由上海人民出版社出版。小说讲述"文革"爆发后，以宋铁宝为代表的湖影山铁矿工人，以阶级斗争为纲，跟修正主义办矿路线进行了坚决斗争，并挖出了长期潜伏在矿山进行破坏活动的阶级敌人。小说故事内容生动，情节曲折。

古华短篇小说《"绿旋风"新传》：歌赞了人物的一心为公精神，批判了资产阶级的奢侈作风

古华（1942.6.20— ），原名罗鸿玉，湖南嘉禾人。《"绿旋风"新传》7月份刊登在《湘江文艺》第1期。小说讲述贫农社员周兴老爹不辞劳苦地守在"小洞庭"边，养鱼、管水库，奋战了一年，为队里扩大了公共积累，购回了一部东风二型水稻插秧机，加速了水稻插秧机械化。故事还围绕周兴老爹父子在盖农机修配间，还是建办公房的问题上所展开的两种思想的斗争，批判了讲究阔气、排场等资产阶级大少爷的作风问题，使队里的革命、生产取得了更大的胜利。

姜树茂长篇小说《渔岛怒潮》：一部在思想和艺术上都较优秀的"红色文学"

姜树茂（1933—1993），山东莱西人。《渔岛怒潮》8月由人民文学出版社出版。小说主要描写1947年国民党军向山东解放区发动重点进攻时，逃亡的渔霸与匪特里应外合，逃回龙王岛，进行反攻倒算。岛上渔民为了彻底消灭敌人，保卫胜利果实，同公开的和暗藏的敌人展开了一系列错综复杂的斗争，终于粉碎了敌人的阴谋，消灭了反革命武装，使龙王岛重获解放。小说塑造了渔救会长王四江、渔霸头子迟龙章以及儿童团长海生和铁蛋、春栓、大贵、桂花，还有麻子副官、小白鞋、二刁蛋等众多鲜活的人物形象。小说的主人公是风流女人小白鞋，她的姘头是麻子副官。麻子副官因为长得难看，怪罪生养自己的亲娘，居然在一次照镜子时，因看见自己的麻脸难看，便很恼火地将一个铜脸盆甩手扔到老娘的头上，将老娘砸死。最后，当麻子副官到小白鞋家幽会时，小白鞋一开门，他们两人被埋在门前的地雷炸死了。小说较好地处理了意识形态话语与民间文化意识、民族文化精神、地域文化风格之间的关系，因而在众多的"红色文学"中具有独特的地位；同时作为20世纪六七十年代成功的文学作品，它的艺术魅力与主题上的民间神话传说原型、人物关系的二元"拼合"模式、情节结构的三重定位等方面表现出来的美学深度有关，也与中国当代受众的民间意识、革命情结促成的"期待视野"有关。①

---

① 参阅杨懿斐《长篇小说〈渔岛怒潮〉艺术魅力之"民间"解说》，《名作欣赏》，2012.24。

张抗抗短篇小说《灯》：使作者在北大荒朦胧的白夜里看到光明的小说

张抗抗（1950—），生于浙江杭州，祖籍广东新会，工作生活在黑龙江省哈尔滨市。1969年，张抗抗怀着浪漫的文学梦，志愿报名去了北大荒。但是，当她来到北大荒后，很快就陷入了失望、忧郁和痛苦之中。1972年夏天，张抗抗结合自己在砖厂劳动的亲身经历创作了短篇小说《灯》，这是她的第一个短篇小说，发表在10月22日的《解放日报》上。小说写工厂车间里的电灯坏了，青年电工小江竟然不会修理，是指导员老高帮助修好的。当电灯重新亮起来的时候，老高告诉小江，我们工人应该又红又专，"技术无用论"是错误的。张抗抗说，短篇小说《灯》的发表在当时"对于我确是一件很重要的事，它像一盏明灯，使我在北大荒朦胧的白夜看到了光明，它使我认识到自己重新学习创作是完全可能的"。接着，她又在《文汇报》上发表了散文《大森林的主人》和短篇小说《小鹿》。①

钱涉执笔的长篇小说《桐柏英雄》：一部堪称民国时代缩影的小说

钱涉（1930—），本名钱富民，辽宁昌图人。《桐柏英雄》是中国人民解放军工程兵"《桐柏英雄》创作组"集体创作、钱涉执笔完成的长篇小说，11月，小说由天津人民出版社出版。小说写在1930年一个夜晚，刚刚出生不久的赵永生的妹妹赵小花因为家境贫穷而被父母卖给了他人。与此同时，因革命暴动失败，革命者董向坤和妻子周医生被迫转移，伐木工人何向东将董周二人失散的女儿董红果送到赵永生家中寄养。为使董红果免遭敌人毒手，她的名字被赵永生父母改为赵小花，从此她成了赵永生的养妹。几年后，赵永生的父母惨遭保安司令丁波恒杀害，赵永生与养妹赵小花相依为命。后来，赵永生为躲避抓壮丁，被迫逃跑并参加了革命。1947年，解放军来到了桐柏山区，已经18岁的赵小花在寻找哥哥赵永生时遇到了团部卫生队的周医生，她和母亲虽然相见但却互不相识。周医生了解了赵小花寻找哥哥的事情后十分同情、十分疼爱赵小花，并收她做了干女儿。赵永生的亲妹妹被卖以后，何向东将她赎出收养，取名为何翠姑。何翠姑后来在艰苦的生活状态和国共之间的斗争中渐渐成长为

---

① 参阅张红秋《努力跨过"分界线"——论张抗抗从"文革"到"新时期"的创作转折》，《当代文坛》，2006.6。

一名出色的游击队女英雄。在一次执行任务时，何翠姑负责护送身受重伤的赵永生。但她却不知道担架上抬的正是自己的亲哥哥。在攻打县城的战斗中，何翠姑又意外地遇到了赵永生。不久，赵永生被派回家乡大兴营做群众工作，身为区长的何翠姑也来到了这里。赵小花惊奇地发现何翠姑很像自己的妈妈（养母），随即告诉了赵永生。赵永生于是向何翠姑谈起亲妹妹被卖的经过。何翠姑对自己幼时的经历一无所知，她怀着对赵永生的同情，答应帮他找到亲妹妹。当何翠姑向养父何向东谈及此事时，何向东悲喜交集，向她揭开了真假赵小花的谜底。赵永生、赵小花、何翠姑三兄妹经过战火的洗礼之后终于团聚。董向坤和周医生也终于与失散了17年的女儿团圆。小说以阶级仇恨为核心线索来贯穿始终，以赵、丁两家深仇大恨为小说的真正开端，以赵家代表的革命力量与丁家代表的反动势力的激烈斗争来安排情节，结构故事，最后又以丁波恒之死和革命取得阶段性的胜利结束小说。小说故事情节曲折，结构新颖奇特，人物众多且都具有鲜明、生动、传神的个性；语言独特，熔史志、传奇、民俗、风物于一炉，用极富桐柏地方特色的语汇传达出了现代小说的叙事意味，全景展现了20世纪20—40年代桐柏山区的历史风云，是民国时代的一个缩影。该小说出版后，在全国引起巨大反响，中央人民广播电台进行了连播，人民美术出版社、天津人民出版社、江西人民出版社在1975年出版了《桐柏英雄》连环画。1979年，钱涉将小说《桐柏英雄》改编成电影剧本《小花》后由北京电影制片厂拍摄成电影。1980年，《小花》获第三届百花奖最佳故事片奖，影片插曲《绒花》《妹妹找哥泪花流》家喻户晓。2012年，上海电影集团等联合摄制了电视连续剧《桐柏英雄》，编剧是茅盾文学奖获得者柳建伟。

1973 年

艾芜短篇小说《高高的山上》：因写正常的父子情而遭到批判的小说

《高高的山上》1 月份发表在复刊的《四川文艺》第 1 期。小说写的是在高山水电站工作的彝族知识青年金小良得知父亲金古克都得了重病，于是下山看望。但他却在半山腰碰见父亲带病到山上来看守生产队的洋芋地。金古克都以金小良私自下山耽误工作为由把金小良训斥了一顿。小说插叙了金古克都曾经遭受彝族奴隶主残酷奴役的悲惨经历，也插叙了高山水电站的修建过程。小说发表后，《四川师范学院学报》1974 年第 2 期发表文章认为它"是一篇修正主义文艺黑线回潮的代表性的作品，应当进行深入的批判"。

颜慧云短篇小说《牧童》：一篇遭到错误批判的小说

颜慧云，生平不详。《牧笛》1 月份发表在河南《文艺作品选》第 1 期。小说描写了知识青年张志远，跟着老羊倌董大伯一边放羊，一边学吹笛子，终于学会了用笛声指挥羊群的故事。小说有别于当年反映知识青年上山下乡的主流作品，显得有些另类，所以 1974 年春，国务院文化组所办的《文化动态》点名批评了《牧笛》，认为"作品以'圆润柔甜的笛音'，田园牧歌式的情调，代替了对农村中火热斗争生活的描写，也没有反映出知识青年接受贫下中农再教育过程中两种世界观的斗争，某些细节描写流露出对小资产阶级情调的欣赏"。河南省因此开展了对《牧笛》的批判。《河南日报》《河南文艺》等五家报刊，发表了二三十篇批判文章，认为小说"歪曲了农村火热的斗争生活，鼓吹'阶级斗争熄灭论'，反对党的基本路线"；"丑化贫下中农的形象，鼓吹'中庸之道'，反对斗争哲学"；"歪曲知识青年的形象，攻击上山下乡运动，反对新生事物"。1978年6月，河南省为小说《牧笛》平了反。

丛敏长篇小说《新桥》：展现了"文革"时期的农村生活

丛敏（1937—），河南宜阳人。《新桥》3月份由上海人民出版社出版。小说以江海岛新桥大队一年里的风风雨雨为中心，展示了那个年代的农村生活。新桥大队属于前哨公社，公社副书记卞铁非常支持新桥大队长钱树嵩的工作。钱树嵩看到大队集体饲养场的母猪下崽多，如果不分给社员一些，那么扩建猪舍、增加饲料都是困难，更关键的是把养猪作为发展集体经济的路子不适合新桥。但大队书记黄志浩认为猪多肥料多，肥多粮棉多，不能只图赚钱，要想着国家的需要。钱树嵩发展新桥大队的另一个点子是抓海产品捕捞。新桥临海，成立捕捞队，靠海产品赚钱，是一条来钱快的好思路。卞铁同意了钱树嵩的这个点子。但黄志浩和公社书记曲强认为钱树嵩是搞投机倒把，重副业不重粮食，是走资本主义；只有全力抓好粮食生产，给国家支援更多的粮食，才是社会主义。在这样的情况下，大队的西瓜也不能在市场上高价出售了，最后只能卖给国家的收购部门。小说还写了高中毕业生章刚和才根大伯一起管理集体饲养场的事情。章刚一拌好猪食，切好猪饲料，就躲到宿舍去复习功课，准备参加高考。作者认为章刚的思想是有问题的，他没有想到养猪也是光荣的，也是祖国的需要，知识青年服务农村本来就是有前途的。小说也写了章刚的其他许多事情，但认为都是在有问题的思想指使下做出来的。这些事情在今天的人看来很好笑，但在那个时代却是真实的，也是文学作品普遍所写的事情。

浩然短篇小说集《幼苗集》《七月槐花香》《春歌集》《杨柳风》：一年内出版的四本小说集

《幼苗集》4月份由人民出版社出版，里面的每一篇小说都写得不落俗套，文字清新简洁，可做范文学习。其中《爱美的小姑娘》里的玉环是个爱美丽、爱整洁的小姑娘。富农刘二贵利用玉环的喜好，乘机用物质引诱拉拢玉环，企图让她成为资产阶级的俘虏。玉环的爷爷是春光生产队的瓜把式。有一天，杏花村的军属王大伯在路途中晕倒，玉环的爷爷立即把他送去县医院，留下玉环守瓜地。刘二贵欣喜若狂，认为时机成熟。他闪电般地溜进瓜地，用甜言蜜语迷惑玉环，又拿出玉环日夜盼望的尼龙袜，想收买玉环，以便摘瓜进城卖钱。

玉环想起爷爷平时对自己的嘱咐，立即察觉出刘二贵笑脸后的阴谋，于是给予了无情的回击。刘二贵无可奈何，便气势汹汹地动手摘起瓜来。为了保护集体的财产，玉环不顾个人安危，大声呼喊在晒场上看守谷子的小兵和胖墩。刘二贵想逃跑，但最终还是没能逃脱三个孩子的追捕。通过这件事，爱美的玉环看见了灵魂上最丑恶的人。

《七月槐花香》4月份由天津人民出版社出版，收录了作者在1972—1973年期间创作的儿童短篇小说《七月槐花香》《三个孩子和一瓶油》《红果蜜》《洋河边上》《分韭菜》《新邻居》《赶猪记》等。其中《七月槐花香》于1973年1月7日发表在《文汇报》。小说讲述的是，大旱年头，公社组织抗旱夺丰收，小学生张槐香在老师的带领下，也积极参加了劳动。她发现地主"一肚坏"家里天天晚上亮着电灯。经过几个晚上的侦察，张槐香终于揭穿了"一肚坏"用浪费电力破坏抗旱的阴谋。儿童小说《三个孩子和一瓶油》于1973年1月曾由上海人民出版社出版过单行本。故事讲述的或者说宣传的是，孩子要从小爱护公物，处处为公家着想、为别人着想，做一个毫不利己、专门利人的利他主义者。小说洋溢着"婉转的"历史真实细节，具有一定的魅力。另外，把这个故事放在今天的话语氛围里去解读，它的主题也仍然具有一种无可置疑的正确性。①

《春歌集》6月份由天津人民出版社出版，收录了作者在"文革"前创作的小说《喜鹊登枝》《一匹瘦红马》《新媳妇》《夏青苗求师》《石山柏》《泉水清清》《并蒂莲》《月照东墙》《金河水》《老树新花》《珍珠》《送菜籽》《队长的女儿》《车轮飞转》《半夜敲门》《太阳当空照》《苗壮的幼苗》《喜期》《彩霞》《卖子》《杏花雨》《撑腰》《认错》《眼力》《桃红柳绿》《枣花取经》《初显身手》等，没有"文革"时的浮夸气息，没有一句语录、一句口号，所见的只是一幅幅美丽的农村图景。

《杨柳风》8月份由北京人民出版社出版，收入浩然在1971—1973年期间创作的短篇小说10篇，分别是《一担水》《杨柳风》《铁面无私》《车家新传》

---

① 参阅梁东方《〈三个孩子和一瓶油〉：令人心酸的善》，《博览群书》，2009.8。

《雪里红》《幸福源》《幼芽》《山花》《金色的早晨》《战斗的堡垒》。其中《一担水》发表在1973年2月12日出版的《解放军文艺》第2期，讲述了中年农民马长新给孤寡老人韩二叔义务挑水，一挑就是18年。马长新外出开会时，也要抽空回来，解决韩二叔的吃水问题。韩二叔的侄子韩笆子在对待韩二叔挑水这件事情上，和马长新吵过多次，说马长新没安好心，是冲着他二叔的财产来的。小说把韩笆子写成是走资本主义道路的阶级敌人，把马长新写成是走社会主义道路的榜样，他帮人挑水，干的是社会主义的一项事业，所以后来又有了接班人。小说通过一担水牵扯出路线斗争和社会主义方向这样的大是大非问题，这在浩然的其他小说如1957年的《一匹瘦红马》和《高德孝老头》、1961年的《中秋佳节》、1963年的《撑腰》等里面都有体现。小说后来被改编为同名连环画由人民美术出版社出版。

"上海文艺丛刊"和"朝霞丛刊"："文革"时期标志性的文学作品出版物及那个时代的标本

"上海文艺丛刊"1973年5月份由上海人民出版社出版，为配合丛刊，上海人民出版社于同月又创办了受"四人帮"控制的综合性文艺月刊《朝霞》，1974年，"上海文艺丛刊"也改名为"朝霞丛刊"，改名前的"上海文艺丛刊"和改名后的"《朝霞》丛刊"共出版13辑。"朝霞丛刊"是"文革"时期标志性的文学作品出版物，也是一个时代的标本。《朝霞》月刊在1976年9月停刊，共出33期;《朝霞》丛刊在粉碎"四人帮"后停刊。

"上海文艺丛刊"共出四辑，分别是：

第一辑《朝霞》，1973年5月出版，包括段瑞夏小说《特别观众》（写一场现代革命京剧正在演出，一位彪形大汉试听着高传真调音控制桌的音响效果）、士敏小说《暗礁》（写灵巧崭新的"先锋"号测量船迎着风暴，劈开巨浪，驶过暗礁）、史汉富小说《朝霞》（写海岛农场的青年男女迎着朝霞走向广阔的天地）、刘阳和华彤的小说《理想之歌》（写革命传统教育让每个青年团员都有了自己的理想）、于炳坤小说《助手》（写一个年轻娃娃给一个工龄比自己年龄还长的钢铁厂的老队长当助手的事情）、清明小说《初春的早晨》（写100多个群众组织的负责人开会决定第二天召开几十万人的大会批判刘少奇，打倒旧市委；小说从头至尾都是批斗的场面；小说用暗示的手法为王洪文树碑立传，塑造了"造反英雄"郭子坤的形象；小说是江青炮制的图解政治纲领、煽动造反派与走资派斗争的阴谋文艺的样板小说。"文革"结束后，小说受到了严厉的批判）。另外还有几篇短篇小说，如赵自的《底脚》、吕兴臣的《弹着点》、刘本夫的《小海蛟》、盛华海的《青出于蓝》、黄蓓佳的《补考》、张斥夫的《龙潭虎跃》；李良杰和俞云泉的长篇小说《较量》（选载）等。本辑小说中有插图，未署名作者。其中有几篇小说又出了小人书。

第二辑《金钟长鸣》，1973 年 8 月出版，包括士敏小说《胸怀》（写造船厂要造万吨轮，工人们得有大海般的胸怀）、立夏小说《金钟长鸣》（写望湖亭车站革委会主任巧姑狠抓阶级斗争新动向，与死不改悔的走资派作斗争，给蔑视旧的铁路规章的人敲响了长鸣的金钟。小说提出了"按文化大革命的精神办事"的总动员口号，要求列车要按铁路造反派制定的"新运行图"运行，我们的国家也要按照"四人帮"制定的"新运行图"来运行。小说被江青看中后指令八一电影制片厂拍成影片，当影片拍摄完毕尚未放映时，"四人帮"就下台了，电影也被禁）、谷雨小说《第一课》（写挡车工夏彩云参加市里组织的工宣队，进驻新沪纺织大学，粉碎了资产阶级对学校的统治。小说以姚文元的一篇《工人阶级必须领导一切》的长文为背景，所以得到了姚文元的赞赏。1976 年，小说被长春电影制片厂拍摄为电影《芒果之歌》后上映。"文革"结束后，影片和小说都受到了批判）。另外的小说是姚克明的《踏着晨光》、董德兴的《前进，进！》、林正义的《孟新英》、余方德的《桐花盛开》、黄进捷的《离舰之前》等九篇小说。

第三辑《钢铁洪流》，1973 年 12 月出版，包括话剧剧本《钢铁洪流》《第二个春天》等。

第四辑《珍泉》，1973 年 12 月出版，包括高爽的电影文学剧本《珍泉》等。

"《朝霞》丛刊"共出版九辑：

第五辑《青春颂》，1974 年 4 月出版，包括姚华小说《青春颂》（写知识青年在革命烈火中闪光的事迹，小说后来由北京电影制片厂改编为电影剧本）、郑加真小说《迎着朝阳》（写知识青年在广阔天地练红心的故事）、赵林福小说

《麦收之前》、祝孔明小说《东风劲吹》等。

第六辑《碧空万里》，1974年10月出版，共2辑，包括古华小说《仰天湖传奇》（写水利是农业的命脉，因为人们提前在一个冬春堵截了龙岩阴河水，所以造就了仰天湖）、钟兴兵小说《范小牛和他的小伙伴》（写范小牛和他的小伙伴是毛主席的红小兵，他们要做执行革命路线的小闯将，不做修正主义路线的小绵羊）、方胜小说《进攻》（写抓革命，促生产，即使在高温炉前，也要打进攻战），另有郭宁小说《珠水湖边》、张步真小说《高山鱼跃》、上海市造船公司文艺创作组创作的长篇小说《大海铺路》中的选载段《誓愿》等。

第七辑《战地春秋》，1975年3月出版，包括王立信中篇小说《欢腾的小凉河》（由上海电影制片厂改编拍摄成电影于1976年在全国放映，"文革"后受到批判）、胡万春中篇小说《战地春秋》等。

第八辑《序曲》，1975年6月出版，是"努力反映文化大革命斗争生活的征文选"。

第九辑《不灭的篝火》，1975年8月出版，包括黄山茶林场《不灭的篝火》创作组创作，杨代藩执笔的小说《不灭的篝火》，高陈小说《雪原前哨》，叶晞长篇小说选载段《金珠》等。

第十辑《闪光的工号》，1975年12月出版，共4辑，包括俞云泉、姚金才小说《新的征程》（写水泵厂搞技术革新），赵自小说《山灯》（写一盏照亮矿井的山灯的故事），张重光小说《灵敏度》（写学校不对资产阶级保持极高的灵敏度，孩子的思想就会出现偏差）等。

第十一辑《千秋业》，1976年4月出版，包括几部电影文学剧本。

第十二辑《火，通红的火》，1976年6月出版，包括朱敏慎中篇小说《初战》（描写了1952年"三反五反"时打"老虎"的故事），段荃法、张有德、樊俊智中篇小说《青砖歌》（写农村阶级斗争的故事，上海电影制片厂拍摄成同名电影后于1976年10月上映）等。

第十三辑《铁肩谱》，1976年9月出版，为"努力反映文化大革命斗争生活的征文专辑"，共3辑，包括士敏的中篇小说《铁肩谱》等。

上述十三辑中有些作品重复被收录，除少数作品属于历史题材外，绝大多数是直接写"文革"运动本身的作品，有的涉及重大事件，如署名清明（有资料指出"清明"为王洪文政治秘书萧木的笔名）的《初春的早晨》涉及了上海造反派夺权的"一月风暴"事件，里面的"造反英雄"郭子坤被认为是以王洪文为原型塑造出来的，因此被指是给王洪文树碑立传的作品，"文革"后被认为是"阴谋文艺"的代表作。"阴谋文艺"一词出自中共"十一大"报告，报告指出："原北京两校大批判组和原上海市委写作组……充当'四人帮'篡党夺权的急先锋。他们抓的文艺，以写所谓'走资派'为名，肆意攻击和丑化党的领导，变成了货真价实的阴谋文艺。"当时被称为"阴谋文艺"的作品还有小说《金钟长鸣》《第一课》《虹南作战史》，诗报告《西沙之战》，电影《反击》《欢腾的小凉河》《盛大的节日》等。"文革"时期百姓的现实生活并不像这些作品表现的那样剑拔弩张，《朝霞》丛刊"作品以及"文革"时期绝大多数文学作品，最大的致命伤是没有真实地反映现实生活，而是公式化、概念化地表现了阶级斗争、路线斗争、思想斗争的主题，内容空洞无物，仅是"文革"极左思潮的传声筒，毫无艺术性可言。虽然部分作者，包括工农兵业余作者，他们熟悉工厂、农村、部队基层生活，对一些基层生活的描写比较生动，但在"三突出"创作模式的束缚下，其作品在整体上体现出的是"假、大、空"的明显弊病。

杨啸长篇儿童小说《红雨》：讲述一位少年赤脚医生同敌人斗争的故事

杨啸（1936.11—），河北肃宁人。《红雨》5月份由人民文学出版社出版。小说描写少年赤脚医生红雨，在贫下中农的培养、教育下，以白求恩为榜样，刻苦钻研医疗技术，占领农村医疗卫生阵地，坚决与阶级敌人进行斗争，全心全意为人民服务。小说故事情节生动，语言流畅，适合青少年阅读。《红雨》发行后印刷了200多万册，并被译成英、法、德、日、朝鲜、蒙古、维吾尔等多种文字。1975年，小说被拍摄成彩色故事片。

徐瑛儿童小说《向阳院的故事》：讲述几位儿童同阶级敌人斗争的故事

徐瑛，生年不详，安徽太和人。《向阳院的故事》5月由人民文学出版社出版。小说写向阳院里的石柱、黑旦、山虎子和夏雪花四个孩子在复员军人石头爷爷的带领下，利用暑期到涡河工地扒石头，为铺设公路准备材料。他们的这一举动受到了一贯坚持反动立场的阶级敌人胡礼斋的仇视，他利用个别家长的旧思想，采取各种恶劣的手段，从思想上腐蚀孩子，破坏活动的开展。在镇党委的领导及学生家长的支持下，石爷爷引导孩子们积极参加革命斗争，同他们一起粉碎了胡礼斋的破坏活动。胡礼斋贼心不死，竟然下毒手制造了山洞塌方事件，妄图伤害孩子们，并企图嫁祸给石爷爷。在千钧一发的危急时刻，石爷爷赶到现场，冒着生命危险，保护了革命后代，揪出了胡礼斋。在这场斗争中，孩子们经受了风雨，见了世面，健康茁壮地成长了起来。小说出版后红遍了全国。

郭先红长篇小说《征途》：讲述了知青金训华的故事

郭先红（1929—），山东烟台人。《征途》6月份由上海人民出版社出版。小说讲述的是金训华的故事：1969年8月15日，金训华插队的黑龙江省逊克县下起了连天暴雨，山洪直泻。21岁的知青金训华在抗洪修坝的工地已连续奋战了三天，但工地上仍然有新的险情出现。当金训华听到有人说堆在河沿上的150根电柱被水泡上了的话后，他立即带上两个知青往河边赶。电柱堆放在河沿，有两三根已经被冲到了水里。金训华边脱衣服边往水里跳。就在这一刹那，金训华被洪水卷入了旋涡。金训华的身影，再也没有出现。金训华牺牲后，周恩来总理指示要把他的事迹写成小说，向全国传播。1970年冬天，郭先红来到金训华牺牲前插队的逊克县双河乡双河大队，与知青们生活在一起，最终用48万字的《征途》为金训华和他的战友们立了传。小说真实地反映了知青上山下乡的生活。小说出版后，在国内共发行了300万册。小说同时被译成英、朝、日文版本，还被上海电影制片厂改编拍摄成电影在全国上映，在当时引起了轰动。[①]

知青短篇小说选《麦花香》：反映了知青上山下乡的情景

《麦花香》8月份由天津人民出版社编辑出版，收在集子里的小说主要通过描写知青在农村进行阶级斗争、生产斗争的情况及在两条路线的斗争中茁壮成长的情况，他们经过"接受再教育"之后，使自己的意志和立场最终得到转

---

① 参阅张镇《他为工人阶级高唱赞歌——郭先红作品述析》，《文艺评论》，1994.5。

变。很多小说也反映了知青四肢不勤，五谷不分，阶级立场不坚定，意志不坚定、不成熟，思想比较幼稚的情况，传达出知青接受贫下中农再教育的必要性。它们的故事情节结构简单，容易上纲上线，多数纯粹地表现了知识青年上山下乡运动的情景。

孙景瑞长篇小说《难忘的战斗》：反映解放军智歼敌匪，保护粮源的故事

孙景瑞（1922— ），河北高碑店人。《难忘的战斗》8月份由上海人民出版社出版。小说写1949年5月，解放军解放了江南某城市，国民党特务陈福堂以富国粮行总经理身份潜伏下来，阴谋卡住我城市粮源，颠覆新生的革命政权。面对敌人制造的粮荒，我军骑兵团副团长田文中被任命为第一购粮工作队队长，前往主要粮区太平集发动群众，收购粮食。特务陈福堂指使山上土匪伪装成解放军四处打人抢粮，造谣惑众，破坏我购粮工作。田文中立即带领工作队深入山村，揭露了土匪的罪恶勾当。太平集区长李光明配合工作队打击了富国粮行的投机倒把活动。但副区长刘志仁是个内奸，他将我军往城市运粮的计划泄露给陈福堂，致使我军运粮船队路经黄泥塘时遭到土匪的偷袭。田文中指挥沉着，打断了敌人的拦河索，使第一批粮食顺利地运进了解放了的城市。陈福堂接着又策划"代而不办"和"借仓屯粮"的阴谋，使工作队买不到粮食，妄想把工作队挤走。田文中在区委主持的工商业会议上，摆出了陈福堂破坏购粮工作的真凭实据。刘志仁跳出来给陈福堂定调开脱，引起了田文中的警惕和深思。工作队准备把收购的第二批粮食运往城市，并趁机诱蛇出洞，给敌人以毁灭性的打击。刘志仁以假当真，向陈福堂密报了工作队运粮的时间。陈福堂派人进山与土匪头子武大癞子约定以鸿宾楼灯光为号，企图乘我武装部队护送粮船之机，里应外合攻进太平集，复辟旧政权。在这场复杂的智斗中，刘志仁终于暴露了真面目，被田文中的警卫赵冬生打倒。但是，赵冬生在与刘志仁的搏斗中不幸遭到了隐蔽得更深的敌特——账房先生的暗算而壮烈牺牲。前来进犯的土匪进入西山岱后停止不前，等待着陈福堂的信号。田文中毅然登上鸿宾楼探察敌情，终于识破了敌人诡计，拉开窗帘。土匪看到灯光，便猖狂向太平集进犯，结果被我人民解放军和地方武装彻底歼灭。陈福堂、武大癞子束手就擒。1976年5月，上海电影制片厂根据该小说改编拍摄了同名电影，剧本由上海人民出版社出版。

刘彦林长篇小说《东风浩荡》：讲述当时环境下试制新药的故事

刘彦林，生年不详，陕西子洲人。《东风浩荡》11月份由人民文学出版社出版。小说叙述的是一家制药厂试制一种新产品的事情。这只是生产方面一件普通的事情，虽然该厂生产的甲种原料可以填补国内的某个空白，但是并不意味着可以推动技术革命或者具有重大的政治意义。然而，该厂党委书记范国春在工人刘志刚与陈惠敏以及工程师钱之淮面前大谈特谈土法上马试制甲种原料的重要性、急迫性和必然性。同时，他还引用"中国人死都不怕，还怕困难么"来表示党委的坚强决心。范国春将一件新产品的试制视为打一场"硬仗"，而且与他所想象的国际形势联系起来，无限夸大其政治意义。在试制新产品时，他特别强调走"自己的路子"。最终，药厂终于制成了甲种原料。

张长弓长篇小说《青春》：可以窥见特殊时代的一面镜子

张长弓（1931—2000），山东青州人。《青春》11月份由内蒙古人民出版社出版。小说描写了来自北京、天津、上海的知青，响应国家号召，怀着远大理想，肩负保卫边疆、建设边疆的重任，投身于屯垦戍边的伟大事业中。他们扎根在边疆，在党的教育下，在老一辈革命者的带领下，在三大革命斗争的风口浪尖上迅速锻炼，成长为一代新人。《青春》是一部日记体小说，其文本特征是特殊时代的产物，具有鲜明的时代烙印，是特殊时代社会生活和群体思想的生动写照和投射，也是人们从侧面窥见特殊时代的一面镜子。

长篇小说《盐民游击队》：讲述了人民从敌人手中夺盐的故事

《盐民游击队》是由天津汉沽盐场文学创作组集体创作，天津知名工人作家、汉沽盐场报编辑崔椿蕃执笔完成的小说。11月，小说由天津人民出版社出版。小说反映了汉沽盐区人民在党的领导下开展抗日武装斗争的故事，塑造了盐工的英雄形象，表现了他们如何反抗日本帝国主义的压迫、屠杀和掠夺，粉碎敌人"以战养战"的阴谋。小说主要写严志诚趁敌人不备发动群众抢盐，着重表现他能够正确贯彻党的政策；在敌人哨卡内，严志诚组织群众从盐沟里往外运盐，着重写他能够发动群众，依靠群众，认真执行党的群众路线；严志诚利用敌人驳盐的机会，施计把敌人调走，一面组织武装力量截击敌人，一面组织群众开沟破埝，把大批的盐船驶入渤海，从敌人手里夺回盐来，这表现了他的大智大勇。《盐民游击队》在1978年由刘兰芳在广播电台播出，总长30集。

李晓明长篇小说《追穷寇》：讲述解放军战士追捕残敌的故事

《追穷寇》11月份由广东人民出版社出版。小说讲述1950年初春，我人民解放军某部在大别山消灭国民党残匪的战斗中，发现匪首李懵之潜逃，参谋长江峰于是率队追捕。部队昼夜行军，穿过千里风雪，战胜艰难险阻，终于将李懵之一伙全部缉拿归案。小说塑造的人物形象栩栩如生，情节生动，令人难忘。

海笑长篇小说《春潮》：展示丰富多彩生活画卷的小说

海笑（1927—），江苏南通人。《春潮》12月份由江苏人民出版社出版。小说以新中国成立后实现第一个五年计划为背景，集中反映了地处苏南的溪城纺织厂在增产节约运动中所展开的一场革新与保守的思想斗争。小说让各种人物如杨巧莲姐妹、技术员李天益、党委书记赵国强、厂长周正虹等纷纷登台，表现了各自的性格特点，互相之间错综复杂的关系，正义和诡计的斗争，爱情与友谊共长存等情况，展示出一幅丰富多彩的生活画卷。作品也充满着浓郁的生活情趣，语言具有水乡江南的鲜明特征。

胡学方长篇小说《威震敌胆》：一部描写解放军战士寻找大炮的小说

胡学方，生平不详。《威震敌胆》是作者用14年时间创作出来的作品，12月份由广东人民出版社出版。小说所写内容是解放战争开始后，我人民解放军组建炮兵，但却没有大炮，于是就派了一支部队到东北去找大炮。抗战结束时，日军偷偷地把各式各样的炮埋在东北的深山里。小说写了我军的一个班找到了很多大炮，把它们都上交了，却给自己留下了一门破山炮。他们推着这门破山炮从东北一直打到海南，战功赫赫。这门破山炮最后进了军事博物馆。小说语言精美、情节曲折、引人入胜。

李伯屏执笔的长篇小说《黄海红哨》：歌颂军民联防备战的小说

李伯屏（1931—1989），浙江嘉兴人。《黄海红哨》12月份由人民文学出版社出版，是"《黄海红哨》创作组"集体创作、李伯屏执笔完成的小说，写了中国人民解放军某部守岛部队和民兵提高警惕、加强战备的故事。书中着重塑造了连队指导员赵方明和连长李志勇，渔业队党支部书记王大福，民兵排长王成柱等英雄形象，描写了部队、民兵和国民党匪特、逃亡渔霸之间的斗争，也描写了人民内部的常备不懈与麻痹大意两种思想之间的斗争。通过这些描写，小说歌颂了我国军民的崇高精神面貌和军民联防的强大威力。

1974 年

张枫长篇小说《胶林儿女》:"主题先行"的特点明显,但却具有一定的生活气息

张枫,生平不详。《胶林儿女》1月由广东人民出版社出版。小说塑造了以谷春梅为代表的劳动者的形象。谷春梅当年是伐竹班的女战士,现在是碧江生产队的党支部书记。她带领群众忘我地开荒山、种橡胶、抢险排涝,事事干在前面。小说里的知识青年刘绣云是一位很清秀的女知青,她的小资产阶级思想很严重,向往城市的高楼大厦。当她来到海南农场后,发现这里根本不是自己想象中的地方时,便闹情绪,非要拉着自己的爱人——农垦战士林育学回去不可。谷春梅发现后,用忆苦思甜的阶级教育法帮助刘绣云进步。通过教育,刘绣云提高了阶级觉悟。该小说"主题先行"的特点很明显,在人物形象塑造上也显得机械化、呆板化。但由于小说写了海南军垦的特定生活环境,所以还是具有一定的生活气息。

牧夫长篇小说《风雨杏花村》:一部具有强烈时代气息的作品

牧夫,生平不详。《风雨杏花村》1月份由广东人民出版社出版。该小说是一部具有强烈的时代气息的作品,里面所写的事情发生在1970年初夏广东省潮汕地区的一个渔村里,社员林五婶的孙儿患了急病,女知青张秀梅风雨无阻、不分昼夜,翻山越岭地为林五婶送来药物,使她的孙儿化险为夷。小说塑造的张秀梅是一位天使形象,坚定、倔强、不畏艰险、不怕牺牲。张秀梅的行为感染了她的同学,也感染了其他人,他们志愿报名下放农村,虚心接受农民的再教育,与当地农民在一起干活,不计工分、报酬。小说语言朴素,笔墨细致，故事情节曲折，结构紧凑，生活气息浓郁，地方色彩鲜明。

齐勉长篇小说《碧空雄鹰》：描写志愿军战士同朝鲜军民并肩抗敌的故事

齐勉，生平不详。《碧空雄鹰》1月由山东人民出版社出版。小说以伟大的抗美援朝战争为背景，描写了中国人民志愿军一支年轻的空军部队，在党的坚强领导下，同朝鲜军民并肩抗击美帝国主义的故事。小说以饱满的革命激情、明朗的艺术画面，表现了中朝人民生死与共、并肩战斗，英勇反击侵略者的动人情景，热情地歌颂了中朝人民用鲜血凝成的伟大友谊及中国人民志愿军高尚的爱国主义和国际主义精神，令人信服地反映了我志愿军某空军部队努力学习毛主席的军事思想，刻苦钻研克敌制胜的战术，从战争中学习战争，终于由小到大，由弱到强，赢得辉煌胜利的战斗历程。

李丰祝长篇小说《保卫马良山》：记录了志愿军战士同英军作战，使战斗力得到了大跃升

李丰祝（1932.10—），河北武强人。《保卫马良山》2月份由辽宁人民出版社出版。小说记录了朝鲜战争经过五次运动战后，毛泽东主席深刻地认识到了朝鲜的局势，速胜已无可能，于是指示集中兵力一次吃掉英美联军一两个营即可。1951年11月，反击战目标很快就确定了下来，志愿军战士吃掉了驻守马良山的英军28旅的一个苏格兰边防营。志愿军在顶住"联合国军"的夏秋季攻势后，战斗力迅速得到提高，接连打了几个漂亮仗。三年朝鲜战争，志愿军战斗力一年一个台阶，实现了大跃升。

江苏民兵革命斗争故事选《京江怒涛》：反映了江苏民兵的革命斗争

《京江怒涛》2月份由江苏人民出版社出版。小说用革命样板戏的创作经验，反映了抗日战争和解放战争时期，江苏民兵艰苦卓绝的武装革命斗争，展现了一幅英雄遍地、光彩照人的艺术图景，比较深刻地表现了毛泽东同志关于人民战争的思想，关于群众创造历史和路线决定一切的思想，是一部进行革命传统教育和思想政治路线教育的形象化教材。这部故事选，是从江苏省军区政治部选辑的《游击健儿》《长缨在手》《遍地英雄》《江海洪流》中选出来的。

李永鸿长篇小说《淀上飞兵》：描写了白洋淀雁翎队和群众的并肩抗战

李永鸿（1920—），河北安新人。《淀上飞兵》5月份由人民文学出版社出版。小说写在抗日战争时期，京、津、保（定）三角地区的人民武装白洋淀雁翎队在党的领导下，坚持水上游击战，和日寇进行顽强的斗争。保定的日寇司令部派出了山本大佐亲自去"围剿"雁翎队，敌人使尽了烧杀抢掠、放水淹村等毒辣手段，妄图摧垮雁翎队。但英雄的雁翎队在队长何铁桩的率领下，依靠群众，武装群众，灵活机动、机智勇敢地打击敌人。最后，雁翎队打死了伪军中队长"小白狼"，生擒了日寇山本大佐，取得了战斗的全胜。小说歌颂了白洋淀雁翎队和群众一起坚持水上游击战，打得日寇闻风丧胆，威震华北平原的英雄气概。

汪雷长篇小说《剑河浪》：真实塑造和描写了一代青年的楷模形象与精神世界

汪雷，生平不详。《剑河浪》9月份由上海人民出版社出版。小说是在当时产生了重大影响的文学作品之一。小说顺应了那个时代的需要、政治的需要，比较真实地塑造和描写了那个年代里的一代青年楷模的形象与精神世界。小说主人公柳竹慧与知识青年邢燕子、董加耕、侯隽互相辉映，展现了那个充满理想主义的英雄年代，展现了柳竹慧们自我否定、自我奉献、自我牺牲的精神。小说对集体主义和个人主义、以粮为纲与发展副业、阶级斗争和观点分歧的描写，反映了政策话语对人物关系及其命运的影响，由此也可以让人们寻觅到小说故事结构的踪迹。小说出版后，《人民日报》《光明日报》《解放军报》等主要报刊都发表了长篇评论，国务院上山下乡办公室还专门下发文件要求全国知青小组必配必读《剑河浪》。至1976年，小说在全国共发行了141万册。美国耶鲁大学将其列为当时的中文补充教材。新华社、人民日报社以"内参"形式向中共中央政治局汇报了《剑河浪》的出版过程，李先念等国家领导人专门作了批示，要求各地爱护、培养知青作家。

浩然中篇小说《西沙儿女》：用散文诗体描写了南海奇特的自然现象、历史变迁和人物的命运

《西沙儿女》是一部以散文诗形式创作的长篇小说，分为《正气篇》和《奇志篇》两部，约30万字。《正气篇》约10万字，1974年6月由北京人民出版社出版，写新中国成立前西沙儿女抗击日本鬼子、保卫西沙的故事，通过西沙渔民同汉奸渔霸和日本侵略者进行英勇斗争的描写，集中塑造了程亮这一无产阶级革命英雄的形象，歌颂了毛主席无产阶级革命路线的伟大胜利。1976年2月，人民美术出版社出版了《西沙儿女——正气篇》连环画。《奇志篇》约20万字，分上下卷，上卷在《北京文艺》1974年11月10日出刊的第6期选择发表后，同月，整部小说由北京人民出版社出版。上卷描写的是新中国成立初期，以阿宝为代表的西沙儿女，在祖国海岛上抓革命，促生产，特别是在西沙自卫反击中，勇敢地捍卫了祖国的神圣领土并取得了伟大胜利，表现了他们的英雄气概。故事里面的事件实际上是新中国成立前清匪反霸斗争的延续，渔霸给南越军队送去情报后，阿宝最终击毙了渔霸等反革命分子，完成了解放初期的社会主义革命运动。下卷是一种类似于报告文学形式的作品，对我军军舰的受伤场面的描写，比电影《南海风云》更为简略。1975年5月，北京人民出版社出版了《西沙儿女——奇志篇》的连环画。《西沙儿女》的《正气篇》和《奇志篇》把南海奇特的自然现象有机地融入历史的变迁和人物的命运上来，抛开了作者过去那些农村小说的乡土叙述，用散文诗体的小说风格，以一种缥缈写意式的笔触，展现了一幅保卫中国海疆的英雄诗篇。从表层来看，小说反映的时间是从抗战时期到1974年，但里面的主线索曲折起伏，通过人物的对话与交流，使小说的内在时空向历史深处推进，几乎使其成为一本中国南海的历史书。在《正气篇》里，作者通过一对男孩与女孩的视角，表现了对岛屿中文物的发现，借此展现了西沙群岛奇异的风情。小说最早交代了汉代时中国人对西沙的开发史，涉及了郑和下西洋时即拥有南海主权及三元里的抗英斗争。作者描写这些历史知识时，把它们放置在小说的主要线索冲突中，然后逐步展开，所以并不给人以累赘多余的感觉。小说把历史置放在现实的层面里，述说了中国人对西沙群岛主权与海权不容置疑的拥有权。小说在介绍南海岛屿的抗日情况时，也产生了一种独特的传奇风采。《正气篇》和《奇志篇》的结构是中篇小说，但时代跨度长，从抗战时期一直写到20世纪70年代，实际上写了抗战时期、50年代及"文革"中期的事情。《正气篇》和《奇志篇》又构成了一部长篇小说，这在中国小说史上是独特的。该小说也是唯一一部表现西沙自卫反击战生活的长篇小说。

张宝瑞手抄本小说《落花梦》：新中国成立后出现的一部规模最大的神话题材小说

《落花梦》本年在全国流传，被誉为"中国的一千零一夜"、当代的《镜花缘》，这是新中国成立后出现的一部规模最大的神话题材小说。小说写才子陈洪波驾舟到东海蓬莱群岛上寻找仙境，在满目悲凉凄清的落花楼里，他进入了梦境。他巧遇名姝骆小枝，二人偕伴同游天国。人世间众多幽灵在天国里出现。他们在圣人国邂逅了圣贤，目睹了庄周梦蝶；在诗客国参加了诗会，与诗仙词圣举杯吟对；在隐士国见到了姜公呕心沥血梦夺乌纱的场景；在红楼国与宝玉、黛玉、宝钗重结梅花诗社，一起醉酒当歌；在美人国盗符救人，从桃花源搬兵增援；在名利国目睹了利欲熏心；在颠倒国嘲讽了阿房宫的火光烛影，险象环生；在太虚境看见了瑶花琪草，暗递真机；在宫花会上见到了群芳吐艳，柳暗花明；在百花苑看见神姝簇拥，各领风流，群侠为盗得清明图，八仙过海，各显神通，刀光剑影，镖影斧声；在原始国、雅典国、牡丹园、黄金国、丑女国、招贤国、宫花国、阎罗诸国及在落伽、落花、太虚、百花、天朝诸仙境里，更是各具风土人情，神韵佳话。"黑旋风"李逵、齐天大圣孙悟空这两个喜闻乐见的人物在书中纵横驰骋，引出了众多笑语和情趣。小说于2006年12月1日由东方出版社出版。

1975 年

毕方、钟涛长篇小说《千重浪》：按照政治意识形态来设置人物和情节

毕方、钟涛，生平不详。《千重浪》2月份由广西人民出版社出版。小说围绕铁岭大队的农业机械化问题，写了以支部书记洪长岭为代表的广大群众同富农分子王秤钩、胡乱搅、罗面筛子之间的阶级斗争，结构上采用了两军对垒的模式。小说里的敌对分子尽管不堪一击，但小说的政治倾向性却异常鲜明，主题非常突出。在人物设置安排上，小说充分遵循等级、对应的原则，让梁涌泉（县委书记）、郭槐（县委副书记）、老辛头（老革命）、洪长岭（支部书记）、邢连成（大队长）、王秤钩（坏分子）、革命群众方亮等（积极分子）、胡乱搅（落后分子）、思想落后的群众形成两个鲜明的阵营。其中梁涌泉——洪长岭——方亮——老辛头——革命群众代表的是正确的政治路线，郭槐——邢连成——胡乱搅——王秤钩——其他坏分子代表的是不执行或破坏正确政治路线的人。前一个阵营中的梁涌泉是正确路线的化身和代表者，洪长岭是正确政治路线的执行者，也是斗争的焦点人物，方亮是洪长岭、老辛头及革命群众的中间联络者和路线的宣传支持者，老辛头作为斗争经验丰富的老革命，是斗争处在关键时刻的群众领头人；后一个阵营中的郭槐是正确路线的分歧者，邢连成是党内的走资派，胡乱搅、罗面筛子作为落后分子，为谋得私利而与邢连成、王秤钩保持着或疏或密的关系。两个阵营中的人物虽然在政治力量上存在着多寡之别，在性质上有是非之分，但在人物设置上基本上是对等的，而且他们在各自阵营中的作用也是相同的。在具体叙事上，对立双方的斗争依然是按照对应关系进行的，决不旁逸斜出，保证了斗争的纯粹性、有效性和"三突出"创作理念的被贯穿情况。梁涌泉——郭槐、洪长岭——邢连成、方亮——胡乱搅、洪长岭与老辛头——王秤钩、革命群众——其他坏分子，斗争的对象基本是固定对应的，是按照政治意识形态所暗含的等级对应原则设立的。梁涌泉只是在斗争的关键时刻才出现；郭槐不会去斗争王秤钩；洪长岭受到郭槐的错误处理后，没有进行坚决的斗争，而是自觉地服从了决定；方亮虽然对邢连成的工作有意见，但他的斗争对象是胡乱搅这些落后的分子；与邢连成作坚决斗争的是洪长岭。小说最后出现了主要英雄人物与积极分子、革命群众一起批斗敌对分子的壮阔场景。小说的人物设置和情节处理所呈现出的政治等级对应关系必然会造成小说的机械单调和意义生成空间的消失。

邢风藻、刘品青长篇小说《草原新牧民》：歌赞知青张勇为救护羊群而牺牲的小说

邢风藻，生平不详；刘品青（1945—），河北晋州人。《草原新牧民》3月份由天津人民出版社出版。小说讲述了一批到内蒙古牧区插队的天津知识青年的生活斗争故事，其对内蒙古大草原风光的描写非常精彩。小说重点写了对天津知青英雄张勇姑娘的怀念。张勇于1969年到内蒙古呼伦贝尔盟插队后，分配给她的劳动任务是放羊。张勇初到少数民族地区时，和其他知青一样，面临着许多考验，但她不仅很快地适应了草原的生活，而且还努力学习蒙古语，主动和草原上的人们打成一片。1970年6月3日，张勇像往常一样赶着一群一千五六百只两岁的羊羔到克尔伦河岸放牧，羊群在草地上散开后，便蔓延成很大的一片。放牧过程中，张勇还遇到了同来放羊的知青周萍以及前来替换周萍的知青刘桂珍，并和刘桂珍促膝长谈。午后，周萍回知青点去了，刘桂珍也骑着马去西庙买糖去了。到了晚上6点收羊的时候，平时都能准时回来的张勇却没有回来，同住一个蒙古包的牧民意识到情况不妙，赶紧出去寻找，却在克尔伦河岸边找到张勇摆放好的衣物……根据现场的一系列迹象，大伙分析张勇可能遭遇不测。事情报告给生产队后，生产队派人沿河寻找了一夜，却没有找到。汛期的克尔伦河水流十分湍急，如果遇到急流肯定是凶多吉少。新右旗政府觉得事态严重，连忙给张勇的家乡——天津市河西区政府发去了电报。张勇失踪后的第七天，张勇的家人赶到了呼伦贝尔盟，也在这一天，张勇的尸体在事发地点几十华里外的地方被发现了。张勇被打捞上来以后，在场的牧民、知青都哭了。根据当时有关部门的认定及法医的鉴定，张勇是为了救护羊群而牺牲的。内蒙古自治区革命委员会正式批准张勇为革命烈士，并做出向她学习的决定。呼伦贝尔盟革委会派专业施工队给张勇修建了陵墓。陵墓落成典礼于1970年12月10日上午隆重举行。新华社将张勇烈士的事迹发了通稿，在全国各大报纸刊出，使张勇成为继上海知青金训华之后又一个全国知识青年的典型。

长篇小说《大海铺路》：一位普通工人的科研人生

《大海铺路》是上海市造船公司文艺创作组集体创作的长篇小说，5月份由上海人民出版社出版。小说里面的技术员符丹山在1969年强烈要求到车间当工人。在业余时间，符丹山动手组装了一台电视机，每天晚上给邻居的小朋友"演电视"。电视机的信号虽然不强，但符丹山脾气好，重感冒了还是坚持给小朋友"演"电视，让小朋友看。小说也写了符丹山与工人技术革新大王朱凤荣之间的友谊、合作、矛盾、争执等事情，写得很精彩，很深刻。

王士美长篇小说《铁旋风》（第一部）：1975年中国最亮丽的一道文学风景

王士美（1939—），内蒙古萨拉齐人。《铁旋风》（第一部）5月份由人民文学出版社出版。小说是第一部以知识青年上山下乡为题材而创作出来的长篇小说，书中描写了北京知识青年、红卫兵小将强小兵和他的战友们，到内蒙古阿拉腾草原插队落户的故事。靠近国境线的乌兰大队的驯马场，是专为部队调驯铁旋风战马的地方。潜伏的苏修特务朗布时刻在寻找着机会破坏和捣乱驯马场里的工作。青年牧工强小兵机智勇敢地和阶级敌人、和火灾进行斗争，他舍身保住了马驹，并生擒了逃往边境线的特务朗布。小说从各个方面展示了边疆新貌，人物形象生动，富有鲜明的民族特色和浓郁的草原气息。小说一出版，立刻引起了轰动，中央人民广播电台、吉林人民广播电台、天津人民广播电台等多家电台都进行了连续广播，许多著名评论家都发表过评论。该小说是1975年中国最亮丽的一道文学风景。

童边长篇小说《新来的小石柱》：歌颂人物以惊人毅力勇夺冠军的小说

童边，生年不详，原名黄家佐，安徽合肥人。《新来的小石柱》5月份由人民文学出版社出版。小说里面的主人公小名叫"石柱"，大名叫"石成钢"，是一位来自深山里的农村少年，被体操教练发现后，从农村来到省体操队，勤学苦练。正当他在苦练高难度的动作，准备参加全国比赛的时候，却意外地从单杠上脱手摔了下来，致使腿部骨折。但小石柱以惊人的毅力战胜了骨折病痛，攻下了当时世界水平的体操高难度动作——直体后空翻接转体1080度，获得了全国少年体操冠军。

贾平凹短篇小说《弹弓和南瓜的故事》：反映少年儿童与敌斗争的小说

贾平凹（1952.2.21—），陕西丹凤人。《弹弓和南瓜的故事》6月20日发表在《朝霞》第6期。小说是一篇儿童小说，写星期日，妈妈去公社开会，小旺和弟弟小军替妈妈代看猪场。地主王迫人见有机可乘，妄图用毒药毒死集体的猪。小旺和小军人小志大，心明眼亮，机智勇敢地识破了阶级敌人的阴谋，截获了罪证。小说反映了少年儿童具有高度的阶级斗争觉悟和热爱集体财产的优秀品质。1977年8月，上海人民出版社出版了根据小说改编的连环画，绘画精美，故事内容曲折、感人。

"《钻天峰》三结合创作组"长篇小说《钻天峰》：生动地塑造了许多英雄的形象

《钻天峰》是"《钻天峰》三结合创作组"集体创作的小说，6月份由人民文学出版社出版。小说讲述的故事是铁道兵某部一个连，在巍峨险峻的钻天峰上，打隧道、修铁路，为我国的社会主义建设贡献力量。他们以大无畏的英雄气概，克服了地势险恶、气候变化无常等一系列困难，同阶级敌人进行了尖锐的斗争，终于胜利地完成了施工任务。小说通过阶级斗争、路线斗争、生产斗争生动地塑造了连长杨占斌和师政委鲁征、指导员戴平、生产大队党支部书记田大爹等英雄形象，表现了我军艰苦奋斗的革命精神，反映了军民团结战斗的鱼水关系，以及英雄的铁道兵继承、发扬我军艰苦奋斗的光荣传统和勇往直前的革命精神。小说的故事曲折生动，生活气息浓厚，语言生动、流畅。

郭澄清长篇小说《大刀记》(第一、二部):当年出版的唯一一部纪念抗战胜利30周年的献礼长篇小说

郭澄清(1931.11.22—1989),山东宁津人。《大刀记》共两部三卷,一百多万言,故事从晚清写到抗战胜利。第一部、第二部上下卷成稿于1966年。作者将手稿交给中国青年出版社后印出了清样,准备出版,但"文革"爆发,于是没能出版,手稿也被遗失。郭澄清心痛如刀割。为此,郭澄清开始了《大刀记》的第二次创作。1972年,郭澄清将新作《大刀记》第一部交给人民文学出版社,经过反复修改,社里印了200本内部征求意见本,发到全国各级文化部门进行审查。结果,小说没能通过审查。但郭澄清没有气馁,继续创作出了《大刀记》第二部上下卷。1975年7月,在人民文学出版社领导严文井等人的努力下,《大刀记》终于由人民文学出版社出版,成为当年出版的唯一一部纪念抗战胜利30周年的献礼长篇小说。但出版的小说并非原貌,因为早前未能出版的内部征求意见本,即《大刀记》第一部被认为"不符合当时主流意识形态的话语要求"而被删除了17章,第二部上下卷同样也有删减。《大刀记》第一部写梁永生走上革命道路以前的人生经历,尽管他有反抗的怒火,但由于没有共产党的领导,所以他在与敌对阶级斗争时总是失败。该部充满了压抑、悲壮、凄冷的情感色调。第二部写梁永生走上革命道路以后,被党派回家乡组织大刀队进行抗日武装斗争。由于有了党的指引,所以梁永生率领大刀队在冀鲁平原、运河两岸的龙潭、宁安寨一带开展敌后游击战并屡屡取得了胜利。该部充满了明朗、热情、奋发向上的革命乐观主义情绪。整部《大刀记》的首尾布局别具匠心,以"闹元宵"开篇,以庆祝抗战胜利的"扭秧歌"结尾,形成了遥相呼应的圆合式结构。小说的时间跨度长达三四十年,空间跨度广达几千里,人物、事件多而复杂,但作者集中突出了几个人物及一些典型事件,在情节过渡、照应上自然巧妙。小说采用了"回头交代"的方法,即在情节发展中回头交代了某件事与上一章的联系,使内在的脉络贯通紧凑。小说安排的一些"巧遇""奇遇"推动了故事情节的发展,并有力地把前后情节连接了起来。《大刀记》一经出版,便在全国引起轰动。小说很快获得了上海电影制片厂的青睐。上影拍摄的电影《大刀记》在一定程度上完成了对小说《大刀记》的史诗性的影像化凸现。首先，它保持了原作的基本结构模式，使原作所蕴含的历史发展的脉络得以清晰地凸现了出来；其次，它保持了原作对社会发展的内在规律的展现，使原作所蕴含的历史发展的"合力"得到了凸现。《大刀记》也很快被改编为评书、话剧、连环画等，一时间红遍大江南北。但不久，《大刀记》被认定是与"文革"唱反调的作品，郭澄清于是受到了批判，在屈辱、气愤、恐惧中度日。1976 年 5 月，年仅 45 岁的郭澄清突发脑血栓，瘫痪在家。20 年后，郭澄清在病床上整理出了小说《决斗》并在 1987 年出版，这是对《大刀记》最初内容的追记。但它依然无法弥补作者心中的遗憾。1989 年，郭澄清去世。2014 年 5 月，《大刀记》由山东卫视传媒、海润影视等联合制作为42 集同名电视剧。2015 年 1 月 17 日，电视剧在山东卫视首播。[1]

叶蔚林短篇小说《大草塘》：描写党员干部与底层民众关系的小说

叶蔚林（1933—2006），广东惠阳人。《大草塘》8 月 20 日发表在《朝霞》第 8 期。小说的背景是"文革"，作者从正面来理解"文革"的意义，没有写造反、夺权、路线斗争之类，而是写了新中国成立之后高层领导与普通百姓关系的微妙变化。大草塘村老贫农李丁龙和地委书记陈淦山在战争年代结下生死情谊。新中国成立后，陈淦山随着职务的升迁，渐渐脱离了基层和百姓，特别是在大草塘修水库还是建疗养所的问题上，他独断专行，背离了百姓的利益和愿望。经过"文革"中的运动的教育、批判，陈淦山才回到正确路线、回到基层百姓中来。小说透过"文革"的混乱世相，真实而艺术地描写了执政党与底层民众之间的关系，显示了作者较深刻的思想洞察力。

鲁之洛长篇小说《路》：反映铁路建设者与大自然进行斗争的小说

鲁之洛（1935—），湖南武冈人。《路》8 月份由湖南人民出版社出版，是反映湘黔、枝柳铁路建设的长篇小说。湖南人民出版社经过反复的集体审稿后，决定修改后出版，因为小说只写了修路者与大自然的斗争，没有写阶级斗争，而要写阶级斗争这条线只能写阶级敌人对修路的破坏。但在修湘黔、枝柳铁路的整个过程中，虽然事故频发，但却都是自然的变故或人的疏忽大意所造

---

[1]　参阅李宗刚《对〈大刀记〉从小说到电影的再解读》，《商丘师范学院学报》，2009.2。

成的，并没有阶级敌人破坏的实例。在鲁之洛如实反映了自己的难处后，出版社决定由责任编辑王正湘陪同作者沿铁路工地全线去调查、了解"阶级敌人破坏铁路建设的实例"。他们俩沿铁路工地走了半个多月，跑了好几百里，开了无数次座谈会，都没有搜集到一丁点儿关于阶级敌人破坏铁路建设的实例。回到出版社后，王正湘十分诚恳、十分坚定地向社里表示，坚决支持鲁之洛不做修改。在当时的政治气氛下，王正湘能有如此的气魄，实在是不容易的。小说出版后，很快就发行了10万册。当时出书是没有稿费的。出版社领导知道鲁之洛的生活艰难，加之看到他写稿、改稿过程中所付出的辛劳，于是设法给他发了350元生活补助费。

谌容长篇小说《万年青》：一部符合"文革"需要的小说

谌容（1936—），原名陈德容，重庆巫山人。1973年，谌容在北京五中做了俄语教员后开始创作长篇小说《万年青》，很快，书稿完成了。李希凡是阅读该小说的第一个读者。后来人民文学出版社的严文井、韦君宜也阅读了该小说。但当小说要真正出版的时候，发生了"批林批孔"运动，这给谌容以致命的打击。造反派们揭发严文井给谌容出书是"举逸民""兴灭国"。原来谌容在15岁的时候立志要脱离家庭，但20多年后家的阴影还在笼罩着她，因为她那毕业于中国大学法律系、当过国民党法官的父亲背上了"七条人命"的黑锅。谌容的书稿于是被退了回来。怀着"没法活下去了"的心情，谌容通过邮局给江青写了信。50天后，上面有了批示，1975年9月，小说由人民文学出版社出版。小说描写的是1962年万年青大队在支书江春旺的带领下，同县委副书记黄光推行的"包产到户"试点工作展开的斗争。《万年青》的主题是反对"包产到户"，因和历史需求及现行经济政策相违背而备受诟病。小说仅仅写了十几天的故事，其中安排群众排的一场新戏《翻身记》占了13章到41章（共61章）的内容，成为反对包产到户的另外一个游离或并置的线索。《翻身记》包括《披麻诉苦》《失女挂灯》《分地哭坟》《入社翻身》《不能倒退》5幕，通过贫下中农的血泪史，印证"倒退单干是死路，集体经济无限好"。《万年青》将十七年历史和"文革"意识形态结合后生成了符合"文革"需要的文学形态。因为小说是在江青的直接干预下才得以出版的，于是小说很快成为"与走资派作斗争"的有力武器而在"反击右倾翻案风"中大放异彩。作者对小说中的黄光这一人物有着较多的同情和理解，但是，作者却把他作为反面形象进行了塑造。小说中，黄光提到了"人到中年万事休"这一句感叹，这使作者后来孵化出了一篇震动文坛的名篇《人到中年》，这不得不使我们对《万年青》给予一些关注。①

张抗抗长篇小说《分界线》：描写黑龙江农场知识青年斗争生活的小说

《分界线》9月份由上海人民出版社出版。小说描写了扎根在黑龙江农场的知识青年的斗争生活。1973年春，北大荒的伏蛟河农场五分场遭受了涝灾，东大洼的受灾最为严重。小说以对东大洼的"保与扔"的问题为主，描写了"兴办农场中两条路线的激烈斗争"。以耿常炯为代表的农场革命青年，坚决要把农场办成既是生产粮食的基地，又是"造就无产阶级事业接班人的大学校"。耿常炯同农场职工一起，艰苦奋斗，战胜涝灾、洪水等自然灾害，使农场获得了大丰收。小说多侧面地塑造了知识青年耿常炯的形象。耿常炯学习刻苦，勇挑重担，在生产劳动实践中，锻炼了自己的意志和能力。小说还生动地刻画了技术员郑京丹、指导员李青山、东北籍知识青年牛鲁江等一批朝气蓬勃、性格鲜明的青年群体的形象。小说的语言较生动，写出了北大荒壮丽迷人的景色，充分显示了作者的文学才华。该小说是作者25岁时发表的作品，代表了她创作生涯的高起点。②

闵国库长篇小说《风云岛》：反映蒋介石反攻大陆迷梦的破灭

闵国库（1941—），辽宁营口人。《风云岛》9月份由辽宁人民出版社出版。小说写风云岛前大渔霸刘海鳝逃往台湾后，当上了蒋匪小股武装的司令，他派水鬼毕金贵窜入风云岛海域，与代号"215"的特务金水根接头。毕金贵在预定地点寻找接头暗号竹简浮标时，被我潜浮的水兵梁林、申成键等发现，他们判断出岛上有暗藏的敌人。新兵张海晚上到岛前私练潜水时，被民兵二楞开枪误伤。枪声转移了我军民的注意力，毕金贵趁机上岸，然后与兰芭蕉接头，取

---

① 参阅魏华莹《〈万年青〉的文学维度》，《小说评论》2012.6。
② 参阅刘芳坤《女知青爱情叙述的失效：从〈分界线〉到〈北极光〉看1980年代文学的起点性问题》，《上海文化》，2014.7。

走了金水根窃取的情报，同时交给兰芭蕉三颗定时的自爆信号弹。梁林命令全面搜索，刘海鳝仓皇逃命，毕金贵被击毙，情报又回到了我军民手中。岛上发生的一系列事件，引起了梁林的深思。春浩伯对金水根产生了怀疑。金水根害怕事情败露，毒死了兰芭蕉。梁林通过金水根的后妻，找到了金水根与刘海鳝接头用的七星螺。梁林按上级决定，有意让金水根出来活动。金水根行动屡屡得手，自以为得计。刘海鳝向上司报告了得到的情报，并准备按情报约定的时间，乘我军民联欢之机，以三颗信号弹为号，窜犯风云岛。但岛上军民早有部署。金水根发现事情败露，妄图销毁信号弹，结果当场被擒。匪特发现三颗信号弹升起，一起窜入风云岛，陷入了我军民的伏击圈，最终被全歼，大渔霸刘海鳝被活捉。蒋介石反攻大陆的迷梦又一次破灭了。1977 年，小说被长春电影制片厂拍摄为同名反特电影。

柯尤慕·图尔迪著，刘发俊等翻译的长篇小说《克孜勒山下》：讲述维吾尔族人民坚定走社会主义道路的故事

柯尤慕·图尔迪（1937—1999），维吾尔族，新疆喀什人。《克孜勒山下》9 月份由新疆人民出版社出版。小说塑造了四类人的形象：一是沙比尔、泽彤乃慕等坚定地走社会主义道路的新青年形象；二是铁木尔爷爷、图拉洪大哥等坚决拥护共产党领导的贫下中农形象；三是处在对立阶级中的狡猾的纳曼和苏莱曼、处在社会主义阵营中常犯个人主义错误并受敌人诱惑，差点误入歧途的危险分子卡斯穆，卡斯穆最终在党和人民群众的教育下认识到了自己的错误并痛改前非；四是贫下中农阿希穆的艺术形象，阿希穆立场不坚定，脑子里被灌输了私有制的观念，在集体活动中，他认识到了自己的狭隘，最终和广大贫下中农站在了一条战线上。由于历史、文化、地理、经济等因素的影响，小说的创作水准及思想意识较当时作家有着明显的差距，其创作宗旨以及创作时对本民族特色的脱离都可能会让历史和读者遗忘它。但我们应该看到该小说在超越本民族文学范畴时还是做出了自己的一份努力，因此，我们应该以宽容的态度来对待它。

1976 年

蒋子龙短篇小说《机电局长的一天》：反映广大干部群众在特殊时期对现代化事业带有局限性的追求

蒋子龙（1941.7.2—），河北沧县人。1975 年 10 月，蒋子龙参加一机部系统在天津召开的工业学大庆会议时，了解到各地工厂领导"抓生产"的事迹。他先赶写出了中篇小说《机电局长》。随后，当他了解了"钢铁工业座谈会"的精神和措施，了解了邓小平提出的"以三项指示为纲"的强调工业生产和经济建设（即"抓革命、促生产"）的举措后，他便在会议期间又写出了短篇小说《机电局长的一天》全稿，其中主人公霍大道的原型，就是他所在的天津重型机器厂的厂长冯文斌（蒋曾任其厂办秘书）和他在会议期间了解到的南京汽车厂的一位副厂长。蒋子龙回到北京后，《机电局长的一天》很快发表在 1 月 20 日复刊的《人民文学》第 1 期上 [①]，它和中篇小说《机电局长》（曾在《天津文艺》连载）构成了一个整体，它们的创作过程典型地反映了主流意识形态对文学的钳制。《机电局长的一天》写了霍大道与徐进亭在抓产值与抓国家急需品生产过程中的矛盾冲突，并着力塑造了霍大道的形象。尽管小说不时地突出了"文革"对霍大道的教育，强调了他的"继续革命"的精神，但还是比较成功地塑造了工业战线上的一个有干劲、有魄力、有经验、勇于开拓的老干部的形象。这个形象的意义在于反映了广大干部群众在特殊时期对现代化事业的带有局限性的追求。《机电局长》"针对《机电局长的一天》里存在的缺点和错

---

① 参阅吴俊《环绕文学的政治博弈〈机电局长的一天〉风波始末》,《当代作家评论》, 2004.6。

误，加强了霍大道以阶级斗争为纲，坚持党的基本路线，英勇无畏地反妖风，反对资本主义复辟和修正主义路线的描写，也对徐进亭做了进一步的剖析，加强了这个走资派还在走的一面"。这样，尽管两篇小说的基本内容和主要情节大致相同，但是它们的立意和内在逻辑却大不相同，霍大道成了与"走资派"作斗争的典型，而徐进亭则成了典型的"还在走"的"走资派"。①

黎汝清长篇小说《万山红遍》：说明了井冈山道路对中国革命的伟大意义

《万山红遍》分为上下卷，共 58 章，1 月，上卷由人民文学出版社出版；下卷在 1977 年 9 月由人民文学出版社出版。整部小说主要写 1928 年春天到秋天，党领导的一支红军队伍在南方某山区为建立农村革命根据地而艰苦奋斗、英勇作战的故事。他们与山区党组织共同努力，发动群众，打土豪，分田地，同敌人展开了反复较量，清除了内奸，消灭了敌人，成立了工农民主政权，建立了农村革命根据地。小说着重塑造了红军大队长郝大成以及吴可征、史少平、罗雄、宋少英、田世杰、黄六嫂等英雄形象。同时，小说也批判了右倾机会主义路线的错误，形象地刻画了黄国信的形象。黄国信出身于地主家庭，当他的家庭破产后，他便怀着"借革命力量以报私仇"的目的，投机参加了革命。参加革命后，黄国信被县委以特派员的身份派到郝大成领导的红军游击大队里工作，他自恃是上级派来的党代表以及自己文化高、懂得一大套理论又懂军事，于是顽固地推行右倾机会主义路线，极力主张"流动游击""分散隐蔽"等，给革命带来了损失。小说通过对黄国信这个惯于耍两面手法的阴谋家形象的描绘，说明井冈山道路对中国革命的伟大意义，同时也生动地反映了当时广阔的社会面貌。②小说后来被中央人民广播电台和 20 多个省台进行了长达半年多时间的连续广播。

屈兴歧长篇小说《伐木人传》：塑造了一位略显扁平的无产阶级英雄形象

屈兴歧，生年不详，黑龙江巴彦人。《伐木人传》（上、下）1 月份由人民

---

① 参阅程光炜《文学的"超克"——再论蒋子龙小说〈机电局长的一天〉》，《当代文坛》，2012.1。

② 参阅秦胜国《一个"四人帮"式的人物——黄国信》，《广西师范大学学报（哲学社会科学版）》，1977.6。

文学出版社出版。小说以两条路线的斗争为主要线索，讲述了两个故事：一个是用采育结合的方式来伐木的故事，一个是抓捕潜伏在林场的特务的故事。在第一个故事中，主人公任明远由"水淹人"事件发现了大面积林木被伐后的负面作用，于是坚定了用新的方式来采伐林木的打算，这是故事发生的原动力；当任明远带领林场工人克服种种人为障碍和自然困难，成功实验了新的采伐林木方式即采育结合伐木方式后，他获得了林场金书记和群众的认可。在抓捕潜伏在林场的特务的第二个故事中，任明远最先把四明山泉水有毒的谣言与梅师傅实验林遭到破坏的事情联系起来，并提醒大家有敌人在搞破坏，然后，他把各种证据和线索引向温成并迫使他认罪；接着，他带领民兵进山抓获了前来接头的外国特务。在这两个核心故事中，任明远既承担着推动故事发生的动力源的功能，又担负着促进故事向高潮发展的加速器的功能。小说还描绘了三个场面：第一个是小说开篇部分写的"水中救人"，第二个是中间部分写的"安装避雷针"，第三个是结尾部分写的"林场抓特务"。在这三个场面中，任明远过人的英雄气概都得到凸显。在救人的场面中，扬玉河激流翻滚，浪尖上圆木飞蹿，小孩命悬一线，但任明远显得很大胆，沉稳，他从组织人员搜寻，到勇跳激流救人，再到成功救出小孩，一气呵成，堪称一场漂亮的小战役。在"装避雷针"的场面中，实验林内风雨交加，电光闪烁，闷雷炸响，但任明远操起弯把锯，拼尽全力将避雷针装好，使国家的林木资源免遭了损失。在"抓特务"的场面中，任明远从蹲点守候遭遇黑熊，到追捕逃犯身中燃烧弹，再到擒获被逼至绝路的外国特务，他心怀国家安危，把个人的生死置之度外。小说塑造的任明远是一位无产阶级的英雄形象。但由于时代局限，作者排斥了对英雄人物受难时的身体感觉的描写，斩断了英雄人物成长的心路历程。而且由于作者对英雄人物的形象进行了刻意拔高，所以使任明远的形象在读者心目中打了一些折扣。①

刘心武儿童小说《睁大你的眼睛》：从超越转向"左"倾

刘心武（1942.6.4—），四川安岳人，出生于成都。《睁大你的眼睛》1月份

---

① 参阅张焰《略论〈伐木人传〉中任明远形象的塑造问题》，《韶关学院学报》，2008.11。

由北京人民出版社出版，是"一本对少年儿童进行党的基本路线教育的文学读物"。小说反映了北京市一个街道在批林批孔运动中开展社会主义大院活动的故事：在大院里，社会主义新生事物和资本主义腐朽势力展开了激烈的斗争；"孩子头"方旗依靠党的领导，带领全院儿童，机智地斗倒了妄图复辟的资产阶级分子，挽救了被腐蚀拉拢的伙伴，表现了他开展路线斗争和阶级斗争的觉悟。整个故事告诉人们：必须睁大警惕的眼睛，加强对资产阶级的全面专政。

王尧认为，要研究刘心武的《班主任》，必须关注《班主任》与他的《睁大你的眼睛》之间的联系，因为两篇小说分别塑造了谢惠敏与方旗两个孩子的形象：《班主任》中的谢惠敏脱胎于《睁大你的眼睛》中的方旗，在价值取向上，作者在《班主任》中否定了谢惠敏，但在《睁大你的眼睛》中却肯定了谢惠敏式的青少年的"孩子头"方旗。这个由否定而肯定的过程，也正是刘心武自己精神蜕变转化的过程，他在《班主任》中对谢惠敏的否定完成了一次超越，但在《睁大你的眼睛》中对方旗的肯定不可避免地留下了极"左"思潮对他影响的痕迹。[1]

孙家玉长篇小说《战火催春》：一部反映抗美援朝战争的小说

孙家玉（1934—），上海嘉定人。《战火催春》1月由江苏人民出版社出版。小说写在抗美援朝战争中，中国人民志愿军钢刀团侦察排长龙中青奉命带领侦察员插入敌区，侦察敌情，牵制敌人。龙中青率领的战士们发扬勇敢战斗、不怕牺牲、不怕疲劳和连续作战的战斗作风，在朝鲜人民的支援下，捕获了敌人的侦察员，然后设饵钓"鲨"，奇袭敌团部，最终拔"钉"除患，使我志愿军大部队和朝鲜人民军在同美军"王牌"飞甲团的战斗中，取得了重大胜利。小说歌颂了志愿军战士伟大的国际主义精神和大无畏的英雄气概，歌颂了中朝人民用鲜血凝成的革命友谊。

陈忠实短篇小说《无畏》：一篇呼应当时政治现状的小说

陈忠实（1942—2016.4.29），陕西西安人。《无畏》3月20日发表在《人民文学》第3期。小说的故事背景是1975—1976年发生的全面整顿及"反击右

① 参阅王尧《思想历程的转换与主流话语的生产：关于"文革文学"的一个侧面研究》，《当代作家评论》，2001.4。

倾翻案风"，里面的主人公是一位在造反中起家的公社党委书记，小说的思想倾向是：全面整顿是"反革命逆流"，农村必须继续进行"文化大革命"，用大批判来促进生产。"文革"后，该小说因为表现了阶级斗争、路线斗争和权力斗争，呼应了当时的一种政治形势，所以遭到批评，陈忠实的公社副书记一职也被撤销。这篇小说使陈忠实久感羞耻，但这也逼迫他对自己进行了一番自新，直接催化了他的文学创作心理的裂变。①1979 年 6 月 3 日，《陕西日报》副刊发表了陈忠实创作的短篇小说《信任》，小说很快被 1979 年第 7 期的《人民文学》进行了转载，并很快获得了 1979 年全国优秀短篇小说奖。再后来，陈忠实创作了他的代表作长篇小说——《白鹿原》，小说在 1997 年获得了茅盾文学奖。

天津工人出版的小说集《哨兵》：一本思想驳杂的小说集

《哨兵》3 月份由天津人民出版社出版，里面收录了 13 篇短篇小说，包括蒋子龙的《进攻的性格》《势如破竹》。在《进攻的性格》中，作者借朱石之口表达了"一个党的干部应该经常到群众中去报到"的思想，是作者传达出的人们渴求摆脱落后、走向强盛的一种声音。《势如破竹》却偏离了蒋子龙健康的创作道路，里面充满了一些"左"的政治喧嚣，在艺术上明显受到了以上海的"帮刊"《朝霞》为旗帜，以《金钟长鸣》《初春的早晨》为代表的早期阴谋文艺的创作潮流的影响。

绍闯长篇小说《百丈岭》：一部对"农业学大寨"进行具体实验的小说样板

绍闯，浙江人，生平不详。《百丈岭》4 月份由浙江人民出版社出版。小说讲述了百丈岭大队贫下中农决心"学大寨人，走大寨路，创大寨业"的故事。大家在支部书记王水根的带领下，围绕着建高山水库的事情英勇地与天地人进行了斗争。与天斗：比如他们用小炭炉子与厚稻草给涵管加温，以防涵管冻裂。与地斗：他们在旱季时，冒着生命危险在青龙洞寻水，冷天时用身体堵住溢洪道决口等。与人斗：他们既要清算反革命分子凌天义的历史旧账，又要

---

① 参阅朱鸿《羞愧与自新：陈忠实文学创作心理分析》，《西北大学学报（哲学社会科学版）》，2017.5。

防止他搞现行破坏；既要对"右倾分子"姚吉祥滥用公款、胡乱整人进行抵制，又要对大队长赵岳奎的退坡思想进行教育，因为他丢掉了当年"十七把山锄创大业"的奋斗精神，而是热衷于发家致富，甚至干起了一些损公肥私的事情……总之，小说中的人物信奉共产党人的"斗争哲学"，"像大寨人那样，敢想，敢干，敢斗，不管资本主义的青苗从什么地方露头，都毫不留情地把它铲掉；只要是对社会主义新农村有利的事，哪怕再困难，再艰险，也要舍得吃大苦，流大汗，出大力，豁出命把它干好，朝着共产主义的目标，干到底"。从这个角度上说，《百丈岭》是一部对"农业学大寨"进行具体实验的小说样板。[①]

肖建华等著的短篇小说集《任重道远》：描写知青生活的小说集

肖建华，生平籍贯不详。《任重道远》4月份由广西人民出版社出版，收录的10篇小说是知青写知青的小说，作者们通过描写身边知青中的典型形象，反映了知青上山下乡插队的生活，成功地塑造了贫下中农、生产队干部、优秀知青代表等众多的形象。比如：《任重道远》描写了一个在漓江江边长大的姑娘春妹插队到桃花江边的生产队后，经过锻炼，最终成长为生产队的指导员的事情；《锦绣》讲述了插队知青锦绣在担任生产队饲养组组长后，不怕脏，不怕累，不怕苦，在养好猪的同时，又敢于挑战过去只有男人才敢干的阉猪这一行当的故事；《高音喇叭》讲述了插队知青高英在农村批判歪风邪气的事情；《新队委》讲述了插队知青李勇担任记分员后，工作认真负责，为集体把好关的故事；《三画老贫农》叙述了插队知青刘步农办起猪场后，在老贫农杨春松的帮助下，配制出新饲料养好猪的事情；《金鸡岭》歌颂了插队知青高春晓担任金鸡岭园艺场的革委会副主任后，带领大伙"抓革命促生产"的事迹；《新苗苗壮》赞扬了插队知青春媛担任赤脚医生后，在干中学，在学中干，为贫下中农治病的事情；《大步向前》写了插队知青杨柳锻炼成长为生产队指导员，勇于改进育秧技术，解决了双季稻何时播种的老问题；《树大成材》写插队桂北瑶乡的知青杨小红，积极务农，认真做好保管员，成为生产队里的"红管家"；《新书记蹲点》

---

① 参阅王思焱《"十七年"时期与"文革"中的浙江小说》，《浙江师大学报（社会科学版）》，2001.6。

叙述了插队知青、大队党支部书记韦静萍到蔡扇坡生产队蹲点，使该生产队最终成为先进队的故事。这些作品塑造的众多的知青形象是成功的，具有那个时代的显著特点。

孙景瑞长篇小说《不息的浪潮》：一部描写解放军在海防前线与敌斗争的小说

小说原名《红旗插上大门岛》，1958 年 5 月创作完成后于 8 月出版。该小说是一部描写解放初期解放军在海防前线与敌斗争的长篇小说，着重描写了一个连队越海作战，攻克敌占岛屿，在岛上进行军事、政治、生产建设，最后粉碎敌人强大兵力反扑的过程。小说通过对这一过程的描写，刻画了副连长雷大鹏、战士陈明德、炊事员张富等革命军人的英雄形象，同时也表现了解放军中官兵平等、军民是一家的优良革命传统。小说出色地描写了两个战斗场面，一个是解放大门岛，另一个是保卫大门岛。① "文革"期间，《红旗插上大门岛》这一书名被改为《不息的浪潮》后，1976 年 4 月，小说由上海人民出版社出版。其内容提要中说："作品在深化主题、塑造无产阶级英雄形象方面，比原著有显著提高。"但作者并不这样认为，2011 年 2 月，他在原《红旗插上大门岛》上写道："我一见到这个初版本，眼泪唰地流了下来。回想 1952 年业余写初稿，到 1958 年出版，七年中，经常是晚上不睡觉，星期不休息，饮食不知味，两眼红不棱登，走路一摇三晃，再加上写了改、改了写的苦恼，这种艰辛，如今过了半个多世纪，仍难以忘怀。当年，长篇小说很少，我以陌生面孔，于 1958 年 8 月出版了本书，9 月又出版了《粮食采购队》，两个月出版两部长篇小说，引起文艺界关注，有的惊呼：'打哪儿蹦出个孙猴子！'遗憾的是，我这孙猴子没有真孙猴子顶风涉险的本事……把本书修改了，改名《不息的浪潮》，面目一变，愧悔一生。"②

周振天长篇小说《斗争在继续》："文革"时期被许多文学作品和电影模仿的反特小说

周振天（1946—），湖北新洲人，生长于天津。《斗争在继续》4 月份由河

---

① 参阅林静《读〈红旗插上大门岛〉》，《读书》，1959.1。
② 参阅 buyaole 轶事的博客文章《重读〈红旗插上大门岛〉》，新浪博客，2013.9.29。

北人民出版社出版。小说写在一个雷雨交加的夜晚，海洲市八一七厂的技术员小钱独自来到绘图室工作。进门前，小钱听到屋里有响动，她赶紧打开门，只见一条黑影从窗户逃走。公安人员迅速来到现场，仔细侦察后判断该厂正在制造的重要产品——"猎字99号"的心脏分机图纸被人偷拍了。第二天，公安局破译了一个署名为AC的特务叫国外的特务机关速取99号货的密码电报。代号为AC的特务是个潜伏了多年的老牌特务，八年前曾冒过一次头。他这次露面，说明他非常重视"猎字99号"图纸。负责破案的侦察科长赵群在厂党委的配合下，很快查清了那个偷拍图纸的人戴着的手套是仓库保管员王长生的。王长生父亲去世早，母亲对他从小娇生惯养，他身上虽然存在着不少缺点，但偷拍图纸的可能性很小。案情正待进一步追查时，仓库忽然起火。赵群在着火现场发现了医务室使用的一个小针盒，他断定仓库着火是由针盒内装着的黄磷燃烧后引起的。这时，大家反映，王长生与医务室的吴士秋大夫关系不正常。赵群找来王长生谈心，王长生很感动。但一提起吴大夫，他的态度却变得暧昧起来。上班后，王长生照例到医务室去热牛奶。其间，吴士秋向王长生打听公安人员的侦察情况。王长生喝了牛奶后，中毒昏倒。群众质问吴士秋王长生昏倒的原因，吴士秋连称冤枉。面对错综复杂的斗争，赵群断定吴士秋的背后一定有一只黑手。侦察员陈敏跟踪了送牛奶的班德彪后，发现班德彪其实是一个特务，他与从海外回国"探亲"的杨其昌接头后，接受AC的命令准备毒害吴士秋。班德彪被公安人员捕获后，供认了杨其昌的特务身份，并交代了杨其昌和AC的联络暗号是003738。赵群向班德彪讲明政策，让他继续与AC联系。后来，公安人员在厂传达室那里发现了一辆标有003738号码的自行车。在自行车的手把里，获得了特务交接"货物"的时间、地点和暗语。不久，公安人员看见了八一七厂行政科长孙玉根与杨其昌在海洲公园假山后面交接"货物"的场面。狡猾的特务发现有人跟踪，准备逃跑的时候，被公安人员抓获。原来，孙玉根就是代号AC的特务，他最终没能逃脱人民的法网。小说的人物描写及案件发展都是以党委书记的领导来推进的，而且从政治的角度审视了厂里的每个干部职工。从这个角度上看，小说故事情节的模式化特点是比较明显的：国外特务机关对我国的某军工产品虎视眈眈，于是派特务潜回我国与暗藏的特务接头并传达国外主子的旨意；由于我军工单位技术人员的麻痹大意或有潜伏的特务，他们在将某重要产品或图纸往保险柜里放时被特务盯上了，然后特务便想尽办法窃取了产品或图纸。接下来，特务或用栽赃、陷害等手段转移我公安人员的视线。但最终，在我公安人员的"火眼金睛"下，特务们留下的一点尾巴被发现了，他们的阴谋最终被粉碎了。这种模式曾经是"文革"时期许多文学作品和电影作品共同践行的模式，贻害无穷，至今还能在一些文学作品和影视作品中看到其痕迹。1978年，小说被八一电影制片厂拍成名叫《猎字99号》的电影在全国上映。

卢群长篇小说《我们这一代》：展现了"文革"时期两条路线的斗争

卢群（1944—），江苏苏州人，曾经在苏北某农场当过知青，在创作《我们这一代》的初稿时，他本想描述知青扎根农场闹革命的故事。但在某负责人或直接或间接的暗示下，他便根据当时所谓的"走资派还在走"的形势，将小说主旨改为直接描述"文革"，力图展现"文革"中的两条路线斗争的作品。这一改使作品出现了严重的政治错误。小说在1976年5月由江苏人民出版社出版。

阎丰乐长篇小说《县委书记》（第一部）：塑造了一个复杂的县委书记的形象

阎丰乐（1933—），河北吴桥人。《县委书记》（第一部）6月份由北京人民出版社出版。小说写黄家洼生产大队是湖西县的先进典型，新任县委书记杨凯一上任，就首先到黄家洼来蹲点。杨凯发现黄家洼的问题很严重，副县长肖一帆及地委方书记在这里大搞副业，轻视农业，对坚持自力更生、主张根治水灾的高苍松进行压制、打击，并背着党支部，私自用公共积累搞分红，企图破坏排灌站的工程。杨凯支持高苍松与大队党支部书记黄金山进行斗争，并建议县委撤销黄金山的职务，然后推荐新生力量高春华担任大队党支部书记。高春华是一位年轻的农村姑娘，青春而富有朝气，代表着新的思想和希望，是改变当时农村落后面貌的新生力量。小说后来被拍摄成电影《锁龙湖》，成为"文革"结束、新时代开始的分界线的电影。

程贤章长篇小说《樟田河传》：反映时代氛围与生态环境给人造成心理压力的小说

程贤章（1932—2013.1.25），广东梅县人，生于印尼雅加达市。《樟田河传》6月份由广东人民出版社出版。小说围绕樟田河治理过程中的矛盾与冲突展开叙事，直面现实矛盾，反映了当时的时代氛围与生态环境给人造成的心理压力，给读者提供了有意义的反思。小说展现出了作者饱满的政治激情、强烈的社会责任感、使命感，以及对人性、对社会的深刻理解，对理想信念的坚持精神。

王精忠长篇小说《万里战旗红》：一部全面描写战斗英雄黄继光的小说

王精忠（1933— ），江西安福人。《万里战旗红》6月份由湖北人民出版社出版。小说描写了黄继光烈士所在的连队在抗日战争、解放战争和抗美援朝中的战斗故事。作者与黄继光生前同在一个部队，又同在上甘岭战场作过战，对上甘岭战役及黄继光的情况都非常熟悉。抗美援朝战争结束后，作者在黄继光生前所在的连队担任代理连长，其间访问了黄继光的家乡，和黄继光的母亲进行了多次交谈，掌握了黄继光的许多事迹，积累了丰富的材料。《万里战旗红》以作者自己亲身经历过的战斗为蓝本，用纪实手法对一三五团四连的坑道斗争进行了描写，勾画了上甘岭的鏖战场面，对战斗英雄黄继光进行了多侧面、全方位的描写，记述了他很多鲜为人知的生动故事，塑造了黄继光可歌可泣的英雄形象。从这些方面看，作者的创作态度是严肃认真的，没有虚构，秉笔直书，客观真实地讲述了英雄的事迹，表达了对英雄的敬重和爱戴。

刘云鹏长篇小说《柳河屯烽火》：一部情节曲折、语言生动的抗战小说

刘云鹏，生平不详。《柳河屯烽火》6月份由内蒙古人民出版社出版。小说描写了在抗日战争初期，八路军挺进到敌后，组织群众在冀中平原建立根据地，与日本侵略者、亲日派汉奸进行英勇斗争的故事。小说生动地展现了根据地人民在党的正确领导下，坚持敌后抗战、开展人民游击战争的宏伟图景，深刻揭露了日本帝国主义者的暴虐及汉奸、恶霸地主郭老寿等卖国求荣的反动嘴脸。小说塑造了赵振魁、吴志成、李九兰、田庆虎、长顺爷、铁蛋等英雄人物的鲜明形象；故事情节曲折动人，语言朴实生动，生活气息浓厚。

克扬长篇小说《农奴戟》：一部反映西藏平叛斗争的著名小说

《农奴戟》7月份由天津人民出版社出版。小说的名字借用了毛泽东主席1959年6月写的《七律·到韶山》中的诗句："红旗卷起农奴戟，黑手高悬霸主鞭。"小说写1959年，西藏的地方反动政府、上层反动集团勾结帝国主义、蒋介石匪帮，发动了一场武装叛乱，妄图分裂祖国。达惹地区的反动领主对这场叛乱立即呼应，他们纠集叛匪，残害人民，扩大叛乱范围。但生活在农奴制度下的广大农奴群众和工作队一道，经过英勇的战斗，平息了叛乱，并彻底摧毁了旧西藏最反动、最黑暗、最野蛮、最残酷的封建农奴剥削制度，建立了人民自己的政权。小说着力塑造了工作队长李智、藏族干部堪侏、农奴云才等英雄人物的形象。小说故事曲折生动，具有浓厚的地方色彩，其故事中的很多情节来自西藏平叛斗争，所以是反映西藏平叛斗争最为生动、最为著名的一部长篇小说。

浩然中篇小说《百花川》：顺应政治形势巨变而多次删改的小说

1975年10月，浩然创作了"反映农业学大寨，普及大寨县"的中篇小说《三把火》，其后随着政策和时局的变动而多次进行修改，最后定名为《百花川》。在作者最初完成的小说中，赞美了梨园大队新上任的女队长杨国珍所推行的几项新措施，赞美了当时农村生活的新气象。小说所谓的"三把火"一是指刚担任队长的杨国珍对下台的老干部的团结；二是指杨国珍从窑场入手，狠抓经营管理；三是指杨国珍勇敢地揭开了阶级斗争、路线斗争的盖子，消灭了新生的资产阶级分子。可以看出，作者创作该小说的意图是想描写刚刚复出的邓小平同志所推行的"以三项指示为纲"的政治部署。1976年2月，小说的第一部分在《北京文艺》第2期刊出后，又陆续刊出了一些部分，里面多个地方出现了"安定团结"的字眼。但在小说还没有全部刊出之际，我国的政治形势又发生了巨变，邓小平同志再一次被当作"翻案""复辟"派而打倒，他所推行的"三项指示为纲"的政治部署也被当作"大搞复辟的一面旗帜"而受到批判。很快，一场自上而下的"批邓反击右倾翻案风"运动席卷全国。为适应形势，作者将稿子中凡有"安定团结""把国民经济搞上去"的字眼一律删除了，因为这些字眼成了邓小平同志"搞复辟"的代名词；凡与第一次农业学大寨会议有关的内容也一律被删掉了，凡是有团结老干部、起用老干部的情节一律都被改动了；甚至，文中凡是出现"三把火"的地方，也都被改成"几把火""这把火""三大革命之火"等，因为"三把火"的"三"字有同"三项指示"的"三"字划不清界限的嫌疑。以上的修改还只是作者为了应急而作的简单的修改，当作者将作品更名为《百花川》交给天津人民出版社出版时，他又对其进行了较大幅度的修改。这时，利用文艺形式来歌颂"文革"或表现路线斗争，已不能适应新的形势需要了，社会上正在揪"还在走的走资派"，当时传达官方声音的"初澜"已把文学创作的方向定为了"写走资派"。为了紧跟这种形势，作者对原作中的主要反面人物常自得这个形象也做了重要改动。1976年9月，《百花川》由天津人民出版社出版后，被批评为一株"大毒草"，指出"这株毒草，在1976年9月这历史最沉痛的日子里出笼，在配合'四人帮'篡党夺权上是有其独特作用的"[1]。

长篇小说《宏图》：一部典型的按照"三结合"创作方法写成的小说

1956年，第二期的《农村工作通讯》刊登了一篇《我们一个社要养猪两万头》的文章，报道了山东省阳谷县石门宋农业合作社的养猪情况。11月9日，毛泽东对该文做了批示，要求在全国推广其经验。1975年1月，为了纪念毛泽东的批示发表20周年，山东人民出版社组织聊城地区《宏图》三结合创作组"一批人创作了长篇小说《宏图》，小说9月份由山东人民出版社出版，主要讲述了石门宋农业合作社在生产、养猪两项事业上大获成功的故事，小说结尾写道："群众抓住了搞破坏的坏分子；县委书记钟田向群众宣读了毛泽东同志的批示。"该小说极具"文革"时代的特色，完全是用当时流行的"领导出思想，群众出生活，作家出技巧"的"三结合"的创作方法写成的。这种创作方法使作品明显存在着主题先行、结构雷同、人物形象政治化、情感表达革命化、作者主观介入等特点；这种创作方法也使作品里面明显存在着一条贯穿始终的阶级斗争红线，其主要人物在群众的支持下，去帮助、教育中间分子，最后抓住了搞破坏的地主、反革命分子，成为英雄人物。小说里面也有大量关于

---

① 参阅任相梅《"文革"中的浩然》，《文艺报》，2014.10.27。

阳谷当地风俗习惯的描写，语言也具有一定的鲁西特色。

蔡振兴长篇小说《激战长空》：至今唯一一部反映海军航空兵保卫万里海疆的小说

蔡振兴（1934—），上海人。《激战长空》9月份由上海人民出版社出版。小说是一部描写海军航空兵在东海上空与蒋介石的国民党空军争夺制空权的作品，也是至今为止唯一一部反映海军航空兵保卫万里海疆的长篇小说。此书后来被朝鲜翻译家金昌旭译成朝鲜文出版，产生较大反响。

龚成长篇小说《红石口》：一部杰出的反特小说

龚成，生平不详。《红石口》是反特小说，10月份由人民文学出版社出版。小说讲述1972年秋，在我国的"红石"国防工程即将开工之际，国外的敌特分子立即施展了各种阴谋诡计，并布下各种疑阵，企图千方百计地窃取情报，破坏这项工程的开工。我公安人员牢记党的基本路线，依靠人民群众，在工厂、农村、学校、街道等筑起了一道道铜墙铁壁，同敌特分子展开了一场曲折复杂、惊心动魄的斗争，最终彻底粉碎了敌特的破坏阴谋，取得了反特斗争的全面胜利。该小说于1975年由人民文学出版社出版后，受到广大人民群众的欢迎，国内多家出版社出版了连环画，一时好评如潮。

孟伟哉长篇小说《昨天的战争》（第一部上下册）：史诗风格，纪实风采

孟伟哉（1933.12—2015.2.26），山西洪洞人。《昨天的战争》（第一部上下册）12月份由人民文学出版社出版。小说逾百万言，气势恢宏，是描写朝鲜战争的小说中最具权威性的作品之一。小说写"二战"名将艾森豪威尔以"光荣地结束朝鲜战争"的允诺赢得了美国人的选票，当上了美国第34届总统。艾森豪威尔总统结束朝鲜战争的"伟大方程式"就是扩大战争，妄图以当年在欧洲诺曼底登陆的战术和在朝鲜仁川登陆的战术，把中朝两国的百万大军歼灭在鸭绿江和三八线之间。于是，从北京到华盛顿，从平壤到东京以至汉城，从两军统帅部到前线各部队，都展开了激烈紧张、曲折复杂的较量和斗争。作者曾参加过抗美援朝战争，所以在真实的历史背景下，用史诗般的笔触鲜明生动地再现了当时的战争情景，令人惊心动魄，浮想联翩。小说对战争双方的书写都极其惨烈，有较浓厚的纪实色彩，这是作者根据自己的亲历、亲见、亲闻及多

年广泛的阅读和认真的思考写成的，所以，小说具有鲜明的真实性、强大的感人力量和认识价值。但从虚构艺术和艺术典型塑造等方面来看，该小说还存在一些可议之处。[①]

姚雪垠长篇历史小说《李自成》："五四"以来长篇历史小说领域的填补空白之作

姚雪垠（1910.10.10—1999.4.29），河南邓县（今邓州市）人。长篇历史小说《李自成》共五卷，300 余万字，作者自 1957 年 10 月动笔创作该小说，到 1963 年 7 月，第一卷（上、下两册）由中国青年出版社出版；1973 年完成第二卷初稿，但未能修改与出版，作者上书毛泽东同志，得到支持后，遂从武汉移居北京，潜心修改第二卷，1976 年 12 月，该卷上中下三册由中国青年出版社出版，并在 1982 年获得第一届茅盾文学奖；1981 年，第三卷出版。另外的第四、第五卷，因作者年事日高、体弱多病，改用口授记录方式写作，直到 1999 年 8 月，五卷本的《李自成》终于出齐，前后历时 42 年。

第一卷写了发生在崇祯十一年（1638 年）冬季到第二年夏季的故事。其时农民战争处于低潮，李自成在潼关附近陷入明军包围，几乎全军覆没，妻女失散。为彻底镇压农民起义，明王朝派遣洪承畴、孙传庭、曹变蛟、贺人龙等朝廷重臣分别率领优势兵力，对活跃在川陕鄂交界的农民起义军进行围追堵截。重压之下，起义军败的败，降的降，名噪一时的义军领袖张献忠、罗汝才（外号"曹操"）一时归顺了朝廷。小说一开始就把李自成放在严峻的政治和军事形势下，突出他的胆识及他作为一位农民出身的政治家和军事家的个人素质：在千钧一发之际，他不胆怯，不投降，言而有信，机警果断，这是他不同于其他义军首领的独具的人格魅力。后来，他在商洛山里重整旗鼓，终于与突围到豫西的高夫人会合，并促使张献忠、罗汝才重新起义。

第二卷写崇祯十二年夏，商洛山中瘟疫流行，李自成和十之六七的义军将士染病。明军趁机派数路人马进攻，同时诱使义军内部叛变，情况极其危险。在此严峻形势下，李自成、刘宗敏和高夫人都表现出了非凡的斗争勇气和卓越

---

① 参阅何启治《孟伟哉印象》，《海燕》，2014.1。

的军事才能，他们内平叛乱，外歼明军，粉碎了敌人的"扫荡"计划。次年夏初，李自成率领千余精兵从武关突围而出，潜伏于郧阳山中。冬天，李自成看准时机，疾驰入豫，饥民从之如流；随即破洛阳，杀福王，将明末农民战争推进到一个新的阶段。围绕上述故事主线，本卷还写了杨嗣昌出京督师；崇祯在农民战争的沉重打击下，同皇亲、大臣之间发生了错综复杂的斗争，宫廷内部也发生了错综复杂的斗争。本卷还写了张献忠的军事活动，牛金星和宋献策到闯王军中的事情，以及红娘子破杞县、救李信、推动李信起义、投奔闯王的故事等。1982 年 12 月 15 日，该卷小说获得第一届茅盾文学奖（1977—1981）。

第三卷写李自成破洛阳以后，声势大振，几次击溃和歼灭明朝的主力部队，三次进攻开封。本卷着力写第二次和第三次开封战役，并写了从属于第三次开封战役的朱仙镇大战。每次战役，都写得各具特色，深刻地表现了农民起义大军野战和攻城战的真实情况。罗汝才离开张献忠，与闯王合营并奉闯王为盟主。本卷还进一步写了李自成、张献忠、罗汝才三人之间的复杂关系，深化了罗汝才的性格。李自成在本卷中由于地位的变化，作为封建社会农民起义英雄的本身弱点也得到了较多的暴露。他的事业正在向高峰发展，但也明显孕育着失败的因素。整个《李自成》是一部大悲剧，而本卷的悲剧气氛已经相当浓厚。在几十万人口的开封里，大批百姓在围城中饿死，最后又被黄水淹没，逃出来的很少。慧梅被强迫出嫁给袁时中，后来又帮助闯王杀死了自己的丈夫，然后自尽。这些悲剧故事，都使人不忍卒读。清朝入关前的重要人物、满族社会当时的风俗制度、明清之间的战争等等，作者在这一卷里都进行了正面描写，并塑造了皇太极（清太宗）和洪承畴两个典型形象。

第四卷反映的是崇祯十六年十二月中旬至崇祯十七年四月上旬短短百余天里发生的翻天覆地的大事。李自成从米脂返回长安后，立即准备东征。正月初三，他亲率大军渡黄河，入山西，破太原，过大同，一路所向披靡，顺利抵达北京城下。当义军进逼北京之初，崇祯皇帝曾考虑南逃，但因部分大臣反对而未果。在义军围城时刻，崇祯仍有种种不切实际的幻想，但很快破灭，不得不在煤山自尽。李自成踌躇满志地进入北京后，他的群臣却忙在了"劝进"和演习登基的礼仪之中；刘宗敏用酷刑向明朝的勋戚、官员们追赃；大顺军的纪律败坏，城内不断发生抢劫、强奸案。于是谣言纷起，人们对大顺政权日益不满。吴三桂拒绝了李自成的劝降，准备向清方"借兵"。而掌握清国实权的多尔衮早就虎视眈眈地关注着关内局势。陶醉在胜利中的李自成猛然意识到形势的严峻，决定推迟登基，然后亲率并无优势的军队去征讨吴三桂。就在出发的前夜，由他亲自赐婚的费珍娥却在洞房中刺杀了他的爱将罗虎……本卷中决定17世纪中叶中国命运的几支主要力量及其代表人物都纷纷登场。崇祯的悲剧性格最终塑造完成。李自成的缺点、局限以及战略上的失误都被充分暴露。前三卷中已出场的许多人物的性格又有了新的发展。处于改朝换代中心地带的宫女、太监们的心态也被进行了生动表现。

第五卷写甲申年四月，多尔衮怀着独霸中国的勃勃野心，亲率大军南征。途中接到吴三桂"借兵"的来书后，果断地改变路线，直奔山海关而去。吴三桂在两面夹击的情势下，不得不投靠清军。李自成率大顺军与吴三桂的关宁兵在山海关初次接战，互有伤亡。两军再度交锋之时，激战方酣，清兵铁骑突然间冲出，大顺军虽然英勇拼搏，但死伤惨重。李自成率败兵退回到北京，然后匆匆登基，又匆匆撤离。在退往陕西的途中，大顺军又连续败绩。李自成变得偏狭多疑，错杀了李岩兄弟。多尔衮在进军北京几个月后，崇祯的太子被捕。多尔衮等人围绕真假太子一事，展开了惊心动魄的斗争。大顺军在潼关失守后，李自成放弃长安，退往湖广。一路上大顺军士气低落，牛金星父子潜逃。当大顺军从武昌逃至富池口宿营时，又遭到紧追不舍的清军的夜袭，刘宗敏、宋献策被俘。李自成率残兵败将继续奔逃，最后他独骑至九宫山麓并牺牲在那里。19年后，在川鄂边界的茅庐山上，高夫人同尚神仙一起回顾了大顺军联明抗清的历程，这时红霞恰好寻访至此；然后又回顾了红娘子上王屋山出家为尼的经过。八月中旬，茅庐山守军与清军又进行了最后一次惨烈的战斗。高夫人、李来亨等悲壮地自焚……整个第五卷弥漫着大悲剧的气氛，大大小小的悲剧人物均在本卷中塑造完成。

五卷本小说规模宏大，创作时间漫长，以多方面的艺术成就和独特的开创性贡献享誉中外，被公认是"五四"以来长篇历史小说领域的填补空白之作，具有里程碑的意义。小说反映的社会生活广阔，情节波澜起伏，摇曳多姿，引人入胜，对松山之役、开封之战写得精彩绝伦，显示了作者对描写大场面所具有的高超的驾驭能力；刻画的社会各阶层人物形象众多，不仅对农民起义军作了多侧面的描绘，而且还塑造了皇帝、皇后、贵妃、藩王、太监、大臣、将领、地方官、狱吏等一大批封建统治者的群象，让人们从上到下，从内到外，遍览了封建政权机器的各个组成部件；在塑造的一大批封建统治者的群象中，作者对崇祯皇帝的塑造花费了最大的气力，然后又以崇祯为中心，描绘了一系列关于封建专制主义的君主集权制度的长卷轴画面，这在中外文学作品中都是罕见的；作者更是用神来之笔，把李自成的形象塑造得光彩熠熠，栩栩如生，呼之欲出，使他由历史人物变为了小说中的英雄形象，从而达到了历史真实和艺术真实的统一；作者也着力表现了上述人物性格的复杂性和丰富性，语言形象生动，准确鲜明。[1] 当然，由于时代原因，作者对李自成形象的塑造也没有摆脱"高大全"模式的束缚。实质上，李自成自身是有缺陷的，这是导致他领导的农民起义最终失败的原因之一。但由于作者在前三卷中把李自成写得太过高大，这便使得他在描写李自成迅速失败时难以自圆其说，使整部小说显得虎头蛇尾。另外，潼关之战中消灭孙传庭是李自成成功的关键，但小说没有写这段史实，这是一大缺憾。

---

① 参阅冯天瑜《揭露封建专制主义的艺术画卷——读长篇小说〈李自成〉札记》，《人文杂志》，1983.5。

70 YEARS

NEW CHINA
EXCELLENT LITERARY
WORKS LIBRARY

1949–2019

新 中 国 70 年
优 秀 文 学 作 品 文 库

中国当代重要小说
分年评介

A REVIEW OF
CHINESE CONTEMPORARY MAJOR
NOVELS IN DIFFERENT YEARS

马 振 宏 / 编 著

2

第 二 卷

中国言实出版社

目 录

c o n t e n t s

（黑体者为茅盾文学奖获奖小说）

1979 年

1980 年

1981 **年**

1982 **年**

1983 年

1984 年

1985 年

1986 年

1989 年

1990 年

1991 年

1992 年

1993 年

1994 年

1995 年

1996 年

1997 年

1998 年

1999 年

第二卷概述

本卷评介的是 1977 年到 1999 年期间发表并产生影响的重要小说。

1978 年 5 月 11 日,《光明日报》发表的《实践是检验真理的唯一标准》一文引发的"真理标准"大讨论和 1978 年 12 月 18—22 日召开的党的十一届三中全会,被看作是中国社会思想解放和改革开放的标志。

随后,文艺界也开展了拨乱反正和思想解放运动,批判了"文革"中盛行的"阴谋文艺""帮派文艺"以及"文艺黑线专政"论,清理了由此造成的大批"冤假错案",给受到不公正对待和迫害的作家"落实政策",为受到错误批判的作品恢复名誉。1978 年 6 月 13 日,《人民日报》以《认真调整党的文艺政策》为题,发表了"文化部理论组"的文章,用"文艺为工农兵服务"取代了"文艺为政治服务"的提法。这是粉碎"四人帮"后较早对新中国成立以来文艺创作完全从属于政治的反拨。1979 年 10 月 30 日—11 月 16 日,第四次文代会在北京召开,邓小平在其所作的《祝词》中指出:我们要继续坚持毛泽东同志提出的文艺为最广大的人民群众,首先为工农兵服务的方向,坚持百花齐放、推陈出新、洋为中用、古为今用的方针,在艺术创作上提倡不同形式和风格的自由发展,在艺术理论上提倡不同观点和学派的自由讨论。1980 年 7 月 26 日,《人民日报》发表了题为《文艺为人民服务,为社会主义服务》的社论,正式提出"二为"方向,确立了"双百方针",使文学创作进入了一个较为自由、宽松的环境。在此背景下,我国的文学艺术日渐繁荣起来。中国作家协会通过举办几种全国性的、影响很大的文学评奖活动筛选出了许多优秀小说及其他体裁的文学作品。评选出的小说尤其体现出了 20 世纪 80—90 年代的几种文学思潮的基本面貌。

一、在"全国优秀中短篇小说奖""鲁迅文学奖""茅盾文学奖"中获奖的小说

"全国优秀短篇小说奖"和"全国优秀中篇小说奖"是中国作协举办的中短篇小说评奖活动，前者始设于1978年，一共评了9届：第1届奖励1977年至1978年期间发表的优秀短篇小说，第2届至第7届奖励1979年至1984年6年中发表的优秀短篇小说，第8届和第9届分别奖励1985年至1986年，1987年至1988年期间发表的优秀短篇小说。后者是在巴金的提议下设立的，只评了4届：分别奖励1977年至1980年期间、1981年至1982年期间、1983年至1984年期间、1985年至1986年期间发表的优秀中篇小说。这两个奖评选出的大多数小说是非常优秀的，认同度非常高，一定程度上反映了中短篇小说在文学界的地位，也反映了全国优秀中短篇小说奖在当时的重要性。

"全国优秀短篇小说奖"和"全国优秀中篇小说奖"分别在1989年和1987年停评，之后"鲁迅文学奖"接续了它们。但实际上，"鲁迅文学奖"在1997年才举办了第1届评奖，评奖的范围是1995年到1996年期间发表的中短篇小说，所以至少在8至10年时间里没有评过优秀中短篇小说。但这几年也出现了很多被读者赞誉的小说，它们已经被写进了中国当代文学史。比如1989年到1994年期间出现的部分优秀中短篇小说有：

1989年

王蒙《坚硬的稀粥》、刘震云《单位》、权延赤《走下神坛的毛泽东》、张承志《西省暗杀考》、林和平《乡长》、苏童《妻妾成群》等等。

1990年

赵德发《通腿儿》、权延赤《狼毒花》、池莉《太阳出世》、林白《子弹穿过苹果》、刘玉民《骚动之秋》、王安忆《叔叔的故事》、王朔《给我顶住》等等。

1991年

刘震云《一地鸡毛》、苏童《红粉》、张承志《心灵史》、刘震云《故乡天下黄花》、陈源斌《万家诉讼》、王朔《我是你爸爸》、曹桂林《北京人在

纽约》、刘斯奋《白门柳》、陈染《与往事干杯》、林白《晚安，舅舅》、王朔
《动物凶猛》等等。

1992 年

刘震云《故乡相处流传》、杨争光《老旦是一棵树》、王朔《你不是一个
俗人》《过把瘾就死》《刘慧芳》、唐浩明《曾国藩》、张炜《九月寓言》、刘醒
龙《凤凰琴》、周励《曼哈顿的中国女人》、余华《活着》、陈忠实《白鹿原》
等等。

1993 年

刘震云《新闻》、王安忆《纪实与虚构》、王蒙《恋爱的季节》、贾平凹
《废都》、余华《在细雨中呼喊》、苏童《我的帝王生涯》、莫言《金发婴儿》、
杨争光《黑风景》等等。

1994 年

林白《一个人的战争》、毕淑敏《预约死亡》、何申《穷县》、韦君宜
《露沙的路》、刘醒龙《菩提醉了》、关仁山《闰年灯》、张欣《爱又如何》、邱
华栋《沙盘城市》等等。

上面所列的小说中只有刘玉民的《骚动之秋》、刘斯奋的《白门柳》、陈忠实的
《白鹿原》（修订本）三部长篇小说获得茅盾文学奖。

"鲁迅文学奖"涉及了诗歌、中短篇小说、散文、报告文学、文学理论评论等体
裁。截至第 7 届（2018 年 8 月），共评出 74 篇获奖中短篇小说。第 1 届、第 2 届获奖
的中短篇小说共 26 篇，它们是第 1 届（1995—1996）评出的史铁生的《老屋小记》、
迟子建的《雾月牛栏》、阿成的《赵一曼女士》、陈世旭的《镇长之死》、毕飞宇的《哺
乳期的女人》、池莉的《心比身先老》等短篇小说，邓一光的《父亲是个兵》、林希的
《小的儿》、刘醒龙的《挑担茶叶上北京》、何申的《年前年后》、李国文的《涅槃》、刘
恒的《天知地知》、东西的《没有语言的生活》、阎连科的《黄金洞》、李贯通的《天
缺一角》、徐小斌的《双鱼星座》等中篇小说；第 2 届（1997—2000）评出的刘庆邦的
《鞋》、石舒清的《清水里的刀子》、红柯的《吹牛》、徐坤的《厨房》、迟子建的《清水
洗尘》等短篇小说，叶广芩的《梦也何曾到谢桥》、鬼子的《被雨淋湿的河》、铁凝的

《永远有多远》、阎连科的《年月日》、衣向东的《吹满风的山谷》等中篇小说（因《吹满风的山谷》发表于 2000 年 1 月，故在下卷评介）。

本卷也评介了获得"茅盾文学奖"的长篇小说。截至第 9 届（2015 年 8 月），共有 43 部长篇小说获得"茅盾文学奖"。1982 年，第 1 届"茅盾文学奖"（1977—1981）评出的获奖小说是周克芹的《许茂和他的女儿们》、魏巍的《东方》、姚雪垠的《李自成》（第二卷）、莫应丰的《将军吟》、古华的《芙蓉镇》、李国文的《冬天里的春天》。1985 年，第 2 届（1982—1984）"茅盾文学奖"评出的获奖小说是李準的《黄河东流去》、张洁的《沉重的翅膀》、刘心武的《钟鼓楼》。1989 年，第 3 届（1985—1988）"茅盾文学奖"评出的获奖小说是路遥的《平凡的世界》、凌力的《少年天子》、孙力和余小惠的《都市风流》、刘白羽的《第二个太阳》、霍达的《穆斯林的葬礼》、萧克的《浴血罗霄》（荣誉奖）、孙兴业的《金瓯缺》（荣誉奖）。1995 年，第 4 届（1989—1994）"茅盾文学奖"评出的获奖小说是王火的《战争和人》（一、二、三）、陈忠实的《白鹿原》（修订本）、刘斯奋的《白门柳》、刘玉民的《骚动之秋》。1999 年，第 5 届（1995—1998）"茅盾文学奖"评出的获奖小说是张平的《抉择》、阿来的《尘埃落定》、王安忆的《长恨歌》、王旭烽的《茶人三部曲》（一、二）。本卷评介了除姚雪垠的《李自成》（上卷已评介）之外的其他 24 部获奖小说，另外，在第 6 届至第 9 届"茅盾文学奖"评奖活动中获奖的 18 部长篇小说在下卷评介。

二、20 世纪 80—90 年代小说的书写内容

一是历史小说。这又包括好几个类型：

第一类是写古代故事的小说。如徐兴业的长篇历史小说《金瓯缺》描写了 12 世纪初、中叶，宋、辽、金之间发生的民族战争；刘斯奋的三卷本长篇小说《白门柳》描写了明末农民起义及在其背景下发生的许多故事；凌力的长篇小说《少年天子》描写清朝入关后的第一代君主顺治皇帝面对明清鼎革之际的混乱局面，以儒家思想为治国理念，大力改革，为康乾盛世奠定了基础的许多故事。

第二类是反映鸦片战争之后到辛亥革命期间中国社会广阔历史画卷的小说。如张承志的中篇小说《西省暗杀考》写了回族几位英雄和他们英烈不屈的女人们，给从乾

隆年间到同治年间遭受血腥镇压与屠杀的几百万同胞报仇的故事；冯骥才、李定兴合著的长篇历史小说《义和拳》以 1900 年崛起于天津以南独流镇的"天下第一团"为中心，记述了义和团的兴衰始末。另外，唐浩明的长篇历史小说《曾国藩》、刘恒的长篇历史小说《苍河白日梦》、凌力的长篇历史小说《梦断关河》等也属于此类。

第三类是反映 20 世纪 20—40 年代的第一次国内革命战争、抗日战争和解放战争的小说。如苏童的《1934 年的逃亡》描写了自己家族在 1934 年的历史往事；王愿坚的《足迹》盛赞了周总理在长征途中伟大的革命精神；峻青的长篇小说《海啸》描写了大家洼人民顽强抗日抗匪的动人故事；曲波的长篇小说《山呼海啸》书写了东北地方民兵打击日本联队的故事；柯岗的长篇小说《三战陇海》描写了 1946 年至 1947 年期间，国共两军在陇海决战的事情；梁斌的长篇小说《翻身纪事》反映了解放区的土改；梁信的长篇小说《龙虎风云记》记述了解放初期我军与广西境内残敌作战的情况。另外还有周立波的《湘江一夜》、刘绍棠的《蒲柳人家》、曲波的《桥隆飙》、方之的《内奸》、罗旋的《红线记》、汪曾祺的《大淖记事》、邓友梅的《追赶队伍的女兵们》等等写的都是战争或在战争背景下发生的故事。

第四类是书写了十七年及"文革"往事的小说。这类小说所占比例很大，大概在 1988 年之后逐步减少。如魏巍的长篇小说《东方》描写的是抗美援朝的故事；王亚平的《神圣的使命》描写了一位老警察顶着"四人帮"的强大压力，给一位善良的知识分子平反冤假错案的故事；萧平的《墓场与鲜花》描写了陈坚和朱少琳在"文革"中受到迫害，朱少琳出狱后，主动到荒凉的边塞农场与陈坚生活在一起的故事；宗璞的《弦上的梦》写了女孩梁遐在"文革"中的坎坷经历和辛酸故事；齐平的《看守日记》写了"右派"分子毛乾坤指挥人们抢救出了事的锅炉的故事；鲁彦周的《天云山传奇》写了宋薇和罗群悲欢离合的故事；张弦的《记忆》写了电影放映员方丽茹由于一次意外的失误而被打成"反革命"的故事；中杰英的《罗浮山血泪祭》讲述了三十几位高级知识分子在 1967 年被打成反革命分子后流放到广东罗浮山地区的悲惨遭际；叶蔚林的《蓝蓝的木兰溪》写了公社广播员赵双环和"右派分子"肖志军相爱，但木兰溪公社封建家长式的人物盘金贵却利用自己的权威，把赵双环变成了往自己脸上贴金的"奇货可居"的工具；刘心武的《我爱每一片绿叶》描写了一个长期不娶妻的中学教师因为在书桌中珍藏着一张女人的照片，"文革"中惨遭迫害的故事。另外，路遥的《惊心动魄的一幕》、张林的《你是共产党员吗？》、张抗抗的《夏》、莫应丰的《将军吟》、锦云和王毅的《笨人王老大》、李斌奎的《天山深处的"大兵"》、王蒙的《蝴蝶》、叶蔚林的《在没有航标的河流上》、汪浙成和温小钰的《土壤》、礼平的《晚霞消失的时候》、古华的《芙蓉镇》和《爬满青藤的木屋》、陈建功的《飘逝的花头巾》、周克芹的《许茂和他的女儿们》、张洁的《谁生活得更美好》、张长的《空谷兰》、张一弓的《犯人李铜钟的故事》等也属于此类。

二是反映"文革"结束以后现实生活的小说。徐怀中的《西线轶事》和张天民的《战士通过雷区》都描写了对越自卫反击战；贾大山的《取经》、成一的《顶凌下种》、贾平凹的《满月儿》和《二月杏》、高晓声的"陈奂生"系列小说、张石山的《镢柄韩宝山》、何士光的《乡场上》、刘绍棠的《蛾眉》、航鹰的《金鹿儿》等都反映了新时期农村的新生活；莫伸的《窗口》、邓友梅的《我们的军长》、马烽的《结婚现场会》、包川的《办婚事的年轻人》、孔捷生的《因为有了她》、王润滋的《卖蟹》、柯云路的《三千万》、赵本夫的《卖驴》、迟松年的《普通老百姓》等反映了新时期的行业新风貌；于土的《芙瑞达》、樊天胜的《阿扎与哈利》写的是外域见闻；刘富道的《眼镜》、陆文夫的《献身》、祝兴义的《抱玉岩》、孔捷生的《姻缘》、张洁的《爱，是不能忘记的》、谌容的《人到中年》、宗璞的《三生石》等反映的是知识分子的爱情、婚姻、工作及家庭生活等；卢新华的《伤痕》、刘心武的《班主任》、张有德的《辣椒》、王蒙的《最宝贵的》、张洁的《从森林里来的孩子》、邓友梅的《话说陶然亭》、茹志鹃的《剪辑错了的故事》、陈国凯的《我该怎么办》、金河的《重逢》、王蒙的《悠悠寸草心》、冯骥才的《啊！》、李国文的《冬天里的春天》等揭露了"文革"给人们的身心带来的伤痕，对那场运动从多个角度进行了反思；张承志的《骑手为什么歌唱母亲》、韩少功的《西望茅草地》等书写了知青的劳动生活；周嘉俊的《独特的旋律》、蒋子龙的《乔厂长上任记》、刘富道的《南湖月》、陈建功的《丹凤眼》、蒋子龙的《开拓者》《赤橙黄绿青蓝紫》、水运宪的《祸起萧墙》、顾笑言的《你在想什么》等反映的是工厂里面多个方面的生活；王群生的《彩色的夜》、方南江和李荃的《最后一个军礼》描写了部队的故事；艾克拜尔·米吉提的《努尔曼老汉和猎狗巴力斯》、刘厚明的《黑箭》等讲述了动物的故事；张洁的《拣麦穗》、李国文的《月食》、冰心的《空巢》、叶文玲的《心香》、戴厚英的《人啊，人！》、谭谈的《山道弯弯》、周克芹的《勿忘草》等表现了人性和人间情等内容；李栋和王云高的《彩云归》表达了国民党高级将领黄维芸、钟离汉、曾耿在台湾渴望祖国统一的愿望；益希卓玛的《美与丑》、玛拉沁夫的《活佛的故事》、乌热尔图的《一个猎人的恳求》反映的是少数民族的故事。

三、20 世纪 80—90 年代的小说类型

从文学思潮看，20 世纪 80 到 90 年代的文学思潮很多，它们基本上都来自小说领域，所以对这 20 多年的小说按照文学思潮来分类，可以分为以下类型：

（一）伤痕文学（小说）

1977 年 11 月，《人民文学》第 11 期上发表了刘心武的短篇小说《班主任》，小说通过 16 岁的"小流氓"宋宝琦重回学校上学的曲折过程，批判了十年"文革"给人民群众在肉体和精神上造成的伤害。1978 年 8 月 11 日，《文汇报》发表了卢新华的短篇小说《伤痕》，女青年王晓华在"文革"时期与被打成"叛徒"的母亲断绝关系，她在接受改造的乡下收到有关部门寄给她的、为她已逝的母亲平反的公函，她才明白一切都是骗局，她的心灵上于是留下了永远无法弥补的创伤。小说同样批判了"文革"。在学术界，《伤痕》因为批判了"文革"，其题目被作为所有批判"文革"的文学作品的一个共有名字——"伤痕文学"，《班主任》被看作是这个流派的发端小说。

但据有的学者考证，出生于台湾的作家陈若曦是"伤痕文学"的奠基人。1966 年 10 月，陈若曦在"文革"高潮中，从美国回到中国大陆，1974 年 11 月，她根据自己经历的"文革"，创作了短篇小说《尹县长》，发表于香港《明报》月刊第 107 期，该小说"是我国当代文学史上第一篇彻底否定和反思'文化大革命'的文学作品……是我国新时期'伤痕文学'的奠基作"。① 陈若曦后来又相继创作了一系列反映"文革"题材的作品。学界还考证，陈恭敏在 1978 年 12 月号《上海文艺》（《上海文学》前身）上发表的《"伤痕"文学小议》一文很可能是国内最早公开使用"伤痕文学"概念的人。到 1979 年初，"伤痕文学"这个概念被使用得很普遍，其中最引人注目的是鲍昌的《漫话"伤痕文学"》（《新港》1979 年第 1 期）和张春予的《关于"伤痕文学"的

---

① 参阅梁若梅《陈若曦创作论》，中国华侨出版公司，1992.1，第 2、122 页。

对话》(《文艺百家》1979年第1期)等。在国外，使用"伤痕文学"这个概念来指称批判"文革"的作品始于旅美华裔学者许芥昱，他在"美国加州旧金山州立大学中共文学讨论会"的报告中说："(中国大陆)自一九七六年十月以后，文学作品方面以短篇小说最为活跃，最引起大众的注目的内容，我称之为'Hurts Generations'，就是'伤痕文学'，因为有篇小说叫作《伤痕》，很出风头，这类小说的作者，回忆他们在'文革'时所受的迫害，不单是心灵和肉体的迫害，还造成很大的后遗症。我把这一批现在还继续不断受人注意讨论的文学，称为'伤痕文学'。"① 这一说法此后流传很广，也引起误解，以为"伤痕文学"术语是许芥昱创造的，其实他只是赋予了"伤痕文学"的英文译名。当年拍板发表《伤痕》的《文汇报》总编辑马达先生回忆道：小说发表后，被全国二十多家省、市广播电台先后播发。新华社、中新社先后播发新闻，法新社、美联社的驻京记者对外报道说："《文汇报》刊载《伤痕》这一小说，说明中国出现了揭露文革罪恶的'伤痕文学'。"但这个外电究竟发表于何年何月何日，尚需进一步查证。②

"伤痕文学"的出现和潮流的形成与当时人们要求从现实主义文学的真实性出发，来暴露、批判"文革"给党和人民造成的深重灾难和巨大危害及"在人民内部、在革命队伍里"存在的"各色各样、大大小小的官僚主义者"有关。③

"文革"期间，当时制定的"三突出原则"(在所有人物中突出正面人物，在正面人物中突出英雄人物，在英雄人物中突出主要英雄人物)是指导当时社会主义现实主义文艺创作的原则，这一原则实际上使文艺创作偏离了现实主义的道路。"文革"结束后，为了彻底肃清"三突出原则"及其他一些背离现实主义文学精神而造成的"瞒和骗"、"假、大、空"的文学创作，人们大声疾呼恢复现实主义，即作家应该以写真实的艺术勇气，去描写十年"文革"给自己的身心带来的伤痛，去反映现实人生的真实状态，去抒发自己的真情实感。除了刘心武的《班主任》卢新华的《伤痕》外，还涌现出了王亚平的《神圣的使命》、张洁的《从森林里来的孩子》、宗璞的《弦上的梦》、

---

① 叶穉英《"伤痕文学"和"反思文学"浅探》，《大陆当代文学扫描》，东大图书股份有限公司，1990，第5页。

② 张业松《打开"伤痕文学"的理解空间》，《当代作家评论》，2008.3。

③ 周扬《关于社会主义新时期的文学艺术问题：一九七八年十二月在广东省文学创作座谈会上的讲话》，《人民日报》，1979.2.24。

陈世旭的《小镇上的将军》、从维熙的《大墙下的红玉兰》、戴厚英的《人啊，人！》、张洁的《爱，是不能忘记的》、冯骥才的《啊！》、莫应丰的《将军吟》、周克芹的《许茂和他的女儿们》等等许多作品，它们都是"伤痕文学"的代表作。

在"伤痕文学"创作如火如荼地进行之时，理论界掀起了对现实主义的大讨论。讨论主要围绕暴露与歌颂的关系、人物悲剧与社会悲剧的关系、怎样认识"伤痕文学"等展开。讨论自然也是由具体的作品引发的。当时有人批评《伤痕》等小说是"暴露文学"。陈荒煤在 1978 年 9 月 19 日的《文汇报》上撰文支持了《伤痕》。

1979 年 8 月 27 日，《文艺报》和《文学评论》编辑部主办文艺工作者座谈会，陈荒煤进一步肯定了"伤痕文学"的合法性。

"伤痕文学"的具体作品（小说）集中出现在 1977—1979 年间，涉及的内容很多，但大都以真实、质朴甚至粗糙的形式，表达了作者对"文革"的强烈否定和批判意识，使后来的反思文学、改革文学、先锋文学、新历史小说等文学现象与文学潮流都在"伤痕文学"对"文革"历史进行叙述的基础上，继续展开了新的叙述与想象，分享了共同的历史记忆，构建了相同的叙事与价值。

"伤痕文学"的创作主体是"红卫兵"或"知青"一代人，而归来的"右派"（主要是官员和知识分子）作家也创作"伤痕文学"作品，但相较而言，"伤痕文学"是最契合"红卫兵"或"知青"作家回顾"文革"的切身遭遇的，所以说，真正代表"伤痕文学"气质的，是"红卫兵"或"知青"一代的"伤痕小说"，它们是这一代人对"文革伤痕"进行追忆的艺术结晶。"红卫兵"或"知青"一代作家创作"伤痕文学"作品的素材和直接背景主要来自他们的生活，创作动力和思想资源也来自"文革"后期他们对"文革"经历的深刻记忆及反思，当他们历经波折之后，开始对自己曾参与其中或被裹挟其中的"文革"进行了批判性回顾。这是"伤痕文学"的真正源头。而且他们的这种反思不是简单的否定（尽管有时在形式上不乏这样的气息和特征），而是以革命理想为基础，对具体的"文革"过程进行了否定和批判。

从艺术审美角度看，"伤痕文学"的叙事追求"朴素"，基本的手法是融抒情、写景与叙事为一体。作家们在小说中尽情地诉说孤寂、悲哀、苦闷，赤裸裸地袒露自己的所感、所思、所欲，无所顾及地批判社会。作品充斥着对现实和未来的迷惘、失落、苦闷、彷徨，情绪普遍伤感。这种对"伤痕"的呈现，对那个不堪回首的年代里发生的各种悲剧的呈现，具有鲜明的悲剧美学风格，同时也弥漫着政治控诉的味道。但"伤痕文学"感情过于浓烈，表露有些肤浅，叙述过于急切，揭露曝光丑恶的功利性过强，说教味太浓重，语言明显带有"文革""左倾"的印痕，所以艺术上显得较幼稚。从社会意义上来说，"伤痕文学"对"文革"的否定不够深刻，它只是从政治、社会、人际关系的角度考察了"文革"产生的原因，而缺少对传统文化心理、封建意识的分析。"伤痕文学"虽然重新出现了悲剧意识，但其悲剧精神却具有表层性的弱点，模式化的喜剧结尾淡化了悲剧效果，影响了作品的深刻性。"伤痕文学"根本就没有"纯文学"的抱负，它追求的是与正在进行的社会历史发生互动，不管作者还是读者，判断文学的尺度都是它介入历史实践的强度与深度。"伤痕文学"有非常明确的指向性，即"文革"的历史创伤，对事件的描述大于对人的描述，作品的文学史价值大于文学价值，这使它在一定的政治原因的作用下变成了一个非常短暂的潮流。

（二）反思文学（小说）

"反思文学"是在"伤痕文学"的基础上发展而来的，比"伤痕文学"出现得略晚。1979年2月，茹志鹃在《人民文学》第2期发表了短篇小说《剪辑错了的故事》，这是"反思文学"的发端作品。该小说通过普通农民老寿在心里对解放战争时期、"大跃进"时期的干群关系、干部作风的对比，尖锐地批评了"高指标"、"高征购"、瞎指挥、浮夸风等华而不实的形式主义给国家、社会带来的危害，强烈呼唤过去那种实事求是、联系群众的好传统、好作风的回归。《剪辑错了的故事》发表后，出现了大量类似的作品，如王蒙的《布礼》《蝴蝶》，张贤亮的《绿化树》，鲁彦周的《天云山传奇》，张一弓的《犯人李铜钟的故事》，高晓声的《李顺大造屋》，方之的《内奸》等。

从文学思潮史的线索看，"伤痕文学"是"反思文学"的感情准备、感情基础，"反思文学"是"伤痕文学"的发展、转化。给"伤痕文学"确立了基调、模式的"红卫兵"或"知青"作家，在"反思文学"潮流兴起之后，自然还是这一文学流派的"战将"，他们在自己作品中追问的是为什么会发生"文化大革命"这场浩劫、这场浩劫是如何在社会主义这一历史时期得以形成的等问题。"反思文学"的视野比重场景、重情绪的"伤痕文学"显得更开阔，它更关注历史的过程，更倾心于理性的思考，这使它具有一种历史哲学的美学特征。

从"反思文学"的内容看，第一，它从政治层面上对新中国成立后的历史问题尤其是对农村问题进行了重点反思，比之"伤痕文学"，其目光更为深邃、清醒，主题更为深刻，带有更强的理性色彩。比如张一弓的《犯人李铜钟的故事》塑造了一个为了群众生命而不惜触犯党纪国法的大队支书的形象，树立了新时期第一个成熟而完整的悲剧英雄形象；高晓声的《李顺大造屋》则揭示了中国农民自身的性格弱点，指出这些"民族劣根性"在新中国成立后的"左倾"灾难中应当承担的责任；张弦的《记忆》则以某地宣传部长秦慕平对曾经被自己错判为"现行反革命"的少女方丽茹的忏悔，反省了一个时期内不正常的"现代迷信"及很多人在这种现代迷信中所扮演的可悲角色。第二，它对"人本身""人性""人的价值""人的生命力量""人道主义"等问题进行了更加深刻的思考。张承志的《北方的河》、邓刚的《迷人的海》等讴歌了人的生命力量和英雄主义精神；梁晓声的《这是一片神奇的土地》和《今夜有暴风雪》等"知青小说"思考了人的生存价值问题；刘心武的《如意》呼吁应该把人当成人，理解人的感情，尊重人的选择；谌容的《人到中年》呼吁社会应该给中年知识分子多一点关注。第三，一些作家在"文革"后渐渐恢复了"自我解剖"的勇气，在作品中不仅对历史、社会问题进行反思，而且对知识分子、自身性格、心理弱点等进行了深刻的反省。如张贤亮的《唯物论者启示录》系列小说就主动、真诚、深刻地解剖了自己的灵魂；王蒙的《活动变人形》及1993年到1997年期间推出的"季节三部曲"也是如此。第四，书写了对自己经历的知青生活的难以忘怀，作品中洋溢着对英雄主义的赞颂；同时也对知青所处的复杂的社会网络进行了描写，揭示了冷酷甚至丑恶的"知青"生活的另一面。梁晓声的《今夜有暴风雪》、张承志的《金牧场》、史铁生的《我的遥远的清平湾》等反映了他们对自己经历的知青生活的矢志不悔，张抗抗的《隐形伴侣》、孔捷生的《大林莽》等就描写了知青所处的复杂的社会网络，揭示了冷酷甚至丑恶的"知青"生活的另一面。第五，一些小说思考了爱情的位置。如刘心武的《爱情的位置》首次触及了爱情的位置这一敏感的主题，呼吁婚姻选择的自由；张弦的《被爱情遗忘的角落》通过偏僻山村中一家三个女性在不同历史时期的爱情遭遇，揭示了封建意识如何影响着"爱情"的正常发展；航鹰的《明姑娘》通过明姑娘对因失明而消沉的青年赵灿的真诚帮助，展现了她顽强的生活热情及无私的"爱情"力量；张洁的《爱，是不能忘记的》、遇罗锦的《一个冬天的童话》《春天的童话》、张辛欣的《我们这个年纪的梦》、张洁的《方舟》等则对"爱情"本身进行了反复的诘问与思考，其叙述口吻非常接近作者本人，从个人经历和现身说法中呼吁了爱情的位置。

可以看出，"反思文学"和"伤痕文学"在内容及风格上均表现出了极大的相似性，但就"反思文学"对其给人们造成灾难的深刻的历史原因甚至文化根源的追问，还是更为深刻一些。"反思文学"试图在一个更广大的历史背景中去理解以"文革"为顶点的创伤性经验，叙事风格比"伤痕小说"也表现得更为理性。

（三）改革文学（小说）

1979年7月，蒋子龙在《人民文学》第7期上发表的短篇小说《乔厂长上任记》是"改革文学"的发端作品。该小说原名《老厂长的新事》，写乔光朴毛遂自荐到一家连年亏损的电机厂当厂长，面对厂里错综复杂的矛盾，他采取了一系列有力的措施，大刀阔斧地对厂子进行了改革，终于使电机厂起死回生。小说成功地刻画了乔光朴这样一个努力地去建设和开拓新生活的改革者的形象，传达了人民的意愿，在当代工业小说发展史上具有开拓性的意义，体现了作者敏锐的观察能力和提炼题材的功夫。该小说发表后，书写改革题材的小说层出不穷。

当"反思文学"作家从"文革"之前的"十七年"追寻到造成"文革"这场大动乱的历史根源后，为了让惨痛的历史悲剧不再重演，他们认为必须改造那些存在于现实中的滋生隐患的社会土壤。在这种情况下，"改革文学"应运而生。可以说因为反思而催生了改革，反思是改革的历史依据，改革是反思的时代要求。这正是伴随"反思文学"出现"改革文学"的内在逻辑依据。"改革文学"由于反映的时代是新时期，所以明显具有与历史同步、回答时代课题的特点。基于对时代课题的清醒认识，"改革文学"把当今社会中的政治、经济、文化乃至观念的变革作为思想核心。凝神关注当代中国人的思想观念的变革是"改革文学"思考的精深之处。中国的改革具有历史的责任感、时代的紧迫感，抓住历史机遇、迎接时代挑战——表达这一主题使"改革文学"激烈、昂扬；改革毕竟是一次历史的"分娩"，必然伴随着社会的"阵痛"和"血污"，况且在一个因袭沉重、根基薄弱的国度，"阵痛"会更甚、"血污"会更多——不能正视这一现实、不得不表达这一思想感情时，"改革文学"必然会出现悲凉的美学色泽。①

在农村题材"改革文学"（小说）创作方面，贾平凹的《鸡窝洼人家》《腊月·正

---

① 参阅王万森主编《新时期文学》（第3版），北京：高等教育出版社，2014.2，P16。

月》《浮躁》、何士光的《乡场上》、王润滋的《鲁班的子孙》、矫健的《老人仓》、张炜的《古船》、路遥的《人生》《平凡的世界》、高晓声的"陈奂生"系列小说等是代表作。城市题材改革小说涉及的领域上至国家的行政要害部门，下至街道小厂、普通人的内心世界，反映出作家对社会、时代的广泛思索。张洁的《沉重的翅膀》、张贤亮的《男人的风格》、李国文的《花园街五号》、柯云路的《新星》等是代表作。

改革小说在塑造人物时，注意突出主人公的英明果断、一身正气、两袖清风，他们在面对改革的各种阻力时，基本上都能克服重重困难，并取得阶段性胜利；当他们面临更大的风雨时，都具有打不倒的顽强精神；他们不仅没有腐败行为，而且在人格、道德方面几乎没有任何可挑剔之处；他们和群众密切联系，谨守"没有调查就没有发言权"的原则。这种思维方式虽然并非创新，但却与20世纪70年代末、80年代初的社会情绪基本吻合，弘扬了当时的主旋律精神。改革小说以文学的形式记录了近40年中国社会发生的深刻变革，许多作品在广大读者中留下了深刻的印象，产生了强烈的社会影响。但是，改革小说的作家们大都生活在远离改革现场的特殊生活圈内，所以很难写出改革过程的复杂性、多变性，比如陈国凯的《大风起兮》在书写改革的很多内在动因时欲言又止；柯云路的《新星》塑造的李向南的形象明显带有作者浓厚的理想化色彩，李向南的改革模式与真实的改革现实有着相当大的距离。

对"改革文学"和"反思文学"进行比较，可以看到两个流派的有些作品非常相像，比如李国文的《冬天里的春天》和《花园街五号》，就是在"反思文学"上加了个"改革"的尾巴。《冬天里的春天》以于而龙重返故乡石湖的三天两夜经历为线索，回溯、对照了抗日战争、解放战争、新中国成立后"十七年"、"文革"及"四人帮"被粉碎后长达40年时间里的斗争生活，时序颠倒，历史和现实穿插，情节扑朔迷离，表现了"春天在人民心里"的主题。里面还写了主人公于而龙在新中国成立后，作为第一批创业者，在沼泽地里建大工厂的事情。《花园街五号》围绕临江市一幢俄式建筑花园街五号易主及主人公韩涛对谁来主宰临江市命运的艰难抉择情况，最终，敢作敢为、不计个人得失、勇于改革的重新工作的干部刘钊成为临江市的一把手。可以看出，两部小说既具有"反思文学"的特征，也具有"改革小说"的特征。事实上，"改革小说"的主角大都是归来的"右派"或老干部，讲述的是他们在落实政策之后大显身手的故事，是"伤痕文学""反思文学"里常见的反映"右派"故事的下半场或续集。

"改革小说"在讲述"右派"大显身手的时候，他们自然成了走市场经济道路的改革者，他们在与"左"的保守派进行斗争后，才改革成功（或失败）；塑造的反派人物基本上都是思想僵化的、道德伪善的甚至心性邪恶的、外表丑陋的人。

"伤痕文学""反思文学""改革文学"三者构成了新时期文学思想解放的突破阶段。它们是时代思想感情演变的三个必要环节。这阶段的文学表现为不断的逆进性突破。这种突破在当时产生了震荡性的社会轰动、强烈的文学效应，成为文学史上引人注目的文学景观。但突破阶段的文学在观念上存在着深刻的内在矛盾。首先，存在"共同主题"现象。文学的突破主要体现在文学的政治思想层面上，这既使它在当时造成巨大轰动，也使文学表现领域比较狭窄。所以当时的文学热闹非凡，却失之单调。其次，这时的文学在艺术形式上也存在一种共同形式。它们大多以再现性描述为基本手段，以情节编织为结构特色，形态陈旧、品种单一。应该说，"伤痕文学"在文学形态上留有"伤痕"，"反思文学"在文学意识上缺乏"反思"，"改革文学"在艺术手法上也须"改革"，引起强烈社会反响的突破文学，在文学观念上很少"突破"。再次，由于上述两个矛盾共存，这时的文学在内容和形式上出现失谐现象。"伤痕文学"弥漫着浓烈的时代情绪，却因囿于作品的情节结构而显得近乎宣泄；"反思文学"把对历史的认识提高到哲学高度，历史哲学思想却在狭窄的时序结构中无法自由舒展；"改革文学"提出了现实生活中的复杂问题，而复杂的社会问题不得不依赖于具体事件的阐发显得失之浅露。这表明，突破阶段的文学在轰动的外表下潜伏着痛苦。这是文学观念即将发生嬗变时特有的征兆。[1]

（四）寻根小说

1982年前后，朦胧派诗人杨炼在其组诗《半坡》《诺日郎》《西藏》《敦煌》及稍后模拟《易经》思维结构写出的大型组诗《自在者说》里表现出了鲜明的文化寻根意识，这是最早在诗歌里体现文化寻根意识的情况。在小说领域里，表现文化寻根意识则起于王蒙发表在1982年到1983年之间的《在伊犁》系列小说。随后，贾平凹在其出版的《商州初录》（1983年）、张承志在其发表的《北方的河》（1984年）、阿城在其发表的《棋王》（1984年）等小说里都表现出了鲜明的文化寻根意识。1984年12月，

---

[1] 参阅王万森主编《新时期文学》（第3版），北京：高等教育出版社，2014.2，第16页。

《上海文学》杂志社与《西湖》杂志社等在杭州举办座谈会，许多青年作家和评论家在讨论上述小说时正式提出了"文化寻根"的问题，呼吁用文学来修复"五四"新文化运动以来出现的长时间的"传统文化断裂"的问题。随即很多作家加入到了"文化寻根"的小说创作之中，并形成了一个叫作"寻根小说"的文学潮流。

"寻根小说"的产生有着深厚的历史背景和动因。当"伤痕文学"和"反思文学"对"人"的自觉意识进行深入挖掘，并在作品中力图解放"人"的生命与价值的时候，一些作家却发觉即使抛开暂时的政治、道德因素，人也不可能像动物那样，进入绝对自由的生存空间，"人"还被一只无形的手在幕后操纵着，它制约着"人"的心理、行为模式，这就是"文化"。于是许多作家从"民族文化心理"的层面上用文学去把握本民族成员"理解事物的方式"，从而解答中国为何自盛唐以来出现国势衰落，自"五四"新文化革命以来出现长时间的"传统文化断裂"时期，1966年开始出现长达十年时间的全民动乱的"文革"？作家们希望用文学去弥补这一"文化断裂带"。另外，当时中国文坛也受到了世界"寻根"潮流的巨大影响：拉美的"魔幻现实主义"文学对印第安古老的文化进行了展现，苏联一些民族作家对异域民风进行了描写，日本作家川端康成创作了具有东方风味的现代小说。世界"寻根文学"潮流使许多年轻作家看到了希望，他们认为中国文学应该建立在广泛而深厚的"文化开掘"之中，这样才能与"世界文学"对话。因而他们便带着强烈的"文化寻根"意识去进行创作。他们坚信"越是民族的，就越是世界的"的文学立论，从文学样式、风格上去表现浓厚的民族特征和民族审美方式，同时也把民族文化的独特性和现代意识精神融合起来去进行表现。所以说"寻根文学"自一开始就表现出了现代意识与民族文化相互融合的特点，这在某种意义上正是对自20世纪80年代初以来的现代主义文学精神的延续。在文学中反思精神的深化，文化复归意识的推动作用下，文学的主体意识和文学全球意识的影响觉醒了。正是在这样的社会文化背景下，旨在探寻民族文化之根，剖析民族文化心理结构、重树民族文化精神的"寻根小说"应运而生了。

当时，阿城、郑义、韩少功、郑万隆等一批青年作家都为"寻根小说"的繁荣不约而同地发表了各自的宣言。韩少功率先在一篇纲领性的论文《文学的"根"》中明确阐述了"寻根文学"的立场，认为文学的根应该深植于民族文化的土壤里，这种文化寻根是审美意识中潜在历史因素的觉醒，也是释放现代观念的能量来重铸和镀亮民族自我形象的努力。他声明"文学有根，文学之根应深植于民族传统的文化土壤中"，他提出，应该"在立足现实的同时又对现实世界进行超越，去揭示一些决定民族发展和人类生存的谜"。郑义在《跨越文化断裂带》中认为，只有"跨越文化断裂带"，我们才有可能"走向世界"。其他文章还有：郑万隆的《我的根》、李杭育的《理一理我们的"根"》、阿城的《文化制约着人类》等等。

当然，"寻根派"作家对现代主义方法的接受并非一帆风顺，当现代主义方法直接受到来自政治方面的批评以后，他们中的一些人便用民族的包装来含蓄地表达自己正在形成中的现代意识。也就是说，一些"寻根派"作家的文化寻根不是向传统复归，而是为西方现代文化寻找一个较为有利的接受场：在对于西方现代文学历史和作家的状况有了较多了解之后，他们迫切要求文学"走向世界"，他们意识到，追随西方某些作家、流派，即使模仿得再好，也不能成为独创性的艺术创造。所以，他们觉得只有在"世界文学"的视镜中去寻找中国文化中有生命力的东西，才是中国文学发展的可行之路。

从"寻根小说"的题材情况看，一方面它写了作家们对乡野文化的寻根，这类作品多表现乡野粗朴甚至鄙陋的状态，代表性的作品有贾平凹表现秦汉文化的《商州三录》《小月前本》《腊月·正月》《天狗》《浮躁》等小说、汪曾祺描写"桃花源"式传统生活的《大淖记事》等高邮系列小说、李杭育表现吴越文化的"葛川江系列小说"、郑万隆表现大兴安岭少数民族生活的"异乡异闻"系列小说、刘绍棠描写运河人家生活的《蒲柳人家》《瓜棚柳巷》《花街》《蛾眉》等"运河系列"小说、莫言书写高密东北乡自己祖辈生活秘史的《透明的红萝卜》《红高粱》《丰乳肥臀》《红树林》《檀香刑》《白狗秋千架》等小说、韩少功带有极强象征意味的《爸爸爸》及他后来发表的《归去来》《女女女》等小说、扎西达娃表现带有宗教神秘色彩的高原藏民文化心态的小说、张承志表现蒙古草原人民生活的《黑骏马》等小说、路遥描写城乡交叉地带的小说等等。这些小说都对民族文化心理进行了挖掘，作家以现代意识观照现实和历史，反思传统文化，重铸民族灵魂，探寻了中国文化重建的可能性；他们的作品呈现出鲜明的地域特点；在表现手法上，他们的作品既使用了中国传统的文学手法，又使用了现代派的象征、暗示、抽象等方法，丰富和加深了作品的文化意蕴。

在上述众多的作品中，韩少功的中篇小说《爸爸爸》被很多人视为"寻根文学"

作品的典型代表。该小说叙述了一个遥远不知所在的山寨"鸡头寨"及其自称为刑天后裔的居民们蒙昧而充满神秘色彩的生存状态。小说以一个痴呆儿"丙崽"为中心人物，描述了鸡头寨奇异的风俗、来历，鸡头寨百姓与正常世界的隔绝，鸡头寨人与鸡尾寨人"打冤"失败后举族迁徙的经过。小说结尾是鸡头寨的老弱病残都服毒自尽了，喝了双倍毒药的丙崽却奇迹般地活了下来。无疑，小说中的鸡头寨是一个自给自足的"小社会"，它有自己的神话传说，有自己的文字历史，有自己的风俗习惯和处世规则，甚至形成了自己的一套语言模式，即它形成了自己的一套"文化"。小说的中心人物丙崽是象征了人类自身时常会遭逢的一种境遇，一种无力把握世界、无法表述自我、弱小无助、浑浑噩噩的存在状态。丙崽的长存不死，则象征了人类自身永恒的虚弱与渺小。汪曾祺《大淖记事》里面的人物大多远离现代文明，处于封闭和凝滞的状态，因而较好地保存了原初的文化形态，映照出我们民族乃至人类远古的历史和生活方式，具有一定的历史厚度与文化象征意义。

"寻根小说"的另一个类型是一些作家对城市文化进行了"寻根"。刘心武的《钟鼓楼》描述了北京当代平凡却多姿多彩的市井民情。邓友梅的《那五》《烟壶》《寻访"画儿韩"》等"京味风情小说"是具有浓烈民俗风味的市井小说，作家运用地道的京白土语，多将故事背景放在已逝的旧时代里，勾画了上至王孙贵族、八旗子弟，下至社会底层三教九流的各色人物，并对各种传统习俗礼仪进行了精心的刻画，仅仅从民俗学的角度看，具有独特的审美韵味。他的《那五》以20世纪三四十年代旧北京的商业化社会为背景，刻画了一个"倒驴不倒架"的前清子弟那五欲求生于社会的尴尬情态。《烟壶》则从另一角度表现八旗子弟的再生，描写了破落贵族乌世保如何学得画鼻烟壶内画的绝技，走上自食其力道路的过程。冯骥才的《三寸金莲》、阿城的《棋王》《树王》《孩子王》系列小说、陆文夫的《献身》《小贩世家》《围墙》《美食家》等"小巷人物志"小说、冯骥才的《啊》《雕花烟斗》《高女人和她的矮丈夫》《神鞭》《三寸金莲》等"津味小说"则对城市文化进行了"寻根"，发掘出了其积极向上的文化内核。阿城的代表作"三王"《棋王》《树王》《孩子王》在世界范围内，引起了汉学家们极大的热情关注。他作品中对道家境界和儒家风骨的表现，直到今天还有人在争议与探讨。陆文夫的小说多取材于苏州小巷的凡人琐事，描写了苏州人的饮食起居、婚丧嫁娶，语言风趣而温和，反映了历史悠久的吴越文化的底蕴。他的中篇小说《美食家》

在讲述一个耽于美食的资本家朱自治在新中国成立前后专心口腹之欲并在"文革"后以此成为社会知名美食家的奇特经历时，展现的美食世界及其背后丰厚的江南民俗色彩令人惊异。

"寻根小说"有前期和后期之分，虽然都是"文化寻根"，但后期的"寻根小说"更加注重对"人"的表现。这些作品中的人物不再是超越一切之上的神或英雄，甚至也不再是作者努力要表现的作品重心，他们只是众多生命形式的具体表现。在他们背后，隐藏着一只巨大的无形的手，这只"手"控制操纵着一切生命。揭示个体，实际上也就是揭示全体，个人的悲喜属于全体。在阿城、韩少功等"寻根派"代表作家的小说中，生命和文化的相互制约、冲突、适应，得到了较为充分的表现。这些生命已经不再是单纯的人性体现者，而是刻上了深深的文化烙印，反过来说，"寻根派"作家笔下的人物，是附着于文化之上的生命符号。

"寻根文学"是一次用文学寻找民族文化、民族文学自我及作家的个性自我的思潮。"寻根文学"对传统文化进行了深层批判、对人类理性进行了向往。尤为重要的是寻根文学虽然也写民俗，但并不停留在新旧民俗的斗争上；虽然也写山野村夫，但并不一般地赞美他们的素朴纯真；虽然也描写国民的劣根性，但并不以批判封建礼教为重点。寻根作家的超越前贤之处，集中体现在他们对中国传统文化根脉的追寻，主要是对儒家文化和道家文化的认同上。"寻根文学"也是第一次自觉的浪漫主义的完成式，它是"回到自然"、回到乡土、回到传统的浪漫行动。比如路遥、贾平凹、陈忠实、莫言等农裔城籍作家返回乡土，汪曾祺、阿城、何立伟等作家返回儒家传统，阿城返回道家文化等。

"寻根小说"在对中国传统文化的继承上无疑起了一定的推动作用，同时，很多寻根文学作家也在创作时吸收了现代主义甚至后现代主义的表现方式，在促进中国文学自身的发展上功不可没。但是，寻根文学也带有"复古"倾向，在思想倾向和价值估断上，显然表现得复杂而暧昧。大多数作家对"文化"概念理解的"以偏概全"，使他们往往抓住某种民俗、习惯后去刻意进行渲染，忽略了对"民族性"的真正解剖。尤其是一些作家对现代文明的排斥近乎偏执，他们一味去挖掘那种凝滞的非常态的传统人生，忽略对现实社会人生问题、矛盾的揭示，导致作品与当代现实产生疏离，他们着力表现僻远、原始、蛮荒，使作品缺乏了对当代生活的指导意义。这些原因都造成了"寻根文学"在 1987 年就渐入衰微之路。

虽然寻根文学在中国文学史上只是"昙花一现",但它毕竟如一颗流星曾经划破过中国二十世纪文学的茫茫夜空,完成了一次对文学苍茫宇宙的浪漫叩问。

(五)先锋小说

"先锋小说"主要指 20 世纪 80 年代中期以后由于受国外象征主义、表现主义、唯美主义、意象派、心理主义、新感觉主义、未来主义、荒诞派、存在主义、黑色幽默、魔幻主义等现代主义思潮影响而产生的一批具有探索和创新精神的青年作家所创作的新潮小说,也叫"先锋小说"。这是现代主义思潮对青年作家产生的"第一波冲击",时间在 1985 年前后。当时出现的"先锋小说"作家和小说有刘索拉的《你别无选择》、徐星的《无主题变奏》、残雪的《山上的小屋》等。从国内文学状况看,这些"先锋小说"也是当时"纯文学"在主体性膨胀之中走向形式、走向自身现代化的产物。当时那些创作新潮小说的作家的创作观表现为对意识形态的竭力回避、反叛与消解,他们认为小说不应该追求意义,小说的意义在叙述本身,叙述本身就是意义。在文学观念上,他们颠覆了传统的真实观,一方面,他们放弃了对历史真实和历史本质的追寻,使文本与社会历史呈现出断裂关系,这也使得他们普遍丧失了面对总体历史的叙事能力;另一方面,他们放弃了对现实的真实反映,使文本只具有自我指涉的功能。在文本特征上,他们的小说体现为叙述的游戏,结构散乱、破碎,人物趋于符号化,性格没有深度,通常采用戏拟、反讽等写作策略,将一些令人眼花缭乱的形式实验推上了文学的前台。《你别无选择》写了某大学音乐系一群学生五彩缤纷的生活图景,真实记录了这些音乐青年的懵懂、反叛、挣扎与追寻,语言虽然轻松有趣,但越读到深处越感到担忧与悲怆,因为它直接预见到了先锋文化在中国的艰难发展,说明先锋艺术家只有抛开民族的一些惰性束缚才能到达自身民族最本质的魅力之中。《山上的小屋》写"我"除了不停地清理那只"永生永世也清理不好"的抽屉之外,就是坐在围椅里专注于"山上的小屋"。小说写了一种原始、封闭、混乱的生活情境,寓意着对开放生活的憧憬。

后来,"先锋小说"又受到后现代主义思潮的"第二波冲击",产生了马原、洪峰、余华、苏童、格非、孙甘露、北村、叶兆言、扎西达娃等以独特话语方式来进行小说形式实验的"先锋派"作家。后现代主义把世界看作一个平面化的世界,把人当作零散化的主体，因而不再相信世界的本质、规律和深度，也不再相信人的完整性。与这种世界观相联系的便是虚无主义、消费（享乐）主义、游戏主义的人生观和以颠覆价值、消解意义、不确定叙述、拼贴等为特征的文学观。后现代主义对解构陈旧的传统规范起到了先锋作用，对世界作出的深刻解释也确实起到了先锋作用。但后现代主义的混乱性、无序性、偶然性以及由它导引而生的虚无主义、享乐主义等，使人类的精神产生了混乱。从先锋派小说看，它集中地体现了后现代主义的特征，比如马原的《冈底斯的诱惑》第一次把如何"叙述"提到了小说本体的高度。小说不仅得心应手地运用了纯线性的语言，而且采用了拼板式的结构，小说的人物和故事又被更高的具象性和更深邃的偶然性所推动，展示出变化莫测的叙述层次和故事内容。《虚构》在叙事上也采用片段式连接，打破了结构的完整性，暗示了现实的不可知性、不确定性，是马原小说创作的高峰。孙甘露的《访问梦境》将十几个独立的不同片段组合在一起，使各种文体因素融为随意搭配（陌生化）的一体语言，使小说呈现出杂语体叙事及明显的诗化、音乐化倾向。先锋小说也深度展示了人类的生存状态，比如余华的《现实一种》采用一种冷漠的叙述，展现了山岗、山峰两兄弟相残（仇杀）的反伦理、反亲情的死亡和暴力主题；洪峰的《奔丧》用反讽手法对传统父权、传统意义和价值进行了消解和颠覆，体现了现实的荒诞感，其叙述渗透着传统讲故事的单一结构；苏童的《一九三四年的逃亡》《罂粟之家》等"枫杨树系列"和《红粉》《妻妾成群》等"红粉系列"，以及余华的《河边的错误》《兄弟》等小说具有鲜明的独创性、反叛性与不可重复性，体现了作家审美理想中的自由、反抗、探索和创新的艺术追求，这是他们与世俗潮流逆向而行的个人操守的表现，也是他们对人类命运和生命存在的可能性前景进行的发现。但先锋小说由于对后现代主义的模仿痕迹过重且与中国人的审美心理隔膜太深，所以在20世纪90年代初便告消歇。但作为一种创作思潮，它却浸润在各类新小说中。

"先锋小说"的语言充分游戏化，该派作家将语言上升到一个绝对的主体地位，语言高度自律化、能指化，读者阅读时既能获得美感，也有一种颇感晦涩、歧义的不知所云的感受；小说结构的迷宫化在使人眼花缭乱的同时，也获得了一种全新的阅读感受和审美体验。"先锋小说"作家在文本意象的选用、描写和文本生成过程上也充分展示了他们的才能。他们对于文学的功利主义和"文以载道"的教条进行了消解，认为文学的意义只在于文本的生成过程和阅读过程中，他们特别强调作家的主体性和他们创造文本、支配文本的绝对自由，主张小说文本是开放的，它没有真正意义上的完成时，它需要读者极富主体意识的共同参与和创造。"先锋小说"作家也不在乎生活的必然性，而是关注生活的无限可能性，所以他们在小说中不去再现生活的本来面貌，而是尽可能地凭想象去"创造"生活，从这个方面说，先锋作家就不存在什么不能表现的生活领域，想象无所不能。这就极大地拓展了小说的表现自由度。

"先锋小说"进行的艺术探索虽然取得了一定的实绩，并一度给文坛带来了强烈冲击，但由于其"先锋性"缺乏历史和文化的底蕴，又脱离民族的审美心理和需求，因而在轰动一阵之后便受到读者的冷落而消沉了。①

（六）新写实小说

20世纪80年代中期兴起的一股小说潮流，其创作上的特点主要有：一是在文化上表现为对意识形态的回避、反叛与消解；二是在文学观念上颠覆传统的真实观，文本只具有自我指涉的功能；三是文本特征上的叙述游戏，人物趋于符号化，性格没有深度，通常采用戏拟、反讽等写作策略。

1988年10月，《文学评论》杂志和《钟山》杂志联合在江苏无锡举行"现实主义与先锋派"研讨会，会上提出了"新写实"这一名称，它是人们对武汉作家方方的小说《风景》《黑洞》，池莉的小说《你是一条河》《预谋杀人》《凝眸》及其"人生三部曲"《烦恼人生》《不谈爱情》《太阳出世》等的称呼，因为这些小说真诚直面现实、直面人生，还原了现实生活的原生形态。"新写实"小说是在西方存在主义等哲学思潮传入中国的思想背景下兴起的一个文学创作现象，也是在我国传统现实主义或革命现实主义的写作盲区里兴起的一个文学创作现象。除了方方、池莉，一般被归入新写实的作家和作品还有刘震云及其《单位》《一地鸡毛》《官人》《官场》《故乡天下黄花》等，刘恒及其《伏羲伏羲》《狗日的粮食》等。这些作家以市民话语来创作，揭示出了市民的生存现状和精神状态。他们的作品风格各异，但都从宏大叙事回到了日常生活叙事上，都以琐碎偶然的生存物象和人生片段来代替典型环境和典型性格的塑造，主张作家"退出小说"、"零度介入"。他们的前期创作着重表现普通市民的庸常人生，比如

---

① 参阅王万森主编《新时期文学》（第3版），北京：高等教育出版社，2014.2，P173-174。

食、色、性、婚姻、家庭等日常事情，反映了普通人的日常生活本相；后期创作开始把目光转向对历史叙述的挖掘上，形式上采取近乎"自然主义"的细节描写方式和不作主观评价的平行叙述角度，主题上力求在虚拟的背景中建立一种新的历史眼光。新写实小说的叙事立场由启蒙叙事回到平民化叙事上后，作家与读者之间的关系是平等的关系，作家只是客观的描写，而不显露自己的立场；叙事风格由意识形态叙事回到了原生态叙事，即客观自然地描写原汁原味的生活，不回避生活中的矛盾斗争，而且有意识地展示了生活底层的东西，写出了人与生活的本来面目。在新写实作家中，王朔的小说讲述的也是市民话语，但他的这种话语却带有鲜明的痞性色彩。

新写实小说的出现，首先极大地深化了现实主义文学的创作内涵，丰富了文学的表现对象，深化了人们对现实生活的理解和认识，为以后的文学发展提供了许多有益的启示和经验。其次是打破了传统现实主义小说中的理想主义、英雄主义精神的渲染，打破了传统现实主义关于"正面人物""反面人物"的框架，其所塑造的人物真实、自然，富有人情味，给人以亲切感，使人物摆脱了人工雕琢的痕迹，贴近了普通人的生活，贴近了人性真相。"新写实"小说的缺陷是作品表现出来的色调过于灰暗，在描写那些被物质生活所累的普通人的生活的同时，作家采取了一种认同、顺应的态度，传达出一种无可奈何的意味，缺少一种亮色，缺乏一种乐观向上的精神。

（七）"现实主义冲击波"小说

"现实主义冲击波"小说最初指1996年前后，出现在文坛的以强烈的关怀现实的姿态，反映改革大背景下，国有企业和农村基层干部及普通人艰难困顿的生存状态的小说。这类小说反拨了先锋派小说对现实的疏离，拓宽了文学的题材领域，开始为中短篇小说，后来主要是长篇小说，题材不断扩大，用全景方式书写了20世纪90年代以来我国的经济改革、政治体制改革的过程及其面临的问题与冲突。代表作家和作品主要有被称为河北文坛"三驾马车"的谈歌的《大厂》等、何申的《年前年后》《信访办主任》等、关仁山的《九月还乡》《大雪无乡》等，以及湖北作家刘醒龙的《凤凰琴》《分享艰难》等。这些小说在书写工业企业题材时主要写企业的资金周转困难、工人发不出工资、职工待遇下降、职工无钱看病、企业陷入三角债等现象；在农村题材中，主要写农村的经济发展落后、农民负担过重、农业政策不合理导致农民增产不增收等现实问题。正是"冲击波"作家这种"朴实"的叙述行为，促成了他们的小说对现实产生了"冲击"之势。从人物塑造方面看，该类小说中的工厂厂长和农村的基层干部在"冲击波"中被褪去了"英雄"的光环而"降格"为"现实人"，他们的身上表现出了更多的"人"性。谈歌《大厂》中的那些厂长、书记和工人一起在面对艰难的生活现状时，携手共渡艰难。厂长吕建国在内外交困之中，毅然决然地、艰难地支撑着大厂的运转，让读者感受到人性的温暖。吕建国和工人们这种爱厂如家的主人翁精神正是社会主义企业的优良传统和道德精神。刘醒龙的《分享艰难》中的主人公孔太平是一个镇委书记，他在道德和利益之间彷徨、犹豫，但最终被经济利益战胜了道德心，体现了人性的复杂性。

"现实主义冲击波"小说的另一重要内容是对官场和遍布在社会各个角落的"腐败"现象进行了揭发和抨击，形成了"反腐小说"。反腐小说也被人们称作"反贪小说"或"官场小说"。20世纪90年代初，反腐小说多是一些中篇，情节基本上是侦破案件的过程，里面也写了明显的钱权交易、司法腐败。代表作家和作品主要有江苏作家周梅森的《人间正道》《中国制造》《绝对权力》《至高利益》《国家公诉》等、在京作家陆天明的《苍天在上》《大雪无痕》《省委书记》《高纬度战栗》、山西作家张平的《天网》《法撼汾西》《凶犯》《抉择》《十面埋伏》等、湖南作家王跃文的《国画》《梅次故事》《亡魂鸟》《西州月》《龙票》《大清相国》《落木无边》《苍黄》《官场春秋》等。上述作品中，张平的《天网》《法撼汾西》《凶犯》的问世，才使反腐小说真正出现在文坛上。20世纪90年代中后期，许多作家怀着强烈的社会责任感和正义感，创作出了一大批反腐题材小说，上文列举的《中国制造》《苍天在上》《大雪无痕》《抉择》《国画》就是长篇小说中的代表作，另外还有张平的《孤儿泪》、龙志毅的《政界》、张力的《官殇》、张俊彪的《幻化》、王大进的《欲望之路》等一批长篇小说，标志着反腐小说的成熟和繁荣。这些小说在社会上产生了强烈的反响。总体来看，20世纪90年代的反腐小说，可以分成这样几种类型：一是围绕国企破产、国资流失展开的反腐斗争，如张平的《抉择》。二是刑侦破案引出的反腐斗争，如陆天明的《苍天在上》《大雪无痕》和张平的《十面埋伏》等。三是围绕权力争夺展开的反腐斗争，如王跃文的《国画》、立言的《机关滋味》、龙志毅的《政界》等。四是通过伦理道德，社会风气败坏展开的反腐写作，如张平的《孤儿泪》等。①反腐小说以极大的勇气揭露和抨击了社会上的种种腐败行为：结党营私、贪赃枉法、贿赂嫖娼、争权夺利、腐化堕落等，作家的笔触深入了官场、情场、商场，涉及司法、行政、金融等社会的方方面面，对贪官、奸商、罪犯等社会渣滓的本质进行了入木三分的刻画，对反腐败战士坚持正义、不畏强权、不怕牺牲的精神品质进行了满腔热情的歌颂。

（八）新生代小说

20世纪90年代，毕飞宇、鲁羊、韩东、朱文、陈染、林白、徐坤、邱华栋、习斗、刘继明、何顿、海男、李冯、东西等一批70年代前后出生的年轻作家成为世纪末文坛上引人瞩目的一大景观，他们被称为"新生代"作家。这些作家普遍具有"个人化写作立场"，普遍拒绝"宏大叙事"，如徐坤的《斯人》、何顿的《无所谓》等；喜欢讲述自我对个人生活的感悟和体验，常常呈现出欲望化的叙事倾向，如朱文的《我爱美元》、李冯的《最后的爱》等；在传达形而上的深度意义上，新生代作家与先锋派作家有着明显的区别，新生代作家往往是观念性的，而先锋派作家往往是体验性的，如陈染的《时光与牢笼》《无处告别》等；新生代作家普遍致力于创造纯虚构的文本，坚持平面化写实或独语式叙事，如鲁羊的《红杉飘零》等。

新生代小说在叙事上的一个显著特征是对元小说技巧的运用。元小说也叫超小说，是有关小说的小说，它关注小说的虚构身份及其创作过程。新生代作家继承了这一叙事技巧，叙述人不再讳言自己的虚构者身份，明确告诉读者他们在虚构故事，并经常将读者带入小说的写作中。比如韩东、刘继明、鲁羊、毕飞宇、朱文等人对此就有很多表现。这种让叙述人和写作者身份重合的做法便于作家把"自己的故事"和盘托出。而"自己的故事"是真正个人的故事。这些"个人"都是一些生活在当下社会中的普普通通的小人物，像何顿笔下那些深谙社会法则的"成功人士"，像邱华栋笔下那些初入都市时纯洁善良但在遭受"生活之恶"的毒害后却变得面目全非的乡下年轻人，或者像韩东、朱文、鲁羊等人笔下那些具有亚文化性质的边缘青年……从他们身上能很容易发现作者本人的影子。②新生代小说无意超越日常生活的平庸和琐碎，作家们的写作本身就是世俗化和日常化的，他们在描写日常生活时放弃了置身其外或超居其上的

---

① 方雪松《反腐小说与小说的反腐》，《文艺理论与批评》，2002.3。
② 刘婧《论新生代小说的叙述视角》，《延边党校学报》，2009.4。

那种评判者的眼光。他们倾向于"存在即本质"。因此，日常生活不再是超越和升华的对象，而成为一个自足的存在的世界，各种零碎偶然的事件和卑琐凡俗的人物在他们的作品中占据了中心位置。这并不是说新生代小说放弃了意义追求，他们仍然是某种意义的确信者和追逐者，只是他们所谓的"真理"已不是以往文学中那种由意识形态统摄的宏大叙事而已。

（九）女作家创作群

"五四"以来，文学创作领域出现了一代代女作家，她们作为写作主体，在作品中表现出一种独立的女性意识：即她们对女性的历史状况、现实处境和生活经验进行了探究和描写，显示出与男作家在观点、态度和语言表达方式上的明显不同。她们构造出的是一个具有自身完整性的女性经验世界。"五四"以来的女性写作已经形成了五六代：第一代（20世纪20—30年代）的代表作家有陈衡哲、苏雪林、石评梅、凌叔华、冯沅君、冰心等；第二代（20世纪30—40年代）的代表作家有谢冰莹、丁玲、萧红、张爱玲、梅娘、杨沫等；第三代（20世纪50—60年代）的代表作家有茹志鹃、刘真、韦君宜、宗璞、黄宗英等；第四代（20世纪80—90年代）的代表作家有谌容、张洁、张抗抗、叶文玲、铁凝、王安忆、张辛欣、迟子建、凌力、陆星儿、马瑞芳、王小鹰、胡辛、张欣、徐坤、池莉、方方、范小青、毕淑敏、刘索拉、陈染、林白、残雪等；第五、六代作家出生于20世纪70年代以后，比如卫慧、棉棉、魏微、张悦然等是代表。第四代、第五代、第六代女作家试图通过小说来穿越权利话语和男性话语的雾障，复原女性世界的本来面目，在人（而不是性）的意义上探求女性本质、矫正人性残缺。她们关注个体的成长、体验、命运和个人情感的表述，这种尊重个性的写作让她们获得了越来越多的关注。她们用凌厉、明净的语言讲述了或荒诞或轻盈的人生故事，展现了被生活挤压的、微不足道的小人物的卑微而伤感的欲望和梦想。

四、20世纪80至90年代小说的特点

1985年后，文学进入多元化发展时期并开始回归自身，但进入90年代中后期之后，文学进入一种平静而寂寞的发展时期，读者减少、刊物滞销、评论冷淡，文学跌入了低谷。作家放弃大众代言人的角色，纷纷从原先对西方文化的积极认同，对本土

文化和现实进行激烈批判的状态逃往民间，逃向历史，逃向内心，逃向游戏。于是，有了20世纪90年代的新写实、新历史、新市民、新体验、新状态、新女性、新武打、新言情等新小说、新旗号。

20世纪90年代，商业主义大潮突起，"精英"文化受挫，作家由传统文人转变为经济型文化人，为钱写作，出现了期货作家、企业文学和货币评论。作家自我包装，自我推销。武侠、言情、法制、纪实之类的消遣娱乐性亚文学和闲适性的"软文学"走俏。创作队伍分化流失。文学具有了商品属性，其生产和流通被纳入市场轨道。政治关切被经济关切所代替。20世纪80年代中期就已降临中国的后现代主义文学在商品大潮兴起后，或多或少地都打上了后现代的印记，性、暴力、阴谋、死亡、宿命、偶然性、不完整性以及对生活的无奈感等成了这类文学中的常见风景。

文学商业化思潮使文学放弃了向大众说教的布道者面孔和让人敬而远之的贵族姿态而变得大众化了。但此"化"不是彼"化"，彼"化"是"化大众"（如思想启蒙）的民族灵魂重铸工程，此"化"却放弃或部分放弃了这个前提。

文学商业化加快了道德滑坡和人文主义精神的流失。在1993年到1994年间开展的一场关于人文主义精神的讨论中，一大批作家如张炜、张承志、梁晓声和一大批评论家主张必须重建已被商业化严重腐蚀了的作家队伍及人文知识分子的人生观、价值观、道德观；重建已被"玩家学"严重扰乱了的文学家园。但一些作家和评论家主张对文学商业化思想给以宽容。

张韧先生认为，20世纪80年代中期"文化热"中新观念新方法轰然而起后，到20世纪90年代，文学出现了六大模式：一是文学旗帜发生演化，由为人生而为生存，由写人生理想和集体（阶级、民族）的历史命运，转而写普通人的生存状态。二是文学审美信念发生哗变，由追求崇高转向躲避与亵渎崇高。如刘震云的《单位》写了小刘对生活的消极适应与无奈屈从，单位与家庭"一地鸡毛"式的生活琐事磨损了他的人生进取意志，消除了他的崇高追求；王朔的小说《顽主》《我是你爸爸》《过把瘾就死》《千万别把我当人》《玩的就是心跳》等则用话语，用妙趣横生的戏谑与调侃，直截了当地"亵渎"崇高。三是文学回视历史的变焦，即文学由写本质走向写本色。如陈忠实的《白鹿原》、李锐的《传说之死》、李晓的《相会在K市》《叔叔阿姨大舅和我》、夏兰的《宋朝故事》都是如此。四是文学的关注点由原来写人际关系与社会冲突，日渐变化为写人类与大自然的关系，如蒋子龙的《水中的黄昏》、张扬的《消息不宜披露》、陈建功的《放生》等都是具有较高审美层次的环境小说。五是文学扫描的热点由注意人与外部社会的冲突，转而向内探察人性的弱点与心理的误区。如方方的《桃花灿烂》描写了陆牺与星子的悲剧爱情是由他们各自的内部弱点造成的。《一波三折》也揭示了主人公卢小波的人性弱点与心理误区。六是文学价值的震荡，即由神圣殿堂跌落到市场的尘埃之中，由"净化灵魂"与"生活教科书"淹没在商品化的浪潮之中。①

另外，20世纪80—90年代的小说在计划经济转向市场经济的大背景下，也由政治意识形态的制约性向市场经济与媒介意识形态的制约性转变。这一转型也影响着文学的体制、文学的存在形式、文学的传播方式、作家的创作方式、读者的接受方式及作家和读者和文本的关系等。随着文学走向市场及文学商品化的趋势日益明显，大众文学思潮也以其商业性、多媒性、消费性、通俗性、复制性等基本特征覆盖了文学园地，反映了大众阶层的审美口味的快速变化，王朔的"痞子"小说、"布老虎"丛书、欲望化写作等世俗化写作都顺应了大众的这种审美口味。

（概述中提及的一些小说由于资料缺乏及篇幅限制，在正文中未予评介；本概述写作时参阅了多种资料，一些参考做了注释，一些化引的资料未注释说明，敬请谅解。）

---

① 参见张韧《文学的潮汐：九十年代文学的六大模式》，中国文联出版公司，1994.1。

1977 年

贾大山短篇小说《取经》：塑造的李黑牛形象颠覆了"文革文学"中无产阶级英雄"高大完美"的规范

贾大山（1943—1997.2.20），河北正定人。《取经》4 月份发表在《河北文艺》第 4 期，1978 年获得全国优秀短篇小说奖。小说写王庄支书王清智准备搞"开膛破肚，掏沙换土"的工程时，上边开始批判"唯生产力论"了。王清智怕受批判，便停了工程，还写了文章跟风批判。但李庄的支书李黑牛却不管这一套，他从王庄取经回去后，带领社员在河滩地"开膛破肚，掏沙换土"，让河滩地变成了肥沃的大寨田，使农田基本建设取得了很大的成功。小说的结构视角不再是"阶级斗争"，而是"社会问题"，即"四人帮"专制路线破坏农业生产的社会问题。作者把李黑牛塑造成一个喜咬"死理"的形象，而且他的外表也极为普通：小矮个、瘦巴脸、身穿粗布小棉袄、头扎一条旧毛巾。这样的形象显然是对"文革文学"话语中无产阶级英雄必须是"高大完美"规范的彻底颠覆。小说对王清智进行塑造时，虽然写了他有着跟政治运动之风的毛病，但他还算不上是"四人帮"的爪牙，更不是暗藏在党内的阶级敌人，他充其量是个有些可笑的中间人物。小说主题鲜明、人物鲜活、结构巧妙、乡土气息浓郁、语言简洁朴实，令人耳目一新。①

---

① 参阅武善增《论"文革文学"向"新时期文学"的话语转换——以 1976—1978 年为考察中心》，《江苏社会科学》，2015.1。

李丰祝长篇小说《解放石家庄》：歌颂了解放军战士的革命英雄主义精神和军民鱼水情

《解放石家庄》7月份由解放军文艺出版社出版。小说写1947年秋，我人民解放军采用调虎离山之计，决定攻打石家庄。国民党守军罗军长已经料到了我军的计划，于是没有贸然发兵增援。我军的钟天民旅长指挥部队佯装西撤，敌人终于出来了。我军便趁势围攻了石家庄。我军连长潘有财被燃烧弹击中后，仍抱起炸药包冲向敌坦克；战士孙永夺来敌人的机枪后，冲上制高点，最后含笑牺牲在潘有财的怀里；民兵队长苏月琴带领民兵支援前线，当地人民群众也组织担架队、小车队，运伤员，送弹药，掀起了支援前线的热潮。石家庄的解放指日可待。小说的主线是歌颂解放军战士的革命英雄主义，他们知道为谁而战，为谁而死；副线是歌颂军民鱼水情。20世纪80年代初，小说被八一电影制片厂拍摄成同名影片。

王愿坚短篇小说《足迹》：写了周恩来同志在长征时率领并激励红军战士爬雪山的故事

《足迹》7月份发表在《人民文学》第7期，1978年获得全国优秀短篇小说奖。小说写红军指导员曾昭良搀扶着病号翻越大雪山时，尽管路越来越难走，但他鼓励着被搀扶的病号加快了脚步，雪路终于一尺一尺地被移到身后了。在登上山顶的最后一步后，那个病号脑袋一歪，倚在了曾昭良的胸前。曾昭良发现，自己也把最后的力气用完了。就在这一瞬间，曾昭良看见在不大的雪坪上，东一个西一个地坐着好几个红军战士；有几个红军战士正摇摇晃晃地准备坐下来。曾昭良的心又紧又疼。他急忙扶着病号踉跄着脚步向一个坐着的战士走去。但那战士的胸口已经冰冷，再也起不来了。曾昭良又奔向旁边一个年轻的司号员，就在他刚抓住司号员的肩膀时，被他扶上山来的病号却噗地坐下了。这时，一只手伸了过来，挽住了司号员的另一只胳膊。曾昭良定睛看了看来人，觉得在哪里见过他，但却想不起来。最后，曾昭良知道了他是周恩来同志！曾昭良觉得周恩来同志把战士的心照亮了，把战士心底蕴蓄着的力量唤醒了。曾昭良于是扶着病号继续向前走，身后留下了一长串深深的脚印。小说着重写了周恩来同志在长征爬雪山时率领并激励红军战士战胜困难、奋勇前进的光辉形象。小说情节环环紧扣，可读性很强。

曲波长篇小说《山呼海啸》：讲述了八路军打击日军及伪军的故事

《山呼海啸》写于20世纪50年代，1977年8月由中国青年出版社出版前，小说的一些章节曾在刊物上发表过，比如1959年12月的《解放军文艺》选载了该小说中的《开门棒》《屠由网下》《龙身揭鳞》《杀开一条血路》等四个章节；1960年1月又选载了《木舟沉军舰》一节；1960年1月的《北京文艺》选载了《女县长》一节；1961年5月的《人民文学》选载了《不速之客》一节。但《不速之客》在1977年出版的《山呼海啸》里，却被分散在了另外的几个章节里，里面人物的名字也发生了变化，比如女县长鞠敏被换成了凌雪春，年少英武的少剑波被换成了凌少辉，地主富商刘介山的名字被换成了唐金贝，王立业、苏志毅、孟凡达等一干人物的名字未换，凌雪春与凌少辉仍然是姐弟关系，凌雪春的县长身份也没有改变。在情节上，《不速之客》对鞠敏（凌雪春）家世的设置，鞠敏与刘介山（唐金贝）过往恩怨的描写也一致。但《不速之客》叙述的故事在《山呼海啸》里并没有被完整地"收录"，主要的情节也没被吸收进来，唐金贝没有诈降，凌雪春也没有智取，也即1977年出版的《山呼海啸》基本"放弃"了《不速之客》的内容，没有沿用早期的设计。《山呼海啸》到1977年首次出版，在20多年的时间里，作者多次对其进行了修改，字数从40万字扩展到了80多万字。小说主要写抗日战争时期，八路军昆仑部队常胜连在连长凌少辉和指导员苏志毅的率领下，充分发挥自身优势，展开了一系列有勇有谋、惊心动魄的激烈战斗，最终对日军以及伪军进行了全面的打击，粉碎了敌人向我陆峰州根据地进攻的阴谋。小说写了年轻人凌少辉身上的一大堆小毛病，为了教育他，作者给他配了个政委、一大堆老首长及他的姐姐凌雪春。在他们的教育下，凌少辉一天天成长起来。小说在人物塑造上较脸谱化，较缺少人情味，比如在写凌雪春时，虽然写了她的很多事情，但却把她塑造成一个只会打仗和说教的一点女性的特点都没有的人。凌雪春和凌少辉之间的姐弟感情也被写得别别扭扭，凌雪春只是凌少辉的政治老师而已。

柯岗长篇小说《三战陇海》：描绘了我军在华北战场实施战略反攻的情况

柯岗（1915—2002），河南巩义人。从1960年8月开始，柯岗用一年多时间，完成了近 40 万字的描写淮海战役第二阶段的长篇小说《逐鹿中原》，1962年 2 月，小说由人民文学出版社出版，描写了 1948 年我军在中原战场攻克襄阳、全歼国民党十五绥靖区所部，活捉康泽的战斗，也描写我军在著名的淮海战役第二阶段中，在双堆集全歼黄维兵团的战斗。小说较大规模地反映了我军和敌军在中原展开的大决战。1963 年，柯岗又开始创作反映解放战争战略防御阶段的长篇小说《三战陇海》，"文革"结束后，这部 70 多万字的长篇小说在 1977 年 9 月才由人民出版社出版。《三战陇海》上下卷描绘的是 1946 年初冬到 1947 年初夏，我军在华北战场上，由战略防御向战略反攻转变的情况。《逐鹿中原》和《三战陇海》不只是描述了一城一地的得失，也不只是描写了一排一连的战绩，而是描绘了整个战役的全景，作者以粗犷、遒劲的笔墨，对敌我双方的作战部署、兵力配备、攻守势态等做了多方面的描写。小说气势恢宏，场面壮阔，塑造了一批指战员的光辉形象。①

刘心武短篇小说《班主任》："伤痕文学"的开山之作

《班主任》11 月份发表在《人民文学》第 11 期，1978 年获得全国优秀短篇小说奖。小说写初三班主任张老师答应让 16 岁的小流氓宋宝琦重回班级，这事却引起了师生们的反对。张老师在接触宋宝琦后，对如何教育他及和他一样的孩子忧思不已。张老师发现好学生谢惠敏被"四人帮"的思想影响、残害到了极点。谢惠敏对《牛虻》这类写男女，写外国资产阶级的书籍深恶痛绝。张老师于是思考着如何让谢惠敏这类学生学会独立思考的问题。最后，张老师决定一定要将"四人帮"给孩子们头脑中留下的"毒瘤"除去，使他们成为社会主义革命和社会主义建设的强有力的接班人。小说触及了中国人被长时间的阶级斗争和政治运动摧残的人间亲情，唤醒了人们内心感情中久遭压抑的一面，成为当时关于思想解放和艺术民主的第一次文学尝试，划开了"文革文学"与"新时期文学"的界限，在当代文学史上具有里程碑的意义。小说摆脱了虚假、夸饰，转向对真实的生活、真实的人、真实的情感进行再现，把党和人民群众在极端困难条件下的不屈斗争进行了再现，表明了现实主义的复归。

---

① 参阅刘凤艳《人民革命战争的诗史——柯岗创作论》,《郑州大学学报（哲社版）》,1994.3.

小说在艺术上尽管不尽完善，但它体现出的政治与社会层面上的价值却很明显，它以"十年浩劫"作为批判对象，揭露了它对人民群众在肉体和精神上的伤害；小说虽然局限在对政治的批判、道德的谴责、感情的抒写上，但它却以对真实性的追求，打动了无数读者的心弦，影响着后来文学的发展，具有历史转折的意义，起到了一定的先锋作用。[①]

冯骥才、李定兴合著的长篇历史小说《义和拳》：讲述义和团抗击八国联军的小说

冯骥才（1942—），祖籍浙江宁波，生于天津；李定兴，生平籍贯不详。《义和拳》12月份由人民文学出版社出版。小说以1900年崛起于天津以南独流镇的"天下第一团"为中心，在广阔的历史背景下，描写了义和团抗击八国联军入侵、保卫天津城等故事，记述了义和团的兴衰始末，讴歌了我英雄民族与剥削者、侵略者进行斗争的悲壮情景，赞扬了义和团的英雄们伟大的爱国主义精神。小说塑造的张德成、刘黑塔、裕禄以及马玉昆等历史人物的形象鲜明生动，激情丰富，是一部历史小说佳作。

---

① 参阅徐庆全《胡耀邦与"伤痕文学"的争论》，《书摘》，2005.5。

1978 年

峻青长篇小说《海啸》：讲述了八路军向根据地送粮的故事

《海啸》1 月份在《山东文艺》第 1—3 期和 5—8 期连载。小说写在抗日战争最艰苦的 1942 年里，胶东地区遇到了海啸灾难，庄稼颗粒无收，昌潍根据地的老百姓面临着断粮的危险。在此情况下，八路军运粮小分队在宫明山的率领下，执行了向根据地送粮的任务。一路上，他们遇到了难以想象的困难，经历了土匪的骚扰，日寇的截击，国军的偷袭，小分队的战士几乎全部牺牲。但他们最后终于将粮食安全地运到了目的地。小说成功地塑造了运粮小分队的队长宫明山、排长大老姜、通讯员小马、会计郭玉文等人的光辉形象。1982 年，该小说由上海电视台历时两年拍摄成了同名电视连续剧。

莫伸短篇小说《窗口》：一篇呼唤"为人民服务"正风正气的小说

莫伸（1951.3.10— ），原名孙树淦，江苏无锡人。《窗口》1 月份发表在《人民文学》第 1 期，获得 1978 年全国优秀短篇小说奖。小说写"我"到外地完成了一项采访任务，坐火车返回报社时，在车上遇到了一个对汽车及火车时刻表非常熟悉的姑娘。"我"回报社不几天，铁路局打电话让"我"对他们组织的一个表演进行报道。"我"去了后，看到了在列车上相遇的那位姑娘，她是某车站的售票员，名叫韩玉楠。韩玉楠表演的项目是背诵全国任何一个大站的里程与票价。她背诵得很流利，使大家惊奇不已。后来，"我"访问了韩玉楠。她向"我"讲述了自己在卖票过程中的酸甜苦辣及她起初对旅客态度蛮横的情况，但当她经历了一些事情后，她的态度变温和了。这使"我"对她产生了由衷的尊敬，"我"把她售票的窗口望了好久、好久……该小说通过售票员韩玉楠的故事，既表达了人们对十年"文革"造成我国各行各业服务质量普遍下降的情况的极为不满、憎恶情绪，也表达了人们对缺失已久的为人民服务这一正风正气的强烈呼唤。小说发表后，在广播电台、电视台播出，引发了社会各界的强烈反响。从此，人们因为这篇小说而将服务行业称为"窗口"行业，许多城市也加大了对车站、广场、景点等地方的整治力度，努力对"窗口"行业进行亮化、美化。

成一短篇小说《顶凌下种》：讲述了农民抗灾夺丰收的故事

成一（1943—），原名王成业，河南济源人。《顶凌下种》1月份发表在《汾水》第1期，获得1978年全国优秀短篇小说奖。小说写的是农民抗灾夺丰收的故事。其间，他们与天斗、与地斗、与人斗。小说借"顶凌"播种，表达了反抗极"左"思潮的主题，里面的县委潘副书记的官僚作风与未出场的代表正义的杨书记构成了隐性对立。但小说也带着"四人帮"时期文学创作的痕迹。小说的细节描写生动传神，比如里面的男主人公因名字相同，竟把自己的亲生父亲绑到乡里，这使人印象深刻。小说的语言雅致、优美，学者气较浓。[①]

于土短篇小说《芙瑞达》：成功塑造了女奴芙瑞达的形象

于土（1920—1996），山东莒县人。《芙瑞达》1月份发表在《广东文艺》第1期，获得1978年全国优秀短篇小说奖。小说写作者在非洲某国遇到了一个小女奴，便以芙瑞达（和英语中的"自由"一词音近）称呼她。芙瑞达因为在家里跳了一种舞蹈，令她父亲很愤怒，父亲便在沙漠里挖了一个坑要活埋女儿。在他的其他儿女的劝说下，芙瑞达逃过一劫。芙瑞达虽然没死，但她父亲却把她卖给了若特将军做家奴。若特当过兵，因忍受不了部队的生活，所以当了逃兵。为了自己的虚荣心，若特说自己是少校，家里的一个奴隶说他穿着的军服是将军服，应该是将军。若特从此很高兴地接受人们叫他将军，但他其实是一个普通的士兵，逃回来后是一个普通工人。芙瑞达在若特家里的地位非常低下，常常遭受毒打。当她长大以后，若特把她娶为了第四个妻子。芙瑞达结婚后准备带些钱逃跑，但被若特的第一个妻子发现了。芙瑞达的父亲于是带着

[①] 参阅陈为人《李国涛先生印象记：夜半钟声到客船》，《人物》杂志，2009.1。李国涛为《顶凌下种》的责任编辑。

儿子来若特家，然后用一匹马拖着芙瑞达在沙漠里狂奔。芙瑞达便在这个世界上默默地消失了。小说的补记说，芙瑞达并没有死，她被哥哥们救了，她觉醒后为自己的美好明天开始拼搏奋斗了。小说严格按照现实主义创作原则，成功地塑造了芙瑞达这个女奴的形象，不仅具有浓郁的生活气息和时代色彩，而且提出了被剥削被奴役的劳动人民摆脱悲惨命运的社会课题，具有强烈的现实意义。

梁斌长篇小说《翻身纪事》：主要讲述了三个地主对"土改"的对抗

1973 年，梁斌被下放到河北汉沽农场劳动改造，其间，他悄悄构思了反映农村"土改"运动的长篇小说《翻身纪事》。次年，他开始动笔创作这部小说。1978 年 1 月，《翻身纪事》由人民文学出版社出版。从总体情况看，该小说是一部着意刻画人物形象的小说。作者在如诉家常的"纪事"里，成功地塑造出了周大钟、王二合、李固大嫂、柏老槐等血肉丰满、栩栩如生的正面人物形象；也刻画了"文派儿"地主刘作谦，"土鳖财主"王健仲，霸气地主李福云这三个性格各异的地主形象。刘作谦在"土改"浪潮汹涌而来时，看到"土改"要刨他的老根，便很悲哀、惊恐、呆若木鸡；他实在不想老老实实地接受改造，于是阴险地与"土改"相对抗：他用自己的女儿大荷花来腐蚀、拉拢、俘虏共产党员刘登华等人。王健仲面对"土改"，虽然六神无主，心乱如麻，但他却"清醒"地认识到要尽力"搂财"，他平日里吝啬得如同清教徒，当"土改"到来后，他用杀光吃尽的办法来对抗运动：深夜里，他想杀掉大公鸡后吃掉，但受惊的公鸡却把他"啄得满头满脸血糊淋漓"，然后，大公鸡像"鸡群的凤凰，振翅腾空而去"了；没吃上鸡肉的王健仲，就在嘴唇上抹上猪油，跑到大庙台上去煽动其他人杀鸡杀猪。霸气地主李福云练过武术，财大气粗，"他在村公所走来走去，站在十字街上一说话，百呼百应"，面对"土改"，他既没有刘作谦的老谋深算，也没有王健仲哭天抹泪"泡蘑菇"的伎俩，而是凭着武功，公然与工作队对抗。小说故事曲折，叙述流畅，语言优美。①

---

① 参阅滑富强《中国文坛的骄傲——再读梁斌长篇小说〈翻身纪事〉》,《天津日报》,2010.11.18。

刘富道短篇小说《眼镜》：一篇勇闯爱情禁区的佳作

刘富道（1940—），湖北武汉人。《眼镜》2月份发表在《人民文学》第2期，获得1978年全国优秀短篇小说奖。小说以第一人称的方式，借魏荣之口，细腻地抒写了她的思想和感情活动。魏荣和戴眼镜的知识分子陈昆初步接触后，在社会上和厂里的一次次斗争风浪中，她越来越了解陈昆的为人处世、思想品德和才华学识。最终，他们确立了爱情关系。小说对两人由相识到相知，再到相爱的过程的描述既较好地写出了陈昆的形象，也刻画了魏荣的恋爱心理。小说文笔细腻、委婉、动人，情趣盎然，尤其是描写魏荣给陈昆配了一副眼镜后，她将眼镜送给陈昆的细节对整个小说起到了点睛的作用，说明陈昆不再是一个被人轻侮的人，而是一个可以获得姑娘爱情的人。由于小说写了一个青年女工对一个戴眼镜的知识分子的朝思暮想，所以它是一篇勇闯爱情禁区的佳作。①

贾平凹短篇小说《满月儿》：给当时死气沉沉的文坛吹来一缕清风的小说

《满月儿》3月20日发表在《上海文艺》第3期，获得1978年全国优秀短篇小说奖。小说写陆老师在乡下老家养病时，有一天去姨家，见到了满儿、月儿姐妹俩，她们的性格迥然不同。姐姐满儿文静内秀、好学，整天把自己关在屋子里搞小麦育种试验：只见"盆盆罐罐、筐筐袋袋，装的全是各类种子，上边一律贴着型号，'丰产1号''丰产10号''东风206号''争光38号'；那墙上则挂满了各种试验比较图、观察记录本、历年时令变化表。本来就很小的屋子，被挤得那张简单的床铺只好安在屋角了"。经过刻苦钻研，满儿终于培育出了起名为"攀登"的小麦良种。月儿是大队基建队的，她看到姐姐的成绩，不甘落后，开始勤奋地学习土地测量技术：她"每天起得很早，就在院子里背梯形地、扇形地、圆形地、三角地的测量公式。我隔窗看见她就站在井台葡萄架下，一边掐着葡萄叶，一边低声地念。当大家都起床了，就见她用扫帚扫出一堆撕成碎末的葡萄叶去。晚上回来，就到我房子来让我出各种地形的题让她算"。姐妹俩都热爱生活、热爱家乡，都尽心尽力地编织着一个美丽的梦。

---

① 参阅李继平《论刘富道的小说艺术》，《湖北成人教育学院学报》，2006.3。

小说发表后，月儿和满儿的青春阳光形象令因"文革"导致的死气沉沉的文坛面貌焕然一新，被读者所喜爱。①

陆文夫短篇小说《献身》：提出了尊重知识、尊重人才的重大问题

《献身》4月份发表在《人民文学》第4期，获得1978年全国优秀短篇小说奖。小说以"文化大革命"为背景，以家庭生活的悲欢离合为故事线索，讲述了一个正直不屈、一心献身祖国科学事业的知识分子的故事。小说没有将笔触停留在对伤痕的控诉上，而是全力展示了主人公神圣的、催人奋进的献身精神，显示了作者不入流俗的艺术眼光。小说也鞭挞了投机钻营、靠造反起家的丑类的行径，提出了尊重知识、尊重人才的重大问题，发人深省。②

张有德短篇小说《辣椒》：写出了人物内心的深层矛盾、痛苦

张有德（1947—），河南武陟人。《辣椒》4月份发表在《人民文学》第4期，获得1978年全国优秀短篇小说奖。小说先叙述的是两个"土改"干部王双合、李冠一和农民宋大伯结下的深情厚谊。然后写王双合、李冠一分别当了县里的农林局长、水利局长，但宋大伯并没有因为他们已经当官而不和他们来往，他照例每年给他们送两回他们爱吃的宋岗村的特产红辣椒。"文革"中，农林局长王双合却再也吃不上宋大伯送的红辣椒了，因为，他被打成了"走资派"，宋大伯被诬为"黑参谋"。王双合因怕"沾包"，不敢得罪造反派，拒绝了宋大伯送来的红辣椒。这伤害了宋大伯的心。水利局长李冠一没有接受造反派强加给他的罪名，也没拒绝宋大伯送的红辣椒。王双合看宋大伯继续给李冠一送辣椒，却不给自己送，这便成了他的一块心病。后来，王双合、李冠一同去乡下找宋大伯，在李冠一的说情下，宋大伯在他们告别前为王双合补送了一串红辣椒。但三个人都明白，这串红辣椒却只有它自身的那点辣味儿了！小说在自然、平淡、平静的叙述中，"不动声色"地写出了人物内心的深层矛盾、痛苦，它完全不是主题先行式的概念化的说教、肤浅的表达，而是对生活准

---

① 参阅《初入文坛的贾平凹：曾玩命写作屡遭退稿》，《株洲日报》，2015.5.15。
② 参阅陈骏涛《重要的是对于生活的见解——陆文夫创作管窥之一》，《苏州大学学报》，1984.3。

确、深刻观察后的自然重现。①

梁信长篇小说《龙虎风云记》：讲述了蒙古族奴隶召莫多的革命历程

梁信（1926.3.2—），吉林扶余人。《龙虎风云记》6月份由人民文学出版社出版。小说描写了蒙古族奴隶召莫多在父母的熏陶下，从小就养成了机灵顽强的性格，以及对旧制度无比仇恨的思想。召莫多在18岁那年，认识了地下党员火头军伯伯。他使召莫多懂得了许多革命道理，迅速提高了他的政治觉悟。当火头军伯伯组织蒙汉劳工起义时，召莫多以顽强的毅力克服了病痛，积极完成了联络任务，保证了起义的成功。后来，召莫多率领部分起义奴隶奔向延安，投入人民军队的怀抱之中。小说笔墨酣畅，人物形象生动，语言刚健明快，故事惊险曲折，全书充满了浓郁的传奇色彩。

邓友梅短篇小说《我们的军长》：描写陈毅元帅接到重新工作的通知后去上班时遇见的事情

《我们的军长》7月份发表在《上海文艺》第7期，获得1978年全国优秀短篇小说奖。小说写粉碎"四人帮"后初春的一个黎明，接到重新工作通知的陈毅元帅去上班。在中南海的红墙外，陈毅元帅听到了军歌的旋律，他于是停住脚步。在聆听军歌时候，他想起了数十年前，自己在沂河边上的一个小城中经历的许多往事。当他回到现实中后，军歌仍在耳边飘荡。他明白这不是幻觉，而是战士们仍然在战斗，就像当年他们唱着军歌，为建立人民的国家而冲锋陷阵一样。他感到战士们今天唱军歌，是为了保卫和建设人民的国家，他们永远是无产阶级的战士。在军歌声中，陈毅元帅放开喉咙唱了起来，他和着在空中飞翔着的旋律，边唱边走向新的工作岗位。

周立波短篇小说《湘江一夜》：描写了三五九旅南下抗日时，夜渡湘江的事情

《湘江一夜》7月份发表在《人民文学》第7期，获得1978年全国优秀短篇小说奖，是周立波酝酿了很久的一篇关于三五九旅南征北返题材的小说，也是在粉碎"四人帮"之后，作者抱病创作出来的唯一一篇短篇小说。小说描

---

① 参阅武善增《论"文革文学"向"新时期文学"的话语转换——以1976—1978年为考察中心》，《江苏社会科学》，2015.1。

写了 1945 年夏天，八路军的一支部队在南下抗日时，途经湖南，夜渡湘江的事情。当时，作者随军南下，亲自参与了这一次渡江战役。渡江的主要地域在今湖南省长沙市望城区的铜官至新康沿江一带，原型是八路军一二〇师三五九旅的一支南下支队，王震是支队司令员，王首道是政委。他们要去的地方是粤北。1944 年 11 月 1 日，支队从延安出发，途经晋、豫、鄂等省后，于 1945 年 2 月到达湘鄂边境地区。7 月 19 日，部队除三支队伍留在鄂南开展游击战外，其他第一、二、四、五、六支部队准备渡过湘江，然后挺进粤北。为了顺利渡过湘江，王震司令员召集湘东抗日军分区主要领导召开了军事会议，最后决定从长沙北面的铜官至丁字湾地段渡过湘江。驻扎在沿江重要口岸的日军及地方上的杂牌武装和国民党部队的散兵游勇阻挡着抗日救国军的南下抗战。7 月 23 日晚，渡江开始，日伪军在陆地上、江上利用重型武器阻挡八路军过江，而且，他们还调动飞机进行轰炸。但到黎明时分，我军顺利渡江。小说故事情节扣人心弦，人物个性鲜明有力，笔调清新刚健，画面浓墨重彩。小说问世后，受到读者的热情赞扬和文学界的重视。①

张洁短篇小说《从森林里来的孩子》："伤痕文学"的代表性文本

张洁（1937—），原籍辽宁抚顺，生于北京。《从森林里来的孩子》7 月份发表在《北京文艺》第 7 期，获得 1978 年全国优秀短篇小说奖。小说里面的主人公孙长宁是伐木工人的儿子，生活在森林的怀抱中。在"文革"年代，孙长宁没有接受正常教育，他不懂"黑线人物"和"文艺黑线专政"是什么。后来，"黑线人物"梁启明用音乐、诗意来对孙长宁进行教育，使他那蒙昧的心智被开启了。梁启明后来因癌症不治而逝，但他的音乐生命却在孙长宁的身上得到了延续和光大。因为孙长宁凭借老师所传授的高超音乐技艺，在征服了主考教授傅涛和其他考生后，被破格录取为音乐学院的大学生了。小说反映了梁启明和孙长宁为代表的两代人在"文革"期间所遭受的创伤，是"伤痕文学"中的代表性文本。小说发表之后，谢冕在 1978 年第 10 期的《北京文艺》撰文评论说："她并不用夸张的形容来表达自己的悲哀和愤怒，也不用外在的描绘

---

① 参阅胡光凡《健笔凌云 丰碑永在——试论周立波短篇小说〈湘江一夜〉的艺术成就》，《湘潭大学学报（哲社版）》，1980.2。

来宣泄自己的幸福和欢乐，她只是用非常细腻的抒情的笔墨对这一切进行淡淡的然而又是色彩鲜明的涂抹。恰如森林的清晨，静谧，轻柔的雾气缭绕，待太阳升起，一切又都那么清新而明快。""抒情"话语是这篇小说最重要的艺术特征。作者以一种抒情的笔调，表现了对未来美好生活的追求和向往，它的抒情话语在过去——未来的时间维度和森林——北京的空间维度构建，它的语言风格清新细腻，完成了对乌托邦的想象，这一想象也为强大的意识形态力量所裹挟，于是也存在着缺乏深度与自我意识的缺陷。①

王蒙短篇小说《最宝贵的》：反映青年在"文革"时期成为政治上的无"心"之人的悲剧

《最宝贵的》7月份发表在《作品》第7期，获得1978年全国优秀短篇小说奖。小说写市委书记严一行参加完陈书记的追悼会，回到办公楼，让新婚的秘书小李回家。但是李秘书却犹犹豫豫的。严一行追问李秘书原因，李秘书告诉严一行，曾梦云已经交代了，十年前向曾梦云提供陈书记行踪，使陈书记遭受迫害的人就是严一行的儿子蛋蛋。严一行听了后，一下子僵在了那里。李秘书走后，蛋蛋给严一行送来他喜爱的韭菜盒子。但严一行没吃，而是问蛋蛋："十年前向曾梦云提供陈书记行踪的人是不是你？"蛋蛋的脸色变了。他叫了起来："不是我，爸爸，您别相信，不是我！"蛋蛋的激动清楚无误地证明了：是他。小说的篇幅只有3000字，反映了在"文革"时期，诸多像蛋蛋一样的青年被软刀子"剜"去心以后却不自知，并失去主义、良心和道德，成为政治上可悲的无"心"之人的状况。这些青年本应成为国家的栋梁，但在"四人帮"的驱使下却做出了可耻的行为。这是非常深刻的悲剧。②

祝兴义短篇小说《抱玉岩》：讲述了一个师生恋故事

祝兴义（1938—1993），安徽怀远人。《抱玉岩》7月份发表在《安徽文艺》

---

① 参阅岳雯《抒情的乌托邦——重读〈从森林里来的孩子〉》，《中国现代文学研究丛刊》，2014.2。

② 参阅郭澄《无心菜的启示——重读王蒙小说〈最宝贵的〉》，《新疆石油教育学院学报》，1999.4。

第 7 期，获得 1978 年全国优秀短篇小说奖。小说讲述了沈岩和彭稚凤的师生恋情。彭稚凤崇拜老师沈岩的学问人品，不顾沈岩的家庭出身主动追求老师；沈岩给予了彭稚凤知识上的很多帮助。后来彭稚凤被推荐上大学了，而沈岩却回到了农村。高考制度恢复后，沈岩考上了大学，但他看到给自己上课的老师却是彭稚凤。这一奇妙的巧合、这种被颠倒了的师生关系，既带有偶然性，又真实地反映了"文革"给人们带来的必然性的结局。最终，沈岩和彭稚凤这对师生恋人又重新走到了一起。小说讲述彭稚凤和沈岩的师生纯真恋情由于"文革"时期的阶级偏见而一度被拆散，但随着改革开放年代的到来，他们的关系又戏剧性地得到恢复。小说给人印象尤其深刻的是对那个年代浪漫恋情的回忆："今夜的抱玉岩被月色镀得通明，锃亮，皑皑似玉柱、雪峰；岩下的桂叶，轻舒漫舞。飒飒之声，如怨如诉，不胜切切。"[1]

关庚寅短篇小说《"不称心"的姐夫》：表达了对"文革"错误思想的批判和反思及为知识分子正名的愿望

关庚寅（1950—），辽宁人。《"不称心"的姐夫》7 月份发表在《鸭绿江》第 7 期，获得 1978 年全国优秀短篇小说奖。小说写在除夕之夜里，北方某地的一对夫妻和他们的小女儿还没有吃年夜饭，他们在等大女儿回来。不久，大女儿顶着一身雪花推门而入，但她的身后还跟着一个男青年，他头戴雷锋帽，脖子上围着长围巾，他是一个知青。姊妹俩的父母嫌小伙子是一个插队知青，所以都不欢迎他，他们把包好的饺子全都泼洒在地上。男青年看见后，夺门而出。大女儿随即跟着他消失在偶尔有微型"火箭"划破夜空的黑暗中。小女儿盼望已久的年夜饭，就这样和鞭炮一样粉碎了。小说表达了对"文革"错误思想的批判和反思，触及了为知识分子正名的敏感话题，表达了一代青年的心声。小说既有对沉重历史伤痕的揭示，也刻画了年轻一代执着的精神，他们已经看出时代将要发生转折了。小说也表达了人们对新时期的期待、呼唤。

---

[1] 参阅王一川《"伤痕文学"的三种体验类型》，《文艺研究》，2005.1。

卢新华短篇小说《伤痕》：引发"伤痕文学"流派产生的小说

卢新华（1954—），江苏如皋人。《伤痕》8月11日发表在上海的《文汇报》，获得1978年全国优秀短篇小说奖。小说写"文革"时，王晓华因母亲被打成"叛徒"，便与母亲断绝关系，她自己也去乡下接受改造了。在乡下的九年中，王晓华忍受着各种精神折磨，直到收到母亲平反的正式公函后，才明白这一切都是骗局，但此时母亲已经病逝。王晓华的心灵上于是留下了永远无法弥补的创伤。该小说本是刚在复旦大学上学的大一新生卢新华为班级要办的一期墙报提交的作品，因暴露了"文革"的黑暗面，稿子在四个月后的1978年8月11日的《文汇报》上以一个整版的篇幅发表。《伤痕》给作者的命运带来了转折，他成了"文革"后首批加入中国作协的作家。随后，作者又被推举为上海市青联常委、第四次全国文代会代表并受到邓小平等党和国家领导人接见。小说发表后，在全国产生了很大反响。《文汇报》同时发表了一系列评论该小说的文章，对社会思潮进行了引导，最终成功地将对小说的讨论从文学层面上升到意识形态的层面，表达了人们要求解放思想的愿望和反对"文革"的立场。该小说也引发了"伤痕文学"流派的产生。

孔捷生短篇小说《姻缘》：在展示"文革"的"伤痕"记忆时，也表达了某种渗透着乐观意识的浪漫畅想

孔捷生（1952.11.11—），广东南海人。《姻缘》8月份发表在《作品》第8期，获得1978年全国优秀短篇小说奖。小说写兴华锁厂团支部书记梁小珍在与归国华侨、质量检查员伍国梁的工作联系中，被伍国梁负责任的工作作风所感动，后经区大姐的"巧点鸳鸯"，他们相爱。但此事却遭到了党总支副书记"过于执"的横加干涉。"过于执"使他们的关系几度告吹。后来，在另一总支副书记"包青天"的撮合下，一度动摇的梁小珍受到感染和教育，终于与伍国梁重归于好，得到了幸福。小说中，代表正义与知识的归国华侨青年伍国梁在遭遇到代表邪恶的政工副书记"过于执"的压制时，他的恋人梁小珍也可能弃他而去；代表正义的党总支副书记"包青天"给予了他有效的帮助，成功地感染和教育了一度动摇的梁小珍，并使伍国梁顺利地与她成就了"姻缘"。可以看出，小说尽管对"伤痕"记忆怀着沉重感，但表达出了某种渗透着乐观意识

的浪漫畅想。①

童恩正短篇小说《珊瑚岛上的死光》：改变了当时人们的观念，使人们对科幻小说获得了新认识

童恩正（1935—1997），湖南宁乡人。《珊瑚岛上的死光》8月份发表在《人民文学》第8期，获得1978年全国优秀短篇小说奖。小说写在南太平洋的 N 国 W 城，爱国的华裔科学家赵谦教授试制成功了高压原子电池后，某大财团想以重金收买原子电池专利权，但赵谦教授拒绝了他们的要求，他决定把样品和资料全部带回祖国。当天夜里，赵教授却被人暗杀了，资料也被焚毁在保险箱里。在赵谦教授临死之前，他要求很想参与祖国建设的青年科学家陈天虹一定要将高压原子电池的样品带回祖国。陈天虹于是携带着电池样品驾机逃走。途中，飞机被一种奇特的空中武器击落，陈天虹掉落到大海中。他挣扎着向附近的一座珊瑚岛游去，一条鲨鱼向他游来。危急时刻，一道电光闪过，鲨鱼即刻死去。陈天虹游到一座神秘的小岛上后，看到那里住着科学家马太博士及他的哑巴仆人阿芒；他还看到洛菲尔公司投资建造的一座实验大楼。陈天虹是马太博士用他历经10年试制成功的激光器救的。当陈天虹了解到马太博士尚未解决激光器的电源问题后，他就把高压原子电池交给他试用。后来有一天，洛菲尔公司的人企图把马太博士的研究成果和赵谦教授的高压原子电池结合起来制造一种威胁人类和平的新式武器。马太博士知道后，决心一定要阻止这一罪恶行径。洛菲尔公司害怕阴谋败露，便向马太博士的仆人索取资料并要炸毁小岛，消灭罪证。洛菲尔公司的人在杀伤马太博士和仆人阿芒之后，给小岛安上了定时炸弹，然后携带着资料逃走了。在炸弹即将爆炸的时刻，陈天虹配合生命垂危的马太博士用激光武器和高压原子电池击沉了菲尔公司的人乘坐的船只。他们也顺利逃离了小岛。小岛爆炸后，马太博士和他的发明，还有他的仆人在火光中与船只一起沉到海底。虽然，马太博士的新发明没能留下，但他用鲜血和生命捍卫了人类的和平。小说发表之后，在社会上引起了很大的反响，虽然它的政治色彩较浓，但它是改变当时人们观念的一篇作品，它使人们

---

① 参阅王一川《"伤痕文学"的三种体验类型》，《文艺研究》，2005.1。

对科幻小说有了一个新的认识。①

王亚平短篇小说《神圣的使命》：讲述了一位老警察顶着"四人帮"的强大压力，坚持给一位知识分子平反冤假错案的事情

王亚平（1956—），重庆人。作者发表《神圣的使命》时年仅 22 岁，是 1974 届中学毕业生。《神圣的使命》曾被两次退稿，第三次才在编辑们的修改下得到发表，发表在 1978 年 9 月出刊的《人民文学》第 9 期，获得 1978 年全国优秀短篇小说奖。小说中的王公伯是一位在公安战线上工作多年的老警察，他顶着"四人帮"的强大压力，坚持为一位善良的知识分子平反了冤假错案。他深深同情被侮辱、被损害的人民，将斗争的矛头直接指向真正的罪犯"四人帮"及他们的代理人省革委会副主任徐润成。王公伯为给那位知识分子平反，宁愿牺牲自己最宝贵的生命；正义必伸，邪恶必惩，是他的信念，他的行动指南。小说对真、善、美进行了热烈的赞颂，对假、丑、恶进行了断然的贬斥，给人以强大的心灵震撼。小说作者对历史趋势、时代大潮、人民呼声、人物精神闪光点的敏锐感觉、捕捉及表现，显示了一定的胆量。小说发表后影响巨大，反响强烈。②

张承志短篇小说《骑手为什么歌唱母亲》：歌唱了母亲，表达了对母亲的深情

张承志（1948—），回族，原籍山东济南，生于北京。《骑手为什么歌唱母亲》是张承志在 1978 年参加完研究生考试后发表的第一篇小说，发表在 10 月出刊的《人民文学》第 10 期，获得 1978 年全国优秀短篇小说奖。小说主要写草原母亲额吉为了保护"我"这个在牧区插队的知识青年而同暴风雪搏斗，结果下肢瘫痪。但两个月后，她在膝盖下垫了一块皮垫就恢复了忙碌的生活，而且笑对"我"的难过与内疚。额吉教"我"草原知识，她的爱迅速蔓延到她身边所有需要母爱的人身上。多年后，"我"无法忘却额吉给予"我"的爱，"我"也懂得了母亲的意义。小说结尾写道，在额吉去阿拉坦公社治病两个月后的一个夜里，"我"梦见一个白发飘拂的老奶奶告诉"我"，额吉不再瘫痪

---

① 参阅叶永烈《童恩正和〈珊瑚岛上的死光〉》，《世界科幻博览》，2005.8。

② 参阅张蜀君《王亚平和他的小说》，《语文学习》，1981.11。

了。"我"于是等待着额吉的归来。四个月后，额吉自己已经能走路了。小说还塑造了其他众多人物，如阿哈拉哥哥，莲花嫂子，吉格木德爷爷，牧主的养子班达拉钦，妙手回春的民间医生老奶奶等，他们都从容淡定地面对生活，用质朴真挚的感情，善待来自都市的知青。小说写得最多的是春天里的那场"白毛风"，它是屠杀牧人的刀子。小说的叙事主题是歌唱母亲，用蒙古族的乌珠穆沁民歌来表达对母亲的深情。这篇小说对作者来说格外不同，因为在当时，控诉的泪水几成汪洋，作者却独自在草原深处为额吉感动，并为她祈祷，他在那里完成了精神的蜕变。因此，"歌唱母亲"是他感动至深的文化信念，母亲引导出了他真正的勇敢，这勇敢虽然不乏偏执和孤傲，甚至火气十足，但这同样是一份可以理解的狂躁。①

萧平短篇小说《墓场与鲜花》：描写了新中国某大学一对青年男女的爱情故事

萧平（1926.12—2014.2.23），本名宋萧平，山东乳山人。《墓场与鲜花》11月份发表在《上海文艺》第 11 期，获得 1978 年全国优秀短篇小说奖。小说生动地描写了新中国某大学的一对男女青年陈坚和朱少琳悲欢离合的爱情故事。陈坚和朱少琳在 20 世纪 60 年代是大学中文系的同学，建立了纯洁的爱情。在"文革"中，他们先后受到造反派的疯狂迫害和打击，但都没有屈服。朱少琳出狱后，主动到荒凉的边塞农场，与陈坚生活在一起。小说说明一个人存活下去的信念比存活本身更重要。这是走过那个贱视生命的年代的人们对生命与历史沉思的结果。黑暗与光明，"墓场"与"鲜花"是生命与历史的争执，实际上也是存活与死亡的争执。小说将生命与历史的关系解读为一种历经认同—紧张—和解的过程，遵从正—反—合延展逻辑的辩证关系，这使它显现出一种对历史和生命的深厚理解。②

魏巍长篇小说《东方》：讲述了抗美援朝战争时期的故事

魏巍（1920.3.6—2008.8.24），原名魏鸿杰，河南郑州人。《东方》12月

---

① 参阅孟繁华《那个单身鏖战的人——重读〈骑手为什么歌唱母亲〉》，《小说评论》，1995.2。

② 参阅张海涛、林春田《生命与历史的紧张与和解——读萧平的〈墓场与鲜花〉》，《电影文学》，2007.16。

份由人民文学出版社出版；1982 年 12 月 15 日，小说荣获第一届茅盾文学奖
（1977—1981）。小说写解放军某部连长郭祥回家探望母亲时，得知美军在朝鲜
仁川登陆的消息，他便与童年伙伴、战友杨雪一同提前归队。郭祥暗恋着杨
雪，营长陆希荣也暗恋着杨雪。杨雪一心想上前线，陆希荣认为这是郭祥从中
作梗的结果。这时连里有名的"调皮骡子"王大发觉得革命已经完成，家乡又
分了地，不想让娘讨饭，于是当了逃兵。郭祥关了王大发的禁闭。党中央决定
组建中国人民志愿军赴朝作战，王大发在团政委教育下决心"不打败美帝不回
家"。团长邓军率领全团急驰朝鲜龟城，可是陆希荣却破坏了战斗部署。敌机
来轰炸时，郭祥和战士们把敌机打跑了。陆希荣却提议要处分郭祥，团长邓军
未予批准，因为这次战役，稳定了朝鲜战局。此时我国国内形势很严峻，地主
富农造谣破坏，村长、村支书消极怠工，许多贫雇农又失去了分来的土地。也
在此时，朝鲜前线的战事又吃紧了，美军的麦克阿瑟倾其全部兵力对朝鲜发动
了总攻势。邓军率团全歼了李伪第七师后，又奉命去阻击溃逃平壤方向的美军
三个师。任务胜利完成后，二次战役结束了。陆希荣到朝鲜后贪生怕死，多次
造成战斗失败，团党委决定给其处分。陆希荣自伤腿部，企图欺骗团党委，但
最终被清除出部队，遣返回国。杨雪也认清了陆希荣的面目。郭祥在战斗中负
伤，文工团女提琴手徐芳献血救活了他并对他产生了爱情。杨雪为救朝鲜儿童
不幸牺牲。1953 年 7 月，郭祥的右腿被炸断，回到沈阳后截了肢。后来，省
委任命郭祥担任家乡的县委书记，邓军团长给他带来了"朝鲜民主主义人民共
和国英雄"和"志愿军一级战斗英雄"的勋章。徐芳也来看望他。小说成功地
凸显了作者对题材反复开掘后所获得的深刻认识，真实地概括了抗美援朝时期
的典型环境，有力地突出了歌颂英雄人民和人民英雄的主题，再现了朝鲜战场
和冀中平原的广阔画面，塑造了郭祥、杨大妈、杨雪等众多感人肺腑的英雄形
象，他们血肉饱满，栩栩如生；小说交错发展的故事线索和曲折复杂的故事情
节完整而统一，结构宏伟，篇幅浩繁，情节波澜起伏，动人心魄；小说风格优
美、雄放，有如色调鲜明、浓郁的油画。①

---

① 参阅张炯《彩笔豪情谱英雄——评长篇小说〈东方〉》，《名作欣赏》，1981.2。

李陀短篇小说《愿你听到这支歌》：描写了"四五"运动

李陀（1939—），达斡尔族，内蒙古莫力达瓦旗人。《愿你听到这支歌》12月份发表在《人民文学》第12期，获得1978年全国优秀短篇小说奖。小说里面的"我"在某工厂工宣队工作，是个业余作曲家。"我"创作了一首抒情歌曲《我等待……》之后，好友刘大虎竟然偷偷和几个好朋友一起唱起来。结果，刘大虎被厂领导免掉了铆焊车间团支部书记的职务，并被留团察看一年。这使"我"非常内疚，常常失眠，"我"想公开站出来，承认自己是《我等待……》的作者。但"我"什么也没有做。一天晚上，"我"和刘大虎一起回家时，遇到了女工杨柳和冯玉珍，杨柳正在痛骂"反击右倾翻案风"运动，周围不少人都在听她痛骂。这时一个暗探叫杨柳跟他走一趟。结果刘大虎帮杨柳脱险了。随后，在刘大虎的安排下，杨柳和冯玉珍跟着"我"来到"我"家，她们知道了"我"就是《我等待……》的作者。杨柳和冯玉珍离开"我"家的时候，杨柳说她以后还到"我"家来听音乐。1976年4月5日傍晚，杨柳请求"我"给一首叫作《我们要》的歌词谱曲子，她说她要在天安门广场上唱这首歌。"我"很快把曲子谱好送到广场，但没见到杨柳，却看到了一片片血迹。"我"一下明白了这里发生的事情。"我"把《我们要》贴在纪念碑的一根白玉栏杆上，很快有几个人围上去看。同时，几个形迹可疑的人也向"我"围拢过来。可是，"我"一点都不怕。"我"仿佛听到了杨柳在唱这支歌的声音，也仿佛听到了千百万人在唱这支歌的声音。小说写了"四五"运动，该事件对20世纪80年代整个国民精神洗礼的意义不言而喻，作者在小说中提出了"民主空气中公民的尊严"问题。作者在当时能有这样的思考，非常了不起。[1]

宗璞短篇小说《弦上的梦》：是作者的创作精神、美学追求和文体特征发生过渡的标志性小说

《弦上的梦》是作者在"四人帮"被粉碎后献给读者的第一篇短篇新作，投到《人民文学》后，主编认为它写的是干部子弟，不够典型，建议退稿。但

---

[1] 参阅朱伟《李陀：文学的地平线》，《三联生活周刊》，2016.26-30。

责任编辑和几位同事商量后决定采取拖延处理的"策略"。过了些日子，形势开始好转后，主编同意请作者"修改"后再发表。于是，1978年12月出刊的《人民文学》第12期刊发了该小说，小说获得1978年全国优秀短篇小说奖。小说描写了女孩子梁遐在"文革"中的坎坷经历和辛酸故事。梁遐在那段灾难深重的日子里奋起抗争，她用自己的行动告诉人们："人的梦，一定会实现。"小说除了梁遐的形象，还塑造了乐珺的形象，她们代表着自我心灵中勇于反抗与怯懦犹豫两种相互冲突和搏斗的力量，是知识分子人格中矛盾和焦虑心境的外化。并未正面出场的"爸爸"形象，是作者对父亲冯友兰历史地位的思考，具有重要的美学意义和历史文化价值。这篇小说是宗璞的创作精神、美学追求和文体特征发生过渡的标志性小说。小说揭露了在人妖颠倒的岁月里，两代知识分子在肉体和心灵上所受到的残酷伤害，贬斥、唾弃了"四人帮"的种种倒行逆施的行为，赞扬了人民和青年的新觉醒。作品发表后遇到了政治风云变幻的剧烈影响，被认定为"毒草"，禁止传播，直到1979年才得以解禁。①

齐平短篇小说《看守日记》：反映了"四人帮"对老干部的残酷迫害及他们的反抗

齐平，生平不详。《看守日记》12月份发表在《解放军文艺》第12期，获得1978年全国优秀短篇小说奖。小说里面的主要人物毛乾坤曾给周总理当过警卫，后来在一家钢铁厂工作。"文革"期间，毛乾坤被厂里当作走资派关押着。"我"是看守他的看守员。有一天晚饭后，毛乾坤对"我"说二号炉的炉温太高了，要出事。他要求"我"马上向领导汇报。"我"见他说得很严重，就多次向毕虎和孟副主任等领导汇报。但他们都不当回事，认为毛乾坤在散布谣言。毛乾坤知道"我"的报告结果后，还是认为非出事不可。晚上，毛乾坤从窗子逃出隔离室，然后朝二号炉方向急奔而去，"我"在后面紧紧追赶着他。到二号炉跟前后，车间里已经血红一片，二号炉真的出事了，人们慌乱一片。在这种危急关头，毛乾坤跳上一个大铁墩，指挥工人们排除险情。一个多小时后，二号炉的裂缝被堵住。毛乾坤回到隔离室后，"我"用热水给他擦身，

---

① 参阅孙先科《美学的分身术与隐蔽的身份对位——宗璞小说〈弦上的梦〉再解读》，《汉语言文学研究》，2011.1。

又给他买来大米粥，还把自己的军大衣给他披上。但后来，厂里却要给毛乾坤开批斗会，孟副主任要求"我"在会上揭发毛乾坤跳窗逃跑的罪行及他的历史问题，并且要求报纸上在报道二号炉险情被排除的事情时要说成是由于"走资派"长期执行修正主义路线，大搞管、卡、压，只知完成计划，不愿维修设备所造成的事故；而新生革命政权领导同志在深入现场后，带头抢修，终于化险为夷。看守小范知道"我"要揭发毛乾坤，便把"我"打了一顿。毛乾坤知道厂里要给他开批斗会及判刑，就拿出一封写给周总理的信，谈了自己在钢铁战线上工作了十几年的经验、教训、体会，提出发展钢铁工业的设想方案。"我"知道后决定在批斗会上用自己的实际行动来保护他。小说反映了"四人帮"对老干部的残酷迫害和他们对"四人帮"专制行径的反抗。

1979 年

鲁彦周中篇小说《天云山传奇》：对 20 世纪 50 年代的历史进行了重新审视和反思

鲁彦周（1928—2006），安徽巢湖人。《天云山传奇》1 月份发表在《清明》第 1 期，获得第一届（1977—1980）全国优秀中篇小说奖。小说写 1978 年冬，中共天云山地委组织部准备重新甄别冤假错案，新上任的副部长宋薇面对无数材料无能为力。这时，性格开朗、思想解放的周瑜贞来到宋薇家里拜访她，周瑜贞谈起了她去天云山找资料时遇到了老右派、老反革命分子罗群。罗群给供销社当马车夫，生活极其困苦，妻子冯晴岚体弱多病，但夫妻间相濡以沫的深情却使人感动。周瑜贞的一番话激起了宋薇的无限回忆……1956 年，宋薇和好友冯晴岚从学校毕业后，参加了天云山考察队，认识了年轻英俊、才华横溢的罗群，并对他产生了好感。不久，罗群担任了她们队的新政委。罗群尊重知识、胆识过人、工作努力，他领导全体队员在天云山找到了煤、铜和稀有金属矿藏以及电站的水库坝址和森林资源。庆功会上，队员们中的有功之人戴红花，骑大马。宋薇也是有功之人，但她骑的马突然间横冲直撞起来。危急关头，罗群奋不顾身勇救宋薇。随后，两人在树林中情不自禁地拥抱在一起。不久，宋薇到党校学习，罗群则被打成反党反社会主义的右倾分子。在巨大的政治压力下，宋薇强忍悲痛与罗群分手。后来，领导硬让宋薇和吴遥结合在一起。此时，宋薇打算复查罗群的冤案，但却遭到吴遥的坚决反对，两人的矛盾迅速上升。这时，冯晴岚给宋薇寄来了一封信，里面诉说了罗群被打成右派后的遭遇。宋薇的心灵受到极大震动，她决定一定要替罗群平反。为此，吴遥同她的关系更加紧张，甚至出手打她。罗群的冤案最终还是平反了，但积劳成疾的冯晴岚却离开了人世。宋薇下决心离开吴遥，她来到冯晴岚墓前，献上一束鲜艳的杜鹃花。小说对 20 世纪 50 年代的历史进行了重新审视和反思，并通过几个人物在历次政治运动中的表现，以及他们之间的感情纠葛，歌颂了奉献和自我牺牲的美好精神，鞭挞了党内某些人的自私及嫉贤心理，以及他们利用政治权力来扼杀人才的丑恶灵魂。小说结构凝练而灵活多变，笔触细腻，抒情委婉，具有强烈的艺术感染力。①

邓友梅中篇小说《追赶队伍的女兵们》：一篇"兵味"十足的小说

《追赶队伍的女兵们》1 月份发表在《十月》第 1 期，获得第一届（1977—1980）全国优秀中篇小说奖。小说写 1947 年，在华东战场上，总部的文工团员高柿儿、俞洁因为去外村送还演出服装，没有跟随文工团向西边的滕县转移。高柿儿、俞洁回来后，等在原地的分队长周忆严带着她们向滕县走去。途中，她们三人解救了被人贩子强行抓走的八路军烈士的妻子二嫂。同时，她们追上了"泰山部队"的一个后卫连队。但该连却接到上级让他们去东边引诱敌军的命令，连长孙震于是领着队伍向东边去了。周忆严她们于是继续追赶西行的队伍。其间，俞洁去瓜棚南边的水坑洗脚。但好久之后却没回来。高柿儿去寻找俞洁，结果被一股敌军抓住。敌连长让高柿儿带他们去二十里外的相公店。高柿儿悄悄在地上写下了"快走，向西"四个字。周忆严在一个村里遇到二嫂后，二嫂帮忙去瓜棚那儿找高柿儿和俞洁。二嫂回来后，她将高柿儿、俞洁遗下的军装和武器交给周忆严，并把高柿儿在瓜棚地上写下的四个字描给她。二嫂公公催促二嫂追随周忆严参军去。俞洁洗罢脚，在回瓜棚时，看见高柿儿被敌军押着走，她于是逃到集市上的一家大车店里。俞洁被账房误认为是少奶奶，她便将错就错，在大车店吃了饭，歇了一晌。俞洁离开大车店后，向津浦铁路走去。这时，国民党军的飞机来轰炸，因敌兵丢了信号布板，误炸了押着高柿儿的敌军。高柿儿乘乱逃走了。不久，高柿儿遇到了孙震率领的部队。在河东岸，孙震的部队遭遇敌军。和孙震待在一起的周忆严为了掩护俞

---

① 参阅许水涛《鲁彦周与〈天云山传奇〉》，《传记文学》，2005.7。

洁、二嫂和两名战士渡河，壮烈牺牲。小说的故事情节"兵味"十足，它没有正面描写战争，但却用穿行于战场之中的三个女兵，引出了一个长长的战争故事，三个女兵就置身于战争之中，这正是作者高明的用笔之处。作者还善于精雕细刻，使许多细节散发出浓浓的兵味。小说的人物性格也是"兵味"十足：周忆严沉着、老练，高柿儿真诚、豪放，俞洁娇弱、机智，三个年轻的女兵的形象栩栩如生，真切感人。

邓友梅短篇小说《话说陶然亭》：讲述四个经历过"文革"伤害的人互相安慰鼓励，重拾信心的故事

《话说陶然亭》2月份发表在《北京文艺》第2期，获得1979年全国优秀短篇小说奖。小说以陶然亭为地点，以老管的视角，叙述了四个不同背景的人在经历过"文革"伤害之后，互相安慰鼓励，重拾信心的故事。小说用大量篇幅描写了几位老人晨练的细节，他们打太极、练拐杖，衬托出他们对社会变化的麻木不仁。这些老人都在"文革"中经历过被迫害、被抄家等灾难。失去手指的乐师、左手残疾的画家、被赶出工厂的酿酒师都不愿再提及往事，他们只想在陶然亭公园里用日复一日的晨练来排解心灵的寂寞，来寻找慰藉。最终，他们在一次谈话中都敞开了心扉，这使他们看到了希望。他们体会到不能让自己的技艺像伤痛一样，随着岁月逝去，他们决定用自己的技艺为社会做贡献。故事的结局是四位老人找到了生活的目标，开始关心起自己生活的世界。小说细致地描写了陶然亭的清晨的宁静，烘托出几位老人的心境。他们在多年之后，虽对伤痛无法忘怀，但却学会了释然。

茹志鹃短篇小说《剪辑错了的故事》：尖锐地批评了"高指标"、"高征购"、瞎指挥、浮夸风等形式主义对国家、社会的危害

《剪辑错了的故事》2月份发表在《人民文学》第2期，获得1979年全国优秀短篇小说奖。作者选取了七个生活场景来构造小说，每个场景自成一体，几乎又是一篇篇独立的小小说。作者对这七个生活场景组接时，采用了一种"剪辑错了"的形式，有意把情节之间的连贯性略去，然后打破它们的正常时空顺序，跳跃式地在现实（"大跃进"时期）、历史（解放战争时期）和梦幻（未来反侵略战争）之间叙事。其中普通农民老寿的心理活动成为各篇连接的内在纽带，使所有的场景、生活片段被统一在一个鲜明的主题之下。这种时序颠倒、自由联想和突兀多变的跳跃式的叙述方法加大了现实和历史的对比力度，使作品的主题更加突出。①小说通过老寿对解放战争时期的干群关系、干部作风和"大跃进"时期的干群关系、干部作风的对比，尖锐地批评了"高指标"、"高征购"、瞎指挥、浮夸风等华而不实的形式主义对国家、社会的危害。这些形式主义不仅导致物资匮乏，而且严重损害了党群关系、干群关系，使人不得不对未来的反侵略战争产生忧虑，对实事求是、联系群众的好传统、好作风产生热烈的呼唤。小说力图从国家政策同人民利益之间的冲突上去对政策执行人兼人民利益代言人在"大跃进"时期发挥的作用做出深刻的思考。

陈国凯短篇小说《我应该怎么办》：对女性面对三角恋问题时的矛盾心理进行了艺术呈现

陈国凯（1938.4—2014.5.16），广东五华人。《我应该怎么办》2月份发表在《作品》第2期，获得1979年全国优秀短篇小说奖。小说讲述了薛子君在李丽文、刘亦民之间的徘徊和纠结，将女性的矛盾心理进行了艺术性的呈现。薛子君在丈夫李丽文和姑母被迫害致死后，走投无路，于是投江自杀，遇救后，和刘亦民结婚。但后来李丽文却回来了。薛子君身边于是有了两个丈夫，而且两个人都与她恩重情深，难以割舍。这使薛子君痛苦不已。薛子君于是抛出了一个"我应该怎么办"的问题。这是她问自己的一个问题，也是向读者寻求答案的问题。小说以第一人称叙事，将薛子君与李丽文、刘亦民的相识相知以至结婚的过程都通过"我"（即薛子君）的大量的心理意识活动来展现出来。比如当"我"得知丈夫李丽文和姑妈被迫害致死、家被抄、被工厂辞退时，便用整整一大段话描述了"我"的内心悲苦及"我"决定用跳河来了结此生的心理活动，使读者读后无不为之动容。小说发表后引发了文艺界对理论问题的探讨，同时也受到了个别读者的质疑与批评，同年第6期《作品》杂志发表署名"咏华"的文章认为小说有抄袭之嫌，缺少典型性，等等。据作者称，一位女教师读了小说后向他倾诉了和主人公薛子君类似的遭遇，要求他帮助她。作者

① 参阅翁世荣、张晓林《老作家的新迈步——读茹志鹃的〈剪辑错了的故事〉》,《语文教学通讯》,1980.8。

将女教师的事情披露后，已和女教师离婚的第二个丈夫得到了读者的同情，一位姑娘与他又喜结连理。

曲波长篇小说《桥隆飙》：展现了桥隆飙与"飙字军"同日寇及其爪牙进行坚决斗争的英雄气概

《桥隆飙》是曲波长篇小说《林海雪原》之后的又一部长篇小说，2月份由人民文学出版社出版。小说主人公桥隆飙的原型是山东省潍坊市寒亭区朱里村的乔明志，这个人曾被著名作家冯德英作为原型，在《苦菜花》中塑造出了草莽英雄"柳八爷"的形象。乔明志1906年出生，1936年以后参加抗日战争，立下了汗马功劳。1952年，乔明志转业到地方养伤回到莱州，为二等甲级伤残军人。1979年6月15日，乔明志病逝，终年73岁。小说《桥隆飙》以抗日战争初期的山东地区为背景，生动地塑造了草莽英雄桥隆飙这一艺术形象，描述了他从自发的革命斗争到接受党领导的曲折复杂过程。1938年，日寇侵占中国北方，徐州会战爆发。山东省平州城外官道上，八路军设伏准备夺取日军辎重，却被桥隆飙带着"飙字军"在半路上抢劫了日军辎重。此事引起八路军特委书记越颖重视，特派马定军和侦察员沙贯舟前往打探。不料二人反被"飙字军"侦察长肖元山和桥隆飙义妹小白龙设计俘获，但他们趁此机会也打入了"飙字军"。大年集市上，汉奸狄邦隶的队伍耀武扬威地给日本人送贡品。突然，从街对面蹿出一队勾画着关公、穆桂英、赵云、鲁智深、李逵、秦琼、项羽、张飞、孙悟空脸谱的人马，他们策马扬鞭，将这些军需贡品抢走，并杀死日军少佐。日本人恼羞成怒，命令汉奸彭锡华要挟铁娘子发动群众去寻找土匪"飙字军"踪迹。铁娘子被迫同意。但她在日本天皇生日庆典上，意外发现了被自己下令通缉的桥隆飙竟是失踪多年的二儿子。铁娘子摆脱汉奸监控，与儿子相见，并执意要桥隆飙的童养媳玉凤跟随"飙字军"照顾桥隆飙生活，却招致了日军的偷袭。桥隆飙巧设空城计后，才得以顺利转移。但其三弟孟益兴却出卖了"飙字军"，使"飙字军"几乎遭到灭顶之灾。马定军和沙贯舟说服"飙字军"军师肖元山，铁娘子也力劝桥隆飙带领"飙字军"加入八路军。桥隆飙为营救弟弟孟益兴，他带着恋人小白龙脱离了八路军，但小白龙却中枪而亡。小白龙的死唤醒了桥隆飙。当孟益兴身份败露后，桥隆飙大义灭亲，这却招来了已成国民党高官的大哥孟益国的误会，差点引发了兄弟厮杀。铁娘子出面后，兄弟俩才握手言和。在平州码头的混战中，龟田身亡，日军补给线遭到重创。桥隆飙诚心向八路军越颖政委认错，"飙字军"回归到八路军队伍里。从此，一代枭雄桥隆飙开始了新一轮的征程。小说在 1966 年由人民文学出版社印了 10 万册，但尚未发行就被江青获知，调去几本审阅后，将其定性为一株"大毒草"，不准发行，就地销毁。随后又被禁读、销毁。1979 年，小说才得以重新出版。小说充满了一个个起伏跌宕的情节，又有很强的故事性，充分展现了桥隆飙与"飙字军"对日寇及其爪牙坚决斗争的英雄气概。小说从多方面描绘了桥隆飙的善良质朴、疾恶如仇、极富同情心和正义感，也描绘了他粗暴鲁莽、头脑简单、目光短浅的复杂性格，并揭示了他性格之所以复杂的成因。除去主人公的成长经历，小说从"我"的视角讲述了发生在桥隆飙身上的一个个精彩绝伦、夺人心魄的战斗故事。小说也全力刻画了另一个人物肖元山的形象，他类似于古典小说中的"军师"，作者将他描绘为苦大仇深的"复仇者"形象，用"复仇"的经典情节塑造了他的勇猛精进品格。桥隆飙和肖元山一智一勇、一动一静，使小说人物的配置趋于稳定，又充满变幻，这也是作者从传统小说中吸取民间元素的结果。小说中出现的诙谐俚语被不时用于人物的日常对话中，续接了《林海雪原》的"黑话"传统，这使它充满了浓厚的生活气息和民间智慧，适合了广大农民的阅读习惯。从表层结构看，小说描写的是"飙字军"的革命斗争活动，然而作者的深层动机却是通过描写中国共产党对"飙字军"的改造，来显示"农民的革命斗争，只有在无产阶级的领导下，才能走向彻底的胜利"的主题。但小说并没有因之而成为单纯的政治传声筒，它的民间化的叙事稀释了鲜明的政治色彩，所以具有了迥异于其他革命题材小说的独特美学品格。[①]2010 年 10 月，小说被拍摄为 38 集电视连续剧后在山东电视台齐鲁频道首播，随后，全国多家电视台也进行了播放。

周嘉俊短篇小说《独特的旋律》：讲述了一位女工程师忘我工作的故事

周嘉俊（1934—），浙江镇海人。《独特的旋律》2 月份发表在《上海文学》

---

① 参阅房伟《"革命通俗小说"民间化叙事的优秀之作——曲波的〈桥隆飙〉重读》，《百家评论》，2015.5。

第 2 期，获得 1979 年全国优秀短篇小说奖。小说描述了女工程师殷萍在某钢厂建设中忘我工作和成长的故事。殷萍的父亲曾是留学法国的技术人员，回国后因向领导提了些意见被打成"右派"；母亲抑郁而死。殷萍的丈夫因殷萍父亲的"问题"要求离婚，殷萍听后，一句话也没说，抱起孩子就走了。"我"在厂里的资料室工作，殷萍总是来找"我"，"我"刚开始总以"不屑"的态度来对待她，但后来"我"发现她并非一般角色，厂里的很多人都越来越尊敬她。"我"于是对她产生了兴趣。当了解了她的遭遇后，"我"对她在逆境中还能积极面对生活的态度很是欣赏。"我"积极支持她的施工建议。"我"也看到了自己和她的差距："我"面对生活的打击，不能勇敢面对，总是沉溺在痛苦中不能自拔；"我"面对工作，不愿意去认真干活；"我"对别人的责备，总是爱搭不理。"我"认识到自己和殷萍的这些差距后，后来，我们都努力工作，终于传来殷萍的施工建议被厂领导采纳的喜讯，工地正式动工了。小说塑造的殷萍形象，概括了新时期人民的精神状态，是一个有一定深度的艺术典型。殷萍在她的全部思想、行动、经历中爆发出来的一句话意味深长："创伤也可以化为力量！人活着心里总有个明天，舔一下伤口，对明天可以看得更清楚，想望得更强烈，对不对？"①

方之短篇小说《内奸》：对 20 世纪 40 年代初到 70 年代末的中国历史进行了深刻的思考

方之（1930.1.7—1979.10.22），原名韩建国，江苏南京人。《内奸》3 月 10 日发表在《北京文艺》第 3 期，获得 1979 年全国优秀短篇小说奖。小说叙述的故事发生在苏北农村，时间从 20 世纪 40 年代初的抗战时期一直到 70 年代末。小说以经历复杂的榆面商人田玉堂为主人公，讲述了他在战争年代里，面对日本侵略军的蹂躏而惶恐不安的心理及面对八路军的日益壮大而惊异的心理。当田玉堂看到家有万贯资财的大地主的少爷严赤不仅参加了共产党，而且还捐出了全部家产后，他在惊诧之中颇感纳闷：共产党为何具有这么大的吸引力？自此以后，田玉堂不再像躲避土匪那样躲避共产党了，他主动与共产党人

---

① 参阅吴龙宝《新时期的新人形象——读〈独特的旋律〉》，《上海文学》，1979.5。

交往。他不仅为新四军提供了许多药品，而且还时时牵挂着他们的生死安危。1942年，日军围剿新四军时，黄司令员托田玉堂设法掩护快要临产的共产党杨曙，杨曙是八路军副司令严赤的妻子。田玉堂以多年为商的机敏和社会关系，闯过重重难关，使杨曙和她的孩子平安无恙。"文革"时期，田玉堂当了县蚊香厂的厂长，在一片"砸烂"一切的造反声音中，他变成了牛鬼蛇神。一天，当有人诬陷黄司令、严赤夫妇是"内奸"，要求他作伪证时，他按着自己的良心实话实说，结果招来造反派的一顿毒打。他被革职为民后，又被遣返回家乡喂猪去了。小说通过一系列富有传奇色彩的情节，将各色各样的共产党人进行了对照；在对照中，揭示了"内奸"这一名称的复杂内涵，体现了作者对中国自20世纪40年代初到70年代末近40年历史的深刻思考。小说深刻的革命现实主义精神通过独特的艺术构思得到了充分的表现，这种具有独创性的艺术构思既表现了作家对生活现实的独到见解，又表现着他在艺术上的新探求。①

从维熙中篇小说《大墙下的红玉兰》：讲述了"文革"后期发生在某劳改农场的悲剧故事

从维熙（1933—），河北玉田人。《大墙下的红玉兰》3月25日发表在《收获》第2期，获得第一届（1977—1980）全国优秀中篇小说奖。小说写1976年早春的时候，省劳改局劳改处处长葛翎被打成"走资派""还乡团"成员、"现行反革命分子"，然后被关进河滨劳改农场。农场里的犯人班长马玉麟的父亲马百寿是恶霸地主，解放初被葛翎镇压了。马玉麟打算将葛翎往死里整，替父报仇。他让葛翎和流氓头子俞大龙抬泥兜。俞大龙以前被葛翎审讯过，他让葛翎抬重头，结果扁担断了，泥兜砸在葛翎的枪伤处。犯人高欣是刚入狱不久的运动员，他看到俞大龙欺负葛翎，就将俞大龙摔到堤坡底下。俞大龙准备与高欣拼命，场长路威过来了。路威是葛翎的老战友，他下令将马玉麟、俞大龙铐起来，送禁闭室。葛翎向路威讲述了自己被省局的武斗专家秦副局长打为"现行反革命"继而变成囚犯的经过。但马玉麟、俞大龙却被农场政委章龙喜放了，高欣反而被关了禁闭。农场党总支开会讨论高欣与马玉麟、俞大龙谁

---

① 参阅董健《谈〈内奸〉的艺术构思》，《语文教学通讯》，1980.12。

该关禁闭的问题。多数委员同意禁闭马玉麟、俞大龙。会后，路威赶到禁闭室，安排高欣与北京来的女友周莉秘密会面。半夜，高欣向葛翎报告了周莉带来的首都人民在天安门广场自发悼念周总理的消息，并拿出她拍下的照片。他俩商议，在后天清明节时为总理献个花圈。但他们的决定却被假装酣睡的马玉麟偷听到了。第二天一早，章龙喜来搜查高欣身上的照片，幸亏高欣早将照片交给了路威，使章龙喜扑了空。但他们准备扎花圈的纸张、棉花却被搜走了。葛翎打算摘几朵从大墙外伸到墙内的玉兰花来代替。马玉麟给章龙喜献了一条毒计：等葛翎利用电工维修电网时故意留下的梯子去摘花时，然后让监视他的章龙喜开枪打死他。葛翎最终被打死了。两天后，秦副局长来处理葛翎的"反革命事件"，章龙喜当上了农场总支书记，高欣被重新关进禁闭室，马玉麟被提前八年释放出狱，俞大龙当上了犯人班长。秦副局长去逮捕路威时，路威已怀揣那几朵被葛翎的鲜血染红了的玉兰花，去北京告状了。列车在前进，天快亮了。1979 年 7 月，《文艺报》开辟专栏讨论该小说，至 12 月，共收到 40 余篇稿件。该小说的背景真实，情节紧凑衔接，人物间的矛盾冲突激烈，证明作者的艺术探索成就非同一般。小说反映的是一个时代的真实面貌，对那个运动员和其女友周莉的描写，令人感动，他们的生活遭遇、思想感情，是典型化了的，是美丽的灵魂，是美的形象。小说终篇，是一个悲剧，令人心情沉重。[1]但小说在反面人物的塑造上笔力欠缺，另外，葛翎牺牲的情节有些欠合理性。[2]

张弦短篇小说《记忆》：重新审视"伤痕文学"向"反思文学"过渡的文化根源和主体动因

《记忆》3 月份发表在《人民文学》第 3 期，获得 1979 年全国优秀短篇小说奖。小说写宣传部长秦慕平要接见一批新分配到电影发行公司的青年学员。秦慕平一上楼，见小会议室门口站着电影放映员方丽茹，她扎着一对"小扫把"辫儿，腼腆地向他迎来。方丽茹羞红了的圆脸上，露出一对深深的酒窝。当秦慕平正要伸出手来同方丽茹握手时，她却蓦地一扭身，向回跑去。她在发出一串纯真的笑声时，喊着："部长来了，大家快坐好！"后来，方丽茹由

---

① 参阅孙犁《关于〈大墙下的红玉兰〉》，《文艺报》，1979.11.12。
② 参阅刘锡诚《关于〈大墙下的红玉兰〉的讨论》，《当代文学研究资料与信息》，2005.3。

于一次意外的失误，将表现领袖人物的影片颠倒了几秒钟，她于是被打成"反革命"，她的人生也被颠倒了几十年。秦慕平不久也受到"文革"的巨大冲击。小说蕴含着从情感倾诉转向理智思考的动态过程，有助于我们重新审视从伤痕文学向反思文学过渡的文化根源和主体动因。①

艾克拜尔·米吉提短篇小说《努尔曼老汉和猎狗巴力斯》：描述一只夜袭羊圈的母狼付出生命代价的事情

艾克拜尔·米吉提（1954—），哈萨克族，新疆霍城人。《努尔曼老汉和猎狗巴力斯》3月份发表在《新疆文艺》第3期，获得1979年全国优秀短篇小说奖。小说描述了一只夜袭羊圈的母狼，在被猎狗巴力斯撕扯住咽喉的情况下，仍旧撕咬着肥羊，不住地用尾巴抽打着羊身，想牵回窝中，让崽子们学会下口吃羊的本事。但母狼这种不计后果的冒险行为，最终让它付出了生命的代价。作者着力在平凡的日常生活和情感生活中表现出带有本民族特殊印记的流动的文化传统。他的作品既展示了哈萨克人当代生活的风情画面，又揭示了其中蕴含的各种各样的时代性的变化。②

中杰英短篇小说《罗浮山血泪祭》：讲述1967年三十几位高级知识分子被打成反革命分子后流放到广东罗浮山地区的遭际

中杰英（1934.7.1—），广东梅县人。《罗浮山血泪祭》3月份发表在《十月》第2期，获得1979年全国优秀短篇小说奖。小说讲述了1967年三十几位高级知识分子被打成反革命分子后流放到广东罗浮山地区的遭际。作者根据亲身经历，以冷静、细致的笔触描绘和塑造了陈赞老先生、孟明以及无数像他们一样身处逆境，但却顽强不屈、不懈奋斗的知识分子的形象。被押送的"囚徒"都是大学教员，生物遗传学家陈赞老先生曾与周总理有过亲切交谈，他让自己的学生孟明将全体被囚禁的教师名单列出来，结果被押解人员打断了三根肋骨，肺叶也被骨尖戳破。陈赞因为一路上得不到救治，最终在颠簸中死在了罗浮山的入口处。孟明在管理他们的当地人张阿公的保护下继

① 参阅黄发有《告别伤痕的仪式——对照审稿意见重读〈记忆〉》，《文艺争鸣》，2016.4。
② 参阅陈静《哈萨克族民族精神的探索者——哈萨克族作家艾克拜尔·米吉提的小说创作》，《伊犁师范学院学报（社科版）》，2009.1。

续搜集着昆虫和野生植物，然后制成标本，进行生物学研究。孟明要求人们时刻提防"流氓总统"刘永泰的骚扰和迫害。死亡、非人的待遇和折磨并没有摧垮他们的意志，他们都不惜以生命的代价来保护科研成果。在对生的渴望及对科学研究的执着追求中，他们铸起了一股强大的支撑着他们继续艰难前行的力量。

冯骥才短篇小说《雕花烟斗》：讲述了一个烟斗引起的系列故事

《雕花烟斗》3月份发表在《当代》第2期，获得1979年全国优秀短篇小说奖。小说主人公是一位老农和一位落魄的画家。当画家落魄的时候，他渴望知音懂他，理解他。这时，一位栽植花卉的老花农对画家说了一句赞美的话，画家获得了一种异样的、微妙的感觉。但他对一个不懂艺术的老农如何能懂得自己的内心感到不解。他欣赏着自己的雕花烟斗，然后看到了生活的曙光。那烟斗上雕刻着精美的图案，他把它摆放在家中，但没人来欣赏他的烟斗及他的画。他想到自己很久没有去看那位老花农了，没有去看自己十分喜欢的凤尾菊了。一天，老花农的儿子扛着一簇凤尾菊来看画家了。老花农的儿子告诉画家他父亲已经去世了。画家顷刻间怔住了。年轻人说他父亲知道画家最爱看凤尾菊，于是特意给他栽了一簇凤尾菊，并让他一定要把它送给画家。画家呆呆地站立着，他明白了，最理解自己、最懂自己、最欣赏自己画技的，其实就是那位一点也不懂艺术的老花农。画家想自己以后不能再说自己没有知己的话了。画家很后悔自己没有把那个雕花烟斗送给老花农。他两眼湿润了。小说由一个平常的烟斗引起了对一系列不平常事情的描写、叙述，将一位画家、一位花农的命运组合在一起，映衬了那个时代、那个社会的人，以及那个时代人们的处世哲学和荣辱沉浮的命运等。

高晓声"陈奂生系列小说"之《"漏斗户"主》：写了陈奂生缺口粮的故事

高晓声（1928—1999），江苏武进人。《"漏斗户"主》3月份发表在《钟山》第2期，写了"吃"的问题。小说主人公陈奂生身强力壮，勤劳肯干，可是却背了一身"粮食债"，这"粮食债"是他34岁找媳妇时欠媳妇娘家的"口粮"，当时媳妇嫁给他时，他忘了给媳妇娘家带"口粮"。他的缺粮就是从这开始的。之后媳妇生的两个孩子都生在了正月，按当地习惯生在正月的孩子是不供应当年的口粮的。这样粮食又亏了一层，真是年年亏年年借，年年饿肚子。公社派到队里的"包产干部"为了保证产量达到1000斤，在稻子没有晒干的时候就分给了社员。稻子加工后，100斤只就剩下了八九十斤。陈奂生陷入了一个怪圈圈中，他每天勒紧裤腰带，拼命干活，但欠的粮食却越来越多。他越发沉默，越发迷茫和想不通。其实，让陈奂生想不通的还不止这一件事情。1971年，上面要重新搞"三定"，但最终却未实行，公社给人们说："你们要这么多粮食做什么？吃不掉还卖黑市？还是贡献给国家好！"陈奂生听了后，心里不服，也想不通，他认为自己明明不够吃，为什么还要冤枉自己吃不掉呢？后来，他去借粮，但被干部拒绝了，那干部还骂了他一句："你这个'漏斗户'！"从此，陈奂生就得了一个"漏斗户"主的帽子。

老舍自传体长篇小说遗作《正红旗下》：描写了清朝末年北京城里一个满族家庭的生活

老舍（1899.2.3—1966.8.24），原名舒庆春，北京人。《正红旗下》写于1961年至1962年，是老舍的家族史，也是清末旗人的风俗风情史。1979年3月至5月连载于《人民文学》第3期至第5期。小说只写了11章，8万余字。第一章写"我"出生的事儿；第二章介绍"我"的家庭情况及清末皇城的一些民俗；第三章写大舅家的二哥福海与大舅妈前来贺喜，福海精明地为"我"的"洗三"之礼进行筹划，除去了"我"妈的一块心病；第四章写清末皇城的民俗——"我"的"洗三"典礼在福海的张罗下圆满成功，经济"合规"；第五章写"我们"一家如何过年；第六章写"我"在满月时意外得到了定禄大爷的贺喜与贺礼，一些少数民族的朋友也来给"我"庆贺；第七章写王掌柜的儿子十成在山东打洋鬼子来京逃难，得到了福海的暗地支持；第八章写王掌柜与多老大交好，但却受到了崇洋媚外的多老二的欺负，引出了洋鬼子牛牧师；第九章写王掌柜求救于二哥福海来解决多老大的欺凌与讹诈，二哥又求助于有官职身份的旗人——自己的父亲和"我"大姐的公公，但他们都是摆设，无力解决，也无意解决；第十章写福海找定大爷出面摆平洋鬼子牛牧师，并与其商议对策；第十一章写牛牧师应定大爷之邀前来赴宴，他出场后，再无下文。总之，小说描写了清朝末年北京城一个贫穷的满族正旗护军家新生儿的洗三、满月及年关祭社、守岁、拜年等风俗，也描写了"我"的家人、亲友的家庭生活，更描写了义和团进城、洋教牧师欺凌百姓等社会现实，作者通过对这些的描写，真实反映了普通旗人市民的生活。小说风格诙谐，饱含着浓郁的北京味，文字精练，结构严谨。①

金河短篇小说《重逢》：对归罪困境的艰难思索

金河（1943.3— ），内蒙古敖汉旗人。《重逢》4月份发表在《上海文学》第4期，获得1979年全国优秀短篇小说奖。小说写1967年9月，造反派叶辉在北宁市"东方红"和"红联"两派的武斗中，为了保护自己所在的"东方红"的市委副书记朱春信，过失致人死亡。"文革"结束后，朱春信得到平反，成为地委副书记，他带着深深的内疚、自责之情来审判"罪犯"叶辉。朱春信知道当时的武斗就是因为"红联"要抓自己，是叶辉在两派斗争中保护了自己，而且自己也参与了"文革"乃至武斗；当时叶辉打人的砖块还是自己递给他的，结果叶辉打死了人。小说写朱春信没有勇气承认自己的错误，叶辉最终还是被判了刑。作者没有简单化地让朱春信和叶辉把武斗流血的责任归罪于对方，而是对这个问题进行了追问：为什么同样的错误、同样的派别，叶辉和朱春信的结局如此不同？正如叶辉对朱春信说："您犯了错误，可以理直气壮地控诉林彪、'四人帮'对您的迫害；我犯了错误，却必须承认追随林彪、'四人帮'破坏'文化大革命'。"叶辉虽然说出了自己和朱春信的不平等，但他同时表示，不归罪于朱春信："我只恨林彪、'四人帮'，因为您也是受害者。"在朱春信愿意"站出来承担一九六七年九月那场武斗的全部责任"时，叶辉坚持承担"罪责"，明确说："这种处罚是我长知识的代价——尽管它显得昂贵一些。"叶辉此举似乎有些慷慨过分。最关键的是：不管是朱春信、叶辉，还是作者，都没有能力对这种怪诞的现象进行反思。到底应该惩罚谁？这种"内伤"是谁造成的？小说结尾，朱春信"心底不断地重复着两个字：罪——犯？"表明他及作者都弄不清到底谁是罪犯，难道仅仅是那个远在天边的"四人帮"吗？朱春信的最后态度是：到此为止，算了，只能

---

① 参阅赵志忠《〈正红旗下〉民俗文化论》，《中央民族大学学报（哲社版）》，2004.2。

如此，不了了之。陶东风认为："'文革'的牺牲品不是某群人，不是某种政治观点或派别，而是人性。"

樊天胜短篇小说《阿扎与哈利》：讴歌了善良的人性和美好纯洁的爱情

樊天胜（1929—），上海人。《阿扎与哈利》4月发表在《人民文学》第4期，获得1979年全国优秀短篇小说奖。小说写停靠在日本大阪的万吨货轮"庞贝"号上的故事。马来西亚水手阿扎和希腊人哈利是好朋友，他们同时爱上一个美丽的日本女孩，成为情敌。为争日本女孩，阿扎与哈利动了刀子，结果阿扎被刺伤。当台风来袭时，"庞贝"号面临着灭顶之灾，阿扎和哈利又摒弃前嫌，携手抢救"庞贝"号。小说讴歌了善良的人性和美好纯洁的爱情。

陈世旭短篇小说《小镇上的将军》：塑造了一位老将军的形象

陈世旭（1948.1—），江西南昌人。《小镇上的将军》5月份发表在《十月》第3期，获得1979年全国优秀短篇小说奖。小说写"文革"时期，一位将军被贬职后来到一个偏远小镇，开始了流放生活。将军的出现给小镇带来了新的气象，他将小镇居民从麻木的状态下唤醒。他总是不知疲倦地在小镇的各处走来走去。当一个孩子处于危难之中时，镇长夫人不但对其见死不救，还蛮不讲理，但将军却救了孩子。将军最大的希望就是盼望山上的树木早点长成林，然后用它们来把小镇装扮成美丽的公园。他的这个理想使小镇的百姓也"活起来"了，人们在他的影响下，面对镇长的威胁，毫不畏惧地去植树造林，保护林木；人们还在他的影响下，毅然决然地戴上黑纱，悼念敬爱的周总理。将军是唤醒小镇人民的正义力量，这种力量把小镇人们心中的怯懦和自卑都粉碎了。将军后来受迫害而死后，小镇上的人们以他们前所未有的正气和崇高感情，为将军举行了隆重的葬礼。小说通过"我"的视角侧面塑造了老将军的形象。"将军"来到小镇的消息却是由饶舌的剃头佬散布的。当人们听闻剃头佬的消息之后，将"这位背时的将军的种种猜测、种种预见、种种嗟叹，带到了每一个角落"。表现了小镇人惯于猎奇的心理。将军病重去医院看病时，他怒斥了医院里的不正之风，将军的壮举惊醒了小镇的人们。最后当将军沉冤昭雪之时，作者借剃头佬之口说出小镇人心中的所想："哼，让老革命背黑锅背那么久。"当小镇人身上传统的怯懦的外壳被震碎之后，他们心底潜藏的勇敢和正义喷涌而出。小说将叙述视角在小镇人"我"、剃头佬、小镇人之间来回切换，老练、圆转自如。小说语言厚实、深刻、老辣、凝练、诙谐，风格凝重、深沉，蕴含着巨大的精神力量和强烈的艺术魅力。①

李栋、王云高短篇小说《彩云归》：表达了台湾新老两代人渴望团聚，渴望祖国统一的愿望

李栋（1941—2002.8），广西岑溪人；王云高（1936—），壮族，广西南宁人。《彩云归》5月份发表在《人民文学》第5期，获得1979年全国优秀短篇小说奖。小说描写了国民党高级将领黄维芸、钟离汉、曾耿随国民党撤退到台湾后在30年时间里的生活际遇，写出了台湾新老两代人渴望团聚、渴望祖国统一的愿望。1980年，小说被长春电影制片厂拍摄成影片《情天恨海》。

陈忠实短篇小说《信任》：表达了"文革"结束后人们渴望重建信任的愿望

《信任》6月3日发表在《陕西日报》，获得1979年全国优秀短篇小说奖。小说写在"四清运动"中，罗坤被补划为地主，平反后，被选为党支部书记。他的儿子罗虎对贫协主任罗梦田在补划父亲为地主的材料上盖了章而耿耿于怀。于是，罗虎把罗梦田的儿子罗大顺打了一顿，使他不省人事。罗坤听到儿子打了罗大顺后，前往罗梦田家里赔罪。但他却听到几个人在议论他，说他是借权报仇。罗坤想和罗梦田好好谈谈，但罗梦田性子倔，一看到他就躲得远远的，不给他说话的机会。罗坤还是跟罗梦田说当务之急是要治好罗大顺的伤。他还拿了50块钱到医院去照顾罗大顺。罗梦田认为罗坤去医院照顾大顺是在做样子，还是不搭理罗坤。罗坤在医院精心照料罗大顺，使罗大顺的病很快好转。罗大顺坚决要出院，谁也拦不住。回家路上，罗大顺给罗坤讲了心里话，罗坤感动得热泪盈眶。他们刚到村口，看到派出所的人来抓罗虎。罗梦田已经知道罗坤不是做样子，于是跪在了罗坤的面前认了错，并请求警察饶了罗虎。

---

① 参阅郑瑞丹《当代获奖短篇小说中的第一人称叙述》，《北方文学》，2016.14。

罗坤还是让警察把罗虎带去拘留了半个月。罗虎走的时候对父亲罗坤说，他终于明白村民为什么会选他当党支部书记了。罗坤看着儿子走了后，给乡亲们说，"四清运动"使大家担惊受怕，谁都不敢信谁，曾参加过运动的人和在运动中被整的人都互相猜疑，关系紧张；以后，希望大家不要互相猜疑，重建信任，追求幸福生活。小说具有浓郁的生活气息，散发着浓郁的关中乡土味道，语言为地道的关中语言，幽默，冷峻，表达了当时人们普遍渴望重建信任的愿望。①

母国政短篇小说《我们家的炊事员》：描写了一位父亲在"文革"中被剥夺工作权利而在家当炊事员的事情

母国政（1939.7.28—），辽宁锦西人。《我们家的炊事员》6月份发表在《北京文艺》第6期，获得1979年全国优秀短篇小说奖。小说写"爸爸"的品格正直，工作勤奋，学识渊博，备受儿女的尊敬。"爸爸"经常忙得见不到踪影，即使在家也是钻在书房里搞设计。"文革"爆发后，"爸爸"被迫放下了图纸和计算尺。"爸爸"在被整治一番之后，在家养病，然后他把注意力转移到锅碗瓢盆上了。小说形象、生动地写出了"爸爸"对待这项新工作的认真、一丝不苟，以及有时候表现出的可爱、可笑、呆气。他为了保持雪里蕻的原味，不清洗就下锅，但他对自己的做法辩解起来却有理有据。小说用小女儿的视角，写出了她所观察到的"爸爸"的烦躁不安、迷茫、绝望以及在无人之处发出的苍凉、凄楚的喟叹，也写了妈妈的担忧及凄切的眼神，让人感受到了他们心灵中的挣扎。

叶蔚林短篇小说《蓝蓝的木兰溪》：讲述了一个公社广播员和一个"右派"分子的爱情故事

《蓝蓝的木兰溪》6月份发表在《人民文学》第6期，获得1979年全国优秀短篇小说奖。小说以下放知青"我"为叙述者，讲述了公社广播员赵双环和右派分子肖志军的爱情故事。肖志军喜欢赵双环，却因"右派"身份而对自己说："你呀，凭什么条件去爱慕她，向往她呢？"最终，木兰溪公社封建家长式

---

① 参阅李喜林《从〈信任〉到〈白鹿原〉》,《延河》,2016.6。

的人物盘金贵利用自己的权威，把美丽善良的赵双环变成了往自己脸上贴金的"奇货可居"的工具。小说恢复了乡土小说中家族叙事的批判精神，也开启了20世纪80年代乡土小说对盘金贵这种家长式人物的批判叙事。小说思想内容和艺术方面都颇有特色：主题深刻；人物虽然不多，但着笔浓淡相宜，性格鲜明，真实可信，如见其人，读来引人入胜，读后发人深思。①

刘心武短篇小说《我爱每一片绿叶》：讲述了一个才华横溢的中学教员连遭迫害的故事

《我爱每一片绿叶》6月份发表在《人民文学》第6期，获得1979年全国优秀短篇小说奖。小说描写了一个才华横溢的中学教员长期不娶妻，但他在书桌中却珍藏着一张女人的照片——他和她的关系从未明确交代。当照片被一个爱窥人隐私的同事发现，并被公开展示后，这名教员在"文革"中被整了。他经受了极度痛苦的折磨后，照片上的女人来看他了。小说将藏匿的照片暗喻为知识分子的"自留地"，表达了对人的个性和隐私权的尊重问题。据作者介绍，小说投给《人民文学》杂志社后，差一点发不出来，后来经责任编辑和小说组长力争，才发表了。小说在形式技巧上，成功地将隐喻、戏剧性的事件和复杂的时间结构，全部融合进人物描写里，描写了一个才华横溢而又横遭迫害的怪癖者。②

张洁短篇小说《谁生活得更美好》：一篇显示作者"文学年龄"的作品

《谁生活得更美好》7月15日发表在《工人日报》，获得1979年全国优秀短篇小说奖。小说写在一个雨天，售票员田野追上吴欢让他补买车票时，吴欢故意把事先准备好的一大把钢镚儿扔到雨地里让田野捡拾。田野弯下腰捡拾着在泥泞和水洼里的小钢镚。这时候，吴欢的"浑身上下、从头到脚都感到一种难以言说的疲惫和空虚"。小说还写了这样几个人的故事：钟雨为追求真爱情，偷偷爱上了一位有妇之夫；曾令儿还没结婚就和左葳生下了私生子；吴为为了得到胡秉宸，甘愿去做"第三者"；梁倩、柳泉、荆华搞起了"寡妇俱乐部"等。小说体现了作者从正统现实主义、古典理想主义跌入到冷峻现实

① 参阅彭如衡《百花盛开又一枝——小说"蓝蓝的木兰溪"读后》，《湘图通讯》，1980.3.
② 参见刘心武《关于〈我爱每一片绿叶〉》，《湖北日报》，2009.3.28.

主义、现代主义；从唯美走向审丑，以及在极其明快的风格变换中显示了自己的文学年龄，仿佛从文学的少女时代一下子跨入成年时代，同时也迎来了文学的更年期。①

蒋子龙短篇小说《乔厂长上任记》：最早触及改革题材的作品之一

《乔厂长上任记》原名《老厂长的新事》，7 月 20 日发表在《人民文学》第 7 期，获得 1979 年全国优秀短篇小说奖。小说写乔光朴毛遂自荐到一家连年亏损的电机厂当厂长，当他面对厂里错综复杂的矛盾时，采取了一系列有力的措施，大刀阔斧地对厂子进行了改革，终于使电机厂起死回生。小说成功地刻画了那些在修补伤痕的过程中，努力地去建设和开拓新生活的改革者的形象。"四人帮"被粉碎后，人们呼唤着有作为的人来拨乱反正、兴利除弊。作者了解民情，于是用该小说传达了人民的意愿。该小说是最早触及改革题材的作品之一，在当代工业小说发展史上具有开拓性的意义，体现了作者敏锐的观察能力和提炼题材的功夫。小说发表后，立即在社会上引起强烈反响，很多人想请这位从未遇见过的厂长到他们那里去"上任"。《天津日报》在 1979 年 9 月、10 月份连续发表了不少于 14 篇的对《乔厂长上任记》进行批判和否定的文章，几乎令蒋子龙陷入绝境。这种倾向引起了有关部门的注意，并基本上肯定了该部作品。10 月 6 日，冯牧领导的《文艺报》编辑部召开会议，讨论对该小说的评价问题。10 月 10 日，陈荒煤领导的《文学评论》编辑部联合《工人日报》召开座谈会，讨论该小说。②

张天民短篇小说《战士通过雷区》：最早反映对越自卫反击战的小说之一

张天民（1933.7.12—），河北涿州人。《战士通过雷区》7 月 20 日发表在《人民文学》第 7 期，获得 1979 年全国优秀短篇小说奖，是最早反映对越自卫反击战的小说之一。小说写战士们为了赢得时间，在明知前方是地雷阵的情况下，依然义无反顾，不惜以身试雷，为后面的战士扫平前进道路的故事，歌颂了他们的革命英雄主义精神和高尚情操。小说着力塑造了侯方的形象。他按照自己的性格逻辑成长，真实、可信，他和战友们都经历过十年动乱，在精神上

---

① 参阅王绯《张洁：转型与世界感：一种文学年龄的断想》，《文学评论》，1989.5。
② 参阅张喜田《〈乔厂长上任记〉：一个时间权力的叙述》，《名作欣赏》，2010.18。

遭受了内伤和外伤；但他们又是在社会主义制度下成长起来的，热爱党，热爱祖国和人民。在战争中，他们英勇作战。侯方的父亲侯芒种是一个局长，母亲方芷心是一个宣传科长，他们整天为儿子侯方在前线而坐卧不宁，于是去向司令员夫人求情把儿子从前线调回来，但遭到对方的严厉痛斥。侯方在战争的严峻时刻，意识到自己肩负的责任，想到祖国和妈妈在身边，想到战友和首长在前头苦战，于是前进的勇气和力量便不可阻遏。侯方虽然有缺点，但却是一个实实在在的，让人看得见、学得到、可敬又可亲的形象，是一个富有鲜明个性色彩的英雄典型。这样的形象，对于观众，特别是对青少年而言，无疑具有深刻的教育意义。1980年，小说被长春电影制片厂拍摄成电影《自豪吧，母亲》。①

包川短篇小说《办婚事的年轻人》：写两个年轻人为了买一套结婚家具而努力拼搏的故事

包川（1942—），四川南溪人。《办婚事的年轻人》7月20日发表在《人民文学》第7期，获得1979年全国优秀短篇小说奖。小说写一对"二级工"为了买一套结婚用的家具，不得不在几年时间里节衣缩食，以致小伙子因贫血而昏倒。小说除了必要的背景交代，主要写了两个年轻人的对话，在拉家常似的对话中，把川人幽默风趣的秉性、恋人之间的体贴温情、两个年轻人对未来的美好憧憬和整个社会在摆脱压抑之后的积极进取情绪都淋漓尽致地表现了出来。结尾写小伙子对姑娘乐观而自信地说："最困难的时刻就要过去了，目前，我们再咬咬牙，以后，会越来越好的……"这句话令人感动，可以说小伙子是个哲人。

高晓声短篇小说《李顺大造屋》：当代文学中批判农民国民性的典范性文本

《李顺大造屋》7月份发表在《雨花》第7期，获得1979年全国优秀短篇小说奖。小说讲述李顺大是陈家村的一个穷苦人，新中国成立后，他分得了土地，却没有房子住，所以，他给自己定下的奋斗目标是建三间屋子。但这样一

---

① 参阅章邦鼎《为新一代最可爱的人建树丰碑——看影片〈自豪吧，母亲〉》，《吉林日报》，1980.11.6。

个看似简单的目标却让他用了近 30 年的时间才得以实现。1951 年土改时，李顺大 28 岁，他立下宏愿想造三间屋子。1957 年底，他终于买到了能够造三间屋子的砖瓦材料，但到了 1958 年，他准备建房的砖瓦材料却全部归公了。1962 年至 1965 年，李顺大又攒下 217 元造屋费用，但"文革"爆发后，这些钱却被一个腰插手枪、手举"红宝书"的造反派头头全部抢去了。1977 年，在新走马上任的老书记的帮助下，李顺大才终于圆了造屋梦。小说是当代文学中批判农民国民性的典范性文本。李顺大的"国民性"在某种意义上成为一个开放性的场域，封建传统文化的沉积和延伸，政治意识形态的强行塑造和规训，知识分子的集体想象和文学讲述等共同编织了李顺大的"国民性"。这种"国民性"的意义之网，在李顺大"游民—农民—臣民—弃民"的身份转换中留下了清晰的痕迹。①

王蒙短篇小说《悠悠寸草心》：一部最早描写复出的老干部是否能为人民谋利益的作品

《悠悠寸草心》9 月份发表在《上海文学》第 9 期，获得 1979 年全国优秀短篇小说奖。小说的主线是"我"与"反革命分子"唐久远在"文革"中的交往经历。唐久远曾经是个"老革命"，在"文革"中被打成"反革命"，坐了八年监牢，出狱后便在"我"所在的第一招待所住下了。不久，唐久远病倒了，"我"不顾别人的劝阻送他去了医院。此后，"我"与唐久远一家成为至交。"四人帮"垮台后，唐久远得到平反，任 S 市市委书记。一次偶然的机会，"我"去看望唐久远，发现他并没有践行他在狱中经过深思而得出的三点"施政纲领"，他与妻子的种种做法又一次落入官僚主义的窠臼中。小说是王蒙最早注意到复出后的老干部是否能为人民谋利益的一部作品。唐久远对领导生活的热心与对平反冤案的冷漠不过是一些老干部复出后的真实写照。王蒙对官僚们永远采取怀疑态度。但他的怀疑思想只能是欲说还休，并且只能掩饰在一些眼花缭乱的意识流一类的小说技艺之下。小说还触碰了权力的再分配在什么情况下才具有历史的合理性、"文革"后的当权者与人民的隔阂是如何产生并得

---

① 参阅杨丹丹《农民国民性的想象与塑造——重读高晓声的〈李顺大造屋〉》，《海南师范大学学报：社会科学版》，2012.4。

以呈现的、过往的历史经验是如何被卷入现在的生活当中的等很多在特定历史时期中的重要话题。①

孔捷生短篇小说《因为有了她》：塑造了一位为了"四化"建设而努力学习的姑娘形象

《因为有了她》10月份发表在《人民文学》第10期，获得1979年全国优秀短篇小说奖。小说描写了一位为了"四化"建设而努力学习、不怕挫折的林小乔姑娘的形象。相反，官员们却在相互扯皮，过着"官本位"的生活。"我"与林小乔姑娘相识相知后，她的性格在我们的对话中越来越凸显。但由于受叙述视角的限制，小说中始终看不到作者对林小乔心理活动的正面描述，似乎只有通过"我"的叙述，以及从林小乔的话语和表情中才可以猜测到她的内心活动。小说写了"我"的大量的心理活动，这推进了"我"和林小乔之间的关系，使小说内容既合情合理又真实可信。在整个阅读过程中，读者的思维会一直跟着叙述者跳动，为"我"取得的成就欢欣鼓舞，为"我"遇到的挫折黯然神伤，仿佛自己成了作品中的"我"②。

张洁短篇小说《爱，是不能忘记的》：一部较早触及爱情与婚姻矛盾的作品

《爱，是不能忘记的》11月10日发表在《北京文艺》第11期。小说采用第一人称，从主人公钟雨女儿珊珊的角度，讲述了身为作家的钟雨和一位优秀的领导干部之间的爱情悲剧。钟雨年轻时不懂得自己想要什么，更没有体会过爱是什么，在择偶时仅注重外表。她与一个外表相当漂亮的男人结合后，终因志趣不同而离异。她一个人带着女儿珊珊过着寡居的生活。在后来的漫长岁月中，她常为自己曾有过的浅薄追求而感到害臊。中年后，她爱上了一位有妻子的老干部。老干部20世纪30年代在上海做地下工作时，一位老工人为了掩护他而牺牲了，老工人撇下了无依无靠的妻子和女儿。出于道义、责任、阶级情谊和对死者的感念，老干部毫不犹豫地娶了老工人的女儿为妻，他们的日子过得很平淡，很从容。当钟雨爱上老干部后，老干部也默默地接受了她的爱。

---

① 参阅陈晓明《胜过现实的写作——王蒙创作与现实的关系》，《河北学刊》，2004.5。
② 参阅郑瑞丹《当代获奖短篇小说中的第一人称叙述》，《北方文学》，2016.14。

"文革"中，老干部被迫害致死，钟雨一直忘不了他，她对他怀着强烈的爱。最终，钟雨在怀着对老干部的强烈的爱中死去。小说描写了一种刻骨铭心却又可望而不可即的爱情，表现了强烈的理想主义倾向，是较早触及爱情与婚姻矛盾的作品，具有先驱意义和启蒙精神。作家以独特的视角和柔细的笔触，描绘了钟雨与老干部之间至真至切、生死不渝的爱情，并对这种"发乎情，止乎礼"的情感模式进行了反思与批判。当钟雨和老干部从对方身上找到真爱时，却又不能相守。但是爱是不能忘记的，主人公于是陷入了深深的痛苦与不懈的追求中。小说不是以情节取胜，而是以镂心见长，向人们提出了婚姻道德和情感领域中一个严肃的人生课题："只有以爱情为基础的婚姻才是合乎道德的。"不仅如此，小说还通过对男女主人公爱情悲剧的描写，对爱情与婚姻作了独特的揭示与解读，深刻地表现了作者对传统婚姻观的批判态度，巧妙地寄寓了作者的现代情爱意识。[①]

冯骥才中篇小说《啊！》：描述了"文革"对知识分子的精神摧残

《啊！》11月25日发表在《收获》第6期，获得第一届（1977—1980）全国优秀中篇小说奖。小说写"文革"时期，吴仲义在哥哥的带领下，加入了由龚云、泰山、何玉霞和陈乃智等自发组成的读书会。有一天，他们在陈乃智家激动地讨论文艺和哲学问题时，吴仲义认为我们国家还没有一套科学、严谨、健全的治国体制，现有的制度里面还存在着不少封建的东西，这会滋生种种不合理、不平等现象，从而形成时弊，扼杀民主；他还谈到，当国家权力在一些人手中成为个人权势后，阶级专政就会变为个人独裁……吴仲义的深刻惊人之见博得了大家的一致赞赏。当抓"右派"的运动突然开始之后，吴仲义的哥哥、龚云、何玉霞及陈乃智一律被定为"右派"。但他们都没提那晚的聚会，这使吴仲义幸免于难。后来，吴仲义的哥哥被送到北部边疆一个劳改场伐木采石。吴仲义母亲积郁成疾，病死了。此后两年，吴仲义的哥哥因在一次扑救森林大火时烧坏了半张脸，才被摘去"右派"的帽子，并被劳改场留用，成为囚犯中一名有公民权的人。吴仲义的嫂子带着两个孩子也来到农场。但吴仲义这

---

① 参阅赵玉霞《张洁〈爱，是不能忘记的〉情爱观解读》，《延边教育学院学报》，2006.5。

时候却变成了一个怕事、拘谨、不爱说话、不轻信于人、脆弱、缺少主见的人，他30多岁了，还没结婚。后来经人介绍，他才和在市图书馆做管理员的一个30多岁的老姑娘相好。吴仲义的哥哥给吴仲义来信说，陈乃智已经把那次聚会时他说的话招了。吴仲义给哥哥回了封信，他担心这封信落到别人手中惹祸，于是换成隐语。吴仲义去寄信时，却发现信怎么也找不见了。他一连几天都为那封信心神不安，结果他的失态引起了工作组组长贾大真的怀疑。在强大的心理压力下，吴仲义终于"自首"。他于是被定为"漏网右派、现行反革命分子"，他的女朋友也离开他了。吴仲义也揭发了他哥哥，使哥哥一家再次遭受到惨重打击。在这种情况下，当年"读书会"的人又来了个反揭发，吴仲义于是被贾大真连日提审。贾大真为了给吴仲义增加压力，给他召开批斗大会，使他筋疲力尽。半年之后，反"右"运动结束了，吴仲义被宽大处理。当他获释回家，端起脸盆要洗手时，突然发现盆底粘着一封信！他揭下来一看，那封信竟然是他那曾经丢掉的、几乎要了他的命的那封信！他惊叫一声："啊！"小说描述了在"文革"特殊政治气候下，知识分子所遭受的精神摧残，作者以他独特冷静的现实主义的笔触，尖锐地揭露了"文革"时期人妖颠倒的社会现象给人们带来的心灵和肉体的"伤痕"，成为"伤痕文学"的代表作家之一。[1]

张洁散文（或称小说）《拣麦穗》：一篇意蕴丰富、情感忧伤、故事感人、人物形象栩栩如生、情韵广阔丰富、语言充满童趣的作品

《拣麦穗》12月16日发表在《光明日报》，写了"我"和姑娘们在拣麦穗时产生的梦想："我"要嫁给卖灶糖老汉，姑娘们要在卖掉麦穗后换取嫁妆，使自己将来有一个幸福的婚姻。但是"我"和姑娘们的梦都破灭了。文章贯穿着明暗两条线索，明线是拣麦穗、暗线是爱。两条线索交织在一起后汇成一曲催人泪下的关于爱的赞歌。全文意境、情感温馨醇美。文章自然地分成三个部分。第一部分，写农村姑娘拣麦穗的目的是想把拣到的麦穗换成钱后给自己准备嫁妆，将来嫁给自己心仪的人，这是姑娘们的一种普遍心思。但她

---

[1]　参阅吴琪《冯骥才中篇小说〈啊！〉再解读》，《岱宗学刊》，2009.4。

们的美好愿望最终都破灭了，她们所嫁的人并非是自己心仪的人。第二部分，回忆"我"童年拣麦穗时想嫁给卖灶糖老汉的梦幻及"我"从卖灶糖老汉处得到的爱。"我"产生了要嫁给卖灶糖老汉的想法后，老汉在指出不可能的时候，却也明白"我"的纯真，所以尽力维护"我"，"我"便从老汉身上得到了感人的爱护。第三部分，写卖灶糖老汉的离世及"我"的幻想的破灭。有一天，"我"从另一个卖灶糖的人那里知道"老汉去了"。"我"伤心地、真诚地哭了，"哭那陌生的，但却疼爱我的卖灶糖的老汉"。文章意蕴丰富、情感忧伤，讲述的故事娓娓道来，行文如行云流水，思想感情深含字里行间，人物形象栩栩如生，场景、情韵广阔丰富，使人在得到愉悦享受之时，心灵也得到陶冶和充实。全文的语言爽朗、风趣、活泼、纯净，充满童趣。象征手法的使用使文章意蕴丰厚，寄托了作者对人与人之间纯真感情的赞颂，对理想人生的执着追求。①

周克芹长篇小说《许茂和他的女儿们》：反映"文革"对农村经济的破坏，给农民的精神带来创伤的小说

周克芹（1936—1990.8.5），四川简阳人。《许茂和他的女儿们》12月份发表在《红岩》杂志第2期；1982年12月15日，小说获得第一届茅盾文学奖（1977—1981）。小说描写四川偏僻山村葫芦坝农民许茂一家的命运遭遇，回顾了合作化以来农村的曲折生活。许茂是土改积极分子、合作化时的作业组长，但长期"左"的政策使他变得孤僻自私，在集市上他竟压价买下别人用来付药钱的食油，再高价售给他人。许茂大女儿病逝后，他对刚挨了整的大女婿金东水不闻不问，生怕自己受到牵连。但他勤劳善良的本性没有改变，工作组的到来使他的生活有了转机，他于是满怀深情地接纳了金东水一家。许茂的四女儿许秀云拒绝父亲的安排，决心和自己同情与敬重的姐夫金东水生活在一起。当许秀云听到别人另给金东水做媒时，她痛苦得投河自尽。被救后，她最终还是和金东水成了夫妻。她担负起了抚养大姐遗孤的责任。金东水是一个刚正不阿的基层干部，对社会主义事业的信心毫不动摇。他为葫芦坝设计了近期和远景

---

① 参阅曹晨光、王丽滨《论张洁作品的女性独语——以〈拣麦穗〉为例》，《北京工业大学学报（社科版）》，2014.1。

的规划，使人们的生活出现转机。

小说通过一个家庭成员之间激烈的矛盾冲突和感情纠葛，反映了"文革"对农村经济的破坏以及给农民精神上留下的创伤，写出了许茂一家两代人的悲欢离合，真切动人，揭示了让人领悟不尽的人生真谛，它的画面似乎以阴暗居多，但却真实地映照出了十年浩劫时期农村的动荡情景。许茂、许秀云是当代文学画廊上两个富有典型意义的人物形象。小说集中塑造了许秀云的形象，倾注了作者至深的感情。小说里面的议论文字有些必要，有些却无必要。但这种不足并不能掩盖它的重要成就。总体上说，这部小说不论让农村读者还是城市读者都可以从中找到对自己有用的东西。[1]1981年，小说被改编拍摄成同名电影。

张长短篇小说《空谷兰》：一篇渗透着意识形态的小说

张长（1938.5—），白族人。《空谷兰》12月份发表在《解放军文艺》第12期，获得1979年全国优秀短篇小说奖。小说讲述的是云南边疆哈尼族山寨一所小学发生的故事。知识青年居民杰和吴萍萍原是一对恋人，在结束"再教育"后，被分配到高山寨子教书。当知青返城风刮起后，吴萍萍为实现返回上海的目的，绝情地扔下居民杰独自返城。而居民杰则在这一重大的人生变故中，看透了过去的恋人，毅然决然地与哈尼族教师兰芮结合，决心扎根山乡，一辈子从事教育。小说的三个主要人物居民杰、吴萍萍和兰芮的名字充满了意识形态色彩。居民杰中的"居"暗示着"留"，暗示着居民杰要留下来扎根大山，"民杰"是作者给予居民杰的评价，他是人民中的好代表、杰出公民；相反，吴萍萍中的"吴"与"无"同音，"萍"乃无根的漂浮之物，与男主人公相对，这个名字暗示着女主人公没有自己的思想，无根无依，随波逐流，终将离开山寨；兰芮的名字不仅与标题"空谷兰"遥相呼应，也与小说的重要线索"伊散玉瑟花"相联系，不仅清香美丽，而且本身就是山中之物，一旦离开大山就不能存活。两个女子，一个是无根的浮萍，一个是花中的君子幽兰，作者的情感偏好、写作意图再明显不过了。小说全力展示了三个人内心

---

① 参阅洁泯《人生的道路——评周克芹的长篇小说〈许茂和他的女儿们〉》，《文学评论》，1980.3。

的矛盾冲突，将他们面临重大机遇时各自的情感态度进行了一次深度的透视扫描，展现了他们不同的灵魂、人生观、价值观及他们如何经过一番争斗而重新选择、重新定位，最后走上新的人生旅程的情况。小说始终占主导地位的叙述力量是鲜明的、符合时代要求的意识形态，它深深地作用于小说的整个叙事和主题之中。作者凭借主流意识形态，加工和处理了现实生活中的材料，并在意识形态的要求中构筑小说的情节、结构与主题意蕴。因此，小说的每一个结构性因素之中都渗透着意识形态，这成为小说不可分割的主题内容与审美情趣。①

朱天文小说集《世纪末的华丽》：描写了一位物质女郎、拜金主义者的心路历程

朱天文（1956.8.24—），原籍山东临沂，生于台北。《世纪末的华丽》本年由台湾三三书坊出版，是一本小说集，里面的短篇小说《世纪末的华丽》是作者的代表作。小说主人公米亚是一个模特儿。米亚从18岁开始从事模特儿工作。年轻的她活泼爱玩，是所谓的物质女郎、拜金主义者。米亚自恋又恋物，魅惑却不爱人，阴柔至极反而带着阳刚的性格。因模特儿的身份，她耽于各种时装的华美之中。到了20岁，玩腻了的米亚变为只去赚钱的女王，她不再玩了，开始整日沉迷于各种香气和色彩中。她与女友宝贝关系暧昧，也认识了老段。最后，她和已婚的、可做父亲的老段同居。在老段身上，她得到知性的沉静，母性的温暖。宝贝因此赌气另结男友，之后结婚。米亚从此和宝贝"音讯断绝"。在她和老段生活一段时间后，米亚回去探望了宝贝。宝贝已经是一位离婚的妇人。米亚把一笔进项给宝贝投资。自此她就经常跟着宝贝和她的女儿一起出外郊游。25岁的时候，米亚已经觉得自己老得不能再老了。她不想玩了，新衣服也不想试了。在故事接近结束的时候，米亚对世界已备感疲倦，她开始了蜗居的生活。老段说，他的金卡给她任意签，倾家荡产也可以。米亚忽然清晰地知道，老段终将消失。于是，她决定重回现实世界。小说中的人物故事平淡到近乎于无，但作者善用物质堆砌的手法，

---

① 参阅马绍玺、曾钰雯《张长小说〈空谷兰〉的意识形态解读》，《大理学院学报》，2015.3。

将大量的服饰流行文化知识不断地铺陈在我们的面前，这占去了小说的大部分篇幅；作者善用白描的手法，以最简练的笔法，把对象的特征描写得栩栩如生；作者讲述的故事情节虚实相生，使整篇小说富于变化，使读者感到回味无穷；作者用华丽的语言书写了女性情欲，用丰富的国际语言凸显了文本的国际性。

1980 年

谌容中篇小说《人到中年》：塑造了富有时代特征的社会主义新人形象

《人到中年》1 月 25 日发表在《收获》第 1 期，获得第一届（1977—1980）全国优秀中篇小说奖。小说写陆文婷 20 世纪 60 年代从大学毕业后，被分配到医院当眼科医生，后与从事冶金研究的傅家杰结婚，并育有一儿一女。繁忙的家务、狭小的居住空间、紧张的工作和生活节奏对陆文婷形成了严重的压力。但是，不管多么疲劳、紧张、困难，只要面对病人的眼睛，陆文婷就忘记了一切。一天上午，陆文婷一连为焦副部长、张老汉、王小嫚做了三场手术，终因超负荷运转而突发心肌梗死。在这同时，陆文婷的同学姜亚芬离国出走。陆文婷在时而昏迷、时而清醒的过程中，意识深处闪现出各种幻想的、朦胧的记忆：与母亲相依为命的童年、单调而忙碌的大学生活、甜蜜的爱情、丈夫和孩子、同学姜亚芬的出国晚宴、焦副部长夫人秦波那不信任的目光。经过一个月的治疗后，陆文婷终于从死神手里逃出来，在丈夫的搀扶下，她迎着朝阳和寒风走出了医院。小说发表后，人们异口同声地称赞该小说独辟蹊径，塑造了一个活生生的、富有时代特征的社会主义新人——中年眼科医生陆文婷的形象。小说在高度赞颂当代优秀中年知识分子忘我工作精神的同时，也对一些忽视改善中年知识分子生活待遇的社会原因进行了强烈的批判。小说文笔恬淡，文辞清丽，对许多生活画面的描绘充满诗意，有沉重的悲剧色彩。[①]1982 年 11 月，小说被拍摄成同名电影。

---

① 参阅黄亨《评谌容的新作〈人到中年〉》，《名作欣赏》，1980.2。

张一弓中篇小说《犯人李铜钟的故事》：塑造了一位"人的时代"的英雄形象

张一弓（1934.12—），河南开封人。《犯人李铜钟的故事》1月25日发表在《收获》第1期，获得第一届（1977—1980）全国优秀中篇小说奖。小说以三年经济困难时期河南的"信阳事件"为背景，塑造了一位出生在逃荒路上，10岁就给地主当小长工，土改时当民兵队长，抗美援朝时去朝鲜作战，受伤残废后复员回家乡李家寨当大队支书的李铜钟的形象。1960年春荒季节，李家寨490多口人断粮七天。在人命关天之际，李铜钟拖着一条跛腿一次又一次地去公社要粮。他对老战友、粮站主任朱老庆说："我要的不是粮食，那是党疼爱人民的心胸，是党跟咱鱼水难分的深情，是党老老实实，不吹不骗的传统……"朱老庆被说服后开仓放粮，李家寨人最终得救了。但为民请命的李铜钟最终却以"哄抢国家粮仓库首犯"的罪名被抓。当县公安局来抓他时，李铜钟要求大家把种子留够，然后坦然、坚定、勇敢地走向警车。在审讯李铜钟时，他的第一句供词是："田政委，救救农民吧！"第二句也是最后一句供词是："政委，快去卧龙坡车站，快，快。"他心里一直想着的是几个村子里外出讨饭的村民。小说用沉痛和饱蘸感情的语言刻画了党员李铜钟和犯人李铜钟的形象，他不仅是战场上的英雄，而且也是特殊历史环境所造就的特殊英雄。小说采取倒叙的方式，从地委书记田振山要去参加李铜钟的平反大会开始，追述了1960年李铜钟为挽救李家寨490多个人而蒙冤受屈的故事。小说讲述的不仅仅是饥饿的话题，而且由这一话题，让我们看到在饥饿的年代，贫穷的人民在死亡边缘挣扎的情况，他们中的大多数人为了生存，不得不扭曲人性，忘却自己作为一个人的基本权利。小说让人看到李铜钟身上所具有的优秀淳朴的美德，在他身上，蕴含着"人至上，人高于一切，人是直接目的，人是终极目的"的人道主义真谛，他于是成了"人的时代"英雄的英雄。这一形象，也使我们可以深切理解极"左"政治是如何扭曲人、异化人，使人成为"非人"的。小说采用鲜明的对比手法，分别塑造了两类农村干部的形象。一类是只知揣摩上级意图，虚报瞒产，完全不把百姓的死活放在眼里的干部；另一类是像李铜钟这样的与百姓同患难的干部，他们用改变政治身份的方式来为村民解决生存的威胁。英雄李铜钟最终毁灭的意义远远超过了一个群体的覆亡，他是一个能给读者带来强烈心灵震撼的艺术形象。①

孙健忠中篇小说《甜甜的刺莓》：塑造了一个感人至深的农村基层干部的形象

《甜甜的刺莓》1月份发表在《芙蓉》第1期，获得第一届（1977—1980）全国优秀中篇小说奖。小说以土家族姑娘竹妹爱情上的不幸遭遇为线索，讲述了发生在高寒山区的为全面推广双季稻而发生的事情，生动地反映了在林彪、"四人帮"横行时期，我国农村社会生活的真实图景，歌颂了党的农村基层干部实事求是、一切从人民利益出发、坚持群众路线的工作精神，批判了打着革命旗帜的投机分子、阴谋分子和野心家。小说塑造的毕兰大婶是一个感人至深的农村基层干部形象，她是党支部书记，既有高度的党性原则，又有农村妇女所具有的纯朴、善良、勤俭的传统美德。她的身上闪耀着新思想，当她认定真理后，便不惜一切地去追求。她是一个有思想，有决断，有毅力的人。②

徐怀中短篇小说《西线轶事》：中国新时期军事文学的换代之作

《西线轶事》1月份发表在《人民文学》第1期，获得1980年全国优秀短篇小说奖。小说以1979年的对越自卫反击战为背景，写了六个女电话兵和一个男电话兵的部队生活。这些平均年龄只有20岁的女兵，由于本身的特点和弱点，在战争中遇到了比男兵更多的困难。她们初上战场后，怕死人，怕蚂蟥，无法解手。但是严酷的战争及庄严的使命，使她们很快适应了战争，锻炼了坚强的意志。她们在架线、查线、护线、通话等普通的战斗生活中做出了无愧于祖国的奉献。小说重点塑造了干练机警的女兵班长严莉和沉默聪明的女战士陶珂的感人形象，被称为中国新时期军事文学的换代之作，它在人物形象塑造、题材处理、艺术结构安排及细节安排上，都有引人注目的地方，为军事文学的发展开拓了一条新的道路。③

---

① 参阅阎纲《张一弓和〈犯人李铜钟的故事〉》，《炎黄春秋》，2016.6。
② 参阅菊如《评〈甜甜的刺莓〉》，《中南民族学院学报（哲社版）》，1982.1。
③ 参阅李仕中《〈西线轶事〉与〈这里的黎明静悄悄……〉比较研究》，《中国文学研究》，1987.2。

马烽短篇小说《结婚现场会》：描绘了新时期农村工作方法和作风转移的情况

《结婚现场会》写于党的十一届三中全会结束不久，发表在1月份出刊的《人民文学》第1期，获得1980年全国优秀短篇小说奖。作者通过对如何认识和处理封建买卖婚姻问题上所表现的两种不同思想方法和工作方法的描写，从一个侧面宣传了十一届三中全会提出的全党工作着重点进行转移的伟大战略方针：在新的历史时期，农村工作的着重点应该转移到大力发展生产的轨道上来，党的农村工作者的思想方法和工作作风必须努力适应这个转移。这样的题旨不是靠空洞抽象的说教来阐发，而是通过形象的描绘来显示的。小说讲述担任某县县委书记的"我"应邀到偏僻贫困的西岭大队去参加一场三对青年结婚的现场会，县妇联想通过这个会，根除当时在农村中存在的买卖婚姻的陋习。正当大家兴高采烈地为开会做准备的时候，王二兰和郑云山的婚却结不成了，原因是王二兰的父亲王拴牛执意要向郑云山索要五百块彩礼，致使他们的结婚典礼受阻。当其他村干部要求给"老牛筋"王拴牛开批判会时，"我"没有同意，"我"决定亲自去给"老牛筋"做工作。经过和"老牛筋"在饭桌上的谈话，"我"知道了造成包括"老牛筋"在内的农村出现买卖婚姻的根源，那便是穷。"我"从"老牛筋"家回来后，果断地改变了工作方法，决定把结婚现场会变成生产动员会。"我"的实事求是的工作作风得到了"老牛筋"的信任，他最终同意了女儿的婚事。小说是作者在顽强地克服了因为"文革"造成的十五六年不写短篇小说的生涩情况以后精心创作的"最优秀的一篇作品"（刘锡诚《一九八零年全国获奖短篇小说漫评》）。小说保持了作者"洗练鲜明，平易流畅，有行云流水之势，无指手画脚之态"的一贯风格，形象生动，结构严谨，语言风趣活泼，发表后得到了广泛的好评，被选入大中学校教材。①

陆文夫短篇小说《小贩世家》：通过人物的辛酸遭际，揭露、控诉了极"左"思潮

《小贩世家》1月份发表在《雨花》第1期，获得1980年全国优秀短篇小

---

① 参阅周成霞《殊途同归旨在达意——〈结婚现场会〉主题表现的特色和方法》，《彭城大学学报》，1995.4。

说奖。小说写朱源达当了 30 年小贩，靠卖馄饨来维持全家的生活。但在"文革"中，朱源达的家被抄了，馄饨担子也被砸了。后来，朱源达一家从乡下来到了城里，但他再也不想重操旧业了，他决定让儿子阿五去考大学，以便端上铁饭碗。朱源达去高老师家给阿五找了点复习材料，为他考大学做准备。小说通过朱源达当了 30 年小贩的辛酸遭际，对极"左"思潮进行了揭露与控诉。小说不仅为受到不公待遇的小贩请命，更是想通过他的遭际来提出一连串发人深省的政治和社会问题，如人们应该认识到所谓的"社会主义应该整齐划一"的论调的实质，认识到"割资本主义尾巴"的危害，认识到吃大锅饭给人民生活带来的灾难。①

张弦短篇小说《被爱情遗忘的角落》：反思了极"左"路线给农村带来的经济贫困和精神贫困

《被爱情遗忘的角落》1 月份发表在《上海文学》第 1 期，获得 1980 年全国优秀短篇小说奖。小说写沈山旺的大女儿存妮长成了 19 岁的美丽姑娘，她和同村的小豹子在劳动间歇嬉闹时，产生了带有原始本能色彩的爱情。但他俩却双双被捉，存妮最后投河自尽，小豹子则因强奸致人死亡罪而被捕入狱。在小豹子被押往监狱的途中，他不顾一切地扑到存妮的坟上哀恸呼号。存妮投河自尽时，她将母亲菱花送给自己的一件毛衣脱下来挂在树上，打算留给妹妹荒妹。存妮的不幸给荒妹的心灵带来了无法摆脱的耻辱和恐惧，也造成了她孤僻的性格。荒妹同情存妮的死，但又认为姐姐和小豹子的相爱是一种耻辱，她于是对所有的男青年产生了戒心。当荒妹到了姐姐的年龄时，童年时代的伙伴许荣树从部队复员回来了。许荣树是一个有见识、有理想的青年，他决心要改变家乡的落后面貌，与旧习惯、旧势力进行斗争。许荣树的见识、热情、朝气给荒妹留下了美好的印象，激起了她心灵上的波澜，使她对许荣树产生了爱恋之情。但当她一想到姐姐的丑事时，她又退缩了。这时，村里女青年英娣和二槐的爱情遭到了她母亲和大队党支部书记长斌的破坏，英娣最后不得不同一个素不相识的男子结婚，而且生活得很不幸。英娣的遭遇使荒妹的心里十分矛盾。

---

① 参阅陆文夫《由〈小贩世家〉等谈创作体会——1984 年 3 月 2 日在苏州大学作的报告》，苏州大学学报（哲学社会科学版），1984.3。

不久，荒妹的母亲菱花为了偿还自己曾经收过的存妮的彩礼钱，打算将荒妹嫁出去。当荒妹的二舅母来给荒妹送定亲聘物——一件天蓝色的毛衣时，荒妹把毛衣扔向母亲，然后愤怒地责备母亲把自己当东西出卖。荒妹的话深深地震动了母亲菱花。原来，菱花当年也曾经大胆地反抗过"父母之命，媒妁之言"的封建婚姻，然后与土改积极分子、长工沈山旺热烈相爱。在新中国婚姻法的保护下，她最终嫁给了沈山旺。菱花茫然地仰望天空，问道："怎么日子又回头了呢？"但最后，荒妹为了解救家庭困境，还是向母亲屈服了。党的十一届三中全会后，荒妹从许荣树那儿听到了社会正在发生巨变的消息，这使她看到了农村富裕和文明的希望，也使她获得了争取自由爱情的勇气。她和许荣树决心勇敢地冲破束缚，去追求真正的爱情和美好的未来。爱情鲜花绚丽盛开的日子不会太远了……小说通过母女两代、三个人物——菱花、存妮、荒妹的情爱经历，反映了从"土改"到"文革"结束这一段时期农村生活的变迁。作品以现实主义的手法将农村女性的命运变化置于广阔的历史背景和深刻的社会矛盾之中，反思了长时期的极"左"路线带给农村的严重灾难，经济上的极端贫困必然造成深重的"精神的贫困"，正如小说中所展现的"贫困的爱情"一样。小说经张弦改编为电影剧本并拍摄成同名电影上映后，深受好评，荣获1982年第二届中国电影金鸡奖最佳编剧奖①。

京夫短篇小说《手杖》：讲述彭真同志被下放到陕南山区进行改造的情况

京夫（1942—2008），陕西商州人。《手杖》1月份发表在《延河》第1期，获得1980年全国优秀短篇小说奖。小说写"文革"末期，曾在后来担任全国人大常委会委员长的彭真同志被下放到陕南一个偏远贫瘠的山区进行改造的情况。彭真的到来，引起了大家的好奇。但新鲜过后，生活又很快恢复常态。彭真天天在其住所附近的公路上挂着拐杖散步，出行时间几乎固定不变。当时没什么人去围观，人们遇到他时只是多看几眼而已。彭真的生活也需要柴火，有个卖柴老人于是经常将柴担到彭真的住处，彭真给老人付了钞票后，多出来的钱不让老人找。老人不愿白白地多拿彭真的钱，于是将卖给他的柴劈开、斫

① 参阅李钧《沉思与憧憬——读张弦的〈被爱情遗忘的角落〉》，《中国文学研究》，1987.3。

短。小说发表后，作家杜鹏程说："《手杖》虽然只有一万字，但它有长篇的容量。"作家王蒙评价道："陕西作家京夫，将主题提炼到那种高度，令我十分惊讶。"① 京夫从此凭此小说走进中国文坛，开始走向了漫漫的文学创作之路。

高晓声"陈奂生七篇系列小说"之《陈奂生上城》：反映了改革开放初期中国当代农民的精神风貌

《陈奂生上城》2 月份发表在《人民文学》第 2 期，获得 1980 年全国优秀短篇小说奖。和 1979 年高晓声发表的短篇小说《"漏斗户"主》相比，《陈奂生上城》中的陈奂生已经摘掉了"漏斗户"主的帽子，他家的"屯里有米，橱里有衣"，他抽空还可以进城卖农副产品，并可以买顶"新帽子"。陈奂生进城后，由于还未到做生意的时候，"一路游街看店，遇上百货公司，就弯进去侦察帽子，要多少钱"。因为没带钱，他只好等卖完油绳再买帽子。等卖完油绳，他不但未买到帽子，反而还着了凉，一头横躺在椅子上卧倒了。在县委吴书记用他的汽车将生了病的陈奂生拉到招待所后，吴书记让他住五元钱一夜的高级房间。陈奂生睡了一觉之后，看见"天光已经大亮"，看见自己躺在招待所的棕床上，他"吃了一惊"，觉得这和自己的身份很不相称，于是，他"不由自主地立刻在被窝里缩成一团"，"生怕弄脏了被子"；下床时，他不敢穿鞋，生怕弄脏了地板；他走近沙发，"却不敢坐"，"怕压瘪了弹不饱"……他走近柜台付账时，服务员"笑得甜极了"，但"大姑娘立刻看出他不是一个人物"，于是"她不笑了，话也不甜了"，脸立时沉了下来。陈奂生以为自己"说错了话，得罪了人"，便付了零碎的五元钱，离开了。但他一想起自己住了一个晚上就花了能买两顶帽子的钱，感到很是心疼，于是又回到招待所，恶作剧式地在房子里报复了一通；之后，他用剩下的钱，买了一顶帽子戴在头上，飘然而去。小说通过陈奂生进城引发的一连串故事，反映出改革开放初期中国当代农民的精神风貌，是作者"改造国民思想"的艺术结晶，包含了深刻的思想内涵和社会内容，具有现实和美学的双重意义。②

---

① 转引自李崎《京夫：孤独的耕夫》，《新西部》，2014.12。

② 参阅崔晓艳《〈陈奂生上城〉赏析》，《北方文学（下半月）》，2010.1。

王群生短篇小说《彩色的夜》：一篇描述局部利益与整体利益，物资和人命及责任心等关系的小说

王群生（1935—2006），重庆人。《彩色的夜》2月份发表在《红岩》第2期，获得1980年全国优秀短篇小说奖。小说写李涛开着车向西藏方向进发时，一辆对向开来的车使他的车碰在了石壁上，阻塞了道路。李涛对象——黎丽的父亲黎副局长为了疏通交通，命令李涛倒车让路。李涛不从。黎副局长于是亲自开车让路，并吊销了李涛的驾驶执照，还要求车队领导就这一事故对年轻人进行教育。车队休息时，刘队长组织大家讨论这次事故，一部分年轻人认为对李涛的处理太重了，李涛也不服气。针对大家的这种思想，刘队长向大家讲述了一段令他难忘的往事。在抗美援朝战场上，一支向前线运送弹药的车队在夜晚通过兴高山口时，突然一辆车卡在了一段最窄的通道里。兴高山口是敌机重点轰炸的区域，如果不能及时疏散堵塞的车辆，所有车辆随时都有被敌人轰炸的危险。但押车的副连长只想着前线需要炮弹，所以坚持抢修汽车。这时候，司令员果断决定，将车推下山崖，让开通道。当人们奉命推车时，副连长拒不执行命令，并情绪失控地鸣枪违抗。司令员解除了他的职务。当大家将汽车刚刚推下山崖，敌人就开始了狂轰滥炸。残酷的事实使副连长认识到了自己错误的严重性，悔恨不已。此后一连几天，他顶烈日，冒风雨，在兴高山口一边护路，一边向过往的司机进行现身说法，让大家引以为戒。司令员虽对副连长的错误十分气愤，但看到他高度的责任心和改正错误的勇气，于是又对他寄予了无限的信任。当时目睹这一切的某师文工队演员何素，也因此而爱上了这位副连长。李涛等所有人听了这个真实的故事后，都深受教育。特别是李涛和黎丽这对相爱的年轻人，他们最终改变了对黎副局长的片面看法。朝霞映红了东方，车队继续向西藏进发。小说对局部利益与整体利益、物资和人命、责任心等命题展开了描述，发人深省。①

---

① 参阅季元龙《理想，扎根在生活中——读小说集〈彩色的夜〉断想》，《文谭》，1982.11。

李国文短篇小说《月食》：新时期文学中最早对"左倾"思潮进行反思的小说之一

《月食》3月份发表在《人民文学》第3期，获得1980年全国优秀短篇小说奖。小说写了妞妞对伊汝坚贞不渝的爱情。伊汝是一位老八路，具有强烈的使命感与忧患意识；他也是一位知识分子，对苦难的体会与反思和别人相异。伊汝的这些品质赢得了妞妞的爱恋。小说歌颂了普通人民群众崇高而美好的心灵，也从更深远的历史背景上，反映了我们党自1957年开始出现"左倾"思潮愈演愈烈的情况。整篇小说形象地表现了人民、大地、母亲这一主题，象征性地指出新中国成立后22年时间里所走过的曲折道路，正如一次"月食"，黑暗是暂时的，以后只要永远和人民在一起，就仍然有着光辉灿烂的前程。该小说是新时期文学中最早对党和人民关系进行反思，从社会批判转入自我批判，呼唤党性回归的作品之一。作者既吸收了西方现代主义文学的某些技法，更继承了中国古代美学虚实相生、传神写照的创作精髓，注重人物心灵的揭示，注重对人生哲理的思索，艺术构思匠心独运，细节描绘准确生动，叙述语调饱含深情，使作品达到了思与诗的有机结合，使读者的目光为之流连。①

冰心短篇小说《空巢》：描写了两位老知识分子在不同的社会制度下不同的人生道路

冰心（1900.10.5—1999.2.28），原名谢婉莹，福建长乐人，出生于福州。《空巢》3月份发表在《北方文学》第3期，获得1980年全国优秀短篇小说奖。小说写陈教授（即作品中的"我"）在家里接待老同学梁教授的情况。梁教授是一位美籍华人，一位研究中国史的教授，他与陈教授已经阔别30年了。他们见面后，彼此倾诉衷肠，感慨不已，最后又各怀不同的心情，依依惜别。小说表面写的是两人的谈心、做饭、赠送礼物、让孩子念唐诗、相互敬酒等平平常常的事情，但在对这些平平常常事情的叙写中，使人看到了两位老知识分子由于当年选择了两条不同的人生道路，造成了如今他们在两种不同的社会制度

---

① 参阅白少玉《寻找中的思与诗——重读〈月食〉》，《五邑大学学报（社科版）》，1999.3。

之下生活和工作的不同情况及不同心情。

叶文玲短篇小说《心香》：诉说了美的毁灭，但却没有使人沉沦，反而激发了人们的生活勇气

叶文玲（1942—1996），浙江玉环人。《心香》3月份发表在《当代》第2期，获得1980年全国优秀短篇小说奖。小说的情节是通过岩岱向小谢叙述往事而展开的，女主人公哑女的形象塑造也是通过岩岱之眼之口来完成的，带有一种极强的感情色彩。聋哑这个生理缺陷对于女主人公哑女来说，非但没有成为她美的瑕疵，反而使她因此而获得了一层圣洁的色彩。小说中，在夕阳斜照的村头溪边，哑女戏水夹石的描写很具有诗情画意，作者把哑女的美丽姣好表现得淋漓尽致。在哑女的情态中，山水灵秀的自然美、勤劳欢愉的劳动美、情趣盎然的生活美、热情洋溢的青春美皆汇集于此，让人久久难以忘怀。小说虽然诉说了美的毁灭，但却没有使人沉沦，反而激发了人们生活的勇气。

周克芹短篇小说《勿忘草》：一篇反映农村女性与下乡知青婚姻、情感困境的小说

《勿忘草》4月份发表在《四川文学》第4期，获得1980年全国优秀短篇小说奖。小说写芳儿和下乡知青小余在一场大旱灾之后萌生了感情。但芳儿母亲想起芳儿的姑妈在被一个知青抛弃以后郁郁寡欢的情况，于是想劝解女儿和小余断交。然而，热恋中的芳儿并没有听进母亲的话，她反而不顾一切地和小余组建了家庭。两年以后的春天，他们的孩子珍珍出世，同时小余的父亲也因病死去。小余安顿好妻儿后急忙回到城市的家里。但十几天后，芳儿并没有等到小余回来。后来，芳儿知晓了小余在为是否继承父亲的工作而纠结不已。芳儿给小余写了两三封信后，小余终于回来，但他决定回城里工作，许诺以后接芳儿和女儿去城里。时间很快过去了，小余的信和寄回来的工资却越来越少了。芳儿独自抚养孩子成长，她努力攒钱，等待和小余相见。最后，芳儿接到小余姐姐的回信，她要求芳儿为自己的丈夫做出牺牲。芳儿依然等待着小余回来，但她却再也没有接到小余的来信。该小说在作者的短篇小说创作方面，有着突出的成就，是他扎实地走在革命现实主义大道上创作出来的佳作。①

张抗抗中篇小说《淡淡的晨雾》：反映了新时期来临之后，国人思想解放的情况

《淡淡的晨雾》长达七万字，5月25日发表在《收获》第3期，获得第一届（1977—1980）全国优秀中篇小说奖。小说写被错划成"右派"的思想家荆原经历了22年的苦难后，失去了家庭、妻儿，但他深邃的思想，正直的品德，磊落的心胸，却被苦难磨炼得更高尚了。新时期来临后的一天，荆原被邀请到大学讲演，由此掀起一场不小的风波。在这场风波中，不同的人物充分表露了自己的思想情况。荆原的大儿子郭立柽由于屡遭打击，在政治风浪中学会了见风使舵，变成了一个唯利是图、专门整人的政治小丑，这使他的前妻罗阡也成了一个没有独立人格的人。荆原的小儿子郭立楠才真正像他的父亲，他的身上充满了新时代青年的朝气和勇敢，他的妻子梅玫在经历了痛苦的思考之后，也觉悟了，焕发出新的光彩。小说通过这几个主要人物的语言行动，描绘了新时期来临之后，国人思想解放的情况。②

蒋子龙短篇小说《一个工厂秘书的日记》：表现了社会风气对人心的伤害

《一个工厂秘书的日记》5月份发表在《新港》第5期，获得1980年全国优秀短篇小说奖。小说写某化工厂的金凤池厂长是一个圆滑的人，他一上任就帮一位普通工人解了燃眉之急，然后不动声色地制服了一直在觊觎厂长之位的副厂长，并抓住时机给工人们发放了高奖金。但在工厂党委书记与秘书老魏眼中，金凤池却是一个缺乏共产党员应该有的正气的人，因为他去局里开会时，干的主要事情是到各个科室里发烟拉关系。他给工人们发放高奖金的目的也是为获得人心。金凤池也不认可自己将工资中的大部分拿出来买好烟好酒拉关系的做法。家人也看不上他。在选举区人大代表的时候，金凤池给自己投了反对票。但圆滑也是金凤池保护自己的"外套"，是他发展自己不可缺少的装备。他认为在当下的社会，不圆滑就干不成事。前几任厂长都是正直的，但最后还是被副厂长挤兑走了。金凤池与争厂长位子的那位副厂长也在暗地里钩心斗角

① 参阅周蕙秀《心灵美的赞歌——略论周克芹的短篇小说》，《当代文坛》，1982.8。
② 参阅许锦根、朱文华《冷风和暖流——读〈淡淡的晨雾〉》，《读书》，1981.6。

着。金凤池是一位改革者，但他却用不正当的手段来进行改革，这是这些年来不正的社会风气造成的。小说以秘书老魏所写的日记的形式叙事，描述了深谙关系学的厂长金凤池在厂里得到工人群众拥护的经过，触及了一些社会性的问题，表现了社会风气对人心的伤害。

刘绍棠中篇小说《蒲柳人家》：一幅色彩绚丽的风俗画，一曲抒情的田园牧歌

《蒲柳人家》5月份发表在《十月》第3期，获得第一届（1977—1980）全国优秀中篇小说奖。小说描写了1936年抗日风云初期，住在北运河岸边蒲草柳枝屋舍里的小门小户人家的日常生活。小说人物众多，但主线情节并不复杂，它就像一幅幅风俗画，将20世纪30年代北京东北运河一带农村的风景习俗、世态人情展现在读者面前，不论是何满子的光葫芦头木梳背儿，还是一丈青大娘专门为何满子准备的大红肚兜、长命锁；不论是洗三、百家衣，还是何大学问的走西口，都别具魅力，强烈地激发着读者的阅读兴趣。小说洋溢着浓郁的乡土气息，体现了作者对农民的思想、感情、心理和愿望等方面的情况非常熟悉，里面大量的乡土风俗描写既增加了作品的民族气息，又展现出京东农民的人情世态，在伦理道德观念和审美观点上，也和农民一致。小说既是一幅色彩绚丽的风俗画，又是一曲抒情的田园牧歌，使人在美的享受中感触到了历史前进的脉搏，认识到了生活的真谛。小说语言完全农民化，没有知识分子腔调。①

宗璞中篇小说《三生石》：描写了卑微小人物对"生"的渴望

《三生石》5月份发表在《十月》第3期，获得第一届（1977—1980）全国优秀中篇小说奖。小说以"文革"中知识分子的命运为线索，写了梅菩提和方知在苦难中的真挚爱情。梅菩提十年前写的小说被人重新拿出来批判了，然后她目睹了父亲被迫害致死的惨状。梅菩提身患癌症后，仍然被造反派进行人身攻击。但灾难并没有击垮她。她在苦难中和医生方知萌生了爱情。方知是那个疯狂年代里保持着正常理智的人，他老老实实地去做一个医德高尚的医生。

---

① 参阅徐文海《〈蒲柳人家〉及刘绍棠小说的民族化、乡土化特点》，《内蒙古民族师院学报（哲学社会科学汉文版）》，1992.2。

小说还写了慧韵的悲剧。慧韵是一个善良的人，忍受着超常的精神与肉体折磨，为别人的苦痛担忧，为别人的欢乐祝福。小说写出了梅菩提和慧韵等卑微小人物对"生"的渴望，她们在一场接着一场的磨难中始终保持着人的尊严和没有泯灭的良知，她们像黑暗中的几点星火，顽强地燃烧着，期待着光明的到来。小说也用愤怒的笔触写出了张咏江、辛声达等人以整人为乐的卑鄙、丑恶面目；用嘲讽的笔触写出了崔珍一类人的变态、僵化；用同情的笔触写出了秦革、崔力这些曾造过反的青年人心灵上的迷惘和困惑；用赞扬的笔触写出了老韩大夫、小丁、老齐、魏大娘等普通人的正义感和同情心。小说在涉及人的尊严、价值、理想时，没有对其作抽象的描述，而是紧紧地与主人公的信念连接在一起，显示了独具匠心的艺术构思。①

路遥中篇小说《惊心动魄的一幕》：以"文革"武斗为题材的小说

路遥（1949.12.3—1992.11.17），陕西清涧人。《惊心动魄的一幕》5月份发表在《当代》第3期，获得第一届（1977—1980）全国优秀中篇小说奖。小说写"文革"风暴席卷全国时，曾被县委书记马延雄一手抓办过的罪犯金国龙、贺崇德、许延年等人报复马延雄的事情。金国龙等人把马延雄打成"死不悔改的走资派"后，多次进行了非人的折磨，使得马延雄的脊背没有一块正常的皮肉。但蹲在监狱里的马延雄却在反思着自己为人民所做的每一件事。他的妻儿饱受折磨，过着提心吊胆的日子，儿子低着头给造反派提糨糊桶，女儿小梅每听到一点细微的声音都会感到像炸弹爆炸一样可怕。当"红总"与"红指"这两股对立的造反派在认识到马延雄在人民群众心里的地位后，都希望利用他来取得群众对自己的革命行动的支持。但马延雄想的却是无论如何也不能让"红总"与"红指"指挥下的人民群众出现打斗。一年之后，马延雄走出了禁闭房。这时，他依旧在思考着怎样让人民过上幸福生活的问题。但他很快又被"红指"的人绑走了。当柳秉奎将他解救出来后，他依然担心"红总"与"红指"之间出现斗殴。最终，他还是倒在了"红指"头头金国龙的脚下。马延雄之死使全县农民义愤填膺，他们流着泪，扛着锄

---

① 参阅刘淮《新颖精巧的五色织锦——读宗璞的〈三生石〉》，《北京师院学报（社会科学版）》，1981.2。

头等涌进城镇，要求政府严惩凶手金国龙；并且，他们自发地为马延雄举行了县上史无前例的一场葬礼。小说是作者根据自己亲身经历过的"文革"武斗为题材创作出来的，当时，"伤痕文学"和"反思文学"正在大行其道，所以，作者创作出的这样一篇另类作品投出去后屡遭退稿，这反映了20世纪80年代初期的历史情境与文学现场情境。但该小说发表后，其对路遥个人的创作生涯的开拓来说，意义重大。①

张林短篇小说《你是共产党员吗？》：讲述一位共产党人在"文革"中对党充满忠诚信念的故事

张林（1937—），辽宁法库人。《你是共产党员吗？》5月份发表在《当代》第3期，获得1980年全国优秀短篇小说奖。小说里面的共产党员刘大山在抗战中打过鬼子，在解放战争中参加过无数战役。新中国成立后，刘大山服从命令转业到铁路部门工作，不久后担任了领导职务。"文革"开始后，刘大山受过冤屈，但无论经历过多少磨难和坎坷，他都不怕困难、不甘落后，敢于担当，不说假话，实在做事，他心中永远对党充满了忠诚，充满了坚守。他始终不动摇、不改变自己的信念。"你是共产党员吗？"这句话，是刘大山每到关键时刻最爱追问的一句话，这不是一般的追问，而是他对自己党性的拷问，对自己忠诚的拷问。

王蒙短篇小说《春之声》：一篇"中国式"或"东方式"的意识流小说

《春之声》5月份发表在《人民文学》第5期，获得1980年全国优秀短篇小说奖。小说主要写工程师岳之峰访德归来，在春节前夕搭乘闷罐子车回乡探亲途中所产生的思绪。列车启动后，岳之峰的联想便驰骋了起来，他想到了甜蜜的童年和自己对故乡、对双亲的爱。列车运行时，"那愈来愈响的声音"，使岳之峰想到"下起了冰雹"、"铁锤砸在铁砧上"、黄土高原上打铁的场面、歌曲《泉水叮咚响》、"广州人凉棚下面垂挂的许多三角形瓷板，它们伴随着清风，发出叮叮咚咚的清音，愉悦着心灵"、"美国抽象派音乐却叫人发狂"等。当车厢里飘起"旱烟叶发出的辣味"和"汗味"时，岳之峰联想到了南瓜的香

---

① 参阅梁向阳《路遥〈惊心动魄的一幕〉的发表过程及其意义》，《文艺争鸣》，2015.4。

味及火车站前的各种小吃及土特产的香味。当车上的乘客越来越拥挤时，岳子峰联想到了王府井的人流及汉堡街道上人丁稀少的情况。当岳子峰看到"火车站黑压压的人头"时，他想到了新中国成立前学生去南京请愿的场面。在岳子峰的这些联想中，自然灾害的音响及落后生产方式的音响象征着落后，点缀生活美好的音响象征了人们对现代化生活的向往和追求，它们表现出了岳子峰对祖国落后的忧虑和对祖国繁荣的渴望。车厢里人们轻松惬意的议论使岳子峰感到温暖，感到党的政策顺天应人，感到春的气息的到来及生活将要出现的转机。岳子峰的遐想是被车厢中突然响起的德语童声合唱打断的，一个妇女正用录音机学外语，表明人们都在为振兴祖国而发奋学习。回到了家乡后，岳子峰"觉得如今每个角落的生活都在出现转机，都是有趣的、有希望的和永远不应该忘怀的。春天的旋律，生活的密码，这是非常珍贵的"。小说赞颂了改革开放使我们国家及人民的生活都发生了转机，伟大祖国终于迎来了重新振兴的春天。作者通过该小说创造和实践了一种"中国式"或"东方式"的意识流文学。[①]

张抗抗短篇小说《夏》：塑造了一个思想保守、僵化的女大学生的形象

《夏》5月份发表在《人民文学》第5期，获得1980年全国优秀短篇小说奖。小说写某大学中文系的女生吕宏是党小组组长，但她思想保守、僵化，因为她上大学前曾在某农场搞宣传工作，政治文化对她影响很大。有一天，吕宏在政治课上发表关于"当前主要矛盾"的滔滔宏论，这使老师和大多数同学被征服了。吕宏评上"三好"后，又用自己的"政治"标准认为，凡是那些善于交际、喜欢唱情歌、喜欢发表诗文、爱提出自己思想观点的同学都在政治上有问题。女大学生岑朗是一个诚实开朗、大胆开放、不受传统束缚、善于接纳新鲜事物的好学生。"我"即梁一波既是岑朗的战友、支持者，也是她的"不确定"的未婚夫。有一天，岑朗送给"我"一张十四五岁少女的泳装照片，但被"我"弄丢了。照片被吕宏拿去了。她认为一个女孩子在大海边穿泳衣是惊世骇俗的，甚至是大逆不道的。泳装照片事件很快被闹得沸沸扬扬。但岑朗对

---

① 参阅李新民《"现代化""寓言"的空洞想象——重读王蒙〈春之声〉》，《创作与评论》，2007.3。

这个事件却不在乎，体现了她的坦荡开放。政治课上，岑朗在关于"当前主要矛盾"的讨论中，大胆地表述了自己与众不同的观点，并在后来政治考试卷上写上了自己的观点，结果她的政治课不及格，失去了评"三好"的资格。岑朗大胆犀利的谈吐，表现了当时思想解放的大学生的精神面貌。毕业分配时，"我""不知道自己该怎么办"，没有勇气摆脱羁绊，没有勇气面对未来，这表现出了"我"在思想上的动摇和脆弱。但岑朗却是一个"知道自己该怎么办"的人。她对人生意义的思考，对生活道路的选择，对理想目标的确定，都显示出她的人生态度是积极、健康的。①

莫应丰长篇小说《将军吟》：一部较完整地反映军内"文化大革命"历史悲剧的小说

莫应丰（1938—1989），湖南桃江人。《将军吟》6月份由人民文学出版社出版，1982年12月15日，小说获得第一届茅盾文学奖（1977—1981）。小说讲述彭其是跟随毛泽东爬雪山、过草地、打日本、打老蒋的老将军，但他在党委会上说空军"靠搞卫生出名是华而不实、形式主义"，说吴法宪"不懂军事，不能当司令"，于是，"文革"初期，彭其就被扣上了"反党"的帽子，身陷囹圄，妻离子散，险些丧命。彭其身陷困境后仍千方百计地保护战友，使战友没有吃亏；他还苦口婆心地劝教那些"造反"的人们，使个别人醒悟之后，迷途知返。但彭其自己却受尽折磨。最后，周总理把彭其叫到北京，才使他的安全得到保障。小说写的另一位将军是陈镜泉，他是彭其的老同乡、老战友，他丢掉了一条胳膊，加上丧妻多病，一生都过得非常坎坷。当造反派逼迫陈镜泉领导他们批斗彭其时，他只得违心去做。在面对复杂的局面时，陈镜泉"心如刀绞"。小说还写了老将军胡连生的故事。胡连生爱憎分明，但脾气却很火爆；在"公审大会"上，他破口大骂造反派"革得连是非都没有了"，于是受到了非人的对待。小说中三位将军的女儿各有各的性格，彭其的女儿彭湘湘沉静，陈镜泉的女儿陈小炮泼辣，胡连生的女儿李小芽神秘莫测，但她们都在斗争中成长了起来。而"造反派"头头范子愚夫妇

---

① 参阅程传荣《对真善美的执著追求——评张抗抗小说中的人物塑造》，《安顺师范高等专科学校学报》，1999.1。

和反面人物郎中夫妇、江醉章之流，最终都没有逃脱可耻的下场。小说是一部较完整地反映军内"文化大革命"的历史悲剧小说，它对"文化大革命"这个历史曲折有一定的认识价值；同时，也为社会主义时期的悲剧创作提出了值得注意的艺术经验。①

益希卓玛短篇小说《美与丑》：表现藏族牧民逐步摆脱愚昧，用新科技步入新时代的情况

益希卓玛（1925—），汉名王哲，藏族，甘南藏族自治州人。《美与丑》6月份发表在《人民文学》第6期，获得1980年全国优秀短篇小说奖。小说写甘肃西南部的藏民生活地区地域偏远，气候恶劣，冬天有暴风雪，夏天也会突降暴雨。但在这里生活的牧民却不畏艰难，他们在改革开放的新形势下求进取，求发展，依赖现代科技来提高产值，提高生产力。小说从达何尼草原的羊种改良写起。几年前，县畜牧兽医工作站派青年技术员侯刚来这里进行新疆羊与藏羊的杂交试验，大队党支部选定把模范放牧员松特尔放牧的羊群作为试点。但杂交的羊羔一出生就死了。为了弄清羊羔的死因，侯刚解剖了死羔，化验了当地的水、土及牧草，他还了解了松特尔的放牧过程。但这却惹怒了松特尔，他误以为侯刚要把过错推到他的身上，于是，他跟侯刚闹翻了，不愿意继续进行试验。在别人的讥讽和松特尔对"丑陋"的新疆种公羊的讨厌声中，侯刚继续进行试验。不久，试验获得了成功。在事实面前，松特尔最终转变了思想。小说成功塑造了模范放牧员松特尔、畜牧技术员侯刚、老支书赤桑等人的典型形象，通过对藏族人民的性格特征、心理素质、生活方式的刻画与描绘，真实地再现了草原人民的美好心灵，表现了藏族牧民正逐步摆脱愚昧，尝试运用新科技，步入新时代的进程情况。②

玛拉沁夫短篇小说《活佛的故事》：对人与神关系的深刻思考

《活佛的故事》7月12日发表在《人民日报》，获得1980年全国优秀短篇小说奖。小说写主人公玛拉哈是一个活泼伶俐的儿童，但在入寺受戒后，一下

---

① 参阅刘卓《〈将军吟〉的悲剧特色》，《辽宁大学学报（哲学社会科学版）》，1983.4。
② 参阅高亚斌《藏族民间谚语及其文化特征——以50-70年代藏族小说为例》，《长江论坛》，2013.5。

变成了一个威严的活佛，后来又由活佛破戒入俗。小说告诉人们神是人自己造出来的。"人世间，原本是没有神的。人们为了寻求寄托，便创造出一个神来。而被人们创造成为神的那个人，在人们虔诚的膜拜下，起初朦朦胧胧觉得自己好像是个神，久而久之，便认定自己就是神，摆出神的架势，于是人们就膜拜得越发虔诚，信仰得越发狂热。这岂不是被神戏弄了？人们创造神，是对被创造成为神的那个人的戏弄；而被创造成为神的那个人，也摆出一副神的架势，戏弄那些把他创造为神的人们。千百年来，我们就是在这种互相戏弄中度过的。那些年代对于我们，对于历史，都属荒诞无稽。"这是作者表达出来的经过几十年探索思考后得出的深刻见解。小说以儿童的口吻揭示了儿童的心理情趣、性格特征，让我们看到了"我"童年的小伙伴玛拉哈一生的全貌。其中，不无孩提时代的生活画面。①

锦云、王毅短篇小说《笨人王老大》：讲述了一个普通农民王老大的悲惨故事

锦云（1938—），原名刘锦云，河北雄县人；王毅（1940—1987），北京人。《笨人王老大》7月份发表在《北京文艺》第7期，获得1980年全国优秀短篇小说奖。小说叙述了一个普通农民王老大的悲惨故事。王老大是个秉性憨厚淳朴的庄稼汉，他"手笨、嘴笨、脑子笨"，但却有着一颗"比金子还贵重的心"。"文革"开始后，农村的经济危机日趋严重。王老大花钱买来被人虐待的孩子后，未过门的媳妇和他解除了婚约；然后他又接来生活无着落的、濒临绝境的一个寡妇和她的三个孩子。生活的重压使王老大不顾冒犯"一律不得进山砍柴卖钱"的禁令而进山砍柴，结果不幸摔死在山里。王老大死后，他仍被当作走资本主义道路的典型而进行批斗。王老大三个字本身就给人沉重的感觉，在传统中国的家族观念中，"老大"是忠孝仁义礼智的代表。但王老大却没有在新社会中走出这背负沉重的老路。王老大是一个极其普通但却动人心魄的农民形象，他勤劳、质朴、善良、艰辛而又默默地生活着，对未来始终抱有美好的信念，但他却长期遭受着农村工作中极"左"路线的愚弄和摧残，

---

① 参阅徐泽蒲《〈白净草原〉与〈活佛的故事〉》，《云南师范大学学报（哲社版）》，1986.2。

最后死于非命。小说以深沉的情感，凝重的表现手法，启迪人们正视极"左"思想对我们社会的严重伤害，同时激励我们要重视农民问题，努力地把农业搞上去。①

刘富道短篇小说《南湖月》：歌颂了社会主义的协作精神

《南湖月》7月份发表在《人民文学》第7期，获得1980年全国优秀短篇小说奖。小说写星火化工厂因扩大生产，需改装大锅炉。该厂技术员柯亭为此十分着急。一天早晨，柯亭站在湖畔，搜寻着他要找的一位骑自行车的姑娘。那姑娘叫苑霞，曾和他在一次赛车时有过一段邂逅。当时苑霞的车坏了，她来到湖畔修车处要修车，柯亭帮她修了车，但一直未修好。柯亭让苑霞骑着他的车先回家，他把苑霞的车带回家后才修好。第二天，二人换车时，苑霞知道了星火化工厂急需大锅炉的情况，主动提出可以帮助柯亭打听购买锅炉的事，柯亭十分高兴。两次见面，双方都互有好感。后来，柯亭和苑霞又在湖畔见面。苑霞邀请柯亭到她家去，说是了解所需锅炉的具体规格，其实是想带柯亭去见见自己的父母。苑霞的父亲是宏兴包装材料厂的副厂长。当他知道柯亭所在工厂是街道小厂，油水少时，就冷嘲热讽起来。这使柯亭的自尊心受到了伤害。柯亭对苑霞也产生了误解，愤然离去。后来，柯亭到宏兴包装材料厂见到了该厂的韩厂长。韩厂长决定将锅炉支援给星火化工厂，使星火化工厂的人十分振奋。柯亭和苑霞也和好如初。小说歌颂了社会主义的协作精神。1981年，该小说被拍摄成电影《湖畔》。②

李斌奎短篇小说《天山深处的"大兵"》：讲述了主人公的爱情故事，歌颂了他对祖国和人民怀有的高度的献身热情

李斌奎（1946.10—），陕西合阳人。《天山深处的"大兵"》7月份发表在《解放军文艺》第7期，获得1980年全国优秀短篇小说奖。小说写北京姑娘李倩来到新疆天山脚下一个名叫"干沟"的地方，准备和恋爱两年多的男朋友、工程兵某部副营长郑志桐断绝恋爱关系。李倩在郑志桐和战士们的住处看到一位30岁左右的少妇在伤心地哭泣着，颠来倒去说着一句话："海洲，

---

① 参阅宣宣《笨人王老大》，《电影评介》，1981.3。
② 参阅江胜清《从新时期文学声浪中看湖北文学的三次创作潮》，《江汉论坛》，2007.10。

我应该在你身边，我对不起你……"李倩乘坐一辆拉菜的卡车去郑志桐施工的地方。在车上，李倩陷入了对往事的回忆。郑志桐是李倩的中学同班同学。1971年，他们都到陕北的同一个村插队。其间，他们相恋了。后来，郑志桐去新疆柴达木盆地的野马滩当兵去了。1977年，李倩从陕北回到北京。在一个冬夜，李倩在北京街道上偶然遇到了郑志桐。这时郑志桐已经是工程兵某部副营长，正在天山深处施工，29岁了还独身。李倩深藏在心底的感情复苏了。郑志桐回部队后，李倩给他写了信，但好久没有接到他的回信。不久，郑志桐来北京军事学院进修，说自己不想干扰李倩的生活。但李倩却控制不住自己的感情。李倩母亲虽然很高兴女儿谈了个对象，但她对郑志桐在新疆工作不满意。李倩的朋友小田和咪咪也嘲笑李倩找了个大兵。郑志桐回部队后，写信要求李倩随他去新疆生活。但小田和咪咪则不停地给李倩介绍着高干子弟或者将要出国的留学生。李倩陷入了极度的矛盾之中。她于是下定决心到新疆和郑志桐断绝恋爱关系……当李倩来到郑志桐施工的地方后，她看到在海拔3000米的施工区，郑志桐正在云雾中贴着绝壁用钢钎排除着险情。在工地上，李倩听到了五连指导员余海洲的故事。他的妻子带了一提包中药来看身体不好的他，但妻子刚到，他却在大塌方中牺牲了。留守处那位胸戴白花、两眼红肿的少妇，就是余海洲的妻子。这些事使李倩又悲伤又感动。李倩见到郑志桐后扑到他怀里边哭边说："志桐，你让我再冷静地想一想好不好……"小说主人公郑志桐不仅对祖国和人民怀有高度的献身热情，而且是一个感情丰富、多才多艺的人。舞会上他有潇洒的舞姿，懂得交响乐，毛笔字写得圆熟遒劲，语言风趣、机智，善于独立思考，对历史和现实都有自己独到的看法。这些特点体现出他是一位既平凡又伟大、既可爱又可敬的军人。从艺术上看，小说的成功之处首先在于它的结构。它讲的不仅是郑志桐和李倩的故事，而且还讲了余海洲夫妇的故事，只是后者处理得比较简单。这两个故事几乎是同时开始的。余海洲夫妇的故事实际代表了天山深处"大兵"们生活的另一面，也暗示着郑志桐和李倩未来生活的一种可能性。这种结构使"大兵"们的生活获得了多侧面的表现。小说的叙事技巧也比较高明。它从李倩来与郑志桐断绝恋爱关系，在干沟遇到一位胸戴白花的少妇写起，于是，李倩与郑志桐最后是怎样的结局？戴白花的少妇是怎么回事？这些悬念吸引了读者的阅读兴趣，增强了小说的情节性。①

王蒙中篇小说《蝴蝶》：寓意人对自己的发现、蜕变，呼吁重建干部和劳动人民的血肉联系

《蝴蝶》7月份发表在《十月》第4期，获得第一届（1977—1980）全国优秀中篇小说奖。小说写某部副部长张思远到一个小山村去接秋文和冬冬回北京。但他们都不愿跟他去北京。1949年，29岁的张思远担任某城市的军管会副主任时，和16岁的女学生海云相爱了，海云是某学校学生自治会的主席，浑身沸腾着革命激情。不久，他们结婚了。1950年，海云生下一个孩子，但孩子因高烧而夭折。海云不久到上海一所名牌大学去学习。一年后，张思远被任命为市委书记。海云毕业后，在师专教书。后来，海云生下儿子冬冬。1957年，海云被打成右派，和张思远离婚了。海云刚走，张思远和美兰相爱。1966年，张思远遭到批斗，他的儿子冬冬冲到台上挥拳打他。海云也因承受不了批斗自缢身亡。美兰与张思远彻底划清界限。张思远被关进了监狱。几年后，张思远被释放了，但他什么都没有了，像一只被遗忘的寂寞的蝴蝶一样。1971年初春，张思远来到冬冬插队的小山村，在这里，他结识了秋文医生。秋文给了张思远活着的勇气与信心。1975年，张思远被接回了市委。1977年，张思远升任省委副书记。1979年，张思远担任了某部副部长。四年之后，张思远来到小山村接秋文和冬冬回去。但冬冬却不愿意当高干子弟。秋文也不愿意当部长夫人。张思远最终缓缓地离开小山村。小说以"蝴蝶"为名，寓意人对自己的发现和蜕变。小说的主题是张思远的身份危机及其化解，而这个危机本质上是知识分子革命者张思远的忠诚危机，它源于张思远的"革命者"身份突然遭到了革命组织的怀疑。他在获得"平反"之后，他的所谓"反思"根本不可能触及造成"文革"社会灾难（包括张思远自己的政治灾难）的根源。小说把反思的对象转向了干部的"特权"和"作风"上，呼吁只有重建干部和劳动人民的

---

① 参阅张中民《他仍在天山深处跋涉——记青年剧作家李斌奎》，《戏剧报》，1985.12。

血肉联系，才能使一切问题迎刃而解。①

叶蔚林中篇小说《在没有航标的河流上》：展现了"四人帮"横行时期城乡混乱、破败的景象以及人们给生活带来的一些感人景色

《在没有航标的河流上》8月20日发表在《芙蓉》第3期，获得第一届（1977—1980）全国优秀中篇小说奖。小说写1971年春季的一天，李冬平在荒地上种南瓜时，一个五六岁的女孩忽然跌进池塘里，他不顾一切地将女孩救上岸。被救女孩是区委书记李家栋的女儿。南瓜开黄花时节，公社派人给李冬平送来了一份铁道学院的录取通知书。李冬平去学校报到时，搭乘着舅公盘老五的木排。木排在潇水上缓缓漂流。潇水是一条没有任何航标的河流。木排上除了盘老五外，还有赵良和石牯。石牯的心上人玫玫被区委书记李家栋的侄子夺去了，他发誓要杀了那个人。晚上，木排停下，石牯独自离开了木排。木排上的人上岸去寻找石牯，最后在下放改造的原来的区长老徐那里找见了他。老徐有痨病，常吐血。他们把区长老徐背到木排上后，石牯给他喂着水。老徐醒了后，嘱咐排工们千万不要因为日子过得不顺心而埋怨共产党，埋怨社会主义。一会儿，老徐又昏迷过去了。为了救活徐区长，放排人把他藏在了常在江面上打鱼的老魏头家里。然后，他们解开排缆让木排斜斜地顺水漂去。忽然，他们发现在青草萋萋的高岸上站着一个穿红衣裳的女子，她正是玫玫。她正在等着石牯。石牯和玫玫被大家送进了木排上的棚子里，两人度过了一个令人心醉也令人窒息的夜晚。清晨，玫玫离开了木排，后来再没有回来。木排到达双河街后，赵良和石牯去看亲戚了，李冬平和盘老五慢慢在街上逛着。在一爿面铺里，他们遇见了盘老五的旧时相好、正在讨饭的爱花。爱花的男人和儿子都死了，她自己也浑身是病。盘老五塞给爱花五元钱和几斤粮票，让她买点人参送给老徐。爱花买了人参后，却被持枪的民兵认为是有意为社会主义抹黑而遭到批斗。批斗的人问人参是给谁的。爱花闭口不答。李冬平目睹了整个批斗会。他回到木排上后，感到普天下唯有这张木排才是最平静、最安稳的地方。木排在盘老五的掌控下，又闯过了一处处险境。但不久，前面却闪出了一片黑压压

---

① 参阅陶东风《知识分子革命者的身份危机及其疑似化解——重读王蒙的中篇小说〈蝴蝶〉》，《文艺研究》，2014.8。

的倒树，盘老五让其他人跳入水中，他自己却划着木排迎着倒树冲去。木排翻了，盘老五也没了踪影。李冬平他们上岸后来到一家铺子，发现受了伤的盘老五躺在那里。盘老五给李冬平十五元钱，让他去搭车上学。盘老五和排工们对李冬平说："去吧，以后别忘了我们……修一条铁路呵！"小说展现了"四人帮"横行时期城乡混乱破败的景象，但船工们及两岸的农民又给生活带来了一些感人的景色。

张石山短篇小说《镢柄韩宝山》：讲述一个青年在农村实行新的经济政策之后娶妻成家的故事

张石山（1947—），山西盂县人。《镢柄韩宝山》8月份发表在《汾水》第8期，获得1980年全国优秀短篇小说奖。小说里面的主人公韩宝山是韩家山的一个勤劳朴实、憨厚耿直的小伙子，因为脾气倔强、性情执拗而落了个"镢柄"的外号。韩宝山家境困难，别人给他介绍了三个对象都没有成功。党的十一届三中全会召开后，农村实行了新的经济政策，人们的生活水平大大提高，韩宝山的日子也兴旺起来，他最终娶到一个品貌双全的好媳妇。

何士光短篇小说《乡场上》：反映了农村变革对人们精神面貌的改变

何士光（1942—），贵州贵阳人。《乡场上》8月份发表在《人民文学》第8期，获得1980年全国优秀短篇小说奖。小说通过梨花屯乡场上发生的一场小风波，反映了党的十一届三中全会以后，农村变革使人们的精神面貌也发生了变化。在小乡场上，支书曹福贵要求老农民冯幺爸为罗二娘和任老大的妻子做证，说明她们的儿子打架的情况。罗二娘是乡里有名的"贵妇人"，她依仗丈夫是食品购销站会计的身份而横行乡里。她的儿子做了错事，但她却反诬别人。穷教书匠任老大的妻子为人孱弱本分，面对罗二娘的无理取闹，只得请求冯幺爸做个见证。支书曹福贵明显偏袒罗二娘，并对冯幺爸进行暗示、诱导、威胁，要他做伪证。左右为难的冯幺爸几经犹豫之后，终于大胆地说出了事情的真相。小说将这场邻里纠纷写得绘声绘色，上场的四个人物及处在幕后的乡场宋书记、食品购销站会计、商店老陈、民办教师任老大，均有代表性，他们一起构成了乡村社会的缩影。小说阐释并证实了思想解放运动给农民精神的解放和自我意识的觉醒带来的作用，它在当时指控了戕害人性、无视人的尊严和个体自由的极"左"路线及"四人帮"的残渣余孽,伸张了正义,歌颂了觉醒。[①]

陈建功短篇小说《丹凤眼》:讲述了一个青年矿工的爱情故事

陈建功(1949—),广西北海人。《丹凤眼》8月份发表在《北京文艺》第8期,获得1980年全国优秀短篇小说奖。小说讲述了青年矿工辛小亮与孟蓓相识、抵触、相知、相恋的爱情故事。在世俗成见中,"矿工"几乎是辛劳、肮脏、粗俗、危险、前途渺茫的代名词。辛小亮是一名矿工,虽然他聪明能干,相貌堂堂,但婚姻却一直处在"老大难"状态。辛小亮因此产生了逆反心理,用种种不近人情和"刺儿头"的行为来张扬自己的高调、自尊,以至于当媒人乔奶奶来到他家为他"介绍对象"时,他连女方姓甚名谁都不问就回绝了。辛小亮的逆反却赢得了跟他一样蔑视世俗成见的孟蓓的青睐,他们最终走到了一起。在过去的文学书写中,像辛小亮这类纯正产业里的工人一直被塑造成"高大全"的形象,他们拥有坚定的阶级觉悟、纯粹的思想境界和高尚的道德情操。但在本小说中,辛小亮却被塑造成了一个有着种种"缺陷"的人,正因为这样,作者才把一个来自生活底层又带有鲜明时代烙印的真实人物形象展现了出来。[②]

罗旋短篇小说《红线记》:讲述了第五次"反围剿"失败后发生的一个具有革命浪漫主义色彩的爱情故事

罗旋(1929—),江西南昌人。《红线记》8月份发表在《人民文学》第8期,获得1980年全国优秀短篇小说奖。小说讲述的是一个具有革命浪漫色彩的爱情故事。第五次"反围剿"失败后,陈毅领导的一股部队准备就地解散,于是派人到当地老百姓家中,动员他们将那些无家可归的战士领回去做儿子、做女婿,以保存革命的火种。山里猎户老炳的女儿紫娥便和伤员山虎组成了家庭。后来,老炳被反动派杀害,紫娥和山虎夫妇便组织队伍,重新进行革命。1981年,该小说由北京电视台摄制成了同名电视剧。

张贤亮短篇小说《灵与肉》:讲述了一个"右派"青年在灵与肉的磨难中使精神得以升华的故事

张贤亮(1936.12—2014.9.27),祖籍江苏盱眙县,生于南京。《灵与肉》9

① 参阅孟繁华《觉醒与承诺——重读〈乡场上〉》,《小说评论》,1995.3。
② 参阅程德培《一头钻进"胡同"——评陈建功小说集〈丹凤眼〉》,《当代作家评论》,1989.5。

月份发表在《朔方》第 9 期，获得 1980 年全国优秀短篇小说奖。小说描写了一个受到 20 多年社会冷遇的右派青年许灵均在灵与肉的磨难中精神得以升华的故事。新中国成立前夕，许灵均的资本家父亲抛弃了 11 岁的许灵均，前往美国。20 世纪 60 年代初，许灵均因父亲是资本家，被划成"右派"而下放到贺兰山农场七队进行劳动改造。在那里，许灵均与美丽善良的李秀芝结为夫妻。在 20 多年的劳动改造中，许灵均将一批农村孩子培养成了艺术人才。他的行为也影响了淳朴善良的七队职工。后来，许灵均的富豪父亲叫他去美国，但他舍不下与自己患难与共的妻子，舍不下善良的乡亲，所以他拒绝了父亲。许灵均最终回到了自己用灵与肉在大西北荒原上筑成的那间小土屋里。小说通过对许灵均命运和心灵的描写，展现了蕴蓄在我们民族之中的一股强大的心灵美和性格美。许灵均处在逆境之中仍保持着活力、信念和节操，而且下定决心要让自己再生，再发展。在艺术手法上，小说构思新颖别致，采用了意识流和拼贴画面的表现手法来叙事。小说后来由李準改编成电影剧本后，谢晋导演将其拍成故事片《牧马人》在全国上映，引发了轰动。[①]

张辛欣短篇小说《我在哪里错过了你？》：讲述一对男女青年错失了爱情的故事

张辛欣（1953—），祖籍山东，生于南京，居北京。《我在哪里错过了你？》9 月 25 日发表在《收获》第 5 期。小说写女主人公在车上卖票、检票，但她实际上还管理着车上的秩序。车上的混乱秩序、肮脏环境使她具有了男人的个性。

在熙熙攘攘的人群里，她大声地吆喝着。她的男友李克却比她弱，她像姐姐一样照顾着这个弟弟。在一个星期六的傍晚，她在拥挤的车上遇见了他，他是因有急事而硬挤上车的，但他也用自己的身体护着她。他下车之后，她以为他们不会再有交集，但她发现他正是负责她所写的剧本的导演。在长时间的相处中，她在他面前总是不经意地流露出女孩子的害羞心态来。后来，她发现他原来有个心上人在"文革"中死去了，他对她似乎仍念念不忘。不久，她和他

---

① 参见阎纲《〈灵与肉〉和张贤亮》，《朔方》，1981.1。

总是为剧本而吵架，他对她所坚持的，总认为那是固执。在他一次次因为排戏而忽略她的存在之时，她却确定自己已经爱上了他。但是，她害怕恋爱，所以不敢全心全意地去爱他。他们最后一次见面是在舞台剧落幕的庆功宴上：他带着有些忧郁的微笑向她邀舞，她却选择了和李克一起跳舞。他和她最终不辞而别了。她就这么错过了他。小说中的男主人公是一个如石雕般的硬汉子，他有着与大海搏斗的力量和坚强的事业心，同时又弥散出诗人般的气质。他和她都是精神上的强者，虽然碰到一起，虽然有相同的理想追求，但由于各自的追求方式不同，所以造成了相互之间的难以理解。于是，他们的生存困境就凸现了出来。①

王润滋短篇小说《卖蟹》：一篇表现人性的美丑与善恶的小说

王润滋（1946—2002），山东省文登人。《卖蟹》10月份发表在《山东文学》第10期，获得1980年全国优秀短篇小说奖。小说写在卖蟹市场上，等着买蟹的有两位主要人物：一位是"过滤嘴"，他是个"出众的胖子"；另一位是"旱烟袋"，他是个"土里土气的瘦老汉"，山里的农民。"旱烟袋"向"过滤嘴"询问时间，但"过滤嘴"以搪塞的话语表示了对"旱烟袋"的轻蔑，进而还有意欺骗"旱烟袋"，其狡诈性格初露端倪。"旱烟袋"受了"过滤嘴"的欺骗后还向他道谢，其老实诚厚的性格可见一斑。紧接着，小说的另一中心人物——卖蟹的小姑娘出场了，她一来，"过滤嘴"就将别人挤到一边，自己占据了第一个的位置，然后他挑肥拣瘦，一再压价。但泼辣能干的卖蟹小姑娘却不买他的账，她把称好的蟹又倒回筐里。"过滤嘴"的"价格统一战线"没有形成，人们纷纷把蟹买走了。"过滤嘴"只好把最后剩下的几只蟹紧紧地攥在手里。在外围一直挤不进来的"旱烟袋"也想买蟹，因为他的老伴得了癌症，别的不想吃，就想吃只蟹。但"过滤嘴"缺乏同情心，他不肯匀给"旱烟袋"两只蟹。卖蟹小姑娘利用"过滤嘴"贪图小便宜的心理，诱使他放弃余下的蟹，然后将这些蟹全部倒进了"旱烟袋"的网兜里，并象征性地收了一点钱。小说结尾写到，聪明机智的卖蟹小姑娘巧妙地将"过滤嘴"引至海边，然后驾船而去，给

---

① 参阅董丽敏《历史转折中的性别主体建构困境：重读张辛欣小说〈我在哪儿错过了你？〉》，《名作欣赏》，2015.19。

予了自私自利的"过滤嘴"应有的惩罚。小说赞美了人性中的善，鞭挞了丑恶的小人，突出了扬善抑恶的主题。在艺术手法上，小说通过惟妙惟肖的肖像描写和鲜活生动的语言描写、动作描写，塑造了三个形象鲜明的人物，使他们的性格乃至心灵得到凸现。同时，三个人物互相映衬、对比，表现了人性的美丑善恶。小说还成功地运用了山东地方口语，乡土风情和生活气息浓郁，给人以清新风趣之感。①

韩少功短篇小说《西望茅草地》：塑造了一个具有封建专制作风的农场厂长的形象

韩少功（1953.1—），湖南长沙人。《西望茅草地》10月份发表在《人民文学》第10期，获得1980年全国优秀短篇小说奖。小说叙述了"我"来到茅草地农场的各种遭遇。"我"不顾家人的反对，只带了一把牙刷就来到茅草地农场。场长张种田是个军人，没有种田的经验，只是按照上级的要求去种田，去办农场。张种田种田的时候由于没有利用科学的方法，光知道蛮干，结果造成了广种薄收，造成了农场的知青个个都累得筋疲力尽。后来，张种田为了改变这种情况，尝试着科学制肥，但仍然没有任何效果，最后只得放弃。为了让知青们鼓足干劲种田，张种田不允许他们谈恋爱，并拆散了"我"和小雨的关系，导致了小雨抑郁而终。张种田为了检查知青们的政治立场，又导演了一场"山洞考验"，他将通过考验的知青们的名字写上光荣榜。张种田的封建专制作风被知青们揭发后，受到了批判，并关了禁闭。小说也写了知青们在日常工作中的懒惰，他们不听指挥，结果导致农场亏损，最终被迫解散。小说对社会和人性进行了批判。②

鲍昌长篇小说《庚子风云》：一曲描写义和团运动的悲壮乐章

鲍昌（1930.1.21—1989.2.20），生于辽宁沈阳。《庚子风云》第一部11月份由百花文艺出版社出版，第二部出版于1984年。两部小说以义和团为题材，

---

① 参阅傅书华《解读王润滋〈卖蟹〉——对现代价值大厦的重构》，《语文教学通讯：初中（B）》，2002.4。

② 参阅王锦宝《"五四"精神回归与心灵辩证法——我读《西望茅草地》》，《大众文艺》，2011.21。

探求与表现了激发义和团运动的深刻的历史和社会原因，再现了庚子年间乃至
19 世纪末 20 世纪初的社会风云。第一部写到 1900 年。评论者认为两部小说对
历史真实与艺术虚构之间的矛盾关系处理得比较好。小说人物的"主要经历、
性格特点，都是符合历史真实的"。小说以李大海一家的悲欢离合为引线，描
述了从义和团起事到八国联军入侵等一系列历史事件及宫廷内部王公大臣之间
的斗争，塑造了许多性格鲜明的义和团首领的形象。小说再现了晚清社会复杂
尖锐的阶级矛盾和民族矛盾，抨击了以慈禧为首的封建统治集团对内实行残酷
镇压，对外妥协、投降的罪恶行径。同时，小说也表现了波澜壮阔的义和团反
帝爱国斗争，谱写了一曲义和团运动的悲壮乐章。①

戴厚英长篇小说《人啊，人！》：一部凸显文体革新意识的作品

戴厚英（1938—1996），安徽颍上人。《人啊，人！》11 月份由广东人民出
版社出版。小说分成四部分，第一章围绕每个自述人对历史的看法而展开，探
究历史观。第二章围绕每个自述人对孙悦、何荆夫的爱情的看法而展开叙述，
在凌乱的意识流动中一点点地还原历史。第三章围绕孙悦与何荆夫、赵振环的
情感纠葛而展开，在各种意象、片段化情节中展开了对人性、人情的探讨。第
四章围绕出版《马克思主义与人道主义》一书而展开，将小说的哲学反思推向
高潮。小说的主线是孙悦与何荆夫、赵振环的情感纠葛，但这条主线的中间却
不断地插进了其他细枝末节，使得一条本来很流畅的线性结构隔空形成了四个
既独立又互为逻辑的并置性结构。小说让赵振环、孙悦、何荆夫、许恒忠、孙
憾、奚流、李宜宁、陈玉立、小说家、游若水等人物轮番出场，以第一人称视
角畅谈他们对历史，对孙悦和何荆夫之间的情感等的看法和自身的心理感受。
这种叙述方式让每个人物的内心渴望与困惑都得到了自然喷涌和流淌。小说的
语言浸润着浓郁的情感，多声部的表述和混响使该小说和新时期初期许多宣泄
控诉的小说相比呈现出明显的不同。小说在恪守与突破政治文化规约之间凸显
出一定的文体革新意识。它的章节并置、叙述者并置、情节并置以及在作家的

---

① 参阅潘古《庚子风云》，《读书》，1982.6.

人生际遇、创作心理、审美追求等方面都突出了文体探索实绩。①

汪浙成、温小钰中篇小说《土壤》：展现了知识分子灵魂及性格的发展历程

汪浙成（1936—），浙江奉化人；温小钰（1938—1993），浙江杭州人。《土壤》11 月份发表在《收获》第 6 期，获得第一届（1977—1980）全国优秀中篇小说奖。小说里面的魏大雄、辛启明、黎珍是大学同学。有一天，在北京某部工作的黎珍代表部里去考察魏大雄负责的东风农场，辛启明是农场的技术员。三人相遇后都忆起了 20 年前的往事。1959 年，三个人进入了大学生活的最后一年。当时党内正在反右倾机会主义。辛启明对班长魏大雄所做的农村劳动总结中的不实之处提出了意见，结果被打成了右倾机会主义分子。辛启明被开除党籍后，被送到西北沙漠中的东风农场劳动改造了 20 年。魏大雄却因"反右"有功而被留在了北京。黎珍热恋着辛启明，魏大雄则暗恋着黎珍，常去看黎珍。黎珍后来和哥哥的同学刘子磐结了婚。婚后，他们生了一个儿子。"文革"中，刘子磐以"间谍罪"被逮捕，后被迫害致死。黎珍被下放到干校劳动，她的儿子小军也被送到伊赫沙漠的军垦农场去接受改造。魏大雄在三年困难时期，回到西北家乡的一个农专教书，后来和地委书记吴根荣的女儿结婚了，他的工作也被调到地委的农林局。"文革"开始后，吴根荣被批斗，魏大雄于是和岳父划清界限，然后到革委会工作。后来，魏大雄到西北沙漠中的东风农场当场长，他在农场因为搞了一些"假、大、空"的名堂，被树立为学大寨的先进典型。辛启明劝魏大雄要从长远考虑，不要靠说假话来取得上级的信任。但魏大雄还是被调到农管局当了局长，辛启明也当了东风农场的代理场长。辛启明从实际出发制定出了一套改造农场的措施和计划，这感动了黎珍。最终，黎珍和辛启明走到了一起。黎珍觉得自己终于找到了心目中的启明星，决心和辛启明一起共同从事他们热爱的土壤研究工作。小说诉说了三个知识分子的命运、性格在 20 多年风风雨雨里的发展、变化，作者借着主人公生活道路的交叉、思想的碰撞、感情生活的激荡，反映了社会生活中尖锐的矛

---

① 参阅刘霞云《戴厚英〈人啊，人！〉的文体选择与文学反思》，《南京师范大学文学院学报》，2015.3。

盾和迫切的问题。小说成功刻画了魏大雄、辛启明、黎珍三个主要人物。魏大雄是一个政治投机商，他从一个尚具正义感的大学生变成一个利欲熏心的个人主义者，这是与当时的政治现实紧密关联的，使人看到了运动中人性的蜕变及真理、民主与法制在运动冲击下如何失却自身的真实情况，再现了一个颠倒的时代。小说采用三个第一人称交替使用的方法，让魏大雄、辛启明、黎珍自吐心曲，让人得以窥见他们的灵魂及性格发展的历程。这种方法在客观上避免了创作者的过多介入和干预。另外，作者对生活发表的见解有时甚至超过了主人公，这多少增加了小说"呐喊"的意味。[①]

蒋子龙中篇小说《开拓者》：塑造了一位既是改革的推动者和开拓者，又是一位失败的"英雄"形象

《开拓者》11月份发表在《十月》第6期，获得第一届（1977—1980）全国优秀中篇小说奖。小说里面的车篷宽是一个"懂技术、讲科学、有事业心"的现实性人物，他从西安交大毕业后到重庆工作，其间，他给周总理当过技术顾问，然后长期在国家机械工业部门做领导工作。车篷宽精通英、德、日几种外语。后来，他被任命为主管某省工业的副书记。在重重障碍面前，车篷宽虽然是一位失败的"英雄"，但他却是改革的推动者和开拓者，他主张打开国门引进外国现代技术，按照经济规律进行经济建设；他本着振兴中华，加快四化建设步伐的目标，不避艰难，锐意改革，力排种种阻力，大刀阔斧地进行工业经济体制的调整和改革。他的改革行动，显示了一个高级领导干部的胆识。[②]

柯云路短篇小说《三千万》：当年被视为"改革文学"的代表作之一

柯云路（1946.11.13—），原名鲍国路，生于上海。《三千万》11月份发表在《人民文学》第11期，获得1980年全国优秀短篇小说奖。小说写了党的领导干部丁猛坚持原则，用理想主义精神与多种恶风邪气做斗争，最终维护了党的纯洁和国家的利益的故事。小说以追加预算三千万或压缩三千万，完成"胡子工程"为轴心，揭示了某厂在搞基建工程的过程中，使部门之间、干部之

---

① 参阅李光龙《汪浙成、温小钰小说创作论》，《宁波高等专科学校学报》，1999.3。

② 参阅范晓民、王萍《新时期工业文学的开拓者——蒋子龙工业小说创作论》，《焦作大学学报》，2001.2。

间、群众之间互相扯皮，结果形成了损公肥私的关系网，使一部分干部对之睁只眼闭只眼，得过且过，明哲保身。小说也塑造了坚持党的原则，坚持改革开放，敢于硬碰硬，善于化解难题矛盾的共产党人丁猛的形象。小说在当时曾经引起过不小的轰动，被视为"改革文学"的代表作之一。然而，由于时代观念遮蔽的缘故，我们在当时实际上根本无法真正看清丁猛们所谓"改革"的实质性内容。这一点，只有在时过境迁之后的现在，我们才能够有清醒的认识。①

方南江、李荃短篇小说《最后一个军礼》：表现了即将退伍的军人对军旅生活的眷恋

方南江（1945—），湖南平江人；李荃（1955—），山东济宁人。《最后一个军礼》11月份发表在《解放军文艺》第11期，获得1980年全国优秀短篇小说奖。小说写耿志在返回宿舍的路上，见到即将复员的炊事班长鲁二坤正忙着为母猪接生。耿志也将复员，他从鲁二坤的行动中，感到了自己的不足。耿志第二天就怀着依依不舍的心情，与妻女一起告别了部队和战友，踏上了退伍返乡的路途。在路上，退伍兵们在七嘴八舌地谈论着自己今后的打算，原八连战士魏成对自己未能在部队入党而感到烦恼和不快。当大家乘坐的汽车来到冰河时，大家看到一辆地方上的大客车正陷进冰水里不能动弹。耿志和众人齐心协力地将汽车推上了岸。魏成为了让家人高兴，他在大家停车休息之时，要求耿志回家后告诉他母亲，他在部队上曾是党组织的发展对象。魏成说这样说可以有利于自己的工作安排。但耿志拒绝了魏成的要求。魏成一气之下跑上山去不肯下来。耿志和大伙找到魏成后，对他进行了批评和帮助。魏成的负气上山延误了大家继续前行的时间，天很快就黑了，卡车不能继续前进了，大家只好在野外露宿。当一堆篝火点燃后，火光温暖了大家的心，大家又成为一个整体，每个人感到自己又好像置身在军营之中一样。第二天，车队安全抵达县武装部。耿志向武装部提出，他放弃在县城的工作，而到公社的第一线工作。魏成得知耿志的决定后，觉得自己又一次了解和认识了耿志。耿志将魏成扔掉的入党申请书还给魏成，魏成感动得热泪盈眶。战友们就要分别了，耿志慢慢地抬

---

① 参阅王晓瑜《改革文学中的改革想象——重读柯云路短篇小说〈三千万〉》，《名作欣赏》，2011.10。

起右手，深情地向大家敬了最后一个军礼。小说将耿志这个人物塑造得栩栩如生，他不是概念的化身，他有喜怒哀乐，如他对魏成的恨铁不成钢，对女儿真实的爱，对部队的热爱、对党的决定的服从；复员使他心情压抑，但他既是党员，又是优秀的政工干部，所以他一刻也不停止工作，哪怕是转业的途中都是这样，任何变化都无法改变他。小说从人物出发设置的环境、情节、细节，一切都为表现人物性格服务。

吕雷短篇小说《海风轻轻吹》：讲述了几位年轻人战胜挫折的许多故事

吕雷（1947.3—），广东惠东人，出生于重庆。《海风轻轻吹》12月份发表在《作品》第12期，获得1980年全国优秀短篇小说奖。小说的创作灵感来自作者与钻井工人们亲密接触的经历。一次，作者在带领一批宣传女干事前去钻井队慰问演出时，平时大大咧咧、英勇无比的钻井汉子们突然变得羞赧而腼腆。钻井汉子们对爱情的焦灼渴望深深地打动了作者，他觉得他们吞吐的言谈与羞涩的行动是天然的创作素材。他于是在小说里塑造出了晶晶、何帆等动人的青年人形象。该小说描写了年轻人战胜挫折的许多故事，表现了他们追求美好生活和爱情的积极进取精神，是一篇优秀的爱情小说；同时，小说也反映了海洋石油工人的工作和生活情况。

1981 年

礼平中篇小说《晚霞消失的时候》：较早描写红卫兵对"文革"进行反思的小说

礼平（1948.9—），四川宣汉人，生于河北张家口。《晚霞消失的时候》1月份发表在《十月》第1期。小说分春、夏、秋、冬四章，写解放军将军李聚兴之子李淮平和原国民党将军楚轩吾的外孙女南珊少年时就相识，他们在经历了"文革"时期的"上山下乡"运动之后都当上了干部。这期间，二人在四次巧遇中，展开了关于历史、人生、爱情、宗教等问题的讨论。他们对历史的"含混性"的揭示，对理性力量和人控制历史的信心的怀疑是小说所写的多个问题中最激动人心的内容。小说较早描写了红卫兵对"文革"的反思，详细描述了那个时期个人的狂热及后来的反省历程，对楚轩吾形象的塑造、对重大历史场面的反讽和戏谑都实现了对主流文学的颠覆。小说也透露着鲜明的宗教气息。小说发表的时候正是伤痕文学、反思文学和改革文学在文坛上各占据重要地位之时，在这三股文学思潮中，该小说以其特殊的叙事引人注目，其人物塑造、反思态度和思想的包容性都颠覆了十七年时期形成的文学叙事传统，与同时代作品相比也有显著的差异。小说发表后引发了激烈的争鸣。这场争鸣的特别之处在于，它不仅让许多有理想的青年对那个激情燃烧的岁月产生了质疑与批判，在20世纪80年代产生了很大的反响。

水运宪中篇小说《祸起萧墙》：讲述了一位改革者的悲剧故事

水运宪（1948.5.5—），祖籍湖北武汉，生于湖南常德。《祸起萧墙》1月份发表在《收获》第1期，获得第二届（1981—1982）全国优秀中篇小说奖。小说写原省水电局副局长，现任佳津地区电力工业管理局局长的傅连山因为一场电力事故而受审，在法庭旁听席上坐着的是省上科、局级的干部，省委副书记、副省长、省经委主任也到了场。18个月前的一天，傅连山希望老朋友梁友汉去佳津地区共同组建佳津电业局。不久，佳津地区电业局成立，省局却不承认地区自建电业局。傅连山出师不利，急火攻心，一下子病倒了。在部里来人检查五省并网工作时，省委组织部立即召集省局与地委领导共商佳津地区电业局的组建问题。最终，傅连山被任命为佳津地区电业局局长，他和梁友汉二次到佳津后，发现原地区自建的电业局资料混乱，人员超编，职责不明，设备陈旧，存在着很多问题。傅连山宣布对超编人员进行裁减。这在群众中引起了很大的反响。局党委书记郑义桐也强行否决。傅连山与梁友汉调查后，提出改造金沟水电站联网形式的合理方案，并将佳津联网计划报省局批准。但地委郭书记设障阻挠，调走了梁友汉，并通知傅连山去轮训班学习。博连山在轮训班的学习还未结束，便接到了提前回局工作的通知。因为此时，局里接连发生事故。傅连山一到局里，就使电网很快恢复正常。但省主力电站水泵房却进了水，金沟水电站告急，郭书记仍然要求供电。傅连山明白，如果按郭书记的要求办，就会触犯刑法。傅连山最终下令金沟电站断开网路，全部送往本区小系统；接着，又命令二级负荷送电。结果到达极限的负荷使所有开关一齐跳开，各种电器全部停运。供电运行中最可怕的事故发生了。傅连山当即昏厥。他怒视着郭书记，冷冷地笑道："这不是正常的事故，这是人为的责任事故！我要用我的毁灭来震醒你们！"该小说是改革文学的代表作之一，通过描写改革势力与对立势力的斗争，显示了水运宪作品的悲剧美学风格。小说塑造的傅连山这一悲剧形象，揭示了改革者的献身精神，并对照了他的悲苦命运，显示了人物崇高的悲剧精神。①

谭谈中篇小说《山道弯弯》：塑造了一个善良朴实的山村女子的典型形象

谭谈（1944—），湖南涟源人。《山道弯弯》1月份发表在《芙蓉》第1期，获得第二届（1981—1982）全国优秀中篇小说奖。小说中，金竹的丈夫

① 参阅王福湘《迎风怒放的姊妹花——论〈祸起萧墙〉和〈雷暴〉》，《衡阳师专学报（社会科学）》，1985.3；桂阳《论〈祸起萧墙〉里傅连山的悲剧形象和悲剧精神》，《人间》，2015.15。

大猛在煤矿事故中因公殉职，按照规定，职工因公牺牲，不满30岁的妻子，可以顶职。金竹只有28岁，符合顶职的要求。矿里的苏主任来金竹家慰问时，将这个情况告诉给了金竹并征求队长、支书和亲属们的意见。金竹想起自己过门五年来不顺心的事一件接着一件，先是婆婆故去，后又是公爹故去。公爹故去前，要求她和大猛给还没成亲的二猛成亲。经过别人牵线，金竹的表妹凤月很快就要嫁给二猛了。金竹心里高兴极了。但不久，凤月被选拔到大队的代销店当上了营业员，她于是看不起二猛了。而二猛是个愣头青，赌气再也不上凤月家的门。金竹想到老人交代她和大猛帮二猛成婚的事情没有办好，心里一直都感到不安。如今，大猛不在人世了，二猛的婚事，更成了金竹的一块心病。最终，她决定让二猛顶职进大煤矿当国家工人，这样凤月一定会嫁给他的。小说塑造了舍己为人、自强自立的金竹形象，从她身上可以看到当代女性已经建立起了的独立人格精神。小说具有超出一般审美价值和社会意义的特点，它采用现实主义的创作方法，以朴实清新的语言、简洁明快的情节，塑造了一个不仅仅具有中华民族传统美德，而且更具有时代精神和独立人格的、善良朴实的山村女子金竹的典型形象，把读者带进了一个富有诗意和时代色彩的艺术境界。①

刘绍棠短篇小说《蛾眉》：讲述一对年轻男女砥砺奋斗考取大学的故事

《蛾眉》1月发表在《长春》第1期，获得1981年全国优秀短篇小说奖。小说写细柳营唐二古怪的儿子唐春早心灵内秀，敏而好学，一心想考大学，然后娶个水灵漂亮的姑娘为妻。唐二古怪也让儿子靠读书找个"铁饭碗"，将来娶个好媳妇。但唐二古怪不会拍马屁，不会走后门，每次公社的上学招工指标总是落不到唐春早的头上。唐春早23岁这一年，前景仍然渺茫，媳妇也没找到。唐二古怪在同村马国丈从四川贩卖来的六七个农村姑娘中，给唐春早买了个叫凌蛾眉的媳妇。但公社的政策是男子满25岁，女子满23岁才能登记结婚。凌蛾眉才20岁。唐二古怪给马国丈写了一张800元的欠条，又将家中的房屋做抵押，换来了凌蛾眉的户口卡片，才把凌蛾眉领回家中。凌蛾眉也是高

---

① 参阅朱平珍《"朴素的美"和"含蓄的美"——谭谈中篇小说〈山道弯弯〉今读》，《云梦学刊》，2009.11。

中毕业生，因父亲被批斗，母亲又跟着殉情，所以只好卖身，她把换来的钱给了两个弟弟。唐二古怪心软，最后只认凌蛾眉做干女儿，没有娶其为儿媳。凌蛾眉手巧，帮唐家上下打理，并帮唐春早补课。后来，凌蛾眉想回家看望弟弟，并承诺还会回来。但唐二古怪不允许，唐春早却偷来了凌蛾眉的户口卡片。凌蛾眉选择留在唐家。最后，唐春早和凌蛾眉分别考上了四川和北京的大学。《蛾眉》和作者的《蒲柳人家》等小说一样，格调清新淳朴，文笔通俗晓畅，描写从容自然，结构简洁完整，乡土色彩浓郁。

古华长篇小说《芙蓉镇》：新时期作家意识在语言领域苏醒的最早文学表现

《芙蓉镇》2月20日发表在《当代》第1期，1982年12月15日，小说获得第一届茅盾文学奖（1977—1981）。小说描写了"三年困难时期"结束后，农村经济开始复苏，胡玉音在粮站主任谷燕山和大队书记黎满庚的支持下，在镇上摆起了米豆腐摊子，生意兴隆。1964年春，胡玉音用积攒的钱盖了一座楼屋，落成时"四清"运动开始了。"政治闯将"李国香和"运动根子"王秋赦认为胡玉音是在走资本主义道路而将她打成"新富农"。胡玉音的丈夫黎桂桂自杀，黎满庚被撤职，谷燕山也被停职反省。"文革"开始后，胡玉音更是饱受屈辱，在绝望中，她得到"右派"分子秦书田的同情，两人于是结为"黑鬼夫妻"。秦书田因此而被判劳改，胡玉音被管制。冬天的一个夜晚，胡玉音分娩难产，谷燕山拦了一辆车送她到医院。经过剖腹，胡玉音生下了一个胖小子。党的十一届三中全会后，胡玉音摘掉了"富农"帽子，秦书田摘掉了"右派"和"坏分子"帽子回到了芙蓉镇，黎满庚恢复了职务，谷燕山当了镇长。但李国香却摇身一变，通过控诉极"左"路线而与省里一位中年丧妻的领导结了婚。王秋赦发了疯，每天在街上游荡，凄凉地喊着"阶级斗争，一抓就灵"，成为一个可悲可叹的时代的尾音。小说表面讲述的是个人故事，实际表现的是国家命运，是20世纪80年代初期具有重大影响的长篇小说。进入20世纪90年代后，小说遭遇了由热到冷的待遇，原因在于它难以突破政治批判的思维限度。对于80年代初仍处于公共话语时代的中国文学来说，小说的意义应该在于它的个性化话语上。作家运用独异的语言形式颠覆了半个世纪以来的文学语言，成为新时期作家意识在语言领域苏醒的最早文学表现。[①]小说经作者修改后，11月由人民文学出版社出版。

赵本夫短篇小说《卖驴》：表达了国家的改革开放政策是不会动摇的主旨

赵本夫（1948—），江苏丰县人。《卖驴》2月份发表在《钟山》第2期，获得1981年全国优秀短篇小说奖。小说的主人公孙三老汉是乡村收购站的"脚力"，他凭着自己的辛苦、爱计算和与乡邻结下的情谊，战战兢兢地挣下了一段不错的日子。孙三老汉知道，自己的"好日子"来自政府的"好政策"。但这政策却说变就变，这是孙三老汉一代人用生命和教训积累下的经验。孙三老汉靠经验推断，自己的好日子不会长久，政策迟早会变的。他于是一直处在纠结之中，对政策是放还是收，是宽还是严，是松还是紧的问题白天想，晚上也想。其间，他想起过去曾对自己"走资本主义道路"进行批判的事情后，他决定在政策变化之前先把跑脚力的大青驴卖了。但他的预感并没有应验。不久，政府表态说，党和政府的政策不但不会紧，而且还会更松。这使孙三老汉对自己在集市上说的把驴卖了的话后悔不已。最后，他高兴地骑着驴子回家了。小说以艺术形式告诉人们，国家的改革开放政策是不会动摇的。

迟松年短篇小说《普通老百姓》：描写了20世纪80年代初我国领导干部存在的问题

迟松年（1937—2005.4），山东掖县人。《普通老百姓》2月份发表在《鸭绿江》第2期，获得1981年全国优秀短篇小说奖。小说写地区副专员吴枫是一位早期参加革命的老干部，因年事过高，身患疾病，不能胜任工作。但他却不能正视现实，仍然抓工作、作指示，结果造成了不良后果。后来，吴枫在地委书记李军主动让贤的影响下，特别是经过他的老部下、地区办主任马文富善意的劝说后，才决定辞职离休。吴枫在职时，曾创办了试验牧场，实现了自己早年立下的在山区干一辈子的理想。当他书写辞职申请书时，他回顾了自己一

---

① 参阅杨晶《古华和他的语言世界——长篇小说〈芙蓉镇〉新解》，《名作欣赏》，2011.21。

生的战斗历程，觉得自己无愧于人民，于是感到莫大的欣慰。小说以对人对时代的精妙把握，描写了20世纪80年代初我国领导干部存在的问题，反映了一些人对当领导比参加革命更具有热情的状况。作者以热烈的政治激情和委婉细腻的笔触，描写了吴枫这位"三八式"行署副专员离休当普通老百姓的心路历程。这在"伤痕文学""问题小说"尽显风流的时代，具有独树一帜的价值。

古华短篇小说《爬满青藤的木屋》：一篇富于探索性的诗性小说

《爬满青藤的木屋》2月份发表在《十月》第2期，获得1981年全国优秀短篇小说奖。小说写盘青青嫁给了一个只会日出而作日落而息的看山员王木通，王木通除了周而复始的劳作外，最大的能耐就是每晚上对盘青青发泄兽欲，最大的愿望就是让盘青青给他生下一堆儿女。在一个与世隔绝的深山老林里，王木通与盘青青还算"相濡以沫"，他们别无他求地打发着日子。一天，一个城市知识青年李幸福撞入了他们平静的生活，李幸福带来了一股使盘青青感到无限新奇的文明之风，这吹乱了她的心絮，使她心旌摇动。在一场山林大火之后，盘青青毅然决然地摆脱了王木通的控制，跟着李幸福逃离了那爬满青藤的木屋，远走他乡去寻求自己的爱情和幸福了。而王木通依然守着那爬满青藤的木屋。后来，他又娶了一个广西寡妇，每晚仍然做着那生儿育女的事。小说塑造的王木通是一个愚昧、野蛮、充满兽性的人，他只知道劳作，只知道在女人身上发泄兽欲，他把妻子当作私有财产，当作传宗接代的机器。盘青青背叛王木通，是文明对野蛮的反抗。李幸福撞入王木通平静的生活，其实是拯救了一个悲剧中的灵魂，是对传统的封建伦理道德作出的挑战。最终，盘青青与李幸福结成了夫妻，获得了她期盼已久的真正的爱情。小说在主题提炼、人物塑造和环境气氛的渲染上都具有诗的情调、诗的韵味和诗的色彩，是富于探索性的诗性小说，值得当今小说创作者借鉴和参考。① 小说透过知青、妇女和儿童的人生悲剧，对悲剧发生的原因进行了追问。以王木通为载体，作者在字里行间对他身上隐藏的人性之恶与传统文化中的落后因子，对他愚昧自大与非正

---

① 参阅尚宇《呼唤文明的诗——评古华短篇小说〈爬满青藤的木屋〉》，《牡丹江师范学院学报（哲社版）》，2006.6。

常权力合谋这一现象展开了批判、反思。① 小说反映了作家向现代民族国家话语靠拢的功利性目的。现代性叙事、人道主义叙事与情爱叙事是小说采用的反叛"文革"话语的三大叙事类型。

高晓声"陈奂生七篇系列小说"之《陈奂生转业》：写了陈奂生在"转业"过程中的种种奇遇

1979 年，高晓声发表了短篇小说《"漏斗户"主》；1980 年，发表了《陈奂生上城》，写了陈奂生因病结识了县委吴书记；1981 年 3 月 5 日，作者的"陈奂生七篇系列小说"之《陈奂生转业》发表在《雨花》第 3 期。小说写吴书记已经晋升为地委分管工业的书记了，陈奂生所在的大队的干部于是想利用他与吴书记熟悉的关系，把他安排到队办工厂当采购员，让他去采购一些紧缺原料。陈奂生一辈子都以务农为生，向来不善交际，不会找门路。在当了采购员后，他去采购原料，虽然感到自己不能胜任这个工作，但不久，土里土气的他凭借着和吴书记的交情，竟然真的搞到了五吨紧缺的原料。原来，他用来"征服"吴书记的武器既非钱财贿赂，也非言语哄骗，而是他的老实以及诚挚的感情。陈奂生搞到原料后，想节省一点运输费，于是自己花了两天时间用板车把原料拉回到队办工厂。他想自己这次弄回这么多原料，肯定会得到三四十元的劳务费。他去会计那里领钱，但会计分文不给。正当他恼火的时候，会计却按制度规定给他付了搞到材料的奖金，一共有 580 多元。这使他一下子惊呆了。小说通过写陈奂生的种种奇遇，展现了他在"转业"过程中发生的悲喜剧。

顾笑言中篇小说《你在想什么》：寄寓了作者对人生、对历史、对一系列社会问题进行哲理性思考的小说

顾笑言（1941 — 2000），黑龙江省哈尔滨市人。《你在想什么》3 月份发表在《花城》第 2 期，获得第二届（1981—1982）全国优秀中篇小说奖。小说写 1977 年，新任内蒙古乌兰础鲁铁矿党委书记的马长青携带着家眷前来矿上安家。马长青的前任被青年工人气走了。马长青来到矿上后，与青工们同

---

① 参阅刘楚《〈爬满青藤的木屋〉：牧歌背后的悲歌》，《湖南广播电视大学学报》，2016.3.

吃、同住、同劳动，做他们的朋友。马长青的行为使青工们深受感动。青工们组织了突击队，选举经常爱惹事的刘国庆当队长，发誓以苦干来赢得荣誉。这时，突击队驻食堂的代表房栓为了改善大家的伙食，偷了邻近生产队牧民的鸡、鸭、鹅。扎布老爹来向马长青告状，马长青掏出自己的40元钱进行了赔偿。刘国庆闻讯后踢了房栓两脚。马长青要求刘国庆讲究工作方法，刘国庆发誓再不打人。老实憨厚的工人李占林的脊背上被人画了一个大王八，他的未婚妻方玫看见后，勾起了从前失身于人的羞愧回忆。马长青严厉批评了将方玫失身一事张扬出去的高连生。高连生怀恨在心，决定以后报复。马长青使方玫重新鼓起了生活的勇气。他的女儿马英与青工赵东山恋爱，他积极支持女儿的选择。马长青向上级建议由刘国庆担任代理矿长，然后他又找到高连生，希望他改正错误。高连生深受感动。夏夜静悄悄的，星儿闪烁，像是在询问每一个人："你在想什么？"小说反映了20世纪80年代中国的一个热门话题——"代沟"，从一个独特的角度体现了作者对这个话题的深入思考。主人公马长青对如何认识、理解经历过"文革"磨难的一代青年，如何治疗他们心头的创伤、如何焕发他们大干"四化"的满腔热忱做出了自己的努力。他与青年矿工做朋友，体谅他们的疾苦、理解他们的难处，积极发现、引导他们的热情，努力探索一条做思想工作须从实事做起的新路。这是对当时仍用政治运动此起彼伏年代的眼光去挑剔青年人的毛病，对他们严责有余而理解不够，用说空话、不干实事的官僚主义方法来对青年人开展思想工作的极大改变，体现了作者对这些社会问题的深刻反思。同时，作者也思考了如何理解时代变迁、如何汲取历史教训、如何创造一种全新的思想工作理论和方法的问题，也思考了被不合理现实扭曲了心灵的人们该如何正确对待历史的悲剧、自己心上的创伤等问题。对马长青的工作方法，刘国庆、赵东山等人从猜疑到感动、从消极对抗到积极转变，这显然是作者大力提倡的。于是，"你在想什么"的主题便具有了双重的意义：干部应该满腔热忱地关心群众、了解群众的想法，而群众也应该积极地体贴干部、理解干部的苦心与真情。这样，人与人之间互相理解、互相关心、携手共进的时代强音就奏响了。小说在矛盾演进的链环中塑造了马长青、刘国庆、高连生等性格鲜明的人物，在矛盾冲突中展示了人物的内心世界，同时寄寓了作者对人生、历史、一系列社会问题的哲理思考。小说文笔流畅，情感充沛，读来使人感奋。当然，小说也有一些粗糙的印痕。比如，因为作者是围绕问题来组织矛盾冲突的，所以就存在着为了问题而忽视了对人物复杂、微妙的心理变化的描写。刘国庆的转变过程过于简单化，高连生最后的感动也给人以生硬之感，马长青和青工们的交谈存在大量的政治术语和书面语，这些都冲淡了小说应有的生活气氛。

王润滋短篇小说《内当家》：塑造了民族之魂

《内当家》3月份发表在《人民文学》第3期，获得1981年全国优秀短篇小说奖。小说写"内当家"李秋兰和丈夫锁成正准备在家中打井时，来了一位不速之客，这个人是新中国成立前欺压过他们的地主刘金贵。刘金贵来的目的是看看现在由李秋兰居住的自己的故居。这引起了李秋兰对过去生活的痛苦回忆。县里一位官僚作风严重的干部为了争取现在已是华侨的刘金贵的投资，不仅强令李秋兰停止打井，还弄虚作假，让李秋兰摆出一副富裕农民的样子。心性刚强的李秋兰不卑不亢，将刚刚打出的第一瓢水端给了刘金贵，从容地化解了各种矛盾。作者曾说他写这篇小说是为了"写民族之魂"。他在李秋兰身上灌注了深沉的感情和崇高的理想。李秋兰没有忘记当年刘金贵对自己这个丫鬟的欺侮，没有忘记刘金贵的水烟袋在自己额头上留下的伤疤，但是她却深明大义，顾大局，识大体，以恰当的方式接待了刘金贵，从而超越了昔日阶级观念的藩篱，以美好的心灵化解了旧社会的仇隙，以新的眼光对待了刘金贵。作者在不动声色中为"内当家"的美好心灵唱出了深情的赞歌，完美地达到了塑造民族之魂的目的。[①]

王振武短篇小说《最后一篓春茶》：描写了一位茶山姑娘与一位评茶员相爱的故事

王振武（1939.1—1987），湖北沔阳人。《最后一篓春茶》3月份发表在《芳草》第3期，获得1981年全国优秀短篇小说奖。作者以细腻、生动的笔触，

---

① 参阅林凌《"大和解"是否可能？——从〈内当家〉到〈鲁班的子孙〉》，《现代中文学刊》，2010.5。

描写了勤劳、纯朴的茶山姑娘湘元同一位大学生出身的评茶员相爱的故事，展现了湘元在初恋过程中的思虑和期待，失望和心酸，甜蜜和欣喜。小说让人强烈地感受到生活的温馨和大自然的芬芳，青春的美好和爱情的纯真。小说那浓郁的湖北西部山乡生活气息、色调及作者对湘元心理活动的逼真刻画、谋篇布局上的讲究，都引起了读者和文学界的注意。

汪曾祺短篇小说《大淖记事》：一篇在结构上引起争议的小说

《大淖记事》4月份发表在《北京文学》第4期，获得1981年全国优秀短篇小说奖。小说里面的美丽姑娘巧云是挑夫的女儿，她爱上了锡匠十一子，两人心心相印。但在一个黑夜里，巧云却被水上保安队的刘号长奸污了。刘号长虽然占有了巧云的身子，却不能占有她的心。巧云依然热恋着十一子。恼羞成怒的刘号长于是绑走了十一子，几乎把他打死。平时柔弱的巧云表现出坚强的性格，勇敢地从刘号长手中夺回了十一子，最终与他幸福地结合在一起。人们对该小说的结构有两种不同的意见：一种认为前面没有直接去写人物的文字太多，有比例失重之感；另一种意见认为小说的特点正在结构，前面的三节都是写风土人情，第四节才出现人物。作者介绍道："我这样写，自己是意识到的。所以一开头着重写环境，是因为'这里的一切和街里不一样'，'这里的人也不一样。他们的生活，他们的风俗，他们的是非标准、伦理道德观念和街里的穿长衣念过子曰的人完全不同'。只有在这样的环境里，才有可能出现这样的人和事。有个青年作家说：'题目是《大淖记事》，不是《巧云和十一子的故事》，可以这样写。'我倾向同意她的意见。"[①]

舒群短篇小说《少年 chen 女》：能让读者触摸到 20 世纪 80 年代新旧交替时期生活脉搏的小说

舒群（1913.9.20—1989.8.2），满族，黑龙江阿城人。《少年 chen 女》4月份发表在《人民文学》第4期，获得1981年全国优秀短篇小说奖。小说由一位老干部在1981年年初写就的八则日记组成。老干部落实政策后，和妻女迁居到东郊新建的大楼内。他称女儿玉芝为 chen 女，取意于"风尘仆仆""沉冤

---

① 参阅汪曾祺《〈大淖记事〉是怎样写出来的》，《读书》，1982.8.

昭雪""英华沉浮"。除夕和初一的时候，老干部两次帮助了一位被其母亲称为小 chen 的拾破烂的少女，少女叫李晨，她的父亲在"文革"中被迫害致死，母女两人生活在困窘之中。有一天，李晨在对生活失望至极之下，喝下了安眠药和敌敌畏企图自杀。在抢救李晨时，老干部的女儿玉芝给她输了血，使她转危为安。后来，李晨给老干部写信说她父亲的抚恤金发放了，旧宅也归还了，家境开始好转了。小说在控诉"文革"给人们带来灾难的同时，也反映了其在今天的社会中还存在着某些阴影。小说在写作上有不少突破和创新：首先，作者用读为"chen"音的"陈""沉""尘""忱""晨"等各种字，来讲述少女的命运和故事，透露出作者的良苦用心及积极、乐观的心态，可看出他在人物形象塑造上的深刻用意和独到见解。其次，作品中的老干部是映照他人的美好光芒，是不可多得的艺术形象，他曾受到过严重迫害，但并没有愤恨、绝望、失去信心。他依旧每日认真阅读《人民日报》、锻炼身体。他没有因平反获得优越的生活而忘记老百姓，没有脱离群众：他关心捡拾垃圾的母女的住所情况；在春节的清晨他看到少女的自行车坏了，就毅然将自己女儿的新自行车借给了少女，还推着少女的车去修理；当得知李晨自杀后，他回房取了一笔钱，又请小王立即开车去医院看她。这一切都证明他处处关心人民的安危疾苦，始终与群众心连心。再次，小说折射出作者一贯敏锐的社会洞察力，他关注当时青少年的生活，折射出对国家前途命运的关切，表达了对"少年强则中国强"的认同。最后，小说采用日记体形式不仅很好地交代出了时间维度，也以一种仿佛是与读者互诉衷肠的亲切的交流方式，展现出老干部的烦恼、困难及他所具有的赤诚和憧憬。整篇小说不回避矛盾，充满希望而不粉饰现实，格调高昂，使一代代读者依然能触摸到 20 世纪 80 年代新旧交替时期的生活脉搏，感受到鼓舞人前进的动力，这些立意依然值得今人借鉴。①

贾平凹短篇小说《二月杏》：一篇具有隐喻性，引发读者深思的小说

《二月杏》4 月份发表在《长城》第 4 期。小说写地质勘查队的工人大亮误打误撞地走进了一个树林，遇到了一个女子，这引起了大亮对自己 15 年前

---

① 参阅胡嘉《再读〈少年 chen 女〉》,《文艺报》, 2017.9.18。

经历过的一件事情的回忆：15 年前，大亮为了能加入"造反队"，狠心地抛弃了与自己相爱的出身于富农家庭的女同学二月杏，给二月杏造成了深重的心灵创伤。后来，大亮成了地质勘查队的工人。大亮从树林回到队里后，看到工人们晚上谈得最多的是女人，但他对这个话题不感兴趣。有一天，大亮下山去洗衣服，又遇到了在树林里遇到过的那个女子，女子与大亮以前的女友二月杏长得一模一样，他觉得她就是当年的二月杏。女子说自己叫二月杏，但她否认自己是大亮说的那个二月杏。大亮却发现她的身世经历和心灵伤痛与当年的二月杏十分相像，还知道她插队时被支书强奸了。大亮很同情她的遭遇，甚至为她哭了。大亮和二月杏的关系于是拉近了，并最终融为一体。晚上，大亮第一次去了二月杏在镇上开的酒馆里喝酒。自此以后，大亮经常去酒馆喝酒。人们也在传播着大亮和酒馆西施二月杏的风流韵事。大亮去了二月杏的家，她却说自己已经订婚了。但她还是和大亮在一棵杏树下进行了深情的交流。她摘下两朵杏花，一朵送给大亮，一朵夹在自己口袋里的小本子里。她和大亮长久地握手后，就离开了大亮。不久，地质队搬走了，镇子冷落了，二月杏也结婚了。唯一不变的是镇前浅浅的流沙河及镇后荒荒的卧牛山。直至结束，作者也未交代这个二月杏究竟是不是大亮当年的那位女同学二月杏。小说似乎为了表明人物具有普遍性，故意在人物形象上设谜，在写了一个人物之时又写了与之相似的另外一个人，她们之间形成的是一种谜语关系，目的是向读者证明这种人和事确实普遍存在着。这样的作品无疑具有了一种隐喻性，需要读者去深思。小说在 1982—1983 年引起了争鸣，一些人认为小说反映出作者的生活底子不厚及小说丑化了商洛当地的地质工作者的形象等问题。①

航鹰短篇小说《金鹿儿》：塑造了一位典雅圣洁、热心为顾客服务的优秀营业员的形象

航鹰（1944— ），生于天津，山东平原人。《金鹿儿》4 月发表在《新港》第 4 期，获得 1981 年全国优秀短篇小说奖。小说写绰号为"金鹿儿"的百货商场售货员金明露是一个爱打扮的女孩。在百货商场举行的让顾客投票选出他

---

① 参阅马伟业《中国当代小说叙事策略的新变》,《文艺评论》, 2010.1.

们最满意的售货员的活动中，"金鹿儿"高票当选。这个结果令商场领导郭经理都没想到，评委会成员也是议论纷纷，有人认为"金鹿儿"花枝招展、轻浮妖媚，热衷于拍戏跳舞，既不追求进步也不安心商场的工作，所以不能选她。为了调查真相，郭经理派团委书记王淑娴近距离观察"金鹿儿"。王淑娴是一个守旧古板的女性，她看不惯"金鹿儿"的言谈举止。但当她看到"金鹿儿"走到柜台后面，和顾客面对面接触之时那面带笑容、真心实意地为其热情服务的场面，她终于发现了"金鹿儿"性格中闪光的一面。作者以清新秀丽的文笔塑造了"金鹿儿"这样一位典雅圣洁、热心为顾客服务的优秀营业员的形象，为当时的文坛添加了一个光彩照人的形象，也为当时尚较寂静冷清的文坛添加了些许喧响和热量。①

张抗抗中篇小说《北极光》：塑造了一个勇于追求幸福爱情的当代女青年的形象

《北极光》5月28日发表在《收获》第3期。小说写陆芩芩的未婚夫长得很帅气，家境也很充裕，但陆芩芩却不满意，因为她和他没有心灵共鸣，平时交谈的内容和自己内心追求的东西不一致。陆芩芩于是很苦闷。陆芩芩经过挣扎、妥协、抗争，最后遵从了自己内心的真实想法，舍弃了和未婚夫无爱的爱情。小说塑造的陆芩芩是一个勇于追求幸福爱情的当代女青年的形象。她在满世界的市侩、虚荣、虚无、软弱里树起了理想与青春的光辉旗帜。她历经不懈的努力，终于找到了生活中的"北极光"。陆芩芩的形象出现在十年浩劫结束之初，无疑在宣告：个性张扬的时代已经到来。小说中的"冰凌花""小鹿""北极光"等意象，一方面蕴含着女性对自身命运的抵抗与自我拯救，另一方面表现出女性"寻找男子汉"的他救心理及在虚幻的两性和谐图景中不能自拔的真实情状。1981年11月25日，《光明日报》在"关于文艺创作如何表现爱情问题的讨论"专栏中刊登四篇文章，就该小说的得失问题展开了争鸣。②

---

① 参阅陈薇《航鹰的奋起和沉寂》，《盐城师专学报（社会科学版）》，1990.3。
② 参阅顾玮《虚幻世界中的自救与他救——张抗抗〈北极光〉的女性主义解读》，《德州学院学报》，2006.3。

李国文长篇小说《冬天里的春天》：表现了"春天在人民心里"的主题

《冬天里的春天》5月份由人民文学出版社出版，1982年12月15日，小说获得第一届茅盾文学奖（1977—1981）。小说写主人公于而龙和芦花是夫妻，他们与高门楼王家有着不共戴天的阶级仇恨。于而龙为了还王家的债，喝了药酒到冰湖中去捉鲤鱼险些丧命。后来，于而龙在党组织的帮助下举起了革命的火把，与王家斗，与日寇、湖匪斗。王家老二王纬宇参加了革命，他刨掉父亲的坟墓，用血写了入党申请书。但他却利用游击队的求胜心理做出了错误决定，险些使全队覆灭。于而龙在当了骑兵团长后，驰骋在解放战争的战场上。新中国成立后，于而龙作为第一批创业者，在沼泽地里建起了大工厂。这时，他的结发妻子、游击队指导员芦花早在40年前被人打黑枪打死了。有一天，于而龙回故乡去寻找打死妻子的凶手。经过调查，他知道了王纬宇是混进革命队伍的阶级异己分子，是他杀害了芦花。小说以于而龙重返故乡石湖的三天两夜经历为线索，回溯、对照了抗日战争、解放战争、新中国成立后十七年、"文革"及"四人帮"被粉碎后长达40年时间里的斗争生活，时序颠倒，历史和现实穿插，情节扑朔迷离，表现了"春天在人民心里"的主题。①

乌热尔图短篇小说《一个猎人的恳求》：反映了"文革"及"左"的指导路线给鄂温克族猎民带来的灾难

乌热尔图（1952—），原名涂绍民，鄂温克族，黑龙江甘南人。《一个猎人的恳求》5月份发表在《民族文学》第5期，获得1981年全国优秀短篇小说奖。小说比较真实地反映了"文革"及"左"的指导路线给鄂温克族猎民所带来的灾难。青年猎民古杰耶被以莫须有的罪名实行了"群专"后，为了看望妻子和儿子，他偷偷地逃回家里。在猎营地那里，古杰耶看见驯鹿群经常经过的地方留有杂骨和熊粪。他于是下决心要锄掉危害鹿群的熊。但他的枪被指挥部没收了，这使他没有了制敌的武器。但他最终用猎刀砍死了熊。鹿群得到安宁了，古杰耶被重新押送回"群众专政指挥部"了。小说结尾采用象征手法，通过小满迪带着稚气的"给我买枪"的喊叫，道出了鄂温克族牧民带有普遍性的内心

① 参阅徐文海《〈冬天里的春天〉的结构艺术》，《内蒙古民族大学学报（社科版）》，1987.4。

呼唤。因为枪对于鄂温克族人来说，正如农民的锄犁一样，失去它，狩猎生产就难以开展。①

朱春雨中篇小说《沙海的绿荫》：一篇象征意味极强的小说

朱春雨（1939—2004.12.12），满族，辽宁盖平人。《沙海的绿荫》5月份发表在《十月》第3期，获得第二届（1981—1982）全国优秀中篇小说奖。小说的故事发生在位于大山深处的导弹研究所里。研究所的第一研究室主任是顾时雨，第二研究室主任是唐天虚，研究所所长是罗朴。研究所有三个女性：欧阳美怡、沈巧和黄金桃。顾时雨的妻子是欧阳美怡，唐天虚的妻子是黄金桃，助手是沈巧。当唐天虚的第二研究室奉命迁往打靶场时，沈巧被调到第一研究室做顾时雨的助手。一年后，顾时雨被提拔为副所长，妻子欧阳美怡回娘家休产假时因早产没能保住婴儿。顾时雨和欧阳美怡离婚。唐天虚的第二研究室进行核弹头试验失败，唐天虚受记大过处分。唐天虚妻子黄金桃生下一个男孩，但因产后大出血亡故。沈巧接替唐天虚担任第二研究室主任。她一面喂养黄金桃留下的孩子唐绿荫，一面进行着自己的研究。不久，传来林彪倒台的消息。沈巧撮合欧阳美怡和唐天虚结为夫妻，欧阳美怡找回了失掉的信心和希望。但唐天虚仍忘不了黄金桃，很反感欧阳美怡。唐天虚向沈巧表达了爱情。不久，唐天虚被查出患了白血病，最多只有一年半左右的时间。唐天虚最终长眠在黄金桃的身旁。沈巧回到研究所本部所在的那个峡谷，住进了三姐妹曾经同住过的那个房间。欧阳美怡提出和顾时雨复婚，但顾时雨却患了精神分裂症。罗朴对唐天虚过早离世感到难过。研究所开始了新的一天的工作。沈巧听到了唐绿荫在呼唤她"妈妈"！小说塑造的沈巧是只"丑小鸭"，她和头号美人欧阳美怡相比，没有动人的外表；与贤惠的黄金桃相比，她缺少强烈的家庭观念。然而，她的正直、坚强、智慧、善良却荡除了她面容上的"丑"，展现了她纯美的心灵。在事业上，沈巧有着极高的业务水平：她研究得出的数据为导弹试验发挥了巨大作用；在友谊上，她以自己一颗善良之心，将自己多年的研究成果无私献出，帮助唐天虚突破了难关；在爱情上，她似乎很冷漠，但是当黄金桃

---

① 参阅孟和博彦《时代的脉息，民族的心音——评鄂温克族作家乌热尔图的小说》，《民族文学研究》，1984.4。

去世以后，当她把爱的权利让给了欧阳美怡尤其是当欧阳美怡被灾难吓得逃离沙漠以后，她真正地向唐天虚表露了自己的爱，然后同身患绝症的唐天虚组成了一个幸福而短暂的家庭。沈巧如同苍劲的仙人掌，默默地、一无所求地在沙海中培植着绿荫。小说总体上笼罩在象征意味中，沙海象征着荒芜动乱的年代，绿荫则蕴含了动乱岁月中高尚美好的道德和情操。①

刘厚明短篇小说《黑箭》：表现了一个小偷身上具有的爱心与善心

刘厚明（1933.9.29—1989.4.22），北京人。《黑箭》5月份发表在《人民文学》第5期，获得1981年全国优秀短篇小说奖。小说中的黑箭是一只狗，它从小就父亡母死，又被主人家抛弃。黑箭的毛黑乎乎的，没有一点光泽；四个白爪脏得灰乎乎的；脑袋上的那块毛也脱了，露出霜白的头皮。但这么一只令人恶心的狗，却被工读生玉柱培养成了一条猎犬，它跑起来的速度就像箭一样快。玉柱是个坏小偷，在认识黑箭和虎子后，他成了好小偷。他与虎子抢黑箭的饲养权时，虎子的妈妈不同意虎子养狗，虎子便要求玉柱允许他每天和黑箭玩。玉柱答应了。小说主要表现了小偷玉柱身上的爱心与善心。它虽以"黑箭"为篇名，但写的还是人，写的是人间的挚爱亲情、人性中的真善美，字里行间充满着人与人之间、人与动物之间美好的情感和深深的爱意；它通过对人与人之间的爱、人与动物之间的爱的叙述，来对人们进行爱的教育，呼唤人性中的至善至美，以避免"文革"悲剧的重演。②

陈建功短篇小说《飘逝的花头巾》：反映了青年知识分子在爱情、事业等方面的徘徊及思想上存在的不确定性等问题

《飘逝的花头巾》6月份发表在《北京文学》第6期，获得1981年全国优秀短篇小说奖。小说里面的主人公秦江真名马明，曾是上层社会小圈子中的年轻人，"文革"中随父亲马征远同沉同浮。"文革"结束后，秦江整天和朋友们泡在北京的"莫斯科餐厅""康乐厅"里吃喝玩乐、摆阔显威。随着时代的前进，秦江决心离开北京到重庆当船员，换个活法儿。有一天，秦江在"红星

---

① 参阅张云云、陶婷《女性话语中军旅小说的爱情叙事》，《语文教学通讯》，2015.10。
② 参阅徐福伟《另类世界的探寻——论新时期小说中的"动物叙事"》，山东师范大学2008年硕士学位论文。

船"上碰到了沈萍姑娘。在大雾中，沈萍背靠着船舷的栏杆，全神贯注地看着书，如处无人之境。沈萍身材修长健美，眉清目秀，十分吸引秦江。中午时分，秦江看到沈萍将一块天蓝色的尼龙头巾系在船舷的主柱上，江风把头巾抖开，上面印着的两只火红的凤凰在飞舞。沈萍揪住头巾飘闪的一角，俯在栏杆上，凝视着烟雾未尽的远方，眼中似有泪花。秦江问沈萍与谁"联络"，沈萍说她妈妈就在江边的那所小学校里教书，她把花头巾系在那里，是要让妈妈看见，知道她在船上。秦江还了解到，沈萍的母亲是"右派"，父亲早把她们母女二人抛弃了；在推荐上大学的事情上，也没有沈萍的份。但沈萍最终通过努力，被北京的某大学中文系录取了。秦江大受震动，他也下决心要考上北京的某大学中文系，去见沈萍。经过努力，秦江终于考上了北京的大学。在一次国庆联欢会上，秦江见到了沈萍。但沈萍已有了男朋友，他是清华大学的学生，某学者的儿子。秦江无意中了解到沈萍的男朋友脚踩着两只船，他决定把知道的一切都告诉沈萍。但他见了沈萍后，舌头却打了卷儿，心里也充满了感伤。他心中的花头巾飘逝了。不久，他的小说《纤夫》获得了优秀小说奖，成为令人瞩目的青年作家。但他没有参加授奖大会，也没有戴着校徽、拿着获奖证书出现在参加颁奖大会的文艺界领导——他的父亲马征远同志面前。他感到发生在沈萍身上的人生悲剧使他警醒，使他思考起人生。人生的道路还很长，他决心坚定地去走自己的路。[①]小说写了在改革形势尚不明朗的特定历史时期青年知识分子在爱情、事业等方面的徘徊，以及思想上存在不确定性的问题。

戴厚英长篇小说《诗人之死》：讲述了著名诗人闻捷之死

《诗人之死》6月份由香港劲草出版社出版。1970年3月7日，上海作协的所有人都进入"五七"干校劳动。离异的戴厚英和诗人闻捷在一起劳动，他们一个养猪，一个种菜。在劳动中，两人发生了恋情。半年多后，他们将结婚申请交到了工宣队手里。但将近一个月的时间就要过去了，他们的申请却没有批下来。月底，干校其他人休假，领导让闻捷留下值班。闻捷和领导吵了起

---

① 参阅谷菲《论陈建功小说中集体／个人主题的书写张力——以〈飘逝的花头巾〉为例》，《语文学刊（教育版）》，2011.19。

来。12月30日下午，干校召开了批判闻捷的大会。批斗者说闻捷不但没有反省自己的罪过，反而和戴厚英发生恋情，这是他对"文革"的不满和反扑。第二天一早，干校广播了"叛徒闻捷不思悔改、坚持文艺黑线并且向无产阶级进攻、向革命造反派进攻、腐蚀造反派"的大字报。闻捷向戴厚英提出暂时停止恋爱的要求。1971年春节前夕，闻捷和干校的人都回了上海。戴厚英去闻捷家给他还钥匙时，两人跪倒在地，抱头痛哭。1月12日下午，戴厚英在市党代会上最后一次见到闻捷。会议在晚上结束后，闻捷没有见戴厚英，他转身就走，而戴厚英却跟随闻捷走到离他家还有100米的地方。戴厚英强忍着对闻捷的思念转身走了回去。而就在这个晚上，闻捷在家里打开煤气自杀，终年48岁。闻捷死后第二天，上海作协马上召开了批判闻捷的大会。戴厚英一身黑衣出现，非常引人注目。会上，人们挥着拳头痛骂闻捷死不悔改。戴厚英却陷入了巨大的悲痛之中。"文革"后，戴厚英根据自己与"桂冠诗人"闻捷之间一段凄婉动人的爱情故事写出了《诗人之死》《人啊，人！》《脑裂》等"伤痕"小说。她通过这些小说反省了人生、反思了人性。然而，就在她逐步用小说记录她对人和世界的新的认识的时候，1996年8月25日，她在家中被自己救助过的一个乡人杀害。噩耗传出，海内外为之震惊。上海市公安局动用170多人的警力，经过对2000人的调查访问，最终破案。小说《诗人之死》用信件形式写成，最初取名《七封信》。上海文艺出版社小说编辑左泥看了《七封信》的初稿，改名为《代价》后决定出版。但因当时广东的一位作家也出版了一本名为《代价》的书，所以，上海文艺出版社决定以《诗人之死》之名出版。但1981年6月，香港劲草出版社抢先出版了《诗人之死》。因为当上海文艺出版社要出版《诗人之死》的消息传到上海某个曾经与闻捷之死有关的人那里时，他把该书视为猛兽，设障使它的出版停了下来。不久，上海文艺出版社还是决定转印《诗人之死》。这时，上海某人又借用夏衍之口，压制此书的出版。此书无法在上海印刷，于是被转到福建人民出版社去印刷。上海某人又派人追到福建。关键时刻，福建省委书记项南给予支持，使此书于1982年3月在福建人民出版社问世。《诗人之死》以新中国桂冠诗人闻捷为原型，以"诗人之死"为代价，宣告了那个泛政治时代的死亡。小说主人公是诗人柳如梅，他因攻击中央文革小组成员"狄化桥"——即张春桥（张春桥曾化名"狄克"），受到不公正待遇，最后"以死殉诗"。小说运用西方现实主义的文学手段，采取群像式的叙事形式，塑造了大批人物形象，并将这些形象具体化、抽象化。其中塑造的余子期、向南、吴畏等个性鲜明的形象，是那个特定时代造就的一系列畸形的、异化的人物形象。小说摆脱了"三突出"的创作原则，没有依靠人物来推动情节，而是依靠情节来推动情节发展。小说焦灼的叙事话语、二元对立的叙事模式和多样的叙事视角构成了戴厚英小说的叙事特征，而这些特征的形成又与她所处的社会历史、文化环境及自身的文化因素相关联，因而既呈现出历史的共性，又颇具戴厚英的个性。①

蒋子龙中篇小说《赤橙黄绿青蓝紫》：描绘了大型国有企业艰难前行的历程

《赤橙黄绿青蓝紫》7月份发表在《当代》第4期，获得第二届（1981—1982）全国优秀中篇小说奖。小说写20世纪80年代第一个春天的早晨，第五钢厂门前呈现出一派热闹景象，叫卖农副产品的小商贩们包围了这个生产钢铁的国营企业。但围墙内的高炉却吃不饱，生产萧条。钢厂运输队的司机刘思佳和何顺合伙卖煎饼，招来了厂里一大堆人看热闹。司机叶芳爱着刘思佳，她试图阻止他们卖煎饼，却遭到刘思佳的冷落，叶芳赌气而走。党委书记祝同康接到好几个车间的支部书记询问党委对刘思佳卖煎饼的态度的电话。祝同康知道刘思佳是厂里年轻人中的领风骚人物，专跟领导对着干。他不犯大错误，更不犯法，但常在制度上、政策上钻空子，要想整他，很难下手。祝同康打电话给汽车队副队长解净，想问问她的意见。他没想到，解净不但为刘思佳说好话，还批评党委领导不得力，赏罚不明。祝同康觉得，解净必须离开汽车队。他想把解净调到科室来，但解净不同意。解净找到家离钢厂最近的何顺，让他出车。但何顺竟拿解净取笑。解净气得转身就走，回来又遭到值班厂长的斥责。车队里，刘思佳正和何顺等几个人商量，打算把卖煎饼的所得送给家里有困难的孙大头。解净把刘思佳暗中画的一张车队管理的"八卦图"重新修改补

---

① 参阅林珊《戴厚英小说的叙事特征》,《福建论坛（人文社科版）》, 2012.3.

充后，作为运输队经营管理的考核标准。下午，解净跟着刘思佳的车去总油库拉油。在车上，经过坦诚的交谈，刘思佳发现解净是那么了解他。车到油库门口，突然有一辆装着十几个汽油桶的卡车冒出滚滚浓烟，情势危急。解净奋不顾身地跳上装着汽油桶的卡车，开动马达。刘思佳也一纵身跳上车，夺过方向盘，把解净推下车，然后将车开到远离居民楼的一个大水坑前。刘思佳飞身跳下车的瞬间，失控的车一头扎进了水里，没有给人民群众的生命财产造成损失。事后，刘思佳又无事一样地拉油去了，以致别人都没认出他就是救火英雄。叶芳担心刘思佳被解净夺走。但解净声明自己已有男朋友，并且劝叶芳应该学会懂得什么是真正的爱。在解净的激发调动下，刘思佳提出了许多改革钢厂的新建议，这令解净十分振奋。他们决定要为钢厂的建设大干一番了。① 小说在改革开放初期色彩纷呈的大背景下，描绘了大型国有企业艰难前行的历程，具有一定的时代意义。

张一弓短篇小说《黑娃照相》：对人们在改革开放初期出现的经济头脑进行了肯定和颂扬

《黑娃照相》7月份发表在《上海文学》第7期，获得1981年全国优秀短篇小说奖。小说里面的主人公黑娃上过初中，而且还"钻研过一点儿经济学"，是一家三口的"财务大臣"。他深谙土地经营、发财致富之道。农村实行生产责任制后，他有了25斤的"超产粮"，他用这"超产"的25斤蜀黍换来了四只长毛兔娃子。在几乎不用花费任何额外的经济成本的情况下，黑娃从兔娃子身上剪出了三两多特级兔毛来，然后换来了八元四角钱的钞票。这是一笔"空前巨大的收入"，引起了黑娃家里"空前巨大的震动"。精明的黑娃又给父亲计算到：兔毛是一种高级的纤维，一两特级兔毛，明码实价两块七；一只长毛兔一次能剪一两毛，一年能剪五次，算算，四只长毛兔一年能剪出多少"两块七"？黑娃强调指出，母兔长到三个月就要当娘了，一个月能生一窝兔娃，一窝少说七八只；一年之中，兔娃生兔娃，兔娃的兔娃再生兔娃，找个电子计算器算算，一年能生养多少兔娃呢？兔娃满月半斤重，一只能卖一块钱，再算

① 参阅刘士昀《在四化建设的广阔背景上塑造新人形象——评蒋子龙的新作〈赤橙黄绿青蓝紫〉》,《思想战线》,1981.6。

算，这笔收入是多少？黑娃进一步强调指出，长毛兔爱吃百样草，不吃粮食，冬天没青草，就吃蜀黍秆、红薯秧子；喂鸡还得舍把米，喂这长毛兔舍点啥？只不过是四两力气而已。后来，黑娃进了一次城，他在城里没买衣服，没吃羊肉拉面，没看武术团的表演，而是平生第一次照了相。照相的花费共三块八毛钱，钱使黑娃在城里人面前换来了尊严。小说写出了黑娃对植根于土地而产生的经济力量的体验，以及他对物物交换的艰辛和由它带来的快感的体验，这是经济快感，也是政治快感。小说对人们在改革开放初期出现的经济头脑进行了肯定和颂扬。①

林斤澜短篇小说《头像》：提出了艺术家如何面对世俗社会，如何坚守艺术信念的问题

林斤澜（1923.6—2009.4），浙江温州人。《头像》7月份发表在《北京文学》第7期，获得1981年全国优秀短篇小说奖。小说里面的主角是梅大厦，他全部的精神特征表现在一个"痴"字上，他对艺术事业一片痴情、忠贞不渝，甚至"舍生忘死"。他对数十年的历史变动、人生沉浮浑然不觉，他依然保持着学生时代对雕塑事业的热爱；他淡忘了世俗的婚姻爱情生活，宁肯一个人受苦也不愿再去成家。小说描写梅大厦和老同学老麦见面的情景时，虽然写了梅大厦煮挂面、给老同学讲述他的作品和想法，老麦巡视雕塑作品、苦劝老友找对象成家等一些极平常的场景与细节，但这些看似平淡的情节和细节，却是作者苦心提炼和精心安排出来的，它们自然而然地对比了两个人物的形象，显示出老麦是一个线索式人物，或者说是一个视角人物，他是刚刚获奖想找梅大厦来显摆、劝说一番的，但最后却被梅大厦感动，琢磨着要帮他一把；梅大厦虽然生活艰难、默默无闻，但他满屋的杰作、高远的追求，照亮了昏暗小屋的同时，也使老麦深受教育。小说把笔触指向知识分子自身，提出了艺术家如何面对世俗社会，如何坚守艺术信念的问题。小说的表现功能、人物塑造、结构营造以及叙述方式，形成了独树一帜的文体和风格，对新时期短篇小说的艺术发展产生了深刻影响。小说情节结构自然、流畅、和谐、紧凑、完

---

① 参阅安忆萱、吴玉杰《论改革小说的西方隐喻——以〈哦，香雪〉、〈黑娃照相〉、〈乔厂长上任记〉为例》，《山西大同大学学报（社科版）》，2017.1。

美，引人入胜。①

韩少功短篇小说《飞过蓝天》：反映了 20 世纪 80 年代初人们对前途的焦灼心理

《飞过蓝天》7 月份发表在《中国青年》第 13 期，获得 1981 年全国优秀短篇小说奖。小说里面的鸽子名叫晶晶，主人公名字叫麻雀。麻雀是一个知青，在下乡过程中郁郁寡欢，想离开农村，到城里去，但因种种原因不能如愿，只能整天看着鸽子晶晶飞过蓝天。这时候，他总有一种莫名的激动，鸽子是他的梦想，是他跨越现实的梦想。麻雀为了实现梦想，将晶晶送给招工的师傅。晶晶便被带到遥远的北方去了。晶晶送人后，麻雀依然没有改变现状。晶晶放弃了族群生活，放弃了爱情，飞回到给它带回各种各样好吃东西的麻雀身边。但晶晶最后却死在了麻雀的枪口下，它那殷红的鲜血，引起了麻雀灵魂的震撼和希望的彻底破灭。麻雀和晶晶虽然都在不停地追求着自己的理想，但麻雀却毁灭了晶晶的梦想；同时，麻雀也毁灭了自己的梦想。作者将鸽子作为一个有思想有性格的形象来塑造，对它心灵深处的坚强信念与执着的追求进行了别致的描写，并进而对它的主人麻雀的灵魂状态进行了绘声绘色的摹状，把我们引进了一个新颖别致的艺术境界。②小说中，麻雀梦想的破灭反映出 20 世纪 80 年代初人们对前途的焦灼心理。

张洁长篇小说《沉重的翅膀》：中国当代文学中第一部以改革为题材的小说

《沉重的翅膀》完稿于 1981 年 4 月 16 日，连载在 7 月、9 月出刊的《十月》第 4 期、第 5 期；11 月，作者对发表在《十月》上的小说进行修改后，12 月，人民文学出版社出版了单行本；1983 年 9 月 20 日，作者对小说进行了第二次修改；12 月 13 日又进行了第三次修改；1984 年 7 月，人民文学出版社再次出版该小说之前，作者又对其进行了第四次修改。第四次修订本在 1985 年 12 月获得了第二届茅盾文学奖。小说以 20 世纪七八十年代我国重工业部部长

---

① 参阅段崇轩《打一眼深井——读林斤澜〈头像〉》，《名作欣赏》，2008.19。
② 参阅陈东海《从〈西望茅草地〉到〈飞过蓝天〉——韩少功小说对启蒙主义的关照》，《学理论》，2009.30。

之间围绕经济管理体制改革所展开的一场鏖战为主线，自上而下地表现了该部及部属的曙光汽车制造厂开展的整顿、改革活动，笔触涉及了人物的世界观及方法论，人物间的政治关系、婚姻家庭关系以及存在于政治、经济、哲学、伦理学、民俗学、文学艺术等领域内的种种问题；小说也涉及了方兴未艾的农村经济体制改革。作者在纵横挥洒的艺术描写中，成功地塑造了力主改革的重工业部副部长郑子云、曙光汽车制造厂厂长陈咏明及其对立面重工业部部长田守诚等典型环境中的典型人物形象，揭示了"蝉蜕时的痛苦"这一富有哲理意味的题旨。作者浓墨重彩地描绘了郑子云、陈咏明等人为整顿、改革而进行的悲壮斗争，着力表现了他们的进攻与招架、迈越与受挫、欢欣与忧愤。尤其是小说塑造的郑子云形象是新时期文学中较早出现的具有丰满性格的改革家、政治家形象。郑子云作为优秀的高层领导干部，他既有高度的马克思主义理论修养，又有丰富的社会实践经验，虽然年老多病，但强烈的社会责任心和忧患意识却驱使他勇敢地投入改革的洪流中，力图从政治思想工作的改革入手，为企业管理探索新路。小说将他放在与对立人物田守诚的激烈较量中，放在新旧意识猛烈的碰撞中来进行塑造，揭示了他"不安分"的性格和时感疲惫、寂寞的内心，叙说了他那悲壮的斗争历程。小说还着力表现了郑子云、陈咏明他们在面对传统意识、"左"倾思想、庸人哲学、惰性心理、世俗观念等"惯性势力"的严重挑战时，艰难而又勇敢地在一张"无形的网"中左冲右突的情状。和郑子云对立的重工业部部长田守诚是一个长期混迹在官场的高级领导干部，他老谋深算，善弄权术，善于见风使舵。他对郑子云顺应时代潮流的改革，不仅冷眼旁观，而且还处心积虑地找岔子；他悉心保养身体，静候多病的郑子云不战自垮；他不择手段地将郑子云的十二大代表资格"弄下来"，想使他成为"改革派"中的"亡命徒"。小说还塑造了和郑子云、陈咏明对立的其他几个人物形象：副部长孔祥头脑里充满着"左"倾观念，局长宋克偏狭而又嫉妒心强，郑子云的秘书纪恒全眼光世俗、奴性心理十足，他们和郑子云、陈咏明的矛盾典型地显示了新旧两种观念的冲突。《沉重的翅膀》是中国当代文学中第一部以改革为题材的长篇小说，也是我国改革文学潮流中带有标志性的重要文本。①

简嘉短篇小说《女炊事班长》：一篇格调清新幽默，生活气息浓郁的小说

简嘉（1954—），河南新野人。《女炊事班长》8月份发表在《青春》第8期，获得1981年全国优秀短篇小说奖。小说写首长的警卫员肖海被下放到炊事班工作，虽然心里不爽快，但是他没有流露出来。肖海见了炊事班女副班长薛刚后，觉得她很刚强。肖海告诉薛刚，自己什么都不会做。薛刚认为肖海不是不会做，而是不想做。肖海用日记记录了自己到炊事班的故事。他还用日记鼓励自己要前进，希望自己能够入党。他想薛刚肯定也是这样想的，于是就和薛刚竞争起来。小说的格调清新幽默，生活气息浓郁，像一朵鲜花绽放在短篇小说的百花园中；它塑造的人物形象生动、逼真，给人们留下了深刻的印象。②

鲁南短篇小说《拜年》：对善良淳厚与庸俗低下的观照

鲁南（1933—），山东淄博人。《拜年》8月份发表在《山东文学》第8期，获得1981年全国优秀短篇小说奖。小说写"我"娘把拜年这一古老的风俗习惯"看得特别重"。大年三十晚上，她一再叮嘱"我"："可别忘了叫孩子们初一给老的拜年。啥时候也得有大有小的。……你们给老的拜年磕头，是礼节，不是迷信；同志们齐大伙地干工作，一年了，喜也罢，恼也罢，谁家的勺子不碰锅沿呢？意见再大，初一拜个年，问声好，烟也消了，云也散了，再捻起膀来干工作……""我"娘这种朴素的"拜年观"寄托着她老人家的美好心愿，她强调的是晚辈对长辈要孝敬，强调人们之间要相互谅解、关心和友爱。"我"娘的辈分很高，她是抗战时期的"堡垒户"。当有人给她拜年时，她由衷地感到"热乎、妥帖、舒展"。但政府的"首席代表"却领着拜年队伍出入在"有头有脸"的经理、局长、书记的家门里，唯独对"我"家过门不入。"首席代表"的观念和"我"娘的观念完全相反。③小说把民俗观念中善良淳厚的成分与政治观念中庸俗低下的成分做了有趣的对照，让人深思，发人深省。

---

① 参阅章仲锷《跳动着一颗赤诚的心——读张洁的长篇小说〈沉重的翅膀〉》，《首都师范大学学报（社科学版）》，1985.1。

② 参阅黄树凯《为普通军人造像——试析简嘉〈女炊事班长〉的人物塑造》，《当代文坛》，1988.6。

③ 参阅李先锋《呼唤革命传统的佳作——读〈拜年〉》，《山东文学》，1982.6。

周克芹短篇小说《山月不知心里事》：一篇具有先知品格的小说

《山月不知心里事》8月份发表在《四川文学》第8期，获得1981年全国优秀短篇小说奖。小说题目取自晚唐诗人温庭筠的《梦江南》："千万恨，恨极在天涯。山月不知心里事，水风空落眼前花，摇曳碧云斜。"温词"叙漂泊之苦"，而该小说却没有写"千万恨，恨极在天涯"所描写的那种"恨"上，那种"伤"上，它写的是两个女子巧巧与容儿情窦初开时的惆怅。容儿与巧巧在一个月光溶溶的夜晚，相约着去看望第二天就要嫁人的闺蜜小翠。小说主要写了容儿在路上想起了小翠的哥哥明全的情况，明全那消瘦下去了的脸颊令容儿在心里暗暗责备起自己来。作者把容儿对明全的思念、挂念写得栩栩如生，明全虽然是一闪而过的，小翠也并未出场，但明全、小翠的形象却跃然纸上，再加上小说用古典诗词来作标题，所以显现出了作者的美学指向或美学趣味。这种特点在作者1980年获得全国短篇小说奖的《勿忘草》及其他的小说《绿肥红瘦》《风为媒》《五月春正浓》《采采》《橘香，橘香》等上都有所体现。小说的结构巧妙，趣味盎然，它将容儿与巧巧在月夜、在路上的所见所闻、所思所想作为主要内容，可以说采用的是散文的叙事模式；它在诗意的叙事中，平缓地把人物的个性、心性逼真地显现了出来。容儿怀春的幽微心事被作者细腻地描述出来，既未失原生状态，又有一种诗意的感觉。小说涉及了20世纪80年代初的两个重大事件，一是"包产到户"，二是向科学进军。对"包产到户"，容儿的"母亲一下子变得精神起来了，好像早逝去的青春又在她身上复活了"。但容儿却对包产到户后人的交际可能出现的问题很是担忧。对向科学进军的大事情，实际上涉及的是向农村推广科技的事情。当时的人们把主要精力都放在了对过去历史与社会的反省上，作者却关注了社会，关注了历史，还关注了科技推广的事情，这使他具有了先知的品格。①

达理短篇小说《路障》：首次书写了我国对棚户区继续改造、拆迁的小说

"达理"是陈愉庆与马大京夫妇合用的笔名，陈愉庆（1947.7.16—），浙江奉化人，生于上海；马大京（1947—），蒙古族，山东荣成人，生于南京。《路

---

① 参阅刘火《重读〈山月不知心里事〉并以此纪念周克芹诞辰80周年》，中国作家网，2016.10.28。

障》10月份发表在《海燕》第10期，获得1981年全国优秀短篇小说奖。小说写改革开放新时期，金家沟还只是峡谷里的一个小山村，这里建满了各式各样的板棚、铁皮房和干打垒，是远近闻名的贫民窟。市委常委们开会决定对金家沟进行大规模的拆迁改造。他们在将金家沟的一百户拆迁户迁往高干住宅区翠华街的过程中，遇到了两大问题：一是没有一套合理的改造规划；二是某些干部因一己私利而产生意见，有些钉子户借机高价要房。这些问题使重建金家沟的工程举步维艰。设计院送来的两套改造方案都不合市委书记秦越的意。这时，被关了二十几年的李元初出狱了。李元初入狱前是城建总工程师，是位杰出的青年规划专家，后因与秦越意见不合而被秦越以"极右"之罪送进监狱。秦越想，也许只有像李元初这样的人才能制定出合理的规划吧，他于是决定去找李元初想办法设计规划。在经过一系列曲折坎坷之后，李元初做出了最好的规划。但在"立法"问题上，秦越与李元初发生了争执。最后，秦越明白了"立法"的重要性。在解决钉子户问题时，秦越真真切切地站在了人民的角度解决一切困难，命令下属拆除党支部根据地，帮小姑娘小石榴移种石榴树，强行拆除了蛮横不讲理的侯瑞平的破房子等。最终，金家沟的大改造工程顺利完成。[1]该小说首次书写了我国对棚户区的改造、拆迁，其开创性至今仍有借鉴意义。

王安忆短篇小说《本次列车终点》：描写了知青返城后的遭际，提出了他们自创生路的问题

王安忆（1954.3—），福建同安人，生于江苏南京。《本次列车终点》10月份发表在《上海文学》第10期，获得1981年全国优秀短篇小说奖。小说写下乡10年的知青陈信得到了一个返城的名额，当他坐上列车回到上海之后，嫂子向他提出了分家要求，而且还借训斥儿子来影射陈信："你不要脸皮厚，这么不识相，没把你赶出去，是对你客气，不要当福气。"这使陈信感到亲情太淡薄了。陈信从小就保护比自己大几岁的哥哥。在下乡插队问题上，陈信为了不让老实内向的哥哥在外吃亏，便主动提出下乡插队。但当他回来后，现实却

---

① 参阅魏秀萍、李莉《发现工业文明的诗意——兼论辽宁工业题材小说创作的生长点》，《辽宁师专学报》（社会科学版），2011.2。

使他的心流泪了。在与嫂嫂争执一番后，他更不知道自己的新生活从哪里开始了。小说的名字——本次列车终点，也寓意着陈信的生活征途，就像这班列车一样，他以为自己的列车终点站是上海，是回到亲人身边。但当他回到上海后，现实却使他的梦醒了。他于是又开启了他的列车，但他不知道终点在哪里！① 小说反映了知青返城后的一系列现实问题，提出了返城知青自创生路的问题，引发了人们的思考。

张辛欣短篇小说《在同一地平线上》：改革开放初期人们砥砺前行的一个缩影

《在同一地平线上》11月份发表在《收获》第6期。小说以第一人称分别叙述了"她"和"他"的故事。"她"和"他"曾经是去云南农村插队的知青，他们产生了感情，自然而然地走到一起。"文革"结束后，他们为了各自的事业理想，都走上了一条拼搏之路。"她"为了考上电影学院的导演系，不惜舍弃怀了数月的小生命。"他"是个画家，为了争取到一个在别人的作品里画插图的机会，连新婚之夜都不管不顾。为了出版画册，"他"整天奔波忙碌，想尽种种办法，托门子找关系。小说中寓意深刻的一笔是"他"画孟加拉虎的那一段，当"他"去动物园临摹时，差点葬身虎口。"她"和"他"最后分道扬镳，不是他们的感情出了偏差，而是他们的婚姻本身"就像是拼凑了一个两头怪蛇，身子捆在一处的两副头脑，每个人都拼命地爬向自己想去的地方，谁也不肯为对方牺牲自己的意志"。小说里的这对夫妇都站在同一地平线上，他们看到的是同一社会的活动层次——生活竞争。但他们感受到的利害关系却不一致，最终只能离异。② 该小说是改革开放初期人们砥砺前行的一个缩影，在前行中，人们必然要付出牺牲，虽然这样的牺牲不是撕心裂肺，但也令人痛心。

---

① 参阅马晓《探究八十年代小说中的青年形象——以〈本次列车终点〉为例》，《南昌教育学院学报》，2013.12。

② 参阅黄凤祝《从张辛欣的〈在同一地平线上〉谈起——论艺术与生存竞争》，《小说评论》，1987.6。

1982 年

汪浙成、温小钰中篇小说《苦夏》：描写了国事家事在一个平凡家庭中轮番上演的情况

《苦夏》1 月份发表在《小说界》第 1 期，获得第二届（1981—1982）全国优秀中篇小说奖。小说写沈金一老师的大女儿佳佳 17 岁，儿子华华 15 岁，小女儿玲玲 12 岁，他们都要参加仲夏时候的升学考试。沈金一于是把自己每天的半斤牛奶转让给了儿子，又给两个女儿各订了半斤牛奶，以示三个都是重点。沈金一是新近提升的副教授，他放下准备提交给全国经济学年会的论文，专门给儿女们做饭。他爱人杜萍也不像以前那样把初三毕业班的工作拿回家里做，而是把全副精力集中到孩子们考学的事上。但他们面临的形势很不乐观：佳佳用功但不聪明；小女儿玲玲聪明但不用功；只有华华又聪明又用功，他是沈金一夫妇的骄傲。在三天的高考里，佳佳的脸上始终是一片麻木不仁的神情；华华要考高中，但他除了做作业，对其他什么都不感兴趣，一天到晚生活在由自己制造出来的紧张气氛中，过早地失去了童年的欢乐和憨稚。沈金一顶着烈日去买鲤鱼，结果受伤住院。高考成绩公布了，佳佳考了 375 分，比录取线 378 分差 3 分，她掉进水里，被人送了回来。玲玲考重点中学时几乎答对了每一道题，但考完后，她病了。楼上王大夫家的小刚没考好，王大夫来找杜萍，想让玲玲和小刚重考。杜萍很为难，但玲玲愿意重考，她说同学们考得都不好，光她一个人考好有什么意思？杜萍看到玲玲那颗纯洁、正直、善良的心没有被无情的现实扭曲，没有被"人皆为己"的理论污染，感到很欣慰。杜萍头脑清晰地想到了一系列事情：要赶快帮助佳佳订一个切实可行的复习计划；要让华华多承担一些家务劳动；要让沈金一赶快去写他的论文……窗外不知什么时候下起雨来，荡涤着大地，荡涤着心胸，冲刷着污垢和烦恼。酷热的夏天终于要过去了。杜萍想，但愿明年能有明朗、愉快的夏天。小说描写了国事家事在这个平凡家庭中轮番上演的情况，但是不管多么艰难困苦，美好的希望和明天还是值得人们为之拼搏的。这是那个时代的主旋律。

朱苏进中篇小说《射天狼》：引领了当时军事文学创作的潮流

朱苏进（1953—），江苏涟水人。《射天狼》1月份发表在《昆仑》第1期，获得第二届（1981—1982）全国优秀中篇小说奖。小说从一次炮兵部队的偏弹事件切入，一下子将小说中的人物推向矛盾的风口浪尖。三连连长袁翰探亲超假20天，实弹射击时自然不在其位，但他拒不说明超假理由。这使刚到任的副团长颜子鸽满腔怒火，他命令一连的指挥排长代行了袁翰的连长之职。实际上，袁翰超假并非有意为之，而是实出无奈，他的妻子生了一对双胞胎女儿。妻子让他在家里多待一段时间，他才超了假的。袁翰离家时将身上的钱都给了妻子，然后无语地、无奈地踏上了归程。袁翰归队后，频繁地收到妻子的催归电报，使他在转业与留队之间、事业与情感之间、好军人与好丈夫之间进行着艰难的抉择。袁翰最终将妻子无比急切的一份份电报藏了起来，继续践行着自己的使命与担当。在部队举行"天狼号"演习时，袁翰看到妻子怀抱着孩子来到了军营，因为她久等丈夫不归，于是才来军营的。袁翰虽然在演习中荣立了一个三等功，但却失去了一个女儿。小说题目"射天狼"出自苏轼的"会挽雕弓如满月，西北望，射天狼"。它是一个具有深厚的历史积淀的意象，是对军人职责与担当的诠释，部队举行"天狼号"演习可视为点题的情节。小说在表现当代军营生活时所体现出来的独创性、开拓性以及强烈而鲜明的审美特征，不仅有力地引领了当时军事文学的风尚和潮流，而且对后来的创作也产生了较为深远的影响。[1]

---

[1]　参阅汪守德《艰辛跋涉于当代军旅生活——重读朱苏进的中篇小说〈射天狼〉》，《神剑》，2015.3。

从维熙中篇小说《远去的白帆》：写了劳改队发生的故事

《远去的白帆》1月份发表在《收获》第1期，获得第二届（1981—1982）全国优秀中篇小说奖。小说写的是劳改队里的生活，富有理想主义色彩和浪漫情调。具体是被误认为是"惯偷"的17岁的小"铁猫"对6岁的"小黄毛"和被错划为"右派"的叶涛、黄鼎等知识分子非常同情，体现出了他未被磨灭的人性光辉，说明他有一颗金子般的心。此外，小说里的其他人物如廉洁奉公但却未脱去蒙昧状态的"罗锅"队长，一身正气但却被打成"右派"的红军战士，狼性未改的前军统"少尉"，以及老队长寇安老人等，都被作者塑造得栩栩如生，给人留下深刻的印象。小说除了讲述带有传奇色彩的故事外，还采用了书信体小说的形式，形成了单一的封闭式结构。这种结构形式稳重平缓，内容充实，使事件的来龙去脉十分清晰，不仅对揭示主人公的性格心理发展过程具有独特的作用，而且有助于增强作品的真实感。[1]

航鹰短篇小说《明姑娘》：歌赞了一位盲姑娘的仁爱之心

《明姑娘》1月份发表在《青年文学》第1期，获得1982年全国优秀短篇小说奖。小说写在雪花飞舞的松花江畔的长椅上坐着一个几乎要被冻僵的"雪人"，他叫赵灿。赵灿两年前是北方大学的优等生，运动场上的健儿，但因偶然的原因双目失明。这使赵灿想毁灭自己。这时，人称"明姑娘"的盲人叶明明劝赵灿离开江边。赵灿后来进了一家盲人工厂，车间主任把接送赵灿上下班的任务交给了也在厂里工作的叶明明。赵灿和叶明明从双方的声音上辨别出对方就是自己在江边遇到的人。赵灿坐公共汽车时，明姑娘无微不至地照顾着他，这使他知道了明姑娘也是一位盲人，他在感到震惊与羞愧的时候，也由衷地敬佩起明姑娘。在明姑娘的帮助和鼓励下，赵灿的精神面貌焕然一新。但赵灿又不慎将腿摔断了，这使他再度消沉、悲观起来。明姑娘于是又给予了赵灿更多的关怀与激励，使他恢复了生活的信心。两人之间的友谊在加深。不久，两人的眼睛在一位著名眼科医生的诊治下，出现了复明的希望。两人一起到郊外感受大自然的美丽，在绿荫下倾吐真情。但明姑娘知道自己几乎没有复明的希

---

[1] 参阅王志刚《一部浓郁的抒情小说——从维熙〈远去的白帆〉艺术谈》，《徐州师范学院学报》，1985.2。

望，她便打算不再拖累赵灿。赵灿不久后参加了一次聋哑人运动会，他的眼睛终于复明了。他抑制不住内心的激动来向明姑娘求婚，但明姑娘却要赵灿先回学校学习去。当赵灿乘坐的火车将要开动时，他接到明姑娘一封情深意长的信："……请不要把诺言当成束缚自己的绳索，一切让生活自己去回答吧！如果你的学习成绩优异，不要为我放弃深造的机会，如果有个姑娘爱上你，又对你的事业有所帮助，我将会很快乐。"赵灿读着信，他的眼里一下子涌出了泪水……小说塑造的明姑娘形象体现了作者所倡导的"大爱""慈爱""博爱"等主张。该小说使作者蜚声文坛，之后，她长期关注、参与着社会福利事业、慈善事业。[1]

李叔德短篇小说《赔你一只金凤凰》：写了城镇人的优越感在乡村人面前的悄悄变化

李叔德（1947—），湖北襄樊人。《赔你一只金凤凰》1月份发表在《长江文艺》第1期，获得1982年全国优秀短篇小说奖。小说叙述的是一个好强的女工人陶姐与弟媳董舜敏之间的隔阂。有一天，长得很漂亮但从小就很专横、好强的陶姐骑着她那心爱的、令人羡慕的"凤凰牌"自行车，带着儿子回娘家时，认为自己身上这么多的优越之处会让刚进门的弟媳董舜敏感到服气的。董舜敏是个农村姑娘，既漂亮能干又具有时代眼光和视野。董舜敏面对陶姐对自己的刁难和跋扈，不但机智地进行了化解，而且还用真诚打动了陶姐。董舜敏相信农村人的生活会好起来的，好到可以给城里的陶姐送东西，好到可以使自己在陶姐面前也具有优越感。渐渐地，陶姐在董舜敏强大的自信面前感到了失落。整篇小说没有复杂的故事情节，也没有复杂的人物心理描写，但在这样一个简单的故事里，读者却能感受到城镇人在乡村人面前的居高临下和优越感正在改革开放的时代中悄悄地发生着变化。乡村和乡村人对城市和城镇人不再是单纯的羡慕和臣服了，而是表现出了一种自信和强大。[2]

吕雷短篇小说《火红的云霞》：提出了一个共产党员、革命者如何对待四化建设，如何对待个人利益和党的利益的问题

《火红的云霞》1月份发表在《人民文学》第1期，获得1982年全国优秀

---

[1] 参阅盛英《爱的信念和艺术——谈航鹰"普爱山庄"中篇系列》，《小说评论》，1998.2。

[2] 参阅李叔德《谈谈〈赔你一只金凤凰〉的修改》，《语文教学与研究》，1983.5。

短篇小说奖。小说写地委的丁副书记为了保全自己的地盘，维护自己的所谓威信，不去积极、认真地贯彻党的十一届三中全会以来制定的调整工业的新方针。这使新上任的南江化工厂厂长梁霄非常不满，他于是与老首长丁副书记决裂了，还放弃了同离别20多年的妻子文洁森、女儿文晓团聚的机会，从实际出发，从维护人民的根本利益出发，割掉了工业战线上的一块块恶性肿瘤，最终使南江化工厂扭亏为盈。小说对于梁霄和丁副书记之间的矛盾斗争作了深刻而大胆的揭露，并把笔触深入到人物的灵魂深处，满腔热情地歌颂了梁霄规劝和教育文洁森和文晓的事情，批评和鞭挞了丁副书记及其夫人方大姐的行为。小说向人们提出了一个共产党员、革命者如何对待四化建设，如何对待个人利益和党的利益之间的关系的令人深思的问题。①

矫健短篇小说《老霜的苦闷》：反映了部分农村干部和积极分子对党的一系列政策困惑不解、难以接受的情况

矫健（1951— ），山东烟台人。《老霜的苦闷》1月份发表在《文汇月刊》第1期，获得1982年全国优秀短篇小说奖。小说相当诚实地反映了部分农村干部和积极分子对党的一系列政策的困惑不解、难以接受的情况。主人公老霜命运悲苦，品性善良，但他灵魂深处存在的顽固、落后、愚昧的思想使他冥顽不化，他用抵触的态度来对待农村改革，这表达了作者对老霜这样一类抵触改革的人的忧思。

孙少山短篇小说《八百米深处》：描写了地震中几名幸存者与死神搏斗的故事

孙少山（1949— ），山东胶南人。《八百米深处》2月份发表在《北方文学》第2期，获得1982年全国优秀短篇小说奖。小说描写的是一场地震过后，在距地面800米深的煤层中，几名幸存者与死神搏斗的故事。地震过后，一切通往地面的通道都被堵死了，饥饿、寒冷、死亡威胁着四个幸存者。在强烈的求生欲望的驱使下，四个人用仅有的一把斧头开辟出了一条生路。当隔壁传来求救信号时，四个人发现求救者是他们共同的冤家对头李贵。四个人中的老工长

---

① 参阅何镇邦《我的朋友吕雷》，《时代文学》，2005.4。

张昆提出了救援李贵的建议，但却遭到了冷西军的坚决反对。李贵是一个力大无穷、体格强壮的人，他在井下干活时就像一辆坦克一样经常横冲直撞，没人敢挡；他还贪钱如命，私心很重，平时不得人心，几乎招惹过每一个人。20岁的王江高考落榜后，被分到矿上工作，在第一天下井时，就遭到了李贵的欺辱；长着螳螂般长脖子的"呱嗒板子"也是李贵的出气筒；30多岁的冷西军虽然有一米九〇的大个子，但他一见到李贵也很紧张；老工长张昆为人正派，主动放弃了超额奖金，李贵对此却说起了风凉话："见着钱不要是'四人帮'一类的野心家。"其实让大家对李贵真正动怒的原因是地震刚发生时，李贵趁着忙乱抢走了大家装面包的干粮袋子，然后他一个人连滚带爬地逃命去了。后来，李贵还是被张昆、冷西军救了。当他们把煤壁凿通后，李贵送还了大家的面包并把自己的面包送给了大家。李贵以实际行动证明了自己还是一个"人"。在张昆的团结精神鼓舞下，五个人终于找到了可以爬出去的伪满时期遗留下来的自然通风口。最后，李贵背着耗尽了力气的老工长，踩着冷西军的肩头，"向着风井，向着新生活奋进……"小说表现了他们身处危难时的思想境界，歌颂了他们在灾难面前所表现出来的坚如磐石的团结精神。①

喻杉短篇小说《女大学生宿舍》：写女大学生在相互理解的基础上建立深厚友谊的故事

喻杉（1962.11—），湖北沙市人。《女大学生宿舍》2月份发表在《芳草》第2期，获得1982年全国优秀短篇小说奖。小说写20世纪80年代初，东南大学中文系的205号女生宿舍住进了五个刚入校的姑娘。匡亚兰是个刚强的姑娘，她不想成为养母的负担，靠打零工读完了高中后考上了大学。辛甘从小生活在优越的家庭环境中，受到了父母的宠爱，十分任性。宋歌是班干部，她尊师守纪，热爱劳动，但内心深处却缺乏对同学的信任和热情。夏雨胆小、单纯，具有诗人的气质。骆雪梅来自农村，性格温和善良。在五个女大学生报到的第一天，辛甘和匡亚兰为了上下铺而争执起来。宋歌把这个事情悄悄地告诉给了老师，当老师来到宿舍后，辛甘和匡亚兰却突然和好了。大家都不满意宋

---

① 参阅孙时彬《生命激情的亢奋与遁却——〈八百米深处〉与〈黑色的诱惑〉比较分析》，《文艺评论》，2003.1。

歌的行为。在评定助学金和困难补助的班会上,大家发现匡亚兰是个孤儿,便一致同意给她评上甲等助学金和生活补助费。这反而使匡亚兰沉浸在痛苦的回忆中。原来,在昔日的政治运动中,匡亚兰的母亲揭发了丈夫后,抛弃了匡亚兰和父亲而改嫁给了别人。匡亚兰10岁时,父亲在一次事故中去世了。匡亚兰下定决心要把自己的经历写成小说《山的女儿》。在随后学校举行的一场讨论会上,辛甘被化学系男生兰为的发言所吸引,爱上了兰为。但当辛甘了解到兰为在插队时有女友的事情后,她克服了失恋的痛苦,又投入到紧张的学习中。由于宋歌的片面汇报,匡亚兰的助学金被降了级,使她不得不到码头上去打工来维持生活,同学们于是到校长那儿去告状。在学校举行的晚会上,匡亚兰意外地遇到了已经成为辛甘继母的母亲。母亲流着泪请匡亚兰饶恕自己的过错,可匡亚兰却忘不了父亲和自己所受的痛苦和伤害,拒绝了母亲给她的300元钱。在第二次的助学金评定会上,由于匡亚兰母亲给了匡亚兰300元钱,同学们对她产生了误解。匡亚兰在迫不得已的情况下说出了自己最不愿提起的往事,然后哭着离去。当大家明白了小说《山的女儿》写的就是匡亚兰自己的经历时,她们都被匡亚兰不向命运屈服的倔强性格感动了。同学们于是来到江边码头上,找到了正在搬砖的匡亚兰。短短的一个学期过去了,205宿舍的五个姑娘终于在互相理解的基础上建立了深厚的友谊。

王蒙中篇小说《相见时难》:反映了当代生活中的某些问题

《相见时难》3月份发表在《十月》第2期,获得第二届(1981—1982)全国优秀中篇小说奖。小说写美籍华人兰佩玉(佩玉·兰)原是留学过法国的社会学教授兰立文的独生女儿,从小被父亲娇生惯养,聪明而又任性。北平解放前夕,兰佩玉被时势潮流所感染,倾向于进步的学生运动。但经历挫折后,兰佩玉却开始自暴自弃,用庸俗的言情小说打发无聊的日子,甚至企图自杀。最后,兰佩玉跑到美国去了,入了美国籍,嫁了美国人。小说提出了某些关于当代生活的问题,后来的社会生活、社会思潮也验证了这些问题的正确性。

孔捷生中篇小说《普通女工》:描写了"文革"在年轻人心灵上留下的创伤、愈合等多重意蕴

《普通女工》3月份发表在《小说界》1982年第3期,获得第二届(1981—

1982）全国优秀中篇小说奖。小说中的何婵在插队时和男知青钟常鸣相恋并怀孕，钟常鸣提前回城上学，从此杳无音信。何婵回城后在一家锁厂当女工，住在一间由盥洗室改成的小屋里。何婵工作上兢兢业业，一心想把儿子抚养成人。回城三年后，何婵受伤的心灵仍然无法愈合，无法直面现实。当知道钟常鸣的地址后，她本想去找钟常鸣，然后或者与他组成一个幸福美满的家庭，或者与他彻底分手，以利两人各奔前程。但何婵最终却没有去找钟常鸣，她想自己总有一天会遇到钟常鸣的，于是默默地忍受着一切。小说所塑造的何婵是一个充满了理想的青年，她虽然不懂机器维修，却凭着借来的专业书吃力地钻研起机器维修的知识，后来，她当上了组长，还被评为先进工作者。小说不仅描写了十年动乱在年轻人心灵上留下的创伤，而且着重表现了伤痕愈合的过程；不仅描写了青年人在人生道路上的彷徨和苦闷，还描述了他们在国家建设中的奋发勇进和革新；不仅诉说了青年人生活道路的坎坷，也表现了人与人之间在关系上存在的亮色；它没有停留在哀叹苦难的过去，而是展望了未来。小说的基调明朗向上，带有鲜明的理想主义色彩。①

张一弓中篇小说《张铁匠的罗曼史》：讲述了主人公命运的多次变化，给人们带来了切身体会和深刻启示

《张铁匠的罗曼史》3月份发表在《十月》第2期，获得第二届（1981—1982）全国优秀中篇小说奖。小说中68岁的王木匠是个有名的"小车王"，他制作的小车的枣木轴和轱辘转起来，"吱吱咛咛"的声音令庄稼汉们非常喜欢。可是，1955年春天，在水库工地上，张庄20岁的小铁匠张银锁却在一夜之间把工地上的小车都换上了铁轴承和胶轱辘，使小车们变成了哑巴。王木匠被气得卧病不起了，但他那上过高小的闺女王腊月却爱上了小铁匠张银锁。次年春天，由香兰嫂出面保媒后，王腊月和张银锁结婚了。不久，王腊月生下了儿子铁栓。张银锁的打铁技艺也更加完善而纯熟了。他打制的一种鹅脖大板锄发展了"飞镰张"的传统工艺。铁栓两岁那年，张银锁被新成立的饮马桥人民公社聘请为农具铁工组组长。但两个月后的一天，张银锁却背着行李回来了。原

---

① 参阅吴宗蕙《从普通人身上汲取诗情——评孔捷生的〈普通女工〉》，《山西师大学报（社科版）》，1984.2。

来，他刻在镰刀、锄板上的"飞镰张"字号被王腊月的亲哥哥、农具厂厂长王木庆认为是跟人民公社唱反调。王腊月一听，便劝张银锁要跟上形势。张银锁又回农具厂去了。一个月后，张银锁又回来了。他嘴里喷着酒气说夏社长和王木庆开了他的批斗会。王腊月见张银锁又要喝"二锅头"，便不让他喝。张银锁夺过酒瓶后向王腊月的头上砸去。张银锁自己也倒在了地上。这时，王木庆带着两个持枪民兵冲了进来。王木庆告诉王腊月，张银锁在批判会上把夏社长的鼻梁砸折了。张银锁被押走了。服刑期间，张银锁和王腊月离了婚。三年后，张银锁回到了家，他看到王腊月在他们三口的合影下留下"银锁，俺跟栓娃等你"的留言，村里人告诉他，王腊月领着铁栓上北山逃荒去了。几天后，公社牛书记和老李找到张银锁，让他重新打制"飞镰张"铁货。第二年，张银锁挑着打铁的担子上北山去找王腊月娘俩，最后在第九十九个小山村里找到了他们。但王腊月说她哥王木庆跟她说，张银锁因越狱被打死了，所以自己便和老光棍刘大哥生活在一起了。刘大哥得知张银锁的来历后，坚持让张银锁把王腊月和铁栓带走。张银锁和王腊月娘俩于是又回到了张庄。这时，一个以王木庆为组长的"刹单干风"的工作组已经进村。张银锁立即成了被批斗的对象，他又失去了自由。但他已学会把愤懑压在心底。他去大队开具复婚的证明信。王木庆得知后对张银锁说，只要他还捧着公家的饭碗，张银锁就休想跟王腊月复婚，因为他不想在"社会关系"一栏里填上一个"杀、关、管"的亲属。随后，王木庆给张银锁戴上了"没有改造好的坏分子"的帽子。小说发表后产生了巨大轰动效应，很多人从张铁匠命运的交替变化中看到了自己命运变化的相同经历。张铁匠经受的肉体和精神折磨、打击、迫害使人们在心里一直琢磨着人性问题。小说给人们带来了切身的体会和深刻启示。1982年，小说被长春电影制片厂拍摄为同名电影。

冯苓植中篇小说《驼峰上的爱》：写了童稚之爱、母爱、父爱以及一匹骆驼对两个孩子的爱

冯苓植（1939—），山西代县人。《驼峰上的爱》3月份发表在《收获》第2期，获得第二届（1981—1982）全国优秀中篇小说奖。小说写在茫茫苍苍的荒漠草原上，住着两户牧民，一户是牧马人阿杜沁及妻子和女儿小塔娜，另一户是忧郁的放驼人和他的儿子小吉尔。小吉尔从小跟奶奶生活在一起，6 岁时被父亲接回。他从未见过母亲，父亲也只字不提。有一次，查干敖包举行三年一度的那达木盛会，小吉尔跟着阿杜沁一家前去参加。在那里，一个娇小美丽的女人见到小吉尔后，热泪奔涌，连呼儿子。这个女人正是小吉尔的妈妈。小吉尔回到家里后，向父亲哭喊道"我要妈妈"！原来，十年前，放驼人征服了任性美丽的小吉尔的妈妈，生下了小吉尔。但放驼人的粗野和小吉尔妈妈的轻佻却使他们的爱情夭折，小吉尔妈妈离开了放驼人。放驼人从此经常喝得酩酊大醉。一匹叫阿赛的母驼，由于失去羔驼而发疯。阿杜沁的女儿小塔娜用她那亲切的歌声和温柔的小手抑制了阿赛的疯狂。阿赛精神恢复正常后，将小塔娜视若亲人。小吉尔对此却妒火中烧，他唆使一群男孩子羞辱了小塔娜。一天，一个长着黄胡子的采购员来到放驼人家里，他用十瓶二锅头换走了阿赛。第二天，小吉尔和小塔娜骑上光脊梁马背，带上大狗巴日卡去追赶黄胡子。追上后，他们救出了阿赛。然后他们相偎在驼峰上，没命地奔跑。他们商定去找希热图王子和善良的小公主。希热图王子和小公主生活在一个水草丰美、人心善良、没有欺诈、没有痛苦的地方。但小吉尔和小塔娜却进入了牧人们的禁区"无水草原"。阿赛已气若游丝，它挣扎着分泌出乳汁，让两个孩子和一条大狗吸吮着。过了一夜，放驼人来寻找他们了，他看到两个孩子被阿赛拖拽到一个潮湿的沙丘下，发疯似的用蹄子刨着，水终于出来了，然后阿赛用长脖子将吸来的水一次又一次地喷洒在小吉尔和小塔娜的脸上。放驼人目睹着这感人的一幕，滚烫的眼泪夺眶而出，他的良心和爱被唤醒。牧马人阿杜沁也来了，走在最前面的是小吉尔的妈妈，她看到儿子后，脸上的笑容消失了，悔恨的泪水涌流而下。小说写了童稚之爱，娇小女人对小吉尔的母爱，也写了放驼人对小吉尔的父爱，骆驼阿赛对两个孩子的爱。

蒋子龙短篇小说《拜年》：真实地反映了经济调整时期上上下下、形形色色的人物关系

《拜年》3 月份发表在《人民文学》第 3 期，获得 1982 年全国优秀短篇小说奖。小说中的冷战国长期在生产第一线工作，已成为一个成熟的生产指挥者。他不仅有丰富的管理经验，而且热爱工作，办事干练，坚持原则，不吃捧，不怕骂，不拉拉扯扯、吹吹拍拍，刚正不阿，为了国家利益都敢顶撞领导。但冷战国的赤子之心却四处碰壁。大年初五上班以后，全厂停产搞拜年，冷战国是全厂的调度室主任，看着当月生产计划要落空，国家利益要损失，他心急火燎，提出立即恢复生产的意见。但他的意见换来的是大家的一片冷嘲热讽。当冷战国正在反对在生产时间拜年时，厂长、党委书记却拜到了他的门下。他质问厂长："大家客客气气地拜一天年，这一天的产值找谁去要？工资找谁去要？"厂长听了哈哈一笑，一走了之。在调度会上，冷战国又受到人们的嘲讽。小说中的另一个重要人物是胡万通，他本事不大，当学徒时手脚笨得出奇，当调度室副主任后连调度会都主持不了，但他却与上上下下保持着一种和谐的关系。在厂长走马高升之日，他被提升为副厂长。冷战国反对上班时间拜年，胡万通却极力主张乘机与下面联络感情，他的主张博得了调度员们的赞成。小说中的人物是通过对比来显示各自性格的，比如冷占国与胡万通一"冷"一"热"的对比；冷占国与厂长一个认真负责，一个圆滑世故的对比；冷占国与施明一个急切，一个疲沓的对比，都显得生动鲜明。作者通过对这几组人物关系的描写，真实地反映了经济调整时期上上下下、形形色色的人物关系。①

高晓声"陈奂生七篇系列小说"之《陈奂生包产》：描写了陈奂生不敢包产又想包产，不愿再当采购员又想当采购员的矛盾心理

《陈奂生包产》3月份发表在《人民文学》第3期。小说写陈奂生首次搞采购便获全胜，于是被一个劲儿吹捧起来，以致全公社都掀起了一股学习陈奂生的热潮。1980年春季，江南农村搞起了责任制，陈奂生对之举棋不定，疑虑重重。一直靠指手画脚吃饭的王生发队长也慌了手脚，惊呼"再下去队长还有啥当头"，于是忙着给自己寻找新的出路。陈奂生听说邻近生产队包了产，走上了致富道路，不觉心动起来，适逢队里需要他再次上城搞采购，于是，他便再次上城去找吴书记。但是，堂兄陈正清的两句话使他的头脑开了窍：一句是针对他找吴书记搞材料事情的，陈正清说："你想发财叫别人犯错误，这不是缺

---

① 参阅臧克和《我读蒋子龙的〈拜年〉》，《人民文学》，1983.3。

德？"第二句是针对包产的："你真糊涂，还跟着王生发反对包产；王生发站不住脚，你还愁什么？"这些使陈奂生猛然醒悟过来，最终放弃了上城。小说写出了陈奂生不敢包产又想包产，不愿再当采购员又去做采购工作的矛盾心理。

邓友梅中篇小说《那五》：描写了一个没落八旗子弟恢复荣华富贵生活梦想的破灭

《那五》4月份发表在《北京文学》第4期，获得第二届（1981—1982）全国优秀中篇小说奖。小说中的那五是清朝八旗子弟，从小娇生惯养，只知花天酒地，养鸽走马。他混迹于三教九流之中，就像他的学艺师傅胡宝林说的，他"什么也没干过！"那五浪迹半生，一事无成。他本来有两次千载难逢的机会可以使他变成一个体面的自食其力的劳动者，但由于他的寄生性，他先是错过了大夫劝他"放下架子"跟他学医的要求；然后，当武存忠劝他学打草绳时，他也拒绝了。那五好话听不进去，却轻信黄色小报《紫罗兰》主笔马森的话，当了一个小报记者，自然是难以胜任这一文化人才能干的工作。小说结尾写道："那五在新中国又演出些荒唐故事，只得在另一篇故事中再作交代。"但《那五》的续篇并未问世。小说反映了破落子弟那五不能正视现实，不能自谋生路，反而在"混"和"骗"中去恢复过去的荣华富贵生活的梦想的破灭。小说采用民间故事的叙事策略，刻画了一个"办好事没能耐，做坏事本事也不到家"的没落八旗子弟的形象，其用意在于警示世人要吸取教训，自强不息。小说对北京风俗的描写和语言散发着浓郁的京味。[1]

海波短篇小说《母亲与遗像》：描写了一家以母亲为主的四个党员之间的矛盾冲突

海波（1950—），江苏灌南人。《母亲与遗像》4月份发表在《人民文学》第4期，获得1982年全国优秀短篇小说奖。小说描写了一家以母亲为主的四个党员之间的矛盾冲突。大儿子司枫觉得客厅里挂着的父亲的遗像会影响他和"对象"结婚，影响举办家庭舞会，于是，建议将遗像摘下来。母亲听了后

---

[1] 参阅陈立萍《论邓友梅中篇小说〈那五〉的创作特色》，《长春大学学报》，2003.2。

合上眼睛深思。大女儿司云听了只"呵"了一声。小儿子司雷拦在父亲的遗像前，不让哥哥动。司枫说不摘遗像，只把黑框换掉。母亲摘下遗像后，将其挂在司枫"对象"照的对面。当天晚上，母亲对司雷说起他父亲在长征途中曾被误认为是特务，但他仍然为党工作的事情。母亲要求司雷要像父亲一样肚量大一些。母亲又向司枫打听他"对象"的情况。母亲说，这个家里可以有非党员存在，却不允许有假党员存在。第二天，母亲发现遗像不翼而飞。司雷将司枫的"新房"翻了个乱七八糟。

母亲阻止了司雷。司云下班回来说："要惩罚就惩罚我吧。"母亲说遗像被她送到照相馆复印去了。"党员之家"暂时安静下来了，他们都在想着事情。他们第一轮的想法是：司枫觉得司雷太凶，自己不过是把爸爸之死看得轻一些；司雷在想为什么对于爸爸的死，母亲没有他那么伤心和愤恨，而且总怪司云不应该以自己的青春来赎罪？司云在想，家成为这个样子全怪自己。第二轮想法是：司枫想司雷确实直率；司雷想母亲确实坚强；母亲想司云确实善良；司云想司枫确实聪明。第三轮想法是：这个家是不是该分家了？想到分家，母亲格外难受。1976年，当民兵到家里来搜剿"反动诗词"时，司云主动交出了爸爸抄了整整一笔记本的"天安门诗"，那上面也有他的作品，为此，刚出"牛棚"九个月的爸爸又被押回"牛棚"，并且在那里含冤而死。司云开始想自杀，但后来觉得自己应该在爸爸的遗像下承受谴责。她于是在工厂埋头苦干，用每月的奖金买了些名贵的鲜花，送到爸爸的墓前。母亲觉得司云像祥林嫂在"捐门槛儿"，劝她不要把爸爸看得太狭隘，要知道，长征时，他在草地上拼死拼活地背出过一个战士，那战士正是执行了枪毙他命令的人。司云的心有所释然。母亲又问起司云的婚姻大事，司云害羞地承认了一个工友有心于她。母亲从司云口中得知此人上进、好学、不图虚名，要求司云带他来家里见一面。深夜，母亲在丈夫的遗像前同他交谈，要他陪着自己一起激励儿女们。第二天中午，司雷收拾行装时，司枫失魂落魄地回来了。原来他那"对象"怒斥了他如何哗众取宠、欺上瞒下、违法乱纪的事情。母亲叫儿女们到他们父亲的遗像面前，那里摊着三张白纸，她要他们写"自愿退党申请"。三人异口同声道："我不退党。"母亲笑了，继续说："那你们就当着这位已牺牲的老党员的面说说不退党的原因，要说真话。"小说在描写以母亲为主的四个党员之间的矛盾冲突时，以如何对待父亲的遗像为主线、以司枫的恋爱为副线而展开。这个党员之家，表面上是团结的，但实际上矛盾重重，原因就在于他们各人的生活道路不同，遭遇不同，性格不同。他们在不同的年代，抱着不同的目的，加入了共产党。他们的思想境界高低不一，性格迥异，在如何对待遗像的问题上，发生了矛盾。小说通过这些冲突，揭示出一些年轻党员身上的创伤，引起人们疗救的注意，使人读后颇受启发教育。①

铁凝短篇小说《哦，香雪》：一篇体现了经济启蒙、知识启蒙和权力启蒙的小说

铁凝（1957—），河北赵县人，生于北京。《哦，香雪》5月份发表在《青年文学》第5期，获得1982年全国优秀短篇小说奖。小说以北方一个偏僻的小山村台儿庄为叙述和抒情背景，通过对香雪等一群乡村少女心理活动的生动描摹，叙写了每天只停一分钟的火车给一向宁静的山村生活带来的波澜，并由此抒发了优美而内涵丰富的情感。作品主要描写了香雪的一段小小的历险经历：她在火车只停一分钟的间隙里，毅然踏进了火车，用积攒的四十个鸡蛋，换来了一个向往已久的带磁铁的泡沫塑料铅笔盒，但她错过了下车的时间。在另一个站下来后，她一个人摸黑走了30里的山路才回了家。小说写出了香雪对山外文明的向往，对改变山村封闭落后面貌、摆脱贫穷状况的迫切心情以及她的自爱自尊，深刻体现了经济启蒙、知识启蒙和权力启蒙的多元交叉与渗透，为作者的个人转向和主体觉醒储备了条件。小说笔调清新隽永，具有浓郁的乡土气息。②

乌热尔图短篇小说《七岔犄角的公鹿》：一篇典型的传统成长小说

《七岔犄角的公鹿》5月份发表在《民族文学》第5期，获得1982年全国优秀短篇小说奖。小说围绕着"我"与公鹿的三次邂逅而展开。第一次见到一只七岔犄角的公鹿后，"我"打伤了它的后腿。但当"我"看到这只公鹿

---

① 参阅晓草《试析小说〈母亲与遗像〉的矛盾冲突》，《韶关师专学报》，1982.3。
② 参阅首作帝《经济、知识与权力的多元启蒙——铁凝〈哦，香雪〉的个人转向考察》，《名作欣赏》，2009.30。

为了保护五只母鹿和小鹿，带着伤腿与野狼斗智斗勇的场面后，"我"被震撼了，感受到了生命觉醒的尊严。"我"于是变成了与公鹿心灵相通的朋友。但"我"因为狩猎无获，被继父特吉毒打了一顿。"我"忍着痛，没有哭喊，因为"我"想起了那头不屈服的公鹿。"我"第二次见到这只公鹿，并没有开枪，而是让它快速逃离了险境。继父特吉知道"我"故意放走了公鹿，抢起猎枪，朝"我"头上砸来，"我两眼一黑，倒在地上"。"我"第三次和公鹿相遇时，把它从群狼口中救了出来，公鹿看见"我"后没跑，"只是站在那里，喘着粗气，用骄傲、顽强的目光望着我"，它似乎已经感受到了"我"的好意，已经意识到"我"是它的朋友。看到它身上满是伤口，鲜血和汗水像小溪似的流着，"我"心疼极了，"想象不出它承受着多大的痛苦，也为自己对它无能为力觉得惭愧"。这时，树丛后簌簌声响，公鹿箭一般朝前冲去，但它被拧在桦树上的铁丝死死地套住了，失去了自由。"我"毫不犹豫地抽出猎刀，想去救它。公鹿以为"我"设计逮它，把"我"一脚踢出老远。过了很久，"我"才爬起来。"我"三次放走了公鹿，继父见过两次，也被感动了，他蹲在"我"面前，双手把"我"一搂。公鹿的品性唤醒了"我"的继父，使粗暴的他也有了父性。从小说的主题和审美品格、叙事模式和故事构成要素看，它是一篇典型的传统成长小说。作者不仅为读者讲述了一个鄂温克少年的传奇成长故事，而且为我们展示了一幅弱势民族完成自我"重构"的文化想象图景。①

张炜短篇小说《声音》：宛如一支音韵轻柔的小提琴奏鸣曲

张炜（1956—），原籍山东栖霞，生于龙口市。《声音》5月份发表在《山东文学》第5期，获得1982年全国优秀短篇小说奖。小说讲述了割草少女二兰子与小罗锅的故事。两人因割草而相识。二兰子的纯真、美丽给小罗锅留下了深深的印象。小罗锅虽然身体残疾，但他积极、健康向上的生命意识感染打动了二兰子，唤醒了二兰子的人生追求。小罗锅的乐观与坚强让二兰子明白"做人就要讲究个理想，怎么我们非得割一辈子草不可呢？我们不行吗？我们都行！割牛草行，干别的，也保管行咧！"小说没有复杂曲折的故事情节，也

---

① 参阅李芳《从一个鄂温克少年的成长到一个民族自我"重构"的文化想象——解读〈七岔犄角的公鹿〉的新视点》，《民族文学研究》，2010.1。

没有意义重大的社会内容，它在当时改革文学一片鼓噪与喧嚣之声中，宛如一支音韵轻柔的小提琴奏鸣曲，在文坛引起了比较强烈的反响，在今天依然能引起读者情感上的强烈共鸣，给人以美的享受。①

魏继新中篇小说《燕儿窝之夜》：讲述了一群勇敢的姑娘在洪灾中抢救一座油库的故事

魏继新（1950—），四川广安人。《燕儿窝之夜》5月份发表在《青年文学》第5期，获得第二届（1981—1982）全国优秀中篇小说奖。小说写燕儿窝那里建起了一座贮存量为4000吨左右的桶装油库，库名叫"红姑娘油库"。在油库工作的是清一色的姑娘，最出名的是"六大金刚"：库主任、共产党员林秋月，共产党员耿海琼，当过六年知青的任海萍，顶替母亲来"接班"的刘翠翠，招工进来的会计白莉萍和邓倩倩。她们各有个性，都是惹不起的姑奶奶。一天，油库发生了洪灾，燕儿窝同外界的通道被切断了。林秋月带着姑娘们抢救着油库近万只被捆上了铁丝、绳索，压上了石条子的油桶。奋战了一夜的姑娘们最后都七歪八倒地靠在油桶边睡了。天亮后，她们听到气象预报说，晚上要出现洪峰。果然，在她们休息时，洪水突然涌进了院坝，把她们费了九牛二虎之力才抢救出的空油桶又吹得四散开来。入夜，水势更加迅猛地向燕儿窝压来，油库危在旦夕。不仅油库，就是河上的大桥及河下游城市的人民生命安全也受到严重威胁！紧要关头，林秋月一面派邓倩倩强行泗渡去报信，一面组织大家手挽手跳进水中筑起了一道人墙。洪水夹杂着铁桶、木料不断地撞击着她们的胸膛。白莉萍体质差，在大水的冲击下支撑不住，软绵绵地往水里坠，刘翠翠忙靠过来，把她紧紧搂住。林秋月看在眼里，心头一阵热辣……黎明来到后，洪水退了，支援的队伍也赶到了！大家笑着，叫着，跳着，痛痛快快地拥成一团。白莉萍心中涌起一股从未有过的热浪，竟用英文喊了起来："Long live comrades!"（同志们万岁！）新的一天开始了。燕儿窝油库的姑娘们终于又亲手从日历上撕下了那过去的一页！②

---

① 参阅宗元《深邃的意蕴 浓郁的诗情——读张炜的短篇小说〈声音〉》，《名作欣赏》，1992.6。

② 参阅谭兴国《画出一代青年的灵魂来——读〈燕儿窝之夜〉》，《文谭》，1982.12。

路遥中篇小说《人生》：揭示了特定时代人物的悲剧性宿命

《人生》5月份发表在《收获》第3期，获得第二届（1981—1982）全国优秀中篇小说奖。小说写高加林高中毕业后没能考上大学，在村里当了民办教师。不久，他教书的事被有权有势的大队书记高明楼的儿子顶替了。他于是又成了一个农民。村姑刘巧珍给他带来爱情的慰藉，使他从灰心丧气中重新激起了生活的热情。后来，高加林通过关系到县委宣传部当了通讯干事，又与一个干部的女儿黄亚萍相爱，抛弃了刘巧珍。但不久，高加林走后门进城得到工作的事情被人揭发了，他又回家成了一个农民。当走到大马河的桥上时，他一下子有气无力地伏在了桥栏杆上。该小说具有较高的文学成就和地位，其中塑造的高加林的性格特征非常鲜明，使读者真实地感受到了人物的命运被时代所禁锢的情况，也让人们看到了人物不断突破原有的社会规则的勇气。高加林的祖父辈德顺老汉们，曾承受过给地主当长工的艰辛和屈辱；父辈也是各有各的不幸，其父母亲的痛苦既来自物质生活的贫穷，又来自对权力的惧怕。这些人物的悲苦人生是那个特定时代的普遍特点，他们生之多艰，陷入了世代无法摆脱和改变的悲剧宿命之中。[①]

何士光短篇小说《种包谷的老人》：述说了人与自然的恒久关系

《种包谷的老人》6月份发表在《人民文学》第6期，获得1982年全国优秀短篇小说奖。小说开篇描绘了落溪坪的环境，写出了它是一个地处边远、视线被割断、一切消息被阻隔的地方，字里行间蕴含着除写景之外的更多的寓意和作者的思考。作者然后用悠缓的笔调诉说了种包谷的老人那久远到凝固的日子，诉说了人与自然的恒久关系，这是小说最有意味的地方。小说几乎没有什么情节，只是不厌其烦地、细致入微地描述了老人钻在包谷林里近乎虔诚的灌溉行动，那沾上水就发出吱吱声的泥土，那包谷藻红色的须根、枝丫等都是老人精神世界的表现。小说建构起的是一个封闭、自足、静谧、和谐的自然空间，这与老人孤独安宁的心理空间相对应。[②]

---

① 参阅阮雅轩《读路遥之〈人生〉，感悟生命之意蕴》，《青年文学家》，2017.12。

② 参阅刚韧《真的"像生活一样深厚"吗？——也谈〈乡场上〉和〈种包谷的老人〉的写作》，《当代文坛》，1984.4。

王中才短篇小说《三角梅》：叙述了一个女大学生和一位解放军战士之间的追寻与拒绝

王中才（1940—），山东宁津人。《三角梅》6月份发表在《解放军文艺》第6期，获得1982年全国优秀短篇小说奖。小说写荔生酷爱画花。她考上了坐落在小岛的美专以后，在一个清晨，她闯入海边的"军事禁区"写生。一个叫贺振木的战士命令她离开海边。她却走到了"军事禁区"的界碑前，给贺振木画了一张像。贺振木请她把画像留给自己，并要求她以后去画那种叫作三角梅的花。此后，荔生再也没有看见过贺振木。有一天，荔生那侨居海外、断绝了近20年音讯的父亲突然寄来一封信，要妈妈带着她去国外定居。荔生的同学李贵去邮局取荔生爸爸寄来的包裹时，贺振木帮着李贵将包裹扛了回来。贺振木放下包裹后就走了。但荔生却追上了贺振木。贺振木仍劝荔生去画那三角梅。这次邂逅之后，荔生又有很长时间没有再见到贺振木了。到了第二年的五月，美专的校长突然把荔生找去，告诉她部队转来了一封匿名信，说她和贺振木的关系不正常。荔生看到那封信的字迹是李贵伪装过的字体，她暗骂李贵卑鄙。为了澄清事实，荔生跑进了军营，但她却看见了迎面的壁报上贴着一张画像，那画像正是她给贺振木画的像，画像旁边写着贺振木的事迹，原来他在对越自卫反击战中牺牲了。荔生也知道了贺振木入伍后一直没照过相，这张画是从他的遗物中找到的。泪水挡住了荔生的视线，她晕倒了。病愈之后，荔生又背起了画夹去画贺振木的相，但她一直画不像，她只好去画贺振木请求她画的那朵三角梅，和那静静的小路……《三角梅》与茹志鹃1958年创作的短篇小说《百合花》均以女性视角对一个小战士进行了追忆，但两篇作品在叙事视角上不同。《三角梅》采用了第三人称"她"的叙事视角，叙述了荔生和贺振木之间的追寻与拒绝，体现出个体叙事对国家叙事的内在对抗；《百合花》则采用了第一人称"我"的叙事视角，叙述了小通讯员的故事，从而将个体叙事控制在国家叙事的话语体系之中。①

---

① 参阅韩靖《〈百合花〉与〈三角梅〉：对两篇军旅小说的叙事比较》，《现代语文（文学研究版）》，2009.2。

李準长篇小说《黄河东流去》：塑造了大批生动的中原农民形象

1979年1月，《黄河东流去》的部分内容在7月份出刊的《十月》第1期选载；1982年，《十月》第4期又选载了部分内容；小说上下卷在1979年和1985年由北京出版社出版，全本小说1987年由十月文艺出版社出版；1985年12月10日，小说荣获了第二届茅盾文学奖。小说的故事情节是：1938年麦收时节，日军大举进犯中原，溃逃的国民党军队炸开了黄河花园口的大堤，造成了豫皖苏1000多万人口遭灾，人们无家可归、逃荒在外。赤杨岗的七户人家在空前的灾难面前经历了种种的磨难和悲欢离合。小说塑造了一大批中原农民的形象，他们是刚强的李麦、机智的许秋斋、倔强的海老清、宽厚的海长松、精明的陈柱子、纯情的蓝五、痴情的雪梅、要强的凤英、固执的春义等等，他们的形象个个栩栩如生、活灵活现，其性格体现出了中原农民的"侉味"；他们患难与共、相濡以沫，父子、母女、兄弟、姐妹、夫妻、恋人、乡亲之间充满了绵绵情义。这些情义显示了中国农民的正直、善良和同情心，也显示了他们牢固的家庭伦理和血脉亲情，以及助人为乐、舍生取义的处世原则；同时显示了中原人和中华民族巨大而牢固的凝聚力，以及我们这个民族赖以生存、延续、发展的精神力量。①

谌容中篇小说《太子村的秘密》：涉及了农村基层治理中的一些复杂的政治生态现状

《太子村的秘密》7月份发表在《当代》第4期，获得第二届（1981—1982）全国优秀中篇小说奖。小说写1978年8月初，一封匿名信投寄到清明县委领导的手中，状告太子村党支部书记李万举一贯阳奉阴违，欺上瞒下，是一个"代代红"的"风派人物"。新来的县委书记冯振民将这封信批转给长期扶植太子村的县委副书记齐悦斋。齐悦斋派县委办公室主任邱炳章去太子村做调查。邱炳章调查完后给县委写了一个书面报告，汇报了李万举的作风、"批邓"和"代代红"三个方面的调查结果，弄清了问题，认为李万举"属于好的或比较好的干部"。可是不久，第二封匿名信又于9月初寄到了县委领导手中，

---

① 参阅谭解文《现实主义道路上的新探索——读李準的〈黄河东流去〉》，《理论与创作》，2001.2。

信里指责邱炳章是走过场，并进一步揭发李万举的"阶级路线不清"等问题。冯振民派齐悦斋亲自去了一趟太子村。齐悦斋到了太子村后，肯定了李万举的工作成绩，也提出了一些意见，然后就回县城了。10月中旬，县信访组收到了第三封匿名信，信中指出齐悦斋之行仍属走过场。冯振民于是亲自去太子村调查，得出了李万举并没有什么问题的结论。后来，李万举来县城给冯振民讲述了"肚子不能糊弄""庄稼不能糊弄""社员不能糊弄"的"真经"。四天后，太子村的邻队赖家坟的农民赖家发到县委主动承认是自己写了三封告状信，目的是为了引出"太子村的真经"。忙完春耕春播后，县委召开三级干部会，冯振民让李万举在大会上介绍了"三不糊弄"的"真经"。会后，媒体记者们让李万举介绍经验，冯振民对记者们说："李万举每干一件实事求是的事，都要玩一些弄虚作假的花招，这是为什么？是因为他要讲实事求是就得弄虚作假，通过弄虚作假才能实事求是，这样一个'哲理性'的问题请记者们思考。"[1]小说写到的问题涉及了农村基层治理中的一些复杂的政治生态现状。

梁晓声短篇小说《这是一片神奇的土地》：一曲对奋斗的一代进行诚挚赞颂的颂歌

梁晓声（1949.9.22—），祖籍山东荣成，出生于哈尔滨市。《这是一片神奇的土地》8月份发表在《北方文学》第8期，获得1982年全国优秀短篇小说奖。小说写副指导员李晓燕为了替连队洗刷"养活不了自己"的耻辱，带领一支垦荒先遣小队勇敢地越过阴森恐怖的"鬼沼"，在幻化为"魔王"的荒原上进行艰苦创业的故事。但李晓燕为了实现自己的誓言献出了年轻的生命。铁匠王志刚是一个有着"摩尔人"伟岸体魄、铁一般的意志和奇勇的性格的人，他的坦荡和无私使战友们非常信任他。在"满盖荒原"，当王志刚只身为连队探寻涉过"鬼沼"的路径时，他与恶兽展开了一场惊心动魄的搏斗，谱写了一曲悲壮勇敢的青春之歌。小说中的姗姗是最令人痛心的一位柔弱女子，她是"我"的妹妹，竟然干了一件让人难以容忍的事情——未婚先孕。有一天，姗姗为了追一只狍子而死在了"鬼沼"；她在临死之前，只是说了句"哥哥，别过来"的

---

[1] 参阅程步奎《读谌容〈太子村的秘密〉》，《读书》，1984.9。

话。这凄楚、哀婉而又充满镇定的遗言，完成了她生命的最后的塑造。小说着力讲述了一个同心合力、目标一致的垦荒集体在非常年代里跟暴虐的大自然进行搏斗的故事，从而使李晓燕、王志刚们从身躯到灵魂都闪耀出了革命英雄主义的光辉，使小说成为对奋斗的一代进行诚挚赞颂的颂歌。小说也是写给城市人看的一个浪漫故事，它写了荒原和冒险、荒原冒险中的爱和死、无边荒原和城市中拥挤的建筑、神秘冒险和城市人机械的起居等，这些描写形成了一种强烈的反差，因而对城市读者产生了强大的吸引力，使城市人对遥远的蛮荒之地产生了向往，唤醒了他们对自己生命故乡的隐隐记忆，也使他们本能地感到了喜悦和满足。这可能是梁晓声这篇小说在当时受到人们特别喜爱的心理原因。①

姜天民短篇小说《第九个售货亭》：描写了工人的热情、正直、乐于助人等优秀品质

姜天民（1952—1990），湖北英山人。《第九个售货亭》8月份发表在《青春》第8期，获得1982年全国优秀短篇小说奖。小说写热情、正直的工厂工人王炎、张铮、李自强三个单身汉有一次在电影院门口遇到了受人欺负的卖瓜子的女青年王吉，他们救了她。随着时间的推移，王炎对王吉产生了爱慕之情。但当他得知王吉有丈夫时，心里虽非常痛苦，但经过冷静思考，他感悟到了人生的意义在于帮助别人。他于是和张铮、李自强一起利用休息时间为王吉搭建了个售货亭，这个售货亭是第九个个体售书亭。作者因这篇小说蜚声文坛而走向全国后，先后出版了中短篇小说集《小城里的年轻人》（长江文艺出版社）、《失落在小镇上的童话》（中国文联出版公司）、《爱的十字架》（武汉出版社）和长篇小说《真情》（上海文艺出版社）以及产生广泛影响的"白门楼印象"系列短篇小说。

鲍昌短篇小说《芨芨草》：讲述了一位地质工作者的故事

《芨芨草》8月份发表在《新港》第8期，获得1982年全国优秀短篇小说奖。小说通过一个男青年的口吻，叙述了他那从事地质工作的爸爸的故事。23

---

① 参阅李书磊《〈这是一片神奇的土地〉文化测量》，《文学自由谈》，1989.3。

年前，五岁的他失去了妈妈，他跟爸爸一同住在同事的家里，张姨将他从小养大，待他如同亲儿子。他在北京长大后，跟随从事地质勘查工作的爸爸去了大草原，见到了蒙古包。在那里，他的爸爸和同事们找到了一座大铁矿，然后他们去四川的一座大山里继续找矿了。在四川，他的爸爸生病了，人也老了。后来，他的爸爸志愿到大西北去工作。在那里，他又跟张姨一家人相遇了。"文革"来临后，他的爸爸被拉去批斗，劳改。不久，他的爸爸就走了……他的爸爸为国家贡献出了自己的生命。他的爸爸生前曾对他说芨芨草的生命很顽强，在沙漠里，它征服了风沙，然后它的后面就出现了绿洲。他觉得爸爸也像芨芨草。23年后，他也成了一名地质工作者。

胡石言短篇小说《漆黑的羽毛》：表达了对一些地方限制人才流通的感触

《漆黑的羽毛》9月份发表在《雨花》第9期，获得1982年全国优秀短篇小说奖。小说塑造了陈静这一艺术形象。陈静长期身处逆境，但一直坚信马列主义、坚信党，珍重、保护自己的青春、贞节、事业与信仰。她因经常"陪宴"，所以也深知领导干部的"斤两"。她一直憧憬着自己能被调去搞专业，发挥自己的专长。但她那漆黑的头发里已经生出了白发，她未能实现这个愿望。作者通过该小说，表达了自己对于一些地方限制人才流通的感触。

宋学武短篇小说《敬礼！妈妈》：讲述一位母亲面对儿女牺牲所表现出来的坚强意志

宋学武（1947—），辽宁康平人。《敬礼！妈妈》9月份发表在《海燕》第9期，获得1982年全国优秀短篇小说奖。小说讲述陆妈妈得知一双儿女在对越自卫反击战中牺牲的消息后表面上很坚强，内心里却悲痛欲绝。陆妈妈在初见女儿陆小梵的战友方文杰时，她"尽力想挤出一丝笑，但脸上的肌肉颤了颤，终于没有挤出来"。当方文杰想把陆小梵牺牲的事情告诉陆妈妈时，陆妈妈带着一丝苦笑却将他的话截住了。但方文杰还是提到了陆小梵的死讯，陆妈妈听后，虽然极力控制着自己的感情，但"煞白的嘴唇咬出一个血印，泪水在眼圈里打了几个旋儿，终于没有流下来"。随后，陆妈妈又得知儿子也在自卫反击战中牺牲了，她"疲惫的身子颤抖着，几根银发也跟着瑟瑟抖动。她没有眼泪，嘴角抽动着，干涩的双眼闪着木然的光"。小说虽然将陆妈妈塑造成了一个顾全大局、意志坚强、舍小家为大家的女性形象，但是从作品的细节描写处，我们依旧能够感受到陆妈妈的丧子之痛。

蔡测海短篇小说《远处的伐木声》：一个虽然"老而又老"，但仍然在许多地方发生着的故事

蔡测海（1952.8—），土家族，湖南龙山人。《远处的伐木声》10月份发表在《民族文学》第10期，获得1982年全国优秀短篇小说奖。小说写木匠老桂一家住在湘西悠悠的古木河旁，老桂因掌握了祖传的木匠手艺而成为古木河一带"半神半仙的人物"，河畔方圆百十里内样式相同的青瓦木楼都是他与他的"父亲、祖父、曾祖父、曾祖父的曾祖父"修造的。老桂是一个厚道持重但又古板守旧的人，他无论对手艺还是做人都谨记着祖辈的训诫，他很排斥年轻人求新好奇的行为。他的徒弟水生因为用了一把可伸缩的"蜗牛尺"而被他撵走，他认为这种尺子冲撞了祖师爷鲁班。他打算将来把自己的五尺、墨斗和女儿阳春都托付给老实巴交的徒弟桥桥，他于是将阳春与桥桥看得极严。桥桥也如老桂画下的墨线一样，"一身木气"。当远处的伐木声隐约传来时，阳春与受县政府委托领人来修建发电站的泥水匠掌墨师水生重逢了。美丽的阳春姑娘最后跟着水生悄悄地离开了父亲和桥桥，她就像传说中的无数姑娘一样，顺着流水去找她的幸福了。小说的故事在沈从文的作品中也曾被记述过，但当今天的我们再去读这样的故事时，我们会在细细咀嚼之中，看到发生在古木青山中的这个"传奇"其实并不是一个"老而又老"的故事，它仍然在许多地方发生着。

金河短篇小说《不仅仅是留恋》：讲述了东北一个村子实行"包干到户"的事情

《不仅仅是留恋》11月份发表在《人民文学》第11期，获得1982年全国优秀短篇小说奖。小说写东北张家沟的一个村子里要实行"包干到户"了，村里的家家户户就像是"赶年集"一样热闹，但村书记巩大明却不太高兴，他的心思被和他关系很好的张老疙瘩看出来了。巩大明觉得大家在一起像一家人一样吃了几十年的大锅饭，这都是自己组织起来的，自己就是这个家的大家长，但它如今却要分家，他的心里于是便有了种说不出的滋味。巩大明又想起了自己二十几年前带领大家搞合作化的事情，虽然到今天也没让大家富起来，但自己毕竟还是将青春献给了自己认为是正确的合作化。现在又要实行"包干到户"，自己真的想不通。巩大明想到这里，心中难受得很厉害。他想到以前合作化时候，乡亲们把自家的牲口牵来，现在却又要牵回去了。当张家沟的包干到户实行之后，大家通过抓阄抓来了自己要牵走的牲口。巩大明没有主动去抓阄，他最后牵走的是大家抓剩下的一头花母牛。家境贫困的刘五婶抓到的是一头瘦驴，她哭着喊着要巩大明为她做主。巩大明于是默默地用自己牵着的花母牛换下了刘大婶抓下的瘦驴。巩大明的这个举动让刘大婶很感激，村民们也很感动，都说如果巩大明家要用牲口就来找自己。村民们走完后，巩大明才走。他心里空得很，他想自己在这里奉献了几十年，但现如今啥都没有了，留下的只有一丝苍凉。[①] 小说表现了历史在人物的生命中只是画了一个圈，但处在圈外的"他"能够留下来的却没有多少了。

张承志中篇小说《黑骏马》：讴歌了伟大的母爱，赞颂了草原儿女战胜悲苦命运的顽强意志

《黑骏马》11月份发表在《十月》第6期，获得第二届（1981—1982）全国优秀中篇小说奖。小说不仅描写了蒙古草原秀丽的风光，而且讴歌了伟大的母爱，赞颂了草原儿女战胜悲苦命运的顽强意志。在水草丰茂的蒙古草原深处，生活着两个纯朴善良的女人。奶奶是一个蒙古族善良的老阿妈，当"我"被父亲丢在奶奶家的时候，她收养了"我"，抚养"我"和她的小孙女索米娅一起长大。在一个风雪交加的早晨，我们在包门外救了一只失去母亲的马驹子，奶奶用羊奶喂养着小马驹，让它同我们一起快乐地成长。索米娅被人强暴了，生下的婴儿又弱又小，别人都说扔掉算了，奶奶却救活了她。索米娅不久嫁给了粗犷剽悍的蒙古族汉子达瓦仓。达瓦仓是一个朴实与率真、忠厚与善良的人。是他给索米娅带来了生的希望，给了她温暖的家。他知道救助弱小生命是人的本分，自己不能扔下贫弱者不管。他和索米娅生养了四个孩子。他用粗爽豪放的特殊方式，温情地爱着他的孩子们。达瓦仓与"我"把酒叙话，称兄

---

① 参阅郭松林《金蔷薇、银牡丹和女儿红——对马加、金河、于晓威、陈昌平小说创作的断代批评》，《满族文学》，2014.3。

道弟，拿"我"当亲人对待，丝毫没有戒备之心。与达瓦仓相比，"我"却显得那么卑琐和渺小。作者是一个典型的理想主义者，他用超越性的眼光对人的生存状态和生存意义进行了探索，他忍受着失落的悲伤和精神无归属的苦闷，继续着爱并怀念着草原上的一切。他在叙述故事时，也对草原文化、人性及现代进行了思考。①

李存葆中篇小说《高山下的花环》：讲述了对越自卫反击战中发生的故事，描写了军队内部的矛盾，刻画了有长处也有短处的英雄人物的形象

李存葆（1946.2.19—），山东五莲人。《高山下的花环》11月份发表在《十月》第6期，获得了第二届（1981—1982）全国优秀中篇小说奖。小说的故事发生在1979年对越自卫反击战前夕，解放军某部宣传处干事、高干子弟赵蒙生想调回到城市工作，他凭借母亲吴爽建立的关系，临时到某部九连担任了副指导员。九连连长梁三喜已获准回家探亲，他的妻子玉秀即将分娩。赵蒙生为了回城市，整日为调动之事奔波。梁三喜放心不下连里的工作，一再推迟归期。排长靳开来对梁三喜一再推迟归期愤愤不平，他替梁三喜买好车票，催他起程。在这时，九连接到开赴云南边防前线参加对越自卫反击战的命令。梁三喜失去了探亲的机会，赵蒙生却接到了回城的调令。全连战士哗然。梁三喜严厉斥责了赵蒙生临阵脱逃的可耻行为。舆论的压力迫使赵蒙生上了前线。但赵蒙生的母亲吴爽却不顾军情紧急，竟动用了前线专用电话，要求雷军长将赵蒙生调离前线，当即遭到雷军长的谴责。在战斗中，九连担任了穿插任务。在和越军的鏖战中，靳开来、梁三喜，以及雷军长的儿子"小北京"等人先后牺牲。赵蒙生在血与火的洗礼中，经受了考验。战后，在清理战友的遗物时，梁三喜留下的一张要家属归还620元的欠账单，使赵蒙生震惊不已。烈士的家属纷纷来到驻地，梁三喜的母亲和妻子玉秀用抚恤金及卖猪换来的钱，还清了三喜向战友们借的钱。这一高尚的行动震撼了人们的心灵，赵蒙生和战友们含着热泪，列队向烈士的家属，举手致以最崇高的敬礼。小说敢于面对生活中本来存在的矛盾，把军队内部的矛盾描写了出

---

① 参阅徐蕊《超越痛苦的生命感悟——张承志和〈黑骏马〉》，《现代语文（学术综合版）》，2009.7。

来，把有长处也有短处的丰富复杂的人物，特别是英雄人物的面貌反映了出来，展现了生活原本就有的色彩、韵律。小说被拍摄成同名电影后，更是感动了无数人。①

王安忆中篇小说《流逝》：用有韵味的文字揭示了有韵味的生活

《流逝》11月份发表在《钟山》第6期，获得第二届（1981—1982）全国优秀中篇小说奖。小说写在"文革"中，资本家出身的欧阳端丽在往日生活中的富贵感瞬间流逝之后，以做"保姆"和在工厂拿工分来支撑着家庭。她渐渐地由一个柔弱的女性变成了家里的顶梁柱。她为了小姑姑，为了自己的孩子多多、来来、咪咪而每日奔波操劳。多多、来来、咪咪上山下乡后，他们陡然间长大了，开始为家里操劳了。"文革"后，欧阳端丽家的资产终于被退还了一部分。爷爷在平分资产的时候，给欧阳端丽多分了一份，以感谢她在"文革"中对家庭的支撑。但这却遭到了小姑姑的反对，她散布流言蜚语诋毁欧阳端丽。欧阳端丽家的有些人在有了金钱后，也开始过起了挥霍的日子。欧阳端丽的丈夫文耀挥金如土，欧阳端丽也渐渐流逝了在"文革"中养成的坚毅性格，回到了十年前千金小姐的样子。她的孩子多多热爱打扮，热爱交谊舞，晚睡晚起，已然成了十年前那个小孩子的样子。来来为赶上恢复高考后的第一拨热潮，每日埋头苦读，在家自学，终于考取了一所一本院校。咪咪舍不得穿那些漂亮的衣服，放弃了和爸妈去杭州旅游的机会，每天埋头学习。欧阳端丽丈夫的弟弟文光最终成为一个作家，他说："人生的真谛实质是十分简单，就只是自食其力。用自己的力量，将生命的小船渡到彼岸。"这无疑是作者借文光之口传递出的她想表达的人生含义。小说最大的特色是用有韵味的文字揭示了有韵味的生活。作者通过对欧阳端丽"文革"前后生活的对比以及酸甜苦辣的细致描摹，意在表达丰富的人生充满着酸甜苦辣的滋味，但要想生活得不空虚无聊，还需要拥有生活的意味。生活的厚度取决于生活的经验。从生活的厚度出发，小说中最值得咀嚼一番的人物是文光。衣食无忧的文光逐渐通过拓展生活时空和扩大精神世界，使自己的生活

① 参阅光群《军事题材小说的新突破——读李存葆的小说〈高山下的花环〉》，《山东文学》，1983.1。

既有厚度又拥有了一定的境界。此外，小说还展示了岁月流逝与积淀的辩证法：尽管每个人对岁月流逝的体验不同，但是，人们都希望真善美的东西积淀下来，成为后世人们生活的宝贵的精神财富，而那假恶丑的东西在流逝后，永远不要再来。

1983 年

陆文夫中篇小说《美食家》：一篇具有丰富文化内涵的小说

《美食家》1月份发表在《收获》第1期，获得第三届（1983—1984）全国优秀中篇小说奖。小说写房产资本家朱自治对苏州菜肴颇有研究，常派高小庭去采购酒菜。高小庭参加革命后，担任商业部门领导，以大众菜代替传统名菜，致使营业额下降，群众意见很大。"文革"后，高小庭请朱自治出山传经。朱自治被人们誉为"美食家"，担任"烹饪学会主席"。小说虽然写的是"凡人小事"，但却具有丰富的文化内涵，并表现出深沉的历史感和强烈的时代气息。它通过描写各具形态的市井民众，反映了20世纪80年代社会转型中世俗化观念建立的曲折性，折射了当时社会转型历史的丰富性与驳杂性：革命与世俗相互纠缠，最终却沉落于世俗的泥沼，以"平等""高尚"为名的对多元趣味的统一合并与尊重差异，还有允许各阶层有自由选择空间等，构成了革命与味觉的奇妙辩证，嗜好美味的天性遭到革命、政治、文化观念的收编与规训，其实质是对身体本身的贬抑，而对于身体自然感觉的强调，正是社会走向"世俗化"的前奏。[①]

梁晓声中篇小说《今夜有暴风雪》：热情讴歌了知青们垦荒戍边、建设边疆的战斗生活风貌及其崇高的献身精神

《今夜有暴风雪》1月份发表在《青春》丛刊第1期，获得第三届（1983—1984）全国优秀中篇小说奖。小说以司机看到兵团的一只被咬死的羊和知青们

[①] 参阅翟永明《舌尖上的世俗与革命——陆文夫〈美食家〉中的大众形象分析》，《海南师范大学学报（社科版）》，2014.11。

在火车站准备返乡时列车工作人员通知今夜有暴风雪写起。女战士裴晓芸首次扛枪站岗，叫"黑豹"的小狗乖巧地陪伴着她，她回忆起素未谋面的母亲和过去，想起了正在暴风雪之夜参加紧急会议的男友曹铁强。曹铁强因替小瓦匠鸣不平，同知青们一起暴打了团长马崇汉派来的刘迈克。马崇汉在未经政委孙国泰允许的情况下，密派团警卫排前来镇压。愤怒而没有理智的知青们和警卫排对着干起来。在这千钧一发之际，孙国泰一声令下，制止了丧失理智的知青们，从而避免了一场流血冲突。团长马崇汉被记大过。曹铁强后来虽然升为连长，但对暴打刘迈克深感愧疚。暴风雪之夜，团部接到中央关于知识青年返城创业的通知后召开紧急会议。有右倾作风的马崇汉团长竟将中央的通知秘而不宣。曹铁强的前女朋友郑亚茹却将通知泄漏出去，从而在团里引发了一场骚动。800名愤怒的知青高举火把，准备向马崇汉讨个说法。这时，仓库突然失火。曹铁强带领知青们前去救火，却忘记了去白桦林接女友裴晓芸的承诺，结果使裴晓芸在暴风雪中不幸遇难。在火灾中，刘迈克枪毙了乘乱抢劫银行的败类，但他自己也牺牲了。天明后，云消雨霁，知青们纷纷通过办理合法手续回城了。曹铁强与小瓦匠、单书文等人选择留在北大荒。已被处分的团长马崇汉也随潮返城。郑亚茹因泄密，导致一幕幕惨剧在北大荒上演。她的男友是兵团医生匡富春。匡富春拒绝了郑亚茹提出离开北大荒的要求，他决定留在北大荒，继续救死扶伤。郑亚茹面对着战友的坟墓，对自己的所作所为深感悔恨。她离开时，什么也没有带走。她上了火车后，依然悔恨不已。小说到此结束。小说通过对知青生活、命运、成长、斗争的具体描绘，刻画了曹铁强、刘迈克、裴晓云等令人肃然起敬的知青形象，热情讴歌了他们垦荒戍边、建设边疆的生活战斗风貌以及崇高的献身精神。小说有别于笼统否定知识青年上山下乡的悲戚或诅咒的那些小说，而是以一种清醒的认识和严格的现实主义笔调，传达出迷乱时代神奇的土地上的悲壮色彩，启迪人们对历史进行回顾，进行反思。整部小说气势雄浑、沉郁悲壮，英雄主义和浪漫主义气息浓郁，被视为"知青小说"里程碑式的作品。①

---

① 参阅郭安航《一代知青的灵魂剖析——读梁晓声的〈今夜有暴风雪〉》,《语文学刊》, 1993.2。

史铁生短篇小说《我的遥远的清平湾》：与清平湾的一次精神对话

史铁生（1951.1.4—2010.12.31），北京人。《我的遥远的清平湾》1月份发表在《青年文学》第1期，获得1983年全国优秀短篇小说奖。小说写"我"到陕北的清平湾插队，主要任务是喂牛。破老汉和"我"一起喂牛，他教会了"我"怎样喂牛，怎样爱护牛。破老汉姓白，年轻时为新中国的建立出过力，曾跟着队伍一直打到广州，若不是恋着家乡的窑洞，他就不是现在用一根树枝赶着牛，走一路唱一路的破老汉了，也不会让他的留小儿吃不上肉，穿不上条绒袄了。留小儿羡慕城里人随时有肉吃的生活，不明白北京人为什么不爱吃肉的问题。清明节时，"我"病倒了，腰腿疼得厉害。"领导"给"我"调换了轻松一些的工作。冬天，"我"病得更厉害，腿忽然用不上劲儿了。"我"回到了北京。不久，"我"的两条腿都开始萎缩了。清平湾的乡亲们派留小儿上北京来看"我"。留小儿回去时，给爷爷买了一把二胡。每当破老汉怀念当年红军到陕北的日子时，他就用一曲曲《信天游》表达思念。十年过去，破老汉还是成天瞎唱。这位精神和心理遭遇着巨大痛苦的人，给"我"带来了坚韧不屈地生活下去的信心。小说以第一人称叙事，以回忆方式构建起一个叙述框架，完成了对自己的插队故事及破老汉故事的讲述，进而实现了作者与清平湾的一次精神对话。小说取名为"遥远的清平湾"，但清平湾实际上并不遥远，它就在作者的心里和读者的眼前。小说的另一种视角是回顾了上山下乡运动及回城知青对他们曾经生活和战斗过的地方的深深眷恋之情，表达了他们对在艰难岁月中无私关怀、保护、养育他们的普通农民的由衷的感激之情。①

陆文夫短篇小说《围墙》：探究了社会病体的病源

《围墙》2月份发表在《人民文学》第2期，获得1983年全国优秀短篇小说奖。小说写某设计所旧围墙倒塌，所里的人们分成几大派别议论起新墙的高度、样式、质料，有人提议建"大观园"一样的围墙。但意见最终没有统一。大家在星期一上班时，看到一堵新围墙竟然已经被建了起来，人们于是把矛头指向办事麻利的行政科的马而立，都抨击新围墙的样式、功能。但在建筑学年

---

① 参阅王春林《知青文学中的日常叙事——重读史铁生〈我的遥远的清平湾〉》，《名作欣赏》，2011.3。

会上，新围墙却受到学者们的夸赞。于是，所里的人认为这堵围墙是所有设计人员合作的结晶，每个人都盘算着如何在学术总结中加入自己的一份功劳的事情。作者采取多角度、多层次的对照方式，让不同类型的人物轮流表演。凡是马而立出现的场合，必然诸事顺利，马到成功。吴所长主持的各路专家讨论会与马而立在工地上召开的讨论会形成对照。人们对围墙前倨后恭的态度变化也形成对照：一方面一些人夸夸其谈，他们是事后诸葛亮的形象；另一方面是勤勤恳恳的公仆，他们是真正的实干家。作家在近于冷淡的叙述中将脱离实际、推诿拖拉的人物与凌厉踏实、工作负责的马而立作了鲜明的对照，并表现、探究了社会病体的病源，使人们对生活中又痛又痒、又气又闷的司空见惯的事豁然地看了个透。[①]

张贤亮短篇小说《肖尔布拉克》：讲述了20世纪六七十年代生活在新疆的男女青年坎坷的生活经历

《肖尔布拉克》2月份发表在《文汇》第2期，获得1983年全国优秀短篇小说奖。小说以第一人称叙述方式，讲述了20世纪六七十年代流落在新疆和赴疆参加建设的男女青年们的坎坷生活经历，表现了这些在苦水和碱水里泡过的人所具有的一颗金子般的心。1960年，17岁的"我"告别了年迈的双亲和饥饿的故乡，只身从河南闯到新疆谋生。为了帮助两个素不相识的家乡姑娘，"我"卖掉了身上的衣服，甚至把刚找到的工作也丢了。一个偶然的机会，"我"结识了一位老司机，他热心地收了"我"当他的徒弟。"文革"开始后，"我"感到苦闷、寂寞，于是希望建立一个幸福的小家庭。在车队司机们的关心下，"我"匆忙与从陕北逃荒来的一个姑娘结了婚。婚后，尽管"我"对媳妇百般体贴，可是她始终却是冷冰冰的。她像用人似的侍候着"我"，脸上整日没有一丝笑容。几个月后，"我"终于从同队司机们的口中得知她有了外遇。"我"感到震惊、痛苦、不相信。在"我"愤怒的质问下，她终于吐露了真情。原来她与家乡的一个小伙是恋人，由于家乡闹灾荒，她的爹娘都死了，她只好到新疆来投靠姨妈。她的未婚夫也去当兵了。她来到姨妈家后，由姨妈做主把

---

① 参阅惠转宁《有形的"墙"与无形的"墙"——陆文夫〈围墙〉解读》，《名作欣赏》，2005.16。

她嫁给了"我"。和"我"结婚后不久，她的未婚夫复员了，然后千里迢迢来新疆找她。她爱未婚夫，可又不忍心伤害真心爱着她的"我"。"我"为了成全这一对有情人，和她离了婚。七年后，有一次，"我"开车去南疆时，在路上，遇到了一个抱着孩子的年轻妇女要搭"我"的车。妇女是上海知青，要和儿子回连队的驻地肖尔布拉克。路上，"我"发现小孩病得厉害，便连夜开车把她母子俩送到了库尔勒医院。小男孩得救了，劳累了一夜的"我"于是悄悄地离开了。"我"的帮助使孩子的妈妈很感动。几天后，"我"又到医院去探望小男孩，并把母子俩送到了肖尔布拉克。路上，那妇女向"我"诉说了她下乡后遭到连长凌辱，生下了私生子的遭遇。她在逆境中不低头、不沉沦的坚强意志深深地吸引了"我"，也点燃了"我"心中爱情的火花，"我们"两人在苦水里泡过的心相撞了，最终幸福地结合在了一起。小说从平凡的生活中发掘出了能够激起人们共鸣的素材，以绚丽多姿的场景与生动别致的细节描写，使"我"等人的道德情操展现了出来。小说在思想内容表现、人物形象刻画、艺术技巧运用等方面，都是比较成功的。小说从头到尾都是"我"在旅途中的自述。从上车后打招呼到随着汽车在戈壁滩上颠簸，以及在只有光秃秃的石头的天山峡谷里穿行，"我"都敞开胸怀絮絮叨叨地聊着发生在自己身上的故事。随着时缓时疾的车速，故事也波澜起伏；到了终点，戛然而止。小说的整个自述与对周围的景物描述（仍是通过"我"的眼和口）巧妙地融为一体，结构松散，体现出散文化的一些特征。细细思索，可见其丝丝入扣、环环相结的特点。小说里的"我"最终没有留下姓名，所有陪衬的人物也没有姓名，他们像大西北茫茫黄沙和戈壁滩上的块块卵石，也像大漠中的丛丛沙枣以及生长在悬崖绝壁上的弯弯曲曲、长满疖疤的榆树一样，虽然普普通通但却实实在在，虽然没有外形的娇美，但却整个地组成了大西北浑厚壮美的景观。小说后来被拍摄成同名故事片后才给"我"起了李世英的名字，给"我"前妻起了巧珍、给"我"现在的妻子起了叶娟之名。①

---

① 参阅王正昌《真实的文学 真正的人——读〈肖尔布拉克〉兼与龙化龙、章仲锷同志商榷》，《昭通学院学报》，1983.Z1。

铁凝中篇小说《没有纽扣的红衬衫》：用现代意识对复杂多变的社会生活进行了整体观照，表现了社会改革对人们心灵的撞击

《没有纽扣的红衬衫》3月份发表在《十月》第2期，获得第三届（1983—1984）全国优秀中篇小说奖。小说写的是在改革初期的平易市，有一个处在幼稚与成熟交汇点的少女叫安然。安然天真、爽朗，有一种对陈腐观念和旧传统的反叛意识，一种不受世俗束缚的开放性格。安然还喜欢穿一件没有扣子、背后带一条拉链的大红衬衫。安然像个"假小子"，有人喜欢她，有人讨厌她，她身上体现着时代的印迹和未来的光辉。安然的姐姐安静很理解自己这个只有16岁的妹妹的心。安然上高中后，安静给她买了一件大红衬衫，她穿上后神气极了。安静的性格和安然的性格不一样，安静是个深沉柔弱的姑娘。姐妹二人的感情非常深厚。安然最怕姐姐结婚，还怕每学期末的评"三好"，因为如果连续三年被评上了三好学生，考大学时就可以得到照顾。安然聪明、刻苦、成绩优良，热情积极、关心同学，照理说评上"三好"是不成问题的。但安然对评"三好"却很沮丧，没有信心。原因在于她曾得罪过班主任韦婉，她还揭穿了班长祝文娟的虚伪。安静了解到安然的苦恼后，便去拜访她昔日的老同学韦婉。韦婉出于世俗的偏见和对安然的忌恨，片面地向安静介绍了安然在班级中的种种"坏"表现，并特别强调，要注意安然穿着的红衬衫。后来，一场围绕评"三好"而引起的思想冲突最终在安然的家庭里发生了，它打破了安然家里的正常气氛。安然对于姐姐的窥探、妈妈的责骂，自有主张。安静是某文艺期刊的编辑，为使安然能评上"三好"，她违背自己的心愿，给韦婉送了内部观摩的电影票，还刊发了韦婉一首极其蹩脚的"甩膀子诗"。世故而浅薄的韦婉心领神会地在评"三好"上搞了小动作，硬将她平素并不喜欢的安然评上了"三好"。尽管评上了"三好"，安然并没有逃脱一场铺天盖地的污泥浊水的人身攻击，她身上的那件红衬衫也成了她的罪状。她感到很委屈。而当得知姐姐与韦老师在"评三好"之事上做了"交易"后，她陷入了更深的痛苦和思索之中。同学米晓玲由于家境困难，不得不中途辍学，到商店去当营业员了。沉默寡言的刘冬虎因为父母分离，不得不告别了母校和同学。善良正直的爸爸一辈子苦苦追求，画了许多画却不被人赏识。当温柔的姐姐要嫁给身边有一个孩子的男人时，平时极其开通豁达的爸爸被气得暴跳如雷。姐姐最终还是走了。米晓玲、刘冬虎也都含着眼泪走了。这就是生活，既很美，也很累。安然觉得自己得勇敢地去拉开自己的人生序幕。小说用现代意识对复杂多变的社会生活进行了整体观照，从而表现了社会改革对于人们心灵的撞击。小说细节描写十分传神，善于揭示人生的哲理，语言生动精练，独具艺术魅力。小说发表以后，被几个刊物争相转载，对它的赞扬与推崇不绝于耳，有的说它文笔"汪洋恣肆"，人物形象"鲜活"，生活容量"厚实"，是作者丰富的生活感受和感情积蓄迸发出来后形成的佳作；有的说它是"一部真实生命的文学作品"，等等。从现实主义角度出发，有人认为它在铁凝的整个创作过程中是一篇过渡性的作品。小说后来被拍摄成电影《红衣少女》。①

邓刚短篇小说《阵痛》：表现了一位工匠行为和思想上的转变

邓刚（1945—），原名马全理，辽宁大连人。《阵痛》4月份发表在《鸭绿江》第4期，获得1983年全国优秀短篇小说奖。小说主人公郭大柱是一个五级铆工匠，然而他却要被工厂开除了。从档案表看：郭大柱，33岁，五级铆工，政治思想好，连续几年被评为先进生产者……总之，他是一个十全十美、端端正正的人。但这些没用，人们都不愿要郭大柱，因为他什么也不会干！一个"包"字突地砍将下来后，郭大柱便被从那些真正有本事的人群中齐刷刷地砍了出来，他要同一些没本事的人在一起了。郭大柱发现钳工副班长刘钢炮也在其列。过去，刘钢炮和他都是厂里的"香饽饽"。厂里当时三天两头开会，郭大柱能写一手漂亮的字，而刘钢炮经常在广播里讲话，都是大家特别羡慕、仰慕的人。尤其是郭大柱，连厂里当时最拔尖俊俏的姑娘都爱上了他。而现在，一个"包"字，竟要让郭大柱和厂里的"懒婆娘"李月英来争一个名额了。郭大柱烦心地躺在床上，但儿子却在念念有词地说："我要像爸爸一样，勤劳地建设祖国……"郭大柱渐渐回忆起自己在做工十几年来所做的事情，比如写了成百上千的批评稿，画了无数幅神仙洞、领袖像、葵花向太阳，还描了一处又一处的批评栏、决心栏……可这些有什么用呢？最终，郭大柱没有回班组，而是坚持让上级重

---

① 参阅周森甲《我看〈没有纽扣的红衬衫〉》，《湘潭大学学报（语言文学）》，1985.S2。

新安排工作。领导于是安排他给大家烧送热水。小说结束时写到，当郭大柱吆喝着让大家伙都来喝热水时，工地上正在响着的各种各样的声音和他的吆喝声相融一起，显得很和谐，表明了作者对郭大柱的行为和思想转变的赞许。

陶正短篇小说《逍遥之乐》：写了主人公在改革开放大背景下人的意识的觉醒

陶正（1948—），浙江绍兴人。《逍遥之乐》4月份发表在《北京文学》第4期，获得1983年全国优秀短篇小说奖。小说写某村的人都说"他"残，年轻时干活残，老了更残。他老了后，成天没事干就闲逛。他在几个月时间里，在山里安放了几个炸子，把狐子追得满山跑，但狐子没炸到，反而炸了大贵的一条狗，给大贵赔了钱。他上街买菜，遇到熟络的人打招呼，他应声答应几句，客气一番。快过年了，他唯一的孙子快放假了，婆姨没本事只生了一个儿子，儿媳妇也只生了一个娃。他的婆姨很厉害，养了两口肥猪，四五十只兔子，半张蚕，加上卖鸡蛋，一年也有四五百的进账。有一天他刚回，听见炸子响了，他本想快过年了，就放那狐子一马，让它过个好年。但狐子自己却撞上了，炸子爆了。他慢悠悠地走到爆了的炸子跟前，虽然看到了血迹，却没见那狐子的踪影。他在集市上，看到大贵在卖狐子皮，细看之后，认定是自己的炸子炸的。他想，莫非是大贵拿了自己的狐子？但他转眼觉得怨不得大贵，谁叫自己炸了他的狗呢！其实，村里人都希望那条狗死，因为它每年都会到地里糟蹋粮食。他没问大贵狐子的事。大贵还蹲在那，狐子也没卖出去。他过去将那狐子买了下来。他听到后边有人说真残啊。他想自己老了，应该把许多事都看开了，不能再残了。小说写了在改革开放的大背景下人的意识的觉醒。

邓刚中篇小说《迷人的海》：写了人与自然的抗争以及人与人之间的冲突

《迷人的海》5月份发表在《上海文学》第5期，获得第三届（1983—1984）全国优秀中篇小说奖。小说成功地塑造了两个没有名姓的中国式的"硬汉"的形象——老海碰子和小海碰子。老海碰子是一位在冰冷的海水和灼烫的烟火中泡磨炙烤了五六十年的碰海人。他身怀绝技，经多见广。几十年的踏波逐浪、海底捕鱼捉虾，不仅使他练就了坚硬的骨架、牛筋般的肌肉、有弹性的皮肤和伤痕累累的身躯，而且练就了"坚硬"的性格。为了寻求世世代代碰海人的梦想，他选择了刀丛剑树的火石湾和火石湾外边的大海作为自己获取"宝藏"的目的地。小海碰子是一个莽撞的、毫无经验的渔民，他高傲而自负，对英雄没有任何崇拜，觉得自己和英雄一样，甚至比他们更强些。他只相信自己身上的现代化武器和目空一切的想象。他毫无顾忌地向大海挑战，向父辈们固守的传统的"生产方式"挑战；他选择险象丛生的火石湾作为干出惊天动地事业的突破口，但他却被大海折磨得筋疲力尽，浑身哆嗦。他看到老海碰子拖着沉甸甸的网兜，终于服气了，并虚心地向老海碰子学习捕鱼的每一个动作和细节。最后，他成功地捕到了"五垄刺儿"的海参。老海碰子面对眼前这个神气活现、不知天高地厚的小东西，开始是"不快"，"生出火气"，"怒气横生"，最终却"气消了大半"，情不自禁生出一丝怜惜。他在小海碰子第一次下海时，默默地为他准备了烤火的草堆。在海底，他救了小海碰子的命。而且，他还毫不保留地把自己的闯海经验传授给了小海碰子。老海碰子和小海碰子彼此互助、关爱，使他们品尝到了人情的温暖。小说既写了人与自然的抗争，同时也写了人与人之间的冲突，但两代海碰子对海、对人生的不同理解并没有阻碍他们与大海的抗争，他们最终达成人与自然、人与人的和谐。[1]

唐栋短篇小说《兵车行》：反映了驻守在雪域高原上的边防军人的事迹与精神

唐栋（1951—），陕西岐山人。《兵车行》5月份发表在《人民文学》第5期，获得1983年全国优秀短篇小说奖。小说写"我"是某部一名卫生员，被派往5700哨卡处理一名病员。"我"乘坐一名小战士开的车前往哨卡。"我"催促小战士将车开得快一点儿，但他说这车不能开快。在车上，"我"想起了5700哨卡上一名叫上官星的战士。上官星第一次到"我"工作的门诊室不是来看病的，而是来修剪胡须和头发的。他一见"我"就叫"我"月亮，其实"我"叫秦月。上官星剪完了胡须，又摸出一把电梳子梳起头发来。"我"警告他离开门诊室。他不听，反而主动向"我"介绍他的身份和姓名：边防军5700哨卡巡逻车司长兼勤杂班班长，上官星。他是星星，"我"是月亮。当"我"

---

① 参阅彭定安《越过生活的"恩赐"——评邓刚的小说〈迷人的海〉》《当代作家评论》，1984.1。

被气得把军医找来时，他却不见了，地已被扫得干干净净。后来，"我"第一次接到了去 5700 哨卡处理病员的命令。在路上，"我"拦了一辆军车，登上驾驶室一看，原来是上官星开的车。"我"要下来，他一把把"我"拉进驾驶室，随即关上了门。他一踩油门，车就飞一样开了出去。他对那天在门诊室的事情向"我"表示了歉意。他说别人给他在老家介绍了个对象，要见见他的模样，他就到门诊室去剪头，然后拍了一张照片寄回家里。他告诉"我"，他老家在苏州。"文革"前，他父亲被发配到塔里木监督劳动，父亲带着他和弟弟，母亲早已改嫁了。1979 年，他父亲被平反，带着弟弟回了苏州，他留下来当了兵。父亲回去不久后就病故了。上官星把"我"拉到 5700 哨卡后，"我"再也没见过他。现在，第二次到了 5700 哨卡后，"我"看到几十名战士分两行肃立在哨卡的大门边，每人胸前戴着小白花。"我"的心一颤。下车后，连长告诉"我"，"我"坐着的车上拉着的是上官星的遗体，他牺牲了。"我"一阵晕眩。"我"也明白了小战士把车开得很慢的原因。连长说，在上官星结识的战友中，只有"我"是女性。上官星希望"我"为他送行，这样，他会感到温暖。"我"看到了他未来得及发出的、写给"我"的信。"我"把他写的诗写在"我"献给他的花圈上。"我"相信，不论时光过去多久，在"我"的心里，永远会有他的一个位置。小说以第一人称来进行叙事，女卫生员的真诚与歉意令人感动，驻守在雪域高原上的边防军人上官星的事迹与精神更令人感动。小说采用别具匠心的艺术结构，让读者跟随小说的叙事，自然而尽情地进入到人物的生活与心灵的空间，去认识和了解那些我们可能并不完全熟悉的人物和生活，认识和了解喀喇昆仑山上军人们的性格特征和精神境界。①

李杭育短篇小说《沙灶遗风》：写了主人公在新时代对新生活的憧憬

李杭育（1957— ），山东乳山人。《沙灶遗风》5 月份发表在《北京文学》第 5 期，获得 1983 年全国优秀短篇小说奖。小说写沙灶六里桥的耀鑫老爹早年外出给人画屋，有一天他回来了。耀鑫在六里桥头桂凤经营的酱油店喝酒，和她说闲话。屋外忽然热闹起来，桂凤告诉他村里要甩火把。耀鑫向来不爱凑

---

① 参阅汪守德《精湛的小说结构 感人的奉献精神——重读唐栋的短篇小说〈兵车行〉》，《神剑》，2016.4。

热闹，他撒下桂风回家了。走过耀德家，庆元娘叫他到屋里坐坐，他就进去了。庆元娘给他端来酒菜，他喝醉了。儿媳妇阿苗把他搀扶回家，他却病了。大年三十这天，耀鑫把阿苗替他配来的药丸扔了，然后出了院门，来到他家的新楼跟前。初三这天，儿子庆海和阿苗往新楼搬家，耀鑫却不愿搬。阿苗请来媒婆姚三嫂撮合公公耀鑫和桂风的婚事。耀鑫打定了主意，上半年赚足钱，下半年娶过桂风来，然后造一幢老派的房屋。耀鑫想自己一定要亲手给自己画屋，画得比以往他给别人画的都要漂亮、考究，他要把自己所有的本事都画到自己的屋上。小说写出了人们在新时代对新生活的憧憬，这种有盼头、有前程的美好生活就在自己的跟前。

彭见明短篇小说《那山　那人　那狗》：描绘了一幅明丽的湘西农村风景画，展示了感人至深的自然美和人性美

彭见明（1953—），湖南平江人。《那山　那人　那狗》5月份发表在《萌芽》第5期，获得1983年全国优秀短篇小说奖。小说写在湘西崇峻幽深的大山里，邮路蜿蜒着穿过山岭、河流和村庄，连接着山里人和外面的世界。老邮差就工作在这条寂寞而艰苦的路上，他在这条路上走了一辈子。后来，老邮差退休了，接班的是他的独生儿子。老邮差放心不下，执意带着忠实的大黄狗"老二"陪儿子走了最后一趟。父子两人在三天两夜的路程中，在茂密的山林间，在青翠的田野边，使各自含蓄、内敛、深沉的感情得到释放。儿子背着父亲过一条河时，老人滴下了眼泪。在老邮差的记忆中，自己只背过一次儿子，而现在他伏在儿子厚实的脊背上，真是百感交集啊。年轻气盛的儿子也第一次懂得了父亲的工作远远不只是收发信件那么简单……小说以亲情为画轴，描绘了一幅由山、人、狗构筑成的明丽的湘西农村风景画，展示出了感人至深的自然美和人性美。小说"善于渲染气氛，烘托意境"，"长于用一个眼神、一个动作、一瞬表情表现人物内心的情致、思绪的流动和感情世界的细微变化"。另外，作者还善于从普通人身上发掘"博大的感情、博大的灵魂和博大的性格"，"长于从平凡中发现伟大"[1]。

---

[1] 参阅若平《机智巧妙 凝炼隽永——评彭见明的〈那山 那人 那狗〉》，《咸宁学院学报》，1984.2。

达理短篇小说《除夕夜》：歌颂了人性中的善良和纯真

《除夕夜》5月份发表在《人民文学》第5期，获得1983年全国优秀短篇小说奖。小说写在除夕夜，崔明还开着店，他认为晚上一定会宾客满盈。一个小时过去了，崔明饿了，就给自己下了碗挂面。他看到锅炉工柴师傅也没有回家团聚，便想他大概是为了得到双倍的工资吧。崔明拿出酒菜，劝柴师傅应该犒劳一下自己。柴师傅说他是为了让别人回去过除夕才换班的。崔明便劝柴师傅应该点个拼盘。柴师傅经不住劝，便要了拼盘。过了一会儿，来了三个穿着大衣的货车司机，他们掏出崭新的5元票子，喝酒吃菜犒劳自己。崔明看他们吃得正酣，他便有了些倦意，思绪飘到了别处。崔明正想着，电影厂的简老师来了，他在替别人跑片子，忙得都没工夫歇脚。师傅们吃饱喝足要离开时，崔明让他们喝杯茶醒醒酒再走。但简老师离开了。过了一会，简老师又骑着摩托车载着小翠来了。小翠给崔明送来了饺子。小翠听到崔明用茶给师傅们醒酒，便提议用水果羹解酒。崔明看着小翠做水果羹的动作，想到了自己最落魄的时候的事情，当时，自己被电大开除学籍，白琳也不要他了，他的心凉透了。就在这个时候，他碰到了小翠父女俩，他们为了帮他开店，连工作都辞了。崔明正想着，小翠已经把水果羹做好了，盛了满满五大碗。几个师傅端着水果羹受宠若惊，连连赞叹。崔明看见柴师傅向店后面走去，说他那的热水全浪费了，他让崔明弄几根管子把热水接到店里，这样饭店就省了好多热水。几位师傅要走了，崔明拦住他们，非要请他们吃顿饺子，他说："饺子像元宝，吃了吉祥如意。"小说展示了在除夕夜的欢乐气氛中，人性中的善良和纯真。

石定短篇小说《公路从门前过》：表现了农民对新生活的热切期望

石定（1944—），苗族，贵州赫章人。《公路从门前过》原题为《一个甜美的梦》，7月份发表在《山花》第7期，获得1983年全国优秀短篇小说奖。小说描述了一条从王老汉家门前经过的公路，它给偏远山村人民的物质生活和精神生活都带来了深刻的变化。由县城开往后溪、麻旺场的两班客车，都要在青木山崖脚的坝子边上停一停。这使过去那荒僻凄清的两个路口一下子成了小站，每天人来人往，热闹非凡。王老汉是十年前从后面坡上的寨子里搬下来的。十多年来，他亲眼看到了山村的变化。最初这里没有公路，只是一条毛坯路。后来，从县城到这里的公路越修越好，甚至通了客车，人也越来越多。王老汉于是摆了个卖水果、葵花籽和茶叶的小摊子，为来往的顾客提供方便，排遣等车人的寂寞。青年人福生向往着能把家搬到王老汉"独家村"的两路口，王老汉决定让出自己的一块菜地给福生做新房的屋基地，然后一起实现将两个路口变成一条热闹大路的"甜美的梦"。王老汉和福生还希望两个路口多搬来一些人家，使这里形成一条街，然后让更多的人在街上开商店、办学校、建电影院、茶馆、酒楼等。小说表现了20世纪80年代初农民摆脱桎梏，生活稍为安定后，产生的对新的生活的热切期望。这种心态，不仅是主人公王老汉一个人所专有，但凡经受过苦难历程的人们，都在翘首以盼更新更美的生活。作家用梦境来表现王老汉一直处在甜美的梦中，一个接着一个。之所以这样不厌其烦地写梦，就是为了渲染、点化农民对理想境界、理想王国的希冀。梦境的描写实现了作家对主题的表现。①

刘舰平短篇小说《船过青浪滩》：展现了划船人在严酷的大自然面前所表现出来的不屈意志和坚韧性格

刘舰平，生年不详，湖南沅陵人。《船过青浪滩》7月份发表在《萌芽》第7期，获得1983年全国优秀短篇小说奖。小说写麻阳艄公划的船快到青浪滩时，他提醒"我"，遇到滩哨了。船上的几名水手一下子呆滞地望着前方的水面，脸色越来越难看。当艄公将舵扳正后，船很快靠了岸。岸上是几座稀稀落落的吊脚楼，一位妇女临河坐着，怀里搂着一个正在吃奶的孩子。妇女是滩姐。滩姐说了一句什么话，几名水手竟然和她打了起来，一个瘦小的男人及时拦住了水手，水手才没被滩姐打到湖里。麻阳艄公求滩姐请两个好篙手来，她便请来了招佬和小姑娘二佬。滩姐随后将她的崽女抱上了船。艄公请求滩姐把崽女放回屋里去，滩姐毫不理会。水手劝"我"上岸，"我"没有听劝。滩姐让"我"坐进篷里去，"我"强装笑脸，进了船篷。"我"想起自己插队期间，有一天收到了一张某大学的录取通知书，"我"却将通知书撕成了碎片。几天后，"我"被派去某地当民工，"我"于是就搭上了麻阳艄公的货船。船行走得

---

① 参阅刘智祥《热烈的理想和冷峻的现实——谈石定两篇小说的走向》，《山花》，1986.4。

像箭一样快，后来却突然在滩中搁浅了。滩姐与"鸬鹚"努力地稳住船篙，但"我"眼前一黑，什么也不知道了。"我"醒来后，问滩姐招佬呢，滩姐肩头抽搐着。"我"看到招佬已经没有了呼吸，便将一包饼干放在她僵硬了的手上，然后将二佬紧紧地搂住。船驶近"寡妇链"后，滩姐让艄公结账。艄公抓出一大把票子后，塞到了滩姐手里。小说描绘了艄公的水上生活充满了凶险和不确定性，展现了艄公在严酷的大自然面前所表现出的不屈的意志和坚韧的性格。

刘兆林短篇小说《雪国热闹镇》：讲述了一位新兵帮助他人的故事

刘兆林（1949.4.12—），黑龙江巴彦人。《雪国热闹镇》7月份发表在《解放军文艺》第7期，获得1983年全国优秀短篇小说奖。小说主要讲述的是新兵牛犇的故事。牛犇来到东部边陲的无名小岛后，给年过三十的镇长张荣庆介绍了个媳妇，并给张荣庆找到了治疗瘸腿的方法。牛犇给张荣庆介绍媳妇的目的是想借助张家那台电视机学习外语。但班长杜林不准牛犇到张家去。不久，张荣庆的媳妇临产，张荣庆向牛犇求援。牛犇私自离队后，越过国境线给张荣庆的孩子换来了牛奶。小说展现了雪国偏远荒地之上的人性的至美至善。

李国文长篇小说《花园街五号》：一篇包含着浓郁诗情，蕴蓄着深沉思想力量的小说

《花园街五号》7月份发表在《十月》第4期。小说写临江市的花园街五号是一幢俄式建筑，它像一块碑石，记载着许许多多的往事。凡能住进这幢房子的主人，都曾经是主宰临江市命运的人物。1982年，花园街五号的第五代主人，即市委第一书记韩涛即将退居二线。于是，作为权力象征的花园街五号又要换主人了。韩涛一直对选择谁来主宰临江市的命运犹豫不决。他一会想让刘钊接班，一会又想让丁晓接班。刘钊刚重新工作，是一位敢作敢为、不计个人得失的干部；而副市长丁晓却是一个处世圆滑、善于逢迎的人。后来，刘钊未成为临江市的一把手，他被省里叫去谈话了。小说从深刻的历史隐喻中企图揭示历史发展的必然性。小说头绪纷繁，结构严谨，成功地运用了象征手法，并以含蓄的结尾，启迪读者去思考。小说让人感受到了一种心灵的悸动，扣动了读者的心弦，这是由它里面包含着的浓郁的诗情和蕴蓄着的深沉的思想力量带来的。该小说与那些思想贫乏，仅靠浅唱低吟、顾影自怜以招徕读者的作品不

可同日而语。①

郑义中篇小说《远村》：挖掘了存在于百姓身上的古朴人情和美丽人性

郑义（1947.3.10—），生于重庆。《远村》7月份发表在《当代》第4期，获得第三届（1983—1984）全国优秀中篇小说奖。小说写主人公杨万牛和侄儿杨番成带着以黑虎为头狗的牧羊狗群去"卧场"。杨万牛为自己给张四奎家拉边套的命运深深地叹息了几下。第二天，杨万牛走进了张四奎的家里。张四奎妻子杨叶叶年轻时与杨万牛相好，并以身相许。但当杨万牛带着一大把从解放战争、抗美援朝战争的战场上获得的纪念章和一块块伤疤回来后，杨叶叶却被她父母以"豆腐换亲"的习俗嫁给了同村的张四奎。杨叶叶仍铭心刻骨地爱着杨万牛，张四奎为此和她大吵了一场。杨叶叶提出了与张四奎离婚的要求。在这种情况下，杨万牛主动答应承担张四奎家的重担，帮他们20年。杨叶叶看杨万牛来了，就端了两个刚煮好的荷包蛋。杨万牛却将鸡蛋分给了孩子，然后撒腿便走。杨叶叶追到杨万牛的窑洞里后，为他收拾了屋子。杨万牛想起自己给张四奎拉边套的事情，一时火起，用斧头砸破了箱子等东西。杨叶叶放声大哭，杨万牛也揪心揪肺地难受起来。后来，杨叶叶在生儿子时因为大出血即将离开人世。杨万牛被杨叶叶的女儿盼盼唤来后，杨叶叶告诉他，这儿子和盼盼都是他的。杨叶叶死后，杨万牛给儿子起名为番狗，然后，他与盼盼、番狗相依为命。1980年后，有关部门给杨万牛补发了退伍证，每月还给他发了十元钱的生活补助，他的脚病也治好了。杨万牛的侄儿杨番成劳动致富后，如愿以偿地与自己心爱的韩英子结了婚。杨万牛对此感慨万千：自己和杨叶叶走的路下一辈终于不用再走了，他明确地感到生活中有了一种像春天一样的生命力在召唤着自己。小说从杨万牛与杨叶叶的爱情关系中挖掘出了存在于民间百姓中的古朴的人情、人性之美，表达了"人与人之间互相谅解、恻隐，在苦难中互相牺牲、帮助，相濡以沫的感情"。小说塑造了杨万牛和杨叶叶两个独特而富有生命力的艺术形象，杨万牛在生活的重压下失去了往昔的英雄风采而变得软弱、麻木，一辈子靠牧羊生活，其间又承受着生活和精神的双重重压；杨叶叶

---

① 参阅陈骏涛《谁是花园街五号的主人——读长篇小说〈花园街五号〉断想》，《文学评论》，1983.6。

至死对爱情表现出的是忠贞不渝的品格。作品展示了在一块贫瘠的土地上轮番上演着的各种悲剧和"喜剧"；这块贫瘠的土地是一个山的世界，它山中套山，山外有山，除了山，还是山，山使这里的人也变成了山，一个个都默默地横亘在那里；一个个都在生活中忍耐着，在忍耐中又期待着。[1]

韩静霆中篇小说《市场角落的"皇帝"》：描写了新人新事物，表达了人们的追求在时代变化中的变化

韩静霆（1944.11.22—），生于吉林东辽，祖籍山东高唐。《市场角落的"皇帝"》8月份发表在《丑小鸭》第8期，获得第三届（1983—1984）全国优秀中篇小说奖。小说写北京城无业青年吴越和好朋友张旗的妹妹芳芳搭伙在芳芳家的后门支起油锅卖油饼。半个月过去后，芳芳给家中每个人买了一件小礼物，家人都格外高兴。张旗觉得吴越一点表示没有，便胁迫吴越请客。但吴越把挣的钱早花掉了。张旗便挤兑吴越不是个能成事的人，吴越羞愧之下立下誓言："三个月不开钱匣子。"张旗不信，打赌说如果真能如此，他愿把妹妹嫁给吴越。吴越为娶到芳芳，决定增加蒸包子这一项目。他让刚从劳教所释放出来的漂亮姑娘小倩和自己那将要考大学的弟弟前来帮忙。四个人于是一起开始经营起了饮食棚的生意。一天，吴越买回死猪肉做包子馅，芳芳知道后坚决不让他用这种肉包包子，她将肉销毁后向来买早点的人说明了原委并道了歉。吴越认为饮食棚会从此名声扫地的，但没想到第二天却门庭若市。吴越为了娶到芳芳，和芳芳他们拼命地苦干。三个月熬到头后，吴越打开钱匣子，看到里边有一千多块钱。他望着那堆钱喊道："咱们是皇帝噢——"兴奋中，他吻了芳芳一下，芳芳陶醉了。吴越问芳芳怎样分这些钱。芳芳觉得自己和吴越已经是一种特殊关系了，自然可以不必分彼此。但吴越还是给芳芳分了150元钱。张旗觉得吴越给妹妹分的钱太少了，便和吴越打了起来。打完后，吴越就走了。一个星期过去了，小饮食棚成了废茅棚。芳芳家人催她去"知青办"找工作。芳芳看到报纸上对个体户的表扬，然后和小倩瞒着家人来到一家国营饭店学手艺，她们学会了许多风味小吃的做法。后来，芳芳将原来的饮食棚翻盖一新，重新

---

① 参阅蔡翔《悲剧·叛逆·诗情——评郑义的〈远村〉、〈老井〉》，《当代作家评论》，1986.3。

经营起了餐饮业。餐厅正式开张时，芳芳看见吴越站在远处；吴越也看着芳芳，蓦然想起开启钱匣那天自己曾说过的"我们是皇帝"的话，他觉得芳芳被人群簇拥的场面，就像是皇帝的"登基大典"。吴越最后还是走了。芳芳看着离去的吴越，自言自语道："过去的一切，都消逝了……"该小说没有使用什么新奇的手段来叙事，只是采用了纯粹的现实主义创作方法对新人新事物进行了描写，贴近时代，贴近社会，笔调轻松、活泼，可读性很强，显示出作者深厚的生活积累和塑造人物、结构故事的写作功底。[①] 小说表达了在时代的发展变化中，人的追求的变化和人的道路选择的分化情况。

刘兆林中篇小说《啊，索伦河谷的枪声》：塑造了部队一位优秀指导员的形象

《啊，索伦河谷的枪声》8月份发表在《解放军文艺》第8期，获得第三届（1983—1984）全国优秀中篇小说奖。小说以传统的叙述方式展示了部队生活的复杂与丰富。主人公冼文弓从军部调到三连任指导员后，面对战士们知识结构上的变化和连队建设中的新问题，决心要配合连长搞好工作。到任没几天，冼文弓表示要拜知识广博的战士张久光和驯服野狍子的饲养员刘明天为师。连长王自委对此颇为不悦，认为张久光是一个爱提意见的刺儿头，刘明天曾驾车压死过人，出了军牢后又与死者的当小学教师的妻子李罗兰关系暧昧。但冼文弓不以为然，他仍然以新的工作方法做战士们的思想工作。他和战士们一起学习、训练，同甘共苦。休息时，他又与战士们一起玩。张久光试探性地约冼文弓去打扑克，冼文弓不仅按时赴约，还鼓励大家要把扑克打出新水平。这使战士们很惊服。冼文弓还向战士们征求"意见书"，并自费买了纪念品，奖励提了好建议的战士。连长王自委对此大惑不解，认为冼文弓存心与自己过不去，一气之下，住进了卫生所。冼文弓代表连队去看望李罗兰，弄清了刘明天与李罗兰的关系。他赞扬了刘明天热心助人的精神，使刘明天大为感动。冼文弓重视知识，理解、尊重战士们，因而获得了全连战士的爱戴。三连终于甩掉了"鸡毛连"的落后帽子。后来，王自委为了招

---

① 参阅顾传菁《他在寻找自己——谈韩静霆军事题材小说的艺术追求》，《小说评论》，1987.2。

待下连队检查工作的军首长，硬要杀掉刘明天的狍子，刘明天死活不肯。冼文弓得知后与刘明天一起去打野物，但他在打猎时使腰部受了伤。刘明天为了给冼文弓做条狍皮褥子，在夜深人静的索伦河谷将枪口对准了他心爱的狍子。小说塑造的冼文弓是一位知识丰富、德才兼备而又充满改革进取精神，善于缩短与消融官兵之间心理距离的优秀指导员。1985 年，八一电影制片厂将小说摄制为同名电影。

楚良短篇小说《抢劫即将发生……》：描写了一个基层书记及时制止一场即将发生的抢劫的事情

楚良（1943—），湖北沔阳人。《抢劫即将发生……》8 月份发表在《星火》第 8 期，获得 1983 年全国优秀短篇小说奖。小说写余维汉在不隔音的公厕中方便时，听到女厕中有两个妇女在讨论自家男人预谋抢化肥的事情。余维汉是新上任的书记，两妇女并不认识他。他于是以问路方式，知道了两妇女是马家口的村民。余维汉决定立即化解这场即将发生的抢劫。他同老秘书电话交谈后，了解了 8 吨化肥的分配情况。他急忙赶到自己曾工作过的马家口供销社。到达供销社后，余维汉见街上人潮涌动，他迅速锁了门，然后准备和村民协商分配化肥的事情。经过协商，他成功化解了这场预谋的抢劫。在回去的路上，余维汉听到有人言语，原来是以前和自己一起去海南学习培育新种的有交情的村民赵号子，他正和一把手书记说话。赵号子解释了事件的起因，打算自己承担后果。一把手书记也决定一起承担这个事件的责任……小说题名很抢眼，开头新颖别致，结构和故事情节紧凑，内容紧贴时代，涉及的是敏感的社会问题，即使在今天看来，仍然具有很强的可读性，仍然有许多地方值得人们去研究和借鉴。小说描写了余维汉及时制止了抢劫的发生，保护了国家财产，保护了群众。但是，小说所揭示的矛盾并没有解决，这就引起了人们的思索：为什么农民为了化肥就去铤而走险呢？为什么余维汉做了应该做的事后，却有家难归？小说写到的那股恶势力的能量究竟有多大？危害有多深？根子在哪里？ ①

---

① 参阅杨文彬《愿警钟长鸣——〈抢劫即将发生……〉读后》，《西华师范大学学报：哲社版》，1984.2。

贾平凹中篇小说（或称散文）《商州初录》：塑造了多位心灵至真至纯、至善至美的人物

《商州初录》9月15日发表在《钟山》第5期。小说由一段"引言"和十四个相对独立的短章组成，展现了商州的自然之美、人情之美，写出了商州民风的质朴、善良、大胆、真诚、正义和宽容。《黑龙口》中的夫妇请客人和自己同床过夜，坦坦荡荡，并不感到不便或尴尬；《莽岭一条沟》里的老汉身怀接骨绝技，医好过很多病人，在被迫给狼治病时，却感到了自己的罪恶，于是在内疚中跳崖自杀；《一对情人》中的姑娘为了爱情，勇敢地反抗贪财的父亲；《摸鱼捉鳖的人》中那个丑陋的中年汉子每天都把求爱信装在玻璃瓶里，让河水带着它去寻找心上人，他对纯真爱情的向往真诚而又执着；《小白菜》里的女演员虽然受到大家的不公对待，但当她得知造反派要去抓那些"走资派"时，便不惜委身于造反司令，换得一纸手令，赶去为"走资派"们通风报信；《桃冲》中摆渡老汉的儿子，并不因父亲曾受到别人的嫉恨而反过来再去嫉恨别人，他的行为使过去的恩怨全都无影无踪；等等。小说中很多人物的心灵中都包含着民间至真至纯、至善至美的精神，他们的精神与现代社会人情日益淡漠、人心日益荒芜相比，使人觉得弥足珍贵，令人神往。小说对商洛故乡人特有的生存方式和自然风情进行了诗情盎然的审美观照，展现了野性而又鲜活的商州儿女的诗意栖居和诗性精神世界。在当今生态危机愈发严重、生态日益趋向失衡的背景下，它所呈现的和谐生存的境界和淳朴的生态智慧，在重建和谐合理的自然生态、社会生态尤其是精神生态方面具有重要的启示意义。小说用笔记体形式叙事，文字精练，结构呈现出散文化的特点，回荡着浓烈的古典艺术气韵。[1]

贾平凹小说《小月前本》：展现了作者对时代发展走向及发展过程中出现的矛盾与阵痛的困惑、迷惘、信心

《小月前本》9月份发表在《收获》第5期。小说通过小月和才才、门门三个人的关系，反映了三种类型的人在实际生活及恋爱上的实况。小月是一个善

---

[1] 参阅王玉珠《商州儿女的诗意栖居与诗性精神——生态视域下重读〈商州初录〉》，《阴山学刊》，2011.5。

良、温柔、刚毅、不甘于人后的少女，但她的未婚夫才才却是一个老实、不修边幅、人粗嘴笨、软弱无能的人，他只能用自己的笨力去迎合未来的老丈人的欢心；他无主见、自甘于人后，即使对现状不满，也没有改变现状的勇气，没有男子汉应有的骨气。门门风流潇洒，性格刚毅、有主见、不甘于现状、勇于发现，是生活中的强者；但他在爱情上却遭遇了不顺，他虽然爱着小月，但小月偏偏与才才订了婚。小月也爱门门，为了感恩，她才与才才订婚。小月虽然做了最大的努力，希望才才能成为跟门门一样有出息的人，但才才的性格最终使小月失望了，才才还是才才，没任何改变。小说以清新细腻及富有诗意的笔调描绘了商州山地野旷灵秀的风光，展现了纯朴古雅的风土人情。小说也展现了作者对时代发展走向及时代发展过程中出现的矛盾与阵痛产生的困惑与迷惘，以及对时代变革的信心。①

林元春短篇小说《亲戚之间》：刻画了几个个性鲜明的朝鲜族家庭妇女的形象

林元春（1938—），朝鲜族，吉林龙井人。《亲戚之间》9月份发表在《民族文学》第9期，清玉译，获得1983年全国优秀短篇小说奖。小说生动地描写了朝鲜族固有的结婚宴、寿宴等民俗习惯和在此期间展现出来的人情世态。她刚嫁到李家的第二天，就去做早饭了，目的是露手艺。在她做着几十个人的饭时，一个40岁左右的高个儿女人探头往锅里看了看，说她蒸米方法不对。她从没见过这个高个儿女人。最后，她从婆婆那儿得知，这个高个女人原来是她的叔伯嫂子。她做饭时，亲戚中盘着发髻的媳妇、拖着长辫的姑娘不少，但没有一个人主动来锅台帮她。参加婚礼的客人们都头顶着包着打糕、喜糖的包袱陆续回家了。只有铜佛寺的嫂子把洗洗涮涮的收尾活儿包了下来。她嫁到李家的第二年，公公过花甲举办寿宴，铜佛寺的嫂子又在客人们都离开后，将厨房收拾完坐晚车回去了。后来，她的公公突然因中风而离开了人世，几个月后，婆婆也因胃癌去世了。接着，在市工业局当副局长的丈夫也被认为是"民族主义分子"而被撤了职，发配去劳动改造。丈夫去

---

① 参阅唐先田《充满浓郁诗意和改革精神的农村画卷——评贾平凹的三部中篇小说》，《江淮论坛》，1984.5。

劳动改造的时候，她也跟着去了。她的家没过多久，便败落了。这时，她在有了一男一女两个孩子的情况下，又怀上了第三个孩子。丈夫的工资停发了，她就出去挣钱了。全家的日子已经到了缸底朝天的境地。中秋节时，铜佛寺的嫂子来看她，给她带来了一包又大又沉的打糕，一包牛肉，还有一块白色尼龙衬衣料和一块栗色裙料。她的心里十分感动。朝阳嫂子家办婚事的时候让她去，她去后却受到了冷落。一段时间后，她丈夫的冤案被平反了，他重新当上了市工业局的副局长。她一头扑进铜佛寺嫂子的怀里大哭了起来。这时，朝阳嫂子也走过来，开始讨好她了……作者以朴实的笔调，刻画了几个言语不多，但富有鲜明个性的朝鲜族家庭妇女的形象，尤其是铜佛寺嫂子的形象令人感动落泪。

张洁短篇小说《条件尚未成熟》：讽刺了一个被"文革"异化了的，给改革开放带来阻力的人物形象

《条件尚未成熟》9月份发表在《北京文学》第9期，获得1983年全国优秀短篇小说奖。小说写党支部组织委员岳拓夫早晨在满是机关退休干部的公园里散步时，偶然听到了大学同班同学小段说：此次提拔到第三梯队的储备干部人选是大学同学蔡德培。听到这样的消息，岳拓夫无法接受，他想虽然蔡德培当年帮自己写过毕业论文，并以此使自己顺利走上政界，但自己还是得想方设法阻止他晋升。岳拓夫决定以"条件尚未成熟"的理由来阻止蔡德培晋升。岳拓夫想，政策规定"提升年龄为25—45岁"，如果拖延蔡德培三个月，使他的年龄超出规定年龄，那么自己就可以顺理成章地晋升。岳拓夫还想，如果让蔡德培德出差三个月，就可以拖延他被提拔的时间。但陈局长在支部大会召开之前，还是宣布了蔡德培为拟提拔的后备干部。会间休息时，岳拓夫与蔡德培在卫生间相遇，两人装作什么都没发生一样，只是尴尬地寒暄了一番。然后，投选票时，岳拓夫极不情愿地投了选票。最后，陈局长宣布蔡德培被顺利提拔为后备干部。小说塑造的岳拓夫是一个被"文革"异化了的人物，他的异化人格成为改革开放事业的巨大阻力，作者对其进行了无情的讽刺，从而告诫党政机关干部及普通群众都应公平待事做事，促进社会的进一步发展。小说是一部直面现实的作品，作家用细腻的笔触，朴实的语言，提出了一个严肃、尖锐的问题。她告诉我们：振兴中华，繁荣经济，关键在于选拔好德才兼备的接班人。每个身居领导岗位的干部，都应该以大局为重，任人唯贤，绝不能胸襟狭窄，嫉贤妒能，贻误四化大业。①

王戈短篇小说《树上的鸟儿》：塑造了一个人穷志不穷的硬汉形象

王戈（1941—），原名王斌，甘肃陇西人。《树上的鸟儿》9月份发表在《飞天》第9期，获得1983年全国优秀短篇小说奖。小说以插叙的方式讲述了农村贫寒子弟葛喜来在求学中遇到的事情。葛喜来放假回家时乘坐的是慢车，车厢内的环境、条件极差。这使葛喜来不禁想起老乡方圆的情况来。方圆家境殷实，出手阔绰，而自己的家境却很贫寒，自己平时用钱都很细心。为此，自己和方圆被同学们分别叫作"小葛朗台"和"大方"。一次，方圆要吃冰棍儿，让葛喜来买，葛喜来买了两根冰棍。但方圆在吃冰棍时不小心滑落了一块儿，然后，她把整根冰棍狠狠地甩在地上，并抬起高跟鞋猛踩了一脚。葛喜来想到父亲就是靠削这冰棍杆来赚钱供自己上学的，于是对方圆的作为非常愤怒，他和方圆大吵了一架。两人的吵架使各自的感情从此变淡。葛喜来知道方圆心中有他，但他对方圆瞧不起人、侮辱贫寒人家的恶行难以接受，他决定要放弃这段懵懂的爱情。葛喜来和方圆分手后，他乘省钱的慢火车回家，方圆坐了快车。在车上，葛喜来又想起家中父亲的辛苦。他知道自己从小失去母亲，是父亲把自己带大的，由于自己学习成绩优异，父亲很是感到骄傲；父亲处处为自己着想，他怕城里人笑话他的名字，便要他去公社改名。葛喜来下了火车往家里赶去时，他又遇到了方圆。方圆向葛喜来大胆表露了自己的心思，并给他带来了回家的礼物。但葛喜来却拒绝了方圆的求爱和她买来的礼物。小说塑造的葛喜来是一个人穷志不穷的硬汉子形象。

胡石言短篇小说《秋雪湖之恋》：讲述了解放军战士保护和救援人民的故事

《秋雪湖之恋》10月份发表在《人民文学》第10期，获得1983年全国优秀短篇小说奖。小说被誉为作者成名作《柳堡的故事》的姐妹篇。小说是作者

---

① 参阅曹丰礼、侯庆学、姜维耀《把焦点对准时代的潮头——读张洁的小说〈条件尚未成熟〉》，《南都学坛》，1984.1。

在 1949 年患病住院期间完成的，1950 年，小说在南京的《文艺》月刊发表后，很快被《新华月报》转载，作者因此也获得了全国性的声誉。小说写了驻守在秋雪湖的解放军某部班长严樟明与班里的战士们一起，掩护了一个叫芦花的姑娘免于被抓的故事。芦花的哥哥被诬陷成"五一六"反革命分子，全家都受到迫害。严樟明由于和芦花交往频繁，对芦花萌生了爱情。后来，严樟明知道芦花的哥哥是芦花母亲收养的志愿军烈士的遗孤，而且还是芦花的未婚夫。严樟明于是便把自己对芦花的爱深深埋到秋雪湖的湖底里，然后，他竭尽全力地从造反派的手里去营救芦花的未婚夫。

乌热尔图短篇小说《琥珀色的篝火》：塑造了一个陌生的"好心人"的形象

《琥珀色的篝火》10 月份发表在《民族文学》第 10 期，获得 1983 年全国优秀短篇小说奖。小说主人公尼库是鄂温克族的一名猎人，以捕猎为生。故事的开场，是尼库的妻子塔列生了重病，急需救治。尼库于是带着儿子秋卡，用驯鹿驮着重病的妻子，向山下的医院走去。路上，尼库和妻子敞开心扉，在篝火旁，彼此达成了理解。当他们再一次起程时，尼库一行发现有几个"城里人"迷路了，尼库决定去帮助他们。最终，几个城里的游客摆脱了弹尽粮绝的危险境地，他们请求尼库带领他们下山。但在这时，尼库的儿子秋卡急匆匆地赶来说母亲塔列已经处于濒死的境地，奄奄一息地倒在河边了……尼库随即背起儿子秋卡，大踏步地走回原路，去拯救妻子。小说塑造的尼库形象非常饱满而且深刻：他忠于对妻子的爱情；他是儿子道德上的最高表率；他尽自己最大的能力去帮助素不相识的游客脱险，他是一个陌生的"好心人"。小说的结局是开放式的，没有正面给出尼库是否能赶上见妻子塔列最后一面及塔列是否还活着的答案。但整篇小说的基调是阳光的、正面的，令人们期待着奇迹的发生，不仅使我们触摸到了高尚的民族之魂，而且引发着我们在历史的演进中对这种文化意蕴进行反刍与思考。①

---

① 参阅张普安《回视：历史演进中的文化修辞——乌热尔图短篇小说〈琥珀色的篝火〉的现代意义阐释》，《山东文学》，2010.8。

赵淑侠长篇小说《我们的歌》：描写了身在异国他乡的知识分子的忧患意识和他们的痛苦与快乐、成功与失败

赵淑侠（1931.12.30—），黑龙江肇东人，生于北京，瑞士籍华人。1979年，《我们的歌》在报纸上连载，作者以该小说成名。1983年10月小说由中国友谊出版公司出版。小说中的人物大部分是到国外留学的青年知识分子，他们一方面努力学习，一方面辗转在各种廉价的工作场合，靠出卖劳动力以挣取生活费。由台湾去德国、被讥为采办"知识嫁妆"的余织云为了挣够下学期的学费，干的工作不仅十分苦闷，而且极其累人。立志要为"中国人"创造自己民族声音的音乐家江啸风，刚出国时因一屁股经济债和举步维艰的国外生活而使他暂时放下了心爱的提琴，整日怀着苦闷之心在厨房里打杂，靠洗菜、洗盘子、剥虾仁等工作来偿还沉重的经济债务。王南强是一个有理想、有抱负并充满着骨气的中国人，他通过在机场里扛沉重的货物箱来保障基本的生活。小说还写了一位拥有国际名望，自认为是"世界人"的科学家何绍祥的故事。这些人物客居异乡，其忧患得失、悲欢离合不仅能让旅居海外的中国人体会到，而且也感动了所有身在异乡的游子。余织云后来和一个自己不爱的男人结了婚。姜啸峰后来写了一首叫《我们的歌》的歌，其歌词的第一句是：我们的歌，来自自己心中……小说描写了身在异国他乡的知识分子的忧患意识和他们的痛苦与快乐、成功与失败，展现了他们在异域生活的艰辛、人世的沧桑、孤独苦闷的心绪和拼搏自强的精神，风格清新质朴，意境悠远，情挚意切，表达出只有祖国崛起和强大，所有炎黄子孙才能真正高贵和骄傲起来。小说是一曲青春之歌，爱情之歌，对祖国表达挚爱的歌，也是一曲植根于我们自己的民族文化精神的恋歌，从思想内容到艺术风格上均对人具有深深的感染力，不仅在台湾同胞中引起了震撼，也激起了海外华人、留学生们的强烈反响。当年，此书曾在欧洲、东南亚刮起过"赵淑侠旋风"。[①]

胡辛短篇小说《四个四十岁的女人》：写了四个女人经历的苦难

胡辛（1945.5.27—），江西南昌人。《四个四十岁的女人》11月份发表在

① 参阅陈玲玲《植根于民族文化精神的永恒恋曲——华人女作家赵淑侠长篇小说〈我们的歌〉评述》，《语文学刊》2011.13。

《百花洲》第 6 期，获得 1983 年全国优秀短篇小说奖。小说里面的世界，似乎对女人们充满了恶意。女人们的苦难，在小说中挥洒；女人们的泪水，却被无声地吞咽了，不留痕迹。叶云、柳青、蔡淑华、魏玲玲这四个女人重逢后，开始讲述起她们小时候无忧无虑的快乐时光。她们通过一枚小小的纽扣回忆起了过去。她们约定正面为好，反面为坏。她们从小在一起长大，本来都拥有大好的前途，但在成长中却渐渐地偏离了自己预想的轨道。叶云和柳青应该是有着最美好未来的两个人，但在剧团工作的叶云却结了三次婚，失了名声，失了尊严；柳青毕业于北师大，是一名山村教师，一直没有结婚，而且身患癌症。按说，她们应该是最幸福的两个人，但谁知道，这个世界，给予她们的竟是这样的结局。蔡淑华和魏玲玲，也是两个拥抱着理想走进这个世界的人，但最后，她们还是输给了生活。她们对生活妥协着，那个曾经支撑她们走下去的理想早被她们埋在了心底，留下来的只是两位疲惫的母亲。失望，似乎是对这四个女人最好的诠释。她们想，小时候是长大的人无比向往的时光，然而，它却再也回不来了。①

陈继光短篇小说《旋转的世界》：展现了人物观念更新的情况

陈继光（1947—），浙江萧山人。《旋转的世界》11 月份发表在《人民文学》第 11 期，获得 1983 年全国优秀短篇小说奖。小说中的父亲名叫龙乾坤，是一位有着几十年开车经验的火车司机。由于时代的发展，四年前，他所开的火车由蒸汽机车改为了内燃机车，但他却没有了以往的意气风发。他的妻子名叫黄春秋，是一位养鸡专家。她培育饲养的鸡种享誉中外，因此被邀请到北京与其他专家进行交流。黄春秋乘坐的飞机由她儿子龙星云驾驶。龙星云与新中国一起诞生，最终成为民航局的驾驶员。龙新云的妻子夏慧华是一位翻译，见多识广。黄春秋感到她的儿媳在生活中成了他们这个家庭的一根转动的车轴。夏慧华与龙星云作为新时代的人才，将最新的观念带到了家中，逐渐地，洗衣机代替了手洗，冰箱和彩电改变了他们的生活。龙乾坤和黄春秋老两口由最初的不习惯到慢慢习惯，他们的思维也随着时代的变迁而慢慢地发生着变化。最终，

---

① 参阅胡颖峰《〈四个四十岁的女人〉追求女性为社会承认的"理想"价值》，《江西社会科学》，2011.11。

龙星云开的飞机与父亲开的火车有了一秒钟的相同,即都处在同一个方位的同一个圆心上。龙星云的飞机上乘坐着母亲黄春秋,龙乾坤的火车上乘坐着儿媳夏慧华。此时,一家两代人的心,紧紧地连在一起。龙家的两代人,在天上、地下旋转,地球也一直在旋转。小说展现了现代人观念更新的一个旋转世界。作者及时捕捉了人们在时代锐变时期瞬息闪现出的当代意识,说明:在时代的锐变时期,人们的观念更新和意识更迭是有着艰难、反复的过程的,它不仅是突发性的质变,也有着量的积累和渐变。现代人的意识并不能超越特定的民族意识和民族心态的牵引和制约。[①]

---

① 参阅吴士余《现代人的二重意识交错——读陈继光的〈漫长生命中的短促一天〉》,《当代作家评论》,1986.5。

1984 年

从维熙中篇小说《雪落黄河静无声》：谱写了一曲充满爱国主义激情的悲歌

《雪落黄河静无声》1月份发表在《人民文学》第1期。小说写了范汉儒和陶莹莹的爱情悲剧。"四人帮"横行时期，范汉儒和陶莹莹在铁窗内相爱。一次，陶莹莹问范汉儒为何坐牢，范汉儒说是因为自己与一伙假革命的阴谋家进行斗争，自己没有向他们屈服才坐牢的。范汉儒问陶莹莹为何也进了铁窗，陶莹莹说自己是由于不堪恶人当道，黑白颠倒，不堪坏人对自己的侮辱，便想从边境逃到国外，结果没有逃成才坐牢的。范汉儒听了后，马上改变了对陶莹莹的态度，他认为，陶莹莹什么错误都可以犯，自己也能原谅，但叛离祖国不行，不能原谅。于是便和陶莹莹分手了。小说表现了一个人对祖国的爱应该高于对情人的爱，谱写了一曲充满爱国主义激情的悲歌。这种主题也引发了争议。

邓友梅中篇小说《烟壶》：刻画了一个善良、爱国的人物形象

《烟壶》1月份发表在《收获》第1期，获得第三届（1983—1984）全国优秀中篇小说奖。小说的故事发生在19世纪90年代，八旗子弟乌世保出身于武职世家，虽然游手好闲，但却不失善良和爱国之心。乌世保被恶奴徐焕章所害后，陷于牢中。在牢中，乌世保结识了身怀绝技的聂小轩，学会了烟壶的内画技术与"古月轩"瓷器的烧制技术。乌世保出狱后，因家破人亡，被聂小轩父女收留，聂氏父女有意招赘他来继承家传绝技。但有权有势的"洋务派"贵族九爷为了向日本人讨好，逼迫聂小轩烧制绘有八国联军攻打北京后行乐图的

烟壶，聂小轩毅然断手自戕，以示反抗。小说结尾是乌世保与聂氏父女一起从北京城逃亡到外地去了。小说以读书人的叙事视角，讲述了封建社会末期具有浓郁京味的市井文化，显示出老北京人特有的生活方式和文化心态、礼俗与民俗；小说吸取了传统章回小说的营养，从语言、行为和心理等角度描绘了贵族王爷、八旗子弟、市井艺人、汉奸奴才的形象；语言淳朴、简练、整洁、传神，具有浓郁的京味。

贾平凹中篇小说《鸡窝洼人家》：描绘了在改革开放浪潮的冲击下，乡村人在思想感情、伦理道德、价值观念、生活方式等上发生的重大变化

《鸡窝洼人家》1月份发表在《十月》第1期。小说讲述了20世纪80年代初陕南地区两户人家的故事。小山村里有两户人家：一家的男人叫灰灰，他只满足于衣食温饱，对妻子桂兰不能生育心里极不痛快；另一家的男人叫禾禾，他不安于务农种庄稼，经营起了烧窑、养鱼、卖豆腐等生意，但都失败了，他的妻子秋绒受不了折腾，便和他离婚了。灰灰很喜欢秋绒的儿子栓栓，常把秋绒当弟媳看待，帮她经营庄稼，深感她才是贤妻良母。桂兰很喜欢听禾禾讲山外的事，禾禾进城打工，桂兰也追到城里，鸡窝洼于是传出桂兰跟禾禾私奔了的话。禾禾劝桂兰回家，桂兰回到家后，却被灰灰暴打了一顿。桂兰只好到后山去帮人经营副业，但她心里一直等着禾禾回来。不久，在城里赚了钱的禾禾开着手扶拖拉机，拉着压面机等东西回来了，随后他与桂兰成了亲。而灰灰和秋绒仍过着靠人力推着碾盘转的生活。小说真切地描绘了以"鸡窝洼"为缩影的广大商州乡村社会在改革开放浪潮的冲击下，人们的思想感情、伦理道德、价值观念和生活方式等发生的重大而又深刻的变化情况，因此具有强烈的现实主义色彩。[①]后来，小说被改编拍摄成电影《野山》，引起轰动。

张承志中篇小说《北方的河》：一曲写给搏击者的赞歌

《北方的河》1月份发表在《十月》第1期，获得第三届（1983—1984）全国优秀中篇小说奖。小说几乎没有故事，以主人公"我"的意识流向来构成情

---

① 参阅吉平《"强调"与"冲淡"——论〈野山〉对〈鸡窝洼人家〉的艺术超越》《小说评论》，2006.z1。

节。小说中的"我"在经历了苦闷的迷惘、痛苦的反思和真切的顿悟后，决心报考人文地理的研究生。但"我"在北京为得到一张准考证却四处碰壁。后来，"我"终于拿到准考证了。临考前夜，"我"梦见了黑龙江，梦见了自己与滚滚而下的满江冰流一起前进的情景。小说中"北方的河"指黄河，她孕育了中华民族和中华文明，是我们民族的、历史的、文化的象征物。作者把北方大河和主人公的行踪贯穿起来，象征性地表现了年轻一代的坎坷经历和追求。小说是一曲搏击者的赞歌，被人们称为"大地和青春的礼赞"，它以广阔的艺术视野、强烈的时代精神、深沉的历史感、严肃的思辨、澎湃的诗情，震撼了读者的心灵。[1]

金河短篇小说《打鱼的和钓鱼的》：揭示了积重难返的干部特殊化问题

《打鱼的和钓鱼的》1月份发表在《现代作家》第1期，获得1984年全国优秀短篇小说奖。小说讲述覃涤清原是一名技术员，后来被提拔为副县长。"五一"节时，覃涤清前往自己曾经参与修建过的水库参观。水库领导准备好了快艇供他游玩水库，准备好渔网供他打鱼。在返程中，覃涤清发现几个工人在钓鱼，其中一位是当年与他一起修水库的。水库领导把这几个钓鱼的工人抓住了，覃涤清出面说情，但水库领导铁面无私，不理睬他的说情，继续没收了工人们的自行车，然后扬长而去。覃涤清望着水库领导为自己打上来的鱼，再看看那几个倒霉的工人，他拂袖而去，饭也不吃，鱼也不要了。覃涤清的拂袖而去，与其说是恼怒水库领导不给自己面子，不如说是他觉得他们轻视了自己的权力。覃涤清离去时说了几句不软不硬的话，是他以自己的权力给予水库领导的威吓。但是，他还不太习惯运用这种权力，只能自己生闷气。小说揭示了积重难返的干部特殊化问题。小说思想上敏锐独到，"打鱼"和"钓鱼"似乎隐喻着"放火"与"点灯"的含义；艺术上圆熟老到，而且告诉我们，一个作家应该怎样"担负起作家的责任"的问题。[2]

---

① 参阅王光华《个人理想主义和英雄主义——评析张承志〈北方的河〉》，《沈阳大学学报（社会科学版）》，2006.3。

② 参阅王科《升华生活的素质——论金河的小说创作》，《小说评论》，1986.6。

铁凝短篇小说《六月的话题》：对短篇小说审美新方式的探求与寻找

《六月的话题》2月1日发表在《花溪》第2期，获得1984年全国优秀短篇小说奖。小说写省报发表了一封署名为莫雨的读者来信，揭发市文化局四位局长大搞不正之风的事情。当报社给莫雨所写的地址市文化局寄去了稿费汇款单后，汇款单却久久放在传达室里无人认领。莫雨是谁？这一下子引起了文化局的骚动。这个疑问也一直贯穿故事的始终。干过地下工作、当过交通员的达师傅想把汇款单交给莫雨，并试图保护他，但最终失败。局里常去传达室的人也为避嫌而断绝了与达师傅的来往。达师傅也顾虑起儿子的接班问题。但文化局年轻的副局长史正斌却多次来到传达室，可是他始终没有显示出自己就是莫雨的迹象。最终，达师傅用汇款单的钱给各个办公室买了新墩布，并声称自己就是莫雨。达师傅把自己一下子推到风口浪尖，备受领导们的忌恨。后来，史正斌升任为文化局局长，但他也没有吐露莫雨的真相。小说虽然最终没有揭穿这个悬念，但读者已经心明眼亮，因为史正斌自嘲的"勇士身上常常存在着懦夫的弱点"这句话正是对这一问题的最好回答，同时又是对主题的思考与阐释。小说塑造的达师傅这一光辉形象也充分地凸显在了读者的面前。作者对短篇小说审美新方式的探求与寻找，亦给人带来许多不俗的印象和有益的启迪。①

宋学武短篇小说《干草》：蕴含了人与人、人与社会、人与自然的诸多寓意

《干草》2月份发表在《青年文学》第2期，获得1984年全国优秀短篇小说奖。小说故事由旅行结婚的"我"向妻子讲述辽东老家的草甸子展开，主要描写了磕巴舅舅、他的独生女小草、邻居大青哥和"我"在困难时期的一段生活。磕巴舅舅是草甸子上最会使大扇刀打草的农民。在连续的荒年中，磕巴舅舅得了水肿病。一个雨天，他默默地去世了。"我"想起磕巴舅舅的死，心里就一阵阵发痛，时常想，如果"我"不吃掉那块淀粉做的窝窝头，如果他再往前爬上几步，哪怕是搓几把麦粒，他就不会死。磕巴舅舅伴着干草长眠于老榆树下。小草和大青哥是"我"儿时游乐的伙伴，我们经常在一起玩耍，捉蚂

---

① 参阅赵军《对人生景象的艺术把握——铁凝文集第3卷〈六月的话题〉综论》,《张家口师专学报》, 1999.4。

蚱、编草制品、男挑水女煮饭，过着惬意的生活。后来，"我"去县城读书，小草与大青结婚，但他们的婚姻很不幸。小说叙述了主人公少年时在辽宁北部故乡的一段生活，围绕其家乡的那片草甸子展开。那片草甸子给村人带来了生存资料，也使他们的生活具有了诗意的氛围。但后来一支疲惫的队伍在开垦草甸子时却造成了灾难：那年秋天，这支队伍在草甸子上翻地造田，由于缺乏水源，第二年不仅颗粒无收，连草也不长了，代之而来的是一丛丛马莲，一片片盐碱。这是人们对大自然的戏谑和摧残，也是大自然对人类的惩罚和报复。①

林坚短篇小说《深圳，海边有一个人》：全国公开媒体上发表的第一篇"打工小说"

林坚，生年、籍贯不详。《深圳，海边有一个人》3 月份发表在《特区文学》第 3 期，是全国公开媒体上发表的第一篇"打工小说"，被认为是"打工文学"最早的作品。小说围绕一名打工仔是否要当"资本家"的领班，是要 20 块钱还是要坚持信念与尊严等展开叙述，小说并没有聚焦在打工的苦难与困窘上，而是探讨了打工者应当以怎样的方式存活的问题，发出了"别人的城市，自己的文学"的口号，让读者看到了在小农经济向大工业文明转变过程中所出现的生存竞争的严酷性。小说掀开了中国"打工文学"的序幕。

冯骥才中篇小说《神鞭》：表现了民族革新和进取的时代精神

《神鞭》3 月份发表在《小说家》第 3 期，获得第三届（1983—1984）全国优秀中篇小说奖。小说写了一个关于辫子的神奇故事，通过"神鞭"的兴衰变化，细致真切地再现了晚清时具有浓郁的天津味的市井生活。作者以出神入化、虚实结合的手法，生动地描写了傻二用荒诞又神奇的辫子功在庙会上把大混星子玻璃花抽得鼻青脸肿的故事，"神鞭"也打败了色厉内荏的津门武林祖师爷索天响，打败了蔑视中国人的东洋武士。"神鞭"之神在于它"挥洒自如，刚猛又轻柔，灵巧又恢宏"，"随心所欲，意到辫子到，甚至意未到辫子已到。这辫子上仿佛有先知先觉"。作者运用富于天津味儿的幽默诙谐的语言，写出了地地道道的天津风俗特色，如天津卫热闹非凡的皇会、"截会"，声名远扬

---

① 参阅汪树东《生态意识与中国当代文学》，中国作家网，2011.4.12。

的"卫嘴子"等等；刻画了除憨实正直、能跟随时代潮流而变革的傻二的形象特征之外，还描绘了武功高强、一身正气的鼻子李，如花似玉、心高气盛、爱出风头、出身贫贱的飞来凤，蛮横无理、欺软怕硬、缺心眼的大混星子玻璃花，色厉内荏、一戳即破的号称"津门武林祖师爷"的索天响及"拿中国东西唬洋人，再拿洋货唬中国人"的假洋鬼子杨殿起等形形色色的天津人物形象。作者用敏锐、严峻的眼光，剖析了义和团在抗击洋人时所表现出来的愚昧落后，写出了傻二跟随时代潮流，对往日威风凛凛的神鞭敌不过洋枪的现实情况的变革，他没有抱着祖宗的"精血"不放，而是跟随时代、历史前进的脚步，将"神鞭"变为"神枪手"，以求得生存权，这表现了我们民族的革新和进取的时代精神。小说历来被认为是文化小说而受到评论者的一致称赞，评论者认为其生动形象地展现了清末民初天津卫的民俗生活场景，具有很强的文化审美价值。①

张贤亮中篇小说《绿化树》：展现了特定年代知识分子的苦难遭遇

《绿化树》3月份发表在《十月》第2期，获得第三届（1983—1984）全国优秀中篇小说奖，是张贤亮的系列小说《唯物论者启示录》中的一篇小说。小说主要写1961年12月1日，劳改的章永璘被释放后，分配到与劳改农场仅一渠之隔的另一个农场工作。当时正值三年困难时期，中国土地上正席卷着凶猛的饥饿浪潮。章永璘用废罐头盒盛稀饭，他每次利用炊事员的视觉误差，能多得到一些稀饭。一次，章永璘去镇南堡赶集时，用在劳改农场惯用的狡黠办法愚弄了一个老农，他用3斤土豆换来了5斤黄萝卜。在一个下雨天，章永璘在家里读《资本论》，这使他的灵魂得到了净化。他对自己欺骗老农的事情感到内疚。但饥饿依然折磨着他。这时，村妇马缨花叫他去她家帮着打炉子，章永璘于是在那里吃上了白面馍馍、土豆。他感动得热泪盈眶。从这以后，马缨花经常找借口叫章永璘上她家去，章永璘每天如约前往。他和车把式海喜喜几乎天天在马缨花家见面。海喜喜对章永璘心怀敌意，运肥时两人终于打了一架。打那以后，海喜喜再也没有进过马缨花的家门，而章永璘则赢得了马缨花的爱情。但当章永璘清醒地意识到自己与马缨花之间存在着不可逾越的鸿沟时，他

---

① 参阅薛晓磊《论冯骥才小说〈神鞭〉创作主题上的矛盾与冲突》，《北方文学旬刊》，2013.7。

把与马缨花结婚的念头打消了。但他还是天天到马缨花家里去。一天，海喜喜来找章永璘，建议章永璘跟马缨花结婚，还告诉了他一个消息。章永璘于是让马缨花嫁给自己，但马缨花拒绝了。章永璘仍想和马缨花马上结婚。马缨花对章永璘发誓道："你放心吧！就是钢刀把我头砍断，我血身子还陪着你呢！"队里人发现海喜喜逃跑后，便去追赶了。追的人回来后，把章永璘又调到了山根下的一个大队。不久，章永璘被以"书写反动笔记"的罪名判处了三年管制。章永璘在刑满释放后，去找马缨花，结果扑了个空。多少年以后，章永璘在《辞海》上看到：马缨花又名绿化树，喜光，耐干旱瘠薄。这个解释和马缨花的特点完全相似。章永璘的眼泪一下子流了出来。小说通过对人物的一系列忏悔、内疚、自责、自省等内心活动的描写，思考与解读了人物遭遇的饥饿、性饥渴和精神世界的困顿等问题，展现了特定年代知识分子的苦难遭遇。小说使用现实主义和浪漫主义手法，真实、艺术地再现了当时的生活，发表后引起了评论界的激烈争论。[①]

映泉短篇小说《同船过渡》：写一只船上的人在遭遇洪水时与洪水的搏斗

映泉（1945—），原名张映泉，湖北远安人。《同船过渡》3月份发表在《青年文学》第 3 期，获得 1984 年全国优秀短篇小说奖。小说写在一个废弃的古老渡口，有一只古老的渡船和一个仿佛与古渡、古船相搭配的古怪的老艄公。老艄公开船不久，即碰上了从上游突然而来的洪峰。老艄公的儿子自作主张，把船头掉回，但他却失去了撑船的篙。这使他胆战心惊极了。他看到掉回头的古船就像脱缰的野马一样，越过了长滩、峭壁、深潭、山谷、横在河水中的乱树枝、险石以及最后一座拦河大坝。在一个接一个的险境发生时，船上人的距离被缩短了，古怪的老艄公慈祥地关心起了每个人，胆小的山里姑娘敢为救人而死去的警察化妆了，自私的新郎的脸上出现了羞愧之色，算命的瞎子自觉地丢掉了他骗人的"彩当"和小铜锣。船上的所有人都使用起了自己的智慧和力量同这凶猛的洪水进行着搏斗。在这搏斗中，他们的心灵也因为洪水而得到了洗礼、锻炼和净化。小说的布局结构十分紧凑、圆润、无懈可击，人物形象富

---

① 参阅徐继东《破碎的神话 颤栗的宣言——再读张贤亮的〈绿化树〉》,《电影评介》, 2008.1。

有个性。[①]

陈世旭短篇小说《惊涛》：通过抗洪抢险反映社会生活

《惊涛》3月份发表在《人民文学》第3期，获得1984年全国优秀短篇小说奖。小说写在惊涛上驾驶着小机船的春甫，发现了公社书记的儿子在大水中为救老九元而被蛇咬了，他于是掉转船头，在两岸新房的倒坍声中，前去救助公社书记的儿子。在救助中，他头脑里那顽固的陈见和心头的宿怨都荡然无存了。接着，春甫在风雨中超载运输，心头的宿怨似乎更是荡然无存了。

史铁生短篇小说《奶奶的星星》：寄托了作者对温暖和爱的渴望，对亲人的深情怀念

《奶奶的星星》4月份发表在《作家》第4期，获得1984年全国优秀短篇小说奖。小说以"我"的成长为线索，叙述了"我"孩提时代与奶奶一起生活的片段。作者没有对奶奶这个人物进行精雕细刻的描写，而是通过情境创造，从侧面表现了奶奶的淳朴、善良及乐于奉献的精神。奶奶用大芭蕉扇给"我"赶蚊子；一到晚上，奶奶常常腰疼、背疼，她于是叫"我"站到她的身上，来来回回地踩。奶奶趴在床上虽然一直"哎哟哎哟"的，但还一个劲地夸"我"："小脚丫踩上去，软软的，真好受"。这一情境，渲染了一个快乐、幸福而和谐的环境氛围，给读者带来特别深刻的印象，表达出"我"与奶奶之间深厚的感情，从中刻画了奶奶那淳朴、善良、乐于奉献的高大形象，让读者与"我"感同身受，一起敬仰与怀念奶奶。小说所选题材寄托了作者对"温暖和爱"的渴望。该小说是史铁生初期的佳作，充满着人情人性的色彩，是一个人对亲人的深情怀念。小说用散文化的笔法和第一人称的叙述方式，蕴含了真实的情感力量。

陈冲短篇小说《小厂来了个大学生》：讲述了一个刚毕业的大学生在分配和工作中的各种遭遇

陈冲（1937—2017），辽宁海城人。《小厂来了个大学生》4月份发表在《人民文学》第4期，获得1984年全国优秀短篇小说奖。小说中的杜萌是一个工

---

① 参阅高逸群《浅论映泉的小说创作》，《江汉论坛》，1990.3。

科大学企业管理专业毕业的人，他自愿要求到一个中等城市的基层企业去工作。为此，他与同班同学的恋人孙颖也分手了。杜萌兴致勃勃地来到那座陌生的中等城市后，轻工局却无法把他分配下去。后来，永红服装厂的女厂长路明艳收留了他。其实，路明艳之所以要他，一是为局领导解除尴尬，二是让领导和全局上下都认为她是一个重视人才、重视科学、重视管理的厂长。路明艳是缝纫工出身，文化水平低，与一般工人并无二致。但她的性格中却有许多女工所没有的坚韧、强悍和精明。她要杜萌有自己的考虑：就是想让杜萌成为自己最可靠的心腹，成为供销科业务员崔洁的妹妹的对象。杜萌决心为永红服装厂竭尽全力地做出贡献。进厂月余后，他发现工厂管理混乱，于是便认真地写了一份调查报告，陈述了科学管理的种种设想。路明艳接过他写的厚厚的设想后，很不经意地将它塞进了口袋。这时，缝纫车间一个漂亮、善良的，名叫诸葛云裳的女工将自己超额完成的部分任务归到了生产效率低下的聂姓女工的名下。杜萌按厂长指示调查核实了这件"弄虚作假"的事件，然后，他劝厂长放弃对此类"弄虚作假"事件的追究。不久，杜萌发现一批外贸商品的包装上将"中国制造"的英文字母写错了。他一心想查找出责任人，结果得罪了省里来的人，使永红厂落了个合同撤销、全面停产的下场。在这紧要关头，崔洁四处活动，奇迹般地弄来了一份向某国出口猎装的合同，才使永红厂绝处逢生，转危为安。路明艳认为杜萌除了得罪人，再也不会给自己带来好处，于是便将他退回了轻工局。杜萌痛苦至极。这时，诸葛云裳给了他一番责备的鼓励后，他立即去找轻工局局长。在据理力争后，局长终于动心，约杜萌明天去谈。杜萌在绝望中又感到振奋，而且决定一定要再找诸葛云裳聊一聊心里话。小说凸显了人物在艰难的改革征途中砥砺前行的形象特征。

张一弓中篇小说《春妞儿和他的小嘎斯》：塑造了一个具有新性格、新风采、新思想的人物形象

《春妞儿和他的小嘎斯》5月发表在《钟山》第5期，获得第三届（1983—1984）全国优秀中篇小说奖。小说主人公是汽车运输专业户、青年女司机春妞儿。春妞儿24岁，身材颀长、苗条，在全地区司机考核中考了头一名。她的师傅柱哥恳求她和自己"当个暗夫妻"，她奋力挣脱了柱哥的怀抱，推开车门，跳到了昏黑的道路上。她借了 38 家的账，还贷了 5000 元的款，在跑车 8 个月后，按时还完了 1 万元的私人借账。当银行营业所的吴主任派人让她在 10 天内连本带利还清贷款时，她只用了 9 天时间就把钱筹齐了，然后她把钱摔到了吴主任的脸上。她还用自己的机敏对付奸猾，用嘲骂回敬撩拨，毫不客气地把苹果皮吐到了银行业务员的脸上。小说塑造的春妞儿是一个具有新性格、新风采、新思想的形象；语言多闪烁着思想的火花，具有哲理性；注意引用当地流行的民歌、谚语，读起来朗朗上口，清新生动。①

矫健中篇小说《老人仓》：写了一位新上任的县委书记在基层遇到的一系列腐败现象

《老人仓》5 月份发表在《文汇月刊》第 5 期，获得第三届（1983—1984）全国优秀中篇小说奖。小说写西峰县新任县委书记李孟华要求老县委书记、人大常委会主任郑江东去调查沟子公社书记汪得伍多建住房的问题。沟子公社位于县西北的老人仓山区，汪得伍是郑江东的老部下。郑江东在途经汪得伍建房的所在地李村大队时，发现现任大队支书李俊田很无能，只知对上级唯命是从。李俊田为了完成公社下派的任务，竟逼迫着农民高价买来花生，然后当公粮上交。郑江东制止了李俊田这种损害群众利益的行为，并告诉李俊田，县里要求李村把汪得伍多建的私房折价后收回去。郑江东到了沟子公社后，见到了汪得伍。郑江东告诉他，他现在的处境不妙，要小心谨慎。郑江东随后去了红星大队。在路上，他碰到了被汪得伍撤了职的李村大队前支书李力奎。李力奎告诉郑江东，汪得伍撤了他后任用李俊田的真正原因，是李俊田帮他盖起了房子。他还说，实行责任制后，沟子公社干部队伍的问题很多，总根子就在汪得伍的身上。郑江东来到红星大队，看到大队支书田仲亭的家像个宫殿，他把猪圈也建到了大街上，群众很不满。青年杨三喜因撞坏了田家的猪食桶，差点被田家的"五虎大将"打了。郑江东见到杨三喜后，杨三喜说田仲亭就是新时代的恶霸地主、土皇上，田仲亭又和汪得伍是铁哥们儿，他便利用权力和关系网不但把一年能赚两万多元的工厂留给了自己承包，还对别人承包的副业进行提

---

① 参阅李遇春《告别与寻找——关于张一弓小说的话语转变》，《文学评论》，2004.4。

成；他还以照顾残疾人为名，把七亩山楂林包给了杨疯子，然后暗中再以六四分成的方式剥削着杨疯子。在这些事实面前，郑江东感到问题很严重，下决心要找汪得伍算账。但汪得伍却去了李家大队，因为那儿的人在灌溉用水的问题正打着架。郑江东在去李家大队的路上，碰到了李力奎，李力奎说打架是由支书李俊田在用水安排上的不合理造成的；李俊田被打架吓得跳到了水里。李力奎说他为了制止斗殴，腿被打断了。郑江东赶到李家大队后，要汪得伍马上撤了李俊田和田仲亭的职，汪得伍却说，他们是他多年的同志和伙计，基层干部的屁股都不干净，有错他顶着，要撤先撤他。小说拨动了人们求索改革的心弦。社会上对小说传递出来的农村改革信息做出了灵敏而热情的反应。这是生活给予作者的一个奖赏。作者又一次以他对生活的笃爱、敏感、思索，取得了小说创作的成功。[①]

朱苏进中篇小说《凝眸》：表达了两岸分裂给两岸军人造成的心灵痛苦

《凝眸》5 月份发表在《昆仑》第 5 期，获得第三届（1983—1984）全国优秀中篇小说奖。小说写"我"踏上一座和敌岛紧挨着的鲨尾屿后，和战士们来到观察所观察着敌岛上的敌人。战士刘鎏伏在炮队镜上观察后，告诉班长，敌人晚上吃包子，并说对方的上尉出来了。"我"也看见一位步伐不稳健、样子像只老熊一样的上尉出来了，他的身上挂着二十几枚勋章。然后"我"又看到一个怀里抱着一个大本子的士兵出来了，"我"把他编为 33 号。过了几天，敌岛上的一只篮球掉到了海里，漂到了我们这边。"我"想让海流将它漂回去，于是把它又抛到海中。球漂近对方的岸边时，老上尉开枪将球打沉。33 号在翻着他的那个大本子。"我"仔细看后才知道那是本集邮册。上尉来到 33 号跟前，抢过集邮本，撕碎了其中的几张后狠狠扔到海里。33 号的本子里准有犯忌的邮票。他面对上尉的惩罚一动不动。上尉走后，33 号向海边走来，在离海水几米远的地方站住了。入夜，鲨头屿就像"月光下熟睡的婴儿"一样。"我"在想着 33 号可能会游过来的事情，因为我们的距离只有半小时的游程。"我"想着的时候，敌岛上又传来了夜夜都有的广播声："共军兄弟们，在夜深人静

---

① 参阅狄其骢《矫健在〈老人仓〉中的艺术探求》，《山东文学》，1984.9。

时，在明月当空时，你在想什么？……东屏前哨固若金汤。1949年冬天，古朴将军的六三五团被我军全部歼灭在东屏岛上……如今，古朴将军在哪里？……"古朴将军是"我"的父亲。他去世后，"我"和妈妈在夜里从飞机上将他的骨灰全部撒向了东屏海峡。当时，"我"想把父亲的骨灰撒到东屏岛上，因为这里有他曾经损失的一个团。当年，父亲率领着六三五团在东屏岛坚守了12个小时后，敌机将他们的船只几乎全部炸毁了。七天后，他们找不到船，只好眼睁睁地将六三五团扔在东屏岛上，里面的人中有父亲的前妻，她是团部的总支书记兼组织股长。她曾托人给父亲带回一封信，父亲把这封信摸了20多年，但对具体内容一直保密。"如今，古朴将军在哪里……"这调子重复了20多年，今天仍然还在重复着。当太阳又一次升起后，33号还是没过来，他可能被监视了。下午，"我"再见到他的时候，看见他正和上尉在一起随便而亲热地笑着。"我"恨不得马上给他们一炮。后来，上边命令我们撤离了鲨尾屿。临走这天，对面的上尉亲自升旗，然后来到一座坟前，将勋章挂在了松枝上。做完这些，他坐在那里自斟自饮。后来，他走到33号的小窝跟前，夺过了他正在翻看的那个大本子，他把里面的邮票乱搓乱撕一阵后，然后狠狠地扔下海。再然后，上尉跟跟跄跄地回到了挂满勋章的小树旁，劈头盖脸地抽打着小树。33号走到离海水几米远的那块礁石跟前，踢了几下礁石后，礁石突然爆炸了，原来它是一颗雷。"我"离开小岛后，收到了刘鎏的来信，他说敌岛上的一个士兵泅渡过来后投诚了。那士兵说，33号是老上尉的儿子。小说写到的情景表明了两岸的分裂给两岸军人造成的心灵痛苦。[1]

王兆军中篇小说《拂晓前的葬礼》：塑造了一个性格复杂的农民形象

王兆军（1947—），山东临沂人。《拂晓前的葬礼》5月份发表在《钟山》第5期，获得第三届（1983—1984）全国优秀中篇小说奖。小说写"我"（王晓云）大学即将毕业，为了撰写毕业论文《农民心理浅析》，"我"便去了自己曾经下乡插队的鲁南大苇塘村了解"农民心理"。"我"到了后，先去找吕锋。吕锋是大苇塘村人，当过大队团支部副书记，曾与村里的赤脚医生小石榴

---

[1] 参阅张文《瞳孔里的呼唤——读朱苏进中篇小说〈凝眸〉》，《理论月刊》，1985.10。

私通，被大队党支部书记田福申派民兵捉住后绑在了大榆树上，示众做百。当时，吕锋的未婚妻也退婚了。后来，大队党支部副书记田家祥举起铁锹，铲断了捆绑吕锋的麻绳。大苇塘村很穷，公社给支部加进了当过兵的田家祥、田家贵、吕锋后，他们带领人们战天斗地，大搞农田基本建设。我们知青都参加了。"我"当时是炊事员。整整一个冬天，田家祥、吕锋、田家贵都没回家。县委书记来看他们，大苇塘村就成了县委抓的典型。清明节前一天，农田基本建设工程宣告结束，大队人马撤走了，留下了3000多亩被整修一新的农田。田家祥在这场运动中大大提高了威望，也赢得了"我"的心。在全村党员大会上，田家祥被提为党支部书记，田家贵为副书记，当了20多年书记的田福申成了委员。不久，吕锋成为大队的革委会主任，"我"担任了文书。几年后，知青点又来了几个新兵，其中有县委副书记的女儿杜艳。知青内部也分成了两派，矛盾也显露了出来。小苇塘村公开和大苇塘村在各个方面闹别扭。村里还传着"我"和田家祥关系不正当的话。晓红是"我"最好的朋友，她安慰、开导"我"。"我"随后到小学当了老师。不久，吕锋通知"我"回去参加生产队劳动。在双重压力下，"我"病倒了。田家祥说有回城名额让"我"先走。名额下来了，晓红和杜艳都被批准了，"我"却没有被批准。不久，"我"回家看望妈妈。田家祥来省城参加劳模大会，和"我"一起照了相，但他叫"我"不要把照片洗出来。"我"回到大苇塘村后，在一次群众大会上，田家祥把诬陷"我"和他有关系的传言——否决，把造谣的田福申和田福珍押到公社去了。"我"很快被招回了省城工作。后来，吕锋考上了大学，田家祥盖了六间很气派的新房。但自那以后，田家祥却越来越狭隘、刚愎自用、偏颇固执；他公报私仇，拆了田福申的房子，又不给他房基地；他侮辱小石榴，被田福申当场抓住；他对新成长起来的一代农民看不惯，充满了嫉恨。这次为写毕业论文，"我"回到大苇塘村，也见到了田家祥，"我"发现先前他头上的一圈光环，已经没有了。[1] 小说视界开阔，气度恢宏，震撼人心。小说最成功之处在于作者塑造了田家祥这个复杂而又本色的农民形象，在他身上体现了作者对农民问

---

[1] 参阅何西来《从进取到衰颓——评〈拂晓前的葬礼〉中的田家祥性格》，《文学评论》，1985.2.

题、社会变迁和知青上山下乡的思考。田家祥的成长史实际上就是特定时期农民的成长史，其成功和失败自有其合理性。

柯云路长篇小说《新星》：讲述了一位县委书记大刀阔斧地推行改革，向旧体制、旧观念发起挑战的故事

《新星》5月份发表在《当代》增刊第3期。小说以古陵县为背景，写年轻的县委书记李向南新官上任，雄心勃勃，准备在古老的中原县城古陵大展拳脚。只一个月时间，他便政绩斐然，被老百姓称作"李青天"。但在改革开放的初期，李向南和以县长顾荣为首的官僚体系不可避免地产生了冲突，他的改革遭到保守势力的抵触和压制。调查组来了后，各种谣言也不胫而走，但李向南依然大刀阔斧地推行改革，向旧体制、旧观念发起了挑战。1986年，小说被改编拍摄为12集电视连续剧，浓缩了1982年中国农村进行大刀阔斧改革的真实情况。小说在更广阔的画面上，集中而敏锐地揭示了县一级体制改革中的一系列政治性矛盾以及由这一改革牵动的社会、家庭和人们心理上的纠葛。小说浑厚而明快，沉郁而昂扬，引人深思，催人奋发，显示了作者严谨的现实主义创作态度、驾驭纷纭交错的社会矛盾和人物关系的艺术才能，以及他所具有的饱满的政治热情。[①]

李存葆中篇小说《山中，那十九座坟茔》：一部反思并彻底否定"文化大革命"的作品

《山中，那十九座坟茔》6月份发表在《昆仑》第6期，获得第三届（1983—1984）全国优秀中篇小说奖。小说写1960年春，国防部长林彪到S军区所辖的半岛防区视察，指出根据毛主席"诱敌深入"的战略方针，防御重点应在半岛南部。但彭德怀却在半岛北部重点设防。年底，驻守在半岛北部的D师移防到半岛南部的龙山。1968年元旦，D师政委秦浩派人去半岛北部将雀山工程炸毁，同时，半岛南部的龙山工程破土动工。秦浩说林副统帅对建设龙山工程有"具体关怀"。开工后，人们却发现龙山根本不适合建设军事工程。不久，便出现了塌方伤人的事故。秦浩进京开会迟迟未归。营长郭金泰通知承担一号坑道

---

① 参阅卫建林《在生活的激流中——评长篇小说〈新星〉》，《当代》，1985.1。

掘进任务的一连停止作业。这时，秦浩从北京回来。一连指导员殷旭升要求一连的"锥子"班继续施工。夜里，"锥子"班班长彭树奎收到了一封家信，对公社革委会主任霸占他的未婚妻菊菊的事情痛哭不已。副班长王世忠找到彭树奎，决心创造掘进新纪录，向"九大"代表秦浩献礼。彭树奎看王世忠要狂热冒险，隐约感到一场灾难即将降临。第二天，秦浩宣布林副统帅用过的一只杯子、一把椅子将要运到工地，用之来激励战士们的战斗热情。郭金泰要求秦浩讲清楚林副统帅究竟对龙山工程有过怎样的"具体关怀"。秦浩便把郭金泰视为眼中钉，宣布他停职检查。殷旭升在一连召开了批判郭金泰的大会，王世忠踊跃发言。安全员陈煜建议枪毙郭金泰。几天后，秦浩带着四个宣传队员，送来了林副统帅用过的金杯和宝椅，它们由漂亮的宣传队员刘琴琴保护看管。刘琴琴是陈煜的恋人。雨季到来，秦浩让郭金泰到"锥子班"参加劳动。这时，山体已经出现渗水，王世忠却不顾陈煜的劝阻，高喊着口号硬往里冲，结果被碎石砸死。秦浩却没有认识到这次事故的严重性，反而号召大家大干苦干。十天后，工地发生大面积塌方，"锥子班"八人遇难，刘琴琴为抢救宝椅被砸死，郭金泰为救殷旭升被埋进山体，陈煜被砸成严重脑震荡，来部队找彭树奎的菊菊进洞救人时，一条胳膊被砸成粉碎性骨折。山中，王世忠的坟旁又排起18座新坟。不久，刘琴琴的妈妈在隔离审查中听到女儿的死讯自杀；陈煜精神失常，大骂秦浩、林彪，被押上军事法庭；彭树奎撕掉提干表转业，带着残废的菊菊下了关东；殷旭升在鲜血面前意识到自己有罪。耗费巨资修建的龙山工程以19人的死亡宣布报废，秦浩升任为军区政治部主任。"九一三"后，秦浩才被隔离审查，他交代所谓的林彪对龙山工程的"具体关怀"纯属自己臆造，林彪使用的金杯、宝椅也是从部队招待所随便拿来的。15年后，解放军高级军事机关又重新确认半岛北部为防御重点……小说是一部反思并彻底否定"文化大革命"的作品。作者将自己的视线投射进一支僻居的海岛山中，在没有介入当时的施工部队的情况下，从一个非常独特的角度，反映了那场动乱中的生活及生活中的动乱。①

张平短篇小说《姐姐》：描写了青春期女孩的喜怒哀乐

张平（1953.11—），山西新绛县人。《姐姐》6月份发表在《青春》第6期，获得1984年全国优秀短篇小说奖。小说实际上写的不是姐姐，而是弟弟，是姐姐在弟弟心中的位置。姐姐17岁了，由少女长成了大姑娘，"她的身体已经蓬勃，心思像野草一样疯长。她即便管得住自己的心，也管不住自己的手脚。她是有事没事必得往街上跑"。她的天性很开朗，有时走着走着就微笑了，至于为什么笑，她也不知道，似乎整个身心，都沉浸在一种不可知的甜蜜里。女孩到了这个年龄段，家人就开始操心了。她的弟弟就像个小警察一样担负起"监督"姐姐的责任。巷子里出现了一个适龄男子，姐姐就弄出了"花摇柳颤"的事情。弟弟既纳闷又生气，决定要过问一下姐姐。他拿起一根树枝，朝姐姐咿咿呀呀冲过来，"叭"的一声打在她脚前。姐姐跳了一下顺势把手塞进弟弟的脖子里说："买糖吃不吃？"姐姐于是还和那男的没完没了。一天，弟弟看见姐姐一人偷偷地哭，问："谁又欺负你了？"姐姐说："不要你管！"随后扑到床头上大哭起来。姐姐并没向弟弟告诉她为什么哭，只是告诉他"不要告诉大人。"弟弟似乎知道是怎么回事了，对她说："那些不三不四的人，以后少来往，现在合家老小为你操碎了心，你好歹也替我们想想。"这使姐姐恼得很。弟弟怕姐姐上了坏男人的当，被人调戏、诱奸，或是被拐了带走。可姐姐对弟弟的这种呵护却不领情，还感到很讨厌，有时糊弄他说给他买糖吃，有时气急了，拎起弟弟的耳朵往家走。这时，弟弟会对姐姐说，"你满脑子的糨糊，又不识人的，活该你受罪。"姐姐真正大了后，弟弟又为她操着另一份心，家里来人了，他对姐姐说"有人找你"，说完就走开了。他的态度来了个180度的大转弯。小说把姐姐在青春期、恋爱中的喜怒哀乐描写得惟妙惟肖，也把弟弟对姐姐恋爱的似懂非懂和他在此期间所做的干预描写得惟妙惟肖。作者的感受力很强，表现力也很强，该详写的地方充分表现，该略写的地方省得干净利落。①

---

① 参阅王静波《古朴纯真的爱——简析小说〈姐姐〉中的主人公形象》，《广西民族学院学报（哲社版）》，1987.1。

李国文短篇小说《危楼记事》：刻画了形形色色的人物，写了一件件光怪陆离的事情

《危楼记事》为系列短篇小说，共 9 篇，陆续发表于 1984 年至 1986 年期间的《人民文学》等刊物上。其中的《危楼记事》，发表在 6 月出刊的《人民文学》第 6 期，获得 1984 年全国优秀短篇小说奖。小说叙述的是"文革"时期，S 市 Y 大街 J 巷一座破陋溃败的危楼里，住着 20 户人家（包括作者在内），他们过着平常而又不失波澜的生活。作品围绕着象征性的"危楼"，刻画了形形色色的人物，写了一件件光怪陆离的事情，开掘了人物的生存方式和文化心理，对整个暴虐血腥、荒诞的"文革"做了一次意义深远的文化反思，给我们留下了极为丰富的启迪和回味。但该系列短篇小说并非篇篇都是上乘之作：有些拖沓、冗赘，不够精练；有些情感过于直露，不够节制；有些篇什的表达繁诡而丰赡，显得文胜于质。其中，关于"狼孩"和马科长"咬人"的渲染，流于表面，有一些可訾议之处。但整体看，小说的意蕴较丰富。[①]

张炜短篇小说《一潭清水》：反映了"传统"与"现代"的冲突

《一潭清水》6 月份发表在《人民文学》第 6 期，获得 1984 年全国优秀短篇小说奖。小说一共写了三个人，他们是瓜魔、徐宝册、老六哥。联产承包责任制之前，徐宝册和老六哥两人搭档看瓜。徐宝册整天背着枪巡逻放哨，把瓜地看得很严实，连午觉都不睡，目的是不让槐树林里潜伏的偷瓜贼得手。老六哥却觉得无所谓，反正是集体的瓜田，得罪谁都不好，就当为人民服务了，谁要吃谁吃去。他认为贼把瓜偷完了自己可以得到清闲。所以，一些赶海的人认为，老六哥是个大方人，而徐宝册则是个小气人。瓜魔十二三岁，是个孤儿，常到瓜地来吃瓜，徐宝册很喜欢他。老六哥却认为，瓜魔是"用瓜喂出来的一个好劳力"，可以帮他干活，还可以不时地送给自己一些海鱼。后来，徐宝册和老六哥散伙了，各走各的道。联产承包责任制后，老六哥像换了一个人，瓜地成了他自己的，他把每一个西瓜都当成宝贝看待，一反过去大方的习惯，整天算计着年底能够赚到多少钱。他对待瓜魔的态度也变了。原先他觉得瓜魔

---

① 参阅《新形态、新追求、新途径——重评李国文〈危楼记事〉系列》，《当代文坛》，1987.6。

是个挺不错的孩子，现在则认为他"不是个正经的孩子"，不准他吃瓜。甚至他认为瓜魔之所以喜欢到瓜地来，是因为他"忘不了瓜"。事实上，瓜地对瓜魔的真正吸引力是那儿有用来浇瓜地的一潭清水，因为每当他从海水里出来后，他可以到那一潭清水里洗净自己的身子。老六哥却不让瓜魔到瓜地里来。徐宝册为了让瓜魔的情感有所寄托，决定在他看护的葡萄园边重新挖出一潭清水来，让瓜魔洗身子。小说反映了"传统"与"现代"的冲突。老六哥代表的是"传统"，即在大锅饭、大集体背景下形成的慷集体之慨的大方习惯，有点类似长工的心态；联产承包责任制实行之后，在"现代"的背景下，老六哥又转身成为吝啬鬼，具备了地主的心态，严格坚守"私有制"，东西一旦成了自己的，心态也跟着变了。这也造成了徐宝册这样的人的无奈，也造成了社会的奇异和荒诞。

张洁中篇小说《祖母绿》：一篇探索女性真正生命价值的力作

《祖母绿》7月份发表在《花城》第3期，获得第三届（1983—1984）全国优秀中篇小说奖。小说写曾令儿第一眼看见班上外表漂亮、潇洒的男生左葳后就有了一种被融化的感觉，从此，她对左葳付出了不计回报的奉献。大学三年级时，左葳得了肺结核，曾令儿帮他顺利通过考试。20世纪50年代中叶，左葳写了一份大字报，曾令儿代他誊抄，结果曾令儿遭到了批判。当时任班内党支部书记的卢北河把曾令儿当作"右派"分配到新疆的一个边陲小城进行劳动改造。曾令儿戴上"右派"帽子之后，左葳很愧疚，于是到系里开了登记结婚的介绍信。但在那一刻，他却觉得自己为曾令儿做出的牺牲太巨大了，于是把对曾令儿的爱打消了。曾令儿知道了左葳的真实想法后，很痛苦，她将左葳带来的介绍信撕碎，对他说："我们已经结过婚了，你已经还尽了我的债，我们可以心安理得地分了。"从此，她再也没有见过左葳。不久，曾令儿发现自己怀孕了，她欣喜若狂。她原谅了左葳的薄情。她生下儿子陶陶后，辛苦地把陶陶抚养长大，但陶陶15岁时，却在水塘里淹死了。曾令儿责备自己白做了渔人的女儿，没能从水塘里救出陶陶。曾令儿在事业上孜孜追求，发表了利用计算机进行乘法运算的方法，深得同行专家的赞赏，并引起了国际上的注意。在同一研究所工作的左葳与卢北河夫妇知道后，卢北河以研究所要召开一场超微型电子计算机研制会议的名义，邀请曾令儿参加会议并动员她加入他们的微码编制组。曾令儿于是去了阔别了 20 多年的城市开会。在火车上，曾令儿见到一本读物上写着"祖母绿，无穷思爱"的话，她便决定给自己买一件镶有祖母绿的饰物。到研究所后，曾令儿见到了卢北河。卢北河已暗中斡旋左葳担任微码编制组的总负责人。卢北河也知道自己的丈夫左葳实际上没能力扛起这一头衔，所以她让曾令儿担任微码编制组副组长。曾令儿颇为高兴，但当她听到自己给左葳当副手后，觉得太难堪了。卢北河恳求曾令儿帮助左葳，曾令儿最终怀着对事业乃至对国家和人民的爱答应了。小说表现了女性真正的生命价值；它运用烘托、对比及比兴手法叙事抒情，称得上是探索女性真正生命价值的力作。①

阿城中篇小说《棋王》：讲述了主人公在人道、食道、棋道上达到统一及其追求心灵清净和精神自由的人生态度

阿城（1949—），原名钟阿城，原籍重庆江津，生于北京。《棋王》7 月 1 日发表在《上海文学》第 7 期，获得第三届（1983—1984）全国优秀中篇小说奖。小说写"我"坐着火车去下乡。坐上车后，"我"遇到了棋呆子王一生邀请"我"下象棋，"我"便与他下起了棋。没下多久，"我"却认为此时下棋不合时宜，于是就不下了。王一生没办法，只得听"我"的。但王一生却求"我"讲故事。"我"便和他熟识了。下车后，"我"和王一生被分在了不同的农场。不久后，王一生来"我"所在农场找人下棋，"我"便把队里的下棋高手脚卵介绍给他。脚卵和王一生厮杀了半夜时间却没有赢上王一生一盘棋，他于是对王一生产生了敬佩之情。他劝王一生到县里举办的运动会去会会高手，王一生欣然同意。但王一生去县里报名的时候，农场领导却以他经常请假、四处下棋的原因不准他去。脚卵说他通过关系可以让王一生参赛，但王一生不想欠脚卵的人情，于是拒绝了。运动会结束之后，王一生邀请前三名来与自己对弈。最后，竟然有九个人同时对战王一生，王一生在经过一番苦战之后胜了其中的八个人，那第九个棋手希望王一生给他一个和棋的面子，不要使他颜面失尽。王一生同意了。对弈结束之后，众人搀扶着王一生回到了休息的地方。小说以"我"为叙述者，反观了王一生的人道、食道、棋道，它们皆在"道"上

---

① 参阅黄书泉《爱的哲学与哲学的爱——评张洁的〈祖母绿〉》，《当代作家评论》，1985.5。

达到统一，共同构成了王一生对人生的态度。王一生追求心灵的清净和精神的自由，在当时政治纷乱、经济萧条、人们的生活极度困顿的情况下，他的所思和所为是对当时社会现实的一种疏离和超越。小说以知青生活为题材，写出了"文革"的动乱岁月，超脱了时空的局限，摆落了幼稚的感伤，在纵深处、实在处去刻画了人生。①

陈建功小说《找乐》：反映了退休人员寂寞、孤独的生活侧面

《找乐》7月15日发表在《钟山》第4期。小说写原在京剧院看大门的老韩头退休后非常茫然。一天，他在街头转悠，结识了有些呆傻的何明。何明带他到公园围墙下看一群退休的老票友唱戏，老韩头说了些颇为专业的评论，令大家刮目相看。老韩头从此与这些老票友交上了朋友。在他辛苦地四处奔波联系下，这些老票友成立了老年京剧活动站，老韩头担任了站长。活动站后来给参加春节庙会的演出赶排节目时，大家的热情都非常高。但老韩头在考勤等方面的要求非常严格，引起了大伙的不满，最终大家和老韩头吵了起来。老韩头被气得一摔门走了。但他在大街上乱转了一通后，又不知不觉地回到了活动站。他坐在窗下，听着大伙的议论，心里有股说不出的滋味。他又回到了公园的围墙下，在远处看了半天老头们唱戏的情景，终于向老哥们走去。小说对20世纪90年代初底层老百姓的穿衣、吃饭、住房等社会现状进行了真实的反映，也反映了退休人员中有的很寂寞、很孤独，有的不愿意在家里伺候孙儿的真实生活侧面。

蒋子龙中篇小说《燕赵悲歌》：塑造了一位彻底摆脱了小农经济和小农意识束缚的新型农民改革家、企业家的形象

《燕赵悲歌》7月份发表在《人民文学》第7期，获得第三届（1983—1984）全国优秀中篇小说奖。小说写在华北东部平原的大赵庄，"穷"把农民们折腾得怨气冲天，他们把原因怪到了大队书记武耕新的头上。在到大赵庄蹲点的县委副书记熊丙岚的"煽风点火"下，农民们给武耕新一股脑儿地提了300条意见。武耕新被愤怒和耻辱包围着。他苦思冥想着脱贫的方法。他忽然

---

① 参阅王灿《读阿城的〈棋王〉二题》，《当代作家评论》，1986.6。

想起地主赵国璞的发家史：要想富，得让农牧业扎根，经商保家，工业发财。他于是在全队大会上，宣布要再干三年大队书记，大赵庄若是富不起来，他宁愿坐牢。社员们表示同意。从此，大赵庄在武耕新的带领下实行了"专业承包，联产到户"，解散了生产队，成立了 52 个专业承包组。武耕新还领导大家在大赵庄办起了冷轧带钢厂、高频制管厂、电器厂、木器厂、印刷厂、副业队和农场等。但武耕新的雄心还不仅在致富上，他还要改变大家千百年来的农民意识，打开他们的精神世界，消灭城乡差别。他带头穿好衣服和皮鞋，率先盖起了豪宅，要求群众也盖这种房。正当大赵庄红红火火地发展时，一直支持武耕新的县委副书记熊丙岚和县委书记李峰之间产生了尖锐的矛盾。熊丙岚对一直抵制改革的李峰再也不能容忍，去地委告他的状；而李峰则让秘书孙成志给熊丙岚搞了一份黑材料，然后到省委诬告熊丙岚支持纵容大赵庄抓钱不抓粮、挖国家墙脚等等事情。李峰的诬告竟然得逞，熊丙岚被调到龙和县去任职了。大赵庄于是陷入了改革的困境期。大赵庄的百姓也传播起武耕新和妇女委员何守静之间关系暧昧的种种闲话。但武耕新不为谣言所动，继续一面抓计划生育工作，一面把大队改成农工商联合公司，积极发展大赵庄的工农业。年底评工资时，有人主张给武耕新年薪 50 万元，但以武耕新为书记的大队党支部却决定，武耕新和另外三位大队干部一律都评为 9000 元，低于一般群众的收入。小说塑造的武耕新是一位已经彻底摆脱了小农经济和小农意识束缚的新型农民改革家、企业家的形象，他也是一位崭新的农村社会主义新人。小说的题旨，当是取自唐代文学家韩愈《送董邵南游河北序》中的起句"燕赵古称多感慨悲歌之士"。作者依据《史记·刺客列传》中的故事，生动地刻画了改革时代的英雄，鸣奏出了时代的最强音。①

贾平凹中篇小说《腊月·正月》：正面描写了"改革"与"保守"之间的激烈对抗

《腊月·正月》7 月份发表在《十月》第 4 期，获得第三届（1983—1984）全国优秀中篇小说奖。小说主要围绕退休教师韩玄子与农民专业户王才的冲突

① 参阅张啸虎《燕赵悲歌 发为雄声——蒋子龙小说人物的悲壮美》，《文艺理论与批评》，1987.2。

来展开描写。韩玄子有学问、有名望，桃李满天下，退休后又被委任为镇文
化站的站长。他的家里有四个人吃"国家粮"，拿固定工资。他通过自己的影
响力掌握着本村的统治权。王才是韩玄子曾经的学生，他出身贫寒、地位卑
微，是一个普通村民。但他在生产形式由集体化改为个体责任承包的大好形势
下，开办起了个体食品厂，逐步使自己成了镇上的首富。王才致富后，韩玄子
意识到自己的地位受到了威胁，于是卑鄙地对王才进行恐吓，在背后拆台。但
有了钱的王才依然在卑卑缩缩地巴结着韩玄子，他小心地规避着韩玄子在他背
后施的绊子，一再地退让着韩玄子。因为，在他眼里，韩玄子代表着传统，代
表着权威，掌握着他的前途和命运。韩玄子为了安慰自己，获得心理平衡，他
借钱摆阔，企图继续获得别人的尊敬和笑脸。但当他看到人们把原先对自己的
尊敬与羡慕都转移到王才身上，看到县委马书记去王才家拜年而置自己于不
顾，看到儿媳妇白银也去王才的工厂做工的事情后，他的自尊心与虚荣心一
下子受到了致命的打击。他知道自己的时代已经过去了，他在突然间就衰老
了。他最后只好孤独地到四皓的墓地里去哀叹了。小说除了写韩玄子和王才两
个主人公之外，还着重刻画了二贝夫妇来衬托他们两个人。二贝接了父亲韩玄
子的班，做了乡村教师后，由于能及时学习党的新政策、了解改革开放的新精
神，所以，他赞同改革，积极推动改革。他给王才出点子卖产品，在被韩玄子
臭骂一顿后，他又背着父亲，偷偷指点着王才的食品加工，帮着王才修改申请
面粉、油、糖等供应指标的报告。白银是二贝的媳妇，她是农村改革的第一批
践行者，她穿拖鞋、套西装、烫头发，这些都遭到了公公韩玄子的强烈反对，
但她依然如故。她和丈夫二贝是推动农村改革的主体力量。作者其实把更大的
希望寄托在他们身上。同时，作者也塑造了光头狗剩、秃子、气管炎等一类小
人物的形象，他们是农村改革的投机者，一会儿巴结韩玄子，一会儿又向王才
靠近，结果两边都不把他们当人看。小说正面描写了"改革"与"保守"之间
的激烈对抗，展现了更广阔的农村生活面，融入了更具内涵的社会内容，将农
村大众群体面对改革时的复杂心理活动鲜活地表现了出来，角度新颖、人物丰

满，避免了以往改革小说的公式化、绝对化。①

邵振国短篇小说《麦客》：讲述两代麦客地理上的流浪和精神上的漂泊

邵振国（1948—），北京人。《麦客》7月份发表在《当代》第3期，获得1984年全国优秀短篇小说奖。小说写生活在陇东的吴河东生计艰难，妻子劳累而死，儿子吴顺昌年龄已大，却娶不起媳妇。为了挣钱贴补家用，吴河东和儿子吴顺昌到陕西赶场割麦。他们到陕西后分别受雇于不同县份的两家人。吴河东割麦期间，受给儿子娶亲的强烈愿望的驱使，他竟藏起了掌柜掉在麦地里的手表。当他最终把手表交给雇主后，他流下了悔恨的、浑浊的眼泪。吴顺昌受雇于年轻、漂亮又苦命的水香家，她的丈夫身患残疾；在共同的劳动中，水香对吴顺昌生出了爱慕之情，但吴顺昌却碍于雇主一家待他好的原因，未接受水香的爱。临别，水香给吴顺昌开了很高的工钱，还送了他一双球鞋。吴顺昌和父亲吴河东见面后，吴河东怀疑儿子的鞋是偷来的，觉得丢了自己的脸，便打了儿子。小说以两代麦客为两条线索展开故事情节。作者让年轻的吴顺昌去经历情感的诱惑，让年老的父亲去接受金钱的考验。吴河东父子既是地理意义上的流浪者，又是精神上的漂泊者。他们人性的觉醒，道德的复归正是他们寻找精神家园的轨迹。吴河东当了大半辈子麦客，却始终没有实现"自己当掌柜"的愿望，为了实现在入土之前为儿子娶上媳妇的理想，他拖着衰老的身躯跟着南下的队伍赶往八百里秦川去割麦子，在繁重的劳作中依然咬着牙忍受着。小说中的这一切都表现了生命的刚毅和顽强，当作者在书写人物的韧性时，又以严肃的视角关注了这种韧性给人们带来的对生活的麻木情况。他们对贫穷的忍受、对苦难的承受慢慢使他们变得迟钝、麻木，从而使韧性也变成了一种惰性。

苏叔阳短篇小说《生死之间》：表达了对人生而平等的思考和对不同生命的尊重

苏叔阳（1938—），河北保定人。《生死之间》8月份发表在《芳草》第8期，获得1984年全国优秀短篇小说奖。小说写了自己在火葬场与一位殡殓

---

① 参阅王晓晨《从贾平凹〈腊月·正月〉探析社会转型期的大众心理》，《名作欣赏》，2014.15。

工的聊天。身为殡殓工的主人公向作者讲述了人们对他们所干工作的不认可与不理解。在谈论家人时，主人公首先讲了自己父亲的情况。他的父亲也是一位殡殓工，一生都尽心尽力、平心静气、心无旁骛地工作着。然后主人公又讲述了自己走上这一行的内心挣扎过程与激烈的思想斗争。在他走上这一行之后，由"麻雀变凤凰"的青梅竹马二丫和他分手了。二丫成名之后更是刻意地与他保持距离，二丫结婚时给他发了请帖。婚礼上，他对所有人坦诚了自己的工作。之后，主人公又谈到了自己写诗的爱好，自己的诗表达了对于美的追求。然后写了主人公与爱人的相爱历程，其间，他虽然还爱着二丫，但最终还是和自己的爱人在舆论的风口浪尖上走在了一起。他们婚后很幸福，而二丫的丈夫却死了。小说最后写了殡殓工走在大街上的内心独白，表达了对人生而平等的思考，对职业平等的尊重，对不同生命的尊重，同时也表达了对人性的拷问。

王蒙系列小说《淡灰色的眼珠——在伊犁》：刻意避开当时主流文学过于政治化的九篇中短篇小说

王蒙系列小说《淡灰色的眼珠——在伊犁》包括九篇中短篇小说，1984年8月由作家出版社结集出版。九篇小说的创作和发表时间是在1983—1984年期间。集子里面的《鹰谷》其实写的是作者离开伊犁以后的一段经历，但因其写法、事件、情绪都与其他诸篇一致，所以可以看作是其他诸篇的延续、尾声。《逍遥游》《淡灰色的眼珠》《哦，穆罕默德阿麦德》等表现的是"文革"时期边疆地区的生活，《好汉子伊斯麻尔》讲述了一个发生在伊犁农村中的造反故事。这些小说都体现出王蒙在刻意避开当时主流文学那种过于政治化的艺术倾向，其原因可以在《在伊犁》的后记中看到："虽然这一系列小说的时代背景是那动乱的十年，但当我写起来、当我——回忆起来以后，给我强烈的冲击的并不是动乱本身，而是即使在那不幸的年代，我们的边陲、我们的农村、我们的各族人民也蕴含着那样多的善良、正义感、智慧、才干和勇气，每个人心里还燃着那样炽热的火焰。那些普通人竟是这样可爱、可亲、可敬。有时候亦复可惊、可笑、可叹。即使在我们的生活变得沉重的年月，生活仍然是那样强大、丰富、充满希望和勃勃生气。真是令人惊异，令人禁不住高呼，太值得了！生活，到人民里边去！到广阔而坚实的地面上去！"①

王凤麟短篇小说《野狼出没的山谷》：表现了人的坎坷命运和复杂感情，蕴含着辛酸血泪和带着心灵颤音的人生经验

王凤麟（1955—），黑龙江哈尔滨人。《野狼出没的山谷》9 月份发表在《人民文学》第 9 期，获得 1984 年全国优秀短篇小说奖。小说写在我国东北角的三江平原上，有一个小村庄叫瓦其卡，瓦其卡村向东是一片原始森林，野狼谷就掩隐在这片莽莽苍苍的原始森林中。瓦其卡村的老猎人养了一只叫贝蒂的猎狗。老猎人怀疑贝蒂背叛了自己，便把它赶走了。贝蒂于是闯入了野狼谷。一群西伯利亚狼包围了贝蒂，它镇定泰然，结果赢得了头狼达力的友好亲近，随后整个狼群也接纳了它。老猎人也进入了野狼谷，并被野狼包围了。他爬上一棵树后，达力凌空跃起，想咬住他的喉咙。贝蒂见状，扑倒了达力，救了老猎人。达力于是唆使它的妻子老母狼授意群狼向贝蒂展开了围攻。贝蒂被迫迎战，最终咬死了老母狼。但贝蒂也被愤怒的群狼扑倒。这时，爱上贝蒂的达力保护了贝蒂。达力唆使老母狼带领群狼围攻贝蒂的目的就是让勇猛的贝蒂杀死老母狼，然后娶漂亮的贝蒂为妻。达力从群狼口中救出贝蒂后，它舔舐着贝蒂的伤口，使贝蒂接受了它的爱。贝蒂也想起了自己的过去……原来，在一次狩猎中，贝蒂和主人包抄了一头黑熊，但贝蒂被树上的一只小熊弄出的响声转移了注意力，没有及时扑向黑熊。老猎人以为贝蒂背叛了自己，所以驱逐了它。老猎人被贝蒂救了之后，懊悔起自己当初驱逐贝蒂的行为。贝蒂不久顺利地生下了六只小狼崽。它几乎把所有精力都用在了孩子们身上。一天，达力带回一只年轻的母狼，它既不向贝蒂打招呼，反而还恶狠狠地驱赶着自己的儿女。年轻的母狼也充当帮凶，咬得小狼们不停地惨叫着。贝蒂被激怒了，它扑向小母狼，咬断了它的脊梁。达力也恼怒万分，扑向贝蒂，一场生死决斗开始了。在眼看要被击垮的关头，贝蒂突然心生一计，夹起尾巴佯装败逃。但当它发现达力并没有追来，而且所有的狼也不见了。贝蒂回到山洞一看，自己的孩子没有了。达力带领群狼去追赶六只小狼崽了。这使瓦其卡村也陷入了恐怖之中。原

---

① 转引自王春林《被遮蔽的文学存在——重读王蒙系列小说〈在伊犁〉》，《中国作家》，2009.15。

来，年轻猎手安嘎为替老猎人报野狼谷被围之仇，掏了狼群的老窝，才惹下了这场灾难。达力为救出自己的六个孩子，绕到老猎人的屋后，想袭击他。在这千钧一发之际，贝蒂闪电般地扑到达力身上，同它扭打在一起。达力咬断了贝蒂的脖颈，也被老猎人一枪击毙。老猎人抱起贝蒂悔痛万分……若干年后，野狼谷已不见了森林，不见了狼群，瓦其卡村人也多数弃猎务农去了，原先的荒原雪野上建起了国营农场，鳞次栉比的楼群中建有一座公园，里面有六只高大健美的狼，供人们观赏。小说采用拟人手法来写动物，写了猎犬的不幸遭遇、内心矛盾和痛苦感情，实际上表现了人的坎坷命运和复杂感情。小说蕴含、交织着许多辛酸血泪和带着心灵颤音的人生经验，诸如人生的意义、生活的价值、品格的分量以及爱与恨、悲与喜、福与祸等，它们都以概括的形象寓于情节之中，给人带来道德上的教诲和哲理上的启示。在叙述方法上，小说没有按从头写到尾的时间顺序来叙事，而是把结果先交代给读者，然后使用顺叙、倒叙、插叙、补叙等方法，使小说的结构富于变化，使本来就很惊险离奇的故事显得更加跌宕起伏，扣人心弦。①

刘心武长篇小说《钟鼓楼》：描写了各行各业里近四十个人物的昨天和今天，生活环境和心理状态等

《钟鼓楼》9月份开始在《当代》第5、6期连载，1985年12月10日，获得第二届茅盾文学奖（1982—1984）。小说描写北京钟鼓楼下一个普通四合院里所发生的种种故事。四合院里住着的薛大娘家办喜事，同院的小伙子荀磊帮她把大红的双喜字帖到院子的两扇门上。荀磊在一个重要的部门当翻译。他正和同单位一个北外毕业的女孩冯婉姝相爱，但他的父亲荀师傅却执意要把战友郭墩子的女儿郭杏儿娶为儿媳。其实，同院的姑娘张秀藻对荀磊一直单相思着，她现在在清华就读。来给薛大娘家帮厨的是年轻人路喜纯。薛大娘为讨吉利，邀请住在四合院外三间南房里的京剧演员澹台智珠去接亲，但她要去寻找丈夫李铠，没有答应薛大娘。情急之中，薛大娘只好让生活过得不太好的詹丽颖去接亲。四合院里住着无赖汉卢宝桑，他一分钱贺礼不掏，

---

① 参阅吴甸起《〈野狼出没的山谷〉：交织辛酸血泪的象征和搏动心灵颤音的哲理》，见《审美欣赏方法》，时代文艺出版社，1998.9。

却在进门后要烟要糖。郭杏儿也来到薛大娘家了，她主要是来看荀师傅的。薛大娘的新郎儿子叫薛纪，他的未婚妻是潘秀娅，在一家照相馆收款。詹丽颖接回新娘潘秀娅后，便回家招待被她硬拉到一起谈对象的嵇志满和慕樱了。中午时分，薛家的婚宴进入了高潮。无赖汉卢宝桑耍起了酒疯，当众羞辱起路喜纯来，惹得路喜纯想痛打卢宝桑一顿。中学生姚向东趁人多眼杂，偷走了新娘的雷达表和薛家准备酬谢厨师小路的酬金。新娘潘秀娅发现嫁妆不见了之后，嚷着要回娘家。眼见得"好戏"要演砸，荀师傅赶忙掏钱让荀磊去商店再买一块新的雷达表。和澹台智珠家并排住着的老编辑韩一潭遇到了一个神经兮兮的文学青年向他讨要七年前的废稿，青年当着大伙儿的面羞辱了韩老，把韩老气了个半死。澹台智珠在大街上寻找丈夫未果，走到钟鼓楼下听起了一群老人的侃大山。荀磊买表回来时，在路上遇见了张秀藻，两个年轻人忽然意识到，今天是"西安事变"爆发 46 周年的纪念日。一种超乎个人生命、情感和事业之上的无形而坚实的东西在他们的思想中同时升腾，他们边走边聊，不知不觉中拐进了他们住着的胡同。在他们身后的不远处，是高高的钟鼓楼。鼓楼在前，红墙黄瓦；钟楼在后，灰墙绿瓦。如果不发生意外，它们还将巍然屹立下去，不断地迎接着下一刻、下一天、下一月、下一年、下一代，它们还要继续作为社会历史和个人命运的见证而永存。[1] 小说以薛家的婚宴为主线，把家庭史和众多人物组合成的一幅市民生活风俗画结合起来，写了近四十个各具性格的人物，写了他们的昨天和今天，写了他们的生活环境和心理状态；作者还顺着人物的生活轨迹，把视线投射到知青饭馆、个体摊贩、商店柜台、出版部门、京剧舞台、文坛画苑、民间武林等，将上至副部长，下至小流氓这些人物，放在恢宏的人文背景上加以考察，使作品产生出了悠远的历史感。[2]

何立伟短篇小说《白色鸟》：讽刺了"四人帮"对国家的破坏

何立伟（1954—），湖南长沙人。《白色鸟》10 月份发表在《人民文学》第

---

① 参阅邹平《一部具有社会学价值的当代小说——读刘心武的小说〈钟鼓楼〉》，《当代作家评论》，1986.2。

② 参阅张志忠《宏阔博大的历史感——读刘心武长篇小说新作〈钟鼓楼〉》，《当代》，1985.2。

10期，获得1984年全国优秀短篇小说奖。小说写在七月的一天正午，长长的河滩上走来了两个少年，一个白皙，一个黝黑。白皙的瘦，穿着西装短裤和短袖海魂衫，皮带上还斜插了一把树丫弹弓，他来自城里。黝黑的缺了颗门牙，但他却喜欢咧开嘴巴打哈哈，而且赤膊，脑壳上还长了一包疖子。两个少年坐在河堤旁歇憩时，黝黑少年提议"扯霸王草"，谁输打谁手板心。他们便一来一去地做这个游戏。玩腻之后，他们又去采马齿苋。待篮子里再也盛不下马齿苋之后，他们又坐下歇憩。白皙少年拿出弹弓，将一粒石子射向河心。黝黑少年问白皙少年河的左岸和右岸有什么不同，然后两人就你来我往地讨论着。有一天，白皙少年和黝黑少年又一起到河边上去玩。他们在划水比赛时，白皙少年突然看见水草里有条蛇，黝黑少年极快地捉住后蛇尾随手一扬，那蛇便如闪电，倏忽落在了河里头。黝黑少年刚扔掉蛇，白皙少年又看见了两只雪白雪白的水鸟在绿生生的水草边轻轻梳理着那晃眼耀目的羽毛。黝黑少年准备捉鸟时，忽然传来了锣声，惊飞了那两只水鸟。两只水鸟就悠悠然地飞远了。天空好阔，夏日的太阳陡然一片辉煌。小说只有4000多字，但塑造出了两个跳动着纯真童心的少年形象，写出了清丽幽远、空灵飘逸的南方山村。结尾以寥寥数语点染了时代感和历史感。小说没有正面表现动乱岁月，甚至连侧面描写也没有采用，仅仅交代了"锣声"和孩子关于"开斗争会"的几句话，但却赋予了小说丰富的内涵和深沉的思想。小说写连两个纯真少年都懂得珍爱绿草、白鸟和恬静和平的环境，但"四人帮"及其一伙却把当时的中国搞得乌烟瘴气、一片混乱。小说所写的山村静谧幽美的图画，正是对动乱年代和"四人帮"肆虐的讽刺，是对美好、和平、自由生活的追求，在山村水彩画幅中寄寓了深邃的社会内涵和人生感喟。

孔捷生中篇小说《大林莽》：运用象征手法写倒错的时代中知青的命运

《大林莽》11月份发表在《十月》第6期。小说写五个"知青"（四男一女）组成的小分队，在错误的思想和命令指挥下，盲目地向海南原始森林进军，干着违反自然规律的蠢事，结果造成四死一生的悲剧。"文革"期间，谢晴、简和平、邱霆、冼四海、大陆仔奉上级命令来到海南岛五指山区的原始热带大森林里，勘测森林里的地形，以便将来响应上级砍伐大森林、种植橡胶林的号召。五个人中，除了大陆仔之外，其他的四个人都是海南岛知识青年兵团的知青。五个人一进入原始森林，就面临着毒蛇、蚊蝇、有毒的色彩斑斓的果实、沼泽地、迷宫般的岔道等的考验。他们摸索了几天，最后发现自己还处在几天前出发时的位置上。他们中的谢晴是个地地道道的"红五类"，她的父母都是工人，两个哥哥也是工人；她极好强，政治上要求进步，得到了领导的钟爱，领导让她担任连副指导员；她准备在完成这次勘测任务后，到新连队去当正指导员。简和平的父亲是个中学音乐教师，但因"白专"罪名罹难，在一次受批斗后饮恨自杀；简和平对盲目砍伐大森林、垦荒种植橡胶的做法非常不满，对现实里的各种怪现状也持反对态度，经常说些"反动"的话，所以被撤了苗圃班长的职。邱霆是武装班的班长，他勇敢、顽强而忠诚，当一个英雄是他的人生追求。冼四海是一个莽汉，和邱霆是死对头，但他正直、坚强。大陆仔是那个疯狂时代造就的畸形人，但在生与死的艰苦考验中，他的灵魂终于得以净化。五个年轻人在陷于困境后，互相猜忌，互不信任。谢晴最终走出了那坐绿色坟墓，其他四个人的身躯和灵魂却被永远地埋葬在了原始丛林之中。幸存下来的谢晴每年都来到黎寨，在森林的出口处种上四棵树，然后在她的日记本扉页上写上："方向可能是正确的，道路却是错误的！"小说在结构方法上最显著的特色就是对写实手法与象征手法的交替运用。写实体现在它有一个完整而惊险的极具真实性的故事；象征体现在大林莽上，它的神秘恐怖像捉摸不透的人生和那个倒错的时代一样。小说的另一个显著特点是它在时空上将现实与过去交织在一起来叙事。这是一部森林小说，但它写的不是生态平衡，而是人的命运，知青的命运。[1]

邹志安短篇小说《哦，小公马》：写了年轻干部在复杂的政治背景下如何才能够站稳立场，得到成长的事情

邹志安（1947—1993），陕西礼泉人。《哦，小公马》11 月份发表在《北京文学》第 11 期，获得 1984 年全国优秀短篇小说奖。小说写郑全章是县级机构

---

[1] 参阅张奥列《知青题材的超越——对孔捷生〈大林莽〉的思考》，《当代作家评论》，1985.6。

改革领导小组的人事组长，是全县人事权力的集中者，他正致力于对干部进行考察，并且他也被上报拟任县委组织部部长。郑全章只有 29 岁，他的脸色蜡黄，眼窝深陷，看起来像个 40 岁的人。在一次开了一整夜会后，郑全章回到家里，白书记来和他商量复查地委副书记马占魁的事情，并且表明唐副书记也来过，以此暗示郑全章，希望他能同意复查。但是郑全章却不同意，他的态度很强硬。但他看到白书记很为难的样子，便想复查一下也没什么，而且材料证据都在自己手里，或许还能套出一点其他资料，于是他又答应了。但是在复查的时候，举报马占魁的人突然翻供，导致原来的证据作废，郑全章也因此被罢职。马占魁并没有受到任何影响。

白书记看望郑全章之后，郑全章看到一匹小公马在田野上奔驰，他想起了他的理想、抱负，还有领导对他的期望……① 小说书写了年轻干部在复杂的政治背景下如何才能够站稳立场，得到成长的事情。

王中才短篇小说《最后的堑壕》：表现了人性与战争陷入两难困境的情况

王中才（1940—），山东宁津人。《最后的堑壕》11 月份发表在《鸭绿江》第 11 期，获得 1984 年全国优秀短篇小说奖。小说写一个前线指挥员在敌我双方处于胶着的状态下，下令向敌人开炮，结果使战士李小毛失踪。小说表现了人性与战争之间的平衡被打破后，两者都陷入了两难的困境，但现实的残缺，却显示了人性的胜利；另一方面，小说也表现了现代小说叙事艺术的分寸感。每个人都是潜在的故事的叙述者，文本是叙述的果实，也是独立的存在，文本的叙事方式可以是无穷尽的。

梁晓声短篇小说《父亲》：塑造了一个爱儿女、爱家庭、爱党、爱国家的父亲形象

《父亲》11 月份发表在《人民文学》第 11 期，获得 1984 年全国优秀短篇小说奖。小说中的父亲六岁时给地主放牛，十二岁时闯关东，亲眼见过国民党残害老百姓的事情。他被日本人抓去当劳工时，"抗联"伏击了押劳工的火车，

---

① 参阅邢小利《人的探寻与困惑——邹志安〈爱情心理探索〉系列小说漫议》,《小说评论》,1990.4。

他才得救。父亲成家后，全家老少七口人天天都在"吃"父亲。在那个连温饱都不能解决的年代里，父亲认为"儿子们将来也是同自己一样靠力气吃饭"的，于是，他不相信医生而相信算命先生的话，结果令"我"姐姐夭折；他给上大学才一学期的"我"哥写了一封极端愤怒的信，结果使"我"哥长期住进了精神病医院。而"我"却认为父亲是恩人。后来，父亲在他坚信的共产党的领导下变成了通情达理、毫无脾气的老头子，他对知识分子由衷地崇敬，对受过大学教育的"我"不及时申请入党、不争取担当振兴国家的责任而愤怒。原来父亲并不是一味地威严，他的心里一直埋藏着对儿女们深沉而厚重的爱，只是支撑家庭的责任过于重大，才令他不得不短浅地计较眼前的得失。小说保持着作者严谨的现实主义风格，以朴素的笔墨，颇具思辨性的语言，最大限度地对时代特征进行了描摹。父亲的言说，让人扪心自问，激起了人们诚恳的激辩，让人们由衷地倾听。对平凡人物生活的描写，对不平凡时代的思考，都隐藏在作者平和而又充满睿智的文字之中，透过这种平实的文字，凝练出了作者对时代的反思和对人性光辉的坚守。①

白雪林短篇小说《蓝幽幽的峡谷》：讲述了一则人狼搏斗的故事

白雪林（1954—），蒙古族，辽宁北票人。《蓝幽幽的峡谷》12月份发表在《草原》第12期，获得1984年全国优秀短篇小说奖。小说写牧民扎拉嘎因为得罪了大队书记，在村中遭到排挤，于是带领全家迁往与世隔绝但却水草肥美的峡谷居住。后来，塔拉根与杜吉娅这对年轻夫妇也搬到峡谷来了。但他们与扎拉嘎因资源而产生了矛盾。塔拉根是一个贪婪恶毒且胆小的人，他的妻子杜吉娅却是一个纯朴善良的女人，因为她，扎拉嘎一直忍让着塔拉根对自己的排挤，并决定离开峡谷。小说也写了扎拉嘎因下套杀了一头母狼而时刻提防着公狼报复的事情。由于他的闯入，亘古而偏僻的峡谷的宁静被打破了，狼世界的安宁也被打破了，再加上他打死了一只母狼，所以在随后的日子里，聪明狡猾的公狼带给了他无尽的困扰。扎拉嘎准备离开峡谷的当晚，他与公狼进行了激烈的搏斗，他战胜了公狼，然后义无反顾地离开了峡谷。扎

① 参阅蔡颂《往日生活的温情记忆——评梁晓声〈父亲〉》,《人民日报》,2014.8.19。

拉嘎性格成熟蜕变的力量就是来自那只凶猛而通人性的公狼，扎拉嘎与狼的斗争使他获得了战胜所有凶恶势力的勇气。小说采用内外聚焦的叙述模式，在刻画人物心理、塑造人物形象、设置悬念及激发读者想象方面都起到了重要作用。①

---

① 参阅赵海忠《这昂扬辽阔久远的沉郁——读白雪林的三篇小说》，《民族文学》，1990.8。

1985 年

邢卓纪实体小说《忌日》：记述了"文革"时期传颂一时的"王亚卓事件"

邢卓（1952—），江苏青浦人。《忌日》1 月份发表在《十月》第 1 期。小说主要记述了"文革"时期传颂一时的"王亚卓事件"。1974 年冬，北京小学生黄帅在日记里给老师提意见，受到批评。她给《北京日报》写信，希望报社帮她解决师生矛盾。几天之后来了一男一女，要走了她的日记。12 月 12 日，《北京日报》刊登了黄帅批判"师道尊严"的"来信和日记摘抄"。六天后的《人民日报》头版头条全文转载"摘抄"，还加了编者按，称赞黄帅是"敢于反潮流的革命小闯将"。一时间，12 岁的小黄帅成为风云人物，她到很多地方做报告，参加国宴，出尽了风头。这时，内蒙古生产建设兵团十九团的政治处报道员邢卓、新闻干事王文尧、电影放映员恩亚立议论起此事时，他们很不以为然。王文尧的父母姐姐都是教师，体会更多，他决定给黄帅写信反驳，信末署名是王文尧、恩亚立、邢卓三个人名字中取一字而成的王亚卓。几天后，中央人民广播电台公布了《黄帅致王亚卓的一封公开信》，对"王亚卓"大加挞伐。"王亚卓"厄运来临，很快被关、打、饿，流放沙漠。三个小青年拒不低头。邢卓是"王亚卓"信件的执笔人，是打击重点，受苦最多，被批斗二十多场。他妹妹与黄帅同岁，听说哥哥成了"反革命"，受到惊吓，昏迷不醒，死于医院。他母亲本来体弱多病，经不住打击，不久也离开人世。1976 年初，"批邓反击右倾翻案风"愈演愈烈，基层领导看邢卓处境艰险，劝他办了病退手续。邢卓回到保定后，在母校十一中当了一名代课老师。1978 年 6 月，《人民日报》发表《揭穿一个政治骗局》，将"四人帮"制造的黄帅事件及迫害"王亚卓"

的真相公布于世。邢卓才获得完全自由。邢卓创作的《忌日》等三部中篇小说都是写"王亚卓"事件的,《忌日》荣获了"《十月》文学奖"。

达理中篇小说《爸爸,我一定回来》:描写了父母与孩子的矛盾与互相理解

《爸爸,我一定回来》1月份发表在《芙蓉》第1期,获得第四届(1985—1986)全国优秀中篇小说奖。小说的故事情节很简单,10岁的小贝贝被妈妈从北京奶奶那里接回滨海市之后,进了青云小学。由于她的学习成绩优异,被学校列为重点培养对象。但是不久,贝贝的成绩出现波动,甚至在一次考试中出现了不及格的课程。贝贝对考试不及格的原因没有说实话,这使她的爸爸、妈妈着急不已。实际上,小贝贝一直眷恋着慈爱的奶奶,所以同爸爸、妈妈在感情上保持着很大的距离。经过近一年的生活、摩擦、理解,这种距离日渐缩小了。小说描写了父母与孩子的矛盾与互相理解。

扎西达娃短篇小说《系在皮绳扣上的魂》:揭示了人之生存状态中精神自我的几种真实状态

扎西达娃(1959—),藏族,四川甘孜人。《系在皮绳扣上的魂》1月份发表在《西藏文学》第1期,获得1985—1986年全国优秀短篇小说奖。小说一开始写道,在20世纪80年代中期的西藏南部的帕布乃冈山区,人们正在悄悄地享受着现代化的生活,这里有小型民航站、太阳能发电机,地毯厂使用电脑程序设计图案,地面卫星接收站播放着五个频道,而且城里又有名气很大的"喜马拉雅运输公司"。在这样的背景中,塔贝和琼这两个康巴地区的年轻人从作者编有号码的牛皮纸袋里走出来,在扎妥寺的第23位传世活佛、98岁高龄的桑杰达普的指示下,去寻找北方的"人间净土"香巴拉,他们把"魂"系在皮绳扣上后,用了108天的时间去追求神佛幻影。桑杰达普活佛是一个无处不在的"神",他了解塔贝和琼的一举一动,在冥冥之中,他向苦修者塔贝发出"神谕",给他指示通往香巴拉的路径。小说中关于"人间净土"香巴拉、"香巴拉大战"、莲花大师跟魔鬼喜巴美如大战108天的传说,都渲染了一种神秘的气氛,使小说产生了神奇的效果。小说运用幻想、幻景、暗示、预言和荒诞、夸张等手法的地方俯拾皆是。这些都增加了小说的神秘气氛,使人感到有一种神秘的力量隐藏在人物背后，这种力量又始终被一种莫名其妙的情绪所缠绕着。小说描写了人的真实生存状态，特别在对自我精神的挖掘上颇有深意，揭示了人之生存状态中精神自我的几种真实状态。①

马原小说《冈底斯的诱惑》：当代小说叙事革命的一次有益尝试

马原（1953—），辽宁锦州人。《冈底斯的诱惑》2月1日发表在《上海文学》第2期，是马原代表作之一。小说写藏族神猎手穷布被人请去猎熊，结果发现是喜马拉雅山雪人；探险者陆高认识了一位漂亮的藏族姑娘央金，央金却意外地死于车祸；陆高和姚亮去看"天葬"，但被天葬师拒绝。小说还写了生性好幻想的顿月和老实木讷的哥哥顿珠传奇般的生命历程。小说从头至尾没有统一的人称，叙述老作家时使用第一人称，叙述穷布时使用第二人称转述，叙述姚亮、陆高看天葬的经历和顿月、顿珠兄弟的故事时，又采用了正面叙述的方法。探险者陆高很大程度上是作者个人经验的延伸，同时又是整个故事的主要视角。这种把作者——叙述者——人物交糅循回在一起的叙述方式，打破了读者阅读时的惯性与期待，造成了间离效果。小说没有贯穿始终的人物，叙述的几个故事没有关联，时间、地点都不确定。从这些特征来说，该小说是当代小说叙事革命的一次有益尝试。小说的意义在于以冈底斯山作为人和事的遥远背景，展示了藏民的狩猎、放牧、天葬等基本的生存状态，突出了西藏那被宗教气氛包围的神话般的世界。这个神话般世界与西藏自然景色的原始荒凉、神秘奇丽相一致，也与藏民生活的粗犷传奇相谐调，从而完整地构成了独特的"初民的世界"，传达了西藏神话世界和藏民原始生存状态对现代文明的"诱惑"及这种诱惑的内在含义。②

阿城中篇小说《孩子王》：写当了七年知青的"我"到一所偏僻的山村学校教书的故事

《孩子王》2月3日发表在《人民文学》第2期。小说写一个在生产队当了

---

① 参阅王芳《无尽的长路，不息的前奔——扎西达娃小说〈系在皮绳扣上的魂〉人之生存本相析》，《陕西理工学院学报（社科版）》，2004.4。

② 参阅刘树元《"现在"的解构与严肃的游戏——重读马原的小说〈冈底斯的诱惑〉》，《名作欣赏》，2010.27。

七年知青的"我",意外地被分场调到偏僻的山村学校教书,知青们得知消息后,为"我"有出息而高兴,他们热热闹闹地为"我"送行,从此,"孩子王"成了"我"的雅号。学校分配"我"教初三,令"我"吃惊不小。只有小学程度的校长鼓励"我"挑起这个担子。但令"我"苦恼的事真不少。学校的政治学习材料堆得像小山,但学生手里却没有一本书,他们只好学那些批判材料。在将批判文章学了一篇又一篇后,孩子们却连课本上的生字都不认得,这令"我"感慨万端,"我"只得从认字教起。放假了,"我"回队上看望大家,大家玩得很开心,但"我"却提不起精神。临走时,一心想去学校教音乐的来娣特意把"我"送了很远。几个月过去了,"我"和学生们相处很熟。家境贫寒的王福很想得到"我"手中的字典。在一次布置作文时,他以字典做赌注,说今天就能写出记叙明天劳动的作文。傍晚,他和父亲进山砍竹子,前半夜就把作文写好了。"我"告诉他"要写一件事,永远在事后"的道理。王福明白输了,字典得不到了,他决心把字典全部抄下来。知青们顺路到学校来看"我",起着哄一定要让"我"给他们上课。"我"一本正经地讲着"从前有座山"的故事。这故事从教室传到了另一个教室的学生们的耳朵里,朗读声循环往复,不绝于耳。晚上,王福依然利用"我"的油灯抄字典,他已抄满了一大摞黄麻纸。来娣不理解,说"我"以独特的教学方法激起了学生们学习的兴趣,但是却违反了教学内容。"我"终于被退回队里。临走,"我"把唯一的一本字典留给王福,并在上面写道:"王福,今后什么也不要抄了,字典不要抄……"小说反映了当地文化教育的落后状况。故事简单、朴实,语言朴素、自然,饱含着力度,给人思考的东西很深,空间也广阔深邃。

王安忆中篇小说《小鲍庄》:以寓言的方式揭示了我们民族的"仁义"文化走向消亡的历史命运

《小鲍庄》2月份发表在《中国作家》第2期,获得第四届(1985—1986)全国优秀中篇小说奖。小说写小鲍庄姓鲍的人都是大禹的后人。鲍彦山家里第七个孩子出生了,鲍彦山给他取名为鲍仁平,小名叫捞渣。捞渣能满地乱爬的时候,大人们都说他看上去很"仁义",于是人人都喜欢他。但鲍五爷见了他却来气,因为捞渣落地时,正是他的独苗孙子社会子咽气的时候,他认定捞渣是社会子的替身。捞渣能走路，能说不少话的时候，一天吃晚饭，鲍彦山招呼鲍五爷来吃饭，捞渣学嘴："来七（吃）。"鲍五爷坐在门槛上，捞渣攥着一块煎饼，直送到他嘴边。鲍五爷心里咯噔一下，扭过脸去。捞渣七岁时，鲍彦山让读中学的文化子停学回家，让捞渣上学。文化子不同意，捞渣便说他不念了。捞渣于是成天下湖割猪菜。其间，他帮助小孩子们割草，制止他们打架。大人们觉得捞渣仁义，认为让自己的孩子跟着捞渣放心。鲍五爷年纪大了之后，捞渣经常让他到家里吃饭，鲍五爷也不推辞。吃长了，鲍彦山说捞渣老叫五爷来家吃饭，家里粮食不够吃了咋办？捞渣说他少吃一张煎饼，少喝一碗稀饭就行了。这天，捞渣到鲍五爷那里去借宿，两人脚对脚挤一床，鲍五爷让捞渣去上学，他出学费。捞渣上学后，第一学期就得了个"三好学生"奖状。小鲍庄遇上了百年未见的大雨，满村都往山东面跑去，但捞渣没去。文化子说捞渣给鲍五爷送煎饼去了。鲍彦山等人找捞渣的时候，人们在大柳树的树梢上发现了趴着的鲍五爷，但捞渣却被淹死了。小鲍庄的鲍仁文人称"文疯子"，他为了写书，整天缠着转业军人鲍彦荣采访。捞渣牺牲后，鲍仁文与人合作写了篇报告文学登在省报上，题目是《幼苗新风——记舍己为人小英雄鲍仁平》。不久，省团委将鲍仁平评为少年英雄。鲍彦三收养了要饭的小翠，以备将来给老大建设子当媳妇。但小翠与老二文化子感情越来越深。小翠长到16岁时，捞渣妈准备让她和建设子圆房，小翠知道后逃离了鲍家。但她晚上仍与文化子幽会。鲍山附近小冯庄的老姑娘大姑与男孩拾来相依为命，亲似母子。拾来18岁那年当了货郎客，离开了家。拾来来到小鲍庄认识了40多岁的寡妇二婶，两人相爱。小鲍庄人殴打拾来，但他和二婶还是结了婚。拾来因为在洪水中捞上了捞渣的尸体，渐渐地，他才在小鲍庄立住脚。捞渣死后一周年，县上将他的坟迁到小鲍庄正中，墓碑上刻上了"永垂不朽"四个大字。在县里的照顾下，鲍彦山盖了新屋，建设子也到农机厂上了班，并结了婚。小翠回来了，她与文化子悲喜交集。村里的路也开始拓宽……小说不仅拓展了寻根文学的范围，同时也将王安忆推至了文坛耀眼的位置。小说具有明显的寓言化特征，作者通过"捞渣"这一抽象符码，以寓言的方式揭示了我们民族"仁义"文化走向消亡的历史命运。同时，将虚幻的宗教故事重叠在现实世界中，在苦难的基础上建立起"救赎"的美学体系，来达到对现实世界的反讽。①

莫言小说《透明的红萝卜》：一篇充满神秘感的奇异小说

莫言（1955.2.17—），本名管谟业，山东高密人。《透明的红萝卜》2月份发表在《中国作家》第2期。小说中的黑孩没有姓名，一出场就是一个弱者，十岁左右的他在初冬的时节，身上还只穿着他那闯关东的父亲留下的一条污渍斑斑的大裤衩，那数得出肋骨的鸡胸脯上、脊背上、腿上留着被后娘残酷虐待的闪亮伤疤。他过早地背上了生活的重负，和大人一样参加劳动挣工分，还要承受后娘等人的羞辱和痛打。对于一切生存的机会，黑孩都本能地不愿放弃，他对生活中的苦难始终没有反抗，他以巨大的毅力承受着小铁匠的奴役、打骂。他吃力地拉着风箱，似乎早就习惯了这种非人的生活。他坚忍地活在苦痛的现实中。黑孩具有独特的听觉、感觉和神秘莫测的行为，作者通过描写黑孩的生活遭遇和他对外部世界异常敏锐的感觉，以及外界生活中极其贫乏和野蛮的人与事在黑孩心中的折射，曲折表现了十年动乱时期农村的社会状况、人际关系和文化心态。该小说也是一篇充满神秘感的奇异小说，它以独特的艺术风格和人物形象引起了文坛的反响。它的主题含蓄、朦胧不可确定，意境妙不可言，风格奇异、荒凉，艺术地反映了20世纪中国农民的真实生活。②它的语言特点一是善于运用颜色词语来写景状物，表达主题；二是雅言与俗语并行，书面语、共同语与方言俚语杂糅；三是多用比喻；四是巧用示现。从这些语言特征可以看出莫言是一位真正以民间乡土作家的姿态去感悟生命、感悟生活、感悟现实、感悟社会的作家。③

刘索拉中篇小说《你别无选择》：描写了先锋文化在中国的艰难发展

刘索拉（1955—），祖籍陕西志丹，生于北京。《你别无选择》3月份发表在《人民文学》第3期，获得第四届（1985—1986）全国优秀中篇小说奖。小说写某大学作曲系有才能、有气质、有乐感的李鸣上课总是走神儿，同学马力

---

① 参阅裴艳艳《本土封闭环境下的民族文化——再论王安忆〈小鲍庄〉》,《名作欣赏》, 2008.20。
② 参阅何雨诗《莫言〈透明的红萝卜〉艺术分析》,《神州》, 2013.24。
③ 参阅李秀林《试述莫言小说的语言特点——主要以〈透明的红萝卜〉〈红高粱〉为例》,《集宁师范学院学报》, 2012.3。

更无聊。前者想退学，后者不停买书，并自编书号、盖印章、附上借书卡，还给买的书做了书柜、写字台等，把宿舍布置得像家一样。晚上，同学们都回到宿舍聊天，马力却大睡起来。李鸣到自己崇拜的王教授那儿去陈述退学的理由，王教授听完后，训斥道："你老老实实学习去吧，傻瓜！你别无选择，只有作曲。"李鸣只好打消退学念头，整天混日子，和女孩子聊天。舍友石白练琴时常常猛砸钢琴，他已经把一本《和声学》学了七年，但作出来的曲子听起来却很枯燥。石白后来搬出宿舍，借住在头发烫成蓬松花卷的指挥系的聂风的宿舍。聂风的到来引来了许多女孩子。一到晚上，李鸣等人只好把宿舍留给聂风指挥女孩子们进行排练。宿舍隔壁住着的森森老是留着大鸟窝式的长头发，不洗衣裳不洗澡，熏得上钢琴课的老太太都受不了。森森练琴不成曲调，把李鸣震得头埋在被子里。孟野的才气不在森森之下，他长得很帅气，一天到晚被女朋友们缠住，经常莫名其妙地失踪。作曲系的贾教授和金教授是对头，所以系里举办学生的汇报会常成为他们的成就较量。孟野是金教授的得意门生。李鸣嫌孟野和森森太疯，去找董客聊天，但董客常讲些驴唇不对马嘴的话。作曲班有三个女生："猫""懵懂""时间"，外号就是她们的性格。她们把班里搅得乌烟瘴气，令贾教授感到绝望。马力在考试结束后，回家去探亲，结果被塌方的窑洞砸死了。不久，某国举办国际青年作曲家比赛，孟野的作品因被贾教授认为有"法西斯音乐"之味而被取消了参赛资格。接着，孟野又被他女朋友恶意告状，不得不退学。森森勉强保留参赛资格，最终在比赛中获奖。李鸣知道消息后，决定以后不再钻被窝。毕业典礼开始时，森森想起孟野，想起李鸣……他想抽烟，想听音乐。乐声响起后，他感到从未有过的解脱。他欣喜若狂，打开窗户看着清新如玉的天空，伸手去感觉大自然的气流，他哭了。[①] 小说写了音乐学院各种性格类型的学生的五彩缤纷的生活图景，真实记录了以这些顶尖音乐青年为代表的中国青年最初始的懵懂、反叛、挣扎与追寻。小说通篇的语言是轻松有趣的，但越读到深处就越感觉到了担忧与悲怆，它直接预见到了先锋文化在中国的艰难发展，说明先锋艺术家只有抛开民族的束缚才能到达自身

---

① 参阅卢敦基《刘索拉〈你别无选择〉的美学意义》，《当代作家评论》，1986.3。

民族最本质的魅力之中。

乔典运短篇小说《满票》：塑造了精神严重滞后的中原人群像，也对国民灵魂进行了拷问与思考

乔典运（1930—1997），河南西峡人。《满票》3月份发表在《奔流》第3期，获得1985—1986年全国优秀短篇小说奖。小说通过中国式的荒诞幽默，从一个小地方折射出中国农村社会面临的变迁。模范村长何老十在新一届村长选举中落选了。何老十感到羞愧万分。在回家路上，每个遇到何老十的人都要向他表示慰问，他们义愤填膺地痛骂没给何老十投票的人。王支书、寡妇张五婆、村民何双喜、何老十自己的老婆，给何老十说他们都投了他一票。何老十相信了。何老十回到家，儿子和媳妇秀花出来迎接，但儿子数落道："干了一辈子村长，一心为工作，没睡过一个安生觉，没吃过一顿安生饭，对别人比对自己的亲儿子还好，图个啥？要不是秀花和俺投你两票，你就吃大鸡蛋。"何老十终于爆发了，将儿子臭骂了一顿，他说：那两票是你们投的？老子还自己投自己一票哩！作者以契诃夫的笔调，欧·亨利的风格，深刻塑造了精神严重滞后的中原人群像，也对国民的灵魂进行了拷问与思考，具有一定的审美价值和认识价值。小说立意高远，平淡中见奇崛，但结构缺乏紧凑，前紧后松，语言稍显拖沓，气贯得不够。①

韩静霆中篇小说《凯旋在子夜》：表达了人物的爱国情怀及人们在社会初次发生大转型时的迷茫情绪

《凯旋在子夜》3月份发表在《昆仑》1985年第2期。小说写童川和江曼插队时相爱。童川参军后进入新兵连集训时，由于枪走火误伤他人，被判刑两年。江曼回城后日想夜盼，但等到的却是一封"绝情信"。在邻居的热心介绍和母亲的一再催促下，江曼被迫与军官林大林结识，林大林爱上了江曼。但是江曼难以忘记对童川的旧情。江曼结婚之际，童川被提前释放回京。童川临行前写给江曼的信恰巧被林大林看到，林大林感到受了极大的侮辱，愤然离去。对越自卫还击战开始后，童川由北京部队补充到昆明部队，正巧分在林大林连

---

① 参阅王冉《艰难的选择——关于〈村魂〉〈满票〉的一种主观阐释》，《商丘师范学院学报》，1987.2。

里当战士。在生死关头，两个男子汉摒弃宿怨。林大林火线牺牲后，江曼出于负疚和补偿，毅然参军，来到林大林生前的连队，担任野战救护所的护士长。童、江重逢，虽旧情如故，但前有敌军，后是战友尸骨，他们勇敢地投入到各自的战斗岗位。当童川率部坚守四号高地时，双眼被炸瞎，江曼日夜守护，发誓再不分离。1986 年 10 月，小说由北京电视艺术中心录制成八集同名电视剧，电视台播出后，一时引起了强烈的社会反响，观众达数亿之多。小说表达了人物所具有的一种朴素的爱国情怀，在战争中，他们抛弃前嫌，勇敢地同凶恶的敌人作战，体现了他们的理想主义和革命英雄主义的精神。小说也反映了 20 世纪 80 年代中期中国社会初次大转型时的迷茫情绪。

谢友鄞短篇小说《窑谷》：写了煤矿工人充满风险的工作情况

谢友鄞（1948—），湖南长沙人。《窑谷》4 月份发表在《上海文学》第 4 期，获得 1985—1986 年全国优秀短篇小说奖。小说写"煤窑在进入谷口不远的南山腰上。煤井六七十米深，一架架木棚撑住顶板和两壁，从井口一直延伸到掌子面上，沿着斜坡巷道，爬一样走出井口，从黑幽幽的井下钻出来，绕过煤堆，走到井口旁的场院上，心才敞亮"。窑谷中的日子不好过，每个人都是在拿命换财。"甫以为窑谷里都是金窑银洞，谁都能轻轻松松地捞一把。有些好端端的汉子走进去后，却拄着拐，一瘸一瘸地出来了；有的更惨，两脚朝天，被横着拖出了窑谷。"小说对井下冒顶前的环境作了这样的描写："谷底升起白蒙蒙的雾气，林木苍翠，雾气里泅透着淡淡的幽蓝，慢慢笼罩住整条窑谷，到处都是淙淙的流水声。"这段话不光写出了窑谷在经历了狂风暴雨洗礼后的环境面貌，而且交代了窑谷出事的原因就是暴雨。作者在描写环境时，总是在环境中融入情节因果的交替，让人读到最后总能咂摸出一些滋味来。小说用积淀在民族文化心理结构中的古朴及带有原始色彩的生命活力去寻求传统文化与现代意识的交流，在对封建意识"野蛮化"的反拨中获得了新生。小说关注现实，敏锐地注视着变革的潮流在尚带蒙昧气息的辽西峡谷山水间激起的心灵觉醒。①

---

① 参阅殷晋培《审美自觉意识的张扬和小说形式的追求——谢友鄞从〈窑谷〉到〈马嘶〉〈秋诉〉》，《当代作家评论》，1988.1。

朱晓平中篇小说《桑树坪纪事》：描写了西部山村里人们严峻、困苦、愚昧的生存现状

朱晓平（1952—），河北人。《桑树坪纪事》5月份发表在《钟山》第4期，获得第四届（1985—1986）全国优秀中篇小说奖。小说主要讲述了十二件事：金斗这个人、榆娃和彩芳、李家老叔、六婶子、父与子、青女和福林、喂牲口的金明、金明"屋里的"、"过荒"的汉子、闲粮、私刑、西府山中。小说写了一群生活在愚昧落后村子里各具特色的人物。麦客榆娃苦中作乐，无忧无虑。彩芳泼辣大胆。窑客老吕善良诚实，吃苦卖力。王志科倔强刚毅。生产队长李金科狡诈，甚至残忍：先是"日弄""我"，只给"我"记六分工，后又设好圈套让"我"钻，去应付估产工作组；他专制而又野蛮地役使着全村农民时，又默默地忍受着估产工作组的侮辱；他不择手段地排斥异族势力，但为了收入，又愿意称比他小的老占为"老哥"。李金科做的所有事情，都是为了全村人的生存，这又使他身上闪烁着人性的光辉。小说通过对生活在西部的一个封闭、苍凉的小村桑树坪里的人们严峻、困苦、愚昧的生存和生活现状的描写，塑造了一群各具性格的人物形象，揭示了现实生活的凝重，并对民族历史命运进行了反思。[1]

张笑天中篇小说《前市委书记的白昼与夜晚》：写了久居领导位置的人离休后内心出现的凄清、孤寂、苦闷、失落等感受

张笑天（1939.11.13—2016.2.23），黑龙江延寿人。《前市委书记的白昼与夜晚》5月份发表在《花城》第3期，获得第四届（1985—1986）全国优秀中篇小说奖。小说通过对李赞一天一夜生活的描写，把大批老干部离休后所面临的生活和精神上的巨大困惑与不适应淋漓尽致地表现了出来。李赞响应中央的号召，主动提出离休。离休前，李赞在工作非常忙碌的时候，真心羡慕"无官一身轻"的境界。但当他真的无官之后，他的心情反倒比肩上压着重担时更要难过。他觉得自己离休后，都不会生活了。他无法接受在集市上吃豆腐脑、提笼遛鸟、街头对弈的事情。他本能地拒绝大多数离休干部写回忆录、喋喋不休

---

[1] 参阅许文郁《理性的支点——桑树坪的反思》，《文艺理论与批评》，1989.2。

重复往事、言必称"我们那个时候"的生活。他总觉得自己还有更重要的事情去做，但又自叹自己已是空中飘浮的垃圾。他费尽周折，辛辛苦苦跑到防汛指挥部，却发现自己已成了个"多余的人"，没有人问他什么，没有任何工作需要他干；他想帮着印刷抗汛小报，滚筒却很快被别人抢了去。他的妻子过早地离开了他，儿女只把他当成一个可资利用的"遗老"对待。只有小保姆金鹿还在真正地关心他的冷暖。但他不想让金鹿觉得自己一离休连生活都不能自理了。小说表现了那些久居领导位置的人离休后内心产生的凄清、孤寂、苦闷、失落及不适应感、自我不信任感等。

田中禾短篇小说《五月》：写了农民卖粮时受到质检员的无端挑剔等

田中禾（1941— ），原名张其华，河南唐河人。《五月》5月份发表在《山西文学》第 5 期，获得 1985—1986 年全国优秀短篇小说奖。小说主要通过大学生香雨的视角来观察社会、思考人生。香雨在五月份回家探亲，正赶上农村的丰收季节，但她看到的却不是农民丰收后的喜悦，而是丰收带来的无奈和艰辛。香雨的父母为弄到卖粮的条儿四处奔波，求告无门，两天两夜忍饥挨饿地排队等候，等来的却是质检员的无端挑剔。香雨从农村人生活的艰辛与沉重中，觉得妹妹改娃应该寻一条别样的路走，最后改娃终于走了"一条别样的路"。改娃勤劳纯朴、沉默寡言、倔强刚强、善于思考。她不仅不向保守的父亲低头，也不屈服于命运的安排，头脑清醒，审时度势，默默思考，勇于探求，终于冲破旧观念的束缚，摆脱传统的生活方式，坚定无畏地走向全新的生活，呈现出现代新农民的气概和胆量。①

彭荆风短篇小说《今夜月色好》：写了一位道班班长的新婚妻子在对越自卫反击战中的无私奉献

彭荆风（1929.11.22— ），江西萍乡人。《今夜月色好》5月份发表在《人民文学》第 5 期，获得 1985—1986 年全国优秀短篇小说奖。小说通过她初来山区道班房看望新婚不久的丈夫的所见所闻以及她思想感情的不断变化，歌颂了共和国普通公民默默无闻的无私奉献精神。她的丈夫在新婚不久就到山上的道

---

① 参阅宋遂良《沉沦·困惑·悲愤——评田中禾近作三篇》，《当代作家评论》，1989.3。

班房工作去了。她没有用不中听的"恼火"话来阻挠他。她丈夫工作的那条公路偏僻难行，在祖国的西南边疆，是参加对越自卫反击战的军车必走的道路。她于是也去道班了。在那里，她热情地请战士喝热茶。深夜里，她冒着狂风暴雨去看望在雨中奋战的丈夫。要打仗了，她义无反顾地坚决要求留下，冒着纷飞的炮火为战士们烧茶送水。她丈夫及其他工人在炮火中推土填弹坑，从早到晚地工作，很少休息。

她看到其他同志由于整天忙于工作，衣服很脏，她便帮助缝缝洗洗。她为他们做早饭。道班房被敌人的炮弹震塌了。她听说这发炮弹是冲着我们的大炮来的，只因打偏了，才落到道班房上。她流泪了，她庆幸敌人打偏了，没伤着战士。小说表现了道班房班长和他的新婚妻子、道班房的小伙子们及战士们的爱国精神，特别表现了新娘对道班房的小伙子们的无私奉献。小说语言朴实，浓浓的感情体现在字里行间之中，感人至深。①

韩少功中篇小说《爸爸爸》：批判了我们民族文化中根深蒂固的一些劣根性

《爸爸爸》6月3日发表在《人民文学》第6期。小说中的丙崽是一个"未老先衰"的、总是"长不大"的小老头，他的外形奇怪猥琐，只会反复说两个词："爸爸爸"和"X妈妈"。对这样一个缺少理性、语言不清、思维混乱的人，鸡头寨的全体村民却顶礼膜拜，视他为阴阳二卦，尊他为"丙相公""丙大爷""丙仙"。鸡头寨与鸡尾寨发生争战之后，大多数男人都死了，但丙崽却依然顽固地活了下来。在这样的情况下，丙崽这样一个缺少正常思维的人更是被人们顶礼膜拜了。小说通过对这种存在于偏远山寨里的奇异风俗和生活的讲述，反思和批判了传统、畸形、病态的思维方式和文化意识，并通过具有象征意义的丙崽形象，在展现鸡头寨人愚昧而缺少理性的病态精神症状时，批判了我们民族文化中根深蒂固的一些劣根性，反映了民主主义革命时期中国社会历史发展进程中的现实一角，小说中的丙崽是文化与时代发展不同步的产物。②

---

① 参阅晓苏《写我感受最深的生活——彭荆风访谈录》，《语文教学与研究》，2002.2。
② 参阅吴慧颖《"反思文学"的深化——读韩少功的中篇小说〈爸爸爸〉》，《云梦学刊》，1986.1。

残雪小说《山上的小屋》：写了人物对开放生活的憧憬

残雪（1953.5.30—），原名邓小华，湖南长沙人。《山上的小屋》6月3日发表在《人民文学》第6期。小说写"我"除了不停地清理那只"永生永世也清理不好"的抽屉之外，就是坐在围椅里专注于"山上的小屋"。"我"清理抽屉的举动遭到家人的反对，小妹偷偷跑来告诉"我"，"我"开关抽屉的声音使母亲发狂了，"母亲便一直在打主意要弄断我的胳膊"；父亲还动过自杀的念头。母亲的发狂使得"我"怎么也不能把抽屉清理好。每天夜里，父亲变成了一只狼，除此之外，他还在打捞他那把永远也打捞不上来的、掉在井里的剪刀。小妹说："不管什么事，都是由来已久的。"的确如此："我"永远也清理不完抽屉，父亲永远也打捞不上来他那把剪刀，母亲永远都会躲在暗处用她那双充满敌意的眼睛看着家里的一切。我们一家人永远都在相互折磨，并以这种折磨为乐事。"我"永远看不到结束的可能。我们之间的漠不关心、自说自话，导致了谁也不理解对方及谁也不想去理解对方的结果。[1] 小说写了一种原始、封闭、混乱的生活情境，寓意着对开放生活的憧憬。

杨显惠短篇小说《这一片大海滩》：写了一个妇女回归善良的故事

杨显惠（1946—），甘肃东乡人。《这一片大海滩》6月份发表在《长城》第6期，获得1985—1986年全国优秀短篇小说奖。小说写了一个妇人带着自己的两个孩子到海滩偷偷摸鱼的事情。妇人在经过一番内心斗争后，最终回归到了善良。作者说该小说基本上是靠想象写出来的，那些海上的经验是在朋友那里听来的。

何士光短篇小说《远行》：揭示了改革在广场上所引起的经济利益、人际关系的变化以及人们思想上的波动

《远行》8月份发表在《人民文学》第8期，获得1985—1986年全国优秀短篇小说奖。小说讲述已经退休的刘书记、唐区长、供销社杜主任、做生意的冯家三兄弟、来贵嫂等梨花屯乡场上的51个人要搭班车进县城去，但上车时众人的拥挤，导致了他们在生活中积攒下来的各种恩怨一下子都爆发了，吵架

---

[1] 参阅施津菊、吴晓棠《残雪小说：半巫半梦中的"灵魂"世界——以〈山上的小屋〉为例》，《名作欣赏》，2008.7。

甚至推搡等自然使发车时间延误了。当大家和解之后，班车终于抵达几十公里外的目的地县城。小说通过一辆陈旧客车由混乱到"自动调整"的重新运行，揭示了改革在乡场上所引起的经济利益、人际关系的变化以及人们思想上的波动。作者较好地把握了时代走向及社会矛盾，在描写乘车的矛盾时渲染出了时代的氛围和时代的情绪。众人乘车的矛盾实际是民族劣根性在改革中的一个缩影。原本正常的人际交往，却被民族劣根性笼罩编织，丝网一般缠绕住了。读罢全篇，我们不难看出作者在艺术上和思想上的明显进取、对当代意识的整体把握以及总体上对象征手法的运用，这些使作品的意蕴显得十分深沉厚重。该小说在何士光的小说创作中占有重要位置，它标志着作者结束了单一化反映社会生活、表现人性复苏与喜悦的阶段，进入了思想与表现手法多元求索的新阶段。①

张贤亮小说《男人的一半是女人》：写了男主人公摆脱压抑与伤痕执着追求美好人生的故事

《男人的一半是女人》9月25日发表在《收获》第5期。小说里面的章永璘是"文革"的牺牲者，他的青春岁月几乎是在劳改营中度过的。他总逃离不了饥饿、苦难与挣扎。39岁那年，章永璘遇到了生命中的第一个女人黄香久。对女人的渴望、期待、好奇，使章永璘顿时化成了一个真实的人，他和黄香久恋爱了。但悲哀的是，在新婚之夜，章永璘在多情、豪迈的黄香久面前，失去了男人的尊严，他虽然很努力，但却徒劳无功。后来，黄香久出轨了，章永璘感到羞辱、不甘、自卑……这种种的情绪在他的心中不断纠结，不断扩大，使他那愤怒的情感渐渐酝积成一股大洪流，之后终于爆发，他最终成为一个真正的男人，在男女性事上，他再也不是一个无能的废物了。但从此之后，章永璘却无法原谅黄香久对自己曾经的背叛……小说成功地塑造了章永璘的悲剧性格，揭示了造成这一悲剧性格的社会根源。小说用浪漫与写实交织的独特叙事手法，将章永璘刻骨铭心的伤痛转化成为普遍的人性，展现了他的爱情、婚姻、家庭生活在那个充满谬误及荒唐的年代里的坎坷及痛苦。虽则这样，章永

---

① 参阅惠世宏《对何士光小说创作的文学社会学分析》，《吉林师范学院学报》，1993.2。

璘却从未消沉，而是执着地追求着更美好的人生。①

王蒙长篇小说《活动变人形》：反映了具有现代意识的知识分子在旧式家庭中的苦闷、游移和迷惘

《活动变人形》9月25日节选部分章节发表在《收获》第5期。小说写辛亥革命爆发前三个月，倪吾诚出生在河北的一个穷乡僻壤孟官屯之中。他家是当地首富，祖父曾参加过"公车上书"，维新失败后上吊自杀。倪吾诚的思想行为继承了祖父的偏激，母亲企图用抽大烟和娶媳妇的办法来挽救他，但他使尽了浑身解数来进行反抗，可是婚姻的枷锁最终还是套在了他的脖子上，他娶了地主的女儿静宜为妻。静宜和寡母姜赵氏及寡居的姐姐静珍住在一起。倪吾诚婚后不久，母亲亡故。他变卖了家产，坚持要出洋，在静宜家的帮助下，终于如愿以偿。旅欧两年后，倪吾诚回来在北平的一家大学任教。但拮据的生活使他到处借钱。他深爱静宜和儿女，但看到他们生活在"愚昧""落后"中而不自觉，便很痛惜，但他自己却没有能力让他们过上好日子。倪吾诚喜欢酒肉，喜欢舞会，喜欢洗澡，喜欢西方文明，在他眼中，沾上"洋"的便是好的。他于是给子女们教授一些"洋"知识，比如教女儿挺胸走路，带儿子上澡堂，给他们买玩具——活动变人形。但他做的这些都受到家人的攻击，收效甚微。倪吾诚企图以"洋"知识改造妻子，但静宜要的不是当狐狸精，不是当那没用的玩具"活动变人形"，她要的是生孩子，要的是省钱买煤球。于是，他们一直争吵不休，尤其当静宜乡下的母亲和姐姐来北平同住之后，三个女人组成的反对倪吾诚的统一战线使家里成为一个随时都会爆炸的火药桶。倪吾诚于是几天不回家，这使静宜恨得咬牙切齿，以为他在外面嫖妓。而实际上，倪吾诚只是受不了家里的气氛，他在外面游荡请客，大谈自己的抱负，和学生探讨中国的前途。倪吾诚回家后，冷战依然不断，他给静宜一枚用来领工资的图章，母女三人和他立刻化干戈为玉帛。但当静宜去学校领工资时，却发现倪吾诚早就把工资领走了。静宜暴跳如雷，回家后与母亲姐姐共同算计倪吾诚，她偷走了倪吾诚兜里的钱，又泼了他一身绿豆汤，倪吾诚狼狈逃窜。一天，倪吾

---

① 参阅肖文《关于〈绿化树〉和〈男人的一半是女人〉的症候式阅读》，《小说评论》，2012.6。

诚酒醉后在雨中跳墙回家，差一点命丧九泉。静宜的照顾使他感到了人间的一点温情，然而他却被学校开除了。在静宜怀着第三个孩子的时候，倪吾诚想和静宜离婚，这引来了同乡好友的一致谴责，倪吾诚于是又远逃他乡。新中国成立后，倪吾诚终于和静宜离婚。但倪吾诚再婚后，第二个妻子并未给他带来幸福。在一次次运动中，倪吾诚热情地赞美领袖的英明，这使他免了不少次皮肉之苦的折磨。晚年的时候，倪吾诚过得十分寂寞，他的子女皆以与他交谈为一大累事、一大恨事为由，不愿理睬他。小说的思想内涵丰富，行文精练、生动，对人物的刻画尤为传神，通过塑造倪吾诚这个文化边缘人的形象，反映了他这个具有现代意识的知识分子在旧式家庭中的苦闷、游移和迷惘。倪吾诚向往西方现代文明却不得，他一生在挣扎，却终无所获。这也折射出文化启蒙的沧桑历程，表现了知识分子欲反叛传统而自身又浸淫在其中的巨大痛苦。小说创作手法基本是写实的，其间也穿插了许多"意识流"的片段，显示出作家融多种手法于一体的高超能力。[1]

徐兴业长篇历史小说《金瓯缺》：一部具有大气魄、大模样、大手笔特征的鸿篇巨制

徐兴业（1917—1990），浙江绍兴人。《金瓯缺》9月份由海峡文艺出版社出版，1991年3月7日，获得第三届茅盾文学奖荣誉奖（1985—1988）。小说第一部由福建人民出版社在1980年12月出版，第二部由福建人民出版社在1981年2月出版，第三、四部由海峡文艺出版社在1985年9月出版。小说描写了12世纪初、中叶，宋、辽、金之间发生的民族战争。第一卷写宋徽宗年间，北宋与金达成共同夹击残辽的"海上之盟"后，宋朝统治集团盲目乐观地以为只要勤兵巡边，就可以逼辽纳土称臣，然后收复燕京。以宋徽宗为首的东京臣民们早已习惯了歌舞升平的生活，朝中诸多权臣如蔡京、童贯等人，只知争权夺利、相互倾轧，对边防之事漠不关心。宋徽宗终日沉浸在对文学艺术的追求和对名妓李师师的爱恋中，对战争没有进行足够的认识。当战争爆发后，朝中老将种师道迫于皇命仓促出征，青年武将马扩也与新婚不久的妻子、军人

---

① 参阅杨钧、关佩华《文化与人的痛苦——王蒙长篇小说〈活动变人形〉散论》，《北华大学学报（社科版）》，1994.4.

之女婵娘告别，投身到守卫边疆、收复国土的队列之中。第二卷写在朝中畏战派权奸童贯的错误领导下，北宋军队在前线坐失良机，最终不得不发动了一场仓促的攻辽战争。在契丹辽国大将耶律大石的猛烈抗击和掩杀下，宋朝军队惨遭失败，北部边关防卫全线崩溃。金国乘胜灭辽，并挟灭辽之威，背弃盟约，向宋朝统治者索要重金，然后再将燕京归还给宋朝。宋朝君臣被迫接受了金国的勒索，但最后从狡猾的金朝贵族手中赎回的只是一座被大肆洗劫过的空城而已。马扩看透了女真人的贪婪与野心，预料金人迟早会南下侵犯北宋，于是力谏宋朝统治者予以防范。但统治者并未采纳马扩的谏言。在这种情况下，马扩决心联合一批抗金的军民力量，来挽救宋朝的危亡。第三卷写宋辽战争结束后，北宋君臣仍不改变文恬武嬉的沓泄作风。金军于是两路南下，直趋东京。东京军民为了抵御金军，展开了气壮山河的东京保卫战。在九个月的保卫战中，金军先后两度攻打东京，汴京终告陷落。本卷还穿插了抗战派将领马扩一家在战争中的悲惨遭遇：他的父亲和侄子战死；他的爱妻婵娘也经历了流产、早产、难产的三重灾难；而他本人在尽心殚力以图救亡之时，却遭陷系狱。作者在讲述这些事情时，笔势凌厉，大气磅礴，犹如群山万壑，直奔荆门，读来令人时而血沸气促，义愤填膺；时而潸然泪下，慨叹再三。第四卷写东京陷落后，北宋灭亡，徽、钦二宗及宗室被俘北迁。北行道上，徽宗感赋《宴山亭》，这成为他本人及其王朝的挽歌。马扩在留下老母、爱妻后，率随从到五马山继续抗金去了。小说结尾概述了此后十多年时间中的政局和战局及马扩在潜入金军占领区后，探望身为女奴、已病入膏肓的妻子婵娘的情况，其诀别之情，令人潸然。婵娘临终前对自己不能目睹日月重光、金瓯无缺而颇感遗憾，在遗憾中，她离开了人世。小说属于那种真正具有大气魄、大模样、大手笔特征的鸿篇巨制，歌赞了马扩等一批爱国志士在这场民族战争之中所表现出来的保家卫国的精神，也无情批判了蔡京、童贯等无耻官僚丑恶的卖国行径。最后，小说在悲愤压抑的气氛中结束了。[①]

----

① 参阅韩瑞亭《〈金瓯缺〉艺术创造成就初谭》，《文学评论》，1992.1。

庞泽云短篇小说《夫妻粉》：写了一对夫妻按照祖训老老实实制作粉面的故事

庞泽云（1949— ），四川南充人。《夫妻粉》11月份发表在《海燕》第11期，获得1985—1986年全国优秀短篇小说奖。小说写在雨镇这个地方，最有名的便是"夫妻粉"。卖"夫妻粉"的是跛子鲍大勺和他的婆娘。很早的时候，有个府尹大人吃了当地一对夫妻用粉面做的一种食品后，拍案叫绝，赐名为"夫妻粉"。"夫妻粉"传到鲍大勺手里后，他使它的制作方法更加炉火纯青。他的摊位上只摆着两张案桌和几把竹椅、几个方凳和石墩。但粉摊上每天都挤满食客。大家爱吃粉面的原因主要在于它的调料上，酱油、醋，葱、姜、蒜及娃娃椒和雅鱼汤应有尽有。在食客中，袁老头儿是个退休的品酒员，经常来吃"夫妻粉"，而且评价中肯。因此，鲍大勺便把自己的那张竹马椅搬出来，给他当作专座。随着生意越来越红火，鲍大勺的婆娘想换新的桌凳，而且她也想用毛毛椒和草鱼汤代替娃娃椒和雅鱼汤。鲍大勺不同意婆娘违背祖训去骗人的想法。后来，娃娃椒价格比以前多了整整五倍。鲍大勺婆娘决定用草鱼汤和毛毛椒调"夫妻粉"，鲍大勺只得同意。但袁老头却吃出了它的变化，于是不再来吃粉。一两年内，"夫妻粉"照样卖得很红火。但鲍大勺总觉得很不踏实，像缺点啥。有天晚上，袁老头再次来访，吃了粉后说味道不是从前的了，便走了。事后，鲍大勺便用以前的配料做了一份粉，亲自给袁老头送去，并得知袁老头得了癌症。自此以后，鲍大勺每天给袁老头送去一份粉。一个月不到，袁老头去世了。袁老头的离去没给雨镇带来多大响动，但鲍大勺经营的"夫妻粉"却回到了从前的味道。[①]

张廷竹短篇小说《他在拂晓前死去》：描写了对越自卫反击战中的一个真实场面

张廷竹（1950— ），祖籍湖南安乡，生于香港。《他在拂晓前死去》11月份发表在《解放军文艺》第11期，获得1985—1986年全国优秀短篇小说奖。1979年2月17日，对越自卫反击战打响之后，中国军人为了保卫祖国的尊严

---

① 参阅何西来《评庞泽云的小说创作》，《当代作家评论》，1992.1。

和人民的利益，用生命谱写了一曲曲可歌可泣的英雄战歌。小说真实地描绘了那场战争中的一个真实场面。宋长庚的爷爷曾是一位将军，宋长庚渴望自己能成为一名像爷爷一样的军人。宋长庚大学毕业后，毅然报考了军校。当因为生活问题而受到处分时，他要求上前线作战。他于是成为连队里唯一一个穿着四个兜军装的战士。在战斗中，宋长庚机智灵活，英勇顽强。当指导员刘正身受重伤，几个战士像被雷击了一样倒在他面前的时候，他被刘正任命为代理连长。他指挥战士们进入坑道，等待增援部队上来后一起向敌人进行反击。刘正以为宋长庚怕死，便愤怒地骂他，甚至还满怀敌意地刺了宋长庚一刀。最终，宋长庚以付出生命的代价圆满地完成了保卫阵地的任务。小说塑造的刘正是一个思想机械、单纯、固执的人。

1986 年

于德才短篇小说《焦大轮子》：讲述了主人公善良与邪恶交织的悲剧人生

于德才（1950—），满族，辽宁凤城人。《焦大轮子》2月份发表在《上海文学》第2期，获得1985—1986年全国优秀短篇小说奖。小说主人公焦炳和原先是个纯朴但拙于生计的农民。他砌过虾池，下过煤窑，破过产，也玩过命。为了养虾，他第一次去贷款，曾经的失败和受辱使他下定决心沉入生活的底层去探寻致富的奥秘，他去听窑主、车主、店掌柜唠生意、谈行情、发牢骚；听醉汉打架、骂人；"到工商分所、农业银行营业分所去，坐在门边的凳子上，一句话也不说，闷着头抽烟，却把那里发生的一切都听在耳朵里，看在眼睛里"。他在经济活动最活跃的地方，终于找到了出奇制胜发大财的本领。第二次去贷款，面对放贷者的吃回扣，他虽然有口难言，但却用美言重金、权术诡计控制了乡信贷员、工商所所长、税务所所长等人，终于贷到款并在后来成为声名赫赫的汽车王。焦炳和令人吃惊的地方不是他的魄力和活力，而是他公然奉行的完全撕破一切道德规范及藐视法纪的歪门邪道。当然，他也从此处在了矛盾痛苦和道德的自省之中，这些时时折磨着他原本善良的本性。他对家境贫困的二狗的同情和帮助，对同样怀着致富希望的刘棒子的仗义相助，给家乡学校悄悄的捐款，对和自己相好的温柔、善良而又不幸的女人的爱护，对为他奉养双亲及抚育儿女的妻子的怀念，都流露出他作为一个劳动者的纯良心地、同情心和义气。所有这些，和他在发展事业时以金钱开路、上下行贿的不法行径形成了矛盾。但最后，他却在煤气中毒中死去了。小说的结构起落开合很有章法，情节的发展张弛有度；语境的安排和人物所处的情境、心境也颇契合，从头到尾具有一种沉郁顿挫的气势，语言干脆利索，简洁凝练。①

谌容短篇小说《减去十岁》：写了一个荒诞梦呓般的奇闻，反映了十年浩劫给人们的心灵带来的巨大创伤

《减去十岁》2月份发表在《人民文学》第2期，获得1985—1986年全国优秀短篇小说奖。小说写的是一个"小道消息"："听说"中国年龄研究会经过两年的调查研究，又开了三个月的专业会议，起草了一个文件：人们那被"文革"耽误掉的时间要减去十岁。文件"已送上去了，马上就要批下来"。听到的人奔走相告，欣喜若狂。尤其是这个消息在三个家庭和一个大龄女子中间产生了强烈的反响。64岁的老局长季文耀因年龄过线，必须退下来，正在愁眉苦脸，听说要减去十岁，重新燃起了"老骥""暮年"之火，他想"这回要好好干它一场"。季文耀59岁的老伴盘算着"减去十岁才49岁，还可工作六年"，于是嚷嚷要"回机关好好干"。49岁的工程师张明明是已敲定了的局长接班人，他为能减去十岁而高兴，但也为局长不退下来而着急，喜忧甜苦说不清楚，"不知是什么滋味"。39岁的一般干部郑镇海想和只知道穿衣打扮、赶时髦的妻子月娟离婚，然后自己可以再娶妻，月娟觉得自己可以再嫁夫。29岁的女干部林素芳是个大龄青年，她想"减去十岁"后自己就再也不为婚姻烦恼了，还可以上大学深造。"减去十岁"使这些在职的、当官的、做事的都称心如意了，但离退休的人却不干了，他们要求回原单位工作；十八九岁的青工也不干了，他们觉得自己好不容易才有了工作，"再上小学，没门"；幼儿园的娃娃们也不干了，"减去十岁"，"我们回哪？"小说的结尾写到大家都去"找文件"，终于知道"原来全是一场空"。小说写的是一个荒诞梦呓般的奇闻，却真实地反映出十年浩劫给人们的心灵带来的巨大创伤。人们之所以对减去十岁津津乐道，拍手称快，完全是基于对"文革"的痛心疾首，尤其是对那些从"文革"中过来的人而言，恐怕都有切肤之感。②

---

① 参阅尹利丰《〈焦大轮子〉的叙事策略》，《大理学院学报》，2013.12.2。
② 参阅陈少禹《〈减去十岁〉谈》，《小说评论》，1986.4。

王朔小说《一半是火焰，一半是海水》：一篇引发过激烈争议、褒贬不一的小说

王朔（1958.8.23—），辽宁岫岩人，生于江苏南京。《一半是火焰，一半是海水》2月份发表在《啄木鸟》第2期。小说写张明是一个犯罪集团主犯，经常干着敲诈勒索，引诱、留容妇女卖淫的犯罪勾当。在与三教九流的人交往中，张明早已不相信爱情。但张明也有善良的一面：他看着白日里匆匆忙忙的人们，常为自己无所事事而感到孤独伤感；为了填补这份空虚，他用诈骗得来的钱买了一张法律学位证书；他在公交车上给抱小孩的年轻妇女让座；他还将音乐会票转送给只有一张票的情侣，坚决不要加倍的票款。这都可以看出他心中对小孩、对情侣等象征美好纯洁的人还是存在着向往之情。这些行为使张明显得更具有人性，更加真实。小说主要写了张明经历的两段似火焰、如海水般的爱情。首先是和吴迪经历的火焰般的爱情。在与吴迪的两次交往中，张明让吴迪爱上了自己，并得到了她的"第一次"。张明以为吴迪会像之前的女人一样，变成他的工具或是一拍两散。但他还是爱上了吴迪。当他的同伙方方提出让吴迪去卖淫时，他没有允许，他不想让吴迪参与到自己的黑暗生活模式中来。当他的同伙人亚红被逮捕后，他和吴迪相处得很融洽，并录制了个人的演唱会来娱乐生活。当吴迪表明自己已经知道了他的犯罪活动并劝说他不要再做坏事时，他让吴迪离开了自己。后来，吴迪发现张明和亚红睡在一个房间时，才和他分手。不久，吴迪为了报复张明，和他再次相遇。这时，吴迪已经由一个干净美好的女孩变成了和亚红一样做着肮脏勾当的人。张明的爱情被激起复苏了，但吴迪这个火焰般的女孩却对张明冷嘲热讽起来，张明处处忍让着她。张明及同伙最终被逮捕。吴迪在被逮捕之前自杀身亡。张明在劳改期间得了重症肝炎，保外就医。回到家中，他听到民警对吴迪死后的样子的描述，这激起了他对吴迪自杀的愧疚、自责和怀念，导致精神异常。他到南方治病，遇到了他生命中海水般的爱情。一个英语专业的女学生胡亦拥有姣好、美丽的脸庞，她和张明相识了。胡亦虽然是个学生，却极具冒险精神。起初她黏着张明，认为他深沉、神秘。但是她很快被风趣幽默的两个冒充作家的年轻人所吸引。她对张明失去了好奇和兴趣。经历过火焰般爱情的张明，这一次很快理清了自己的情感，并向胡亦进行了表白。可惜胡亦不是吴迪，她并没有因为张明的告白而幸福开心，反而狠狠地拒绝了张明。晚上，胡亦在和冒充作家的年轻人吵架后，满脸愤怒地要把自己交给张明。张明送走了胡亦，让这个干净、天真的女孩回到旧有的、熟悉的世界。然后，张明把那两个冒充作家的诈骗犯、轮奸犯送到警察面前。小说发表后，褒贬不一。小说叙事角度新颖，人物形象鲜明，用笔坦率，立意深邃，整体上显得不同凡响，匠心独具。①

从维熙中篇小说《风泪眼》：叙述了一个"右派"知识分子在劳改期间经历的一次次被缉拿、关押及逃亡的事情

《风泪眼》3月份发表在《十月》第2期，获得第四届（1985—1986）全国优秀中篇小说奖。小说写"摘帽右派"索泓一被押着去金盏乡画宣传画。路上，他想起自己被解除劳教，摘掉右派帽子的日子是1961年5月25日，他成了居庸关外矿山右派中第一个被解除劳教的幸运儿。他知道这幸运源于他那只见风流泪的眼睛。1960年的一天夜里，索泓一在火墙上烤窝头时，窝头却被一个盲流抢走了。他追赶时，那人突然抓起一把石灰撒到他的眼上。后来，抢窝头的人又把他背到山泉边，给他洗着眼睛。他睁开眼睛后，抢窝头的人说她叫李翠翠，是从河南兰考来的盲流。李翠翠流着泪请求索泓一收留她，但他却无法收留她。最后他给了李翠翠20元钱，李翠翠没要，就走了。索泓一的左眼从此就成了见风流泪的风泪眼。过了几天，李翠翠被矿山管教科科长郑昆山娶为妻子。郑昆山对索泓一的态度也变得和气了一些。索泓一知道这是李翠翠在郑昆山面前说了他好话的结果。此后，李翠翠经常背着郑昆山悄悄来灰窑给索泓一送吃的东西，并叫他逃离矿山。但他下不了逃跑的决心。后来，他终于被解除劳教了，但他又被告知仍是个被管制的人。他和一群流氓关在一起，常遭到他们的毒打。李翠翠赶来给他解了围。她教训了那群流氓之后，跟索泓一说矿山要停办，全矿的人都要迁到渤海边的一个劳改农场，到那里想逃就难了。李翠翠劝索泓一趁搬迁时设法逃走。可索泓一还是下不了决心。在迁往农场的路上，一个"右派"被大雨淋死了。到了农场，郑昆山带着索泓一等人埋葬了

---

① 参阅周金来、牟俊威《浅析王朔的〈一半是火焰，一半是海水〉——论小说中的叙事角度和人物形象》，《西部教育研究》，2015.1。

死者，李翠翠在坟场上公开表达了对那些因饥饿而被大雨淋死的人的同情。郑
昆山几次想发火，但还是忍住了。过了几天，索泓一奉命到各分场刷标语时，
李翠翠说郑昆山为坟场上的事打了她。索泓一看到李翠翠的头发蓬乱，眼圈红
肿，怜惜之情油然而生。他冲动地拉过李翠翠，李翠翠哭着像孩子一样依偎在
他的怀里。当索泓一和李翠翠的嘴唇就要碰撞在一起时，李翠翠突然用力地推
开了他。李翠翠说自己已经是有孕之人，她不配……又过了几个月，索泓一被
派去给分场政委杨绪那结婚的儿子油漆箱子，政委夫妇留他吃了顿饭。他看着
桌上丰盛的饭菜才知道，在这饥饿的农场，也有不饥饿的角落。索泓一从政委
家出来，看到李翠翠正背着孩子在雪地里刨着秋收时没刨干净的红薯头。几个
月不见，李翠翠憔悴多了。李翠翠责骂索泓一没骨气，为了一顿饱饭去给杨绪
当奴才。郑昆山过来后，让索泓一不要再去给杨绪干活了，从明天起到银钟河
岸去看守割下来的苇子。索泓一来到银钟河边后，他的锅灶有时被河上船工借
去煮鱼蒸饭，然后他们慷慨地给他留一些吃的。一个冬天过去，他的体重猛增
了12斤。郑昆山又把他调走了，这使杨绪怀恨在心。杨绪以李翠翠是个盲流
为借口给郑昆山开了批斗会，李翠翠抱着饿死的孩子闯进批斗会会场，指责杨
绪在这饥饿的年代里，家里的粮食多得吃不完，而她的孩子却饿死了。此事惊
动了总场。杨绪被降了职，成了杨科长。索泓一回到农场后，杨绪说索泓一给
他家墙上画画时故意把猪画瘦来丑化社会主义，于是给他开了批斗会。然后，
索泓一被送到了严管班。李翠翠再次劝索泓一逃走。索泓一终于下了逃走的决
心，他找到杨绪，请求杨绪允许他去重画那头猪。杨绪却让他到金盏乡去画一
幅街头宣传画。第二天，索泓一在杨绪派的一个士兵的押解下来到金盏乡。当
那士兵在渡口休息喝茶时，索泓一背起颜料逃走了。过了个把月，农场总场政
委的桌子上摊着一封地址不详的信。信末署名——流浪汉：索泓一。小说在叙
述右派知识分子索泓一劳改期间所经历的一次次被缉拿及一次次逃亡事情时，
展示了他不幸的人生。李翠翠这个泼辣而又带点野性的女子的出现，不仅在物
质上给予索泓一帮助，更是在精神上助其一臂之力，甚至鼓励索泓一逃离农场
去寻求自由的生活。即便如此，索泓一依然难以跨越内心的障碍不敢前行，还
幻想着政策的改变。作者在诉说苦难的同时，并未推卸知识分子自身的责任，

而是以公正客观的态度还原了知识分子阶层的性格本身。

莫言中篇小说《红高粱》和长篇小说《红高粱家族》：前者彰显了人的生命与生存本性，后者用"野史杂说"叙述了一个宏大的主题和一场惊世骇俗的爱情传奇

中篇小说《红高粱》3月份发表在《人民文学》第3期，获得第四届（1985—1986）全国优秀中篇小说奖。小说讲述的是几十年前发生在北方农村的一个传奇性故事。"我爷爷"带领轿夫打死了要抢劫九儿的劫匪。救下九儿后，"我爷爷"他们又看到九儿被送进了麻风病人李大头的新房里。九儿手持一把剪刀，使李大头没能靠上她的身。三天后，九儿在回门的路上，她被一个蒙面大汉拦腰抱进了高粱地。扯掉蒙面布，九儿看到大汉原来就是送亲的轿夫头——"我爷爷"。"我爷爷"在像绿色海洋的高粱地中踩出了圆圆的祭坛般的一块平地，九儿仰面躺在中间。"我爷爷"和九儿第一次在高粱地里神圣地野合了。九儿再次回到李家后，李大头不知被谁给杀死了。九儿领着伙计们又架起了烧酒锅。这时"我爷爷"喝醉了酒找上门来胡闹，被九儿和伙计们痛打一顿后，扔到了空酒缸里。之后，土匪郑三秃子抢走了九儿，罗汉大叔凑钱又赎回了九儿。"我爷爷"去找郑三秃子算账，差点丢了性命。九月初九，酒又烧好了，《酒神歌》刚唱完，"我爷爷"又出现了，他居然把尿撒在了酒里，结果使那酒出名了，那酒被人叫作"十八里红"。后来，日本人来了，他们在高粱地里上演了一场活剥人皮的惨剧。在静静的夜里，《酒神歌》成了"我爷爷"他们征师复仇的誓词，他们带上酒缸酒罐，去炸日本人的汽车。已经成为"我奶奶"的九儿在给"我爷爷"他们送饭的路上被日本人打死了。"我爷爷"领着他的弟兄们抱着冒火的酒罐子冲向日本人的汽车，一声巨响后一切都恢复了平静，空中出现了神奇的日食，那日食忽然把天地、把高粱都染得通红通红。"我爷爷"也成了一个通体鲜红、顶天立地的神灵。《红高粱》是莫言最负盛名的一部小说，里面"我"爷爷奶奶对性、自由、暴力、反抗与尊严的追求与张扬，彰显了人的生命与生存本性。"我奶奶"渴望颠倒在一个强壮男人的怀抱里。当身强力壮的土匪头子余占鳌与她在红彤彤的高粱地里恣意尽情地野合时，他们那最原始的"性"得到张扬，展现了他们生命的活力。①小说通过这个性格像红高粱一般的女人与礼教所不容的土匪余占鳌的故事，展现了边缘社会中最纯最真的生命意识。小说始终都沉浸在一种感性的世界里，原始欲望驱使着人的"性"本性，生命的本性自由自在地得到展现，整个世界都在以可笑的姿态出现着，既矛盾又和谐，既肯定又否定。正是在这种混乱的世界里，生命的律动才得到了展现。在民族大难面前，"我奶奶"捍卫生命尊严时的毫不犹豫及孤注一掷让读者敬畏。整部小说的节奏充满着混乱感，它将过去与未来，想象与现实结合起来，然后在这个光怪陆离的世界中向读者展现了生命的张扬情况。作者对"野地欢爱""杀人越货"等感性事情的描写，都在自然而然地展现一个质朴而粗野的世界。这个世界是生命最初的本能与人之本性存在的地方，它是"红高粱地"，是莫言的"东北高密乡"，是我们的爷爷奶奶生活生存的地方，是我们的"原故乡"。②

　　长篇小说《红高粱家族》1987年5月由解放军文艺出版社出版，是莫言的代表作，由五章组成，分别是"高粱酒""高粱殡""狗道""奇死""红高粱"。小说开头写1939年古历八月初九，"我奶奶"送14岁多一点的"我父亲"豆官跟着余占鳌司令的队伍去胶平公路伏击日本人的汽车队。余占鳌后来成为誉满天下的传奇英雄。"我父亲"豆官是土匪余占鳌的种。接着，小说写了罗汉大爷被日本人残酷地剥皮抽筋并致死的事情，以及"我爷爷"余占鳌率领的土匪队伍在胶平公路边上伏击日本汽车的事情。余占鳌是个热血男儿，正义而又野蛮。他杀死了与自己守寡多年的母亲发生关系的一个和尚，母亲羞愧难当也上吊而亡了。余占鳌霸占了后来成了他妻子的戴凤莲。他为了报仇雪耻，苦练枪法，将曾非礼过他妻子戴凤莲的土匪花脖子一伙一网打尽。他为了还一个村姑的清白，不惜将酒后施奸的亲叔枪毙。他为了小妾，不惜和妻子闹翻并分居。他为了民族大义，毅然拉起一支由土匪和村民组成的抗日队伍抗日。这支队伍的作战武器有土炮、鸟枪、老汉阳步枪、喇叭、农具等。在作战过程中，

---

　　①　参阅王琳《高粱地里走出来的诺贝尔奖作家——再看莫言〈红高粱〉小叙其文本和影像艺术魅力》，《湖北社会科学》，2013.10。

　　②　参阅张蕴华《莫言〈红高粱〉人本性浅析》《北方文学》（下旬刊），2014.9。

队伍中的有些人因不慎摔倒使枪走火而伤了自己，有些人在枪口堵着一团破棉絮，有些人在埋伏时鼾声如雷，有些人握着枪身体抖成一团，有些人枪响了子弹却没有出膛。在久等日军不来之际，队伍军心涣散，计划中的伏击战变成了仓促的遭遇战，稳操胜券变成了两败俱伤。开枪时手抖个不停的"我父亲"豆官却在无意中和"我爷爷"余占鳌一起打死了日军少将中岗尼高。小说叙述的是一个宏大的主题，但由于穿插了"我爷爷"和"我奶奶"惊世骇俗的爱情传奇，所以使得小说更像是一种非官方的"野史杂说"，民间化色彩鲜明。① 小说中的"我"是一个变相的在场者，相当于说书人，"我"父亲豆官才是后面故事的讲述者。有时，"我"还对"我爷爷"余占鳌和"我奶奶"戴凤莲做一番评述。小说的叙述语言具有民间化色彩。"我奶奶"戴凤莲说话更是民间味儿十足，挽留罗汉大爷时说"不看僧面看佛面，不看鱼面看水面"等都是朗朗上口、顺溜溜的大白话，很有山东快板的风味。②

王小鹰中篇小说《一路风尘》：反映了老知识分子如何对待年轻知识分子的问题

王小鹰（1947—），浙江鄞县（今鄞州区）人。《一路风尘》3 月份发表在《收获》第 2 期，获得第四届（1985—1986）全国优秀中篇小说奖。小说写俞晓易在美国取得了经济学硕士学位后，回到原工作单位 F 大学经济系，伊教授让他先交上思想汇报，并准备再次进行论文答辩，因为系党总支书记尤得祥对他逾期回国非常不满。俞晓易的妻子梵梵是歌舞团的演员，她对民族唱法有很深的造诣，但各方面条件不如她的玫红在改唱通俗歌曲后，名声却一下子就超过了她，这使她的心里感到十分不平。这时，青年歌手大奖赛在即，在记者秋江的帮助下，梵梵决定精心准备一场家庭音乐会，以给评委主任郝教授留下一个好的印象。在 F 大学，俞晓易的论文受到了大家的一致好评。系主任朱元丰留他在系里工作。副主任杨行密让俞晓易到东西经济比较研究中心工作，因为他看到俞晓易的论文观点新颖独特，立论谨慎，论证有力，资料丰富，具有说服力，所以很赏识俞晓易。

---

① 参阅王光东《民间的现代之子——重读莫言的〈红高粱家族〉》，《当代作家评论》，2000.5。
② 参阅王学谦《〈红高粱家族〉与莫言小说的基本结构》，《当代作家评论》，2015.6。

与此同时，俞晓易的一位成绩平平的师弟周典向系上的尤得祥书记殷勤地汇报着自己的思想状况，同时，他还向女辅导员莫可求了爱。暑假到了，俞晓易想去东北就他即将出版的专著中的一些问题请教德高望重的袁教授，然后再去北师大拜访顾教授。杨行密以俞晓易还没有正式报到为由不准他去东北。在莫可的帮助下，俞晓易自费成行。梵梵精心准备了家庭演唱会，但郝教授因参加玫红的宴请而姗姗来迟。在后来的市青年歌手大奖赛上，玫红进入了全国比赛，梵梵却失败了。梵梵在这一沉重打击下万念俱灰，下决心要到国外去，以洗刷身上的屈辱。俞晓易从东北回来后，他的报到通知却迟迟不下来，在莫可的帮助下，他在全校各处奔走，才知道原来杨行密看了他的硕士论文原稿后，发现他在对市场调节问题的论述上同自己的观点相悖，于是想如果将他留下来，会对自己构成极大的威胁。同时，系里的其他头目如宫老师等也各有打算，系上的尤得祥书记对俞晓易也没有好印象，所以在一次系行政会议上，杨行密提出留下周典的建议，得到了大多数领导的赞同。朱元丰主任无力回天，系里于是撤回了俞晓易的留校报告。俞晓易的一位大学同学任民办科技开发有限公司的副经理，他一直请俞晓易去工作。但俞晓易不愿放弃他的科研事业，没有答应。他在市里继续联系其他科研单位，均遭拒绝。在绝望的时候，梵梵想和俞晓易都到国外去发展，但俞晓易没有同意，这使夫妻二人的感情受到伤害。俞晓易尽管求职受挫，但他报效祖国的决心一点儿却没动摇，他继续寻找着工作。小说写的是老知识分子如何对待年轻知识分子的问题，取材于作者的先生，当年他从国外留学归来，怀着一腔爱国情，一心要报效祖国，却遇到了许多障碍。当然，该小说里也加入了作者的许多思考，比如她对社会的理解、展望、疑问等。

宋清海中篇小说《馕神小传》：一曲旧观念终被新观念取代的挽歌

宋清海（1947—），辽宁庄河人。《馕神小传》4月份发表在《小说家》第4期，获得第四届（1985—1986）全国优秀中篇小说奖。小说写梁仓满是一个充满了悲壮和悲剧色彩的人物，一个历经生活的磨难和社会变革的人物，一个敦厚、老实、善良却又死守传统观念不放的老一代农民的典型人物。生活的贫困和艰辛，使梁仓满的老伴过早离世。梁仓满一个人含辛茹苦地把五个儿子抚养成人。不管儿子们怎样不理解他、不孝顺他，甚至以他为耻，不想见他，但他却做到了一个父亲所能做到的一切。他对土地有着一种特殊的感情。当他听说儿子为了养蘑菇而把土地抵押出去后，他竟豁出命去保护土地，甚至打了儿子。也许是那个不正常的年月所造成的饥饿把梁仓满吓坏了，他的一生都是在忧虑中度过的。他担心人们不种粮食而再度出现大饥荒。他一次次地冒着生命危险，带头试吃各种野菜、树叶、树皮和昆虫。他为了一家老小不挨饿，忍受着别人的嘲弄、讽刺、耻笑以及儿子的冷落。当时代发展到 20 世纪 80 年代的时候，他仍旧每天吃着野菜，甚至到饭馆去吃别人的剩饭。他最终在倾注自己一生心血的情况下，为五个儿子储备了五大囤粮食。小说是一曲旧观念终被新观念取代的无尽的挽歌。如果说梁家的"粮"字，是中国农民赖以生存的精神符号的话，那么，梁仓满一家就是中国无数农民家庭的缩影。

李贯通短篇小说《洞天》：弥漫着乡村改革气息的小说

李贯通（1949—），山东鱼台人。《洞天》4 月份发表在《山东文学》第 4 期，获得 1985—1986 年全国优秀短篇小说奖。小说弥漫着乡村改革的时代氛围。主人公水仙嫂是一位在婚姻生活上饱受蹂躏与摧残的善良女人。当她面对石龙火热与真诚的感情时，她在现代思想潮流的推动下，终于挣脱了心灵上的枷锁，选择了自己新的人生道路。石龙既给渔村带来了先进的致富技术，还给地处偏僻的渔村开启了一扇了解外面社会的天窗。小说弥漫着乡村改革的时代气息，作者通过对极平淡的生活的描写，映照了社会变革的风起云涌，从一扇洞天中，让人窥视到了整个时代的地覆天翻。作者在关注社会变革的同时，更把笔锋挺进到农民文化心理结构的深层上，发掘了他们精神上的保守、愚昧与麻木。无论是父亲还是明恩大爷，他们都是善良与纯朴，热情和真诚的，然而，在对苦难的担当中，他们却都表现出了逆来顺受的奴性性格，他们缺少的是勇敢的反抗精神和独立自主的人格魅力。①

---

① 参阅周海波、赵歌放《〈洞天〉以后——李贯通近作论》，《山东文学》，1988.8。

冯骥才中篇小说《三寸金莲》：描写了历史上中国女人裹小脚这一畸形现象，鞭挞了丑恶的国民性

《三寸金莲》5月份发表在《收获》第3期，是作者计划创作的系列小说《怪世奇谈》中的一篇，其故事发生在清末民初的北方小镇：穷人家的女子戈金莲幼时被奶奶裹足，虽然痛苦难耐，却因此而嫁入富人家。戈金莲参加了两次赛脚后，她从失宠而到得宠，由痛恨裹足而变成了对这一封建习俗极力维护的卫道者。但是当她的女儿面临着裹足时，她的母性却与传统观念却发生了碰撞，她终于放走了女儿。女儿后来成立了"天足会"，倡导废除裹足，站在了戈金莲的对立面。众所周知，给妇女裹足的虽然只是一块普通的蓝布条而已，但它却将一代又一代的年轻女子的命运也裹在了其中。小说通过中国女人裹小脚这一历史上的畸形现象，鞭挞了丑恶的国民性。作者意在通过追溯历史，来折射现实生活并校正现实生活。小说表达了作者对民族文化心理的深刻反思。小说语言的天津味儿也非常地道。①

残雪小说《苍老的浮云》：展现了现代人身处的悲剧性的境遇："他人即地狱"

《苍老的浮云》5月份发表在《中国》第5期。小说里面的每个人都患上了严重的窥视欲，主人公虚汝华整日窥视邻居的生活，以此获得快感；虚汝华的婆婆更是企图从窥视中来满足操纵他人的欲望；虚汝华的邻居更善无的妻子慕兰将一块镜子挂在树上，也在始终窥视着隔壁虚汝华的一举一动。虚汝华与老况是夫妻。虚汝华做少女时，曾有过做母亲的梦想，但现在，她的肚皮却成了麻秆般的样子，她把门口楮树上结出的红浆果当成了精神上的孩子。老况的品质恶俗不堪，他们的婚姻出现了裂痕。虚汝华想起当年"他们刚刚结婚时，他还是一个中学教员，剪着平头，穿着短裤。那时他常常从学校带回诸如钢笔、日记簿等各种小东西，说是没收学生的。有一回他还带回两条女学生的花手绢，说'洗一洗还可以用'"。虚汝华觉得跟这样一个小家子气的男人生活在一起不会有愉悦的。虚汝华没有孩子，她于是在闹中求静。慕兰说虚汝华走路

---

① 参阅向云驹《身体的痛史及其文化批判——冯骥才〈三寸金莲〉新论》，《文艺争鸣》，2010.17。

"连脚步声都没有"，虚汝华似乎很不屑在这个尘世上留下声音。虚汝华对婆婆的埋怨也不屑一顾。她把沉默变成智慧。老况捡到一只刚刚学飞的小麻雀，麻雀死了后，他把它装在信封里，然后扔到虚汝华的屋内。老况的意思是说，他那还没飞起来的心灵已经像一只小麻雀一样死去了。虚汝华马上就明白了，老况想在自己这里寻求心灵的印证和精神的愉悦。虚汝华希望有一个精神的同谋者，希望慕兰的丈夫更善无来给她讲讲"地质队的事情"。但更善无却向虚汝华暗示了他跟慕兰没有做同一个梦，他也想摆脱世俗；他和慕兰的结婚也是一场肉体的结合而已；他寻求精神解脱不是自觉的，而是被慕兰的恶俗逼出来的；慕兰的存在只是"一个臭屁"和"排骨汤"罢了。小说通过写夫妻、邻居、父子母女、情夫情妇、同事朋友等之间的日常关系，表现了人们已经陷入了相互嫉恨的戒备之网中，无论母女、父子、夫妻，还是岳父和女婿、同事和朋友以及远亲近邻，统统都充满了冷漠与仇恨、厌恶与坑害。作者不仅展示了人性的丑陋、生存环境的险恶，以及人在与他人相处的环境面前束手无策的残酷，更展现了现代人所具有的那种悲剧性的哲学化境遇"他人即地狱"。①

霍达中篇小说《红尘》：一部揭露"反右"斗争和"文化大革命"的悲歌

霍达（1945.11.26—），回族，北京人。《红尘》5月份发表在《花城》第3期，获得第四届（1985—1986）全国优秀中篇小说奖。该小说是一部揭露"反右"斗争和"文化大革命"的悲歌，是对那个时代扭曲人性的愤激咏叹。小说故事发生在20世纪60年代老北京的一条胡同里，主人公德子媳妇随着丈夫搬进胡同的时候，她把曾经沦落风尘的痛苦藏在心间，满心欢喜地憧憬着未来的生活。在"四清"诉苦会上，她讲述了自己悲惨的故事，孰料却落下了把柄，变成了人人躲之不及、指桑骂槐的对象。"文革"开始后，德子媳妇成了批斗的对象，任由旁人欺侮和诋毁，无论是泼皮好色的马三胜，还是撒谎成性的孙桂贞，都对她百般侮辱。胡同里的街坊邻居更是对她戳戳点点，讥讽笑骂。甚至曾因奶奶是"地主"出身而抬不起头的黑子，也摇身变成了革命小将，一把

---

① 参阅刘剑梅《不只是梦——略评残雪〈苍老的浮云〉》，《小说评论》，1989.4。

抓住她的头发，把她揪出来示众。"文革"过后，随着老区长登门访问，孙桂贞多年宣扬的丈夫是革命烈士的谎言被戳穿，原来她的丈夫新中国成立前就随国民党跑到了台湾，在这个节骨眼上，她以为要大祸临头，瘫软在地上，但国家对台的政策变了，孙桂贞于是成了团结统战的对象。但德子媳妇的悲剧却仍在继续上演，她继续背负着耻辱的烙印，她翘首期盼的"政策"最终也没有给她带来基本的尊严和平等。丈夫德子也嫌弃她给自己丢了脸，卷起铺盖绝情而去。这终于把德子媳妇逼到了绝境，她自杀了。一个生命就这样轻飘飘地走了。德子媳妇死后，胡同里的人们遇到生人到胡同里来后，就会指点着德子的故居对他们说："从前，咱们这儿还住过一个窑姐儿呢……"小说隐去了史诗性和民族性的特质，将视角切换在北京的一个胡同里，表现了大杂院内几个小人物平凡而琐屑的人生故事。小说蕴含着作者细腻的情感，渗透了她对人性透辟的认识，她以独特的话语方式描摹了人生百态，演绎了世间的沧海桑田。①

邹志安短篇小说《支书下台唱大戏》：讲述了一个村支书被弄权者逼下台后发生的故事

《支书下台唱大戏》6 月份发表在《北京文学》第 6 期，获得 1985—1986 年全国优秀短篇小说奖。小说写了被弄权者逼下台的村支书李润娃的故事。作者没有正面描述李润娃被逼下台的事情，主要是通过郑三保到村里的调查，以及他让群众对李润娃进行评价，来折射李润娃的性格特征和美好品德。群众于是积极地掰着指头一件一件地述说着李润娃办的好事，并对他表示了深切的关怀。大家为了安慰下台的村支书李润娃，有人用话语劝慰他，有人帮他扫地擦桌子，收拾屋子。最后，大家合伙凑钱为他唱了一台大戏，给他送了一曲《长坂坡》。小说通过对李润娃在被弄权者逼下台后所产生的失落情绪及他下台后被群众从空中接住，然后将他拥入大家宽大而坚实的胸怀之中情况的描写，从不同侧面塑造出了一个优秀农村干部的形象。②

---

① 参阅刘姣《红尘滚滚，黯然神伤——从〈红尘〉看中国国民》，《学理论》，2013.29。

② 参阅邢小利《人的探寻与困惑——邹志安〈爱情心理探索〉系列小说漫议》，《小说评论》，1990.4。

张石山短篇小说《甜苣儿》：刻画了主人公极具特点的形象

《甜苣儿》6 月份发表在《青年文学》第 6 期，获得 1985—1986 年全国优秀短篇小说奖。小说女主人公甜苣儿童年时面对父亲无缘无故的暴跳如雷，平静地告诉父亲："现在，我的家务还没有做完，你可以等一会儿再教训我。"在父母宴请教书先生为甜苣儿起名时，先生给她起名为"张曼卿"。甜苣儿上学后，虔诚地聆听先生教授的课程。但这样的时光只有短短两年。结束学业的那天，甜苣儿痛哭不止。后来，民兵队长四黑牛觊觎甜苣儿的葱茏美貌，准备在玉米地中强奸她。甜苣儿在一阵挣扎后逃出四黑牛的毒手。之后，四黑牛恼羞成怒地打伤了甜苣儿，甜苣儿四处奔走求告，想为自己讨回公道。甜苣儿却输了。但她内心的坚硬轰轰烈烈地生长起来。在情窦初开的年纪，甜苣儿爱上了五服之外的同族兄弟张庆云。

因为血缘触犯了宗族禁忌，甜苣儿与张庆云名声扫地。面对所有族亲的阻挠，甜苣儿喝下了"敌敌畏"，想用生命来抗争命运。此时，她的母亲病卧床上，父亲倒在院中。她的哥哥却去张庆云家中伸张所谓的正义，更使家中一片大乱。最终，甜苣儿小学时的先生出面了，他和学生们一起推着平板车将甜苣儿送到医院。当甜苣儿从鬼门关前绕回自家大院之后，她嫁给了一个矿工为妻。矿工丈夫对她颐指气使，对她的父母呼来喝去。对此，甜苣儿不再温柔，也不再顺从，她一下子从温润可人的少女变成了嘴尖毛长的妇人；她也变得娇纵起来，坐在床上等着母亲给她端来饭菜。甜苣儿在有了孩子之后，她为了表达自己还忘不了张庆云，便向别人夸耀自己的儿子像极了张庆云的眉眼。结果，甜苣儿的生活又不再美好，她美丽的容颜也被时光一天天剥夺而去。小说没有外在地跟从当时潮流，而是顽强地凸显着自己的独特创作风格。作者对自身熟悉的乡间生活，不仅再现得驾轻就熟，而且对乡土文明具备了一种高屋建瓴的审美观照。他以一种简练、轻松而且富有乡土气息的语言刻画了甜苣儿这个极具特点的人物形象，讲述着她令人悲欣交集的故事。小说在主题、语言、叙述方式等方面都与当时的大多数小说有所区别。可以说，当大多数作家仍裹挟在时代的滚滚浪潮中进行探索与反思时，张石山已经找到了独属于他的创作方向，展现了一种天然的超越。女主人公甜苣儿善良而坚韧，始终用发乎天性的温柔与顺从面对父亲的怒火、母亲的病弱，认真而耐心地操持着整个家庭的内务。同时，面对种种尴尬的困境，她常常展现出异常的成熟。作者用朴实无华的笔致，塑造出了甜苣儿完整的、成熟的、丰富的形象特点。甜苣儿心中的火焰焚毁了她与生俱来的枷锁，使得她热烈而勇敢的天性熠熠生辉。小说中的张庆云坚韧而有血性，俊秀且有担当，他是一个既敢爱又敢恨的男子汉形象。小说展现了民谣民歌、乡间俚语等丰富的农村文化。①

陈染短篇小说《世纪病》：一篇令人眼花缭乱、令人深思的小说

陈染（1962.4—），生于北京。《世纪病》7月份发表在《收获》第4期。小说以第一人称的视角展开，主要人物有"我"、"我"的男友山子、"我"的母亲M。小说有六个小标题：山子失踪了；M得了国际流行性感冒；"我"不知道自己怎么了；山子的回归；"我"真的病了；山子，这是永别吗。小说写"我"和山子相恋，但山子的傻妹妹指认山子把她的肚子搞大了，山子于是失踪了。"我"的母亲M是一个有些怪僻的老太太，因为"我"和山子的事，母亲也病了，当然她得的是心理病。后来，山子突然回来跟"我"说是他继父把他妹妹的肚子搞大了。然后，山子又离去了，而且再也没有回到他的家里。"我"这回真的病了。"我"去寻找山子，但山子在一座山上已经死了，他的肚子被鹰掏空了。小说中的形象令人眼花缭乱，而且多有寓意，令人深思。小说柔性十足，作者在其里面加入了世纪的"病"，加入了悲怆的"死亡"，但这种悲怆因为她的柔性叙述而被打了折扣，让人觉得有些平淡。

李晓短篇小说《继续操练》：讲述了两个中文系毕业生的故事

李晓（1950—），原名李小棠，上海人。《继续操练》7月份发表在《上海文学》第7期，获得1985—1986年全国优秀短篇小说奖。小说讲的是两个华大中文系毕业生的故事，四眼考上了华大的研究生，黄鱼被分配到最为抢手的报社当了记者。四眼的导师王教授剽窃了他的论文《〈红楼梦〉第六十三回怡红夜宴的座次排列》，四眼来找黄鱼，请求他公布这个消息。黄鱼于是回到华大，找到系里的第一快嘴侯老师，把这事说了。中文系本来是一个壁垒森严的

① 参阅张溥《壮丽的复生——张石山〈甜苣儿〉品读》，《名作欣赏》，2015.29。

系，也是各宗派的钩心斗角最厉害的系，系里人认为一个助教如果向女研究生求爱，那绝对是令人不齿的事情。中文系宗派林立，各派又经常钩心斗角。王教授做了这样的事情，自然是招架不住大家的说三道四，他于是托病躲了起来。中文系各派系的老师看记者黄鱼来到后，都来找他说话，连新当选的系主任李教授也来找他，李教授最后用丰田车把他接了去。但最后的结果是，四眼的硕士论文答辩还是没有通过。黄鱼和四眼只好回到他们在大学的那间宿舍里去"继续操练"。

王安忆小说《荒山之恋》：描写了两个扭曲的、复杂的灵魂

本篇小说与《小城之恋》《锦绣谷之恋》合称"三恋"，都是有关"性爱"的小说，被誉为"女子写给女子看的、研究女性生命本体及命运的小说"，是表现现代人的性爱观念的作品。《荒山之恋》7月份发表在《十月》第4期，是最富悲剧性的一部作品，其里面的男女主人公"他"和"她"始终都没有名字。作者以一种平淡的口吻将他们的成长过程娓娓地道了出来。"他"是个大提琴手，性格柔弱；"她"是金谷巷的女孩，生来活泼热烈。大提琴手从小习惯了什么事都由母亲操心，这压抑了他本该成为阳刚男子汉的天性；金谷巷的女孩出生在单亲母亲家庭，妈妈就是一个泼辣强势的人，她看惯了妈妈和叔叔们的交往，受了妈妈穿着打扮、言谈举止的耳濡目染，在没有父亲的管制下，自然形成了开朗、高傲的性格，出落得鹤立鸡群、风情万种，一年比一年俊俏，男人们都喜欢她；她也喜欢男人们围着她转，并把捉弄他们作为一种乐趣。大提琴手因偷东西而被遣回了家中，每天都挣扎在痛苦之中；金谷巷的女孩在宣传队里被男孩爱慕着。大提琴手娶的妻子是一个贤惠温柔、聪敏宽容的人，生的两个女儿美丽可爱；三个女人爱着他一个，他于是被充溢着的母性宠坏了，他像个孱弱的孩子一样在渐渐地强大着。金谷巷的女孩从小爱玩，只是图快乐而已，直到有一次她像科学家发现了难题似的遇到了一个对她冷冷的男人，她便对那男人感到兴奋和激动、新鲜与刺激；她决心要拿下那个男人，尽管那个男人用尽心思和她较量，但在几番比试后，他们还是结婚了。不久，大提琴手受了妻子的开导调到城市里，金谷巷的女孩也随着丈夫的调动来到了文化宫。金谷巷的女孩其实一直在寻找自己爱的人，当她认识了大提琴手后，他们相爱了。他们的偷情被发现了。大提琴手妻子的宽容与伤心、金谷巷女孩丈夫的怨恨与殴打以及单位的处分都无法制止他们的情爱。最终，这两个相爱的人将自己用彩色毛线绑缚在一起，然后喝下了晶莹小瓶中的毒药，安静地闭上眼睛。小说的主体是写男女主人公不为道德伦理所接受的爱情和因为这爱而殉情的结局，但作者在写两人相遇之前的情况时，却费了大量的笔墨，除了介绍他们的性格及经历，还对他们的心理进行了细腻的描写，这些仿佛都在暗示着他们两人的爱情最终就是悲剧结局。小说中的这两对男女的结合都具有戏剧性，大提琴手的婚姻属于互补型，金谷巷女孩的婚姻属于较量型。小说采用双线并举、二重唱式的结构，着重对自然的生活形态和人物心理进行了严肃客观的描写和剖析，描写了两个扭曲的、复杂的灵魂。①

周大新短篇小说《汉家女》：讲述了一位女兵在战地医院为救治伤员而牺牲的事情

周大新（1952— ），河南邓州人。《汉家女》8月份发表在《解放军文艺》第8期，获得1985—1986年全国优秀短篇小说奖。小说以20世纪五六十年代的战场军地医院为背景，讲述了汉家女的从军、升任护士长及赶往战地医院为救治伤员而牺牲的事情。小说具有鲜活的乡土气息，在深沉哀婉的文字中蕴含着一股悲戚酸楚的苦涩与沉重。汉家女很憨厚，她为了帮助七连长的妻子，结果被给予行政警告。在战场的后方医院里，她对伤员的同情，对敌人的愤慨，都突出表现了她淳朴的个性；她对着录音机向亲人道别的话，更是成功地塑造了她朴实中又带有几分泼辣的形象；她为战士打抱不平，显示了她的崇高。她洗澡时被七班长偷看，出于女性的尊严，她愤怒地打了七班长两耳光。然而，当她读到七班长的道歉信，特别是当她明白七班长第二天就要投身到前线，因而才偷看她之后，她以非凡的勇气，在道德层面上突破了传统的"贞洁观"的樊篱，同时又克服了一般女性难以逾越的心理障碍，在突击队临行之前，主动与七班长拥抱、亲吻。汉家女这样的举动一点也不比战场上的英勇献身者逊色，甚至可以说她是一位"伟大的殉道者"。最后，汉家女为了救治伤员也光

---

① 参阅张艳茜《读王安忆中篇〈荒山之恋〉》，《小说评论》，1986.6。

荣牺牲了。

刘恒短篇小说《狗日的粮食》：描写了男女主人公在特殊年代里因粮食问题而与现实展开的生存"竞技"

刘恒（1954—），本名刘冠军，北京人。《狗日的粮食》9月份发表在《中国》第9期，获得1985—1986年全国优秀短篇小说奖。小说以极为生动的笔触描述了洪水峪的杨天宽以200斤新谷换了个被卖了六次的脖子上长了个瘿袋的女人曹杏花，曹杏花是一个健壮泼辣勤快的丑女人，她一连给杨天宽生了六个以粮食作物命名的孩子。但生存却成了他们一家人的第一要义，粮食成了他们生活中最重要的东西。为了一家大小八口人的生存，曹杏花千方百计地去弄粮食，她四处借粮，借不到就偷。她偷别人家菜园里的南瓜、葫芦，偷生产队田里的嫩棒子、谷穗子、梨子、李子，她甚至从骡粪里淘出碎玉米粒煮上杏叶后给子女们吃。曹杏花在丢失了购买返销粮的购粮证后，她一家的生存一下子受到了极大的威胁，她最后吃了苦杏仁自尽了。小说淋漓尽致地写出了处于窘困生存状态中的人们所经受的生存的磨难和挣扎。小说用直面人生的写作方式描写了在特殊年代里男女主人公围绕粮食问题而与现实展开的生存"竞技"，"粮食"是人最基本的生存需要，作者用它来观照了杨天宽一家所走过的单调而又艰难的生活道路。一方面，小说反映了人因粮食的匮乏而产生的向动物退化的情况，体现了作者对人性的深刻理解；另一方面，由于小说所表现的这种退化是发生在一定的社会历史环境之中的退化，因此就使得小说在表现人的生物本能的同时，也表现了丰富的对造成这种退化的社会历史关系和环境的否定与批判。女主人公曹杏花辛酸而悲惨的人生让我们对小说中的"粮食"有了更深刻的认识，人类赖以生存的最基本的生活保障让男女主人公耗尽了毕生的精力，在以丑陋的女主人公曹杏花为核心人物的背后，我们看到了人在生存困境中的挣扎与无奈，同时也深刻体会到了人生的悲剧性。①

刘西鸿短篇小说《你不可改变我》：让我们看到了启蒙意义上的个性诉求

刘西鸿（1961—），广东人。《你不可改变我》9月份发表在《人民文学》

---

① 参阅孔丽波《生存的苦难——小说〈狗日的粮食〉悲剧性论析》，《长江丛刊》，2016.29。

第9期，获得1985—1986年全国优秀短篇小说奖。小说写刚仔爱好摄影，常常拿着相机在人群中穿梭，寻找着美的画面。当他在镜头里瞥见清纯的浙江补鞋妹林霞后，他深深地爱上了林霞。刚仔把自己和朋友家里的旧鞋都搜罗到林霞的鞋摊上，以求接近她。林霞戒心重重，除了做活，从不理睬刚仔。刚仔毫不在意，有机会就去看她，争着帮她付饭钱，请她参加伙伴们的废墟狂欢。忧心忡忡的林霞是从乡下逃婚出来的，她对都市里的一切充满着好奇，但她仍一直很本分地守着补鞋摊。刚仔的出现，使她似乎找到了某种依靠。尽管刚仔的朋友们不大赞成他和林霞相恋，但他还是由衷地喜欢她。两人的感情在渐渐地加深着，刚仔在体育馆画广告时也忍不住要给林霞打电话。但林霞在接到家里的一封来信后，情绪一落千丈，她不肯接听刚仔打来的电话。刚仔的朋友肥仔于是佯称刚仔摔伤，才把林霞骗去看望刚仔。无精打采的刚仔看见着意装扮、光彩照人的林霞出现在门口，眼中顿现柔情。刚仔领着林霞来到咖啡店，悉心地给她的杯子里加着糖。但林霞却表示要与刚仔分手。后来，林霞屈从于"命运的安排"，回老家换亲去了。刚仔的妹妹和同学们正在聚会。刚仔伏在护栏上，漠然地注视着欢呼雀跃的孩子们，眼中流露出掩饰不住的困惑与期待。该小说在中国当代小说和精神的演化中依然具有标志性意义。1986年是"启蒙"正处在兴头上的年份，小说让我们看到了启蒙意义上的"个性"诉求。作者也知道青春、物质、炫目的大众文化等后现代因素正在进入人们的价值世界里，所以该小说能让读者看到港式的、广式的、张爱玲式的语调，其伶俐、机变、故作世故等，表现了那个年代自有的一种热情及清新的纯真。小说后来被拍摄成电影《给咖啡加点糖》。

张炜长篇小说《古船》：一部书写民族沧桑心灵史的小说

《古船》9月份发表在《当代》第5期。小说以20世纪末期中国农村发生的巨大变化为背景，通过胶东半岛上洼狸镇的隋、赵、李三大家族40多年间错综复杂的恩怨纠葛，生动地刻画了古老农村嬗变中的心灵阵痛与文化冲突。这是一部书写民族沧桑的心灵史。小说中的隋家大儿子隋抱朴经历了父亲和二娘的死，目睹了历次残酷的政治运动，变得压抑沉默。二儿子隋见素要把已承包给赵家的粉丝厂夺回来。美丽而高贵的小女儿隋含章一直生活在赵家四爷爷的阴影下……耻辱与仇恨、欲望与冲动，一次又一次使他们置身于现实的困境里。"土改"运动中，洼狸镇的清醒者被逼疯、虔诚者被饿死。"文革"中，洼狸镇的专制者们摇身一变，继续给人们制造着痛苦和灾难。小说严格地遵从生活的真实，成功地塑造了赵炳、赵多多、隋见素、隋抱朴等一批文学形象，并且通过剖析这些人物形象，触摸到了中国几千年封建社会传统文化的根源。赵多多在历次政治运动中总是如鱼得水，本能地感到"革命人民的好日子又来了"，甚至在新时期里，他依然用先进的企业管理方法压榨、欺辱着工人。洼狸镇人人性的两极分化非常空前，人整人、人残人的新花样层出不穷。隋见素虽然精明强干，但他只能把心思用在老隋家与赵多多争夺粉丝大厂上面；隋抱朴虽然富于才干，但几十年来，洼狸镇一次次的政治内乱、经济危机都席卷着他。小说通过隋、赵两大家族的世代恩怨，展现了近代以来中国社会触目惊心的现实斗争。小说意在说明传统美德有时会成为一种精神负担，重压着人的心灵，剥夺人去开创新生活的权利。小说对农村小镇风土人情和多种生存氛围的描绘，表现了作者对现实人生和民族历史发展的关注。小说以大量象征性的意象表现了作家对特殊历史时期的深切思考。同时，小说里的人物作为隐秘意象也值得一探究竟。①

铁凝小说《麦秸垛》：既从女性本原性的角度探询了人物的命运，又从人物命运的角度探询了女性的本原性

《麦秸垛》9月份发表在《收获》第5期。小说写在端村的麦田里，队长派知青杨青跟在大芝娘后头拾麦穗、捆麦捆。杨青在端村插队已整四年了，刚下乡时，她格外注意男知青陆野明，不久他们相爱了。后来，端村来了一个新知青沈小凤，她也爱慕陆野明，而陆则很厌烦她。大芝娘结婚三天，丈夫就参军走了。后来丈夫回村了，已是省城里的大干部，他和大芝娘离婚了。但大芝娘却跟着丈夫到省城，说自己不能白做一回他的媳妇，她想生个孩子。后来她生下了闺女大芝。60年代，大芝娘听说城里人吃不饱，便将丈夫一家接进端村，直到把粮囤吃得见了底。大芝长大了，很丑。她对富农子弟小池有意思。这年

___

① 参阅朱明阳《黑洞里的惊声尖叫——张炜〈古船〉人物象征意象论》，《名作欣赏》，2016.5；李星《执着于现实的非现实主义之作——评张炜的〈古船〉》，《文艺争鸣》，1987.5。

麦收时节，大芝的头发辫子和麦捆子一同被绞进了脱粒机。大芝死了，小池承担了收尸、埋葬的事务。秋收以后的一个晚上，沈小凤与陆野明走到了一起，杨青忽然出现在了他们之间。杨青感到沈小凤对陆野明的步步紧逼，以及陆野明的让步，她认为自己是一个宽容者，宽容是对陆野明爱的最高形式。小池和四川姑娘花儿结婚后不久，花儿就有身孕了。花儿在四川的家乡有过男人。大芝娘看出花儿后来生的男孩五星不是小池的。因为花儿三月进端村，九月就生下了孩儿。不久，花儿的四川男人来了，他要花儿回家去。花儿抱着五星在麦秸垛里躲了一天。天黑了，小池才找到花儿，那夜一家三口是在麦场上度过的。第二天，花儿回四川了，此时她已怀上了小池的孩子，五星被大芝娘收养了。不久，陆野明与沈小凤又走到了一起，这次没有杨青。在麦秸垛下，沈小凤献身于陆野明。第二天，一位拾粪的老汉在麦秸垛那里拾到了半截领子和一个钩针。大队干部于是召集女知青开会。杨青说出这件东西是沈小凤的。沈小凤从此受到知青们的歧视。五星在大芝娘的抚养下长胖了。分了红的知青们都纷纷回家度假了，沈小凤却执意不回去，她搬到了大芝娘家住。春节时，在城里的杨青找陆野明，杨青表达了她对陆野明的原谅，陆野明则表达了他的忏悔和对沈小凤的厌恶。又是麦收时节，杨青和陆野明在麦垛下躲雨，杨青企望发生点什么，但什么也未发生。第二天收工时，沈小凤截住陆野明，求他与她生个孩子，陆野明拒绝了，当晚沈小凤就失踪了。知青们都抽调回城了，杨青被分配在一个用麦秸来造纸的造纸厂，这使她产生了不曾离开端村的感觉。一次，杨青在街上遇到小池领着五星去四川看花儿，五星要归花儿了；小池说他要去看儿子。杨青后来和陆野明经常会面，但她却失却了驾驭别人的欲望。小说既从女性本原性的角度探询了人物的命运，又从人物命运的角度探询了女性的本原性。其中，女性本原性是作者思考的核心，人物命运是女性本原性嫁接的砧木，是作者表现女性本原性的基础。两者在小说中达到了和谐的统一。读者从文本的景物描写、肖像描写、女性的原欲表现、母性的本真状态等话语上可以获得女性本原性的生态特征，也可以获得对女性本原性文化本质的真值解码。①

① 参阅王彩《女性本原性：嫁接在人物命运树上的文化符号——对铁凝中篇小说〈麦秸垛〉话语的开放性接受》，《名作欣赏》，2009.10；王斌、赵小鸣《〈麦秸垛〉的象征涵义》，《小说评论》，1987.4。

乔良中篇小说《灵旗》：一篇体现了较高美学水准的小说

乔良（1955—），河南杞县人。《灵旗》10月份发表在《解放军文艺》第10期，获得第四届（1985—1986）全国优秀中篇小说奖。小说写出殡的行列徐徐走进青果老爹的视界，死者是老太太杜九翠，她守寡整整50年。青果老爹想起50年前，一个从湘江边来的红军逃兵来到村子，敲开了杜九翠家的门。杜九翠已经嫁了人，给本乡民团团长廖百钧当偏房。红军逃兵敲开杜九翠家的门后，九翠却拒绝他入内。红军逃兵后来成了石板街上的一个赌棍。再后来，他被抓到兴安县廖百钧的民团里当团丁。他枪打得很准，很快成了合格的正式团丁。廖百钧要团丁们去杀红军。但那逃兵认为红军是好人，他便决定在打仗时只对天上放枪。打仗时，他没有杀红军，而是和一起当团丁的二拐子溜了。他到雷口关外去贩鸦片、贩水烟、贩电池，把生意一直做到了朱毛的地盘上。他时常想起自己当初并不想当红军，但当了后，红军就再也没打过一回胜仗。他看到红军在外边被敌人杀死，在里边被自己人杀死，他心灰意冷了。廖百钧后来也死了，他是被快刀一下一下剐死的，尸首也不全，没有头。九翠于是成了寡妇。他进到九翠的屋里，抱住她就亲。九翠不想嫁给他，因为她有了身孕。二更时，他听到了九翠的长叫，九翠要生了。天快亮时，他才把九翠抱到镇里的接生婆家。他拿出刀逼着接生婆为九翠接生。九翠的孩子终于生出来了。他把九翠母子俩背到了家中。但他从不去抱那个孩子。后来，九翠有了孙子后，他特别喜欢九翠的孙子，因为他长得像九翠。那时代的人都死了，九翠的孙子也死了。他死了后给30年无光彩的九翠家挣到了一块铁牌：烈属光荣。现在，九翠也死了，她是最后一个躺下去的人。青果老爹想只有自己还活着。他是看着九翠生，看着九翠死，又看着她下葬的。青果老爹理不清这沧桑人事中的善恶忠邪、是非曲直以及前因后果。他看到九翠坟上的灵旗带着响声上下飞飘着，他觉得那是那红军逃兵走到了她的墓前。小说体现了较高的美学水准，对当前抗战小说的创作依然具有借鉴价值。从思想主题上看，小说的写作超越了社会结构视野以及战争本身，而上升到哲学的高度来反思了人的命运、战争的残酷以及历史理性的荒谬，其内蕴含着一种可贵的哲理精神。从形式上来看，小说运用了意识流、心理刻画以及"超现实"等多种艺术手法，具有艺术创新的自足性和启示性。①

李锐短篇小说《合坟》（《厚土》之一）：一篇交织历史与现实、政治与文化、社会与心理的小说

李锐（1950.9—），生于北京，祖籍四川自贡。《合坟》11 月份发表在《上海文学》第 11 期，获得 1985—1986 年全国优秀短篇小说奖。小说写村里的老支书一直想给死了 14 年的北京姑娘陈玉香配干丧。乡亲们于是凑钱寻了一个"男人"，然后又给陈玉香捏了一个家。陈玉香坟前放了两只被彩绘过的棺盒，一只装了男人的尸骨；另一只空着，人们等着把陈玉香取出来后放进去，再合坟。陈玉香的爹妈远在千里以外的北京，一块来的同学们早就去得一个不剩，只有她永远地留下了。刨坟时，有人说那年要是不下大雨，陈玉香就死不了。又有人对老支书说，要不是跟上你修大寨田，陈玉香不一定死哩！老支书骤然愣住不再说话。那一年，老支书领着全村村民，和北京来的学生们修出了三块大寨田。但夏季的头一场山洪就把新修的梯田中的两块冲毁了。第二次发洪水时，学生们手拉着手跳到水里抗洪保田。老支书求他们上来。在将他们拉上岸时，新塌的地堰却将陈玉香裹进了水里。陈玉香在水里扑腾着时，猛然看见一条胳膊粗细的大黑蛇扑向自己。后来，山水将她送上岸来，她赤条条的，腰间也被那蛇咬出了伤痕。陈玉香的事情上了报纸后，县委书记来给她开了一个千人追悼大会。县上还在村里盖了排事迹陈列室。再后来，就有了那座坟和坟前的那块碑。碑子的正面刻着：知青楷模，吕梁英烈；反面刻着陈玉香的生卒年、籍贯、经历、事迹。棺材挖出来了，老支书让人们赶快把陈玉香挪进干丧盒子，但大家突然听到一阵笑声从墓坑里爆发了出来，原来是陈玉香平日里用的那本《毛主席语录》。大家都毛骨悚然，于是把挖开的坟又合起来。然后大家坐在坟前喝起酒来。酒过一巡，老支书一声"回吧"，众人就散了场。老支书的老伴去给陈玉香上香，突然一阵剧烈的咳嗽声从坟那边又传了过来，像哭，又像笑。村里有人被惊醒了，他们僵直的身子深深地掩埋在黑暗中，怵然

---

① 参阅潘海军《困境中何以突围？——以〈灵旗〉为例略谈对抗战题材小说的创作启示》，《长春大学学报》，2011.5。

地支起了耳朵来。① 小说主要揭示了生活的悲剧性。在"合坟"的过程中,老支书声声斥责别人的"封建""迷信",但他在善良愿望下所进行的一切同样也是在讲封建迷信,这就使事件带有深深的悲剧色彩。小说把历史与现实、政治与文化、社会与心理的内容交织起来,透视到了民族文化心理的纵深处。小说叙述凝练,言简意丰。14 年前陈玉香牺牲的情景通过挖坟时人们的对话叙述出来,大大浓缩了作品的现实时空,也给人一种历史的沧桑感。小说人物的语言高度简约,但却有力,每句话后面都有一个深远、丰富的现实世界及内心世界,给人以充分想象的余地。小说对纺锤的象征性描写超越了事物本身,包括了丰厚的意蕴,不仅使人想到生活的古老与滞重,也把民族文化心理的深厚积淀丝丝缕缕地抽出来、拈起来,使人产生了丰富的联想。

周梅森中篇小说《军歌》:描写了"二战"时期日本法西斯的罪行及战俘们在求生本能下的抗争

周梅森(1956—),江苏徐州人。《军歌》11 月份发表在《钟山》1986 年第 6 期,获得第四届(1985—1986)全国优秀中篇小说奖。小说写 1938 年 4 月,国民党军队在台儿庄大胜日军。5 月 19 日,徐州沦陷,许多国民党兵被俘。其中千把人被押到苏鲁交界的一个煤矿当苦力,他们寻找机会,准备逃跑。一天深夜,日本军官高桥将俘虏老祁用刺刀逼出队列讯问战俘逃跑的事情,但老祁并未告诉他。排长王绍恒知道逃跑的计划,他怕死,他决定如果日本人询问自己,自己就招供。大家认为高桥之所以知道他们要逃跑,肯定是张麻子告的密。于是不久,张麻子在井下被田德胜砸死了。高桥知道张麻子死亡之后,便将战俘们押在太阳下暴晒。排长刘子平也知道逃亡的秘密,他本想给日本人告密,换来自由,却没想到张麻子走在了自己的前边。当高桥逼问王绍恒的时候,他却挺下来了。战俘们回到牢房后,前国民党某炮营营长孟新泽从老祁那里知道,他昨晚探到了一个可能通向地面的洞子。所有人一下子又升起希望。第二天一早,刘子平对高桥说战俘们打算逃亡,外边有游击队接应。但他没有暴露真正的秘密,为自己留了条后路。孟新泽下井后,提议去探探老祁说的那

---

① 参阅何立伟《评点〈合坟〉》,《当代作家评论》,1998.1。

条洞子，田德胜去了那个洞子。田德胜爬进洞子里后发现它是个死洞，洞顶是水仓。众人知道后彻底绝望了。几天后，传来消息说和游击队联系上了，井上井下一齐暴动。战俘们又紧急串联起来，等着谁也不知道的指挥者确定暴动时间。刘子平找到高桥，说出暴动计划及孟新泽的名字。但他不让高桥立即就抓孟新泽，高桥答应了。当夜，暴动开始了。孟新泽招呼大家去风井口，说外边有人接应。刘子平看到一名日本人被孟新泽他们打死，他去给高桥做了报告……日军增援部队立即将井口封住。矿井下的孟新泽指挥大家从被打死的日本人那里夺来枪。排长项福广紧随孟新泽身后。项福广也曾向高桥告过密，致使两个战俘被高桥杀害。项福广为此痛心疾首，为了赎罪，他杀死了一个日本兵。战俘们在风门口受到猛烈的火力攻击，暴动失败了，孟新泽也受伤了。大家退到坑道后将仇恨的怒火撒向领头人孟新泽，其中就有王绍恒。田德胜和老祁在一片混乱中将孟新泽藏在一条洞子里。老祁在主巷道里意外发现了炸药库，他将炸药集中起来点燃……大爆炸的时候，王绍恒和一些回到井上准备讨好日本人的人却被日本人用机枪射杀了。孟新泽从坑道中向上爬时，发现那个曾经被认定是水仓的地方竟有机可乘，如果将水仓刨开，就可以获得自由。但后来，孟新泽却晕厥了过去。等他醒来后，他看到田德胜也爬出来了。他和田德胜在茫茫旷野上判断了一下方向，然后一起走向了田埂尽头的黄泥大道上。小说写了"二战"时日本法西斯的罪行以及战俘们在求生本能下的抗争。小说中，地下百米深处的中国人更像是生活在真正的精神炼狱之中，折磨得他们生不如死的，不仅是日军看守制造的死亡威胁和皮肉之苦，而且还有他们之间不断发生的背叛与出卖。小说毫不留情地、淋漓尽致地把这些呈现出来，粉碎了沉浸在"战胜"表象中的同胞的良好感觉，让人们在痛苦中审视着国民性的种种不堪，反思着率先砸破"铁屋子"的孟新泽、老祁等人所代表的精神拯救之路。从这个意义上，小说是一部真正的中国小说。在作者笔下，战争的描写不再是目的，目的在于重新认识中国人。①

---

① 参阅魏希夷《再说周梅森——读〈革命时代〉、〈黑坟〉、〈军歌〉》,《当代作家评论》, 1987.4.

路遥长篇小说《平凡的世界》：全景式地表现了中国当代城乡的社会生活

《平凡的世界》共三部，百万字。第一部发表在 1986 年 12 月出刊的《花城》杂志第 6 期上；第二部于 1988 年 4 月由中国文联出版社出版；第三部先在山西作协主办的《黄河》杂志 1988 年第 3 期发表，1989 年 10 月由中国文联出版社出版单行本。1991 年 3 月 7 日，三部小说获得第三届茅盾文学奖（1985—1988）。小说全景式地表现了中国当代城乡的社会生活。作者为创作该小说，阅读了大量的长篇小说及政治、哲学、经济、历史、宗教等方面的著作；对农业、商业、工业、科技等方面的书籍也做了必要的研究；另外，他还认真地查阅了 1975—1985 年十年里的报纸，并通过各种关系对当时的各种文件及一些重要的材料进行了搜集；作者还到乡村城镇、工矿企业、机关学校、集市贸易去体验生活，采访了上至省委书记，下至普通老百姓等许多人，然后从 1983 年起开始酝酿构思这部小说。1985 年，作者背着两大箱资料和书籍，来到陕西铜川矿务局的一所煤矿医院，开始了小说的创作。1986 年完成第一部后，作者又躲进吴起县武装部的窑洞里开始创作第二部，这时候他的身体已经出现问题。第二部写完时，他忽然吐了一口血，医生告诫他必须停止写作。但他仍坚持继续写作。1987 年，他到榆林宾馆，开始创作第三部。1988 年 5 月 25 日，第三部终于完成。小说第一部写 1975 年初，贫困、自卑的农民子弟孙少平到原西县高中读书，后对处境相同的地主家庭出身的郝红梅产生了情感，当他的情感被同班同学侯玉英发现后，孙少平与郝红梅的关系逐渐变淡，郝红梅后来与家境优越的顾养民谈起了恋爱。孙少平高中毕业后，回到家乡做了一名教师。他与县革委副主任田福军的女儿田晓霞建立了友情。孙少平的哥哥孙少安一直在家劳动，他与村支书田福堂的女儿田润叶互有爱慕之心，田润叶在县城教书，田福堂极力反对两人的来往。后来，孙少安与山西姑娘秀莲相亲并结了婚，田润叶与父亲介绍的李向前结婚。这时，农村生活混乱，又遇上了旱灾，田福堂为了加强自己的威信，组织村民偷挖河坝，以与另一个村抢水，结果出了人命。田福堂还为了开展"农业学大寨"活动，组织村民炸山修田，结果弄得天怒人怨。第二部写 1979 年春，中央召开十一届三中全会后，决定在全国农村实行联产承包责任制，田福堂连夜召开支部会抵制责任制，孙少安却领导生产队率先实行了责任制。然后，孙少安用贷来的款买来了砖块，希望用建窑烧砖来脱贫致富，最终，他成为公社的"冒尖户"。他弟弟孙少平继续怀揣青春的梦想和追求，到外面去"闯荡世界"，通过努力，他从一个漂泊的揽工汉变成了一个正式的建筑工人，最后又获得了当煤矿工人的好机遇。他的女友田晓霞从师专毕业后到省报当了记者，他们相约两年后再相会。田润叶离开了她不爱的丈夫李向前到团地委工作，这使李向前在酒后开车致残。田润叶深感内疚，重新回到丈夫身边，开始了幸福的生活。田润叶的弟弟田润生已长大成人，他在异乡与命运坎坷的郝红梅邂逅后，两人最终也结为夫妻。往昔主宰全村人命运的强人田福堂，仍然对新时期的变革采取抵触态度，同时他也为女儿、儿子的婚事窝火，再加上病魔缠身，他把自己弄得焦头烂额。第三部写1982年，孙少平到煤矿工作，通过努力工作，他成为一名优秀的工人。他与田晓霞的恋爱也依然在继续。但有一天，田晓霞却在抗洪采访中为抢救灾民牺牲了。当田福军给孙少平发来电报后，孙少平悲痛不已。孙少安的砖窑有了很大发展，他决定贷些款后，扩大制砖规模。但因技师不懂技术，结果使砖窑蒙受了巨大损失。后来在朋友和县长的帮助下，孙少安通过努力，终于成了当地脱贫致富的领头人。但在这时候，孙少安的妻子秀莲却得了肺癌。田润叶和李向前和好后，生了个儿子。田润生和郝红梅的婚事也终于得到了父母的承认，婚后，他们生了一个女儿。27岁的孙少平在一次事故中为救护徒弟受了重伤，他那英俊的面容尽毁；他少时的玩伴金波之妹向他表白了爱意，他为她的前途考虑后，选择了拒绝。孙少平从医院出来后，又充满信心地回到了矿山，去迎接新的生活与挑战。

　　小说全景式地反映了1975年到1985年期间中国城乡社会生活的历史性变迁，成功地刻画了孙少安和孙少平等社会各阶层的普通人的形象，他们身上体现出的人性的自尊、自强与自信，人生的苦难与拼搏，挫折与追求，痛苦与欢乐等被纷繁地交织在一起，读来令人荡气回肠。小说深刻地展示了普通人在大时代历史进程中所走过的艰难曲折的道路。小说没有回避现实，而是在现代主义横行的当时，毅然选择了现实主义手法来塑造其中的人物形象，真实逼真地描绘了农村历史的变迁，里面所写的每一个农村生活场景无不让人想起当时或现在我们所处的农村的生活现实。小说对于人物的心理活动进行了细腻的描写，符合人物的身份。例如对孙少平由于贫困而过分自尊的描写，充分显现了作者对人物心理的把握是符合客观现实的。小说对生活进行了精细的描写，里面的细节描写具有强烈的生活气息和高度的逼真性。比如对孙少平拿黑馍时的情景的描写，充分表达了孙少平的内心世界和悲凉处境。小说描绘了一个平凡而悲壮的世界，对孙少安与田润叶的爱情、田润叶和李向前的婚姻、孙少安与秀莲的婚姻、孙少平与田晓霞的爱情的描写，都体现出了悲壮性。[1]

---

[1] 参阅曾镇南《现实主义的新创获——论〈平凡的世界〉（第一部）》，《小说评论》，1987.3；李黛岚《路遥小说人性美解读——以〈平凡的世界〉和〈人生〉为例》，《名作欣赏》，2011.11。

1987 年

余华小说《十八岁出门远行》：叙述了主人公独自一人出门远行的经历

余华（1960.4.3—），生于浙江杭州。《十八岁出门远行》1 月份发表在《北京文学》第 1 期。小说叙述的是十八岁的"我"独自一人出门远行的经历。"我"出门远行后，一路都在找旅店，之后却搭上了反方向的过路车。车子在途中抛锚了，司机修车时遭到了几波人的抢劫，"我"为了保护苹果挨了打，而司机却一直微笑着，无动于衷，他最后还抢了"我"的背包，结果只剩下遍体鳞伤的汽车和"我"。然而"我"在这时却找到了心目中的旅店（即汽车）。小说自始至终充满了种种不确定的、令人难以捉摸的情境。开头的一段描写，表现了迷蒙离奇、漂浮不定的感觉，令人宛若是在梦中。小说愈往后发展，梦的成分愈强，比如汽车的突然出现，以及突然的抛锚；老乡涌上来抢苹果时，"我"为了保护苹果被打得满脸是血，司机不仅对发生的一切视若不见，还对着"我"快意地大笑不止等等事情，都犹如发生在梦境里一般，充满了怪诞和不可思议。小说的高明之处在于，它所描述的一切都是逻辑的，准确无误的，它用多种可能性瓦解了故事本身的意义，让人感受到小说像是由一种具有悖谬的逻辑关系和清晰准确的动作构成的统一的梦那样美丽。该小说是余华最早的一篇先锋小说，也是他的成名作。它本身的含义并不那么丰富，只有将它放入到余华的写作史中，使其与他的前后期的创作相联系起来，它的重要性才能得以彰显。另外，只有将它放置在 20 世纪 80 年代末、放置在"先锋小说"中，它才能获得人们更深入的理解。①

王蒙短篇小说《来劲》：一篇非常典型的立体主义小说

《来劲》1 月份发表在《北京文学》第 1 期，是一篇非常典型的立体主义小说。小说主人公可以叫作向明，或者项铭、响鸣、香茗、乡名、湘冥、祥命、向铭、向鸣、向茗、向名、向命……这位主人公三天以前，或者是五天以前一年以前两个月以后，他（她）得了颈椎病、龋齿病、拉痢疾、白癜风、乳腺癌，或者什么病也没有。他（她）正在结结巴巴一泻千里地发问的时候被静电棒追出，或被客气地引出，然后又被恭敬地请到主席台手术室贵宾室太平间化装后台……被授予了国际地球生物年歇里贝尔庚大奖，列入了世界名人录黑名单，成为最佳男女主角……小说借鉴了"叠卡片"的游戏写了向明出差、旅游、外调、采购、推销、探亲、参观、学习、取经、参加笔会、展销、领奖、避暑、冬休、横向联系、观摩、比赛、访旧、怀古、私访、逃避追捕、随便转一转、随便看一看、住宾馆、住招待所、住小学教室、住人民防空工事、住地下洞穴、住浴池、住候车室、住桥洞、住拘留所、住笼子等。然后他（她）到达了、误会了、迷失了、错过了他要去的地方。小说中人物的行为是一个个叠加的，但最后都被覆盖住了，被破坏掉了，这说明向明可能做了一切事情，也可能什么事情也没做。小说以大量的疑问句把社会万象拼贴在一起：比如鸡蛋黄究竟会诱发心脏病还是有益健康？过去了的时光能不能重新倒流？新的形态与旧的形态哪个更易朽速朽？……其所表现的人物的精神畅想与毕加索的精神如出一辙，显然受到了毕加索立体主义绘画的影响，这种影响也基于作者对毕加索艺术创新和"破坏精神"的深刻理解。小说人物形象神似毕加索作品中那些五官错位的人物，从中既可看到毕加索作品中存在的对拼贴艺术风格中内在的恶作剧因素，也可看到王蒙式的幽默，他在把这些看似毫无关联的事情拼贴在一起时，既呈现了一个多元时代的自由多变、浮躁嘈杂及令人困惑的社会特征，又表现了作者对那个充满探索和疑问的社会既爱又恨、既说不清又道不明的复杂情感。②

---

① 参阅李雪《作为原点的〈十八岁出门远行〉》，《中国现代文学研究丛刊》，2012.12。

② 参阅马云、王蒙《〈来劲〉：一篇立体主义的小说》，《名作欣赏》，2013.23；孟悦《语言缝隙造就的叙事——〈致爱丽丝〉〈来劲〉试析》，《当代作家评论》，1988.2。

贾平凹长篇小说《浮躁》：描写了几个青年人追求自己命运的故事

《浮躁》1月份发表在《收获》第1期。小说讲述了生活在州河边上的金狗、雷大空、小水等几个青年人追求自己的命运的故事。州河的北岸是两岔镇，南岸是不静岗和静虚村。两岔镇是有名的贫困镇，而静虚村里有巩姓、田姓两大户家族。田、巩两家上辈因为组织游击队，他们亲戚中的不少人成了国家干部。巩宝山是州城专员，田有善是白石寨县的县委书记，田中正是两岔镇的乡长。田、巩两家在乡里作威作福，而且暗地里争权夺利。小说的主人公金狗出生在静虚村，他胆子大，读过书，服过役，复员后带领乡里的年轻人组织了河运队，共同致富，乡长田中正插手其间为己谋利。金狗把握住机会到州城里做了报社记者，成为两岔镇的名人，他利用媒体的便利大胆揭露了田、巩两家的违法行为，使他们得到了应有的处罚。金狗的好朋友雷大空做生意，最后却办了空壳公司靠诈骗挣钱，成为镇里最有钱的人。田、巩两家趁机报复，使雷大空被捕入狱，并利用人际关系将其害死，金狗也受到牵连入了狱。小水想尽办法帮金狗最终脱离牢狱，并惩治了田家。小说最后描写了一场洪水的即将到来。小说描写了20世纪80年代改革开放后，金狗、雷大空及村里一群年轻人特定的"浮躁"心态。比如金狗以乡下人身份来到州城后，时常感到孤独困惑；雷大空尽己所能做生意挣钱，但面对金钱的诱惑，逐渐走上了违法犯罪的道路，到最后人财两空。小说创造了这么一个艺术世界：这是一个变革现实的世界，一个在历史的前进中充满着阵痛和躁动的世界，一个使人的灵魂发生动荡和重建的世界。[①]1988年10月，小说获"美孚飞马奖"。

谌容中篇小说《献上一束夜来香》：表现了十年浩劫给整个社会带来的市侩、虚伪、做作等不正之气

《献上一束夜来香》1月份发表在《花城》第1期。小说写58岁的机关干部李寿川，一辈子没什么欲望、需求，生活单调，除了上班就是买菜，从家到机关，两点成一线。在机关，李寿川是沈处长的部下，替处长写文件；在家里是他老婆的手和脚。这样一位与世无争、与人无论的人却因主体意识的复苏、

---

① 参阅李健民《时代大潮中的心灵蜕变——论〈浮躁〉中金狗形象的塑造》，《当代文坛》，1988.1。

人性的返璞，有一天突发奇想，花了两元钱买了一束夜来香花，送给了新分到机关的女大学生齐文文，因而招来了横天大祸。"一个女大学生跟一个五十多岁的老头儿"的桃色新闻不胫而走，不翼而飞，很快传遍了机关上下。"广角镜"朱喜芬的"演义"越演越烈；"夜来香奇案"的版本越来越多。同事的诽谤，处长的训诫，单位大会不点名的批评，使李寿川被罩在了一张"人言大网下"。李寿川精神瘫了，身体垮了，一病不起，只几个星期，人便枯瘦如柴，气息奄奄。最后，齐文文到医院给李寿川献上了一束夜来香。李寿川"脸上露出一丝微笑，一行泪无声地滴在那洁白的夜来香上"。小说入木三分地揭示了人物的复杂心态，甚至是"变态"情况。"广角镜"朱喜芬的无聊、浅薄、卑鄙庸俗及变态心理，"罗胖子"的无所事事、遁世思想，沈处长的居心不良、龌龊心理和下流行为，齐文文的美丽善良，都被刻画得栩栩如生、跃然纸上。"新词大诠"郭非既是个被嘲讽者，又是个新名词传递者，作者对他既有褒，也有贬。作者既对李寿川持讽刺态度，又对他的心理状态变化，对他的"美的本能的追求""健康人性的复归""审美意识的觉醒"持肯定态度。李寿川的灵魂深处埋藏着对温馨、静谧及美的渴求，但却被淹没在"人言"之中，他的心灵上承受着巨大的苦痛。小说的喜剧性超过了作者的前期作品，而且在形象塑造上以人为本，集中描写了人物的心态，产生了强烈的艺术效果。小说表现了十年浩劫给整个社会带来的市侩、虚伪、做作等不正之风，是中国式的荒诞小说。①

王安忆小说《锦绣谷之恋》：讲述了一个年近中年的女编辑对了无情趣的婚姻的厌倦和困惑

《锦绣谷之恋》1月份发表在《钟山》第1期，是王安忆颇有争议性的"三恋"小说（《荒山之恋》《小城之恋》和《锦绣谷之恋》）中的一篇小说。《锦绣谷之恋》的女主角是一个年近中年的女编辑，她美丽、清新，有独立的审美意识；她衣着简洁素雅，像未出阁的女儿家。但她的婚姻却了无情趣，这让她感到厌倦、疲倦。她的美好在她丈夫眼里早已不再新奇、可贵，她也对丈夫没了

---

① 参阅应光耀《心态：以人为本的多重组合——〈献上一束夜来香〉在谌容小说创作中的意义》，《当代文坛》，1989.1。

仰慕。当他们共处一室时，她便变得特别易怒与烦躁，成了一个絮聒的女人。丈夫对她的麻木的忍让，让她生厌，她也对易怒的自己生厌。但她控制不住自己。她需要宣泄，需要借絮聒来呐喊。在庐山召开的一次笔会上，她与一个陌生男人邂逅了。男人让她发现了自己，让她重新意识到自己是一个女人，意识到作为女人可以爱和被爱。她在美好的邂逅结束后，又重新回到了婚姻中来，继续着过去的生活。她绕了一个圈，又回归原点。①

王星泉中篇小说《白马》：一曲革命英雄主义精神的赞歌

王星泉（1930—2004.12.4），四川省成都人。《白马》是一篇动物小说，1月份发表在《十月》第1期，获得1987—1988年全国优秀中篇小说奖。小说主角飞飞是一匹神马，在民族革命战争的烈火硝烟中，它和骑手戚念冰一起在战场上纵横驰骋，浴血奋战，立下了赫赫战功。当八路军的骑兵和日军的装甲部队展开血战时，戚念冰骑着飞飞单骑闯敌阵，与敌首黑森男爵在马上进行厮杀，场面惊心动魄，回肠荡气。小说是对八路军骑兵将士的礼赞，是一曲革命英雄主义精神的颂歌。但这是一种单向度的理解，因为小说还超越了具体的战争描写，对白马所折射出来的人格力量和民族精神气节进行了描绘。作者用了不少笔墨铺陈了骑手戚念冰和白马的关系。戚念冰是骑兵英雄，他热爱战马。但另一方面，戚念冰也常以主人自居，在飞飞面前大耍"淫威"，使飞飞倔强地进行了抗争，即便沦为役马，也依然维护着自己的"尊严"。显然，飞飞已不是单纯的动物，而是超越了兽性的。戚念冰在斗争的实践中最终自我更新，他抛弃旧我，在平等和理解的基础上，与飞飞重新建立了深厚的战斗情谊。这一笔，使小说达到了一个更高的境界。小说结局是悲剧性的，飞飞被俘了。敌人虽然"豪华地款待"它，但它没有动心，它不愿沦为黑森的坐骑；行刑队的人"虽然每一鞭都使它浑身痉挛，它仍然默不作声，它安详地以绝食面对日军的凶残，怀着一种伟大的感情进入弥留之际"。小说除了集中全力描写飞飞和戚念冰之外，也注意了对人物群体形象的塑造，力图使每一个人物在他们的地

---

① 参阅许文郁《两种荒谬感——谈张洁的〈他有什么病〉和王安忆的〈锦绣谷之恋〉》，《小说评论》，1988.1。

位上都是"主角"①。

张承志长篇小说《金牧场》：一篇由立体的历史意象构成的小说

《金牧场》3月份发表在《收获》第2期。小说写20年前，几个红卫兵沿着红军长征的路线，满怀理想地走了一遭。几年后，他们上山下乡来到大草原，历经贫穷和欲望的熬煎，开始由梦幻走向现实。后来，主人公离开草原，来到西北，又到了日本，研究起古书《黄金牧地》。小说从四个方位上将一代人美好的、痛苦的、幼稚的、成熟的、多梦的人生体验与在现实中得到的人生体验清晰地描绘出来，使时间和空间互为穿插，构成一个立体的历史意象。

洪峰小说《瀚海》：叙述了一家祖孙三代的故事

洪峰（1959.11—），吉林通榆人。《瀚海》3月份发表在《中国作家》第2期。小说用第一人称，叙述了一家祖孙三代的故事。第一代为"我"的姥爷姥姥，爷爷奶奶。"我"姥姥16岁时被邻屯中一个财主的大少爷拽进高粱地强奸了，其实他们是两相情愿的。后来，"我"姥姥生了个闺女，但她不是"我"妈。财主的大少爷和"我"姥姥相好的事情败露后，大少爷的家人不同意，大少爷就带着"我"姥姥外逃了。但他们在路上遇到了胡子。胡子劫走了"我"姥姥，大少爷却死了。"我"姥姥在做了胡子的压寨夫人后不久，胡子就战败了。"我"姥姥于是到一个戏班子里去唱二人转了，其间她被掌包的睡了，但她爱恋的是她的大师兄。"我"姥爷是大地主李金斗家的长工，有一年冬天，他遇上了"我"姥姥他们的戏班子，他被"我"姥姥迷住了。当他们正在缠绵的时候，被戏班子的人发现了。戏班子敲诈了"我"姥爷的一些钱财后，就扔下"我"姥姥扬长而去了。有一天，"我"姥姥乘"我"姥爷在地里干活时逃跑了。"我"姥爷在大草甸上狂追不舍没追上。"我"姥姥走累了，也辨不清方向，就随便走，没想到第二天又走回了村里。"我"姥爷在一棵大树下看见了"我"姥姥，两人又重逢了。大地主李金斗曾救过"我"姥爷的命，当年日本人用劳工，往各屯子里摊派，有钱人出钱出粮后雇人去给日本人当劳工。"我"姥爷就是被李金斗雇去的，工期满后还家的当天，他被胡子绑票了，当胡子发

---

① 参阅岳瑟咏《〈白马〉——读王星泉小说〈白马〉感怀》,《当代文坛》,1987.5。

现他没钱后就逼他拿一匹马来换命。"我"姥姥得知后就去求李金斗，她付出了什么代价无人知晓，李金斗最终帮忙救了"我"姥爷。土改时，大伙控诉李金斗抢男霸女，"我"舅舅便下令枪毙了李金斗。"我"爷爷有一天进城卖碱坨时住进了一家小店里，半夜里，店里的一个姑娘钻进了他的被窝，结果"我"爷爷的牛和车被店老板没收了。"我"爷爷又怒又悲，抢了那女子后就跑了。他们来到荒郊野外后，那女子要求"我"爷爷娶了她，于是，她成了"我"奶奶。第二代是"我"舅舅及"我"父母的故事。1942年，日本人在"我"家乡一带采金伐木修铁路，"我"舅舅由李金斗保举当了小工头。"我"舅舅曾偷了两包炸药塞进了劳工棚，但炸药后来被另外两个劳工偷去炸了鬼子的窝。"我"舅舅回家快半年后，昔日的劳工朋友来找他，诈他将他偷炸药的事情暴露了，他便跟上他们跑了。1947年，"我"舅舅带领着土改工作队回家乡时，在路上遇到了土匪，土匪头子是"我"妻子雪雪的爸爸李学文。"我"舅舅在土改工作队面前保了李学文，使他没受到处理。李学文有个妹妹，读完国高后在家闲待着，"我"舅舅见到她后立刻被她迷住了。不久，李学文就将妹妹嫁给了"我"舅舅。第三代为大哥，二哥，大姐，"我"，雪雪，小妹。"我"二哥是所有人中令"我"最崇拜的人。1966年，"我"二哥女友林琳的爸爸被"查明"是"叛徒"，"我"二哥便将他隐藏起来。但林琳要和父亲划清界限，便跑到了另一个战斗队，同"我"二哥决裂了。"我"二哥为了夺回林琳，同对方武斗，结果出了人命，他也被捕入狱了。1984年，"我"二哥获释回家后，和等了他十几年的林琳团聚了。1978年春天，"我"考上大学后，在溜冰场上遇到了李学文的女儿雪雪。雪雪和"我"相恋后，给"我"讲了她家里的事。她说她爸是她的养父，她亲爸是李学文，即"我"妈的亲哥。她说她姥爷是我们那一带最大的地主，土改时被枪毙了，她亲爸李学文就当了土匪，他既打日本人，也杀老百姓，还霸占良家妇女；因为李学文打日本人有功，所以土改时没人敢动他，他躲在一所小学校里教书，肃反时也漏了网，后来却被仇家认出告到了县政府；她养父是公安局长，他大义灭亲，枪毙了她亲爸李学文。"我"姐和"我"的一个朋友相爱。"我"姥姥死后，"我"爸把"我"姐嫁给了后来被提拔为公社革委会副主任的造反派司令，"我"爸也因此进了革委会。"我"

姐结婚半年以后，副主任调走，1983年被捕入狱，"我"姐同他办了离婚手续后，去一家火葬场当了工人。"我"那位朋友此时也结了婚住在大城市。"我"大哥是个侏儒、傻子，除了爱吃鼻涕外，还有一癖好，就是晚上爱扒墙看人家姑娘的花衣裳。一次在街上，他看到一位穿着花衣裳的姑娘，就扑了上去，差点闯出大祸。"我"爸将他在屋里捆了一段时间，后来放了他，但他最后还是闯了大祸。"我"妹妹有一天买了一件新花衣裳，"我"大哥便在深夜时扑向了"我"妹妹。"我"妹妹被吓疯后，有一天突然就不知去向了。后来，我们在一大堆冰雪下找到了她冻僵的尸体。"我"因此非常憎恨"我"大哥。后来"我"找了一个机会，将"我"大哥在一个水塘里溺死了。溺死"我"大哥后，"我"回到家里，什么也没有说。小说讲述的故事时间跨度在抗日战争之前到改革开放之后。故事发生的地点在东北白城市一带，这里号称八百里瀚海。故事的结构方式很特别，作者故意打乱故事发展的时间顺序，颠三倒四地叙述，引人思考。小说对人物形象的刻画很深刻、真实，突出地表现出他们的戏剧性和悲剧性。姥姥、姥爷、爷爷、奶奶这一辈人的爱情极炽烈、极离奇，甚至不乏原始的、本能的一面。到了爸爸、舅舅这一代，人物命运的戏剧性发展到极致。到了"我"这一辈，人物的悲剧性得到加强，生活得格外沉重、格外艰难，"我们"的爱情不再像姥姥他们那么自由、浪漫，"我们"戴上了沉重的时代的桎梏。[1]

杨咏鸣短篇小说《甜的血，腥的铁》：描述了一名工人家属同钢铁打交道并征服了钢铁的心灵历程

杨咏鸣，生平不详。《甜的血，腥的铁》3月份发表在《上海文学》第3期，获得1987—1988年全国优秀短篇小说奖。小说写某厂矿一名工人的家属从农村来到厂里后，开始同钢铁打交道并征服钢铁的心灵历程。小说把冷冰冰的钢铁写得充满了活力，体现了女主人公热爱生活、热爱钢铁的独特的感觉。作者用这样一种艺术感觉来触摸大工业生产，来体味当前改革的"甜"以及有时可能带来的"腥"，视觉独特。小说叙事角度、叙事方式、叙事语调新颖别致。

---

① 参阅南帆《相反相成：〈奔丧〉与〈瀚海〉》，《当代作家评论》，1988.1。

雁宁短篇小说《牛贩子山道》：描写了大巴山历史与现实交融的一幕

雁宁（1953—），原名田雁宁，重庆铜梁人。《牛贩子山道》3月份发表在《人民文学》第3期，获得1987—1988年全国优秀短篇小说奖。小说撷取的是生活中的一个断片，在清新蕴藉的画面中，透示出了生活的五光十色。小说写的是大巴山中老少两个牛贩子在山道上贩牛的一次经历，其中最耐人寻味的是作者对牛贩子山道的精心描绘。牛贩子山道，艰险曲折，既是实景，但作者又从过去延伸到现在，使牛贩子山道显示出鲜明的人文色彩。大巴山山民几代人曲折的生活际遇，以及他们对爱情的执着追求和对土地的铭心刻骨的眷恋都被凝聚在这条不起眼的岑寂的山道上了。这山道不仅是自然的山道，而且也是历史的"人道"。作者正是在这种深沉的思考中描写出了大巴山的历史和现实交融的一幕，使小说的具体形象实现了从有限向无限的超越。小说虽用了第三人称，但又没有完全体现出第三人称的全知全能特点，而是让不同的叙述者在有限的视角里，给作品透出了空灵。小说通篇几乎没有直接引语，全部采用了间接叙述的方式，使文字带有明显的心理和情绪的色彩；小说中段落式的长句和急促的短句错落有致地使用，使叙述节奏对位于人物的心理活动；小说的生活气息浓郁，时代感强烈，叙事、状物、言理、诉心、摹声、绘色都很具特色。①

朱春雨短篇小说《陪乐》：讲述了"文革"期间一个政治审查对象被罚劳动和给人"陪乐"的故事

《陪乐》3月份发表在《中国作家》第3期，获得1987—1988年全国优秀短篇小说奖。小说以第一人称方式描述了"文革"期间一个政治审查对象被罚劳动和给人"陪乐"的故事。知识分子的"我"被专案组弄到林场抬木头，"我"被压得闪了腰。当"我"被工头辱骂了一番之后，"我"便在工友们歇气时，给他们讲故事逗乐儿。这使"我"的精神和身体上的负担都消除了。后来，"我"每天在篝火边和大伙同乐的事情被专案组的人知道了，他们突然命令"我"下山，然后在晚上的时候去革委会主任家里去教主任和组长、委员们

---

① 参阅林野《情系泥土 韵溢古道——雁宁〈牛贩子山道〉之艺术特色》，《北方工业大学学报》，1991.2。

打麻将。就这样，"我"在新的地方不仅养好了伤，而且还能经常得到这样的好处——主任向上级报告"我"的劳动表现时说的都是好。不久，专案组把"我"召回去，使"我"受到了优宠的招待。"我"在惊诧之际才知道，"我"又一次被他们挑来陪乐了。

马烽短篇小说《葫芦沟今昔》：以一种历史唯物主义的态度，对过去的农田水利基本建设给予了比较公正的评价

《葫芦沟今昔》4月份发表在《人民文学》第4期，获得1987—1988年全国优秀短篇小说奖。小说是作者根据自己下乡时发现的一个普遍问题写成的，这个普遍问题是：各级基层干部对实行责任制以前的农田基本建设都采取了全盘否定的态度，认为那是学大寨的产物，他们不承认那种建设对农村发展起过积极作用，更不认为实行责任制后一些农民的富裕正是建立在这个基础之上的。这种情况使本应属于经济领域的农业生产，在刚刚摆脱政治的笼罩之后又落入了政治的窠臼。小说以一种历史唯物主义的态度，对过去的农田水利基本建设给予了比较公正的评价。

周大新短篇小说《小诊所》：描写了复杂的人性

《小诊所》4月份发表在《河北文学》第4期，获得1987—1988年全国优秀短篇小说奖。小说写杏儿哥开了一家小诊所，他为了赚钱，工于心计，鄙俗取巧，不顾人情，这让在小诊所里工作的岑子颇为不堪，岑子产生了离开小诊所的念头。但五爷家失火时，杏儿哥却前去奋力抢救，结果身负重伤。小说由此告诉人们，对任何人都不能简单地以"善"或"恶"来一字定论，人性是复杂的。小说将说书人的唱词放入其中，不仅使其充满厚重的历史感，而且说书人的每一段唱词都具有象征暗示作用，给人带来独特的审美意蕴。[1]

陈世旭短篇小说《马车》：描写了知识分子评职称的热点问题

《马车》4月份发表在《十月》第4期，获得1987—1988年全国优秀短篇小说奖。小说的内容是反映当前知识分子的热点问题——评职称。某大学中文系两个副教授的名额有三个人在竞争，三个竞争者是评审委员会副主任公伯骞

---

[1] 参阅李丹梦《坚硬的"单纯"——周大新论》，《小说评论》，2006.6。

的嫡出弟子范正宇、姚长安、肖牧夫，他们各有短长，评审委员会难以取舍。公伯骞是教育界、学术界的先贤，面对三个弟子的竞争，他为难不已。范正宇已到天命之年，资历仅次于公伯骞，和他年岁一样的教师都早已成为副教授，如果按资排队非他莫属。姚长安生活清贫，学业有成，生活上、学问上与公伯骞基本一样，很受公伯骞的垂青。但作为教师的他讲课却了无趣味，这是他的一大竞争短处。肖牧夫善辩，论文屡屡获奖，意识超前，对学生吸引力大，可谓讲写全才。但他是"工农牌"大学生，资历先天不足。在三个人都志在必得的情况下，竞争于是非常激烈，状况也扑朔迷离。幸运的是，范正宇临到宣读论文的关键时刻，他的书出版了，可以说是胜券在握。"三足鼎立"一下子成了姚长安与肖牧夫的两虎相斗。小说用冷峻的语言叩击着读者的心弦，高潮是在论文宣读会上，当超常的压力和刺激使姚长安一反口吃的常态，演讲获了意外成功时，他却因脑溢血突发而未能讲完，栽倒在会场上，次日便溘然长逝了。当校长把姚长安梦寐以求的副教授职衔送到他的床前时，他需要的却是一杯白开水。肖牧夫在论文宣读会上的雄才善辩咄咄逼人，招来的却是评委们的反感。最后他黯然神伤地、慨然地出走了。小说对知识分子晋升职称之难进行了生动的反映。①

王朔小说《人莫予毒》：叙述了一对新婚夫妇冤冤相报，最后受到法律惩处的悲剧故事

《人莫予毒》4月份发表在《啄木鸟》第4期。小说叙述了一对新婚夫妇冤冤相报、最后受到法律惩处的离奇曲折的悲剧故事。小说中的老公安单立人貌似憨厚平庸，实则机敏果敢，他的无辜被诬陷及对此案的侦破显示出了他的形象的高大。农村小伙刘志彬为了骗取金钱，不惜视婚姻为儿戏，和大学教授的女儿白丽结婚了。白丽为了报复刘志彬，在酒里倒上老鼠药后毒死了他，同时也毒倒了他的帮凶邢邱林，然后又诱导他去跳楼。单立人看到白丽这样一个受害者反过来变成一个凶恶的害人者，便觉得她要是相信法律的力量该多好。小说流露出了王朔最初的一些文学信念、最初的一些文学感悟，即我们都是生活

① 参阅江冰《坚韧的姿态——评陈世旭近年的小说创作》，《创作评谭》，1998.3。

在一个"痴人"世界的人。①

王火长篇小说《战争和人》：展现了抗战时期南中国的全景画卷，塑造了许多可歌可泣的英雄人物

王火（1924— ），原名王洪溥，江苏如东人。《战争和人》三部曲共160多万字，三部小说既独立又互相联系，由人民文学出版社出版。第一部《月落乌啼霜满天》1987年5月出版；第二部《山在虚无缥缈间》1989年出版，第三部《枫叶荻花秋瑟瑟》1992年出版。三部小说合并后以《战争和人》为总名在1993年7月结成套书出版，1998年4月20日获得第四届茅盾文学奖。小说以国民党上层官员、法学权威童霜威及其儿子童家霆的家庭变故和人生遭际为主线，展现了抗日战争时期南半个中国的全景画卷。童霜威一心想抗战，他对官场中的尔虞我诈和如火如荼的阶级斗争忧心忡忡。他有正义感和民族忧患意识，但作为文人，他的隐逸情结很浓，是一个既不极"左"也不极"右"的"中间派"。正是这个"中间派"，使他心中充满了矛盾，因为他知道自己多年来在官场上失意的原因就是因为自己虽然是一个国民党员，但却与国民党右派一直保持着一定的距离。他又很软弱，当他面对自己刁蛮凶悍的妻子方丽清时，百般忍让。方丽清是上海一个富商家的千金小姐，平日里娇纵成性、刻薄泼辣、锱铢必较、灵魂丑陋、言语粗俗、思想浅薄、举止轻浮、鼠目寸光，甚至水性杨花。当生活中稍有小事不随她意时，她便没完没了地发牢骚，骂天咒地。对这样一个刁钻的女人，童霜威总是一忍再忍，但这却使妻子却越发地得寸进尺。当日本人和一些国民党右派卖国者想利用童霜威的"中间派"身份时，童霜威严词拒绝，这又体现了他在国家民族命运上的原则性，他的骨子里有着一股捍卫祖国尊严的正气。童霜威的弟弟童军威是一个铁血丹心的爱国青年，他从走上战场的那一刻起，就发誓要与祖国共存亡。他对祖国刻骨铭心的爱使他舍生忘死、殒身不恤。在守城官兵伤亡惨重、生者落荒而逃的情况下，他用血写下了一封遗书，在杀掉几个日本兵后，惨烈地死在了敌人的屠刀下。残暴的敌人割下了他的头颅，使他身首不能合一。童霜威在得知弟弟为国捐躯

---

① 参阅刘怡《"痴人"的世界——谈王朔的短篇小说集〈人莫予毒〉》,《青年文学家》, 2014.10Z。

后，坚定了他保卫祖国的决心。他终于走出了混沌和懵懂，走上了觉醒和光明的道路。方丽清和老奸巨猾的商人江淮南关系暧昧。但童霜威心中一直牵念的是离世多年的前妻柳苇。柳苇是一个坚毅、倔强、热忱的共产党员，她在国民党白色恐怖的笼罩下，慷慨就义于雨花台上。童霜威、柳苇的儿子童家霆与母亲柳苇一样刚直，一样倔强。当他得知母亲血溅雨花台的惨剧之后，他的眼中迸射出的是一种仇恨的目光。他面对继母方丽清的嚣张跋扈，敢于与之针锋相对。他同情在方丽清虐待下艰难度日的金娣。他和金娣之间产生了青涩的、朦胧的爱情。但后来在躲避日军轰炸的时候，方丽清为了保护自己，竟让金娣趴在她的脊背上为她挡子弹，结果金娣葬送了自己的生命。方丽清在事后不但没有感激之心，反而还痛惜当初买金娣时所花的三百两银子。小说还描绘了"老寿星"、庄嫂、尹二等小人物的形象，他们是生活在社会最底层的小人物，有着各不相同的悲惨命运。"老寿星"本来是一个孤寡老人，被童霜威收留来修整草坪、打扫院子。他待人和善，面容慈祥，因为有着满头白发和宽阔的额头，所以被大家亲切地称为"老寿星"。在日本鬼子洗劫南京城的时候，"老寿星"趁着鬼子们熟睡之机，在厨房里放了一把火，然后割下了两个鬼子的头；当鬼子们七手八脚地忙着救火的时候，他又挥刀砍死了两个鬼子；最后，年逾六十的他在同鬼子搏斗时，壮烈牺牲。庄嫂是一个寡妇，刚三十出头，是童家的女佣人。她心地善良，勤劳质朴。尹二是童家的司机，二十六岁，对国家，他有着强烈的使命感；对家庭，他有着坚定的责任感。他和庄嫂在生活上互相关心，最后结成连理。但在他们还没来得及享受婚姻的甜蜜时，尹二却被强征到战场上去作战了，后来在渡江时，他被奔腾的江水淹没了；庄嫂在日本鬼子洗劫南京城的时候，惨死在了日本人的屠刀之下。小说中的童军威、柳苇、"老寿星"、庄嫂、尹二都是可歌可泣的英雄。他们平凡的人生有着不平凡的意义。他们用宝贵的生命筑造了一座傲然屹立的丰碑！小说情感真挚，人物形象鲜活饱满，将战争的苦难重新提到了读者的面前。小说的字里行间都体现着中国人民英勇不屈的顽强战斗性格和浓郁的爱国主义精神，同时闪烁着人道主义精神的光辉。①

方方中篇小说《风景》：以通俗冷漠之语叙写了生活在河南棚子里的人们的世俗人生

方方（1955.5— ），生于江苏南京，长于湖北武汉。《风景》5 月份发表在《当代文学》第 5 期，获得 1987—1988 年全国优秀中篇小说奖。小说以武汉下层人的栖息之地河南棚子为背景，写出了他们的窘困。当码头工人的父亲和当搬运工人的母亲育有七个儿子、两个女儿，他们一家 11 口人住在只有 13 平方米的靠近铁路的板壁房子里：小儿子七哥睡觉的地方是潮湿阴冷的床底下；大儿子白天睡觉，晚上上班，他 15 岁就进工厂做工；二儿子、三儿子小小年纪就去爬火车偷煤；又聋又哑的四儿子 14 岁就去打零工；七儿子 5 岁就开始去捡破烂、捡菜叶。精俗凶悍的父亲以殴打妻子儿女为乐事，水性杨花的母亲喜欢在男人们面前挑逗卖弄，大儿子与领导的妻子通奸，五儿子、六儿子带一女孩回家轮奸，四儿子因失恋而自尽，七儿子为升迁而与比他大八岁的不能生育的女子结婚。河南棚子中的这些人们，为了生存，自小就挣扎、拼搏在窘困的生存状态中。他们酗酒、吵架、斗殴、奸淫，尔虞我诈，钩心斗角，展现了一个粗鄙的人生世界。小说以通俗冷漠之语叙写了生活在河南棚子里的人们的世俗人生，他们酗酒斗殴、打骂调情、挣扎与奋斗的情况，都在世俗人生的展示中透出了民俗色彩。父亲的喝酒讲战史、母亲和邻居的调情、大儿子与父亲的扭打、二儿子的失恋自尽、五儿子的发财经过、七儿子的挨骂遭打、拾破烂捡菜叶、恋爱婚姻都展现出这些人物在生存挣扎中悲哀的奋斗历程，显现出作者讲究细节真实的现实主义精神。②

陆文夫短篇小说《清高》：讲述了一名小学教师相亲的故事

《清高》5 月份发表在《人民文学》第 5 期，获得 1987—1988 年全国优秀短篇小说奖。小说讲述了小学教师汪百龄的相亲故事。老实本分的汪百龄在给家庭尽责任和义务的时候耽误了个人婚事，他作为小学教师，工资不高，生活

---

① 参阅冯宪光《史和诗的一体化——评王火长篇小说〈战争和人〉》，《当代文坛》，1992.6；覃虹《历史的激情和诗心的燃烧——论王火〈战争和人〉的史诗性特色》，《理论与当代》，1998.2。
② 参阅李杭春《中国"小人物"风景——方方〈风景〉读法一种》，《小说评论》，1989.1。

贫困。他对这些都已习惯。他在同几位姑娘谈情说爱时，显得很不习惯，犹豫彷徨，终未成功。而姑娘们对他的反馈是"清高"，谢绝了和他的交往。小说讲述了这位"清高"的小学教师在个人问题上遭遇的尴尬，反映了在当下这个物欲横流、物质至上的社会里，人们对曾经受人敬重的职业在认知上存在着的一些问题。在作者的小巷人物的艺术画廊里，汪百龄是作者用幽默、含蓄、深邃的喜剧艺术手法塑造出来的一个具有审美价值和认识价值的人物形象。[1]

谢友鄞短篇小说《马嘶·秋诉》：两支抒情色彩浓郁的纯朴旋律

《马嘶·秋诉》分上下篇，各5000字，5月份发表在《上海文学》第5期，获得1987—1988年全国优秀短篇小说奖。上篇《马嘶》写老三和新婚妻子为了过上好日子，套上车去草原买马。重点写的是套马过程中马的嘶鸣和叫喊。小说的题目也就是小说要写的事。这种单一的事，使作者有了施展语言技巧的宽阔的空间。小说开头用大段的描写衬托了买马的重要性，之后写他们挑选了一批好马，可是马倌却层层加价。原来这匹马曾救过马倌一命，重感情的马倌既舍不得这马，又想替马找个好人家。老三的新婚妻子是蒙古人，当她听说那匹挑好了的雪青马还要再多交十块钱的时候，她决定亲自动手去套马。这时候的她没了以往的温柔娇羞，而是显得雷厉风行。她一下子就套中了雪青马，但雪青马很快将她摔落在草滩。马倌征服了雪青马后，便让老三两口子骑上它连夜回家了。小说的结构为：去买马——挑马——套马——马倌不卖马——马的特殊——送马。小说如诗如歌，一幅接着一幅温馨的、鲜亮的、浩阔的画图，给人一种生命的原始感和神秘感。下篇《秋诉》的抒情色彩很浓郁，那悠长的音乐般的文字及那民歌一般纯朴的旋律，都使它在语言和文体上甚至超过了《马嘶》。它通过老三夫妻与邻居姊妹的鲜明对比，显示了前者颇有新人的气息，而后者在传统观念的制约下，使其正常人性受到了压抑，她们从事的劳动也就变成毫无兴趣的异化的苦役，她们都不自觉地忍受着异化的难堪重负。可叹的是造成她们这种变形的外力和内因并非来自现实和制度，而是来自她们父亲和她们自身愚昧落后的心理积淀。这样一来，她们的生活就具有了悲剧意

---

[1]　参阅水天戈《在那清高的背后——读陆文夫的〈清高〉》，《小说评论》，1987.5。

味。当她们为老三夫妇帮工时，虽然获得了心灵的瞬间自由，但这自由很快就消失了，她们于是无可解脱地抱头痛哭，历史的心理阴影又摧残起了她们的灵魂。①

刘震云短篇小说《塔铺》：反映了恢复高考后的中国农村现实

刘震云（1958.5—），河南延津人。《塔铺》7月份发表在《人民文学》第7期，获得1987—1988年全国优秀短篇小说奖。小说反映的是恢复高考后的中国农村现实。"我"准备参加高考，在补习班里就着咸菜吃冷窝窝头拼命学习，有时候，当"我"买到一碗五分钱的白菜汤，就算是改善了生活，那嫩柳叶蒸的菜团子对"我"来说就是山珍海味。补习班里的女同学李爱莲的家里状况更惨，歪七扭八的三间土垛破茅屋是她一家人的栖身之所。"我"和李爱莲在艰苦的学习条件下，有共同的追求，互相理解，互相倾慕，互相支持，互相鼓励，逐渐产生了纯洁美好的情感，爱情的种子在我们各自的心底里萌芽着。但就在我们期盼着有情人终成眷属的时候，结局却出乎我们的意料：因为李爱莲的家中无钱给她父亲治病，她放弃了高考及与"我"的神圣爱情，嫁给了暴发户。小说将两人在困境中产生爱又在困境中失去爱的故事写得感人至深。当一切都归于虚无时，爱情纯粹成了理想主义者的良好愿望、话语虚构。②

池莉中篇小说《烦恼人生》：以新写实风格展示了生活的原生态

池莉（1957—），湖北仙桃人。《烦恼人生》8月份发表在《上海文学》第8期，获得1987—1988年全国优秀中篇小说奖。小说主人公印家厚是一个工人，他每天的生活内容就是从早到晚不停地奔波，从凌晨一直马不停蹄地跑到深夜，像陀螺一样。他去上班，要像去参加战斗一样赶公共汽车；他吃早餐，常在上班途中随便对付。在这种无暇喘息的奔忙中，他觉得自己深陷在了生活的困窘和烦恼之中。作为丈夫、父亲和儿子，印家厚必须负担起家庭的责任和重担，然而他从来都是力不从心或者不称其职。让他更为羞愧的是，他居住的

---

① 参阅殷晋培《审美自觉意识的张扬和小说形式的追求——谢友鄞，从〈窑谷〉〈窑变〉到〈马嘶〉〈秋诉〉》，《当代作家评论》，1988.1。

② 参阅刘国强《诗意与狂欢：塔下的纯爱之歌——试论沈从文的〈边城〉和刘震云的〈塔铺〉》，《名作欣赏》，2008.24。

房子都是由老婆托人告借的。在工厂，他还必须面对复杂莫测的人际关系：车间主任绕着弯子扣发他的奖金；他又莫名其妙地遭到同事的诬陷等。他就是干最平常的事儿也是极不顺利，上厕所得排队，用水龙头洗漱得排队。他面对烫了鸡窝般发式的、憔悴的老婆时，总是努力地发掘自己的温馨去安慰她。他最终决定：不能改变不满意的现实，那就试图改变自己吧。他于是采取了儒者的"中和"态度，使自己无论面对什么困境都不要灰心丧气，要一如既往地对美好的明天充满期待。印家厚扮演着多重角色，这是他作为现代社会中的个体本应承担的责任与义务。但不同角色的规范不仅制约了他的角色选择，也调和了角色间和角色内的冲突，使他卑微的生活里交织着多重角色的冲突及由此给他的行为模式带来的转变。① 小说具有鲜明的新写实风格：它以刻意写实来展示生活的原生态；它关注了人的最低生活欲求，摒弃了文学的政治功能；它用压制到零度状态的叙述情感，取消了作家的情感介入；它注重描写艰难困苦的生活情境，展示了人们灰色的生活状态；它表现了普通人的生活，平民化的倾向十分突出。②

凌力长篇小说《少年天子》：描写清朝第一代皇帝顺治的历史小说

凌力（1942.2—），本名曾黎力，江西人，生于延安。《少年天子》8月份由十月文艺出版社出版；1991年3月7日，小说获得第三届茅盾文学奖（1985—1988）。该小说是描写清兵入关后清朝第一代皇帝——顺治皇帝的长篇历史小说。1654年，16岁的福临即顺治皇帝在母亲庄太后的支持下，采纳大臣范文程和德国神父汤若望的政见，放弃徒恃军威的"穷兵黩武"，采取了招降弭乱的"文德绥怀"政策，完成了他治国平天下的一大转折。这时安郡王岳乐和佟妃父亲佟图赖正为圈地起争执，吏部尚书陈名夏联合29名汉官要求废掉圈地和逃人法，引起了贵族的不满。福临决定圈地一概退还，对陈名夏结党怀奸处绞。福临大婚时，对前来参加婚礼的弟媳乌云珠十分倾心。乌云珠是正白旗大将鄂硕与一名俘获的苏州才女所生。后来，福临与乌云珠在母亲庄太后的寿宴会上互诉衷情，庄太后察觉后，禁止乌云珠的宫眷进宫。福临的弟弟又

① 参阅韩俊《试论池莉小说〈烦恼人生〉的新写实风格》，《新西部》，2012.13。
② 参阅秦国清《池莉〈烦恼人生〉再解读》，《文学教育》，2015.1。

把乌云珠囚禁在内室。福临恼羞成怒，打了弟弟耳光，弟弟悬梁自尽。乌云珠终于进宫，并于第二年生了一位小皇子。顺治十四年秋，闱榜发，考官纳贿作弊，福临严惩了汉官。这时南明反清势力也受到沉重打击，郑成功被赶到福建的沿海岛屿，洪承畴的剿抚并用方略也初见成效，孙可望亦在云南降清，这些都使福临欣喜若狂。是年11月，庄太后游幸南苑突患重病，乌云珠尽心侍候，劳累成疾，而皇后却未去请安照料，被停中宫笺表。福临改"敬天法祖"为"满汉一体"，激起了贵族不满。被废皇后静妃的堂姐妹谨贵人故意将痘疹传染给乌云珠新生的皇子，皇子不幸早殇，谨贵人被福临处死。顺治十六年，郑成功17万大军北上围困金陵，福临惊慌失措，他忽而"退出山海关"，忽而又"御驾亲征"。这时，乌云珠因太监宫女"对食"而受到福临严斥，二人的感情有了裂痕。这时简亲王济度阴谋废掉福临，因事泄失败。福临在一连串打击下遁入佛门，乌云珠又病逝，他悲痛欲绝。顺治十八年正月初八，24岁的福临因天花驾崩。只活了24岁的顺治皇帝在面临明清鼎革之际的严峻局面时，能励精图治，力求变革，但却遭受到了朝廷一些保守势力的阻挠。顺治能书会画，多愁善感，醉心追求符合自己意愿的爱情和婚姻生活，但却引发了爱与恨、生与死的尖锐矛盾。顺治在政治上的失败和爱情上的破灭，深刻地反映了他的性格悲剧和历史悲剧。[1]

孙甘露小说《信使之函》：一篇充满无所顾忌的诗意描写和放任自流的奇谈怪论的小说

孙甘露（1959.7.10—），祖籍山东荣成，生于上海。《信使之函》9月份发表在《收获》第5期。小说里面的人物如致意者、六指人、温柔的睡莲、僧侣等完全是一群来去匆匆的人物，他们生活在一个漂流不定、没有真实含义的虚幻世界里，没有时间，也没有空间。他们往往只保留瞬间的情态，而这瞬间的情态又总是雕塑般化为了永恒的印记。小说充满了无所顾忌的诗意描写和放任自流的奇谈怪论，在五十多个"信是……"的判断句里，作者把一个事物的可能性推到了极端，它被无限制地运用，使"信"变得无所不在、无处不在。小

---

[1] 参阅杨文军《历史题材版的"改革"叙事——重读凌力的〈少年天子〉》，《新文学评论》，2012.4。

说最为突出的特征是作者对语言的使用，他将语言中不少约定俗成的规范打破，然后去随意地重新塑形，产生了迷人的艺术魅力[1]

苏童小说《1934年的逃亡》：用无边而瑰丽的天才想象创设了一个灵气飞扬的"枫杨树"世界

苏童（1963— ），江苏苏州人。《1934年的逃亡》9月份发表在《收获》第5期。小说写1934年，"我"祖母蒋氏拖着怀孕的身子在财东陈文治家的水田里干活。陈文治则站在黑砖楼上用望远镜窥视着"我"祖母的一举一动，脸上漾满了痴迷的神色。"我"祖母肚子里的孩子就是"我"父亲狗崽。"我"祖母生"我"父亲狗崽时，陈文治借助望远镜窥见了她分娩的整个过程，他瘫软在了楼顶。当下人发现他时，他的白锦缎裤子上亮晶晶的湿了一大片。陈文治和"我"祖父陈宝年的祖上是亲戚。"我"祖父曾用他妹妹凤子跟陈文治换了十亩水田。凤子给陈文治当了两年小妾，生下了三个畸形男婴，都被陈文治活埋了。不久，凤子就死了。"我"祖父陈宝年在城里发了横财，但他一直没给家里捎来钱，他把城南妓院的妓女小瞎子收为了心腹徒弟。他和小瞎子策划了一起抢劫运粮船的事件。事成之后，"我"祖父开办的竹器铺就成了竹匠帮的中心。1934年，枫杨树周围霍乱流行，还在吃奶的"我"父亲狗崽拒绝了"我"祖母的哺乳。"我"祖母于是托起他在稻地里疾奔，让空气中的夜露滴进了他的口中，他靠这自然的精髓，度过了灾年。但"我"祖母的五个小儿女却在三天时间里相继死去了。"我"祖母于是朝着南方呼号道："陈宝年你快回来吧！"但这时的"我"祖父陈宝年却正在和猫一样的小女人环子调着情。瘟疫流行期间，"我"祖母和乡亲们一起放火烧毁了陈文治家的谷场。有一天，"我"祖母正在掩埋她的5个孩子和18个流浪匠人的水塘边沉思默想时，突然被陈文治指派的四个男人塞进了一顶红轿子里，他们把她抬到了陈文治的家里，陈文治把"我"祖母蹂躏了一番后投入到水塘中。"我"祖母爬上塘岸后，看见自己的破竹篮里装了一袋白粳米。她于是一路笑着把米抱回了家。后来，"我"祖父陈宝年和环子坐着一辆独轮车回到了枫杨树。黄昏时候，"我"祖父

---

① 参阅姚建新《小说〈信使之函〉的修辞学解读》，《名作欣赏》，2007.10。

却消失不见了。回到枫杨树村的环子身怀六甲，她同"我"祖母在一个屋顶下度过了1934年的冬天。一天，环子从"我"祖母手里接过一碗又一碗酸菜汤一饮而尽。不久，她腹中的小生命就流掉了。环子怀疑自己流产是"我"祖母搞的鬼，于是就同她厮打起来。"我"祖母承认是自己在酸菜汤里放了脏东西才让环子流了产。环子最后愤怒地离家出走了。环子离开时，掳走了摇篮里的"我"父亲。"我"祖母追了一个冬天，一直追到长江边上才把"我"父亲追上了。1935年前夕，"我"祖母回到了枫杨树，她站在西北方向的坡地上喊着财东陈文治的名字。陈文治就用红轿子把"我"祖母抬到了他家。后来，一个外乡人从城里给"我"父亲狗崽捎来一把锥形竹刀，说是他爹陈宝年留给他的，让他挂着它。第二天，"我"父亲就踏上了去城里的路。"我"父亲见到父亲陈宝年时，也见到了小女人环子，环子引起了他的遐想。后来，"我"父亲狗崽在小瞎子的怂恿下，爬到陈宝年的房门上窥视陈宝年和环子的性事。他看见了陈宝年和环子白皙的小腿。被惊动了的陈宝年气愤地把"我"父亲狗崽在房梁上吊了一夜。陈宝年问他要什么，他说他要环子！但这天下午，"我"父亲狗崽却奄奄一息了。再后来，"我"祖父陈宝年死了，当时村里流传着一条关于他死因的传闻：有一天，他从城南妓院出来时，有人向他身上倾倒了三盆凉水。他被袭击后一路拼命奔跑，想出一身汗来。但当他回到城里的竹器铺时浑身却结满了冰，落下了暗疾，不久就丧命了。"我"祖父陈宝年死后，小瞎子成了店主。城南妓院中传出消息说，倒那三盆凉水的人就是小瞎子。① 小说中，作者用无边而瑰丽的天才想象创设了一个灵气飞扬的"枫杨树"世界，在这个世界里，灵魂似乎永远都是那么孤独、苦闷而焦灼无比，它们飘荡在苦难的乡村，又沦落在罪恶的城市。这种"乡村——城市——乡村"的轮回，是一种"逃亡"与"还乡"的记忆。在这种记忆之中，我们可以发现那些或轻或重、或黑或白的灵魂，它们无论逃亡抑或是还乡，都只是在做宿命式的徒劳。它们是一群无"根"的灵魂，一群除了流浪还是流浪的灵魂。小说写陈宝年死了之后，一共有139个新老竹匠带着他们祖传的大头竹刀疯狂地逃离故乡，涌

① 参阅吴培显、胡蓉《挚情伤感的故乡追寻与诗情超越的叙事魅力——〈1934年的逃亡〉解读》，《名作欣赏》，2010.36。

入城市的情况，于是，一种艰苦而执着的谋生行为便成了逃亡的主题，好像城市是一块威力无比的磁石，将他们呼啦啦地吸入到幻想中的光明场……这种逃亡，虽然显示出了几分被动和无奈，但其最终指向却是逃亡之后也许会出现的新的可能和新的希望。对于他们来说，逃亡便是生——尽管逃亡的结局被证实为近乎宿命的失败。①

余华中篇小说《一九八六年》：描写了充满暴力、混乱和死亡的现实世界给人带来的终极威胁

《一九八六年》11月份发表在《收获》第6期。小说写一个疯子自演自导的酷刑。这个酷刑是中国传统刑术的复活，又是历史劫难的重演。小说主人公是一位热衷于研究中国古代刑罚的历史教师，他在"文革"中深受刑罚的折磨。1986年，他作为疯子返回故乡，在春天的街头慢条斯理地表演着中国历史上的各种酷刑。他以生命为代价来呈现历史的不幸，但人们却普遍"遗忘"了这些酷刑。小说附加了若干有关作者及作品的背景材料，如作者的创作手记、回忆录、访谈、评论、照片等，使之更加充实、完善，既可作为文学史的参考资料，亦可作为文学青年及文科学生的文学范本。小说应和与体现了20世纪80年代中国文学精神从"文革"记忆、追溯历史到形而上学问题的哲学关照的潜在演进情况，这是作者在20世纪80年代极端的"先锋"写作，其先锋性不仅表现在他在后现代影响下对一种文类即"疯人"小说的颠覆，而且还表现在他对许多典型的现代主义主题进行了表达，即他对人类的存在困境进行了描述，对充满暴力、混乱和死亡的现实世界给人带来的终极威胁进行了描写和反叛。②

格非中篇小说《迷舟》：讲述了一则北伐时期的故事

格非（1964— ），本名刘勇，江苏丹徒人。《迷舟》11月份发表在《收获》第6期。小说写北伐时期，旗山守军某旅旅长萧秘密潜入故乡小河村侦察敌情

---

① 参阅《苏童小说的离乡与回归》，来自网络；陈敏《情结逃亡中的回归——论苏童小说中的还乡情结》，《吉林广播电视大学学报》，2012.2。

② 参阅万益杰《刑罚的理性"链条"——论余华〈一九八六年〉的艺术构成》，《小说评论》，2006.s2。

的故事。小说所描绘的寂静、凶兆、性爱、死亡等都沉浸在神秘朦胧之中。小说明显借鉴了博尔赫斯的小说技巧，语言透明，意象明晰而优美，叙述带着抒情味，古典气息浓郁，别致精巧。该小说为新时期文学做出了重要的贡献，是格非的代表作。

王朔小说《顽主》：一篇"新京味小说"

《顽主》11月份发表在《收获》第6期。小说塑造了马青、于观、杨重等中国化的、以"玩的就是心跳"为人生目标的"顽主"形象。这些顽主们几乎无所不嘲：崇高、理性、社会、人生、道德、历史、政治以及一切冠冕堂皇的东西，一切理性文明所造就的等级秩序都被他们嘲讽。小说的语言京味十足，是地地道道的当下北京市民尤其是青年人惯用的语言，具有浓郁的20世纪八九十年代的气息，被称为"新京味小说"。

刘琦中篇小说《去意徊徨》：记述作者被烈火烧去五官四肢后奋起的经历

刘琦（1957—），陕西西安人。1972年入伍，1981年4月，刘琦在一次突发的火灾中，为抢救战友的小孩，不幸被大面积烧伤，失去双手、五官，左腿也丧失了功能，被定为特等残废。住院治疗期间，刘琦学习文学创作，发表了诗歌、散文诗、小说等作品。《去意徊徨》11月份发表在《昆仑》第6期，获得1987—1988年全国优秀中篇小说奖。小说记述的是作者为抢救战友的儿子，被烈火烧去五官四肢后，在人生的旅途上由苦闷、彷徨、绝望转至忍受、坚持、奋起的经历。刘琦严重烧伤后，在痛苦难忍的时候，曾想到一死了之。他曾这样感叹道："失去了双腿，我失去了生命之路上迅跑的权利；失去了双手，我将无力支撑命运压给我的重荷；没有眼睛的岁月，是无际天涯的黑暗。"然而，在意志的召唤下，他想得更多的却是不应该"苟且偷生"，而是"活下去"。他说："我将活着，活得更好些，活得有价值些。"于是，他用"手"和一个尚算完整的思维，艰难地创作着，终于"写"完了数万字的肺腑之言，并获了奖。这使刘琦又一次"看"到了活着的意义与价值，"看"到了是意志支撑起他与命运压给他的重荷进行抗争，"看"到了是意志使他重新见到了人生的光明。①

---

① 参阅韩瑞亭《撼人心魄的生命之歌——读小说〈去意徊徨〉》，《中国图书评论》，1988.3。

霍达长篇小说《穆斯林的葬礼》：写了一个穆斯林家族 60 年间的兴衰，三代人命运的沉浮

《穆斯林的葬礼》于 1987 年冬至 1988 年春发表在《长篇小说》季刊总第 17—18 期；1991 年 3 月 7 日，小说获得第三届茅盾文学奖（1985—1988）。小说写了一个穆斯林家族 60 年的兴衰，三代人命运的沉浮情况。古都京华老字号玉器行"奇珍斋"的主人梁亦清，原是回族底层的琢玉艺人，他有两个女儿，长女君璧长于心计，次女冰玉聪慧善良。一天，有位长者带一名少年去麦加朝圣路过梁家，少年被精美的玉器所吸引，决定留下当学徒，这就是小说主人公韩子奇。后来，梁亦清和韩子奇师徒二人给专做洋人生意的"汇远斋"做活，"汇远斋"定做了一艘"郑和航海船"。因为郑和是回族英雄，所以二人决心做好这件光耀民族精神的作品。但在精雕细刻了三年，作品将要在中秋佳节完成的时候，梁亦清却突然晕倒在转动着的玉坨上，宝船被毁，人也丧命。为了抵债，韩子奇到"汇远斋"当了学徒，苦熬三年终成行家。他回到奇珍斋娶了梁亦清长女君璧，决心重振家业。十年之后，韩子奇名冠京华，又得贵子天星，一家三口幸福度日。日寇发动的侵华战争爆发后，韩子奇担心玉器珍品被毁，于是跟随英商亨特去了伦敦。他的妻妹冰玉因情感受挫，也想跟着去英国，姐姐君璧极力反对，但冰玉还是与姐夫一起前往英国。韩子奇和冰玉到了伦敦后，奥利弗爱上了冰玉。不久，奥立佛在伦敦大轰炸中不幸丧生，冰玉于是在孤独、伤心的情况下爱上了韩子奇，并给他生下女儿新月。战后，韩子奇和冰玉母女一同回国，姐姐君璧容不下冰玉母女，冰玉便决定带着女儿远走他乡。在韩子奇苦求之下，冰玉留下了女儿新月。新月长大成人后，以优异成绩考上北大西语系。在学校，新月与班主任楚雁潮发生爱情，因楚为汉人，遭到父亲韩子奇的反对，但新月与楚雁潮的爱情却在阻挠中愈加炽热。后来，新月因严重的心脏病而亡，楚雁潮及新月一家悲痛欲绝。韩子奇、梁君璧相继去世后，韩天星也有了一双子女。多年后，冰玉回来了，但一切已经物是人非……小说情感真挚、内涵深刻、文笔冷峻，流畅清新，质朴无华，心理描写细腻深刻，宏观回顾了中国穆斯林漫长而艰难的足迹，揭示了他们在华夏文化与穆斯林文化撞击和融合中的独特的心理，以及在政治、宗教氛围中对人生真谛的困惑和追求，塑造了梁亦清、韩子奇等一系列血肉丰满的人物，展现了奇异而古老的民族风情和充满矛盾的现实生活。[1]

---

[1] 参阅张生《一部被误读的通俗小说：谈〈穆斯林的葬礼〉的通俗性，民族性与现代性》，《新文学评论》，2012.4。

1988 年

余华小说《现实一种》：描写了人类的恶性因素及其特点

《现实一种》1月份发表在《北京文学》第1期。小说里面的皮皮是一个孩子，他是山岗的儿子。皮皮对山峰的儿子，也就是他的堂弟施暴时，激动万分，最后竟然将堂弟摔死了。山峰知道后，残忍狠毒地对妻子拳打脚踢，即使妻子被打昏，他也不放过。当山峰得知是皮皮摔死了自己的儿子，就踢死了皮皮。皮皮死后，山岗又精心设计为子复仇的阴谋，他把山峰绑在树下，津津有味地看着山峰被折磨致死。小说最后部分写到山岗也死了，他的器官被移植后，除生殖器得以存活外，其他的都移植失败了。这寓意着暴力、死亡、血腥、争强好胜等这些恶性因素将代代相传。小说描写了人类那些鲜为人知而又难以启齿的恶性因素，以及这些恶的特点：恶之游离、恶之潜在、恶之传承。小说中充溢着仇杀、算计，亲情、爱情被悬置，它围绕着人与人，尤其是亲人之间的暴力及死亡来一一展开，描写了人性中冷酷、残忍的一面。作者没有遵循前贤们倡导的社会批判及救赎要求，而是把人与人之间的冷酷与残忍当作人类原本存在的一种自在状态去进行描写，而且还加以欣赏。作者这种"嗜痴成癖"的态度是他自身的特殊经历与他们那一代人在社会转型时期普遍的心理相结合的必然产物，是他自我抚慰、自我生存的一种特殊方式。在作品中，作者以一种纯审美的冷酷性和客观性，一丝不苟地描述了人性作恶的每一步程序，内容上的杀气与形式上的平静，恰如其分地阐释了作者的冷漠叙述。①

---

① 参阅杨厚均《冷酷是一种现实——从〈现实一种〉看余华的创作取向》，《云梦学刊》，1999.1。

刘恒小说《白涡》：讲述了一个知识分子迷失在婚外恋之中的故事

《白涡》1月份发表在《中国作家》第1期。小说写44岁的中医研究院研究员周兆路在追求婚外恋行为过程中，时时刻刻战战兢兢，欲行又休、欲罢不能，最后还是不自觉地迷失于白色的涡流之中。周兆路在单位是个谦谦君子，在家庭是个"好丈夫""好爸爸"。在业务上，他是个有较深造诣的知识分子，不仅自己能顺利通过论文答辩并取得学位，而且还能指导并暗中帮助自己的下属进行答辩和取得职称。在政治上，他担任着中医研究院某研究所的主任职务，但他也不断地觊觎着研究院副院长的职位。为了达到目的，他无时无刻不在伪装自己，迎合别人，讨好别人。女研究员华乃倩的丈夫林同生不仅生理上有缺陷，而且精神上颓废、沉沦和萎缩，这使得聪颖俊美、泼辣开朗的华乃倩把目光转向周兆路，她很仰慕周兆路的风度和才华，对他产生了爱慕之情。周兆路不失时机地抓住了华乃倩的心理并与她逾越了男女界限。但周兆路始终没有真正爱过华乃倩，他所爱恋的只是华乃倩"美丽的"躯体。后来，周兆路"从容地"从华乃倩的"陷阱"里爬了上来，抛弃华乃倩后，他爬上了副院长的宝座，而资质聪颖的华乃倩直到和周兆路分手的最后一刻也没有彻底看透周兆路的本质。小说充溢的生活情趣和细微的体察观照，不由得使人思索起它里面呈现的世界和我们自己所存在的世界来。这两个世界在读者的脑海中渗融错杂，因而又形成了另一个新的世界，它里面的白色和涡漩两个意象具有明显的标志，它确实是由白色和涡漩引发的。[①]

刘震云中篇小说《新兵连》：当代军旅文学世俗化、平民化转向的标志性作品

《新兵连》1月份发表在《青年文学》第1期。小说写新兵连三个月集训中发生的故事。一群来自河南的新兵们为了各自的"进步"而钩心斗角，尔虞我诈，对长官拍马奉承，与同伴你争我夺，"随之人与人之间的关系也紧张了。因为大伙总不能一块进步，总得你进步我就不能进步，我进步你就不能进步"，"演出的竟是种种令人悚然惊战的人生悲剧：有的忧烦，有的痛哭，有的很铠

---

① 参阅德万《白色与涡漩——读刘恒的小说〈白涡〉》，《当代文坛》，1989.4。

入狱，有的自戕于美好世间……"在班里先进骨干的竞争中，天生笨拙的"老肥"和"元首"是一个村的，他们一起长大，现在又一起当兵，本应该是感情深厚的兄弟，互相帮助互相照顾，可是他们为了争当一个"骨干"，各显神通，演出了一幕幕令人捧腹的滑稽剧。"老肥"是个喜剧性人物，洋相出尽，比如紧急集合时总爱把裤子穿反；军长来检阅时，他喊错了口号，结果被撤掉了骨干；"批林批孔"开始后，他因会诉苦，又当上了骨干，但因羊痫疯病犯了，被退回了老家，最终跳井自杀。就在"老肥"一步一步走向人生结局的同时，他的战友们也在为那一个"名"字而费尽心机。王滴经常给排长洗衣服，为的是能当上连里的文书，他还偷偷给连长送塑料皮日记本，结果连长不买账，退给排里。排长因王滴越级找连里而心怀不满，王滴没打着狐狸反落一身臊，他最终的去向是给军长瘫痪的爹端屎端尿。小说是当代军旅文学世俗化、平民化转向的标志性作品。但在中国当代文学史整体建构与当代军旅文学史叙述中，这部作品并未获得应有的重视。小说不但是"农家军歌"的开先河之作，完成了真正的视点下沉，而且因对"人的异化"问题的关注，所以具有了超越一般意义上的军旅题材作品的广阔视域、普世价值和普泛意义。①

史铁生小说《原罪》：表达了信仰支撑人生，方能活出意义的意旨

《原罪》1月份发表在《钟山》第1期。小说里面的十叔是一个整天整夜躺在豆腐房后面小屋里的残疾人，"他脖子以下全不能动，从脖子到胸，到腰，一直到脚全都动不了。头也不能转动。就是说除了睁眼闭眼、张嘴闭嘴、呼气吸气之外，他再不能有其他动作。"对这样一个极度残疾的人，十叔的爸爸却把"从早到晚磨豆腐挣的钱，全给十叔瞧病用了"。十叔的爸爸是靠着一个信仰来支撑他活下去的，他相信十叔的病会好起来的。十叔很理解爸爸的这种苦爱，所以他不让阿冬去跟爸爸说他的病根本就不能治的话。尽管他知道治好他的病是爸爸信仰的一个神话，他更知道"一个人总得信着一个神话，要不他就活不成，他就完了"。后来，十叔给自己也树立了一个神话信仰，他不断地吹泡泡，并告诉自己："我要能一连吹出一百个像刚才那个那么大的泡泡……像我

---

① 参阅谷海慧《英雄叙事的观念嬗变——论〈新兵连〉对于当代军旅文学史的独特意义》，《解放军艺术学院学报》，2012.3。

这样的病就都能治好啦。"十叔就用这信仰支撑着自己活下去，因为他不想毁灭爸爸的信仰。信仰支撑人生，方能活出意义，是该小说的意旨。①

刘白羽长篇小说《第二个太阳》：展现了中华民族英雄儿女前仆后继争取光明的历史过程

小说是刘白羽在 1985 年 5 月到 8 月的短短 89 天时间里完成的一部长篇小说。1988 年 2 月由人民文学出版社出版；1991 年 3 月 7 日，小说获得第三届茅盾文学奖（1985—1988）。小说以 1949 年武汉解放、新中国成立两大历史事件为主要背景，以兵团副司令秦震奉命营救潜入国民党内部的女儿白洁为主线，以师政委梁曙光寻母、师长陈文洪寻找爱人白洁等为副线，描绘了 1949 年中国人民解放军进军中原、建立新中国的宏伟画面。1949 年 4 月的一个夜晚，兵团副司令秦震奉命离开北京前去华中战场，指挥解放军战士消灭国民党白崇禧部的战役。秦震在向南急驶的军列上，收到了周恩来同志令他探听黛娜下落并设法营救她的急电。"黛娜"是秦震唯一的爱女白洁的代号。白洁受中央派遣秘密打入到国民党上层多年。解放大军齐集华中前线后，为确保武汉重镇不受敌军在市区各要害部门埋设炸药的重大破坏，中央军委命令秦震指挥的正面对敌的解放大军暂时按兵不动，另派一支部队从武汉下游渡江，形成夹击之势，迫敌西向，然后在鄂西、湘西一线歼灭敌人。华中战场出现了少有的沉寂局面。秦震这时得知白洁已被捕入狱，他一下子变得苍老了许多。秦震把白洁被捕的消息告诉了白洁的恋人——陈文洪师长。陈文洪冷静无声地接受了这一现实。陈文洪与白洁在延安相识，后来，陈文洪走向抗日和解放战争前线，白洁走上敌后战场。从武汉下游渡江的解放大军到达后，我军的正面攻势迅速展开。秦震带领先头部队率先攻入武汉。在各方力量的配合下，白崇禧没敢实行炸毁武汉的计划就狼狈撤退了。武汉完整地回到了人民的怀抱。秦震命令陈文洪到监狱去营救白洁和其他同志。但白洁却被敌人早已押走了。秦震内心痛苦不已，再加上过度劳累，他病倒了。在病中，秦震鼓励陈文洪和与母亲失掉联系的师政委梁曙光振奋起精神。病愈后，秦震又带领他们开赴西线战场。西线

---

① 参阅李劼《剃刀边缘的两种奏鸣——〈原罪〉、〈宿命〉之评》，《文学自由谈》，1988.5。

兵团司令董天年在樊城与秦震汇合，他转达了周恩来同志对秦震的关心并提醒秦震把眼光放远，将来要担起建设国家的重任。董天年的话扫清了秦震积压在心头的痛苦和哀伤。他亲临战场，直接指挥部队。南方燠闷潮湿的天气和铺天盖地的蚊虫使一些战士变得烦躁不安。秦震亲临后勤部队，督促把给养和弹药尽快送到前线战士手中。陈文洪指挥部队占领长江滩头阵地后，迅速拿下了战略要地沙市，粉碎了敌人炸毁江堤、水淹三军的企图。敌人逃入武陵山中后，游击队员老黄送来情报说白洁被押在虎跳坪敌营中。陈文洪为救出白洁，在虎跳坪与敌军展开激战，结果给我军带来极大伤亡，敌人也逃跑了。秦震严厉处分了陈文洪，但继续让他带兵打仗。白洁被敌人关在虎跳坪的牢房时，她用手指甲在墙壁上刻下"白洁不死"四个字。秦震来到牢房，抚摸着这四个字，心如刀绞。正当秦震带领军队节节推进，最后的胜利在望时，中央发来的一封急电把他召到北京，让他参加筹办全国政治协商会议的事情。秦震不久在天安门城楼参加了新中国开国大典，但他想起了无数牺牲的战友、亲人，还有生死未卜的女儿白洁……开国大典后的第二天，周总理派车把秦震接到中南海，告诉秦震白洁已经牺牲的消息，并传达了中央命令秦震脱去戎装转到交通部门的决定。秦震向总理请假，再次回到了前线，在一片翠林环抱的山坡上，把一束洁白的野花放在了女儿的墓前。①

小说截取的历史生活片段，只是我解放大军的一个兵团从攻占武汉到进军湖南的一段战斗经历，但却包容、凝集了从大革命失败到开国盛典这二十多年革命战争的里程。小说中的秦震及其父亲秦宙、女儿白洁一家三代人奋斗牺牲的历史活动，概括了我们民族在漫漫长夜里前仆后继、争取光明的历史过程。小说展示的具体环境随着战事的发展而推移，随着人物的现实与历史行踪而变换。小说说明新中国这个辉煌于人间的"第二个太阳"，正是由无数志士、先烈和人民群众用生命和热血铸造而成的。小说在惊风急雨般的军事冲突之间，涂抹着旖旎多姿的人情伦理、信念情操等精神形态的画图，它以大军南下的军事行动为一条线索，以寻找、营救在敌巢里行踪不明的白洁为另一线索，既写

---

① 参阅蔡葵《用当代意识返观革命历史——读长篇小说〈第二个太阳〉》,《文艺理论与批评》,1988.6。

秦震与白洁的父女骨肉之情，又写了陈文洪与白洁忠贞不渝的恋人之爱，还有周恩来对白洁深挚关怀的长幼之亲，这些在相当程度上赋予作品以强烈的生活感和艺术吸引力。①

刘恒中篇小说《伏羲伏羲》：表现了人伦与人性、人性与兽性、传统文化与现代人文精神的大冲撞

《伏羲伏羲》3月份发表在《北京文学》第3期。小说写洪水峪小地主杨金山有三十亩山地，但他年近五十了还没有儿女，于是十分着急。有一天，他花了20亩地，将史家营王麻子20岁的二女儿王菊豆娶了过来，希望她为自己延续香火。1944年秋天的一个落雨日子，16岁的杨天青陪着叔叔杨金山用毛驴把王菊豆接来家中。杨天青的家在玉石沟，11岁那年夏天，山体滑坡将他父母兄弟全吞没了，叔叔杨金山便收养了他。杨天青看到王菊豆后，心里产生了一种青春的烦恼和忧郁。杨金山夜夜折磨着王菊豆，但大半年过去，王菊豆的肚子还是没有变化。杨金山让王菊豆和杨天青一起下田干活。杨天青却常让王菊豆歇着。夜里，赤条条躺在破苇席上的杨天青满脑子里全是王菊豆。第二年秋天，杨天青在厢房火炕的烟道上制造了一个洞，他从洞里看到了厕所里的王菊豆。杨金山继续折磨着王菊豆，杨天青的心里对叔叔产生了刻骨的仇恨。土改开始后，王麻子被定为地主，被一伙贫农打断了腿。王菊豆看望父亲回来后，杨金山打她、骂她、折磨她。杨天青几乎按捺不住自己的愤怒了。冬天，杨金山让杨天青赶着骡子去清水镇拉脚赚钱，王菊豆嘱咐他出门在外注意身子；杨天青嘱咐王菊豆挑水时别让冰滑倒，伤了筋骨。临近过年时，杨天青回来，在村口碰到满脸伤痕的王菊豆在挑水，她的牙也掉了一颗。回家后，杨天青把对叔叔的仇恨发泄到猪身上。半夜，叔叔又折磨起王菊豆。杨天青提起镰刀，他想杀人了。在春天一个晴朗的日子里，王菊豆和杨天青在玉米地里结合了。王菊豆怀孕后，杨金山以为是自己努力的结果，高兴得几乎发狂。第二年正月十六日，王菊豆生了个儿子，取名为杨天白。但杨天青只能偷偷去看杨天白，只能暗暗地享受着做父亲的快乐。杨天白过百日那天，杨金山去史家营老丈人

---

① 参阅王宜文《刘白羽〈第二个太阳〉鉴赏》，人民网，2005.8.25。

家送喜酒，归途中从骡子背上掉了下来，摔成了瘫痪，卧床不起。王菊豆和杨天青开始肆无忌惮地偷欢起来。杨金山知道后，试图杀死王菊豆和杨天白，但最终失败了。王菊豆开始意识到杨金山已瘫痪，自己没有怀孕生子的理由，于是在和杨天青偷欢后，偷偷地用各种土方法避孕，致使下身腐烂。杨天青在备受压抑的生活中，不到30岁便苍老了。杨天白上小学一年级时，杨金山死了。王菊豆继续和杨天青偷欢，但这时，他们的儿子杨天白的影子总是出现在他们眼前，令他们感到恐惧。他们于是在村外荒山中的洞穴里相会。"文革"期间，杨天青度过了44岁的生日，那时杨天白已经中学毕业回乡当了社员。王菊豆想告诉儿子真相，但被杨天青阻止了。在冬天一个温暖的日子里，杨天青和王菊豆又躲到房后的菜窖里偷欢，结果都中了烂菜的毒气昏了过去。杨天白在地窖里看到母亲和"堂哥"的丑态后，无情地痛骂了一顿杨天青。从此，杨天青神情恍惚。有一天，杨天青对杨天白说："我是你爹……"但杨天白却把他打倒在韭菜地里。王菊豆到亲妹子家中寄居去了。1968年9月的一天，赤身裸体的杨天青倒栽进了水缸里，淹死了。王菊豆知道杨天青的死讯后，又早产了一个精瘦的男婴。杨家家族里的老辈人给男婴取名为杨天黄。杨天青受尽磨难而得到的，仍然是个"弟弟"。杨天青死了后，王菊豆也一天天地苍老了。每年的清明节，王菊豆都到杨家坟地里去，哭她那苦命的汉子。但洪水峪的男孩子们，却把杨天青看作大英雄。小说后来被拍摄为电影《菊豆》上演，产生了巨大反响。[1]小说通过杨天青由依恋王菊豆、与之乱伦，到恐惧直至最后自我毁灭的过程，以及杨天白的行为，让人们看到了父子两人的"俄狄浦斯情结"发生、发展的完整过程。杨天青和杨天白的行为模式正好印证了这一情结的普遍性。[2]

格非中篇小说《褐色鸟群》：表现了存在即荒诞的主题

《褐色鸟群》3月份发表在《钟山》第2期，被称为当代中国最费解的一篇

① 参阅黄田子《宿命的"圣战"——从〈伏羲伏羲〉看刘恒的生存意识》，《创作与评论》，2004.2。

② 参阅李昌燕、张静《试论刘恒小说〈伏羲伏羲〉中两代人的"俄狄浦斯情结"》，《现代语文》（文学研究），2006.12。

小说,也是一篇非常奇妙的小说。小说通过"我"与那个女人的恋爱故事,表明了"我"看透了一切,因此能够超然物外,把朋友、恋人乃至夫妻看得如同天空飞过的偶然聚合的"褐色的鸟群"一样,表露了虚无主义和玩世不恭的生活态度。该小说是格非先锋小说的代表作之一,闪耀着博尔赫斯式的诡异色彩,结构严谨,所指多义,充满了自我指涉色彩,历来被研究者所重视。小说的叙事极富特点:一是叙事支离破碎,几个几乎毫无关联的故事凭"我"的回忆连接在一起,很多无关紧要的琐碎细节被作者故意强调,使人捉摸不透小说叙事重点到底是什么。二是叙事毫无次序:作者在叙述一个事件时,又马上叙述另一个与之无关的事件,事件之间的关系混乱。三是叙事不避重复性:小说里叙述的事件大同小异,作者只是对其细节做了一些变动而已。四是叙事的颠倒错乱性:表现在叙述一些事件时马上又自我否定,某个或某些事件残缺遗漏或无谓添加,事件间互相倾覆否定。整体看来,小说将"我"存在的多种可能性并列展现,套中套式的套圈结构及事件的杂糅交叉,表现了叙事的并置循环性与自相缠绕性。小说表现了一个深刻的主题:存在是荒诞的,它分为四个方面:许多人生活的机械性可能引起他们怀疑自己存在的价值和目的,这暗示了荒诞;许多人都有强烈的时间流逝感,或感到时间就是一种毁灭力量;许多人都有一种被遗留在异己世界的感觉;许多人与他人都有隔离感。作者似乎借鉴了欧美现代派的不可知论和变态心理,把腐朽当成神奇来写,这是不足取的。[①]

叶兆言小说《枣树的故事》:拷问灵魂并寻求人类前途命运的小说

叶兆言(1957—),原籍江苏苏州,生于南京。《枣树的故事》3月份发表在《收获》第2期。小说主人公是南京女子岫云。在国难当头,日本兵肆意放纵之际,筱老板夫妇把女儿岫云硬嫁给了尔汗。然后,尔汗领着岫云从南京逃到乡下,以躲避日本人的暴虐行为。尔汗、尔勇兄弟因为私藏枪械被土匪白脸迫害,尔汗死了,尔勇逃过一劫,从此他与白脸争斗不休。岫云也被白脸欺辱失身了。白脸叛变投敌后,国军谢司令被白脸绑上大石头扔往江心,一代英豪于是永沉江底。白脸追杀尔勇不得,便疯狂地虐待尔勇的妻子晋芳。尔勇随嫂

---

① 参阅郑鹏《上帝的语法错误——读格非的〈褐色鸟群〉》,《创作与评论》,2006.1。

子岫云去投亲，但岫云的继母张氏却哭起穷来，拒绝他们进门。尔勇为报白脸的杀兄之仇，解谢司令的殉难之恨，用镰刀误砍了白脸的情妇，砍伤了白脸的大腿。白脸砸碎了尔勇的家什器具，又打断了尔勇妻子晋芳的一条腿。漂亮而又柔顺的岫云却放荡堕落起来，她以放弃自尊的方式来报复世间的男人。她自愿同白脸鬼混，自愿同干部老乔私通。岫云同继母张氏的关系势如水火，彼此难容。岫云同晋芳的感情也时好时坏。岫云生了儿子勇勇后，她托晋芳抚养大勇勇。勇勇不认岫云为母亲，他在年纪还很轻的时候，得病死了。新中国成立后，尔勇在剿匪时将白脸正法，白脸害死尔汗之仇恨终于报了。小说多次改变叙事节奏，让叙事中心在主要人物之间转换，丰富了小说的结构，但也给读者带来了一些阅读上的障碍，同时也引发了读者很多的思考。从故事层面看，该小说是追忆苦难并展示苦难的；从思想感情看，该小说是再现仇恨并试图抚平心灵伤痕的；从深层意蕴看，该小说是拷问灵魂并寻求人类的前途命运的。小说以悲凉的故事为承载，将追忆苦难、指责仇恨、拷问灵魂等内容复杂有机地组合在一起，帮助读者对理想人生和命运的反思和设计。①

王朔长篇小说《玩的就是心跳》：在调侃戏谑中对某些禁锢人们思想的传统做法表达了不满与否定

《玩的就是心跳》3月份由作家出版社出版。小说写一群感到失落困惑的中国"现代嬉皮士"穷极无聊，游戏人生，追求性刺激与新奇的生活，但他们依旧感到空虚，因而又制造了一起扑朔迷离、动人心魄的谋杀案。他们玩的就是心跳。一天晚上打完牌，"我"接到一个让"我"去车站接人的电话。到了车站，"我"所接的人却没到。为了躲避严寒，"我"到一个饭馆取暖，但后来却把接人的事忘了。天黑回到家后，"我"发现家里来了警察，他们询问"我"的一个朋友高洋的事。警察问"我"最后一次见到高洋的情景。"我"回忆了，但无论怎样说，事情似乎都对不上头，尤其是在时间上、人数上都有矛盾之处。警察从"我"家里发现了一把带有血迹的卷刃刀，"我"记得这把刀是高洋亲自送给"我"的。为了弄清楚当时的情况，"我"开始一一寻找询问当时

① 参阅王飞《评叶兆言的中篇小说〈枣树的故事〉》，《现代语文（学术综合版）》，2007.4。

的朋友们，就像一个失忆的人要找回当时的记忆一样。在寻找的过程中，"我"突然发现自己对当年的很多事情都不记得了，似乎真的失去了记忆。在整个事情中，刘炎是一个至关重要的人物，在高洋可能被杀的那段时间里，"我"一直是和她在一起的。可是，"我"除了有她的一张照片之外，她的其他任何情况"我"都一无所知，甚至连她的名字都是别人告诉"我"的。于是"我"又开始了寻找这个叫刘炎的女人……事情到最后，"我"才知道，原来这是几个朋友瞒着"我"设计的一出闹剧。小说用反讽的语言叙写故事，刻画人物，使其在调侃戏谑中充满了对于某些禁锢人们思想的传统做法的不满与否定。①

莫言长篇小说《天堂蒜薹之歌》：一部具有丰富、复杂蕴含和多层次组织架构的批判性小说

《天堂蒜薹之歌》4月份由作家出版社出版，是作者获得2012年诺贝尔文学奖的主要作品之一。小说取材于1987年发生的一件极具爆炸性的事件——数千农民因为切身利益受到了严重的侵害，自发聚集起来，包围了县政府，砸坏了办公设备，酿成了震惊全国的"蒜薹事件"。这个事件使作者放下正在创作的家族小说，用了35天时间，写出了这部义愤填膺的长篇小说。小说的主要故事线索有两条：一是写天堂县农民因为蒜薹而冲击县政府，个别农民勇敢地与强权进行抗争的事情；二是写血气方刚的高马与感情执着的金菊的爱情故事。小说围绕这两条故事线索，将农民的无奈与反抗，以及由此而导致的各种悲壮和悲剧，通过热烈的、节奏铿锵的语言进行了呈现。小说中的天堂县盛产蒜薹。去年，蒜农们卖蒜赚了一大笔钱。因此，县里的各级官员对此都感到眼红，他们让供销社故意以冷库未满为由不允许蒜农向外地的商人出售蒜薹，并把外来商人赶走。蒜农们感到非常气愤，到县政府去讨说法。县长偷偷逃走了。由于某些人的煽动及政府人员调解不力的原因，农民们打砸了县政府的大楼，导致清白无罪的主人公高羊含冤而死，县长也被留职查办。小说塑造了高马、高羊等农民形象。高马相信法律，相信国家，他参过军，有过战功；面对强娶，他以婚姻法为理由为自己申辩，却遭到了毒打；他不满现实，想与这现

---

① 参阅黄江苏《王朔小说：前现代、现代、后现代主义的杂糅——以〈玩的就是心跳〉为例》，《语文学刊》，2006.17。

实做斗争，然而，最终他还是被现实所打败。高羊是一个老实的农民，因为莫名其妙地被人群挤进县政府大楼而获罪，后无辜被枪毙。他的命运是悲惨的，他无法反抗这种命运。他被警察用手铐铐在树上毒打，在监狱里被"狱霸"逼迫着喝自己的尿，在被告席上，他无法为自己申冤，最终被军队用枪打死。小说采用了多层次的组织架构。其一是天堂县民间说唱艺人、瞎子张扣说唱的"蒜薹事件"；其二是高羊、高马、金菊等人物的故事；其三是官方媒体对"蒜薹事件"的报道和"社论"。瞎子张扣的说书演唱和新闻报道等结合后又形成了多层次的架构，既开拓了小说的表达空间，也大大增强了小说蕴含的丰富性和复杂性。小说带有强烈的批判精神，作者从叙述者、《群众日报》上的文章和瞎子张扣的唱词三个角度对蒜薹事件进行了全方位的叙述，三个角度分别代表了精英、官方和民间的立场，同时也构成了三个叙述文本。三个文本分别属于小说叙述文体、新闻文体和政论文体、民间说唱的韵文文体。多种文体被作者组合在一个叙事结构中，构成了这部跨文体小说。作者在叙述时，将西方现代派手法和民族传统的叙事方式交融在一起，使小说叙事方法显得错落有致、丰富多彩。① 小说取材于30年前的事情，反映了当时社会上的一个问题，最初在港台出版，美国著名汉学家葛浩文看到这部小说后，感到非常震撼，决定翻译。葛浩文是后来让莫言的作品走向世界的人。2012年10月11日，瑞典文学院宣布莫言获得了2012年度诺贝尔文学奖，他获得该奖的理由是：通过幻觉现实主义将民间故事、历史与当代社会融合在一起。莫言获奖后，诺贝尔奖官网摘录了《天堂蒜薹之歌》的一个章节，作为对莫言作品的介绍。

苗长水中篇小说《冬天与夏天的区别》：一篇由现实和回忆相交织的小说

苗长水（1953—），山东沂南人。《冬天与夏天的区别》4月份发表在《解放军文艺》第4期，获得1987—1988年全国优秀中篇小说奖。小说穿插写了两件事情，一件是现实里的事情，一件是回忆的事情。现实里的事情是解放战争时期，一个叫李山的农民到孟良崮去支援解放军战士作战。在返回的路上，李山被一个国民党矮个子兵捉住。李山在"触景生情"之下，回忆起了抗

① 参阅张学军《〈天堂蒜薹之歌〉的叙事结构》，《山东师范大学学报（人文社科版）》，2014.3。

战时，党的区委书记武元和八路军旅长刘浩给他送来了病重的女战士何青，她是刘浩的妻子；武元和刘浩希望他保护何青并寻找医生给其治病，他痛快地接受了任务。接着，小说写矮个子国民党兵要求李山将几头牛赶往蒙阴县城。李山在去蒙阴的路上，见到国民党军队的营副一脸忧郁。李山在感到骄傲时想起自己高高兴兴地给何青做豆腐脑、摊煎饼、抓药养病的事情。然后，又写李山赶着牛来到路旁的一个村子里，晚上歇息时，他望着漫天星斗，想起日军进山扫荡，慌乱中，他把何青背进一个山洞里，由于没带棉衣，病重的何青冷得哆哆嗦嗦，他让何青坐在自己的怀里取暖，其间他对何青产生了朦胧的感情，但最终克制了。他和何青在山洞里待了很长一段时间后才回到村里。随后小说回到现实里的事情上：李山将牛赶到蒙阴城后，他被释放了，但不久又被国民党的炊事兵捉住了；在不能回家的情况下，他回忆起何青身体养好后被接走了，他自己也娶了媳妇，后来媳妇给他生了女儿瓦罐儿，刚好部队上秦团长的女儿新生没有奶吃，武元便把新生送到了他家，于是出现了瓦罐儿和新生争奶的事情；他和媳妇决定精心照顾新生，瓦罐儿却被饿死了。接下来，小说写李山后来被国民党炊事兵放了，在他急忙往家里赶的时候，遇到了一个妇女，妇女给他说他家乡一带被国民党兵放了大火，他一听，更加着急地往家里赶去，其间，他又想起鬼子投降那年，秦团长的女儿新生被她父母接走了，武元又给他送来了六头拉炮用的骡子，要他好好饲养。然后，小说写李山赶到家后，只见家已经成为一片瓦砾，妻子也不见了，在一片茫然中，他回忆起自己按武元的命令把长大了的六头骡子送到了孟良崮前线，并见到了刘浩、秦团长及其夫人，但秦团长的夫人对他露出了不易察觉的神情，她的孩子新生也不认识自己了。小说将李山的长相及行事描写成给人放心的样子，他先后三次接受护养何青、养育秦团长的女儿，饲养六匹骡子等这些难度极大的任务，这都是基于他的朴实、厚道。他对每个任务都完成得很认真，报酬只是喝一盅酒而已。他默默地承受着女儿死去的伤痛："转过年，瓦罐儿那小坟上长出青草来的时候，坟头四外也开了一片白雪似的洋槐花。李山一见那洋槐花，就觉得瓦罐儿那张洁白的小脸在里边笑呢，风一吹，能听到她'阿大阿大'的叫声。"作者写李山面对槐树花及风产生的幻觉，表达了他对女儿的怀念。[1]作者后来说，在构思该小说的时候，他正在济南的马路上散步，当时天在下雪，很冷，他敏锐地感觉到季节的变化，心情特别愉快，于是就取了《冬天与夏天的区别》这个题目。

王朔中篇小说《痴人》：讽刺了气功疗法对人的主观意志、理性思维意识强行主宰后所造成的荒谬行为

《痴人》4月份发表在《芒种》第4期。小说写办公室新来了一个叫司徒聪的怪人，此人曾得过精神病，在治疗期间学会了气功，会遥控，会飞翔，为了证实这一点，他想从楼上跳下去，结果被重新送进了精神病院。司徒聪的怪异言行影响了办公室的姑娘阮琳，她也开始练习气功，并且小有成就，可以用精神控制身体内任何一个活动，比如新陈代谢、内分泌等。阮琳为了证实自己不是在说昏话，便有意擦破胳膊上的一块皮，跟"我"说伤口不会发炎。但"我"看到那伤口数日后仍鲜血淋漓，便惊惧地劝她快去医院治疗。但她说她可以命令伤口在两个小时内完全愈合。两个小时后，阮琳的伤口竟然真的愈合了，她说这是细胞拼命分裂带来的结果。不久，阮琳把气功练到了超凡入化的地步。但是，就在阮琳对自身控制即将达到完美时，事情发生了戏剧性的逆转："她就像二百门供电电话总机的值班女战士一样忙得不可开交了。血液要流动，肌肉要弛张，腺体要分泌，细胞要分裂，维持酸碱平衡，电解质平衡及其他种种生命在所必需的平衡的请示人四面八方纷至沓来，她隐入了汪洋大海般的文牍工作中，几乎不可能对外界的刺激做出反应了。""她经常抽不出时间进行细致的消化，造成食物潴留；来不及指示大肠蠕动，造成便秘；忽视了皮肤的新陈代谢，造成了表皮大面积角质化；更要命的是，她有时忙起来忘了喘气，致使体内二氧化碳蓄积，影响了大脑供氧，人竟能忽然晕过去。""我"悲恸地劝她管不了就别管了，"还是让它们各自去干自己的那一摊吧"。"她的目光告诉我，晚了，就像一只老虎经过圈养再也不会在野外独自谋生，只能依赖人们的投喂，她身体里的神经、腺体、平滑肌已像动物园的老虎失去捕食本领一样失去素有的本能了。"后来，阮琳被送进了医院，能不能救活很难说，救

① 参阅孙书文《富有力量的民族性书写——论苗长水的抗战文学创作》，《大众日报》2016.1.1。

活了，得立马送精神病院。小说反讽了当时社会上风行的气功疗法使一些人进入痴魔状态，讽刺了气功疗法对人的主观意志、理性思维意识强行主宰后所造成的荒谬行为。

谌容中篇小说《懒得离婚》：表现人们在无奈的现实面前的将就、凑合、麻木及一幅幅社会生活画面

《懒得离婚》6月份发表在《解放军文艺》第6期，获得1987—1988年全国优秀中篇小说奖。小说讲述了一名女记者去采访模范夫妻刘述怀夫妇的事情。在采访过程中，女记者察觉出在这对模范夫妻"美满"的婚姻深处似乎隐藏着什么，但又说不出。后来，刘述怀给女记者讲了一番话，揭示了谜底。刘述怀说："其实，哪家不是凑合着过？千万个家庭都像瞎子过河——自个儿摸着慢慢过呗！"这句话看似平淡，但很多人听了却异常感伤，因为大家眼中的"幸福家庭"，确实就是如此。刘述怀的妻子凤兰是一个可有可无的家庭妇女，工作是她生存的需要，除此，她干着的事情是"生孩子，洗尿布，絮棉袄，上儿童医院，贮存大白菜"。她与刘述怀之间，没有感情上的生活，刘述怀"说话和和气气，不挑穿不挑吃，给什么要什么，好伺候"。刘述怀希望妻子凤兰每天晚上都出现在自己的夜空，能挥之即去，招之即来。凤兰于是在这个家庭中扮演着可悲的角色，她对夫妻关系曾寄予很大的期望，希望丈夫陪伴她，接受她，照料她，同她交流情感。但刘述怀只承认凤兰的生活角色，当他需要交流时却去和别人交流，他漠视了凤兰在家庭中的角色。这种没有爱情的婚姻，是女性与男性共同的悲剧。一些论者认为，小说标题中"懒"字表现了人们在无奈的现实面前的将就、凑合、麻木，作者实实在在地描绘了当代社会中人们较为普遍的生存状态和心理状态。小说的主线是表现刘述怀及其家庭的情况，里面有关刘述怀的"理想家庭"的大段说教分明是在替作者立言。副线是描写了一幅幅社会生活画面，诸如饭店婚宴、夫妻拌嘴、众人调解，乃至记者部的"神仙会"等，这些对主线的内涵起着拓宽补充的作用。①

---

① 参阅刘勇、蒋谈《悖谬：在困顿心境中消融——谈谌容中篇小说〈懒得离婚〉》，《小说评论》，1989.1。

李晓中篇小说《天桥》：根据真人真事创作的小说

《天桥》8月份发表在《青年文学》第8期，获得1987—1988年全国优秀中篇小说奖。1957年，作者的一位同事响应领导的号召，参加大鸣大放，结果被弄到了劳改农场。两三年后，他母亲在赴农场探亲的途中遇害。80年代中期，作者的同事平反之后，辗转数地，才找到了母亲的遗骸。作者根据这位同事的亲身经历创作了该小说。但小说里面的主人公性情随和，很达观，娶了老婆，顺带有了儿子。而作者的同事却不是这样，他脾气暴躁、寡言、孤独一人。小说发表后，作者的同事结婚了，而且真的得到了女方带来的一个儿子，这使作者颇感惊讶。几年后，作者的同事因为患了肺癌，在医院化疗，他每天几次躲进厕所偷着抽烟，同屋的病友纷纷向医生告状。最后，他还是死了。

方方中篇小说《黑洞》：描写了小人物尴尬烦恼的生存状态

《黑洞》8月份发表在《芳草》第8期。小说写拆迁户陆建桥在下雨的晚上看着对面三楼那套房子的窗口，想等房子里的灯亮了之后去和主人商量借住的事情。但他的妻子却要他到房屋开发中心去问问新房什么时候才能建好的事情。陆建桥听着的时候，想起近几个月以来，姐姐、外甥女对他一家的敌意。因为没房住，陆建桥睡在沙发上。有天晚上，他因翻身而弄出了响动，导致妻子和姐姐在大半夜发生了口角。陆建桥气愤地开门而出。后来上班时，陆建桥又得罪了来照相馆取相片的一个老头儿。那老头儿把陆建桥告到了报社，并牵连到了摄影师大陈。陆建桥忍气吞声地用借来的钱在老通城摆宴给他们赔了罪。陆建桥下班后回到家里，妻子告诉他新房已经竣工，但要按迁出的先后次序才能领到房门钥匙。陆建桥一心想早日搬进新居，于是去房屋开发中心找小路送礼请客。但陆建桥的行为却受到了局调查组的调查，他于是在单位召开的大会上作了检讨。下班路上，陆建桥去看了新房，回到家后，妻子又告诉他，他家是最后一批分房户。这时候，他们住的屋子停电了，心烦意乱的陆建桥来到巷口，他似乎看到那套空房子的灯亮了。他于是上楼去找房屋的主人，但邻居却说那个房子根本就没有人。小说就这样尾随着陆建桥的日常生活流程来写，平平淡淡，琐琐碎碎，但却揭示了主人公尴尬烦恼的生存状态，读来真实生动，细致感人。

萧克长篇小说《浴血罗霄》：描写了第五次反"围剿"中红军战士及广大人民群众奋勇反抗敌人"围剿"的壮举

萧克（1907.7.14—2008.10.24），原名武毅，湖南嘉禾人，中国共产党的优秀党员，无产阶级革命家、军事家。1955年被授予上将军衔。1926年，萧克将军参加了国民革命军北伐；1935年，他率领红二方面军北上，与红一、四方面军在陕北胜利会师；1937年5月，他出席了中共中央在延安召开的苏区党代表会议，会议结束后，他在返回途中，听到大家纵论天下时局，追思灾难深重的民族历史，这使他深深感到，要振奋民族精神，鼓舞人民斗志，必须要有一些震撼人心的艺术作品。于是，他萌发了创作一部小说的念头。他想，这部小说应该表现红军为什么总能在艰难奋战的情况下却没有溃散的原因——因为红军总是紧紧聚集在中国共产党的旗帜下，所以才能百战不殆。当他看了绥拉菲摩维支的小说《铁流》后，书中的许多情节引起了他的共鸣。在《铁流》的影响下，他在战斗间隙，在躲避日军飞机的小煤窑里，开始了《浴血罗霄》的创作。当一颗颗炸弹在他身旁爆炸时，他全不在意，仍然聚精会神地写作。就这样，从1937年5月到1939年秋，他终于完成了20余万字的《浴血罗霄》的初稿。他对自己的作品很慎重，写作时不让人看，写成后也不给别人看，连他的夫人也不知道他写的是什么内容。他认为作品不改好，是不能拿出来示人的。抗战结束后，紧接着的是解放战争，萧克将军又转到华中、华南作战。全国刚解放，中央军委命令他主持军队的教育训练和筹建军事院校的工作。十几年过去之后的1958年，他被当作"教条主义"的代表而受到批判，他的小说《浴血罗霄》也横遭厄运。后来，人民文学出版社的负责人专程到他家，承诺给他配最好的责任编辑把书改出来。但他没有答应，他想自己把书稿修改完后再出版。几天后，他的小说稿还是被强迫拿了出来，很快，小说被打印出来后写上"供批判用"的字样。在批判中，有人说他宣传了"战争恐怖论"，有人说他"污蔑了劳动人民"，更有人说他以小说中的反面人物自喻。直到1985年底，当萧克将军从繁忙的军事一线上退下来后，他才修改起这部小说。经过一年多时间的认真修改，1988年8月，25万字的书稿终于由解放军文艺出版社出版了；1991年3月7日，小说获得了第三届茅盾文学奖荣誉奖（1985—

1988）。小说写 1933 年，国民党五十万军队对中国共产党领导的中央苏区进行了第五次大规模的"围剿"，罗霄山脉中段湘赣苏区的主力红军罗霄纵队按照中央的指示，向北挺进，到新的苏区开展革命工作。途中，罗霄纵队一举突破了敌人的封锁线，攻克了敌人的堡垒。然后，罗霄纵队在天上有敌机轰炸，地上有步兵追击的情况下，一次次冲破了敌人的围追堵截。但艰苦、残酷的战争也使罗霄纵队损失很大，不少战士献出了年轻的生命。经过两个多月征战，战争局势发生了很大变化，情况更加复杂，环境更加恶劣，这使得罗霄纵队遭遇了来自各方面的困难，部队向北挺进已没有意义。为了保存实力，中央同意罗霄纵队返回罗霄山脉继续战斗。当战士们知道了要打回根据地的消息后，个个情绪高涨，他们克服了边急行军边打恶仗的巨大困难，最终甩掉了追击的敌人，回到离开了近三个月的家乡。小说以红军第五次反"围剿"为背景，以罗霄纵队为配合中央红军战略转移北上为主线，用点面结合的方法描写了红军战士的英勇无畏精神及顽强的战斗力，也表现了广大人民在中国共产党的领导下奋勇反抗"围剿"的壮举。小说具有浓烈的时代气息，给读者一种全新的感受，如果不是亲身经历，很难写出这种韵味的小说。该小说是中国乃至世界军事文学园地里的一朵奇花、一枚硕果。[1]

叶兆言中篇小说《追月楼》：写了一个家庭在南京沦陷后的动荡与矛盾

《追月楼》9 月份发表在《钟山》第 5 期，获得 1987—1988 年全国优秀中篇小说奖。小说写丁老先生一家在南京沦陷后的动荡与矛盾，小说没有直接描写那场灭绝人性的大屠杀，但那场屠杀过程中发生的烧杀奸掠等事情却时刻体现在字里行间里。丁老先生一家虽然侥幸活了下来，但却活得生不如死。丁老先生最看重名声、气节，显得很顽固，很僵化，加上他秉承了文人喜欢倚红偎翠的毛病，所以一生都春心不老，一生都很风流。当日寇兵临城下时，丁老先生全家都出去躲难了，但他宁死也不愿离开家园。南京失陷后，他发誓日寇一日不灭，他一日不下追月楼，矢志要写他的《不死不活庵日记》。日本汉学家来拜访他，他硬是傲然不理。当他得知弟子少荆是汉奸时，就一本正经地写

---

[1] 参阅《萧克与他的〈浴血罗霄〉》，《党政论坛（干部文摘）》，2008.11。

了《与弟子少荆书》与之绝交。他临死也不忘教训子孙"圣达节，次守节，下失节"。汉奸弟子少荆挖苦他说："你老先生也当过清朝的翰林，拿过满人的俸禄。"他听了后竟然一蹶不振，郁郁而终。小说中的寡妇二表姑是一个很不幸的人，她得了一身脏病，不想让任何人知道，但杨妈还是知道了她的病。她被日本人强奸后，她那17岁的女儿小文也被日本人糟蹋致死了。最后，小文的爸爸善心发作，愿意和她生活在一起。丁老先生的七姑娘桠的丈夫储元泰被日本人以协助抗日罪抓进监狱，好不容易被放出来后，有人却说储元泰之所以能被释放，是因为他的妻子桠被日本人睡过了。储元泰对桠起了疑心，桠虽然哭天抢地发誓不承认，但储元泰的心里还是难以释疑。有一天，桠突然有了身孕，她便更加说不清自己了，这也使那些关于她被日本人睡过了的流言蜚语有了证据。桠便在储家没法待下去了，只好搬回娘家去住。桠的灾难，虽不像二表姑那样凄惨，但同样是一种无可告白的伤痛，是一种看不见的伤痛。八姑娘婉是丁老先生的日本小妾生的，她对政治很糊涂，糊涂到瞒着丁老先生，嫁给了一个汉奸。婉的汉奸丈夫死了后，她遇上了国民政府一个高官的穷追猛攻，她又嫁给了那个高官，但这却给她后来的命运笼罩上一层阴云，埋下了悲剧的祸根。可以说，婉的悲剧不在"书里"，而在"书外"，不在当初，而在后来。作者通过小说告诉人们，沦陷区人民的灾难，不光是惨烈的，深重的，而且也是深远的。直到半个多世纪以后的今天，当我们再去回顾那段历史时，仍然感到异常的沉重不堪。小说语言简雅从容，在叙事写人的过程中，时时写出了一个旧式大家庭的气派和讲究，丁家老少三代人在不同文化背景中形成的人格差异，丁家主仆因为身份不同所形成的性格特征，丁家人在家事国难中的诸种表现，都被写得鲜明而有特点，给人产生很强烈的真实感。[①]

铁凝长篇小说《玫瑰门》：描写了一个面目狰狞的女性形象及许多性格异化、怪诞，行为激进的人物形象

《玫瑰门》9月份发表在《文学四季》创刊号。小说从苏眉现时的生活开始，接着对苏眉14岁以前的童年生活进行了回溯，其中穿插着苏眉外婆司漪纹青

---

① 参阅白雪《〈追月楼〉的沉思》，《小说评论》，1989.2。

年至中年时期的生活经历。司漪纹在少女时代热望革命，向往爱情。在革命过程中，她爱上了革命者华志远。她在将自己的身体无私地奉献给华志远后，却嫁给了门当户对的庄家。她的丈夫庄绍俭在新婚之夜对她婚前的"不洁"进行了报复，他百般玩弄和凌辱她，使她对做个好妻子、好儿媳的愿望彻底落空了。她于是用自己的身体来惩罚、报复庄家，她"强奸"了自己的公公，她对儿媳竹西、外孙女苏眉进行了性虐待。她所有的行为都是在为自己定位，但最后的结果却是儿子庄坦早逝，儿媳竹西出轨，外孙女苏眉悄然离去。司漪纹面目狰狞地生活着，最终变成了一个孤家寡人。小说还写了姑爸被罗大妈指使的革命小将虐杀，姨婆被亲生儿子泼热油烫伤乳头，大旗和竹西偷情，司漪纹和罗大妈之间的小争小斗等许多事情，精心塑造了司漪纹、姑爸、苏眉、宋竹西、罗大妈、叶龙北等一系列人物形象，并通过描述这些人物性格的异化、怪诞，行为的激进以及各个人物之间错综复杂的关系，揭示了"文革"对人心灵的毒害，对人性的异化等，表达了对封建传统文化的批判。小说基本上以苏眉的一生为线索，着重刻画了形形色色的女性，探寻了女性的悲剧特质。在苏眉的每一个成长阶段中，都有长篇的心理描写，细腻地表现了作者对青春、性、时代、亲情，甚至人性中真与假的看法，十分贴合人物的身份。

宗璞四卷本长篇小说《野葫芦引》：描写了中华民族的气概与人格情操、中国军人的抗战事迹、中国现代知识分子的精神史

《野葫芦引》包括《南渡记》《东藏记》《西征记》和《北归记》，已出版前三卷，第四卷《北归记》1—5章发表在《人民文学》2017年第12期。

《南渡记》的前半部分在1987年的《人民文学》第5—6期以《方壶流萤》和《泪洒方壶》为题发表过。1988年9月，本卷小说由人民文学出版社出版。小说写1937年7月7日抗战爆发后，北平西郊明仑大学教务主任、历史系教授孟樾携夫人吕碧初和大女儿峨、小女儿嵋、儿子小娃住进岳父吕清非老先生位于什刹海边的宅院。吕清非有三个女儿：吕碧初是三女儿；远嫁云南的吕素初是大女儿，其丈夫严亮祖是滇军的一位军长；吕绛初是二女儿，和丈夫澹台勉也住在岳父家里。7月29日，北平陷落。明仑大学校长秦巽衡宣布学校南迁。孟樾劝吕清非尽快离开北平，但遭到拒绝；他又劝外甥卫葑的岳父，即益仁大学法国文学教授凌京尧一起去南方。但凌京尧未去成。卫葑组织劳军后，组织指示他火速离开北平，他和新婚妻子凌雪妍告别后，在吕绛初的女儿王玄子和她的美国朋友麦保罗的帮助下出了城。9月，明仑大学开学后，孟樾和澹台勉都从南方寄来了报平安的信，吕宅漾过一阵喜悦。不久，上海陷落。天降大雪后，传来南京陷落的消息。日本人在北平横行无忌，王玄子和峨在放学路上被日本兵恐吓，峨深受刺激，浑身打战，王玄子怒不可遏，对她的日本玩偶大加惩戒。旧历新年，日本人带着巡警闯进吕宅来查户口。节后不久，澹台勉在南昌摔伤了腿，吕绛初便带着王玄子去了南昌，儿子玮玮正患肺炎未愈，留下由吕碧初照顾。半个月后，孟樾来信，说文学院已迁到云南小县龟回，要吕碧初即去。吕碧初和继母赵莲秀想让吕清非一起南去。吕清非拒绝了。吕碧初安排赵莲秀和弟弟吕贵堂妥善照料吕清非，然后踏上南行之路。一天，吕清非旧交缪东惠来劝他在日本人控制的伪政府出任维持会委员。吕清非暴怒不已，赶走了缪东惠。第二天清晨，吕清非去正房念经时，离开了人世。凌京尧赶来后，失声痛哭。他张罗着将吕清非的灵柩暂厝正房，等报过姑奶奶后再处理后事。但三天后，日本人强行运走吕清非的遗体火化了，连骨灰也不准留。吕碧初带着玮玮和峨、嵋、小娃从天津乘船南下，一路经历许多坎坷，终于到了云南小城龟回。几天后，他们听到中央政府从武汉撤退和黄河花园口决堤的消息，心情非常沉重。孟樾见吕碧初精神不好，以为是受他要被解除教务主任的传言的影响，其实吕碧初是在担心父亲吕清非的安危。吕清非的丧事过后不久，日本人要凌京尧担任华北文艺联合会主席。凌京尧礼貌地表示拒绝后，日本人让十几只狼狗撕咬他，他最终投降了。凌雪妍对父亲的变节绝望至极，她已经听到了爱人卫葑的召唤，决定告别充满卑微和耻辱的家，去寻找新的生活。

　　第二卷《东藏记》发表在2000年11月25日出版的《收获》杂志第6期，2003年获得第六届茅盾文学奖（1999—2002）。小说写孟樾一家在1937年夏季随学校迁到昆明龟回后的生活情况。峨、嵋、小娃三个孩子帮着吕碧初做家务，日常生活里唯一的"不同"就是时刻要躲避日寇飞机的扰袭。吕家三姐妹素初、绛初、碧初都来到了昆明。吕素初丈夫严亮祖是滇军的一员猛将，在台儿庄立过战功，他有一妾叫荷珠，救过自己的性命，在家中颇有地位。二姐吕绛初的丈夫澹台勉也跟随电力公司迁到昆明远郊的小石坝。在吕素初45岁的生日筵上，当三姐妹说到爹爹吕清非很久没有信来的话时，就接到了北平来的电报说吕老先生辞世已经几个月了。孟樾领着家人到郊外去祭奠吕清非，吕碧初痛哭失声。回家的路上，他们遇到日机的轰炸，但孟家人没有什么损伤。他们走回城内，看见人们在清理着倒塌的房屋，看见一棵树上挂着一条人腿。孟樾领着家人往北走，来到腊梅林后，却看见他们的家已成为一片废墟。他们怔在那里，没有哭泣，没有言语。孟家然后又住到龙尾村，嵋因身体不好休学在家，和小娃一起读书写字。孟樾的外甥卫葑和凌雪妍也来到昆明，他们见了孟樾夫妇，说起吕清非逝世的情况，禁不住泪眼相对。1940年，抗日战争愈加残酷，峨已经大学毕业了。孟樾在毕业讲演会上，鼓励同学们建立胜利的信心，只要文化不断绝，中国就不会亡，去延安也是可以的，无论怎样都要对得起父母之邦。他的话深深印在了所有人心里。孟樾一家又搬到宝台山上，居住条件有所改善。峨在电台找到工作。吕碧初的身体一直不好，家务大多由嵋料理。孟樾和同事们议论时局，认为珍珠港事件的发生，使战争局势有所好转，内部的问题也快到头了。卫葑、凌雪妍来看望生病的吕碧初，讲述了邻居犹太夫妇的悲惨故事。峨遭受双重打击，昏了过去，醒来后她告诉母亲吕碧初，自己已和仇欣雷订婚了。国民党宣传部门的一个重要人物来明仑大学讲话，引起学生们的愤怒和嘲讽。学校对此不加干涉，又引起当局对学校的不满。孟樾分析宋朝腐败问题的几篇文章被认为是攻击中央政府。接着，孟樾在阻拦一些无礼的伤兵时被打伤，随后又得了斑疹伤寒。吕碧初只得变卖首饰，为孟樾治病调养。一天傍晚，几个军警模样的人将孟樾带走，又莫名其妙地送回来。吕素初丈夫严亮祖即将出征，他将女儿慧书托付给孟樾和吕碧初就走了。凌雪妍身怀六甲，后来生下一个名叫卫凌难的男孩。一天，卫葑进城办事，凌雪妍到村口芒河边洗儿子的尿布，因头发晕而滑进水里亡故。孟家不久又搬回腊梅林，恰逢明仑大学校庆，先生们携眷参加。1943年，中国军队在各个战场对日军的抵抗均告失败，百姓们争着向川滇逃难。嵋考上了大学。但开学不久，学校为了躲避战争，再一次提出了迁校计划。同时，教育部决定征调四年级学生入伍，到滇西、滇南战场服务。秦巽衡校长环视大家，声音呜咽，一字一字地说："无论搬走还是留下，无论发生什么事情，我们决不投降！"

第三卷《西征记》发表在 2009 年 4 月底出刊的《收获》杂志增刊上，写 1942 年，日本军队从缅甸进攻昆明，逼近保山。明仑大学召开动员大会，希望全体四年级男生入伍，为盟军担任翻译官。中文系的蒋文长说："你们先生们自己不去，让别人的子弟去送死！"孟樾听了颇为气愤。但四年级男生还是投笔从戎，共赴国难了。在滇西战役中，他们谱写了一曲可歌可泣的故事。孟樾的长女峨作为明仑大学的学生最终留在昆明，成为点苍山工作站的工作人员，没有再回北平。孟樾的次女嵋在战地医院里读到一位不治身亡的女兵遗留的日记，感动不已。当她听到中国军队在战场上终于实施反攻时，激动不已。嵋后来被激流冲走，在山林中被傣族女子阿露营救，她们又在森林中营救了美国飞行员本杰明·潘恩，但本杰明最终亡故。嵋在抗战军队中结识了冷若安，抗战胜利后，他们在明仑大学重新遇见，深感和平来之不易。小说还写了游击队队长彭田立和赵参谋、冷若安、嵋一起劝服马福土司增援腾冲的事情。小说也写了云南普通民夫老战的遭遇，老战目睹了妻子、儿子在惠通桥被炸时卷入江水的场面，他后来总是喃喃自语："我是从惠通桥来的，我是立了功的。"小说的结尾是抗战胜利之后，在国共两党之间的内战爆发之际，戎马一生的严亮祖撒手西去，他的小妾荷珠饮下毒酒后也相伴而去，夫人吕素初在安宁曹溪寺的落雨庵出家。内战爆发之际，明仑大学的师生也踏上了"北归"的历程。

第四卷《北归记》1—5 章发表在《人民文学》2017 年第 12 期。该卷的写作全由作者口述，助手记录并反复念读后，作者反反复复改出来的。基本情节和人物承继了前三部的线索，写抗战胜利后，孟樾一家人及众多师生从云南和重庆回到北平，明仑大学复课的情况。但本部的重点转移到了孟灵己（即"嵋"）、庄无因、玹子等新一代年轻人的成长上，他们一如既往地表现了中国知识分子的气节与追求，作者的叙述笃定、从容不迫，人物性格鲜明，语言优雅蕴藉。《人民文学》所发的前五章写了秦巽衡校长、孟樾等老一辈知识分子依然坚守自己的学术和责任，为和平而努力，为国家而呼号的事情。当有人问孟樾，明仑大学能否顺利开学时，孟樾坚决地说："站着也要上课，在昆明我们在坟地里都上课，在炸弹坑里也上课。"但学校条件并不十分好，老师们在恢复日常课程的同时，努力发展音乐、文学等美育，因为他们想为国家的发展积蓄力量。卫葑坚定地走着革命的道路，并另娶弦子为妻；峨在自己的岗位上默默地奋斗着。卫葑和峨等年轻人明晓大是大非，懂得大情大义，他们不论做什么，都显示了一种迎接新气象和新时代的青春气质。本卷的写法紧密联系着前三部的种种缘由，亦接通着过去时代的血脉，具有作者强烈的自传色彩，能读出一种回忆性的语调；小说使用散文笔法，使整个故事舒缓却不松散，表面平和却暗含着力量。《人民文学》的卷首评论道："透过迎春望暖的理想和爱情，美丽如涟漪，激动如波浪，涵养、担当、志趣、慧识与冲动、惊悸、神往、执拗糅合着的青春正道，并不简单地运行，形成了《北归记》心史化为心弦、心事决定信条的青春叙事的魅力。"①

总之，《野葫芦引》的四卷小说从明仑大学南迁直至抗战胜利的北归，通过对一群知识分子众生相的刻画，表现了中华民族精神中的民族气概与人格情操，也写到了中国军人的抗战事迹。另一方面作者也没有被一种狭窄的"爱国主义"遮蔽而忽视了对中国社会现实的认识。小说最为精彩的地方就在于，作者并没有用"历史大叙述"来代替对人物生活的描写，而是将笔触深入到每个个体的生命体验里，写出了在特定历史条件下人生的苦乐。因此，人们认为宗璞通过这四卷小说写出了中国现代知识分子的精神史。四卷小说同时也是书写一个人成长史的小说。小说虽然采用的是第三人称叙述，但仍隐含着作者的主观视角，这一主观视角是通过小说人物孟灵己（昵称"嵋"）来实现的。嵋身上带有作者本人的影子，作者正是借助她的眼睛，凝视了父辈们的身影，同时也反观了自身以及同辈们的言行，带有明显的自省意识。因此，这四卷小说在书写父辈一代知识分子精神形象时，还书写了嵋以及她的兄弟姐妹、同学好友在跟随父辈颠沛、漂泊时的求学、成长情况。小说以一种大历史的视野，对抗战时期及几个家庭生活的真实叙述，无疑为百年中国的女性小说写作做出了一份别开生面的贡献。②

---

① 参阅刘汀《宗璞长篇小说〈北归记〉：古老民族的青春叙事》，《文艺报》，2017.11.27。
② 参阅徐岱《史与诗的张力：论宗璞和她的〈野葫芦引〉》，《文艺理论研究》，2003.2；贺绍俊评《〈北归记〉：归来收获的是爱情》，《人民文学》，2017.12。

孙力、余小惠的长篇小说《都市风流》：一部勇于直面人生的富于活力与激情的现实主义力作

孙力（1949—2010），原名孙利，河北定州人；余小惠（1949—），江苏扬州人。《都市风流》10月份由浙江文艺出版社出版，1991年3月7日，小说获得第三届茅盾文学奖（1985—1988）。小说以北方某大城市的市政建设为中心，描写了上至市长下至街道妇女的生态和心态，反映了当时城市改革的复杂面貌。市委书记高伯年的政务和家事都不顺心，未婚女儿高婕怀上了别人的孩子，流产后躺在家里。一位中央领导叫市长阎鸿唤去汇报交通改善、街道改建等工作，但高伯年却不知道，这使他感到很失落。高伯年在新中国成立前与普店街的杨大妈成亲，杨大妈当时只有15岁。新中国成立后，高伯年进城与年轻美貌的护士沈萍结婚了。杨大妈有个儿子叫杨建华，从小没有见过父亲。"文革"中，杨建华到内蒙古兵团劳动，与知青柳若菲成亲生子，后来，柳若菲返城回到富裕的家庭，两人的婚姻也随之解体。杨建华回城后在工程队工作，干得很好，得到市长阎鸿唤的肯定，但高伯年却轻信诬告，派调查组审查杨建华，引起工人不满。杨大妈很同情普店街陈宝柱的遭遇。陈宝柱是母亲抱养的，他父亲在"文革"中是造反派副司令，最后被镇压。陈宝柱曾因聚众斗殴坐过牢，他母亲因此而半身不遂。杨大妈与儿子杨建华帮助陈宝柱在市政工程队找到了工作。陈宝柱工作很卖力，并拿出母亲以前的积蓄当作工人的奖金。但他因参与了一起抢瓜的事情并分到50元赃款，又被关进监狱。杨建华前妻柳若菲的哥哥柳若晨在改革开放后当了研究所的工程师，后任副市长，并与原市委书记徐克的女儿徐力里成亲。但徐力里与市长阎鸿唤相爱，徐克反对未果。徐力里任市政工程局总工程师，突患癌症，才与柳若晨恢复了感情。小说创作于1986年至1987年文学低谷时期，问世于1989年，是一部勇于直面人生、富于活力与激情的现实主义力作，作者以传统的结构方式，围绕市政改造、环线建设工程事件展开全篇，塑造了上至市委书记、市长，下至流行歌曲明星、个体户、大杂院居民等四十余个有名有姓、各具特色的人物形象。其中重点塑造了市长阎鸿唤、市政二公司经理杨建华等代表的改革者的形象；另外也塑造了副市长柳若晨、市政工程局局长曹永祥、市政工程局总工程师徐力里以及市政工程队的老队长和"陈宝柱青年突击队"成员的形象。小说严格从生活的真实出发，排除了社会理念和个人情感的干扰，从而成功地摆脱了既有的"改革文学"模式和人物类别模式。小说在刻画人物、描写生活时，也充分注意了生活化与理想化的结合，不仅注意了生活的某一侧面的真实，而且注意到了社会生活的多侧面的、全面的真实。从小说对当代社会生活进行正面把握与表现的广度和深度，从它对多姿多彩的人物形象进行刻画的真切深刻程度，从它的艺术气度和艺术感染等方面上看，它都堪称20世纪80年代不可多得的、扎实优秀的长篇小说。①

俞天白长篇小说《大上海的沉没》：展示了处在改革之际的大上海的社会生态、社会心理、社会风尚、社会面貌等

俞天白（1937—），浙江义乌人。《大上海沉没》9月—11月份发表在《当代》第5—6期，是作者计划中的《纵横大上海》三部曲中的第一部。小说以闹市区一幢石窟门房子内八户人家及延伸出去的三户人家为主体，描写了旧上海的大亨、小开、妓女、白相人及新时期的干部、企业家、工程师、银行家、工人、记者、歌星、售货员、个体户、港客等的群像，对他们的经营管理、调动工作、民事诉讼、婚姻纠纷、父子冲突、邻里关系、亲友交往、饮食起居等各方面都进行了描写，展示了正处在改革之际的大上海的社会生态、社会心理、社会风尚、社会面貌等。比如小说里面写了中青年银行家裴鸣翔在打开改革局面时，不仅面临着一些银行领导和成员的那种把几十年来所形成的陈规陋习奉为圭臬，不敢越雷池一步的守旧观念，还面临着"他们背后牵连着种种原有银行的关系、老同事、老上级、老部下、老客户……"再如大上海冶金设备厂厂长符锡九作为未来上海改革的领头人，虽有改革抱负和业务才干，又有冶金二局朱局长的全力支持，但他在大力推行各项改革措施的过程中，竟然连自己的位置都保不住，被排挤出了大上海冶金设备厂；新华电器制造公司总工程师兼副总经理权抱黎为了维护公司的声誉而揭露了公司总经理龚立群贪赃枉法的事情，但龚立群却动用了从中央部门到当地新闻界、司法界的力量来进行反

扑，想置权抱黎于死地而后快。这些说明改革面对的已经不是什么观念之争、方案之争，而是一种长期形成的有着共同利益的社会体系，这是一种"借着新名词遮盖着的封闭的体系"，这种体系又是某一母系中的子系，"触动他一个会牵扯一大片"。对于这种"一损俱损、一荣俱荣"的体系来说，只要触及其成员的利益，它就会动用各方面的力量来反扑，成为改革的强大阻力。①

苏童小说《罂粟之家》：一篇弥漫着死亡悲剧气息的小说

《罂粟之家》11月份发表在《收获》第6期。小说写地主刘老侠善于持家，最终将枫杨树村所有的土地都收到了自己的门下，然后他将这些地里的一半用来种水稻，一半用来种罂粟。小说以被关在仓房的傻子演义开头。演义是刘老侠的第五个孩子，有一副惊人的胃口，刘家人为了防止演义返祖，怀着恐惧的心理夺下了他手里的馍，并把他关在仓房里。接着是主人公沉草的出世，他是刘老侠的儿子，但他却是刘老侠的老婆翠花花和家里的长工陈茂生的。翠花花不是刘老侠的原配，她是刘老侠的兄弟刘老信送给刘老太爷的礼物，是刘老太爷的姨太太。刘老太爷死后，翠花花成为刘老侠的正妻，这是典型的乱伦。刘老侠以种植罂粟花发家，整个枫杨树村也因为罂粟而著名。但是沉草并不喜欢罂粟，他读完高中回到充满浓烈罂粟气味的枫杨树村后昏厥了，但他必须接管刘老侠的白金钥匙，以管理罂粟园，并要让罂粟园在他这一代更加辉煌。沉草从此失去了自我，他杀死了演义。他和刘老侠一样把生父陈茂当成一条狗。其实所有的人都把陈茂当成一条狗，因为陈茂把枫杨树村所有的女人都奸淫了，连刘老侠的女儿刘素子都被他用革命的权利在蓑草亭子那里强奸了，目的是宣泄他对地主家的仇恨。刘素子自杀而亡后，陈茂被沉草用枪打了两下，一枪打在眼睛上，一枪打在裤裆上。陈茂于是死了。后来，沉草的老同学卢方带领工作队对枫杨树村进行了土改，刘老侠的土地被没收后，分给了老百姓。沉草堕落地睡在罂粟缸里吞白面，最后在卢方的枪声里结束了生命，他在死前说的最后一句话是："我要重新出世了。"小说自始至终都弥漫着死亡的悲剧气息，这也是历史时代的悲剧气息，也是历史的一种宿命，没有人能够改变。小说是新

---

① 参阅戴翊《社会阵痛与市民心态——评长篇小说〈大上海沉没〉》，《社会科学》，1989.7。

时期人性化"历史"叙事的代表之作。作者以一个貌似荒诞但却内涵深刻的家族故事，把"人"置于特定"历史"的时空场景之中，通过"历史"之"人"的复杂性，去反观"人"之"历史"的复杂性，进而真实而艺术化地阐释了现代人文精神的价值理念。①

孙甘露小说《请女人猜谜》：一部类似梦呓的小说

《请女人猜谜》11 月份发表在《收获》第 6 期。这是一部类似梦呓的小说，被人们归到元小说范畴，即"关于小说的小说"，"关于虚构的虚构"小说。它突破了小说的形式规范，题目没有确定的所指意义；人物只是可以随意变换的角色，其身份和历史都显得十分可疑，具有梦幻般的特征；纯粹的话语之流像梦境一样飘忽不定，但给人以明丽舒畅的感觉。

马原小说《死亡的诗意》：表达了生命是无定的和脆弱的意旨

《死亡的诗意》11 月份发表在《收获》第 6 期。小说的故事来源于 1987 年发生在西藏的一个真实惨剧。20 岁刚出头的四川女孩李苇艳从四川师范大学外语专业毕业后，作为导游带团前往西藏观光，因为迷恋藏区风情，李苇艳毅然决定留在拉萨，并在那片土地上工作、恋爱。有一天，未熄灭的烟头引燃了李苇艳居住的木屋，李苇艳被烧灼而死。小说主人公叫林杏花，她的恋人叫李克，两人都是从内地到西藏的异乡人，林杏花最终被一场意外的火灾烧死。小说中，"游"的悲剧意识非常强烈，使人体味到生命的无定和脆弱。单从题目来看，《死亡的诗意》应该是关于死亡的叙述。但实际上，作者并没有用太多的笔墨去渲染死亡，而是更加关注林杏花的生存状态。死亡只是林杏花的故事的结局，作者着重叙述的则是她向死而生，从生到死的不断追求的过程。死亡是生命的死亡，死亡的诗意不仅来源于死亡本身，更来源于生命的存在。这诗意不仅仅局限于人的死亡的可能性和必然性，更指人的生活的诗化、生命的神圣化以及自由自在的生活状态。林杏花之死的诗意本色主要体现为本真地活着和神秘地死亡这两个方面。②

---

① 参阅宋剑华《苏童:〈罂粟之家〉中的"历史"与"隐喻"》,《名作欣赏》,2010.6。

② 参阅郭倩《试析〈死亡的诗意〉中林杏花之死的诗意本色》,《赤峰学院学报（哲社版）》,2016.8。

查建英中篇小说《丛林下的冰河》：开创了 20 世纪 80 年代"留学生文学"的先河

查建英（1959—），北京人。《丛林下的冰河》11 月份发表在《人民文学》第 11 期，开创了 20 世纪 80 年代"留学生文学"的先河。小说主要讲述了"我"满怀着理想去美国寻找一份"未知的东西"。"我"像一个"年轻冒险家"，对美国的一切都充满了新鲜和好奇，"我"羡慕、喜爱美国，对美国人和美国文化几乎全盘接受。首先打动"我"的是美国丰裕的物质生活。当"我"认识了开朗健壮的美国青年捷夫后，他的白色敞篷车令"我"艳羡不已。后来，这辆车成了维系"我"对捷夫的爱情、承载"我"在美国梦想的东西。当敞篷车被撞坏后，"我"又毅然决然地离开了捷夫。"我"在积极拥抱美国生活的同时，发现自己头脑中浮现的常常却是杜甫和庄子……随着时间的流逝，"我"对周围的一切产生不了认同感，"我"与美国世界似乎永远存在着一层无法打破的隔膜，这使"我"最终明白"文化是泡出来的"，自己不可能真正融入美国人的世界，无法彻底接受美国的文化。对美国文化的幻灭感其实是导致"我"离开捷夫的根本原因。印度人巴斯克伦说美国人的"那种友好很肤浅"，文化排斥使他在美国生活得很压抑。"我"刚到美国时并不理解巴斯克伦的悲观想法，但几年之后，"我"也陷入了同样的悲哀。"我"不得不在异国的文化中逐渐成为"边缘人"，和巴斯克伦一样处于两种文化的夹缝中。现实的无奈，理想的失落，使"我"不禁想起了自己的初恋情人 D——一个勇敢热情、对中国人民的苦难充满真挚情感的知识分子。他为了实现理想，放弃一切去西北教书。"我"带着对 D 的深深思念，决定回国去西北找他。但"我"回国后，国内的一切又令"我"失望：朋友们常来发牢骚、抱怨物价飞涨，北京的生活平庸，西北小镇贫穷、落后，而且"我"无论走到什么地方，人们总是向"我"投来奇异的眼光。更重要的是 D 也早已不知所踪。最后，"我"只好又失望地返回美国。小说主人公的经历类似于於梨华的《又见棕榈，又见棕榈》中的牟天磊，他在美国留学十年，期待中的理想和幸福都没有实现，最后只好带着"寻根"的情怀回到台湾，却发现"自己仍是一个客人，并不属于这个地方"。《丛林下的冰河》中的 D 象征了中国文化，"我"与 D 的相恋表明

"我"对中国文化的依恋，"我"出国而与D的分手象征"我"与中国文化的脱离，而D的不知所踪则象征着"我"与中国文化的断裂；捷夫是"我想象中的真正美国人"，"我"与他的相恋象征了"我"对西方文化的渴求与向往，"我"与他的分手象征了"我"对外国文化的拒绝。但"我"最后又返回美国，说明了"我"对西方文化的无奈认同。

柏原短篇小说《喊会》：一篇描写陇东黄土高原上的农村、农民及其生活的乡土小说

柏原（1948—），原名王博渊，甘肃兰州人。《喊会》12月份发表在《青年文学》第12期，获得1987—1988年全国优秀短篇小说奖。小说写的是农村实行家庭承包责任制后的某个夏收时节，一个名叫山咀咀村的人们正在忙着打场收粮时，村长蛮子站在高处喊人们开会。蛮子喊声虽然很大，但忙着打场的人不仅不理睬他，反而冷嘲热讽："蛮队长的声音老了"，"队长的心劲儿不足啦"，"现在庄稼人不害怕当官的了"，"队长这官当头不大哩"，"让他喊得挣死"，当蛮队长把一身牛劲儿喊光又喊出一肚子火后，村民才被喊来开会。会议的内容是传达政府夏粮征购任务的事。村民们跟蛮子胡乱嚷了一气，随后就散会了。几日后，山道上出现了村民前去交公粮的壮观景象。小说最后写到，这景象与几日前的上粮会并无必然的逻辑关系，而是出于村民一个朴素认识：种地人要是不给国家上粮，那这国家还是国家吗？很明显，小说反映的是农村实行承包责任制后，村级党政机构从原来的生产领域退了出来，村干部原先的风光已经不在了。小说在肯定黄土高原沟沟坎坎里人们身上的韧性时，也以严肃的视角批判了这种韧性所带来的惰性。人们在忍受贫穷，承受苦难时，也慢慢变得迟钝、麻木起来。山咀咀村的人遵从着古老的秩序日出而作，日落而息，用自己朴素的文化心理和顽强的集体无意识延续着生命，但也麻木着自己的心灵。作者在对乡民生存困境进行全方位的展示时，也对乡村文化进行了深刻思考。小说让我们看到了乡村文明现代化进程的长期性和艰巨性。小说是非常典型的乡土小说，描写了陇东黄土高原上的农村、农民及其生活，其故事触及了陇东农民的传统、习惯、心理特质和行为方式；叙述保存了陇东文化中许多生动和优秀的因素，并把这些因素有机地融进了祖国的整体文化之中。

阿成短篇小说《年关六赋》：一篇关于中国年节文化的赞歌

阿成（1948.11.8—），原名王阿成，山东博平人。《年关六赋》12月份发表在《北京文学》第12期，获得1987—1988年全国优秀短篇小说获奖，是关于中国年节文化的赞歌。小说开头写道："爷爷活着的时候，每逢旧年的春节，老三的父母一定要领着他们生育的四位雌雄，到爷爷的家去过年；爷爷死后，老三这兄妹四人也一定得到父母的家守岁。这是王氏家族的规矩。"这是极有象征含义的几句话。"王氏家族"实际上象征着中国传统社会的每一个细胞。小说写的是中国千家万户都要举行的"甜丝丝"的文化仪式。作者在"家"的主题下，写了除夕夜的团聚及具有地方特色的历史风情和现代的生活场景。其中，让人感受至深的是存在于祖孙三代人身上的深深的亲情和浓厚的血肉之情，这种情感是一种凝聚力与号召力。在"王氏家族"这样一个温暖的大家庭中，孝道与和睦使读者深受感动。虽然王家人各有各的生活之道，思想观念皆有不同，但是在长时间的相处与磨合中，大家很快就打成一片并和睦相处，大家扮演着各自应该扮演的角色。此时，我们发现传统文化、传统道德原来无处不在，它们已通过祖辈的血脉流到了后代人的心里。但作者似乎又是怀着一种复杂的心绪去写它们的：他既仇视封建文化磨灭人性的弊端，又敬畏这种文化中异乎寻常的尊严与魅力。仔细品读，该作品似乎是作者给这些封建文化写就的一副挽联。①

杨绛长篇小说《洗澡》《洗澡之后》：书写新中国成立后知识分子思想改造的长篇小说

杨绛（1911.7.17—2016.5.25），本名杨季康，江苏无锡人。杨绛先生写于1988年的《洗澡》，是一部写新中国成立后知识分子思想改造的长篇小说，12月，小说由三联书店出版。小说描摹了知识分子在新中国成立之初的众生相。"洗澡"的寓意就是对知识分子的思想来一次彻底的改造。作者以风趣的笔墨、幽默诙谐的语言将知识分子这一群体的内心世界、外貌特征刻画得惟妙惟肖，人物跃然纸上。小说不是由一个主角贯连始终，而是借一个政治运动做背景，

---

① 参阅陈军《阿成小说创作的多元文化背景》,《北方文学旬刊》, 2013.10。

写了那个时期形形色色的知识分子。海归的许彦成怀着满腔的赤诚，带着他的"标准美人"妻子杜丽琳从美国回来，想投入到新中国的建设中去。他们被分到图书研究室工作。同他们在一起工作的，有为人低调、仗义执言的罗厚，吝啬钻营的余楠，颐指气使的"知道分子"施妮娜，喜欢妒忌算计人的姜敏，还有酸腐愚固的朱千里等。许彦成在图书馆与秀外慧中、温柔娴静，又富于才华和情趣的姚宓相识，认定姚小姐就是他的 soulmate（灵魂伴侣）。他与妻子杜丽琳内心是有隔膜的，而姚小姐才是他的心仪女子。姚太太也觉得杜丽琳"庸俗得很"，配不上清高的许彦成。但许彦成和姚宓只能暗恋或私下来往，他们的爱情难以公开。接下来，小说写了在"三反"运动中，知识分子们都把神经绷紧，在"洗澡"中猛烈地剖析自己，绞尽脑汁地想着自己的不足，并想把自己思想中的龌龊丑陋的地方洗掉。朱千里为了能够顺利过关，竟然捏造出自己有 101 位情人，写过 1001 封情书，被"无政府主义"的群众怒斥为拿运动开玩笑，遭到批斗和羞辱。不甘受辱的他吞下了大量安眠药企图自杀。作者用从容、温文、幽默的笔触，真实记录了知识分子"洗澡"的种种处境，读来令人叹息，掩卷长思。

为了给《洗澡》中的人物一个"称心如意"的结局，杨绛先生在 103 岁时写出了长篇小说《洗澡之后》。2014 年 8 月，《洗澡之后》由人民文学出版社出版。该书重点表现了"整风运动""反右运动"中人与人之间美好的情感。姚太太、姚宓、罗厚、陆舅舅夫妇和许彦成等像一家人那样亲密，他们在困难中相互扶持，甚至住在一个屋檐下。他们虽然关注住房、家具、陈设，但更注重人的内在气质与涵养。姚宓、许彦成是作者褒扬的人物。姚宓既有京都才女的淳厚蕴藉，又有江南闺秀的冰雪聪明。当各种政治运动开始波及普通人的生活时，姚宓依靠她的智慧和内心的宁静，没有受到运动的太大冲击。许彦成才情学识俱佳，又混沌天真，宛如赤子，但他是个有妇之夫，他的妻子杜丽琳出身于天津的富豪人家，人极为聪明大方，但她缺少姚宓的涵养，缺少经过苦难洗礼出来的平等慈悲心。在鸣放中，杜丽琳被打成"右派"后下放劳动。期间，她与同为"右派"的叶丹产生了感情。回京后，杜丽琳主动提出与许彦成分手，使两人的精神都得到了解脱，然后各自都找到了称心的感情归宿。有情人终成眷属，再没人改写他们的命运。罗厚一直敬重、守护着姚宓，最终，他和姚宓的同学小李相好。小说的结尾是："中秋佳节，李先生预备了一桌酒席，一来为姚太太还席，二来也是女儿的订婚酒。时光如水，清风习习，座上的客人，还和前次喜酒席上相同，只是换了主人。许彦成与姚宓已经结婚了，故事已经结束得'敲钉转角'。"小说里的三对有情人，终成眷属。①

---

① 参阅马风《杨绛的机智和哲学心理——〈洗澡〉泛论》，《当代作家评论》，1990.1。

1989 年

王安忆小说《岗上的世纪》：大胆展示了女性的生命本真图景，道出了女性真实的心声

《岗上的世纪》1 月份发表在《钟山》第 1 期。小说写知识青年上山下乡时，大杨庄来了三个女知青，其中一个因为招工便很快离开了，另一个杨姓知青因为与本村人同姓，便被接纳为杨氏家族成员，而长得不错的李小琴因为没有后台，所以在第二次招工开始时，跑到被大杨庄人称为"小队长"的杨绪国那里，求他让自己参加招工。杨绪国是年老体衰的大杨庄老队长的儿子。李小琴求杨绪国后，结果两人在一来二往中，反倒产生了感情。那个杨姓知青的母亲来大杨庄拜访老队长，庄里人都说，杨姓知青肯定要走了。李小琴听了后，病了好几天。杨绪国站在屋外问候了几句，并给她送来了一包韭菜饺子。李小琴心上和身上觉舒畅了不少，第二天一早便出工了。从此，杨绪国对李小琴的关怀就多起来了。李小琴坐杨绪国的自行车回县城的家时，在街上，她听说招工即将开始，推荐表已送到县里，不几天就给公社发了。她心里一团乱麻。在回村的路上，李小琴拿出一包东海烟故意逗弄杨绪国，杨绪国故意把车往路面上深深的车辙里骑。暮色开始降临，两人来到树下歇息，李小琴又摸出那包烟，杨绪国捉住了李小琴的手抢烟，两人四目相对，望了一会儿，然后就双双滚进了路边的大沟。小说大胆描写了男女主人公在路边干沟里"野合"的情景。小说结尾是李小琴在与杨绪国经过了一番幸福甜蜜的性爱之后，终于成了杨绪国的女人。小说以女性独特的感受和体验大胆地展示了女性的生命本真图景，道出了属于女性自己的真实心声，具有鲜明的女性意识；但由于种种原因，其女性意识又不免染上了男权话语的色彩，形成了"双声"同构的两性话语共生的现象。

池莉中篇小说《不谈爱情》：写了男女主人公不纯粹的爱情和功利的婚姻

《不谈爱情》1月份发表在《上海文学》第1期。小说里面的优秀医生庄建非打小就是一个性要求很旺盛的人，他和来自武汉臭名远扬的花楼街上的女子吉玲相遇了。庄建非想买一套脱销的弗洛伊德的《少女杜拉的故事》，结果吉玲替他买了。他们之间的交往就此开始，并多次上床。后来，庄建非回想起自己和吉玲的交往，得出的结论是他们之间没有爱情，仅仅是一种性的结合。庄建非在对自己的婚姻作了一番重新估价之后，终于冷静地找出了自己为什么要结婚的原因，这就是满足性欲。而他选择吉玲，完全是因为他29年来的忍饥挨饿后的饥不择食。吉玲打小就厌恶花楼街，厌恶自己的出身，鄙视父母的低俗、奸诈、小市民气。因此，她从小就表现出与花楼街上其他人的不同来，她的穿着打扮以素雅为主，常穿着浅色衬衣、深色长裙，将自己装扮成一个恬静美丽的女大学生的样子；她不烫发，不画眼影，最多只稍稍描一下眉和涂一点肉色口红而已；她自己给自己找工作，而且工作岗位变动了几次。吉玲想走出花楼街，想出人头地，尤其是想通过自己的婚姻来离开花楼街。在和六个男孩交往后，最后选择了郭进。郭进是南方人，皮肤白，会烧菜，没有大男子主义，是市歌舞团电声乐队的正式职工，只是个子矮了一些，才一米六三，和吉玲一般高；郭进的父亲是市委机关的一个正处级干部，母亲是医生。吉玲在仔细考虑着要不要和郭进结婚时，就遇到了庄建非。吉玲认识庄建非的原因在于他的那双手。吉玲通过对家里人、同学朋友、顾客、买卖人的手的观察，得出结论：家庭富有，养尊处优的人，手白而胖，爱翘小指头；出身于知识分子家庭且本人又是知识分子的人，手指修长，手型很美；其他各色人等的手却是粗傻短壮。庄建非的手是典型的知识分子家庭出身的知识分子的手。就这样，吉玲和郭进分了手，然后和庄建非好了起来。吉玲在用尽计谋后，终于成了庄建非的妻子。但庄建非的父母不认可她。吉玲对此耿耿于怀，为日后他们的争吵埋下了定时炸弹。吉玲怀孕后，庄建非和她争吵，他们第一次认清了自我和对方。吉玲用脏话骂庄建非，庄建非彻底认清了吉玲及她那善于伪装的父母。但庄建非最终还是打消了和吉玲离婚的打算。小说通过庄建非与吉玲的故事，表明他们两人从相识到结婚，之间是没有爱情的。庄建非只是为了性而结婚，吉玲只是为了个人名誉而结婚。小说结尾写庄建非想出国，他去拜访吉玲的父母，吉玲父母想庄建非出国可以使他们感到很有面子，于是同意了。可见，吉玲这边人同意和庄建非和好的原因也不是爱情，而是名誉和面子。小说叫《不谈爱情》，但它并不是真的"不谈爱情"，里面还是存在着爱情，只是这种爱情有些不纯粹。小说具有明显的地域性，即故事建构的空间是武汉，里面的花楼街是娱乐业兴盛的地方，在花楼出生长大的吉玲自然是一个世俗化的人，她和庄建非结婚的原因在于自己出身于声名狼藉的汉口花楼街，所以她决定要通过拥有"一个具有现代文明，像外国影片中的那种漂亮整洁的家"来改变自己天生的尴尬地位。所以她和庄建非的婚姻，不是只有"爱情"在维持，还有名誉、地位等因素。小说里，庄建非的妹妹觉得哥哥的伴侣不理想，婚姻终会走向失败。她在日记中写道："哥哥没有爱情，他真可怜。"而她自己也年过三十，还没有找着合意的郎君，因为她认为当代中国没有男子汉。但当代中国也不容忍独身女人。故她又写道："我也可怜。"她的理想主义最终使她成为一个不被"容忍"的人，一个可怜的人。①

刘震云中篇小说《头人》：讲述了近代到当代以来"权力"观念在故乡人头脑中扎根的情况

《头人》1月份发表在《青年文学》第1期。小说讲述了故乡申村从近代到当代以来半个多世纪的历史，也讲述了"权力"在申村头人之间的更替情况，以及权力观念如何深深地扎根于故乡人头脑中的情况。申村的三姥爷与宋家的掌柜为了村长的名号和吃热饼的权力来来回回相争相斗着，小说讲述的对象于是指向了乡村权力。小说是作者后来推出故乡系列小说的前奏。1991年，作者出版的长篇小说《故乡天下黄花》便是对《头人》的扩写，小说选取了中国现代史上风云变化的民国初年、抗战、土改、"文化大革命"四个历史阶段，叙述了马村在半个多世纪里的关于权力的故事。故事从马村村长被谋杀开始，权

---

① 参阅方仁英《论池莉小说的创作倾向》，《浙江教育学院学报》，2003.4。

力斗争始终贯穿在四个阶段，历史因为权力而黑暗弥漫，丑陋泛滥。1993年，作者出版的《故乡相处流传》是对"故乡"和"权力"主题的第三度书写，叙述空间得到了扩展，时间跨度上千年，讲述了东汉末年、明朝初年、清末、20世纪60年代四个阶段的故乡历史，故乡依旧是权力争夺的生死场，历史依然是你方唱罢我登场，依然是不同的人轮回着主宰天下而已。①

冯骥才《拾纸救夫》：讲述了一个荒唐却真实的故事

《拾纸救夫》1月份发表在《当代》第1期。小说讲述一个恪尽职守的小学教员李老师，善于给孩子们讲革命故事。但在1965年的时候，有人揭发他曾经在课堂上讲过毛主席被捕逃脱的故事。讲毛主席被捕过，是诬蔑毛主席，犯了特大反革命罪。李老师因此被判了八年刑。八年中，李老师那大字不识一个的妻子到各处去寻找丈夫读过的那本讲毛主席被捕过的书或其他文字材料，想给丈夫平反。她找遍了所有能看到的纸片，甚至连厕所里用过的纸也捡来请人辨认，结果她家的屋子里虽然堆满了拾来的纸，但却没有她想要的那本讲毛主席被捕过的书或其他文字材料。在丈夫刑满释放前夕，她那堆满废纸的屋子发生了火灾，她和儿子一起被拾来的纸烧死了。故事结局是李老师出狱后，碰到了一个军代表，他说自己曾经读过一本叫作《秋收起义和我军初创时期》的书，里面就讲过这件事情。李老师最终得到了平反。

铁凝小说《棉花垛》：揭示了中国妇女畸形的生存观念和变态的命运逻辑

《棉花垛》2月份发表在《人民文学》第2期。小说写在棉花垛林立的北方农村百舍，米子在做媳妇前去摘棉花，后来她不摘了，因为她嫌老板给的工钱太少。米子长得很好看：浓眉大眼，嘴唇鲜红，脸白得不用施粉。她穿着紧身小袄，钟一样的肥裤腿，走起路来一摆一摆的。后来，米子从村东头嫁到了村西头，给村里一个鳏夫当了媳妇，她一心想跟丈夫生儿育女，但几年时间过去了却怀不上。又过了几年，米子终于生了一个闺女，叫小臭子。小臭子不如米子好看，眼睛小，爱找比她大的闺女玩，爱听大闺女说大人的事。小臭子10岁时，跟着15岁的乔玩。后来，小臭子上了夜校。她不愿意听老有爹讲"国

---

① 参阅赵慧《权力场中的人性异化——从〈头人〉〈单位〉说开去》，《北方文学旬刊》，2011.10。

旗"等事情，而是爱听反封建、妇女解放的话。老有爹说，妇女们大门不出二门不迈，看见男人就脸红就低头，整天围着锅台转，讲三从四德，这都是封建，封建就是主张把妇女先封住。小臭子听了很兴奋，她心想，自己从来都是反封建的。小臭子长大之后赶上了战争，乔做了干部，小臭子却未被吸收，虽然她也利用自己的身体为抗日做了一点工作。可是小臭子终究只是群众，只是个平凡的小女子。乔最后被捕并被蹂躏死了。小臭子也被国占有了，国还以她企图逃跑的名义结束了她的生命。小说揭示了中国妇女畸形的生存和变态的命运逻辑，略带悲情色彩，又具有鲜明的新写实主义的特征，揭露了农村鄙陋的两性关系、落后的民风和旧社会农民迂腐愚昧的精神状态。小说在"女人和男人的关系"下，以与"棉花"相关的场景、人物、人物关系等，对乡村人物的生活进行了彰显和遮蔽，展现了20世纪80年代末青年铁凝对特定时代乡村人物普通而具体的思维与生活的认识和理解，也反思了乡村的现代话语。小说没有理想化的故事背景和特异化的情节，简明扼要，质朴憨厚，散发着泥土的芳香。[①]

叶兆言中篇小说《艳歌》：以"流水账"式的结构揭示了世俗生活中恒在的困难

《艳歌》2月份发表在《上海文学》第2期。小说描述了20世纪80年代一对知识分子夫妇尺钦亭和沐岚的感情变奏过程，即他们上大学时的恋爱，毕业后的工作、结婚、生子、过小日子、产生家庭矛盾等事情，当他们在一起生活之后，渐渐地对生活、对婚姻产生了厌倦、苦闷和无聊。在这样的时光中，他们的金色韶华渐渐逝去，得意和失意转眼间皆成过往，他们面对更多的是琐碎和无奈的卑微人生。尺钦亭是历史系的高才生，他与中文系的女诗人沐岚相恋。沐岚在家感到当厅长的父亲一直冷落自己，她怀孕后，与尺钦亭匆匆结婚。沐岚生了孩子后，在吃饭问题上和婆婆不和，小保姆因为打碎了一叠碗，受责后赌气辞职，沐岚请人带孩子却将孩子的脸摔破了。沐岚与尺钦亭常常为生活琐事磕磕碰碰，吵吵闹闹。后来，沐岚看见尺钦亭的女弟子要被"发配"

---

① 参阅任慧群《"关系"视域下〈棉花垛〉的乡村叙事》，《名作欣赏》，2016.5。

到边远城市去，那女子在尺钦亭跟前哭泣不止，这又引发了夫妻间的口角。沐岚单位的男同事常来沐岚家里，尺钦亭对之非常气愤，他和沐岚于是处在了长期分居的状态。小说以"流水账"式的结构，将主人公从谈恋爱、毕业分配、结婚、生子、过小日子到闹家庭矛盾等都展现了出来，揭示了世俗生活的恒在困难，很少有讥讽世事的地方，大多时候，采取的是包容、同情的态度。小说是写实主义的一篇力作，在最为普通的婚恋生活和家庭生活中，写出了对生命状态的体验和感受，写得客观、冷静，使人看到的是一种原色的生活、原色的人物。①

王蒙中篇小说《坚硬的稀粥》：一篇主题极其巨大、极其深奥、极其沉重的小说

《坚硬的稀粥》2月份发表在《中国作家》第2期。小说描写了一个家庭内部围绕早餐改革所发生的种种波澜，即中西文化冲突、代沟所造成的不和谐等，反映了当时社会各色人等的心态。小说用第一人称写法，讲述了一个家庭里的大小事情都由爷爷做主，所有人都得听爷爷的。比如全家饭食由老保姆具体操作，但吃什么，怎么吃，要由爷爷来拍板定案。几十年来，这家人的早餐总是烤馒头片、大米稀粥、腌大头菜。但近几年情况却发生了突变，新风新潮不断地涌了进来。爷爷便提出了改元首制为行政内阁制的主张，他想将权力下放，由第二代的爸爸主持家政。但爸爸无论大事小事都要先去请示爷爷，爷爷说了，他才吩咐老保姆去具体操作。爷爷叫儿子不要再用他的名义行事，说下放权力是大趋势。爸爸于是将部分权力下放给了老保姆。第三代和第四代对伙食状况表示不满，便由第四代的曾孙子主持伙食改革，将早餐改成了黄油面包摊生鸡蛋，喝的是牛奶咖啡。但改革三天后，老保姆得了急性中毒性肠胃炎，奶奶得了肝硬化，爷爷得了便秘，堂妹得了肠梗阻，堂妹夫嘴角烂了。三天下来，全月的伙食费也花光了。全家于是又召开会议，爷爷在会上说自己年迈力衰了，不想独揽大权了。会议最后决定，全家自由搭配，各人爱怎么吃就怎么吃。但吃饭时，新问题又出现了，并发生了冲突，原因是液化石油气不够用

---

① 参阅白玉兰《〈艳歌〉一曲荡气回肠——读叶兆言〈艳歌〉》，《小说评论》，1989.3。

了。堂妹夫出过洋，便发表了一通高论，要求进行民主选举。选举结果是爷爷得了三票，虽未过半数，但得票最多，结果最终当选。爷爷不赞成，也发表了一通意见。结果是曾孙子仍想吃稀饭、大头菜。叔叔一家搬出去后，仍然是经常吃稀饭、烤馒头片、大头菜。堂妹两口子出国后，写信回来说，他们仍然吃着稀饭、大头菜。至于爷爷、爸爸、"我"这一家，虽然由妈妈主持家务，但事事仍然要请示爷爷，所以每天吃的仍是稀饭、大头菜。爷爷一再表示，家务事不要再问他了。结局是有一位英国朋友来家做客，吃过稀饭咸菜后，赞叹稀饭咸菜很朴素、很温暖、很舒服、很文雅，认为只有在古老的东方才有这样神秘的膳食。

小说在获得"第四届（1989—1990）百花奖"之后，1991年9月14日，《文艺报》刊发了慎平的文章对小说提出了异议；1990年4月，台湾某刊全文转载小说时加了编者按语；1991年10月19日，文汇《读书周报》报道了王蒙上诉北京中院，控告《文艺报》与慎平侵害了他的名誉权的事情，但该报的"23日专电"又报道：北京市中级人民法院裁定书指出，《文艺报》发表慎平的文章属于正常的文艺批评，因此对王蒙的起诉不予受理。

1992年，《文艺理论与批评》发表王长贵的长文，对"《坚硬的稀粥》事件"进行了回顾，并对慎平等人的观点及小说本身进行了评说，认为小说在思想和艺术上具有三个特征：第一是主题似乎极其巨大、极其深奥、极其沉重。小说对"早餐改革"进行了强烈的讽刺和冷嘲意味。第二是小说在夸张胡侃、跌宕顿挫之中，突出了这场"家政改革"的胡折腾，而且是"不折腾浮肿了决不踏实"。第三是小说的人物符号化、情节程式化与主题政治化构成了小说强烈的政论性。王长贵认为："由上可知，《坚硬的稀粥》所虚构、所批判、所讽刺的那场'改革'，就是用来'缩影''过往的一个时期'的现实改革的。不用说，这当然是对改革的莫大歪曲"，"同时又应该说，这篇小说又是要求某种'改革'、支持某种'改革'的。具体说，它反对并批判'四十年一贯制'的、'一律听爷爷的'、'封建家长制'的、'论资排辈'的、'停滞的农业社会'的、'特别适合文盲与白痴'的、为'先天弱智者'理解和接受的、'呆板''平静''僵死''无爱''不道德'的'秩序'的'改革'"。小说"对国家正在改革的现实态度"及对"社会舆论"的影响究竟怎么样，还是十分清楚的。①

刘震云中篇小说《单位》：反映了普通人的信仰、理想、追求等在琐碎的日常生活中被销蚀、被毁灭的一幕幕悲剧

《单位》2月份发表于《北京文学》第2期。小说作为新写实小说的主要代表作，是以小林为主人公展开叙事的。小说写"五一"节来到后，单位给大家拉了一车梨来分。分梨时，办公楼门前放了个磅秤，垃圾弄了一地。男老何跟男小林将分得的一筐梨抬到办公室，大家开始找盛梨的家伙。有翻抽屉找网兜的，有找破纸袋的，有占废纸篓的，女小彭干脆占住了盛梨的草筐，说到家还可以盛蜂窝煤。接着大家又派小林去借杆秤和秤盘，回来进行第二次分配。女老乔这天去医院看医生（据女小彭讲是子宫出了毛病，大家不好问候她），回来得晚些。她进门见大家占完了废纸篓和草筐等，心里有些不高兴，便径直去翻梨筐。接下来，小说写了单位里缺了一个副局长，两年了还补不上来，为此，单位里的两派鹬蚌相争，部长一生气点了一个两派都没提名的老张当副局长。当组织和单位里的人找大家谈话时，那些根本就没提过老张名的局长、副部长都说自己极力推荐了老张。副处长老孙在背后不知说了多少老张的坏话，但在过一个节时，他所在的处室里聚餐，他为了巴结老张，亲自去把老张请来参加聚餐。老孙非常憎恨女老乔，但为了使自己的民意测验多一票，他便不辞辛苦地骑着自行车请女老乔回来上班。女老乔小肚鸡肠，刁蛮粗鄙，在机关里干了32年，是把守基层组织大门的党小组组长。单位里的很多人为了在民意测验中多得一票，都想着法儿让别人说自己好话，就连50多岁的老头子也要脸上挤着笑去和一些刚分配到单位的20多岁的大学生称兄道弟，弄得人家也哭笑不得。单位里的女小彭爱打扮，好玩耍，既无追求又无事业心。单位里的老何能力平平，当了20年的大头兵，好不容易捡了个副处级，亲自起草了一份长达30多页的文件，结果弄了个文不对题，被局长批了一顿。就连刚参加工作的准官人小林，在读大学时那么浪漫清高，但经过短短几年时间的磨炼，也像变了个人似的，被环境改造成了一个彻头彻尾的小市民，被现实碰得头破

---

① 参见王长贵《评小说〈坚硬的稀粥〉》，《文艺理论与批评》，1992.1。

血流。小说通过对小林工作、生活情况的叙写，反映了普通人日常生活中琐碎的一切，展示了人们平凡而烦恼的生存状态，以及普通人的信仰、理想、追求等有价值的东西在琐碎的日常生活中被销蚀、被毁灭的一幕幕悲剧。小说写出平凡人生的悲哀与烦恼。[①]

王安忆小说《神圣祭坛》：展示了世纪末的作家在社会转型时期对自我价值与终极价值的追寻

《神圣祭坛》3月份发表在《北京文学》第3期。小说写诗人项五一才华横溢，孤傲又执着地写了一首万行长诗，但他的妻子、女儿不理解他，他无法与她们交流。这时，智慧超群的女教师战卡佳与项五一不期而遇。项五一在战卡佳面前滔滔不绝，他感到战卡佳有一种特质，就是"你不必触及她，便能觉得她的真实可感。而另有一些女人，你已搜进她的肉身，却还觉得她虚妄无比"。他们的交流在战卡佳的精心策划中缓慢进行，战卡佳引领着项五一逐渐挖掘出了一个丑陋的真相，一个不健全的、缺少行动能力的、精神痛苦的贩卖者的形象。小说通过中学教师战卡佳的眼睛，体察了诗人项五一的写作与生活，揭示了项五一创作的动机与意义。项五一"心史"中奇特的侏儒形象，战卡佳与项五一朦胧、隐约的情感，似乎都有解读不尽的意味。叙事者的全知视角、战卡佳的视角与项五一的"心史"交织在一起，揭露、批判、遗憾、悲悯交缠一起，展示了世纪末以项五一为代表的中国知识分子，尤其是当代作家在社会转型时期对自我价值与终极价值的追寻。[②]

刘震云中篇小说《官场》：写了官场中被权力纠缠的人的故事

《官场》4月份发表在《人民文学》第4期。小说里面的人物有金全礼、许年华、陆洪武、"二百五"、老吴、老吴老婆、小毛、县办公室主任等。其中的金全礼是一个厚道做人，为党做事的人。仕途中，他遇到了和自己曾经有过交情的省委书记许年华，让他受益颇多，也使他更加努力。许年华是个忠心为党和人民做事的好干部，但因为省里的势力分两派，让他的工作陷入了困境，最

---

① 参阅李玫明《论刘震云早期小说中的集体存在——以〈新兵连〉〈塔铺〉〈单位〉为例》，《文艺生活·文艺理论》，2012.10。

② 参阅孙海燕《直面人生后的惨淡与尴尬——解读王安忆〈神圣祭坛〉》，《名作欣赏》，2014.36。

终被贬。金全礼在许年华在任期间被提升为副专员，专员是吴老。金全礼特别尊重吴老，凡事都向他事前请示，事后汇报。吴老中风去世及许年华被调离省委时，金全礼原本可能会当上专员的梦想化成了泡影。小说也写了八个县委书记的情况，他们中有四个已经在各自的县城建了独院，修了洋房。大家普遍认为，当了处长，就有三室一厅了，当了副局长，就有四室一厅了，而且只要当了副局长以上的领导，出差就有软卧坐，出门就有专车坐，最廉洁的每月都可以喝六瓶五粮液。虽然六瓶五粮液的价钱已大大超过了副局长的工资，但他们认为，喝几瓶五粮液算什么，总比搞六个姑娘好吧，什么廉洁，这就是最廉洁的了。八个县委书记都对副专员的职位垂涎欲滴，但这个职位却被金全礼最后坐了两年。小说展露了作者惊人的创作才华，他以鲁迅式的白描一针见血地写人，写官场中的人，写权力纠缠下的人，使"一切实在的真实转化为写在文本中的真实"①。

王朔长篇小说《千万别把我当人》：一部虚构性较强但现实针对性也很强的小说

《千万别把我当人》4月份起在《钟山》第4、5、6期连载。王朔曾说他特别喜欢《千万别把我当人》和后来出版的《我是你爸爸》这两部小说，"因为这两部小说形而上的意思，在我写第一个字时便昭然于我心头，所有细节：行为动作、人物对话统统是为了最终的揭示，如修万里长城。写完这两篇小说，我才发觉这种深度的追求其实多么简单、轻飘和没有分量。中国何来灵魂？一切痛苦、焦虑皆源自肉体。我仔细想过，一切口称的信仰和所谓深度情结，盖出于秦始皇式的不朽渴望"。"《我是你爸爸》和《千万别把我当人》，以及后面的《过把瘾就死》《许爷》同样都是萌生于某个导演的意图。只不过我在其中倾注了更多的个人感触，所以我宁愿不把这几部小说划入单纯为影视写作之列"②。《千万别把我当人》讲述了赵航宇、刘顺明、孙国仁等人打着在中外自由搏击赛上为国争光的名义成立了"全国人民总动员委员会"，他们在无意中发现了义和团大梦拳的传人唐元豹，然后他们对唐元豹进行了一系列的培训与

① 参阅白雨《"官场"人生　别样滋味——读刘震云的〈官场〉》，《小说评论》，1989.4。
② 参见1995年华艺出版社出版的《王朔文集·自序》。

改造，唐元豹对之都接受了，最后唐元豹在世界忍术大赛中获得了冠军。小说的虚构性较强，但它的现实针对性也很强。它是一部有现实的逻辑而无现实性的小说，其所叙故事情节，虽然荒唐可笑，离奇怪诞，但却并非信而无征。后来，该小说和作者的《动物凶猛》《橡皮人》等三部小说被糅在一起后，拍摄成了长篇电视剧《与青春有关的日子》。

王安忆中篇小说《弟兄们》：讲述了三个互称"弟兄"的女性之间"倒错"的"爱情"故事

《弟兄们》5月份发表在《收获》第3期。小说讲述了三个互称"弟兄"的女性之间"倒错"的"爱情"故事。老大是一名母亲，她最后以母爱战胜了"倒错的爱"。老二是三个人中"性倒错"最为复杂的一个，除了外表倾向于男性外，她也积极地将同性恋行为付诸行动。她认为男女之间的结合使两人互相成为囚牢，所以坚持不要孩子，认为孩子会加重"责任"。但她认为自己"骨子里是个女人"。她在压抑的生活中度日如年，虽然丈夫很关心她，很照顾她。几年后，老大的出现使她感觉到"事情要有变化了"。当老大的孩子出生后，老二的"性倒错"程度变得更加厉害。她将宝宝看成是她们精神结合的产物，却将孩子的父亲排除在外。她一厢情愿地认为"这个宝宝只有两个亲人，一个是他的生母，另一是他的教母"，也就是她自己。老大坐月子时，她扮演起一个"丈夫"的角色，对老大照顾得无微不至，让老大的丈夫和邻居都甚为感动。老二的"丈夫"角色让她真正的丈夫感到不满，导致了"假丈夫"和"真丈夫"的翻脸。最终，母爱让老二明白了"性倒错"无法改变女性的母爱本能。老三是三个女人中极容易受到他人影响的人，她时常动摇于不同的想法之间，摇摆于丈夫和老大老二之间。最终她意识到了自己的"性倒错"，知道女人不可能完全变为男人，即使有精神之爱。物质之爱只能在男女之间发生，男人和女人在一起是要完成自然赋予的"责任"的。她于是顺应了自然的法则，选择了和丈夫回到铜山县，过起平凡"正常"的生活。小说用女性的视角探讨了男女之间错综复杂的关系，并将"爱"与"责任""自由"联系在一起，将男与女的性爱关系看为"物质性"，而将"女与女"之间的"爱"提升到"精神性"，并认为"精神性的爱"是高于"物质性的爱"的。小说中非小说的成分很多，似乎不像一部小说而像一篇政论文，里面的说理和评论占了主导地位，作为一个小说所不可缺少的故事情节及其发展则被挤到了次要地位，失去了读者所习惯的叙事平衡。但小说的故事部分却是按照十分传统的叙事法构成的，是以开头、中间和结尾的顺序排列的连续体。[①]

权延赤纪实文学《走下神坛的毛泽东》：讲述了毛泽东鲜为人知的许多故事

权延赤（1945.11.26—），内蒙古赤峰人。《走下神坛的毛泽东》5月发表在《十月》第3期，向我们敞开了毛泽东的世界。毛泽东有四个孩子，他对长子毛岸英要求得很严厉。毛岸英二十七八岁时，与刘谦初的女儿刘思齐接触并产生了感情，毛泽东同意他们恋爱，但毛岸英请求结婚时，毛泽东问："思齐多大了？""十八。"又问："周岁还是虚岁？""虚岁。""不行，思齐没满十八周岁。""别人不满十八也结了。"毛泽东发脾气道："谁叫你是毛泽东的儿子！我们的纪律你不遵守谁遵守？"1950年，毛泽东让毛岸英参加抗美援朝战争，同志们不同意，毛泽东说："谁叫他是毛泽东的儿子！他不去谁还去？"1950年11月15日，当毛岸英在朝鲜战场上因美军的空袭而牺牲之后，毛泽东感叹："谁叫他是毛泽东的儿子！"……毛泽东对次子毛岸青则是十分关爱，对两个女儿是即怜爱又严格……毛泽东作为一个伟人，他也有着普通人所拥有的感情。《走下神坛的毛泽东》让人们感受到了毛泽东平凡的一面。他既有伟人的风采，也有凡人的风采。

张承志中篇小说《西省暗杀考》：写西部义军首领马化龙被凌迟处死后发生的复仇的事情

《西省暗杀考》6月份发表在《文汇月刊》第6期。小说写在荒凉的西部，义军首领马化龙在一个叫一棵杨的小村庄被凌迟处死的事情。马化龙死前，面对刽子手的尖刀预言说，40年后，会有人为他报仇的。果然，多年后，一棵杨发生了鲜血淋漓的杀戮。血泊里泡着的师傅、砍了脑袋的竹笔老满拉、

---

① 参阅韦婧《倒错的爱——从弗洛伊德"性倒错"理论剖析王安忆〈弟兄们〉中的同性之爱》，《时代文学（下半月）》，2010.3；张京媛《解构神话——评王安忆的〈弟兄们〉》，《当代作家评论》，1992.2。

被剁成肉酱的喊叫水马夫、一棵杨树下的少年伊斯儿、成年胡子阿爷，一个个都狰狞可惧，那些妇人们更是狰狞可惧。当冲天的火光熄灭之后，大青杨下又添了几个小小的坟堆。小说中的师傅、竹笔老满拉、喊叫水马夫、伊斯儿和他们英烈不屈的北方女人们，以及金积大地上所有用争战和沉默来抗议残忍与污辱的回人们，都为了信仰、教义，为了给从乾隆到同治年间遭受血腥镇压与屠杀的几百万同胞报仇，世代相袭、不折不挠、甘愿以命相抵：师傅在一棵杨那地方拼尽全力，在做完尔麦里后便归了真；竹笔老满拉在兰州被捕，当同伴劫狱时，他为了隐藏教门与实力，断然拒绝逃走，在临刑砍头时，他那"亏心哪"的跳喊包含着对未竟大业的许多辛酸、遗憾与不甘；喊叫水马夫在肃州左湖用斧子砍杀轿中人后死在了兵勇队的刀枪之下，他所表现出的英勇、豪迈，让人读来酣畅淋漓；"胡子阿爷"（伊斯儿）毕生的等待及在一棵杨伺机复仇的焦虑、谋划和破釜沉舟的拼死努力，不仅表现了回族人的血性与凝聚力，而且表现了西省黄土地上用碱水喂养出的一代代人的战斗宗教统一精神，他们几代人奋争搏战的目的只是为了捍卫精神，为了信念的延续。最终，师傅、竹笔满拉、喊叫水马夫、伊斯儿两辈四人在复仇中都找到了自己的位置与归宿，复仇是他们精神清洁的使命，是他们追求安稳生活的反抗。小说里潜伏的底线是血性的追求：为了洁净的精神和最后的和平，他们不惜牺牲生命，前仆后继。①

杨争光小说《万天斗》：一篇充满荒诞意味的小说

杨争光（1957—），陕西乾县人。《万天斗》7月份发表在《收获》第4期。小说写了主人公万天斗的三个生活片段。第一个片段是胡太平夫妇大清早到万天斗的门口大吵大闹，说万天斗踩了他们家的玉米苗，而万天斗死活不承认。胡太平夫妇不依不饶，他婆姨朝万天斗脸上吐了一口痰。第二个片段写村长将万天斗和胡太平夫妇带到村委会，村长还未来得及发挥作用，坛子的几句笑话就将万天斗和胡太平夫妇的矛盾化为乌有。坛子说："婆姨一生娃，不管有人没人，蹲下一扯，奶奶就嘟嘟一下从那里吊出来，往娃嘴里一塞，让娃娃拱，猪

---

① 参阅何向阳《朝圣的故事或在路上——张承志创作精神描述》（上），《文艺评论》，1996.4。

就是那么拱，真不值钱，和猪一模一样。姑娘，你们谁见过姑娘的奶奶，你敢把姑娘的奶奶捏捏？你不要命了。"坛子的笑话马上转移了万天斗和胡太平夫妇的注意力，使他们都听得如醉如痴，忘了刚才发生的事。村长也忘了，他也被坛子的笑话迷住了。第三个片段写万天斗给马跟卖了一头羊，马跟给钱时让他数一下，他装大方不数，等马跟把羊牵走后，他数了钱，却发现少了一块，他于是对马跟怀恨在心。他去找马跟时，马跟正好睡着了。他便在马跟的屁股上划了两刀。小说所写的与万天斗有关的上述三个生活片段，都是为了突出万天斗这个人物的个性。第一个片段凸显了人物内心中的仇恨。第二个片段凸显了人物内心世界的空虚、无聊和卑微。第三个片段让读者看到了人性中真实可怕的另一面。这些片段使作品充满了黑色幽默式的荒诞之美。另外，三个片段之间的关系并不是那么紧密。从写法上看，作者采用了夸张式想象，即作者在遵循艺术真实原则的前提下，又进行了不太合乎生活真实的一种极端化想象。这种想象也叫放大式想象。它使作品具有了一种荒诞的意味。①

林和平短篇小说《乡长》：塑造了一个爱人民，一心想把党的事业办好的基层官员的形象

林和平（1952—），满族，辽宁丹东人。《乡长》10月份发表在《青年文学》第10期。小说写主人公梁义乡长想当一个"好官"，但是困难重重。首先他不会"喝酒"，这就缺了一个重要的应酬功夫。在欢迎副乡长的聚会上，因他不能喝酒，大家也就没能"热闹"起来。年末，省市县各级，工业、司法、农林各口都要派人下来"检查"工作，中午、晚间都要摆许多桌宴席。不会喝酒的梁乡长顿顿那样干陪着，还要"不断地点头，不断地笑，不断地找话聊"，真正是"遭罪"。碰上特殊的头头脑脑，譬如县委组织部的苗部长，他本来对梁义看不顺眼，梁义不会喝，他便怪罪："对我这老家伙有意见？"弄得梁义无法下台，只能舍命相陪。梁义潜心工作，头脑机敏，数字概念特清晰，汇报工作不用稿子一讲就是一大串。县长赞赏，结果引得一帮乡干部妒然、愤然。梁义有个学生时代的恋人，命运捉弄，未成眷属。后来那女的患绝症，垂

---

① 参阅晓苏《展开想象的现代技巧》，《语文教学与研究（读写天地）》，2007.7。

危之际，修书托情让梁义去看她。梁义觉得若不去看上最后一眼，自己都原谅不了自己；但去看，则前有能"杀人"的流言传播，后有"政敌"欲发的"暗箭"。最终没去。一场公费酒宴下来，梁义感叹："这一顿饭，够老百姓过半年的。"罗秘书蒙哄告状的老农民，梁义愤怒地进行了斥责。梁义由此建立了他作为领导者的威严，但却得罪了罗秘书。事过之后，梁义又与罗秘书私下交谈，语重心长，主动提出帮罗秘书解决家里的难题，平息了下级的怨恨。汪老三不愿按合同交售征购的黄豆，梁义能理解他，知道现在的化肥农药贵，征购价又太低，农民辛苦一年还得倒赔。他对公款吃喝，对贪赃受贿的乔副乡长，对裙带风，对公务人员的霸道蛮横，义愤填膺。在选举会上，他向全乡人大代表表明他"为官"的宗旨：当官要为民做主；为政清廉；多办实事。但他想当"好官"的愿望与"当好官难"的实际环境却形成了尖锐的矛盾。梁义自告奋勇帮乔副乡长杀猪，一番说笑中，抖出了"告状信"一事，并宣称自己已将信要回，还在监察局作了巧妙解释。这一方面稳住了这帮人，另一方面又暗示他们，他已捏住了他们的把柄，休要胡乱动弹。昔日的恋人弥留之际，梁义就近在咫尺，虽然心痛欲裂，却始终坚持不见。小说通过以上事情的讲述，显示了梁义的冷静、稳健，以及他所具有的巨大的克制力和牺牲精神。梁义是一个爱人民，愿把党的事业办好的基层官员。但在复杂的情势面前，他常常只能妥协，只能作暂时的停顿。他注意谋略，不是一口气地去拼，而是一步步地往前推进。小说也借喝酒向我们展示：有些事情其实是一些干部违心搞出来的。①

格非短篇小说《背景》：表现了民族集体的原型意识的渗透力、生命力之顽强

《背景》11月份发表在《收获》第6期。小说写"我"收到弟弟泥发来的一封"父亲已死"的电报，"我"便急匆匆地往家赶。小说运用意识流讲述故事，通篇展示的是人物的心理流程。主要写了这些事情：母亲的死、父亲的自戕行为、"我"与泥和父亲到洲上去、"我"与泥熏田鼠时在无意中偷看到父亲和瓦的母亲调情、"我"与父亲和泥在树林偷看瓦家及蹿进瓦家、"我"与泥

---

① 参阅李敬泽《权力的走廊——林和平的〈乡长〉、〈局长〉、〈局长夫人〉和〈笔杆子〉》，《当代作家评论》，1991.4。

和瓦看迎亲队伍、"我"和瓦的越轨行为、大人的寻找及我的挨打、瓦的死、"我"和父亲送瓦到火葬场、父亲送"我"上大学、父亲的死、"我"接到电报、"我"返乡。整篇小说包含三条线索：母亲的死、"我"和瓦的越轨行为及瓦的死、"我"和泥的行径。除此以外，小说还包含一条隐线：父亲和瓦母亲的隐情。这些线索交织在一起，构成了时空的流动。小说题目中的"背景"指能支配现在的过去那些巨大的文化背景。支配"我"返乡的背景是父亲的死；父亲死的背景是母亲的死、"我"和瓦的犯禁、瓦的死；母亲死的背景是父亲和瓦的母亲的偷情行为；"我"犯禁的背景是母亲的死（在河岸抢救母亲一节引起了"我"过早的性意识），父亲和瓦母偷情也是"我"犯禁的背景之一；父亲的死、母亲的死、瓦的死又有一个重大的看不见的传统背景，这便是因果报应的观念，因为小说不断暗示，瓦是"我"父亲和瓦的母亲偷情的产物，"我"和瓦的悲剧是父亲偷情的报应。"我"和泥这一线索则揭示了小说的时代背景是"文革"时期，这个背景又与存留在人们头脑中的因果报应观念形成鲜明的对照，说明了民族集体原型意识的渗透力、生命力之顽强。这才是小说的主旨所在。[1]

苏童中篇小说《妻妾成群》：讲述了一个地主家的女人们在争取自我生存空间时的人格变异

《妻妾成群》11 月 25 日发表在《收获》第 6 期。小说讲述了一个现代女性的婚姻悲剧故事。19 岁的女学生颂莲做了陈佐千老爷的四太太，由此卷入了陈府几房太太之间的明争暗斗。小说在展示陈府中女人们之间的争斗时，揭示了她们在争取自我生存空间时的人格变异。庄严持重的大太太毓如在容颜老去、身材走样之后，只能用权力来弥补感情的缺失；二太太卓云则是一位封建家庭关系的响应者，她为了得到老爷的宠爱，绵里藏针，设计残害颂莲和梅珊；三太太梅珊是存在于闭塞的陈家大院的微微暖色，一方面，她亲自参与了各种罪恶的生存争夺战，同时，她又是个敢爱敢恨的女性，敢于主动追求自己的幸福，甚至在颂莲新婚当晚施计将陈佐千骗到自己房间，对此心知肚明的陈佐千

---

[1] 参阅丰晓流《超越"线性故事"的藩篱——析格非的〈背景〉》，《时代文学月刊》，2007.1。

也对她无可奈何；主人公颂莲是受过新式教育的女学生，她不能与那些旧式的妻妾融洽相处，她是一个被压迫被损害的形象；丫鬟雁儿是封建男权的卫道士，最终难逃悲惨的结局；陈佐千是最高权力的持有者，对待女性总是一副赏玩的态度；飞浦在陈府拥有无上的荣耀，但他从小生活在女人堆里，在目睹了女人们之间你死我活的残酷争斗之后，变得逃避女性，最终选择在男性世界里寻找情感寄托。小说明显带有苏童之前先锋小说的那种情节碎片化处理倾向。小说的主要故事都发生在陈家大院，院里那具有象征意义的井台让颂莲总能感受到一种神秘的、可怕的召唤。小说的结构呼应着废井中死去的上辈姨太太的命运。五太太文竹的到来暗示了陈家大院女性最后的命运。①

王朔中篇小说《永失我爱》：讲述了一个令人柔肠寸断、充满怜爱和忧郁的爱情故事

《永失我爱》11月发表于《当代》第6期。该小说与作者后来写的一大批小说如《给我顶住》《编辑部的故事》系列、《无人喝彩》《你不是一个俗人》等一样，都是改自影视剧本或取自影视构思。王朔曾说："我在1988年以后的创作，几乎无一不受到影视的影响。从某一天起，我的多数朋友都是导演或演员，他们一天到晚给我讲故事，用金钱的诱惑把这些故事写下来，以便他们拍摄。"（参见1995年华艺出版社出版的《王朔文集·自序》）《永失我爱》写卡车司机何雷与恋人石静等人从建筑工地冒着雨往回赶时，碰上一幢办公楼失火。何雷参加了救人行动，他的右肘外侧被划了一道大口子，这给他带来了一连串意想不到的事情：他的眼睛出了问题，接着，他患上了"肌无力性疾病"，此病如果继续发展，会累及全身肌肉，人会死亡。何雷一下子面临的是生死存亡的问题，而不是与石静结婚的问题。何雷为了逃避与石静结婚，一次又一次地故意伤害石静，石静却总是迁就着何雷，让何雷更加感到痛苦与内疚。作者一改往日颇具魅力的潇洒和荒诞，感情饱满地向我们讲述了一个令人柔肠寸断、充满怜爱和忧郁的爱情故事，尽管其间免不了随处点点滴滴地流露出"王朔式"的调侃、嘲讽和玩世不恭的情调。该小说和作者的另一篇小说《空中小

---

① 参阅尚亚菲《论〈妻妾成群〉的叙事艺术》，《名作欣赏》，2015.21。

姐》一起被改编为电影剧本后，拍摄成电影。其情节成为：苏凯是一个专门替人从外地运送汽车的个体司机，偶然机会，他邂逅了空姐林格格，并对其一见钟情。但苏凯油嘴滑舌的样子未给林格格留下好的印象，经过一番周折，林格格渐渐对苏凯产生好感，两人陷入热恋之中。苏凯用卖旧房得来的钱在公路旁买地建房，准备营建温馨的二人世界。但一场灾难不期而至，苏凯患上了一种名为"肌无力性疾病"的绝症，命不久矣。为了不拖累林格格，苏凯隐瞒了自己的病情，并将林格格赶了出去。林格格的好友杨艳得知真相后，选择照顾苏凯的起居。经过一段时间的相处，杨艳喜欢上了生命将逝的苏凯。①

贾平凹短篇小说《王满堂》：塑造了一个有血有肉的农村基层干部的形象

《王满堂》12月份发表在《人民文学》第12期。小说写王满堂给地主李百发背绳索，李百发的老婆给他骚情，他就把她放倒在了石堰背后。完后，王满堂还是照常给李百发背绳索，李百发老婆继续与他亲嘴，但却把他的舌尖咬了下来。他自此口齿不清。土改时候，王满堂是个积极分子，后来又当了大队长，也娶了个很年轻的媳妇。王满堂最害怕的是听领导指示，冬天里领导就坐在火盆边上发指示，他看着火把领导的棉鞋烤着了也不提醒。其实，他要的就是这效果，这样，领导就没时间也没必要再发指示了。王满堂接着是陪领导吃饭，这他很乐意。有一年，庄稼获得丰收，王满堂成了模范人物。春节前，他去县上开表彰会，头发胡子长得像茅草，受到县长批评。他便去理发店剃头。剃头的是个女人，他看着女人想到自己家里的媳妇，也想起老早的李百发的老婆。女人给他刮头脸时候，他睡着了，女人也没叫醒他，结果，他把下午的大会误了。但县长冷静分析后，还是把奖状等捎给了他。可是，他的声誉却从那时垮下来了。他准备辞职，但辞职还未通过，"文化大革命"开始了，他也被批斗了，批斗者叫交代罪行，他找到老会计，求给他写个认罪书。老会计写了后，他在批斗会上念认罪书时念不下去，就问老会计："你这是个啥字？"结果群众被激怒了，把他揪到一条高凳上跪了，老会计也被拉出来作陪斗。王满堂后来被无休止地游行示众，把整个城的街道都游尽了，其间，他又睡着了，被

---

① 参阅大营《凝视失落后的崇高——读王朔〈永失我爱〉》，《小说评论》，1990.3。

造反派打了一顿，有人替他说好话，此后他再没游过街。武斗开始后，王满堂
被任命为牛鬼蛇神的头头，带领其他牛鬼蛇神修梯田，李百发和他老婆也在其
中。他在这期间又睡着了，结果修地的人都偷着跑了。他醒来后，自己把最累
最脏的活都干了。运动终于熬到头，王满堂重新当了大队长。这一年，雨水多
得闹水灾，他领着村民抗洪时又趴在沙袋上睡着了。大家都知道他这毛病，就
没叫醒他。等到一个妇女来送饭，叫他吃饭时，却发现他早已死僵了。小说通
篇围绕王满堂落笔，塑造了一个有血有肉的农村基层干部形象。跟作者早先
小说中的一些农村干部相比，王满堂虽算不上"高大完美"，但他那活生生的
"人"的形象却吸引并感动着我们。小说的价值也正在于此。[①]

---

① 参阅吴毓生《人：历史中的个体——读短篇小说〈王满堂〉》，《名作欣赏》，1993.6。

1990 年

赵德发短篇小说《通腿儿》：描述了两位女性的命运

赵德发（1955—），山东莒南人。《通腿儿》1 月份发表在《山东文学》第 1 期。"通腿儿"就是两人打颠倒睡觉，这是沂蒙山人的睡觉习俗，祖祖辈辈都是这样，弟兄睡通腿儿，姊妹睡通腿儿，父子睡通腿儿，母女睡通腿儿，祖孙睡通腿儿，夫妻也是睡通腿儿。狗屎和榔头从小就一起睡通腿儿，二人决定往后还要这样睡下去。但他们各自娶了媳妇后，这样的心愿遭到了媳妇的抵制。在沂蒙山的风俗里，两个女人在过喜月时，是不能见面的，假如见面谁不小心先说了话，那么对另一方不好。八路军队伍来到村里后，两个新媳妇出来看热闹，无意间见面了。榔头家的先说话了，惹得狗屎家的很不高兴。因此，两家的媳妇此后见面时互吐唾沫，这连累得两个男人也不敢多说话。后来，狗屎和榔头都参加八路军了。可是，狗屎并不想参军，他之所以参军，完全是被妻子逼迫的结果。狗屎家的是个先进分子，参加了八路军举办的识字班后，就觉得狗屎理所当然地应该配合她。榔头参军的理由是想辟邪。狗屎参军后不久就牺牲了。当榔头家的来劝慰狗屎家的时候，狗屎家的认为是两个人喜月里见面后，榔头家的先说话造成的。榔头家的也承认是她造的孽。狗屎家的还用荆条抽打榔头家的，直打得榔头家的红的黑的血往外流才吓得扔下荆条，扑通跪倒，和榔头家的抱作一团。两人重修了两个男人从前有过的深情友谊，当狗屎家的由于生理欲望而"油煎火燎"之时，榔头家的打破道德规矩，劝说榔头晚上到狗屎家去睡觉。榔头来到狗屎家的宅院，似乎看到旧日的好兄弟狗屎正在西院里站着，于是就战战兢兢地回去了。从这时起，榔头就欠了好多觉，因为他一闭眼眼前就出现狗屎的形象，使他都无法从军。榔头随军走后，他媳妇生下了儿子抗战。榔头在战场上越战越勇，打败了鬼子和老蒋后，他从上海给妻子写来信，要求离婚。妻子没有太多的惊愕，而是很淡定。但狗屎家的对此怒火三丈，她拉着榔头家的去上海拼命。榔头家的却说："算啦，自古以来男人混好了，哪个不是大婆小婆的，俺早就料到有这一步。"小说对两位女性命运的描述，让人感受到沂蒙山区下层民众之间温暖的情感；也对中国女性的命运进行了反思。小说在采用民间视角的基础上，运用了大量的方言土语、民间俏皮话，这些语言的运用使得小说饶有趣味，灵动自然，带有着民间泥土的芬芳。①

林坚中篇小说《别人的城市》：打工文学代表作品之一

《别人的城市》1月份发表在《花城》第1期，是打工文学代表作品之一。小说写"我"在经历了一系列匪夷所思的事情后得到了一份不错的工作。"我"作为主办一次宴会的成员之一，却在宴会中遭受到了连环的打击，最终下定决心回家去。但"我"回家后，角色也完全发生了转变，"我"与父亲的关系紧张、"我"彻夜失眠、"我"被家乡的小镇排斥在外。这时，一股来自城市的强大力量重新吸引着"我"，乡村的生活已经不适合"我"。于是在第二天中午，"我"提着旅行袋，又离开了家。走出家门的时候，"我"妈老泪纵横，哭得一塌糊涂。"我"想，"我"以后要是有个儿子，他要是出门远去的话，"我"会放声大笑为他送行。小说真实地反映了打工者的困境，在改革开放的城市化进程中，他们虽然拥有只能简单地给予他们最低限度的生活必需与安全感的体制，但这体制也渐渐地失去了。

张伟明短篇小说《下一站》：打工文学代表作品之一

张伟明（1964—），广东蕉岭人。《下一站》1月份发表在《特区文学》第1期，是打工文学代表作品之一。小说以"我"作为叙述的主体来思考底层。"我"是叙述者精神状态的投射，又是小说中虚拟主体形象的表征。作为大学生的"我"失业了，基本生活没有了保障，"我"站在路边，拿着旅行袋，看着眼前那么多的车辆，看着依然灿烂的阳光，看着行人依然匆匆忙忙，"我"

---

① 参阅刘宏志《民间视角下的乡土观照与历史反思——谈赵德发的〈通腿儿〉》，《莽原》，2011.4。

却不知道自己该往何处去。当公共汽车停下来时，"我"坐上车从这一站坐到下一站，再从下一站坐到下下一站……其间，一幅幅社会世相图在"我"面前徐徐展开。服务小姐问"我"到哪个站时，"我"照例说到下一站。小说展现了"我"与世界的紧张对峙，展现了"我"内心的苦闷彷徨和外部现实带来的一次次打击所形成的结构张力和情感张力。但最终，"我"仍然鼓舞着自己，走向一个又一个的"下一站"，渴望融入城市的美好之中。小说是对城市底层打工族生活的一幅速写，以非常灵活的方式对城市底层人的奋斗进行了描述，其所描写的场景给人以希望。

刘恒短篇小说《教育诗》：反映了青少年的成长和教育问题

《教育诗》1—2 月份发表在《小说林》第 1—2 期。小说以第一人称叙述的方式，讲述了"我"与侄子刘星（谐音"流星"，代表大哥心中那道雪亮的微光）之间的故事。刘星从遥远的边疆林区考上了"我"所在城市的一所大学。刘星刚来时很纯朴，他有一张红红的娃娃脸，说话腼腆。在学骑自行车的过程中可以看出他不是娇生惯养的人，他寄托着他父亲的理想。他父亲总是能了解到儿子在想些什么。了解后，他却将希望承载在"我"身上，盼望"我"能教育刘星。"我"于是主动接近刘星，和他谈话，但每次的结果是失败，我们只能彼此沉默着。随着时间的流逝，刘星的学校生活变得复杂了起来，最可怕的是他为了反叛学校疲弱、乏味的生活，开始谈起了恋爱。他谈的第一个女友是个反叛典型。"我"和她谈话时"她竟然当着我的面点着了一支香烟"。"我"认为这种爱情很不可靠，刘星却非常着迷。在女友的影响下，刘星叛逆野游。但他们最终还是感情破裂，分了手。从此，刘星对外人总是封闭着自己，守护着他自己内心的秘密。后来，在经历一番挣扎后，他虽然重生了，但"那个负着一大包行李踯躅地踏入城市的少年已经不存在了，甚至那个躺在秋雨里排解愁肠的人也已经不存在了"。他成了一个苍老的年轻人。小说揭示了青少年成长和教育的问题，但文本深处却是指向现代人生存的孤独与精神的迷惘。作品既有对高才生"大哥"奉献青春的不无悲凉的赞叹，也有对刘星成长道路的反思，还有对两代人之间那种巨大隔膜的无奈感叹。在展示僵化教育的背后，埋藏着作者深刻的忧患情怀，以及作者对人性、生存等重大话题的终极关怀。[1]

李佩甫中篇小说《黑蜻蜓》：塑造了一个深深浸润着作者感情的姐姐形象

李佩甫（1953.10—），河南许昌人。《黑蜻蜓》5月份发表在《中国作家》第5期。小说里面的二姐小时候得了大病，姥姥、姥爷为其"叫魂"。姥姥歪着小脚一蹦一蹦，走着喊着，喊着走着，一步步，一声声，从村里到村外，面向那闪着星星鬼火的旷野哀哀地呼唤着……两位老人泣血般的声声呼唤，合奏着一部悲怆激越的招魂曲。姥姥死了后，二姐在葬礼上缓缓地诉说着久远的过去和岁月的艰辛。那话语仿佛来自沉沉的大地，幽远而凝重、神秘而古老，一下子摄住了所有人的魂魄。而二姐出嫁时的恓惶，更是让人心酸，"没有鼓乐，也没有鞭炮，二姐就这么步行去了。她穿着那身湿漉漉的红衣裳，红衣裳在凉凉的晨风中张扬着……"二姐善良朴实，终生劳累，终生不息，像流水一样柔情，像金子一般纯净，她有自己青春的秘密，她在鞋底上绣着黑蜻蜓，有主见有情义。她为国家奉献了儿子。她只活了47岁。小说里的二姐是一个深深浸润着作者感情的形象。二姐的存在，是"我"生命中的根基，是"我"的社会伦理热情和道德感的一种触媒。小说也展示着作者深湛的观察力和表现力。[2]

张宇中篇小说《乡村情感》：描写了一对年轻人的结婚过程

张宇（1952—），河南洛宁人。《乡村情感》5月份发表在《人民文学》第5期。小说浓墨重彩地描写了张秀春和郑小龙的结婚过程。他们的结合不是建立在自由恋爱的基础上，而是由两家父亲的生死友谊决定的。张家湾村的张树声和郑家疙瘩的郑麦生一同参加革命，又一道从城里返回乡村。郑麦生的儿子郑小龙与张树声的女儿张秀春一般大，刚好二十出头。两位好朋友在各自的儿女未成年时，就做好安排：他们要亲上加亲。后来，郑麦生得了胃癌，将不久于人世。当郑麦生一家正忙于给郑麦生安排后事时，张树声做了一个大胆的决定：用红喜事来冲白事，即在郑麦生死之前让郑小龙与张秀春结婚，以抚慰老朋友的心灵，使他在没有任何遗憾的情况下走完人生的最后历程。小说中出现

---

[1] 参阅蔡信强《析刘恒小说中的孤独意识》，《青年文学家》，2009.19。

[2] 参阅陈昭明《永远的乡土情结——李佩甫小说的人文情怀与审美范式》，《南昌大学学报（社科版）》，2004.5。

的张树声之妻、之女及郑麦生之妹郑麦花三位女性都是在以男性为中心的社会里生活的人，她们既没有言说权力，也没有自己的主见，她们完全是男性的附属、配角、点缀，是男性贬损的对象；张树声、郑麦生、郑麦旺、老木匠、老族长、郑小龙等男人味十足，他们是小说颂扬的对象。小说不仅宣扬了浓厚的父权、夫权和族权的观念，而且站在大男子主义的立场上对女性进行着压制与贬损。小说处处流露着男性中心话语意识，将女性驱逐到社会人生舞台的边缘，从而矫情地宣称乡村的这种"爷们"文化乃是城市文明的"源头"。①

叶兆言中篇小说《半边营》：反映了社会动荡不安给百姓带来的种种熬煎

《半边营》与《状元镜》《十字铺》《追月楼》等中篇被称为作者的"夜泊秦淮"系列小说，5月份发表在《收获》第3期。小说描绘抗战前后，古城南京夫子庙旁华家的苦乐人生，他们经历了1942年日军占领南京、汪伪登场、抗战胜利、国民政府还都南京等几个时期。其间，华家的丈夫早逝，华夫人长年患病，大女儿难嫁，二女儿守寡，儿媳儿子先后病亡，幼小的孙子无人照料，其日子简直苦到了极点。小说里的男人们枉担了男子的虚名，一个个都没有多少男子汉真正该有的东西，充其量算是男人中的末流。但里面的几个女人颇有可圈可点之处。作者运用插叙手法，反映了社会动荡不安给百姓带来的种种熬煎。小说富有文化意蕴，颇含人世沧桑；笔调含蓄，表现了浓厚的"文人"情怀。②

权延赤长篇小说《狼毒花》：说明真正的男人首先是条硬汉，而英雄又是硬汉中的精英

《狼毒花》5月份发表在《十月》第3期。小说写的是一个名叫常发的警卫员跟随父亲参加抗日战争、解放战争，最后到北方草原"剿匪"的故事。常发是一个让人咋舌的另类英雄，他是战神、酒神、爱神。他以高超的枪技毙敌无数、屡立战功；他骑术精湛超群，令人匪夷所思。在震惊全国的赵庄惨案中，他被俘后临危不惧、沉着冷静，靠敌人送来的一桶解渴的洗澡水湿透土墙，然后带领500多名军民成功逃离虎口，而关押在另一处院子里的300多军民则被

---

① 参阅邓楠《论〈乡村情感〉的价值取向》，《常德师范学院学报（社科版）》，2002.3。

② 参阅许海娟《挽歌一曲侬为谁——读叶兆言的〈半边营〉》，《现代中文学刊》，1995.4。

日本人集体枪杀。常发的酒量几乎无人可比，他"能喝光一坛子酒"，在与苏联人的较量中，他以海量不但让苏联人对我方刮目相看，而且还赚了他们20挺机关枪；在与内蒙古自治军第四师第三十五团的和平谈判中，当对方以"只要你敢喝我的酒，我就听你的"话公然挑衅时，常发慨然接招，不辱使命；当三十五团反叛后，叛匪把常发囚禁在镶满尖木桩的木笼中，他爬进屋角的酒缸里，头没入酒液中，大口大口地灌酒。一身匪气的常发本可升任团长，但他太嗜酒如命了，所以不但没有升职，反而被降为连长。常发也是个爱神，他"骑马挎枪走天下，马背上有酒有女人"，女人们都心甘情愿地跟随他走天下。他每到一处都要猫儿偷腥，没有人能说清他到底与多少女人有染。他不但逛窑子、强暴房东女儿、勾搭苏联女兵，甚至还劫走民族资本家女儿造成事实婚姻。小说传递出这样的审美意识：真正的男人首先是条硬汉，而英雄又是硬汉中的精英。常发的人生轨迹就贯穿在"男人、硬汉和英雄"这样一个链条上。小说题名叫"狼毒花"，据说它是草原蜕变成沙漠时的最后一种植物，浑身有毒，人们比喻它比狼还毒，给人带来的是恐惧和死亡的威胁。可是，当一个人走在沙漠里看到狼毒花时，他也看到了希望，因为他知道它的后面就是生命和胜利。狼毒花是能够在最恶劣的环境里顽强生存并奇迹般地开花结果的唯一一种植物。显然，常发便是"狼毒花"式的人物，他有花一般的美好情怀，静静地盛开在自己同志的周围；他也有狼一般的凶猛甚至"毒辣"，瞬息之间能疾风骤雨式地攻击敌人。常发又是一个多情的英雄，但他最终却没能成为一个优秀的领导者，而是一直扮演着警卫员的角色。对于常发不计个人得失，甘愿奉献的精神，作者是怀着深深的敬意和褒扬之情的。小说的缺陷是语言缺少雕琢，整体看上去有些粗糙。这可能是作者出于要将英雄人物"纯天然"模样呈现给读者的目的。另一方面，常发又过于神奇，单枪匹马的场景屡屡出现，可读性很强，虽然极度渲染了人物的传奇色彩，但也大大降低了人物的真实性。[①]

池莉中篇小说《太阳出世》：写了一对青年男女结婚生子的故事

《太阳出世》7月份发表在《钟山》第4期。小说写的是一对赶时髦、吊

---

① 参阅张震《"战神、酒神、爱神"三位一体的另类英雄——评权延赤〈狼毒花〉中的常发形象》，《阅读与写作》，2009.1。

儿郎当的青年男女结婚、生子的故事。新郎赵胜天在结婚当天和别人打架，被人打掉了一颗牙齿，新娘李小兰对新郎破口大骂，一切都显示出两个青年的幼稚。但当他们在经历了生子即所谓的"小太阳"出世的人生大事后，他们的生活发生了彻头彻尾的改变。他们在烦琐的生活中自觉地担负起了养儿的责任。"小太阳"让他们变得富有爱心、责任心和上进心。他们的成长过程就像我们每个人以后都要走的路程一样。生活总会把我们的棱角磨光、磨圆。小说告诉我们，人的一生是不断获得启示，获得对人生丰富内容的体验和理解的过程，当然也是人的自我扬弃、升华、再造的过程。[①]

林白中篇小说《子弹穿过苹果》：体现了作者的女性观及对两性关系的困惑与思考

林白（1958—），本名林白薇，广西北流人。《子弹穿过苹果》7月份发表在《钟山》第4期。小说写马来的女人蓼飘浮在空中，她的脸上看不出时间刻下的痕迹，她长得很美丽，但"眼睛有点斜，像一种奇怪的鸟"，她说话的"声音有点哑，像冬天没有落下的叶子"，她具有一种能使人心神迷乱的能力。小说描写了蓼在林中奔跑时的裸体，在她那"湿漉漉凉滋滋"像"蛇一样"的皮肤和"橄榄色的发亮的乳房"上，透露出来的是健康和极其迷离的色彩。蓼不仅姿色天然、风韵妩媚，而且诡秘奇异，具有女巫的特质。她不顾一切地给父亲以爱，最终遭到了父亲的拒斥。她对爱情的执着追求使她最终没有逃脱发疯的命运。小说通过对蓼多侧面、多方位的描写，集中体现了作者的女性观及对两性关系的困惑与思考：她对同性的身体魅力持骄傲与赞叹态度。小说中扮演仙女的电影演员董翮、沙街、长年穿着白色绸纱的神秘女人及一再出现的奇特女人北诺、荔红、李芮等形象也都极具南越风情。[②]

范小青中篇小说《杨湾故事》：说明每个人的一生都通向"无常"，"无常"昭示了人力的有限、争夺的无谓和平常心的可贵

范小青（1955—），江苏苏州人。《杨湾故事》7月份发表在《钟山》第4期。小说写南方小镇杨湾1972年冬到1973年春天之内发生的一些大大小小的

① 参阅张德祥《生存启示录——评中篇小说〈太阳出世〉》，《当代文坛》，1991.3。
② 参阅王小敏《〈子弹穿过苹果〉中"蓼"的女性形象分析》，《剑南文学》，2013.7。

事情。县武装部副部长陈四柱的女儿陈小马和她的女同学舒波都想当兵，陈四柱的两个正在插队的儿子陈小龙、陈小虎也想当兵。陈四柱的职位使陈家在这件事情上占有着明显的优势。但陈小龙因为打架进了拘留所，他的当兵愿望泡汤。舒波过五关斩六将，最后在体检时却被查出有狐臭而被刷下，同学们肆意嘲笑舒波的狐臭，最后导致她跳塔自杀。舒波是陈小马最有力的竞争对手，舒波死了后，按理陈小马已是稳操胜券，但她却因舒波之死，心灵受到了强烈刺激，患上了癔瘫，当兵的机会自然也失去了。最终，陈小虎顺利当了兵。全县唯一的女兵名额被最不起眼、最没有希望的炊事员之女谢红芳得到了，因为她表演了一曲二胡独奏《二泉映月》，感动了征兵官。但谢红芳后来在新兵实弹训练时为掩护战友英勇牺牲了。曲终人散，空留无限怅惘。小说还写了舒波之母杀人未遂而获刑两年的事情。小说在展现这些人为了当兵而施展种种手段时，他们却不知道最后的结局出乎所有人的意料，更不知道最后出人意料地当上了兵的谢红芳会壮烈牺牲。于是，一切的故事都通向了"无常"。而这样的"无常"也昭示了人力的有限、争夺的无谓和平常心的可贵。①

刘玉民长篇小说《骚动之秋》：生动、真实地反映了我国农村的深刻变革和新鲜面貌

刘玉民（1951—），山东荣成人。《骚动之秋》7月由人民文学出版社出版；1997年11月，小说获得第四届茅盾文学奖（1989—1994）。小说里面的岳鹏程是一个农村企业家、改革家，在他的带领下，大桑园发生了翻天覆地的变化。随着事业上的成功，岳鹏程的思想也逐渐发生了变化：他办事果断，雷厉风行，为了让人们能过上好日子，他不辞辛劳；但是，他却较专断，我行我素，不能容忍任何人对他说的话进行质疑，对他的做法提出意见，就连他的父亲也不例外。在大桑园，他就是天，就是法律，他想罢免谁，任用谁，都是一句话的事。按照他儿子岳羸官的话说，他是个悲剧性的英雄。岳鹏程的妻子淑贞是一个好妻子、好母亲。当年，她为了爱情，跟家里人怄气；为了家庭，她牺牲了自己。当丈夫和儿子有矛盾，水火不相容的时候，她不想伤害任何一方，只

---

① 参阅樊星《范小青与当代神秘主义思潮》，《小说评论》，2008.1。

为两方担心。当发现丈夫有外遇时，她虽然很生气，但却没有让丈夫难堪，而是自己折磨自己。丈夫生病住院后，她义不容辞去照顾他。岳鹏程的情人秋玲明知道岳鹏程的儿子同自己岁数差不多，但她还是情愿同岳鹏程在一起。当她知道岳鹏程没有办法同自己结婚后，就又找了一个高级工程师，而且在同这个高级工程师谈婚论嫁的时候，还同岳鹏程发生关系。岳赢官正直、年轻有为，因为与父亲闹矛盾，他来到了比较偏僻的小桑园；他很有头脑，搞活了一个饮料厂；他原想利用乡亲的力量集资办一个水泥厂，但乡亲们害怕亏本，他于是放了十万元的花炮才引起了大家关注，最终集资成功；他对爱情，没有父亲那般自私，虽然，他之前喜欢秋玲，但秋玲与父亲好了之后，他就主动放弃了；他和并肩作战的同事小玉相爱之后，他们的爱情在工作中绽放出了光彩。小说生动而真实地反映了农村改革，读者通过阅读该小说，可以对新时期以来我国农村的深刻变革和新鲜面貌获得难忘的感受。作者的笔触是现实主义的，色调鲜明，泼墨雄健，快捷中又不乏细腻与秀美。特别应该提出来的是，小说把历史真实的生动描写与道德评价较好地统一了起来。①

阎连科中篇小说《瑶沟人的梦》：一部值得一读的好作品

阎连科（1958—），河南嵩县人。《瑶沟人的梦》7 月份发表在《十月》第4 期。小说以第一人称叙事，写"我"高中毕业了，回到了瑶沟。瑶沟是个小村，几十年没有出过一个大队干部，致使其返销粮无故被扣，浇地次序总是被排到最后，与别的生产队打了上百场官司却没有一场胜诉。村里人为了改变"朝"中无人的不利局面，让"我"去战胜四队的另一个后生，当上大队秘书。村里人认为"我"做秘书之后可以入党，可以当支书，然后能为村集体谋取利益。于是，他们去巴结大队支书。当支书家的老母猪快要下小猪时，小队长和"我"都不惜为那母猪守夜，六叔还毅然地将女儿嫁给了支书的瘸腿侄儿；为了让"我"当上大队秘书，全队人宁可过年不吃饺子也要将 400 斤返销粮孝敬给公社书记，甚至，当镇长撞死了人后，大家都竞相地想去替他坐牢。大家不认为这是耻辱，反而觉得很光荣。根宝就谦虚地说"我是去蹲监，又不

---

① 参阅张炯《反映和推进农村改革的一部佳作——评长篇小说〈骚动之秋〉》，《求是》，1991.4。

是去当兵"，根宝想通过替镇长蹲监狱，去"奔前程"。根宝的父母也默认这一点，根宝"爹在他身后提着铺盖，像儿娃出门做大事儿一样，满脸的喜庆和自豪"。除了根宝，柱子、瘸子、李庆等也抢着要去替镇长蹲监狱，都是出于对权力的崇拜，都是为了权力背后的利益。在根宝去替镇长蹲监狱后，"我"终于要当上秘书了，但县委办公室主任的外甥突然地插入，使"我"没有当成秘书。"我"于是背起行李到洛阳打工了。这样，瑶沟人参与的一场权力争夺变得荒诞而毫无意义了。小说的思想内容深刻，艺术魅力较强，它紧紧围绕着一个"梦"字大做文章，主题思想集中，故事结构严谨，人物形象生动，语言文字简练，无枝无蔓，是一部值得一读的好作品。小说客观冷静、含蓄深透，调动了读者由此及彼的丰富联想，起到了以少胜多的艺术效应。①

王安忆中篇小说《叔叔的故事》：在历史与现实的比照中展示了对人性、人生的新思考

《叔叔的故事》11月份发表在《收获》第 6 期。小说引子说："这是一个拼凑的故事，有许多空白的地方需要想象和推理。"所以，该小说不只是有关张三的故事，更是关于"父兄"辈作家，也即"叔叔"一代人的故事，其中的人物、事件、经历、心态和环境都有某种典型性。小说写"叔叔"写了一篇关于一头驴子的文章后，被认为污蔑了农民没有自觉性，因此，被戴上"右派"的帽子而进行了劳改，这使他的人生充满了苦难。叔叔为了生存，屈居在苏北小镇上娶妻生子，经历了各种各样的苦难。但一次偶然机会，他的文章被发表了，引起了一定的反响，继而他的人生也进入了另一个辉煌的阶段。他进入了作家的圈子，并常有国外的学术界、艺术界、出版社的人来邀请他去做访问和演说，出国于是变成了他生活中的家常便饭。他认为自己已"走向世界"并融入了时代，所以不能再与小镇的妻子及不是他梦想中的儿子相处到老了，他便离婚了。他与一个德国女孩相处。但现实却不是他所想的那样如意。后来他与德国女孩又离婚了。他觉得自己走出了感情的荒漠后，又回到了感情的荒漠。他埋葬了过去的自己，却摆脱不了过去的阴影。他最后

---

① 参阅谢馨藻《论〈瑶沟人的梦〉的艺术特色》，《湖南科技大学学报（社科版）》，1991.4.

发现了命运的真相："原先我以为自己是幸运者，如今却发现不是。"小说在历史与现实的对照中展示了对人性、人生的新思考。小说用"叔叔"本人的叙述、他人的传闻乃至流言及自己的想象和推测来交替叙述，其间出现了大段议论，表明了叙述者的告白、思想，或者说明了"叔叔的故事"对于"我"的意义及"叔叔的故事"与"我的故事"之间的关联与差异等。这表明叙述代言人是身兼二任的，他既要讲述"叔叔的故事"，也要讲述"我的故事"，两者形成了对应性的陈述。"叔叔的故事"是主旋律，与之对应的是年轻一辈作家的故事。这样，小说在二重叙述中弹奏出了复调，表现了两代人在价值观念和行为方式上的距离。讲叔叔的故事是为了"寄托自己的思想"，但"我的故事"却被深深地隐藏了，而且故事里还隐含了一种宿命，以及关于鹰和乌鸦的寓言式象征。[1]

王朔中篇小说《给我顶住》：说明一个男人一旦在生活里迷失了自己的坐标，那么，他最终也会迷失生活的坐标

《给我顶住》和作者的《编辑部的故事》系列、《无人喝彩》《你不是一个俗人》等一样改自影视剧本或取自影视构思，11月份发表在《花城》第6期，单纯地描写了男女性关系，与爱情无关。小说的主角叫作方言，和作者的《玩的就是心跳》《一点正经没有》《你不是一个俗人》《动物凶猛》里的方言名字相同。在《给我顶住》里，方言是一个性能力较弱的人，但他30岁出头的妻子周瑾却对性的要求比较强。方言为了掩饰自己的性低能，往往找借口不同周瑾发生性关系，这使周瑾很是不满。于是，方言和她的同事赵蕾安排周瑾和他的另一个同事关山平搞起了婚外恋，这使周瑾最终难以自拔。方言被彻底击垮，但却说不出什么来，也找不到解决的途径，他于是消失了一个秋季。方言回来后，就和周瑾离了婚。分手时，周瑾说她爱方言，包括在与关山平上床的时候。方言听了这些话又出走了。他来到火车站求人代买了一张站台票。进了站台后，他从一个乘务员疏于把守的车厢入口处混上了车。列车开动了，他来到车长办公席，掏出钱说："补票。"年轻的女车长抬头问他："到哪儿？"他

---

① 参阅郭怀玉《"作为游戏的叙述姿态"——再读王安忆〈叔叔的故事〉》，《名作欣赏》，2011.18。

说:"终点。"一年后,周瑾抱着女儿与关山平聊天,在知道是方言和她的同事赵蕾安排自己和关山平搞起了婚外恋的整个真相后,周瑾在关山平的怀中流着泪说:"他们想害我们,却成全了我们。"周瑾从此过上了幸福的生活。小说主要反映了方言这样的人一旦在生活里迷失了自己作为男人的坐标,那么,他们最终也会不可避免地迷失生活的坐标。

1991 年

刘震云中篇小说《一地鸡毛》：展示了普通人的普通生活，体现了日常生活的真

《一地鸡毛》1 月份发表在《小说界》第 1 期。小说写小林和妻子都是外地人，大学毕业后留京工作。他们有了孩子、房子后，烦恼却不断增加，这使曾有过宏伟理想，把局长、处长都不放在眼里的小林的思想发生了转变。小林为了给妻子调动工作，和妻子一起四处找关系。小林觉得买贵重的礼物不值得，买便宜的礼物又送不出手，最后便买了一箱可乐送给办事人。自然，他的请求被拒绝。小林感到窝心，也对所花的钱感到心疼。对门为了使自己的孩子在幼儿园有个伴，把小林的孩子也弄进了较好的幼儿园。但小林却感到孩子成了"陪读"，于是"心里像吃了马粪一样感到龌龊"。小林听说买大白菜可以报销，为了不吃亏，他一下子买了 500 斤。他出于助人目的，帮同学卖鸭子，结果被单位发现，领导找他谈话，他用"在单位就要真真假假，真亦假来假亦真，说假话者升官发财，说真话倒霉受罚"的想法，撒谎躲过了处罚。小林从前帮人办事，"只要能帮忙，他会立即满口答应"，后来发现"那是幼稚，能帮忙先说不能帮忙，好办先说不好办，这才是成熟"。于是，当查水表的老头让他帮着办一件举手之劳的小事时，他说不好办。老头给他买了一台微波炉作为报酬，他才去办。过元旦要给幼儿园阿姨送礼，小林怕别人说自己抠门、寒酸，便跑遍全城买了高价炭火送给阿姨。当天晚上，小林梦见了一地的鸡毛和蚂蚁般的人群围在他的周围。他恐怖极了，也无奈极了。小说以朴实无华的语言展示了普通人的普通生活，在讲述小林排队买豆腐、与妻子吵架、给妻子调动工作、让孩子入托、排队抢购大白菜、拉蜂窝煤以及每天的上班下班、吃饭睡觉时，从头至尾都没有华丽的辞藻，没有精美的语句，但无不体现了日常生活的真。①

苏童中篇小说《红粉》：讲述了旧中国最后的妓女的故事

《红粉》1月份发表在《小说界》第1期。小说写几乎一夜之间，小城里的妓院都被解放军封了门。妓女们被解放军用一只船载着送到了劳动营去接受改造。到了之后，秋仪拉着小萼想乘着夜色从劳动营逃走。最后，秋仪跳墙逃走了，小萼却不敢跳，于是依然留在劳动营里。逃跑成功的秋仪来到旧情人老浦家，老浦的母亲埋怨儿子收留了一个来自青楼的女子，这使老浦很为难。老浦代秋仪给劳动营的小萼去送东西回来后，他给秋仪讲了劳动营的情况，认为劳动营挺不错。秋仪以为老浦要送自己去劳动营了，于是很不高兴。土改后，老浦家的土地被分了，老浦的母亲乘机赶走了秋仪。秋仪希望老浦护着她，老浦于是给她换了个住的地方。秋仪一气之下出家当了尼姑。老浦家的房子在捐给国家后，他也结束了少爷生活，到工厂当了会计。后来，老浦去看小萼，觉得她瘦小得令人怜爱。小萼从劳动营出来后，进了工厂，不久就嫁给了老浦。新婚之夜，秋仪给他们送来一把伞后便飘然而去。秋仪已经怀了老浦的孩子，但后来在庵门外流产了。小萼也怀了老浦的孩子，但她婚后积习不改，常去打麻将，常大肆地乱花钱。当她生下儿子悲夫后，对收入颇低的普通职员老浦很是不满。老浦被逼得没法，便贪污了公款供小萼挥霍。不久，老浦以贪污罪被处决。秋仪来到老浦家后，小萼和她言归于好。小萼在守了一年寡后，把悲夫托给秋仪抚养，然后跟着一个北方人走了，从此没有音讯。秋仪心满意足地当起了小萼儿子悲夫的母亲。小说着力刻画了秋仪和小萼的形象，秋仪大胆、刚毅、泼辣，敢爱也敢恨，但她也很可悲，当老浦母亲侮辱她后，她只好到玩月庵削发为尼；她也被亲人遗弃，被好姐妹小萼出卖，后来被赶出玩月庵后，又嫁给了鸡胸驼背的穷光棍冯老五，潦倒困苦不堪。小萼则软弱，缺乏自尊心，在接受劳动改造时，仍然忘不了昔日青楼里的生活；她缺乏意志力和独立意识，在与老浦结婚后，她就辞去了工作，依靠老浦贪污的公款来过奢华的生

---

① 参阅宋剑华《论〈一地鸡毛〉——刘震云小说中的"生存"与"本能"》，《文艺争鸣》，2010.11。

活，老浦被枪毙，她负有一定的责任；她头脑简单，从没有觉得自己做妓女有什么不好，当解放军干部让她控诉鸨母，她说她是自愿的，还说自己之所以不去缫丝厂干活，是因为怕吃苦，自己天生就是个贱货；她更缺乏一个做母亲的责任，她将儿子悲夫交给秋仪抚养，自己却跟着人走了。小萼和秋仪是旧中国最后的妓女，她们对于怎样追求自己的幸福，都很迷茫，很被动。她们在追求幸福生活时，都缺乏独立意识和艰苦奋斗的精神，好逸恶劳，使得自己走入人生的歧途，并一错再错，不可自拔。小说提出了女性到底应该怎样去追求自己幸福的问题，这对现在依然从事卖身的一些女性来说应该有所启示和警示。小说中的意象使用、语言描写、人物塑造取得了很高的审美价值；同时，小说人物身上蕴含了对道德的诉求，彰显了道德价值。小说独特的审美价值和道德价值，使其成为独树一帜的一部作品。①1994 年，小说被著名女导演李少红拍摄为同名电影后，赢得了德国柏林电影节银熊奖。2007 年，小说被拍摄为同名电视剧后，在全国热播。

何申中篇小说《村长》：关于农村基层干部整顿村务的故事

何申（1951.1—），天津人。《村长》1 月份发表在《芒种》第 1 期。小说写在我国北方一个叫油坊营子的小村里，由于老村长郝老顺摔断了腿，致使村里的各项工作停顿下来，矛盾四起，部分村民甚至哄抢了村委会，连村委会的牌子也拿去搭了鸡窝。郝乡长前来选拔新的村长，他从扭秧歌的队伍里一眼发现郝老顺的儿子郝运来颇有点组织能力，于是召集全体村民，以"强拧瓜"的方式任命郝运来接替村长职务。青年郝运来聪明、能干、活泼、幽默，人缘好，却有点怕老婆。他新官上任的头三把火是用独特的方式解决了计划生育、税收、民事纠纷等三个老大难问题，博得了村民的信任和乡政府的表扬。然而，郝运来在催交税款时得罪了亲二叔，在拆除油坊外的猪圈时激怒了父亲郝老顺，在向村民们收缴特产税和教育附加税时急了眼，"一走神从漫水桥跌下去"，跌碎了股骨，从此卧床不起；另外，他办起的油坊也停了产。后来，该小说被改编拍摄为八集电视连续剧《一村之长》播出。

---

① 参阅刘毓恒《苏童小说〈红粉〉的审美价值与道德价值研究》,《语文学刊》,2012.3.

池莉短篇小说《冷也好热也好活着就好》：一篇典型的生活流式的叙事小说

《冷也好热也好活着就好》1—2月份发表在《小说林》第1—2期。小说采用十分典型的生活流式的叙事结构，以尾随主人公猫子行踪的叙事方法来叙事。小说写营业员猫子卖出去的一支体温表在顾客手里爆炸了。猫子下班后本来准备回家，但却去了女朋友燕华家。到燕华家后，猫子在公用厨房里与大汗淋漓的女人们聊天。随后，猫子和燕华在门口放好竹床，摆上饭菜吃饭，其间，猫子与燕华的父亲边喝酒边说起了体温表爆炸了的奇事。饭后，猫子和燕华在楼上闷热的房间里亲热。邻居们也在说体温表爆了的怪事。燕华父亲还和街坊们讲毛主席吃豆皮、金日成吃汤包的故事。小说几乎没有什么引人入胜的故事，只是叙述了一些平平常常、琐琐碎碎的生活小事，作家随着猫子的行踪，集中而事无巨细地叙述了猫子在女友燕华家的日常琐事，记录下了他在燕华家的所作所为，构成了生活流式的叙事结构，真切地展示了芸芸众生的生存状态，揭示了他们卑下的地位和坎坷的命运，充满了浓郁的生活气息。[①]

杨争光中篇小说《赌徒》：道出人性具有无限的复杂性

《赌徒》1月份发表在《收获》第1期。小说写诚实的骆驼痴心地爱着、养着甘草，甘草虽然感激他，却总不倾心、委身于他。赌徒八墩痴迷的事情是"搬砖头"、甩刀子，他也喜欢甘草，但他只把甘草当作泄欲的工具来对待，而且还拖累、打骂甘草。尽管这样，甘草仍然对八墩一往情深，渴望着二人远走高飞，去过清静的日子。甘草与骆驼、八墩这两个男人之间的恩怨、仇恨、纠葛，表面看来似乎都莫名其妙、不合情理，但从人性的深层看，它完全是受着人性自身的黑暗力量的支配的，小说道出的是人性内在的无限复杂性。

刘震云长篇小说《故乡天下黄花》：展现了一个村子在辛亥革命、抗战、解放战争、"文革"四个阶段的苦难历史

《故乡天下黄花》1月份发表在《钟山》第1—2期；8月，小说由中国青年出版社出版。作者从一个普通村民的视角，审视了马村半个多世纪的风云变

---

① 参阅陈献兰《冷也好热也好活着就好——浅析池莉小说的特点》，《社会科学家》，2006.2。

幻：民国初年，北方某村的孙殿元村长被李家雇来的杀手勒死在土窑里。一桩命案，由此引发了孙李两家的世代仇杀。物换星移，朝代更替，仍是干戈杀戮。20世纪40年代，日本人来了，为了争夺马村的支配权，八路、汉奸、中央军、土匪几路人马相互争斗，村民惨遭荼毒，饱受蹂躏。1949年翻身闹土改，地主李家与孙家被斗倒，贫农赵刺猬、癞和尚、李葫芦等为了争夺村子的控制权又开始了新一轮的野蛮争斗，马村再度陷入混乱。"文革"开始后，已成为村支书和大队长的赵刺猬与癞和尚及发展起来的李葫芦分别带领着不同的派别，以"文革"的名义又进行着无休止的斗争。该小说是刘震云的第一部长篇小说，是他献给自己外祖母的一部作品。它是一部从辛亥革命到抗日战争到解放战争再到"文革"这四个阶段串成的一部马村地方志，也是一部乡村的苦难历程史。①

高晓声"陈奂生七篇系列小说"之《陈奂生战术》：继续刻画了思想原地不动的陈奂生的形象

《陈奂生战术》1月份发表在《钟山》第1期。小说开篇用一千余字追述了陈奂生由当"漏斗户"主、上城卖油绳、转业跑供销到回村包产种田的"往事"，然后才转入故事的叙述。陈奂生把全部希望都投注在他承包的土地上，厂长、书记们再三劝说他重新跑供销，动之以情，晓之以理，但他就是不为所动。实在没有办法时，他用厂长之道还治厂长之身："厂长，跟你说'实在话'吧，那一次我回来，隔夜，吴书记亲口交代过我，叫我以后不要再找他办这种事。"这些谎话终于使他可以安心耕作了。当借别人的船被收了租金后，陈奂生对之怦然心动；当他的儿子们养了几年的鳖虫卖了十多块钱时，他却什么也养不来；当外甥拿他视为珍品的花生米不当回事时，他感到难堪和不解；当他看见自己的稻子明显好于别人的稻子时，他很是心满意足。小说塑造的陈奂生正如作者自己所说："他的思想原封不动……他不肯也不会做骗人的江湖郎中，也不相信世上真有一本万利的行业。人无横财不发，暴发户总没有好结果。……'善有善报，恶有恶报，如果不报，时辰不到。'陈奂生有耐心等着

---

① 参阅李迪《利益漫漫飘洒，故乡天下黄花——读刘震云的小说〈故乡天下黄花〉》，《戏剧之家》，2015.10。

看结果。"① 小说显示原来那个似乎已经"从历史的迷梦中惊醒，开始寻找自己和自己的位置"的陈奂生又回到原来的出发点。陈奂生所获得的殊荣，是当代文学中任何一个农民形象所无法企及的："陈奂生是一个不多见的典型形象"，"'陈奂生性格'已经成为历史和国民性格中美德与弱点的一面镜子，同阿Q一样将愈来愈显示出普遍意义"②。

安子纪实小说《青春驿站——深圳打工妹写真》：书写了都市寻梦人的漂泊、奋进、成功或沉沦的过程和命运

安子（1967—），原名安丽娇，广东梅州人。《青春驿站》2月份在《深圳特区报》连载。小说以简洁真挚的文笔，忠实记录了深圳特区一些打工妹漂流、奋进、成功或沉沦的过程和命运，构成了丰富多彩的画面，描写了一系列栩栩如生的女性形象。小说的人物序列包括安子自己在内，共有16个女性人物，比如郑毓秀、夏雪娥、阿华、马兰英、康珍、艾静雯等，她们在深圳特区打拼，绝大多数是成功人物，她们身上具有一股洒脱的豪气，既勤奋又精明，既善于学习又善于应变；她们都意识到在严峻的现实生活中，处处充满着竞争和力的较量；她们为了让自己具有生存的文化素养和一两样过硬的实用技能，狂热地追求知识，不断地提高自己适应千变万化的现代社会的生存能力，体现了一种坚韧不拔的意志力和永不服输的进取精神。作者善于用洗练的语言勾勒事物的特征，因此随处可见精彩之笔，显得纯净明快；小标题"风雨人生路""人在旅途""风吹响一树叶子""晚霞，在燃烧"等既蕴含人生哲理，又富有诗的形象和韵味。《青春驿站》出版后在全国引起轰动，"安子现象"引起全国瞩目，安子热潮冲击波一浪接一浪。中央电视台改革开放专题片《20年·20人·安子》称安子为"深圳最著名的打工妹，都市寻梦人的知音和代言人"。安子被列为中国改革开放20年最具代表性的20个历史风云人物之一。③

---

① 参见高晓声《陈奂生战术》，《钟山》，1991.1。

② 转引自李晓峰《重复的局限与意味——谈〈陈奂生战术〉与〈陈奂生出国〉》，《当代作家评论》，1993.1。

③ 参阅温波《年轻，但充满生机——评安子〈青春驿站〉》，《深圳特区报》，1992.1.5。

陈源斌中篇小说《万家诉讼》：塑造了一个虽然具有法律意识，但并不懂法的农村妇女的形象

陈源斌（1955.12.29—），安徽天长人。《万家诉讼》3月份发表在《中国作家》第3期。小说写皖地王桥村农妇何碧秋在麦田里挑泥，听到丈夫万善庆被村长王长柱打了，于是找王长柱要"说法"。王长柱态度很傲慢。何碧秋决定"请政府讲理"。她先坐船去乡里找李公安员调解，经调解，王长柱同意给万善庆赔付医药费、调养费和误工补贴。何碧秋去王长柱家拿钱时，王长柱却把手里的钱撒到地上，说："地上的票子一共三十张，你捡一张低一次头，算总共朝我低头认错三十下，一切恩怨都免了。"何碧秋气愤至极，又去找李公安员，在没见上人的情况下，她到县法院去告状。法院旁门里一位上了岁数的人指点她写份诉状去公安局告。何碧秋在街上花了35元叫人写了状子，拿到公安局后，他们说状子不合格，然后指点她去找一个姓吴的律师写诉状。公安局接了诉状、旁证和诊断书后，让何碧秋等消息。何碧秋出门后，遇上李公安员，但他没说几句话，就被收了何碧秋诉状的一个人叫走了。那人让李公安员处理何碧秋的案子，李要求局里再派一个人。几天后，李办急案不在，案子的处罚裁定由别人转交给何碧秋，仍是让王长柱承担几种费用，数字跟上回不相上下。何碧秋心想："转了一圈儿，岂不绕回来了？"她于是给市公安局申请了复议。她住店的店主让她直接去找市公安局的严局长。何碧秋买了一筐鱼送到严局长家，但没见上严局长。何碧秋回家后不久，王长柱让万善庆去他家，但何碧秋去了。王长柱见到何碧秋，讽刺着让她去告他家里赌博的事情。何碧秋听了，拔腿回家。回到家，丈夫万善庆说王长柱给家里送来了市公安局的复议决定，依然是维持县里的裁决。何碧秋对王长柱转交裁决不满。于是又到市上找公安局严局长，见到后，何碧秋说了自己的不满。严局长了解后知道是乡上新来的一个乡文书违规把复议书交给了王长柱。何碧秋说她对乡、县、市三级公安的评判都不服。严局长建议她找吴律师向法院起诉。何碧秋见到吴律师，吴写了一张诉状，递给了法院。一段时间后，何碧秋进城来，旅店店主说国家颁布了一部民告官的法律，并说有个乡下妇女把市公安局给告了，记者们都要作报道；如果妇女输了，这个民告官的法律也就砸了，今后就不会有谁去碰它

了。第二天，何碧秋去法院参加了她的案子的庭审，她见严局长是被告，就说法庭把被告弄错了，被告应该是王长柱。审判长解释后，何碧秋才明白。法庭最后判决市公安局的复议正确无误。何碧秋晓得自己输了，于是向中级人民法院上诉。两个月后，李公安员陪同中级人民法院的审判员来村里，他们叫何碧秋领着丈夫万善庆去城里拍了片子。片子显示王长柱把万善庆的一根肋骨踢断了。很快，村长王长柱被警车铐走了。何碧秋道："我上告他，不过想扳平个理，并没要送他去坐牢呀？"《万家诉讼》是陈源斌创作历程中的一个突破和飞跃，也是新时期中国中篇小说的重要创获。小说中的何碧秋为了给丈夫万善庆被打一事讨要"说法"，六进六出，处变不惊，显得沉着冷静。何碧秋在讨要"说法"的过程中所体现出的顽强性格，展示了她在维护自己权利的过程中，突破"居家莫讼"的传统，不避艰难，决心不屈不挠地打一场"民告官"的官司的简单想法。作者并没有因为要凸现何碧秋的这种想法就把她写成英雄，而是只表现了她要找个地方评评理这种想法，但她的实际做法却表现出了某种崇高的意蕴，那就是她要维护做人的尊严。另一方面，何碧秋身上也体现了愚昧和落后的思想意识。因为事情的起因是她丈夫先骂了村长，她认为丈夫虽然骂了村长，但村长也不能打人呀。于是她就反复讨要说法。她可能没想到辱骂有时可能比殴打还要伤害人心。这说明何碧秋只看到自己所受到的委屈而没有考虑到事情的起因。这暴露了她的意识的狭隘，说明她是一个具有法律意识但并不懂法的人，她只是用传统的理念来理解法律，这是中国人的一个通病，所以她是中国广大老百姓的缩影。另外，在这场官司当中，双方都在使用主观判断的思维方式来判断事情，都不肯承认是自己的不对，这也是中国人狭隘意识的体现。1992年，该小说被拍摄成电影《秋菊打官司》。电影里，故事发生地由皖（安徽）地改成秦（陕西）地，何碧秋改为秋菊，村长王长柱改为王善堂，万善庆改为万庆来。电影上映后，轰动全国。影片最后是秋菊难产，村长招回村民一起帮忙救了她的命，这是人性中善的体现，也由此说明在这场官司中秋菊并不是完全正确的。村长最后被拘留的结果将影片的思想性进行了进一步升华，再一次深刻说明了人情与法律冲突的主题。后来，陈源斌陆续发表了以何碧秋为中心人物的"安乐系列"中短篇小说十几篇。①

王朔长篇小说《我是你爸爸》：对传统、秩序的困境进行的一次深刻反思

《我是你爸爸》3月份发表在《收获》第2期，是作者特别喜欢的一部小说，和《千万别把我当人》《过把瘾就死》《许爷》一样，萌生于某个导演的意图而写成，"只不过我在其中倾注了更多的个人感触，所以我宁愿不把这几部小说划入单纯为影视写作之列。"（参见1995年华艺出版社出版的《王朔文集·自序》）。《我是你爸爸》讲了一对普通父子间的感情和矛盾。马林生在儿子马锐四岁时，与妻子离异。马锐与父亲一起生活。十年过去了，马锐长大了，他和父亲既熟悉又陌生，既彼此深爱又互相伤害。马锐因在课堂上指出老师的错误，引起了老师的不满。马林生虽然知道马锐是对的，但却逼着儿子去给老师认错。他认为儿子年少，经历的事情不多，还不知道中国几千年积淀下来的高低贵贱、长尊幼卑等这些传统的伦理道德，于是认为这些都不能马虎，一切都得按规矩办事。他对儿子说的："当权威仍然是权威时，不管他的错误多么确凿，你尽可以腹诽但一定不要、千万不可当面指出。权威出错犹如重载列车脱轨，除了眼睁睁看着它一头栽下悬崖，没有任何办法可以挽回，所有努力都将是螳臂当车，结果只能是自取灭亡。"这些话也可以看作是作者对"权威"的嘲讽。但马锐却表现出了叛逆，他有自己的想法，他厌恶虚伪。马林生在试图与儿子平等相处的过程中，其实也发现了自己的虚伪、懦弱、自私，但他放不下自己身为父亲的架子。小说也写了马林生在儿子的介绍下，认识了儿子同学的单身妈妈。但小说最后对马林生与那位刘妈妈是否结婚并未交代，只交代两人成了无话不谈、互相分担忧愁的知音。该小说几乎是王朔唯一一部没有引起争议的作品。究其原因，在于小说通过马林生这个父亲形象的塑造以及他与马锐父子关系的描写，表现了不同以往的价值意蕴。小说表面延续了自"顽主"系列以来对传统文化和社会秩序的否定，实质则是作家在20世纪90年代中国社会转型的特定文化语境中对传统、秩序的困境进行的一次深刻反思。1996年，小说被拍成电影《冤家父子》。②

---

① 参阅丁胜如《读陈源斌的〈万家诉讼〉》《文学自由谈》，1991.4.
② 参阅张岩《〈我是你爸爸〉的双重叙述结构》，《长江学术》，2014.2.

池莉中篇小说《你是一条河》：淋漓尽致地表现了生命的挣扎与抗争

《你是一条河》3月份发表在《小说家》第3期。小说细致地描写了寡妇辣辣出卖肉体换取粮食以养活八个孩子的悲哀情景，道出了苦难时代里人们的生存窘境。辣辣八个孩子中的双胞胎是辣辣与公社老李生的。辣辣的女儿冬儿算是八个孩子中最有思想和文化的一个，她一直认为没有文化的母亲不理解自己的世界，因而鄙视母亲。她憎恨母亲与公社老李"夜会"，她的双眼从来没有看到过母亲的艰辛。辣辣"夜会"老李是为了养活包括他的那对双胞胎在内的八个孩子。如果冬儿稍微体谅一下母亲的辛苦，她就不会一直看不起母亲，也不会决绝到最后当辣辣过世时也不回去。其他的孩子，有嫁人后很少回家的艳春，"文化大革命"后疯了的得屋，作为强奸犯死了的社员，莫名其妙怀了孕的贵子，等等。辣辣就像一条河，包容了她所有的孩子，养育了她所有的孩子。小说把生命的挣扎与抗争表现得淋漓尽致。

刘震云中篇小说《官人》：揭示了官人求官、争官、护官、保官的原因

《官人》4月份发表在《青年文学》第4期。小说描绘了一场惊心动魄的保官大战。某局面临领导班子调整，即将丢官失权的八位正副局长惊慌失措。为了不被调整下去，他们来了一场窝里斗：你打我的小报告，我整你的黑材料，钩心斗角，尔虞我诈，拉帮结派，四处活动关系，目的都是为保住局长副局位子。局里还有几位工作人员是部长的儿媳妇，单位里的消息就灵通了很多。局长、副局长们什么时候想知道上边的动态，部长的儿媳们就给他们传达来精神，而且还不会错。在八位正副局长中，除了大炮老方有点火气之外，其余的人皆是平庸之辈，他们除了争官、升官、保官外，对其他一切都漠不关心、麻木不仁。58岁的局长老袁，本来对调整惴惴不安，但在谈话时，部长从他的办公桌后走出来，拍了一下他的肩膀，他于是彻底放心了。另一位副局长老张则对副部长的秘书竭尽奴颜婢膝之能事，除了常陪小秘书，还带上小秘书的老婆孩子，一块去钓鱼。钓鱼归来，不惜坐在司机旁边的座位上，抱着已经睡熟了的小秘书的小女儿，以便小秘书夫妇休息。除此，他还在逢年过节的时候给小秘书家里送些东西。八位局长窝里斗的结果却是，他们谁也没能逃脱更大权力的愚弄，原是部长秘书、办公厅副主任的老曲在将老袁当猴耍了一顿之后，借

老袁之手将其他七位副局长挤兑下去，然后反手一掌，扫掉老袁，自己取而代之，当上了局长。小说揭示官人求官、争官、护官、保官的原因，他们绝不是为了当公仆，为了给人民服务，而是为了那一份炙手的权力，以及由权力带来的无法计算的实际利益。虽然这一点作者说得闪烁其词，但读者却不难看出。[①]

高晓声"陈奂生七篇系列小说"之《陈奂生出国》:《陈奂生上城》的翻版

《陈奂生出国》4月份发表在《小说界》第4期，是作者"陈奂生七篇系列小说"中唯一的一部五万余言的中篇小说，是《陈奂生上城》的翻版。只不过，从两种经济、文化背景的反差来看，它加大、加深了《陈奂生上城》的意蕴。陈奂生到美国去"表演"，在美籍华人和洋博士、留学生这样的超"现代"人士的包围下，他像那次进城一样出尽洋相，完整地重复了先前的自己。他面对"日光浴"下异国男女的"肉墙"，竟逃之不及，大叫一声昏倒在地；他帮助教授夫妇看家时，出于固有的土地意识，挖了人家的草坪，种上了蔬菜，最后不得不用高价买来草皮补上；他两次参观鸡场和农场，对其发达的水平惊讶不已；他偷偷把打工挣来的令他心惊肉跳的一笔钱全花在了突如其来的牙病上。总之，陈奂生在异国的土地上，重复着先前的自己，正如有人指出的"这篇小说中的陈奂生形象，其典型性格基本上与高晓声过去塑造的陈奂生形象是一脉相承的，并没有完全翻新另铸。"陈奂生的说话方式、为人之道、重劳思想、亲情观念、发财念头、圣洁心灵、自大意识、睡觉习惯与先前的陈奂生毫无二致。小说结尾写"表演"完毕后，陈奂生坐上飞机回国的时候，发现自己很小心地放在上衣袋里的洋菜种不见了。可以说，作为特定历史时期中国农民精神的典型显现的陈奂生连同他的殊荣已经被写进史册，完成了他生命特定阶段特有的辉煌。多少年过去了，改革开放的大潮在中国大地掀起的狂涛巨浪席卷了一切僻野，那些比陈奂生还要保守、坚固的传统农民的意识都受到了前所未有的毁灭性冲击。在这种情势下，作为现实主义杰出典型形象的陈奂生，必然会以异于"原型"的崭新的精神风貌出现在人们的阅读视野中。

[①] 参阅于淼《从反讽修辞透视〈官人〉》,《黑龙江省社会主义学院学报》, 2000.1。

曹桂林纪实中篇小说《北京人在纽约》：你要的好生活绝不在美国

曹桂林（1947—），生于北京。《北京人在纽约》7月份发表在《十月》第4期。小说写大提琴演奏家王起明和妻子郭燕办下了去美国的签证，他们把11岁的女儿宁宁托付给好友邓卫、小珍照顾后，就去了美国。郭燕的姨妈接机后把他们拉到了一个破旧的、肮脏的地下室里居住。王起明在一个叫阿春的中国女人开的"湘院楼"餐馆里干洗碗的活儿。郭燕在一个姓马的中国人开办的成衣厂织毛衣。王起明工作一个月后挣到900美元。郭燕也挣了485美元。他们立即住到一家出租的公寓里。郭燕织的毛衣出了点问题，马老板借机对她欲行不轨，她挣脱后回家，把毛衣改了后交给马老板。王起明的手受伤后在家待着养伤。郭燕收到邓卫的信，知道了他和小珍每周都去看宁宁。郭燕连轴工作，病倒了。王起明去找工作，没找到，便去湘院楼，正好遇到一个黑人在抢劫阿春，他报警后，劫匪被警察击毙。他于是重新被留在了湘院楼，后来他和阿春热吻在一起。但他只在湘院楼干了一天就离开了。然后他帮着郭燕熨毛衣，在一架二手的织毛衣的机子上织毛衣。几天后，他拿着自己织的两件色彩搭配得很合理的毛衣去时装大道上的一座大厦找毛衣生产商，但失败了。他重新设计后，毛衣终于被一名叫安东尼的意大利客商看上了。他们订了合同。王起明在家拼命织出毛衣后，安东尼很满意，给了他2400美元。他用挣的钱买了一辆车。不久，安东尼又给了他一个18万美元的订单。他向阿春借了7万美元做本钱，完成订单后挣了6万美元。会计师让他把6万元赶快花了，否则年底都要交给税务局。他于是换了车，又买了一幢三层小楼。过了两年，王起明又买了两幢房子，转手租了出去。女儿宁宁也来到了美国，但她的迅速美国化令王起明和郭燕感到不安。宁宁生日时，家里来了二十多个十七八岁的少男少女躺在地毯上吸大麻。一个叫杰姆斯的中国男孩把他们轰了出去。然后，杰姆斯强奸了宁宁。王起明和郭燕知道后，宁宁以一种无所谓的态度承认了自己抽大麻。王起明怒不可遏。宁宁说自己来美国前，一个叫刘雄的男孩使她怀了孕。王起明和郭燕气得说不出话来。清晨，宁宁留下一张字条后离家出走了。王起明去找宁宁，却无果。然后，他去找阿春。阿春叫他对宁宁放手，提醒他注意宁宁周围的人用宁宁来要挟他。宁宁离家出走后，王起明开始摆阔，摆架子。他狂妄、自大、傲慢，不可一世。郭燕也跟着飘起来。两人独处时，不由得说起宁宁，王起明想起阿春的话，心里就释然了。过了一个星期，宁宁回来要 10 万美元，郭燕说等他爸爸回来再说。宁宁就又走了。年底，王起明和郭燕赚了三四十万美元，他们用这些钱买了商业楼打算出租，但好长时间没人租用。这时纽约华尔街股票一落千丈，好多商家纷纷倒闭。王起明从安东尼跟前低价订了 2000 件衣服的单子，挣了 40000 美元。但这钱却被他在赌博中输了。杰姆斯给住在地下室的宁宁注射了可卡因后，两人骑着摩托车来到皇后舞厅。王起明和阿春也在舞厅里。宁宁看到爸爸和阿春在一起后，冲到他们跟前把阿春骂了几句就跑了出去。王起明去撵，宁宁却不见了踪影。王起明回家后，看到宁宁在家里。郭燕已经知道王起明和阿春在一起的事情，她问王起明是不是真的。王起明点了一点头。第二天清晨，王起明看见郭燕躺在地毯上，不省人事，他立即把她送到医院。好在郭燕没生命危险。王起明想用两套房子做偿还借贷的抵押，但银行职员告诉他新房子不能贷款，老房子只给贷 25000 块钱。晚上，王起明接到宁宁被绑架的匿名电话，劫匪问他要 50 万美元赎金。王起明带着仅有的几百元和一支左轮手枪去了绑匪说的皇后坟场。但宁宁却被绑匪打死了。几天后，邓卫也来美国了，他问起郭燕和宁宁，王起明偷偷地流着泪。王起明将邓卫拉到自己当初到纽约时住的房子跟前，就走了。邓卫在背后骂着王起明没良心。王起明向医院走去，去看郭燕。该小说是作者根据自己的亲身经历写成的，整部作品充分折射出了纽约是"天堂"与"地狱"相复合的一个地方，同时小说也深刻揭露了生活在他乡的异乡人（北京人）的异常心理。作品中的王起明、郭燕、阿春等人身上的种种矛盾里，最为明显的就是文化的矛盾。他们在东西方截然相反的文化夹缝中挣扎，上演着一出出令人心酸，也令人啼笑皆非的人间悲喜剧，反映了在外淘金的华人窘迫的生活现实以及繁杂的思想转化过程。①

刘斯奋长篇小说《白门柳》：讲述了明末清初"秦淮八艳"中的三大名妓柳如是、李十娘、董小宛及名士钱谦益等同时代、命运奋力抗争的故事

刘斯奋（1944—），广东中山人。《白门柳》共三部。第一部《夕阳芳草》

① 参阅李莉园《在文化的夹缝里生存——浅谈小说〈北京人在纽约〉》，《文艺生活旬刊》，2015.8。

于 1984 年 12 月由中国文联出版公司出版，集中描写了明崇祯十五年，农民起义风起云涌，清军威逼山海关。而在大后方南京，东林党人与阉党的斗争还在继续。在党争中失利的前礼部右侍郎、东林党前领袖钱谦益与宠姬柳如是商议，为了复官，应该和内阁首辅周延儒进行利益交换，然后利用其影响力说服多数复社成员在虎丘大会上做出公议，支持阉党余孽阮大铖出山。在此同时，复社四公子之一的冒襄为了将父亲调离前线，也私下接受了周延儒的恩惠。因此，江南士大夫集团复社内部矛盾重重，四分五裂。侯方域、陈贞慧、顾杲、梅郎中、张志烈、黄宗羲等复社成员齐聚青楼，与名妓眉娘、李十娘聚会，空议国是。国丈田宏遇四处搜罗美女，掳走了陈圆圆。董小宛为了躲避田宏遇的追捕逃进了钱谦益的府邸，被柳如是收留。黄宗羲拜访钱谦益，请他出面倒阮。钱谦益表面上应承，暗中却指使郑元勋主持大会挺阮，最后事情败露。冒襄访陈圆圆不见，悔恨不已，不久巧遇董小宛，几经周折后与之定情。黄宗羲与方以智进京应试。马士英打败张献忠后，钱谦益转而向马士英示好。第二部《秋露危城》1991 年 8 月份由中国文联出版社出版，和第一部《夕阳芳草》一起在 1998 年 4 月 20 日获得第四届茅盾文学奖。《秋露危城》描写明崇祯十七年，黄宗羲同弟弟黄宗会一起去绍兴拜会老师刘宗周，他们在刘家得知清军攻破北京城后，崇祯皇帝已死。黄宗羲、黄宗会奋力阻止老师刘宗周自杀殉国。崇祯死后，留都南京一下子群龙无首，权力斗争使其更加混乱，拥护璐王和拥护福王的两派争执不休。钱谦益试图说服吕大器、雷缤祚拥立璐王。兵部尚书史可法则欲立桂王，以平息两派之争；史可法还召集部属商议反清对策，与马士英达成协议，谁知马士英尔反尔，最终拥立了福王。冒襄偕同董小宛，举家迁往南京，路上偶遇逃难的方以智。复社还在起内讧，不同派系相互攻击，复社所依靠的史可法决定去江北督师，让马士英留守朝中。李自成被吴三桂打败，逃出北京。钱谦益夙愿实现，赴南京就任礼部尚书。刘宗周上书痛斥朝廷腐败，引来杀手威胁。不久，权奸马士英和阮大铖在争权夺利的战斗中又占了上风。扬州城终于被清军攻破，史可法以身殉国。弘光皇帝逃走，南京陷落，留都官员作鸟兽散，钱谦益欲投奔清朝，柳如是誓死不从。第三部《鸡鸣风雨》连同前两部于 1997 年 1 月由中国青年出版社出版。本部情节紧接上一部，描写清顺治二年，龚鼎孳等明朝旧臣剃发改服，归顺清朝。黄宗羲等人则在江南继续练兵，坚持抗清，建立了鲁王政权。洪承畴被任命为江南总督，继续南下攻城。柳如是因为反对钱谦益投靠清朝而与之闹翻，执意留在南京，其间因为心存不平、寂寞难耐而与人暗通款曲，在当地传出丑闻。钱谦益终于决定辞官回家，家人抓获柳如是的情人，向钱谦益告状，钱谦益知晓真相后原谅了柳如是。冒襄和家人从海宁逃走，过着贫病交加的生活，幸亏董小宛苦心周旋，悉心照料他们的生活起居。黄宗羲回乡筹集粮草，未料到家乡民不聊生，幸亏黄宗会急中生智，从公差手中购得粮草，黄宗羲于是率领水军继续战斗。马士英和阮大铖为了给自己留下活路，在鲁王和唐王之间穿针引线。柳麻子、沈士柱等人暗自混入南京城，与冒襄会合，试图将外面的军队放入城中，结果沈士柱慷慨就义。虽然大势难以扭转，但幸存的江南士子还是转入地下，继续坚持抗清斗争。小说出版后，人们对其真实性交口称赞。作者在不同的场合曾反复强调"我觉得真实的历史给人的联想更多"，他明确声明自己在创作时严格遵循历史的真实，无意于简单去比附、影射现实，力图直截了当。①

方方中篇小说《桃花灿烂》：讲述一个姑娘因为灿烂的桃花而使她和自己深爱的人难以恋爱的故事

《桃花灿烂》8月份发表在《长江文艺》第8期。小说描写了一位名叫陆栖的小伙子与一位名叫星子的姑娘的故事。陆栖是一个聪明、机警、幽默、整洁、文雅，身上有着文艺细胞的人。他很小的时候，父亲被戴上了反革命的帽子，且离家出走了。他长大后，在"运输合作社"做搬运工。星子是一位漂亮的姑娘，但因为父亲是"反动学术权威"，也被招工到运输合作社工作。陆栖爱上了星子，当他想向星子明确表达爱意时，一个女孩问星子："你不会落在他（陆栖）的手上吧？"星子说："不会。我们只是一般的朋友。不会有什么关系的。"这话正好被陆栖听见了。本来就有自卑感的陆栖，心灵受到了挫伤。陆栖想到："若不是那女孩来，他冒冒失失地亲近星子，那会是怎样的结果呢？星子说不定会打他一嘴巴，或痛骂他……"在苦闷与彷徨中，陆栖与水香发生

---

① 参阅吴秀明、陈林侠《历史重构与作家的现代文化立场——评长篇历史小说〈白门柳〉》，《广东社会科学》，1999.3。

了性关系。这又深深地伤害了星子的感情。星子其实深爱着陆栖，但陆栖与水香之间的事情给她的心理留下了阴影。后来，水香向星子详细讲述了自己如何与陆栖经历了第一次性生活的情况：他们走到仓库大门口，看到门口一大排桃花正开得十分粲然，于是就发生了性关系。星子听了后，灿烂的桃花连同水香讲述的事情烙在了她的脑海里，成为笼罩在她心头的阴影和妨碍她和陆栖发展真情的障碍。每当陆栖要与星子亲近时，星子心里就会一再出现桃花灿烂的意象。后来，星子和陆栖还是第一次做爱了，但那是陆栖弥留人世的最后时刻。陆栖死了后，星子在他的追悼会上看到水香时，桃花灿烂的意象依旧是笼罩着她心灵的阴云，它唤起了星子痛苦的回忆。

星子后来嫁给了亦文，但心中仍然深恋着陆栖。小说在说明，阻碍星子和陆栖恋情发展并酿成他们爱情悲剧的根源是人性自身的弱点，这弱点与温馨浪漫的桃花灿烂意象是相悖乖离的。①

张抗抗短篇小说《斜厦》：关注了塌陷的信仰危机

《斜厦》9月份发表在《钟山》杂志第5期的"女作家小辑"。小说犹如一个写意传神的象征符号，映射了作家开始对塌陷的信仰危机进行关注。小说容纳了多重深远的思维空间，给人们带来许多启示，它把超验的观念具象化地呈现在读者面前，比如有关人文精神的危机、"现代性"思想的现实困境、知识分子主体性存在的尴尬处境，等等。小说把20世纪八九十年代中国在进入社会文化转型阶段所具有的意识形态的"斜厦"看成是"现代性"理念在现实中遭遇困境的表征。

张洁中篇小说《上火》：一篇将一群丑陋的人展现在读者面前的小说

《上火》9月份发表在《钟山》杂志第5期的"女作家小辑"。小说无情地戳穿了男性的丑陋与女性的丑陋，展现了同事之间、家庭成员之间，相互打小算盘、发生小摩擦等让人"上火"的事情。主人公唐炳业原本是个不学无术的人，但他利用手中的权力和善于钻营的本领，扯起了一面学术大旗，成立了荒唐的"猛犸研究会"。香荷是唐炳业的妻子，但唐炳业已不需要香荷的爱了，

---

① 参阅容嵩《意味深长的人生悲剧——读方方〈桃花灿烂〉有感》，《小说评论》，1992.1。

香荷的儿女、孙儿也不需要香荷的爱了。香荷的爱于是无处可施，不值一钱，她成了一个多余的人。在家中，唐炳业很少跟香荷答话，儿媳妇玉枝也不把香荷放在眼中。香荷极其痛苦、空虚、悲凉，她为了摆脱这些，就一个劲地吃东西。她几乎成了一个只有一副好胃的空躯壳。她是一个"上了火"的女人。唐炳业的儿子死后，唐炳业却把淫乱的眼光投向了儿媳玉枝。玉枝本来可以在丈夫去世后走出这个无爱的家去寻找另一份爱，但她却自甘堕落，和公公唐炳业产生了乱伦关系，成为公公的泄欲工具。小说还写了费萍这样一个女人，她是"猛犸研究协会"的学者武建新的夫人，也是一个"上了火"的女人。她利用婚姻、权力等一切带有经济价值的东西交换名利。她看起来平易近人，不分贵贱，不分等级，但在她的一生中，她唯一的追求就是努力获得最大限度的名利，这也是她活着的意义，是她的精神支柱。武建新和唐炳业都希望在"猛犸研究协会"干出一番事业。然而，当人们将他们那貌似有远大抱负的伪装撕开之后，才看到他们都有一颗极其虚伪、肮脏的灵魂。当那些高智商的耗子通过"后电脑"技术将唐炳业和玉枝的丑事暴露在大庭广众之下之后，唐炳业故作镇静，好像事不关己。因为小说里出现了一个对人类出言进行训诫的高智商耗子，所以它可以被看作是一篇带有科幻、童话等多种因素的魔幻小说，它将一群丑陋的人展现在读者的面前，既有对丑陋的男性世界的揭穿，也有对"上了火"的女人们的嘲讽。①

王安忆中篇小说《乌托邦诗篇》：思考了时代、文化等因素对个人生存的影响

《乌托邦诗篇》9月份发表在《钟山》杂志第5期的"女作家小辑"。小说通过对"她"的经历、家族身世等的追述，展现了"她"对陈映真的敬重，更重要的是，剖露了"她"对陈映真颇为矛盾的情感：一方面，"她"几乎是以陈映真为精神导师的；另一方面，"她"却无法真正理解陈映真。作者通过该小说思考了时代、文化等因素对个人生存的影响，思考了现实与未来、物质与精神之间的矛盾和理想与信仰的有效性等问题，表达了作者的困惑和焦虑。这

---

① 参阅陈子平《人格障碍——论〈蜘蛛〉〈上火〉〈白云苍狗谣〉》，《当代文坛》，1994.4。

是 90 年代女性小说创作中的代表作之一。小说始终贯穿着救赎的主题。这种救赎的主题有很强的现实意义，它给予了生活在现代社会中，在越来越快的生活节奏压力下经常感到无奈、孤独、麻木的人们很好的启示。作品的救赎主题至少体现在三个方面，即尝试用宗教情感来拯救人心，用爱心来救赎人心，用民族历史文化积淀使人们获得新生。①

陈染中篇小说《与往事干杯》：讲述了一个姑娘和男邻居及其儿子之间的不伦爱情悲剧

《与往事干杯》9 月份发表在《钟山》杂志第 5 期的"女作家小辑"。小说写少女蒙蒙自幼生活在性格暴躁的父亲的阴影下，父母无休止的争吵，给蒙蒙幼小的心灵留下了难以愈合的创伤。父母离异后，蒙蒙和母亲一起搬出了原来的家，住到母亲单位的一间破旧的仓库里，过起了清贫而宁静的日子。仓库里还住着一对中年夫妇，他们是重新组合的家庭，男的是宋医生，女的是工人，吵架是他们两人的常事。后来，蒙蒙母亲首先打破了生活的宁静，和一位历经坎坷的早年同学——一名外交官开始了甜蜜的迟暮之恋。接着，蒙蒙的同学佳妮因高考失败和家庭的沉重压力而轻生，这使蒙蒙更加孤独和忧郁。但宋医生关心蒙蒙、爱护蒙蒙，冲淡了她心中的阴云，使她顺利地通过了高考。自此，一直生活在孤独和自卑中的蒙蒙对年长的宋医生产生了一种隐秘的暗恋之情，视他为自己唯一的知己。但这恋情随着蒙蒙的入学和搬家很快淡漠了。蒙蒙大学毕业后，有一次在海滨旅游时，邂逅了在海外长大的华人青年"老巴"，两人很快坠入情网。两年后，"老巴"接蒙蒙到洛杉矶举行婚礼。但在婚礼即将举行时，蒙蒙偶然翻看了"老巴"的旧相册，发现他的父亲竟然是自己暗恋的宋医生。蒙蒙于是毅然决然地离开"老巴"的怀抱，回到了中国。当蒙蒙准备写信向"老巴"说明一切时，大洋彼岸却传来了"老巴"在送别她后返回途中遭遇车祸身亡的消息。从此，蒙蒙的眼前就无数次地闪现出"老巴"远道而来的幻觉，驱之不散。这幻觉使蒙蒙终生内疚和伤痛。小说的隐喻叙事特色很明显，主要表现在：第一是微观层次，即作品中大量比喻的存在；第二个是宏

① 参阅李向珂《试析王安忆小说〈乌托邦诗篇〉的救赎主题》，《长江大学学报（社科版）》，2006.1。

观层次，即母亲与外交官，"我"与男邻居之间的暧昧纠缠及丝丝牵绊都是作为元故事成为一种隐喻，暗示了"我"与"老巴"爱情的悲剧性。同时"我"与老巴的故事反过来又对"我"和男邻居之间的关系构成了一种象征和隐喻。两者互为因果，共同构造了文本的隐喻叙事。从弗洛伊德的精神分析学观之，"我"对男邻居的就范是恋父情结发展的必然结果。而"我"与"老巴"无疾而终的爱情又是乱伦情节支配下不得不退出的游戏。①

林白中篇小说《晚安，舅舅》：讲述了五个舅舅或悲沉幽深，或淋漓酣畅的人生际遇、命运

《晚安，舅舅》9月份发表在《钟山》杂志第5期的"女作家小辑"。小说叙述了"我"的五个舅舅生长在政治意识形态高于一切的年代。大舅陈国良七十多岁，尖脸，半文盲，喜欢干家务，孝顺母亲，不主动与女人讲话，没有浪漫史，终身未婚。二舅陈国力，方脸，红黑粗壮，力大无穷，不好讲话好打架，性格阴沉冷硬，用竹筒吸水烟，喜欢磨谷、榨糖、榨油，传说曾与一寡妇相好，一直未娶。三舅陈国安，长脸，皮肤较白，念过高小，人聪明，会吹箫、对对联、写毛笔字，长年替生产队养蚕，下工后喜欢去菜地，曾经和村里的九青姑娘自由恋爱过，但遭到了九青家人的坚决反对，九青虽然以上吊、跳井、剪发等抗争，最后还是被嫁到极远极远的外乡去了，三舅从此孤身一人地过着。四舅陈国建，长相脾性与三舅国安相近，读书成绩优异，初中毕业后考上县中学，后来成了家中唯一的大学生，他和华侨女子德兰之间有着一段刻骨铭心的爱，但在"文革"时期的武斗中，他却被打死了。五舅陈国新，乳名阿宝，圆脸，喜欢吹口哨，读过初中，生性快乐，和母亲的干儿子瓦片一起长大。他后来先当大队的民兵营长，然后到县委办公室工作，曾说过两个对象，但因为成分高都没有成功，后来娶了一个从小没有父母、跟哥嫂过的又黑又胖又能干的村姑当媳妇，生有两个儿子。五个舅舅中有四个终身未娶，不是因为他们穷得娶不起老婆，而是因为他们家是地主成分。小说是林白《遥望北流》系列中的一篇，整个作品通过五个舅舅或悲沉幽深，或淋漓酣畅的人生际遇的描绘，显现了他

---

① 参阅王丽芳《隐喻叙事的逻辑力量——对陈染〈与往事干杯〉的重新解读》，《名作欣赏》，2005.14。

们的勤劳、聪明、本分及丰富的情感，但这并没能改变他们卑微的命运。①

王朔中篇小说《动物凶猛》：书写了 20 世纪 70 年代的停滞与灰暗及 50 年代出生的人的叛逆与茫然

《动物凶猛》11 月份发表在《收获》第 6 期。小说讲述了一段另类的"文革"历史。一群生长在京城军队大院的干部子弟，在父母的教育下，希望过上"有意义"的生活。但他们的红色美梦却被"文革"打碎了，而且还沦为了被人嘲弄的一群人。他们感到自己被父母与师长的红色理想欺骗了，使自己在这凶猛的动物世界中缺乏了利爪，缺乏了觅食的本领。因此，他们这些具有高贵血统的人便以一种叛逆的姿态去表达对父辈教育的蔑视：他们打架、玩妞、逃学、说谎、无所事事、高谈阔论；但同时，他们的内心又时时忘不了自己是"人尖子"，所以在一边胡作非为时，一边"绝望地无声哭泣"。小说主人公"我""文革"时才 15 岁，因无聊，"我"养成了用钥匙开别人家门锁的癖好。有一天，"我"在一个房间里迷恋上了米兰的照片并想结识她。"我"把米兰约到自己的大院里后，向哥们儿进行炫耀。但"我"发现，米兰和高晋的关系远远超过了同"我"的关系。这使"我由嫉妒而变得无法容忍"。为了寻找心理平衡，"我"千方百计地挑起事端来，"我"捉弄、侮辱、谩骂米兰。在这种施虐和侮辱的快感中，"我"身上的动物本能渐渐地成为一种主宰"我"的恶性的心理定式，它蛰伏在"我"的身上，使"我"疯狂地强暴了米兰。小说题目指的就是主人公身上日益增长的具有强烈破坏力的动物本能，暗示了少年男孩凶猛的动物冲动，折射出"文革"时期他们对社会现实的叛逆和逃避。小说写出了 20 世纪 70 年代的停滞与灰暗，也写出了 50 年代出生的那一代人的叛逆与茫然。1995 年，小说被改编拍摄为电影《阳光灿烂的日子》。②

高晓声系列小说《陈奂生上城出国记》：描写了陈奂生这一浮沉于改革开放大潮中的农民形象

《陈奂生上城出国记》12 月份由上海文艺出版社出版，收录了作者的七篇

① 参阅孙豹隐《颇具特色的人生探索和艺术追求——简评中篇小说〈晚安，舅舅〉》，《文艺理论与批评》，1992.4。

② 参阅程光炜《读〈动物凶猛〉》，《文艺争鸣》，2014.4。

中短篇小说，其主人公陈奂生的原型是作者的邻居、本家亲戚高焕生。七篇小说分别是:《"漏斗户"主》《陈奂生上城》《陈奂生转业》《陈奂生包产》《陈奂生战术》《种田大户》《陈奂生出国》，除过《种田大户》外，其他六篇小说的内容在前面已经作过介绍。《种田大户》写陈家村实行口粮田和责任田两田制，"按照生产队议定的方案，每人可承包口粮田四分五厘。其余土地按劳承包，全劳动力每人承包三亩，半劳动力承包一亩半。陈奂生的老婆不下田作业，所以陈奂生一户按理只一个全劳动力，连同口粮田应承包四亩八分。"陈奂生觉得四亩八分地根本不够种，"养活四个人也忒紧。要搞副业没有本事，卖油绳的行当不吃香了，过日子没有额外来源，于是他就要求把老婆张荷妹也算半个劳动力。……于是陈奂生一共承包了六亩三分地。"陈奂生经过苦心经营这六亩三分地后，变成了余粮户主，为社队工厂跑供销又赚了600元。但他还算不上陈家村的"先富户"，他如果只依靠这六亩三分地养活四口之家，是无论如何也富不起来的。陈奂生于是打算养几只长毛兔、几斤地鳖虫，但由于"跟不上形势"，结果等他养的时候，市场已经饱和。在这种情况下，他把功夫全都花在田里，全力以赴，一心扑在禾苗上，弄得田里没有一棵杂草，田埂四周刈得干干净净。尽管收入较以前大为增加，但比起陈家村先富起来的各路"能人"还是差得很远。陈荣大想同陈奂生合伙养珠蚌，陈奂生怕蚀本拒绝了。王洪甫要同陈奂生合作养鱼，也被他拒绝了。王生发要把四亩半田过户到陈奂生名下，陈奂生同意了，于是他一共种了十亩八分田，成了陈家村冒尖的种田大户。1991年，高晓声将自己1979年以来陆续发表的七篇以陈奂生为主人公的系列小说结集为《陈奂生上城出国记》出版。这一系列小说历时12年完成，集中描写了陈奂生这一浮沉于改革开放大潮中的农民形象。陈奂生作为小说中的唯一主角，经历了人民公社、包产到户及改革开放等共和国历史上的若干重大事件。①

---

① 参阅李静《"上城"的困境——读解"陈奂生系列小说"中的启蒙神话》，《文艺理论与批评》，2017.4。

1992 年

李晓中篇小说《叔叔阿姨大舅和我》：反映了历史对人的裹挟，使人对自己的存在感到迷茫

《叔叔阿姨大舅和我》1 月份发表在《收获》第 1 期。小说写叶阿姨以前同"我"妈和"我"大舅一起在新四军的队伍里出生入死，她当过集中营的女秘书，后又被编入战俘队，在战俘突发暴动的事件中，她被男同志救出后，转移到了苏北根据地，成了革命干部。新中国成立后，叶阿姨与丈夫夏叔叔的战友杜叔叔偶然聚会，杜叔叔认出叶阿姨是个特务。叶阿姨迫于压力，她在杀死夏叔叔后畏罪自杀。她的真实身份也无人知晓了。小说接着写了人们对叶阿姨到底是特务还是革命者的议论，但人们的看法始终无法统一起来。公安局长及"我"大舅也说不清楚。小说中牵涉了皖南事变等重大事件，但作者并未提供任何"客观历史事实"，历史只不过是"我"这个孩子记忆中的一些未经证实的碎片而已。"我"最后前往叶阿姨"投奔革命或受命潜伏"的地方调查时，也未获得真实史料。叶阿姨的真正身份对"我"来说成为永久之谜。"我"于是对真实史料的态度变得更加漠然。小说反映了历史在现实中时隐时现，人的命运不可捉摸，过去作为"当下"常对人进行着裹挟，人对自己的存在会感到迷茫等思想。

刘震云中篇小说《故乡相处流传》：乱语讲历史，俗眼看世界

《故乡相处流传》2 月份发表在《钟山》第 2 期。小说涵盖的历史时间长达千年，它把曹操和袁绍之间发生的延津之战、朱元璋时期的迁民运动、慈禧太后与太平天国后期重要将领陈玉成之间展开的延津之战、1958 年的"大跃进运动"等四个不同历史时期的事件交织在一起，来还原历史的真实性，并在叙事上呈现了时间上的主观性和平面性特征。小说里面的叙述者"我"生于汉代，但"我"每天却能准时收看到动画片《猫和老鼠》；"我"是一个知识分子，但"我"的身份却时常发生着变化，有时是捏脚人，有时又是刽子手；"我"的形象也具有变化性，有时像一个无赖，有时则是一个孩童，有时又是当代知识人中的一员。小说写了曹操与毛泽东跨越千年的对话，他们相互评说。写曹操与"我"高谈阔论时，显示出曹操是一个有勇有谋的军事家、诗人，但他以前是一个拾粪者，喜欢放屁，喜欢戏弄小寡妇，他在把玩健身球的时候，还在谈论交战情况，甚至在检阅新军的时候，还破口大叫"苏修必败"。袁绍和曹操发生延津之战时采用了直升机；袁绍还被放在晚清时期，说他已经学习了马克思主义哲学，他的语言中夹杂了"具体问题具体分析"等辩证思想。朱元璋原先是一个和尚，甚至是一个蛇蝎小人。陈玉成天生就有一身"瘴气"，他在延津成立了选美办公室等各式各样的政府机构，他的部下喜欢高谈"集资、证券"等。慈禧太后长着柿饼脸、眯眼、大嘴等，她还入住了星级宾馆。太平天国时期还成立了各级政府机构。小说中，无论是哪一个历史时期的人物的语言，都采用了文言文和口语相结合的方式，凸显了典型的时代特征。小说叙事语言古今交错，充分展现了作者对历史时空的反讽式戏仿。作者还故意嘲笑了历史学者，故意把发生在西晋末年时期的百万人口大迁徙延迟到了明初，又把清朝末期的袁世凯操练新军的事件提前到了曹魏时期。小说对《三国演义》及一些类似于《故事新编》的历史小说都进行了反讽式的戏仿，让读者感到不可思议。小说采用象征、双关等手段来构建情节结构，几乎让所有官高权重的人都患有"脚气"病。另外，小说多处采用了"黑色幽默"，强化了现实中的丑陋，最典型的是"大鸣大放"之时，村民们列举了支书的"七大罪状"等。①

池莉中篇小说《白云苍狗谣》：揭示了世俗生活中人们的灰色人生

《白云苍狗谣》3月份发表在《上海文学》第3期。小说写流行病研究所的人们为争夺所里的领导职位而费尽心机，揭示了世俗生活中人们的灰色人生。

---

① 参阅葛胜华《沉重的轻佻 泣血的玩耍——评刘震云长篇新作〈故乡相处流传〉》，《当代作家评论》，1994.3。

有一天，研究所里有人反映所里画宣传画的阮宣与一个有夫之妇有染，李书记、张干事于是决定去捉奸，但他们捉奸未成，反而闹出了轩然大波。李书记被调走已成定局。所里一些人为了能得到书记的位置，便四处活动。比如张干事告汪所长滥发日用品收买人心，希望借此获得研究所书记之职；黄副教授自荐为研究所所长，并拟订了一份对所里进行改革的方案。但许多人认为刘干事既懂行又没整人之心，于是推举她当所长。然而，最后上级却让不学无术，善于逢迎拍马的郑尔顺当上了所长。汪所长被调整为书记，李书记调走后却升了一级，黄副教授醉酒骂街，刘干事愤而辞职，张干事调出了研究所。最后，在新所长的上任、刘干事的辞职和张干事的调走中，流行病研究所的矛盾得到平息。

杨争光中篇小说《老旦是一棵树》：以奇异的性叙事，书写了人物潜在的性意识及决绝的复仇行动

《老旦是一棵树》3月份发表在《收获》第2期。小说写老实巴交的农民老旦，长着"两枚深邃的黑药丸"似的眼睛，每当下雨时就"抱着他的女人或者骑在她身上制造出一长串快乐"。然而他的女人被瓦楞砸死了。15年后，在一个无所事事的夜里，老旦没根由地仇恨起村里的人贩子赵镇来，把他当作自己的仇人。老旦的儿子大旦想娶个女人，大旦为了表达向父亲讨要媳妇的决心，敲碎了犁铧。老旦便用两亩白菜从人贩子赵镇那里换来了他新领回来的外乡女人环环。老旦去村长马林那里告人贩子赵镇，但无功而返。老旦于是发誓要自己整倒赵镇。赵镇婆娘坐月子期间，环环去赵家帮工，其间被赵镇诱奸。老旦于是叫上大旦去复仇。老旦请村长马林及村里几个管事的人审问环环，让环环讲述赵镇诱奸她的细节。随后，老旦在全村挨家挨户地讲着赵镇勾引环环的细节。巡回"讲奸"的老旦受到村人们的让座、倒水等空前的礼遇。经过十八遍以上的讲述后，村人腻味了老旦的讲述，他们面对老旦新一轮的"讲奸"，都说"话说三遍比屎还臭"。在稍后村人举行的捕鼠展览会上，牵着八只活老鼠的赵镇又大出风头。老旦更被激怒了，他于是劝儿媳环环用上吊来给仇人甩人命。但环环不但没上吊，反而主动"送货上门"，以赵镇对自己的"蹂躏"来报复公公老旦。走投无路的老旦亲自到村外草棚子里捉奸去了，但他换来的是

"奸夫"赵镇的一顿毒打。在被暴打的剧疼中，老旦只能以抓破自己的脸、砸破自己鼻子的"苦肉计"来要挟儿子大旦去复仇。要复仇，必须先对付赵家的恶狗。大旦先在环环与赵镇通奸、父亲老旦捉奸时被赵镇殴打的草棚子里练习杀狗，一共杀了十多只。然后，大旦在腊月初八去除奸。但赵家的狮子狗以迅雷不及掩耳之势咬断了大旦的懒筋，使他成了终身的瘸子。残疾了的大旦经营起了一项营生，干起了给狗配种的事情。大旦靠给狗配种给自己带来了滚滚财源，功臣是那只种"哥"，这是大旦之前练习杀狗时留下来的一只公狗。大旦生意红火的原因是人们从他刺杀赵镇时却被赵家的狮子狗挡了刀子的事情中，看到了狗不但能看门，还能救命的"超值"。但老旦和"仇人"赵镇对大旦日益红火的生意没一点兴趣。倒霉的老旦不但赔上了大旦的脚筋和复仇心，还被前来要求赔偿狗命的赵镇溜了房瓦。最后，老旦趁赵镇外出，刨了他家的祖坟，并敲骨以待仇人归来。但老旦这次的复仇又落空了，赵镇不在乎这些。穷途末路的老旦，只得在赵家的粪堆上站着，最后站成了一棵树，站成了一道绝望的黑风景。赵镇打算，等老旦真的长成一棵树后，就让儿子把树砍了做柜子。老旦说："你儿子一打开柜子箱子闻到的全是我老旦的气味。"小说以奇异的性叙事，书写了人物潜在的性意识、决绝的复仇行动，探索了人性的深度及人类命运与人类生存之间的关系，让人震撼。①

王朔中篇小说《你不是一个俗人》：一篇让人看到世界的尴尬和价值体系不可能重建的小说

《你不是一个俗人》是根据电影《甲方乙方》写成的，3月份发表在《收获》第2期。小说写姚远、周北雁、钱康、梁子都是善良、智慧又善解人意的自由职业者，他们在1997年夏天开办了一项"好梦一日游"的业务，重点是帮助消费者过一天好梦成真的瘾。刚开始试营业，立刻引来一批突发奇想的顾客。如：卖书的板儿爷想当一天巴顿将军；厨子因为嘴不严，梦想着尝尝守口如瓶的滋味。他们两人的奇想把"好梦一日游"的四个人忙得团团转：他们刚脱下美军伤兵的衣服又换上清兵的军服；他们一会儿是参加作战会议的将领，一会

---

① 参阅刘火《读〈老旦是一棵树〉》，《文学自由谈》，1992.3。

儿又是溜须拍马的卫兵；他们白天开着敞篷吉普，背着电台在坦克训练场的土路上颠簸，夜里又开着老式吉普车，鬼鬼祟祟地闯入民居去抓人。因为没有经验，他们闹出了很多笑话，工作中也是漏洞百出。于是，四个人开了一个纠偏会，统一了认识，明确规定了对于有不健康愿望的顾客要敢于说"不"，使"好梦一日游"的业务逐渐走上正轨。他们通过"爱情梦"帮助了因为屡遭失恋而对生活丧失了信心的人恢复了自信；通过"受气梦"教育了大男子主义的顾客；利用大款想做"受苦梦"、明星想做"普通人的梦"，嘲弄了那些得了便宜还卖乖的人。在帮助顾客实现梦想的过程中，他们从开心、好玩、胡闹中，渐渐地投入了自己的真情。到后来，为帮助身患癌症的无房夫妇做一个"团圆梦"，他们竟将自己准备结婚的新房贡献了出来。小说以幽默解构了事件。幽默使价值被颠覆，道德被悬置，使得认可不再，确切不再。幽默颠覆了价值体系，而且不再重建。作者以一种决绝的颠覆让人看到了世界的尴尬和价值体系重建的不可能。作者沉醉在这种颠覆中，并且只沉醉在颠覆本身中。①

王朔中篇小说《过把瘾就死》：淋漓尽致地描写了人在爱情中的毁灭性占有欲

《过把瘾就死》4月份发表在《小说界》第4期，和作者的小说《千万别把我当人》《许爷》一样，萌生于某个导演的意图而写成，"只不过我在其中倾注了更多的个人感触，所以我宁愿不把这几部小说划入单纯为影视写作之列。"（参见1995年华艺出版社出版的《王朔文集·自序》）《过把瘾就死》主要讲述的是方言与杜梅的爱情纠葛。杜梅的父亲为了和自己的一个学生结婚用绳子勒死了妻子，导致杜梅从小就在缺乏父母关怀和父亲是个杀人犯的巨大阴影中成长着，使她不像方言想象的那样开朗、明媚。杜梅住在护士宿舍，身边没有几个朋友，过年从不回家。杜梅与方言结婚后，希望做方言的"小尾巴"，每时每刻盯着他，以防他跟别的任何女人有暧昧的接触。而方言在婚前本就是个游手好闲、吊儿郎当的人，他希望有自由的空间和自由的自我。杜梅是一个天真的、对爱情充满美好幻想的爱情疯子，极度缺乏安全感；方言却是一个爱寻求

---

① 参阅尹喜荣《颠覆与颠覆之后——从〈你不是一个俗人〉说起》，《新西部月刊》，2007.7。

激情，不失自我的爱情浪子，他在压抑之下渴望自由。由于两人的需求不对等，所以导致了思想上的巨大差异。他们的心不能往一块想，一谈就崩，整日吵吵闹闹，哭哭啼啼。小说最后写到，方言路遇了疯狂飙车的杜梅后，在担忧杜梅的身体和精神之时，流下了或悔恨或醒悟的眼泪。当他得知杜梅怀孕后，小说也就结束了。小说后来被改编拍摄成电视剧《过把瘾》，引起了巨大轰动。

王朔中篇小说《刘慧芳》：根据我国电视剧史上第一部室内家庭伦理电视剧《渴望》写成的小说

1990年，王朔在北京电视艺术中心参与策划了我国电视剧史上第一部室内家庭伦理电视剧《渴望》，电视剧摄制完成后于同年12月播放，产生了巨大的轰动效应，出现了"举国皆哀刘慧芳，举国皆骂王沪生，万众皆叹宋大成"的一道独特风景。1992年，王朔根据电视剧《渴望》的剧本写出了中篇小说《刘慧芳》，小说发表在4月份出刊的《钟山》杂志第4期上。《刘慧芳》写"文革"初期，王沪生的父亲被抓后下落不明，他的母亲忧急交加，患病身亡；他的姐姐王亚茹是医生，在送别未婚夫罗冈去干校后发现自己有了身孕，她不顾罗冈的劝阻偷偷生下了女儿，取名罗丹。有一天，罗冈突然深夜回京，王亚茹在惊喜中并未察觉到他的神色有异。罗冈带着女儿罗丹悄然离去时，留下了一封信，信上告诉王亚茹，他因在日记中表达了对"文革"的真实体会而被打成了反革命，受到了通缉，他要逃生，以后生还的希望很小，所以请王亚茹忘掉他。但在逃亡路上，罗冈却将女儿罗丹丢失了。幸好，罗丹被刘慧芳的妹妹燕子捡到并带回家。刘慧芳不顾母亲的反对收养了罗丹。在王沪生最艰难的时候，刘慧芳毅然冲破家庭、社会的种种阻力与他结婚。王沪生对刘慧芳收养罗丹极不情愿，但在刘慧芳的坚持下，他只好同意。罗丹后来改名刘小芳。一年后，王沪生和刘慧芳有了自己的儿子王东东。刘慧芳所在工厂的车间副主任宋大成深爱着刘慧芳，当他看到刘慧芳与王沪生结婚，他便与刘慧芳的好友徐月娟结婚，但他对徐月娟毫无感情。"文革"结束后，王沪生的父亲得到平反，全家决定搬回小楼。王亚茹向来自视为知识分子，她百般刁难弟媳刘慧芳。不久，王沪生的初恋肖竹心回到北京，刘慧芳知道了两人旧情复燃，于是与王沪生离婚。刘小芳偷偷去见姥爷时，不小心掉进了工地上的陷阱里，并致瘫痪。

刘慧芳的妹妹燕子上大学时，发现给自己代课的老师竟是罗冈。罗冈从燕子嘴里知道自己的女儿被刘慧芳抚养着，一下子被她的伟大母爱深深感动。王亚茹也知道了刘小芳是自己的女儿，于是下定决心钻研治愈小芳疾病的医学知识。几年之后，小芳的瘫痪治愈了。但刘慧芳仍然被生活逼迫得痛苦不堪。

王朔中篇小说《许爷》：讲述了一个出国务工者的故事

《许爷》4月份发表在《上海文学》第4期。小说是作者受某个导演意图的启发、影响而写成，写许爷的父亲在"九·一三"之前给一位将军开车。"九·一三"之后，政治格局大变，站错队的，自然一落千丈。许爷的吴姓朋友在1983年"严打"中因淫乱获罪。许爷是个小人物，本名许立宇。他小时候因家庭地位低而受尽屈辱。随着市场开放，他当了出租车司机，但他依旧有很深的自卑心理，所以当"我"和吴建新不管怎样去遭贱他的金钱和他本人时，他都无动于衷。最终，吴建新和许爷闹翻了，"我"也不再和他们一起玩了。"我"辞去公职，开始了写作生涯。一次打车时，"我"意外地碰到了还在当出租车司机的许爷。"我"已功成名就，而许爷依然如故。他还是那么自卑，自卑到不想问一问"我"的成就、"我"的作品。"我"也就顺其自然。"我"虽然给许爷留了电话，但并不想继续发展我们之间的友谊。后来，许爷开出租车挣得越来越少，他便加入了出国打工的队伍，远赴日本，干起背尸的事情。在日本，他试图"挽救"一个"失足"的姑娘，因为他相信凭自己的劝说是可以让那姑娘变成他所认为的好姑娘的。后来，许爷在半老徐娘的邢肃宁的餐馆里，被一个叫安兰馨的日本姑娘爱上了，但他和安兰馨的爱情无疾而终。最后，许爷从路边店铺拿出一把菜刀，砍伤了一位无故欺侮他的日本人。许爷仅有的一段美好爱情和改变命运的机会因他的怯懦和无知而被他自己葬送了。有人认为，该小说实际上是王朔写的一个关于小说的小说，它通过讲述一个出国务工者的故事，质疑了这类故事（包括留学生）中爱国主义话语背后情感的真实性，因而实际上解构了这种故事的主题和文体。通过考察王朔与郁达夫作品之间的"对话"，结合当时人们对后殖民主义批评的情况，可以发现现代中国人的身份认同问题越来越复杂。王朔与郁达夫的对话，不是带有偶然性与任意性的建构，而是有关中国人新的身份话语模式与旧的话语模式之间的对话，这种新的身份话语模式不但反映了中国人身份意识的变化，而且有可能颠覆留学生（包括出国务工者）文学这种特定的小说文体。①

唐浩明长篇历史小说《曾国藩》：一篇带有给曾国藩"翻案"性质的小说

唐浩明（1946—），湖南衡阳人。小说分为三卷：《血祭》《野焚》《黑雨》，4月份由湖南文艺出版社出版。《血祭》主要写了曾国藩在丧母到丧父这段时间里，他在湖南办团练，抗击太平军的事情。曾国藩从湖南起兵后，屡战屡败，便觉得没有脸面而想投江自杀，但他最终还是坚持下来了。在他建立湘勇之初，湖南和江西的官场屡屡排挤、压榨和指责他，他忍辱负重，坚持认为自己的做法是正确的，不改初衷，并利用各种手段为自己创造更大的空间。太平军占领金陵建立太平天国后，曾国藩和他的幕僚制定了一套如何平定"长毛"，如何剑指金陵的策略。他的策略被石达开看破，石达开把他的水师打得落花流水，使他差点丧命于战场；许多官员也指责他的做法，但他毫不动摇，最后，他领兵顺江而下，克九江、围安庆一年而取之，包围金陵二年而破之。在这段时间里，曾国藩给自己树立了很多敌人，再加上他没有全力为下属邀功，导致下属不能为他出死力，他们都有了自立门户的想法。在这段时间里，曾国藩给自己提出要求，并督促自己首先做到；严厉军纪，贯彻宁可错杀一百，不可放过一个原则；加强消息沟通，获知别人对自己行事的看法；重视辈分、职位低的人和不知名的文人，尊重他们，听取他们的进言；知人善用，对适合做将帅的人进行了解。《野焚》主要叙述了曾国藩从上任两江总督到剿灭太平天国这段时期的事情。在这段时间里，曾国藩笃信黄老之术，做事更加圆滑，谨慎。他在官场上平步青云，建立了剿灭太平天国的奇功。他对事情的分析、预判很准确，攻克天京基本上是按照预先安排进行的。他也有私心，让弟弟曾国华建立了攻克天京的首功。王闿运、胡林翼、左宗棠、彭玉麟都有开辟江山的想法，他们试探曾国藩，都被他回绝了。在这段时间里，曾国藩成功地避过了几次危难。收复天京之后，曾氏一族功高盖主，清廷为了加固江山，一方面嘉奖了曾国藩，一方面调兵遣将，防止他哗变。曾国藩为家族赢来了殊荣，但并不

---

① 参阅贺玉高《郁达夫与王朔：现代中国人的身份认同》，《江汉论坛》，2011.9。

开心，他忧虑自己若有不慎，肯定会断送性命，背上家族罪人的骂名。《黑雨》叙述了曾国藩在权衡利弊之后，最终选择了急流勇退，他做了裁撤湘军，整饬两江，三辞江督等事情。裁撤湘军虽然避免了满人的猜忌，但为后来北上征捻的失败埋下了隐患。征捻失败后，曾国藩又名毁津门，这使他的精神受到很大打击。很多时候，他看到了结局，并有了解决之道，但却无力执行，使他很被动。在这段时间里，曾国藩也做了很多有意义、有远见的事情。比如建立机器制造局，认识到与洋人之间的差距，公派留洋生，"师夷长技以制夷"，为后来的洋务运动打下了基础。小说完整地勾勒出曾国藩的一生，没有拘泥于对人物曾有的历史定论，而是站在时代的高度，对其做出了客观的评价。1944年，范文澜写了一篇《汉奸刽子手曾国藩的一生》的文章，曾国藩这位曾被清人誉为"中兴之臣"，被国民党政府视为立德、立功、立言的"完人"，因为这篇文章被打入了历史的另册。小说《曾国藩》带有明显的为曾国藩"翻案"的性质，显示了作者独特的史观和胆识。小说将曾国藩等很多人物的形象塑造得丰富饱满，栩栩如生。小说情节生动，故事性强。[1]

张炜长篇小说《九月寓言》：讲述了一个小村从20世纪50年代到70年代的历史

《九月寓言》5月份发表在《收获》第3期。小说写了一个"小村"从20世纪50年代到70年代的历史。全书共七章。第一章采用肥夫妇俩的视角来回忆往事。自第二章始，作家作为独立叙事者使回忆带来的真实感逐渐被寓言的虚拟性所取代。小说由三类故事组成：第一类是传说中的带有传奇性的小村故事，如流浪汉露筋与瞎眼女闪婆浪漫野合的故事，农民金祥千里买鏊子改变了小村的吃饭方式的故事，等等；第二类是通过人物之口转述出来的民间故事，明显经过了叙述者主观的夸张与变形，成为口头创作文本，如金祥忆苦，独眼义士三十年寻妻的传奇，等等。这两类故事的民间色彩极强，似与具体时代的意识形态无关，即使个别的故事具有时代烙印，如忆苦大会，但在经过叙述者的艺术加工后，也变得充分民间化了。第三类故事是现实中的小村故事，即描

---

① 参阅黄晓梅《千秋功罪，谁与评说——评唐浩明著〈曾国藩〉》，《社会科学战线》，1998.2。

写了现实中的小村，隐隐约约地透露出 20 世纪 70 年代中国农村的信息。但由于小村历史是以寓言化的形态出现的，所以，小村其实是一个基本处于自在状态下的民间社会。小说的结尾处，作者不再回到叙述的起点，而是结束于小村历史的终点：村姑肥背叛小村祖训与煤矿上的青年私奔时，一个神话般的奇迹突然出现："无边的绿蔓呼呼燃烧起来，大地成了一片火海，一匹健壮的宝驹甩动鬃毛，声声嘶鸣，尥起长腿在火海里奔驰。它的毛色与大火的颜色一样，与早晨的太阳也一样。'天哩，一个……精灵！'"小村最终在发展工业的炮声中崩溃、瓦解、消失，正如小说中的一个人物所叹息的：世事变了，小村又一次面临绝境，又该像老一辈人那样开始一场迁徙了。这个结尾使小村的历史完全被寓言化了，宝驹腾飞是小村寓言的最高意象。小说由回忆始，到寓言终，让当事人的回忆在缠绵的语句中变得细腻而又动听，仿佛是老年人讲古，往昔今日未来都混沌成一片，时间在其中失去了作用。小说是作者艺术水平最高的一部小说，其诗化的语言、象征的意象、哲学化的沉思、现代化的叙述、灵动的人物、飘忽的结构都使它充满了奇特的魅力。它不仅代表了作者个人创作道路上的最高成就，而且是 20 世纪 90 年代整个中国长篇小说领域最重要的作品之一。①

刘醒龙中篇小说《凤凰琴》：反映我国偏远山区民办教师艰难生存状态的小说

刘醒龙（1956.1.10—），湖北黄州人。《凤凰琴》5 月份发表在《青年文学》第 5 期。小说写主人公张英才参加了两次高考预选，都没选上，于是失去了参加高考的资格。经在乡文教站当站长的舅舅的介绍，张英才到大山中的界岭小学当了代课老师。但张英才并不想去代课。舅舅好说歹说，张英才才同意了。他给一个女同学写信说："我舅舅在乡文教站当站长，他帮我找了一份很适合我个性的工作，过两天就去报到上班，这个单位大学生很多。至于是什么单位，现在不告诉你，等上班后再写信给你，管保你见了信封上的地址一定会大吃一惊。"破落的界岭小学只有三位民办教师，他们是余校长、邓有米副校长和教

---

① 参阅程亚丽、吴义勤《痛失前现代乐园的怀旧性神话——重读〈九月寓言〉》，《南方文坛》，2006.3。

导主任孙四海。张英才很快就摸清了他们三人的性格，并得知余校长瘫痪的妻子明爱芬也曾在界岭小学教过书。张英才无意中发现一把陈旧的凤凰琴，琴上隐约能辨认出"赠给明爱芬同志"的字样，其他的字因被刀刮去已无法辨认。张英才很喜欢弹凤凰琴，但明爱芬听不得琴声，一听就立刻犯病。明爱芬曾自杀过一回。张英才后来发现，琴弦被余校长的儿子小志剪断了。上面的补助金来了后，张英才领走了自己那份。这时，他接到女同学的回信，信中写着："我有个俗语对联，看你们能不能对上：时时刻刻等你来敲门。"张英才激动不已。当上级搞"义务教育验收"时，余校长等人一直忙在让张英才不理解的一些事情中。他通过明察暗访，终于知道了真相：学校想把大批辍学的学生也弄到花名册里，造成他们都在校读书的假象，以通过"验收"。张英才就此事写了一封举报信，寄给了舅舅和县教委，结果使学校的先进和 800 块钱奖金没了，这令几个民办教师愤怒不已，他们合起伙来用冷暴力想撵走张英才。张英才把自己关在小屋，用报纸糊上窗户，装作复习功课，以让余校长他们认为他得到了民办教师转公办教师的名额。余校长他们果然信以为真，于是又重新搭理他了。余校长每天清晨与傍晚都领着师生升降国旗。张英才把自己在界岭小学的经历、感受写了一篇题为《大山·小学·国旗》的文章，结果文章被发表了，并引起强烈反响，学校因此而获得了办学经费，张英才也获得了一个指名给他转正的指标。但他却把指标让给了明爱芬。明爱芬得到指标后非常激动，但第二天却含笑离世。张英才的舅舅捧着凤凰琴，说出明老师的凤凰琴是他送的，上面被刮掉的是他的名字。张英才带着那把凤凰琴，离开了界岭小学。小说真实地反映了我国偏远山区教育的落后和民办教师生存的艰难，高度赞扬了他们辛勤耕耘、默默奉献的精神，是一曲乡村教师的生命赞歌。[①]1994 年，小说被拍摄为同名电影。

刘心武长篇小说《风过耳》：批判了当代文化界的某些病态现象和人性堕落

《风过耳》6 月份由中国青年出版社出版。小说写一个由空难造成的故事。作家方天穹遇难后，他的遗孀、前妻及"文化掮客""混世魔王"等人为争夺

---

① 参阅郭大章《乡村教师的生命赞歌——读〈凤凰琴〉》，《语文学刊》，2008.14。

他的小说遗稿《蓝石榴》，展开了一场捉迷藏式的"游戏"。小说故事波澜起伏、摄人心魄，反映了 20 世纪 90 年代初北京各个层面的社会风情与生活脉息及社会各色人等的心态，深刻地批判了当代文化界在精神方面上的某些病态和人性的堕落。小说的艺术笔触深挚、逼真、精到、细致，人物性格刻画十分典型，对话生动，勾画出了一幅"知识分子百丑图"，被称为新《儒林外史》。①

方方小说随笔《一波三折》：讲述了一个工人蒙冤及后来疯狂复仇的故事

《一波三折》6 月份发表在《长江》第 6 期。小说主人公卢小波的父亲是国民党的少将，"文革"期间成了被改造的对象，在装卸站拉板车。后来，卢小波顶替父亲，进站当了装卸工。瘦弱的卢小波沉默寡言、老实本分，从不惹是生非。但一次公交事件却改变了他的一生。那天，卢小波单位的团支部书记从公交上被甩了下来，大家拦住车。刚好单位里的小混混金苟等人无事可做，于是对公交司机与乘务员等大打出手。第二天，公交公司员工罢工，并告到派出所。派出所来处理事件，公交司机为了争夺卢小波的女朋友，一口咬定打人者就是拉架的卢小波。为了保证单位的先进，领导、团支书，甚至打架人金苟都希望卢小波顶罪。单纯的卢小波同意代人受过，他被关进了监狱。在监狱里，卢小波饱受了身体摧残和人格侮辱，他的父亲因为承受不了儿子的被折磨而去世。卢小波出狱后，领导背信弃义，这使他悲愤交加，从此玩世不恭。十年后，卢小波意外得到父亲一个老部下的帮助，成了有钱人，公交司机的老婆也成了他的情妇。但他依然走不出心理阴影，疯狂地报复着曾经伤害过他的人。小说也写了逍遥法外的金苟的结局，他利用开车之便，强奸沿途搭车的妇女 30 多次，最终被正法。小说的最大变化是作者在整个小说中认识到自己是在讲一个人的故事，而不是在发泄自己的社会义愤，这种意识的建立使得故事的叙述本身成了作品构成的重要因素。小说结构始终都在围绕一部叫作《羊脂球》的小说来安排，该小说是用第一人称"我"写成的小说，记叙了一叫卢小波的青年人在"文革"中的一段不幸遭遇。但因被认为内容太黑暗而未能发表。作者将《羊脂球》穿插在自己这部小说的创作中，并将卢小波的生活经历切割

---

① 参阅丹晨《刘心武式的"盒子"——〈风过耳〉再谈》，《当代作家评论》，1992.6。

成"文革"中的卢小波和"文革"后的卢小波两段。这种穿插、切割使人们在阅读中似乎并未因为题材很旧而产生枯涩的感受，相反，不断的切割对作品的内容产生了一种情节上的推进，不断唤起了人们的阅读兴趣。另外，整部作品的情感处理较有节制。人们会感到作者在叙述事件和刻画人物上表现得较为冷静，这种冷静受到了小说结构节制，是为服从叙述需要而做出的技术处理。①

周励自传体长篇小说《曼哈顿的中国女人》：一本讲述作者自己只身闯荡美国的自传性、纪实性小说

周励，美籍华人，20 世纪 50 年代初生于上海。《曼哈顿的中国女人》7 月由上海文艺出版社出版。全书 40 万字，由六个章节组成：纽约商场风云、童年、少女的初恋、北大荒的小屋、留学美国、曼哈顿的中国女人。小说讲述了女主人公在美国的个人奋斗经历。女主人公初到美国时，身上只有 40 美元，人生地不熟，举目无亲。然而，她在将美国的实用主义与中国的斗争哲学联手后，便如虎添翼，所向披靡。她靠参与倒卖中国的纺织品配额，靠对祖国的"出卖"，赚了第一桶金，随后在四年时间里，创立了资产上千万美元的进出口贸易公司，在曼哈顿的中央公园边上买下了豪华公寓，还随心所欲地去欧洲度假。女主人公为了在英语考试中得到高分，写了两篇作文，一篇叫《隆冬的轰响》，写北大荒兵团一对男女青年私通，受到批判后产生复仇情绪，用偷来的手榴弹将团部工作组的四名干部全部炸死，然后逃往苏联，被捕时双双跳江而死；另一篇叫《破碎的晨曦》，写兵团一名容貌美丽的上海女知青牧牛时，被荒野中发情的公牛母牛交配的情景所诱，与当地的女人搞起同性恋来，但最后精神失常。两篇作文都迎合了美国教授的中国想象，激发了他们的民族优越感和人道主义情怀，所以被评为"极为出色"，都得了"A"。这两篇作文也给作者引来了一位憧憬东方文化的美国中产阶级绅士，他看到这些文章后，骑士精神大发，舍弃原来的情人，不顾一切地追求她。女主人公对之自然不会放弃，她在美国的"身份"问题也一举得到解决，"曼哈顿的中国女人"由此诞生。女主人公不停奋斗的推动力来自超人的欲望和虚荣心。小说最后写到纽约

① 参阅杨扬《读方方的小说〈一波三折〉》，《现代中文学刊》，1994.5。

的富豪在气派的"绿色酒苑"为女主人公举办大型的圣诞晚宴，庆贺她喜得贵子，回归商场。作者如数家珍地描写了宴会场面的富丽奢华，崇拜之情溢于言表。晚宴开始前，曾是美国《新闻周刊》年度风云人物的伯玛公司总裁阿道尔先生向来宾隆重介绍了"曼哈顿的中国女人"，女主人公在答谢时欣然接受了"曼哈顿的中国女人"这一包含着美国中心主义的傲慢的称谓。作者将诗人闻一多在80年前所写的一首著名爱国诗歌《一句话》抄到小说里，并将最后一句"咱们的中国！"作为小说的结尾。① 小说出版后在读者中立刻引起了强烈的反响，褒贬不一。由于这是一本讲述作者自己只身闯荡美国，自我奋斗的自传性、纪实性小说，所以有人认为看了本书后给人的唯一感触就是到美国去方能生活得幸福；由于作者在小说中指责某些中国留学生，于是有人认为作者在编造谎言，人们便开始对小说故事的真实性产生了质疑；由于小说把财富、地位当成了成功的标志，所以有人对它所宣扬的价值观提出反对观点，认为它的世俗性质太浓厚。

格非中篇小说《傻瓜的诗篇》：展现了人类难以走出的精神困境

《傻瓜的诗篇》9月份发表在《钟山》第5期。小说通过疯癫视角叙述了一个人物关系错位的故事。杜预是一位精神病医生，开始是一个正常人；莉莉是一位精神病患者，开始是一位不正常的人。故事开头，杜预和莉莉是医生与病人的关系。后来，杜预爱上了莉莉，并对她有了性骚扰。莉莉因此也打开了心里的死结，病情得以缓解，精神日益康复。在给莉莉治疗精神病的过程中，杜预内心里长期压抑的欲望与记忆被激发、激活，进而陷入幻觉之中，精神开始出现异常。杜预用冷漠、遗忘来抗拒这些生存的苦难，结果使自己成为一个冷漠的，记不清往事但尚且可以混迹于正常人世界的人；然而他的潜意识层面却对美好的生命具有种种渴望，对亲情爱情的呼唤也时时敲打着他的心门，他的体内是左冲右突的生命力；直至莉莉出现，他的这些对生命的本能渴望终于爆发，顷刻间得到复苏；但迫害、杀人等苦难记忆却在他的意识中一齐复苏了，这使他的精神难以承受恐怖的世界，他在一瞬间崩溃成了一个精神病人。而莉

① 参阅蒋守谦《生命的火焰正在炽烈地燃烧——读〈曼哈顿的中国女人〉》，《文学评论》，1993.1。

莉却从无意识的精神病状态中拣回了自己往日的种种乱伦、性攻击等记忆，恢复到正常状态，也回到了苦难重重的世界中。最后，精神病人莉莉康复出院，由不正常的人变成了正常人；但精神病医生杜预却精神失常了，被送上了电疗床，由正常人变成了不正常的人。莉莉出院的那个中午风和日丽，她一边走一边回头看着医院，好像有点依依不舍。葛大夫看出了莉莉的心思，知道她回头是想看到杜预；葛大夫便"不声不响地走到莉莉的身旁，用一种极有分寸的语调不紧不慢地对她说：'他不会来送你了，昨天下午，我们已经为他做了电疗手术。'"小说与格非的其他作品比较，它的特殊之处在于作者在平滑的外表下掩盖了叙事者的声音与人物声音之间的微妙差异，这些差异写出了人物灵魂深处的冲突，无意识层面的挣扎，展现的是人类毫无出路的精神困境。正常与发疯易位，我们很难以说出谁更幸福。①

格非长篇小说《边缘》：表现了作者对人类命运的关怀和思考，忧虑与感叹

《边缘》11月份发表在《收获》第6期。小说以一个老者弥留之际的灵魂袒露为线索，用追忆的形式平行讲述了"我"、仲月楼、徐复观、宋癞子、杜鹃、小扣、胡蝶、花儿等人的故事。"我"是一个边缘人，一生都处在政治和历史的边缘，甚至在乡村生活中，也是如此。"我"曾想回到主流，想出去当兵打仗，但这个尝试失败了，"我"又重新回到边缘。这个边缘的世界是一个自我的世界、完整的世界。其他人物的故事也演绎了他们处在人生边缘、精神边缘、死亡边缘、欲望边缘的境地。边缘，正在成为现代人的基本生存境遇，表现了作者对人类命运的关怀和思考，以及忧虑与感叹。小说叙述了主人公的内心世界，因而它对主人公内心的刻画丰富、多义；小说完全脱离了主流叙事的模式，没有预设任何一种道德标准、政治标准去直接讨论苦难等东西，而是认为这是历史的结果；小说不仅以清晰的时空结构和透明的情节线索消解了以往神秘晦涩的艺术倾向，而且还在对文本游戏色彩的抛弃过程中实现了风格由

---

① 参阅杨琳莉《从叙事学角度读〈傻瓜的诗篇〉》，《重庆科技学院学报》(社科版)，2007.6；谢有顺《精神困境的寓言——格非〈傻瓜的诗篇〉的意蕴分析》，《文艺争鸣》，1995.2。

混沌向澄明的升华,并由此表现出了对"迷宫"式写作姿态的真正遗弃。①

余华中篇小说《活着》:表现了中国底层老百姓对苦难的承受和忍耐

《活着》11月份发表在《收获》第6期。小说以死亡为主题,讲述了主人公福贵忍受了各种苦难而活着的故事。福贵出身于地主家庭,年轻时是个浪荡公子,经常去城里的一家妓院吃喝嫖赌。他丈人在城里开了一家米行,福贵每次去妓院后都让一个妓女背着他上街,然后从丈人的米行经过,其品行之放荡堕落可见一斑。后来,福贵中了别人的圈套,把家里的田地、房产都输了个精光,于是全家一夜之间从大地主沦为了穷人。福贵的父亲郁闷而亡。父亲的亡故使福贵也清醒过来,决定重新做人。从此,福贵租地度日,他穿上粗布衣服,拿起农具,开始了他一生的农民生涯。不久,福贵的母亲生病了,他拿了家里仅剩的两块银圆,去城里请医生。但他在城里发生了意外:他被国民党军队抓了壮丁。两年后,福贵被解放军俘虏并释放了。福贵回到家里后,知道母亲早已故去,女儿凤霞也在一次高烧后成了聋哑人。福贵后来又经历了新中国成立后的土地改革、人民公社、大炼钢铁、三年困难、"文革"等时期。在此期间,福贵和亲人生离死别:为了让儿子有庆上学,他把女儿送给了别人,不久,女儿跑了回来,全家重又团圆;县长的老婆生孩子需要输血,有庆被一个不负责任的大夫抽血过量致死,而那县长竟是福贵在国民党军队时的小战友春生。春生在后来的"文革"中经不住迫害,悬梁自尽。几年后,福贵的女儿凤霞嫁了人,但却在产后大出血中死去。有庆、凤霞死后,福贵的妻子家珍也撒手人寰,剩下的只有福贵和女婿二喜、外孙苦根。祖孙三代相依为命了几年后,二喜在一次事故中惨死。福贵和外孙苦根同住几年后,苦根也在一次意外中失去了幼小的生命。最后,福贵买了一头要被宰杀的老水牛,并给它取了"福贵"之名,艰难而平静地活着余生。小说通过反复渲染的苦难和死亡来表现中国底层老百姓特有的人性,他们的善良和平和,他们对苦难的承受和忍耐在小说里都能找到对应的故事。②1998年7月,小说获得了意大利"格林扎

---

① 参阅吴义勤《超越与澄明——格非长篇小说〈边缘〉解读》,《小说评论》,1996.6。

② 参阅胡健《余华小说〈活着〉所渗透出的中国传统文化的"生""死"观》,《兰州学刊》,2008.s2。

纳·卡佛"奖。

苏童中篇小说《园艺》：讲述了人与人之间的隔阂与冷漠造成了一个贵族家庭没落的故事

《园艺》11月份发表在《收获》第6期，是苏童中篇代表作之一，作者用舒缓有致的语言讲述了一个发生在梅林路孔家的离奇故事。新中国成立前，孔先生的太太提议在门廊上种植茑萝，但孔先生却要种老藤，夫妻两人于是发生了争执。晚上，孔太太一怒之下将回家的孔先生拒之门外，孔先生从此就失踪了。孔太太派儿子、女儿外出寻父，都没找到。后来，孔太太靠直觉，在家里的老藤叶子上看到孔先生的脸。原来孔先生那晚在家门口转悠时，被几个抢了他的金表的少年杀死了，然后，他们把他的尸体埋在了他家的老藤下面。小说围绕孔先生失踪这条线索，串联起了小家庭和大社会的不同阶层，表面看像是一起离奇的虚构案件，背后却隐藏着作者对庸常俗世里的庸常小人物的喟叹。这是一个偶然性很强的家庭悲剧。小说篇幅不长，情节简单，但作者却以细腻的笔触完成了对一个贵族家庭没落的书写。小说从人性的角度揭示了悲剧发生的重要原因是人与人之间的隔阂与冷漠，包括夫妻之间和父母与子女之间的隔阂与冷漠。①

孙甘露中篇小说《忆秦娥》：通过片段化的所见、所闻、所想，还原了人物的形象及"我"的童年往事

《忆秦娥》11月份发表在《收获》第6期，与作者后来发表的《天净沙》《镜花缘》等一起构成了他文学创作的复古时期。《忆秦娥》将故事背景设置为现实中的上海，将人世沧桑和城市变化并置，从而完成了对逝去的青春和老上海的双重追忆。小说从"苏"和一名陌生男子来"我"家写起，然后在"我"的缓慢低沉的语调中，拉开了"我"的青春记忆的帷幕。"苏"是一个旧上海的女子，寄宿在"我"家中，具有很高的文学修养，是"我"的启蒙老师；她在"我"眼中，是一个近乎完美的形象，同时也有着谜一般的身世；她在与"我"、"我"祖母、"我"母亲交往时，也与五个情人交往；在她的情史中，混

---

① 参阅尹传芳《隔膜与冷漠——解读苏童小说〈园艺〉的主题》，《神州旬刊》，2013.17。

杂了忧郁、秘密、压抑和放纵等复杂意味;"我"正是她这段情史的见证者和参与者,甚至是窥视者;在对"苏"的窥视与接触中,正处在青春期的"我"也完成了性和文学的双重启蒙。小说通过片段化的所见、所闻、所想,一点点还原了"苏"的形象及"我"童年时期的一段往事,读来令人感动。

韩东短篇小说《母狗》:一篇将沉重的历史戏谑化、娱乐化的先锋派小说

韩东(1961.5—),江苏南京人。《母狗》11月份发表在《收获》第6期。作者运用"元小说"的叙事手法,写知青小范被余先生奸污后不但没得到村民的同情,反而被村民们的流言蜚语逼迫得想要自杀。但故事到这里突然却中断了,叙述者插进了一段议论来阐释写作缘由:"女知青被当地人奸污,不堪舆论的压力而自杀。朋友们劝我放弃这个故事的写作。'唉,因为那是人人都已知道的。'他们说。"小说结尾却出人意料,小范以养女的身份去美国继承了叔叔的五万美元遗产,还嫁给了一个美国丈夫。她的命运发生了巨大的改变。作者将沉重的历史戏谑化、娱乐化,知青小范的命运也随之由悲转喜,解构了传统知青小说的苦难模式,是一篇先锋派小说。①

陈忠实长篇小说《白鹿原》:一部雄奇的史诗,一轴展现新中国成立前中国农村生活的长幅画卷

《白鹿原》共34章,11月份在《当代》第6期和1993年第1期发表;1993年6月,小说由人民文学出版社出版。1997年11月,小说的修订本获得第四届茅盾文学奖(1989—1994)。小说以陕西关中平原上素有"仁义村"之称的白鹿村为背景,细腻地反映出白姓和鹿姓两大家族祖孙三代的恩怨纷争。小说前五章写了白鹿原社会群体的常态,从娶妻生子、土地种植一直写到翻修宗祠和兴办学堂,整个白鹿原"洋溢着一种友好和谐欢乐的气氛"。从第六章开始,作家设置的第一个境遇是改朝换代。族长白嘉轩说:"没有皇帝了,往后的日子咋过呢?"朱先生为白嘉轩拟定了一份《乡约》,提供了白鹿村继续保持稳态的规范。然而,这个《乡约》却约束不了外部社会,于是便爆发了"交农事件"。事件过后,新一代在新的形势下成长起来,鹿兆鹏、鹿兆海、白孝

---

① 参阅金立群《叙述的距离——〈母狗〉欣赏》,《语文教学与研究》,2004.6。

文、黑娃、白灵都与外部社会接触了。从第十一章开始，作家设置了第二个境遇：白腿乌鸦兵围城。在围城事件中，白鹿原社会群体已经开始分化了。第三个境遇是农民运动及国共分裂。至此，白鹿原社会群体分化出了三种势力：国民党、共产党与土匪。白嘉轩作为族长尽管还在不遗余力地恢复着群体的稳定，但已经回天乏力了。第十八章到第二十八章是第四个境遇：年馑与瘟疫。大自然的参与加剧了社会的变动，已经完全成熟了的年轻一代以各自的方式投入到改变现实的行动之中，群体中每一个人，包括此前被置于后景上的妇女都在灾难的漩涡中打转浮沉。自然灾害过后一片死寂，群体还没来得及恢复就又被卷入社会灾难的漩涡。第五个境遇是抗日战争。由于西部未曾沦陷，作家没有对此展开描写，只是用反讽手法写了朱先生投军与鹿兆海之死。最后五章写第六个境遇，即解放战争，写得很动人，尤其是卖壮丁与策反保安团，都被写得有声有色。决定整个民族命运的大决战自然也决定了白鹿原社会群体的命运，每个人物都走向自己的归宿。小说既是一部雄奇的史诗，也是一轴展现新中国成立前中国农村生活的长幅画卷。小说结构气势恢宏，严整细密；风格朴实厚重、博大雄浑，特别是成功塑造了众多的主要人物形象，其中白嘉轩形象的塑造是作者的"一大发现"；小说文化内涵丰富而深刻。小说除荣获第四届茅盾文学奖外，还获得了"百年百种优秀中国文学图书"等多种荣誉。①

方方中短篇小说集《行云流水》：讲述了20世纪90年代高校教师贫困的生活状态

小说集12月份由长江文艺出版社出版，《行云流水》是小说集里的最后一篇小说，讲的是大学教授的故事。高人云是大学副教授，由于进个体理发店理发后掏不出八元钱，于是受到了女理发师的奚落："别信他的，他们知识分子会算计得很，一分钱是一分命，买豆腐恨不得用尺量，一个荷包放一个弹簧秤。"气得高人云胃出血倒卧在街头。作品细致地描述了高人云窘困的生存状态：他欲买胃必治医胃病却无钱购买；居住的住房非常狭小，夫妻两人只能合用一张书桌；家里只有一台破旧的黑白电视机和一台老掉牙的录音机；高人云想参加

---

① 参阅白烨《史志意蕴·史诗风格——评陈忠实的长篇小说〈白鹿原〉》，《当代作家评论》，1993.4。

国际学术会议却没有赴会经费；高人云想发表论文却交不起版面费……高人云的女儿愤愤地说："听说政府宣布一百块钱为贫困线，咱家里两个副教授，一家人却在贫困线上挣扎。"小说这样描绘高人云的内心："……只是眼前，他心里头涌动着说不出的酸楚。毕竟他们是四口之家，毕竟他俩有一个上大学的儿子和一个上高中的女儿，生活的需求远远超过他们的收入。两份微薄的工资在飞涨的物价和眼花缭乱的新潮面前显得那么干瘪和屠弱。他们现在连买一本书都要算计一下是这个月买合适，还是下个月买更好。高人云为此胸间总是萦绕着一份愧疚，他为自己一个大男人不能让妻子儿女过上舒适的生活时常责备自己的无能。"最后，因为高人云生活贫寒不堪，他的儿子在大学毕业后去开饭店了。

1993 年

须兰中篇小说《宋朝故事》：一篇大故事中套着小故事的小说

须兰（1969— ），上海嘉定人。《宋朝故事》1 月份发表在《小说界》第 1
期。小说在大故事中套着小故事，大故事是南宋将领蒋白城之死，小故事写
由沦陷区东北奔赴徐州城来参加抗日的小宋"找死"的故事。蒋白城和小宋两
人偶然亡命都是耐人寻味的。小说打破时空阻隔，人、事、情、景不再因历史
的变迁而相异。在混沌的历史长河中，蒋白城、小宋、夏琳、杏花女均苦苦跋
涉。蒋白城为逃避刽子手世家的臭名，在宋朝的某一天，连滚带爬地跑出徐州
城，从此踏上了背井离乡之路。然而，他没能逃脱命运的拘捕，20 年后他又逃
回家乡徐州，但因他而起的是一场血流成河的屠城，他自己也遭人误杀。导致
血屠徐州城的不是什么军事策略的失误，而是因为蒋白城这个宋朝郡王临死前
回乡返家的愿望。千年后的 1938 年，小宋也来到蒋白城出走与回归的徐州城，
与蒋白城一样，他在刻意逃离抗日剧团然后又安然返归时，却在一次无目的的
进城中，被自己的部队误认为是奸细而遭到杀害。小说景与情水乳交融、景与
情充满湿度、景与情凄绝艳美，这些都给小说由外到内地涂上了一层亮色。①

**刘震云中篇小说《新闻》：抨击时弊并对一些新闻记者的媚俗、堕落进行
了批评**

《新闻》1 月份发表在《长城》第 1 期。小说写了一群媒体人的一次新闻
采访。这些媒体人来自京城的众媒体，他们组团到基层采访，他们供职的媒体

---

① 参阅葛旭东《〈宋朝故事〉中的景与情》,《南阳理工学院学报》, 2010.3.

被作者以"甲乙丙丁戊壬癸"等名之，他们这些人被作者以"大头、大嘴、糖果、瘦瓜、小粉面、尤素夫、鱼翅、寸板、大电、二电"等不甚恭敬的绰号名之。小说从记者们集合的火车站的"男女厕所之间"写起。当"各报记者经过协商，决定19点30分至20点15分在火车站收费厕所前集合"时，他们却对该在男厕所前集合，还是该在女厕所前集合的事情一时拿不定主意了。他们一边吃着山珍海味，一边热烈地讨论着。最后他们决定在"男女之间"集合。此后小说的整整两章都是围绕这厕所展开的。所谓男女之间，即为不男不女；所谓不男不女，即为不伦不类；所谓不伦不类者，指的是小丑、败类、卑俗丑陋之人等。这帮号称为无冕之王的记者在厕所的背景下纷纷登场后，他们并在不伦不类的社会，他们要去干的是不男不女、不人不鬼、不三不四的一些勾当。小说然后一一历数了记者团的团长和团员们之间那些搬不上台面的公干私情，吃喝拉撒，表里不一，名实不符的事情，由此引出了另一个地方政府一场更加搬不上台面的接待风波。小说情节在嬉笑之间接近了事件的关节点：记者们在报道、宣传市长主抓的"芝麻变西瓜"的工程和书记主抓的"毛驴变马"的工程之间忙得不亦乐乎。"工程"一词具有戏言成分，更具有奇异的联想功能；"芝麻变西瓜""毛驴变马"亦具有奇异的联想功能，它们都是由"新闻""变"出来的。小说表面写的是"新闻"的报道者、报道方式及报道对象，实则写了官场风云和官场潜规则里的明道暗渠、明争暗斗、利益纠葛、复杂关系，等等。在这里，这些新闻人的物欲很强，因为他们所作的新闻报道和官员的政绩与升迁关系紧密，他们所作的新闻与真话、假话、官话和民间私话之间的"学问"很大……小说结尾颇有意味：众记者大功告成后返京聚会，实习小记者却不胜酒力，在酒后吐露了心曲，于是他们很"失望"。众记者便开导起小记者来："噢，你是怪我们把你带坏了？污染你了？原来把我们想得很神圣，现在不神圣了是吧？告诉你，神圣就是不神圣，不神圣就是神圣，这是生活的辩证法！"小说在抨击时弊的同时，对本应承担"社会良心"的知识分子自身的媚俗、堕落进行了反省。①

---

① 参阅曾伯炎《作家眼里的记者们——从刘震云小说〈新闻〉谈起》，《新闻界》，1994.3。

王安忆长篇小说《纪实与虚构——创造世界方法之一种》：为作者家族的来历找寻根源的小说

《纪实与虚构》3月份发表在《收获》第2期。小说共分三部九章。单数章写叙述者在上海成长的经历，双数章追踪了其母系家族在中华民族历史中的来龙去脉。在最后一章里，家族史在民族史中的线索又与个人在共和国建立后的成长纪录融为一体，然后归结到作者对创作活动的反思。作者运用一个人物两种人称的写法，在历史与现实的对照中展示出对人性、人生的新思想。小说企图为作者家族的来历找寻根源，但却舍弃了父系族裔的命脉，探勘了早已佚失的母系家谱。小说从母亲姓氏"茹"中造出了一个"煤然"族来，然后由母亲的姓氏探究了祖先渊源，使茫茫草原与盈盈水乡一并写来。作者在访谈中说这的确是虚构出来的故事。这种将纪实与虚构并用的方法，大大拓宽了作品的艺术表达空间：原生态的纪实使小说具有了一种亲近感和亲和力，而虚构则容纳了大量的想象成分和发人深思的理性内涵，这是全书主旨得以浮出海面并得以升华的重要条件。正是这两种二位一体的叙述方式，使读者可以在作者的带领下一步一个脚印地接近历史，靠近回忆，面对现实，思索未来。一个普通家族的变迁史及在这个历史中曾经生活过的每一个普通人物，都使人们对历史的记忆得到了复苏。作者通过这部长篇带给人们的思索是：其实，从一定程度上来说，家族史是创世纪的历史，是人类文化的发展史，也是人的成长史。人既受制于文化，同时也在对之进行叛逆。人与历史、人与文化相互阐释、相濡以沫、同生共死。①

王蒙长篇小说《恋爱的季节》：书写了中国知识分子的命运史和心灵史

《恋爱的季节》4月份由人民文学出版社出版，是作者继《夜的眼》《深的湖》《活动变人形》之后，再次聚集笔力，书写中国知识分子的命运史和心灵史的长篇小说。小说写1951年到1953年，北京某区青年团的几位干部或者说一群青年知识分子赵林、祝正鸿、钱文、周碧云、洪嘉等，将个人的生活结合进政治之中的情况，他们在经历了革命激情的消落之后，发现自己必须面对庸

---

① 参阅吴义勤《反抗孤独：由敞开到重建——王安忆〈纪实和虚构〉解读》，《扬州大学学报（社科版）》，1994.2。

俗现实，面对恋爱。在恋爱的美丽花朵结成婚姻之后，他们又发现它里面包裹着无聊的果实。

《恋爱的季节》出版之后，作者在 1994 年、1995 年、2000 年三年里，分别在《当代》杂志发表了长篇小说《失态的季节》《蹉跎的季节》和《狂欢的季节》，四部小说构成了作者的"季节系列"小说。《失态的季节》（载《当代》1994 年第 3 期，1994 年 10 月由人民文学出版社出版单行本）起于 1958 年，止于 1961 年。《失态的季节》里的那些革命青年们，在 1957 年发生了一次大的分化，多数人变成了右派，沉落到"阶级敌人"的地狱里去了。只有少数人平步青云。在这个季节里，萧连甲、郑仿、章婉婉，甚至包括曲风明和主人公钱文，都无不失态。他们在 1957 年被打成右派后，在大跃进年代的自我改造中，相互撕咬，失态至极。《蹉跎的季节》（载《当代》1997 年第 2 期，1994 年 10 月由人民文学出版社出版单行本）在时序上紧接着《失态的季节》，始于 1962 年，终于 1963 年。钱文等人摘掉了帽子后，他们很是高兴了一阵，然而好景不长，好梦难圆，1962 年 8 月八届十中全会重提阶级斗争后，冬天便来了。于是，钱文下决心告别北京这座他生活了 30 年的城市。《狂欢的季节》（载《当代》2000 年第 2 期，2000 年 5 月由人民文学出版社出版单行本）始于钱文告别北京，举家远迁边疆，终于"文革"结束。钱文到边疆后，写了歌颂公社社员先进人物事迹的报告文学，但当报纸上开始批评《海瑞罢官》和《谢瑶环》等时，他的报告文学被撤了下来。1965 年春，钱文到乡下劳动锻炼。"文革"开始后，钱文成了三不管的人。1973 年，林彪事件发生后，钱文被召回到自治区首府的一个闲散的文艺机构里工作。1975 年 8 月，大刮"右倾翻案风"时，钱文被扣发了六年的工资补发了，他总算弄清自己勉强又算人民了。他兴高采烈地回京探亲。钱文从北京又返回到边疆后，"反击右倾翻案风"又让他心上压了大石头。1976 年 9 月的一天，钱文听到通知说下午有重要广播。他听了广播后回到家里，和妻子东菊互相紧紧地捏了下手。后来发生的事如阵阵春风。钱文哭得几乎闭过气去。

"季节系列"小说呈现了在那个漫长而特殊的年代里，知识分子长期遭受到的误解、凌辱，饱受的种种精神磨难以及肉体摧残的生活图景，反映了他们的命运史、灵魂史，记述了新中国从成立初期到"文革"结束近30年曲折、复杂的历程。四部小说里贯穿始终的人物是诗人钱文，他似乎有作者自身的影子，只是被一分为二了。另一人物赵青山多少有浩然的影子。除此，小说还塑造了下至底层知识分子、农民，上至中央、省市委领导等众多形象。小说时空倒错，一会儿写60年代的中年人，一会儿转到90年代的老年人，再过一会儿又回到50年代的青年时期。小说将中国传统手法与西方现代派意识流等手法交织融合，夹叙夹议。议论时，有时是主人公，有时则是作家挺身而出，直接开口。小说构思宏大，气势磅礴，文体汪洋恣肆，笔触波诡云谲，语言土洋结合，文白结合，正反结合。小说中正说、反说，正话反说，反话正说，翻过来倒过去地说，说得人心悦诚服，一惊三叹。①

贾平凹长篇小说《废都》：展现了现代社会颓废、沉沦的文化生存景观

《废都》6月28日由北京出版社出版；7月，小说发表在《十月》杂志第4期。小说开篇描述了一系列怪象，庄之蝶与孟云房从杨贵妃墓上取了坟土育出了奇花，但后来因不小心花被热水浇死了；接着是天上出现了四个太阳和七条彩虹；然后介绍了西京城的四大名人：画家汪希眠、书法家龚靖元、音乐家阮知非、作家庄之蝶，这些文人雅士，个个才艺高超，敛财有方。周敏带唐宛儿从潼关私奔到西京后，依靠庄之蝶的关系到了西京编辑部工作，他在写了一篇关于庄之蝶和景雪荫的文章后，没料到引起了景雪荫打文字官司。庄之蝶在周敏介绍下认识了唐宛儿，然后与唐宛儿产生了恋情。小说里贯穿全文始末的线索是庄之蝶和景雪荫打官司、庄之蝶与唐宛儿相恋、庄之蝶与奶牛等。另外，庄之蝶还和汪希眠老婆、阿灿、柳月等几个他自己也拎不清、掰不开的"恋人""情人"产生了汹涌起伏的情潮纠葛。阿灿在狂欢后离开了庄之蝶；柳月是庄之蝶家的保姆，后来嫁给了市长的残废儿子。小说还穿插了孟云房和青虚庵慧明师父的恋情。小说最后写道，唐宛儿被潼关的夫家抓了回去，备受凌辱。周敏去解救唐宛儿，却没有成功。庄之蝶在唐宛儿已难归来的情况下，心境日渐颓废，产生了无心与景雪荫打官司的想法，最后打输了官司，他于是决

---

① 参阅独木《爱情、历史与"五十年代情结"——读王蒙〈恋爱的季节〉》，《当代文坛》，1993.5。

心弃笔，心灰意冷地沉沦在鸦片中并死去。小说在描写了名作家庄之蝶和许多女人的风流韵事时，展现了现代社会颓废、沉沦的文化生存景观，折射出社会转型期某类文化人生命焦虑的苦恼，以及无可奈何的堕落。书中大量露骨的色情描写，在多年来的公开出版物上是少见的，因此受到了一些人的激烈批评。有论者指出：文本中主人公庄之蝶与四个女性不仅有着微妙的性爱关系，而且还存在着替代关系及复杂的男男再生关系，他们的人生是以庄之蝶为活动中心来寻求出路、幸福与未来的。①

余华长篇小说《在细雨中呼喊》：表达人们在面对过去时，比面对未来更有信心

《在细雨中呼喊》（原名《呼喊与细雨》）最初发表在 1992 年 9 月的《收获》杂志第 5 期；1993 年 6 月，小说被收入花城出版社推出"先锋长篇小说丛书"。小说以第一人称叙事，其第一章主要写主人公"我"（孙光林）对哥哥孙光平、弟弟孙光明和父亲孙广才在老家南门生活的回忆，其中三兄弟在儿时同时爱上了青春少女冯玉青，但冯玉青却爱上了村里的无赖，被抛弃后随一个货郎私奔。本章还写了孙光明为救落水儿童牺牲，父亲孙广才经常盼望着能得到政府的表扬的事情；孙广才与孙光平先后爬上邻居寡妇床上的事情；父亲与母亲十多年前的"长凳之交"生下了"我"的事情等。第二章主要讲述"我"在中学时代的生活，其中"我"在青春期产生的朦胧的性心理是这一章的主旋律。另外，本章写了"我"的同学苏杭是个性变态者，他因性冲动而入狱；音乐老师与漂亮女生之间发生了师生恋；"我"与身陷困境的儿时偶像冯玉青重逢；"我"在异性面前经常会感到无故紧张等。第三章主要追述孙家的历史："我"对父亲很鄙视，但对祖父、祖母以及曾祖父很敬仰，这些都贯穿在这一章的始终；祖母在战火中的逃亡；曾祖父在北荡桥造石桥时败走麦城；祖父与父亲之间为了争夺口中之食而展开了斗智斗勇等。第四章主要回忆"我"儿时在养父家里的生活情况，写了养母李秀英虽然疾病缠身但仍然保持着强烈的求生欲望；养父王立强身强力壮却始终被困在家中；还写了"我"的伙伴国庆等

---

① 参阅金乾伟《文化的拯救与自救——〈废都〉新论》，《宝鸡文理学院学报（社科版）》，2012.3。

的情况，都给人留下了深刻的印象。该小说是余华发表的第一部长篇小说，它的结构来自作者对记忆中的时间的感受；小说试图表达人们在面对过去时，比面对未来更有信心，因为未来充满了冒险，充满了不可战胜的神秘。小说在2004年3月荣获法兰西文学和艺术骑士勋章。

苏童长篇小说《我的帝王生涯》：讲述一个王子变成傀儡国王的故事

《我的帝王生涯》曾于1992年10月由花城出版社出版；1993年6月，小说收入花城出版社推出"先锋长篇小说丛书"。小说采用第一人称叙述方法，讲述一个名叫端白的懵懂无知的王子，在老太后权力欲望的操纵下成了燮国的傀儡国王。端白虽对臣民拥有生杀大权，但却时时生活在恐惧和焦虑之中。端白是他的祖母和母亲经常利用的政治工具，他想反抗却无能为力。他和疯疯癫癫的老宫役孙信一次次地重复着一句不祥的话语：燮国的灾难就要来了！果然，宫廷内很快就血雨腥风，刀光剑影：杨夫人被活活钉死在棺材里；先王的宠妃因为善弹琵琶，被妒火中烧的孟夫人打断了十个手指，然后又以莫须有的罪名打入冷宫；爱哭的废妃们被小皇帝剜去了舌头；宫廷外，为国奋战的负伤将士死在了帝王手中；对起义失败的李义芝的血腥审问更是让人不忍去读。小说的语言平静，华丽婉约，神秘轻曼而又柔和，充满了挽歌式的凄美感伤气息。①

格非长篇小说《敌人》：讲述了一个家族灭亡的故事

《敌人》曾于1991年7月由花城出版社出版；1993年6月，小说收入花城出版社推出"先锋长篇小说丛书"。小说写了一个家族灭亡的故事。40年前，赵家发生了一场神秘的大火，此后，赵家后代赵少忠一家接二连三地出事：赵少忠的孙子猴子突然奇怪地淹死在水缸里；赵少忠的妻子病死；赵少忠的儿子赵虎被杀；赵少忠的女儿柳柳突然死亡。赵家就这样一步一步地笼罩在死亡的阴云中。赵家人的死亡其实是敌人的复仇，这敌人是赵家流传下来的神秘字条上的三个人，他们虽然是虚设的，但赵少忠一直相信着这些敌人的存在。他便听命于死亡的来临，甚至当他的儿子赵龙被预言要死的时候，他便一直等待着

---

① 参阅吴义勤《沦落与救赎——苏童〈我的帝王生涯〉读解》，《当代作家评论》，1992.6。

这个日子。但赵龙的死亡并未来临，他于是在恐惧中亲手杀死了儿子，目的是想证实预言的存在和死亡的无法摆脱。赵少忠表面上对死亡表现出了异乎寻常的坦然、镇定，甚至麻木，但他的内心却对死亡非常恐惧，因为恐惧，他便屈服死亡，胁从死亡。小说把由恐惧一直压抑着的赵少忠的内心情况写得令读者也感到恐惧，这恐惧压抑着赵少忠对命运抗争的本能，他只是麻木地屈从死亡，他对恐惧的屈服胜过了一切外在的敌人，恐惧让赵少忠放弃了抗争，放弃了努力，使他成了死亡的帮凶。小说意在说明，真正的恐惧不是来自别人和外在力量，而是来自自己。①

孙甘露长篇小说《呼吸》：讲述了主人公与五位女性发生的感情纠葛

《呼吸》1993年6月被收入花城出版社推出的"先锋长篇小说丛书"。小说开篇即以一种独特的讲述方式将读者带入了作者精心编织的情感世界中。主人公罗克早年曾在越南服过四年兵役，担任的是填弹手。罗克的父亲自诩是戏剧家，母亲是一位现代女性，常读《新青年》，常看新潮的电影。因为罗克出生在这样一个"民主"而"开明"的家庭中，所以他对感情问题多多少少有一些轻佻与随性。罗克退役后从事的职业是美工，但他很少上班，他慵懒而忧郁，整天游走在城市之中，周旋在女人之间，浑身发散着一股懒洋洋的波希米亚人的气息。小说主要围绕罗克与后来旅居澳洲的大学生尹芒、尹芒的二姐尹楚、青春靓丽的女演员区小临、风韵犹存的39岁的美术教师刘亚之、工作于图书馆的项安等五位女性的感情纠葛而展开。罗克与这五位女性都有过短暂的鱼水之欢，但他的内心依然空虚与落寞。罗克和五位女性发生的五段感情几乎都没有来由地在他身上突然到访，弹奏出的是一曲曲令人心醉神往的浪漫爱情协奏曲。②小说后来改名为《像电影那样恋爱》。

吕新长篇小说《抚摸》：描述了一个伤残军官孤寂无奈的一生

吕新（1963—），山西雁北人。《抚摸》1993年6月被收入花城出版社推出"先锋长篇小说丛书"。小说以战争时期国民党七个纵队的9000余名官兵撤

---

① 参阅小米《中国"后现代主义"小说的艺术标本——格非长篇小说〈敌人〉读解》，《浙江师范大学学报（社科版）》，1991.4。

② 参见吴义勤《在沉思中言说并命名——孙甘露〈呼吸〉解读》，《当代作家评论》，1994.1。

退到晋北山区的黄村流域为背景，描述了一个伤残的军官孤寂而无奈的一生。主人公广春随部队到达黄村流域后，遇上一场血腥哗变，部队溃不成军。广春死里逃生，流落民间后，经历了三次婚姻。在与青楼女子厮混时，他误杀了数人，最后被送进疯人院……广春在凄凉的晚景中，留下了一部《远征笔记》，追述了自己悲剧的一生。小说虽以战乱为背景，但却洋溢着一种伤感、忧郁的浪漫主义情调，作者把晋北苍凉的景色和主人公的悲剧命运交织在一起，形成一个意象纷呈的世界，揭示出"生命是一种抚摸"的真谛。[①]

北村长篇小说《施洗的河》：一部写罪恶的书

北村（1965.9.16—），本名康洪，生于福建长汀，基督教教徒。《施洗的河》曾刊登在1993年第3期的《花城》上，1993年6月又被收入花城出版社推出的"先锋长篇小说丛书"。该小说是一部写罪恶的书，它对"罪"的血淋淋的展示达到了惊人魂魄的程度。刘成业、刘浪、马大、董云四大恶人，在霍童与樟板之间编织起罪恶之网，给自己与他人联袂导演了一幕幕悲剧。刘浪是刘成业在粪菜地里强奸陈阿娇后生下的孩子，因此，他从出生就伴有某种罪孽，他生活在一个缺少温情的家庭。刘浪从小孤僻忧郁，行为怪异，失去母亲陈阿娇的庇佑后，由于在如玉、小缎两个人身上得不到抚慰，于是对人生产生了一种挥之不去的空虚感。在他看来，这个世界是"虚空的虚空，一切都是虚空"，最后，他使自己的心分裂成了"两个心"。他为了躲避死亡与噩梦的纠缠，只好在墓穴里独居。他长大后，在20世纪40年代从某医科大学毕业，然后继承父业，在南方的一个城镇里以恶抗恶，不择手段地贩卖烟土，杀人越货，成为黑社会的一方霸主。他以沾满鲜血的双手征服了樟板，他的儿子、弟弟等身边的人也成为他的牺牲品。马大和刘浪一样，也是一个恶棍，他的一生都是在和刘成业父子的争斗中度过的。他开烟馆和妓院，疯狂地残杀生命以积聚财富，是一个穷凶极恶的土匪头子。他在失去老婆后，经常孤独地在采玉楼上唱山歌，同时也被财富折磨得疲惫不堪。董云是一个幕后军师，阴险狡诈，不但操纵着刘成业父子作恶，而且还操纵着龙蛇两帮去制造罪孽。他生活在黑

---

① 参阅吴义勤《末日图景与超越之梦——吕新长篇小说〈抚摸〉解读》，《当代作家评论》，1993.5。

暗中，不见天日，寂寞始终伴随着他。小说是一部敢于直面生存、反抗黑暗的厚重之作。①

莫言小说集《金发婴儿》：一部内容丰富、写法奇异的小说集

本书 6 月份由长江文艺出版社出版，收录了莫言的短篇小说《大风》《枯河》《秋水》《老枪》《白狗秋千架》及中篇小说《透明的红萝卜》《球状闪电》《爆炸》《金发婴儿》《你的行为使我们恐惧》等作品。

短篇小说《大风》讲述的事情有："我"听到爷爷去世的消息后，踏上了回家之路；"我"在路途中、归家后的事情；"我"和母亲对爷爷进行了难忘的回忆。小说不仅塑造了爷爷的典型形象，表现了祖孙深情，而且也展现出作者高超的驾驭艺术技巧的能力。

短篇小说《枯河》是作家以童年视角看社会、人生、人性的一篇小说，讲述的是一个悲剧故事。主人公小虎是一个身心不健全的孩子，经常受嘲弄、挨打，但他却有着高超的攀树技能。小虎在书记的女儿小珍的怂恿下，为给小珍折取树杈，勇敢地爬上了全村最高的白杨树，结果从树上摔落下来，砸晕了小珍。小虎随后被村支书、哥哥、母亲、父亲等人轮番毒打，身心俱创。小虎在挨打的当晚，离家出走了，最后悲惨地死在了村中的枯河里。

短篇小说《秋水》（发表于 1985 年）写"我"爷爷奶奶因杀人放火，逃到高密东北乡大涝洼子的蛮荒之地，男耕女织，休养生息。在大涝洼子，他们上演了一出出慷慨激昂的人生大剧。那漫野的秋水，传奇般的故事，横生的鬼雨神风，为大涝洼子蒙上了神秘魔幻般的色彩。此后，大涝洼子"陆续便有匪种寇族迁来，设庄立屯，自成一方世界"。作者用应接不暇的色彩的堆砌，展示了人类生存环境的拥挤不堪和现代文明所带来的难以忍受的躁动和喧嚣，表达了无数鲜活的生命被现代文明所淹没的无奈和悲哀。作者以说书人的身份讲述故事，为老百姓写作，这是他进行文学创作的观念与主张。他在小说中勾勒出了由民间经验中的人物与事件组构的叙事时空，又以超验的叙事形态延伸着作品内在的审美意蕴，以悲悯的情怀塑造着与生命、艺术、哲学相互融汇而生的

---

① 参阅谢有顺《我们时代的心灵史——关于北村〈施洗的河〉的阐释》，《小说评论》，1994.3。

文化精神形态，展现了生命的力量，也展现了生存的智慧，从而表达了中华民族文化对世界具有重要的意义这一主题思想。小说中第一次出现了"高密东北乡"这个字眼。①

短篇小说《老枪》写"我（大锁）父亲"因为无法忍受柳公安员的凌辱而奋起反抗，将其踢进水沟。在完成这一壮举之后，"我父亲"为了免受报复，回家后竟然拿起老枪打死了自己。小说用无比诗意的语言描写道："爹走进梨园。梨花如雪。爹把枪口冲下挂在树上，又用一根细麻绳缚住枪机，然后仰在地上，用嘴含住枪。他睁着眼，看着金黄色蜜蜂，用力一拉麻绳。梨花像雪片一样纷纷扬扬地落下来。几只蜜蜂掉下来，死了。"小说中的柳公安员蛮横霸道，象征着那个年代高高在上的国家权力，"我父亲"代表民间，当他面对柳公安员这样的权力时，他由原初无比谦卑的人变成了一个血性激荡的人，他以一种潇洒的反抗方式捍卫起了自己卑微的尊严，完成了民间力量的一种爆发和突破。然而，这种爆发和突破仍然是屈辱的，他最终以老枪结束了自己的生命。

短篇小说《白狗秋千架》的开头描述了林井河和暖十年后的重逢。当了大学教师的林井河衣锦还乡后，见到了昔日的恋人暖。暖是一个能歌善舞的漂亮女孩，但在一次打秋千时，她意外地从秋千上跌落下来后把自己摔残了。暖最后嫁给了哑巴，然后生了三个小哑巴；同时，艰辛的劳作也把暖变成了一个粗俗的农妇。小说结尾写暖骗过丈夫后去镇上买布，她养的白狗把林井河引到了高粱地。在高粱地里，暖向林井河提出了一个要求，她说她想向林井河要一个会说话的孩子。

林井河感到自己无法拒绝。小说到此戛然而止。该小说是莫言在1985年刚走上文坛时发表的一篇短篇小说，尽管其价值被作者稍晚发表的《红高粱》《透明的红萝卜》等作品所散发出的艺术光芒在某种程度上遮蔽了，但它从没有在莫言心中失去应有的地位。②2002年10月，小说被拍摄为影片《暖》。

---

① 参阅石竹青《莫言创作的民间经验与文化审美精神》，《辽宁师范大学学报（社科版）》，2015.5。

② 参阅王恒升《莫言在〈白狗秋千架〉中的矛盾性书写》，《小说评论》，2006.s1。

　　中篇小说《透明的红萝卜》(发表在《中国作家》1985年在第2期)是莫言的成名作。小说里的主角小黑孩是个孤儿,从小缺乏父亲的教导且总是受到继母的虐待。这些使小黑孩的性格变得沉默、倔强而孤独,感情世界也变得空虚,他从不愿意主动跟别人打交道。而处在乡村社群中心的青年们也不愿意关注、理解小黑孩。后来,小黑孩和小石匠被派到滞洪闸工地干活挣工分,其间,小黑孩受到了小石匠以及美丽善良的菊子姑娘的保护。但因为小黑孩受继母虐待的阴影以及他对菊子姑娘产生了一种隐隐的情愫,他便咬了菊子姑娘。当小石匠和小铁匠打架时,小黑孩竟然帮着经常欺负他的小铁匠去打小石匠。后来,小铁匠经常让小黑孩去偷地瓜和红萝卜,因为他的视觉出现幻觉,所以他把红萝卜看成了包着金色外壳而且还透明的红萝卜,从此,他对红萝卜有了一种特殊的感情。最后,当小铁匠把小黑孩的红萝卜扔进水里并且再也找不到时,小黑孩钻进了萝卜地,把所有正在成长的红萝卜都拔了出来。该小说作为莫言童年叙事的发端,在创作心理、主题意蕴、意象营造等方面都构建出多层次的批评空间,它是作者小说艺术大厦的重要奠基石,此后的众多作品几乎都可以在这个中篇里发现艺术生发的因子。①

　　中篇小说《球状闪电》(发表在《收获》1985年第5期)写青年农民蝈蝈和女同学毛艳合伙成为"澳大利亚奶牛专业户"的经过,以及由此引起的种种矛盾。小说开始描写雷电击落了"两个乒乓球大小的黄色火球",然后,两个火球又骤然合成了一个"黄中透绿的大火球",那大火球"一边滚,一边还发出噼噼啪啪的炸裂声"。最后,大火球被蝈蝈五岁的女儿蛐蛐"飞射一脚"后,穿墙进入了牛棚。小说情节由此展开,通过蝈蝈、蛐蛐、妻子、父母、毛艳、刺猬、奶牛等不同的眼光和"意识流",将故事不断推进。魔幻手法交织穿插在小说之间,比如蝈蝈本来是高中毕业班里"尖子的尖子",但他一上考场就会产生一种古怪的"尿迫感",结果他一连三年都名落孙山;蝈蝈妻子吃了两个月蜗牛后,便胖得穿不进衣服。更荒诞的是小说从头到尾反复出现一个"老往双臂上粘羽毛",口里不断喊着"别打我——我要飞——"这些话的

---

　　① 参阅王育松《童年叙事:意义丰饶的阐释空间——重读莫言的中篇小说〈透明的红萝卜〉》,《湖北社会科学》,2008.10。

"鸟老人"，他神神鬼鬼的，却始终飞不起来。结尾时，小蛐蛐一边唱着"别打我——我要飞——"这句话，一边"像鸟儿一样飞到天上去了"。小说的风格明显受到了福克纳的影响，作者大量运用了慢镜头描写、场景切换、叙事角度变换等手法，使幻觉和写实成分交叉并进，混合交融时，将其中的梦境和幻觉精彩地描写了出来，体现了作者强大的想象力。小说的题名"球状闪电"既是一个自然意象，也是作者精心创设的一个魔幻意象，具有魔幻性、荒诞性，这个意象是蝈蝈在各种矛盾冲突中渴望自己飞翔、追求精神自由，以摆脱现实束缚的象征；也是新旧思想集合及破旧立新的象征，蕴含着作者对社会变革与思想更新的向往、肯定与期盼。①

中篇小说《爆炸》（发表在《人民文学》1985年第12期）写的是"我"带妻子去医院流产的经过。事情本来十分简单，时间也不过半天，但"我"从天上调来了若干架漫天盘旋、连连打炮的飞机，然后，在地上弄了几十个人带着一群狗拼命地撵着一只狐狸东奔西突，人和狗在草甸子里乱窜；"我"还在公路上指使一对青年男女骑着一辆摩托来回兜风。作者把产房内外、天上地下贯通一气，使四条线索纵横交织，立体推进。作者似乎是在有意无意间把发生在这一时空内的一切人和事和盘托出，既让人觉得场面雄阔，气度恢宏，又感到它们千头万绪之时，又互有关系。该小说与作者的另一篇小说《弃婴》均取材于敏感复杂的社会问题，书写了计划生育带来的堕胎和弃婴事件，呈现了作者最痛彻的人生经验与恒久不变的传统生育伦理。②

中篇小说《金发婴儿》（发表于《钟山》1985年第1期）讲述了乡村里四个人的情感纠葛与心理变化。小说男主人公孙天球是一位部队指导员，在他升任排长的时候，妹妹要出嫁，但双目失明的母亲无人照顾，他于是和农家姑娘紫荆结婚。婚后，孙天球对妻子紫荆冷淡、厌恶，长期分居两地。后来，部队驻地附近一座美丽的渔女裸体塑像唤起了他对妻子肉体的渴望。他于是准备回家探亲，修复夫妻感情。但在这时候，孙天球却得知紫荆与黄毛通奸的事

① 参阅隋清娥《论莫言小说〈球状闪电〉中的魔幻意象》，《齐鲁师范学院学报》，2016.2。
② 参阅杜昆《诗性正义没有缺席——解析莫言的〈爆炸〉和〈弃婴〉》，《广西师范学院学报（哲社版）》，2017.1。

情。他潜回家捉了黄毛，并使黄毛判刑。他的家庭发生变故后，他的母亲也去世了。一年后，紫荆生下一个长着满头金发的男婴。他和紫荆的感情也彻底破裂。在绝望中，他掐死了这个孩子。

中篇小说《你的行为使我们恐惧》（发表在《人民文学》1989年第6期）中的吕乐之带着童年的记忆和乡村音乐的旋律登上歌坛，从农村走向了城市。他唱的乡村歌曲清新质朴、雄健粗犷，给歌坛带来了新的气象。吕乐之一举成名后，赢得了世俗社会所追求的一切，他在名声、金钱和女人的漩涡中打转。但渐渐地，人们不再满足和陶醉于昨日的吕乐之，希望他继续出新，玩出新花样，形成新的风格。已到黔驴技穷的吕乐之，只好出奇制胜，悄悄回到故乡自阉，然后创造出所谓世界上从来没有过的"抚摸灵魂的音乐"，结果却遭到惨败。吕乐之的苦闷和焦躁，正是一个找不到超越与突破之人的忧愁和痛苦。

刘恒长篇小说《苍河白日梦》：用青春和生命捍卫自由、爱情和人的尊严

《苍河白日梦》8月份由作家出版社出版。小说写清末民初时，在江南某小镇的曹家大院里，曹如器老爷的小屋里架着一口锅，这口锅已经烧了几十年，它煮过水蝎、牛蜂、老鼠崽及儿媳妇的胎盘等。曹如器把这些都吃了，目的是为了遍尝人生。曹如器平时由名叫"耳朵"的仆人伺候着。他的大儿子曹光满把持着家中的大权。曹光满有一妻一妾，两个女人为他生了七个女儿，但却生不出传宗接代的儿子，这令他非常郁闷。曹如器的二儿子曹光汉从西洋留学归来，极不情愿地遵从父母之命，娶了世钸家的大小姐郑玉楠为妻。曹光汉身为人夫，却具有浓重的恋母情结，以至于无法行夫妻之事。后来，他从瑞典请来一个名叫路卡斯的机械师，共同创办了一家"火柴公社"。渐渐地，受过新学教育的少奶奶郑玉楠在内心极度苦闷的情况下，与路卡斯产生恋情并怀了孕。曹光汉在历经无数挫折，终于生产出中国人自己的火柴后，离家出走，参加了革命党的爆炸行动。郑玉楠生下蓝眼睛的孩子后，被曹府看管起来。大少爷曹光满命人秘密杀死了路卡斯和孩子，然后将郑玉楠赶出曹府。郑玉楠绝望地投江身亡，用青春和生命捍卫了自由、爱情和人的尊严……小说整体上给人一种神秘、深奥而又冷峻的艺术感受，也给我们提供了关于复杂难解的"后新时期"文化的新的洞见与沉思。①

方方小说随笔《随意表白》：揭示了 20 世纪 90 年代女性独立追求与自我发展的愿望实现起来充满艰难的现实

《随意表白》8 月份由湖北辞书出版社出版。小说写电视台著名女主持人靳雨吟出身低微，但经过努力，漂亮的她成了一个骄傲的女王。她也是一个纯洁的女子。一次偶然机会，她结识了著名记者肖石白，被他的才华所吸引，最终爱上了他。在他们有了肌肤之亲之后，靳雨吟才知道，肖石白并非单身，他家中有一个弱智的老婆和同样弱智的女儿。详问之后，肖石白道出了自己的出身。他高中毕业后回村当了石匠。一天，一个女记者到村里采访，鼓励他多写作，并帮他发了一些文章，这令他很感动。六年后，在县里已经小有名气的他进城去感谢女记者时，发现她有一个弱智的女儿。女记者让他和她女儿结婚，并答应把他调到省城。他权衡各种利弊后，答应了，并"觉得他不再欠她什么"了。几年后，他的名气更大，而他的岳母也成了在省报掌握着实权的副社长。肖石白在和靳雨吟相恋之后，他想和妻子离婚，但他又想到，如果这样，自己就得回到农村。所以，他再一次权衡利弊后，放弃了靳雨吟。靳雨吟因为成了一个第三者，在 1985 年，遭受了来自各方面的漫骂和刁难。从此以后，她开始过起了放荡的生活。同时，善良的她因为怕肖石白难过，于是派"我"去安慰肖石白，但"我"却发现肖石白正与一些漂亮的女厂长、女经理在翩翩起舞着。小说表达了这样一个观点：人，无论男人还是女人，感情是不应该随意表白的，随意表白是危险的。小说揭示了在 20 世纪 90 年代的中国，女性的独立追求与自我发展的愿望实现起来充满艰难的现实。②

杨争光小说集《黑风景》：展现人性的多样性及人生多种样态的小说集

本书 9 月份由长江文艺出版社出版，收录了《黑风景》《叛徒刘法郎》《死刑犯》《镇长》《连头》《高坎的儿子》《洼牢的大大》《棺材铺》等 20 篇短篇小说。

《黑风景》发表在《收获》1990 年第 1 期，写了一个乡村英雄的悲惨故事。

---

① 参阅颐武《最后的寓言——刘恒的〈苍河白日梦〉读解》，《当代作家评论》，1993.5。
② 参阅黄雨璇《浅析方方〈随意表白〉中女性命运的成因》，《文学教育：中》，2017.7。

一伙土匪窜到村里来抢劫，看瓜的人失手弄死了一个土匪。土匪头子老眼于是派人传来话，限期要村里送一个最好看的黄花姑娘到寨子里去，不然将血洗村庄。为了保全全村人的性命，喜欢吃红萝卜的老女人六姥亲自出面，在村子的所有姑娘里选出了来米。然而，贪生怕死的村民却没有一个人敢把来米送到土匪窝里去。这时，劁猪的鳖娃挺身而出，主动要送来米。事实上，鳖娃此行另有任务，他要瞅准机会杀掉匪首老眼。到了匪巢，鳖娃果然铡死了老眼。但是，当为村民除了害的英雄鳖娃凯旋归村之后，村里人却没有犒劳他。他们听到老眼被鳖娃杀死的消息后，反而更加恐慌。为了使土匪不来村子里报复、洗劫，六姥指使村里人把鳖娃杀了。这是一个关于杀人的寓言，让我们在惊心动魄的故事中看到了人性的自私与残忍。小说忠实记录了黄土地上形形色色的生命形态以及他们的存在与消亡过程。[1]

《叛徒刘法郎》写刘法郎是陕北山沟里的一个农民，他的经历令人啼笑皆非。他因害痔疮而不停地抠屁股，是一个文盲，还自称是徐向前部下的"老革命"，于是向村长要待遇。为证明自己具有"老革命"的资格，他从瓦罐里将保存已久的一张黄纸拿出来做证，结果，这张纸不但没有证明他是"老革命"，反而显示了他是革命的叛徒。接着，他又被人检举睡了一个女人后不给人家粮票的丑闻。小说语言极为独特，既有乡土语言的朴素生动简洁，又充满着诗意性、幽默性、典雅性、机智性，往往是一个比喻，就把人物的出身背景和个性好恶凸显了出来。

比如"他（刘法郎）听见水擦在石头上的声音像吃酥饼一样"，"那时候太阳很鲜活，他感到太阳光像毛毛虫一样往他肉里钻，太阳光往肉里钻的时候也像吃酥饼一样"等。

《死刑犯》揭示了农民真实的心理活动，产生了震撼人心的艺术效果。"他"是没念完小学的山里人，一心希望通过勤苦劳作来摆脱贫困走向富裕。为了实现过上好日子的目的，他贷款种烟叶、种花生，虽然获得了丰收，但由于村庄地理位置偏僻、交通和信息闭塞，这使他种出来的东西卖不出去，自

---

① 参阅张欣《黄土地上的黑风景——论杨争光的小说创作》，《海南师范大学学报（社科版）》，2015.2。

然，信用社的贷款他也还不上。他心里憋得慌，觉得自己遇到了太多不顺心的事。后来，他"终于想清楚了，他一辈子不顺心，都是因为那条路。路太长了，离山外太远了"。有一次他搭拖拉机去集市上卖花生时，听到集市上的一个山外人说"这鬼地方，真他妈闭塞，一个月五百块钱我也不来"。他觉得那人说这话时"是一种快活的、自在的、得意的神气"，他忍受不了那人的神气，于是想好好教训他一顿，结果他却将那人打死了，因此被判了死刑。小说通过"他"的故事，表现了他在付出了辛勤的劳动后，因为生活在恶劣的自然环境里，使自己的生活并未得到任何改观，这击碎了他的致富梦想，使"他"深感失败的痛苦与绝望，于是在自尊又自卑的矛盾心理的驱使下，他的潜意识中累积起了对先天具有优越感的山外人的仇恨，这使他最终葬送了自己的性命。

《镇长》中的"他"被安排到沙坪镇当镇长，起初他对上级的这个决定极其不满，他觉得贫瘠、闭塞的沙坪镇是个鬼地方。"刚一进那条沟，他就知道了，那是个鬼地方。他真不相信那些沟沟岔岔、梁梁峁峁上还能长出什么庄稼；那里还会住着人，竟能活下来，没有憋死。""他"尤其无法忍受的是和妻子长期两地分居的煎熬，为了回一趟县城的家，他要骑上自行车走上70里才能回去，贫瘠、闭塞的沙坪镇让"他"觉得自己好像身在炼狱中一样。可是时间一长，他开始喜欢镇上的人们了，他喜欢他们喝酒时那粗犷豪放、无拘无束的样子。

《连头》细腻地表现了主人公连头的性压抑、性苦闷。从小和奶奶一起生活的连头，没有得到过正常的母爱，更没有机会接触异性。十几岁时，连头萌发了少年的性意识，他把婶娘作为了心目中暗恋的对象。为此，他痛恨婶娘的丈夫得宝叔，他在婶娘面前说得宝叔的坏话，向他们睡觉的炕上浇水，以此来发泄心中的痛苦。但他最终还是无法解决自己的性压抑、性苦闷。

《高坎的儿子》写村里过事，高坎的儿子棒棒多喝了几杯，趿着一双圆口布鞋，走到众人中间，说要给大家唱个酸曲。高坎骂了棒棒几句。棒棒就指着他爸的鼻子说："爸，你丢了我的脸"，"我死给你看"。他说死就真的上吊死了。棒棒死前，到他姐高兰风家里去过一趟。棒棒给他姐说他们爸在那么多人面前骂他，把他的人丢尽了。棒棒去死时看见蛮精正在她家的碾畔上磨什么东西。

他对蛮精说他要死了。蛮精咯咯地笑着，胸脯那里鼓鼓的，一抖一抖。棒棒对蛮精说他看见了她和村长在麦地里野合的事情。蛮精听了，"脸扑拉一下红了。她低着头，眼睛顺着"。棒棒要摸蛮精的奶奶，蛮精哭了。棒棒说："你不让我摸，我就不摸了。我是说我要死了。"然后，他到一个沟岔最里边的一棵柳树旁，把自己吊死了。

《棺材铺》写的是一个与钱有关的故事。开棺材铺的老板杨明远想发更多的财，希望卖更多的棺材。为了卖更多的棺材，他便希望镇上死更多的人。为了让镇上死更多的人，他就想方设法在人们之间制造矛盾和仇恨。他用掐死地主李兆连儿子的方法，使小镇上的人形成了两派势力，他们集体斗殴，打得不可开交，使许多人死于斗殴之中。杨明远的棺材于是供不应求，钱堆积如山。但后来，镇上的人因为这件事搬迁、逃离了镇子。杨明远看着空荡荡的街道，空荡荡的房子，他才发现全镇就只剩下他这个有钱的棺材铺老板了。小说塑造了杨明远、杨明善、胡为、李兆连等几个人物形象，他们的性格各不相同，给人留下了深刻的印象。

顾城长篇小说《英儿》：诗人写就的一部自传体小说

顾城（1956.9.24—1993.10.8），原籍上海，生于北京。《英儿》11月份发表在《花城》第6期，是顾城与妻子谢烨在1993年10月8日双双弃世前合作完成的一部自传体小说。英儿即李英，北大分校毕业，1986年在北京"新诗潮研讨会"上与顾城相识，后相爱。1990年，李英在顾城、谢烨夫妇帮助下来到新西兰激流岛，三人共同生活。1993年1月，李英与英国老人约翰从激流岛出走到悉尼。同年4月，顾城开始写长篇自传体小说《英儿》，谢烨打字。后李英以麦琪之名出版了长篇小说《魂断激流岛》《爱情伊妹儿》《爱无距离》。人们对李英的为人处世褒贬不一。《英儿》中的英儿在以第三者的身份进入到顾城、谢烨的家里后，她没想到谢烨能宽容地接受她。英儿是顾城心底里可爱、高贵的天使。但顾城在不知道怎样去爱英儿的时候，竟然想杀掉她。当英儿在激流岛上无名无分地跟了三年顾城之后，她选择了逃离，她和白发苍苍的英国老人约翰结为夫妻。英儿离开激流岛后，顾城觉得自己心中的一条黑鱼轻晃晃地逃亡了，这永远成了他的伤痛。英儿的《爱情伊妹儿》《爱无距离》描写了自己和顾城之间的这些往事。①

关仁山短篇小说《醉鼓》：写了一个鼓王世家的兴衰荣辱

关仁山（1963.2—），满族，河北丰南人。《醉鼓》12 月份发表在《人民文学》第 12 期。小说以鼓王世家祖传的六角木鼓的兴衰荣辱为脉络，以老鼓一家人在商品社会里的困惑、挣扎和追求为题旨，表现了雪莲湾人的生态和心态。老鼓视鼓如命，恪守鼓王世家的勤劳、正直、坦荡和尊严，但最后却众叛亲离、走投无路，成为社会多余人。老鼓的儿子、儿媳却将鼓作为"摇钱树"，为了靠坑蒙拐骗发家致富，他们在神圣的醉鼓节上张贴广告、背着老鼓出租渔船和六角木鼓。当老鼓发现以大富贵为首的赌徒在圣鼓上赌博时，于气愤中领来了公安人员抓了赌。事后老鼓发现鼓皮已被赌徒捅破，里面藏匿着 4 万元现款。老鼓不顾儿子、儿媳的纠缠，毅然将赌款如数交给公安局。但大富贵等赌徒却逍遥法外了，村民们于是对老鼓冷嘲热讽，连他的儿子、儿媳也离他而去了。无奈之下，老鼓只好流落到空寂的海滩上，他在黎明时刻敲响了圣鼓，发泄着自己的羞辱和愤懑。作者试图将老鼓塑造成一个理想的人物，但现实的境况又使他成为时代的遗弃者。老鼓的悲剧是一种时代的悲剧，是人物被商品大潮冲击而产生的悲剧。

---

① 参阅吴思敬《〈英儿〉与顾城之死》，《文艺争鸣》，1994.1。

1994 年

张贤亮长篇小说《烦恼就是智慧》（上）：记录了生命的卑微与心灵的呐喊

《烦恼就是智慧》（上）3 月份发表在《小说界》第 2 期。小说主要讲述 1958 年时，作者因写了一首抒发胸臆的诗歌而被打为右派分子，开始了漫长劳改生涯的经历。在劳改营，作者住的是五拳头宽的肮脏铺位，吃的是稗子面馍馍、麦糊糊，每天不停歇地运土坯、捡糖萝卜、割水稻，没完没了地听报告、批斗、训话……在饥饿与精神饱受折磨的时候，作者用一支秃笔，在劳作间隙偷偷地记录下了生命的卑微与心灵的呐喊。多年之后，作者检视当年的日记时，用平静而幽默的语言再叙了那个"低标准，瓜菜代"年代最萧索荒凉的人生经验，为一个时代的灵魂做了注释。小说在丰沛的文字下，充满着对生命的热爱之情。小说后来改名为《我的菩提树》。

林白长篇小说《一个人的战争》：大胆表现女性身体的美好，以及同性之爱的诱惑和排拒等

《一个人的战争》3 月份发表在《花城》第 2 期。小说讲述了一个叫林多米的女人从幼年到成年的个人历史。幼年丧父的林多米是一个聪明、高傲又充满幻想的女孩子。从很小的时候起，林多米就开始了自慰，也开始了写作体验。县文艺队的女演员姚琼一直是林多米爱慕的对象，林多米对姚琼美丽的躯体充满了好奇。但是，姚琼最后却成了一名卖咸鱼的售货员，这使林多米心中美好的梦想破灭了。林多米中学毕业后，下乡做了知青，由于她文学才华出众，她便被叫到省城的一本文艺刊物改稿，其间得到了编辑们的赏识。正当林多米要被正式调到电影厂做编剧的时候，她却被人告发抄袭了别人的诗歌，她的前途差点毁于一旦。第二年，聪明的林多米考上了一所著名大学的图书馆专业。在大学期间，林多米继续写作，并逐渐在文坛小有名气。大学毕业后，林多米被分配在一家图书馆工作。在一次诗会上，林多米认识了清纯美丽的女孩子南丹，南丹也疯狂地崇拜着林多米，并试图说服林多米接受她的爱。但是，林多米迫于内心的道德压力，她最终拒绝了南丹。这之后，心情压抑的林多米到处漫游，有一次在一艘轮渡上被一名已婚船员引诱，献出了处女之身。船员的老婆找来后，林多米才和船员分手。在又一个偶然机会里，林多米被从图书馆调到了电影厂。在电影厂，林多米疯狂地爱上了一名导演，并为他怀了孕。然而，导演无情地抛弃了林多米，林多米于是流了产。身心憔悴的林多米在离开了电影厂后，和一名名叫梅琚的独身女人住在了一起，她在孤独中写作，回忆着自己逝去的青春。小说大胆地表现了女性自慰、女性身体的美好，以及同性之爱的诱惑和排拒等，其中关于女性体验和身体感受的描写，引起过很大争议。小说形式虽不够精致，但仍有一股直率动人的力量。①

毕淑敏新体验中篇小说《预约死亡》：讲述一个晚期肝癌病人的临终生活和感受

毕淑敏（1952.10—），生于新疆伊犁。"新体验小说"注重作家对生活体验的描写，甚至忽略人物，忽略故事，这是该类小说的主要特征之一。《预约死亡》3月份发表在《北京文学》第3期。小说写作者为了体验临终病人的生活和感受，以晚期肝癌病人的身份住进了北京某临终关怀医院的情况。小说写出了不同人物面对死亡的态度，写出了作者对死亡的体验和感悟，蕴含着哲理意味。作者在谈到该小说时说："在这篇名为《预约死亡》的小说里，没有通常的故事和人，只有一些故事的片段像浮冰漂动着。除了贯穿始终的那个'我'，基本上是我的思维脉络，其他为虚拟。"

何申中篇小说《穷县》：书写了穷县面对困境的挣扎和努力

《穷县》3月、8月份发表在《中国作家》第3期、第8期。小说从青远县的困境写起：常务副县长郑德海住进医院，想避开县里年末的难关，但却因几

---

① 参阅王春林《自我指涉的欲望世界——评长篇小说〈一个人的战争〉》，《当代文坛》，1994.6。

位书记、县长都不在而不得不出来主持工作。他主持工作后，面临着许多难堪的局面，比如老干部因为工资、医疗费发不了、报销不了，他们要游行；米县长洽谈项目时被港商骗去了 50 万元，以致他要去外省调查，却无可用的差旅费；被服厂工人们未领到工资，于是到县政府来讨要；申报贫困县的工作也要开展；等等。小说围绕穷县面对困境的挣扎和努力，在写出穷县的困境时，对县政府复杂的人事关系、不良的工作作风等也作了生动的揭示，并突出了主人公郑德海老练务实的性格与作风。

韦君宜长篇小说《露沙的路》：真实反映了 20 世纪 40 年代延安开展"抢救运动"时发生的一幕幕悲剧和闹剧

韦君宜（1917.10.26— ），北京人。《露沙的路》4 月份发表在《当代》第 2 期。1943 年，延安开展了"抢救运动"，运动把很多干部打成特务。这些人里有不少人曾经坐过国民党的监狱，现在又在延安坐监狱。作家韦君宜的丈夫杨述二十多岁参加革命，抗战时，他动员母亲把土地、房屋、商店等全部财产丢弃，与兄嫂弟妹七八口人奔赴延安，参加革命。但在"抢救运动"中，杨述却被打成来自四川的"红旗特务"。杨述和韦君宜遭到了隔离、审讯、逼供，其间，他们刚出生不久的孩子夭折。该小说的内容就来自作者的这段经历，是作者另一回忆录力作《思痛录》（初版于 1997 年）的姊妹篇，也是《思痛录》"小说版前传"。小说讲述了女大学生露沙经过"一二·九"运动的洗礼，怀着满腔热情，离开官僚家庭，投奔革命圣地延安。但在延安，露沙的个人生活和政治命运却一波三折，特别是经历了莫名其妙的"抢救运动"后，她才明白了革命道路的曲折坎坷。小说不仅揭露了"抢救运动"中发生的一幕幕真实的悲剧和闹剧，而且真实地反映了 20 世纪 40 年代延安边区的生活和种种景象。小说毫无矫饰，完全是历史的再现，它让读者的兴趣与情感跟着露沙走，走进延安文学与解放区的文艺"禁区"，其中所表现的整风中的"抢救运动"与爱情生活，是以前一般作品中都回避的。小说感情真挚，文笔朴素，细节丰富、生动，思索大胆，和《思痛录》的精神异曲同工。①

---

① 参阅布莉莉《"抢救历史"与"反抗遗忘"——从编辑出版角度重审〈露沙的路〉和〈思痛录〉》，《百家评论》，2017.1。

刘醒龙短篇小说《菩提醉了》：指出追求私利、争夺权力是阻挠改革顺利进行的主要原因之一

《菩提醉了》4月份发表在《上海文学》第4期。小说以县文化馆的改革为主要情节，在写出改革艰难的同时，突出了文化馆以县宣传部何副部长为靠山，实施他拟订的将副馆长孟保田降格为馆长助理，以扩大孔馆长权限的事情。这引起了副馆长庄大鹏的发难。但庄大鹏最终成了馆长助理，孟保田的职务未变。孔馆长努力离间庄大鹏和孟保田，庄大鹏和原办公室伍主任暗暗搜集着孔馆长的材料，准备弄倒孔馆长。他们窃听到孔馆长与他的相好小段的幽会，汇报给县委郑副书记后，郑副书记却对庄大鹏的这种做法深为不满。孔馆长又提出了创办经济实体、争取财政拨款、拉开奖金档次等改革方案。然后，他从省里要到了拨款，自己也捞到了3000元的奖励。由于资金发放引起众怒，县纪委接到控告后，孔馆长被停职。宣传部新来了徐副部长后，伍主任晋升为馆长，庄大鹏任书记。小说在描写了社会转型时期改革的曲折和艰难之时，也指出了追求私利、争夺权力是阻挠改革顺利进行的主要原因之一。

关仁山中篇小说《闰年灯》：超越家族爱恨情仇的小说

《闰年灯》7月份发表在《长城》第4期。小说描写了老贫农单五爷和村支书老喜旺跟渔霸后代、暴发户杨寡妇借闹闰年灯会一比高低而发生的矛盾。单五爷的儿子单四儿不顾自己家和杨寡妇家的仇史，不顾单五爷的反对，给杨寡妇扎了闰年灯，还到杨家坟地去代杨寡妇守垄地灯，结果差点被雪埋了，好不容易才逃了出来。单五爷在老喜旺的英雄父亲看垄地灯时却被雪埋得无影无踪。杨寡妇是在市场经济中逐渐富裕起来的一个人，这个形象给尚在努力致富奔小康的农民在心理上观念上造成了一定的冲击。单四儿对金钱的渴望，单五爷对旧情的执着，都有着深刻的政治和经济原因，使小说超越了家族的爱恨情仇，寄托了作者欲在市场经济环境中重新为农民寻找价值坐标系的良苦用心。

李晓中篇小说《门规》：通过主人公的视角揭露了一个颠倒的世界的真相

《门规》7—9月份发表在《钟山》第4期和第5期。作者从唐水生的视点展开叙述。唐水生是一个天真而清纯的乡下少年，他乘船来到上海后，目睹了城市的繁华、唐老爷的豪阔、小金宝的迷人等，但后来他看到的却是一个个黑道的残杀事情，这令他感到好奇、迷惑和不解。然后，唐水生在无名岛目睹了无辜的翠花嫂和小金宝相继被害的惨剧。他随唐老爷的船从无名岛返回上海时，被倒吊在桅杆上，他用颠倒的双眼看到一个颠倒的世界。这时，他才觉醒过来，初步认清了这个颠倒世界被隐匿的真相。该小说在1995年被拍摄为电影《摇啊摇，摇到外婆桥》。2013年，小说又被拍摄为35集电视连续剧《像火花 像蝴蝶》。电影和电视连续剧与原小说的故事情节大致相同，略有差异。

陶然长篇小说《与你同行》：书写了"文革"时期一群年轻人的心灵世界和情感

陶然（1943—），广东蕉岭人，出生于印尼万隆，16岁回国读书，毕业于北京师范大学，1973年迁居香港。《与你同行》7月份由上海文艺出版社出版。陶然在内地时就亲身经历了"文革"，但他对"文革"的介入既"深"又"浅"：说"深"，是因为他亲历了这场运动；说"浅"，是因为他始终没有进入运动的"核心"。因此，当他在写下《与你同行》这部小说时，他就把"文革"较为全面地引入到自己的文学世界。小说以"文革"为背景，书写了那个特殊年代里的一群身陷政治旋涡的年轻人复杂的心灵世界和愁惨的情感波澜。小说以主人公范烟桥从香港回到北京参加母校校庆为基本框架，以范烟桥与分别多年的大学同学——重逢为"由头"，引发了他对"文革"时期大学生活的不断回忆——这是这部小说的主要内容。其中，范烟桥对大学时代的恋人章倩柳的重逢期待，不但成了小说的一个悬念，而且也成为小说情节推展的重要动力。小说深入挖掘了时代风云中身份特殊的小人物的心灵世界，范烟桥、章倩柳、苏舟潮、姚文朝等的个性都很鲜明，给人留下了深刻的印象。范烟桥身为"华侨"，在当时的政治环境下，难免因出身问题而产生"自卑感"，他在要求"进步"和坚守正义之间，出现了"动摇"。作者对范烟桥心灵世界的展现生动、细腻。章倩柳是个有主见、敢爱敢恨的女性，她身上具有"五四"时期新女性的风采。她刚毅、果敢，对"文革"有较为清醒的认识和独立判断，这不但使她成为"文革"题材作品中较为罕见的"新女性"形象，而且成为范烟桥的情感慰藉和精神寄托。①

张欣中篇小说《爱又如何》：描摹出了社会转型期间都市女性的两难处境

张欣，生年不详，江苏海门人。《爱又如何》10月份发表在《上海文学》第10期。小说里面的女主人公可馨在出版局工作，因偶然撞见杨副处长与外号"大亚湾"的风流女子在办公室偷情，所以，当出版局搞聘任制时，她遭到杨处长的排挤，她于是愤而辞职。与可馨青梅竹马的洛兵邀可馨去贸促会工作，可馨的丈夫沈伟却醋意大发。当可馨知晓洛兵暗恋着自己时，她拒绝了洛兵介绍的工作。可馨去了一家杂志当编务，又写文章赚稿费。在可馨家当过保姆的菊花的出现，使可馨的观念发生了转变。菊花已经成为书商，今非昔比，她身携巨款出入高档酒楼，她托可馨为其弄书号、找书稿。可馨丈夫沈伟的父母住处拆迁，沈伟之父又患了中风，于是他们住到了可馨家。可馨夫妇既忙碌，经济上又异常窘困。可馨与菊花去找书稿时，看见沈伟用摩托车带人挣钱。自小寄居在可馨家的爱宛与一家烟酒批发公司的供销员相好，供销员后来成为发了大财的烟商，他与爱宛解除了婚约。爱宛后来成了东方红商场的总经理，成了商界的一颗新星。她继续与那个烟商来往，还养着一个诗人肖拜伦。但肖拜伦却拿着爱宛的钱在外租房子和许多女人同居。小说通过可馨辞职后生活的变化与艰难，揭示了她的人生态度、思想观念的变化，以及对爱的新认识；通过爱宛的故事，说明人与人之间的相互利用与需要，成了可以用金钱交换的商品，也说明性爱日益成为有钱人的欲望，展现了在生存困境的强力挤压下爱情的变形和挣扎。小说忠实地描摹出处于社会转型期间的都市女性的两难处境，启发我们对突围还是困守的问题去进行思考。②

邱华栋短篇小说《沙盘城市》：书写了都市闯入者的坎坷人生与复杂内心

邱华栋（1969—），祖籍河南西峡，生于新疆昌吉市。《沙盘城市》10月份发表在《作家》第10期。小说写画家林家琪到北京去奋斗，她在街头给人画

---

① 参阅刘俊《特殊年代的心灵展示和情感呈现——论陶然的〈与你同行〉》，《扬子江评论》，2008.4。

② 参阅冯静《突围还是困守——读张欣作品〈爱又如何〉》，《现代语文（学术综合版）》，2008.12。

像，为酒吧或舞厅做装潢，但总是在北京站不住脚跟。她准备嫁给一个 50 岁的茶叶商。钢琴家陈灵也闯入北京，他既能弹奏又会创作，热情地追求着后现代艺术，但却得不到都市的承认，只能靠给一个发行黄色书刊发了财的家伙教钢琴度日。小说写道，都市在这些闯入者的眼里已经是一座"恶毒而又可怕的城市"，是一座"沙盘城市"，"在这座沙盘城市中，什么都是一场流沙，一座沙堡，什么都是脆弱和不真实的"。可以说，作者写出了这些都市闯入者的坎坷人生与复杂内心。

1995 年

林希中篇小说《小的儿》：一部描写封建社会婚姻习俗的佳作

林希（1935—），原名侯红鹅，法国归侨，天津人。《小的儿》1 月份发表在《小说》第 1 期，获得第一届鲁迅文学奖（1995—1996）。小说以第一人称"我"来叙事，写侯家是地道的买办之家。虽如此，侯家在讲究门第家世的天津卫仍然只能算是暴发户，还不能与大户人家相比。"我"的母亲出身于名门望族马家，是一个大家闺秀，只因义和团运动爆发之时，马家在侯家暂避社会动乱，侯家老太太相中了马家小姐，便将她娶进门。马家小姐进了侯门，带来的嫁妆很丰厚，单是压箱底的翠玉，就值千顷良田；按当时的价码，那是一万个地主分子的价格。然而，母亲丰厚的嫁妆并没有为她带来幸福的婚姻。在蜜月期，"我"父亲和她相亲相爱，但往后，读书的父亲回到家中，不待与新婚妻子亲热，就睡着了。父亲在外面寻欢了。有一天，当父亲从外面带回一个女人，即"小的儿"后，侯家所有有头有脸的人都知道母亲必然面临着难堪，都悄悄地躲起来了。"我"爷爷为美国公司做事，他一生气，就躲到美国述职去了；祖母一生气，就找牌友玩牌去了；惹事的父亲一生气就跑到起士林维格多利舞厅跳舞去了。全家没人愿意正面面对这件事，都躲出去了。此后，不管"我"的母亲怎样努力，她在与"小的儿"竞争时，都没胜利过。"小的儿"最后离开了侯家，那是因为她有了过失，她被赶出了侯门大院。"小的儿"是个敢爱敢恨的女人，但她却没能阻止她的丈夫即"我"的父亲再次移情别恋。"我"母亲临终时告诉孩子们，她这一生很失败，没能竞争过"小的儿"；她丰厚的嫁妆没能带给她幸福，丈夫的心也不在她这里；有钱有闲的男人，自会有年轻美貌的女人迎合争宠；侯门里的正室竟然败在了丈夫的花心上，败在了"小的儿"身上。该小说是一部带着浓浓天津味的书写侯门宅院里生活史的小说，透着传统的、浓得化不开的津味。小说将买办之家大宅门里大小老婆之间的纠葛，将20世纪大家族里的恩恩怨怨写得酣畅淋漓，是一部描写封建社会婚姻习俗的难得佳作。小说展现了作者渊博的知识和对传统习俗和文化的驾驭能力。小说的语言犹如行云流水般自然，给人一种重新认识汉语和传统习俗的机会。[①]

池莉短篇小说《心比身先老》：写了一个人身心已老时的一段纯真记忆

《心比身先老》1月份发表在《百花洲》第1期，获得第一届鲁迅文学奖（1995—1996）。小说写了五个现代社会中的"艺术狂人"在西藏旅行期间发生的事，每个男人女人都倔强地保持着自己的个性，按照自己的意志在西藏这块神灵的土地上寻找古朴与神秘。"我"从物欲横流的疯狂社会一下子进入了一个未被现代文明染指的净土。到西藏的第一天，"我"看见一个藏族姑娘，倚着低矮的门框纺羊毛。第四天，"我"走近了她，姑娘朝"我"羞涩地笑，并教"我"纺羊毛。后来她让"我"参观了她12年来织下的所有羊毛制品，在这些背包、毡子、挂毯、坐垫和披肩中，"我"一眼就看中了一条披肩，这是一条带有神秘宗教色彩的披肩。"姑娘有些为难，如果要卖的话，她的价钱将很高，她要20块钱。我掏出了口袋里仅有的一张百元大票，买下了这条世上绝无仅有的在4000米的高原上用两年青春织就的具有护身符意义的披肩。"结果大家都嘲笑"我"，有的认为"我"疯癫，有的说"我"装贵妇人模样，居高临下，慷慨解囊。"我"得出结论："尽管我在朋友们中间，可我的心却不在这里。"在西藏，"我"还目睹了原始的天葬，"我"被康巴汉子加木措在大昭寺门口诵六字真经，叩一夜等身长头为"我"祈求神灵原谅而感动，但"我"也对"我"生病后被朋友们抛弃而憎恨。在冷漠与感动交织，信仰与放荡邂逅中，"我"既幸福又失望。小说没有宣扬一种悲观的论调，而是展现了西藏之旅过程中"我"所感受到的纯真，这是一个人在身心都已老去时，不会忘记的

---

① 参阅李小茜《被束缚的"灵"与"肉"——以"小的儿"的女性形象为例》，《名作欣赏》，2017.23。

一段记忆。小说发表后，被指是作者抄袭了武汉晚报社主任记者范春歌发表在1994年7月25日的《北京晚报》副刊上的散文作品《白玛·多尔吉》及1996年出版的游记散文集《天歌难再——独身中国陆疆万里行》，引起轩然大波和争议。《心比身先老》最初题目叫《让梦穿越你的心》。作者说该小说最先在新加坡的《联合早报》上连载。

毕淑敏中篇小说《预约财富》：反映了精英阶层经济意识的嬗变

《预约财富》1月份发表在《北京文学》第1期。小说讲述了精明干练的主治医生毕兰和现实承包人浦为全之间围绕着九星出版公司承包权展开的激烈争夺，反映了那个时代巨大的社会变革对知识阶层思想观念的强烈冲击，立体地呈现了知识精英阶层的经济意识从萌动到觉醒以及全身投入变革的图景。

何申中篇小说《信访办主任》：一曲关于信访工作者的赞歌

《信访办主任》1月份发表在《小说家》第1期。小说写青远县大杨树沟村的一百多人又到市政府集体上访了，他们把市府大门堵住了。信访办主任孙明正带领着信访办的全体人员迎了上去，拦住了上访者。孙明正答应两天之内给上访者答复。上访群众状告的是大杨树沟的村支书杨光复。杨光复十多年前当了村支书，把村里的事弄得很不错，被县里和市里树为了典型。但三四年前，村里有一个叫揣德强的人却把杨光复告了，理由是杨光复在村里搞家长制，搞一言堂，搞宗派，而且所有好事都让杨家占尽了。县里开始没把这当回事，觉得村里的事很难讲民主，杨光复是狂点儿，但他毕竟有成绩。到了前年，揣德强又组织村里人到北京集体上访去了五趟。为了上访，揣德强卖了房子，还跟老婆离了婚，这事就闹大了。市里派了三批工作组去解决问题，但都没能解决。市里于是又派市政府秘书长老陆和信访办主任孙明正带队前去大杨树沟解决问题。孙明正准备到村里看看时，县信访办主任老苏却劝他不必在这件事上见高低。但孙明正执意要下去，老苏无奈，只好陪孙明正去大杨树沟。孙明正深入群众后，掌握了杨光复挪用村里土地征用补偿费及其他一些事情。杨光复也了解了孙明正家中的情况：孙的妻子姜国英所在工厂的不景气，即将面临下岗；孙的岳母得了绝症，刚刚去世。杨光复便迅速派人去吊唁孙的岳母，还给了姜国英5000元钱。孙明正回到市里后，听到有人告他受贿，他没有放在心上。他把自己去大杨树沟村的调查报告送给领导后，领导终于重视起了杨光复的问题。孙明正办完岳母的后事后，把杨光复行贿自己的 5000 元钱交给组织。天黑后，孙明正拖着疲惫的身子回家时，碰到了妻子姜国英背着厂里用来顶替工资的一捆滞销的拖鞋。孙明正知道，妻子下岗了。小说赞颂了信访办主任扎实工作、深入民众、解决现实问题的工作作风。

方方中篇小说《埋伏》：讲述了一则警察设伏缉凶的故事

《埋伏》1 月份发表在《江南》第 1 期。小说里面的叶民主是一个凡俗之人，他"怕苦怕死"。叶民主从部队转业时，就打定主意不去公安队伍，但到了地方后他却进了保卫科做了干事。叶民主奉命参加市公安局的重案组，协助侦破一起凶杀案。他被安排在鹤立山上埋伏。在艰苦的埋伏过程中，叶民主闹过情绪，有过抱怨、怪话和动摇，但在科长强忍着肝病（癌）执行命令精神的感动下，他尽职尽责地工作起来。当叶民主他们埋伏到第 21 天的时候，案情仍然没有进展，上级于是决定撤伏。但因通知人的疏忽，叶民主他们埋伏到第 36 天的时候才撤了伏。也正在这第 36 天，凶犯终于出现了，自然，他被叶民主他们擒获了。案件侦破后，科长却在破案后的当天早晨离开了人世。小说还写了叶民主的性爱。当叶民主从埋伏点鹤立山下来后，就迫不及待地去见女友百林。百林却责怪了他。后来，他知道了一个第三者插足在自己和百林之间时，就毫不犹豫地拒绝了百林的挽留。叶民主离开后，也很后悔自己对百林的拒绝，"其实睡她再走也可以"。但叶民主最终还是没有回头，这表现了他的理性和自制力。

徐小斌中篇小说《双鱼星座》：反映了女性在男权社会生活中遭遇的真实困境

徐小斌（1953—），北京人。《双鱼星座》2 月份发表在《大家》第 2 期，获得第一届鲁迅文学奖（1995—1996）。小说主人公卜零是一名影视编剧，她的星座特征决定了她是一个一生都渴望爱与被爱的人。于是，在这一矛盾中，卜零这个会写出"春天，踏着湿漉漉的脚步走来"诗句的女人注定了要在菲勒斯中心社会里陷入更大的困境。与卜零有关的是三个男人——丈夫、司机和老板，他们代表着金钱、性和权力。卜零的丈夫韦从一个一文不名的小公务员摇身变成了经商的阔老板后，就彻头彻尾地把自己变成了一个金钱的奴隶，他用金钱来衡量各种各样的社会关系。在他眼里，当初花了不少力气追到的卜零"十分贫弱"，不如风月女子，因为后者懂得"一把斧子两头羊的"交换规则。于是，没有生育能力的韦用生意需要的理由把老婆卜零典出去了。司机石是一个高大英俊、善于调情的男人，这深深地吸引了困境中的卜零。但石的骨子里却极度卑微懦弱，他虽然对卜零有非分之想，经常引诱她，但却不敢付诸实施，他在暗地里又与另外两个女人周旋。卜零在一次偶然的机会中撞见了石在偷情，她的爱的肥皂泡一下子就破灭了。石给卜零留下的只剩下了情欲的压迫，那爱与被爱的权利都被击得粉碎了。卜零单位里的老板是一个阴险狡诈的人，他先劝说卜零去边寨组稿，然后让卜零背上了她的作品格调不高的黑锅，他一逮住机会就胁迫卜零为单位献血。卜零献血后，他又假惺惺地提上礼品来探视休养着的卜零，在语调亲切地连讲了六个笑话后，最后把卜零解雇了。不会迎合献媚老板，但却冒犯了老板权威的卜零最终被顺理成章地剥夺了工作的权利，她想给自己辩驳，但却没有辩驳的机会。卜零最终被压到了菲勒斯中心社会金字塔的最底层。卜零的经历是对女性在男权社会生活中遭遇的真实困境的写照。她在父权制的社会里，成了一个永远的"精神流浪者"，或者正如她的名字一样，在文化重压之下，她所追求的一切终归是"零"。①

凡一平中篇小说《女人漂亮　男人聪明》：讲述了一个靠赌博订得合同的故事

凡一平（1964—），壮族，广西都安人。《女人漂亮　男人聪明》2月份发表在《上海文学》第2期。小说里面的宋扬原先当过警察，辞职后进入"南天广告公司"，招聘了过彤彤和高柳飞两个女职员。过彤彤是"一个怀着无法触及的理想的纯洁姑娘"，高柳飞是一个"情愿毁灭于现实的风尘女子"。当宋扬从晚报记者韦佐处了解到半球集团有一笔500万元的广告生意尚未落实后，就请求好友马禾邀请半球集团公司总经理黄猛一起吃饭。黄猛离席时带走了高柳飞。当高柳飞脸色苍白、泪痕满面地回来后，这笔生意仍然无望。黄猛提出

① 参阅李萱《"水晶鞋"与"涉渡之舟"——对〈双鱼星座〉中"梦"的精神分析与文化阐释》，《华北水利水电大学学报（社科版）》，2007.3。

要以一场 5 万元起赌的豪赌决定这笔生意。宋扬将公司账户上的 7 万元全部取出，带上高柳飞以前卖身积攒的 5 万元存折去赌，结果输得一败涂地，最后连价值 15 万元的公寓都输了。小说结尾出人意料，黄猛说："敢和我一赌输赢并且倾家荡产而在所不惜的人，这座城市你是第一个。你虽然输了，但是我认为你了不起。……但现在输赢都无所谓，重要的是，我相信你是干大事业的人。其实 500 万元广告经费的策划和支配权，除了你，再也找不到能操纵它的人选。我选定你了。"

关仁山中篇小说《太极地》：讲述了一个乡镇干部升职的故事

《太极地》2 月份发表在《人民文学》第 2 期。小说写乡报道员邱满子为了能升职，便在乡党委书记范书记和乡长何乡长之间周旋起来。当邱满子被何乡长派到一个叫太极地的村子代替乡长蹲点后，范书记认为邱满子已是"乡长的人"了。但邱满子因为假引外资而受到了批评，差点连报道员的职务都要丢掉了。后来，邱满子却弄假成真了，因为他让一个日本商人发现了太极地的海滩泥可以做美容产品，日本商人于是成立了开发海滩泥的合资公司，给太极地带来了收益。当乡上选举副乡长时，有政绩的邱满子在最后却落选了；被选上的是没有政绩的小郑，因为他的舅舅是县委组织部的部长，还因为他有范书记做后台。后来，当与范书记有矛盾的何乡长调离后，邱满子因在解决合资公司的棘手纠纷中再次显示了才能而被提拔为副乡长。小说还穿插讲述了邱满子与胖丫的爱情纠葛以及邱家在太极地建窑的家族历史。具有嘲讽意味的是：日本人曾经在太极地制造过屠杀惨案，今天，太极地却成了日本老板投资建合资公司的地方，日本人又回来了。

谈歌中篇小说《年底》：反映了中国经济转型过程中正义的逐渐缺失

谈歌（1954—），原名谭同占，河北顺平人。《年底》3 月份发表在《中国作家》第 3 期。小说开篇描述了三角债的难堪："厂里今年的日子实在的不好过，各车间都重新承包了，可也没见承包出个模样来。有几个车间已经好几个月没有发工资了。厂里欠别人的钱，不给；别人欠厂里的钱，也不还。这几天来厂里催账的已经十几拨了。"小说描述了厂里摆脱困境的努力：一面是刘厂长在明星宾馆包租了一层楼召开订货会，想尽办法讨好客户，恭恭敬敬地招待客户，最终，厂办公室女招待小李同意嫁给客户廖主任的傻儿子后，才给厂里订下了1000万元的合同；一面是周书记在厂里主持工作，处理小孙酒后出车祸、老梁患癌症住院、工人们去市委门口静坐、前书记闹烤火费等事件。小说通过对转型期工厂生活的具体记述，如实反映了20世纪90年代中国经济转型过程中正义原则失效、正义意识淡薄、正义实践不良的现实情况，表达了作者关注现实、关怀民生的道德热情。

王安忆长篇小说《长恨歌》：为当代女性城市小说搭建了一个界碑

《长恨歌》3月—7月份在《钟山》杂志第2—4期上连载；8月，小说由作家出版社出版；2000年10月11日，小说获得第五届茅盾文学奖（1995—1998）。小说中的女主人公王琦瑶是个很好看的上海女人，她错误地选择了和年长自己三十几岁的李主任生活在一起，她的人生悲剧便无休无止地发生。她众叛亲离，谁都讨厌她。只有程士砥护着她，爱着她。后来，王琦瑶目睹了李主任被枪杀的场面，她开始迷茫，开始消沉。在母亲和程士砥的鼓励与陪伴下，王琦瑶在平安里当起了打针的护士。后来，王琦瑶认识了康明逊，并且怀上了康明逊的孩子。但在家庭和社会的种种压力下，康明逊离开了王琦瑶。王琦瑶生下女儿薇薇后，独自将她带大，吃尽了苦头。在这期间，程士砥依旧无微不至地照顾与关爱着王琦瑶，使薇薇误认为程士砥就是自己的父亲。沧桑的岁月虽然夺去了王琦瑶的青春年华，但她的美丽在时光中沉淀得愈加迷人。王琦瑶一次次地投向不同男子的怀抱，却对程士砥对她的恒久不变的爱无动于衷，即使在她遭到那些男人一次又一次的抛弃后，她依旧不爱他。但程士砥仍然尊重她，甚至当别人在诟病她时也给她辩护。最后，当王琦瑶身边的人一个一个离去时，痛苦而又绝望的她终于接受了爱着她三十多年的、执着不婚的程士砥。但此时的程士砥却身患了绝症。王琦瑶依偎在程士砥身边，体味着半世来的沉浮，也许有些东西，只有他们能够互相理解。小说以上海和上海的女人为歌，重新确定了"史诗"和"女人"的概念，在把上海这座城市化为女人的心灵时，拆解了女人的历史，构筑了女人的现代，为当代女性城市小说搭建了一个界碑。①

王梓夫新体验中篇小说《审判》：表达了作者对社会弊病的强烈不满

王梓夫（1947— ），北京通州人。《审判》4月份发表在《北京文学》第4期。小说写"我"参加了对罪犯尹思源的审判，插叙了尹思源的犯罪过程。尹思源原来是村团支书，当上厂长后却贪污公款过起了花天酒地的生活，他嫖妓女，找情人，最后被押上了法庭。当年提拔他、欣赏他的上级领导最后来见他时说，公家的钱一般来说不能拿回家；如果拿回家了，你就要想好，自己的地位、能力能不能保护好这些钱；公家的钱放在办公室、放在单位，比放在家里的保险柜里安全，你想怎么花就怎么花，但拿回家就不一样了，最终会让你没法再花，没机会花。小说用反讽手法描写了尹思源的人生，故事尾声的悖论，表达出作者对社会弊病的强烈不满。

何申中篇小说《奔小康的王老祥》：表达了作者希望当官的多关心农民心声的愿望

《奔小康的王老祥》4月份发表在《青年文学》第4期。小说写20世纪末，党的扶贫措施终于使王老祥生活的偏僻闭塞的簸箕沟脱贫了。勤俭、善良、朴实、本分的王老祥想象的"小康"生活图景是："一个老汉赶着辆拉着柴的车，在不冷不热的天头里慢悠悠地走，走累了找个店一住，二两烧酒一盘子肉，大叫驴在槽头嚼黑豆。"王老祥给妻子张菊子讲述的自己的宏伟打算是："要盖五间新瓦房，红砖落地，不要那些破石头，屋里一水的红漆板柜，柜里满满的全是粮食。门后放满满一塑料桶白酒……"但王老祥的小康梦却被那些不为民做主、坑民骗民的贪官们粉碎了，因为他被牵扯进了一个不明不白的官司之中，他在将全部积蓄和奔小康的铁车搭进去后，最终只能领着张菊子走出大山，去讨要做人的公道，讨要他奔小康的目标。作者通过王老祥的遭遇，表达了自己希望当官的应该多去关心关心那些勤劳朴实的农民的心声的愿望。②

---

① 参阅万燕《解构的"典故"——王安忆长篇小说〈长恨歌〉新论》，《深圳大学学报（人文社科版）》，1998.3。

② 参阅欧阳明《何申：半是反讽半为真》，《青年文学》，1995.8。

阿成短篇小说《赵一曼女士》：讲述了抗战英雄赵一曼女士的生命历程

《赵一曼女士》5月份发表在《人民文学》第5期，获得第一届鲁迅文学奖（1995—1996）。小说讲述了抗战英雄赵一曼女士被敌人逮捕后，送进医院治病、监禁、脱逃以及最后光荣牺牲的情况。小说采用第一人称"我"来叙述。但作者一开始并没有写赵一曼女士，而是讲述了自己与医院之间的关系。作者没有将赵一曼烈士神化，她与常人没有什么两样，她也喜欢欣赏雪景，喜欢丁香花的清香，喜欢聆听巴赫的《意大利协奏曲》或莫扎特的《第九钢琴协奏曲》以及教堂的钟声，她还对外国的文化建筑有着自己独到的审美见解。赵一曼女士在医院对小护士韩勇义与警卫董宪勋在思想上的宣传与组织上的策反，使他们成为抗日的战士。小说对赵一曼女士牺牲的场面只是一笔带过："赵一曼女士是在珠河县被日本宪兵枪毙的。"但这却引发了人们的深思，特别是"我"后来去拜访她的墓碑时，心里产生了一种无尽的苍凉感与时空感，因为许多年来，竟然很少有人知道那个墓碑是抗战英雄赵一曼的。"我"也关心赵一曼女士留下的孩子，他小时候就没有了父母，这给他的心灵上带来很大的伤痛。又有谁可以去安慰他？小说对两封信及档案材料未加评论，而是让读者去感受和评价它们。总之，小说文本看似行云流水、散漫自由，实则匠心独运。其意义之一是作者多角度、人性化地刻画了赵一曼女士的形象，显示了她是一位集英雄、母亲、女人、智者等多种因素于一身的人，这超越了同类革命题材小说的叙事模式。之二是作者将情感抒发巧妙地裹挟在散文化的叙述之中，如"我"在赵一曼女士的墓碑前与老人的对话，含而不露地照应了烈士遗书中"有谁会知道呢"的忧郁。之三是作者从多方面展开叙事，使一般叙事常规得到了灵活运用、转换，显示了叙事者非同凡响的叙事驾驭能力。[1]

邱华栋中篇小说《环境戏剧人》：聚焦了都市新人类的虚无灵魂在商业化都市中的游荡情况

《环境戏剧人》5月份发表在《北京文学》第5期。小说演绎了一场悲哀的爱情游戏。主人公胡克是个环境戏剧论者，他和情人龙天米是中央戏剧学院的

---

[1] 参阅常宽《〈赵一曼女士〉的叙事聚焦》，《名作欣赏》，2017.8。

同学，在同演莫里哀的喜剧时成了情人。两人大学毕业后，一起演环境戏剧，龙天米却无缘无故地离开了胡克。胡克四处奔走，寻找龙天米，只找到了与龙天米来往密切的四个男人，他们是画家何哲伦、记者段郎、现代美术平面设计师韩良英、花花公子万欧。何哲伦是第一个把龙天米变成女人的男人；段郎是让龙天米怀了孕的人；韩良英曾经给龙天米设计过电影海报；万欧也可能是让龙天米怀孕的一个大富豪。龙天米也在寻找可能使自己怀孕的男人。龙天米与许多男子交往，却不知道肚子里所怀的孩子是谁的。当她意识到孩子对自己越来越重要时，她才认真地寻觅着孩子的父亲，然而却没有人承认，她最终在绝望中自尽了。胡克在艰难地寻觅后，似乎对龙天米更加不了解了。事实上，在龙天米那儿，人生就似演戏，爱情只是游戏。小说以欲望为核心，聚焦了都市新人类，细致地再现了他们那虚无的灵魂在商业化的都市中游荡的历程，真实地裸露了他们的心理特征。①

谈歌中篇小说《天下大事》：批评了一个圆滑世故、虚伪自私的工厂党委书记

《天下大事》6月份发表在《北京文学》第6期。小说里面的某厂党委书记田书记是一个"官气"很重的人，他身上看不到一个共产党员一心为公的品格，他最突出的特点就是"官气"胜过"人味"。他每天的重要工作是应付各种关系，目的是保住自己的官位。当他面对秦志明的"造谣"问题时，他一方面为李厂长出谋划策，以求证明自己的清白，让李厂长领情；另一方面，他又摆出一副无辜和义愤的样子，让秦志明感激。田书记的圆滑世故、虚伪达到了无以复加的地步。

关仁山中篇小说《落魂天》：揭示了商品经济大潮对传统伦理道德观念的湮灭及对精神围墙的浸溢

《落魂天》6月份发表在《北京文学》第6期。小说里面的王宝顺老汉原先并不是个好渔民，一次，他偶然在海滩里冒着生命危险打捞了草上庄贫寒农民的尸体，他没要钱。后来，他又偶尔从海里捞了一具尸体，死者家属给了他

---

① 参阅石晓岩《欲望主体的"返源"旅程——重读邱华栋的〈环境戏剧人〉》，《当代文坛》，2008.1。

5000 块钱。这使他的心态发生了改变。从此，他以捞尸为营生，并渴望多捞到死尸。他通过关系让海滨浴场的庞主任不要用能减少游客死亡的车轮胎，而是用死亡率很高的气垫子，目的就是扩大他的捞尸生意。他把海边死人的日子看作是最高兴的日子，尤其是喜欢看人躺倒的姿势。当见到欢蹦乱跳的人时，他就心烦和难受。小说深刻揭示了物欲对传统伦理道德观念的湮灭，商品经济大潮对我们多年营构的精神围墙的浸溢。

何申中篇小说《年前年后》："现实主义冲击波"小说的代表作

《年前年后》6 月份发表在《人民文学》第 6 期，获得第一届鲁迅文学奖（1995—1996）。小说写七家乡乡长李德林在新年将至的腊月里，为了能拿到小流域治理项目，去找县里的有关领导，虽说不上殚精竭虑，却也一心为公，以至于在大年初一他都在想着那些吃不上饺子的民工，然后把自己过年的饺子送给了民工。但李德林这般拼命工作的目的却是想在七家乡干上一两年后再调回县城。为能调回县城，李德林不得不给县政府有职有权的头面人物送礼，走后门。小说这样写增添了可信性，避免了概念化。李德林鲜活的生命气息让读者感同身受，缩短了读者与小说的距离。该小说被视为"现实主义冲击波"小说的代表作。1998 年，该小说连同作者的其他五篇小说一起被拍摄成电视连续剧《大人物李德林》上映。

邓一光中篇小说《父亲是个兵》：展现了父亲 60 年的军旅生涯

邓一光（1956.8—），蒙古族，祖籍湖北麻城，生于重庆。《父亲是个兵》8 月份发表在《上海文学》第 8 期，获得第一届鲁迅文学奖（1995—1996）。小说书写了父亲邓声连 60 年的军旅生涯与人生历程。邓声连虽然已经退伍在家，但是生活中的他却依然是一副军人装扮，当他得知毛主席要接见他们这些老兵时，他就像一个孩子，唱着歌、穿上新军装。在他的回忆中，我们看到了他的英雄事迹，看到了他身上所具有的良好的品质。然而作者并没有一味地去推崇军人的钢铁精神，而是写了"老邓家杀太多的人了，这是报应"的事情，让读者又去对历史去进行深深地反思。小说一方面在叙述时间上保持了纵向推移，如父亲在 20 世纪三十年代投身红军、四十年代参加国共战争、六七十年代赋闲在家、八十年代回乡探亲等；另一方面将父亲的人生大致分为和平年代与战争年代两个时段，对他在这两个时段里的经历进行了交错叙述。比如，小说起首运用倒叙方法写了1992年父亲彻底告别职业军人生涯的情况，然后折回去又写他在三十年代参加鄂东农民暴动的传奇，接着又跳到八十年代，写他还乡组织乡亲哄抢化肥的闹剧，再回头写三十年代他经历的红军内部斗争，接下来写了他在七十年代的家居生活及四十年代参加东北剿匪与国共两党战争的经历。小说展现了父亲高尚的人格及他坚定的人生信念；通过母亲之口对父亲先抑后扬的评价，抒发了社会、家庭乃至同事之间对于社会主义核心价值观的肯定与支持；通过展现两代人或多代人观念上的不同见解，抒发了作者的历史唯物主义的创作态度。

莫言长篇小说《丰乳肥臀》：显现了女性被遮蔽的历史，重塑了历史中的女性形象

《丰乳肥臀》9月份发表在《大家》第5—6期。小说写1900年农历八月初七早晨，当德国军队包围了高密东北乡最西南边的沙窝村时，女主人公鲁璇儿刚满六个月。德国人因为修建胶济铁路遭到了中国人的反对，在一次屎尿战中，璇儿的父亲被德国兵打死了，母亲姚氏也上吊自杀了。成为孤儿的璇儿被她的大姑和大姑父于大巴掌收养了。1917年，璇儿和铁匠上官福禄的独生子上官寿喜结了婚。但婚后三年，因上官寿喜不育，璇儿一直不孕。璇儿回到姑姑家后，被姑姑灌醉，然后让丈夫于大巴掌和她睡在一起。璇儿和姑父生了两个女儿：大女儿叫上官来弟，二女儿叫上官招弟。因为璇儿生的是两个女孩，她婆婆的脸色就不好看了。璇儿认识到一个女人要想在家庭中取得地位，必须生儿子。她于是和一个赊小鸭的小商人相好后生了一个叫上官领弟的女孩。接着，她又和一个江湖郎中生了四女儿上官想弟。婆婆看璇儿生了四个女儿，便对她百般羞辱打骂。璇儿怀着对上官家的满腔仇恨，把自己的肉体交给了沙口子村以打狗卖肉为生的光棍汉高大膘子糟蹋了三天，怀孕后生了五女儿上官盼弟。后来，婆婆脖子之下的身体上长满了银灰色的鳞片，璇儿从天齐庙里请来了智通和尚给婆婆看病时，和智通和尚又生了六女儿上官念弟。婆婆看到念弟后想把她放到尿罐里溺死。1935年秋天，璇儿在蛟龙河北岸割草时，被四个败兵轮奸，第二年初夏，八年没有生养的璇儿生了七女儿上官求弟。璇儿的丈夫上官寿喜从铁匠炉里夹出了一块暗红的铁块,烙在了璇儿的双腿之间。璇儿被烙伤下体后,腐烂化脓,散发着恶臭,她自觉将不久于人世,便来到教堂开始信奉基督教。教堂里的马洛亚神父治好了璇儿的烙伤并和她相好。1939年农历五月初五,福生堂二掌柜司马库敲着锣给村里人通报"日本人来了"的消息时,璇儿和家里的黑驴同时生产,黑驴难产,璇儿也难产。婆婆请来兽医樊三大爷给黑驴接生,黑驴生了一头骡驹子;婆婆又请来死对头孙大姑为璇儿接生,这时,日本人进村了,他们杀死了上官福禄、上官寿喜、孙大姑等人。然后,日本军医为宣传中日友好,救活了璇儿和马洛亚神父生的一对龙凤胎即八女儿上官玉女和儿子上官金童(即小说中的"我"),但上官玉女先天失明。当沙月亮的黑驴鸟枪队闯进教堂后,马洛亚神父不堪凌辱跳楼自杀。后来,璇儿的八个女儿中的老大来弟与孙大哑订婚,不久,来弟和沙月亮私奔并生了女儿沙枣花。新中国成立后,来弟嫁给残疾军人孙不言(原名孙大哑),被孙不言虐待后,爱上曾在日本做劳工的鸟儿韩,生下了儿子鹦鹉韩。孙不言发现来弟与鸟儿韩的奸情后,和鸟儿韩打斗,结果被杀,鸟儿韩也被政府处决。璇儿的二女儿招弟的丈夫是抗日别动大队的司令司马库,招弟给司马库生了女儿司马凰和司马凤。司马库后来在和独立纵队十七团交战时中弹死亡,两个女儿在土改时被极"左"土改官员处死。璇儿的三女儿领弟一直深爱着鸟儿韩,鸟儿韩被俘虏去日本后精神错乱,领弟便嫁给了孙不言,她和孙不言生有儿子大哑和二哑。国共内战期间,领弟被飞机炸死。璇儿的四女儿想弟在战乱中将自己卖给妓院,"反右"运动后在返村途中,被公社干部将财产洗劫,又遭批斗病亡。璇儿的五女儿盼弟少年时参加爆炸大队,后嫁给政委鲁立人,生了女儿鲁胜利,鲁胜利担任过卫生队长、区长等,"反右"运动中担任蛟龙河农场畜牧队队长,并改名马瑞莲,"文革"时自杀。璇儿的六女儿念弟爱上了美国飞行员巴比特,婚后三天与巴比特一起被鲁立人俘虏,在押解途中逃亡,逃亡途中被一寡妇带到巴比特藏匿的山洞后,寡妇拉响手榴弹,三人同归于尽。璇儿的七女儿求弟四岁时被卖给流亡至哈尔滨的俄罗斯的托夫伯爵夫人做养女,伯爵夫人死后,求弟被一火车站站长收养,改名乔其莎,毕业于省医学院,"反右"运动时期被打成右派,在农场改造时因为饥饿而暴食生豆饼,结果胀气而死。璇儿的八女儿上官玉女一直找不到自己想嫁的人，就自己寻死，三年困难时期，投河自尽。璇儿唯一的儿子上官金童生来有恋乳症，因为"奸尸罪"被判刑 15 年。改革开放后，42 岁的上官金童刑满释放。后来，金童与一个叫汪银枝的女人结婚，汪银枝经营公司，金童的权力被汪银枝架空时也被软禁，最终两人离婚。离婚时，汪银枝只给了金童 3 万元的安家费。金童回到了母亲璇儿身边，在璇儿去世前，他一直赡养母亲。璇儿死后，金童在沼泽地边缘一块潮湿草地上，将母亲的遗体草草掩埋了。然后，他吃着母亲坟墓周围的白色小花，仰面朝天地躺在母亲的坟墓前，回忆着许多往事……小说写了璇儿的前七个女儿都成了她们各自丈夫的坚定同路人。璇儿用她的"肥臀"生了她们后，又用她的"丰乳"哺育了她们，但她们长大后，连同她们的丈夫一起，带给璇儿的却是无尽的灾难和痛苦。小说把璇儿描绘成一位承载苦难的民间女神，而她生养的八个女儿、一个儿子及女儿们生养的儿女所构成的庞大家族与 20 世纪中国的各种社会势力发生了枝枝蔓蔓的联系，他们一起被卷入到 20 世纪中国的政治舞台上。正是这些形态各异的力量之间的角逐造成了璇儿一生的苦难。而璇儿却独自承受着这些苦难。作者以独特的女性视角，改变了传统的叙事方式，显现了女性被遮蔽的历史，重塑了历史中的女性形象。[1]

王梓夫短篇小说《破译桃花冲》：揭示了农村基层政权为非作歹的情况

《破译桃花冲》9 月份发表在《北京文学》第 9 期。小说用"我"的视角，叙写了"我"将一笔被大别山桃花冲村村支书冯土地挪用的助学金要来后，给了原来确定的八个救助对象的经过。小说先写"我"未进桃花冲时，遇到了"我"的大学同学司徒秋雨，他是现任区长，正在为镇党支部书记嫖娼的事情而发怒，再写"我"和司徒区长去桃花冲时，路遇了受"我"资助读书却又失学的女孩方固固，其间插叙了"我"到桃花冲的原因——"我们救助的 8 个孩子，6 个失了学。原因是党支部书记冯土地偷猎换狗，把我们的救助款重新分配给了别的孩子。这些孩子大多是冯土地的亲支近脉，或者是给他送礼的马屁精"。小说接着写"我"进到桃花冲村后遇见了一个补栽玉米的老汉，当"我"

---

[1] 参阅李凤兰《莫言小说的女性建构——〈丰乳肥臀〉读解》，《名作欣赏》，2009.2。

问他村小学里的事情时，他啥也不知道。"我"与司徒区长来到桃花冲小学后，得知冯支书辞退了胡老师，却聘用了他的女婿田大山。我们找到胡老师，他正想离开桃花冲外出打工。我们找到冯土地后，司徒区长按"我"的要求处理了事情。司徒区长又给桃花冲给了六个"希望工程"指标，并将田大山送进县师范学校进修两年。小说按顺时序叙事，结构自然流畅，对农村基层政权的为非作歹及司徒区长的为官之道作了深刻而生动的揭示。

唐颖中篇小说《红颜》：揭示了现代都市人的爱情游戏

唐颖，生年不详，浙江镇海人。《红颜》9月份发表在《上海文学》第9期。小说以上海某美容店为背景，通过对美容师周国华与顾客关系的叙写，揭示了现代都市人的爱情游戏。美容高手周国华受到某城市众多漂亮、摩登女人的宠爱，他和有夫之妇凯西来往了三年，而欧洲女领事安维亚也正在努力地追求他。他办好了护照准备与女领事出国，却又与女顾客爱妮调情。当他患肝癌住院时，他的病房里美女如云，鲜花摆满了一房间。爱妮的丈夫比爱妮大十岁，相貌平平，但有住房，有海外关系。爱妮将美容师周国华看作是最神气的男人，举办生日宴会时特意请了他，他俩相拥而舞，情话绵绵。对爱妮一往情深的许铮从美国回来后，要与爱妮结婚，却被爱妮拒绝了。小说在写出现代都市人情感矛盾与纠葛的同时，也揭示出他们对待男女之间关系的随意与实利，演绎出一幕幕爱情游戏。① 小说后来被拍摄为电影《做头》上映。

殷慧芬中篇小说《纪念》：展示了人物凄美而落寞的姿态

殷慧芬（1949—），上海人。《纪念》10月份发表在《上海文学》第10期。小说里面的女记者纪念敏感聪慧，才情俱佳，是一个富于幻想和激情的成熟的知识女性。但"她并不排斥物质和享受"，"她是一个生活的女人"。纪念难以正视自己与山东男人安杰的婚姻，无法抗拒温雅精致的南方男人的吸引。于是，在与安杰的一番口角之后，儒雅、温柔、风度翩翩、精明强干的企业家狄仁适时地出现了。狄仁高超的性爱技巧唤起了纪念"潜藏在体内的古老的欲望，她变得物质和急切了"。狄仁同时唤醒了纪念十岁时因对一个成年男人的

---

① 参阅吕树梅《凸显与遮蔽：不同性别视角审视下的女性——从〈红颜〉到〈做头〉》，《电影文学》，2006.1。

爱恋而许下的夙愿：和出色的男人疯狂做爱。当纪念与狄仁"舒展自己发现自己"的时候，狄仁却意识到如果继续保持与纪念的关系，必定会影响自己的前程，于是，他毅然决然地断绝了与纪念的来往。狄仁后来升任为一家万人大公司的总裁后，纪念发表了对他的专访文章，为他的继续升迁做好了舆论准备。在精神价值日益受到质疑的时代里，小说为我们展示了一种凄美而落寞的姿态。在对于诗意的难以排遣的执着中，作者在对此岸人生的认同中留存着一份清醒的质询。而在那无法割舍的浪漫情愫中，她又在自己所建构的意义世界中弥漫着一种"痛苦的理想主义者"的迷惘和失落。

梁晓声中篇小说《荒弃的家园》：折射出历史大潮对部分乡村女性以及乡村社会秩序和伦理巨大、复杂、可怕的影响

《荒弃的家园》11月份发表在《人民文学》第11期。小说写17岁的乡村少女芊子，在外出打工回来的小姐妹的时髦见识刺激和影响下，对城市生活产生了强烈的向往和欣羡，并发展为一种病态心理，逐步扭曲了人性，从一个善良的乡村少女开始变得邪恶起来。芊子为了进城，丧心病狂地对瘫痪在床、拖累自己无法进城的母亲由厌烦、打骂到最后将其烧死。小说对芊子这种为了进城而扭曲人性的人的极端化描写折射出历史大潮对部分乡村女性以及乡村社会秩序和伦理巨大、复杂、可怕的影响。小说也描写了农民外出打工使原来热闹的村庄变得满目疮痍、破败不堪的景象。比如芊子生活的翟村里的土地上荒芜不堪，她家仅有的两亩麦田成了"一床绿被面上打的黄补丁"。"翟村静得一点声息也没有，它的上空也没有一丝炊烟缭绕。仿佛翟村人早在一场大瘟疫中彻底灭绝了，根本没有需要做饭吃的活人了。"小说描写的这种压抑环境也是造成芊子烧死了母亲逃离家园的原因。

王旭烽长篇小说《茶人三部曲》：讲述了一个茶商世家几代人在国运堪忧时的救国行动

王旭烽（1955.2—），浙江平湖人。《茶人三部曲》由《南方有嘉木》《不夜之侯》《筑草为城》三部组成。《南方有嘉木》1995年12月份由浙江文艺出版社出版；《不夜之侯》1998年8月由浙江文艺出版社出版；2000年10月11日，第一部和第二部小说获得第五届茅盾文学奖（1995—1998）。第三部《筑草为城》在获奖之后出版。整部小说将故事发生地放在西湖畔茶商杭家的忘忧茶庄，由清末写到新中国的改革开放。作者以生动的语言讲述了中国茶文化的发展以及杭家子孙们在各个特殊历史时期的人生选择。杭家的第一代吴茶清参加了太平军，当太平军失败后，他投身茶行，想以小老百姓的身份安度终生，但他年老时却在光复杭州的战役中因为主动请命去给敌方送劝降书而不幸遇难。第二代赵寄客东渡日本后加入了中国同盟会，后来在革命活动中失去了左臂，再后来因指责日本人的暴行而被软禁在孔庙里，最终在保护孔庙时撞石身亡。第三代杭嘉和、杭嘉平两兄弟都是意气风发之辈，心怀远大的救国梦。哥哥杭嘉和看似温和，实则坚韧，当他被日本人威逼着对弈时自断手指以明气节；当日本人占领了他祖传的房屋时，他毅然放火烧掉家产以示反抗；在烽火连天的岁月里，他在失去了一个又一个亲人时，始终保持着平和的心态并全力维持家族的生存。弟弟杭嘉平为了革命而四处奔走，他用实业为革命提供经济支持。第四代杭忆本是一位文艺青年，当他看到家国破碎后毅然投笔从戎，最后与妻子在游击战中不幸牺牲；杭汉却投身到茶学研究中，为祖国的茶叶事业发展贡献了毕生力量。第五代杭得放在"文化大革命"中为了坚守正义不幸遇难，杭得茶潜心研究茶叶历史，为新中国的茶文化发展做出了自己的不懈努力。小说塑造的60多个主要人物虽是虚构，但发生在他们身上的故事又那么真实，他们从晚清时期至新中国成立期间为救国救民而不懈努力、不怕牺牲；他们在民族危亡时刻敢于呐喊，敢于呼唤正义，其精神令人感动。小说把一个跨世纪的社会历史变迁、民族兴亡、家族兴衰与茶文化史紧密地结合在一起，通过对忘忧茶庄几代茶人的悲欢命运的展示，对茶的精神和茶人精神的剖析，演绎出了中华民族永恒璀璨的人文精神、民族精神，塑造了中华民族之魂。[①]

余华长篇小说《许三观卖血记》：描写了人物生活的不易及无奈

《许三观卖血记》12月份发表在《收获》第6期。小说可以作为作者的长篇小说《活着》的姐妹篇来读。它讲述的故事发生在20世纪五六十年代，那时主人公许三观还是一个青年，他被周围生活不断地压迫着。为了生活，许三

---

① 参阅葛红兵、周羽《论王旭烽〈茶人三部曲〉》，《小说评论》，2000.5；王海铝《论王旭烽〈茶人三部曲〉的叙事张力》，《当代文坛》2003.6。

观不得不拼命地工作，但是依然无法维持自己的生活。在这种情况下，许三观就用卖血来维持生计。随着岁月的流逝，许三观身体一日不如一日。他为了给儿子治病，坚持 15 天卖一次血，以还清欠债，最后导致大病不起。小说最后写许三观想吃猪肝，但身上又没钱，他于是决定为自己卖一次血。当他到了医院后，医生说他的血只能卖给油漆匠漆家具。许三观听了，一下子感到自己的人生已经走到了尽头，自己已经没有任何用途了。许三观哭了。小说围绕许三观卖血的经历，讲述了他的许多琐碎之事，体现出他生活的不易及无奈。小说刻画了许三观顽强、韧性的生命，以及他对苦难的承受力和从容的应对态度，他以自己的朴素和单纯对抗苦难，保护自己。小说的叙事风格平实、柔和、温情、幽默，所述的故事情节非常生活化，就像讲述我们身边每天都在发生的事情一样，没有太多的写作技巧，也没有华丽的词汇。[①]

黎志扬小说《打工妹在"夜巴黎"》："打工"文学的代表作品之一

黎志扬（1966—　），广东罗定人。《打工妹在"夜巴黎"》发表在本年的《广州文艺》上，是"打工"文学的代表作品之一。小说根据作者一个同事讲述他的女朋友到舞厅"兼职"的事情写成。小说中涉及的人物"甜妞儿"破罐子破摔做了妓女，后来，她尘封起自己当妓女的历史，揣了一把钱回乡嫁人了。但她却不能生育，因为她的子宫出了问题，夫妻俩于是大吵三六九，小吵天天有。小说中的"易水寒"经过努力混到了主管的职位；"秃头"却是一个人渣，他以为所有的女孩都需要他的"水分"和"养分"，这无疑是他在侮辱女性；"容妮"是一个性子很烈的人，她是打工者中自觉维护尊严的人，她讨厌"易水寒"太重的疑心及粗鲁的行为；与"易水寒"分手后，她继续"兼职"，在积蓄了一笔钱后就不打工了，而是从事服装生意，成了一个女老板，但一直未婚。"易水寒"很爱"容妮"，结果反而毁了自己的爱情。

---

① 参阅韩会敏《〈许三观卖血记〉中的对话与民间话语》，《广州大学学报（社科版）》，2011.11。

1996 年

李贯通中篇小说《天缺一角》：刻画了"文化守灵人"的命运

《天缺一角》1月份发表在《大家》第1期，获得第一届鲁迅文学奖（1995—1996）。小说写公元2002年夏初，金石学家于明诚大病初愈后被文化馆的全体同人接回家。是夜，于明诚回想起在35年前的一个雨夜里，徐馆长将保存在馆里的无价之宝——一尊汉画像石及一张孤本拓片托付给自己保存，结果汉画像石的一角被顽皮的孙子童童砸掉了。第二天，于明诚寻找被砸掉的像石角，儿子于大川劝他不要如此执着。众同事前来劝和时，县委宣传部高部长也来了。高部长告诉大家，美籍华商乔治·艾中华先生欲来投资给汉画像建造碑亭，众人惊喜交加。艾中华先生来后，以3万元买走了孤本拓片。文化馆沉浸在3万元的喜庆之中。馆员赵雨果暗中给市报的同学说孤本拓片卖了30万。文化馆顿时成为新闻焦点。于是，税务局要征税，文化局要开经验交流会，文化馆的很多债主也纷至沓来，盛馆长和李书记极力应付，大汗淋漓。城关的农民们又以文化馆多占了8厘地为由，纠集近百人前来索要补偿费。盛、李束手无策，赵雨果假扮馆长应付。高部长指示答应农民的要求，风波方息。补偿费结付之后，盛、李决定给大家补发奖金，3万元就此花光，为汉画像石建造碑亭的事情也再次落空。是夜，于明诚强行拉着儿子，将汉画像石藏匿于井中。老强发现像石失踪后，立即报案。公安局带走了于明诚。赵雨果发动千人签名，高部长被迫出面求情，公安局才放了人。这时，省纪委调查组突然到来，李书记顿感事态不妙，借钱给高部长拿走的两张拓片垫付了购买款。调查组最终无功而返。市委郭副书记也拿了拓片，便给建碑亭的事情批了款，文化馆又沉浸在欢喜之中。工程如期动土了。15 日后，李书记却发现碑亭居然阴差阳错地建在了功德碑头上，被气得晕倒住院。文化馆的诸位领导因此事都丢了乌纱帽。于明诚发现有男女在文化馆的旮旯处偷情，便建议修建一间收费的爱心小屋。小屋建成开张后，进出的人络绎不绝。于明诚在点着一张张到手的钞票时，小屋里却发生了一对幽怨男女自杀身亡的事情。公安局很快查封了小屋，并没收了全部收入。中秋之夜，众人集于汉画像石处，给调到市文化局任副局长的高部长送行。高提议大家跳舞。在舞乐之中，于明诚缓缓走向汉画像石，老泪纵横，感慨万分，最后气绝身亡，魂随石去。小说厚实、凝重，通过对现时代"文化守灵人"命运的刻画，准确而深刻地反映了世纪末文化转型期一个最沉重也是最有价值的精神话题，是对当今知识分子命运的忧患，其对现实的穿透和表达都给我们以新鲜而难忘的印象。作者的沉实、朴素和真诚，对于当时的文坛来说都是相当难能可贵的。[1]

谈歌中篇小说《天下书生》：批评了长官意志对书生们命运的左右和摆布

《天下书生》1 月份发表在《小说家》第 1 期。小说写以文学起家的梁市长大权在握后，常用长官意志行事，决定解散市文联。于是，书生们自谋生路，却屡屡碰壁。小说所描写的原市文联副主席吴为和杂志编辑小刘的一段对话颇具意味。小刘笑：你根本就不是干这种事的材料。吴为问：那你说我吴为是干什么的材料？小刘哈哈笑：你要是不想写东西，就干脆去卖冰棍。我街坊一个老太太每天都能卖几十块钱。吴为笑：卖冰棍我没嗓子。那你就去扛大个。我没力气。那你就去练摊儿。我没脸皮。那你就去砸银行。我没胆子。那就去上吊。我没勇气。小刘苦笑道：那你没救了。吴为也笑：是没救了。这一段对话非常口语化、世俗化，在幽默中不乏机智，在诙谐里透出无奈，对书生们在长官意志左右下的难堪境遇作了生动展示时，也勾勒了吴为的庄重乐观、小刘的精明油滑的性格。后来，省委要抓文化工程，梁市长又恢复了文联建制。

---

[1] 参阅吴义勤《大地歌吟——李贯通前期小说论》，《当代作家评论》，1997.3。

谈歌中篇小说《大厂》：书写了转型期国有大中型企业面临的困境

《大厂》1月份发表在《人民文学》第1期。小说以写实的笔触写出了红旗厂的窘困处境，也写出了人们在这处境中的挣扎与奋斗。小说开篇写了厂里捉襟见肘的难堪处境，已经两个月没有开支，前任许厂长因为弄走了厂里的几十万块钱而被警察带走了。春节前，厂里闹出了两件大事：一件是厂办公室主任老郭陪着河南大客户郑主任嫖娼，让公安抓了；二是厂里唯一的一辆高级轿车丢了。另外，厂里还来了一大帮要账的，他们住在厂里的招待所不走。工程师袁家杰要调走，老劳模章荣看病的药费无法报销，厂里的六个工人偷了厂里的铁块被抓，承包厂门口饭馆的赵明欠了厂里10万元不交，小魏为给得了白血病的孩子治病却借不到钱，四车间的工人愤而在财务科乱砸一通⋯⋯吕建国担任厂长后，寻找门路，才弄出了被抓的河南客户，要回了被偷的小轿车，平息了厂里的种种事端，使大厂暂时熬过难关。8月，作者创作的《大厂》的续篇发表在《人民文学》第8期。小说继续描述红旗厂的困境及吕建国厂长的挣扎与努力：他将厂里的丰田车拍卖后补缴了国税局的增值税，但供电局却以厂里拖欠了电费而断了电。吕建国于是四处找人求情解困。包工头不愿意交付已经建成的集资房，五车间主任老马去干私活，市委让环宇厂兼并红旗厂。诸多事情使吕建国等厂领导焦头烂额。小说突出叙写了红旗厂被兼并的过程，对处于困境的企业的现状与出路作了探讨。小说的正篇和续篇在叙写红旗厂难以摆脱的困境时，刻画了热情耿直、吃苦耐劳，时刻把工人的利益放在心上的厂长吕建国的形象。小说真实地写出了转型期国有大中型企业面临的困境，写出了人们在困境中的种种心态和不屈不挠的奋斗精神，也写出了人们在患难中的真情。①

刘醒龙中篇小说《分享艰难》：关注了转型期农村基层干部与民众分担艰难的情况

《分享艰难》1月份发表在《上海文学》第1期。小说写鹿头镇党委书记孔太平在无奈中，尽力为国家和政府分担艰难。比如他为了解决财政危机，不惜

---

① 参见《关于〈大厂〉及其续篇的话题》，《人民文学》，1996.8。

用计谋，甚至用不正当的手段、用抓赌的罚款去筹集钱款，去发放已拖欠数月的教师工资；孔太平还忍痛压下洪塔山诱奸他表妹田毛毛的仇怨而重用他去担任养殖场的经理。小说第二节围绕孔太平去省委党校和青干班的学习，展现了形形色色的官员对社会环境的迎合与妥协，他们哪怕是吃碗素面，哪怕是留守在宿舍，或与看门人、与女性交往，都暗蕴着升迁的机遇。孔太平的官运最终也发生了转机，但这却是他坠落于无边欲海的开端。小说结尾写孔太平利用学习时编织的官场网络，娴熟地玩弄着心机和计谋，得到了梦寐以求的官位。他终于从镇党委书记升迁为县常委，又由县常委升迁为县委副书记、代县长了。小说和作者的其他小说一样闪耀着一种精神光芒，体现了作者作为一个知识分子的良知。小说通过对农村基层干部在农村转型时期与民众分担艰难的描写，表现了对社会时代问题的关注，同时又以正视现实的眼光，表达了这种分担艰难的艰难。小说也批判了一些人迎合世俗腐化风气从而得到升迁的不良社会政治生态。

史铁生长篇小说《务虚笔记》：书写了社会嬗变给人们带来的影响、冲击、规范和梦想

《务虚笔记》1月份发表在《收获》第1期。小说叙述了20世纪50年代初期以来，中国社会嬗变给残疾人C、画家Z、女教师O、诗人L、医生F、女导演N等一代人的种种影响、冲击、规范及带来的梦想。小说"务虚"不重实，像自传又非自传，处处透映着一种对人世沧桑的伤感与领悟，行文优美、凝练，情感真挚、厚重，具有可读性。小说别开生面地创造出了以往中国文学史上从未有过的形式，它的故事情节具有玄想性，人物形象具有符号性；作者同时将自我也融入小说里面，体现了他的写作技巧之高妙。[①]

东西中篇小说《没有语言的生活》：一篇充满现实关怀精神的小说

东西（1966—），原名田代琳，广西天峨人。《没有语言的生活》1月份发表在《收获》第1期，获得第一届鲁迅文学奖（1995—1996）。小说讲述的是"不正常人"的故事。小说中的父亲瞎，儿子聋，媳妇蔡玉珍也是个哑巴。这

---

① 参阅郭爱川《务虚与务实的和谐与统一——评史铁生长篇小说〈务虚笔记〉》，《名作欣赏》，2007.20。

三个残疾人构成了一个加倍"不正常"的世界，但他们却力图要过上正常人的生活。他们的交流方式让人震撼和感动：盲人父亲说话时，哑巴媳妇将其化为肢体语言，然后再由聋子儿子猜；盲人父亲对聋子儿子的话进行分析后再做出决定。三个人都是善良、勤劳的人，其自身的局限并没有阻碍他们去过幸福的生活。但他们最终却毁灭在了村里人的闲言碎语之中：先是村里的朱灵因怀孕而自杀了，人们说是聋子儿子强奸了她才造成的；然后是有人强奸了哑巴蔡玉珍。对于这些，三个人都用自己的力量抵抗着，忍让着，不与村里人来往。当蔡玉珍的儿子王胜利出生后，他给这个家庭带来了很大的幸福。但王胜利上学后，他学到的却是"蔡玉珍是哑巴，跟个聋子成一家，生个孩子聋又哑"这些话。小说通过对一个残疾家庭种种遭遇的叙述，表现了他们生存的艰难。瞎子父亲和儿子、儿媳虽然互相关爱，但他们却被所谓的正常人欺负、捉弄、侮辱、偷盗、强奸。村里人的流言蜚语最终使他们生活在无尽的痛苦之中。小说通过具象化的日常叙事演绎了一出语言的缺失与语言的不洁，这种语言使人物生活在昏昧的悲剧之中，充满了现实关怀精神。[1] 小说被改编拍摄为电影《天上的恋人》公映，电影曾获得第十五届东京国际电影节"最佳艺术贡献奖"。

陈世旭短篇小说《镇长之死》：一个由小说中的人物引发的现实悲剧

《镇长之死》是作者《小镇上的将军》的后续篇，2月份发表在《人民文学》第2期，获得第一届鲁迅文学奖（1995—1996）。小说开头写道："十几年前，我们小镇文化馆有个面黄肌瘦的年轻人，因为写作了一篇小说改变了默默无闻的命运。那小说获了那一年的全国文学大奖。他后来也因此调到省里去做专业作家，自然是很扬眉吐气的了，整天一副天才在思考的深沉样子，在镇子里走着，觉得一切都那么琐屑和肮脏，心里充满了悲悯。"当那作者和小镇的镇长相遇时，镇长说："人倒霉，盐罐子生蛆。如今是人是鬼都往我头上扣屎盆子。你这小子就自顾自己出名，就不管别个死活了。我一个小镇长，迫害得了那么大一个人物么。如今你小子是行了时了，老子却是永世不得翻身了！"原来，作者在获奖的那篇小说里塑造了一个镇长的形象，他迫害了一位下放到小

---

① 参阅赵双花《隐喻：通往真实之门——读东西中篇小说〈没有语言的生活〉》，《名作欣赏》，2011.2。

镇上的将军。"文革"结束后，人们将真实的小镇镇长和小说里的人物扯上了关系，镇长于是被扣上了一顶反动的帽子。更惨的是，镇长后来死了后，没人给他收尸。其实，镇长是个好人。在小镇，他与以副镇长为代表的腐败势力进行斗争时，他用高明的手段瓦解了对方，消灭了腐败势力。当上级领导来视察时，他大胆地违背领导想要一个漂亮女孩子的意愿，把女孩连夜送回老家，然后拿着伪造的电报跟领导周旋。但"文革"结束后，他却被平反了的人们"打倒"了，背负上了"文革"施虐者的罪名。作者通过讲述镇长的悲剧，展示了小镇人们的"愚"，他们不知何为清廉，何为感动，他们需要的只是一只能帮他们踏踏实实过上好日子的领头羊而已。①

韩少功长篇小说《马桥词典》：一部思想深邃、形式独特的小说

《马桥词典》2月份发表在《小说界》第2期，8月份由作家出版社出版。小说按照词典的形式，收录了一个虚构的湖南村庄马桥镇的115个词条，然后，作者以这些词条为引子，讲述了存在于马桥地区的一些莫名其妙的习俗，即民间社会保留的一些常用的词语。这些词语透视了原初的人性状态，涵盖了那里的经济史、文化史以及艺术史。对于这些"在特定的事实情境里度过或长或短的生命"的词语，作者"反复端详和揣度，审讯和调查"，发现了隐藏在这些词后面的故事。读者由此看到产生这些词语的社会状况、历史渊源和马桥人的情感范畴。作品有很高的人性价值和美学价值，它以其深邃的思想和独特的形式，在20世纪90年代甫一问世就引起文坛的高度关注、争议，随着时间流逝，毫无疑问，它已成为20世纪中国文学的一个重要收获。②

关仁山中篇小说《大雪无乡》：反映了乡镇实行的经济体制改革情况

《大雪无乡》2月份发表在《中国作家》第2期。小说描写了福镇女镇长陈凤珍在福镇实施企业股份制的过程。小说开篇描写了福镇窘困的经济状况：由于前几任镇长"敢于上项目上规模，勇于负债经营，有了政绩也肥了腰包"，但陈凤珍接手，福镇却成了一个烂摊子，经济越来越乱，银行不再放贷，而是催还贷款，企业纷纷关门放假，债主不断上门索债。镇上的宋书记心里不赞成

---

① 参阅程文超《这一个癞痢头——说说陈世旭的〈镇长之死〉》，《创作评谭》，1998.2。
② 参阅张伯存《抵抗现代性的寓言——重读韩少功的〈马桥词典〉》，《文艺评论》，2010.6。

搞股份制，采取的是应付态度，他甚至在镇政府讨论股份制的会议上故意转移话题。镇里在经济上做主的是镇农工商联合公司总经理潘老五，他从德国进口了100万元的废塑料，打开箱子后发现都是民用垃圾，污染了草场，被罚款40万元。陈凤珍到濒临破产的塑料厂后，将旧设备卖掉，全力推行股份制，使厂子转型为一个粮食加工厂，结果既改变了厂子的面貌，又获得了巨大的收益。小说通过陈凤珍的改革行动，反映了在乡镇中实行经济体制改革的艰难性、曲折性，也反映改革开放后乡镇的变化、矛盾及镇政府内的人事纠葛、权力争斗等。①

李国文中篇小说《涅槃》：反映了人的涅槃和旧体制的涅槃

《涅槃》共11章，其中的第6章刊登在《海峡》1993年第1期，第9章刊登在《钟山》1996年第2期，整部小说由中国华侨出版社1996年2月出版，荣获第一届鲁迅文学奖（1995—1996）。《涅槃》里的故事长短不一，有的一篇一个故事，有的一篇几个故事，很像过去的笔记小说，聚为一簇。在写作风格上，《涅槃》延续了作者《危楼记事》的某些调侃、讽刺的笔调，但荒诞味并不十分突出。作者站在个体生命行程的终点，检视着各色人等的灵魂。小说中的伊汝在抗日战争时期背过公粮，知道负重爬山的滋味。小说主要写了新中国成立后，伊汝为了把乡亲们从肩挑背驮的沉重负担下解放出来，用拖拉机经营短途运输的故事。小说也写了白涛的故事。白涛是个能处处逢凶化吉的人，他如神一般地存在着。作者用智者来称呼他，是写得最有味道的一个人。白涛是个诗人，是一个智者，一个"聪明人"，在任何情况下都能够找到自己的最佳位置，都能够做到左右逢源，活得很好。他谈不上什么操守，也从来不想坚持什么，他的生存要领就是适应。一般人适应不了，他能。无论外部环境怎样险恶多变，怎样风急浪高，怎样难以应付，他都能安然无恙。但他的口碑并不好。作者对他的厌恶和批判是含蓄的，却也是明白无误的。小说里的"饭桶"是作者对庸俗、自私、假道学、存心不良的官员的讽刺，写得相当传神。老好人俞万孚平和、与世无争，因为他曾被诬陷而又长期被"挂着"。老干部徐祖

---

① 参阅王秀珍《对现实主义升温的审视与思考》，《学术交流》，1998.1。

慈，画家、文联主席祖逸云都各有一副由几十年特定历史环境和僵化体制锻造出来的尊容。他们的心曲是剖析一个时代的活体。在作者笔下，这些形态各异的生命活体涅槃之时也带走了他们的那个时代。这就赋予了涅槃以更宽泛的象征的和哲理的内蕴：人的涅槃和旧体制的涅槃。①

刘醒龙中篇小说《挑担茶叶上北京》：反映了一个村长的生存状态

《挑担茶叶上北京》3月份发表在《青年文学》第3期，获得第一届鲁迅文学奖（1995—1996）。小说写某镇的段书记、丁镇长为了讨好上级领导，不顾寒冬腊月茶树不能动的禁忌，给村里派下任务要求人们在下雪时采摘冬茶。镇宣传干部老方一针见血地指出：丁镇长、段书记搞冬茶送礼其实是想在上面讨好卖乖，说穿了，他们拿着公家的钱不当钱，拿着公家的东西不当东西，拿着公家的人不当人，只有把公家的官职才当回事。但村长石得宝为完成丁镇长布置的采摘冬茶的任务，取消了送媳妇上镇医院看病、去中学看女儿亚秋、与媳妇采摘木梓籽、与女会计一起学舞等许多事情，并且他还和瘌痢婆撵走了文化馆的调查员，然后动员村民去采摘冬茶。石得宝动员村民去采冬茶，反映了他作为一个村长的生存状态，也反映了新现实主义小说创作已经形成了一种叙事模式，即该类小说大多以叙写一个事件为主，在主要事件的叙写中又串结起众多的人物与事件，展示了人物之间的复杂关系。小说从题材选择、人物形象塑造到艺术风格等方面，反映出作者小说的很多共通特点，即他热衷乡土题材，他的中篇小说多关注改革开放后人们的生存状态，以一些处于社会底层的小人物作为主人公，突破了非黑即白的人物形象设定，血肉丰满，充满生活气息，在艺术创作上有着明显的现实主义的风格。②

阎连科中篇小说《黄金洞》：反映了欲望对人性的剥蚀

《黄金洞》3月份发表在《收获》第2期，获得第一届鲁迅文学奖（1995—1996）。小说讲述了欲望如何剥蚀人性的情况。主人公贡贵有一手寻找金沙线的绝活，他靠挖金沙洞、卖金沙发家致富后，盖了瓦房，给贡老大娶了媳妇，田也不种了。一个城里女人桃为了贡贵许诺的一口金沙井，死心塌地伺候着

---

① 参阅何西来《〈冬天里的春天〉和李国文的小说创作》，《当代作家评论》，1998.4。

② 参阅高文越《从〈挑担茶叶上北京〉看刘醒龙中篇小说创作》，《大众文艺》，2016.22。

他。贡老大表面上孝敬贡贵，但他为了得到父亲的财富和寻沙线的绝活，于是搞出了一系列闹剧。小说以"我"（贡二憨）的视角叙述了在贡贵这个没有亲情的家庭中，贡贵父子之间为了金钱和女人而发生的"斗智斗勇"的事情，将人在物欲面前的丑恶嘴脸刻画得入木三分。小说语言一方面生动活泼，读来令人发笑；一方面犀利深刻，似乎将遮盖在人心之上的大幕扯去之后，还原了生活中最残酷的真相，令人冷汗淋漓。小说表明：夫妻、父母、兄妹以及所有的人都会在黄金面前发生变化。①

陈染长篇小说《私人生活》：20 世纪 90 年代女性成长小说的代表作

《私人生活》3 月份发表在《花城》第 2 期。小说讲述了小女孩倪拗拗从幼年到成年的成长过程：倪拗拗与邻居禾寡妇之间具有若即若离的同性相吸又互相排斥的关系；倪拗拗与她的男教师 T 之间具有相互敌视又相互需求的关系；倪拗拗与母亲之间具有相互依恋又相互隔阂的关系。这一切都构成了整部小说的主体框架。小说结尾既写了倪拗拗控诉社会对她的改造，也写了她对自己遗世独立的思想与生活方式的沉思，完成了其"私人生活"的价值定位。该小说代表了 20 世纪 90 年代女性写作中的一个重要的文类形式——女性成长小说。小说纯粹从女性的视点出发，书写了女性身体与精神成长的过程，这一过程基本被定位为"女性受到伤害——拒绝伤害——确立自我"的过程。在对此过程的书写中，作者展开了对女性生存中诸多基本关系的揭秘：女性与父亲、女性与女性、女性与母亲、女性个体与外部世界等等的关系。而且，正是作者对这些女性生存中基本关系的哲学把握，构成了小说的基本主题：一是"恋父""弑父"的情结；二是"恋母"的情结。小说主人公倪拗拗的内心经历与精神成长也折射了作者其他作品中女主人公甚至是作者本人的生命状态。②

关仁山中篇小说《九月还乡》：反映了一些女性以自己的身体在社会转型期发挥作用的小说

《九月还乡》5 月份发表在《十月》第 3 期。小说里面的九月是 20 世纪 90

---

① 参阅李娜《阎连科〈黄金洞〉文本分析》，《乐山师范学院学报》，2009.9。
② 参阅杨洁、黄卫《清晰的模糊——关于陈染及其〈私人生活〉的断想》，《名作欣赏》，2012.27。

年代中期"返乡"的第一代"三陪女"，她是被村支书从县公安局秘密领回来的，村民们以为她做了不好的事的时候，对她时尚的打扮却很羡慕。九月返乡后，善举、义举不断。老村长为了把县长小舅子冯经理长期征用但却荒芜了的800亩土地赎回来，私下里求九月去给冯经理奉献一下自己。九月在奉献了自己后，土地就被赎回来了。后来，九月的男朋友想开厂房，没有资金，九月便慷慨地把自己挣来的20万元投了进去。九月回乡后，始终在家乡人的心目中是圣母的形象。小说有《羊脂球》的影子，却没有《羊脂球》中人物的命运，它写出了女性以卑微的身体在社会转型期发挥的作用。有评论指出，作者将九月先塑造成一个在城市卖淫、堕落得很厉害的"荡妇"形象，然后又让她回到村里后做出很多善举、义举，使她又成了"圣母"形象，这是不真实的，是不符合人物性格逻辑的。所以，九月是个不成功的人物形象。

谈歌中篇小说《雪崩》：书写了官场的争斗与矛盾等事情

《雪崩》7月份发表在《当代》第4期。小说描写有3000工人的东风啤酒厂最初的厂长是黄副市长的爱人胡玉兰，"胡玉兰在东风厂当了一年书记一年厂长，把东风厂搞了个乱七八糟。实在干不下去了拍拍屁股去市政协当了副主席。黄副市长的秘书耿和民干了两年，东风厂毫无起色。"后来，技术科科长向大跃接任了厂长。但向大跃接任厂长后的第三天才知道，东风厂已有7000多万元的债务了，并且还亏损了4000多万元。向大跃于是申请厂子破产。黄副市长因为在即将召开的人代会上将要接替市长的位置，他怕影响选举，便不同意东风厂破产。市轻工局局长田克怕东风厂3000多工人无法安排而闹事，所以也左右为难。建设银行行长因为怕贷给东风厂的2000多万元泡汤，也和黄副市长一样反对东风厂破产。东风厂的工人们则因为与工厂具有深厚的感情更不愿工厂破产。法院院长阎晶明因为市领导的意见相左而无法做出最终宣判。最后，市里决定由雪莲集团兼并东风厂。小说以东风厂的破产经过为主要情节，写出了官场的争斗与矛盾、退休工人上法院要求厂里归还集资款、厂长向大跃曲折的婚姻经历、副厂长谢光无爱情的婚姻及村人向谢光催讨100万元贷款、谢光最后自尽的事情等。

何申中篇小说《穷人》：揭示了人性的贪婪和人情的淡薄

《穷人》7月份发表在《当代》第4期。小说讲述的是一个关于穷人的令人深思而又心酸的故事。穷人范老五好不容易供老大、老二上了大学，老三又考了个全区文科状元。范老五欣喜之余，却为万余元学费发愁。此时，喜从天降，县里有好心人给范老五捐了两万元。范老五从城里拿到钱后，担心钱被人偷了、抢了，于是提前回村，不巧遇上发大水，他便将钱放在河边的柳树洞里。第二天，范老五几次想偷偷取回钱，却被一桩桩事情缠住身，没能去成，最后终于得到空闲时间去取时，却发现柳树已连根带土被大水卷走了，两万元捐款也随之踪影全无。范老五没办法给村民们说出实情，只能说没拿到捐款。村民们听了后，自发到大水里捞出一些东西，打算变卖后为他儿子凑学费；但当他们得知捐款实际上到了范老五手里的事情后，他们又一个个嫉恨起范老五来，并偷走了他们从水里捞上来的东西。紧接着，村长得知城里人给范老五捐了款的事情，于是让范老五大办酒宴以示答谢。范老五只得借钱办了酒宴。酒宴上，村长媳妇趁机推销起自家小卖部里的陈年罐头，村小学校长也来向范老五索要五千块钱的捐款。最终，城里人的捐款非但没能减轻范老五肩头的沉重负担，反倒加重了他的心理负担及他因为办酒宴所花销的经济负担。小说通过范老五的遭遇，揭示了人性的贪婪和人情的淡薄。小说特意设置的村民们自发给范老五的儿子凑学费及他们得知范老五获得捐款一事后偷走捞来之物等一系列事件充满着反讽意味。小说既刻画了范老五这样的农民坚韧而又狭隘的性格，又使人与人之间复杂微妙的关系在反讽视镜下纤毫毕现。

毕飞宇短篇小说《哺乳期的女人》：一篇发掘、彰显、讴歌母性之爱的作品

毕飞宇（1964.1—），江苏兴化人。《哺乳期的女人》8月份发表在《作家》第8期，获得第一届鲁迅文学奖（1995—1996）。小说源于作者多年前在浙江一个小镇的见闻及与一位刚生过孩子的同事拥抱的感受，实构与虚构兼有。1995年5月，作者到达一个小镇，在找旅馆的过程中，发现小镇上的青壮年都到城里打工去了，只剩下老人和小孩，且都不会说普通话。作者在一家装修不错的房子前见到一位老太太，老太太其他的话作者都没听懂，只听懂了一句话，她说自己有五个儿子。她说这话时，表情很自豪。作者在那一刻深刻感到这种自豪背后的空洞，她那么多儿子，盖起那么漂亮的小楼，但却没有一个儿子在她的身边。后来作者在《南京日报》工作的一个同事刚生完孩子回来，他和她见面时发现她的身体已经变形了。他和她拥抱时，闻到了她满身的母乳香味。作者后来经常想起这次奇特的拥抱，同时想起老太太说她有五个儿子的那一幕，于是想到中国空心化的小镇及社会形态所出现的问题，便在两天之内完成了这篇小说。小说的故事发生在江南某镇上。镇上有两家人，一家是开杂货店的惠嫂，她是一个刚生过孩子的年轻母亲，另一家是她的邻居旺旺家，旺旺是一个七岁的男孩，因为父母常年在外做生意，他一生下来便和爷爷生活在一起，只有在过春节的时候才能和爸爸妈妈相聚四五天。旺旺没有吃过母奶，当他每次看到惠嫂给孩子喂奶时都非常羡慕与神往。后来，他终于控制不住自己的强烈欲望，咬了一下惠嫂的乳房。这件事情立即引起镇上人们的嘲谑与非议，旺旺也遭到了爷爷的殴打。应该说，旺旺在物质生活上并不贫困，他吃着各种丰富的营养品，长得结实健壮，是名副其实的"旺旺"。然而，他在心灵情感上却极其荒芜与匮乏，几乎没有得到过母爱的呵护与滋润。春节期间，旺旺刚开始熟悉爸爸妈妈，但他们在他睡觉时却又悄悄地走了。当旺旺赶到河边时，他的"瞳孔里头只剩下一颗冬天的太阳，一汪冬天的水"。旺旺做了"丑事"被打、被嘲谑与非议后，变得孤僻早熟。当善良的惠嫂想让旺旺再吃几口母乳时，他把头靠过来，两只小手慢慢抬起来了，抱向了惠嫂的右乳。但最后，他的手停住了，他万分委屈地说："我不。"小说在对琐碎的民间生活进行真切描摹时，注入了丰富深邃的人性，其中特别突出的是细节描写，例如惠嫂给孩子喂奶时的动作与神态，旺旺拒绝食用奶粉时的倔强，尤其在旺旺眼睛的描写上，不仅惟妙惟肖、生动传神，而且精确细腻、曲折有致，含蓄地暗示出旺旺在特定场景中的心理状态。①

彭瑞高短篇小说《本乡有案》：反映了乡镇社会的变化及人的蜕变

彭瑞高（1949—），生于上海，江苏苏州人。《本乡有案》8月份发表在

---

① 参阅汪政、晓华《短篇小说：简单而复杂的艺术——毕飞宇〈哺乳期的女人〉读解》,《名作欣赏》,1998.2。

《上海文学》第 8 期。小说描写了城市近郊的塔城镇乡长苗志高突然因贪污嫖娟和接受房地产商的贿赂而被公安机关抓获，告发他的正是他儿时的伙伴、朋友、现在的副乡长杜灯。杜灯为了争坐乡长的位子煞费心机，极力排斥他人。当杜灯和苗志高共同的朋友，另一名副乡长唐政知晓了杜灯的用心后，便去县政法委、公安局、司法局等四处活动，想方设法要把苗志高弄出来。当关在拘留所里的苗志高想吃老同兴的面条时，唐政就去店里买了面，并亲自给他端去。唐政同时也被乡里的事情搞得焦头烂额，最终在杜灯的明枪暗箭下败下阵来。金钱的诱惑使杜灯等人见利忘义，利益的驱使使他们人格扭曲，昔日单纯深厚的友谊已一去不返。小小一个塔城镇，却深刻地反映出了在商品经济冲击和城市扩张过程中乡镇社会发生的深刻变化，以及人的灵魂的蜕变、人与人之间关系的变更。

迟子建短篇小说《雾月牛栏》：刻画了东北人粗粝的生活与本色的人性

迟子建（1964.2.27—），山东海阳人，出生于黑龙江省漠河县。《雾月牛栏》9 月份发表在《收获》第 5 期，获得第一届鲁迅文学奖（1995—1996）。小说讲述宝坠的生父在打草时，被毒蛇咬伤丧命了。宝坠的继父于是走进了宝坠和母亲的生活中。在一个雾月的夜晚，继父与母亲在大雾的包裹下尽情欢愉时，被半夜醒来的宝坠看见了。这一幕使继父感到了巨大的羞辱，他恼羞成怒，打了宝坠一拳。宝坠的头磕在牛栏上，从此成了一个智障儿童。继父懊悔难当，开始了漫长而痛苦的赎罪之路。宝坠虽然什么也不记得，却本能地对那屋子和屋子里的人很惧怕，从此再也不回屋里睡觉，不和家人住在一起了。本该平安、幸福和宁静的日子从此蒙上了一抹浓浓的、驱也驱不开的重雾。这"雾"深深地介入宝坠一家人的生活当中，徘徊在继父、宝坠、母亲与雪儿的生命里，特别是"每逢六月，雾就不绝如缕地飘来了"，它将痛苦与困惑反复地、残酷地从宝坠一家人的生命当中剥离出来，成为每个人挥之不去的梦魇。当继父与宝坠母亲亲热时，继父总会顾及睡在炕梢的宝坠，宝坠让继父无法摆脱一种负罪感：继父觉得身边的女人曾是别人的妻子，他住的房子曾是那个死去的男人的房子，男主人死了后，是他占有了他的妻子，住进了他的房子。因此，继父不但对宝坠睡熟的脸、宝坠的翻身和梦呓都心怀惴惴之感，甚至感觉到"已故男主人的阴魂还在角落监视他"。他于是丧失了与女人亲热的能力。负疚感使他沉默寡言，健康也每况愈下，不久去世。小说中的"雾"象征继父的内心被迷雾围困，使他看不到人性积极的一面，他在对自我的否定中走向了毁灭；宝坠则被雾隔绝在了社会及其世俗观念之外，成为一个真正意义上的自然人，不再背负世俗的枷锁。小说刻画了黑土地上粗粝的生活与本色的人性，它将创作视野聚焦在社会底层小人物的生活苦难之上，揭示了人性被缚的悲剧。[①]

刘恒中篇小说《天知地知》：书写了人物的精神需求

《天知地知》9月份发表在《北京文学》第9期，获得第一届鲁迅文学奖（1995—1996）。小说叙述了一个具有顽强生命力的农民李来昆传奇性的一生。1950年，李来昆出生在玉米地里后被狗叼走。李来昆九岁那年在巨大的泥石流中神奇地活了下来。1966年11月，李来昆与大辫子姑娘在广播室里打情骂俏，说下流话，并引出了副队长、队长与大辫子姑娘的性隐私，成为老百姓笑谈的作料。1968年，槐树堡成立了毛泽东思想宣传队，李来昆任队长，经常去农村演出，一直维持到粉碎"四人帮"。20世纪80年代，经济体制改革后，李来昆一败再败，最后在弟弟承包的煤场看门；当他喝醉酒翻越铁门时，被门上的铁刺扎死。李来昆的经历说明他的人生尽管充满了苦难和困境，但其中渗透着的丰富东西令人发笑，从而冲淡了他的苦难。比如写李来昆在广播站与大辫子姑娘的调情，去农村演出时发生的桃色事件，与小寡妇不成功的艳遇，等等，都给小说增添了不少笑声。作者在写李来昆的苦难史时，还嵌入了一些李来昆的幸福时光，比如他娶了自己喜欢的妻子，妻子对他很体贴关爱，他们有过短暂的辉煌阶段。小说写李来昆的一生表面上充满了传奇色彩，他也有过一些成功，但他的一生实质上是苦难的一生、悲剧的一生。他从一出生就屡遭磨难，但他凭着自己的天分和毅力顽强地改变着自己的命运。该小说与作者以往的小说相比，它对人物的关注并未止于物质和本能的需求上，而是直指其精神需求。

---

① 参阅黄大军《透视世界之夜中的人性温暖——迟子建〈雾月牛栏〉解读》，《名作欣赏》，2010.30。

叶兆言长篇小说《一九三七年的爱情》：关注了人的命运及人在时代大背景下的生存境遇

《一九三七年的爱情》9月份发表在《收获》第5期。小说用大时代大事件作背景，讲述了一个简单的爱情故事：1937年1月1日，某大学外文系大名鼎鼎的教授丁问渔在别人的婚礼上爱上了别人的妻子任雨媛。丁问渔和任雨媛都是社会名流。丁问渔的父亲在财政部担任要职，丁家家族家大业大；在民国各个阶段，丁家家族都有人在政府里担任要职。任雨媛是军界元老任伯晋的小女儿。丁问渔喜欢上了已婚的任雨媛，知道的人并没有太大的惊讶。因为丁问渔17岁时就曾大胆地爱上了任雨媛的姐姐任雨婵，但他后来去了法国留学，然后又去了美国五年，所以，他最终没有和任雨婵成为眷属，而是成了一个不折不扣的"浪荡子"。丁问渔回国后，在父亲的安排下和钢铁大王的千金成了婚。任雨媛的丈夫是一位飞行员，但他却认为任雨媛是自己的克星，于是在不到一年的时间里，就和别的女人同居了，最后又牺牲在了抗日的战场。丁问渔追求任雨媛的主要方式是写成百上千的信。1937年10月30日，国民政府决定从南京迁都重庆，丁问渔和任雨媛的爱情也得到了惊人的发展。丁问渔执意留在南京，陪同已是军人的任雨媛。然后，他们在国破城亡的最后的24个小时内结了婚。但随后，当日本兵突破城池时，丁问渔去长官部找任雨媛，任雨媛的下落却已很难知晓了。丁问渔跑到江边的码头，希望能在挹江门那里等到任雨媛。但他却等到了日军的军舰。在日军射来的噼里啪啦的子弹中，他倒地而亡了。[①]小说以非正史、非正统的写作立场和叙述态度完成了对历史神话的消解，它通过一个人物的爱情故事建立了一种新的爱情神话。作者在史料运用上下了相当大的功夫。他以正史为底盘，写了1937年1月到12月份首都南京乃至全国发生的重要事件，比如1937年元旦的党政高层会议、新生活运动、禁娼运动、灭蝇运动、殡葬改革、委员长休假、儿童节国语比赛、学术讲座、文艺演出、体育竞技、庐山谈话会、粪便管理、第一夫人主持追悼会，等等。但该小说与正统的历史小说相去甚远，它对三大历史事件是这样处理的：卢沟桥

---

① 参阅白睿文、潘华琴《罗曼史下的暴行：叶兆言的〈一九三七年的爱情〉》，《南方文坛》，2016.6。

事变、上海抗战是虚写，以此烘托弥漫于整个 1937 年的战争气氛；南京大屠杀根本就没写，当那艘飘扬着日本膏药旗的军舰驶近南京城时，主人公丁问渔被一颗子弹击中头部而亡后，小说也结束了。在国难当头的时候，丁问渔对任雨媛的真情、痴情虽然不合时宜，但却令人动容。小说关注的是人的命运及人在时代大背景下的生存境遇。

贾平凹长篇小说《土门》：讲述了"城中村"抗拒城市化但最终被城市化的悲怆过程

《土门》10 月份由春风文艺出版社出版。小说主人公成义是一个既很能干又极为保守的乡村干部，他惧怕城市将自己生活的村庄吞没，惧怕过上失去土地而没有根的日子。为了保住即将被城市夺走的最后一块土地，他便用自己的方式进行了一场徒劳的抗争，最终，他生活的村庄失去了，他的生命也失去了。小说中的村庄是集城市功能与乡村文明于一体"城中村"，是很多人理想中的桃花源。但当村子里的土地被建筑商征用后，农民们世代居住的住房就面临着拆迁与保留的问题。想守住家园的人们虽然采取了各种正当或不正当的方式来阻挡拆迁，但无可依靠的他们斗争到最后，还是全军覆没了，他们最终不得不撤出家园，流浪在不知名的地方。就是在那些远离城市的农村，也发生着很多农民被逼着离开家园的事情。自然，这些"生存的荒芜，是经济压迫的直接后果"。当亿万农民离开土地涌向城市之后，原来的田园风光，历史诗意，自然消失得荡然无存。当社会发展到今天，农民离土已是不可抗拒的趋势，在城市不断扩张，在住宅区、工厂、农贸市场、酒楼、鱼塘等纷纷建起的情况下，土地的衰败，农耕文明形态的逐渐式微，乡土社会的经济结构和生产关系的改变，都自然而然地引发了农民主体意识的觉醒，迫使他们走出土地，走向城市。

史铁生短篇小说《老屋小记》：追忆了作者的逝水年华

《老屋小记》11 月份获得《东海》文学月刊"三十万东海文学巨奖"金奖（五万元），1998 年，又获得第一届鲁迅文学奖（1995—1996）。小说用简约、平淡的笔触讲述了老屋的故事。作者从如何到了小屋讲起，慢慢地展开了一个个故事。故事很平凡，甚至有点平铺直叙。如阿 D 唱歌引起的小风波，三子的"傻气"给屋里带来的欢乐，B大爷讲述他的战争史……老屋的生活平淡而寻常。但正是这些简约叙述及对生活面巧妙的截取，在读者面前呈现了一个个不算丰满但却生动真实的人物形象。小说交替使用了"经验自我"与"叙述自我"的方式来叙事。"经验自我"是23岁时的"我"，叙写了"我"年轻时的所见所闻所感，拉近了"我"的故事与读者之间的距离；"叙述自我"是22年后45岁的"我"，用于对过往的人和事进行评述，写出了"我"现在的所思所想所悟，推远了"我"的故事与读者之间的距离。这种叙事视角的反复切换，使读者的心灵体验跟随着叙事视角的改变而改变，时而投入情节之中，与主人公感同身受，时而抽身情节之外，感受人生的哲思哲理，使读者在过去与现在之间不停地穿梭，在理性与感性之间反复地徘徊。小说语言简约、平淡，但也不失灵动、隽永、耐人寻味及冷静克制、冲淡悠远，它们为故事的叙述增添了无限的魅力，显示了巨大的张力。小说获得第一届鲁迅文学奖时，其授奖词这样写道："这是史铁生的'追忆逝水年华'，几间老屋，岁月以及人和事，如生活之水涌起的几个浪头，浪起浪伏，线条却是简约、单纯的。"的确，这部作品虽然取材于生活中的几个片段、场景，但却将触角深入到了人的内心，追问了人的精神力量，关注了人类生存的普遍性问题。小说的核心魅力在于在表现普通人的生存困境和精神面貌的同时，又展开了对人生命运的思考。①

周梅森长篇小说《人间正道》：全景式地反映了中国当代的改革生活

《人间正道》12月份发表在《当代》第6期。小说以经济欠发达的平川地区为切入口，以一千多万人摆脱贫穷落后的经济大建设为主线，在两万八千平方公里的土地上，在上自省委，下至基层的广阔视野里，展开了一幕幕悲壮而震撼人心的现代生活画卷。市委书记吴明雄押上身家性命投身到改革事业中，在明枪暗箭和风风雨雨中为一座中心城市的美好明天而艰苦地奋斗着，他和他的同志们最终取得了一个又一个辉煌的成功。但当改革触及千家万户实际利益的时候，一场震惊全国的骚乱迫使吴明雄离开了自己挚爱的岗位，他最终还是下台了……该小说是反映20世纪90年代中国城市改革的长篇小说，描写了一

---

① 参阅马建梅《沉重与飞扬：从民间纪实走向精神守护——评史铁生短篇小说〈老屋小记〉》，《创作与评论》，2010.1。

个历史悠久，但文化、经济却欠发达的中型城市的全面转轨及生产关系的深刻变革，展现了上自省委书记和市委书记，下至普通工人、农民及各阶层的人们如何走出困境，迈向社会主义现代化建设的伟大进程。①

严歌苓短篇小说《天浴》：展现了人性的极致之恶

严歌苓（1956—），上海人。《天浴》创作出来后，本年先在起点中文网刊发；2005 年，该小说与作者的其他多篇小说结集后由花城出版社出版。小说写"文革"时期，成都女孩文秀来到荒凉的康藏草原牧区，与一名在 18 岁时就被阉割了的男子老金住在同一顶帐篷内。文秀不喜欢老金，想让他死掉，因为在她看来，老金虽然没有了男根，但他的心里还是有点色心。老金对文秀唯一的用处，就是可以替她烧水，可以给她唱歌。文秀期盼上山下乡的六个月时间早早结束，她每天都记着日子，一天一天的，直到 180 天过去了，她便很高兴地收拾着东西，换上自己最好的衣服，就像一个待嫁的新娘一样等着人们接走她。文秀兴奋地问老金自己什么时候能走，老金却没有回答她。老金知道文秀可能走不了，因为很多事情和文秀想的不一样。老金于是照常换着放牧点。直到第八天，文秀还是没有被接走。文秀心里难受极了，她便让老金继续陪伴着她。不久，文秀等来了希望，但她的噩梦也开始于此时。因为文秀没钱离开牧区，回到成都的家，所以当一名供销社的社员在掌握了她想回城的心理后，就轻而易举地骗取了她的贞操。文秀虽然用自己的身体换来了回成都的资格和盘缠，但那个供销社的社员却恶毒地将她又出卖给了场站的其他干部。文秀不得不在自己的床上和一个又一个的男人睡觉。这期间，老金静静地待在门外，一动不动。最后，老金只骂了文秀一句话——你就是个卖 × 的。老金看着文秀从一个美丽的、爱看电影的、很纯真的女孩变成了一个为了回成都而出卖自己肉体的女人，也很心疼，也很痛恨那些男人。但他想自己能做的，只能是去十几里外的地方打些水，让文秀把自己洗干净。老金知道，文秀遇到的事是没办法的事，一个女孩面对这样的虎狼世界，她只能忍受，她没有办法摆脱自己的命运，她的命运根本就没有掌握在她的手里。最后，文秀怀孕了，但她还是回

---

① 参阅刘锡诚《我们有自己的当代英雄——评长篇小说〈人间正道〉》，《求是》，1997.15。

不了成都。她于是想打残自己，但她却下不了手。她要求老金向她开枪。老金看着被一群禽兽蹂躏过的痛苦而对人世绝望的文秀，就一枪射杀了文秀。然后，老金又用枪打死了自己。文秀和老金的尸体最终被一场大洪水冲走了，他们共葬在了天浴之中。小说体现了女主人公超越生死、凌越苦难的精神，表达了人类最深处的希冀与渴望，是对有限生命的超越，是对生命之道周而复始的生动体现。小说中的文秀与老金都告别了自己不纯洁、不完整的身体，最终完成了对自己的救赎。小说将人性的恶展现到极致，里面那些侮辱文秀的衣冠禽兽们，以及对文秀毫无怜悯之心的护士们都是失去人性的人。1998年，《天浴》被拍摄为同名电影。

1997 年

阎连科中篇小说《年月日》：表现了人类生生不息的生命力和抗争苦难的韧性

《年月日》五万余字，1 月份发表在《收获》第 1 期，获得第二届鲁迅文学奖（1997—2000 年）。小说讲述耙耧山脉遭遇了旱灾，72 岁的先爷是唯一存活下来的人，他面对着的除了饥饿，还有内心的恐惧。但生存的困境并没有使他退却：由于缺粮，他把没发芽的玉米种子刨出来，把老鼠洞里的存粮刨出来；由于缺水，他把褥子放到井里，等褥子浸湿后再把水拧下来；他到很多地方去捉老鼠当吃食，到四十里外去寻水并与狼群展开了一夜的对峙。先爷靠自己的智慧赢得了暂时的胜利。但当他发现玉米急需肥料的滋养时，他毅然决然地用自己的身躯去给玉米充当肥料，他让玉米的根须从自己的身上吸取营养。最终，他为回归的村民，也为宇宙洪荒中的人类保存了七颗宝贵的玉米种子。当逃难回来的村人们找到他的墓地的时候，大家看到他的身上长满了玉米。小说通过对人物上述这些行为的描述与呈现，完成了故事主题的揭示，先爷是集刚强与智慧于一身的一个"智者"形象，也是作为一种精神的象征而存在的人。他的形象象征着诸如盘古、女娲之类的远古创世纪的人物。小说在写先爷面临千古旱日时与天斗，与鼠斗，与狼斗的一连串的争斗时，悲壮之情洋溢在整个作品中。小说的细节描写生动逼真，比如对人狗对话，对骄阳在不同时间能称出不同分量，对植物拔节生长时声音的瞬息万变，对老鼠大军遮天蔽日的席卷村庄，对 72 岁高龄的先爷和狼群一夜的对峙及最终的获胜，对先爷最后活埋自己以滋养一株玉米等等的描写都奇崛诡异，怪诞夸张，给人一种触目惊心的感觉。作者把叙述空间置放在孤独、隔绝、贫困的"耙耧山脉",表现出了人类生生不息的生命力和抗争苦难的韧性。小说发表后,被《小说选刊》等六家文学杂志转载,一度引起文坛广泛关注,被誉为中国的《老人与海》。[①]

刘庆邦短篇小说《鞋》:揭示了爱情所具有的世俗目的

刘庆邦(1951.12—),河南沈丘人。《鞋》1月份发表在《北京文学》第1期,获得第二届鲁迅文学奖(1997—2000年)。小说写了一个情窦初开的少女守明,待字闺中时,给未婚夫纳鞋的故事。小说将守明从定亲、收彩礼、纳鞋到送鞋的过程描写得细致入微,流露出对人物的爱惜和同情。守明在准备做鞋材料和选择针脚花型时都丝毫不敢马虎,她"把手洗了一遍又一遍。这还不算,拿起鞋底时,她先把手可能握到的部分用纱布缠上,捏针线的那只手也用手绢缠上,直到确信自己的手不会把鞋底弄脏,才开始纳了一针"。守明和妹妹一样任性天真,口无遮拦,但在定了亲事后,明白自己在家中的地位越来越轻。当母亲说到"你婆家"的话时,她感到母亲已明确地将她割裂了出去。这让她无限伤心。她在镜子前演习着出嫁的模样,然后对自己要进入的婚姻充满着期待,但同时她又感到一种莫名的担忧。守明的妹妹泼辣霸道,她一直直呼守明的未婚夫为"那个人",而且还玷污、破坏了守明给他纳鞋的仪式。母亲也偏袒她,这让守明气不打一处来。她认为任何人,比如母亲和生产队的姐妹嫂子都可以调侃她,开她玩笑,但妹妹却不可以。小说中的"那个人"一直缺场,说明守明是单相思。果然,在守明认真地做出一双鞋后,"她两次让那个人把鞋试一试,那个人都没试",说明守明拼尽全力所做出的鞋并没有获得"那个人"的认可。"鞋"寓意着守明炽热的爱和青春的激情,它是守明的定情信物和许诺,它是传统的习俗礼教,甚至是性暗示,等等。守明对着鞋想入非非,希望能用鞋拴住"那个人"的身体和心灵,但"那个人"没有做出她预想中的缠绵和感动她的事情,他只是淡淡地回应了一下而已。小说结尾透露出守明无限的失落情绪,说明在现代社会,神圣的爱情已经被蒙上了许多物质和金钱的色彩,维纳斯的身上也披上了裘皮大衣,脚上穿上了高跟鞋,爱情具有了

---

① 参阅张锦《生命飞扬的极致——解读阎连科中篇小说〈年月日〉》,《创作与评论》,2006.3。

具体的世俗目的。①

毕淑敏长篇小说《红处方》：塑造了一朵美丽与邪恶并存的"恶之花"形象

《红处方》1月份发表在《大家》第1期。小说主人公沈若鱼是简方宁的好朋友。简方宁是一位"美丽优雅"的戒毒医院院长，她年纪轻轻就精通专业技术。沈若鱼为收集写作素材，以一个"特殊患者"的身份潜入戒毒医院。在这里，形形色色的吸毒病人、光怪陆离的事件，使沈若鱼对戒毒医院十分厌恶，她中途就逃离了。女吸毒者庄羽是一枚"恶之花"，她的"父母都是革命军人，高干"，她"是体育特优生，从小学到初中，从初中到高中，从没有为考学犯过愁。都是一路绿灯，顺风直上"。她考大学时，中国最著名的学府，已经要去了她的档案材料。大学毕业后，她又当了几年兵，然后就去特区做生意。她凭借父亲的影响力和自己的机敏，在生意场上春风得意。但她同时也学会了吸毒，最终进了戒毒所。在戒毒医院里，庄羽在简方宁身上隐隐约约地看到了自己的影子，在她的潜意识里，她把简方宁当作自己的镜像来对待。她暗设机关，让爱护她、一心要拯救她的简方宁也染上了毒瘾。在无法摆脱毒品"七"的情况下，简方宁自杀了。小说塑造的庄羽是一个具有丰富复杂的心理和行为的人物形象。她美丽、娇艳，犹如浓妆的玫瑰，但她又极端残忍，呈现出邪恶的病态性格。她是一朵美丽与邪恶并存的"恶之花"。小说从心灵层面剖析了吸毒人员这个特殊群体身体的痛苦与心灵的挣扎。作者从医学的视角出发，形象地解读了丰富的戒毒知识，科学地揭示了吸毒、戒毒者的生理变化和心理反应，深刻地阐释了戒毒的社会现实问题，为人们敲响了珍爱生命，拒绝毒品的警钟。就戒毒的社会意义而言，《红处方》也是一部宣传戒毒的科普读物。②

何顿长篇小说《喜马拉雅山》：讲述了一个小知识分子的人生悲剧

何顿，生年不详，原名何斌，湖南郴州人。《喜马拉雅山》1月份发表在《十月》第1期。小说写主人公罗定是一个饱受欺凌的教师，彭校长对他和他

---

① 参阅魏家骏《圣洁的爱和古典的美——读刘庆邦的小说〈鞋〉》，《名作欣赏》，2002.5。
② 参阅任向红《一部关于戒毒的现实主义力作——毕淑敏小说〈红处方〉》，《社科纵横》，2007.7。

的妻子黄江丽的打压，白水县三中校长张卫国对黄江丽赤裸裸的情欲，使黄江丽毅然决然地调离了罗定的身边。在无限寂寞和困顿中，罗定发现同事丑元元并不像他以前认为的那样下贱和庸俗。丑元元是一个30多岁的离了婚的漂亮女人。在罗定最初的眼里，丑元元总是一副张牙舞爪的样子，看起来十分下贱和庸俗，甚至下贱到在那些财大气粗的老板面前恨不得把自己的身体都完全奉献给对方一样。但是，罗定很快发现，自己误解了这个女人，丑元元其实是把自己包裹了起来而已，目的是为了避免受到外界的伤害。当她脱离到日常生活之外时，她立刻变得庄重、纯洁起来，成为这个世界上唯一可以让罗定的精神获得归宿的人。罗定于是毫不犹豫地拥抱了丑元元，"就像拥抱自己的生活"一样。罗定始终渴望着有一天能去喜马拉雅山看看，不只是为看风景，而且还为了满足自己内心深处对那一片湛蓝的天空和洁白的高山的向往。在无数次的梦里，罗定梦见自己到了那座能让自己的灵魂、精神得到洗礼的喜马拉雅之上。但梦醒后，罗定看到自己的眼前仍然是庸俗的现实生活。有一天，罗定终于来到了梦想中的喜马拉雅山，但他却遇上了雪崩，最终葬身在雪山之下。当罗定将生命融入雪山和蓝天中时，丑元元却因为善于保护自己而活了下来。小说的这一结局，充满了浓重的象征意味。丑元元象征着人类圣洁的精神和灵性，她的形象和到处充满着的庸俗、浅薄、肮脏形成了鲜明的对比。

张平长篇小说《抉择》：塑造了一位廉政、勤政的党的好干部形象

《抉择》2—4月份发表在《啄木鸟》杂志第2—4期；8月，小说由群众出版社出版；2000年10月11日，小说获得第五届茅盾文学奖（1995—1996）。小说主要讲述了中阳纺织集团公司工人闹事，捅出了公司领导层的腐败问题。李高成于是开始进行秘密调查。结果李高成发现，他曾经的老部下、老上级与这腐败案子有着千丝万缕的联系。面对老部下、老上级与老百姓，李高成必须做出抉择。最终，他选择了老百姓。小说成功塑造了李高成的形象。李高成是个清官，他面对自己几十年的干部生涯，从来都问心无愧。他从基层走来，是新中国第一批纺织学校毕业的中专生，分配到大型纺织企业工作之后，干了近十年的技术员，又担任了八年时间的车间副主任、车间主任、总工程师和副厂长等职务，接着又到大型厂中阳纺织厂任厂党委书记兼生产厂长职务，成为当时省里最年轻的正厅级干部。李高成在中纺厂里时，厂子曾经辉煌了很长一段时间，干部团结、队伍整齐，人们患难与共、心心相印。李高成带头廉洁自律，在全省大中型企业中率先制定了领导成员上下班不坐车的规定。他每天骑自行车上下班，往返40里路，风雨无阻。他中午同工人一块在食堂吃饭，晚上总是在10点后才下班回家。厂里的工人，包括其他工厂的工人们，对此无比感动。后来，李高成当了分管工业的副市长及市长。在分管工业时，他大刀阔斧、旗帜鲜明地引进外资，深化改革，使20多家犹豫不决、裹足不前的国有大中型企业轻装上阵，大胆开拓，从而在社会上引起了剧烈震动和强烈反响。李高成的组织才华与指挥魄力以及他的无私无畏、坦荡胸怀使他在老百姓中间享有很高的威望。因此，当他病倒时，几千人聚集在医院的大门口守望着他。在反腐败的重大斗争中，李高成要战胜的是自己的妻子吴爱珍及妻子的后台——省委常务副书记严阵和中纺领导班子。他决定在自己的心灵中爆发一场革命。最终，他举起反腐利剑，将腐败分子严阵、郭中姚、吴爱珍一网打尽。李高成无疑是千千万万廉政、勤政的党的好干部的光辉缩影，是作家对时代正确而深刻的认识和感情的结晶，必将帮助人们更加了解和热爱我们这个时代，帮助人们努力推动历史的前进。①

鬼子"悲悯三部曲"《被雨淋湿的河》《上午打瞌睡的女孩》《瓦城上空的麦田》：讲述了底层人的苦难生活，多舛命运

鬼子（1958.9—），原名廖润柏，仫佬族，广西罗城人。中篇小说《被雨淋湿的河》5月份发表在《人民文学》第5期，获得第二届鲁迅文学奖（1997—2000年），是作者的"悲悯三部曲"之一，另两部为中篇小说《上午打瞌睡的女孩》《瓦城上空的麦田》。《被雨淋湿的河》写陈村是一个与世无争的人，也是一个有一定文化并能看清生活真相的人，但是命运却不断地给他制造苦难：先是失去妻子，接着又失去儿子晓雷，失去女儿。他的儿子晓雷不愿意读书，后来去了广东打工。在采石厂，晓雷碰上一个黑心的杨老板，他用一个特大号的酒瓶子，结束了老板的性命。然后，他进了一个据说是日本老板开的厂子。

---

① 参阅刘定恒《一部弘扬时代主旋律的力作——评张平的长篇小说〈抉择〉》,《文艺理论与批评》, 1998.2。

在那里，日本老板叫全厂职工给自己下跪，晓雷不愿下跪，成为"又一个不跪的打工仔"。晓雷后来回到家里时，正碰上教育局用一个十分合理的借口，克扣、拖欠他父亲陈村的工资的事情，他便纠集了很多人去街头请愿，结果他父亲给他下跪后才把他挡了回来。后来，晓雷去一个煤矿，在井下，他被教育局长的一个远方亲戚烧死。晓雷是一个按照自己的思想行动、不屈不挠的人物，他宁折不弯的个性，最终使他在社会上处处碰壁，并且送命。他的父亲陈村在面对这些突如其来的骨肉分离时，总是以"心疼"的方式将自我蜷缩在孤独的空间，从不四处诉说，也不做任何反抗。最终他倒在了河床上再也没有站起来。小说通过小人物的艰难奋斗史和辛酸的日常生活，道出了人生无情的一面。父子、父女之间的隔膜，阶层之间的不平等，使全文充塞着沉郁、灰色的调子。小说的故事情节干净、紧凑，跳动自如，充满戏剧性。语言洗练老道，富有张力。题目富于诗意。[①]

《上午打瞌睡的女孩》发表在《人民文学》1999年第6期，写主人公寒露的母亲为了让家人改善一下生活，偷了别人一小块肉，虽然这不是太大的事情，但她却被人辱骂，而且被同事老李传得满城风雨，尽人皆知，于是她那贫困的家庭迅速地走向了灾难的深渊。寒露的父亲因为妻子蒙羞而弃家出走。寒露被母亲逼着去寻找父亲，结果她却遭遇了一个个苦难，她无法读书，被马达诱奸怀孕。马达奶奶明知道寒露怀孕的事情是不能对她母亲讲的，但她却拎着一篮鸡蛋把这件事告诉给了寒露母亲，结果导致她母亲自杀身亡。寒露流产后，她的老师黄老师的女朋友根本不去考虑寒露是个无辜的受害者的事实，一定要去揭穿她流产的原因，结果让她当场出丑。叙述者用平淡安静的方法讲述了寒露一步步走向苦难深处的过程，体现出人与人之间的关系已经变得不可理喻、无法理解，人们只能通过互相倾轧才能获得一点精神快感和慰藉。而这又被他们认为是理所当然的。[②]

《瓦城上空的麦田》发表在《人民文学》2002年第10期，叙述"我"母亲

---

① 参阅徐勇《理想溃败时代的苦难书写——谈鬼子小说〈被雨淋湿的河〉》，《阅读与写作》，2009.9。

② 参阅彭彦《平静中的真实——评〈上午打瞌睡的女孩〉》，《阅读与写作》，2001.6。

年纪比"我"父亲胡来小很多，在"我"六岁多时，她跟一个城里人私奔了。父亲为了出这口恶气，强迫刚刚跨进学校大门三天的"我"停止读书，到瓦城去从事捡垃圾的事情。"我"以为母亲在瓦城，父亲来这里是为了捡回母亲，后来才知道母亲去的是米城。但父亲再三跟"我"说：一定要留在瓦城，有一天能在瓦城买一套房子，成为瓦城人，原因是那个偷走"我"母亲的男人就是一个捡垃圾的，他靠捡垃圾才成了有钱人。但"我"父亲不久后却死了。小说中的另一位人物是李四，他奋斗的目的是为了让儿女们能成为城里人，他似乎比胡来"明智"许多，他让三个儿女从山里出来念书念成瓦城人，这是他一辈子最大的骄傲和自豪。但李四在过六十岁大寿时，他的子女们却忘了他的生日，他于是带着一坛黑米酒去进城想唤起子女们的记忆，结果仍然无济于事。他的大儿子李瓦忙着请局长吃饭，女儿李香忙着跑出租车，小儿子李城正拉着女友情意绵绵。在这种情况下，李四于是制造了一场"假死"，他用胡来的骨灰盒与自己的身份证搞出了一场永远也无法挽回的"恶作剧"。当儿女们知道真相后，他们对父亲进行了恶毒的咒骂和踢打。李四最终撞向一辆卡车，真的死了。小说的结尾写道，当"我"把李四的骨灰和父亲胡来的骨灰放在一起时，"我"想到"这两个老头，他们不都渴望他们的孩子成为瓦城人吗？一个早实现了，另一个还远远地看不到边，让他们两人在一起交流交流，也许挺有意思的，至少我父亲的经验可以弥补李四的某种失落，而李四的经验又让我的父亲对我表示深深的歉疚"。小说用相互交叉的复线方式写出了两个乡村家庭走向都市后的破灭。①

林白长篇小说《说吧，房间》：一部倾吐女性心声的小说

《说吧，房间》5月份发表在《花城》第3期。小说里面的林多米是一个女记者，她本来与其他30多岁年龄的女人一样，嫁夫生子已经"定型"。但她与丈夫的性生活极不和谐，于是婚姻破裂了。不久，她又莫名其妙地被报社解聘。为了生存，她离开幼女扣扣只身闯荡深圳，最终却一无所获。她三次求职，三次失败。前两次求职，都因对方单位不要"女编辑"。第三次求职时，

---

① 参阅轩红芹《父亲的无声——读鬼子的〈瓦城上空的麦田〉》，《创作与评论》，2004.2。

她积极地调整心态，以温顺妥协的态度，按照男性的眼光和标准，精心装扮自己，同时寻找世俗的"关系"，结果赢得了百分之八十的成功希望。但这次求职最终还是失败了。她成了男性满足虚荣以及男人之间隐性嫉妒与争斗的牺牲品。在绝望中，她听到了扣扣病重的消息。她的朋友南红是一个被男权文化同化，被物质异化的悲剧女性。南红原为美术教师，充满浪漫情怀，但在深圳"混"了两三年后，却对艺术丧失了热情。她与男人们调情，互相利用，看上去在男性社会中如鱼得水，实际上却更深地堕入到丧失女性自我的陷阱之中。她屡屡被男性欺骗、抛弃，完全失去了摆脱对男性的生存依附和精神独立的可能，成为受男性操纵的木偶，最终在一次又一次的沉沦中走向死亡。小说中还有一个人物是女诗人余君平，她才华横溢，但一直未能引起文坛应有的重视，孩子的降生最终使她变为了"一个比真正的袋鼠好不了多少的丑妇"，她的诗人身份也隐退了。小说通过对不同女性形象的塑造，倾吐了女性的心声，使女性在这个物欲横流、男权主宰的社会里把内心的呐喊、心中的悲愤吐露了出来。虽然人们一度对林白这个略显瘦弱的女作家表示了质疑，但当人们面对着她的写作，面对着她的那些独特的文字时，人们还是很难偏离公正的评判标准。①

虹影自传体长篇小说《饥饿的女儿》：一部将人物的命运与历史的沉浮结合起来的小说

虹影（1962—），重庆人，英籍华人作家。《饥饿的女儿》5月份由台湾尔雅出版社有限公司出版。小说以自传体的写法展示了城市边缘人的食饥饿、爱饥饿和性饥饿。小女孩六六是出生于大饥荒年代的私生女，她的家在长江南岸，家里的父母、三个姐姐、两个哥哥挤在两个房间里，上厕所得去公共厕所。在缺衣短食的童年，六六的大姐冒着被农民拿长棍子猛追狠打的危险钻进农田里偷菜，三哥冒着葬身江底的危险独自到长江里捞水上漂浮着的菜叶，五哥带着六六一粒一粒地捡拾铁轨和石缝中的干豌豆、绿豆。饥饿就像盘踞在六六家中的一头恶魔，吞噬着每一颗焦灼的心灵，一家孩子常常因为食品而大

---

① 参阅陈晓明《内与外的置换：重写女性现实——评林白的〈说吧，房间〉》,《南方文坛》, 1998.1。

打出手。昔日美丽的母亲被贫困折磨成一个一身疾病的女人。饥饿是六六脑子里最深刻的体验，有三层含义：第一是食物缺乏造成的饥饿；第二是心灵饥渴；第三是"性"饥饿。六六的性意识是被年轻博学的历史老师启发和唤醒的，她和老师发生了关系。当内向懦弱的老师连一声告别也没有就选择了自杀时，六六独自走到江边，把日记中与老师有关的记述，一页页地撕掉，然后看着江水把它们吞没，卷走。后来，六六又独自一人躺在冰冷的手术台上流了产。在经历了流产痛苦后，六六才发现：她在历史老师身上寻找的，实际上不是一个情人或是一个丈夫，她寻找的是生命中缺失的父亲。自从六六出生后，她一直没有见过生父。在 18 岁生日那天，母亲给六六带来了生父。18 年来，生父其实一直躲在六六的身后注视着她，而且每月从牙缝里挤出 18 元钱供养她成长。生父的最大愿望是期盼六六能与他坐在一起吃顿饭，叫他一声"爸爸"。但六六想起自己私生女的身份让包括家人在内的很多人都投来了太多的冷眼和鄙视，她于是对生父说："我不愿意你再跟着我，我不想再看到你。"1989 年初，快 27 岁的六六决定走得更远，她把生父每个月省出来的 500 元钱交给母亲后，选择了流浪。六六后来到北京的鲁迅文学院作家班读书。十年后，虹影的另一部自传体小说——《饥饿的女儿》的姊妹篇《好儿女花》写长大后的六六在惨遭婚变和与小姐姐"共侍"一夫后，对已经死去的母亲说：这一次，我只想找个爱人，而不是一个父亲。六六的母亲是从乡下逃婚来到重庆的，她在逃离的船上被英俊而又神采飞扬的袍哥打动了心，他们于是举办了婚礼。第二年盛夏，母亲生下一个女儿。后来，袍哥因为时不时地带着摩登女人回家，母亲便在 34 岁时一手抱着女儿一手拎着包裹开始了第二次逃离。在重庆，她遇到了一个 24 岁的当水手的未婚青年小孙，她和小孙生下小说主人公"我"，即六六。可以说，六六是双重饥饿（"食饥饿"与"性饥饿"）的产物。因为她那私生女的特殊身世，使她一来到世上就失去了父爱，也使她爱上了比她大 20 岁的如父亲一样的历史老师。六六的养父是一个善良的船员，与她母亲建立了一个清苦的家庭，他一生忍辱负重、辛苦操劳、多灾多难。六六的生父小孙两岁时丧父，他母亲不久就改嫁了。后来，小孙得了肺癌去世。《饥饿的女儿》与当时的历史背景息息相关，使人物的命运与历史的沉浮结合在一起，具有一种厚重感；它的故事性强，情节曲折，婉转动听；它里面塑造的男性形象完整、丰满、个性鲜明，无论是养父、生父还是历史老师的形象都很鲜活生动；它对女性主体是遮蔽的，主人公六六在里面并没有把自己封闭在女性的世界里，而是将自己的命运与历史结合起来，具有一种超越性别的力量。2000年4月，《饥饿的女儿》由四川文艺出版社出版。

苏童长篇小说《菩萨蛮》：一篇标志着作者转向了现实创作的小说

《菩萨蛮》7月份发表在《收获》第4期。小说里面的华金斗是个死不瞑目的鬼魂，他因为被漏掉编号而四处走动。当他回到魂牵梦萦的香椿树街的家中后，他看到大姑已将他的五个儿女拉扯成人了，但五个儿女却没有成材成器，这让他愤怒不已。大姑是一个平庸的妇女，一直赖在华金斗家里为他操劳家务，拉扯着他的五个儿女，其间发生了许多事情。大姑把欢笑、痛苦、孤独都给了这个家庭、这个世界，但她自己却一无所有。这个家庭、这个世界似乎不太喜欢她，她于是便产生了失望与孤独。华家唯一的儿子华独虎，从小就扎在胭脂堆里，所以显得女里女气的，与李方的认识更让他的性格里多了阴柔，他的身份也让他的性格产生了变异。小说的叙述角度是从幽灵华金斗开始的，开篇以"审讯"的方式展开，给人一种新颖之感。小说是作者转向现实创作的代表作，叙述视角独特，内涵深厚。从"乌托邦"概念来解读这部小说，可以看出作者在小说里表现了一种反"乌托邦"的情结。在这种"反宗教乌托邦"的基础上，作者表达了自己对人的存在、人的孤独处境的思考。[①]

徐坤短篇小说《厨房》：讲述了一个女人逃离厨房和回归厨房的故事

徐坤（1965—），籍贯不详。《厨房》8月份发表在《作家》第8期，获得第二届鲁迅文学奖（1997—2000年）。小说着重聚焦的是女主人公枝子人生历程中的两度生命冲刺：从狭小空间逃出的她以家庭为代价，想在广阔的社会中实现自我，最终却在艰难处境的逼迫下逃了回来。"厨房是一个女人的出发点和停泊地。"枝子义无反顾地挣脱了厨房这个牢笼，投身商海，最终成为商界的女强人，但她却想回到一个男人的厨房。当她再次回来时，厨房已发生了巨

---

① 参阅董晓霞《论苏童小说〈菩萨蛮〉中的反乌托邦情结》，《大理学院学报》，2010.7。

大的变化。"她受够了家里毫无新意的厨房。她受够了厨房里的一切摆设。那些锅碗瓢盆油盐酱醋全都让她咬牙切齿地憎恨。正是厨房里这些日复一日的无聊琐碎磨灭了她的灵性，耗损了她的才情，让她一个名牌大学毕业的女才子身手不得施展。"枝子在商海获得的成功，并非是性别突围与较量的成功，而是她在由男权文化逻辑所主宰的商场和名利场里左奔右突获得的。但她在这个过程中却被异化了。"家中的厨房，绝不会像她如今在外面的酒桌应酬那样累，那样虚伪，那样食不甘味。家里的饭桌上没有算计，没有强颜欢笑，没有尔虞我诈，没有或明或暗、防不掉也躲不开的性骚扰和准性骚扰，更没有讨厌的卡拉 OK 在耳朵边上聒噪，将人的胃口和视听都野蛮地割据强奸"，枝子于是"真的是不想再在外面应酬做事，整天神经绷紧，跟来来往往形形色色的人虚与委蛇"了。但重回厨房的枝子已不是原来的枝子了，她这个拥有经济实力的女人脑子里充满了自主意识，她主动追求爱情，可是现实中的大多数男人却接受不了她这样一个强大的女人。小说讲述的是一个女人逃离厨房和回归厨房的故事，这是中国女性对儒家伦理的颠覆与重构，也是对中国女性几千年的历史宿命在当代中国文化生存背景下的全新演绎。女主人公性别意识的觉醒，对社会生活的向往和对个人价值的期待，表现了她对隐性的儒家伦理中男女关系的颠覆。但当女主人公的个人价值遇到失落，社会身份遭到规避时，她的女性性别意识又重新复苏了，她于是对和谐的儒家伦理精神充满了向往，并踏上了对和谐生存之路的艰辛曲折的探索。①

刘醒龙长篇小说《爱到永远》：一篇塑造了几个本真的人的小说

《爱到永远》9 月份发表在《收获》第 5 期。小说写美丽的北岸姑娘桃叶嫁给了南岸英俊的小伙子龙克，当迎嫁的喜船载着这对新人驶向幸福港湾时，却发生了船毁人亡的悲剧，新郎龙克遇难了。领航的屈祥救起了桃叶，他以深情温暖了桃叶的心，两人终于碰撞出爱的火花。就在纤夫和滩姐们兴致勃勃地为屈祥和桃叶举行婚礼的时候，双目失明的龙克却出现了。这突然的变化，使三个人陷入了一场难舍难分的情感撕扯中……小说力图通过三个青年男女纯洁美

---

① 宗培玉《对儒学伦理的颠覆与重构——徐坤短篇小说〈厨房〉解读》，《名作欣赏》，2005.12。

好的爱情故事，揭示出巴楚文化养育下的三峡人的爱情理想，表现出山山水水之间闪烁着的人性。小说完成了意义维度上的深化，立足民族视角塑造了本真的人，立足人类发展的终极目标表达了博大的人文关怀。[①]

叶兆言中篇小说《故事：关于教授》：一篇对知识界、学术界的专家和学者们进行拷问的小说

《故事：关于教授》9 月份发表在《大家》第 5 期。小说写学贯中西的苏教授与妻子的关系因为历史的积怨而变得很糟，他最得意的弟子马路因为过度用功而英年早逝，他的众多学生几乎无人可传其衣钵，而他自己到晚年的时候也变成了一个象征符号，成为专业招生的招牌。最具反讽色彩的是苏教授对"自订年谱"的修订，他删去了大量的个人隐私，因为"苏教授忽然意识到，个人的私事并不足以传世，过多的生活细节描写，反而会因文害义，损害了学术思想的阐述"。事实上，他的"私事"确实乏善可陈，他自己写就的传记只表现了他是一部生产"学问"的机器而已。"学问"似乎已经成了一种与"生活"对立的东西。是这样吗？作者没有回答，他只指出了这种事实。小说不但写出了教授的自我拷问，也写出了他对知识界、学术界的专家和学者们的拷问。

刘恒中篇小说《贫嘴张大民的幸福生活》：第三代"京味文学"的代表作

《贫嘴张大民的幸福生活》10 月份发表在《北京文学》第 10 期。小说主人公张大民又矮又胖，他接了因锅炉爆炸而死的父亲的班，成为一名保温瓶厂的锅炉工。他凭着贫嘴说服了被人抛弃的李云芳，使李云芳同意嫁给他。但他家房子又小又旧，他只能用 6 平方米的里屋做新房。他把母亲和弟妹 5 人安排在 10.5 平方米的外屋，然后把电视机用铁丝吊挂在房梁上，才和李云芳举行了婚礼，"从此两人就过上幸福生活了"。不久，张大民的大弟结婚，他又在里屋塞了一张双人床才使他们结了婚。但张大民夫妇受不了弟媳在床上的叫唤，于是，张大民拆了院墙，在和邻居房屋的缝隙间盖了 4 平方米的小屋，塞进双人床后，他们夫妇住了进去，虽然屋里有一棵没砍的石榴树从锯开洞的床屉中间伸到屋外，但是他们"两人又过上幸福生活了"。不久，儿子出生，李云芳无

---

① 刘旭《民族精神·理想·人文关怀——评刘醒龙长篇新作〈爱到永远〉》，《江苏师范大学学报（哲学社会科学版）》，1998.2。

奶，张大民几乎花光积蓄买奶粉和帮助妻子下奶，终于，李云芳有奶了，这打败了美国奶粉。张大民为挣钱，调到了有毒的喷漆车间，于是"他们的幸福生活有了油漆味儿"。在儿子长大的过程中，家事频频，张大民用仁慈和智力，帮助大妹夫治好了不育症，使大妹终于有喜，这感动得妹夫下跪磕头并送上了金灿灿的大戒指。当戒指戴在寒酸的李云芳的手指上时，"他们过上更加幸福的生活了"。此后，房子拆迁，原定的三居室被改成两居室，张大民不服，不让拆而被拘留，出来后又被通知下岗，他只好去卖积压的暖壶度日。最后，张大民领着母亲、妻儿去爬香山，告诉儿子要好好活着，只要有他在，生活就一定会幸福。结尾是一家人缓缓向山下走去，"他们消失在幸福的生活之中了"。小说成为第三代京味文学的代表，通过苦难叙事显现了以张大民为代表的底层百姓身上所具有的韧性。小说被改编拍摄成电影《没事偷着乐》及同名电视剧上映，影响很大。[①]

东西长篇小说《耳光响亮》：触及了 20 世纪 60 年代出生的人的成长记忆

《耳光响亮》11 月份发表在《花城》第 6 期。小说写在 20 世纪 70 年代末到 80 年代中期，美貌性感的牛红梅父亲牛正国失踪后，牛红梅成为男性竞相追逐的欲望对象，牛红梅对自己的情欲采取"无抵抗主义"，先是在省医院检查胃病时，与医生冯奇才自愿发生关系；接着，她又被街上的小流氓宁门牙盯上，在宁门牙的大弟牛青松的出卖下，她遭到了宁门牙强暴。牛红梅怀孕后，冯奇才和宁门牙都不承认孩子是自己的。牛红梅极为愤怒，疏远了冯奇才并打掉了孩子，她给打掉的孩子起名"牛爱"，表明他是自己和冯奇才爱情的结晶。牛红梅的小弟牛翠柏又将自己的体育老师杨春光引荐给牛红梅，牛红梅和杨春光恋爱并结了婚。但杨春光考上大学后，移情别恋，他精心设计了一场让牛红梅参加的羽毛球赛，结果使牛红梅怀着的孩子流了产。牛红梅给掉了的孩子起名"牛恨"。后来，牛红梅被开发廊的刘小奇强奸后，怀上了孩子，但这个孩子在她看小品《吃鸡》时，因大笑不止也掉了。她给这个孩子取名为"牛感情"，以示此后再也不谈感情。从此，牛红梅丧失了生育能力。牛红梅后来在

---

① 参阅唐宏峰《平民的幸福及其限度——论刘恒的〈贫嘴张大民的幸福生活〉》，《北京社会科学》，2006.5。

北京遇到了把自己伪装成美男子实则长相丑陋的苏超光，两人产生恋情，但很快又断绝关系。牛红梅的第五个男人是她的继父金大印。金大印经商发财后，非常想要一个孩子，但和他同居的牛红梅的母亲何碧雪却生不出孩子，何碧雪为了肥水不流外人田，便把女儿牛红梅嫁给金大印，以使自己在背后可以掌控一切。牛红梅于是被自己的母亲利用，再次成为继父的泄欲工具。牛红梅在父亲牛正国失踪后，出现的人生轨迹与世俗化的现代性大潮所引发的价值颠覆有关。小说中，牛家的姐弟始终无法忘怀失踪了的"父亲"，希望通过找回父亲来结束自己精神上的六神无主状态。金大印在牛家父亲失踪之后，试图做牛家姐弟的继父，但却遭到了他们顽强的抗拒，因为在他们眼里，金大印鄙俗、滑稽、猥琐不堪，是个看着不像人父的"伪父"，所以，他们联合小流氓把金大印打得头破血流。何碧雪对儿女们向金大印施暴事情颇感寒心，她最后彻底离开了儿女而和金大印住在了一起。但金大印并没有放弃想成为牛家姐弟继父的努力，他和报社编辑马艳一起制定了一个计划，那就是当马艳派他去照顾一位孤寡老人时，他便去照顾那位孤寡老人；当马艳派他去救人时，他便从一辆出事的面包车下救出了一个小孩，被救的小孩的父亲已经离家多年，他便去满足小孩母亲的性需求；马艳又派他去赚钱，他依令而行，最后做了小煤窑的矿主，成了千万富翁。成为富翁之后，金大印终于得到了牛翠柏的承认，牛翠柏让他投资拍电视剧，他提出了娶牛红梅为妻的条件，目的是让牛红梅给他生一个儿子；但他并不知道牛红梅已经丧失了生育能力。牛红梅的生父牛正国其实在出走之后，变成了偷越国境、走私毒品、嫖赌、失忆的罪犯。小说尖锐地触及了20世纪60年代出生人的成长记忆，它通过一种喜剧性的诙谐气质和黑色幽默式的叙述方式在重现历史记忆的同时，既揭示了那代人心灵成长的种种悲剧真相，也让他们深切地洞悉了内心深处的某些隐秘情结，他们想告别"文革"记忆，却又不自觉地利用"文革"化的生存方式来制造生活的酸甜苦辣，他们四处寻找新的人生理想，却又被急剧变化的生存现实所扭曲。作者彻底抛开了权力话语对人物成长的制约——无论是学校还是家庭，它们对于牛氏三姐弟牛红梅、牛青松、牛翠柏来说都已不复存在。何碧雪选择与金大印的结合，目的是想挽救濒于溃散的家庭。但是，她的所有努力，最后却被子女们无穷无尽的伤害所取代。牛红梅在爱与欲望的永久性对峙中，给自己带来的悲剧越来越厉害。她最后的选择，实质上是用现实苦难来肢解有关爱情的所有神话。牛青松和牛翠柏不仅仅是被伤害者，同时也是伤害给了他们生命、爱和成长关怀的亲人的能手。他们以少年特有的反叛精神和对自我"尊严"的捍卫，陷入了某种可怕的伤害与被伤害的怪圈之中。在这一青春被扭曲的过程中，作者始终将冲突的可能性安置在血缘亲情的内部，以骨肉之间不知不觉的残害来凸现理想、爱和关怀的可怕缺席。在叙事表层，它带给人们的是强烈的情节冲突，但这种冲突由于超越了常理规范，因而直入人性内部，构成了作者对精神畸变的拷问和质疑。小说被拍摄成 20 集同名电视剧后于 2004 年 7 月播出。①

---

① 参阅洪治纲《愉快的阅读 疼痛的思考——读东西的长篇小说〈耳光响亮〉》，大众网，2003.4.4.

1998 年

红柯中篇小说《阿斗》：反映了对传统与启蒙的双重批判与继承

红柯（1962.6—2018.2.24），原名杨宏科，陕西岐山人。《阿斗》1 月份发表在《莽原》第 1 期，是一部近似鲁迅《故事新编》的历史叙事类文本，对三国的历史进行了别具一格的重写，与《故事新编》对传统"故事"的"新"说如出一辙，反映了不同时代作家对"历史"共同的思考与理解。然而，由于时代背景、文化语境和个性气质的差异，两者采用的叙事策略不同，体现出的叙述风格不同。《故事新编》是启蒙精神对传统思想的全盘否定，《阿斗》则是对传统与启蒙的双重批判与继承，主张用道家的自然主义精神来疗治启蒙的"现代性"弊病。它以新历史主义的观念，通过戏仿、调侃、颠覆的叙事策略给读者呈现了一幅不同于官方正史的历史画面，并描绘了生活在这一历史时空下的芸芸众生。小说以独特的叙事视角再现了三国历史，体现了作者对历史的重新关照与反思。①

刘震云长篇小说《故乡面和花朵》：显示出作者对乡土中国叙事的强有力的开创

《故乡面和花朵》分为四卷，200 多万字，耗时八年完成；每一卷大概 45 万字，第一卷和第二卷是前言部分，第三卷是结局，第四卷才是正文。四卷小说的结构可以分成两个部分，前三卷是一部分，最后一卷为一部分。前三卷虚构了同性恋运动者回故乡搞同性恋运动，但运动在他的故乡人民和外来运动

---

① 参阅徐翔《三国历史的另类书写——论红柯的新历史小说〈阿斗〉》，《宝鸡文理学院学报（社科版）》，2015.5。

者的共同作用下发生了一系列变异。前三卷是作者虚构的一个想象世界，仿佛一个梦魇接着一个梦魇，呈现出整体混沌的感觉。第四卷是少年白石头对1969年的回忆。小说在1998年1月份分别发表在《钟山》第1、2、4期，《花城》第1期，《江南》第1期，《青年文学》第1期。小说发表后反应不一。小说有两个明显特点：一是语言繁杂，二是人物众多。作者在小说人物名字的取舍上，有过一番考量：究竟是继续用前三卷中乡亲们外化的和张扬的名字如曹成、袁绍、孬舅、猪蛋、瞎鹿，还是用他们1969年实在的和不张扬的名字？最后，为了纪念和感怀，为了历史真相和对历史负责，为了还原一个真正的村庄原貌，为了1969年，为了用巨大现实的铅砣和水桶来坠住过去小刘儿的胡思乱想和飞扬的气球，作者决定用1969年乡亲们的真实姓名。作者对前三卷和第四卷的文本进行了精心的考量和设置，无论语言还是人物都是有指向的。小说中的叙述人和人物反复转换，叙述视角也随之变换，带动了文本的情感和结构的变化。小说的叙述人是小刘儿、白石头及隐含的作者，他们分别在前三卷和第四卷形成复调，无论谁说话，都有隐含的作者的声音。前三卷是隐含的作者通过小刘儿来表现一个成年人眼睛中的世界的，第四卷是隐含的作者通过少年白石头的眼光来看待成人世界的，表达了他对成人世界的怀疑和反思。前三卷除了小刘儿之外，还有其他叙述人，比如第一卷第三章中孬舅给"我"的传真全文，第十章中孬舅发给"我"的一份密令，第二卷第六章中孬妗写给"我"的三封信就出现了小刘儿之外的叙述人。这个时候，小刘儿是被观察者和倾听者，形成了看与被看的关系。除了这些叙述人视角之外，作者还安插了"摄像机"和"灯光设备"等，它们使日常生活的场景变成了众目睽睽之下的舞台，"我们"已不知不觉在戏中，被千万人观看。小说是作者精心设计的一台大戏，戏中有戏。小说充斥着表演和滑稽模仿场面的描述，如第三卷第三章中对"牛屋讨论"的叙述：大家都卸下了戏服、面具、头盔、镣铐等装束，洗掉了脸上和身上的多色油彩，个个露出了一场大戏之后的疲惫和烦恼。从互文的关系看，小说前三卷和第四卷形成了互文，第四卷也可以看作是前三卷的"附文"，着重体现了理想和现实的关系；前三卷建构了虚构性的故事，第四卷却将现实坠入到前三卷的想象之中，但它的内容在结构设置上却与总体结构一致，它利用"附文"来自我解构真实性。整体看，整部小说就像一个梦境一样，容纳了作者对这个世界的整体感觉，但这种感觉又是一种难以把握的碎片式的记忆及一种混沌的感受。小说把汉语言的快感式表达推到了登峰造极的地步，无疑是汉语小说中最为奇异怪诞的作品。小说把乡土中国的现实与未来的空间杂糅在一起，以极端荒诞的手法来解构历史与未来，用后现代手法对乡土中国进行改写，将本土性这一被固定化的历史叙事推到了神奇的后现代场域，显示出刘震云对乡土中国叙事的强有力的开创功绩。①

阿来长篇小说《尘埃落定》：一曲关于藏族封建土司制度走向溃败、毁灭的凄婉挽歌

阿来（1959—），藏族，四川马尔康人。《尘埃落定》3月份发表在《当代》第2期，2000年10月11日，获得第五届茅盾文学奖（1995—1998）。小说写在20世纪40年代的四川阿坝地区，当地的藏族人民被十八家土司统治着，麦琪土司便是其中之一。麦琪土司有两个儿子，大少爷为藏族太太所生，英武剽悍、聪明勇敢，被视为理所当然的土司继承人；二少爷为土司酒后与抢来的汉族太太所生，天生愚钝、憨痴傻呆，很早就被排除在权力继承之外，成天混迹于丫鬟娃子的队伍之中，耳闻目睹着奴隶们的悲欢离合。麦琪土司在国民政府黄特派员的指点下在其领地上遍种罂粟，贩卖鸦片。快速暴富后，麦琪土司组建了一支实力强大的武装力量，成为土司中的霸主。其余的土司看到麦琪家因鸦片致富，于是用尽心计，各施手段盗取了罂粟种子广泛播种。在这种情况下，麦琪家的傻少爷建议父亲改种麦子。麦琪土司于是在漫山遍野的罂粟花的海洋里种上了麦子。是年，内地大旱，粮食颗粒无收，鸦片也供过于求，价格大跌，无人问津，阿坝地区的人民笼罩在饥荒和死亡的阴影下，大批饥民投奔到麦琪麾下后，使麦琪家族的领地和人口空前地增加了。傻子少爷由此得到了女土司茸贡漂亮女儿塔娜的爱情。就在各路土司身临绝境之时，他们听到了傻子少爷开仓卖粮，公平交易的喜讯。他们于是云集在二少爷的官寨举杯相庆，铸剑为犁。二少爷的官寨旁很快出现了几顶帐篷，进而是一片帐篷，酒肆客

---

① 参阅陈晓明《故乡面与后现代的恶之花——重读刘震云的〈故乡面和花朵〉》，《解放军艺术学院学报》，2004.3。

栈、商店门市、歌榭勾栏、妓馆春楼，应有尽有。在特派员黄师爷的建议下，二少爷逐步建立了税收体制，开办了钱庄，使古老封闭的阿坝地区第一次出现了一个具有现代意义的商业集镇的雏形。二少爷回到麦琪土司的官寨后，得到了英雄般的欢迎。但在欢迎的盛会上，大少爷的眼眶里射出来的却是一束令人不寒而栗的阴毒眼光，一场家庭内部关于继承权的腥风血雨于是悄然地拉开了帷幕。最后，在解放军进剿国民党残部的隆隆炮声中，麦琪家的官寨坍塌了，一个旧的世界终于尘埃落定。小说注重人性思考，是一部关于整个人类社会的寓言。小说通过似傻非傻的"我"的独特视角，述说了麦其土司由兴而衰的故事，同时又借此阐释了人类的多面性和世事的无常性。"我"在小说中是一个被模糊了智愚界限的傻子，既是历史的参与者，又是历史的旁观者。侍女桑吉卓玛，起先为了爱情，宁愿沦为家奴，固守贫穷；但当她真实地面对贫穷困苦时，她才明白了什么叫生活的艰辛。在一系列的流离变故之后，她选择了可以按自己最真实的想法去生活的生存方式。但小说中更多的人并不像桑吉卓玛那样敢于按自己的想法生活，比如小家奴索朗泽朗和小行刑人尔依就是如此。索朗泽朗从和"我"一起捉麻雀到最后为"我"失去一条胳膊，他的奴性一步步加深。

而母亲的教诲等则让他的奴性思想更加厉害。小尔依作为行刑人的后代，他曾有过天真的时刻，也曾认为"杀人是痛苦的"，被杀的人中"也有冤枉"的，但无论是他的父亲、奶奶，还是生活都在告诉他：作为行刑人的后代，他是不应该害怕的，他生存的意义就是为麦琪土司杀人。在那个特定的生存环境中，他渐渐习惯了这一生存方法，并自觉地成为一个行刑人。书记官翁波意西或许是一个能称得上哲人的人，在那个即将崩溃的"尘埃"飞舞的年代里，唯有他敢于拨开混沌，直述现实。在英雄的时代已经过去，新的英雄却还没有出现时，没落的土司们都在进行着无聊的争斗和最后的抗争。但土司制度的动摇、瓦解乃至倾覆，却是必然的趋势。该小说是一曲书写藏族封建土司制度走向溃败、毁灭的独特而又凄婉美丽的挽歌。读者除了能获得阅读快感之外，还会对人类的昨天、今天和明天产生深沉、凝重的思索。小说借独特、新鲜的藏族社会生活题材表现了具有普遍意义的人性主题，它那惊人的、具有震撼力的真实感既让局内人感到真切、生动和准确，又让局外人感到冷静、超然和无奈。作者熟知藏族土司制度的盛衰过程和相关的历史、宗教、文化知识以及人文、自然景观，又加上他善于借鉴、学习中外一切有益的文学新观念与新经验，这就使得他对故事的叙述既充满激情又不乏理性和冷静；土司头人之间的争斗，鸦片、梅毒的传播，土地财富、奴隶美女的被掠夺都在作者笔下娓娓道来，显得从容不迫，举重若轻；作者对小说艺术细节的刻画，对社会场景、藏区风光的描绘都常有叫人赞叹不已、拍案叫绝之处；小说塑造的人物形象众多，"傻子"二少爷的形象，被割了舌头的书记官翁波意西的形象，二少爷的随从索朗泽朗、尔依的形象，老土司、少土司、男土司、女土司的形象，以及一些奴仆和自由民的形象，往往都是独特、典型的"这一个"，他们一个个都栩栩如生、让人过目难忘；小说语言简洁、幽默、纯正，如行云流水般流畅，又极富诗意、质感和表现力。总之，小说在个性化的艺术追求和大众审美情趣的结合上，虽未必完全成功、到位，但却迈出了独特而重要的一步。①

柳建伟长篇小说《突出重围》：书写了一场在模拟的高科技条件下爆发的局部战争大演习

柳建伟（1963.10—），河南镇平人。《突出重围》前10章（共21章）于5月份选发在《当代》第3期；11月，整部小说由人民文学出版社出版；1999年11月5日，小说荣获中华人民共和国成立50周年献礼长篇小说奖。小说主要描写了一场模拟的高科技条件下爆发的局部战争。一个装备精良、代表目前中国军队主体力量的满编甲种师在与装备了高科技的乙种师作战时屡遭败绩。甲种师A师师长黄兴安虽然是一名传统型的优秀带兵人，其军政素质过硬，部队也被他带得很优秀，但他知识贫乏，战争观念落后，指挥无方，再加上装备落后，所以在首战演习中失败。不久，黄兴安担任了演习顾问，但他还是掌握着部队的指挥权，并能越级指挥。演习司令范英明的能力足可以与C师的朱海鹏抗衡，但他有职无权，所以空有一身本事而无法发挥；硕士参谋唐龙的能力很强，但他的小毛病很多，所以照样被弃之不用。部队在按照黄兴安的老方法治

---

① 参阅《尘埃落定》在《当代》选载时的说明，《当代》，1998.2。

理之下，指挥机制混乱，再遭败绩。甲种师平时受到的社会上的拜金主义等不良习气的影响很大，一些高级将领、干部自觉不自觉地被污染了，比如油料科长王思平私欲膨胀，置党纪军纪于不顾，为了牟取暴利，竟然把战备汽油卖给了不法分子；副师长高军谊明知王思平出卖汽油的事情，但他还是睁一只眼闭一只眼放行了，最终使A师的坦克、装甲车在关键时刻成为一堆废铁，第三次败北。小说通过甲种师的三次败绩，深刻揭示了中国军队在20世纪末世界军事、政治、经济格局中所面临的严峻的生存挑战，同时歌颂了当代优秀中国军人从落后技术、陈旧观念、膨胀的个人私欲和外界物质利诱等包围中杀出一条血路的英雄气概。总体看来，小说具有以下特点：一、它是一部忧患之作，体现了作者对国家、民族前途和命运的认识水平和表达能力，呈现出沉郁、激越的美学风范，暗合了转型社会的时代精神。二、它是一部全景式描写当下部队生存境况的厚重作品，对新时期以来军旅小说的整体水准产生了一定的冲击。三、它的内在精神是属于正宗军旅文学，在高扬集体主义和英雄主义的同时，充分展示了其他声部的强有力的存在。四、它是一部着力描画人物群相的作品，几十个人物分布在从普通士兵到大军区司令员这一广阔的空间里，错落有致，浓淡相宜，方英达、朱海鹏、范英明、黄兴安等人物形象富有独创性。五、它是一部在接受方面称得上雅俗共赏的作品，结构完整、情节丰富。①

迟子建短篇小说《清水洗尘》：展现了一颗温暖的"童心"和朴实的人性之美

《清水洗尘》8月份发表在《青年文学》第8期，2001年获得第二届鲁迅文学奖（1997—2000）。小说通过少年天灶的视角，叙述了腊月二十七这一天，天灶家按老人、父母、孩子的长幼次序洗澡的整个过程。小说基本上是由少年天灶的所见所思来串联整个故事，展现种种人生的。在父亲洗澡时，天灶坐在灶边打起了盹，他在梦中看见了一条金灿灿的龙也在银河畔洗浴着。当天灶自己可以用一盆清水洗尘，他把头搭在澡盆边上的时候，他看见了夜色中的星星穿过茫茫黑暗飞进了窗口，然后落到澡盆中，为他洗去了一年的风尘，使他获

---

① 参见朱向前著《中国军旅文学五十年》第四章"长篇小说"之第三节"九十年代：复兴与勃发时期"，解放军文艺出版社，2007.1。

得了一种从未有过的舒展和畅快；他很想告诉他的伙伴们：星光特意化成皂角花洒落在我的那盆清水中了。小说以纯净空灵的诗意话语，描述了天灶家轮流洗澡的故事，作者用儿童的眼光来打量成人世界，审视和书写了故事发展的全过程，展现出一颗温暖的"童心"和朴实的人性之美。①

贾平凹长篇小说《高老庄》（上、下）：直击了社会巨变时期底层民众的生存原态

《高老庄》9月份由太白文艺出版社出版。小说写15年前，身材短小的高子路到省城去上大学，毕业后留在省城工作，通过努力，成了一位教授。由于文化身份和生活环境的改变，他日益看不惯农村妻子菊娃的神态举止，试图按照城市女人的标准对她进行改造。菊娃不愿意接受高子路这种改造，于是两人之间的感情裂痕日益扩大。高子路在精神苦闷与焦虑中恋上了一个城市女人，初尝了城市现代女性的滋味，喜不自禁。菊娃发现高子路的婚外恋后，便和他离了婚。高子路发誓要找一个让自己最满意，让外人羡慕的老婆，刚好他认识了女画家西夏，他于是对西夏发起猛烈进攻，最终成功。西夏高大漂亮，开朗热情，是非常富有现代感的城市女性，这使高子路感到很得意、很满足，他在情感生活上非常投入。但他仍然会想到家乡高老庄，想到前妻菊娃和儿子石头。其实，菊娃早就与有家室的葡萄园主蔡老黑发生了奸情。蔡老黑在满是"矮子""矬子"的高老庄不仅"显得高"，而且"长得黑""很嚣张"，像"黑社会头儿"，是人们"惹不起"的"恶人"。村支书顺善不敢也不想"得罪"蔡老黑。信用社主任老贺对蔡老黑"土匪"式的欠账、赖账不仅不敢要，而且还唯恐避之不及。不光活着的人怕蔡老黑，就连死了的"老实疙瘩子"得得也怕蔡老黑。得得死了后，鬼魂上了"杀猪佬"雷刚媳妇的身，雷刚尽管杀气满身，但却束手无策。当蔡老黑一来，他用三言两语，就把鬼魂斥退了。高子路和西夏回到高老庄给父亲过三周年祭日的时候，他逐渐显现出心胸狭窄，做事黏糊，缺乏勇气和魄力，遇事趋利避害，不敢挺身而出，不敢主持正义的弱点。而西夏却逐渐领略了蔡老黑"农民英雄"的魅力：蔡老黑敢作敢为、敢爱

---

① 参阅康婧《用颗童心看世界——浅析〈清水洗尘〉的儿童视角》,《探索科学》,2016.4。

敢恨、敢出乖露丑、敢承受失败，他粗犷、充满活力、一身勇气。西夏于是对蔡老黑越来越痴迷，她宁可为了他而留在高老庄。高子路一看，孤独伤心地返回省城。西夏在高老庄滞留期间，丢弃了城市人所谓的节操，陷入了农村的各种情事和权利的争夺之中，她的思想逐渐腐化，最终也落魄地离开了高老庄。小说还塑造了苏红、石头、迷胡叔等人物形象。苏红在孤身守护王文龙的地板厂时，面对前来砸厂子的人群和凶神恶煞的蔡老黑，她毫不畏惧，"一下子扑过去抓破了蔡老黑的脸"。苏红对朋友热辣，对敌人毒辣，这两极的"火"一般的热度，成为她的性格气质标签。当她的事业风生水起、财富猛增时，她又放荡、不择手段、为富不仁了，她在人前是名副其实的红人，在人后却备受非议。石头是高子路与菊娃的儿子，他擅长画画，他的画"罗列人生种种，如吃饭、挖地、游水、打猎、械斗、结婚、生育，等等"，他具有超人的智慧，但残废的双腿却使他无法站立。迷胡叔在高老庄的许多人看来是疯子，实际上他却是最清醒的一个人，他对社会、对历史、对人生有一种极其深邃的洞见。小说的叙述从高子路还乡始，到离乡终，构成了一个显性的圆形结构。其间，又分别以高子路和西夏为支点，进行了多重圆环形的亚叙事，里面存在大量富有"暗示"性的笔触以及鲜活的象征、隐喻，体现了作者对人类命运的哲理沉思。在大自然面前，人类的力量是弱小的。披甲岭的崖崩、白塔的倒塌均暗示着这种强大的自然力量。这使高老庄人既感到好奇和有趣，又感到困惑和恐怖。小说以"黑""红""白"作为叙事色线、色块、色带，勾画出了世纪之交中国内陆乡村政治经济文化生态的整体形貌与色彩。"黑"代表以蔡老黑为核心的本土底层民间势力，"红"代表以苏红为枢纽的基层政权与外来的官商势力，"白"代表蕴藏并弥漫于本土的自然与文化的神秘力量。"黑"叙事与"红"叙事的抗衡冲突是小说时空铺展的主色调，"白"叙事或游移于"黑""红"色块之间，或分化为两条"白"线，分别交织进"黑""红"之中，在叙事结构、谋篇布局上形成连接、绾合与推动。三色力量在高老庄的纠缠与角力，尤其是各色主角亦正亦邪、亦善亦恶、亦悲亦喜的复杂命运，为《高老庄》直击社会巨变时期底层民众的生存原态，涂抹上了一层厚重而斑驳的文化色彩。①

阎连科长篇小说《日光流年》：一部描写几代人与堵喉症进行斗争的悲壮而惨烈的小说

《日光流年》11月份发表在《花城》第6期。小说写了三姓村几代人与堵喉症进行不屈不挠斗争的情况。百十年来，三姓村好像没有活过40岁的人，所以，如果谁一旦能活到35岁以上，就算老人了。这在外人看来，好像是天方夜谭，但在三姓村却千真万确。村长杜桑主张用高生育率来增加村子的人口，临终前也不忘让女人多生娃。杜桑之后的村长司马笑笑听信别人之言，主张人们多吃油菜根治堵喉症。于是，在蝗灾之年，人们都去保油菜而扔下粮食作物不管，导致了荒灾之年饿死很多人的惨剧。最悲惨的是，为了活命，人们杀死了自己的亲生骨肉，包括村长的三个儿子森、林、木。最后，司马笑笑把自己喂给了乌鸦，使村人有了乌鸦肉吃。后任村长蓝百岁认为人们得堵喉症的原因是土质不好，只要把土地翻新，将四尺以下的泥土翻上来，人们就可长寿。为了实现这一目标，他让男人到教会院去卖皮，让女人到城里去卖身，然后用大家挣的钱来购置农具。更为惨烈的是，为了让公社的卢主任能派人为三姓村翻新土地，蓝百岁让妻子司马桃花服侍卢主任的瘫痪老婆。而当翻新土地的人员要撤走的时候，蓝百岁又让自己的女儿蓝四十和卢主任睡觉，以求卢主任再派人员过来。但土地翻新之后，堵喉症依然如故，蓝百岁无法面对现实，选择了悬梁。继任村长司马蓝不遗余力地在三姓村到灵隐寺之间开通了一条水渠，他认为，只要让村人喝上灵隐寺的水，堵喉症就可以根治了。然而，渠里流来的却是被严重污染了的水，三姓村的人彻底失望了。但司马蓝没看到污水，因为他在40岁生日的时候，静静地死了。另外，小说中的杜流、司马鹿、司马虎等这些人也有类似的命运，他们都没能逃脱命运的安排。小说有两条清晰的主线：一条是对堵喉症的抗争；另一条是司马蓝与蓝四十荡气回肠的爱情。小说采用倒叙手法把即将死亡的司马蓝放在开头写，结尾写的是他的出生。小说每一卷的题目都充满了诗意：注释天意、落叶与时间、褐黄民谣、奶

---

① 参阅杨洁梅《〈高老庄〉的三色叙事及其人物命运》，《江汉论坛》，2012.5。

与蜜、家园诗，它们同书中人物的命运形成了强烈的反差，增添了人物的悲剧色彩。①

王蒙短篇小说《枫叶》：讲述了诗意和爱情都已不存在的一个单相思故事

《枫叶》11月份发表在《当代》第6期。小说写"他"与"她"是在大学时期的一次秋游中相识的，他们都喜爱大诗人阿枫的诗，并摘下一片枫叶夹在《阿枫诗集》当中。当炮弹在他们郊游过的山坡上震响的时候，她收到了母亲病危的电报。她回江南去了。行前，她跟他保证两周内回来，并和他接了吻。但她去后却没有了一点消息。"文革"期间，他的《阿枫诗集》被全部毁掉了，但那片枫叶却安然无损。诗人阿枫也遭难了，他一次又一次地被宣布为坏蛋、流氓、定时炸弹、披着羊皮的豺狼、画着美女脸蛋的恶鬼。又过了几年，人们都老了。他接到了她的来信，说自己要回来一趟。他把他和她的故事告诉给了妻子。"文革"结束后，诗人阿枫去了以枫叶为国旗的加拿大，经常在电视屏幕和报纸上露脸。她约定和他在夏天见面，但她却不来了。他与阿枫见了一面，阿枫给他的印象很不好，说话刻薄、嗜烟如命。又是几年，她来信说秋天一定回来。他很高兴地去找阿枫的诗集和枫叶。诗集在，枫叶却找不着了。秋高气爽时节，她袅袅地回来了。他与妻子请她吃饭。其间，他们谈到了阿枫的诗，谈到了那片去向不明的枫叶，但她却忘记了。告辞的时候，他说，你说你两周内会回来的。她优雅地一笑，又像一哭。他也一笑一哭。她离去半年后，阿枫去世。次年秋天，他又去了郊外，看到枫叶被人采摘下来，做成情人卡而出售。小说在写两人之间的浪漫爱情的时候，也写了社会环境污染下，人物身上不由自主地夹杂的一些流俗、恶俗甚至卑俗的东西，让人们对纯洁的情感产生了怀疑。

石舒清短篇小说《清水里的刀子》：一则透明的生死告白

石舒清（1969— ），原名田裕民，回族，宁夏海原人。《清水里的刀子》11月份发表在《人民文学》第11期，2001年获得第二届鲁迅文学奖（1997—2000）。小说讲述了一个关于生与死的故事。这个故事中的主人公，除了马子

---

① 参阅董书存《绝境中抗争的悲歌——评阎连科的长篇小说〈日光流年〉》，《邢台学院学报》，2010.3。

善和他的儿子耶尔古拜之外，还包括一头老牛。小说从埋葬完马子善的老婆讲起。在坟场，马子善有一种对死的困惑与恐惧心理。先是想到了自己从一个鲜活的婴儿、强壮的青年变成了现在这副模样，他一下子觉得尴尬、心酸。接着，他想到了村子的规模由小到大，坟院也从空变满，感到失意。随后，他想到老婆给自己当媳妇到如今去世及自己将来死亡的事情，又伤感和恐惧起来。马子善回到家里后，得知儿子耶尔古拜要宰杀家中唯一的老牛给亡故的母亲做"四十"（亡人安葬后第四十天祭日）。马子善虽然不太同意，但面对儿子的劝说，最终答应杀掉老牛。在四十祭日的前三天，老牛主动为自己举办了一个"清洁的仪式"，开始不吃也不喝，以便让自己能够清洁地死去。它对即将面临的死亡表现得宁静端庄，就像一个明澈了一切的老人。马子善想起老人们讲过的一个故事后，意识到老牛不吃不喝可能是看到了一把刀子放在清水里。他一下子感受到了难以言说的感动和震撼。老牛都能知道自己的生死，但人却不知道。四十天祭祀日的前一天，马子善到牛棚里过了一夜，第二天躲开了宰杀老牛的场面。当他回到家时，他在牛头上看到了老牛的平静与宽容，看到了老牛那张"颜面如生的死者的脸"，他领悟到了老牛对死的从容。老牛死后，世界仍然平静、宽容、波澜不惊。在小说中，作者给老牛赋予一种神秘的力量，将它人格化了。老牛能看破生死，具有人的品质和心理。小说中的耶尔古拜和马子善对宰杀老牛的不同反应，体现了人类从青年到老年阶段的心理发展规律。在面对生死这一人类永恒的话题时，耶尔古拜代表了人的初级阶段，马子善代表着人的中级阶段，而老牛则象征了人的高级阶段。老牛最终在形而上上摆脱了人的控制，它不仅肩负着搭救亡者灵魂的重担，而且完成了净化生者灵魂的任务，最终成为马子善"超我"的投射，表现出一种从容淡静的生死观，达到了精神的自由。[①]

---

① 参阅袁明月《解读小说〈清水里的刀子〉中主人公的心理差异》,《青年时代》, 2016.13。

1999 年

叶兆言长篇小说《别人的爱情》：讲述了多个被背叛和被遗弃的爱情

《别人的爱情》1 月份发表在《钟山》第 1—2 期。小说写了大大小小近十组爱情悲剧，它们表面虽形态各异，本质上却是一致的，那就是背叛和遗弃。作者先巧妙引入《王魁负敫桂英》这个古典爱情故事，用它勾连出了导演钟秋的爱情以及钟秋母亲泠悠媚的爱情。《王魁负敫桂英》讲述贫寒书生王魁落难妓院，与妓女敫桂英结为夫妻。几年后，考中状元的王魁背叛了敫桂英。敫桂英悲愤自杀，死后化作鬼魂杀死了一门心思只想做高门女婿的王魁。"负敫"是古代的爱情模式，钟秋认同的是现代模式，她的父辈的爱情则是介于两者之间的"前现代"模式。在钟秋的父亲、母亲、后母及其前夫等构成的关系中，革命、政治立场和身份认同总是作为爱情的对立面而出现。该小说中最耐人寻味的是陶红对成功男人与道德君子钟夏对她的深爱不理不睬，却对那个五毒俱全、一无是处的混账男人杨卫字的"爱情"忠贞不渝。陶红是古典爱情在现代青年人身上的回光返照，她对杨卫字的感情起于同情，起于对死神威胁下的杨卫字的悲悯，这种悲悯又因她父亲的亡故及她自己孑然一身的处境等引发了她对生命弱小的体认，进而也引发了她自救与救人的使命感，她想即便救人不成，也要让自己进行道德和责任感的自我约束、自我训诲。她对天生性功能缺失的杨卫字忠贞、宽容，她用这些最终确立了自己爱情的崇高、信念的纯粹。

阎连科中篇小说《金莲，你好》：以古人的名义，演绎了一出现代版的潘金莲的故事

《金莲，你好》1 月份发表在《钟山》第 1—2 期，是与潘金莲相关的一篇小说。作者在《后记》中说，这篇小说书写了他在16岁时的一些"杂念"，核心是对潘金莲的同情和怜悯。他感到，自《水浒传》和《金瓶梅》问世以来，历朝历代都把潘金莲当作千古淫妇的标本，其实，这样的认知是非理性的，是不公正的，是施耐庵设下的陷阱。作者于是想为潘金莲鸣不平，他要为她写出一篇"平反昭雪"的小说，要对她说一声"金莲，你好"。所以，该小说其实是在借用《水浒传》中的金莲、武大、武二、庆、王奶、郓哥等的故事，来讲述一个现代的现实故事。小说虽然讲述的还是《水浒传》中那一段情感纠葛，但金莲已不是那个水性杨花的荡妇，武大已不是那个忠厚善良的炊饼师傅，武二已不是那个铁骨铮铮的打虎英雄，庆也不是那个放荡不羁的风流情种。故事中的金莲演变成了村长庆和治安员武二加官晋爵、谋取利益的牺牲品，武大成了一个十足的性无能者，武二成了一个利欲熏心、出尔反尔的势利之徒，庆成了一个胡作非为、贪污腐败的当代村级干部。作者让各色人物粉墨登场，以古人的名义，演绎了一出现代版的潘金莲的故事。金莲是一个普通的平民百姓，有几分姿色，她为了武二而嫁给了武大。但命运并没有如她所愿，当她向心爱的武二频频示爱、投怀送抱时，心向官位的武二却躲躲闪闪，欲迎还拒，使金莲的一场梦幻化为了乌有。在金莲心灰意冷、痛不欲生之际，武二和庆为了个人的私欲，打着集体的幌子，怂恿金莲去给重权在握的李主任当保姆，让她用自己的身体换来全村人期盼已久的"村改镇"。可是，当金莲回到已经被改成镇的村子时，她却成了被乡邻们鄙视、嘲讽和唾弃的对象，成了武二得权变性、恃财仗势的玩物。小说最后写金莲只得远走他乡，无迹可寻。小说中还出现了一个叫银莲的女子，她羡慕金莲，憧憬着去步金莲后尘。但这个人物是作者为了警示世人而塑造的：人们不要再重蹈金莲的覆辙，不要让我们在唏嘘和哀叹中向金莲问好！

刘心武长篇小说《树与林同在》：讲述了像"一棵平凡的树"一样的人物的故事

《树与林同在》1月份发表在《中国作家》第1期。小说主人公任众富有才华，多情善良，但命运多舛，大业未成。他擅长音乐、绘画、爱好文学，曾与"文革"时期赫赫有名的遇罗克（因写了《出身论》，反对"唯成分论"而被当成"反革命",年纪轻轻就被枪毙)是同学和朋友,经历过惊心动魄的日子。1955年,20岁的任众被打成了"胡风分子",原因是他爱写信,并且在信封上自制了猫头鹰图案,还写上草书的任众二字及一串他爱唱的一首歌的头一句简谱6716432176,显得很是标新立异。任众被打成"胡风分子"后,幸逢当时的公安部部长罗瑞卿对他的事情进行了仔细甄别,他于是重获自由。但他的工作却被调离了公安局。任众在经历了挫折后,依然想施展自己的才华,他报考了北京电影学院表演系。在众多考生中,他脱颖而出,进入了复试。在等待复试的休假期间,他被单位叫回去参加"帮助党整风"的会议,主持人点名让他发言。他说:"党给我平了反,我不是什么胡风分子,我很高兴,也很感激。但是,我这么个小青年,在没有什么证据的情况下,却动用好多人力物力,内查外调,耽搁了好多工夫……这值得吗?起码是官僚主义吧?"这样的发言,自然又使任众付出了沉重的代价。他被打成了"二类右派"后被发配到京郊劳改,取消了43元的工资,只发18元生活费。不久,与他热恋的女友也走了。任众萌生了自杀的念头,但劳改营一个麻脸壮汉半夜起床后给他撒了一泡尿,这泡尿使他打消了自杀的念头。作家说,此书"是献给尘世俗众中,那些有才能,肯奋斗,却未能使其才能获得充分地施展发挥,黯然铩羽,默默生存的人士的"。小说中的任众,会唱很多歌,会跳舞,还用自己的照相机给歌友们照相,但到头来,他仍是一棵平凡的树,虽然充满了生机,却默默无闻。然而,正是这样一棵棵树,才组成了宏伟、壮丽的森林。人类就像由一个个个体的人构成的一片茂密的丛林。所以,爱森林,便要从爱一株具体的树做起;尊重生命,首先便要尊重每一个人的生命。

周梅森长篇小说《中国制造》:一支迎接新世纪改革的交响曲

《中国制造》1月份发表在《收获》第1—2期。小说描写了经济发达城市平阳十几天内发生的壮丽感人的故事,塑造了姜超林和高长河等为代表的高层领导、田立业和何卓孝等为代表的中层干部、田立婷和李堡垒等为代表的社会底层群众的形象,真切地表现了他们的思索和奋斗、奉献和牺牲、感情和命运、纠葛和悲喜等,使小说成为一支迎接新世纪的改革交响曲。小说气势恢宏,情感真挚,情节动人,格调高昂,震撼人心,是一部反映新时期政治体制改革的扛鼎力作，荣获了"国家图书奖"和中华人民共和国成立50周年献礼长篇小说奖。小说后来被改编拍摄成电视连续剧《忠诚》。①

莫言长篇小说《红树林》：一篇根据一个真实案例创作的小说

《红树林》1月份发表在《江南》第1期。小说主人公林岚是南江市的副市长，但在这个风光靓丽的称号背后，她却遭受着身体和精神上的双重折磨：她被迫嫁给了地委秦书记的智障儿子，最终被公公秦书记奸污，生下了与公公乱伦的产物大虎。情人的疏离、丈夫的无能、儿子的叛逆使林岚陷入了绝望的境地。与林岚有同样出身的渔家姑娘珍珠从红树林边的渔村闯入都市，大虎对她一见钟情，珍珠却不为所动。大虎企图强占珍珠，珍珠毅然回到红树林。大虎在另两个干部子弟二虎和三虎的挑唆下，三个人轮奸了珍珠。珍珠的意中人大同欲杀死大虎的母亲林岚进行报复，却刺伤了检察官马叔。大虎又与二虎、三虎轮奸了女工小云，然后被当场抓获。林岚救子心切，落到了刑侦科长金大川手里，她为了救儿子，也为了发泄性欲，和金大川同床而睡。珍珠最终看到未婚夫大同在一副老实人面孔下所隐藏着的无尽贪婪。她坚守自我，不愿堕落。在苦难过后，她找到了一份工作，几年后结婚并过上了普通人的幸福生活。但林岚最后却因与官员的奸情暴露和贿赂等问题而被革职查办，判刑坐牢。小说传达了撼人心魄的感觉，如色彩、丑恶、饥饿、仇恨、绝望、压抑、冲动等。这些感觉世界七彩斑斓，怪诞神秘，从而产生了特殊的审美效果。②

红柯短篇小说《吹牛》：一幅关于苍茫大地之子的灵动速写

《吹牛》1月份发表在《时代文学》第1期，2001年获得第二届鲁迅文学奖（1997—2000）。小说描写了男主人公与马杰龙两人坐在由紫色的苜蓿、蓝色的勿忘我、金黄的草原菊铺成的花毯上率性喝酒，嚼草原菊，谈论太阳、女人、奶牛等事情。他们想到什么就谈什么，海阔天空又不失默契，表现了游牧民族自在的生命形态以及至真至纯的友谊。作者有意将聊天的地方选择在野地，用自然环境作背景，表现出他对草原人自然率真的性格及对游牧民族人与人之间坦诚友谊的赞美。美丽的草原衬托出的是人性的美、友谊的美、自然而

---

① 参阅贺绍俊《新政治小说及其当代作家的政治情怀——周梅森论》，《文艺争鸣》，2010.7。
② 参阅贾蔓《神秘的全知叙述者——评莫言小说〈红树林〉》，《当代文坛》，2007.5。

本真，不虚伪不做作。该小说给 90 年代的小说界带来了一股清新的气息，注入了一股新鲜灵动的想象力。

铁凝中篇小说《永远有多远》：塑造了一个处在妥协与抗争之间的女性形象

《永远有多远》1 月份发表在《十月》第 1 期，2001 年获得第二届鲁迅文学奖（1997—2000）。小说主人公白大省"永远"以她的"仁义"行事，并以"仁义"告终，从而落得个并不是自己所想成为的那种"好人"的名声。白大省很想变成像西单小六、小玢及自己身边许许多多美艳动人的女人一样的人，但她从来没有成功。白大省对无端指责、呲打她的姥姥一直逆来顺受；对弟弟白大鸣也是一百个宽容忍让；对夺走了她"初恋"的赵叔叔也不肯去面对、去表白，她只是把这种喜欢憋在心里；她对媚入骨髓、风情万种、慵懒张扬、沾染着恶俗的西单小六崇拜得五体投地，她崇拜她的骄傲、貌美、慵懒与妖媚。白大省谈过四次恋爱，但都以失败告终。天生喜欢居家过日子的关朋羽无法确定自己是不是爱上了白大省，最终他从白大省的"胳膊圈"里钻出来，和妖媚娇蛮的小玢相爱了。在白大省家里白吃白喝的夏欣对白大省说"你真好"，这使白大省乱了方寸。白大省在爱情失败后，学起了西单小六的风骚，学起了小玢的娇蛮，她想把自己沉稳而斯文地修饰一番，但最终却让人忍受不了。当郭宏抱着和别的女人生的两岁多的女儿跪在白大省面前时，白大省接受了郭宏。不可救药的白大省，从前变不了，现在变不了，以后也不可能改变自己——她永远都是后脑勺上沾着一块蛋黄洗发膏的仁义的白大省——永远就这么远！小说带给人更多的是温暖、明快，白大省仁义、傻里傻气、宽厚热情，她的"老好人"形象得到了广大读者的喜爱，又被给予了极大的同情。其实，白大省不仅善良，她还是个具有"多义性"的形象。首先，白大省是"纯洁正派"的老北京精神的象征，她从小就"仁义"，喜欢吃亏谦让；长大后，她傻里傻气的纯洁和正派一直没变，仍保持着一颗可贵的纯净善良之心；在家，她是吃亏让人的乖孩子，在学校，她是乐于助人的好学生，工作后，她又是业绩不俗、人缘颇好的好员工。其次，白大省不甘心自己只有善良，她一直想改变自己的善良，因为她的善良、热情、委曲求全令她在成年以后屡受挫折和伤害，尤其在恋爱上，无论是她的男同学、男同事，甚至男房客，都对她产生不了真正的爱意。他们中有的人只把她当作留在北京的跳板，有的只把她当作哥们儿来看待；他们除了赞赏她的"善良"外，再没有其他评价。白大省于是很想成为西单小六那样的女人。作者对白大省内心深处对西单小六羡慕的描写，增加了她的形象的层次感，使她更丰满，意义更丰富。这个形象让我们可以产生许多思考。①

艾伟短篇小说《去上海》：一篇批判人性之恶的小说

艾伟（1966—），浙江上虞人。《去上海》2月份发表在《人民文学》第2期。小说里面的少年"我"从小就生活在人性冷漠，缺乏关爱的环境中。"我"没有母亲，和父亲相伴为生。但父亲是个酒鬼，只有在要买酒喝的时候才想起"我"。"我"的头于是从小就被父亲打得像石头一样坚硬。周围的人也经常打"我"、骂"我"。"我"的内心深处于是渴望着温情。一次，当一个人殴打"我"的时候，一个上海轮上的女播音员就站在围观的人群中，她轻轻地对打"我"的人说："不要叫他撞了，他会死的。""我"听了这句话后，一下子感受到了温暖，并使"我"产生了去上海寻找温情的念头。当"我"到了上海轮上后，那个声音甜美的女播音员的一番话却无情地粉碎了"我"的幻想。小说通过主人公的境遇，为我们展现了人性的状况，现实中的是是非非总是能展现人性的善恶。"我"在纯真无邪的童年遭受的斑驳困境，使人性的幽暗不留缝隙地笼罩在"我"的身上，并且肆无忌惮地吞噬着包括"我"童年记忆中的一切东西。

叶广芩中篇小说《谁翻乐府凄凉曲》：讲述了清朝一个镇国公的大格格的悲剧人生

叶广芩（1948—），满族，北京人，居住在西安。《谁翻乐府凄凉曲》2月份发表在《人民文学》第2期。小说主人公金舜锦是清朝一镇国公的大格格，她生性凉薄清高，架子端得很大，一出场连"正跑着的叭儿也吓得钻沟眼"。她唱京剧唱得绝好。董戈是一位孝顺懂礼、手艺高超的寒家子弟，很痴迷京

---

① 参阅胡燕华《铁凝近作中的女性形象——读〈玫瑰门〉和〈永远有多远〉》，《河北师范大学学报（哲社版）》，2004.1。

剧，于是和金舜锦珠联璧合唱京剧。后来，董戈和母亲在金舜锦出嫁的前几天下落不明，可能是金舜锦暴戾的婆家人下的手。金舜锦自此失魂落魄，最终悲惨而死。该小说是作者由十篇中篇小说组成的长篇小说《采桑子》的第一篇，它在整部小说中起到了介绍家族概况、领衔全书的作用。小说在对金家的发展历史和家庭状况进行了交代，对大格格金舜锦因戏成痴的一生进行讲述时，主要依靠京剧戏文来将金舜锦的一生串联在一起，使它们显得杂而不乱；小说中的戏文还起了补充叙述和象征小说主题的功能。

北村短篇小说《消息》：一篇充满探索性的小说

《消息》2月份发表在《山花》第2期。小说讲述的是一个幻想中的故事，一个叫陈生机的邮递员，"有一天突发奇想，向全城几乎一半的人发出了信函，详细描述了这个城市即将发生的事情"，结果"弄得全樟板人心惶惶了"。陈生机为此花尽了积蓄。警察在三天后及时阻止了这场游戏，否则陈生机可能向另一半城市居民通报同样的消息。7月10日，《樟板日报》在头版以《一个通风报信者》为题报道了这起新中国成立以来樟板发生的最大的谣言传播案，文中用严厉的言辞对信谣传谣者进行了谴责。但政府部门对该报道的题目可能引起的误导深表不满。小说还写了另外两个人物的故事，一个是审讯陈生机的警察李瞳，一个是给李瞳治病的医生王安。当李瞳面对传播谣言的案犯陈生机时，他却失去了稳定感。李瞳最后在丧失稳定感，但又拼命去抓稳定感的撕扯中死了。给李瞳治病的王安在李瞳死后也跌入到自感很不安全的环境之中。小说虽然写了陈生机传递的信息，但这个信息是否是谣言，需要确证。从《樟板日报》报道的标题《一个通风报信者》看，小说似乎在暗示陈生机是一个"通风报信者"，却没有认定他是一个谣言的始作俑者；另外，审讯案件的警察及他的医生似乎已经了解到了事情的真相，所以或死或病。而操控这个城市命运的高层人物却仍然要让城市的芸芸众生处在毫不知情的危险之中，说明"街市依旧太平"只是个虚假的谎言，天下并非无事。

海男中篇小说《女人传》：指出女人永难摆脱身上绑缚的一根"绳子"

海男（1962.1—），原名苏丽华，云南永胜人。《女人传》2月份发表在《山花》第2期。小说从女人的粉色年华写起，一直写到女人苍白的死。作者给小说中的父亲设置了一个"墙外"的生活场景。当父亲与情人约会时，他在无意中听到了女儿问的"你在干什么"的话后，羞愧不已。作者在塑造小说中的母亲形象时，把她放置在菲勒斯文化体系的烛照之下去塑造，写了她因袭的传统，写了她的贤良、高尚、无私等，使她成为一个和那些疯狂、苦闷、充满欲望的"夏娃"不同的"圣母"形象。但这样的塑造也把母亲放置在了"城堡"之中，给她身上绑缚上了一根永难摆脱的"绳子"。这根"绳子"其实是所有女孩潜意识里无所不在的影子，它在一个女人的历史中反复出现着，不管她睡着还是醒着，它把她们捆绑起来，使她们无法摆脱。

阎连科中篇小说《朝着东南走》：一篇充满历史感和厚重感的小说

《朝着东南走》3月份发表在《人民文学》第3期。小说写父亲怀着对生存及未来的美好愿望向着东南走去，后来他遇到一支队伍就参军了。他打了仗后，终于成了一个大人物，享受到了人间的荣华富贵。但有一天，他却被人打死在黄河边上。小说的内容涉及亲情、乡情、军旅生活、乡土文化批判等主题，尤其是在较多的回忆里，表露出作者对人性的发现、关照和抚摸，对生命的尊重，对梦想和终极命运的沉重叩询，充满了历史感和厚重感。[①]

潘军短篇小说《一九六七年的日常生活》：揭示了荒诞年代里人们的理性缺失、信仰溃散、激情疯狂的状况

潘军（1957—），安徽怀宁人。《一九六七年的日常生活》3月份发表在《山花》第3期。小说共分四章，分别以"吃饭""睡觉""逃亡""上学"命名，通过写"我"在"一九六七年"的日常生活来展现十年"文革"中人们的政治生活与精神生活的极度混乱情况。作者以孩子的视角，观察、展现了那个时代的荒诞，比如人们在饭前必须汇报、请示；人们以油渣拌野菜来冒充忆苦饭；母亲参与武斗后，全家寝食难安；为与母亲会合，全家老小绕山渡河，秘密迁移；严老师以高昂的热情投入革命，最终却突然成为革命的牺牲品。这些都是当时的人们为自己制造的噩梦。小说以纪实的方式揭示了荒诞年代中理性的缺失、信仰的溃散、激情的疯狂。

---

① 参阅艾翔《乌托邦理念的艺术探寻——以〈朝着东南走〉为例》，《新疆财经大学学报》，2017.1。

北村中篇小说《周渔的喊叫》：塑造了一个戴着虚假面具的双面人的形象

《周渔的喊叫》3月份发表在《大家》第2期。小说写周渔与陈清轰轰烈烈的爱情是在校园展开的。结婚后，他们仍如胶似漆，很难分离，之后因为工作才被迫分居异地。但陈清每周都要乘两次火车回到家中与妻子周渔相聚，于是他把工资中的大部分都花在了铁路上。陈清在周渔眼里是一个"完美"的丈夫，他不抽烟、不喝酒、不说脏话，唯一的兴趣是钓鱼，但周渔却将他的这个兴趣也列入了"禁区"。在一个雨电交加的晚上，陈清触电死亡了。周渔此后终日沉浸在巨大的悲痛之中。一次，周渔乘一辆出租车去陈清的墓地时，司机中山看到她极度悲伤的样子后，就爱上了她。中山开始对周渔穷追不舍，但周渔仍然沉浸在对过去的回忆中，不能自拔。中山有时追问周渔过去的一些事情，周渔便跟他说陈清是一位好丈夫。中山被这样的爱情震撼了。但有一次，中山发现了陈清的一个秘密：原来他并不是只有周渔一个女人，他在工作的乡下还有情人。中山到乡下调查后知道了陈清的情人叫李兰，她是北大的高才生。中山还从李兰那里知道了陈清的很多事情。但这些周渔并不知道。比如陈清在乡下是一个抽烟、醉酒、讲脏话，甚至还嫖娼的男人，但他每次回到周渔身边后，却把自己变成了一个没有任何恶习的爱情王子、模范丈夫。他是一个戴着虚假面具的双面人。李兰是在一个酒吧认识陈清的，她觉得自己爱上了这个男人，就义无反顾地做了他的"地下情人"。李兰爱陈清的方式与周渔截然不同，"陈清想抽烟，李兰就买烟，他想喝酒，李兰就买酒"。李兰和陈清同居，陪他钓鱼，满足他的所有欲求。而且李兰还同意陈清每周回周渔身边两次，与其团聚。在李兰的爱中，陈清很快脱离了过去的恶习，戒了烟酒，也不再找妓女。他在乡下似乎成了一个健康的人，和李兰过起了夫妻般的生活。故事的结局是：中山把所有的真相都告诉了周渔，周渔于是去找李兰。当这两个都自认为很爱陈清的女人进行了一次平静的对话之后，周渔就认认真真地把自己嫁给了一位美国的工程师。但李兰却手执电线，结束了自己的生命。小说后来被拍摄成电影《周渔的火车》。①

---

① 参阅阳蓉、吴泓《"混乱"中凸现真爱——评北村小说〈周渔的喊叫〉》，《中山大学学报论丛》，2005.2。

铁凝短篇小说《省长日记》：反映了主人公难以脱下戏装，返回真实自我的困境

《省长日记》5月份发表在《人民文学》第5期。小说写主人公孟北京生长在贫困家庭，他在车间每天吃的午饭是"白馒头黄窝头就白开水"。最初，他能够面对这种贫困生活，吃饭时和大家一起说说笑笑，并不感到孤单。有一天，同事问他"为什么不吃菜"，他随口说一句"我不爱吃菜"。从此，他的生活发生了变化。他为了让周围同事相信他随口说出的这句"谎言"是真的，于是在很多年里不吃菜，直到同事有一次发现他在菜市场里吃白菜帮，他的"谎言"才被揭穿。他于是被社会抛弃了，即使他手里拿着一本省长日记，人们也不相信他了。在他人环境的逼迫下，孟北京把吃菜的自由及做人的自由都"拱手交了出去"，这使他陷入一种难堪的角色之中。众目睽睽之下，痛苦的唯有角色扮演者，因为他难以脱下戏装，返回真实的自我了。

红柯短篇小说《乔儿马》：在神性与诗意之间叙事

《乔儿马》5月份发表在《人民文学》第5期。小说写主人公马福海把自己放逐到离团部几百公里的乔儿马水文站后，在几十年时间里，一直坚守在天山深处的一条狂暴的大河旁边，过着一种几乎与世隔绝的生活。他将房子完全变成了大山的一部分，自己也像野物一样紧贴着大地，睡在大山的怀抱里；与他相伴的是土豆、石头、云杉、太阳、熊、母狼、鹰、星空等；大地和天空里的一切都与他进行着对话，成了他的朋友、亲人。小说展现了人如何在荒凉、险恶的土地上生存下去的主题。在此，新疆的"异域性"已大大减弱，似乎完全可以用别个不叫"奎屯"或"阿尔泰"的偏僻贫困的地方代替之。其间，主人公之所以能自得其乐、安贫超然，完全是因为他们和作者一样，掌握了一套和自然、动物"对话"的方式，在万物有灵的冥想感悟中消磨时光，把孤独和寂寞咀嚼成了有意义的圣餐。[①]

---

① 参阅李丹梦《红柯中短篇小说论》，《文学评论》，2008.6 。

李佩甫长篇小说《羊的门》：一部对现实具有极强冲击力和深刻批判力的作品

《羊的门》5 月份发表在《中国作家》第 3 期。小说写颖平县县长呼国庆因职位之便认识了小谢姑娘后，便陷入了温柔乡。但他的身份和良知又提醒他不能和小谢姑娘搞婚外恋，他于是利用出差的机会引导妻子"红杏出墙"，以借机"捉奸"而和妻子离婚。当呼国庆因为不小心而得罪了县委书记王华欣后，他的妻舅范骡子也被王华欣借刀"干掉"了。后来，呼国庆妻子在王华欣跟前告了呼国庆的状。呼国庆于是找呼家堡的老支书呼天成来救急。几天后，颖平县县委书记王华欣被调到市信访办，呼国庆由县长升级为县委书记。当了县委书记的呼国庆让妻舅范骡子统管全县的烟叶收购工作。范骡子上任后干的第一件大事就是端了本地某村子一个造假烟的窝点，使该村村长老蔡被处死。范骡子想把从造假窝点缴来的机器设备以 3600 万元的价格变卖掉，小谢姑娘知道后给一个人打了一个电话，结果使该价格变成了 3450 万，那少了的 150 万其实全都打到了她自己的账户上。事发后，小谢姑娘和呼国庆都被逮捕。但那本打算给教师发工资和修路的 3450 万元钱却被冻结了。范骡子于是被众人埋怨不已。在巨大的压力下，范骡子吊死在厕所里。不久，因为呼天成的出面，呼国庆被释放了。呼天成其实是小说的主人公，他在将近 40 年的时间里，利用各种"人脉"和"人场"，经营了一个无处不在的巨大关系网。他将逃荒女子秀丫介绍给老光棍孙不袋为妻后，又长期控制着孙不袋，让秀丫给自己提供性服务。孙不袋对呼天成说："我放了 30 年羊，你放了 30 年的我，人也是畜生。"秀丫老了后，她又把女儿小雪主动奉献给呼天成玩弄。呼天成在过花甲生日时，市里几十个单位的领导及企业头头、银行行长都来给他祝寿了，可见他的势力之大。故事结尾是呼天成在得病期间想听狗叫，全村男女老少于是齐声学狗叫。小说扉页有摘自《圣经·新约·约翰福音 10》里的话："我就是门。凡从我进来的，必然得救，并且出入得草吃。盗贼来，无非要偷盗、杀害、毁坏。我来了，是要叫羊得生命，并且得的更丰盛。"小说描绘的是呼家堡 40 年的社会风貌，既是现代中国社会的写照，更是中国数千年历史文化进程的高度浓缩。呼天成使呼家堡富甲一方的同时，他也对呼家堡的百姓进行了成功的"驯化"，对外在的"人场"进行了成功的经营。这是他对中国传统政治哲学精髓与自然哲学大智慧有机结合的结果，他于是成了中国文化土壤中孕育出来的一个传统政治家的艺术典型。小说的深刻之处在于，它没有刻意赞扬，也没有刻意揭露，但它表现出的是对现实极强的冲击力和深刻的批判力。①

凌可新短篇小说《雪境》：在普通生活中展现了至真至美的家庭道德观念

凌可新（1963.10—），山东烟台人。《雪境》5月份发表在《当代》第3期。小说描述了一位耄耋老人的老伴在腊月二十九的时候离他而去，小说没有浓墨重彩地渲染老人丧偶的悲伤，而是描绘了老人依然为老伴包水饺、换新装、堆雪人这样一些让生活继续下去的日常图景。老人想起五十多年前迎亲的情景，这使他更加怀想与老伴相处的时光。小说以简单的叙事情节推进了内在的情感进程，营构出的是合乎人性的至真至美的家庭道德观念：老人对瘫痪在床十八九年的老伴不但没有丝毫厌倦，反而情感更加浓烈，他们相依为命地携手走过了没有儿女的清寂生活。小说在普通的生活中发掘出了传统道德中的优秀一面，这比道德训诫更能产生出净化人心的力量。道德关怀感在作者的小说中还体现为另一层含义，即对精神世界的守护。②

杨争光长篇小说《越活越明白》：用影像化叙事展现了知识分子的偏执性格与生存困境

《越活越明白》5—7月份发表在《收获》第3—4期；9月，小说由春风文艺出版社出版。小说讲述了主人公安达从下放农村进行"知识青年改造"到改革开放后的一系列经历。在农村，安达经历了漫长、艰苦的知青生活，他与胖嫂之间存在着赤裸裸的性关系。回城后，安达在一家机械厂当了工人，后来又幸运地考上了大学。读完研究生后，他成了一名经济学学者。然而，在现实生活的强大冲击下，安达终于放下书本，下海经商。在经历了商海的沉沉浮浮后，安达最终彻底放弃自我，再加上他纠缠在妻子与情人之间，信仰失落，于

① 参阅胡焕龙《沉痛的历史与文化反思——读李佩甫长篇小说〈羊的门〉》，《淮南师范学院学报》，2002.4。

② 参阅何志钧、单永军《迷失的路与还乡的路——凌可新小说论》，《当代文坛》，2006.3。

是变着花样嫖娼，纵情声色。安达在下乡插队、回城做工、读书治学和下海经商的时候，都真诚而执着地追求着、探求着，但他却像茫茫大海上的一叶孤舟，总是难以靠近理想、目标，反而离它们越来越远。当他终于明白了这是为什么时，他已身心疲惫，万念俱灰了。最后，他在病危时留下了"明白"的遗嘱，51岁就离开了人世。小说共二十四章，在每一个章节处都设置了若干个概括性的标题，使小说被切割成一些相对独立的单元，每一个单元的场景相对不同，而且每个场景主要是由人物的一系列动作或者对话构成的。这是该小说在艺术上的鲜明特色。小说在语言叙事模式及题材内容、人物刻画等方面都具有"影视小说"的特点。作者在讲述安达的经历时，按照动作——段落——情节——故事来结构，这一结构与电影中的画面——场景——段落——电影的模式形成一种互文。明显可以看出作品在叙事时间、空间上与电影有着密切的关系。比如第一章由"他们闻到了泥土的气味""郭茂林的阶级斗争""胖嫂胸脯上的毛主席像章"等八个独立的叙事小单元构成，各个小标题就是一个个相对独立的场景，而这一个个场景又主要包含在一系列动作或者大段人物的对白之中，极有电影艺术的画面感。①

北村中篇小说《长征》：讲述了一个缺乏情感之爱的爱恋故事

《长征》7月发表在《收获》第4期。小说写了陶红本是吴清德家的帮工，他爱上了吴清德，并与吴清德发生了性关系。当陶红发现吴清德又爱上了另一个男人吴清风后，他当了土匪，然后袭击了吴清德的父亲吴昌如，要求吴清德嫁给自己。吴清德嫁给陶红后，并没有心属陶红，她仍然爱着吴清风。这让陶红心中充满了恨。他于是将吴清风与吴清德游街示众，然后带着吴清德，参加了红军。长征开始后，两人参加了长征。与此同时，吴清风也开始了寻找吴清德的另一种"长征"。他为了爱，放弃了家庭、财富，然后冒着生命危险，寻找吴清德的下落，目的只是为了看一眼心上人，并送给她一张照片和一首诗，以表达自己永恒不变的爱。吴清风找到吴清德后，吴清德并没有跟他走。吴清德陪伴了陶红一辈子。其间，陶红怀疑儿子陶金是吴清风的儿子，于是对陶金

---

① 参阅张霭霞《试论当代小说的影像化叙事——从叙事学看〈越活越明白〉》，《四川理工学院学报（社科版）》，2006.3。

进行了身体和心灵上的虐待，使他的心灵受到了创伤，变得扭曲起来。吴清德在临终之际，念念不忘的还是吴清风，她告诉陶红，自己和吴清风没有发生性关系，陶金就是他的儿子。小说中陶红式的爱是缺乏爱的内容——情感的爱，他通过武力抢回吴清德，打烂了吴清德的情人吴清风的下身。陶红与吴清德一辈子相互折磨。陶红的爱是自私的、占有式的，充满了妒忌。爱的本质是舍己，但陶红对吴清德的爱情早已丧失了这一本质。吴清风对吴清德的爱情超越了肉体和时空的限制。和陶红对吴清德的爱相比，吴清风对吴清德的爱具有唯一性、持久性。①

凌力长篇历史小说《梦断关河》：引发今人对中华民族灾难历史的深刻思考

《梦断关河》8月份由北京出版社出版。小说以崭新的视角展现了第一次鸦片战争。主人公柳天寿是昆曲名旦，她自幼身心俱受摧残，想当男人而不得，想做女人亦不行。她洁身自好，却不得不向富豪献身；她渴望爱情，却被只想着多子多孙的大师兄舍弃；她不爱二师兄，但二师兄对她却肝胆相照；最终，她爱上了反战的英军军医亨利，随其为在战乱中惨死的家人报仇。小说内涵丰富，规模宏伟，营造艰辛，读来令人荡气回肠，血脉偾张，可圈可点之处首先是选材角度新颖。写鸦片战争的各类作品，层见叠出，各有千秋，瑕瑜互见。作者力图在已有之局中突围而出。于史事的选择上，避开禁烟、销烟等人们耳熟能详的事件与场面，着重描写广州之役、定海陷落、镇江惨剧及反攻宁、定、镇等从未被正面描写过的败绩，从纵深处反映鸦片战争的历史真相。比如在定海抗战的六昼夜里，总兵葛云飞壮烈牺牲后仍屹立不倒，他的小妾英兰和柳天寿等在硝烟未散的月夜里为寻找他的尸骨，历尽艰险。作者把这些事情写得极为悲壮，使人们在惨烈的史实中看到了170多年前中华民族的深重灾难和割让香港的全过程，也看到了反战的一些英国人对中国人民的同情及对这场战争的厌恶，引起了今人对那段不堪回首的历史进行更为深刻的思考。②

---

① 参阅陈振南、刘亚《基督徒的爱情：罪的深渊与神性之爱》，《扬子江评论》，2015.2。
② 参阅曾镇南《关河烽火照英魂——评长篇历史小说〈梦断关河〉》，《中外文化交流》，2000.5。

莫怀戚中篇小说《透支时代》：对当下透支而煽情的时代进行了精神把脉和心理透视

莫怀戚（1951.6.3—2014.7.27），重庆人。《透支时代》9月份发表在《当代》第5期。小说用第一人称讲述了警察泰阳有一个幸福的家庭，妻子王静很贤惠，儿子也很聪明。泰阳因为写了一篇《无证据谋杀》的文章，便放弃了警察的工作，后来又成了一家广告公司的经理。在一次业务合作中，他认识了风情万种的吴越，两人以闪电速度迅速坠入爱河。泰阳以为这是爱情，没料到吴越却是另有目的。自此，泰阳、吴越、王静之间的关系便开始错综复杂起来，而这一切的发生都是缘于那篇文章。泰阳最后还是和王静复婚了。小说结尾说道：有些生活被透支，另一些地方就只好将就了。小说讲述的故事正是对这种生活的真实写照。这的确是个透支的时代，也是个煽情的年代。作者用小说的形式，对这个时代的人们进行了精神上的把脉和心理上的透视。他以极大的热情和关注的态度，集中探求了种种社会心理现象，看取生活深入，观察人性细节，在各色人等的行为方式及心理因素的挖掘上，客观、准确、深刻，具有由表及里、由浅入深的人性深度。[1]

谈歌长篇历史小说《家园笔记》：讴歌了民族精神、爱国主义、英雄主义

《家园笔记》9月份由人民文学出版社出版。小说以20世纪中国的民族民主革命史为题材，从野民岭财主古鸿光、李远达、李明达为争夺狗头金而发生的冲突写起，讲述"我"的外祖父古鸿光得到一个叫曹满川的人从韩家沟捡到狗头金的消息后，非要强买韩家沟不可。韩家寨人不从，古鸿光就派人血洗韩家寨，强占韩家沟。这引起了与韩家寨人联姻的李远达的愤怒，他派人夺回了韩家沟。为报复李远达，古鸿光与官府勾结想将狗头金送给知县梁裕明。梁裕明于是逼迫李远达交出狗头金。但李远达掘遍了韩家沟，也没有发现狗头金的踪影。最后，李远达被梁知县活活打死。梁知县趁李远达出殡之机又派人到坟地逼李家交出狗头金。李远达之弟李明达在忍无可忍的情况下，揭竿而起，率众打翻了捕快，杀进县城，杀死了梁知县。李明达逃出县城后，来到保定西大

---

[1]　参阅白烨《社会心理的探索者——莫怀戚小说解读》，《长江师范学院学报》，2000.4。

街一个开皮货店的本家家里，在店里站柜台。一次雪天，李明达因喝酒而跌了一跤，从此再也没有站起来。李家的第二代是"我"爷爷李啸天，他在1908年官府血洗李家寨时，死里逃生，跑到望龙山落草为寇。到1937年，李啸天已经当了29年的土匪头子。1937年底，日军攻占了林山县，他们派人给望龙山的李啸天送来招降信，被李啸天撕碎。为了对付日寇，李啸天邀请野民岭各山头的首领到望龙山聚会，商议以诈降的方式应对日寇的伏击。可是，柏岭匪首王寿山却叛变了，当李啸天率领队伍下山后，王寿山便带着日本人把望龙山血洗了，使守山的十几个人或战死，或被俘。李啸天也中了日寇的埋伏，与其打了三天三夜。日军随后以李啸天的妻子为人质，迫使他停火。李妻为了不让山上的人被俘，她要求丈夫开枪。李啸天从儿子手中夺过枪扫射起来，"我"奶奶和她身边的汉奸及鬼子倒下了。李啸天终因寡不敌众受伤被俘。他面对劝降的日军头领坂田破口大骂，最后被敌人绑在一棵树桩上。他临刑前哈哈大笑、毫无惊慌神色。在与敌人做最后的拼杀前，他亲自将三个思想有点动摇的人处决，其中包括他的亲儿子——"我"四伯。小说故事悲壮凝重，人物气度非凡，气势威风凛凛，对民族精神、爱国主义、英雄主义进行了热情讴歌和赞美，对个人主义、拜金主义、精神贫弱进行了无情的批判和谴责。[①]

陈国凯长篇小说《一方水土》：用"跨文体写作"再现了深圳经济特区初建时的壮观画卷

《一方水土》9月发表在《作品》第9期。小说主人公是香港大华轮船公司的总经理方辛，发展部经理杨飞翔，业务骨干曾国平、凌娜。方辛是共产党员，新中国成立前是军人，新中国成立后在政治动乱中受过批判，平反后被派往香港的中资公司。杨飞翔幼年接受过良好的教育，在"文革"前夕，敏锐地觉察到了政治风向，申请去了香港。曾国平出生于深圳，父亲因为在新中国成立前当过小村长之类的角色，"土改"中死在了被关押的地方，母亲含泪带着他逃到了香港。凌娜出生在香港，但祖上是广东人。这些人来到或者说回到内地后，见到动乱后的内地百废待兴，于是决定在深圳这块伤痕累累的土地上建

---

① 参阅郝雨《慷慨悲歌的时代续响——论谈歌的小说创作》，《文艺理论与批评》，1999.3。

设工业开发区。小说以深圳经济特区蛇口工业区的建设为背景，结合岭南文化，描写了改革开放之初创业者的奋斗历程，展现了人们的生活方式、价值观念，以及新旧管理体制等方面所发生的巨大变化，具有较强的艺术性与可读性，引起了广大读者的热烈反响。小说没有完整的故事情节，大部分是背景叙述，是人物心理刻画，赞颂了创业的人们在开放改革过程中的勃勃雄姿和复杂的性格心态，热情讴歌了广东人在新时期立下的历史功勋。小说除了在《作品》发表外，还在《羊城晚报》《当代》和香港的《大公报》等报刊纷纷连载。11月，小说由中国青年出版社出版。后来，人民文学出版社出版时更名为《大风起兮》。小说最突出的艺术特点是融多种文体于一身，以之来表达情感事件的"变奏"，是大胆而成功的"跨文体写作"的艺术尝试。[①]

叶兆言短篇小说《不娶我你后悔一辈子》：故事存在非合理合情性

《不娶我你后悔一辈子》9月份发表在《山花》第9期。小说写局机关办公室副主任徐丽芳要和女儿王芳的对象周同见面，其间穿插叙述了徐丽芳年轻时候追求丈夫的回忆，她对丈夫说："不娶我你后悔一辈子。"他们于是就结婚了。婚后，他们生了一儿一女，儿子出国留学，女儿王芳在外贸系统工作。但老徐丈夫后来和一个军官的妻子有染，军官回来后把他打了一顿，又告到双方单位，老徐出面花了很大的气力，才将这件事摆平。老徐和周同见面后，也说起了这件不愉快的往事。周同是一个有妇之夫，曾经因为嫖娼得了性病，妻子也被传染了。王芳知道后，要求周同和妻子离婚，然后他们结婚，并说："你得赶快娶我，要不然，你一辈子后悔。"周同于是就和妻子离婚了。但离婚的周同却迟迟不和王芳结婚。老徐见周同的目的就是让他赶快和王芳结婚。王芳知道母亲和周同谈话的事情后暴怒不已，说她不嫁给周同了。但三个月后，王芳还是和周同结婚了。王芳、老徐都很喜欢周同的女儿周小英，周小英给老徐说了她早恋的事情。老徐事后和王芳在电话里谈这个问题，王芳觉得老徐大惊小怪。老徐又和丈夫老王聊这个事，聊到临了，她又聊起了儿女小时候的事情，老徐丈夫不明白老徐为什么说这些，于是敷衍说："你今天怎么了？"小说到此

---

① 参阅程文超《论陈国凯长篇〈一方水土〉的跨文体写作》，《学术研究》，2001.2。

结束。小说表达不管女人多么能干，只有她在作为情感的主宰者时，她才是幸福的。

叶广芩中篇小说《梦也何曾到谢桥》：表现了清代没落贵族的命运变迁

《梦也何曾到谢桥》9月份发表在《十月》第5期，获得第二届鲁迅文学奖（1997—2000年）。小说以一件水绿色旗袍引出故事，写"我"父母生了个名叫六儿的儿子，因为他出生时"横出，胎衣蔽体……更奇的是他头上生角……"六儿于是被人们当成龙，成了"我"父亲的最爱。但六儿却早早夭折了。后来，"我"父亲和一个贫寒的女人谢娘又生了一个也取名为六儿的儿子，因为谢娘不是"我"父亲明媒正娶的，所以六儿只能和谢娘住在我们金家大宅院的外面，靠打袼褙为生。"我"父亲经常带着"我"悄悄去探望并接济他们。探望谢娘和六儿于是成了"我"人生历程中的一个"事件"。出身贫寒的六儿对来自大宅门的父亲和"我"怀有一种难以言说的怨恨和敌意，但父亲却对他倾注了特别的爱。苦命不幸的谢娘并不美丽，比"我"母亲还显老，但是她却朴实、温婉。"我"父亲对谢娘和六儿的爱并没有改变谢娘的命运，也没有改变六儿的怨恨。后来"我"母亲知道了"我"父亲的秘密，于是拆散了他的幸福与尴尬。再后来谢娘死了。时间到了20世纪50年代中期，"我"父亲也死了。很多年过去之后，六儿依然在"我"的心头无法抹去。不久，"我"在服装厂的传达室里见到了一个叫作张顺针的人，从他那厌恶的眼神里，"我"找到了当年六儿的影子。"我"摸索着找到了张顺针的家，他如今已是不得了的富户。他见到"我"后，他的冷漠与厌恶很快化解了，涌出一团和气和喜悦。但我们的血缘亲情却遭到了张顺针的否认，他说："您父亲老把我当成你们家老六，把我当成他儿子。从我们家来说，无论是我娘还是我，从来就没有认过这个账。"这让"我"倍感失落。但十天之后，张顺针让他的儿子给"我"送来了小说开头所说的水绿色旗袍，他的身份自然不言自明。作者用旗袍引入故事，又用旗袍结束故事。一件旗袍托起了半个多世纪的恩恩怨怨，亦承载了太多的叹息和思绪。小说表现了清代没落贵族的命运变迁，里面的人生感叹，既是一个简单的问题，又是一个复杂的问题，不经意的时候，它就很简单，细细思索了，它就变得复杂了。小说具有鲜明的老北京文化风味和清朝满族贵族文化特色；同时，小说让我们体味到了民族感觉在作者心灵里留下的清晰投影。张顺针是一个"畸零"人，他的故事代表了满族在辛亥革命爆发、皇帝被赶出紫禁城、民族优势消失殆尽、"铁杆庄稼"没有了收成等一系列复杂的政治、文化和经济状况变迁下，该民族产生的特别的心态。①

杨争光短篇小说《公羊串门》：一篇用真实而荒诞的故事探索和拷问了人性的黑色幽默小说

《公羊串门》10月发表在《文友》第10期。小说的故事别具新意，作者按照循序渐进，"由小见大"的创作手法，写了一只羊串门的故事，充满荒诞性。王满胜的公羊跑到胡安全羊圈中"私会"母羊，胡家和王家为了两块五的配种费产生矛盾。王满胜用脚踹了胡家的母羊导致配种失败。胡安全为了报复王满胜，利用王家的公羊私自配种赚钱。为了平息和了断这场事件，村长在找不到断案法律依据的情况下，竟利用"强奸""通奸"等民事诉讼提法对其断案，导致胡安全强奸了王满胜的老婆。极度愤怒的王满胜则将胡安全砸死，最终被枪毙了。小说里的两家人将"种羊事件"看成是人事，将简单的事情变得越来越复杂，他们在每一次争斗中都显得理直气壮，突显了人性的冷酷，展现了农民自私狭隘、愚昧痴迷的劣根性。小说的主题主要是对人性进行探索和拷问，其荒诞的情节、荒诞的故事结局及大量使用的黑色幽默叙事语言加重了所叙故事的荒诞意义。②

叶广芩中篇小说《醒也无聊》：反映了清朝贵族子弟平民化后生活与婚姻发生的变故

《醒也无聊》11月发表在《北京文学》第11期。小说写叶家兄弟姊妹共计14人，其中有我党烈士、国民党高官、国家干部、文物专家、画家、作家，大都事业有成，只有五爷金舜锫一事无成，穷困潦倒。他不好好上学，却写得一手苍劲好字；不好好读书，却说得一口流利的外语；一生不干正经事，游手好闲，最后还染上了大烟瘾，气得叶老爷子只得将他轰出去单过。金舜锫单过后

---

① 参阅马国栋《文化意蕴·双重视角·民族身份——试析叶广芩中篇小说〈梦也何曾到谢桥〉》，《民族文学研究》，2003.4。
② 张伟《杨争光〈公羊串门〉的荒诞叙事》，《作家》，2013.12。

更没人管了，高兴了找人唱唱堂会；不高兴了，邀人到野外散散心；有钱了就到馆子里撮一顿；没钱了就在家猫着，忍一顿；再没辙了，就冬天当夏装，夏天当冬装，过着拆了东墙补西墙的日子；烟瘾犯了，就在烟馆里给人写幅字，换烟抽，最后冻死在后门桥的桥头。金舜镗死后，叶家老爷子不许收尸、发丧，可前来给他守灵的有达官显贵、妓女相公、乞丐游民等不下三百人。老爷子不让他入祖坟，有人便在风景秀丽处购置茔地。出殡时，白云观道士、雍和宫喇嘛义务为他诵经，送葬的队伍浩浩荡荡，沿途祭棚无数……金舜镗的儿子金瑞和他父亲一样懒惰、嗜睡，他后来到陕西插队，和一个叫王玉兰的寡妇相好，王玉兰的男人被雷劈死了。在其他知青都回城的时候，金瑞对回北京不抱任何希望。当他后来回到出生地北京之时，他已是一个无职无业的下岗人员了。小说反映了这些贵族子弟的生活与婚姻变故，在他们平民化时，昔日的贵族时代将一去不复返了。

70 YEARS

NEW CHINA
EXCELLENT LITERARY
WORKS LIBRARY

1949–2019

新 中 国 70 年
优 秀 文 学 作 品 文 库

中国当代重要小说
分年评介

A REVIEW OF
CHINESE CONTEMPORARY MAJOR
NOVELS IN DIFFERENT YEARS

马振宏／编著

3
第 三 卷

中国言实出版社

目 录

c o n t e n t s

（黑体者为茅盾文学奖获奖小说）

2002 年

2003 年

2007 年

2010 年

2011 年

2012 年

2013 年

2014 年

2017 年

2018 年

第三卷概述

s u m m a r y

本卷评介的是 2000 年以来获得茅盾文学奖的长篇小说、获得鲁迅文学奖的中短篇小说、进入中国小说学会每年度小说排行榜①的长、中、短篇小说及少数虽然没有获奖、没有进入排行榜，但具有一定社会影响的小说。

一、"茅盾文学奖"获奖小说、"鲁迅文学奖"获奖小说、小说排行榜上榜长中短篇小说

2000—2013 年（2014 年之后的长篇小说有待于第 10 届茅盾文学奖评选），共有 19 部长篇小说获得第 6 届至第 9 届茅盾文学奖。具体而言，在 2003 年举办的第 6 届（1999—2002）茅盾文学奖中，熊召政的《张居正》、张洁的《无字》、徐贵祥的《历史的天空》、柳建伟"时代三部曲"中的第三部《英雄时代》、宗璞四卷本"野葫芦引"（已在中卷评介）中的第二卷《东藏记》获奖；在 2007 年举办的第 7 届（2003—2006）茅盾文学奖中，贾平凹的《秦腔》、迟子建的《额尔古纳河右岸》、周大新的《湖光山色》、麦家的《暗算》获奖；在 2011 年举办的第 8 届（2007—2010）茅盾文学奖中，张炜的《你在高原》、刘醒龙的《天行者》、莫言的《蛙》、毕飞宇的《推拿》、刘震云的《一句顶一万句》获奖；在 2015 年举办的第 9 届（2011—2014）茅盾文学奖中，格非的《江南三部曲》、王蒙的《这边风景》、李佩甫的《生命册》、金宇澄的《繁花》、苏童的《黄雀记》获奖。

---

① 下文所说的"小说排行榜"，均指中国小说学会小说排行榜。

在 2001 年至 2018 年举办的第 2 届至第 7 届鲁迅文学奖评奖活动中，共有 58 篇中短篇小说获奖。第 2 届的评奖范围是 1997 — 2000 年期间发表的中短篇小说，共评出 10 篇获奖小说，其中 9 篇因发表在 1997 — 1999 年期间，所以在中卷已经评介过；剩下的 1 篇是衣向东的中篇小说《吹满风的山谷》，因其发表在 2000 年 1 月，所以在本卷进行评介，也即本卷评介的鲁迅文学奖获奖小说是 49 篇。

在 2004 年举办的第 3 届（2001—2003）鲁迅文学奖评奖中，获奖的短篇小说是温亚军《驮水的日子》、王祥夫的《上边》（同时进入 2002 年度小说排行榜）、魏微的《大老郑的女人》、王安忆的《发廊情话》，获奖的中篇小说是毕飞宇的《玉米》（同时进入 2001 年度小说排行榜）、夏天敏的《好大一对羊》、孙惠芬的《歇马山庄的两个女人》（同时进入 2002 年度小说排行榜）、陈应松的《松鸦为什么鸣叫》（同时进入 2002 年度小说排行榜）。

在 2007 年举办的第 4 届（2004—2006）鲁迅文学奖评奖中，获奖的短篇小说是潘向黎的《白水青菜》（同时进入 2004 年度小说排行榜）、李浩的《将军的部队》、邵丽的《明惠的圣诞》、范小青的《城乡简史》、郭文斌的《吉祥如意》（同时进入 2006 年度小说排行榜），获奖的中篇小说是晓航的《师兄的透镜》、葛水平的《喊山》、迟子建的《世界上所有的夜晚》、蒋韵的《心爱的树》、田耳的《一个人张灯结彩》。

在 2010 年举办的第 5 届（2007—2009）鲁迅文学奖评奖中，获奖的短篇小说是盛琼的《老弟的盛宴》、苏童的《茨菰》（同时进入 2007 年度小说排行榜）、次仁罗布的《放生羊》、陆颖墨的《海军往事》，获奖的中篇小说是吴克敬的《手铐上的蓝花花》、李骏虎的《前面就是麦季》、王十月的《国家订单》（同时进入 2008 年度小说排行榜）、乔叶的《最慢的是活着》、鲁敏的《伴宴》、方方的《琴断口》（同时进入 2009 年度小说排行榜）。

在 2014 年举办的第 6 届（2010—2013）鲁迅文学奖评奖中，获奖的短篇小说是叶弥的《香炉山》、马晓丽的《俄罗斯陆军腰带》、张楚的《良宵》、徐则臣的《如果大雪封门》、叶舟的《我的帐篷里有平安》，获奖的中篇小说是滕肖澜的《美丽的日子》（同时进入 2010 年度小说排行榜）、吕新的《白杨木的春天》、胡学文的《从正午开始的黄昏》（同时进入 2011 年度小说排行榜）、王跃文的《漫水》、格非的《隐身衣》。

在 2018 年举办的第 7 届（2014—2017）鲁迅文学奖评奖中，获奖的短篇小说是黄咏梅的《父亲的后视镜》(同时进入 2014 年度小说排行榜)、马金莲的《1987 年的浆水和酸菜》、冯骥才的《俗世奇人》(足本)、弋舟的《出警》、朱辉的《七层宝塔》(同时进入 2017 年度小说排行榜),获奖的中篇小说是石一枫的《世间已无陈金芳》(同时进入 2014 年度小说排行榜)、阿来的《蘑菇圈》、尹学芸的《李海叔叔》(同时进入 2016 年度小说排行榜)、小白的《封锁》、肖江虹的《傩面》。

从 2000 年开始,中国小说学会每年对全国公开出版、发表的长中短篇小说进行排行,19 年来(2000—2018),已经有 400 多篇(部)小说进入排行榜。

另外,本书也评介了没有获得上述奖项,也没有进入排行榜的许多小说。这些小说在读者中享有很大的知名度,比如杨争光的长篇小说《从两个蛋开始》、张炜的长篇小说《外省书》、杜光辉的中篇小说《哦,我的可可西里》、刘震云的长篇小说《一腔废话》和《手机》、山飒的长篇小说《围棋少女》、赵本夫的小说《即将消失的村庄》、毕淑敏的长篇小说《拯救乳房》、林白的短篇小说《去往银角》和《红艳见闻录》、六六的长篇小说《王贵与安娜》和《双面胶》、木子美的日记体小说《遗情书》、严歌苓的中篇小说《金陵十三钗》和长篇小说《第九个寡妇》、当年明月的历史小说《明朝那些事儿》、赵赶驴的长篇小说《赵赶驴电梯奇遇记》等。

二、2000 年以来小说的类型

对上述几类小说进行分析,可以看出它们反映了很多方面的内容,归纳起来有如下类型。

第一类,历史反思小说。

首先是书写古代历史的小说。像熊召政的《张居正》、孙皓晖的《大秦帝国》等是在传统历史主义指导下对历史真相进行还原的小说。《张居正》的作者依靠学问和识力,用清醒的历史理性,热烈而灵动的现实主义笔触,有声有色地再现了与"万历新政"相联系的一段广阔繁复的历史场景,塑造了张居正这一"起衰振隳"的"救时宰相"的复杂形象,并展示出其悲剧命运的必然性。《大秦帝国》在真实性、文化思想性、审美艺术性上都称得上是水准较高的作品。

其次是讲述现代战争或在现代战争背景下发生的故事的小说,包括清末民初军阀混战背景下的故事，第一次国内革命战争、抗日战争、第二次国内革命战争以及抗美援朝战争背景下发生的故事。比如莫言的《檀香刑》把德国人在山东修建胶济铁路、袁世凯镇压山东义和团运动、八国联军攻陷北京、慈禧仓皇出逃等历史事件作为叙事背景，用摇曳多姿的笔触、大悲大喜的激情，活灵活现地讲述了一个发生在"高密东北乡"的可歌可泣的故事。何顿的《湖南骡子》对残酷的战争进行了深刻的批判性反思，结构宏大，是一部少见的具有史诗性特点的优秀历史长篇小说。成一近百万言的《白银谷》将翔实的史实依据与引人入胜的传奇故事、飘摇激荡的社会与让人牵挂的人物命运艺术地融为一体，丰满鲜活地展现了康秦两家在生意场上殊死的争斗，也展现了康家父子对同一个女人的感情。红柯的《西去的骑手》是一部富有浪漫气质的英雄传奇，小说的核心人物马仲英使"西北王"冯玉祥都难以抵挡。小说具有凝重的历史感和浪漫的情怀，更有生命的真谛和灵魂不死的传说以及浓郁的浩然之气。徐贵祥的《历史的天空》以抗日战争为主要背景，成功刻画了梁大牙、窦玉泉、张普景、李文彬、东方闻音、朱预道、杨庭辉等人的鲜明形象，展示了一帧雄阔壮烈的民族战争画卷。艾伟的《中篇1或短篇2》反映了抗美援朝战争时期的故事。另外，陈河在2009年底发表的长篇小说《沙捞越战事》讲述了国内几乎无人去写的华人在马来亚热带丛林里的对日作战情况。2018年，陈河出版的长篇小说《外苏河之战》又关注了一群中国青年在20世纪60年代积极参加抗美援越战争并捐躯于异国的悲伤故事，表现了战争中人性与意识形态之间的激烈对抗。这个题材也是国内几乎没人去写的战争题材。

上述这些小说像20世纪90年代出现的莫言的《红高粱》、陈忠实的《白鹿原》、刘震云的《故乡天下黄花》和《故乡相处流传》、张炜的《古船》、余华的《活着》等新历史主义小说一样，用新历史主义方法来进行创作。新历史主义小说虽然承认客观历史的存在，但它更多地把历史的书写理解为一种主观性明显的叙事行为，而不是对历史的客观再现；它强调民间视角、个人体验；强调对边缘人物、非史资料的书写。除上述例子外，还有赵琪的《援军》、红柯的《库兰》、阿成的《安重根击毙伊藤博文》、阎连科的《坚硬如水》、周大新的《旧世纪的疯癫》、张一弓的《远去的驿站》、麦家的《解密》、杨剑敏的《突厥》等，它们反映了新中国成立前或古代多个时期的事情。格非的《江南三部曲》、苏童的《刺青时代》、严歌苓的《小姨多鹤》、叶广芩的《豆汁记》和《三岔口》、杨少衡的《昨日的枪声》、陈亚珍的《羊哭了，猪笑了，蚂蚁病了》、蒋韵的《朗霞的西街》、麦家的《日本佬》、袁劲梅的《疯狂的榛子》、方方的《软埋》、刘庆的《唇典》、范迁的《锦瑟》、张翎的《劳燕》、徐贵祥的《鲜花岭上鲜花开》等从战争年代写到现在，反映了新中国成立前后几个时期的历史。贾平凹在2018年出版的长篇小说《山本》既是一部篇幅宏伟的历史小说，也是一部关于秦岭的"百科全书"。小说讲述了中国20世纪二三十年代盘根错节的历史，是一部浩瀚、厚重、饱满的史诗性力作。阎连科的《坚硬如水》、周大新的《旧世纪的疯癫》、徐怀中的《牵风记》等小说也书写了战争年代的奇人奇事。

再次是反映"十七年"时期、"文革"时期及其以后生活的小说，数量也很多。比如蒋韵的《一点红》、杨显惠的《逃亡》、毕飞宇的《玉米》、孙春平的《地下爱情》、张洁的《无字》、文兰的《命运峡谷》、艾米的《山楂树之恋》、杨争光的《从两个蛋开始》、杨志军的《藏獒》、刘醒龙的《圣天门口》、毕飞宇的《平原》、迟子建的《额尔古纳河右岸》、莫言的《生死疲劳》、金宇澄的《繁花》、韩少功的《日夜书》等。王祥夫在2018年发表的中篇小说《一粒微尘》让我们看到了十年动乱对美的摧残、对人的尊严的践踏、对人性的伤害，对个人生活的破坏及主人公心灵上的挣扎。

第二类，反映新时期以来丰富多彩的现实情况，涉及了农村和城市的生产、生活及人们的感情等多个向度。

首先是底层写作。"底层写作"是新世纪开始后文坛上出现的最重要的文学现象，很多作家在小说里关注了中国底层大众的现实生活，表现了他们的苦难和坚韧、奋斗不成的悲怆。这些小说从创作主体上分为两类：

一类是由专业作家创作的反映城市底层市民或农民工问题的打工文学作品，聚焦了当下中国社会的焦点矛盾，即城乡差别和"三农"问题。比如方格子的《锦衣玉食的生活》写离异、下岗的女工艾云为自己置办好昂贵华美的寿服，希望能挽回丈夫和儿子。但在一个雨夜，她却死于车祸，身上的寿服沾满了血污和泥泞。小说对艾云精神世界的描画堪称绝妙，展示了艾云的死不仅在于生活的困顿，更多的是精神上的困顿。黄咏梅的《负一层》中的阿甘是一个看守地下室的39岁的老姑娘，她最后从三十层楼上跳下去结束了自己的生命。铁凝的《逃跑》写老宋被亲戚介绍到城里的一个剧团做传达室的临时工，患腿病之后，他拿着人们给他的捐款逃回乡下，只用一小部分钱治病，剩下的钱补贴给贫穷无助的女儿、外孙开了个小卖店。小说力图揭示人性与现实、道德与生存的紧张关系。魏微的《大老郑的女人》讲述了一个远在他乡谋生的手艺人大老郑和与他情投意合但又没有名分的女人的情感生活。小说表达了人的原始生命本色和生存的渴望，触及了人的生命之"疼"。乔叶的《我是真的热爱你》叙写了一对乡下孪生姐妹冷红、冷紫的坎坷人生。冷红退学进城做妓女，冷紫得知姐姐为了让自己能上大学才做出这样的牺牲时，也做了妓女。小说写出了社会转型时期都市底层女性的生存苦难与精神救赎。刘玉栋的《幸福的一天》叙述了菜农马全进城游逛，突然醒悟到：人生本来就是应该享福的。于是，他吃喝玩乐，尽情消费。当他心满意足地回到家时，却发现自己的葬礼正在举行。小说以马全的"灵魂"进城为隐喻，发掘了现今乡村人对城市"幸福"的渴慕。夜子在 2018 年发表的短篇小说《旧铁轨》描写了底层人的生存状态。

另一类是由打工作家创作的"打工文学"，它们是最富有生命力的文学，也是最具鲜明时代转型特征、最能体现现实主义传统的文学，它们涉及了政治、人权、道德、伦理、性权利、生活方式、人生理想、犯罪等一系列问题。第一代打工文学的代表作家是被人们称作"五个火枪手"的安子、周崇贤、张伟明、林坚、黎志扬，他们的作品大多用笔墨和泪水鞭挞了制度安排的不合理，控诉了打工生活的苦难，表达了对故乡的思念，抒发了对打工城市的抗拒，对自身身份的自卑，对谋生不易的痛楚和失败的无奈以及对久经艰辛偶遇成功的惊乍和感恩等。第二代打工文学作家因为多数获得过共青团中央 2005 年 1 月颁发的首届"鲲鹏文学奖"而被称为"鲲鹏"派。他们的作品涉及打工生活的任意片段，文字展露出沉稳性和多样性，代表作家有王十月、何真宗、赵美萍、朱学仕、李樱子等。其中的王十月等经过不断修炼，已经能站在更高的视角上，创作出更成熟、更深刻，不再仅仅属于打工文学范畴的小说了，比如王十月的《国家订单》已经超出了打工文学的惯常视角。另外，打工文学最初写的是蓝领生活，到了今天，已经发生了很大变化，以前蓝领中的不少人已经转化成白领，于是打工文学也有了延伸，有了新的分类，它们写白领生活的，现在叫作职场文学，代表作如李可的小说《杜拉拉升职记》。①

其次是乡土小说。21 世纪到来后，书写农村题材的小说创作数量非常大，也涌现

---

① 参阅雷达《"打工文学"：今生与今后》，《人民日报》，2011.6.14；张一文《概论"打工文学"》，八斗文学网站，2007.5.9。

出了很多优秀的作品。可以从题材、文学思潮等多个角度对这些小说进行类型上的划分。比如从题材角度可以分为四个类型：

一是写农民进城。前述的由专业作家和打工作家创作的"打工文学"就属于这种情况。

二是写乡村日常生活。这类小说最多，主要写了中国乡村社会的急剧转型、变化及发生在乡村里的多种多样的事情。夏天敏的《好大一对羊》写德山老汉接受了刘副专员赠送的一对外国羊，他在倾其所有喂养这对羊时，却使女儿失去了生命。小说用荒诞的手法写了一出由权力异化导演出的扶贫闹剧及其酿成的家破人亡的悲剧，批判了官僚主义和形式主义。阎连科的《白猪毛黑猪毛》写人们争着抢着去替开车撞死人的镇长坐牢的事情，批判了权力对农民的欺压。孙惠芬的《歇马山庄》写乡村爱情，反映了人物之间互相伤害的情况，月月伤害了林国军，程买子伤害了月月，庆珠伤害了程买子，年轻男老师伤害了林小青。胡学文的《命案高悬》写了一个农村妇女的意外死亡，质问了我们到底有没有知道或者怀疑真相的权力的问题。陈应松的《马嘶岭血案》以惊心动魄的故事，凸显了社会冲突的巨大死结。林森的中篇小说《海里岸上》给渔民们传统的出海渔猎方式遭受资本吞噬的命运吟唱了一曲悲伤的挽歌。秦岭的短篇小说《天上的后窗口》揭示了西部乡村在经济发展过程中出现的文化根脉的断裂、精神世界的迷失等问题。除此还有陈应松的《太平狗》和《松鸦为什么鸣叫》、严歌苓的《谁家有女初长成》、原非的《卖牛》、陈忠实的《日子》、陈应松的《望粮山》、巴桥的《阿瑶》、李洱的《龙凤呈祥》、胡学文《麦子的盖头》等。

三是写乡土生态。比如贾平凹的《秦腔》采用的是不露声色的"呈现"，通过呈现日常的细节，展示乡村生态环境的衰颓与凋敝，也表现了乡村人心的躁动与不安。他的《怀念狼》的寓意颇丰，被誉为中国商州版的"猎人笔记"。该小说讲述了猎人、记者、烂头为商州尚存的十五只狼拍照存档的离奇经历。鲍十的中篇小说《岛叙事》描写了一个小岛开发的计划与岛上天然风光、岛上居民传统生活发生的冲突。迟子建的中篇小说《候鸟的勇敢》批判了一些污浊、阴暗的人毁灭大自然生灵的事情，触及了东北根深蒂固的人情社会与体制迷思等问题。

四是写乡土历史。主要是对"历史记忆"的书写，即对"抗战记忆"和"革命记忆""文革记忆"的书写，这些记忆是与村庄变迁、家族秘史关联在一起的，是传统家族观念在新世纪回潮的叙事表现。书写"文革记忆"的如阎连科《坚硬如水》、毕飞宇的《玉米》等；书写"抗战记忆"的如白天光《洪家炮楼的二胡》、陈世旭的《波湖谣》；书写要求公平、正义的"革命记忆"的如刘醒龙的《圣天门口》、铁凝的《笨花》等。

李兴阳在《新世纪乡土小说十年》一文中认为新世纪乡土小说最显著的变化之一是题材疆域的扩大与小说边界的拓展。之二是对"三农"（即农民、农村和农业）问题的现实关切及对其文化意义的深入开掘。这些小说中的"农村"与20世纪中国乡土小说中的"农村"相较，有很明显的"去乡村化"的特点，主要表现在四个方面：其一，农村的虚空化，具体呈现为"空心村""空巢家庭"与虚空的"乡村主体"，如赵本夫的《即将消失的村庄》所写的故事。其二，农村社会结构的大变动，即农村社会的贫富分化、阶层分化与社会关系的重组，如白连春的《拯救父亲》就写了这种情况。其三，伦理道德的蜕变与乡村世俗日常生活的图景，如孙惠芬的《歇马山庄的两个女人》、葛水平的《喊山》属于此类。其四，乡村民俗文化的兴衰与民间文化的重构，如贾平凹的《秦腔》、郭文斌的《吉祥如意》、石舒清的《清水里的刀子》等。另外，与20世纪中国乡土小说中的相关叙写相较，这些乡土小说在写"农村经济生活"时出现了五个方面的变化：其一，表现了北方与南方不一样，东部与西部更不一样，如雪漠的《大漠祭》、李佩甫的《羊的门》就表现了地域差异的经济差别。其二，书写了传统农、牧、渔业的衰落与现代乡镇企业的兴起，如李铁的《乡间路上的城市女人》、夏天敏的《好大一对羊》。其三，反映了乡镇服务行业的情色化问题、道德滑坡与现代意识滋长时的博弈问题，如方方的《奔跑的火光》就是如此。其四，表现了乡村经济与政治的纠结：即乡村治理出现的危机和对乡镇权力的批判，如梁晓声的《民选》等。其五，反映了农村经济发展与乡土生态的问题，如杜光辉的《哦，我的可可西里》等就属于此类。①

雷鸣在《新世纪乡土小说的三大病症》中认为新世纪乡土小说有三大病症亟须摆脱。

一是苦难依赖症。新世纪小说渲染乡村苦难有三种模式：1. 物质匮乏型。如夏

---

① 参阅李兴阳《新世纪乡土小说十年》，《湖北日报》2010.4.2。

天敏的《徘徊望云湖》把云南乌蒙高原恶劣的生存环境和农民赤贫的生活勾勒得触目惊心。雪漠的《大漠祭》也以令人震撼的笔触描写了甘肃农民悲苦的生活境地。陈应松的《马嘶岭血案》刻画了生活于物质极度匮乏的神农架山区的农民九财叔的"苦日子"。陈应松的《太平狗》，葛水平的《喊山》都是如此。2.孤寂留守型。大批农民涌入城市后，农村日益"虚空化"，留守乡村的大都是风烛残年的老人与儿童。如李锐的农具系列小说、梁晓声的《荒弃的家园》、郝伟的《相片》等都展示了这种乡村留守型苦难情况。3.权力压迫型。一些小说展示了异化的乡村权力给农民带来的苦难。比如有些地方政府机构的少数干部乱搞摊派，依仗权势横行乡里、巧取豪夺等。面对这些伤害，农民敢怒不敢言，顶多发发牢骚，消极怠工。胡学文的《命案高悬》中，在副乡长毛文明权力的笼罩之下，尹小梅的死因永远被遮蔽、掩埋，村民吴响个人的力量在堂而皇之的权力面前是那样渺小、卑微。陈应松的《神鹜过境》，杜光辉的《浪滩的男人和女人》都以愤激的笔触描写了乡村政治权力对农民的经济剥削，给农民的艰辛生存带来了沉重压力。但东西的《耳光响亮》、孙惠芬的《吉宽的马车》、贾平凹的《秦腔》等作品，却在描写苦难的同时也给我们带来了一些正面的启示。

二是权力崇拜症。21世纪以来的乡土小说中也有热衷于展示乡村权力角逐倾轧的作品，它们丝毫不亚于官场小说与历史题材小说。具体有三种叙事程式：1.阴谋夺权的精细化。如葛水平的《凉哇哇的雪》讲述了太行山区小河西村的一场选举。候选人是原村主任李保库和村里的富翁黄国富。小说描写了两人使出浑身解数拉选票的情况。梁晓声的《民选》、尚志的《海选村长》、曹征路的《豆选事件》、荆永鸣的《老家》等作品亦都展示了乡村政治权力的争斗。2.权力性欲的惯例化。这类乡土小说中的权力拥有者常借助权力来满足自己的性欲要求。如毕飞宇的《玉米》中的村长王连方正是这种乡村生活状态的集中映射。燕华君的《麦子长在田里》、向本贵的《泥泞的村路》、秦人的《谁是谁的爷》也写了这方面的事情。3.权力威严的夸大化。大多数作家在书写政治权力对乡村生活的影响时，也书写了农民的畏权心理与干部的绝对权威。如阎连科的《白猪毛黑猪毛》。艾伟的《田园童话》极度渲染了乡村权力令人惊恐的一面，村长的老婆生养了四个女儿后被强行结扎，村长于是对村里出生的所有男孩都滋生出仇恨的心理，这使全村人都很恐慌。"我们"的爹和娘生了一对双胞胎男孩，两个孩子最终都惨死在村长的手中。

三是城市恐惧症。21世纪以来的乡土小说还关注着进城后的农民生存的艰难与弱势状况,这是乡土小说视域的新拓展。这些作品总是对城市呈露出集体性的反感与恐惧,城市成了"万恶之所",成了"危险""丑恶""堕落"的代名词。有三种模式。1.逼良为娼型。在这类小说中,城市是纯洁乡村女子沦落的罪恶元凶、陷阱,很多进城的乡村女子在遭遇生存艰难或性侵犯时不得不沦为妓女。乔叶的《我是真的热爱你》就叙述了一对漂亮的农村孪生姐妹在城市里先后沦落为妓女的事情。张弛的《城里的月亮》、李肇正的《姐妹》、王梓夫的《花落水流红》、阎连科的《柳乡长》、林白的《去往银角》、巴桥的《阿瑶》、阿宁的《米粒儿的城市》和乔叶的《解决》等等,都是这种模式。2.好人变坏型。许多小说把城市描写成一个欲望的大染缸,外来者进城后无可遏制地在这个染缸中沉沦,走向了恶的深渊。如尤凤伟的《泥鳅》中的农村青年国瑞在城里经历了一系列变故后,变成了一个以恶抗恶的黑社会老大。鬼子的《瓦城上空的麦田》写乡村老人李四的儿女李香、李瓦和李城进城之后,天天想着的忙着的是自己的物质利益,很少回乡看望老人,变得冷漠无情。李佩甫的《城的灯》写农村青年冯家昌在城市里学会了处心积虑地琢磨各种权术交易后,抛弃了为他奉献了一生的女性刘汉香。3.绝望自杀型。一些小说将城市描写成吞噬乡村人生命的黑洞,使人物在无可奈何的绝望中走向了自杀这条不归路。如邵丽的《明惠的圣诞》中,乡下姑娘明惠如愿嫁给了城里人,但她始终无法融入城市人的圈子,最终选择了自杀。陈然的《看不见的村庄》中那一对到省城靠打工想买房子,想做城里人的恋人伟珍和再萍,最后也死在了工地上。①

最后是都市情感小说。新世纪都市情感小说围绕着爱情与面包,城乡差别、地域差异、裸婚、再婚、闪婚,丁克、蜗居、剩女、婚外情等话题和内容,为读者特别是以"70后""80后"为主的读者观照现实生活、反省自身内在的精神需求提供了一部部活脱脱的生活样本。都市情感小说在20世纪80年代末至90年代中期就出现了以徐星、刘索拉、王朔、池莉、方方等为代表的作家,他们塑造了一群生长在都市里的青年,代表了崭新的都市观。从20世纪90年代末期开始,都市小说开始到处上演爱情与身体、物质与欲望、金钱与权力、善良与邪恶、色彩与声音、理想与现实、痛苦

---

① 参阅雷鸣《新世纪乡土小说的三大病症》,《文艺评论》2010.6。

与欢乐等种种故事。张楚的短篇小说《中年妇女恋爱史》讲述了一个中年妇女的恋爱史，同时也对时间本身应该有的本来样貌进行了展现。潘军的短篇小说《泊心堂之约》揭示或展现了打麻将的四个人在生活和心灵深处隐藏的一些事情。王占黑的中篇小说《小花旦的故事》关注了大都市里弄中的庸常人生。另外，徐坤的《八月狂想曲》《厨房》等、邱华栋的《夜晚的诺言》《白昼躁动》、盛可以的《水乳》《道德颂》《取暖运动》、辛夷坞的《致我们终将逝去的青春》等都引起了人们的高度关注。

第三类，书写少数民族题材的小说，即边地小说。

边地小说是在西部兴盛起来的小说，在文坛上制造出了一波波的轰动效应。红柯的《乌尔禾》充满了诗性的想象力，背景宏阔，行文汪洋恣肆，举凡草原、大漠、羊群、石人像等，皆灌注了饱满的激情。作者将现实与想象、传说与生活融在一起，向我们呈现了一个神奇、灵异的大西北。姜戎的《狼图腾》描写了深沉、豪放、忧郁而绵长的蒙古长调及草原苍狼幽怨、孤独、固执于亲情的仰天哭嗥，表达了悲壮勇士最美的情感，最柔弱的衷肠，最动人的乐章。迟子建的《额尔古纳河右岸》是第一部描述中国东北少数民族鄂温克人生存现状及百年沧桑的长篇小说，小说语言精妙，写活了一群鲜为人知、有血有肉的鄂温克人，写出了人类历史进程中的某种悲哀。阿来的《空山》被称为是"一部中国的村庄秘史"，书中透露出阿来对藏族村庄文化、宗教文化的独特体验。同时，作者将那些被人漠视的、麻木的伤痛揭示出来后，形成了小说的宏大格局、庄严主题、厚重内容和繁复结构。小说的现实意义在于呈现了中国当下乡村的某种破碎的东西。董立勃的《白豆》把作者的母亲、姨娘以及众多去新疆开荒的兵团女兵的影子凝聚在白豆身上，奏唱出的是一首悲怆忧愤的长歌。正是这充满了血和泪的歌声，将弱小者的尊严和生命的意义重新显现了出来，在读者的心坎上久久回旋，令人慨叹。另外，董立勃的《米香》《青草》，杨志军的《藏獒》及其续集，范稳的《水乳大地》等等都给人呈现了一种边缘、边远地带充满异域色彩的生活。

第四类，知识分子小说。

21世纪以来，一些作家在自己的创作中注重"个体的、世俗的、存在的"人，并以"人的解放""人的发展"作为"灵魂重铸"的内在前提和基础。比如张洁的《无字》在写吴为和胡秉宸恋爱、结婚、离婚之事时，还写了吴为母亲叶莲子、生父顾秋水的故事。小说的叙事未按时间顺序写，未受空间分割，但却对男性权力意识和政治权力意识，对传统文化思维及社会习惯中的性别歧视进行了后现代式的颠覆和解构，淋漓尽致地写出了人类爱情中永恒创伤的剧烈疼痛，展现了它在生命中难以承受的那一面。宗璞的《东藏记》虽为战争背景，描写的是西南联大的一段往事，突出的是中国知识者在国破家亡中的铁骨丹心及他们对正义、自由、民主、节操的追求。尤凤伟的《中国：1957》采用私人记忆的方式，以知识分子的精神流浪史为线索，刻画了周文祥、冯俐、龚和礼、李宗伦、苏英、吴启都、陈涛、张克楠、董不善、高干等将近50个有着鲜明个性的人物形象，展示了他们的命运。小说厚重丰富，阐释了中国知识分子苦难的生命历程，拷问了人的生命尊严与道德良知，揭示出中国知识分子的高尚品格，也暴露了其人性的软弱面。张一弓的《远去的驿站》从一个孩童的经历和视角出发，写了中原三个大家族即"我"的大舅、父亲以及姨父三个家族所发生的一系列故事，揭示了三代知识分子的"心灵秘史"及他们忧国忧民、追求光明、报效国家的艰巨历程。麦家《解密》中的主人公是一位从事密码破解工作的知识分子，他天赋极高，孤僻冷漠，他的传奇人生、家族秘史、天才智慧都给人一种强烈的震撼。张懿翎的《把绵羊和山羊分开》被认为是当前小说创作中的一个异数：粗俗、高雅、抽象、感性，普通话、方言，知识分子、农民，数学、肉体、诗等等，众声混杂，叙述了"文革"和"知青"记忆。阎真的《沧浪之水》触及的是一个关于"学而优则仕"的古老话题，但却深刻触及了当代知识分子在面临新的价值取向和人生抉择时的挣扎、困惑和最终的选择等问题。李洱的长篇小说《应物兄》是一部呈现、探索当代知识分子生活的百科全书，一部书写当代文明困境的隐喻之书。慢先生的短篇小说《魔王——献给我的父亲》讲述了一个指挥家正在指挥演出时，他的吸毒的儿子殒命于舞台的悲惨故事。小说展现了那个指挥家在教育儿子成才、走正道问题上的极度无奈，儿子最终和他的高级知识分子爷爷一样都因心里驻扎了魔王而从高处坠落，离开了这个让他们的欲望难以实现的世界。

第五类，女性小说。

20世纪80年代后期，西方当代的女权/女性主义理论进入我国后，女性主体意识日渐增强，女性话语的中心议题逐渐从反抗男/父权制为代表的男性话语，转向突显女性自我独立意识。另外，在我国快速发展的社会经济与都市化进程中，经济模式和劳动分工发生了巨变，使女性获得了更多的生存和发展空间，她们在社会工作与社会地位上都与男性平等起来，女性的文化消费需求明显高涨。这刺激和驱动了更多的女性作者进入文学创作领域。

从2000年起，女性创作显得别样的喧嚣与异彩纷呈。除了主流的女性写作如铁凝、王安忆、池莉、方方、毕淑敏、迟子建、徐小斌、殷慧芬等不断地推出佳作外，以林白、陈染为代表的"个人化写作"，继续书写着女性的自我意识、个人情感体验以及在父权制社会中遭受的创伤性体验。卫慧、棉棉等为代表的"身体写作"更是大胆地展现了女性私密的情感与心理状况，展现了女性的身体、性爱、欲望等问题。当网络技术飞速发展后，网络又成为了现代都市女性表达情感的新渠道，以安妮宝贝为代表的一批女性网络写手用中短篇言情小说及游记随笔等展现了"人性的虚无、绝望"。

也是从2000年起，女作家们对底层人的生存投注了独有的温情关怀，盛可以、葛水平、方方、严歌苓、须一瓜、迟子建、孙惠芬等一大批作家以各自独特的视角对城市和农村底层里不同形态的女性生存状态进行着切实的关注、深刻的描摹和知性的思索。严歌苓的《谁家有女初长成》以女性的口吻，叙述了一个对世界一无所知的普通农村女子潘巧巧沦为杀人犯的悲惨故事，潘巧巧最终受到了法律的制裁。小说让人扼腕叹息、感慨万千。潘巧巧在沦为杀人犯的过程中，出现了一系列与她的命运相关的人物，他们或温情脉脉极富爱心，或十恶不赦愚昧至极。他们共同造就或目睹了潘巧巧的悲惨命运。同时，他们也在完成着自己的悲剧人生。小说突出反映了同样因为怀抱城市幻想而走出乡村家园，却陷入谎言、残酷、悲情现实圈套中的一群底层无知女性的令人慨叹的遭遇。方方的《奔跑的火光》中的英芝是个漂亮姑娘，歌唱得也好。她为了和公婆分开居住，想给自己盖一座带厕所、浴室的房子，于是利用自己的身体，不择手段地拼命挣钱。当她把钱交给贵清去买材料后，贵清却把钱拿去赌博，转眼之间把钱输光了。英芝于是把汽油浇在贵清身上点燃了。最终，英芝被枪毙。但那奔跑的火光一直却在英芝的脑中追赶着她。小说以女性独特、细腻、敏锐的视角表现了对转型期农村新女性的关照。作者对女性的生存处境做了剖析和反思，探讨了女性悲剧的生成原因及其根源，表达了对女性命运的深切同情。何玉茹的《素素》将整个故事情节结构分为"约会""进城""恋爱""痛苦""成家""婚后""理想"等七个片段，讲述了女主人公素素的情感状态与心灵轨迹，成功地再现了当下现实中极平凡普通又引人深思的平民爱情。裘山山的短篇小说《听一个未亡人讲述》描写了一位妻子对死在澳大利亚的丈夫死后安葬等情况的津津乐道的讲述，其题目反讽了她讲述时的嘴脸。盛可以的《淡黄柳》、叶弥的《月亮温泉》、铁凝的《笨花》、严歌苓的《第九个寡妇》、迟子建的《世界上所有的夜晚》、魏微的《化妆》和《大老郑的女人》、葛水平的《地气》和《喊山》、孙惠芬的《歇马山庄的两个女人》和《一树槐香》、铁凝的《逃跑》、乔叶的《我是真的热爱你》、姚鄂梅的《穿铠甲的人》、黄咏梅的《单双》、叶弥的《小女人》等都是书写底层女性生存状态的优秀作品。

这些女性中有未离乡土的留守妇女、走向落寞的传统女性、崛起的乡村新女性、进城抑或返乡的乡村女性、在城乡间徘徊的双重异乡者，她们中很多人都艰难地生存在社会底层，面临着各种各样的生存困境、精神困境以及自我成长困境，反映出乡村女性在当前社会中的尴尬地位与处境。从她们身上可以探见商品化时代盛行的消费文化使女性主动或被动地卷入经济漩涡的情况，也可以探见传统的、现代的"性"与"道德"问题对乡村女性身体的双重绑架，以及乡村伦理与城市文明对她们的左右夹击，使她们面临着前所未有的价值困惑与文化重压。

新世纪以来的女性小说里对生活在城市里的白领女性的塑造有四个类型：

一是孔雀女型。孔雀女，是与"凤凰男"相对应的一种角色，指的是那些出生在都市，深受父母溺爱，从小没有经受过苦难，喜欢"开屏"，有意无意"显摆"的都市女孩，她们内心单纯、经济独立、刁蛮任性。这些孔雀女往往被那些来自农村或小地方，出身贫寒，几经辛苦考上大学，毕业后留在都市工作、结婚，事业上获得成功的"凤凰男"所吸引，不听从父母劝告毅然与"凤凰男"携手走进婚姻的殿堂。这方面典型的代表小说如六六的《王贵与安娜》中的安娜、《双面胶》中的胡丽娟、《蜗居》中的海藻。在这些小说中，六六向我们展示了不同的都市女性，我们能在现实生活中找到这些女主人公的影子。《王贵与安娜》中的王贵和《双面胶》中的孙亚平都是典型的"凤凰男"，他们出身农村，凭借自己的努力奋斗在都市找到了工作，对家庭怀有深重的责任感。

二是女强人型（又称为白骨精型）。这些女性既能干又漂亮，家里家外是一把手，是女人中的典范。她们受过高等教育，有自己的事业，同时也面临着家庭的种种琐事和困境。如《杜拉拉升职记》中的杜拉拉是职场里的"女强人"形象，更是女性们追捧的职场典范。毕飞宇的《青衣》中的主人公筱燕秋也是这样一个女性。当她的徒弟春来的演出被观众认可后，她在路灯下面，在大雪中大声唱戏的情景让人们看到了她强势、妒忌的性格带来的悲惨结局。池莉的《生活秀》中的女个体户来双扬被作者描写成一个在世俗生活中冲锋陷阵的"女英雄"的形象，她是一个知道什么问题用什么方法解决，什么困难用什么政策去解决的人。但这种人物在生活中有没有却很难说。

三是女巫型。都市情感小说中的"女巫型"女性像叶弥短篇小说《猛虎》中的崔家媚便是一个，崔家媚漂亮、妖娆，有着会说话的体态，总能让人想入非非，她的丈夫老刘是中学教师，常年病休在家。最终，老刘死在了崔家媚的手里。小说为我们展示了一幅看似平静却令人恐怖的生活图景，在这个有点畸形的家庭结构中，压抑与被压抑、折磨与被折磨、虐待与报复，都在温情脉脉的面纱下不动声色但却惊心动魄地上演着。

四是白富美型。这类女性的相貌姣好、家境好，敢爱敢恨，追求纯粹的爱情。她们大多认同裸婚形式，但婚后才知道美满的婚姻必须要建立在必要的物质基础之上的，她们于是围绕着房子、车子、孩子衍生出了一系列矛盾。鲍鲸鲸的长篇小说《等风来》写北京某杂志社美食专栏作家程羽蒙在去尼泊尔的旅途中，遇到了幼稚女李热血及被富豪老爸冻结了信用卡的富二代王灿。程羽蒙在遭遇了种种旅途中的"极品"事件后找到了真实的自我，明白了人生不单要做加法，更要做减法。小说最后说，其实很多事情我们需要做的只是静静地等风来。

1999年，北京大学、复旦大学等七所全国重点大学联合《萌芽》杂志共同开始主办"全国新概念作文大赛"，当一等奖获得者韩寒和郭敬明被隆重推出后，一群"80后"青春作家在文坛上闪亮登场，之后，青春文学领域又出现了张悦然、春树、周嘉宁、饶雪漫、明晓溪、辛夷坞等众多女性领军人物。青春文学涉及校园、爱情、友情、成长等四个领域，文体一般是散文、小说、杂文、诗歌，风格各异。

学院型女性作家对两性关系的书写反映了当今社会价值观念的变化，比如潘向黎在小说文本中塑造的女性形象呈现出强烈的现代意识；孙频注意到了变态人格对两性关系的影响，这些都拓展了我们对复杂人性的认识。

很多活跃在官场或有过从政经历和体验的女性，越来越注重用文字表现女性在官场的别样人生。比如《女市长》《女同志》等一批塑造官场女性形象的小说的问世，表现了当代官场女性的生存境遇和心灵挣扎。

第六类，海外华文小说。

海外华文文学是以汉语为载体，吐露华人生活愿景与心灵历程的文学，也是向世界展示中国文化的平台。创作这类小说的作家大多数是旅居海外的华人，他们的小说或记录了海外华人的故事，或书写了他们对国内的记忆。比如二湘的《罂粟，或者加州罂粟》，张翎的《羊》《金山》《阿喜上学》《生命中最黑暗的夜晚》，施雨的《你不合我的口味》，曾晓文的《苏格兰短裙和三叶草》《金尘》，张惠雯的《岁暮》、陈谦的《我是欧文太太》、唐颖的《上东城晚宴》等；另一类是本土作家创作的反映国人在外域经历的或海外华人遭遇的故事，如王安忆的《向西，向西，向南》、蒋韵的《红色娘子军》、方方的《刀锋上的蚂蚁》等。

戴瑶琴在《海外华文文学：中国故事讲法新变》一文中指出：探究海外华文小说中的中国故事个性，首先需要明确两个事实。第一，他者视角。无论是在场（在中国）还是不在场（在海外），无论是写自己（亲历）还是写他人（资料），他者立场是已然存在的。第二，海外华文小说的中国故事书写既是持续的，又有阶段性特色，目前讲述中国故事的海外华文小说视角越来越多元，情感也有所节制，文本渐离了伤痕与反思的基本思路。

一是回到历史现场。一些台港暨海外华文小说家，意识到年代故事的重复写作问题，于是转向了对新史料的发掘上。从 2009 年陈河的《沙捞越战事》开始，张翎的《金山》和《劳燕》、袁劲梅的《疯狂的榛子》、哈金的《南京安魂曲》等通过扎实的案头工作，在海外发现关涉历史人物、历史事件的中国故事新资料，并留意"二战"期间奔赴中国战场的美国空军或海军的军人家书，以此揭开了一些不为人知的历史细节。国籍、战争、阵营、两性、生存，常规的小说叙事元素，在新材料的布局里，撞击出新鲜的"二战"故事，思想内质依然是历史的。而严歌苓的《陆犯焉识》、葛亮的《北鸢》等都立足于自己掌握和整理的第一手材料，即个人家族史，讲述中国故事，体现出不可复制性。

二是城市书写。在乡土表述层面，台港暨海外华文小说与大陆当代小说具有共性：以点（村、镇）带面（城、国）地展现了 20 世纪 60 年代以来的大陆农村生活变迁，并且研究了当下农村在城市化进程中遭遇的问题。但前者也表示着对都会和传奇的兴趣。葛亮、严歌苓、张翎、薛忆沩、张惠雯、周洁茹等都有精彩的都市题材的中国故事，他们敏锐地触及了现实论题，例如空巢老人、电信诈骗、全职太太等。周洁茹"到……去"

系列，审视过香港、广州、深圳，她描绘了异乡人如何将一座"他城"适应为"我城"的过程，尤其是精确地反映了自卑与自傲交错的心绪。这些小说的都市气质，源自作者的亲历与体认，而非借助空间、意象去刻意营造出一种程式化的现代感。他们笔下的新都市人不再纠结于个体对都市的抗拒上，而是认清了两者休戚与共的事实。

三是文学的抒情性。从20世纪60年代留学生文学开始，台港暨海外华文小说中铺设出一条文学的密道，直指充沛与包容的抒情。《又见棕榈，又见棕榈》（於梨华）、《谪仙记》（白先勇）、《中国人》（丛甦）、《二胡》（陈若曦）、《我们的歌》（赵淑侠）、《世纪末的华丽》（朱天文）、《与你同行》（陶然）、《丛林下的冰河》（查建英）、《天浴》（严歌苓）、《饥饿的女儿》（虹影）、《余震》（张翎）、《围棋少女》（山飒）、《朱雀》（葛亮）、《怜悯》（张惠雯）等都以小说家的浪漫情怀锻造出了文学美感。他们以中国故事试探着情感的柔韧度、以耐心接纳着人性的多变性、以诗意阐释着华人的文化认同。部分中国故事折射出明晰的中国古典美学，如《交错的彼岸》《柳的四生》《北鸢》等先设定了个体意象或组合意象，然后再将其聚合成完整意境，使文本辗转在古典诗词的明丽典雅中，实现了兴观群怨的文学功能。古雅与浪漫都缘情而发，这些写作者都隐而不露地表达了自己的悲悯情怀，并用诗意的境界和温柔敦厚的中和完成了对现实境况的捕捉。以"70后"华人作家为例，从故事层面看，他们尝试着与世界交流，表述出了自我和现时的经验。从艺术层面看，这些作家的小说所彰显的中西文化融合是一种描述性（欧美文学）与抒情性（中国文学）的结合。

戴瑶琴还认为，台港暨海外"70后"华人创作者，与大陆"70后"创作者有着共同的寻根诉求，他们自觉地传承着中国传统文化，然后将文化元素夯实在中国故事里。但对于海外华文文学而言，创作者能否继续将中国故事的外延进行扩大，目前看来似乎并不能得到一个令人乐观的答案。目前一些海外华人创作者虽然储备着丰厚的华工史、留学史史料，他们的华文小说创作也展示出了一些有新意、有个性的写作视角，但统观总体，他们对题材的宽广度和艺术创新性的推动力度还是不及当前的大陆小说，具体就是虽然有新故事，但却缺少新方法。他们在对中国文化，尤其是民间文化、地域文化的讲述上似乎更着力在历史性上，他们也把诗词、绘画、音乐、书法、建筑等传统文化元素纳入小说中，但仅仅只是停留在表现层面上罢了。文学创作一方面需推进对文化的典型性、精致性的思考，另一方面也应考察中国文化对他国文化的影响，继而进一步深化中国经验的世界意义。①

另外，进入新世纪后，文学创作大量地出现了一些新的类型，其中比较典型的有以下几类：

一是科幻类。这类作品用幻想的形式，表现了人类在未来世界的物质精神文化生活和科学技术远景，其内容交织着科学事实和预见、想象。通常将"科学""幻想"和"小说"视为其三要素，是随着近代科学技术的蓬勃发展而产生的一种文学样式。2015年，山西作家刘慈欣的科幻小说《三体》获得了73届雨果奖（最佳长篇故事奖），标志着我国科幻小说发展到了一个新高度。《三体》《微纪元》《诗云》《梦之海》《赡养上帝》等属于科幻小说。

二是玄幻类。这类作品是一种网络文学，思想内容往往幽深玄妙、奇伟瑰丽。不受科学与人文的限制，也不受时空的限制，励志，热血，任凭作者想像力自由发挥。与科幻、奇幻、武侠等幻想性质浓厚的类型小说关系密切。一些玄幻类小说以道家思想为基础，再结合一些易经术数、民间传说等来进行写作。这类作品中有人族、仙族及魔族的纷争，还有争霸、夺宝、复仇等情节；故事中的人物超越时空，超脱凡人。《诛仙》《仙剑神曲》《古剑奇谭》等均属于此类。

三是宫廷争斗类。这类作品一般把背景置换到古代，将后宫与前朝联结起来，揭示了人与人之间的尔虞我诈、勾心斗角。比如2012年《甄嬛传》的热播就带动了宫廷小说的创作热潮。但大多数跟风写作的作品艺术性差强人意。

四是军事谍战类。这类作品以战争为主，包括军阀混战、抗日战争、解放战争以及特种军旅生活等。战斗方除了主战场的正面交锋外，还各自安排卧底潜伏在对方的阵营里，情节曲折、悬念丛生。比如《潜伏》《特殊间谍》《弹痕》等大批的谍战类文学，都是围绕共产党、国民党、日本三方军事斗争进行描写的。

五是穿越类。穿越是近年来最热门的文学主题之一。这类作品主要描写主人公在偶然的机缘巧合下，从原本生活的年代与地点穿越到了另一个时空，随后在这个新时空展开的一系列的活动。比如2011年是"穿越热"年，一大批穿越小说大行其道，代表作品有《寻秦记》《交错时光的爱恋》《步步惊心》《梦回大清》等。②

---

① 参阅戴瑶琴《海外华文文学：中国故事讲法新变》，《人民日报》（海外版），2018.1.31。
② 参阅赵玲丽《当代文学创作主题多元化的表现形式及其形成原因》，《鸭绿江（下半月版）》，2016.5。

还有讲述动物故事的小说，比如陈应松的《豹子最后的舞蹈》、莫言的《木匠和狗》、笛安的《莉莉》等。

可以说，当下文学创作拓展到了社会生活的每一个角落。文学描写的内容上到国家政治，下至私人琐事，向前追溯历史，向后展望未来，许多囿于以前政治禁忌的话题禁区也逐步被打破，文学创作真正呈现出了"百花齐放"的局面。

三、2000 年以来中国小说体裁的特点

（一）体裁发展不均衡。

2000 年以来，中国作家队伍在总体上包括四类人：一是新时期的早期作家群，如王蒙、贾平凹、张贤亮、赵本夫、陈世旭、聂鑫森、尤凤伟、姜贻斌等；二是知青作家群，如梁晓声、迟子建、范小青、铁凝、刘庆邦、张炜、裘山山等；三是"60后""70 后"作家群，如毕飞宇、苏童、温亚军、邱华栋、鲁敏、棉棉、戴来、魏微等人；四是"80 后"作家群，如孙频、宋小词、蔡东、笛安、周李立、祁媛、双雪涛等人。这几代作家共同在小说园地里辛勤地耕耘着，他们创作的短篇小说、中篇小说、长篇小说繁荣了中国当代文学。

但短篇小说、中篇小说、长篇小说三种体裁发展得并不平衡，短篇小说的生存空间在这些年来似乎显得比较逼仄，创作队伍较小，知青作家主要创作短篇小说，他们用其书写一些重大的历史问题和社会矛盾，书写底层百姓的生存状况和精神处境，体现了可贵的干预现实生活的勇气；"60 后""70 后"作家创作的短篇小说多表达日常生活经验及日常人性的幽微之处和各种冲突，为读者展示了人性的本相；"80 后"作家从事短篇小说创作的相对较少，多从事中篇小说创作。

2000 年以来，中篇小说的创作步履整体呈现出稳健的发展态势，这与文学走向市场化以后，很多纯文学期刊都把中篇小说当作重头戏看待有关，成熟的作品也越来越多。但中篇小说创作也存在着心态急切和视野窄狭的问题。

长篇小说自 20 世纪 90 年代中后期至今，一直是文学市场的宠儿，具有相对可观的市场回报，使集中发表中短篇小说的文学期刊相形见绌。畅销书排行榜、出版社、书商、影视剧拍摄者、读者及媒体对长篇小说的关注、广泛宣传也使一些长篇小说成

为畅销书，甚至小说未出就已经被炒得沸沸扬扬，比如贾平凹的很多小说都是如此。长篇小说在 2000 年之后的发展情况是：第一，数量越来越多。在 21 世纪初，有调查机构发布数字称从 2001 年到 2005 年间，我国大陆正式出版和发表的长篇小说有 4000 部左右，每年有 800 部之多，平均日产两部。目前，我国年产长篇小说的数量肯定比前述数字还多，长篇小说成为很多文学爱好者求道、谋食谋利的工具。但大量写作长篇小说的人前景却很黯淡，并不能靠文学谋食谋利，而且出现的长篇小说精品力作较少。第二，长篇小说的创作队伍日益全国化、全民化，改变了过去很长时间里只有作协管理下的专业作家去进行长篇小说创作的状况。第三，长篇小说的创作理念日益多元化，创作技巧日益丰富化。

但有作家指出，目前的长篇小说创作也存在着很突出的问题：第一，历史观在作品中迷乱、迷失和颠倒。第二，小说语言的无根化。对于当下的汉语写作者来说，可靠的语言资源有两个方面：一是明清小说的语言传统；二是乡土的民间语言资源。但是，从当下的长篇小说所呈现的语言面貌看，对于前者，很多人缺少继承、挖掘和现代性发扬，导致语言虚浮、苍白和无趣；对于后者，很多人弃置了活生生的民间口语，造成小说语言的板滞、虚假。第三，小说家在用制作蛋糕的工艺来创制小说文本，评论家在用解剖法来解读小说。第四，当下许多长篇小说，篇幅越写越长，但内容却越来越空，呈现出普遍的知识空载现象。[①]

（二）创作主体的转变及传播媒介的发展。

1. 创作主体的转变。

第一，精英与大众并存。在社会发展和高等教育普及之后，很多人掌握了文化知识和文学创作方法，于是文学创作主体不再局限于精英阶层，普通大众也可以描写自己熟悉的领域，发出自己的声音。可以说，当今的创作主体上到精英阶层，下到普通大众，无所不包。文学创作不再是一件少数人从事的神秘的崇高的工作。创作主体的下移也造成了文学创作价值的分化，文学主题的多元化。

第二，网络作家的兴起。20 世纪末 21 世纪初，信息技术获得迅猛发展后，网络文学诞生，一大批网络文学作家通过文学网站发布自己的作品，他们主要追求经济效

---

① 参阅马步升《新世纪中国长篇小说：欣喜后面的隐忧》，中国作家网，2013.1.4。

益，靠点击量获得相应报酬。当市场经济大潮进一步裹挟他们后，不少作家的作品被他们自己及读者单纯以商业价值来衡量优劣，点击率高的就是好作品，反之则为劣质作品，商业大潮使作品的艺术价值丧失殆尽。网络作家的年龄都不大，但收入却超越了许多传统作家。近些年来出现的各种作家排行榜就可证明。网络写作的高收入也促成了更多人加入文学创作队伍之中，也使文学创作的主题呈现出多样化的趋势。

2. 传播媒介的发展。

第一，新世纪的文学创作呈现出三元格局：以文学期刊为主导的传统型文学；以商业出版为依托的市场化文学（或大众文学）；以网络媒介为平台的媒体文学。第三种格局即网络文学。网络文学的发展大致经历了四个阶段：一是以个人自主或小团体模式创作发布的自发创作阶段；二是以文学网站为主导的文学产业化初级阶段，这一时期网络文学市场实现了从免费阅读到付费阅读的变革，长篇小说连载成为网站收入的主要来源，至此长篇类型小说成为网络文学最主要的形式及其代名词；三是网络文学的完全产业化阶段，以盛大集团为代表的大资本进入网络文学市场为标志；四是由于移动终端即手机的普及使用，人们对网络文学的阅读、创作更为日常化、方便化。在手机上，人们既可以阅读、沟通自己所读的文学作品，也可以通过一些写作软件比如微信公众号、百家号、简书等发表自己的作品。另外，博客、QQ空间、微博、论坛（BBS）、贴吧等自媒体平台也为文学作品的发布、传播提供了便利的条件。自媒体的出现使得人人都有了成为作家的潜质，人人都可以发表自己的作品。

第二，21世纪是一个"读图时代"，文学除了在自己所属的旧有领域扩展以外，更促成了影视学等学科的发展，这充分说明现代社会是各学科交融的时代。文学和电影、电视等相关艺术及游戏产业紧密相关，很多文学作品都被改编、拍摄成影视剧、网络游戏而扩大了其影响力。而且，随着时代的发展，很多文学作品特别是优秀的网络文学作品将要从电子版走向纸质版，特别是一些作品在被拍摄为影视剧，制作为游戏之后，更是如此。当代是一个视觉为上的时代，当文学和影视与游戏联姻后，其实也给自己找到了一条生存发展之路。[1]

---

[1] 参阅赵玲丽《当代文学创作主题多元化的表现形式及其形成原因》，《鸭绿江（下半月版）》，2016.5

当然，当下文学创作中尚存在一些精神颓丧以及价值迷失等情况，需要进一步强化文化政策来进行管理，使得社会主义文艺向着积极健康的方向发展。

（概述中提及的一些小说由于资料缺乏及篇幅限制，在正文中未予评介；本概述写作时参阅了多种资料，一些参考做了注释，一些化引的资料未注释说明，敬请谅解。）

2000 年

柳建伟长篇小说《英雄时代》：记录了 20 世纪末中国都市人的生存状态

《英雄时代》50 万字，是作者"时代三部曲"之一（另两部是《北方城郭》《突出重围》），1 月份由人民文学出版社出版；2005 年 4 月 11 日，小说获得第六届茅盾文学奖（1999—2002）。小说记录了 20 世纪末中国都市人的生存状态。小说以西南省会城市西平为中心展开，写了史天雄、陆承伟、王传志等人物在权力与利益、伦理与规则之间的争斗、摩擦、磨合。陆承伟是红色革命家陆震天的儿子，史天雄是陆震天的女婿。陆承伟从美国留学归来后，做金融投资；史天雄参加过越战，退伍后曾担任过国家电子工业信息部某司的副司长。陆承伟深谙西方经济学知识，在股市之中如鱼得水，财富暴涨，但由于与父亲存在隔阂，所以不被父亲待见。陆承伟和王传志都是大型国有企业的头号人物，但当他们从计划经济过渡到市场经济中时，其英雄主义遇到了致命的重创，一个因决策失误导致企业濒于倒闭，一个因管理不善使企业效益每况愈下。史天雄在成为陆震天的女婿后，深受陆震天的器重。他认识到社会转型中基层丛生的矛盾后，毅然"停薪下岗"到下岗工人金月兰创办的都得利超市就业并担任了该超市的总经理，以探索解决社会矛盾的出路。从这点上说，他是新时代的英雄。当红太阳集团濒临破产重组，天宇集团高管离任时，为了使国家利益不受损失，史天雄临危受命，卸任了都得利超市总经理，担任了天宇集团总裁兼党委书记。小说在一个沉重的基调下，对国企如何面对改革、如何面对私有等问题进行了深思；也对党的执政能力、国有资产产权归属等事关国体的重大问题进行了超前的、理性的思考。小说还写了在 1998 年长江流域的抗洪救灾中，都得利超市员工王小丽的未婚夫永军为了救人而英勇牺牲，王小丽毅然给灾区人民捐出了他们准备结婚的 9 万余元，以告慰未婚夫的在天之灵的事情。王小丽也是新时代的英雄。而都得利超市的其他员工也是新时代的英雄，超市里的党员们在洪灾发生后，到救灾第一线运送物资，给企业树立了具有社会责任感的形象。下岗工人毛小妹在成功创办了一家一元店后，为下岗职工的再就业指明了出路。小说结构宏大，情节曲折，视角多元，描绘了当代中国广阔的经济生活场景，体现了作者一贯的理性精神和盛世忧患的品格。①

孙惠芬长篇小说《歇马山庄》：写了人物之间互相伤害的情况

孙惠芬（1961— ），辽宁大连人。《歇马山庄》1 月份由人民文学出版社出版。小说主人公月月是个美貌温柔、家世清白的代课教师，她和村支书林治邦的大儿子林国军相爱，最终两人结为连理。但在新婚之夜，一场火灾使林国军受到惊吓后丧失了男人的功能。月月苦寻各种药方，终是无果。程买子是歇马山庄一个特立独行的人，月月的同学庆珠很欣赏程买子的个性，于是在众人的不解中与程买子订婚。后来，庆珠在程买子的鼓励下，开了一家美发店，也许是见了形色不一的人，庆珠对程买子不再专一，两人大吵了一架，第二天，庆珠的尸体出现在水库里。不久，程买子和月月相爱。月月的小姑子林小青是村中的另类，涂脂抹粉，露腰撅腚，上卫校时暗恋一个年轻男老师，堕入了单相思。后来，林小青从卫校毕业后回到村里当了卫生员，她也爱上了程买子。月月在得知程买子和林小青要结婚时，去找程买子，两人一见面就相拥、亲吻在一起。这一切被林国军的母亲古淑平和林国军的另一个妹妹林火花看见了。当古淑平谴责月月时，月月坦然地说出了自己因为受不了林国军的无能，才和程买子相好的事情。程买子虽然也爱月月，但他知道月月并不是自己理想的结婚对象。后来，月月母亲领月月回家时，在半途中，月月又返回学校去上课了。林小青给程买子表明了自己的心意，她说自己不在意未来的丈夫曾经跟谁好过的事情。最后，林小青和程买子真正相爱了。小说写出了这些人物之间互相伤害的情况，月月伤害了林国军，程买子伤害了月月，庆珠伤害了程买子，年轻

---

① 参阅蔡诚《〈英雄时代〉：柳建伟演绎时代英雄》,《中华读书网》, 2007.1.19.

男老师伤害了林小青，虽然他们都是以爱的名义相爱，但却给对方带来了无尽的伤害。小说的爱情主线非常清晰，所展现的大量的乡村风情构成了歇马山庄独特的人文风景。

棉棉长篇小说《糖》：描写了一群另类男女的生活

棉棉（1970—），上海人。《糖》1月份发表在《收获》第1期。小说以"我"（红）与赛宁的肉体与感情为主线，描写了小虫、苹果、三毛、奇异果等另类男女的生活。这些人里面，有的人搞金属乐，有的人当妓女，有的人吸毒，有的人是罪犯，有的人搞同性恋，他们远离家人，没有信仰，平时通过性、药物、毒品来改变自己的生理和心理状态，然后企求精神超脱。他们不谈爱，却又是一群最渴望爱的人。小说展示了这些人在青春与欲望的泥淖中挣扎与存活的情况，表现了20世纪70年代的人在精神上的茫然与痛苦。①

潘军中篇小说《重瞳》：重塑了楚霸王项羽的形象

《重瞳》1月份发表在《花城》第1期，进入2000年度小说排行榜。历史上的楚霸王项羽在巨鹿之战、鸿门宴、垓下之围、霸王别姬、乌江自刎等事情之中已成为人们心中的一代枭雄。小说《重瞳》以先锋的手段重塑了楚霸王项羽，把他塑造成既是一位威猛的一代枭雄，又是一位会舞剑吹箫、爱美人不要江山、不求权力只盼心灵得到归宿的诗人。小说也通过项羽自述的方式，表达了他的情感、看法和反思。《重瞳》后来被改编为歌剧《霸王歌行》。

衣向东中篇小说《吹满风的山谷》：讲述了深山哨所里发生的故事

衣向东（1964—），山东栖霞人。《吹满风的山谷》1月份发表在《橄榄绿》第1期，获得第二届鲁迅文学奖（1997—2000）。小说源自作者去大西北哨所采访的经历，他认识了深山哨所的点长、老兵、新兵三个人。他们在被称为"野风谷"的深山哨所守卫着一个弹药库，跟寂寞和孤独相伴。他们每天三班倒，一个人站岗，一个人训练，一个人做饭。虽然他们远离兵营，但却把出操、点名、训练、执勤、点务会等都做得一丝不苟。日常生活中，他们又像一个温馨、甜蜜的家庭，新兵扮演父亲，老兵扮演母亲，点长扮演儿子。跟这个

---

① 参阅汪利娟《青春的再回首——论棉棉的长篇小说〈糖〉》，《文学评论》，2009.9。

家庭一块生活的，还有一只狗、一窝鸟和一群鸡。这些都成为他们生活的重要部分，成为他们不可缺失的情感载体。作者根据这些真事，写了18岁的新兵蔡强分到了群山环抱的野风谷哨所，哨所以前的任务是看守隐藏在这里的一个弹药库。但后来，弹药库搬走了，哨所却没有撤走。哨所班长陈玉忠来自陕西农村，即将复员，上等兵普顺林来自山东。陈玉忠为了欢迎蔡强的到来，煞费苦心地营造着热闹的气氛。蔡强到来后，普顺林毫不客气地在他面前以"老同志"的身份自居。蔡强热爱音乐、会拉小提琴，他用悠扬的小提琴声给哨所增添了一份快乐和生气。慢慢地，不懂音乐的班长陈玉忠和普顺林也开始喜欢起音乐、喜欢起小提琴来。在悠扬的小提琴声中，三个人那枯燥、单调的生活变得越来越快乐并富有生气了。他们在井然有序的学习、值勤、训练中，送走了山花烂漫的春天，迎来了绿荫清凉的夏日。时间长了，野风谷成了他们彼此信任的家。有一天，普顺林无意间发现班长陈玉忠藏着的一个秘密，那就是给养员每次从连部捎来信件后，班长总是一个人躲着看。后来，大家才知道原来班长的父母离婚了，而且有了各自的家庭，他们都不希望陈玉忠回去。送走秋天后，陈玉忠要退伍了。临走那天，蔡强和普顺林强忍着泪水，将班长送出好远好远。一年后，野风谷哨所的使命完成了，哨所被撤销了。蔡强带着哨所最后一任班长的光荣，又去迎接新的军旅生活了。[1]小说反映了新时期的军营生活，将视角和切入点落在三个年轻的普通战士身上，真实而艺术地表现了当代军人的生活和他们的真情实感。小说将浓郁的地方方言和时尚而生活化的对白融为一体，给人耳目一新的感觉。2006年，小说被改编拍摄为电影《哨所外的风景》上映。

毕飞宇短篇小说《蛐蛐 蛐蛐》：写一个善逮蛐蛐的高手最终变成了一只蛐蛐的荒诞故事

《蛐蛐 蛐蛐》2月份发表在《作家》第2期，进入2000年度小说排行榜。小说写无赖汉二呆是一个逮蛐蛐的高手。秋天的每个夜里，二呆都要提着灯笼在荒坟野冢之间寻找蛐蛐。二呆逮蛐蛐的诀窍就是"盯着每一个活着的人"，

---

[1] 参阅衣向东《小说是有根的植物》，《文艺报》，2012.12.26。

他认为蛐蛐就是每个人死后亡灵的再现。但二呆最后在另一位逮蛐蛐新秀的并非恶作剧的惊吓之下，灵魂出窍变成了一只蛐蛐。小说出现的其他人物如九次队长是一个凶神恶煞，六斤老太是一个神经错乱者，小老头是一个被流放的知识分子，知青马国庆亦是一个半人半鬼的人；一朵、玉米、文廷生、雷公嘴、小河豚、小六吆等人身上也有一股说不出的鬼气。小说表达了这样一个主题：因为村民们相信人死后能够化为蛐蛐，所以大家确信善于捉蛐蛐的二呆具有进行人鬼对话的能力；而且，随着叙述者对二呆经历的铺垫，二呆的这种超常的天分更具备了历史书写所要求的可靠性和真实性。但是当人们对这种叙述形成的"历史真相"确信无疑时，二呆发疯的事实又揭开了"真相"的谜底，二呆其实不过是个平常人。在这种情况下，"历史真相"的神话轰然倒地，呈现出欺骗性的一面。①

海男长篇小说《男人传》：用诗性文字浓缩了男人冒险、挣扎、背叛的一生

1999年，海男推出《女人传》，2000年3月份，她又在《大家》第2期推出了《男人传》。《男人传》将男人从10岁到80岁的冒险、挣扎、背叛的一生浓缩在20余万字的诗性文字之中，用一把感性与理性的双刃手术刀把男人的灵肉剖开，找出了男人身体中的雷电、花朵、河流，也指正、摘除了男人灵魂中的盲肠、赘疣、毒瘤。小说写道，当男孩10岁时，他还不曾意识到鞭子为何物，有何用，这时他的父亲庄严地将鞭子作为第一份礼物赠送给他，从而完成了男性中心话语在两代人之间的交接仪式。"当男人到40—50岁时，他遇到挫折，于是去找女人，男人手中的鞭子就是为女人们准备的一种礼物，因为只有带上鞭子去会见女人，才会让女人产生从肉体到精神的疼痛。"也就是说，男性手中挥舞的鞭子，铸就了女性俯就的性心理品格；反过来，女性这种俯就的性心理反应给自己又带来了一次次被鞭打的命运，二者交互作用的结果就是女性自愿成为自身命运的呐喊者，她们有意或无意地退出了话语中心，成为一个被看的"他者"，而男性却相应地用他们强大的声音震响着整个世界。"他

---

① 参阅刘丽丽《穿越迷雾的追问：论毕飞宇的历史观》，吉林大学2006年硕士学位论文。

者"作为"客体"是一个被制造被利用的对象，其特性就是服从作为主体的男性旨意，这样一来，女性付出的是血淋淋的代价。该小说到处隐藏着旋涡，旋涡意味着被卷入时的无奈和迷失，同时也意味着对方向的重新辨认与回归。从男性身上降临的第一根鞭子开始，作者便为男人们解开了温驯的绳子，把他们引导到大海上。瞬间，旋涡便吞没了男人们，使他们在情感中冒险，使他们去背叛婚姻，然后又让他们在事业上挣扎，在喝下一口口苦水之时，也收藏起一把把珠贝，直到被一匹永恒的白马驮走，他们才登上了最后的天梯，一切方归于宁静。作者不隐瞒她对男性的痛惜与热爱，在小说结束时，她亮出了自己的旗帜："我仍然生活在你曾经生活过的地方，我写着你的故事，深深地爱上了你，倘若你仍活着，请带上我进入你冒险的故事，请给予我你的爱情，为了爱你，将此书献给你，这个像爱情一样迷人的故事，必定由一位喜欢玫瑰花的女人完成。"这是作者向男人们奉献的又一个涡流，涡流上插满了她迷人的旗帜。

唐颖短篇小说《冬天我们跳舞》：描写了都市女性的内心世界和情感生活

《冬天我们跳舞》3月发表在《收获》第2期，进入2000年度小说排行榜。小说描写了都市女性的内心世界和情感生活。小说写1978年底，上海某地的舞会悄然兴起，舞会的主持者是裘伯伯，这个名字在上海话中是"旧伯伯"（"裘"和"旧"谐音）。"旧伯伯"时年52岁，他目睹过都市浮华的夜晚，也世故地规避过新政权对旧社会的肃清整治。小说中的"我"是一名青年，正在复习功课，准备参加恢复不久的高考。每到周末，"我"便跟母亲去赴"旧伯伯"家的舞会。"我"跳舞不是单纯地展示技术，其间还注意社交、礼仪、淑女、夜生活等。对参加舞会的衣服，母亲、"旧伯伯"尚有箱底可翻，但"我"却只能改穿妈妈的旧衣服。衣服有了，身型与风度又成了问题。经过恶补，"我"总算可以参加舞会了。"我"仗着勇敢和决心，走过寒冷的大街，来到"旧伯伯"家不怎么暖和的客堂间。但在音乐响起，舞会开场后，更大的难堪却来了，那就是没有人邀请"我"跳舞。当"旧伯伯"在舞场上翩翩起舞的时候，他那从不跳舞的妻子却在陪着一个从不跳舞的男宾聊天。聊天使她把自己聊得红杏出墙了。故事发展到这里，令所有人都感到意外，"旧伯伯"妻子的出轨将跳舞的意义颠覆了；同时，它也似乎宣告跳舞这一新事物是不足以阻挡历史前进脚步的。小说通过对"旧伯伯"老旧的家里存在着的某种和革命时代相悖的气氛的描写，表现了在那种破败的氛围中渗漏出来的丝丝缕缕的享乐主义的味道，正是这股味道，吸引着"我"母亲这类人。

铁凝长篇小说《大浴女》：叙述了一个姑娘的自我救赎、自我蜕变过程

《大浴女》3月由春风文艺出版社出版，进入 2000 年度小说排行榜。小说讲述了女主人公尹小跳艰难的人生成长过程、感情历程以及她的人生蜕变情况。尹小跳的母亲章妩与唐医生偷情生下了尹小荃。尹小跳对尹小荃这个小妹妹充满了敌意。有一天，当尹小荃一步一步走向没有井盖的污水井时，尹小跳不但没做任何阻止的行动，而且还拉住了另一个妹妹尹小帆，结果，尹小荃失足丧命了。这使尹小跳背上了沉重的精神负担。尹小跳一直一往情深地痴恋着大明星方兢，但当她走进方兢的生活之后，才发现方兢是一个只图占有不愿付出的大俗人。尹小跳在禁不住另一个男人的追求后就范，但当她真正动心的时候，却发现这个男人早就有了妻子。整部小说是通过尹小跳痛苦的成长历程来展开叙事的。尹小跳一生蜕变的动力来自她内心的愧疚，而这个愧疚的根源又是尹小荃的死亡，这件事情让她背负着罪恶感，这罪恶感也成了她进行自我救赎、自我蜕变的起点。

陈应松中篇小说《神鹫过境》：批判了农民滥杀野生动物的事情

陈应松（1956—），原籍江西余干，生于湖北公安。《神鹫过境》3月份发表在《人民文学》第 3 期。小说写丁连根准备把神鹫送到动物保护站去，而后他又把神鹫驯服了，通过驯服这只鹰，他又利用它去征服它的更多同类。小说对农民滥杀野生动物的贪婪与愚昧给予了无情的批判。

徐贵祥长篇小说《历史的天空》：讲述了一个草莽英雄成长为高级将领的故事

徐贵祥（1959.12—），安徽六安人。《历史的天空》4月份由人民文学出版社出版，2005 年 4 月 11 日，小说获得第六届茅盾文学奖（1999—2002）。小说主人公梁大牙本是安徽一个小镇米店的伙计，日军侵略小镇后，梁大牙和米店老板的儿子陈墨涵在杀死了几个日本兵后逃离了小镇。但两人却弄不清继续去打日本鬼子是该投国民党的军队还是该投共产党的军队的问题。他们只有一个想法：打日本鬼子可以吃饱饭。梁大牙打算去国民党的军队弄个团长、司令干干，但在半路上却走错了方向，结果找到了共产党的军队；陈墨涵本来要去投奔共产党的军队，结果却碰上了国民党的军队。梁大牙遇到共产党的军队后，从此开始了他的革命人生。自然，这是一个艰难曲折甚至危机四伏的过程。梁大牙在战场上足智多谋，英勇杀敌，屡打胜仗。但他也经常暴露出草莽英雄的鲁莽、刚愎自用、个人英雄主义等特点来。在非战斗的情况下，他做出了很多被革命军队所不允许的事情，并经常与正统的、有理论的"布尔什维克"（党员）发生冲突。他谈不上有明确的政治信仰，也没有明确的革命目标，只是按照农民军人的习惯行事、做人。他讲哥们儿义气，重视友情、亲情。但部队领导杨庭辉却看出了他这个莽汉的人性亮点，认为他有正义感，不怕死，重情重义。杨庭辉说，"我们共产党石头都能炼成钢，未必改造不了一个梁大牙。"他力排众议，在关键时刻重用梁大牙，并在梁大牙面临危难之时，援救他，帮助他，给予他一个更大的发展空间。在这种情况下，梁大牙最终在复杂的人际关系中，在残酷的战争环境中，从一个大字不识的人变成一个通文墨的人，从一个草莽英雄变成一个战略战术纯熟的高级将领，这样的形象在我党的高级将领中非常有代表性。抗战结束后，梁大牙与他的搭档和竞争对手窦玉泉又参加了解放战争、抗美援朝战争，而后又经历了"文化大革命"。小说在成功刻画梁大牙的形象之时，也塑造了梁大牙一生的竞争对手窦玉泉、梁大牙最敬佩的人张普景、梁大牙一生爱着的人李文彬和东方闻音、梁大牙的伯乐朱预道和杨庭辉等人的鲜明形象。其中，窦玉泉的形象塑造得非常成功，他是在政治斗争中成长、成熟起来的，但他把政治斗争的把戏看透了，是一个有底线的城府很深的正直人。他与梁大牙多次竞争岗位，总是棋差一招，这与他的稳重、中庸有关系；他在"文革"中置身事外，所以比梁大牙简单。小说还塑造了陈墨涵、石云彪等栩栩如生的人物形象。作者在对官场"老油条"文泽远进行塑造时，虽然着墨不多，但他的形象还是给人留下了深刻的印象。相对而言，被梁大牙最瞧不起的江古碑这个彻头彻尾的坏蛋，这个在党内混了一辈子而不倒的人却有些太脸谱化。王兰田、刘汉英等人的着墨不少，但都不是很成功。①

熊召政长篇小说《张居正》：一部稳健丰满、别具韵味的作品

熊召政（1953.12—），湖北英山人。1998年，熊召政在作了五年时间的明史研究后，开始动笔创作长篇历史小说《张居正》。小说第一卷《木兰歌》4月由长江文艺出版社出版，至2002年，后三卷《水龙吟》《金缕曲》《火凤凰》相继由长江文艺出版社出版；2005年4月11日，小说获得第六届茅盾文学奖（1999—2002）。

第一卷《木兰歌》围绕着张居正与首辅高拱之间的政治斗争而展开，展示了宫廷内外各种政治势力的此消彼长，写出了斗争的复杂与残酷，塑造了张居正、高拱、冯保、李贵妃等一批具有鲜明个性的人物。同时，作者通过对典型环境的生动再现，对历史氛围的精心营造，使小说既弥漫着一种典雅古朴的气韵，又给人以晓畅通达，引人入胜的阅读愉悦。《木兰歌》的书名来自愿意跟随高拱的玉娘唱的《木兰歌》。

第二卷《水龙吟》写张居正在登上首辅之位后如何跟高拱的残党对抗的情况。少年时期的张居正就胸怀天下，所以一上台就下定决心整饬吏治，刷新颓风。他实行的京察制度尽管遇到高拱残党的阻挡，但他还是以自己出色的才能和超人的本领实行了京察。他临危不惧，思路清晰，考虑周全，体现出独特的领导才能。他意欲力挽颓政，重振朝纲，但国库空虚，所以只好用胡椒苏木来折抵官员的薪俸，此举引起了朝臣的汹汹非议。为折抵薪俸，储济仓的大臣以身殉职，宫中大珰徇私舍宝救助杀人元凶，六品主事穷愁自尽，高拱余党借机滋事。张居正出于无奈，借助后宫与太监的力量，实行京察，整顿吏治，揭开了万历新政的第一页。

第三卷《金缕曲》着重描写张居正厉行的改革在朝野上下引发的激烈冲突与复杂的宫廷政治斗争，既展示了政治经济改革之艰难，也刻画了张居正驾驭复杂局面的才能及他所缺少的独裁专断。同时，小说也通过他与玉娘的似水柔情，表现了这位铁血宰辅的儿女情怀。小说围绕龙袍织造、征税风波、购置将

---

① 参阅《〈历史的天空〉介绍》，中国作家网，2012.8.3。

士棉衣、夺情事件等铺排开来。皇亲国戚之骄横，污吏贪官之淫奢无度，清流词客之短视迂腐，国之干将之改革决心，均在情节的流动中得到生动的表现。小说仍保持了前二卷的艺术风格，情节跌宕起伏，气韵生动，人物性格丰满，呼之欲出。张居正之老成谋国，李太后之温婉严谨，冯保之狡黠圆滑，朱衡之耿直无辜，邵大侠之慷慨赴死，玉娘之知恩图报，均跃然纸上，给人留下无尽的回味。

第四卷《火凤凰》写一番"夺情"之争后，闹得朝野沸沸扬扬，但首辅张居正最终还是回荆州老家奔丧去了。小皇帝朱翊钧亲政后，在小太监的唆使下，色心陡增，秽乱宫闱，太后闻讯，意欲废之，张居正代拟了"罪己诏"后，诏告天下，小皇帝从此心生怨隙。张居正改革初见规模，但晚节不保，缠绵于爱将戚继光所赠的胡姬身上，元气大伤，在58岁时死于首辅任上。张居正去世仅三个多月，骸骨未寒，政争纷起，万历裁撤了其生前的干臣，赶走了冯保，否定了他生前的一应改革措施，使历时数年的万历新政夭亡。当一代名臣张居正的坟墓被掘鞭尸之际，张府几乎被灭门。此后数十年间，无人敢言张居正。本卷在叙事风格、行文气势、情节安排上，继承了前三卷的特色，但更突出了张居正的悲剧命运，客观地揭示了悲剧产生的历史背景与人物的性格缺陷，为今天的读者反思历史提供了形象的文学读本。

总之，《张居正》是一部稳健丰满、别具韵味的作品。它那宏大而不失复杂的历史观照，严谨而不失灵动的文化立场，各卷之间的均衡匀称以及典雅而充满书卷气的叙述语言使它在当下的历史小说中脱颖而出。《张居正》的成功表明：文学创作追求形式技巧的创新固然重要，但真正优秀的作品归根到底还是需要依靠学问的积累和识力的增长才能创作出来。从这个意义上说，该小说的经验值得我们重视。①

何玉茹中篇小说《太阳为谁升出来》：批评了人们的势利和私欲，揭示了世道的可悲和人性的扭曲

何玉茹（1952—），河北石家庄人。《太阳为谁升出来》4月份发表在《长

---

① 参阅吴秀明、杨鼎《〈张居正〉：权力"铁三角"下变法悲剧与作家的诗性叙事》，《中山大学学报（社会科学版）》，2006.3。

城》第4期，进入2000年度小说排行榜。小说表面记叙的是农村常见的"发丧"故事，深层触及的却是生产队时期人性的盲从与扭曲。良子娘和三黑互相仇视了几十年，直至良子娘去世依然积怨未解。两人之间究竟有怎样的深仇大恨？原来生产队时期，三黑不满意生产队的劳动方式，经常与队长对着干；三黑的堂嫂良子娘是当时的妇女队长，永远站在队长一边，指责三黑，两家就此结下了仇。小说虽然写的是农村常见的"发丧"的事情，但作者通过对三黑为其堂嫂良子娘主持丧事过程中各种细节的描写，最后以"突然扑向坟堆，发出凄厉的声音，像是在哭，又像是在嚎，兽一般的，他疯狂地扒着泥土"的场景的描写，批评了人们的势利和私欲，揭示了世道的可悲和人性的扭曲。

徐小斌短篇小说《清源寺》：讲述了荆轲刺秦王及他与芥兰公主的爱情故事

《清源寺》4月份发表在《百花洲》第4期，进入2000年度小说排行榜。小说开篇说："芥兰公主，春秋时燕王的第三个女儿"，后面讲述了荆轲刺秦王的故事以及芥兰公主与荆轲的爱情故事。芥兰美如璧人，妙龄失婚，尝养清颜。后来，芥兰与荆轲相遇，爱上了荆轲，把荆轲带回了朝廷，介绍给了哥哥太子丹。但是，荆轲因为受到同性恋倾向的太子丹的诱惑，自觉不洁，拒绝了心中圣女芥兰；然后，他孤身刺秦，落了个五马分尸的下场。芥兰自此出家为尼，隐姓埋名清源寺。小说文笔清新优雅，叙述简洁有味。但作者对荆轲与芥兰公主爱情故事的讲述存在着错谬，因为荆轲刺秦是战国末期的事，芥兰公主则是春秋时人，如果她能从春秋活到战国之末，少说也有三四百岁，用作者书中的话说，那肯定"不是怪物，就是妖精"了。

尤凤伟长篇小说《中国：一九五七》：讲述了中国知识分子苦难的生命历程

尤凤伟（1943—），山东牟平人。《中国：一九五七》4月份发表在《江南》第4期，进入2000年度小说排行榜。小说采用私人记忆的方式，以知识分子的精神流浪史为线索，刻画了周文祥、冯俐、龚和礼、李宗伦、苏英、吴启都、陈涛、张克楠、董不善、高干等将近50个有着鲜明个性的人物，展示了他们的命运。可以说，该小说比新时期的"反思小说"有着更为彻底的直面历史的勇气。小说厚重丰富，讲述了中国知识分子苦难的生命历程，拷问了人的生命尊严与道德良知，揭示出中国知识分子的高尚品格，也暴露了其人性软弱的精神面貌，展露出人性的挣扎与搏斗。

毕飞宇中篇小说《青衣》：讲述三代青衣的生存境况和中国传统戏剧发生的巨大变化

《青衣》5月份发表在《花城》第3期，进入2000年度小说排行榜。小说主人公筱燕秋是个天生的青衣胚子。20年前，她演京剧《奔月》时，让人们认识了一个真正的嫦娥。但从此之后，她却沉寂了20年，到远离舞台的戏校去教书。她的学生春来的出现让她重新看到了当年的自己。20年后，《奔月》复排，筱燕秋和春来成了嫦娥的AB角。筱燕秋一口气演了四场，她不让春来演嫦娥，谁劝都没用。演第五场时，筱燕秋来晚了，春来上好妆要演嫦娥了，两人对视了一眼后，筱燕秋一把抓住化妆师，想大声说：我才是嫦娥，只有我才是嫦娥。但她却抖动着嘴唇，说不出话来。上了妆的春来比天仙还要美，她才是嫦娥。大幕拉开后，锣鼓响起来了，筱燕秋目送着春来走向了上场门。筱燕秋知道，她的嫦娥在她40岁的那个雪夜里，真的死了。春来的演出被观众认可了，他们的掌声和喝彩声此起彼伏。筱燕秋无声地坐在化妆台跟前望着自己，目光像秋夜的月光一样汪汪地散了一地。她披上水衣，把肉色底彩均匀地抹在脸上、脖子上、手上后，又请化妆师给她上了齐眉，戴了头套。做完这些，她什么也没有说，然后穿着一身薄薄的戏装走进了风雪。在剧场门口，她站在路灯下面，看了一眼大雪中的马路，大声唱了起来。她唱的依旧是二黄慢板，转原板，转流水，转高腔。雪花在飞舞，戏场门口的人越来越多，车越来越挤，但没有一点声音。筱燕秋旁若无人，边舞边唱，她要给天，给地，给她心中的观众来一场轰轰烈烈的告别演出。小说四万多字，透过它使我们看到了中国传统戏剧从20世纪50年代到90年代末发生的巨大变化。小说也让人们看到了三代青衣的生存境况。在商品经济社会中，筱燕秋的精神追求被金钱所物化，其本来就虚无缥缈的身份也难以维持下去；春来和老板暧昧的关系说明她也被金钱所俘获，她的身份由此也变得模棱两可，她既是成功的青衣演员又是老板的情人。筱燕秋和春来的事情让读者思考着这样的一个问题：一个人如何在商品社会中保持自己独立的思想和人格？

杨争光长篇小说《从两个蛋开始》：用中国古典笔记小说的写法，再次彰显"杨争光式小说"的特点

《从两个蛋开始》5月发表在《收获》第3期。小说题目所说的两个"蛋"，一个是雷工作雷震春，另一个是白工作白云霞，他们是革命队伍在每打下一个县城后，就像温柔的母鸡一样下的"蛋"，他们被留在地方上做地方工作。雷震春和白云霞是队伍在打下奉天县城以后留下来的两枚"蛋"。小说里面讲述了三十六个故事，它们可以被看成是一个个相对独立的故事，也可以看成是连贯在一起的完整故事。小说贯穿始终的中心人物是赵北存，他几乎在各个故事中都有出现。从这个角度看，小说所写的是赵北存这个人的编年史；但从小说所写的复杂多样的故事看，它又写的是符驮村的编年史。小说对1949年到21世纪初符驮村的历史进行了有趣的、形象的展示。第一辑写了土改运动及人民公社化中的十一件事情，主要的有：分地主杨柏寿的家产；赵北存在分杨柏寿家产及其他一些事情中"脱颖而出"，成为受重用的人；赵北存后来成了多年掌握符驮村权力的人。第二辑写了"大跃进"运动及合作社中的九件事情，主要事情有：赵北存想方设法让玉米增产了一百多斤，在培育出一个超大玉米棒子后受到了毛主席的接见，这件事巩固了他的权力地位；赵北存组织符驮村人除"四害"、种立体田；符驮村人因为吃大锅饭，过集体生活而出现通奸及被捉的事情。第三辑写了"文化大革命"期间的七件事情：主要有大贵、二贵造赵北存的反，结果失败；赵北存的母亲赵王氏背诵毛主席语录成为闻名全省的学习毛主席著作的积极分子，学跳"忠"字舞、写打油诗而轰动一方；少年马来侮辱毛主席瓷像的事情；西安来的一个女知青被村里一对双胞胎兄弟强奸了的事情；祥林被赵北存推荐上了大学，毕业后却回到村里，最后因为奇怪的性格割脉自杀的事情；毛主席去世后，赵北存命令符驮村任何人不准过性生活的事情；赵北存组织符驮村人塑造毛主席像及被拆掉的事情。第四辑写了改革开放后的九件事情，主要有：赵北存儿子互助逼赵北存退位、让权的事情；道明违法后跳井自杀的事情；杨普选中彩票的事情；符驮村有人出门讨钱、有人学艺、有人当小偷、有人卖淫、有人赌博的事情。作者在讲述这些事情时笔触客观、冷峻、诙谐，在展示"大跃进"运动本身的荒诞时，也说明了政治的荒诞必将带来人性的扭曲和变形，带来人们违背自然规律、科学规律而使自己的生活变得更加贫穷的困境。小说塑造的赵北存是一个在人民公社化、"大跃进"、"文化大革命"等运动中日益成为政治化人物的形象，他既是一个不管干什么事都能为符驮村着想的好人，又是一个想睡符驮村的女人了就去睡她们的混蛋。赵北存70多岁的时候，已经退出权力阶层，但他的花心依然不改，他拿上50元钱去嫖村里的一个卖淫者。当他不能做活的时候，他才真正感到自己已经成了一个一点用处都没有的人，在管理村里的政治活动时无用，在性事活动中也无用。于是，三天后，他永远离开了他管制了几十年的村子。小说也塑造了其他更多的性格鲜明的形象，他们有识时务的地主杨柏寿；爱骂人的杨富民他妈；神秘莫测、扒媳妇"灰"的段先生；谜一样的杨乐善；信守"他人奸我妻，我奸他人妻"的禄良；猛吃而死的撑住；要求赔胃的三娃；欲造赵北存反却失败的大贵、二贵；年事已高但却能背诵毛主席语录、跳"忠"字舞、张口就能说出"打油诗"的赵北存母亲；坚决不承认自己有谋害毛主席野心的11岁少年马来；强奸女知青的双胞胎兄弟大放、二放；性格奇怪的工农兵大学生祥林；顶风"娱乐"（过性生活）的平生和微微、赵光和媳妇兰英；敢作敢为、敢说敢干的赵北存之子互助；想着法儿躲避计划生育、一心要生个男娃的上官太平；觉得法律对人是个束缚因此而自杀的道明；心术不正的村长马西社；去西安讨钱暴富的亮子；当小偷发家的粘子……这些人物的性格个个都鲜明、生动，令人难以忘记。小说在写法上采用了中国古典笔记小说的写法，可以说是对这种写法的复兴。小说语言硬朗、透明、诡谲，进一步彰显了"杨争光式小说"的风格。

戴来短篇小说《准备好了吗》：讲述了一对父子合作表演的行为艺术闹剧

戴来（1972.10—），江苏苏州人。《准备好了吗》5月份发表在《收获》第3期，进入2000年度小说排行榜。小说讲述了一个"行为艺术家""用一种自虐的方式进入对自我价值和生存经验的切实体验中"的故事：他的种种匪夷所思的行为在他的父亲眼中等于"疯子艺术"，由此引起了父子冲突。父亲想以跳楼来阻止儿子疯狂的行为艺术试验。儿子赶到后，将跳楼事件顺利地转换成了一场父子合作的行为艺术表演，最终演成了一场闹剧。小说将"父与子"的古老文学主题在"行为艺术"的故事中进行了新的演绎：儿子这一代人怎么会越来越疯狂、不近人情了？这样的结果给人带来了强烈的震撼，并引发了读者的思考。

贾平凹长篇小说《怀念狼》：中国商州版的"猎人笔记"

《怀念狼》5月份发表在《收获》第3期，进入2000年度小说排行榜。小说的寓意颇丰，被誉为中国商州版的"猎人笔记"。该小说是作者苦著三年，历经四次修改后才出版的。小说采用独特的视角，讲述了猎人、记者、烂头为商州尚存的十五只狼拍照存档的离奇经历。血光之灾、金香玉的神州、狼的行迹、古战场的恐怖、记者的幻觉、动物灵魂的游走、肉灵芝等等事件令人匪夷所思，尽显了作者不羁的笔法和丰富的想象力。当然，小说貌似讲述了"寻找狼"这一简单的行为，实则拷问了人类生存的意义，以及寻找人类精神归宿地的问题。作者通过该小说旨在找回曾经失落的自我以及已经失去的精神家园，让人最终成为真正的人。

严歌苓中篇小说《谁家有女初长成》：叙述了一个美丽少女沦为杀人犯的过程

《谁家有女初长成》7月份发表在《当代》第4期，进入2000年度小说排行榜。小说以女性的口吻，叙述了一个对世界一无所知的普通农村女子潘巧巧沦为杀人犯的悲惨故事。潘巧巧生活在一个偏远的小山村，那里的人们基本上是这样的一种生存状态：首先是麻木，他们每天就守着家里那几亩田地，从来没有想过去改变自身生存现状的问题；其次是愚昧无知，他们几乎都是文盲，最高学历的人只是小学毕业；再次是落后，他们基本与外界隔离，过着"两耳不闻窗外事，一心只顾自家地"的"桃花源"式的生活；还有就是封建迷信思想很严重，他们重男轻女，认为女子不用读书，只要学做家务，将来能相夫教子就可以了。出生在这个村里的潘巧巧从懂事起就与这个地方格格不入，长大后的她温婉、善良、美丽，她的内心里充满了野性的欲望，那就是幻想着有一天走出小山村，到外面的世界去看一看。这种想法每天都在折磨着她，让她在矛盾痛苦中挣扎。后来她走出了小山村，却被卖给铁路道班上的一个养路工人当媳妇。起初，她的生活过得很幸福，那个养路工人对她也很好，使她感受到了爱。但后来，养路工人兄弟两个却把她当成了他们的共享品，这使她感到彻底绝望。她于是在兄弟俩的饭里下了药，毒死了他们。然后，她逃到了一个边防小站上后，爱上了那里的一个人。她虽未表白，但暗恋的感觉让她觉得很甜蜜。她心里的阴影渐渐散去。但她杀人的事实却难以抹去，她最终还是受到了法律的制裁。该小说是一部让人感到荡气回肠、感慨万千的作品。在美丽少女潘巧巧沦为杀人犯的过程中，出现了一系列与潘巧巧命运相关的人物，他们或温情脉脉极富爱心，或十恶不赦愚昧至极。他们共同造就或目睹了潘巧巧的悲惨命运。但同时，他们也在完成着各自的悲剧人生。小说以精妙的构思，细腻的笔触，深厚的感情给我们描绘了一幅当代世俗画，揭示出了令人深思的主题。[①]

杨显惠短篇小说《上海女人》：写了一位上海女人表现出的至高至善的人性光辉

《上海女人》7月份发表在《上海文学》第7期，进入2000年度小说排行榜。小说讲述了一个惊心动魄的故事。上海女人顾晓云去位于河西走廊高台县的劳改农场看望丈夫董建义，但丈夫已死，抛尸荒野。和董建义同住一室的右派分子李文汉为了不让顾晓云看到她丈夫屁股上的肉已被人剐掉的惊悚场面，便极尽撒谎之能事。但顾晓云的执着还是感动了李文汉。当顾晓云见到丈夫的尸体后，她悲痛欲绝。最后，顾晓云做出一个惊人的决定：她要把丈夫的尸体从大西北带回到上海。但由于没有任何一种交通工具愿意给她千里运尸体，她便将丈夫的尸体就地火化后把骨灰带回去。于是她让当地人找来木柴、煤油，支起了一个柴火堆焚烧丈夫的尸体。丈夫的腿骨长，烧不碎，她就用一条军毯包起所有骸骨，踏上了归途。许多年以后，李文汉去上海领奖，忽然动了去寻找顾晓云的念头。就在他问清顾晓云的地址，准备前往的时候，小说写道："但是，在熙熙攘攘的人群里走了一截，我就突然决定不去找那位姓顾的女人了。

① 参阅李文琴《泣血的命运——评〈谁家有女初长成〉》，《宝鸡文理学院学报（社科版）》，2002.4。

我是这样想的：挺费事地找了去，如果顾家不住那儿了，不是徒劳一场吗？就是顾家还住在那儿，但那女人倘若已经搬走了抑或不在人世了，不也很扫兴吗？"小说至此戛然而止，结尾显然太突然。小说讲述了在人性缺失仅剩下动物性与兽性的年代里，上海女人顾晓云却表现出了至高至善的人性光辉，这光辉照亮了黑暗的天空，使人们对她不由自主地产生崇敬之情。

薛荣中篇小说《纪念碑》：一篇将笔触伸向历史及现实背后许多荒谬的生存机制的小说

薛荣（1969—），浙江嘉兴人。《纪念碑》8月发表在《上海文学》第8期，进入2000年度小说排行榜。小说写某日，栖镇纪念碑落成了，有位重要的首长要来揭幕。警长让"我"在典礼期间负责把本镇的所有疯子看管好。栖镇的男女疯子还真不少，"我"的工作着实不轻松。"我"想出了一个办法，把所有的疯子集中在电影院里，不断地给他们喂药。不料，一个身着破烂军装，别满领袖像章，名叫阿九的疯子因为"要去向首长汇报"而跑出了电影院。逃跑中，阿九抓住了吊着的氢气球上了天。此时，揭幕典礼正在举行，氢气球吊着高呼口号的阿九朝纪念碑飘去。情急之中"我"举起了手枪，开始瞄准。子弹没射出，小说就戛然而止了。小说将笔触伸向历史的同时，又将现实背后许多荒谬的生存机制展示出来，这使小说在历史、文化，以及权力意志中构成了不同程度的反讽。

雪漠长篇小说《大漠祭》：记录了一家西部农民在一个特定历史时期内的一年生活

雪漠（1963—），甘肃武威人。《大漠祭》8月份由上海文化出版社出版，进入2000年度小说排行榜。小说以河西走廊为背景，写农民老顺一家在贫穷的生活重压下苦苦挣扎的庸常生活画面。老顺和命运抗争，以期过上富足的日子。虽然生活总给老顺劫难，天灾人祸总是降临在老顺的身上，但老顺一家人始终没有放弃对美好生活的追求。雄奇的大漠风光，激烈的矛盾冲突，奇特的民俗风情，探险般的瀚海游猎，丰富多彩的人文景观，沉重艰辛的生存现实，原始森林般的生活容量，加上作者刻骨铭心的生活体验、对生命的独特感悟，使小说具有震撼人心的艺术魅力。小说忠实地记录了一个时代、一个特定的历史时期"一家西部农民一年的生活"。

王安忆长篇小说《富萍》：描写了上海弄堂里底层人的生活

《富萍》8月份发表在《收获》第4期，进入2000年度小说排行榜。小说写李天华的奶奶一心要笼络富萍这个未过门的孙媳妇，生怕她逃婚了，也怕别人把她抢走了。富萍和在扬州乡下的未婚夫李天华非常生分。后来，富萍在她当用人的东家家里有了和李天华单独相处的机会。富萍向李天华提出了分出来单过的要求，李天华说："我父母怎么办？"富萍听了后，就从内心里把李天华抛弃了。后来，富萍的舅妈有意为她介绍一个男人，但那男人却被女青年小君抢去了。那男人本来是舅妈的侄子，名叫光明，在水上运输队开船运垃圾。最后，富萍嫁给了闸北区一个青年修理工，留在了上海。小说对上海弄堂生活和底层的人生群像进行了精确的、恰如其分的描写，塑造的人物形象真实、妥帖，语言朴素自然。

蒋韵短篇小说《一点红》：审视与思考了"文革"时期的人性

蒋韵（1954.3—），生于太原。《一点红》9月份发表在《山西文学》第9期，进入2000年度小说排行榜。该小说是作者对自己在14岁时曾经目睹的一场人性泯灭场面的描写。"文革"中，作者目睹了一个女儿的父亲因不堪忍受折磨而跳楼自杀的场面。父亲自杀后，他的女儿冲着他未寒的尸骨吐口水，表示划清界限。这个场景在作者的心里留下了异常深刻的印象。而且，她还看到：那个女儿从此之后如同冬天堆砌出的雪人，再也没有过任何温暖的迹象，阳光照在她的身上，就像反射在雪地上一样，晃得人睁不开眼睛。这对作者产生了极大的冲击，令她对人性产生了质疑与审视。她于是将自己的这一生命情感经历写成了短篇小说《一点红》。小说里的人分为三类，王兰是个患近视眼的女孩儿，文质彬彬，一张口说话就带着学生腔，《外国名歌200首》是她的"圣经"；围绕在王兰身旁的小英子，也是个会唱《深深的海洋》但却不识谱的姑娘。在"文革"那个时代，王兰和小英子非常向往自己拥有文化，但实际上，她们却无所拥有，她们具有的只是强烈的反叛性格。小说中的孟二女和张桂花是另一类人，她们渲染着生活的粗糙，同时又传达出一种泥沙俱下的本真；她们满嘴的污言秽语是对一个时代的嘲讽和消解，当她们的话语和王兰、小英子的外国名歌掺杂在一起时，呈现出的是一种怪异的色调。小说中的秦变翠是王兰和张桂花之间的"桥梁"。秦变翠既没有张桂花她们的粗鄙和尖利，也没有王兰她们的小情调，她是小说里最大的现实主义者。当她面对孟二女们的粗俗时，她不无担忧地对王兰说："十年后，咱们大概就是那个样子。"在所有这些杂色中，"一点红"是第三类人，她是一个衣着鲜艳的女子，一个和男子频频往来的女子。在那个时代，她很容易被人视为"骚货"，但她的"健康和风情万种"又在许多女子的心头引起了波动。小说的这种设置极具时代感，审视与思考了那个年代里的人性。①

白连春中篇小说《拯救父亲》：能让人重新认识农民父亲的小说

白连春（1965—），四川泸州人。《拯救父亲》9月份发表在《人民文学》第9期，进入2000年度小说排行榜。小说描写了父子情感，也描写了一位农村父亲的艰难生活。虽然这位父亲的儿子谷禾上了大学，而且还有了工作，但他还是被生活所迫外出打工。他在打工期间遇到了这样那样的一些不快。他仿佛已经找不到出路了。但他最终并没有被生活压迫住，依然坚强地应对着一切。小说里的"农民父亲"让人重新认识了"面朝黄土背朝天"的典型的中国农民形象。农民之于非农的人们，就像土地之于庄稼，农民是养育天下大众的土地。但城里人却看不起农民。白连春借谷禾父亲的口告诫世人："你要记住，你是一个农民的儿子，你是从农民身上掉下来的肉。你不能看不起农民，更不要以为有了农民父亲是你的羞辱。农民有啥不好？农民就低人一等？你爸我一辈子没有占过任何人一分一厘的便宜，活得直着哩。"作者以他自己的方式为农民说话，在他笔下，农民父亲的形象可敬、可亲、可爱，有一颗朴素的优秀的灵魂。作者不光用笔，而且用心抒写了自己对农民的感情，为农民说话，为农民仗义执言。

迟子建短篇小说《河柳图》：讲述了一个女人生活在男人的夹缝中后，她的女性自我意识也逐步地悲惨地空洞化了

《河柳图》10月份发表在《作家》第10期，进入2000年度小说排行榜。

---

① 参见闫晶明观点，见《当代作家评论·印象点击》，2000.6。

小说以极其敏锐的眼光和独特的女性视角，展示了女主人公程锦蓝的人生轨迹。程锦蓝是林源镇中学的语文教师，她长发飘飘，衣着典雅；她有文化，是一位深受学生欢迎的老师；她有自己独立的精神追求，喜欢河柳，憧憬诗情画意的未来；她热爱自己的事业，认真地批改着学生的作业；她曾有过美好的爱情，令学生们羡慕；她曾有过幸福的家庭，丈夫是李牧青，儿子是李程爱。但李牧青后来却去上海去应聘工作，开始，他还给程锦蓝写信寄钱，后来只寄钱，一年后就和程锦蓝离婚了。程锦蓝后来和一个叫裴绍发的人结婚了。裴绍发以他的经济地位和男性权威意识对程锦蓝从衣着打扮开始"改造"。在强大的男权阴影下，程锦蓝处处受限于男性的权威。不久，程锦蓝就不再"衣着典雅别致"，而变成了"红袄绿裤""声音非常粗犷"的人了。程锦蓝生活在男人的夹缝中，在男性的道德标准和价值取向的重压之下，她的女性自我意识逐步空洞化。裴绍发因为在程锦蓝那里得不到满足，便去兰酒馆嫖娼，这使程锦蓝意识到自己的地位受到了威胁，她于是不顾身份，像泼妇一样用石头砸碎了酒馆的玻璃，还"开始小心翼翼地服侍裴绍发"，"渴望着完完全全地拥有他"。程锦蓝的自我意识一点点丧失，由被动接受改造转向了主动投靠和依附。裴绍发为了达到彻底改造程锦蓝的目的，他把李程爱的名字也改成了裴程爱，然后又卑劣地割光了李牧青和程锦蓝爱情见证的河柳。这一举动，无情地扼杀了程锦蓝的生命意识和梦想，同时，也显示了裴绍发在家庭内部的主导地位和绝对的控制力。对裴绍发的作为，程锦蓝毫无反抗之力，她压抑着自己的欲望，在逐渐失去了爱的权利的同时，也丧失了自己的主体地位与独立性。小说对程锦蓝形象的塑造，体现了作家强烈的女性意识表达欲望与解构男权主导机制的努力。小说多次写到的柳树林是见证程锦蓝和李牧青爱情的地方，承载了程锦蓝对往昔生活的美好记忆和对美善的执着追求。但它最终却被粗俗不堪的裴绍发毁掉了。这使程锦蓝痛苦不已。①《河柳图》在迟子建的创作中具有重要的意义。其主题的现实性和时代性在迟子建前后期创作的转变中是临界点和过渡，文本中的人与柳的关系不仅仅是单纯的修辞手段，那柳树其实是支撑小说的灵魂。

---

① 参阅李枫《迟子建小说的柳意象和萨满教的柳崇拜》，《黑龙江社会科学》，2008.6。

池莉中篇小说《生活秀》：塑造了一位在世俗生活中冲锋陷阵的"女英雄"的形象

《生活秀》10月份发表在《十月》第5期，进入2000年度小说排行榜。小说以吉庆街卖鸭脖的女个体户来双扬为主角，通过对她在处理一系列家庭生活琐事上的描写，展现了一位在世俗生活中冲锋陷阵的"女英雄"的形象。来双扬年少失母，父亲抛下子女另立新家，十几岁的来双扬靠着在家门口所摆的油炸干子的摊位，艰难地把年幼的弟弟妹妹养大成人。来双扬是吉庆街第一个个体户，后来又成为吉庆街上人们的偶像。她对父亲动之以情、晓之以理，使父亲自愿将名下的两间房子转给她；她对房产所所长能下血本，能显真诚，最终使房产所所长解决了她的房子过户问题；她对嫂子小金能以泼对泼、以狠对狠，恩威并施，最终解决了在房子问题上的最后一个阻碍。小说塑造的来双扬是一个知道什么问题用什么方法解决、什么困难用什么策略解决的人。可以说，凡是生活中遇到的问题、困难，在她那里都能得到解决。但这种人物在生活中有没有，却很难说。

东西中篇小说《不要问我》：一篇具有黑色幽默效果的小说

《不要问我》约5万字，10月份发表在《收获》第5期，进入2000年度小说排行榜。小说主人公卫国是一名大学副教授，一次喝酒后冒犯了一个女学生，为了免除尊严上的折磨，他决定从西安南下，到另一个城市谋职。但他的皮箱在火车上遗失了，这使他的全部家当和证件都没有了。他于是成了一个无法证明自己是谁的人。麻烦接踵而来：他无法谋职，甚至无法在恋爱上有更多的进展，总是处在被别人救济、同情、怀疑和嘲弄之中。本来他是为了逃避尊严上的折磨而来到异地的，但他没想到自己最终却陷入了更深更大的折磨之中。小说虽然具有黑色幽默的效果，却让读者读出了无言的悲怆。

裘山山短篇小说《保卫樱桃》：对美好的人性发出呼求

裘山山（1958.5—），祖籍浙江。《保卫樱桃》10月份发表在《人民文学》第10期，进入2000年度小说排行榜。小说写小学校园里的樱桃总是被人偷窃，女校长对樱桃并不心疼，她心疼的是人性的缺失。于是，她发动大家保卫樱桃。但那些习惯了以偷盗得到樱桃的人们却依然故我，并且使他们自己受伤。然后，偷窃者把受伤的责任推到女校长身上，让她来承担责任，原因是她为了防止樱桃被偷而设置了障碍，结果使他们不能按往年惯用的方式来偷樱桃。小说展现了制止人性恶的结果是要加倍地去承受人性恶这样一种矛盾。作者对美好的人性发出了吁求。然而，这种吁求却总是伴随着一种颓然的东西，就像暮气永远等在春的尽头一样。

赵琪短篇小说《援军》：讲述了一个人支援一个部队战胜敌军的传奇故事

赵琪（1960—），江西高安人。《援军》10月份发表在《解放军文艺》第10期，进入2000年度小说排行榜。小说写的是一支一两万人的部队奉命留在平章线的两侧与十数万敌人周旋的故事。他们疲于奔命，最终在不得已的情况下，请求上级调来两个满员师进行援助。但他们在盼望了很久之后，等来的只是一个人的援军。于是，军还是那个军，人还是那拨人，但他们的精神面貌及前途命运却和原来截然不同了。因为那一个人的"援军"在率领这支部队后，把平章线两侧终于搅得天翻地动了。后来这个"援军"要走了，告别的话无外乎是：我主要是要到上面去开个会，临时被上级捉了公差，来你们这儿充当了"援军"，好了，现在我要去开会了，你们继续和敌人作战吧。

张炜长篇小说《外省书》：塑造了中国当代文学中具有典型意义的人物形象

《外省书》10月份由作家出版社出版。小说里面的史珂正走在通往衰老的路上，他很害怕孤单。四年前，他走出京城，回到故土。离京前，他去美国的哥哥史铭那里，然后回到故土后，由侄子照顾。但一年之后，他却搬到了海边的一所孤屋中去居住。不久，他结识了在河湾不远处看守油库的师麟（鲈鱼）。师麟是一位立过战功的军人，但他也是一个犯了流氓罪而被判过刑的"刑满释放分子"。他有一年领着一帮畜牧专业的实习生到乡下整整待了两个月。大学生里有男有女。他给一个把脚伸到被子外的女生盖被角时，那女生没有惊慌，她只是起身看了看而已，然后又重新睡了过去。他乘机吻了她的膝部，然后忍不住地抚摸了她。这样的事情连续了两夜。第三天夜里，当他仍旧去抚摸那女生时，没想到他刚一伸手，就听到了一声大喊，然后灯也被拉亮了。这时候，他看到，原来那儿睡着的是另一个姑娘。很快有人就把他押到了附近的一个公安警点，警察没问他多少话，就给他戴上了手铐。铐他的一个胖警察说他摸的是县长的闺女。他的妻子胡春旖于是和他离婚了。胡春旖历经了两次离异，花甲之年后，她才知道师麟还活着，而且还中风了。她女儿师辉告诉她：父亲的中风比较轻微。但师麟最终还是死了。史珂由此想起自己和妻子肖紫薇以前的事情。在那个特殊年代的一天里，他从劳改农场回来，正准备与妻子温存，突然，三个黝黑的男人身穿着连帽雨衣又把他押回了百里外的农场。其间，他曾经跑回去见妻子，但却没见上。当他的农场生活结束后，妻子肖紫薇却病了，她的胸部和腹部长满了大大小小的疙瘩。春天，她离开了人世。史珂觉得自己应该为自己写一本书，这书不需要什么豪言壮语，也不是为了留给未来，只是为了怀念旧友而已。但为书起名却把他难住了。最后，林野之声提醒了他，他想既然自己身处外省，那么就叫作《外省书》吧。小说的主要情节围绕着史珂和鲈鱼这两个人物展开，其中史珂与肖紫薇、史东宾、史铭、元吉良、马莎是一个情节单元；师麟和胡春旖、师辉、狒狒、真鲷是一个情节单元。这两个情节单元不是相互剥离的，而是通过史珂和师麟这两个人物有机地连接在一起。同时，两个情节单元又分化为好几个相对独立的单元。这种结构布局，使作者在叙述人物故事时，避免了结构上的单调感。而无论作者怎样谋篇布局，贯穿整部小说始终的却是作家饱满的情感，他将笔触伸向几个性格不同、命运不同的人物的情感的末梢，直达他们的心灵深处。小说中的主要人物师麟既是革命的功臣又是屡次入狱的流氓，可以说是中国当代文学中具有典型意义的小说人物形象。师麟作战勇敢，屡立战功，但同时他忍不住一次次地寻花问柳，犯生活作风错误，如果不是他的战功他早已被处决了。他是如此多情，可以说是一个"情豪"，最终他的美丽的妻子和女儿都抛弃了他。与师麟相对应的人物则是一直因为妻子的不忠而拒绝任何情感的史珂。这位从京城离休来到海滨试图过宁静生活的高级知识分子，在情感上却是相当自私和狭隘的。在那个动乱的年代，他的妻子肖紫微因为历史的原因对他有不忠的行为，在此后的日子里，他一次次要求妻子向他讲述她与人偷情的细节，以此从情感上得到满足。他是一个伪装巧妙的凶手，自始至终从情感上折磨非常爱他的妻子，直至将她折磨至死。后来，在与师麟的交往中，他对自己的情感进行了反思，内心充满了悔恨，但他情感的大门却始终关闭着。史珂的故事让我们看到了生活中经常遇到的一些熟悉而被忽视了的东西，正是这些东西使爱扭曲并发酵出不尽的爱情悲剧。此外，小说还写了师麟的结发妻子胡春旖的感情纠葛，史东宾与马莎及师麟的女儿师辉的情感错位等，作者在短短16万字的篇幅里为我们提供了一道道饱含甜酸苦辣的情感大餐，只有亲自品尝之后才能领会其中三昧。作者的笔触直达了我们在现实社会通行的价值判断下几乎已经麻木的情感末梢，使我们的心灵不由自主地产生了战栗。小说语言优美，思想深刻，正如评论界所说，《外省书》已全面超越了作者在此之前的几个长篇。[①]

红柯中篇小说《库兰》：讲述了新疆执政者消除隐患维护社会安定的故事

《库兰》11月份发表在《当代》第6期，进入2000年度小说排行榜。小说以充满激情的笔触，讲述了一个在戈壁荒原上风驰电掣的普氏野马的传说，将人类进化中久已失落的原始力量展现了出来。小说的名字库兰是普氏野马或者蒙古野马的名字，因为这种马是俄国探险家普热瓦尔斯基发现的，所以被称为普氏野马。小说写白俄将军阿连阔夫是普热瓦尔斯基的一个疯狂崇拜者，当他被苏联红军赶到新疆后，他仍然忘不了复国大业。他梦想着创造自己的传奇，于是带领着上万名久经沙场的白俄士兵进入新疆，成了影响新疆安定的最大隐患。新疆执政者杨增新感受到了这个最大的危险，于是一步一步地制服了阿连阔夫，显示了他高超的政治手腕；他用木枪缴获了阿连阔夫的武器，然后以怀柔之策将桀骜不驯的阿连阔夫安排在奇台，严加防范。阿连阔夫发动暴乱后，早有准备的杨增新将他押解到迪化，然后用美女毒品将他制服。杨增新和阿连阔夫的交锋是小说中写得最感人的地方，一切都在杨增新的掌控之中，看得人步步惊心。

阿成短篇小说《安重根击毙伊藤博文》：讲述了朝鲜义士安重根的英雄壮举

《安重根击毙伊藤博文》发表在11月出刊的《啄木鸟》第11期，进入2000年度小说排行榜。1879年，安重根出生在朝鲜的海州，他早年曾参加过

---

① 参阅文笔居博客文章《直达心灵的深处和情感末梢——品读张炜的长篇小说〈外省书〉》，2012.3.19。

反对日本帝国主义对朝鲜半岛的侵略扩张斗争。1909年10月26日，安重根在中国的哈尔滨火车站刺杀了挑起中日甲午战争和制定吞并朝鲜半岛计划的伊藤博文。伊藤博文曾四度出任过日本首相。1910年3月26日，年仅31岁的安重根在中国大连的旅顺监狱被日本关东都督府高等法院判处绞刑。朝鲜和韩国分别称安重根为"爱国烈士"和"义士"。《安重根击毙伊藤博文》写日本帝国主义为了达到吞并朝鲜的目的，派伊藤博文出任日本驻朝鲜首任统监。伊藤博文在收买朝鲜的叛徒后，增兵汉城，逼迫朝鲜签订了丧权辱国的条约。安重根目睹了祖国危亡的现状，以及爱国志士惨遭捕杀的现实，于是趁伊藤博文去哈尔滨会晤俄国财长之机，在车站击毙了他。安重根被捕入狱后，最终英勇就义。

熊正良中篇小说《追上来啦》：描写了当今社会下层平民百姓的真实生活、生存状态

熊正良（1954—），江西南昌人。《追上来啦》11月份发表在《人民文学》第11期，进入2000年度小说排行榜。小说写范志强年轻时被当体育老师的父亲逼着长跑，他给父亲贴了大字报，称其是法西斯，结果导致父亲被批斗，弄残了一条腿。范志强有了儿子范小桥后，请求父亲来看范小桥是不是当长跑冠军的料，但他父亲拒绝了。范志强于是带着范小桥长跑，他想把儿子培养成世界冠军。一开始训练时，范志强对范小桥充满了希望，他手里拿着一根实心的竹梢，并把它想象成一只狗，逼着范小桥跑。范小桥也把竹梢想象成狗，刻苦训练。范志强为了让范小桥参加比赛，向人借了三千块钱，但范小桥在比赛前因为吃了一碗米粉而吃坏了肚子，结果输了比赛，三千块押金也打了水漂。自此之后，范小桥对米粉恨之入骨。在后来的一次比赛中，范小桥的同学李海的父亲想让李海代替范小桥参加比赛。范小桥于是被范志强用三轮车接回了家。为了鼓励儿子，范志强在空地上铲出了一条跑道练习长跑。有一天，范小桥砸了李海家的玻璃。李海的父亲找到范志强后，范志强推了一把李父，结果使眼镜片扎到李父的眼睛上，李父瞎了。范志强于是被逮到了公安局。紧接着，他的妻子丁小兰也伤心而死。范小桥重新跑上父亲给他铲的那条跑道，而且真的看见了一只狗，他跑多快，那只狗也追多快。某天，警察找到范小桥的爷爷，让他给范志强请律师。范小桥爷爷找下律师后，律师要求范小桥和李海在操场上赛跑。范志强也被警察带来观看比赛，李海的父亲也来了。当范志强看到范小桥腿上的肉疙瘩，才知道儿子平时在蹬三轮车挣生活费。比赛结果却是范小桥输了。范志强受不了打击，得了脑溢血，半个身子不能动弹了。但他每天坚持锻炼，后来竟然奇迹般地站起来了。小说的故事是对当今社会下层平民百姓真实生活的写照，真实地揭示了在全民小康的大流之外的另一类人的生存状态。小说与作者过去一贯的追求一样，把视线始终对着社会边缘角落的小市民，对他们寄寓了无限的深情与友爱，为他们呼唤，为他们呐喊。

2001 年

九丹长篇小说《乌鸦——我的另类留学生活》：讲述了一批大陆女性在新加坡挣扎求生的故事，引发了海内外华人的热烈争论

九丹（1968—），原名朱子屏，江苏扬州人。《乌鸦》1月份由长江文艺出版社出版。小说讲述了王瑶芬等一批大陆女性为了在新加坡生存并长期居留，不择手段，相互倾轧，甚至不惜出卖肉体，但最终除了身心俱疲、伤痕累累之外，仍然是一群漂泊的女人。作家以其敏锐细腻独特的感觉，新鲜诡奇的文笔，向读者展示了一幅"他人即地狱"的沉重画卷。小说以《乌鸦》为名，象征着这一群外来的女性在新加坡如同迁徙来的乌鸦一般，不讨当地人喜欢，但她们顽强挣扎求生，力求繁衍。小说出版后引发海内外华人的热烈争论。《乌鸦》之后，九丹出版了小说《喜鹊》和《凤凰》（都于2001年11月由武汉长江文艺出版社出版），构成了"鸟儿三部曲"。《喜鹊》描写新加坡男人在中国欺骗中国女人的故事，《凤凰》写作者留学新加坡的所见所闻，是"鸟儿三部曲"里最富有自传意味的小说。三部曲充分表达了作者对文学、女人、人类的一种总体思考。九丹另有长篇小说《乌鸦》的系列姊妹篇《漂泊女人》（长江文艺出版社2001年9月出版）、《新加坡情人》（长江文艺出版社2002年出版）、《女人床》（呼和浩特远方出版社2002年出版）、《音不准：九丹评论中国十大文化男人》（上海文汇出版社2003年出版）、《你喜不喜欢我》（北京大众文艺出版社2005年出版）、《小女人》（太原北岳文艺出版社2005年出版）。

阎连科长篇小说《坚硬如水》：展现中华民族在"文革"时期所遭受的灾难

《坚硬如水》1月份发表在《钟山》第1期，进入2001年度小说排行榜。小说写"文革"时期一个复员军人高爱军在回乡路上认识了一个革命狂想症女人夏红梅。两个人于是一拍即合。他们订立了革命同盟，一起去搞革命。小说把性的欲望和革命的理想纠合在一起。两个人搞革命都是在公开场合，老是组织人去敲牌坊毁程氏祠堂，去夺权，贴大字报。私底下却躲到坟墓里，野田里，山沟沟里，铁路轨道的下面苟且，到最后没地方去了，他们就有了一个奇想，那便是在两户人家的地底下挖一条通道。他们花了两三年的时间才把通道挖通，将其做成一个地下宫殿后，他们又在里面胡作非为。小说让人感到荒谬和充满矛盾，原因在于作者想通过描绘一个疯狂而带有虚幻的、荒诞的环境，来展现中华民族在"文革"时期所遭受的灾难，以及那个时期人们从现实生活到思想意识，即所有的一切都陷入混乱和疯狂的情况，所以小说中的一些不真实的场景和充满矛盾的细节，都被这种特定的、虚幻的环境给合理化了。

周大新中篇小说《旧世纪的疯癫》：描述了日本军国主义者的嚣张、狂妄、血腥

《旧世纪的疯癫》1月份发表在《大家》第1期，进入2001年度小说排行榜。小说借主人公邹振翼极力描述了以"疯了的人"津川为代表的日本军国主义者的嚣张、狂妄、血腥。邹振翼的岳父神谷医生追随着津川。神谷经常陶醉在日本侵华成功的消息中，他每次的开心，都使中国女婿邹振翼感到痛苦。邹振翼与神谷惠子是情人，他们没有留下过多口信，只是用简短的日记表达爱情。邹振翼无法听从岳父兼老师神谷医生以及津川"加入大日本帝国国籍"的劝说，因为他是中国人；他更无法忍受津川在自己面前炫耀杀了多少中国同胞的事情。津川在中国战场受伤回到日本后，请神谷做手术。津川说他还要回到中国战场去杀死更多的中国人。邹振翼害怕津川这样的恶人在自己手中起死回生，他于是鼓足勇气，在给津川做手术时用利刃割下了他的心脏。这时，惠子已经怀孕七个月。最后，神谷医生和邹振翼都死了。而善良美丽的惠子则被关押在日本的精神病院。惠子在87岁弥留之际，将自己和邹振翼的日记寄回邹振翼的故乡——河南南阳。邹家后人，也就是称邹振翼为三爷爷的"作者"，于1998年借去日本考察之机寻找三爷爷和惠子当年的踪迹，但只寻到惠子的墓碑，且墓碑上刻着"此人乃精神病患者"的话。他没有寻到邹振翼与惠子的儿子。小说运用时序中逆时序的"预叙"和"整体闪回"，时限中的"省略"和"画面"，频率中的"多次叙述发生一次的事件"等独特的叙事时间方法来叙事，给人一种耳目一新的感觉。①

万方中篇小说《幸福派》：讲述了一个因情感沦丧、不忠不贞所造成的婚姻爱情悲剧

万方（1952—），生于北京。《幸福派》1月份发表在《十月》第1期，进入2001年小说排行榜。小说写保健大夫朱小北与出版社编辑陈言结婚已经三年了，在机械重复的家庭生活中，朱小北开始感到困惑，心中渴望着新的激情。恰在此时，朱小北碰到了刚从第一次婚姻危机中逃脱出来的摄影家果青，两人一见钟情，但都陷进了痛苦与迷茫中。而在这个时候，朱小北的丈夫陈言也正被婚姻不幸的女同事汪丽琴暗地里追求着，陷进了感情纠葛。当朱小北即将走出婚姻的围城时，果青却又已另觅了新欢。小说饱含着深情，通过几个家庭特别是对陈言、朱小北家庭的深刻描写，揭示了情感沦丧、不忠不贞所造成的婚姻爱情悲剧，发出了对人类情爱伦理的深沉呼唤。小说主题鲜明深刻而又充满着希望，起到了振聋发聩的作用，那就是：夫妻间应忠贞、尊重、理解、平等。唯其如此，才能有一个永远幸福的家。这样的立意，在当今社会，对年轻一代在婚姻爱情方面有着普遍的、深刻的、巨大的教育、导向意义。

莫言短篇小说《倒立》：揭示了同学聚会中不同人的心理心态

《倒立》1月份发表在《山花》第1期，进入2001年度小说排行榜。小说写从省里回来的省委组织部副部长孙大盛邀请中学同学在市委宾馆聚会，粮食局局长董良庆、交通局副局长张发展、政法委书记桑子澜、新华书店经理萧茂方、新华书店售货员谢兰英、摆摊修车的老魏等同学应邀出席。谢兰英在中学时是校花，是校宣传队里能唱能跳能倒立行走的"侠女"。酒过数巡的孙大盛

---

① 参阅贾利芳、贾燕婷、郭长荔《〈旧世纪的疯癫〉的叙事时间方法解读》，《语文教学通讯》，2014.10。

要求谢兰英表演倒立。在众人的怂恿中，谢兰英拉开架势倒立了起来，"她腿上的裙子就像剥开的香蕉皮一样滑了下去，遮住了她的上身，露出了她的两条丰满的大腿和鲜红的短裤，大家热烈地鼓起掌来"。谢兰英慌忙站起捂着脸跑出了房间。小说以司空见惯的同学聚会为题材，揭示了在同学聚会中由于社会地位不同而导致的盛气凌人、阿谀逢迎、自惭形秽等不同的心理心态。①

野莽短篇小说《找打》：反映了农民工讨薪难的社会问题

野莽（1953.10.1—），本名彭兴国，湖北竹溪人。《找打》1月份发表在《作品》第 1 期，进入 2001 年度小说排行榜。小说开头写"我"接到朋友少君的电话，他邀请我们一家去海南过年，而且把机票和住宿全包了。就在这时，门卫告诉"我"有人来找"我"，见面后，才知道是"我"下乡时认识的老乡王传根。王传根告诉"我"，他同六个人来城里打工，但是快到过年了，城里的黑心老板不给他们结工钱，于是想请"我"帮忙。"我"给王传根出了个主意，让他找到黑心老板不给钱的证据，这样才可以去法院告他。但是王传根压根就找不到证据。可怜的他为了能拿到工钱，便去找打。他故意激怒那个黑心老板，老板把他打得遍体鳞伤后，他去法院告他。法院最终判了黑心老板给王传根三天内结清工钱。但在这时，少君又让"我"提前去海南过年。后来经过妻子的点拨，"我"知道了少君请"我"去过年是因为他想让"我"给他写一本 30 万字的书。当"我"把王传根讨薪和少君请"我"写书这两件事联系在一起后，才知道原来那个黑心老板竟然就是少君。他富得流油，在外面找女人，但就是不给可怜的工人们结工资。后来，我们一家没有接受少君的邀请去海南过年。少君于是走了。这种情况使王传根的钱也要不回来了。"我"想告诉王传根，但是却没有他的联系方式。他一个漂泊的人，只能在北京过一个漂泊的兔年了。小说讲述了一个令人心酸的故事。王传根为了能拿到应得的工钱，不惜故意惹怒老板打他，以期得到证据。虽然他把官司打赢了，但老板却不见了踪影，最后工钱还是不了了之。作者通过该小说，帮助进城务工的农民愤怒地控诉了万恶的黑心老板。

---

① 参阅曹民光《颠倒的世界荒谬的存在——莫言〈倒立〉解读》，《扬州教育学院学报》，2004.1。

蒋志中篇小说《铁皮人的秘密情书＋关于身体》：一篇"荒诞可笑"的小说

蒋志（1971— ），生于湖南沅江，现居深圳。《铁皮人的秘密情书＋关于身体》1月份发表在《花城》第1期，进入2001年度小说排行榜。小说写了一位周刊记者对铁皮人的几次访谈，由十一个小节组合而成。小说开篇警告道：此篇小说是荒诞可笑的！为了了解铁皮人，还节选了铁皮人的一本畅销书《关于身体》。"海绵体生活"讲述了铁皮人还未成为铁皮人之前时，每一天都重复着没有思想、颇感孤独的生活，无论是爱情还是工作都是如此。说明每一个人的躯体外壳不同，但都拥有相似的无趣灵魂。"关于身体·身体的位置"谈到了乘车的经历，指出人都会将内心的向往外化为身体的某种蠢蠢欲动。人都有在自然之美的吸引下渴望走出小天地的心愿，但在浮华世界的冲击下会变得金钱至上，忘却天亮时被第一抹阳光照亮的人生，满眼充斥的是大城市中心辉煌的灯光。"关于身体·染发男子"写了一位女子对待爱情的态度。女子因为他是从农村走出来的，便用去一个月工资将他的头发染成没有乡土气息的样子，她坚定地相信这是他走向现代城市生活的象征。但她忽略了男人内在的肤浅和不文明，她将爱情只停留在物质层面和盲目的自以为是的幸福追求之中。"安全动物"写作为一个安全动物的铁皮人只懂得明哲保身，对落水的儿童置之不理，麻木不仁；他只懂得对领导拍马屁讨好，唯唯诺诺、虚与委蛇；他从来不曾有过反对意见和自我思考，有的只是趋炎附势；在他那看似未离经叛道的规矩人生里实则充满了一成不变的孤独和危险。"对一个精神病女子的勾引"写当"我"听到朋友偶然讲起的一个美丽的精神病女子每天站在广场上痴痴傻笑的事情时，"我"并未产生任何情绪。有一天，"我"走在林荫小道上时，突然对"安全动物"产生了厌倦。由于对爱情好奇，"我"坐着火车去那个精神病女子所在的地方，对其展开了一系列的追求。如果说"我"对精神病女子的这些行为是一种勾引，那也是饱含着蓄谋已久的爱情的。"江南某乡村"写精神病女子在回赠"我"送给她的玫瑰时，"我"喜欢上了爱情，"我"每天都在广场上画画，并且给她送了一枝玫瑰花，直到用一盒巧克力让我们两个人走向紧密的结合。从此，因为爱情，我们生活在了一起。"1999年某一天下午的问答录"提出了"艺术家是疯子"的观点，并以尼采、李白、米芾等优秀的艺术家为例道出了并非理解才是对艺术的最好陈述。"吸管人国王的隐匿"写当"我"是一名吸管人创造者且为吸管人身份时，"我"对世界充满善意，毫无防备地吸收着世界给予的一切。而当"我"被爱情遗弃，被周围世界伤害之后，"我"决定由吸管人变为铁皮人，将自己装在铁皮套子里，掩藏最真实的自己。也许铁皮无法掩藏真实自我，只有思想在达到疯狂时才能真正地独立在现实世界之外。"Party水蛇·月台"写当"我"逐步成为party最瞩目的焦点时，"我"认识了水蛇、月台，"我"同她们恋爱，最后放任她们离开。但那血管跳动的双脚却带走了"我"爱慕的女人，使她们走向爱情或仇恨，走向熟悉或未知的地方，走向希望与堕落，走向别人和自己的死亡。那每一个场景，每一件事情仿佛都是疯子创造的记忆。

杜光辉中篇小说《哦，我的可可西里》：批判了人性之丑恶和人类以自我为中心的生活方式

杜光辉（1954—），陕西西安人。《哦，我的可可西里》1月发表在《小说界》第1期。小说描写了一支解放军测绘部队在20世纪70年代奉命进入可可西里无人区执行测绘任务的事情，他们在面对丰富的自然资源和野生动物时，人性中的善与恶产生了激烈的搏斗，最后当可可西里的自然资源和野生动物被掠夺，被掠杀时，他们之间生死与共的感情和宝贵的生命也被毁灭了。小说对人与动物之间关系的变化寄予了深深的忧思，对人性之丑恶和人类以自我为中心的生活方式所带来的残暴与自私进行了拷问和批判。《哦，我的可可西里》后来被作者扩写成长篇小说《可可西里狼》，2010年由作家出版社出版后，入围第八届茅盾文学奖。

姜贻斌短篇小说《槐树的秘密》：细腻地描写了人物的心理斗争

姜贻斌（1954—），湖南邵阳人。《槐树的秘密》2月份发表在《啄木鸟》第2期，进入2001年度小说排行榜。小说写张飞手上有一张图纸，它隐藏着一个工地事故的秘密。张飞一直守着这张图纸和秘密，为此受了苦。张飞在其一生中本来有许多机会公布这秘密，但权衡来权衡去，总是觉得不妥，因为事故责任人的关系网一直还在，他怕真相被他们掩盖，也怕图纸丢失。于是，张飞就把图纸放在铁盒里藏在一棵槐树的树洞里。后来，张飞为了保护这个铁盒，还伤了人。小说将一个平常的秘密，慢慢地转变成主人公的心理斗争，写出了张飞对交不交图纸一事的心理纠结，这事已经不是环境是否许可的问题，而是张飞能否克服自己内心纠结的问题。他的"妻子不理解地看着他，怀疑他是否心理上有了毛病，他现在是什么人也不相信了"，"一个不正常的时代把一个本来正常的人搞得也有些不正常了"。

叶兆言中篇小说《马文的战争》：反映了目前中国离婚率居高不下的严峻社会现实

《马文的战争》2月份发表在《红岩》第2期，进入2001年度小说排行榜。小说写马文的妻子杨欣给马文戴了绿帽子，和李义产生了婚外情。马文和杨欣离婚，杨欣和李义结婚。但李义没房子，就和杨欣住在马文家。李义把自己的姐姐李芹介绍给马文。李芹是个有钱的老女人，她喜欢马文的老实，经过相处，马文的生活有了许多变化，比如油腔滑调起来。马文变"坏"了之后，前妻杨欣却和李芹吃醋了，马文成了杨欣和李芹都要争的一块肉骨头。夏季的一天，李义外出，杨欣穿得很少，去马文的房间，马文慢慢试探着杨欣，杨欣没多少抗拒，就把她推倒，两个人重新相爱了，并越来越放肆。李义知道后，愤怒至极，和马文招架。最后，在一个三岔路口，马文开着车，当两个女人问马文该往哪儿开时，马文说："往哪都行，随便。"小说在字里行间里表现了性爱的唯美和丑陋，同时也深刻反映了目前中国离婚率居高不下的严峻社会现实，把人们离婚后错综复杂的社会关系演绎得淋漓尽致。小说带给人们的启迪是，如果想离婚，想重组新家庭，那么你算过成本吗？如果想找一个离异的，特别是带着孩子的，那么你们该如何相处？如何放平自己的心态？不管离还是结，这是一种责任的表现，对自己负责，对别人负责，大家请慎重！如果考虑清楚了，就大胆往前走吧！

杨显惠短篇小说《逃亡》：写一对师徒在对畸形的体制进行叛离时发生的悲惨故事

《逃亡》2月份发表在《上海文学》第2期，进入2001年度小说排行榜。小说写骆宏远和高吉义是师徒关系，骆宏远是20世纪30年代的清华大学毕业生，他作为土木建筑行业的工程师有着很高的技术水平。但由于解放前参加过国民党，因而在 1958 年的"反右"运动中被打成"历史反革命"并被送到夹边沟接受劳教。骆宏远和高吉义为了追求更好的生活，他们决定对畸形的体制进行叛离，一起逃亡。但高吉义却发现自己逃亡只能拖累他人，因为他似乎已经感受到了死亡的气息，自己可能要离开这个世界了。他让老师骆宏远先走。骆宏远走了后，高吉义望着含着眼泪的老师渐行渐远，默默地祝福着他。然而，骆宏远在逃亡过程中因体力不支而倒在荒漠里，最后竟然被狼啃得只剩下了一小块颅骨。小说以其真实性向我们揭示了另一种生存状态，在震惊之余引发了关于生命、人性以及历史方面的深度思考。这些令人发指的情形在当时比比皆是。人，本应用力量和思想展现自身的价值，但是在当时，人却沦落为最渺小、最卑微的存在。他们手无缚鸡之力，不仅要忍受饥饿、寒冷，还要面对外界众多事物的威胁和伤害。生命成为最廉价的物品。作者全方位地展现了右派的处境之艰难、生命之微弱。他们在承受肉体折磨的同时，也忍受着无尽的思想摧残，他们的信念几乎崩塌。

刘庆邦短篇小说《遍地白花》：写了一个女画家到农村写生的故事

《遍地白花》3 月发表在《钟山》第 2 期，进入 2001 年度小说排行榜。小说写一个女画家到农村写生，村民们以为女画家住不了两天就得走，但她却在村里住了下来，而且每天一大早就起来作画，所画的事物大都是村里人眼中最没用也最不值得看的东西。女画家也画了小扣子家的小狗，小扣子的母亲觉得小狗的魂被抽掉了。女画家在给房东家的祖父画像时，老人的儿媳提出要给公公换上一件新衣服，让公公端坐在椅子上。女画家拒绝了老人儿媳的提议，只是专注地画老人黧黑里透着古铜色调的面容，画老人脸上纵横交错的皱纹，画老人眯缝着的、平和得像月光下的湖水一样的眼睛。村里人打心眼里信服起了来自大地方的女画家，他们很快接受了女画家的影响，重新打量起女画家画过的村子里的石榴树、柴草垛、鸡窝墙上挂着的辣椒串子甚至是头顶的云朵。凡是被女画家取过材的人家，都像中了彩一样。人们对房东家的祖父也刮目相看了，觉得老人满脸的褶子现在也变成了满脸的画意。房东也把女画家当闺女看了，不允许她再提交房租的事了。小扣子和他的小狗被女画家画了之后，他母亲也提着鸡蛋来感谢她了。女画家画画的时候，小扣子就跟在她的身后转悠，他都能感受到女画家画里的萧萧凉意和土地的气息了。小说以朴实细腻的文笔描绘了一幅古朴美丽的乡村风情画，表达了作者对乡村之美的独特体认和对农耕文明的回望。作者就像是一个有耐心的画家，他用近乎陌生化的手法将乡村生活中的事件和场景一点点地拆分、描画出来，引导着人们去探寻和发现存在于小说中，以及存在于人心中的乡村之美与田园之梦，唤醒了人们心中不能忘却的乡村诗意。①

刘庆邦短篇小说《幸福票》：写了一个窑主对窑工的残酷剥削

《幸福票》3月份发表在《山花》第3期，进入2001年度小说排行榜。小说写煤窑老板为了争得更多的客户，给了客户一些回扣，方法是在"色"字上大做文章，即在回扣现金中夹上一两张幸福票，使那些买煤的人和拉煤的汽车司机得到幸福票后直夸小窑主善解人意。为了提高生产效率，增加工人的出勤率，小窑主也给出了全勤的窑工一张幸福票。窑工们于是都愿意多出勤，争取到月底能挣到"幸福票"。拿到"幸福票"的人大多数立即到"一点红"歌舞厅去潇洒，去幸福。但孟银孩却知道幸福票属于有价证券，一张可以兑换300元钱现金。于是，他和李顺堂兑换幸福票，但李顺堂只给50元，买卖没有做成。孟银孩又和"一点红"歌舞厅的小姐小五红兑换，小五红听了后有些惊讶，就给孟银孩讲道理，以求手里拿有三张幸福票的孟银孩上钩。但孟银孩头脑清醒，终于没有堕入"色"河。孟银孩听说只要老板在幸福票上签字就能直接兑换成现金，于是他去找老板。但老板给他说：他之所以给兄弟们发幸福票而没有发现金，就是想到了有的人舍不得花钱去幸福，要是把幸福票换成了现金，就失去了幸福票本身的意义了。孟银孩于是在老板跟前没有实现兑换目的。渐渐地，孟银孩手里的幸福票因为过期而全部作废。但孟银孩仍然对怎样把新领到的幸福票兑换成现金的事情放不下，他继续在想着门路、办法。小说具有较为深刻的思想内涵：窑主利用人的本能和欲望对窑工们进行残酷的剥削，众窑工身陷"温柔陷阱"后一个个都迷失了自我；孟银孩虽然努力抗争，但突围无路，自救无门。当窑工们在享受着有限的"幸福"之时，他们便沦为

---

① 参阅李红艳《乡村之美的寻找与发现——赏读刘庆邦的〈遍地白花〉》，《现代语文：上旬》，2010.4。

了"幸福"的奴隶，沦为了窑主的奴隶。小说语言朴实、简洁、俏皮；含蓄、精炼，耐人寻味；雅洁、不粗俗。为了形象地描绘出民间生活图景，为了真实地反映小人物的生活和情感，作者立足民间，力求语言的生活化、口语化和幽默化，读来别有风味。人物描写，特征突出；气氛变化，意味深长；人物对话，妙趣横生，充满着市井生活的色彩。作者对窑主前后三次关于幸福票的讲话的描写，刻画了他是一个霸道、狡诈、自以为是的土皇帝的形象。小说的细节描写不仅生动、逼真，体现了作者高超的语言技巧，而且对刻画人物性格，丰富作品内涵起到了举足轻重的作用。如孟银孩的老母亲打碎了一只女儿送的鸡蛋时的细节描写，既表现了农民生活的极度贫困，乡村妇女思想意识的狭隘和偏执，也表现了婆媳关系的隔膜与紧张等。正因为有如此卑微可怜的母亲和如此算计刁蛮的老婆，孟银孩的不敢堕落和一再努力才变得更加合情合理。有这样的文字做根底，小说陡然增添了悲天悯人的情怀，变得凝重而厚实起来。另外，像孟银孩包装、收藏幸福票，李顺堂清洗"老大"和窑主夜间打兔子等细节，均可圈可点，令人难忘。[1]

漠月短篇小说《湖道》：一篇散文化或诗化的小说

漠月（1962—），原名王月礼，内蒙古阿拉善左旗人。《湖道》3月份发表在《雨花》第3期，进入2001年度小说排行榜。该小说是一篇散文化或诗化的小说，它很少用对话，只寥寥数语，但很形象；故事也很简单，像一幕剧，只有一个场景，出场的是罗罗和亮子一对男女，讲述了两家牧民的纠葛及罗罗和亮子的情感。小说开首是对草原的描写，虽着墨不多，但做到了景色如画，富有绘画美。然后，小说描写了罗罗和亮子两个有情人的纠葛，在亮子的真诚打动下，罗罗那颗禁锢多年的心终于复苏了。小说结尾是一场大雨过后，湖道里蓄满了水，罗罗和亮子打的两个草垛在水面上漂浮着，轻轻地打着旋儿，缓缓地往水的中央聚拢。作者写草的聚拢自然是指这对有情人最终的相亲相爱。小说中的生活场面普通，但因其具有独特的民俗性而自有魅力。[2]

---

① 参阅张俊《温柔的陷阱，"幸福"的悲哀——读刘庆邦的短篇小说〈幸福票〉》，《语文学刊》，2004.5。

② 参阅张铎《大漠上空的月亮——读漠月的小说》，《黄河文学》，2016.4。

裘山山短篇小说《我讲最后一个故事》：赞颂了雪域高原上一群为了事业与理想而无私奋斗的人们

《我讲最后一个故事》3月份发表在《解放军文艺》第3期，进入2001年度小说排行榜。小说截取的是军人返乡与同学聚会的一个小小切面。严亮大学毕业后分配到西藏当军医，一去三年，趁着进修的机会，他回到家乡和一帮高中同学聚会，大家也是借此欢迎严亮的归来。久别重逢，所有人自然都喜不自禁。严亮昔日的女友米晓岚也来了。不知是谁提议的，每人讲一个故事。轮到严亮，他讲了一个故事。有的同学认为在所有故事中，严亮讲的是最精彩的故事。但米晓岚说自己还没讲呢，怎么就评出最精彩的了？然后她讲述自己认识的一个女人和她高中的一个同学之间的爱恋故事。大家都听出了米晓岚说的那个女人就是她自己，那个男生就是严亮。于是大家都静静地听着她讲述。米晓岚曾在严亮不知情的情况下跟随一批军嫂冒险去西藏探望严亮，当时去边防团的唯一一条通道被洪水冲毁了。在关键时刻，米晓岚将与严亮团聚的机会让给了真正的军属，自己然后折身返回了成都。严亮当时就在迎接这批军嫂的行列中，他亲眼看到了边疆军人和家人见面时的拥抱哭泣。也就在这一刹那，他忽然意识到，不应该让一个自己深爱的女子也像这些满身风尘的妻子们一样再为他做出牺牲了，他于是决定放弃米晓岚的爱情。故事到此结束。小说讲述了严亮和米晓岚无奈而又痛楚的分离，借此独特角度赞颂了雪域高原上一群为了事业与理想而无私奋斗的人们。

荆歌中篇小说《卫川和林老师》：叙述了"文革"时期的日常生活

荆歌（1960—），江苏苏州人。《卫川和林老师》是作者的小说《枪毙》中的一段，3月份发表在《上海文学》第3期，进入2001年度小说排行榜。小说从人的生理和心理双重层面，重新叙述了"文革"时期的日常生活，对少年的生理和心理活动尤其写得惟妙惟肖。小说写了很多事情：卫川的父亲偷情，卫川出于对父亲行为的仇恨而纵火；"我"观察船女的屁股和乳房；大安与两个姆妈的感情很奇特；大安很痴迷生物体的解剖；母亲在父亲走后与惠叔叔的关系暧昧；卫川对阿娇、母亲对姑妈及对韦雅丽的情感态度充满期待；林老师身体孱弱，过着幽居一般的生活；迟阳的秃顶"舅舅"与迟阳的母亲婚姻关系非法；阿田的妻子对"我"的童贞的剥夺……这当中既有美好清纯的少年情怀和人情冷暖，也有亲人之间的摩擦、猜忌、仇视……小说在讲述这些事情时，虽然在局部的故事处理上不乏戏剧化的演绎，但还是体现出了绵密真切、迂曲缠绕的回忆性笔调，也展现出了水乡风情民俗和自然景观，让人读起来感受到了其间的情动于衷，给人以五味俱全的亲切感。

原非短篇小说《卖牛》：反映了经济发展过程中人们越来越唯利是图，忘恩负义的现实

原非，生年不详，原名孙志中，河南巩义人。《卖牛》3月份发表在《时代文学》第3期，进入2001年度小说排行榜。小说紧紧围绕老木卖牛的故事写成。开头便直击题目，从老木卖牛的纠结矛盾复杂心情入手展开。老木是一位地地道道的农民，他儿子既是村长，又是经理。老木要卖的牛被他亲切地称为"伙计"，跟随了他八年之久。随着社会的发展，这头老牛失去了存在的价值。他儿子、儿媳总劝他把牛卖了。这头牛以前给刘老斜犁过地，他也劝老木把牛卖了。老木把牛牵到学校，想让孩子们瞧瞧牛，但学校老师却催着他把牛牵走，以免影响学生上课。老木孙子胖小喜在这时也喊道："爷爷，你的牛不好。"老木便很落寞地走出了校园，往大路上走去。在一个岔路口，老木让牛自己选择是往左走，还是往右走。往左是回家，往右是去市场。结果牛往右走了，老木也只好跟在后面，去了市场。在市场，买牛者看出"老木卖牛如同嫁闺女"，只找庄稼人，把牛看成是如同人一样有感情的生灵。最后，一帮买手合伙欺骗老木，使他卖掉了老牛。老木一下子感到自己像失去了魂一样，瘫软在地。他儿子来接他，他在车上突然看到买走老牛的原来是一个伪装的庄稼人，他的真正身份是个屠夫。老木控制不住自己，放声大哭起来。但老木只能把对老牛的愧疚和思念放在心里，期望以后在阴间和老牛相聚。小说通过对老木卖牛的描写，反映了在经济化社会发展过程中人们越来越唯利是图，忘恩负义的这一主题。

毕飞宇中篇小说《玉米》：塑造了一个既带有时代鲜明烙印，又保留了中国女人传统美德的农村女孩形象

《玉米》4月份发表在《人民文学》第4期，进入2001年度小说排行榜，2004年获得第三届鲁迅文学奖（2001—2003）。小说写玉米是家里的领导者、王者，她的体内是浩荡的生活。她作为女性似乎没有柔弱，有的只是宽厚和坚强。玉米的妹妹玉秀伶俐漂亮，玉秧平庸迟钝。面对父亲在外面有女人的事情，玉米用冷冷的眼神，不说一句话，她抱着小八子在女人门前示威，引得众人来观看。玉米与父亲的那个女人对抗，表达自己对她的鄙夷。玉米的爱情在父亲看来是要门当户对的，这也符合玉米的想法。玉米的初恋是有着飞行员身份的彭国梁。在与彭国梁订婚后不久，玉米却被彭国梁退婚了，这彻底击碎了她对于爱情的所有幻想。玉米于是坚决地投身到社会崇权的洪流中，决定嫁给权力。玉米最后嫁给郭家兴，虽然年龄相差很大，但郭家兴是公社革委会副主任。郭家兴也看上了玉米。两人于是成婚了。小说主人公玉米身上存在着许多中国女人的传统美德，她的性格单纯，是一个在特定时代渴望成为城市人的中国农村女孩，这与那个时代许多农村女孩子差不多；但玉米的性格又是复杂的，她既带有时代的某些鲜明烙印，又保留了中国女人的传统素质。可以这样说，玉米的性格是立体的，是一个在典型环境中塑造出来的典型性格，如果把玉秀、玉秧特别是玉秀作为玉米形象的补充，玉米的性格就更加丰满了。毕飞宇曾在一篇题为《我们身上的"鬼"》里说：我们的身上一直都有一个"鬼"，这个鬼就叫作"人在人上"，对我们来说，如果不捉掉这个"鬼"，那么"一切都是轮回，一切都是命运"。他认为，玉米没有捉住这个"鬼"，而是被"鬼"捉了，这个"鬼"毁灭了玉米。那么，玉米真的被这个"鬼"给毁灭了吗？从全篇看，她没有被毁灭。她那么强烈地希望彭国梁提干，屈辱地俯就郭家兴，处心积虑地对付王家庄那些女人，确实是这个"鬼"在作祟。但她没有完全被这个"鬼"迷住，她的内心深处藏着一双清亮的眼睛，这使得她纵然出于污泥之中、身体被污泥所污染，仍然有莲花的梗，莲子的心，于是她就还具有没有泯灭的灵魂。①

王童中篇小说《美国隐形眼镜》：一篇有多种读法的小说

王童（1960—），山东掖县（今莱州）人。《美国隐形眼镜》4月份发表在《小说界》第4期，进入2001年度小说排行榜。小说写的是1999年5月9日

---

① 参阅董元奔《人性的畸变难掩纯真的美——论毕飞宇〈玉米〉中的玉米形象》，天涯社区，2017.12.31。

中国驻南斯拉夫大使馆被炸以后，"我"在当天以及随后一段日子里的情感变化和种种遭遇，也写了社会上各色人等对这一事件的反应。以美国为首的北约轰炸南斯拉夫，"我"感到愤怒，而且感到痛苦。整个小说涉及了一系列重大历史事件，比如"二战"、两伊战争、伊拉克入侵科威特、海湾战争，等等。作者虽然没有正面描述使馆被炸的事件本身，但却描述了这一事件在中国引起的种种反应。小说不是在追求另一种效果：期待认同，而是分明在动摇我们已有的任何看法。小说告诉我们很多事情，这是它的"正面"。然后又不断地暗示：还有很多事情你们不知道。这是它的"背面"。背面是对正面的解构。小说可以有多种读法，既可把它当作一个弘扬爱国主义和民族精神的文本去解读，也可以对它误读。[1]

孙春平短篇小说《地下爱情》：讲述了一位连长的遗孀与兵工厂的一位试枪员的悲惨爱情故事

孙春平（1950—），满族，辽宁锦州人。《地下爱情》4月份发表在《作家》第4期，进入2001年度小说排行榜。小说有两条主线，现在与过去平行交错。现在是一个肉欲横流的时代，过去是政治荒诞、纯真爱情无法存活的年代。小说写在20世纪70年代初，重庆某部连长焦明亮在挖洞时遭遇塌方，为了救一个被吓坏的孩子，他牺牲了自己的生命。焦明亮的遗孀罗雪梅由此成为英雄的妻子，到部队做报告。兵工厂的试枪员祝福忠深受感动，并喜欢上罗雪梅。为了使罗雪梅报告焦明亮的英雄事迹更加方便，上级特别安排罗雪梅到兵工厂当记靶员。祝福忠和罗雪梅两人的心相互吸引，越走越近。同时，厂里的李书记想让罗雪梅嫁给自己，播音员也不断向罗雪梅示好。但祝福忠和罗雪梅的地下爱情愈燃愈烈，李书记于是突然将祝福忠调走。一场"灾难"也悄然而至，小说结尾是祝福忠和罗雪梅两人在弹道相拥而死。小说后来被拍摄成电影《野草莓》上映。导演陈兵说："《野草莓》更像是精神上的纯爱，不仅有青春浪漫的一面，还有情欲爆发的时候，这是人性的正常表现。而在面对组织上的审查以及大环境的舆论下，他们还能坚持爱下去，也是青春反抗时代压迫的一种

---

① 参阅陈冲《还有很多不知道》，《北京日报》，2001.9.16。

姿态。"①

戴来短篇小说《把门关上》：讲述了两个画家与一个女子的故事

《把门关上》4月份发表在《创作》第4期，进入2001年度小说排行榜。小说写两个画家丁学松、于军与一个女子的故事，其中丁学松唤醒了女子潜藏的欲望，所以和她好了。但丁学松抛弃了心灵的交融，"性"在他的眼中只是生理上的身体狂欢，所以最终被女子甩掉了。于军在战斗中被枪打掉"小弟弟"，他拒绝了丁学松的生活方式，在他眼里，丁学松耽于幻想、不切实际、装模作样、故弄玄虚、"光辛苦不收获"的受挫感情都是荒唐可笑的，他对丁学松的嘲笑和审视是不遗余力的。虽然于军的价值标准和情感态度有时也难以厘清、混乱矛盾，但他是一个能思考的人，他怀疑爱情，鄙视空想、排斥虚无。一切的价值目的和意义形态的信念在他眼里都是虚妄的，他接受的是一种最真实、最牢固的生活。当丁学松最后要离开之时，于军说了一句"把门关上"，这是"拒绝"者发出的声音。这意味着两种不同的生活形态在这里终于出现了断裂。②

陈应松中篇小说《豹子最后的舞蹈》：写了一头豹子的独白

《豹子最后的舞蹈》5月份发表在《钟山》第3期，进入2001年度小说排行榜。整篇小说在写一头豹子的独白。这头豹子是家族中的最后一个幸存者，在包括它的母亲、弟弟在内的所有家庭成员都丧身在猎人老关的枪口之后，它也伤痕累累、疲于奔命、苟延残喘。大自然不再是它栖息畅游的家园和乐土，每一片草木、每一道山冈都布满了猎人设置的陷阱，随时可能使它陷入灭顶之灾。但它的天性又使它不可能束手就擒，为了荣誉和尊严，也为了复仇，它必须做出最后的一搏。但结果是它在老关子孙的围追堵截下，却再也站不起来了。豹子最后成了失败者。在这场惊心动魄的博弈中，人向大自然毫无节制地攫取时所表现出的贪婪、残忍、冷酷和自私在豹子家族焕发出的勇敢、无私、友爱和崇高面前，显得那么卑微、猥琐和可耻，以致使人产生了一种错觉，似

---

① 参阅《电影〈野草莓〉公映 全景解析十大看点》，新浪娱乐，2013.11.29。
② 参阅于波、吴义勤《沉潜在生活深处——戴来小说论》，《时代文学》，2003.1。

乎人已退化成了嗜血成性的动物，而豹子身上反而集聚了人类应有的美德。①

莫言长篇小说《檀香刑》：讲述了发生在"高密东北乡"的一个可歌可泣的故事

《檀香刑》5月份由作家出版社出版，进入2001年度小说排行榜，是作者获得2012年诺贝尔文学奖的主要作品之一。小说的故事发生在1900年，德国在我国山东修建胶济铁路，即将通车之际，德国技师在东北乡县城大街上，公然调戏孙丙的妻子。孙丙是当地戏剧猫腔戏班的班主，由于同知县钱丁比胡须落败，被人拔去美髯，退出戏班，以开茶馆为生。孙丙在义愤之下打死了德国技师。德国兵在杀死了孙丙的妻子后，引发了当地的抗德骚乱。这年爆发了义和团运动，八国联军打入北京，慈禧太后和咸丰帝逃往陕西。孙丙联络义和团挑头造反，杀了三个德国兵人质。山东巡抚袁世凯派兵配合德军首领克洛德进攻孙丙盘踞的堡镇，打头阵的是知县钱丁派遣的五十名县兵。乡民们起义后英勇抵抗，十几名德军掉入他们布满竹签的陷坑。知县钱丁只身擒获孙丙，但德军还是向集镇开炮了。袁世凯少年时在刑部玩耍，冒充刽子手斩下人头，与大清朝的头号刽子手赵甲相熟，后来赵甲被袁世凯举荐，得到慈禧太后和咸丰帝的召见和奖赏。孙丙被擒获后，袁世凯与克洛德亲自监刑，他们令知县钱丁准备一应物品，并令赵甲父子对要犯孙丙施行檀香刑。赵甲是孙丙女儿孙媚娘的公公，赵甲之子赵小甲是孙眉娘的丈夫。赵甲把给孙丙行刑视为他退休生涯中至高的荣誉，一心想让亲家死得"轰轰烈烈"。檀香刑是一种让一截檀木在人体的五脏六腑之间游走，最后从锁骨上面穿出来的酷刑，刑犯会眼睁睁地看着自己的身体长满蛆虫，然后慢慢被折磨而死。在行刑前夜，丐帮舍命用另一乞丐顶替孙丙，然后将他从死牢救出。但是在快要成功的时刻，孙丙却大喊大叫，不愿离开。于是，丐帮帮主被杀，人头被悬挂在墙上。孙丙被行刑时英勇不屈，如同神人，猫腔戏班专程为他演戏送行，台上台下一片猫叫，情势难控。德军赶来枪杀了戏班的演员们。钱丁夫人救了孙媚娘后，上吊身死，钱丁杀死了刽子手赵小甲，孙媚娘也打死了赵甲。小说把德国人在山东修建胶济铁

---

① 参阅刘继明《陌路还乡——陈应松及其神农架叙事》，《上海文学》，2006.10。

路、袁世凯镇压山东义和团运动、八国联军攻陷北京、慈禧仓皇出逃等历史事件作为叙事背景，用摇曳多姿的笔触、大悲大喜的激情，活灵活现地讲述了这个发生在"高密东北乡"的可歌可泣的故事。[①]

刘震云长篇小说《一腔废话》：讲述了一群富于幻想的人的故事

《一腔废话》5月份发表在《大家》第5期。小说讲述了五十街西里住着的一群富于幻想的人的故事。这些人有修鞋的、卖杂碎汤的、当三陪的等，他们是一群被现实生活长期忽略了存在意义的平民，他们每天向往的是和自己无关的生活，他们带着自己的理想和愿望，开始了纵横历史的心灵畅游。从表面上看，他们的巡游有着非常伟大的现实目标，即为了寻找疯和傻的原因；而在实际过程中，他们却不断地挣脱了一个又一个的常识和经验，使寻找一步步地陷入极为可怕的历史内幕中。小说彻底打破了客观时空的一维性，使时间失去了在现实生存中的任何制约作用，空间也变成一种虚设的人生舞台。作者颠覆了日常生活经验的过度纠缠，将所有的常识性逻辑放到叙事的背后，逃离了任何理性成分对话语的直接制约，使叙事沿着饱胀的想象飞翔。于是我们看到，人物在一个又一个世纪之中自由地来回穿梭，历史身份与现实角色不断地在某个人物身上重叠，客观生活与精神幻象频繁地交织在一起，形成了某种看似凌乱无序的生存景象。但是，在这种无序的背后，却体现了作者对现实秩序的不信任，对经验和常识的不信任。小说的叙事话语基调是喜剧式的。这种喜剧方式主要是源于作者对反讽手法的高度迷恋。它以戏剧化的结构形态设置了十场剧情。这种戏剧化结构本身就带着强烈的反讽意味，表达了五十街西里的游戏性、虚拟性生存景象，同时又隐喻着"存在便是一种荒诞"的思想背景。更重要的是，这种反讽只是一种手段，而作者的真正目的则是怀疑：对人性愿望的怀疑，对信念目标的怀疑，对价值观念的怀疑，对伦理道德的怀疑等。可以说，一切有关生存的文化景象都处在某种不稳定的形态之中，都被作者悬置在一排排铁钩之中。作者就像一个庖丁，挥舞着话语的刀片将它们一块块地撕开，使我们目睹到另一种真实，一种人性本原上的真实。

---

① 参阅王桂妹《中国文学中的铁路火车意象与现代性想象》,《学术交流》,2008.11。

红柯长篇小说《西去的骑手》：一部描写英雄和血性的史诗式长篇巨著

《西去的骑手》7月份发表在《收获》第4期，进入2001年度小说排行榜。小说写20世纪二三十年代，甘肃河州的热血少年马仲英不堪忍受家族势力和军阀的压迫，在17岁时揭竿而起，人称"尕司令"。马仲英的军队所到之处，一呼百应，所向披靡。但后来在与西北军名将吉鸿昌的激战中失利，损失惨重。马仲英率余部死里逃生，历经磨难，以暂编36师的番号远征新疆。与此同时，国民党留日将领盛世才正在新疆崛起。善耍权谋的盛世才面对马仲英的猛烈进攻，邀请苏军入境助战，两军于是在头屯河展开了一场自左宗棠征西以来，发生在西域的最为悲壮惨烈的大战。马仲英部队以骏马、战刀和血肉之躯与苏军抗争，致使苏军骑兵师全军覆没。苏军为了报复，遂以空军和装甲部队发起进攻。塔克拉玛干变成了死亡的海洋，苏军的坦克压碎了最后一名西部骑手……这是一部描写英雄和血性的史诗式长篇巨著。金戈铁马，碧血黄沙，既有凝重的历史，又有浪漫的情怀，更有生命的真谛和灵魂不死的传说。

张者中篇小说《唱歌》：讲述了少数知识分子暴富后灵魂失守、道德沉沦的事实

张者（1967—），河南人，两岁时随父母去新疆支边。《唱歌》7月份发表在《收获》第4期，进入2001年度小说排行榜。小说讲述了一个大学教授因婚外艳情引来杀身之祸的故事。任职于一所名牌大学的著名法学教授邵景文为一家民营企业代理一宗经济纠纷案子，打赢了官司，得到巨额代理费，并与企业委派的公关小姐梦欣云雨交合。邵景文对于梦欣，只不过是逢场作戏，发泄情欲而已。当他了解到梦欣的一片痴情后，执意将其赶走。梦欣离开后遭遇车祸，受伤毁容，于绝望中将邵景文杀死，玉石俱焚。小说所表现的是少数知识分子在一夜暴富之后灵魂失守、道德沉沦的可悲事实。小说题目《唱歌》是一句黑话，是嫖娼和性交的代称，但这并不妨碍作者拿它来作小说的题目。

聂鑫森短篇小说《铁支子》：发掘了温暖的人性

聂鑫森（1948.6—），湖南湘潭人。《铁支子》7月份发表在《青海湖》第7期，进入2001年度小说排行榜。小说讲述了一家卖烤肉串的与一家卖古玩的

故事。作者写了他们的生意，表现了他们那带着传统手工工艺的美与他们所具有的基本的诚信。但从更深层上，作者发掘的是他们身上体现出来的温情的人性，这是久已失落的人文精华。所以，铁支子虽然是个小东西，但表现出来的却是个大主题。

张梅短篇小说《成珠楼记忆》：记忆了人世的沧桑和生活的印记

张梅（1958.11—），广州人。《成珠楼记忆》7月份发表在《佛山文艺》第7期，进入2001年度小说排行榜。小说写的是关于传统点心鸡仔饼的故事。鸡仔饼是珠珠通往童年的桥梁，一边连着老广州温馨的街道、美好的食物、尚算快乐的童年，另一边却是父亲的非正常死亡。快乐和巨大的伤悲都与食物有关，传统而普通的点心在此成为表达盛装怀旧之情的器皿，使珠珠的过去、现在于此交汇。作者用大量笔墨写了珠珠当年爱猫的情况及现今女人对孩子的爱，刻意避免了对珠珠父亲死去的血腥一幕的描写。作者回避的当然还有造就这血腥一幕的那个时代，她把一个巨大时代的背景投射到珠珠身上，所蕴含的批判力量自然一下子突现了出来。成珠楼是整篇小说的一条脉络，在作者的笔下，它仿佛是无言的见证人一般，记忆了人世的沧桑和生活的印记。小说也让人们看到了许多具有广州特点的地名和食品名称，如盘福路、小北路、连新路，鸡仔饼、河粉等。①

陈忠实短篇小说《日子》：较早、较明确地提出了农民工的工资拖欠问题

《日子》写成于2001年5月，8月份发表在《人民文学》第8期，进入2001年度小说排行榜。小说较早、较明确地提到了农民工工资问题。男主人公宁愿常年下苦力在河滩捞沙子、筛石子，也不愿意进城打工挣钱。主要原因是，在城里"有的干了活不给钱"。他女儿考试失败，他想"大不了给女子在这沙滩上再撑一架罗网"，这就是农民"日子"里的"光荣与梦想"。他们日复一日，年复一年地在沙滩上捞挖石头，单调重复的劳作与沉重苦涩的人生构成了他们平淡无奇的日常生活。小说语言朴实无华，毫不留情地撕去了人们记忆中的乡村生活田园牧歌的面纱，表达了对农民生存状态的深切关怀。

---

① 参阅于淑静《并置与悖论：日常生活叙事的时空寄寓方式》，《当代文坛》，2012.5。

成一长篇小说《白银谷》：再现了清朝末年晋商望族的社会生活形态

《白银谷》9月份由作家出版社出版，进入2001年度小说排行榜。小说开始于大清国驻法公使杜长萱及女儿杜筠清无意碰到法国商人巴克礼杀害有外遇的夫人。杜长萱及杜筠清为了保护自己，被迫逃往家乡山西太谷，投奔富商秦家。路途上，杜筠清与康家三公子康三爷巧遇，二人由相识到爱慕。当时，山西太谷经营票号的晋商已富可敌国。当地的两大家族康家和秦家因同一张宝塔图而兴家，也因这张宝塔图而反目成仇。秦家大少爷以毁灭康家为己任，为增加争斗砝码，准备利用手段娶杜筠清为秦家二太太。但只爱着康三爷的杜筠清最后却成了康老爷的夫人。小说将翔实的史实依据与引人入胜的传奇故事、飘摇激荡的社会与让人牵挂的人物命运艺术地融为一体，丰满鲜活地展现了康秦两家在生意场上殊死的争斗，也展现了康家父子对同一个女人的感情。小说也全景式地再现了清朝末年晋商望族的商业活动、社会关系、个人隐秘等各种社会生活形态，淋漓尽致地描绘了豪门内深藏着的善恶恩怨、商家周围的官场宦海、士林儒业、武林镖局、西洋教会等情况。

方方中篇小说《奔跑的火光》：探讨了女性悲剧的生成原因及其根源

《奔跑的火光》9月份发表在《收获》第5期，进入2001年度小说排行榜。小说中的英芝是个漂亮姑娘，歌唱得也好。她高中毕业后回乡加入了"三伙班"，在红白喜事上唱歌。她第一次登台就挣了153元，并结识了她未来的丈夫贵清。不久，英芝怀孕了。公婆认为英芝不是什么好货，从来不给好脸看。从此公婆与儿媳之间水火不容。英芝的儿子出生后，公婆带孩子，英芝继续去演出，赚钱回来给贵清还赌债。日子就这样一天天地过着。公婆的观点是媳妇就要干活，丈夫就要玩。英芝很不以为然，矛盾也越来越激化。贵清打了英芝。英芝从此经常被贵清打得遍体鳞伤。即使英芝跑回家去，父母也无能为力。英芝只好认命，她只想和公婆分开，自己盖一座带厕所、浴室的房子。于是，她拼命挣钱。她利用歌声，利用风骚，利用自己的身体不择手段地挣钱。在房子盖得差不多的时候，钱却不够了。英芝用身体从同一个歌唱班的文堂那里借了3000块钱。然后，她把钱交给贵清去买材料，但贵清在转眼之间却把钱输光了。英芝彻底绝望了。后来，文堂来找英芝，他们于是在盖了一半的房子里野合。结果被公公发现。自然，英芝被打得半死。趁着停电，英芝才得以逃脱。英芝上了一条船后，在那里她靠白天洗衣干活，晚上陪床挣钱。在挣了1000多块钱后，她才回到娘家。贵清经常来她娘家闹，还烧了半边房子。英芝回家的第二天，贵清就拎着一桶汽油，号叫着要杀死英芝全家。被吓坏了的英芝突然把贵清拿来的汽油浇在贵清身上点燃了。英芝的妈妈也被烧死了。最终，英芝被枪毙。英芝死时，那奔跑的火光一直在她的脑海中追赶着她。小说以女性独特、细腻、敏锐的视角表现了对转型期农村新女性的关照。作者对女性的生存处境做了剖析和反思，探讨了女性悲剧的生成及其根源，表达了她对女性命运的深切同情。①

何玉茹中篇小说《素素》：再现了当下现实中的平民爱情

《素素》9月份发表在《上海文学》第9期，进入2001年度小说排行榜。小说中的女主人公素素是一个生活在城郊接合部的农家姑娘。马英姿喜欢同厂的标准城市人江文，但她把江文又介绍给了素素。"素素的理想就是找一个城市人"，而江文就是个城市人，会说普通话。素素是女工，她的同村同学马英姿则在市里一家服装厂上班。素素是很看不起甚至厌恶马英姿这样粗俗的前街女性的，马英姿是"前街的一个代表"，她的"头上永远有与头屑一般稠密的虮子"，她家的饭菜永远像"用了年久的荤油"。在素素与江文的恋爱过程中，马英姿又想方设法介入其中，希图以此增加与江文的接触机会，打动江文。马英姿向江文表白了自己的情感，将江文逼到墙根紧紧抱住。江文喜欢的是素素，但他又不想得罪对自己有好感的马英姿，于是马英姿就在江文与素素之间时不时地弄一些节外生枝的事情，使这种欲理还乱的复杂关系更加混乱。在与江文的恋爱中，素素也看到了江文一步步暴露出来的"俗"，他不仅吃得下马英姿家的饭，而且对打麦场上放映的露天电影也安之若素，他还在拥挤的学生礼堂里去闻那难闻的气息。但因为江文是一个城市人，所以素素不仅不拒斥，反而与马英姿展开了激烈的争夺战。小说将整个情节结构分为"约会""进城""恋爱""痛苦""成家""婚后""理想"等七个片段，结尾是素素终于意识到把自己定位在去和一个城市人谈情说爱的错误，心里一下子坦然了许多。但江文却无法理解素素的这个改变。小说语言朴实、清纯，毫不造作、情感真实。作者以平实而清新的叙事笔法，细腻传神地刻画了人物的情感状态与心灵轨迹，成功地再现了当下现实中极平凡普通又引人深思的平民爱情。①

魏微短篇小说《乡村、穷亲戚和爱情》：表现了一个城市青年女性内心突发的秘密情事

魏微（1970—），江苏人。《乡村、穷亲戚和爱情》9月发表在《花城》第5期，进入2001年度小说排行榜。小说里面的"我"虽然自幼生在乡村，但如今已经是一个标准的城市女子。在城市，"我"步入了自己的成年，经历了城市的感情生活。陈平子是大"我"十多岁的表哥，他现在已经结婚生子，但他那个从外乡买来的妻子在结婚两年之后却抛夫别子，跑掉了。奶奶过世的时候，"我"随父母一起回乡，见到了陈平子。在浓郁的乡情乡风作用下，"我"朦胧地感到自己对陈平子产生了男女之爱。陈平子也爱"我"，"一切都昭然若揭了"。陈平子以前经常到"我"家来，他是"我"不喜欢的穷亲戚的代表。"我"与陈平子之间根本不可能发生的爱情，却突然降临在了"我"身上，使"我"灵魂中隐忍的美好品质由沉睡而苏醒了过来，并与陈平子产生了回响。但这场爱情却是不切实际的，命中注定只能是稍纵即逝，最终，"我"和陈平子的爱情结束了。小说的美妙之处在于，它将来自城市的青年女性内心突发的秘密情事，在越过年龄、城乡、贫富、血缘、礼法等多重障碍之后，表现了出来，说明既然乡情和亲情都暧昧难明，那么，友情和爱情就更不在话下。所以，等到"我"告别迷失的乡土，再度返回城市时，满目所见的尽是男男女女的暧昧之情。至此，"暧昧"就成了作者对她所认知的普通中国人情感形式的一个高度概括。②

---

① 参阅余雅《社会转型、爱情文化与女性形象——评何玉茹中篇小说〈素素〉》，《当代文坛》，2002.4。

② 参阅郜元宝《回乡者·亲情·暧昧年代——魏微小说读后》，《当代文坛》，2007.5。

夏天敏中篇小说《好大一对羊》：写了一个典型的扶贫不成反遭灾的悲剧

夏天敏（1952.11—），云南昭通人。《好大一对羊》9月份发表在《当代》第5期，2004年获得第三届鲁迅文学奖（2001—2003）。小说写在边远落后的滇东北乌蒙高原上，某地区的副专员刘某深入山区访贫问苦，与贫困户赵德山结成帮扶对子，然后，他无视山区自然生态和畜牧条件而给赵德山赠送了一对价格不菲的外国良种羊，以帮赵德山脱贫。后来在各级官员的层层加码下，这件事情被当作了一项政治任务而压在了德山老汉的身上。德山老汉为了完成这项任务，省吃俭用、节衣缩食，不但没有使生活富裕，反而使自己陷入了混乱无序的深渊。德山老汉把自己舍不得吃的麦面、黄豆、鸡蛋拿来喂羊，同时为了避免羊冻着，他又给羊建了暖房。但是，这两头外国羊还是因适应不了高寒山区的气候而一天天消瘦下去了，最终结局是老汉的幼女丧命，家破人亡。这是一个典型的扶贫不成反遭灾的悲剧，读来真是令人欲哭无泪。小说呈现给读者的是一个实实在在的悲剧。作者讲述时带了点"黑色幽默"，主人公德山老汉清楚地知道自己的世界肯定是"出了毛病"，但却不知道为什么出了毛病，更无从知道毛病出在哪里。他只觉得自己落入了一张无形的天罗地网之中，任何挣扎都是徒劳，所有等待的结果也只是让自己越陷越深。小说在荒唐无稽的情节中隐隐透出的是一种残忍，人被置于被动无望的怪圈却无力自救，只能听任摆布，随波逐流。这是作家对特定条件下人类生存状况的深刻揭示。[1]

阎真长篇小说《沧浪之水》：批判了官本位文化的威力及权力崇拜的危害

阎真（1957.9—），湖南长沙人。《沧浪之水》10月份由人民文学出版社出版，进入2001年度小说排行榜。小说分为四篇五部分。写父亲在"我"（池大为）出生那年因替同事讲了几句公道话而被划为右派，被赶出县中医医院。父亲带着"我"来到一个小山村，当了一个乡村医生。"我"考取了北京中医学院，父亲看了"我"的录取通知书，吼了一声"苍天有眼"就一头栽在地上。1985年，"我"研究生毕业回到省里，在卫生厅办公室工作。因"我"对厅里花了30万元买了一部进口轿车的事情有意见，所以马垂章厅长便把"我"调

---

[1] 参阅路怡《〈好大一对羊〉的"西方资源"——兼及夏天敏的大文化视野》，《昭通高专学报》，2006.4。

离了省厅办公室，使"我"到中医学会去工作了。"我"的女朋友也与"我"分手了。在中医学会，"我"同市五院的护士董柳结婚、生子。后来，马垂章的孙女到省人民医院输液，几个护士都因太紧张走了针。马垂章夫人听说董柳的技术好，就连夜派车把她接去。董柳去后，一针就扎中了。因为这事，厅长夫人就把董柳调到了省人民医院。中医研究院的原院长舒少华和五十多个人联名揭发马垂章违法乱纪的事情。舒少华希望"我"签名，但"我"把这事向马垂章作了汇报。马垂章布置"我"去做了几件事后，第二天，舒少华的阵线就崩溃了。马垂章然后把"我"调到卫生厅的医政处当了副处长，房子也搬到套间了。后来，由马垂章提名，"我"被任命为副厅长，分管中医研究院。再后来，马垂章推荐"我"当厅长。"我"建议他离任后出国考察，以便去看看在洛杉矶读博士的儿子。其实"我"的目的是为了摆脱马垂章的"垂帘听政"。在父亲坟前，"我"跪着苦苦思索自己为何在不知不觉间走上了另一条路的原因，答案自然是那里有虚拟的尊严和真实的利益，"我"于是就放弃了准则信念，成了一个被迫的虚无主义者。最终"我"把父亲遗留下的《中国历代文化名人素描》付之一炬。小说对官本位文化的实际威力及其渗透程度，对权力崇拜危害的分析，可谓鞭辟入里。小说还写出了某些看清真相的人却在一种更高的真实中迷失了自己的情况，作者进而努力追问着迷失者之所以迷失的文化根因。这就超出了一般官场小说的格局。小说毫不留情地揭穿了虚幻的真实，深刻地揭露了权力和金钱对精神价值的败坏，显示出锐利的透视力和"片面的深刻"性。作者不但善讲故事，而且诉诸哲理，不但充满感性，而且注重智性。小说不是那种讲一个有趣的贪官故事再夹带些浑笑就完事了的小说，也不是对腐败现象"谴责"一番，以取得宣泄快感的那种小说，或者以为涉案的级别越高，贪污的金额越多，就越深刻的那种小说，它的一个突出优点是不靠惊人的故事取悦读者，而是努力地将小说中描述的一些事情往日常生活的根源上挖，努力地去追问时间、价值、意义等人生哲学问题，为读者提供了一些未必准确但却是作者自己独立思考的心得。在这个意义上，我们可将此书看作是一本思想小说、哲理小说。小说将池大为和马垂章两人也写得很有深度，他们既是当下活生生的人，又是当今现实中某种流行思想及精神的代表，其复杂内涵令人深思。

李洱长篇小说《花腔》：一部沉思与表达知识分子与革命之间全部复杂关系的"花腔式"的作品

李洱（1966— ），河南济源人。《花腔》11月份发表在《花城》第6期，进入2001年小说排行榜。小说的故事情节是：共产党干部田汗得到消息，被人们认为已经在"二里岗"战斗中牺牲的烈士葛任并没有牺牲，因此他派遣已经被打成"托帮"分子的白圣韬医生去大荒山看望葛任，并给白圣韬下达了一个命令——为了"葛任的名节"，必须杀掉葛任。时任国民党军统中将并与葛任相识的范继槐也得到同样情报，他便派遣赵耀庆（地下党）、杨凤良去打探情况。于是，这么多心怀各自想法及目的的人都来到葛任藏身的大荒山追杀葛任，或者打探葛任的情况。小说围绕葛任之生死，讲述了一连串错综复杂的故事。在很多年后，作为葛任后代的"我"，为了追寻"葛任之死"的真相，到处走访。"我"最终得到了当年亲历此事的白圣韬、赵耀庆和范继槐的口述材料，揭开了真相。小说就以这三个人的口述为主要内容展开。其正文部分围绕葛任之生死，由医生白圣韬、人犯赵耀庆以及著名法学家范继槐三人讲述的故事接龙而成。副本部分可看作是对正文的考订，所引文章既有真实的历史资料，也有正文所涉及的与葛任有直接间接关系的人物的文章和言谈，并且这些人物既涉及真实的历史人物和历史文献，又不乏小说家塑造之人物和杜撰之资料；同时副本还包括了小说中的"我"对相关人物及文献的考订和品评。小说是一部相当杰出的在立体整合意义上对知识分子与革命之间的全部复杂关系进行沉思与表达的长篇小说，它也是一部多文本互动的作品，可称得上是李洱一次花腔式的写作。小说就像一个舞台，让各色人等轮番粉墨登场，或唱或念、或舞或歌，极尽表演之能事。但作者对主角葛任却不着一丝笔墨，全由各人讲述而得。随着小说的演进，各人的讲述越发真假莫辨，事件本身也更加扑朔迷离，但葛任及相关人物的形象性格却更加清晰鲜明，有血有肉，立体并生动起来，形成了一张以葛任为中心，以相关人物为节点的立体大网，其中既有葛任的生死命运，也显示出相关人物的性格结果，从而使小说获得了历史的纵深和宏大的社会背景。从这个意义上说，葛任之生死既是个人命运的悲剧，也是整个时代的悲剧。①

白天光中篇小说《关东最后一个鬼子兵》和《洪家炮楼的二胡》：表现了战争与人的深刻矛盾

白天光（1958—），黑龙江宾县人。《关东最后一个鬼子兵》11月份发表在《章回小说》第11期。小说里面的名谷川奇和《洪家炮楼的二胡》（发表在《时代文学》2005年第5期）中的田纯一郎原来都是日本学艺术的大学生，他们有过人的才华，有美好的人生追求，但战争改变了他们的人生轨道，他们忠于天皇，信奉日本军国主义者建立所谓的大东亚共荣圈的宣扬，在嗜血的战争中人性渐泯，成为侵华日军的死硬分子，直至战败自杀时，才对自己的人性畸变有所醒悟，但死也不改悔。小说揭露了在战争中被扭曲和摧残的，不仅有侵略者的人性，更有被侵略者的人性，表现出了战争与人的深刻矛盾，把人们对战争与人的认识推进到了较为深刻的层次。

陈世旭小说《波湖谣》：反映鄱阳湖地区农村新生活的系列小说

陈世旭的"波湖谣"系列小说包括《波湖谣》（11月出刊的《人民文学》2001年11期）、《波湖谣——四季》（《人民文学》2003年第6期）、《雨夹雪——波湖谣》（《北京文学：精彩阅读》2004年第4期）、《立冬·立春——波湖谣》（《小说月报》2009年第8期）、《立夏·立秋——波湖谣》（《人民文学》2009年第9期）等，是环境统一、情节独立、人物互有关联的短篇，反映了鄱阳湖区农村的新生活。其中的《立冬》写了一次乡村基层选举，主要人物是乡村退休教师何教授（本名"何蛟寿"）。何教授作为乡村知识分子，身上集中了乡村贤达诸多的秉性，如热心乡务、德高望重，等等。对基层民主选举，何教授尽职尽责，一丝不苟。投票结束，二十几户人家只缺了两户，众人皆满意，但何教授皱起了眉头，"弃权也是权，也要表达了才算"，他认为一个也不能少。最终的选举结果是，百分之九十以上的人选了何教授，但不是让他做主任，而是让他做村委委员。何教授领会乡亲的用意，欣然接受。《立春》写乡村的教育问题。村小学虽然只有两个班，十来个学生，但它的存在是一个标志，它是乡

---

① 参阅聊聊博客文章《"花腔"的花腔——谈李洱长篇小说〈花腔〉的叙事风格》，2008.4.7。

村后代求学上进、改变命运的窄门，也是乡村精神繁荣的象征。乡村如果没有了小学，没有了童稚笑语、琅琅书声，人心就会一下子暗淡下来，人们就会觉得四处都空空落落的。小说的冲突集中在两点，一是在何来庆身上，何来庆是村主任兼校长兼所有科目的任课教师，他的小学同学何文勇飞黄腾达，在何文勇的鼓动下，何来庆在走与留的问题上犹豫不决，反映了乡村的现实情况；二是在小女孩何引弟的失学问题上，作者将何引弟的退学放置在学生们朗诵唐诗《赠汪伦》的声音中来叙述，显得异常伤感，反映了乡村女孩的命运与境遇、人权意识的觉醒（如何来庆对"义务教育法"的强调），以及在社会剧烈转型过程中，乡村世界的现代变迁与道德溃退等问题。小说通篇弥漫着南方特有的清新纯朴的风味，犹如一曲在波湖上荡漾的谣曲，将处于现代与传统、开放与封闭之中的农村社会描写得诗意盎然。①

赵本夫短篇小说《鞋匠与市长》：讲述一位鞋匠与一位市长的故事

《鞋匠与市长》12月份发表在《中国作家》第12期，进入2001年度小说排行榜。小说有两条线索：一是鞋匠，是明线；一是市长，是暗线。两条线以鞋匠为中心交织着向前。鞋匠的顾客不计其数，但在他心中，市长却是重要的。鞋匠从市长还是孩子、市长的母亲还不是寡妇的时候就为他补鞋，他目睹了市长的成长，他的顽皮，他的聪明，他的求学、工作及他先从小职员干起，然后一步步当科长、处长、副市长、市长的历程。市长虽然是市长了，但一直住在这个巷子里，他再也不需要补鞋了，却时时在鞋匠的摊子上坐坐。偶尔说几句话，甚至，人们因为鞋匠与市长这一特殊的邻里关系还会托鞋匠一点事。对于鞋匠来说生活本无波澜，但突然有一天，一片纸飞来贴在了他的脑门上，纸上只有一行字，看上去是个地址，"三口井一号"。这片神秘的纸抓住了鞋匠，他觉得这是冥冥之中的召唤，他展开了想象，那里也许有精彩的故事，有奇异的风景和美丽多情的女子。他要去寻找这个地方。他将纸片收藏了几十年，他也在他自己想象和编撰的故事里生活了几十年。终于在他自感要衰老的时候，在补鞋一天天变得可有可无的时候，在人们善意地取笑了他"三口井一

---

① 参阅 linmogu 博客文章《乡村的溃退与承继——评陈世旭的〈立冬·立春〉》，新浪博客，2010.4.5。

号在哪里啊""你什么时候去三口井啊"几十年之后，他将鞋摊扔进了垃圾堆，动身去寻找"三口井一号"了。千辛万苦之后，鞋匠居然找到了，那是坐落在遥远的陌生的小城里的一座监狱。在那里，鞋匠才知道那个为这个城市忙碌了几十年，也坚守了几十年的清廉市长，因为受贿十万块钱而令人惋惜地进了"三口井一号"监狱。鞋匠找到"三口井一号"后，小说的两条线索又一次连接到了一起。①

---

① 参阅汪政博客文章《一篇小说与几篇小说——漫说赵本夫短篇小说〈鞋匠与市长〉》，新浪博客，2013.11.12。

2002 年

孙惠芬中篇小说《歇马山庄的两个女人》：写了两个女人从相识到成为知己再到友谊破裂的情况

《歇马山庄的两个女人》1 月份发表在《人民文学》第 1 期，进入 2002 年度小说排行榜，2004 年获得第三届鲁迅文学奖（2001—2003）。小说描写了李平和潘桃两个年轻的农村留守女性，因丈夫外出打工后都心灵空虚，心里寂寞，她们由敌对到认同，结下了深厚的友谊。但后来，潘桃说出了李平从前的堕落经历，二人的友谊又破裂了。小说情节简单，没有着力描写李平之前的苦难遭遇，也没有过多刻画人物的独特性格，而是用大量笔墨描绘了两人从相识到成为知己后亲密相处的琐碎生活和心理状态。小说将女性叙事置于农村经济变革的背景下，反映了乡村女性解放的社会境遇。与穿梭于都市，揭秘中上层女性命运的"个人化写作"不同，作者的女性视角不是床笫之间的欲望比值，而是社会文化场域的命运思考。女性话语淡出身体体验，文学表述弥漫着诗意，赏心悦目。①

毕飞宇短篇小说《地球上的王家庄》：表达了人对形而上的精神家园的永恒渴望与执着追求

《地球上的王家庄》1 月份发表在《上海文学》第 1 期，进入 2002 年度小说排行榜。小说中的"我"是一个八岁的牧童，20 世纪 70 年代，"我"在中国大地上一个叫作王家庄的地方放养鸭子。"我"的日子由数也数不清的鸭子、

---

① 参阅吴毓鸣《论孙惠芬〈歇马山庄的两个女人〉》，《厦门理工学院学报》，2006.2。

宁静的水面、碧绿的水草及草虾游鱼组成，王家庄在"我"的心目中是一个像天堂一样宁静的地方。然而，在"我"幼小的心灵里，"我"并不满足这种宁静，"我"渴望了解世界上更多的未知东西。在那段特殊的岁月里，"我"的这种渴望不可压抑，但在当时速成式的教育体制和文化背景下，"我"接触到的只有刘胡兰、雷锋的故事，它们像随风飘散的种子一样播撒到了"我"小小的灵魂里。当外面的世界风雷激荡时，王家庄之于"我"，仍然是水乡牧鸭式的天堂。但在这个天堂里也有不和谐的因素，那就是"我"的父亲。"我"的父亲似乎不属于王家庄，他的双手和脸面永远也晒不黑，这就注定了他是孤独的异乡者；他不问不管人间的麻烦，却去操宇宙的那份心，他对黑夜之中的宇宙星空和挂在山墙上的一张世界地图非常迷恋。可是那图上没有地球上的王家庄。但这却泯灭不了王家庄年轻人、包括蒙昧无知的"我"对自身、对世界的求知渴望和对未知世界以及世界尽头怀有恐惧的自然天性。晚饭过后，王家庄年轻人都来"我"家看世界，开始讨论许多稀奇古怪的问题，最终好奇的"我"忍不住想穿过大纵湖，到世界的边缘走一走，看一看，探个究竟。小说营造出了一个有意味的世界，丰富的想象力使全文流泻着一种缥缈凌空之感。作者在叙述视角和审美境界上不仅显示了他在《青衣》《玉米》等小说中的不同追求，而且使之更具有短篇的诗性；同时也超越了当代文学对那段历史记忆的伤痕抚慰和政治反思的思维模式。作者用乡野民间质朴自然的方式，表达了人对形而上的精神家园的永恒渴望与执着追求。可以这样说，小说在尝试建立一种摆脱当代文学意识形态化的历史想象与叙事景观，朝着普遍追问的人性价值方向演进。从故事的整体架构，尤其是小说结尾看，我们依然能明显感觉到那个时代的背影并具有历史的在场感。①

苏童短篇小说《白雪猪头》：表现了物质匮乏和匮乏引起的纷争

《白雪猪头》1月份发表在《钟山》第1期，进入2002年度小说排行榜。小说以猪头开始，以猪头结尾。整个故事紧紧围绕一个个猪头来写。在那个年代里，食物紧缺，有着四个儿子的"我"家更是在吃上捉襟见肘，母亲每天早

---

① 参阅施津菊《超越伤痕的伤痕回顾——毕飞宇短篇小说〈地球上的王家庄〉赏析》，《名作欣赏》，2008.10。

起做的第一件事就是排队去买猪头，可每每都轮不上她。有一天她特意观察了运送猪头的车辆，发现里面装的猪头少说有八只，她排在第五个，这回横竖也该轮上她了。但到了第五个的时候，猪头售货员赵云兰宣布没有猪头了。这下母亲不干了，她冲着赵云兰开始理论，从此得罪了赵云兰。母亲心中甚是后悔，因为得罪了赵云兰就等于得罪了猪肉，家里五口男性，没有猪肉的日子是难以想象的。后来母亲靠小兵妈从中穿线，以给赵云兰家做五条裤子为条件换得了一次买猪头的机会。从此，母亲在三天三夜里没有合眼，终于将五条裤子做完了。待小兵妈把裤子交给赵云兰的第二天，却得到了她即将调到百货商店去工作的消息，母亲的人情打了水漂。那年春节，"我"家注定要过一个清淡的春节了，即使没有猪肉也得过。苏童在这里沉入了对于过去的匮乏时代的回忆，他的描写异常细致和琐碎，在大年初一的早晨，一个女人提着两个猪头并拿着一双尼龙袜走进"我"家，她对"我"说，等你娘起床后告诉她，赵云兰来过了。故事至此结束。张颐武认为，这饶有风趣。它表现了那个时代的另外一种真实，一种被今天的人所忽略了的真实。物资匮乏使得人们对于生存的追求格外强烈。为了一只猪头而发生的激烈争执在今天看来是不可思议的，但却是那个时代的具体而细微的真实，有关肉店"走后门"的事情，也曾经是很多人记忆中的一部分，由此而起的纷争非常频繁。但苏童小说中却依然有一种人与人的相互信赖的关系，一种相互承诺的信任存在。肉店的赵云兰掌握着稀缺资源"猪头"，她受到人们的畏惧和尊重。她的突然调动，使"我"母亲想买猪头的愿望没有了着落。但小说结尾诗意的一笔，却让人和人之间的关系有了明亮的色彩，让我们的回忆在黯淡的色彩中抹上了一点明亮，让一种信任和温厚超越时间的界限后感动了我们。苏童没有将那个时代简单化，他异常逼真地表现了匮乏和匮乏引起的纷争，但他也发现了匮乏中的某种坚实的感觉。苏童没有对那个时代的大潮流做任何表现，但在这种细微和琐碎之中仍然投射了一种难得的时代感。苏童表现了那个时代的那种密切的邻里关系，那种今天看来不可思议的交往方式。苏童回到那个匮乏时代的回忆之中，回到那种特殊的日常生活之中的表达，这对于我们这个激变的时代而言，无疑是一种有趣的参照。①

张洁长篇小说《无字》：献给一个时代结束、一个时代开始的书

《无字》3月份由北京十月文艺出版社出版，2015年4月11日获得第六届茅盾文学奖（1999—2002）。小说写女作家吴为为写一部小说差不多准备了一辈子，可就在要动手写的时候，她疯了。她发疯的那天早晨，有个记者打来一个电话问她是不是有个私生子，吴为想不到三十多年后，还有人，特别是一个男人，用这个折磨了她一辈子的事情来羞辱她。吴为大学毕业的时候，经历了一次不成功的婚姻，有了一个婚生的女儿禅月，也有了一个私生女枫丹。这使吴为饱受丈夫打骂，被人叫作"破鞋"。吴为后来顶着一身骂名来到"五七"干校，在那里结识了尚未"解放"的副部长胡秉宸。待他们都调回北京后，才正式交往起来。吴为"主动"给胡秉宸写了一封信，数天之后，在一家饭店里，胡秉宸和吴为有了第一个吻。胡秉宸好像回到了初恋，但他却想妻子白帆怎么办，当白帆知道胡秉宸对自己的背叛后，愤怒至极，她把刚沏好的一杯热茶泼到胡秉宸的脸上，胡秉宸连忙跪下求饶。气头上的白帆又扬起巴掌，实实在在地打了胡秉宸六个耳光。胡秉宸心肌梗死，住进了医院抢救室。后来，病情好转的胡秉宸和吴为在医院约会，突然，白帆来了，她对吴为大打出手。吴为只希望胡秉宸说一句"是我让她来的"，但胡秉宸竟一句话也不敢说。胡秉宸想，是白帆把自己逼得没了退路，他想和白帆离婚。吴为知道了胡秉宸想和白帆离婚的事情后，很感动。但白帆从老战友们那里弄来联名信，使胡秉宸想和她离婚的打算难以实现。胡秉宸出院后，到上海去做进一步的治疗，吴为被法院传讯。在法院审理过程中，使吴为受到极大伤害的是胡秉宸的几副面孔同时摆在了她的眼前。但吴为觉得，她还得和胡秉宸结婚。胡秉宸和吴为结婚后，却一直无法进入状态。胡秉宸觉得自己从未得到过他所期待的她的缠绵。胡秉宸多次要求离婚，但吴为却不同意。在吴为终于同意离婚那天，他们不吵了，他们和美得就像恋爱时候一样。吴为从33岁开始爱恋胡秉宸，如今她60岁了。60岁的吴为觉得自己不过是胡秉宸吐在地上的甘蔗渣而已。吴为和胡秉宸离婚不到一个

---

① 参阅旭日乾升《苏童〈白雪猪头〉》，360个人图书馆，2015.10.13。

月后，胡秉宸又与白帆复了婚。但胡秉宸还是时不时地要到吴为那里去幽会。①
小说除了写吴胡之恋，还写了吴为母亲叶莲子、生父顾秋水的故事。他们生下
吴为后，顾秋水把叶莲子母女抛在天津给人家做女佣，而他自己却在香港过着
体面人的生活。叶莲子母女到香港后，她们被迫同顾秋水和他的情人共居一室。
顾秋水当着叶莲子的面与情妇肆无忌惮地做爱，以此来摧残、伤害叶莲子。

　　小说的叙事未按时间顺序、未受空间分割，但却在一个预设的时空里运
行；它的故事不以人物情节为线索，但总体发展和彼此联系却进行得自然而得
体。小说的时间与空间、人物和事件都被分切成小块，打乱次序，被精心安排
在各个场景中。小说通过吴为家族几代人特别是女性的命运，写出了她们在精
神上所具有的一种深刻的沉重。在吴为的眼里，她一直觉得胡秉宸是男人中的
佼佼者，他的经历和阅历、能力和智慧、学识和风度，以及雅俗兼备的品位和
情调，使他具有成年男性的独特魅力。但当他们相恋之后，他们那原本具有很
强的反传统色彩的恋爱却从一开始就和政治风浪搅和在一起了。胡秉宸作为一
个睿智的"政治人"，对潮流有着特殊的敏感和癖好，再加上反对派动用了党
权政权，使得这场婚恋充满了政治气味。他们在近30年的恋爱、婚姻关系中，
都一直在面对着被政治运作的局面。当吴为忍受不了胡秉宸狎妓式的"爱"，
容不下他对自己的轻慢和侮辱，忍耐不了他骨子里的自私时，她于是不停地和
他发生战争，这些战争归根到底是吴为为维护自己的尊严，捍卫自己的价值观
的战争。而在叶莲子同顾秋水之间，顾秋水的花心、无担当更让叶莲子受尽了
欺凌折磨，她的一生一直处在流离颠沛、忍辱含垢的悲苦状态中。小说通过叶
莲子和吴为的故事，对男性权力意识和政治权力意识、对传统文化思维及社会
习惯中的性别歧视进行了后现代式的颠覆和解构，淋漓尽致地写出了人类爱情
中永恒创伤的剧烈疼痛，展现出它在生命中难以承受的那一面。这种对爱情生
命的深入开掘，对现代社会爱的溃散的深刻反思，不仅是对女性写作的拓展和
推进，而且是对写实主义文学批判精神的弘扬。总之，《无字》是以抗争的方
式表达苦难，吴为和叶莲子的结局，就是一种以命诀世。这是对一个世纪的女

---

① 　参阅《张洁长篇小说〈无字〉梗概》,《书摘》, 2002.7。

性悲剧的了结，而在这个了结的后面是一种渴望与企盼。所以，《无字》是献给一个时代结束、一个时代开始的书。在它凄楚的爱情绝唱中，人们听到的是祭奠过去、祈求未来的声音。未来并不遥远。①

陈应松中篇小说《松鸦为什么鸣叫》：讲述了主人公背死人回家的事情

《松鸦为什么鸣叫》3 月份发表在《钟山》第 2 期，进入 2002 年度小说排行榜，2004 年获得第三届鲁迅文学奖（2001—2003）。小说描写主人公伯纬持之以恒、义无反顾地将一个在悬崖峭壁之间遭遇车祸而死的王皋背回家的故事。伯纬长期干着背死人的活，所以他的家人嫌他身上的阴气太重而剥夺了他逗弄外孙的乐趣。伯纬的妻子三妹原是伯纬好友王皋的妻子。因为王皋在开发荒山的一次意外事故中丧生，善良敦厚的伯纬于是信守承诺，冒着生命危险、费尽千辛万苦，将王皋的尸体背回他的老家。一路上，松鸦奇怪诡谲的叫声始终跟随着伯纬的左右，因为王皋的尸体已经腐烂，它们想趁伯纬不备吃掉断掉头颅的王皋。后来伯纬也出了事故，他的左手残了。三妹怀着感恩的心态嫁给伯纬，算是成全他的凤愿——让三妹成为自己的女人。文中将稀奇诡诞的松鸦的鸣叫渲染到极致，写了二十多次，营造出一个让人毛骨悚然的场景。

温亚军短篇小说《驮水的日子》：表现了人与动物相互沟通所创造出的奇异感人之美

温亚军（1967.10—），陕西岐山人。《驮水的日子》3 月份发表在《天涯》第 3 期，2004 年获得第三届鲁迅文学奖（2001—2003）。小说讲了一个简单的小故事。故事的主角只有两个：上等兵和一头犟驴"黑家伙"。故事发生的环境是位于荒无人烟的西部高原上的军营和军营下的盖孜河以及两者之间的山道上。某连吃水困难，平时依靠一头牦牛到八公里之外的地方驮水。牦牛死了之后，司务长图便宜买回了一头没经过调教的犟驴。而原先负责驮水的下士是一个比犟驴还犟的人。在连长的执意安排下，上等兵替换了下士，负责驮水的工作。上等兵面对这一任务，觉得自己面临着的是一个两难处境：一方面，作为一个军人，自己必须服从命令，必须尽一切可能完成上级交办的任务；另一方

---

① 参阅秦晋《命运沉重的吹拂——评张洁的长篇小说〈无字〉》，《光明日报》，2002.7.31。

面，他又必须得到犟驴的配合，否则完成任务无从谈起，而实践又证明下士那种又"抽"又"骂"的方法根本行不通。在这种情况下，上等兵用一种看似最笨的方法与犟驴展开了一场性格和意志力的较量。你"摔挑子"，我就"搁挑子"；你一次又一次地"摔"，我就一次又一次地"搁"。在这种近乎虐待和自虐的过程中，犟驴被驯服了，它慢慢地变得充满了灵性，能独自驮水上山。上等兵和"黑家伙"的关系从相忌变成了相从，从相从变成了相依，从相依变成了相恋。当上等兵要离开犟驴到内地读军校时，"黑家伙"突然以它平时不曾见过的速度向上等兵飞奔而来。上等兵的眼睛被一种液体模糊了。小说故事虽小，但却蕴含了非常感动人的真情和非常深刻的寓意，流淌出一种奇异的美。它的结构和语言都很精致。全文仅5000余字，为了突出上等兵和"黑家伙"，其他人物设置不多，而且是点到即止。在表现人物时，又删去了一切与主题无关的内容，诸如人物姓名、籍贯、家庭、脾性等，甚至连外貌描写都取消了。小说只在行动和对话中描写人，只围绕驮水描写人。小说严格按照时间顺序来推动情节发展，自然、平实、清楚，让读者消除了阅读上的结构障碍，使他们关注的焦点始终是上等兵与"黑家伙"的关系变化。这种结构和语言上的精致美给读者带来了异样的审美感受。小说用最简洁的艺术手法表现了人与动物的相互沟通所创造出的一种奇异的感人之美。①

艾伟中篇小说《家园》：展示了"三年困难时期"中普通百姓的悲剧生活

《家园》3月份发表在《花城》第3期，进入2002年度小说排行榜。小说以"三年困难时期"为背景，通过普通百姓们在空前绝后的饥饿中的挣扎，展示了中国大地上那不堪回首的悲剧性一幕。面对饥饿的毁灭性打击，光明村的哑巴古巴渴望变成一棵没有肠胃的树，永远不需要寻找任何食物；亚哥通过偷喝汽油所产生的幻觉一次次地抵抗肉身的折磨；村民们则在村支书柯大雷的带领下，用想象中的猪肉来替代树皮、草根、虫子，举行一场又一场纯粹的精神盛宴，或者用驱鬼的图画来解除生存的恐惧和绝望，用画满墙壁的现代化图景来激活人们的希望，用"理想的圣水浇灌大地，用到处都是金色的麦穗"来抗

---

① 参阅管怀国《温亚军〈驮水的日子〉赏析》，《语文教学与研究·综合天地》，2005.9。

击现实的灾难，结果却毫无作用。因为光明村的人们虽然明白"所有的事物都长出了翅膀"，但是并没有人能真正地理解"它们不是指向天空，而是指向希望"。他们认识到的那种由支书柯大雷的权力意志所赋予的希望，早已成为人们对生命活力的自我求证和对命运的绝望式反抗。①

刘玉栋短篇小说《给马兰姑姑押车》：讲述了一个小男孩略带伤感的童年记忆

刘玉栋（1971— ），山东庆云人。《给马兰姑姑押车》3 月份发表在《天涯》第 3 期，进入 2002 年度小说排行榜。小说写了童年记忆里略带伤感的往事：小男孩红兵要给出嫁的马兰姑姑押车，这是一件十分荣耀的事，但由于他的瞌睡错过了许多好事，这使得他很懊悔。幸好村支书及时制止了众人对他的取笑，把他该得到的东西都还给了他，使他的心灵世界得到了抚慰。小说以红兵对押车的期待、准备押车的欣喜焦虑、押车时的酣睡与醒来后的后悔形成紧凑的叙事，让人产生一种遥远的童年记忆和浸润着温存的阅读感受。无可否认，人情之美、伦理之美、感伤之美、体恤之美，这些色彩缤纷的美学质素构成了该小说的底色，作者在自己的写作中追求着美学意义上的质朴品格——不虚张声势，不暧昧含混，外表不求华丽但内在却充盈、丰富。作者对押车风习的描绘使小说洋溢着浓郁的地方色彩，同时在这种充满民俗色彩的婚嫁活动中展示出了邻里亲朋之间的和谐关系。

衣向东中篇小说《过滤的阳光》：写了仇恨是如何化解的事情

《过滤的阳光》4 月份发表在《时代文学》第 4 期，进入 2002 年度小说排行榜。小说写的是一个乡村少年成长的心灵史。因为被队长一家欺负，"我"的童年和少年时代充满了对世界尤其是对父亲的仇恨。父亲担任乡村小学的校长，但他却不能施展抱负，备受压抑，只能借酒浇愁。在相当长的时间内，父亲是"我"的敌人。但父亲却靠出卖自己的尊严换来了一家人的口粮，一家人终于度过了苦难的日子。"我"长大后到外地工作，成了父亲的骄傲，也终于理解了父亲的艰辛。小说写的不是仇恨，而是写了仇恨是如何化解的事情。这

---

① 参阅洪治刚《人性的勘探与诗意的表达——论艾伟的小说创作》，《当代文坛》，2007.1。

是众多以父亲的一生为题材的文学作品中的一部，阅读后可以发现，在天下所有父亲的威严相貌下，都有一丝不轻易流露的对儿女的至爱。但很多人在年轻时候总是察觉不到，当意识到时，父亲往往已经离我们而去，只留给我们发黄的照片和冰冷的墓碑。

王祥夫短篇小说《上边》：讲述了一个游子归家的故事

王祥夫（1958—），辽宁抚顺人。《上边》4月份发表在《花城》第4期，进入2002年度小说排行榜，获得第三届鲁迅文学奖（2001—2003）。小说里的"上边"是一个位于山上的村子的名字，但也可以想象是任何一个地方。小说讲述的是一个看上去相当老旧的游子归家的故事，因为老旧，所以温暖：一对农民夫妇等来了他们远在城市的儿子。城市是另一个"上边"。老夫妇住在一个废弃的村庄。儿子回来后，他能给家乡这个"上边"带来什么？儿子回来后，母亲围着他忙前忙后甚至寸步不离，父亲下山卖鸡，儿子也是不停地修这补那。他们之间几乎没有什么交流。但这正是乡村生活的本质，也是让人读来为之动容的地方。小说在无故事的日常生活叙写中洋溢着生动的亲情，在平淡的风格中写出了那早已被现代生活遗忘了的母子情，让人感到了作品所描写的情感本身的品质。但儿子终究要回到远方的城市，他回乡的日子对他来说只是生活的间歇而已。[1]

潘向黎短篇小说《我爱小丸子》：叙写了一个白领女性真挚、单纯的情感生活

潘向黎（1966.10—），生于福建泉州，后移居上海。《我爱小丸子》4月份发表在《创作》第4期，进入2002年度小说排行榜。小说中的姜小姜在一家设计公司上班，她一出场就显示了反传统、反平庸的面目，她是新生的一代。她喜欢吃，喜欢卡通人物，尤其喜欢小丸子。她去参加"只爱陌生人"联谊活动时，一看见丰盛的菜肴，立刻就恋上吃食。她沉浸在西班牙食品的色香味中，甚至感受到地中海的灿烂的阳光，"心花怒放""狼吞虎咽""有种幸福的眩晕感"。她的择偶条件是聪明。在同事中，奔4是她心仪已久的理想男朋友。

---

[1] 参阅杨占平《王祥夫及其小说〈上边〉》，《太原晚报》，2009.6.11。

奔 4 思维速度极快，工作能力强，所以被姜小姜赠送一个"奔 4"的绰号。但姜小姜却不能打动奔 4，他对她视而不见。在闲暇时，姜小姜也会和闺密叶贝贝去参加一些联谊活动。一次聚餐活动中，一个叫"迷迭香"的男孩喜欢上了姜小姜，但姜小姜更喜欢奔 4。叶贝贝喜欢上了"迷迭香"。"迷迭香""穿一件青柠檬绿 T 恤，配一条两侧贴满袋袋的白裤子，头发弄成一个精神的前冲，丝丝直立，还有点亮亮的"。这装扮明显是"新青年"。姜小姜认为：会打扮自己的男生往往不可靠，"因为他更爱自己，而且他绝对喜新厌旧"。姜小姜喜欢奔 4，奔 4"永远是不动脑子的高级灰，永远那么沉着、那么低调，永远那么心不在焉"。小说的结尾部分描写奔 4 第一次单独约会姜小姜，然而惊喜万分的姜小姜听到的却是：他女朋友将从国外回来，他要结婚并且要离开公司。姜小姜从云端跌下来，悲伤得大哭一场。之后，她决定回家看小丸子，"和小丸子一起笑呀笑，一直笑到梦里"。作者以纯情的笔调叙写了白领女性姜小姜的情感生活，在单相思式的情节中突出了女主人公的真挚与单纯。在描写她对于精神的追求与对美的向往时，努力地描述了人物丰富的内心世界，呈现她情感生活的真切与生动。①

陈忠实短篇小说《猫与鼠与缠绵》：强调了反腐败、重法治的紧迫性和重要性

《猫与鼠与缠绵》5 月份发表在《长城》第 5 期，进入 2002 年度小说排行榜。小说写一个小贼潜进公安局局长的办公室行窃，被民警抓获后才知道此贼的公开身份是公安局锅炉房的工作人员。民警想突审严查他，却被局长阻止。局长要亲自与小贼交锋。于是，贼与局长，你来我往，言来语去，旁敲侧击，缠绵争斗。最后，局长宣布：不再追究小贼的责任。民警听了很迷惑，通过暗地调查后，揭开了一个惊天秘密：局长是一个贪官。小说源于一件真事：陕西省宝鸡市公安局抓住一个窃贼，窃贼交代，他先后在局长范太民的办公室作案 30 多起，共偷走人民币 11 万余元。省纪委得知此事后大吃一惊，立即组成专案组进行调查，查出了范太民受贿达数十万元的犯罪事实。范太民落马了。小

---

① 参阅陆明《现代女孩的速写——读潘向黎小说〈我爱小丸子〉》，《名作欣赏》，2004.3。

说以抓小偷、审小偷、捕大贼等内容来结构全篇，富有戏剧性情节的设置使作品妙趣横生，发人深省。小说在写警察局长审讯小偷时，小偷揭露局长多次被偷盗了大额钱款但不报案的事实，揭示出道貌岸然的局长非猫是鼠的真面目。小说在反映下层社会平民百姓生存状态的过程中，揭示出权势者依仗权势专横跋扈的状况，强调了反腐败重法治的紧迫性和重要性。

张一弓长篇小说《远去的驿站》：揭示了几代知识分子的"心灵秘史"

《远去的驿站》5月份由长江文艺出版社出版，进入2002年度小说排行榜。小说从一个孩童的经历和视角，写了中原三个大家族即"我"的大舅、父亲以及姨夫三个家族所发生的一系列故事。通过对这三个家族内外的矛盾冲突与生存挣扎的描写，勾勒出中国近百年的社会变迁，揭示了三代知识分子的"心灵秘史"。书中有四十多个人物相继出场，没有太复杂的关系，也没有过多缠绵的感情纠葛，只是在大舅的冲动中，在父亲的执着中，在姨夫的坚持中，当他们面对敌人，面对情人而在心灵上产生的诸多撞击。作者以抒情、回忆的笔墨对童年生活的叙述，既有令人感怀的人生经验的发掘，又有独特的人生哲学的抒发。虽然，小说的写法仍比较传统，但是作者却将这传统写法的魅力发挥到了极致。小说文字清新优美、情感浓烈细腻，塑造出的数十个人物形象性格鲜活，他们中有从西方文明中寻找出路的清末举人和开明绅士，有高举抗日义旗、疾恶如仇而在历史的迷雾中死于非命的游击司令，有在政治与亲情的冲突中出生入死、在狂热理想与现实矛盾中陷于迷茫和痛苦的职业革命家，有在战火硝烟下潜心治学，却在社会动荡中不能左右个人命运的教授。小说还在缠绵悱恻的爱情纠葛中塑造出各具特色的女性形象，如爱得自然而狂野的莲子，浪漫、美艳却来不及爱与被爱的薛姨，哀婉多情的才女宛姨。这些人物个个都血肉丰满、个性鲜明，令人过目难忘。①

尉然短篇小说《李大筐的脚和李小筐的爱情》：写了农村人际关系嬗变中的民心与权力的矛盾与冲突

尉然（1968—），河南郸城人。《李大筐的脚和李小筐的爱情》5月份发表

---

① 参阅叶永胜《家族传奇的温情回眸——评张一弓〈远去的驿站〉》，《艺术广角》，2003.5。

在《北京文学》第 5 期，进入 2002 年度小说排行榜。小说写刘奎山家里的羊吃了李大筐家里的麦苗后，李大筐对此事扭住不放。李大筐的儿子李小筐正和刘奎山的女儿刘凤梅谈恋爱。刘奎山原来想把女儿嫁给村长李有田的儿子，因为这样做可以分到好的宅基地。后来，刘奎山开饭店挣了不少钱，他花钱买到了一块宅基地。李大筐觉得自己对刘家的羊吃了自家的麦苗的事情扭住不放做得过分了，于是搬起石头砸了自己的脚，这个行为挽救了他儿子李小筐的美好爱情。李大筐把自己家腌的五香萝卜条和糖醋酱豆拿去让刘奎山家里人尝尝鲜，刘奎山也把羊宰了熬成羊肉汤，让女儿给李大筐家送去半铝锅。刘奎山两口子又拎着水果点心看望了几回李大筐，劝李大筐治疗脚伤。小说写出了农村社会微妙的人际关系嬗变中的民心与权力的矛盾与冲突。小说具有浓郁的乡土气息，质感十足，诙谐幽默，在一种中国式的黑色幽默里，将几个乡村人物的形象塑造得无以复加。

尤凤伟长篇小说《泥鳅》：写了一群打工者在城市的起伏命运

《泥鳅》5 月份由春风文艺出版社出版。小说以国瑞为线索人物和代表人物，写了一群打工者在城市的起伏命运。他们怀着最朴素的改善生活的愿望走进城市，他们舍得出卖力气，甚至身体和尊严，但最终都没能真正为城市所接纳。国瑞一度曾过上了非常接近城市上层的"幸福生活"：他得到宫总的"赏识"，被"委以重任"，担任虚拟的国隆公司的董事长兼总经理。后来，在宫总的操纵下，公司从银行骗贷了 1500 多万巨额资金，但这笔资金最终却不知去向。"法人代表"国瑞于是成了替罪羔羊，被叛了死刑。小说主人公国瑞善良、耐劳、有一颗真诚之心，但却没有得到好的回报。小说对国瑞的塑造很有深度，表明造成国瑞悲剧命运的原因，不仅有社会的原因，也有人物自身性格上的弱点，他的悲剧是"合力的结果"。但小说后半部分把城市文化、权力夸大，使其压在一个"无辜"的人身上，似乎轻视了农民的生存能力。

杨剑敏短篇小说《突厥》：展现了浪漫的色彩和传奇的意味

杨剑敏（1968—），浙江诸暨人。《突厥》7 月份发表在《钟山》第 4 期，进入 2002 年小说排行榜。小说写突厥人在黉夜闯入村庄后，焚烧屋舍，抢劫牲畜，强奸妇女，屠杀毫无准备的男人们。天快亮的时候，他们从一处燃烧的破屋子里搜出了一个不省人事的中年男人。中年男人是韩延寿。韩延寿被他们搭在马背上，然后闪电般地绝尘而去。中午的时候，韩延寿睁开了眼。两个突厥士兵将他架起，拖到一位显然是首领的人面前。韩延寿擅长画佛像，以及与佛有关的一切。首领让给石窟画一些佛像。韩延寿只得在两名士兵的看守下没日没夜地绘制大型的壁画——按自己的想象绘制天女图。韩延寿在石窟中度过了好长时间。有一天，突厥首领来看壁画，石壁高处众多的天女使他的眼睛瞪得大大的，因为那些天女都活起来了，他勒令韩延寿给她们点上眼珠子，让她们真正活过来后飞出来陪他睡觉。韩延寿再次爬上高高的架子，在天女的眼睛上点了两下，但天女没有飞下来。首领失望地上马飞奔而去。韩延寿和很多画匠们也跟随着士兵们向西走去。但他每走几步都要回头看看石窟的方向。首领吩咐士兵将画匠们分派到各位将军的帐下充当奴隶。韩延寿也不例外。突厥人需要更多的木头，韩延寿的任务是剥树皮，然后用木炭在雪白的树干上作画。两个月过去了，突厥人准备向更西的地方迁徙。韩延寿决定逃回石窟去。韩延寿悄悄实施着他的逃跑计划。有天夜里，他在羊皮上画了一个人像，然后把羊皮放在自己睡觉的位置逃走了。黎明，大家纷纷起身准备上路。突厥士兵看到在韩延寿躺的位置，一个人还在酣睡着，于是踢了几脚。但他们踢到的只是画中的人。他们叫道："又有人逃跑了！"五名突厥士兵被派出去追赶韩延寿。韩延寿从黑夜到白昼，一直在奔跑着。历尽千辛万苦之后，他终于回到了石窟。当洞窟外传来突厥人下马的声音时，韩延寿拿起画笔在他能够得着的所有胡人乐师的眼睛上，点了两点。渐渐地，韩延寿看见那些他点过睛的胡人乐师正坐在洞窟外的沙地上弹奏他们的乐器。洞窟内的石壁上的天女也正翩翩飞出，然后在空中盘旋。突厥人纷纷下马拜倒在尘土中。韩延寿也跪倒在地。不久，音乐声渐渐小下去了，一切又归于空无。天女们向远处飞去，只剩下目瞪口呆的人们仍长时间地跪在花尘中不愿起来。小说以韩延寿的被捕、在石窟中绘画、被押解西迁、冒险脱逃回到石窟的时序来结构作品，描述了他在描绘天女壁画时所感受到的创造愉悦和美，这些感受使他在押解西迁时又不顾生命危险逃脱回石窟。小说展现了主人公对于艺术的痴迷，展现出了浪漫的色彩和传奇的意味。

王松中篇小说《红汞》：讲述了一个关于愤恨与绝望的故事

王松（1956—），生于天津，原籍北京。《红汞》7月份发表在《收获》第3期，进入2002年度中国小说排行榜。小说中的时金宝是一个捡破烂者的儿子，他父亲有一天去买烟时，被售货员"小夜叉"认为偷了烟。他有口难辩，回家后被气死了。香烟其实是当时在场的解放军战士、吴教授和时金宝父亲三人之中的吴教授拿的，吴教授在给和自己住在一个大院的陈医生说这事的时候，被时金宝听到了。时金宝于是很憎恨吴教授，每遇到他就愤怒地骂他。时金宝也没有放过"小夜叉"。一天，他拿了个没有底的瓶子，要"小夜叉"给他打二斤花生油，因为是晚上，"小夜叉"自然把油灌到自己身上、地上，并污染了一匹的确良布。商店领导让"小夜叉"赔了二百多元。"小夜叉"将这件事反映给时金宝的班主任杨老师。杨老师让时金宝给学校打扫厕所，每月二十元，干一年正好够赔"小夜叉"的经济损失。时金宝将打扫厕所的事情接了下来。有一天，他看见杨老师和"小夜叉"一起遛马路。时金宝觉得杨老师要弄他，于是罢工，这使得学校没几天就臭气冲天。杨老师要求时金宝的母亲接替儿子干这个工作。时金宝于是开始了一系列的报复。当"小夜叉"和杨老师一起散步时，他用竹管将橡皮泥吹出后准确地打在"小夜叉"的嘴上。杨老师知道时金宝用的橡皮泥是学校财物后，要求时金宝赔一盒橡皮泥。这使时金宝心底的仇恨越发加重了。除夕之夜，时金宝教唆陈医生的儿女把所有爆竹里的火药倒在柏油马路上后点着，致使兄妹俩的眉毛和睫毛都被烧掉了。时金宝又用一根管子将点燃的"火老鼠"吹到二百米开外的"小夜叉"值班的商店里，引爆了成堆的爆竹。当"小夜叉"被消防官兵连架带抬地拖出时，她的头发都化为灰烬了。杨老师知道后，先是停了时金宝的课，然后要求校长将时金宝弄到其他班去，当他讲"短路"一课时，他让时金宝表演"火线"与"零线"接触，结果使时金宝的手被烧伤了。时金宝自然不会善罢甘休。不久，杨老师上观摩课时，时金宝在暗中做手脚，让杨老师在讲马达工作原理一课时，使教室的电线和墙上的地图、宣传画都被烧着，使来听课的各校的老师及市区的领导差点葬身火海。杨老师自然受到了严厉的处分，还降了薪。从此，他像变了一个人，精神萎靡，幽默感也没有了。时金宝为了挣些钱弥补家用，将父亲生前炼的治疗烧伤烫伤的一罐獾油拿到街上去卖，陈医生把这事举报到市卫生局，市卫生局把时金宝的獾油全部没收。"文化大革命"席卷全国后，时金宝和一些学生对吴教授进行了专政，逼得吴教授自杀而死。时金宝也继续和陈医生较劲。一些年后，时金宝用不正当手段和陈医生的女儿陈李儿结婚了。陈医生后来当上副局长，陈李儿也当上了医院副院长。陈医生很瞧不起女婿时金宝。不久，时金宝下岗了。陈医生羞辱时金宝说，他宁愿找一条狗给卫生局看大门，也不管时金宝。面对新仇旧恨，时金宝制造了一起爆炸事故，陈医生全家几乎都被炸死了。时金宝在被枪决时一点悔意都没有，他说他只是遗憾所杀之仇人家还有人侥幸活着。小说的故事情节一环套一环，里面人物之间的怨恨只要结下了，就没有完，直至付出血的代价。小说中的陈医生、吴教授、"小夜叉"、杨老师都没有把时金宝当人看，他们为此丢掉了性命。小说讲述了一个关于愤恨与绝望的故事。这并不是来自阶级、政治、道德层面上的伤害，而是来自民族文化心理结构深层的，人性深处的伤害。[①]

东西中篇小说《猜到尽头》：记录了当下混乱而生气勃勃的生活

《猜到尽头》7月份发表在《收获》第3期，进入2002年度中国小说排行榜。小说以"猜"作为线索：铁流忽然得到一份高薪工作，成为路塘温泉度假村的经理，年薪十万。妻子招婷婷去度假村给他送衣物，直到天亮才见到他，他说他回家了。招婷婷回家发现床铺并没有躺过的痕迹，毛巾是干的，儿子也说没有看到父亲。招婷婷顿生猜疑。后来几天里，招婷婷给铁流打电话的时候，隐约听到了女声，铁流说是跳线。招婷婷和好友以及铁泉在酒店吃饭时，好友说，铁流干坏事的条件已经成熟，现在危机离你就只有一毫米了。招婷婷最终意外发现原来是妹妹背叛了自己，她和铁流勾搭成奸。招婷婷于是决定和铁流离婚。小说记录的是当下混乱而生气勃勃的生活，在物质和欲望的挤压下，原有的平衡被打破，爱情和婚姻恰恰成为最有力量的细节，展示出人们的内心生活。

---

① 参阅王春林《透视人性世界的扭曲与畸变——王松新世纪中篇小说读札》,《吕梁学院学报》,2011.1。

张懿翎的长篇小说《把绵羊和山羊分开》：在某种程度上瓦解了关于"文革"及"知青"的叙事小说

张懿翎（1957—），广东深圳人。《把绵羊和山羊分开》7月份由人民文学出版社出版，进入 2002 年度小说排行榜。小说基本上是以小侉子的视角展开叙述的。小侉子 12 岁时从北京下乡到塞上雁北做知青，两年后因"教育回潮"她又成了喜城中学的学生。小侉子淘气而顽劣，任性而匪气，七岁时因为不能忍受父亲的斥责就想自杀，后来还偷了邻居一个小孩。同时，小侉子又聪慧善良，富有同情心，乐于助人，豪放不羁，敢作敢为，做事风风火火，甚至有一种勇往直前的精神。当于拙老师吊死在讲台前时，别人都只是干看着而不敢上前，小侉子一边在心里骂那些看客，一边"跃上讲台，跳上讲桌"，把尸体抱了下来。在参加打捞腌菜池中的蛆虫的劳动时，别人只在池边捞，小侉子却自告奋勇跳到池里捞。小侉子的班主任江远澜苦恋着她，这也唤醒了她，燃烧了她。小说后半部写小侉子回城探亲归来之后，性情渐渐有了变化，江远澜知道后更为她而发疯，自投监牢，小侉子这才开始直面她和江远澜的感情和关系。江远澜的老家在广东，两次三番地专程来到北京，就是为了买到一个小小的头箍送给心爱的人。他恋小侉子恋得很痴迷，很疯狂，甚至有些失态。但由于命运的阴差阳错，两个人最终没有走到一起。江远澜最终死了。小说篇名出自《圣经》，反映了作者对往日生存状态的悲悯态度。小说是一部具有独特审美经验的奇异文本：首先，文本中存在的粗俗、高雅、抽象、感性，普通话、方言，知识分子、农民，数学，肉体，诗等等话语混杂一起，众声喧哗，形成小说锐利、芜杂、喧哗、充满生活质感的独特个性，小侉子野性、幽默的原汁原味的山西方言与江远澜文雅、深奥的知识分子话语之间的相互碰撞与启蒙，使得小说有一种酣畅淋漓的极致的美。其次，小说的魅力还来自男女主人公的人格力量。小侉子纯真、狂放、自由的精神与江远澜对数学的痴迷、执着及两人之间刻骨铭心的爱情都使得小说具有一种内在的丰盈与充实。而作者关于时代镜像及知识分子命运的书写，也就在这种人性、人情的触摸中很自然地传达出来。小说从某种程度上瓦解了关于"文革"、关于"知青"的知识分子叙事，用自己的思考将"文革"记忆变成文学经验。小说不靠残忍的激情与绝望的忧伤让人沉醉，而是让人物的命运因为对时代生活的丰富含藏和清晰折射而引人深思。①

夏天敏中篇小说《徘徊望云湖》：揭示了人为的灾难给贫瘠的土地带来的沉重伤害

《徘徊望云湖》7月份发表在《十月》第3期。小说写望云村的村民，居住在苦寒的云贵高原上，土地贫瘠少产，平日又有黑颈鹤刨粮食种子与人争食的情况。但黑颈鹤是珍稀濒危物种，设立了国家黑颈鹤保护基地。春天，粮食告罄，去望云村的路困桥断，粮运不进去，上边规定只准给鹤投食，不让其饿死。于是出现了村民眼巴巴等着救济粮的事情。村民们在饿得发慌的情况下，石柱下山借了一口袋粮食，熬了一大锅糊糊，凑合着给娃娃吃，"大黑不顾嘴里烫起泡，才舀起一碗嘴对着就没有松开过，一眨眼就灌进去了，又来舀第二碗。二黑三黑吃得慢，扑过来将大黑的碗夺了，大黑将碗扣在二黑头上，三黑将头一低，将大黑拱倒在地，哥儿几个在地上扭打成一团"。石柱老婆气得找根竹棍发了疯般对光着身子的孩子们一顿狠抽。晚上，石柱老婆听着在睡梦中疼得呻吟的孩子，又揪心地难过，失声痛哭。被一窝饥饿的娃娃折磨得快发疯的她，顾不得保护黑颈鹤的法律，带着对夺人口食的黑颈鹤的仇视去与鹤争食。但她被投食员刘大毛发现了，为了粮食，她把贞操出卖给了刘大毛。小说写道：在人鹤争食的过程中，三只黑颈鹤饿死了，等待村民的，可能是法律对他们的惩罚。小说写出了环境的痛是当地农民心中永远无法抹杀的伤痛。然而相比人为的灾难，自然条件的恶劣又显得有些无足轻重了，反而是权力、官僚给这块土地带来的伤害才异常沉重而深刻。

陈世旭中篇小说《救灾记》：描述了一场形式主义的"救灾"，揭示了权力意识与人性扭曲的关系

《救灾记》8月份发表在《人民文学》第8期，进入2002年度小说排行榜。小说不仅描述了形式主义的"救灾"情形（贫困落后的地方，权势人物依然寻欢作乐，完全无视群众痛苦），而且揭示了权力意识与人性扭曲的关系。小说刻画的镇长宋财火形象，就是个典型的权力欲望形象。作为农村基层干部，宋

---

① 参阅梅文《一部奇异的文本》，《传媒》，2002.10。

财火是像"媳妇熬成婆"那样才当上镇长的。仕途不可能再升迁而权力欲望又强烈的宋财火，对权力的理解就是尽量享受和满足其权力欲望，"有权不用，过期作废"的实用心理完全控制了他。可怕的是他运用权力的自如已是炉火纯青。因此其贪婪、腐败以及充满心计不仅显得不露声色，而且言谈举止都显得冠冕堂皇，滴水不漏。这对公共权力的危害自然更大。宋财火的权力欲甚至权力狂，既是传统"官本位"意识的体现，也说明我们的政治体制和民主监督存在着缺漏。①

阿来中篇小说《遥远的温泉》：讲述了"我"对诗意和神性的温泉的向往

《遥远的温泉》8月份发表在《北京文学》第8期，进入2002年度小说排行榜。小说用现在的"我"与过去的"我"的多重视角叙述了脸上长了一块块惨白皮肤的花脸牧人贡波斯甲被驱逐到山上放牧后，他给不爱说话的坏孩子"我"讲述了远方有一处措娜温泉。在那里，梭磨河在群山之间闪烁着光芒时，穿过绿色的草原；温顺的小鹿、蛮力的野牛、健硕的女子和多病的村人都被它的魅力吸引而来。"我"回忆起自己在童年时经常独自唱歌的事情，当"我"唱到牧歌那长长的颤动的尾音时，"我"的声带在喉咙深处像蜂鸟翅膀一样颤动着，"我"的声音越过高山草场上那些小叶杜鹃与伏地柏构成的点点灌丛，目光也随着声音无限延展，越过宽阔的牧场，高耸的山崖，最终终止在晶莹夺目的雪峰之处，因为那里有"我"的梦中温泉，它以诗意和神性接纳了一切所谓的美与丑、贵与贱。"我"渴望花脸有一天会带"我"去温泉。小说把回忆既当成一种叙事策略，使"我"在猝不及防时陷入感慨之中。②

山飒长篇小说《围棋少女》：描写了一个日本间谍与一个中国少女下棋的事情

山飒（1972.10.26— ），原名阎妮，北京人，旅居欧洲。《围棋少女》8月份由春风文艺出版社出版。小说的故事背景取自20世纪30年代，东三省沦陷时期的某个城市，一个日本间谍与一个中国少女，在"千风广场"刻有棋盘的石

① 参阅《救灾记（中篇小说梗概）》，《领导科学》，2002.24。
② 参阅李大鹏《沉重的叹息：评〈遥远的温泉〉》，《2002年中国小说排行榜》，2003。

桌前相遇。日本间谍冷酷而痴情，中国少女只有 16 岁。由于他们都痴迷围棋，所以便下棋。男棋手的天地是军营、战犯、监狱、硝烟，女棋手的天地是没落的贵族家庭、抗日青年的团体，是日本铁蹄下呻吟的东北三省。在对弈中，他们互相产生兴趣，彼此的心灵相通相融，继而激发起朦胧的爱欲。但这种超越了种族、阶级与政治的爱情，却无法超越的战争阻隔。最后，日本间谍为了让少女免遭日本兵的侮辱，亲手杀死少女后自杀。小说所写的爱情带有凄婉而绝望的品质，人物与语言始终被置于一种冷峻严酷残忍的氛围之中，文字流畅却具有沉重的阅读痛感。作者在叙事时穿插了战争时期女性的生活状态、抗日志士的地下活动和悲壮的牺牲。由于日本间谍和中国少女这两个完全"对立"的人物关系，便赋予了"棋逢对手"的另一种含义。小说从"围棋"这个极小的平台，描述并折射出那个时代以及人类的终极悲哀。作者擅用场景、行为与心理刻画人物，精致而洗练的短章、诗化的语言、人物的叙述角度不断切换的二元结构，宛若电影镜头一组组交叉连接，具有弹性节奏。黑白分明的棋子，在故事中已不仅仅是道具，而是一种意象：中国少女与日本间谍，各自每走的一步棋，都曾试图将对方围困。但双方都没能走赢那盘棋，被围困的最终却是没有出路的爱情。焦虑的男子与神秘的少女，孰黑孰白？孰是孰非？棋错半步、落子不悔——作者将围棋的棋道棋理演化成一次小说的文体实验，细细品味真是妙趣横生。小说中的人物，如同对立又依存的棋子一般，只在棋盘上狡黠地无声地移动着，让人明白，感受爱情和表达爱情都是不需要语言的。作者成功地塑造了那个复杂的日本间谍，他在军国主义的教育下，满脑子都是狂热的报国理想，但他的内心又充满柔情、怜悯，存在着对和平生活本能的渴望。正是这种纵横交错的双视角，而非绝对的女性视角，让我们看到女性写作的宽广前景。①

李铁中篇小说《乡间路上的城市女人》：写了城市人力资源流向乡村的现代性意义

李铁（1962—），辽宁锦州人。《乡间路上的城市女人》8 月份发表在《青

①　参阅天远《棋逢对手——读山飒小说〈围棋少女〉》，《中国妇女报》2003.1.20。

年文学》第 8 期。小说写迫于生存的压力，城市女工杨彤下岗后被迫到乡下工厂打工。与乡下人进城一样，下乡的杨彤同样是弱势群体，同样是打工者，为了生存，她被老板孟虎子占了身体。但是，在精神上，杨彤却表现出了异于乡下人的主动性。这主要表现为她对孟虎子野蛮管理方式的阻拒，并逐步帮助孟虎子改进了管理方式。城市人力资本下乡不仅表现为高附加值的技术，更在于其现代的管理方式对乡村的启示。但这并不表示城乡对话路径的畅通，因为城市人是以一种居高临下的姿态来启蒙乡村的。当杨彤听到孟虎子编造的国营红旗厂复工的消息后，她义无反顾地离开了乡村。杨彤的返城从一个侧面揭示了城市与乡村的隔膜及交流对话的难度。

阎连科短篇小说《黑猪毛白猪毛》：揭示了农民落魄的生存处境及基层权势者有恃无恐地对法律的践踏和无视

《黑猪毛白猪毛》9 月份发表在《广州文艺》第 9 期，进入 2002 年度小说排行榜。小说的情节并不复杂。镇长开车撞死了一个青年，然后托镇上的李屠户去找人抵罪蹲监。村民刘根宝在说服爹妈后，决定去替镇长蹲监。等他到了李屠户家后，那里早就有三个村人候着。等到半夜，李屠户的帮手出主意让他们四个人抓阄。四个纸阄里一个包着一根黑猪毛，另外三个都是白猪毛，抓着黑猪毛的就去"当镇长的恩人"，抓着白猪毛就没有这个命。黑猪毛被吴柱子抓着了。刘根宝回去后，东邻嫂子的表妹听说他去替镇长蹲监，要嫁给他。刘根宝于是到柱子家里，跪在地上连磕三个响头求柱子把这个机会让给他，柱子同意了。可当刘根宝提着行李上路的时候，镇里传来消息，不需要他去了，说镇长轧死的那人的父母通情达理，不仅不告镇长，更不要镇长赔钱，唯一的条件是只要镇长认死者的弟弟做干儿子就行。小说以刘根宝想代撞死人的镇长蹲监、在抓阄中落选、跪求柱子让他去蹲监、欢送刘根宝去蹲监、镇长认死者弟弟为干儿不用人顶罪等构成作品跌宕起伏的情节结构，在颇具荒谬的故事中，深刻、真实地揭示了农民落魄的生存处境及基层权势者有恃无恐地对法律的践踏和无视情况。①

---

① 参阅陈国和《新世纪乡村小说的当代性书写：关于阎连科的〈黑猪毛白猪毛〉》，《名作欣赏》，2008.19。

贾平凹短篇小说《库麦荣》：一篇充满民俗色彩和艺术趣味的小说

　　《库麦荣》10月份发表在《人民文学》第10期，进入2002年度小说排行榜。小说中的库麦荣是一位生活在陕西的民间艺人。这位中年农妇不仅有着一个美丽悦耳的姓名，还有着长腿细腰的好身段。库麦荣虽然缺少令人神往的倾城倾国的容貌，但她坚忍，富有爱心，有着美好的追求，她独特的人格魅力令人难忘。库麦荣的生存状况并不理想。她没有孩子，夫妻间也缺少沟通。比她大十岁的丈夫性情野蛮，动作毛糙，缺乏温情，在夫妻生活中，库麦荣"没有感到一点愉快"。

　　库麦荣的喜好是剪纸，她虽然不识字，但血液中却流淌着艺术的激情。库麦荣痴迷剪纸，认为剪纸如同人们高兴时唱歌一样自然。她可以整个上午出去给人剪婚礼上的喜纸或窗花，回到家里仍意犹未尽，依然持剪刀尽兴而剪。高兴时，她会整日剪，并将所剪窗花贴满窗户和四壁；不高兴时她就将所有剪纸付之一炬，毫不吝惜。对于库麦荣在剪纸方面的用力与投入，她的丈夫并不满意，为此，他骂库麦荣，骂不过，他就挥起拳头打。他用山区人驱邪的方法惩治库麦荣，将簸箕盖在库麦荣身上，挥动着树条子抽打库麦荣，希望把库麦荣身上依附的邪魔之气赶走。但是树条子抽断了几截，库麦荣依然不改口，坚持要剪下去。后来，库麦荣的丈夫承包管理了子午岭的山林，为了断绝库麦荣剪纸的兴趣，他索性将家搬到山上。虽然住在了山上，但库麦荣仍然痴心不改，还是"十天八天里来镇上买彩纸"。库麦荣的剪纸技艺经纸店老板王顺山的传播后，成为"省城人"的珍藏品，库麦荣也获得了纸店老板的爱情。她的丈夫在与纸店老板从私下出售的剪纸中得到了经济上的甜头，从而提高了口味，改变了饮食。什么都敢吃的她丈夫食野欲望大增，为了捕捉狼，他被炸药炸伤，成了植物人。这就是奇特女子库麦荣的故事。小说以库麦荣给"我"讲述她的故事的方式，将民间剪纸艺人库麦荣与她的护林员丈夫、纸店掌柜王顺山、子午岭上的一头狼的故事讲述得奇诡生动，对于剪纸艺术的描述又使小说充满了民俗色彩和艺术趣味。小说也暗示了传统文化的魔力，表达了作家对女性生活状态的认知，隐含着他追求人与自然和谐相处的良好愿望。①

鬼子中篇小说《瓦城上空的麦田》：描写了社会最底层的苦难者、孤独者和绝望者灵魂无所归依的情况

《瓦城上空的麦田》10月份发表在《人民文学》第10期，进入2002年度小说排行榜。小说讲述了李四用毕生心血把三个孩子送入瓦城，然而孩子们却逐渐遗忘了农村的老父亲。老父亲希望孩子们记得自己，于是在生日那天去了瓦城，他想让孩子们看见他后能想起他的生日，结果几个孩子都没有想起来。李四失望透顶，出门后遇见一个捡垃圾的老头，结果捡垃圾的老头阴差阳错地被车撞死了。李四打算惩罚一下三个孩子，就把那个死去的老头当成是自己死去了。李四的孩子们因为父亲的死而自责不已，回老家后又把母亲气死了。李四想让孩子们认自己，但孩子们却彻底认为父亲已经死了，所以认为他是冒充的父亲。李四在一次次失望中真的死去了，他的孩子到了也没有认他。小说以独特的后乡村叙事笔法，将目光对准生活在最底层的苦难者、孤独者和绝望者的生活状态，表达出这些人灵魂深处的无所归依、绝望和浓浓的荒诞，"写出了乡土社会迁徙者与都市文化发生碰撞时灵魂世界的至深悲剧"，让人在震撼中反思自己。②

麦家长篇小说《解密》：将人性、命运与历史的"秘密"融入叙述之中

麦家（1964—），浙江富阳人。《解密》10月份由中国青年出版社出版，进入2002年度小说排行榜。小说写有着家族遗传与数学天赋的主人公容金珍本可成为国际数学大师，但因国家急需解密人才，他便倾心倾力地投入进来，在破解顶级密码的工作中与自己的老师——著名数学大师与制密权威希伊斯暗中斗智角力。小说围绕着制密者与解密者之间的心灵较量，将容金珍传奇的人生、多舛的命运、天才的智慧及精神的苦旅缠绕在一起，从而凸显出解密本身所具有的丰富的含义。小说在悬疑丛生的叙事里，既写天才斗智，又写人才互耗；既写性格悲剧，又写命运悲剧；既蕴含了丰富的东西方文化内容，又挖掘出潜藏于人性深处的灵性与魔性，作者将人性、命运与历史的"秘密"融入不

① 参阅韦清琦《农妇·剪纸·狼——重读贾平凹的〈库麦荣〉》，《当代文坛》，2009.4。
② 参阅赵妍《将荒诞进行到底——鬼子的〈瓦城上空的麦田〉》，《阅读与写作》，2006.9。

动声色的、充满智性与韧性的叙述之中，使文本呈现出一种惊心动魄的力量，而其中蕴含的哲理性思考也使它具有了多角度解读的可能。小说糅合了"东"与"西"，打通了"雅"与"俗"，辨识度高，个性化鲜明，得到不少海外读者的认同。麦家说："《解密》写了十一年、被退稿十七次、诸多苦难和折磨施于我身。但我坚信这是一部非凡的小说，事实证明了。"① 小说出版至今被翻译成33种语言，被拍摄成电视连续剧后更是成为一部热播剧而常播不衰。

陈平中篇小说《七宝楼台》：审视了"文革"与个人命运、"文革"与中国传统文化的关系

陈平（1965.4—），河北无极人，《七宝楼台》11月份发表在《收获》第6期，进入2002年度小说排行榜。小说写"文革"期间，乔安随母亲从上海逃往香港。在英国上完大学后，聪慧的乔安被伦敦一家著名拍卖行的总裁看中，入行任职。可是从小到大，她总是被同一个梦境困扰："书籍被烧毁，戏服被撕烂，瓷器被砸碎，紫檀木家具被柴火一样地劈开"。看着艺术品被毁，她却无力挽救，一种创伤性的梦布满了她年轻的生命。而现在的乔安今非昔比，站在拍卖行，她感到了自己的力量。然而20年的从业经历，告诉她一个冰冷的事实：所谓自己的力量是虚假的，买卖就是买卖，买卖的背后充满着交易。小说以历史与现实，过去与现在两条线索展开情节，也从文物这个专业角度、从乔安由上海至伦敦的人生历程中，审视了"文革"与个人的命运、"文革"与中国传统文化的关系。小说故事丰满、过渡洗练、语言雅致，透出一种从容不迫的气度。②

---

① 参阅李晓晨《麦家〈解密〉，重新出发》，《文艺报》，2014.4.21；何国辉《跟麦家去看天才——麦家长篇小说〈解密〉读后》，《南方文坛》，2006.3。

② 参阅张春生《走向心灵深层——评〈七宝楼台〉》，《2002年中国小说排行榜》，2003。

2003 年

董立勃长篇小说《白豆》：一部审视政治婚姻的小说

董立勃（1956.4—），山东荣成人，出生、成长在新疆生产建设兵团农场。《白豆》1月份发表在《当代》第1期，进入2003年度小说排行榜。小说写新中国成立之初，为了贯彻中央关于"屯垦戍边"的战略决策，解放军20余万官兵脱下军装，开进天山南北的亘古荒原，铸剑为犁，开垦出大片农场。为了使大批独身的青壮年男子扎下根来，中央从山东、湖南、河南等地招收了成千上万的女兵来到兵团农场。这批青年女兵来到荒原后，便上演了无数阴差阳错、生生死死的故事。白豆姑娘情窦未开，她随山东支边女兵们来到了下野地团场后，就遭到老兵铁匠胡铁和马车夫杨来顺两人发动的爱情攻势。幼稚纯朴的白豆觉得两人都好，一时无法做出抉择。连队妇女主任吴大姐建议用抓阄来做决定。杨来顺幸运地赢得了白豆，但在胡铁刀子的威胁下，他让出了白豆。白豆便与铁匠成婚。在下野地拥有极大权势的马营长，也看上了白豆。白豆与胡铁解除了婚约。在与马营长成婚的前夕，白豆却在玉米地里被暴徒击昏后强暴了。马营长不想要白豆了，他下令抓捕了疑点最多的胡铁，判了他12年劳改，又饥不择食地找上另一个女人。此时杨来顺乘虚而入，向白豆求婚并如愿以偿。但不育的杨来顺却认为是白豆不孕，所以又和白豆离了婚。杨来顺转而娶了寡妇翠莲。但他又不满意于翠莲的丑陋，所以又继续霸占着白豆。马营长也垂涎白豆的美色，几次强奸白豆未遂。这种屈辱的生活使白豆痛苦不堪。一次杨来顺酒醉，向白豆坦白正是他强暴了她，然后嫁祸于胡铁，使胡铁入了狱。白豆怒不可遏，从此坚拒了杨来顺的纠缠。白豆也十分内疚，对无辜的胡铁表示极大的同情，并设法代胡铁向上级申诉冤情。可是上级仍然维持了原判。胡铁的冤案使白豆对他由同情发展成为真正的爱情，白豆甚至以妻子的身份不时前去探监。后来，他们双双逃进原始胡杨林里，过了七天如醉如痴的野人式的夫妻生活。白豆虽然因此受到严惩，但她却继续为胡铁的平反奔走。故事的结尾是逃出监狱的胡铁采取了非常举动，在农场庆功大会上，用刀子逼使杨来顺当众交代了自己的罪恶。杨来顺作恶多端，得到应有的下场，但白豆也没能圆梦，胡铁因劫持人质被罗首长当场宣布加重处罚。这时，会场突来一场沙尘暴，混乱中，极度绝望的胡铁匪性大发，掷出一串暗藏的飞刀，杀死一人，杀伤数人。最后，胡铁不知所终。而善良痴情的白豆却还在苦苦地等待胡铁的归来……小说刊发时，把编辑部的男女老少都感动得热泪盈眶，也把读者感动得热泪盈眶。读者的来信雪片般飞向编辑部。小说是一部审视政治婚姻的作品，它通过对这种政治婚姻关系的描写，透析了人的生活质量、人生理想等与个人命运密切相关的问题，对社会、对个人幸福、情感、命运的关照程度做出了丈量。它集叙述样式、情节、人物和道德主体于一体，用纪实手法讲述了白豆一生的经历，写出了人本身的丰富与深刻。小说中的人物随时光一起跳动、复活，作家以一种平实的力量为我们照亮了命运的真实面孔。著名评论家雷达评论说："我把《白豆》的故事看成一只老船装着读者在江河中起伏跌宕，直到把人引向彼岸。"而彼岸上"重要的是盛满人性花草的原野"。小说语言简洁，透出一股散文的气息，不时还有诗意散发出来，并透出哲理。[①]

林白长篇小说《万物花开》：描写了一个村子里的各种各样的生活

《万物花开》1月份发表在《花城》第1期，进入2003年度小说排行榜。小说主人公大头本来是一个善良的少年，后来由于脑子里的五个瘤子在作怪，他的生活发生了很大的变化，最终被金钱收买，顶替同伴的杀人罪名，被判了刑。小说从大头到监狱服刑开始，从他的独特视角描写了一个叫王榨的村子的各种各样的生活，正所谓万物花开。小说题目是陈思和先生确定的，他认为林白在小说里，跳出了以往狭窄的个人世界，进入了一个更大的天地，把叙述场

---

① 参阅简捷《董立勃与他的长篇小说〈白豆〉》，《西部》，2003.5；曹斌、顾凡《政治婚姻的透视与人性魅力的张扬——评董立勃的长篇小说〈白豆〉》，《小说评论》，2003.5。

地放到了湖北的一个村子，让大头这样一个脑袋里长着五个瘤子的孩子做主人公，主线是大头的青春成熟，副线是王榨的风土人情。小说写到王榨村的空气中飘荡的最原始最蓬勃最旺盛的性欲催熟了大头。王榨村人的性欲是那么坦诚，谁和谁好都是公开的秘密，谁和谁偷情被抓到后可以让村子快乐几天。王榨村人的性欲也是那么蓬勃，田间地头，金黄的油菜花地是人们欢愉的最美地方；人们翻墙偷欢，连山上的树看到木匠来砍，都纷纷自动倒地，愿意做他们吱吱作响的新床。小说对王榨人的对话做了这样描写："在村里一个男人遇见一个女人，我就会听到以下对话：男：昨晚你们搞了几回？女：你家几回我们家就几回。男：那么我们玩会儿？女：行，玩就玩。男：那我夜里就过来了？女：你来吧。男：真的来了？女：来了就困床底下。男：去你妈的Ｘ！一个女人遇到另一个女人，她们就这样打招呼：狗婆子，你吃过了吗？你才是狗婆子，吃过你的了。你不是你是什么，没你能嫁到王榨吗？你没，没人日的货。"大头就像一颗果子结在王榨性的秋天里，慢慢发酵，慢慢膨胀，最后青春瓜熟蒂落。大头的性是王榨的空气滋养的。大头的五个瘤子像五瓣花瓣一样盛开，随时飞出脑子，盘踞在王榨上空，俯瞰王榨。小说的附录取名《妇女闲聊录》《妇女闲聊录补遗》，记述了一个来自湖北农村的叫木珍的妇女讲述的故事，大头的住处就是木珍搬来的砖瓦建造的。作者没有交代木珍的身份，只说是湖北农村的一个亲戚，据陈思和说，这个木珍是作者爱人湖北老家的一个亲戚，然后到作者家做保姆，后来作者发现了木珍爱说话的特点，两个人就聊开了。两个附录大概是两个女人在厨房、客厅或站或坐，在边干家务，边聊天的产物。附录展示了一个作家如何处理面对的素材的方法，这种经验对写作者来说，是宝贵的。①

迟子建短篇小说《一匹马两个人》：展示了人物的生活画面和人生况味

《一匹马两个人》1月份发表在《收获》第1期，进入2003年度小说排行榜。小说写一对夫妻的儿子因两次三番为父母出气，强奸了一个叫郑敏的女人后被判长期徒刑，夫妻二人于是与儿子留下的一匹马相依为命，平淡过活。老

---

① 参阅陈晓明《奇妙的邪性——评林白小说〈万物花开〉》，《南方文坛》，2004.1。

太婆死后，从年轻时就一直暗恋她的王木匠帮着老头葬了老太婆，而老头死后王木匠又好心地将他们合葬在一起。后来，通灵的老马仍孤独地在自家即将成熟的麦地里赶着麻雀，麦子成熟后，郑敏砍死老马割走了麦子。于是，二道河子上筑起了三座坟茔，它们是一匹马两个人的。小说处处渲染了一种令人心酸却温暖无比的人间情谊，它没有依凭曲折的情节吸引人，也没靠重大的事件震撼人，而是借淡淡的韵味感化人，在对两个老人孤寂、单调、沉闷的生存状态的描写中，展示了他们的生活画面和人生况味，使人玩味无穷，感慨不已。①

北北中篇小说《寻找妻子古菜花》：交替描写了生活的常态与变态

北北（1961.1—），福建闽侯人。《寻找妻子古菜花》1月份发表在《人民文学》第1期，进入2003年度小说排行榜。小说写闽北偏僻山区桃花村的李富贵跨过千山万水去寻找不辞而别的妻子古菜花，古菜花是跟着在家里打制家具的许木匠私奔了的。李富贵寻妻时，一个叫奈月的乡村女人却在痴情地苦恋着他。奈月常常在别人的一片奚落之声中默默地等待着李富贵。一年后，李富贵空手而归，奈月终于和他相聚。然而，沸腾的一夜过后，奈月的理想如同玻璃器皿般破碎了，转折点出现在黎明：奈月突然发现，李富贵身上的肉竟然与其他男人的肉一样难看。于是，奈月也出走了，去帮李富贵寻找他那名叫古菜花的妻子。奈月在离开桃花村后，来到尚干镇找音像店小老板，让店老板娶了她。店老板吓了一跳，说自己半年前就结婚了。奈月摇摇头，笑了笑，然后走了，再也没回来。小说善于把生活的常态与变态交替进行表现，先写李富贵高考落第，承包了几百亩荒山，种了树，发了财，然后到古家村向古菜花求婚，盖新房，娶新娘，成家立业，写的这些都是生活的常态。但是后来，许木匠却把古菜花拐走了，李富贵为了寻找古菜花，抛家舍业外出流浪，几乎丧生，写的这些又是生活的变态。对生活变态的描写中，深刻地揭示了一个山区青年农民的命运；对生活常态与变态的交替描写，使小说的情节跌宕起伏，更有可读性。②

---

① 参阅朱青、迟子建《淡然无极的韵味——读迟子建的小说〈一匹马两个人〉》，《名作欣赏》，2004.11。

② 参阅何镇邦《悄然崛起的福建小说家群体》，《福建文学》2015.5。

潘向黎短篇小说《奇迹乘着雪橇来》：展示了一道陌生而迷人的女性情感风景

《奇迹乘着雪橇来》2月份发表在《作家》第2期，进入2003年度小说排行榜。小说写一个已婚女人在圣诞节到来之前内心的矛盾。这个女人平时过着平凡而安宁的家庭生活，她知足常乐，无论是外部生活还是内心世界都平静如水。但是，一部关于爱情的外国电影突然打破了她的这种平静状态。电影中一对深深相爱的男女没有结婚，分开之后都想念着对方，那男的每年到了圣诞之夜都要到一个教堂顶上去等候他的初恋情人。电影让小说中的女人突然觉得自己生活得一点都不幸福，于是内心产生了矛盾。作者细致入微地刻画了女人的心理活动，为读者洞开了一扇认识女性复杂心灵构造的窗口，让读者看到了一道陌生而迷人的女性情感风景，进而窥视到了潜藏在人性幽深之处的浪漫情怀和诗性品质。小说叙述没有丝毫的无谓的铺展，简洁平淡。①

李贯通中篇小说《迷蒙之季》：写了一群文化人面临的不同生存困境和精神困境

《迷蒙之季》3月份发表在《十月》第2期，进入2003年度小说排行榜。小说的主体是Q市艺术馆一群文化人的荒诞生活，上到馆长祝幸福、副馆长唐亿、吕小苇，下到馆员孙逊雪、诗人葛德、门卫牛师傅和弱智少年，几乎每一个人都面临着不同的生存困境和精神困境。祝馆长作为逝去时代的一个战斗英雄，在当下时代不可避免地面临巨大失落，对英雄经历的幻象式的重温并不能真正拯救他的灵魂，在超市保安的羞辱下，他精神失常、疯狂裸奔。祝馆长的悲剧是"反英雄时代"的"英雄"悲剧，他的发疯实际上宣告了一个时代的终结。葛德是另一个意义上的"英雄"，他是一个真正的"诗人"，真诚坦荡，才华横溢，同时又敢爱敢恨敢作敢当，充满正义感。他身体残疾，但为了保护孙逊雪，他硬是凭着瘦弱之躯和一块砖头"处死"了不可一世的恶霸徐山。他的"英雄"行为，不仅使唐亿自愧不如，而且连徐山的家人也为他求情。然而，可悲的是他最终仍然是一个失败者，不仅在官司上输给了那个庞大的权势

---

① 参阅施战军《节制的美好——评〈奇迹乘着雪橇来〉》，《中国小说排行榜》，2004。

集团，而且更充满讽刺意味的是，他所拼死保护的孙逊雪最后却为救他而"失身"了。唐亿是与葛德相反的一个艺术形象，他对自己的生存困境有深刻的体认，但是他没有正视和勇敢面对的勇气。面对"时代之恶"，他唯一的方法就是逃和退。最后，他甚至把自己变成了一条狗，只能以"爬"的方式面对这个世界。这是一部严格意义上的寓言小说，它是物化时代知识分子和文化人命运的一则寓言。在这个意义上，Q市艺术馆就是当下文化人生存境遇的一个象征，而这些文化人个体的遭遇也有着显而易见的"类"的隐喻意义。作者完全以"写实"的方式来叙述故事，不仅故事生动有趣，人物个性鲜明，而且真实与荒诞、寓言与象征、实在与幻象、内心与外界均融合得亲密无间。①

铁凝短篇小说《逃跑》：揭示了人性与现实、道德与生存的紧张关系

《逃跑》3月份发表在《北京文学》第3期，进入2003年度小说排行榜。小说写老宋被亲戚介绍到城里的一个剧团做传达室的临时工，前半生的农村生活使他形成了吃苦耐劳、俭朴厚道、乐于助人的高尚品格，工作博得大家的赞赏。当老宋患腿病之后，他却拿着人们给他的捐款逃回乡下，只用一小部分治病，剩下的补贴给贫穷无助的女儿、外孙开了个小卖店。老宋一直作为最卑微的人而活着，当他面对生存与尊严的两难选择时，只好以牺牲尊严为代价，换取最基本的生存需要。小说力图揭示人性与现实、道德与生存的紧张关系。从生存状态的困窘中，展现人性真善美的尴尬的社会境遇，以及作者在对身处艰难生活之中的人物心灵挣扎的曲折表达和对人物生存景象的细致描摹中所体现出的独特的审美追求。②

魏微短篇小说《大老郑的女人》：表达了人们对人的原始生命本色的渴望

《大老郑的女人》4月份发表在《人民文学》第4期，2004年获得第三届鲁迅文学奖（2001—2003）。小说情节单一，人物单纯，讲述了一个远在他乡谋生的手艺人大老郑和与他情投意合但又没有名分的女人的情感生活。大老郑是从广东来小城做生意的，还带着他的三个弟弟。与其说大老郑是做生意，不

---

① 参阅李掖平《物化时代知识分子悲剧命运的一则寓言——再读李贯通的〈迷蒙之季〉》，《作家杂志》，2008.2。

② 参阅张强《徘徊在道德与生存之间——铁凝小说〈逃跑〉新解》，《现代妇女》，2010.9。

如说他是想逃离他那个贫困的、落后的家乡，因为大老郑家四兄弟还没有小楼。大老郑租了"我"家的四合院，与我们家相处很和谐；后来来了一个姓章的女人和已有妻室的大老郑同居，我们的态度由冷漠到接受；女人的丈夫找来后，我们才发现章姓女人原来是个半良半娼的人。她和大老郑在小城相遇后相爱了，可这却是一场以金钱交换感情的恋爱。他们两个在"我们"的四合院里来寻找现实生活之外的归属感。小说最后又讲述了冯奶奶的故事，给我们留下了无限的想象空间。冯奶奶为了养活自己的两个孩子而做过妓女，但她始终在等待丈夫回家。冯奶奶的故事与大老郑那章姓女人的故事的相同点是，她们两人都是为了生计而迫不得已地做了妓女，但冯奶奶始终等待着她去台湾的丈夫的归来，大老郑的女人的丈夫却是活着的，而且还与"我"母亲聊天了。最后，冯奶奶得到了大家的谅解，而大老郑和他的章姓女人则被"我"母亲赶出了四合院。小说用回忆的方式叙述，典雅的笔调表达了逃避现实的人们回归到现代生活的怀想，体现了人们在市场化背景下，突破理想主义的遮蔽后对人的原始生命本色和生存的渴望。小说触及了人的生命之"疼"，它借一个身份含混的漂移的"能指"符号——大老郑的女人，传达出了文本深层的"所指"，即人的生命本真存在现实和"人格面具"在平衡人的生命欲求与社会规范冲突中的巨大作用问题。①

赵本夫短篇小说《即将消失的村庄》：描绘了一个村庄的"消失"过程

《即将消失的村庄》4月份发表在《时代文学》第4期。小说生动地描绘了一个村庄的"消失"过程："溪口村的败落是从房屋开始的。在经历了无数岁月之后，房屋一年年陈旧、破损、漏风漏雨，最后一座座倒塌。轰隆一声，冒一股尘烟，就意味着这一家从溪口村彻底消失了。"溪口村的败落，是由于溪口村人不断向城市流动迁移的结果。溪口村的第一代农民工外出挣了钱，然后回到村里盖房，他们视之为百年大计。第二代农民工却在城里站稳了脚跟，把妻儿都接到打工的地方去，决计不再返乡。溪口村就这样由败落逐渐走向"消失"。小说标题虽然对小说所叙故事及其意义进行了揭示，但也道出了中国农

---

① 参阅张德礼《人格面具：生命本真存在的生动写照魏微〈大老郑的女人〉精神分析解读》，《南都学坛》，2009.5。

村历史发展的一种趋势。据统计，"在1990年到2010年的20年时间里，我国的行政村数量，由于城镇化和村庄兼并等原因，从100多万个，锐减到64万多个，每年减少1.8万个村落，每天减少约50个。它们悄悄地逝去，没有挽歌、没有诔文、没有祭礼，甚至没有告别和送别，有的只是在它们的废墟上新建文明的奠基、落成仪式和伴随的欢呼。""2015年，村民委员会单位数为580856个，社区居民委员会单位数为99679个。"①

李佩甫长篇小说《城的灯》：讲述了一个逃离乡村，走进城市的青年人在城市中迷失自己的故事

《城的灯》5月份由长江文艺出版社出版，进入2003年度小说排行榜。小说围绕冯家昌、刘汉香的爱情故事，讲述了一段沉甸甸的、感人至深的年代纪事。小混混头子锛子看上了冯家昌的同学刘汉香，带人来校门口强行抢人。没钱买鞋而一直光脚上学，被同学取笑为赤脚大仙的冯家昌挺身而出，拎着两块砖头走到锛子面前，给了自己一下，痞子们被镇住了，刘汉香被救了。刘汉香对冯家昌产生了异样感情。冯家昌的父亲是残疾人，母亲因病而殁，临终时嘱托冯家昌要成为家里的顶梁柱。16岁的冯家昌很男人地点头应允了。母亲死后，冯家昌兄弟更没有鞋穿了。他把兄弟们召集到一起，逼着他们在草丛中光脚奔跑，让他们的脚磨出茧子，成为穿不烂的"铁鞋"。冯家昌的班主任朱老师是一个因走"白专道路"而被贬的博士，对内禀灵慧的冯家昌深为嘉许，给他买鞋，被冯家昌拒绝。一日，冯家昌背着干粮走在青纱帐间的土路上，发现一对崭新的解放鞋整齐地摆放在路中间，刘汉香从庄稼地里走出来，原来鞋是她送给冯家昌的。可是冯家昌不领情，转身就走。后来两人关系渐渐变好，冯家昌骑着车带着刘汉香去上学。锛子看到冯家昌光脚，想给他买一双胶鞋，但被冯家昌冷漠地拒绝了。伤了自尊的锛子酒醉和人斗殴，致人重伤，被判刑入狱。冯家昌觉得有愧于锛子。中学毕业后，刘汉香到公社砖场当农工，冯家昌则回家种地。刘汉香向冯家昌表白了她的爱，冯家昌说自己家庭困难，让刘汉香考虑清楚。刘汉香态度坚决，她抛下自己娘家优越的生活条件，主动住进冯

① 转引自李文《中国"三农"问题的演进与乡村社会治理创新》，《宁夏社会科学》，2018.2。

家，照顾冯家昌的弟弟们。冯家昌决心当一个有脑子的新农民，来改变家乡的面貌，却被村支书即刘汉香的父亲刘国豆视为异端，借故将他关进了学习班。刘汉香救出冯家昌后，又在她的斡旋下，刘国豆将冯家昌送到县城化肥厂做副业工。冯家昌表现优异，被厂里树为典型，又在火灾中舍生抢险，立下功劳。厂长想给他转正，但农村户口问题将他的工人梦彻底击碎。他决心改变自己命运，当上真正的城里人。经过长期艰苦努力，冯家昌利用参军等形式，使自己的全家兄弟从乡村迁到城市。冯家昌自己也变成了军界、政界、商界以及外交界举足轻重的人物。刘汉香在冯家昌家里生活到第八年，当她帮冯家盖好房子后，却得知冯家昌已经背叛了自己的消息，全村人都愤怒了。但刘汉香强忍着巨大的悲痛，在农科所退休职工的帮助下，渐渐走出了痛苦，她学习园艺，后来带领 3000 名村民进行创业，走向了致富的道路。小说的结局是冯家的四兄弟在繁华的城市中迷失了自我。小说主人公冯家昌是中国一部分渴望逃离乡村、走进城市的青年农民的代表，他选择了自己的人生道路，但最终却迷失在了城市的喧嚣中。作者运用浪漫主义的创作手法，将一个近乎完美的形象赋予了刘汉香。刘汉香身上体现了作者的完美女性以及完美人格的理想，刘汉香的形象就是一盏可以照亮灵魂的灯，这盏灯在物欲横流的社会中为人们指引了正确的方向。《城的灯》后被拍摄成电视剧《下辈子做你的女人》。[①]

须一瓜中篇小说《淡绿色的月亮》：叩问生活和人性

须一瓜，原名徐平，生于 20 世纪 60 年代，现居厦门。《淡绿色的月亮》5 月份发表在《收获》第 3 期，进入 2003 年度小说排行榜。小说写芥子和丈夫钟桥北恩爱有加。他们小别了一段时间之后，在一个有着淡绿色的月亮的晚上行鱼水之欢，其间，钟桥北喜欢在芥子身上做一种将一截红缎绳打成结的游戏。半夜的时候，他们的家里进了劫匪，劫匪是保姆的丈夫和弟弟，他们扮成小白兔和大灰狼后抢劫了芥子家的财物，保姆的弟弟还猥亵了芥子。当案子破了后，芥子一直对钟桥北当时为什么没有抵抗的事情耿耿于怀。她为了打开这个心结，就一次次地探问钟桥北。钟桥北说自己当时在歹徒面前委曲求全，完

---

① 参阅汪树东《直面城乡二元结构的价值迷思——评李佩甫的长篇小说〈城的灯〉》，《理论与创作》，2004.5。

全是为了保护芥子不受伤害。但芥子从此和钟桥北产生了深深的隔阂。芥子虽然想原谅钟桥北，想恢复从前的恩爱生活。但是，她却又一次看到了天上那轮淡绿色的月亮，她感到自己所有的激情再也找不回来了。小说中，突发性的事件只是一个引子、一个由头，人物感情深处发生的细微变化才是故事的内核，是作者所要着力表现的中心。小说不仅引发了读者阅读的惊奇感，而且使读者在兴味盎然的阅读中产生深长的咀嚼和回味，它在揭示人物的精神世界、心灵奥秘时，也叩问了生活、叩问了人性。

叶弥短篇小说《猛虎》：展示了一幅看似平静却令人恐惧的生活图景

叶弥（1964.6—），原名周洁，江苏苏州人。《猛虎》5月份发表在《作家》第5期，进入2003年度小说排行榜。小说叙述了一个发生在家庭内部的故事：妻子崔家媚杀死了丈夫老刘。作者说，这是一个"老掉牙的故事"，但充满了血腥，这是一场夫妻对抗的精神虐杀，对抗的结果是妻子杀死了丈夫。在叶弥的作品中，经常不时地流露出世界本身就是由男女对抗组成的思想，可以说《猛虎》把这种对抗上升到了以一方的消亡而告终的结局。老刘是一个中学教师，常年病休在家，崔家媚漂亮、妖娆，有着会说话的体态，总能让人想入非非。年轻时的老刘爱上了崔家媚看似"水性而略杨花"的风韵，崔家媚则爱上了老刘的一身才子气的诗性。相爱容易相处难，渐渐地，夫妻两个把自己的一切都显现在了对方的面前，崔家媚光鲜、滋润、妖娆、强悍、丰沛，老刘却羸弱、枯竭，他甚至已经无法满足妻子的性欲望了。他于是开始逃避、害怕，渐渐地，他连夫妻生活都"不想干了"，最后干脆"不行了"。当夫妻生活宣告死亡之后，老刘希望崔家媚能另寻新欢。但崔家媚生性虽风流，却始终不肯做对不起丈夫的事情。她反而压迫老刘，使他在自己的压迫及他所得的病痛的折磨之下奄奄一息。最终，老刘死在了崔家媚的手里。崔家媚虽然很吃惊自己的心狠手辣，但也明白自己终于从这无望的婚姻中解脱了出来。小说为我们展示了一幅看似平静却令人恐惧的生活图景，在这个有点畸形的家庭结构中，压抑与被压抑、折磨与被折磨、虐待与报复，都在温情脉脉的面纱下不动声色而又惊心动魄地上演着。①

盛可以短篇小说《手术》：提供了一份"炮礼时代"青年男女的婚恋心理标本

盛可以，20 世纪 70 年代生，湖南益阳人。《手术》5 月份发表在《天涯》第 5 期，进入 2003 年小说排行榜。小说叙述了一个急于想寻找生活归宿的女子唐晓南的生活遭遇和她的情感故事。唐晓南本是个独身主义者，到 28 岁这年，才发觉做别人的性伴侣太虚无，渴望拥有一个家庭，于是她把目标锁定在"婚姻出现严重漏洞"的江北身上。然而，相识不久，她就认定，江北只想和她做爱，并不打算娶她，于是两人分了手。之后，她在火车上邂逅了比她小五岁的"标致的男孩"李喊，双方互相吸引，并迅速同居。在一连三个月的频繁做爱中，唐晓南享受着性欲的快感，同时也迫切需要李喊给她一个切实的婚姻保障。但李喊却以自己现在一无所有为由，拒绝给她一个幸福的承诺。在这个时候，唐晓南的左乳患上了良性纤维腺瘤，需要手术治疗。她的手术做得很艰难，左乳最后被掏空，仿佛是对她先前太过放纵的惩罚。小说将唐晓南接受乳房手术的过程以及她的感受，她的恋爱史和爱情期待等放置在一种双层关系中来叙述：一方面叙写了唐晓南对左乳手术的深深的恐惧，以及她在手术中所感受到的冰冷陌生的疼痛；另一方面写她在疼痛中，对自己的情感历程所进行的回忆与遐思：身体的欲望、情感的迷茫、开放无畏的现代爱情观及毫无希望的同居生活，使她慢慢感觉到自己对爱情与婚姻也充满着麻木与疼痛，如同自己的左乳所做的手术一样，只能受医生的摆布，最终留下了伤痕，但却毫无办法。小说将唐晓南的左乳切除手术与她的婚恋故事交织在一起来写，给我们提供了一份"炮礼时代"（小说中的叙述语言）青年男女的婚恋心理标本。②

---

① 参阅彭卫红朱霞《他与她，谁是猛虎——解读叶弥的短篇小说〈猛虎〉》，《名作欣赏》，2006.4。

② 参阅万秀凤《疼痛的写作——评盛可以的短篇小说〈手术〉》，《名作欣赏》，2005.5；柯贵文《一份"炮礼时代"的婚恋心理标本——评盛可以的小说〈手术〉》，都见《名作欣赏》，2005.5。

麦家中篇小说《让蒙面人说话》：一篇充满惊心动魄、曲折缠绕的悬念的小说

《让蒙面人说话》5月份发表在《山花》第5期，进入2003年度小说排行榜。小说中的数学高才生陈二湖被选进红墙内的破译所后，他的人生世界就整个改变了。在红墙内，他练就了破译密码的精确头脑和火眼金睛。凭着这样的本领，他走出红墙，也洞晓社会人生种种密码背后的真实信息，结果被人当成精神病患者送进精神病院。陈二湖的悲剧也许会让我们很沮丧：对于人生之谜，我们千万不要去揭穿谜底是什么。小说以惊心动魄、曲折缠绕的悬念设置，使读者的阅读过程充满期待。其讲述方式从容，充满着感染力并凝结着哲学的玄思，魅力四射。

李肇正小说《姐妹》：揭示城市外女性为改变命运丧失了主体地位和主体意识

李肇正（1954—2003），上海嘉定人。《姐妹》5月份发表在《钟山》第3期。小说写宁德珍在省会城市边缘从事皮肉生意，她最大的愿望就是嫁个城里男人。从此，她就开始"对客人多了一个心眼"。但是，城市只给她提供了一个阳痿的男人。为了给自己和儿子取得一个合法的城市身份，为了结束自己的卖身生活，宁德珍毅然决定嫁给那个阳痿的城市男人。小说还写了其他几个女性取得城市身份的情况：崔喜能凭本事把一个不属于自己的机会变成了自己的机会，她进城了；玉米为了进城，为了避免自己的婚姻被破坏，她在出嫁前才给母亲说了进城的事情，而且这时她已经把自己的身体奉献给了城里的未婚夫；素素也为了保住自己的城市男朋友，采用多种方法才实现目的。小说展示了这些女性把自己的命运完全寄托在并不平等的婚姻上的盲目，她们把婚姻当成改变自己命运的全部砝码，没有意识到这种方式存在的缺陷与不足，没有意识到自己主体地位与主体意识的丧失。

张炜长篇小说《丑行或浪漫》：一部关于流浪、大地、栖居及语言的小说

《丑行或浪漫》6月份由云南人民出版社出版，进入2003年度小说排行榜。小说中的刘蜜蜡是一个乡村的奇女子，在小学老师的启蒙下，她的内心和身体渐渐苏醒了。小学教师遭受诬陷之后亡命天涯，刘蜜蜡开始了不懈的寻找和追随。她被邻村的民兵队长强行娶走，继而又险些被邻村的村长霸占。反抗之中，刘蜜蜡一刀刺死了霸道的"土皇帝"之后仓皇出逃。从此，她踏上既是逃亡又是搜寻小学教师的道路。刘蜜蜡背井离乡，浪迹四方，并且先后委身给几个英俊而又不幸的小伙子。其间，她听说小学教师在一次黑夜搜捕之中死于非命。但他仍然是刘蜜蜡的精神偶像。20多年后，刘蜜蜡奇迹般地遇到了她最为思念的小伙子铜娃，命运竟然安排她到他家里当保姆。这给刘蜜蜡漫长的流浪画上了一个句号。她与铜娃相爱，终于过上了平静而美好的生活。这是一部关于流浪、大地、栖居以及语言的透明的小说，现实的景象，内在的愿望以及感性的激情被自由合成，构成了作者心仪的生命世界，其中的万千事物好像都回到了生命的原初状态，善是纯粹的善，恶是极致的恶，就是美，也是无比澄澈的美。在这透明之中，可以感受到作者克服一切理性的障翳，顺由心性、自在书写的大欢喜。小说使大地有了光，廓清了真善假丑，让人的栖居有了依托。小说出现了作者许多先前未曾有过的新鲜质素：女性第一次成为小说的主体人物；人物不再敌视城市，而是流向城市并试图与城市和解；知识者的启蒙性弱化，变成了被拯救者等。新的质素显示了作者新的追求和自我超越的努力，不过他并没有脱离一往的写作立场，而是一直奔走在寻找诗意家园的路途中，无论前方是花园还是坟墓。[1]

陈应松中篇小说《望粮山》：写了鄂西北望粮山的农民在一种无望的生死煎熬中苦苦挣扎的情况

《望粮山》6月份发表在《上海文学》第6期，进入2003年度小说排行榜。小说中的望粮山是鄂西北一个贫瘠的山区，这里的农民在一种无望的生死煎熬中苦苦挣扎。小说非常沉重地袒露了这种真实的生活场景，写了人们抢食冰雹里的肉虫的场面，写了康保被蛇咬后在临死前赌一副香柏棺材的事情，写了主人公金贵寻找"天边的麦子"的经历，这些对习惯了都市生活的青年人来说，将是情感上的一种残酷震撼。人们在说农民或农村艰苦的时候，常以城市作为确定的参照系。最终，望粮山的年轻人金贵在磨了苦荞面后，

[1] 参阅马春花《流浪与栖居——评张炜的长篇新作〈丑行或浪漫〉》，《名作欣赏》，2005.2。

告别姐姐，翻过山顶到城市去寻找希望了。小说反映了现代中国发展不平衡的现实。①

戴来短篇小说《茄子》：描绘了现代都市生活中各色人等的众生相

《茄子》6月份发表在《人民文学》第6期，进入2003年度小说排行榜。小说中的彩扩店老板老孙是婚姻生活中的失败者，妻子抛弃了他和儿子小龙后跟了别人。夜深人静的时候，老孙偷偷洗印了一大包中年妇女的照片来慰藉自己乏味孤寂的生活。小龙怯懦的性格中隐藏着不安分的因子，对唾手可得的爱情熟视无睹，却沉迷在对不可能实现的爱情的幻想之中。老孙和小龙同时对"小三"身份的年轻女孩产生了强烈的兴趣，但动机却完全不同：老孙试图通过对他人婚外恋情的破坏来惩罚婚姻生活中的那些非道德的人；小龙怀着拯救"迷途少女"的心态去实现爱情缺失者对于爱情消费者的报复，结果是赔了夫人又折兵。小说具有一种出人意料的机智与聪慧，作者在日常社会生活中发现了普通人的心理矛盾和尴尬处境。小说题为"茄子"，因为它是人们在照相时，摄影师为了让照相者微笑而喊出的声音，显露了作者视角的独特和新颖。②

毕淑敏长篇小说《拯救乳房》：国内首部心理治疗小说

《拯救乳房》6月份由人民文学出版社出版，书名引发了争议。1989年8月，医学杂志《柳叶刀》因刊登了斯坦福大学施皮格尔研究小组的重大发现而引起了轰动。施皮格尔小组通过对乳腺癌晚期患者进行集体心理治疗，使他们的存活期延长了一倍。时隔10年以后，毕淑敏也写出了一个治癌小组利用心理疗法使许多乳腺癌者走出心理阴影，开始全新生活的小说。小说被称为国内首部心理治疗小说，它关注了生命和生存，严肃地表现出癌症患者为尊严而生的价值观，深入探讨了生命和死亡的意义。小说的故事是这样开始的，心理学博士程远青为了组成一个心理治疗小组，向全社会发布公告招募乳腺癌患者这样的特殊病人。公告发布后，前途远大的公务员，德高望重的老干部，漂亮智慧的硕士生，家境贫寒的下岗女工，敏感多疑的白领丽人，身世复杂、来历不明的妓女以及性别不明者都携带着各自的人生故事，怀着对死亡的畏惧，相聚在一

① 参阅项静《艰难的行走——漫谈陈应松的〈望粮山〉》，《当代作家评论》，2004.2。
② 参阅李惠《一对偷窥的好心父子——解读戴来的〈茄子〉》，《名作欣赏》，2005.6。

起了。在艰难的碰撞与交流中，这些患者都拥有了健康的心态，开始了全新的生活。程远青的心理治疗小组不仅帮助乳腺癌者走出了心里的阴影，而且使他们学会了不管遇到多么艰难的事情，只要勇于去面对，一定会看到太阳。小说最后以安疆老人安静而从容地离世结束，老人走得很幸福，因为有很多人陪伴在她的身边。作者说，写作这部小说的初衷不仅仅是关注乳腺癌患者这个特定的群体，她更想从女性角度来描写命运，描写在危急状态下，女性的心路历程，以及女性在大时代里的某种宿命，某种觉醒和抗争。小说表现出了执着的写实精神、强烈的拯救意识和在生命体验与女性写作中的超越意识。但不少文学界人士认为，小说惹人眼目的题名有屈就市场和媚俗之嫌。[①]

王安忆短篇小说《发廊情话》：表现了上海市民阶层人物的职业、语言、心态特点以及世风民情

《发廊情话》7月份发表在《上海文学》第7期，2004年获得第三届鲁迅文学奖（2001—2003）。小说写的是"女人"和"传奇"，它的舞台，是一个具有乡土气的发廊。老板具有乡土气，但发廊妹却穿得很花哨。发廊所在的街道，是一个乡土气很浓的地方。小说前三段，渗透在一种阴性的气质里。老板是个做着女人生意的男人，他长着一双又白又软的手。有一天，一个最具女人气的女人来发廊洗头了，她虽然不美艳，但气质却是阴性的，自带柔光。她目光柔软。她有孕。她一开口，整个话题就是女人。她谈到了"老法师"，"老法师"其实很像她，能说会道，见多识广。"老法师"是诈骗犯，她最后才点明。她和"老法师"的关系不一般，所以她有一点"坏"。她懂媚术。最后老板骂她是鸡，认为她是邪恶的。旧时代的娼妓热衷于为自己树贞节牌坊，现代的娼妓则热衷于谱写自己最为浪漫的情话传奇。小说里那个自我感觉良好、口才出众、喜欢表现、善于掩饰的淮海路上的女孩，以及那智商高人一等的老法师，都给读者留下了深刻印象。小说讲述的故事现实性很强，对上海市民阶层人物的职业、语言、心态特点以及世风民情都有极其精准、老到的表现；对人物的心理做了洞幽烛微的描写，其语言与心理都贴合人物的身份；采用人物的内视

---

① 参阅刘发明《写实、救赎与超越——对毕淑敏长篇小说〈拯救乳房〉的一种解读》，《安徽大学学报》，2004.6。

角叙事时，又以全知全能的视角描写了女孩的神色表现；细腻舒缓、神吹海聊、虚实相生、真假掺杂，生动地揭示了上海发廊的真实情况，体现了王安忆小说创作独特的艺术气质。①

张翎中篇小说《羊》："把中国的故事和外国的故事天衣无缝地缀连在一起"

张翎（1957—），浙江温州人，加拿大华人。《羊》7月份发表在《收获》第4期，进入2003年度小说排行榜。小说写羊阳与一个大她26岁的男人黎湘平来到了加拿大，但黎湘平在新婚第一夜却死了，走投无路的羊阳最终在福音所幼儿园找到了一份工作。在幼儿园里，羊阳认识了保罗·威尔逊教士。羊阳的中国身份引起了保罗的回忆。保罗的爷爷约翰曾在中国传过教，办过学校，后来收养了一个叫路得的女孩。羊阳渐渐地与保罗产生了感情。但不久，羊阳收到了被驱逐回国的通知，同时也收到了黎湘平为她投保的一百万加元的通知。羊阳最终带着阳光般的希望踏上了回国之路。莫言说，一些新移民作家，"写出来的小说内容还是他们在国内时所经历过的或是听说过的那些事。像张翎这样能够把中国的故事和外国的故事天衣无缝地缀连在一起的作家并不是很多。我想这也是张翎作为一个作家的价值和他的小说的价值"。的确，张翎所写的小说多来自境外的华人生活，虽然其主角是一些普通的小民，但在他们的人生与爱情的故事背后，却潜藏着、涌动着世纪的风云变幻，道出了人世的沧桑和历史的沉重。②

巴桥中篇小说《阿瑶》：展示了生活在最底层的女孩们在身体和精神上的故事

巴桥（1975—），江苏苏州人。《阿瑶》7月份发表在《钟山》第4期，进入2003年度小说排行榜。小说写一个叫阿瑶的小姑娘来到广州的洗头房做了按摩小姐。小说之后围绕着阿瑶的经历，展示了生活在最底层的女孩们在身体和精神上的故事。当然，这些故事是一些包含着辛酸血泪与道德恐慌的故事。一些人认为渲染底层道德优胜和失败是新世纪底层叙事根本的道德倾向。两种道德倾向都有现实依据，都是现实生活的真实写照。但需要注意的是它们都有

---

① 参阅姜露《浅谈王安忆短篇小说〈发廊情话〉的语言艺术》，《北方文学（中）》，2013.3。
② 参阅公仲《阳光沐浴下的爱——评〈羊〉》，《2003年中国小说排行榜》，2004。

"文以载道"性质：即强化某种道德倾向，然后指向某些特定的社会和文化思想。本小说就体现出了这样的道德倾向言指。

范稳长篇小说《水乳大地》：一部讲述澜沧江边藏族、纳西族、彝族和白族杂居地区一个世纪风云变迁的小说

范稳，生年不详，四川人。《水乳大地》7月份发表在《中国作家》第7期，进入2003年度小说排行榜。小说讲述了澜沧江边上藏族、纳西族、彝族和白族杂居的地区一个世纪的风云变迁，写了从19世纪初西方传教士进入藏区传教引发的宗教冲突到世纪末各宗教来之不易的和平相处的情况。这是一部小说，但是除了故事之外，其中对于藏区少数民族风情和宗教发展的描写更像是对历史的记述。西藏东南地区、卡瓦格博山下、澜沧江边，这块苦难与光辉并存的土地几百年来由土司和寺庙的喇嘛活佛控制着。清朝及民国时期，中央政府对西藏并没有太多的控制和约束，财大气粗的野贡土司、悲悯慈悲的活佛及佛教徒、纳西族人、高山上的巨人部落共同占有这片土地，分享着它带来的财富和梦想。直到法国传教士杜郎迪神父和沙利士神父用枪和银子换取了在藏区传教的特权后，神父们用上帝的爱吸引了一批教民，活佛用佛陀的光辉守护当地人的信仰，纳西人则忠诚于他们的"署"神，宗教矛盾开始突显。由于传教士过于强势和行为的无理，第一次宗教战争爆发，杜郎迪神父成为牺牲品，沙利士神父带领其余的基督徒到了江东岸。随后因为纳西女子阿美和野贡家的儿子扎西尼玛在高山草甸殉情引发了战争，首领和万祥带领纳西人也到了江东岸。从此峡谷的东岸和西岸开始各自发展。解放以后，共产党进入藏区，一方面进行土改，解放了奴隶；另一方面破除迷信，宣传科学知识，使当地人的宗教信仰发生变化，人们也生活在和平环境中。改革开放后，藏区又重建寺庙，重建信仰。小说聚焦边疆，探索了心灵，诠释了藏地风情，展示了中国边疆在现代化进程中的命运浮沉与灵魂的执着，成功地完成了一次开拓本土经验的尝试，也为中国本土化文学图景的建构增添了绚烂的一笔。[1]

① 参阅方奕《水乳交融的藏地风情——评范稳的长篇小说〈水乳大地〉》，《当代小说（下）》，2012.5；雷达《长篇小说笔记之二十：范稳的〈水乳大地〉》，《小说评论》，2004.3。

莫言长篇小说《四十一炮》：折射了改革初期农村两种势力、两种观念的激烈冲突及人性的裂变等

《四十一炮》7月份由春风文艺出版社出版，是作者获得2012年诺贝尔文学奖的主要作品之一。小说以20世纪90年代初的农村改革为背景，通过一个小孩罗小通的视角折射出了改革初期农村的两种势力、两种观念的激烈冲突，以及人性的裂变、人们在是非标准、伦理道德上的混沌和迷惘。罗小通的母亲务实能干，紧跟时代潮流发家致了富。而罗小通的父亲罗通则不能"与时俱进"，最终因难以忍受妻子与人通奸的耻辱，杀死了妻子，锒铛入狱。罗小通成了孤儿。十年蹉跎后，罗小通流落到故乡附近的一个破落不堪的五通神庙里，试图用叙述村长老兰的故事来打动老和尚，让他收自己为徒。小说其实讲述了三代人的故事：第一个是罗小通亲历的20世纪80年代农村屠宰作坊发展到肉联厂的故事；第二个是罗小通的父母罗通、罗玉珍与野骡子姑姑等人之间的纠葛。第三个是在"幻境"中由罗小通向大和尚讲述老兰转述而来的故事。这三个故事，在两种字体的文本中相互交织错综。其中，罗小通在村庄里成长的过程、在肉联厂的经历是主干，以顺叙方式展开；村长老兰的故事是枝干，大部分故事叙述为顺叙，小部分在罗小通神奇的讲述中被"插叙"出来；老兰的故事则是夹杂在罗小通"奇幻"的讲述中，以"倒叙"方式呈现出来，具有"叶片式的装点"特点。关于书名《四十一炮》，作者解释道：在他的故乡，人们管特别善于说谎、编排的孩子叫"炮"孩子，小说中的"我"就是一个特别会说话的孩子。另外，小说里曾写到这样一件事情："我"小时候和母亲收破烂时无意中收过一门迫击炮，收藏起来后天天打磨，后来，母亲不知从哪里用骡子驮来了41枚炮弹，"我"便用迫击炮将这些炮弹全部发向了仇人村长老兰的家。小说最激动人心的地方首先在于不停地进行诉说，不停地进行语言流动，这使小说的叙述充满了张力和才气，构成了它的全部内容和全部的艺术魅力，让读者流连忘返。小说在农村体制艰难地向现代化迈进这样一个大背景下，对成长主题、孤独主题、饥饿主题等进行的叙述让人不得不深刻反思。作家也借这部小说狂欢般的叙述，达到了自我救赎的最终目的。①

张学东短篇小说《送一个人上路》：写出了历史与现实、道德与人性之间的复杂纠缠

张学东（1972—），宁夏人。《送一个人上路》8月份发表在《上海文学》第8期，进入2003年度小说排行榜。小说由正文和补记两部分组成，写了曾做过生产队长的祖父为原先的饲养员、五保户韩老七送终的故事。当年，韩老七在给生产队放牲口时，受命调训暴烈的军马而受伤，丧失了性能力，自然不能结婚，也不可能有孩子。时任村长的祖父觉得自己有义务为这件事情承担责任。他于是承担起照管韩老七生活的义务。他天天和这个行为乖戾、肮脏、恶心的人睡在一张炕上。在村里，在家里，除了祖父，没有任何人欢迎这个丧失了劳动能力、肮脏难缠的绝户老人。一旦祖父离家，家里的晚辈们便想尽了法子想轰走韩老七，但每次都无功而退，而且常常是自取其辱。小说对周围人对韩老七的厌恶做了大量描写，这种侧面衬托的手法更加反衬出祖父的仁义、守信。农村体制改革后，祖父仍然兑现着自己的诺言，悉心照料着韩老七的生活。韩老七死后，祖父极其悲哀地给他送终，只见"祖父在韩老七的坟头上点了三炷香，又跪在那里慢慢地将纸钱化了。祖父起身之前落下一串晶莹的泪，泪光中他好像在自语着，到那头再好好成个家吧，老七。"小说叙事及人物形象的设置都带有寓言色彩，如祖父、父母和孩子们三代人对待韩老七的不同态度，祖父、韩老七和作为后辈的"我们"之间关系的叙述，让人体验到沉重的历史内涵和当今社会风气的变迁。小说从一家几代人的身上写出了历史与现实、道德与人性之间的复杂纠缠。②

李洱中篇小说《龙凤呈祥》：展现了一幅乡村社会的长轴风俗画卷

《龙凤呈祥》9月份发表在《收获》第5期，进入2003年度小说排行榜。小说写现任村委会主任繁花巾帼不让须眉，一心为村民谋福利，论功劳论苦劳，都是连任的最佳人选。但在选举前夕，一件关乎繁花上台下台的事情发

---

① 参阅刘香《叙述的狂欢：写作者的自我救赎之道——评莫言的长篇小说〈四十一炮〉》，《名作欣赏》，2005.6。

② 参阅《偏远的宁夏与渐成气候的"宁军"》，《朔方》，2006.2。

生了，村里一个妇女计划外怀孕后失踪了。由于事发突然，繁花的全部部署都被打乱了，她决定将这起事件查个水落石出。在调查中，秘密接二连三地浮出水面：不但村委会班子里的几个人背着她四处拉选票，而且连她最信任的接班人竟然也"在背后捅她一刀"。小说围绕村委会改选中各方力量的博弈较劲，以及繁花等村干部做计划生育工作时的令人啼笑皆非的曲折经历，展现了一幅乡村社会的长轴风俗画卷，画卷上的各色人物的音容笑貌呼之欲出，栩栩如生。小说的中心思想可以总结为：人如何制造幻觉，人如何被幻觉所击败。小说出版时被改成一个名叫《石榴树上结樱桃》的小长篇，翻译成德语后在德国很畅销，德国总理默克尔来中国后曾经给温家宝总理送过该小说的德语版。①

莫言短篇小说《木匠和狗》：揭示了人性中极其丑恶的一面

《木匠和狗》9月份发表在《收获》第5期，进入2003年度小说排行榜。小说写木匠李大个子养了一条黑狗。一天，狗偷吃了木匠的食物（狗始终不承认，是不是木匠冤枉了狗），木匠一怒之下把狗给打跑了。狗埋伏在路边，想在木匠外出伐木时报复这个曾经的主人，但木匠最后却把狗杀了。木匠杀了狗后发现，狗其实事先已经按自己的身长挖了一个坑，早已替自己做好坟墓了。木匠把狗的这一恶毒的行径告诉给了埋伏在一旁专门捕鸟的"神弹子"管小六，但管小六却设计把木匠骗到那个坑里，然后要活埋了他。木匠喘着气说："也好，我现在想起来了，你为什么恨我。"木匠到底想起了什么？作者没有说，他只撂了一个谜面让读者去猜。认真思索后，作者隐藏的谜底应该是：木匠死了，树自然会存活下来，那么捕鸟者管小六就可以继续生存下去了！人为了生存，总会不择手段。小说揭示了人性中极其丑恶的一面。小说也印证了纳博科夫的论断，优秀作家应兼具三重身份：讲故事的人、教育家、魔法师。循此出发，莫言的这篇小说就具有这样的启示意义。②

---

① 参阅韩石山《热气腾腾的乡村政治闹剧——评〈龙凤呈祥〉》，《2003年中国小说排行榜》，2004。

② 参阅夏楚群《优秀作家的三重身份——由莫言的一部短篇谈起》，《名作欣赏》，2016.33。

李铁中篇小说《杜一民的复辟阴谋》：反映了底层工人的生活

《杜一民的复辟阴谋》10 月份发表在《青年文学》第 10 期，进入 2003 年度小说排行榜。这篇小说是作者多篇反映底层工人生活题材的小说之一。小说写杜一民是自来水厂的一名职工，20 世纪 80 年代初期，他是厂里出了名的"改革"人物，强烈要求改变厂里的大锅饭制度，当上了水塔班班长。90 年代，自来水厂的效益一落千丈，高厂长将自来水厂改组为公司，他也成了"高总"，并大张旗鼓地搞减员增效，一时间人心惶惶。高总和杜一民曾是要好的同学，杜一民还曾经救过高总一命。同事都纷纷让杜一民找高总说情。杜一民不敢见领导，又不忍心辜负了同事，就想出一个"创收"的办法，复辟了"大锅饭"，让班组人人都有饭吃。杜一民最终失足掉入水塔，尴尬而无奈地丢掉了性命。①

麦家长篇小说《暗算》：勾勒了谍报领域几个天才人物的无常命运轨迹

《暗算》11 月份发表在《钟山》杂志 2003 年秋冬卷（发表篇名为《暗器》），获得第七届茅盾文学奖（2003—2006）。小说分为三部，第一部是《听风者》，第二部是《看风者》，第三部是《捕风者》。第一部和第二部的故事，有一定原型，第一部里的瞎子阿炳，源于作者家乡的一个傻子，40 岁还不会叫爹妈，生活不能自理，但他目力惊人，有特异禀赋，以致方圆几公里内几千上万人的个性和家史，他都可以通过目测而知晓，朗朗成诵。第三部《捕风者》故事的出处有两个：一个是老电影《尼罗河上的惨案》，另一个是曾经在北京盛行一时的杀人游戏。2001 年，作者的单位成都电视台要为建党 80 周年拍部献礼片，让他写剧本，他和好友一起编了一个叫《地下的天空》的两集短剧，创作灵感就是电影《尼罗河上的惨案》，但他们把其故事革命历史化了。两年后，作者在鲁迅文学院读书，同学中风靡玩杀人游戏，他觉得很有趣，便激发了重写《地下的天空》的热情。《捕风者》的故事就是借一个经典的套子，凭作者所擅长的逻辑推理和对谍报工作的感情，反反复复"磨蹭"出来的。但其故事却直接来自四川师大一位姓潘的化学教授讲述的故事。《暗算》只用了三种人的身

---

① 参阅王科《在严酷的历史悖论面前——评〈杜一民的复辟阴谋〉》，《2003 年中国小说排行榜》，2004。

份，一个是听风者，第二个为看风者，第三个则是捕风者。这里的风是指一些间谍性的行为，比如破译密码，侦察情报和实际的参与战争行为。小说内容纵横20世纪30年代，50年代和60年代，将间谍战、密码战、无线电侦听熔为一炉，穿插了亲情、爱情及革命事业，塑造了超能力者、数学天才、革命志士等形象。其中钱之江、安在天父子的一生可歌可泣。小说主要包括：序曲——奇特的邂逅；上部——听风者；中部——看风者；下部——捕风者。小说以第一人称的口吻讲述了四个阶段真实的故事。《序曲——奇特的邂逅》写"我"平生第一次就去北京帮助单位的小领导给北京的大领导汇报工作。在飞机上，"我"和说着乡音的两个人认识了，然后互留了电话。到机场后，"我"却被两位公安同志带到了一个神秘的办公室，他们问"我"从飞机上的两个人那里听到了什么，"我"自然没听到什么，所以一番解释后，他们才放了"我"。回到单位后，在飞机上认识的那两个人给"我"打电话，请"我"一起吃饭。"我"不去，但他们派车"硬"接走了"我"。去了后，才知道那两人是"我"单位附近一个名叫特别单位701里的人。随后，小说在《上部——听风者》中主要以瞎子阿炳为主线，叙述了他的发现、训练、使用、成功和死亡，基本是一个相对独立的完整故事情节。瞎子阿炳具有异于常人的禀赋，他在谍报工作中屡立奇功，但他突遭不测的命运却让人扼腕长叹。在《中部——看风者》中，主要讲述了一位有问题的天使黄依依的故事。黄依依被任命去破解"乌字一号高级密码"，主要与她的才华、经历、生活和气质有很大的关系。她是个天生丽质的漂亮女人，她的知识和身份、地位与其漂亮的容貌一样过人，一样耀眼。她身上有一种妖艳的气质，热艳，妖冶，痴迷，大胆，辛辣，放浪，自私，无忌，无法无天，无羞无耻，像个多情的魔女。另外也写了陈二湖对破译密码的痴迷情况，他是一个为密码而生、为密码而死的悲剧人物。《下部——捕风者》主要包括了"韦夫的灵魂说"和"刀尖上的步履"，流露出的是感动与凄凉，从故事中可以真实领略到谍战事业的伟大与可怕。其中所写的韦夫借尸首传递情报的事情使读者对谍战手段的离奇变化叹为观止。而那个在刀尖上跳舞但却如履薄冰的鸽子因生孩子时的本能呼唤，使身份泄露的情节给这个悬疑小说加上了完满的注释。① 小说中有一张字条上写道:"清晨醒来看自己还活着是多么幸福。我们采取的每一个行动都可能是最后一个。我们所从事的职业是世上最神秘也最残酷的,哪怕一道不合时宜的喷嚏都可能让我们人头落地。死亡并不可怕,因为我们早把生命置之度外。你好。我好。"简短的几行字让读者了解了谍战工作者的工作性质,也体会到了他们的苦衷及他们把生命置之度外,把国家和民族利益看得高于一切的精神。小说借助于"我"的人生奇遇,为读者创设了一个神秘而隔离的世界,将谍报领域的几个天才人物置于惊心动魄的悬疑故事情节中,并勾勒出其生命历程中的无常命运轨迹。小说通过讲述神秘之地"701"的故事,让其中一些秘而不宣的天才人物粉墨登场、绝地厮杀,使整部小说充满了与秘密、神秘相纠缠的悬疑情节,以及与偶然、未知相关联的无常命运。小说语言平淡质朴,构思精巧严谨,以人物的原生态来凸显形象。小说被拍摄为电视连续剧后在全国多家电视台播出,反响巨大。

魏微短篇小说《化妆》:叙述了一个婚外恋故事

《化妆》11月份发表在《花城》第5期,进入2003年度小说排行榜。小说写家境贫寒的女大学生许嘉丽在大四实习时,爱上了所在科室风度翩翩的已婚科长。许嘉丽也知道科长是贪慕自己年轻的身体,但她却宁愿相信这就是自己的爱情。科长略带小气地给许嘉丽买了艳丽却廉价的衣服后,这令许嘉丽颇为心酸。科长还给许嘉丽给了300块钱,这更让她恼火至极。许嘉丽毕业后开了律师事务所,过上了奢华的生活,但她感觉自己的生活是空虚迷茫的。10年后,在一次偶然的机会里,许嘉丽又要去见当年的科长了。许嘉丽把自己化装成依旧困窘的模样后去见科长,她还认为科长是唯一呵护关爱她的人,他是不会以贫富待人的。然而,科长的鄙夷、失望与猜忌让许嘉丽的一切希冀都化为乌有。小说所写的只是一个女人和一个男人的爱情故事,情节单一,没有枝蔓,但写得很出色,把一段普通的情感故事叙述得一波三折又流转自如,语言简洁而灵动。②

---

① 参阅张建波《神秘之域的独特生命展示——评麦家的〈暗算〉》,《第七届茅盾奖作品评论小辑》,《当代小说》,2009.3。

② 参阅陆明《怀旧、感伤和幻灭——读魏微小说〈化妆〉》,《名作欣赏》,2005.20。

王松短篇小说《雪色花》：塑造了一个阴险、狠毒的女知识分子形象

《雪色花》11月份发表在《钟山》第6期，进入2003年度小说排行榜。小说写研究所的女专家蒯大宁为了躲过批斗与下放，主动和身为设计院院长的丈夫离了婚，来到与外面热火朝天的斗争隔离开来的"与世无争"的锅炉房工作。但当研究所陈所长和韩主任也被下放到锅炉房后，她感到了事态的日益严峻：小小的锅炉房容不下这么多人，怎样才能明哲保身？在一次突发的锅炉爆炸事故中，蒯大宁机警地离开锅炉房，而把罪责推给了被炸死的韩主任和受了伤的陈所长。陈所长被下放之后，蒯大宁为了万无一失，竟诱惑年轻无知的锅炉工赵成，从而安全地进行着她的地下论文写作。几年后，赵成以强奸罪被捕，而女专家蒯大宁的论文却得到了复职所长的赏识与器重。小说中的女主人公蒯大宁在反父权制的菲勒斯中心主义（phallocentrism）方面惊世骇俗，与福克纳《爱米莉的玫瑰》笔下的爱米莉有异曲同工之效。①

方方中篇小说《树树皆秋色》：反映了一位女性知识分子对美好情感的渴望

《树树皆秋色》11月份发表在《北京文学》第11期，进入2003年度小说排行榜。小说写大学教授华蓉早已习惯了单身生活。有一天，当一个名叫王老五的男人从电话闯入她的生活后，她不由得被对方感染并渐渐有了某种疑惑和期待。后来，华蓉因自己的博士生发表一篇抄袭论文，受牵连而弄得几乎身败名裂时，王老五拔刀相助。对此，华蓉心存感激并非常想见到这个自称准备报考自己博士的人。然而，那个王老五却总是有意回避她，从不与她见面。王老五为什么那么神秘莫测？他是跟他的哥们儿拿华蓉做情感试验吗？华蓉为此身心俱焚，大病一场。小说反映了当代女性知识分子具有的无奈的精神状况、生活状况及她们对美好情感的渴望。小说带着作者对人世、人生、人心的疑惑和追问，在冷静、细致的叙述中呈现出种种错位与无奈，表现了古典理想的溃败与绝望中的坚守，具有形而上的意义空间，体现出方方小说特有的悲凉意味与人文精神。②

① 参阅蒋海新《匪夷所思的女性：比较〈雪色花〉和〈爱米莉的玫瑰〉》，《当代文坛》，2012.5。
② 参阅程德培《方的就是方的：论方方小说的叙事锋芒》，《上海文化》，2009.6。

阎连科长篇小说《受活》：反思了我国社会主义建设史上的重大事件

《受活》11月份发表在《收获》第6期，进入2003年度小说排行榜。小说写的是豫西耙耧山脉一个叫作"受活"的村庄的故事。"受活"在河南方言中是"享受、快活、快乐、痛快"的意思。小说开头叙说了村庄的历史，这是一个残疾人的村庄，在这个村庄里圆全人（正常人）很少。村里德高望重的负责人是茅枝婆。茅枝婆的母亲在第一次国共内战中被当作叛徒错误地杀害了。茅枝婆成了孤儿后，在她母亲战友的抚养下长大，去过延安，这也成了她以后的资本。后来，茅枝婆被红军的一个排长奸污后走到了受活村，被石匠收留后嫁给了石匠。柳鹰雀原是社校（党校）的人，一次来受活村办差，跟茅枝婆的女儿菊梅发生关系后离开了，菊梅后来生下了四胞胎姐妹桐花、槐花、榆花、幺蛾儿。小说以柳鹰雀在收麦季节以双槐县县长兼县委书记的身份再次来到受活村查看雪灾时，他在偶然的情况下发现了受活村残疾人的绝活，于是组织了一个"绝术团"，让残疾人出去演出挣钱，然后用挣来的钱去俄罗斯购买列宁的遗体，以发展旅游业。作者在写"绝术团"的演出及购买列宁遗体和修建纪念堂的一些情况时，穿插了茅枝婆以退社为由跟柳县长发生的各种较量。最后，受活村人受了圆全人的欺骗，在列宁纪念堂落成那天钱却被抢了，受活村人都被关在了纪念堂里，他们剩下的一点钱都被要走，菊梅的四个女儿也被糟蹋了。茅枝婆最终拿着退社的文件死了。小说反思的是我国社会主义建设史上最重大的事件，如1958年"大跃进"时候的"铁灾"以及随后的"大饥荒"，1966年的"文化大革命"中的"红灾""黑灾"，1978年的改革开放，以及20世纪90年代的商品经济热潮。小说在反映这些时期受活村人的生活状况时，以90年代以来的商品经济大潮为主，穿插叙述了过去的各个历史时期的事情。①

刘震云长篇小说《手机》：手机给人们带来的信任危机和情感困境

《手机》近20万字，分为三部分，12月份由长江文艺出版社出版。小说的头一章写主人公严守一的表哥在矿上挖煤，好长时间没回家。严守一带着表

---

① 参阅刘再复《中国出了部奇小说——读阎连科的长篇小说〈受活〉》，《当代作家评论》，2007.5。

嫂吕桂花到镇上打电话，第一次接触到手摇电话，他想借助表嫂给丈夫打电话的机会，顺便给生活在矿区的小伙伴说一句话。经过许多曲折后，电话打通了，接电话的老头说："你什么事？"严守一说："我叫严守一，小名叫白石头，我嫂子叫吕桂花，我嫂子问一问矿上挖煤的表哥牛三斤还回来不回来？"老头说："这事还用打电话？"挂了电话后，他就通过广播喇叭说："牛三斤牛三斤，你的媳妇叫吕桂花，吕桂花问一问最近你还回来吗？"老头的话被好多刚从矿井下钻出来的工人听到了，他们都笑了。广播的声音在山里不断地重复着，后来就成了大家传唱的歌曲：牛三斤牛三斤，你的媳妇叫吕桂花，吕桂花问一问最近你还回来吗？但严守一却没有在电话上把自己想要说的话说出来。这件事萦绕在他心头，成了他年少时铭心刻骨的记忆。小说第二章的故事跳到了现在，写严守一已经成了一个以说话为生的著名主持人。他成名之后，全国人民里只有严家庄的人不理解：严守一他爹一天说不了十句话，而严守一的节目却以说真话见长。这使严守一的生活中埋遍了谎言。当这些谎言和一个现代化的手机联系在一起的时候，手机就变成了手雷，手雷随时都会爆炸。严守一从小死了娘，是奶奶严朱氏把他养大的，奶奶是他唯一能说心里话的人。尾章的故事跳到20世纪二三十年代，写严守一的奶奶严朱氏嫁给老严家的过程。严守一的爷爷是严家的大儿子，年轻时候流落在口外贩牲口，家里人觉得他该娶媳妇了，就托人往口外带了一个信让他回家娶媳妇。这条口信先通过一个驴贩子传递。驴贩子遭遇了非常大的困难，走不下去了，就托了一个唱戏的捎这个口信。唱戏的又走不下去了，就托了一个修脚的捎这个口信。经过几年，这条口信在飞越了高山大河后，连捎口信的人都忘记了它的内容。但它最终还是被传到严守一爷爷的耳中。他赶回家中后，家里要给他娶的媳妇却变成了老二的媳妇，而且她的肚子都大了……他于是娶了一个姓朱的姑娘为妻，即严朱氏。在这一头一尾两章中，前者对小说起了很好的烘托作用，后者对小说起了极大的渲染作用；从结构上看，它们是为了服务与突出小说主题，也就是为小说的第二章写手机部分服务的。第二章写严守一年近中年，有名望，有地位，心里也有鬼。这鬼，就是他的婚外情，他的花花草草，他搞情人、离婚、与年轻女人同居等等事情，这些都是围绕手机的故事展开的。小说是作者针对信息时代因为手机带来的信任危机和情感困境而写出的，实现了作者对自己文学创作的一种超越。作者还根据文化消费市场的需要，先写电影剧本再写小说。当他把小说与影片捆绑在一起后再推向市场，这使他成为一个"触电"极为成功的小说作家，实现了小说与电影，艺术与市场的双赢。①

① 参阅姚小亭《"触电"极为成功的当代小说作家——文化消费时代的刘震云及其〈手机〉》，《信阳师范学院学报（哲学社会科学版）》，2005.5。

2004 年

葛水平中篇小说《地气》：提出了农村发展、人口生育、山村教育等一系列社会问题

葛水平（1965.9—），山西省沁水人。《地气》1月份发表在《黄河》第1期，进入 2004 年度小说排行榜。小说以生动优美的语言，讲述了王福顺老师被派到只剩两户人家、一个学生的十里岭学校去教书的所见所闻。地处大山深处的十里岭，多数人家搬到了山下，就剩下来鱼家和德库家。来鱼家有女人李苗和一个正读小学的儿子狗蛋，德库家却由于德库的原因，他的女人翠花不能生育。王福顺知道自己要教的只是狗蛋一个学生，他决定不教了，他要下山。狗蛋请求他不要走。这让他动了恻隐之心，他最终留下了。王福顺的到来也使岭上两户人家的平静生活被打破，两家人因一些小事闹起了矛盾，王福顺在中秋节调解了两家的矛盾。不久，收完秋的两家男人外出打工，将各自的女人李苗和翠花托付给王福顺。然而，这两个女人却给王福顺的教学和生活制造了不少麻烦，她们罗织罪名让在外打工的男人把王福顺告到了联校领导那里。领导调查后证明王福顺没有错误，而且他教的学生狗蛋的学习成绩也得到显著提高，狗蛋考了个全区第一。王福顺还让山上的两家人走近了闪亮的灯火。半年后，十里岭的来鱼和德库两家也要搬下山，去过现代生活了，王福顺再没有学生可教了。他由十里岭的变迁引发出了这样的思考：有人住的地方才有地气，地气也是人气，人与自然和睦相处才是天下大同。小说提出了农村发展、人口生育、山村教育等一系列深刻的社会问题，令人深思。①

刘庆长篇小说《长势喜人》：演绎了物质与精神双重畸形挤压下的人性失落

刘庆（1968—），吉林辉南人。《长势喜人》1月份由漓江出版社出版，进入2004年小说排行榜。小说主人公叫李颂国，他是母亲遭强奸后的产物，又因医生的不小心成了一个瘸子，这样的身世注定他将过着一种屈辱的生活，长大后与他交往的女人或利用他或欺骗他。李颂国有幸遇到曲建国、李树亭等本性善良的好人后，他还是生活在一个畸形的家庭中，别无选择地享受着种种畸形情感的畸形爱抚。

这种畸形的情感，看似温馨质朴，具有正常的伦理品质，但是却永远无法抵达李颂国敏感而又忧郁的内心深处，无法真正满足他在身心成长过程中的内心焦渴，也无法有效地承担他在心灵启蒙上的艰巨任务。他依然生活在爱与屈辱相互交织的世界里，既被别人伤害，又不时地伤害着别人。在他的眼前，生命总是像昙花般地一闪而过。生与死，就像吃饭与睡觉那样轻松地交替，没有任何本质上的区别。无论是父亲赵建、母亲李淑兰，还是叔叔曲建国、同学王婵、朋友曲薇薇和郭雪亮、继父李树亭，他们以各种各样毫无尊严的死亡方式，在李颂国的人生中彻底地消解了生命自身的高贵性，也使他渐渐地消磨了面对屈辱的抗争勇气和强大意志。虽然现实给了他唯一的一次机遇，使他在转瞬之间成为显赫一时的潜训大师，但这并没有彻底地改变他对命运的恐惧和绝望，因为他已深深地洞悉了数十年来的生活逻辑——就像他小时候曾给小说里的另一个人物苏文兵背过的一首诗一样，一切都颠倒了。②

张平长篇小说《国家干部》：塑造了一位始终坚守着"人民利益高于一切"信念的副市长的形象

《国家干部》2月份由作家出版社出版，进入2004年度小说排行榜。小说围绕嶂江市常务副市长夏中民的"升""降""去""留"来叙事。夏中民在嶂江当了八年副市长，从群团、统战和城建工作入手，做了很多努力；他领导

---

① 参阅段崇轩《求索之旅——读葛水平的中篇小说〈甩鞭〉、〈地气〉》，《黄河》，2004.1。

② 参阅潘凯雄《在物质与精神双重畸形的挤压下——读刘庆长篇小说〈长势喜人〉》，《当代作家评论》，2005.1。

的打假、斗黑、改革，渐渐地使一些领域有了起色，得到了嶝江人民的热烈拥护。但前市委书记刘石贝退休后仍遥控着嶝江的政治经济命脉。刘石贝最大的嗜好就是爱琢磨人，会琢磨人。嶝江市于是就以刘石贝为中心，织成了一张很大的人网、权网、官网，盘根错节，密不透风。刘石贝阻止夏中民进入权力中心，并非出于个人恩怨或某个具体利益，而是为了"保住整个嶝江的干部队伍，保住嶝江的形势"，也就是保住干部们的既得利益，因为夏中民做的那些改革，给老百姓带来了好处，但却深深地伤害着干部们的利益。刘石贝于是不允许不能代表干部们利益的人掌权，所以他要疯狂地打击、反扑夏中民。但以刘石贝为中心而形成的利益集团日子并不好过，他们整天惶惶不可终日，夏中民成了他们的眼中钉、肉中刺，他们要坚决地、不择手段地阻止夏中民进入权力的中心。他们采用匿名诬告、造谣惑众、制造事端，甚至拉帮结派、贿赂代表等手段来挟持、操纵市党代会，硬让拟任市委书记的夏中民在党代会的选举中落选了。但这个结果却使群众愤怒了，十多万群众包围了党代会会场。省委最终出面后才使这种以邪压正的事情结束。小说塑造的夏中民始终坚守着"人民利益高于一切"的信念，站在人民利益和正义一边，严于律己，勤政廉政。小说采用了直叙胸臆的叙事手法；在艺术结构上，采用快速推进、直入主题的大结构；在叙事笔法上，一方面直叙人民群众意志，一方面又直戳执政异化势力，叙事情节惊心动魄，故事发展矛盾交错，让人物在曲折复杂、明暗相交中进行血火较量。①

潘向黎短篇小说《白水青菜》：一首关于女人的爱情及尊严的抒情诗

《白水青菜》2月份发表在《作家》第2期，进入2004年度小说排行榜，2007年获得第四届鲁迅文学奖（2004—2006）。小说写她是白金遇到的最会煮饭的女人。她尤其善于做一种素净、醇厚、清淡、清甜的清水芙蓉般的汤。当白金被一个年轻女孩诱惑而出现婚外恋情后，她仍然日复一日地做着汤等待着他的归来。白金始终无法拒绝记忆里的白水青菜汤的甘美，但当他折身返回她的身边时，却发现，汤已经不是从前的汤；她的等待也不似从前。与其说这是

① 参阅翟泰丰《文学的社会历史价值——评张平长篇小说〈国家干部〉》，《文艺报》，2004.8.10。

一碗白水青菜汤，不如说这是一个女人用爱与等待熬制出来的东西；与其说这是一段关于爱情与婚姻的故事，不如说这是一首关于女人的爱情及尊严的抒情诗。小说所塑造的女主人公属于城市中的有闲阶层，她不存在丝毫的物质生活压力，但她的精神世界却荒芜不堪。①

麦家短篇小说《两位富阳姑娘》：讲述了一位富阳姑娘的刻毒、无耻，一位富阳姑娘的无辜、可怜

《两位富阳姑娘》2月份发表在《红豆》第2期，进入2004年度小说排行榜。小说写一位富阳姑娘被招了兵，穿上了军装。当她到了部队，在即将要戴上领章帽徽而成为无上光荣的女兵时，部队要进行复审体检。在体检中，她被和她一起入伍的另一位富阳姑娘陷害了，加上体检的军医粗心大意，她被认为处女膜不完好，于是被当成了"作风不好""有问题"的人而遭到遣返回家。回家后，她在盛怒的父亲的毒打和严逼下，喝了农药自杀。她死后，家里人抬着她的尸体到县人武部去讨说法，当法医经过多次验尸后才发现，她其实一直就是贞洁的。小说描写了这位富阳姑娘被痛苦折磨得扭曲变形了的身体，她变形的身体象征了道德化的权力意志对生命的戕害，也象征了作者对非人道德的控诉与抗议。死者被扭曲而死，活着的人也被扭曲地活着。事实上，"父亲"应该是女儿在遭人加害时最能给予其安慰、保护、解救的力量，但小说中的父亲却是进一步加害女儿的人，是他最终掐灭了女儿生的希望，这表明了他也熄灭了自己人性中爱与善良的火焰。②

晓航中篇小说《师兄的透镜》：展示了智性写作在当代小说中悄然发展的可能与前景

晓航（1967—），原名蔡晓航，北京人。《师兄的透镜》4月份发表在《人民文学》第3期，2007年获得第四届鲁迅文学奖（2004—2006）。小说写了痴迷天文学的科技才俊朴一凡出人意料地"盗画"逃匿的诡秘人生，是由他超常的思维与超凡的现实合而为一的故事，揭示了人的经历与人的思维的内在联

① 参阅丁秀花《寻回失去的自我——评潘向黎的〈白水青菜〉》，《阅读与写作》，2005.10。
② 参阅姜岚《阳光下的剥夺——〈两位富阳姑娘〉的深层意蕴》，《海南师范学院学报（社科版）》，2006.6。

结，科学的探究与真理的抵达之间的重重雾障，以及科研者在穿云破雾中的不懈追求与独特精神。小说散布出的理性的趣味与智慧的魅力，引人入胜，独有新颖。这些魅力由一些相互排斥的因素纠合而成，如胡思乱想与科学猜想，神经兮兮与高度敏锐，乃至恶作剧式的游戏与高智商，等等。如果说，小说所反映的超常的理性思维现象本身就属冷门题材的话，那么，作者对于反向因素的巧妙糅合，对于极端倾向的适度把握，都让人为之叹服。该小说以及作者后来的一些系列小说，向人们显现了她的个性风采，也向人们展示了智性写作在当代小说中悄然发展的可能与前景。"鲁奖"组委会给予的授奖词是："小说借一个科学家携借来的名画潜逃的故事框架，凸现了一种天才的思维方式和思维途径，充盈着理性智慧的趣味。"小说繁复，细密，充满了超于常识的智慧，对读者的智力提出了考验。①

陈应松中篇小说《马嘶岭血案》：展现了人对人的不平等、冷漠、歧视及无法理解和沟通而造成的惨剧

《马嘶岭血案》3月份发表在《人民文学》第3期，进入2004年度小说排行榜。40多年前，在神农架的韭菜垭，两个挑夫杀死了七名来神农架勘探资源的国家林业部和省林业厅的技术员。小说据此写成。小说引入了阶级矛盾的话题，细致地刻画了存在于踏勘队和两个挑夫间的紧张关系。踏勘队雇用了"我"和九财叔当挑夫，如果"我"和九财叔不是被生活逼得走投无路，就绝对不会来受这个苦。

"我"快要做父亲了，可是因为天旱，庄稼没有收成，"我"家交不起农特税，村长威胁说不交税就不准生娃儿，"我"是为了生娃儿，为了交税来当挑夫的。九财叔养着三个女儿和八十多岁的老母，他只想弄点钱做学费好让三个女儿继续上学。"我"、九财叔和七位踏勘队的成员一起走向马嘶岭时，都朝着各自怀揣的心愿走近，但是最终发生的却是一桩血案。九财叔在接连遭遇扣工钱和提前解雇的打击后，微小的心愿破灭了，于是失去理智地朝踏勘队的祝队长等人举起了斧头。七位踏勘队的成员都被他杀死了。小说涉及了三重矛盾：

① 参阅傅翔《小说的玄幻、隐喻与疾病》，《文艺争鸣》，2008.2。

一个是阶级矛盾，贫富之间的差异以及生活方式的不同最终酿成了血案；另一个是城乡矛盾，城市里的科考队员与农民们处于不同的位置，所思所想有很大的差异；最后一个是"启蒙主义"的失败，即知识分子与普通民众之间互不理解的隔膜。正是这三重矛盾的交错，使小说具有了震撼人心的力量。而阶级矛盾的重提，在今天的中国无疑有着重要的现实意义。小说趋向于写实，展现了人对人的不平等、冷漠、歧视，以及无法理解和沟通都可能造成的报复。当贫富悬殊愈加拉大，财富分配愈加不公的时候，很难避免恶性报复事件的发生，发展到极致，那就是仇杀。小说跟作者的其他神农架小说一样，很容易让人在故事和人物背后读出作者的一种忧愤之情和忧患之心。这也正是一个作家的道义感和良知之所在。但这种忧愤之情和忧患之心应该藏匿得更深一些，写得更含蓄一些，更放松一些，应该给读者留出更多的思考空间，张和弛，紧和松，直露和含蓄，满溢和留有余地……之间的辩证关系的处理似乎是作者这些年小说创作中有待研究的问题。①

铁凝短篇小说《小嘴不停》：一篇充满反讽意味的小说

《小嘴不停》4月份发表在《长城》第4期，进入2004年度小说排行榜。小说写包老太太是一个"大"人物，她总有参加不完的表彰会，而且会议的级别很高，"那些桌子上都摆着写有会议名称的标牌：表彰会、总结会、新年度战略研讨会、同乡亲友恳谈会……什么的"。包老太太以前当过化妆师，"这个表彰会表彰的是各界精英啊，包老师是老有所为的代表人物，她早就知道由包老师任化妆师的两部电视剧都得了国家级大奖。其中一部剧获的是单项奖，奖的就是化妆啊"。包老太太参加各种会议就像赶集一样，她解决"憋不住尿"这一难题的方法就是用尿不湿。她为了让自己青春永驻，就戴假发来把自己70多岁的年龄变得看起来也只有50出头。她和户老先生结婚40多年时间了，在她30多岁的时候，户老先生向她提出了离婚的想法，她用一顿甜言蜜语就将丈夫的想法扼杀在摇篮里。但户老先生还是差不多每隔一年就跟她提一回离婚的话。她一听到他说"我想跟你谈谈"的话时，就立刻拿话把下半句挡回去。

---

① 参阅陈骏涛《在命案背后——评〈马嘶岭血案〉》，《2004中国小说排行榜》，作家出版社，2005.10。

包老太太的婚姻持续了40多年，她不愿意离婚，她用她的那张小嘴不停地历数着属于户老先生的那些"莫须有的美名"。在快过年的时候，她乘坐了三个小时的火车又来参加一个表彰会。但她的丈夫户老先生却躺在医院里。在会上，她遇到了以前的学生小刘，他们同吃同住，以各自的婚姻家庭为话题聊起了家常，其间，她向小刘讲述了自己的婚姻多么多么成功的情况。可是会还没开完，她的丈夫户老先生却因为大面积心梗死去了，她回去后没有见着丈夫的遗容却见到了刻在茶杯底座的"我想和你离婚"这句话。她很惊愕。这直接宣告了她维护了一生的婚姻的破产，也直接宣告了她的虚伪的破产。她用巧舌如簧维护着婚姻，但她"在人前乔做娇模样，背地里泪千行"。小说始终充满着反讽意味，遍布全篇的矛盾对立因素及叙述者有意为之的夸大陈述和克制陈述是破解文本反讽蕴意的关键。小说的反讽是一种铁凝式的温婉的反讽，源于铁凝"对生活永远的体贴、理解和爱"的创作观。①

乔叶长篇小说《我是真的热爱你》：写出了社会转型时期都市底层女性的生存苦难与精神救赎

乔叶（1972—），河南修武人。《我是真的热爱你》4月份由长江文艺出版社出版，进入2004年度小说排行榜。小说叙写了一对乡下孪生姐妹冷红、冷紫的坎坷人生。她们的父亲因车祸去世，姐姐冷红为了照顾母亲和成就妹妹冷紫的学业，毅然退学进城务工。她先在宏达漂白粉厂当员工，在这里，她每天都要戴着防毒面罩工作，但收入微薄。她于是到方捷开办的美雅洗浴中心当售票员，之后又转到洗浴中心后台做妓女，希望通过身体来换取更好的生活。方捷和冷红的命运一样，她为了进城谋出路而沦为"妓女"，当她在与多名男子的周旋、算计中赢得了不少好处后，她经营起了一家洗浴中心，生意在和她曾经"好"过的男人的强有力的权力支持下红红火火、顺风顺水。冷紫在得知姐姐为了让自己能上大学竟然在做着这样的牺牲时，便赶到城里企图唤醒姐姐的噩梦。但她在遭受了一系列惨重的身心打击后，背着恋人张朝辉，也做了妓女。张朝晖知道后，依然对冷紫痴心不改。但冷紫却想张朝晖迟早会嫌弃自

①　参阅陆兴忍《从〈小嘴不停〉看铁凝式的温婉反讽》，《南阳师范学院学报》，2010.11。

己，于是选择主动离开。但她最终却在救赎自己的灵魂时把命搭了进去。作者通过这一对姐妹的故事，叙述了生活在社会底层的人们生的艰辛，心的疲惫，同时对一些社会丑恶现象进行了强烈批判。不仅如此，作者还对种种社会丑恶现象赖以滋生的根源进行了冷静的观察与剖析，以期唤醒人们的责任感和道德良知。小说写出了社会转型时期都市底层女性的生存苦难与精神救赎。①

艾伟小说《中篇 1 或短篇 2》：一个开放性的作品

《中篇 1 或短篇 2》5 月份发表在《当代作家评论》第 5 期，进入 2004 年度小说排行榜。小说由"俘虏"和"忠诚"两部分构成，讲述在抗美援朝战争中，"我"是一位中国军人，在一次战斗中，"我"负伤后被俘了。被俘之后，"我"就没想活过。在战俘营，"我"千方百计去做的事就是自杀。但是，当死亡真的来临时，当生命在倏忽之间即将逝去时，"我"感到了恐惧。"我"一方面为自己感到羞愧，一方面在生死瞬间又接受着美军托马斯的救助。"我"认为自己活着的唯一目的就是搏杀。"我"痛恨托马斯的下流无聊，但"我"又发现自己根本无法摆脱托马斯出示给"我"的那些女性的裸体照片，正是这些女性胴体的影像唤起了"我"对生活的另一种欲望，甚至让"我"认识了自己以往的生活，从记忆深处打捞出许多美丽而温情的碎片。当"我"逃脱战俘营，重返部队时，"我"感受到了"同志""战友"间紧张的心理冲突。而当"我"与托马斯调换位置和角色后，托马斯成了"我"监管的战俘，这时，恐惧、阴谋、算计、暴力与残忍，都迅速地、汹涌澎湃地集聚了起来……从文本特点上看，《中篇 1 或短篇 2》是一个未完成的作品，或者说是一个开放性的作品。②

卢江良短篇小说《狗小的自行车》：折射了家庭生活危机、婚姻情感维系及城乡之间的巨大差异等问题

卢江良（1972.11—），浙江绍兴人。《狗小的自行车》5 月份发表在《当代》第 3 期，进入 2004 年度小说排行榜。小说写修鞋匠的儿子狗小因为寻找丢失了的自行车而与一位出租车司机意外相遇。司机开始误以为狗小是自己五年前丢失的儿子，于是不断地造访狗小贫穷的家，从此两家来往甚密。后来，狗小

---

① 参阅潘磊《底层女性的生存与精神——论乔叶的底层叙事》，《文艺争鸣》，2010.7。
② 参阅汪政《绝处逢生的艺术——艾伟〈中篇 1 或短篇 2〉简评》，《当代作家评论》，2004.5。

的父亲因为车祸住院，几经协商，狗小的父母同意将狗小让给出租车司机当儿子以换取医药费。一段时间之后，大家都各得其所。尽管彼此心知肚明，但是为了各自宁静的生活又不得不掩饰下去，而狗小也沉浸在富饶的物质世界中再也不愿意去看望贫穷的父母和弟弟，从而渐渐淡忘了生活了 11 年的家。金钱取代了亲情，物欲取代了伦理观念。小说折射了现实中的家庭生活危机问题、婚姻情感维系问题以及城乡地域之间的巨大差异问题等。①

陈希我短篇小说《我疼》：写了九个关于疼痛的故事

陈希我，生年不详，本名陈曦，福建福州人。《我疼》5 月份发表在《红豆》第 5 期，进入 2004 年小说排行榜。小说写了女儿的疼痛、母亲的疼痛、丈夫的疼痛、妻子的疼痛、经营者的疼痛、富婆的疼痛、底层人的疼痛、诗人的疼痛、移民的疼痛等九个疼痛故事，几乎囊括了我们生活中各方面的疼痛经验。疼痛，照亮了一个个真实"存在着"的灵魂。小说里的故事布满精神悖论和人伦困境，其中最让人震撼的是《母亲》，写的是与每个人都息息相关的人伦困境——当母亲被病痛折磨得生不如死时，儿女是救还是不救？故事中，母亲因为疼痛，决定放弃生命，但三个女儿不能背负不孝罪名，还是尽力抢救母亲，结果使母亲在死亡边缘与急救后的疼痛中挣扎。最后，女儿们选择了放弃。但真正到了给母亲停止氧气的时候，女儿们又遭遇了撕心裂肺般的疼痛，谁去卡断氧气，谁就是凶手。这是一个两难的问题。这个故事对于生命、亲情的切入充满了一种中年人的心境，是有所了悟却又难以承担的疼痛和苍凉，因为这份了悟，小说中到处可见世事练达的语句，很多细节直接打入人的内心，让我们反省自己的境况。小说以冷静的姿态将阅读者带入了日常经验之中：头疼，牙疼，以至极端的疼痛——死亡。小说情节散淡，细节随意。②

映川中篇小说《我困了，我醒了》：一篇看似在写爱情，又不完全是写爱情的小说

映川，生于 20 世纪 70 年代。《我困了，我醒了》6 月份发表在《人民文

① 参阅夏烈《乡村病相——卢江良小说读后》，《西湖》，2007.12。
② 参阅毕光明《存在感：无药可治的生命之疼——评陈希我的〈我疼〉》，《名作欣赏》，2005.21。

学》第 6 期，进入 2004 年度小说排行榜。小说写卢兰与张钉的恋爱时，卢兰始终充当着一位痴情不改的角色，但她所爱恋的张钉毛病实在太多，张钉犹疑不决，他颐指气使，他动不动就犯困，一犯起困来，几天几夜都沉睡不醒。医生的诊断是他得了冬眠症。张钉就以睡觉的方式摆脱了第一个恋人李芳菲。

李芳菲需要集资建房，她在满世界找不到张钉的情况下，只好跟一个对她有意思的人借了钱，后来又嫁给了这个人。三年后，李芳菲带着一个先天性耳聋的孩子来找张钉，她说孩子是张钉的。当卢兰像圣母玛利亚一样朝张钉走来时，张钉才从黑暗中慢慢苏醒。卢兰代张钉做主将五万元钱借给李芳菲后不久，有一天，张钉又发现卢兰把自己夜晚兼职攒下来的五万元钱摆在了他的面前，这使张钉有了担当的勇气，他让卢兰买来十斤茶叶熬汁喝，以彻底治好自己的冬眠症。小说结尾是卢兰为了保护张钉而挨了刀子，张钉要把卢兰送到医院去，可是他的冬眠症又犯了。这时，卢兰咬着张钉的手，说，张钉你不能睡，我不能死，我明天是你的新娘。当张钉的手上流出血后，他才清醒过来，他抱着心爱的卢兰向夜色里冲去。小说中的张钉总是在需要他承担责任的时刻就开始犯困，这显然是作者对男性逃避责任的一种比喻。卢兰承载起了对男性的宽容和理解，她像圣母玛利亚一样，让沉睡的张钉从黑暗中慢慢苏醒。在卢兰与张钉的整个交往过程中，她一次又一次地原谅、理解、包容张钉的自私、薄情。小说结尾是张钉在卢兰母亲般的怀里勇敢、坚定了起来。①

格非长篇小说《江南三部曲》：对作者的写作而言，是一个重任的完成；对中国当代文学而言，是一个引人注目的事件

《江南三部曲》第一部《人面桃花》发表在 6 月份出刊的《作家》2004 年第 6 期，进入 2004 年度小说排行榜，春风文艺出版社 2004 年 9 月出版单行本；第二部《山河入梦》发表在《作家》2007 年第 3 期，作家出版社 2007 年 1 月出版单行本；第三部《春尽江南》发表在《作家》2011 年第 9 期，上海文艺出版社 2011 年 8 月出版单行本，进入 2011 年度长篇小说排行榜。三

---

① 参阅李雪梅、熊亮《穿越欲望化的智性写作》，《名作欣赏》，2008.10。

部小说发表后，2015 年 8 月 16 日，三部小说获得第九届茅盾文学奖（2011—2015）。

《人面桃花》讲述了江南女子陆秀米的成长史。在陆秀米少女时代的一个夏日，她目睹了因罢官而回到普济的父亲陆侃莫名出走的过程；随后，一个素未谋面的"表哥"张季元走进了她的世界，引起了她的春心萌动。张季元是革命党人。不久之后，张季元被杀害。陆秀米看到张季元留下的日记后，几乎发疯。陆秀米长大后成亲，但在路上，她被土匪劫持到花家舍。从此，她被卷进了革命的洪流。陆秀米在历经多年的风云变幻后，再次回到普济，执意推行自己的革命主张，对家乡进行改良，却被乡党看作是疯子而屡遭失败。革命使她对亲生儿子小东西不管不问，但小东西却把妈妈的照片始终珍藏在身上，当他听到有坏人要逮妈妈时，众人都还没反应过来，他却已经急急地在雪地里赤着脚去给妈妈送信，结果惨死在敌人手里。在陆秀米的革命蓝图中，混杂了父亲陆侃对桃花源的迷恋、张季元对大同世界的梦想。后来，陆秀米被"同志"出卖，经受了牢狱之灾。出狱后，陆秀米彻底放弃了革命，在对自己一生的回忆和对命运的体悟中溘然长逝。该小说基本上延续了作者极为个性化的抒情性风格，叙述语言的宽柔与弹性，叙述中大量描述性语言，具有浓郁的诗的修辞特征和古典气韵，构成了小说叙事整体上的苍凉美感，人物、历史、人性故事传达着作家对生活与世界的独特理解，生命和历史也在我们的理解中流动着，留给我们无尽的思索和向往，而且，这种思索将肯定超出小说文本自身所承载的范畴。①

《山河入梦》故事发生在 1952 年至 1962 年间的江南农村。女主人公姚佩佩遭遇家庭变故从上海来到梅城，在浴室卖澡票，偶遇梅城县县长谭功达，并成为他的秘书。谭功达虽然喜欢她，但却担心年龄等差距，只是发乎情，止乎礼。后来姚佩佩遭高官金玉强奸后一怒杀死了对方，并开始逃亡。而谭功达的理想在梅城也屡遭挫折，并在一次意外后被免职。谭功达被下放到花家舍后，内心深处渴求着姚佩佩的出现，他决心去找姚佩佩。但姚佩佩却遭遇逮捕并终

---

① 参阅吴笑欢《转换式人物有限叙事视角——格非新作〈人面桃花〉视角分析》,《当代文坛》,2005.5。

被枪决了。谭功达也因包庇罪和反革命罪在梅城监狱死去。姚佩佩是一个让人心疼的形象，她敏感、聪慧、秀美、娇气、天真、纯良。她在杀了金玉后，面对的是一个已经完全变色的世界，她一直在恐惧绝望及忧愤中生活。本部小说所设置的"悬念"明显少于第一部，这些"悬念"实质上是作者对世界的一种认知和表现方式，是通向未知事物的一条神秘通道。小说写得朴素、稳健，从容不迫。①

《春尽江南》写1980年以来知识分子的生活和精神状况，主要人物是谭端午和庞家玉（李秀蓉）。谭端午1981年上大学，本科毕业后又在1988年硕士毕业，本可以留在上海，他和导师吵翻了，一气之下北上、南下找工作，都未成功，心灰意冷地回到家乡鹤浦市，先在一家矿山机械厂做秘书，后来转到市地方志办公室，过着一种发霉的生活，编着由鹤浦市有关部门报上来的由数字和表格组成的谁也不看的年鉴。谭端午和庞家玉相识于一所废弃的寺庙里。那时，谭端午已是小有名气的诗人，工作无着落，心情很糟。朋友徐吉士带着两个酷爱写诗的女大学生来拜访他。徐吉士的用意很明显，在这荒凉之地，借谈诗歌之名，一人一个，成就浪漫好事。果然，庞家玉羞涩地接受了谭端午，事后还说，从此以后，她就是他的人了。当夜，庞家玉感冒发烧，谭端午却卷走了庞家玉仅有的一点现款，不辞而别，并把生病的庞家玉丢在破庙中，弄得庞家玉只能拖着病躯，步行着往学校返回。幸好警察唐燕升开着车子路过，才把她送到医院。谭端午的确有"文人无行"的毛病，但和庞家玉结婚后，倒是安分守己，守着2000元的薄薪，写诗和小说，读欧阳修的《新五代史》。在精神上，谭端午没有宏伟抱负，就是对喜爱的文学，也不是当事业来追求，很大程度上是一种精神自娱。谭端午也有几个酒肉朋友，但他不参与他们的官场运作和商业投机，只是在一起吃吃饭，说一些不着边际的事情。在尘世里，谭端午把自己包裹起来，只是在精神抑郁症患者绿珠面前，他才打开自己的内心。谭端午和绿珠在这个世界上都生活得不如意，无力反抗这个他们越来越憎恨的世界，在一起聊天，是在精神上互相取暖。小说通过描写谭端午和庞家玉这对渐

---

① 参阅张学昕《"乌托邦"的挽歌——评格非的长篇小说〈山河入梦〉》，《光明日报》，2007.2.9。

入中年的夫妻及其周边一群人近20年的人生际遇和精神求索，广泛透视了个体在剧变时代面临的各种问题，深度切中了我们时代精神疼痛的症结。《人面桃花》《山河入梦》《春尽江南》对于格非的个人写作而言，是一个重任的完成；对于中国当代文学，是一个引人注目的事件。①

刘玉栋短篇小说《幸福的一天》：表现了人生的艰难与无奈

《幸福的一天》6月份发表在《红豆》第6期，进入2004年度小说排行榜。小说在亦真亦幻的叙述中让读者读出了人生的艰难与无奈。主人公马全是一位菜农，他一向生活节俭。某一天，马全一如往常地去城里贩菜卖菜，却在途中不小心将车翻进了沟里。无奈中，他一人在城里游逛，突然醒悟到：人生本来就是应该享福的。于是，他吃喝玩乐，尽情消费。当他心满意足地回到家时，却发现自己的葬礼正在举行。原来，这幸福的一天只不过是他灵魂的一次虚幻的游走罢了，他的真实的躯体，依旧是属于贫困拮据，依旧是种种欲望得不到满足。小说以农民的"灵魂"进城为隐喻，发掘了现今乡村人对城市"幸福"的渴慕。马全虽然勤苦爱家，但他是个在"进城"和"回家"的路上把心跑野了的新一代成年农民，钱、女人、性这些欲望使他念念于心，附着于魂。当他肉身重重地归于乡家的棺木时，他的生命趣味和念想却飘荡到了城中见不得人的地方。②

林白短篇小说《去往银角》和《红艳见闻录》：前者写一个下岗女工在转变为一名"性工作者"前的思想与道德挣扎，后者描写了她在淫乱之地银角的见闻

两篇小说6月份发表在《上海文学》第6期，小说的故事具有连续性，前者是后者的序幕。小说以跨入"银角"为界分为两截，《去往银角》的上篇以写实的笔调写了35岁的下岗女工崔红在转变为一名"性工作者"前的思想与道德挣扎。她为自己出卖自己寻找种种借口：首先，如果被人拐骗从事这种行当，她是不会去以死明志的，因为她怕死，尤其是怕跳高楼死。其次，她没有

---

① 参阅南帆《历史的主角与局外人——阅读格非长篇小说三部曲〈人面桃花〉〈山河入梦〉〈春尽江南〉》，《东吴学术》，2012.5。

② 参阅施战军《"进城"：文学视角的挪移和城市主体的强化》，《扬子江评论》，2007.6。

孩子，如果生下一个孩子，她会一心一意地照顾孩子，而不去管再多的是与非，但事实上她患有不孕症。第三，她找到资料表明有不少女大学生在做这种事。第四，她在与同学交往时，发现很多人对这种事都不以此为耻，反以为荣，她于是给自己起了海伦、红艳的艺名。最后，她回家去看父亲，结果车却把她拉到了一个叫银角的地方，被迫去卖淫。《去往银角》的下篇和《红艳见闻录》以魔幻的笔法描写变成"红艳"的崔红在银角的见闻，那里充满着黏稠气味，充斥着虚伪与假面，淫荡与无度以及兽性与人性的扭曲；那里有科研机构和生物所，来到那里的女人都要先被洗脑，然后再注射一剂刺激性药剂使她们忘记过去。红艳被打针后忘掉了自己，但她想离开银角，却总找不到出路。她每天周旋在妈咪和一群男人之间，没感觉，很无聊。她越发觉得自己不是自己了。她有几个固定的男人，她用莳、地瓜、红薯或甘薯称呼他们。他们在她这里淫乱地生活着。其中一个社会志愿者还苦口婆心地劝她清醒过来，劝她从良。她最后离开银角，然后走向河边一片直立生长的番薯面前。在那里，她累了，病了。一个死过的老女人让她清醒了过来，给她指明了出路。但她站在河边却静静地等待着跳水的那一刻。小说在现实层面的叙述中，写银角是一个普通的红灯区；但在营造的鬼魅世界中，写银角是一个神秘、阴森、淫荡的鬼城。这里的客人全都戴着面具，小姐都经过了高科技处理，变成了失忆的如番薯般麻木鲜嫩的"番薯人"。小说叙述的视点一直落在红艳（崔红）身上，因而，读者没有被引导着去"大开眼界"，而是关注红艳如何逃离银角这座鬼城，从番薯心变回人心。

苏童短篇小说《堂兄弟》：表现了生活本身对人的精神压力及人与人之间的心灵拼争

《堂兄弟》7月份发表在《上海文学》第7期，进入2004年度小说排行榜。小说写德臣和道林是堂兄弟，两家的房子紧挨着。德臣家盖了新楼房后，有人说他家的房子是站着的，而道林家的房子是跪着的。于是一场纷争就此开幕。作者表面上写的是堂兄弟造房，其实暗写了两家间的关系，或冲突，或妥协，着重表现的是造房背后人的生活遭际尤其是心理承受情况。或者说，小说的表层写的是造房，深层表现的却是生活本身对人的精神压力，以及人与人之间的心灵拼争。作者在松弛自如的书写中，表现了乡村生活引发的生存心理与精神品性，让人感到惊心动魄。该小说在叙述上有点平淡和琐碎，这一点与苏童既往小说不同。他的既往小说构思巧妙、故事好看、具有戏剧性张力、总能在"小处"见"大气"，总能在短短的篇幅中凭借其特殊的内在力量传达一种绵长的思想或情绪，给人一种突破了"有限"与"无限"、"形而下"与"形而上"、"抽象"与"具象"的艺术感受。①

文兰长篇小说《命运峡谷》：反映了极"左"路线使人性发生的扭曲和变态

文兰（1943.3.24— ），陕西周至人。《命运峡谷》7月份由上海文艺出版社出版，进入 2004 年度小说排行榜。小说写了 20 世纪 50 年代末期到"文革"期间一群知识分子的命运变化情况，通过描写蔡文若、葛东红、白丽、梁萍、苦叶、范之园、杨静玉等人物形象的政治命运和情感经历，反映了在极"左"路线盛行的大背景下，原本善良、纯洁的人们对于命运前程的追求、向往以及所发生的不得已的人性扭曲和变态。主人公蔡文若当兵前教书，当兵后放电影、当文书，退伍后在军管会、法院、群艺馆工作。他喜爱白丽，却因为性格懦弱而不敢大胆追求白丽。白丽一气之下跟自己和蔡文若的同学葛东红结婚。苦叶对蔡文若痴情，却因家庭原因变成漏划地主而导致两人分手。蔡文若同剧团名演员梁萍闪电式结婚后发现梁萍跟自己的老同学做爱，便提出离婚。一天夜里，蔡文若终于同多年相爱的白丽赤身裸体融合，不幸被葛东红抓住。葛东红把蔡文若锁在房里，然后去叫警察。蔡文若饮毒身亡，白丽也拿起解剖刀扎进自己心窝，倒在情人身旁。小说以严肃的创作态度，站在当下社会发生天翻地覆变化的高度，从男女情爱、婚恋悲情的角度，给予往日时光以令人痛心的回首和拷问，作品情节曲折跌宕，内涵复杂，描写犀利，既有洒锐深刻的批评锋芒，也有对人性畸变的酷烈场景的描写，更有对作者独特深刻的生命体验的表达。小说突破了模式化的"伤痕"文学和"反思"文学叙事，深化了人们对这类叙事的文学理解，反叛了中国当代知识分子题材小说中林道静式的"凯旋

---

① 参阅吴义勤《短篇的力量——读苏童的〈私宴〉、〈堂兄弟〉》，《上海文学》，2004.7。

的英雄"和20世纪80年代"归来者"形象叙述的模式。①

苏炜中篇小说《米调》：讲述了"文革"时期一个叱咤风云的人物的"革命活动"及其爱情故事

苏炜（1953— ），广州人。《米调》7月份发表在《钟山》第4期，进入2004年度小说排行榜。小说写米调在"文革"当中是个叱咤风云的人物，在北京各地的批斗大会上几乎都能看到他捋胳膊蹬腿的身影。当时一个叫作廖冰虹的女学生对他产生了崇敬之情，并且愿意以身相许随其一生。后来米调对这场革命产生了动摇。他于是按照毛泽东同志诗词里说的"重上井冈山"，去打游击。廖冰虹也和米调一起为革命而奋斗，发誓"永不反悔"。后来，米调与廖冰虹相爱了，但米调决定独自远走中国西南边境，到最艰苦的地方去从事革命活动。廖冰虹与米调分手，发誓等革命成功后相聚。米调越过边境，参加了缅甸共产党的革命。在革命成功之时，米调感受到了红色高棉政权的恐怖，于是决定逃离。成功逃离后，他遇到了一位佛教高僧，也邂逅了一位活佛的女儿潘朵及一个维吾尔族少年黑皮。潘朵爱上了米调。廖冰虹也知道了米调的情况，于是追寻而来，多次与她差点儿相遇但却未相遇。后来，米调终于和跟随着外国考古探险队而来的廖冰虹相遇。

胡学文中篇小说《麦子的盖头》：讲述了主人公不幸的人生

胡学文（1967— ），河北沽源人。《麦子的盖头》8月份发表在《青年文学》第8期，进入2004年度小说排行榜。小说讲述乡村妇女麦子去赶集时被歹人掠进树丛里强奸了。两年之后，歹人被警察逮住，说他两年来凌辱了好几个女人，却没有一个女人敢报警。警察就在电视上发公告，让受辱的女人们主动来做证，并给保密。麦子看到公告后心想反正会给保密，去揭发一下对自己也没什么坏处，还能惩治歹人，麦子于是就去了。当麦子到了派出所门口，她的腿却软了，她这一辈子还没进过派出所，于是转身朝回返，结果碰上了村长。村长明白麦子是想来做证的，从此就揪了她的小辫子，常到她家骚扰她。麦子不

---

① 参阅王鹏程《〈命运峡谷〉的努力——众家评说文兰的长篇小说〈命运峡谷〉》,《文艺报》,2007.6.14；雷达《长篇小说创作的又一个重要收获——重读文兰长篇小说〈命运峡谷〉》,《陕西日报》,2007.3.19。

从，也不敢怎么反抗，怕村长把自己失身的事情张扬出去。麦子的丈夫在外面干活，嗅到风声之后每天晚上从很远的地方赶回来检查麦子。麦子心疼丈夫每天赶那么远的路回来，于是决定等村长再来调戏自己的时候，就随了村长，以便跟村长彻底揭过这一页，这样丈夫也就不用每天摸黑赶回来了。就在麦子脱了衣服要随了村长的时候，丈夫突然回来了，他当场打了麦子。接着丈夫去了更远的地方干活，不再还家。有一天，麦子的家里突然来了一个叫老于的汉子，说她的丈夫在工地得了重病，要接她去照顾。麦子就去了。到了工地，麦子才知道丈夫跟老于赌钱赌输了，把自己输给了老于。麦子千方百计从老于那里逃出来，却碰上了人贩子。在麦子被卖的时候，老于出现了，他跟人贩子有点熟，麦子于是又回到了老于那里。麦子决定不再去找丈夫了，她给老于做饭洗衣服，就是不肯陪老于睡觉。一年之后，麦子才主动跟老于合了床。不久后，麦子的丈夫找来了，说要领走麦子。这时，老于也失踪了。麦子于是跟着丈夫走了。在路上，麦子发现丈夫偷了老于的钱包，她让丈夫还回去。丈夫不肯，麦子就夺过钱包，朝老于家跑去。丈夫喊道："你要是去见他，就不要再来见我。"麦子站了一下，然后头也不回地朝老于家走去了。小说叙述张弛有度，有着非常自觉流畅的"故事感"，语言精致，深有意味。[1]2017年3月，小说被改编为同名电影。

苏童中篇小说集《刺青时代》：压轴小说《刺青时代》反映了主人公全家人的悲惨人生

小说集8月份由上海文艺出版社出版，收录的主要作品有《刺青时代》《舒家弟兄》《南方的堕落》《灼热的天空》《民丰里》《花匠》等。《刺青时代》反映了作者的少年暴力和颓废想象力。小说中的铁轨和火车是贯穿全篇的意象，它们的每一次出现都透露着死亡和伤痕的气息。小说以时间为脉络，采用回忆、追述的形式讲述了主人公小拐的经历。小拐出生时，母亲在大雪中坠河身亡；后来，他又遇车祸致残；他的哥哥在和白狼帮的一场大规模斗殴中死去；他自己又遭遇到伙伴们的欺负，然后去学习武艺，组织帮派暴力自救，最

---

[1] 参阅李雪梅、林海燕《试论胡学文小说的寻找主题》,《湖北社会科学》, 2008.4。

后彻底失败。《舒家弟兄》写了舒工、舒农兄弟与林家的涵丽、涵贞姐妹之间的故事。涵丽是香椿树街上出名的小美人，心像一垛春雪那样脆弱多情。正是这种柔弱的美丽，激起了舒工的情欲。舒农是整个故事的偷窥者，他不仅偷窥了父亲和楼上丘玉美的偷情，还偷窥了舒工和涵丽的初尝禁果以及后来的每次约会。他并不明白这些人究竟在做什么，他仅仅得到的是偷窥的快感。当涵丽发现自己怀孕了后，她想出的唯一方法是和舒工一起坠河自杀。他们的行踪一直被舒农偷窥着，当他发现他们要坠河自杀的时候，他疯狂地跑回家，叫来了大人。大人们赶到现场，捞起了涵丽的尸体和奄奄一息的舒工。舒工没有死成，其实他本来就不想死。舒农和舒工吵了一架后，他为报复舒工放火烧了房子，最后坠楼自杀。《南方的堕落》散发着一种古老而传统的霉气。小拐和帮派兄弟在阁楼上歃血结盟，当他摸索着刺青时，却使自己的手臂上出现了"一块扭结的紊乱的暗色的疤瘢"。在天石码头聚会时，小拐发出了最后一次号召，也参加了最后一次聚集活动。但在小巷口，他却被众多少年伏击了，他被他们俘获，然后，他们在他的额头上刺下了"孬种"的字样，虽然完全是小孩子的把戏，却充满了成人的邪恶。小说也讲述了梅家茶馆浪荡的老板娘姚碧珍的故事。《灼热的天空》讲述了军人尹成的故事。尹成嗜血好战，当他被安置到镇里的财务所做所长时，他觉得自己的整个生活都失去了乐趣。他后来失手杀了人，再后来他又投身到抗美援朝的战争中，英勇就义。《民丰里》由四个故事组成，有的是叙说一个人物的命运，有的是生活中的片段。"强盗"讲述的是关于青涩少年的一段故事，18岁少年千勇被邻里视为强盗，但他却被一个梦一般的女孩改变了命运，若干年后，女孩虽然成了他人妇，但千勇的妈妈却很感谢那女孩，而女孩却早已不记得了。"怨妇"中的葆秀是民丰里出名的怨妇，婚前，做小学教员的刘二到她家替哥哥刘大提亲，她相中的却是刘二，但最终嫁给了刘大；当她为刘大生了两个孩子后，还觉得自己嫁错了人，于是在愤愤不平中度过了半生，直到后来，她的儿子被人打了，她去找刘二调查，回来后，她大骂刘二人面兽心，是个下流胚。《花匠》中的花匠是在民丰里种花的人，解放前，他曾在军阀郑三炮家做花匠，爱上了郑家六小姐；在打算与六小姐私奔的前一天晚上，郑三炮发现了他们的隐情，六小姐被迫嫁给了当地的绸布大王；但花匠一生都在思念六小姐，当别人给他介绍媳妇时，他只看跟六小姐像不像；后来，他找到了一个和六小姐相像的寡妇，他像伺候六小姐一样伺候寡妇，但最后还是离了婚；花匠老了后，有一天，他用板车拉回了六小姐，因为她男人死了，她也病得很厉害；花匠让六小姐看了他为她种的月季花，但六小姐在回来的那天晚上就死了；花匠觉得他们总算是做了回夫妻。

阎连科短篇小说《柳乡长》：讲述了现代化过程中城市与乡村建立的多重畸形关系

《柳乡长》8月份发表在《上海文学》第8期。小说写椿树村是柏树乡最偏僻、最贫穷的村庄。刚上任的柳乡长把市里招工的指标全给了椿树村，给正值壮年的男女发了空白介绍信，将他们轰到城里，逼他们在城里生存。但这些身无长物的农民到了城里除了偷盗卖淫，几乎生存不下去。当犯了罪的人被带到公安局时，柳乡长在骂声中仍鼓励他们继续在城中生活。椿树村的村民起初进城打拼可以说是零资本，但短短几年间后，原来给人垒鸡窝、砌灶房的小工儿，转眼间变成了包工头儿，名片上也印着经理的字样了；槐花刚开始在城中谋生饱受凌辱，但她坚持下来了，她不光把自己的妹妹带了出来，还把同村、邻村的好多小伙、姑娘带了出来。一帮一，一对儿富，十帮十，一片儿富，这就是他们要走的共同富裕的社会主义道路，就是他们日常说的集体主义、共产主义精神。椿树村于是家家盖起了别墅、小洋房，成为农村致富的典范，乡里、县里都开会宣传。柳乡长更是被邀请到县里开会，传授椿树村的致富秘籍，他那一句"我不去拜见我的人民，我去拜见县委书记干啥呀"的话说明他是一心为民、体恤民情的好官。作者以谐谑的方式讲述了现代化过程中城市与乡村的多重畸形关系，它既有"富起来"的城市对乡村的挤压与追逼，也有乡村向城市的介入与逃亡，更有城市对乡村的改造、掠夺与重塑。人们从农村走向城市是现代化发展的必然趋势，其间虽有矛盾和牺牲，但却是城市和农村的共同富裕的目标。

孙惠芬中篇小说《一树槐香》：刻画了女性的身体感觉和隐秘心理

《一树槐香》9月份发表在《十月》第5期，进入2004年度小说排行榜。小说中的二妹子曾经有过幸福美满的家庭，有过一个宠爱她的丈夫。然而，当她成为一个寂寞孤苦的寡妇时，很多时候，她只能靠追打苍蝇或盯着苍蝇发呆来打发寂寥的时光，"这是每天晚上都要重复的局面"。二妹子觉得"她就是那只被追赶得无路逃窜的苍蝇。只不过追赶她的不是人，而是隐在身后看不见摸不着的命运。只不过那命运的蝇拍在风中划过时，留下的声音并不短促，而是天塌地陷般的一声巨响"。二妹子是不幸的，但她更大的不幸是丈夫曾经让她的身体享受过的千般好永远都不在了："每一回他把手放到她的下身，她都感到子宫在动，那种五月槐树被摇晃起来的动，随着自上而下的动，她觉得槐花一样的香气就水似的流遍了全身。"在丈夫死了以后的日子里，二妹子对这种像槐树一样被摇晃的感觉的渴望和寻找，成了她无法摆脱的宿命。不久，一个叫吕小敏的"小姐"的到来让身体觉醒了的二妹子最终成了身体的奴隶。吕小敏对二妹子的刺激和引领，使她的身体在忙碌中"沉"下去后再也不能"浮"上来。当她寻找到死去的丈夫和丈夫给她的身体的感觉后，当她的身体和心终于相连后，她却感受到了身体里的黑暗，于是最后成了一只"鸡"。小说对女性身体的感觉和隐秘的心理进行了精微细致的刻画，不仅显现了作者深厚的功力，也流溢着作者的悲悯和对身体的政治性与社会性的思考。[1]

王松中篇小说《血凝》："透视人性世界的扭曲与畸变"

《血凝》9月份发表在《人民文学》第9期，进入2004年度小说排行榜。小说中的马乌甲和马乌丁是一对兄弟，喜欢爬树的马乌丁一次从树上摔了下来，把肾脏摔坏了，为了活下去，他必须经常换血。马乌甲被在中学担任音乐教师的母亲强迫着定期为弟弟马乌丁输血。后来，马乌丁在铁轨上玩钉子时，不幸被飞驰而来的火车轧断了四根手指。母亲为了让马乌丁弹风琴，就让医生从马乌甲的身上割下一根手指，移植到马乌丁那只残缺的手掌上。此外，马乌甲还得为弟弟的换肾手术提供一只肾脏。种种迹象表明，马乌甲得随时为这个家庭奉献一切。有一天，母亲在上音乐课时因为晕倒而住进了医院。马乌甲提着一罐牛奶到医院去看望母亲，他的右手缠着白色的纱布，一声不吭地坐在母亲病床对面的一把长椅上。过了好一会，他起身走了过去。母亲看着他的背影

---

[1] 参阅郑晓明《农村女性性爱心理的压抑与彰显——孙惠芬〈天窗〉与〈一树槐香〉的比较阅读》，《名作欣赏》，2014.14。

时，白色的牛奶在逆光中从她的手指间流了下来。小说后来被拍摄为电影《马乌甲》，并在第四届中国独立影像展（CIFF）上获得大奖。电影和小说的故事大体一致。①

赖妙宽短篇小说《右肋下》：细致地描写了人物的心理变化

赖妙宽（1960— ），福建漳州人。《右肋下》9月份发表在《人民文学》第9期，均进入2004年度小说排行榜。小说摹写了不少人都曾有过的怀疑自己患上绝症的"瞎担心"，结构设置和语言张弛都颇能贴住人物的心理变化。公司老总陈伯良以为身体即将背叛自己弃他而去，于是带着日渐滋长的疑惑到医院去做检查。医生的严肃态度以及已故朋友的相似经历使他固执地以为自己已经病入膏肓，从而惴惴不安。陈伯良在去拿彩超检查报告单的前一天与冷淡多日的妻子重温旧情，他面对镜中的身体，陷在凝思中。忽然，他明白了，肉体永远都是灵魂的基础与支撑，自己与镜中人无法分离。卸去思想包袱的陈伯良第二天也得知了自己一切正常的消息，先前的担心不过是虚惊一场而已。②

韩天航中篇小说《我的大爹》：刻画了兵团人的精神面貌与人格魅力

韩天航（1944— ），浙江湖州人。《我的大爹》9月份发表在《清明》第5期，进入2004年度小说排行榜。小说写大爹杨自胜一生忠厚善良、重情重义。"我"父亲去世后，虽然杨自胜深爱着"我"的母亲柳月，但却一直把这份爱潜藏在心底。母亲去世后，他将"我"收为养子，一生未娶，含辛茹苦地把"我"抚养成人。他鼓励"我"收养表哥与上海知青耿佳丽未婚先育并遗弃的女婴舒好。"我"把舒好抚养成人后，又带她去认了亲人。大爹成为明珠市委书记后，更是为了兵团的建设发展呕心沥血，无私奉献着自己的光和热。他率领兵团垦荒战士，凭着艰苦奋斗的精神、豪迈乐观的胆魄，克服了重重困难，在荒凉的戈壁滩上演了一幕幕感天动地、气壮山河的悲壮剧。小说以另类的创作姿态，通过日常化的叙事方式，叙写了兵团人大爱无疆和无私奉献的精神，以及他们那看似平凡实则崇高的"普遍人性"，既写出了兵团人的精神面貌与

---

① 参阅王春林《透视人性世界的扭曲与畸变——王松新世纪中篇小说读札》，《吕梁学院学报》，2011.1。

② 参阅华夏《赖妙宽：从医促使我写作》，《中国健康月刊》，2005.11。

人格魅力，也将中华民族的优秀传统和精神力量浓缩在其身上。小说对美好人情与崇高人性的诗意表达与真情抒写是贯穿其内的一条情感红线。①

六六长篇小说《王贵与安娜》：讲述了一对夫妻的生活由苦到甜的过程

六六，本名张辛，生年不详，安徽合肥人，新加坡华人。《王贵与安娜》最初 10 万字，2003 年发表在网络。2003 年 7 月，小说在上海《新安晚报》连载。后来，作者又创作了中篇小说《安娜与王贵》。2004 年 9 月，上海人民出版社将《王贵与安娜》和《安娜与王贵》两个中篇小说及三个短篇作品以《王贵与安娜》收集出版。两个中篇实为一体。小说写贫苦农民王贵本应该配家里的远房表妹李香香，但党和政府给了他深造的机会，他鲤鱼跳龙门进了省城大学念外语系。洋房小姐安娜的初恋是会拉小提琴的科大预科班同学，两人一起做着出国留学的梦，但她却进了厂当了学徒。在人事科长和妈妈的老谋深算下，安娜满腹委屈地嫁给了王贵，从此开始了他们 20 多年的婚姻生活。他们经常因为吃相、"用水"、乡下来的婆婆、第二胎、儿女教育、家庭账本、出外扒分、小老乡女同事、回国的老情人等等事情而吵闹不息，生活在不知不觉中将王贵与安娜这两个原本理念、习惯和品位不同的人磨成了一对似乎见不得但又离不开的最为平凡的夫妻。小说表面上淡然无奇，初读之时甚至会产生絮聒之感；但是随着阅读的深入，我们则逐渐被作者风趣幽默的文字、细致入微的刻画和那些极易引起共鸣的"慨叹"所吸引。作者用心、用情感来记录她眼中的生活，没有矫情地编排风花雪月的无病呻吟，更没有处心积虑地设计题目来给自己的文字装点门面，因此她笔下的故事都充盈着真实的人生感喟，散发着生活的智慧和纯真。跳脱飞扬、新鲜灵动的文风，是作者情感细腻、乐观率直、崇尚单纯自在的生活方式的映照。2008 年 8 月，上海人民出版社出版了第二版的《王贵与安娜》，篇幅比初版本有所增加，达到 30 万字。2009 年，小说被拍摄为电视连续剧《王贵与安娜》，作者也在第 15 届上海电视节上获得"白玉兰奖"最佳编剧奖。

---

① 参阅张书群、李赋《崇高人性的美学表达——评韩天航中篇小说集〈我的大爹〉》,《当代文坛》, 2011.5。

魏微短篇小说《异乡》：书写了来自"小地方"的"外地人"在大都市漂泊的感受

《异乡》10月份发表在《人民文学》第10期，进入2004年度小说排行榜。小说以细腻而不事张扬的笔调书写了来自"小地方"的"外地人"在大都市漂泊的感受。子慧也许是为着寻找一份美好的情感和理想的生活，也许仅仅是为着离开家乡，而到京城打拼。但在京城里，她居无定所，生活拮据。尽管如此，她还是向所有人包括母亲证明自己在京城里生活得很好，并且是良家妇女。三年的异乡生活渐渐使她的物质和精神日渐充实，但洁身自好的她在大都市里总是有一种挥之不去的委屈和茫然。在离开京城与留在京城继续打拼的犹疑不决中，她最终选择了前者。她原以为回家就是回到春暖花开的地方，但回去后，"屋子里依旧是寒冬"，家乡小城还用其粗暴龌龊的"丰富"想象拒绝了她身心的回归。人们都在怀疑着她的清白，连她父母也认定她是在用身体挣钱。在家无处可寻，内心无所附着的情况下，子慧成了永远漂泊的异乡人。作者对悲情人世始终如一的灵魂守望，对平凡人物矢志不移的悲悯情怀，成就了她小说的思想深度与艺术魅力。而审丑艺术的极致表现，异化想象的深度探寻，自然人性的大胆赞颂，则共同构成了她的小说独一无二的审美空间。①

莫言短篇小说《月光斩》：反映了平民阶层对不公正的现实的"白日梦"般的反抗

《月光斩》10月份发表在《人民文学》第10期，进入2004年度小说排行榜。小说写县委刘书记被人谋害，头颅被悬挂在县委大院的雪松树顶上，整个为此县城掀起了轩然大波。刘书记离奇的死去使得"文革"时期关于"月光斩"的传说迅速传播开来。荒诞的是刘书记之死原来是一场用塑料模特演出的闹剧。恐怖的谋杀事件以一片歌舞升平的景象结局。小说同时穿插了有关"月光斩"的来源和其制造的故事。小说的主题自发表之初一直被作为"复仇"来看待，反映了平民阶层对于社会上的某些不公正现象所做的一种臆想性的"白日梦"似的反抗。小说通过对"大跃进"时期、"文革"时期、社会思想较为

---

① 参阅王莹《悲情人世的灵魂守望——评魏微短篇小说三篇》，《云南社会科学》，2005.4。

芜杂的当代等三个不同历史阶段中人们某些行动背后的荒诞性和无意义性的揭示，展示出无意义的人类行动所引起的人类主体内心深处的悲伤和怜悯，也反映出文本叙述者在"含着眼泪的笑"中所蕴含的辛酸及极大的悲剧意味。小说开头和结尾用了"伊妹儿""附件"的形式结构，是一个求新的作品。①

李浩短篇小说《将军的部队》：写了一位将军对部队的情感

李浩（1971— ），河北人。《将军的部队》10 月份发表在《朔方》第 10 期，2007 年获得第四届鲁迅文学奖（2004—2006）。小说中所写的将军，早已离开军营住进了干休所，而他的所谓"部队"，原来是装在两个木箱里的一块块小木牌。将军每天都让"我"（勤务员）把木箱搬出来，然后亲手把这些写有各种不同字样或符号的小木牌拿出来按顺序进行排列，于是他便在他的"部队"间走来走去，或对着某个木牌自言自语，甚至发火，而更多的时候，则是坐下来凝神向远处"眺望"。直到将军去世，他天天如此，从未间断；在他弥留之际，他示意"我"将木箱搬到他眼前点燃。就这样，将军在熊熊的火焰中闭上了双眼。将军的"部队"虽然是两箱不会说话的"死物"，但我们却体味到这是将军全部情感记忆的"载体"，因为在将军的心目中，这就是一支活生生的"部队"。小说不是由将军本人来回忆，而是由现今已经同样很老了的"我"来回忆，"我"是小说结构中重要的一环。同时，"我"的在场又是一种沟通需要，透过"我"的眼"我"的思，把将军的性格侧面地展现在了我们面前，增进了我们对将军晚年行为的理解。这正是作品的巧妙之处。若由将军本人回忆，小说就索然无味了。小说构思别出心裁，从而把将军与部队之间那种相知相爱、生死与共的情感表现得不落俗套，令人耳目一新。小说的语言较为诗性，较为现代，较有张力和想象空间，沧桑感和控制的温情也在其中体现了出来。②

邵丽短篇小说《明惠的圣诞》：讲述一个农村少女进城寻梦及自杀的悲剧

邵丽（1963.2— ），河南西华人。《明惠的圣诞》11 月份发表在《十月》第

① 参阅叶龙思《极端荒诞中的悲剧情怀——莫言〈月光斩〉悲剧意义剖析》，《南华大学学报（社科版）》，2013.4。
② 参阅彭宏《哲思深蕴的记忆"眺望"——对李浩〈将军的部队〉的阅读印象》，《名作欣赏》，2008.15。

6期，2007年获得第四届鲁迅文学奖（2004—2006）。小说讲述了一个名叫肖明惠的农村少女曾怀着美好的期待进城寻梦，最终却在圣诞夜自杀身亡的悲剧故事。明惠的大学梦想破灭之后，像许多农村少男少女一样，她踏上了进城打工的道路。但当她走出村子后，她更像一个影子，或者说更像一个为某个目标而存在的概念。这个影子没有自己的思想，没有态度，没有底气，甚至没有精神。在城里，她付出了艰辛的劳动，甚至通过自己的肉体来谋生赚钱。而且她也不再叫明惠，而是叫圆圆了。为什么不再叫明惠而改名为圆圆，作者没有交代。虽然没有交代，但这样的改变显然是质的改变。"明"和"惠"都是很传统、很朴素的字眼，而两个"圆"字连到一起就不是了。类似的还有莉莉、娇娇、红红等这些在娱乐场所频频出现的名字，其含义就不言自明了。第一次卖身时，"圆圆觉得一切都平平淡淡的，就连她身下的处女血都没有让她惊讶"，之后，"有了那一次，那人就经常叫了圆圆出去。后来，又有别的人同样带了圆圆出去"，"圆圆没有觉得这个和那个有什么不一样"。李羊群出现后，"她知道，她遇到了一个和她一样怀抱委屈的人"，她于是住到了李羊群的别墅里，过着有保姆伺候，"睡睡觉，看看电视，有时一个人出去逛逛街，有时去洗洗桑拿，做做美容"的日子。至此，圆圆看起来完成了明惠"进城"和"像城里人一样过日子"的生活。但当她和李羊群的朋友在一起时，"圆圆永远成不了他们中的任何一个！"她觉得自己虽然体验到了都市物质消费的奢华，但当她在成为都市人的住家少妇的时候，她依然真实地发现自己既不属于这个都市，更不属于这个家庭。于是，在都市人都沉浸在圣诞节的气氛中的时候，她孤独地踏上了不归之路。明惠（圆圆）自杀后，"李羊群在一段较长的时间里基本上把肖明惠的历史搞清楚了，现在只剩下一个问题始终纠缠着他，那就是，这个叫肖明惠的姑娘为什么要寻死呢？"李羊群的疑问是给这个现实的、物质的社会的一记闷棍，既敲在虚空中又敲在一种叫爱情的东西上，棍落声起，让人不知所措却又不得不深省：这到底怎么了！小说是按照明惠进城（走出村子）——明惠当按摩女（攒钱）——明惠当住家少妇（当城里人）——明惠自杀（愿望破灭）的轨道，来写明惠的一生的。小说的文字节制而不动声色，不带作者的感情，白描一样，写人物，写对话，写事；不触及人物的内心，但人物内心波澜起伏；不加评论，但字里行间却仿佛处处惊雷；明明是写故事但却不露故事痕迹。人物的存在是以自然而然的状态存在着，生活着。小说文字的背后呈现出来的是对进城务工人员悲苦命运的怜悯与关爱。

葛水平中篇小说《喊山》：展示了乡村人的生存状况，表达了人物的诉求

《喊山》11月份发表在《人民文学》第 11 期，2007 年获得第四届鲁迅文学奖（2004—2006）。小说写盗墓、火并同伙的腊宏和哑巴妻子红霞拖儿带女逃进太行山岸山坪，心地善良的光棍韩冲让腊宏一家人住进了自家喂驴的石板屋。韩冲因为家境贫穷，30 岁了还没有讨上媳妇，他打心底希望自己出去当上门女婿。他与有夫之妇的琴花保持着一种极为尴尬的男女关系，琴花既从他那儿得到了"欢快"，而且还获得了物质利益———一盆粉浆、一件衣服、一头猪等；但韩冲从琴花那儿得到的只是纯粹本能的肉体满足。对他们之间赤裸裸的物与性的交换，岸山坪的人没有予以干涉，琴花的丈夫发兴也不反抗，而是长期处于失语状态。因为发兴认为琴花也是为了自己的家，而且自己因此也没缺少什么。韩冲不知道腊宏是个盗墓、火并同伙的逃犯。后来，韩冲在炸獾子时，炸死了误入悬崖下采摘野毛桃的腊宏。岸山坪人决定私了这桩命案，在韩冲拿不出两万块钱给哑巴红霞前，韩冲得养活红霞母子仨。自腊宏死后，红霞的气色也日渐好转，她不要韩冲的赔款。韩冲在与红霞一家人的相处中，他的善良和温情深深地影响着红霞、琴花等人。韩冲使红霞的日子过得恬静、自在、舒畅。这时，爱情的种子也在红霞的心里发芽。就在韩冲决心一辈子对红霞一家子好时，警察摸上岸山坪，带走了韩冲。韩冲走后，红霞开口说话了，她开始笑，开始走进人群，开始"喊山"了。"喊山"后，她体会到幸福。原来，红霞并不是真哑，她是被拐骗到四川卖给死了老婆的腊宏的。腊宏的前妻被腊宏活生生打死了。当红霞被卖给腊宏做老婆之后，他又百般折磨红霞。为了不让红霞说出自己的杀人罪行，他丧心病狂地用老虎钳子揪掉了红霞两颗牙齿，致使她以后再也不敢说话，也不敢出门，成为一个不是哑巴的哑巴。小说曾先后三次写到"喊山"。第一次是小说开篇写岸山坪的韩冲和甲寨的琴花隔着山头"喊山"。第二次是在腊宏死后，红霞第一次大着胆子出门，走上山坡，来到埋着腊宏的地垄上，哭着对坟堆喊。第三次是夜里，红霞突然听到对面甲寨上有人筛了铜锣"喊山",于是她也勇敢地走出了房门,拿着新洋瓷脸盆和铁疙瘩火柱,冲着那重叠的大山"狂喊"。小说以"喊山"为主题,既展示了乡村民间生存的艰难与困窘,又道出了山里人的纯朴和善良,传达了他们尤其是红霞对朴素生命的诉求。小说写得细致绵密,在命运的涡轮中凸显了人的本性善恶。①

木子美日记体小说《遗情书》：作者在网上公开的自己的性爱日记

木子美（1978.12—），广东人。木子美从 2004 年 6 月 19 日开始在网上公开自己的性爱日记,当时访问量并不大。至 2004 年 8 月某日,木子美在《遗情书》中以白描的手法记录了她与广州某著名摇滚乐手的"一夜情"故事,再现了她与这名乐手做爱的大量细节,一时在广州传媒界、音乐界及网络间广为传布。11 月 11 日,为木子美公开日记提供平台的"博客中国"网的日访问量达到 11 万人次,在互联网掀起"木子美风波"。由于访问量激增,"博客中国"网难以承受,木子美曾关闭了一段时间日记,后来,重新开放,访问量仍急剧飙升。对于木子美的生活方式以及她将自己的性爱经历公之于众的行为,网友在互联网上展开了激烈的争论。著名社会学专家李银河认为,这标志着"在中国这样一个传统道德根深蒂固的社会中,人们的行为模式发生了剧烈的变迁","中国社会已经开始向第三阶段过渡了（不仅男性享有性自由,女人也将享有）"。广东作家张梅认为,她不喜欢木子美这种写作,文学应该有严肃的主题,"文学还要有创造性,而不是单纯描述事件。木子美的素材如果只以揭短的形式出现,就太浪费了"②。

陈昌平中篇小说《国家机密》：一篇荒诞色彩浓烈的小说

陈昌平（1963—），山东牟平人。《国家机密》11 月份发表在《钟山》第 6 期,进入 2004 年度中国小说排行榜,是一篇荒诞色彩浓烈的中篇小说。小说写小男孩王爱娇因为能做预见性的梦而成为一个被保护起来的政治工具,他的所有梦都被列入了"国家机密",于是,他以及他一家人的命运就脱离了正常

---

① 参阅孟繁华《男女、生死和情义——2004 年葛水平的中篇小说〈喊山〉及其他》,《名作欣赏》,2008.3。

② 参阅白烨、何鹏《2003 年文坛大事记（十一月）》,中国作家网,2012.2.2。

的自然运行的轨道，开始随着"梦"而跌宕起伏着。王爱娇这样一个懵懂的孩子就这样因为"先知"的假象，而成了"囚徒"。王爱娇后来又被身边各层的"大人"盯上，成为他们升职的"筹码"，他也成为他家人从"大人"们升职中获得物质补贴的类似"摇钱树"的人，这不仅掠夺了他的童年欢乐，还管制了他的精神，差点让他彻底阉割了自己。小说充满了荒诞性。对荒诞的发现和寻找是作者在整个小说创作中一直在坚持的东西，但他的荒诞和西方人在形式、修辞、结构上花心思制造的荒诞并不完全一样，他是在现实生活中发现和寻找荒诞的事情，显得似是而非，让人说是这样的生活未必，让人说不是这样的生活也未必。

2005 年

李伯勇长篇小说《恍惚远行》：审视了当下农民的物质生活与精神皈依问题

李伯勇（1948.11—），江西上饶人。《恍惚远行》1月份由山东文艺出版社出版，进入2005年度长篇小说排行榜。小说主人公凌世烟在"文革"环境和客家文化的濡染下成长，即使"文革"的历史已渐行渐远，但是特殊年代的"英雄意识"遗存和"二元对立"的斗争思维模式仍然积淀在他的内心深处，成为他一切思想、行为的起点。"游荡"是凌世烟的主要行为方式和精神状态，他期望在一次偶然的壮举中完成自己的英雄期待。他的叔叔凌维宏是他崇拜的英雄。凌维宏的英雄形象是在一次阻止刘、田两姓的家族械斗中偶然树立的。他的所谓的英雄行为的初衷只是为了自己喜欢的地主小老婆张吉红。而张吉红后来不但使他被清退出公安队伍，而且最终抛弃了他。张吉红后来又回到了前夫刘天树的身边。这种结果使凌维宏被乡邻戏弄和嘲笑不已，再加上他那儿子也是别人的种，所以他最后凄凉地死在了老鸦坳山腰上。崇拜凌维宏的凌世烟始终游荡在"路上"。当他的姐姐石榴被赖学东强奸后，他锲而不舍地去"追击"赖学东，目的不只是为姐姐报仇，更是为了完成他的英雄期待。但他在对英雄的幻想和焦虑中变成了精神病患者，最后被人绑在树上打死。小说中的另一个主要人物石羊因性无能而杀了妻子。小说扎实而深刻地展示了乡村的现实存在，更展示了作者对被漠视的人的生存环境的关注和对人的尊重，尤其是对当下农民的物质生活与精神皈依进行了审视或观照。[1]

---

[1] 参阅周水涛《〈恍惚远行〉对当下农民的人文关怀》，《文艺争鸣》，2006.4。

王瑞芸中篇小说《姑父》：展现了极"左"思想对一个无辜的人的可怕摧残

王瑞芸，生年不详，江苏无锡人。《姑父》1月份发表在《收获》第1期，进入2005年度中篇小说排行榜。小说写的是姑父在极"左"年代里无辜遭受摧残，在坐了20年牢后，他由一个充满朝气、梦想和魅力的人变成了一个自私、懦弱、委琐的神经质老头。他出狱后，依然无法从梦魇中醒来，继续自顾自地生活在那无边的心灵黑暗之中，吃饭时抢食，眼神惊恐，极度不自信，说明极"左"思想对一个无辜的人的可怕摧残。小说主题延续了20世纪80年代"伤痕文学"与"反思文学"的脉络，笔法是经典现实主义的风格，一笔一画都中规中矩，却有一种单纯之美。小说精准、扎实的写实力量深深震撼了读者。它的主题和写法在大陆基本上已被认为过时了，但久居海外的作者却将其进行了保留。作者称自己在海外研究的是西方现代美术，她以最传统最经典的写实笔法创作了小说，这是她经过思考后的自觉选择的方法。小说犹如一记重拳，穿过时间的河流，重重地击中了我们，向我们展示了生活的炼狱如何摧毁一个人的精神和信仰，如何让高贵沦丧、亲情避让、一切价值倾覆无存的情况。①

苏童短篇小说《西瓜船》：讲述了一个被杀的卖瓜青年的身后故事

《西瓜船》1月份发表在《收获》第1期，进入2005年度中篇小说排行榜。小说写的是在某一个水乡小镇，一个名叫福三的卖西瓜的青年，运了一船西瓜来到小镇上卖，但他和来买瓜的一个青年发生了纠纷，两人都血气方刚，就打起来了。青年将福三捅死了。然后派出所来处理。青年自然被判刑入狱。这件事情过去之后，小镇又回复到平静的日常生活状态。但过了若干天以后，镇上来了一个女人，她是来找儿子福三的西瓜船的。她挨家挨户地询问儿子的西瓜船在哪里，人们这才想起那死去的青年的西瓜船。但当时场面混乱，人们不知道西瓜船去了哪里。人们于是开始帮着女人找船。他们找到居委会，找到派出所，其间有人提供线索，有人推荐知情者，结果越来越多的人聚在一起，陪同

---

① 参阅刘晓南《看〈收获〉》，《中文自学指导》，2005.3。

女人寻找西瓜船。最后，大家顺着河流越走越远，终于在一个小小的废旧工厂处的小码头上看到了一只搁浅着的很破很脏的船。大家合力把这只西瓜船拖出来后，又送女人上了船，然后看着她摇着橹走远了。女人好像摇着的是儿子的摇篮，但摇篮却是空的。岸上目送她的人代表着小镇的所有人向她表示忏悔。①小说内容和叙事简单，语言也极其平实，不痛不痒地讲述了一次杀人事件，并且把杀人事件作为背景，着力去描写被杀者福三的母亲回到案发地找船的全过程，读来竟有触目惊心之感。作者对找船过程的描写是最用力的地方，可以看到，被福三母亲询问过的人都由开始的不耐烦或抵触转向同情，并渐渐积极地帮助她了，他们尽现着自己的善良和同情心。小说赞扬了这群有缺陷的善良人，说明人性并不全是坏的，"性恶论"并不能概括曾经麻木和对于死亡无动于衷的人们。福三的母亲在小说里是一个伟大的母亲，她给那些人的人性的转变提供了可能性，她压制着悲伤，不哭也不闹，使人不由自主地同情她。她也懂得感恩，给帮助了她的人下跪，给他们磕头。小说把人性的褶皱铺展开来放在读者面前，使人心灵深处的涓涓细流有了依托，然后缓缓地向着奔腾的江河流去……

贾平凹长篇小说《秦腔》：一曲关于传统农耕文明的挽歌

《秦腔》1—3月份发表在《收获》第1、2期，进入2005年度长篇小说排行榜，获得第七届茅盾文学奖（2003—2006）。小说反映了我国农村改革过程中显现出来的许多重大问题，主要有：农村在现代化进程和城市现代化扩张中土地面积锐减和荒芜，资本经济强势运行带来乡村生活秩序混乱，人们的精神家园难寻等。主人公夏天义对土地面积锐减和荒芜非常着急，他年轻时候带领数万人修梯田，挖灌田水库就是对土地深情热爱的表现，土地曾给他带来过许多荣耀，他发誓要改变这种现状：阻止君亭占用耕地建市场，把俊德荒芜了的土地耕种起来，领着哑巴孙子和张引生这两个被村人遗弃的人去七里沟淤地，以实现扩大村里土地面积的愿望；在此期间，他早出晚归，吃着冷馍，喝着冰水，睡着庵棚，以一天天辛苦踏实的劳动实现着人生的再一次辉煌。小说中最

---

① 参阅吴雪丽《坚硬的城乡 慈悲的河——读苏童小说〈西瓜船〉》，《名作欣赏》，2009.9；周新民、苏童《打开人性的褶皱——苏童访谈录》，《小说评论》，2004.2。

感人的是夏天义看到自己的身体日渐衰败，疾病不祛，体力不支时竟以吃土替代粮食充饥，而且不感到难吃，他的这个"突然间产生出来的嗜好"是对自己最终没有实现淤地理想的愧悔。在小说末尾，一生深爱着土地的夏天义最终被山体滑坡掩埋在他奋斗了无数个时日的七里沟，埋葬在自己开垦的土地中。小说真实地反映了资本经济强势运行之下，人们不再把从土地上获得富裕看作是自己的本分和职责，把围绕土地所形成的各种伦理道德置于脑后的情况。比如，武林的媳妇黑娥为了和有钱人庆玉过富裕的生活，公开背叛武林，她和庆玉打情骂俏，最后嫁给他；外来人马大中把清风街上的姑娘们介绍到外地去从事不良职业，街上也出现了翠翠等人公开卖淫的事情；外来人陈星时时唱的一些流行歌曲把清风街许多人的老爱好——唱秦腔、听秦腔等冲击得难以为继；夏雨把翠翠领回家里，不避父母地和她过起性生活，气得父亲夏天智癌症复发；夏天智死了后居然连抬棺材的人都找不下。小说尤其对青壮年人涌入城市后给农村带来的冷清和寂寞进行了描写：留守老人和儿童成群，土地荒芜。夏君亭是新一代农民的代表，他与夏天义和秦安对到底应该先在村里建农贸市场还是应该先在七里沟淤地的事发生了难以调和的争执。小说还写了在清风街天天都会出现的置气打架的事情，常常是父子们翻脸，兄弟间成仇人，夏君亭、夏风、夏庆玉已经不孝敬父母了，尤其是作为乡村文化传播者的教师庆玉更是多次悖逆传统的人伦孝道，比如他偷情、离婚、占便宜、对教学工作敷衍塞则等，他已经彻底背弃了君子之道。夏天义的儿子瞎瞎和大儿媳妇淑贞为赡养老人及置办以后的丧事争吵不已。在夏家四兄弟相继去世之后，传统的东西相继被年轻一代看重的现代东西代替了，比如传承了几十年的规矩——每年过年时夏家四个兄弟轮流吃饭这一习惯在第二代人那里没有了，人们对于亲情，家族不再那么看重，现代文明的入侵动摇了家庭的精神和文化基础，动摇了维系村落与家族和谐关系的文化价值体系。总之，《秦腔》给读者展示了一次文化寻根的过程，作者对秦腔艺术在当今社会逐渐冷清的展示，目的并不在于宣扬这种传统艺术，它的寓意早已超越了戏曲本身，它是一个隐喻，蕴含着作家对秦腔这种传统文化的哀婉。作者对宽泛意义上的秦人之腔或者说是农民话语权日渐失却的展示，提醒人们不该忘记我们的生命之根——农村。①

潘向黎短篇小说《永远的谢秋娘》：写主人公对世事的洞察及对世人的认识

《永远的谢秋娘》1月份发表在《作家》第1期，进入2005年度短篇小说排行榜。小说的主人公谢秋娘是一位出身书香门第的大家闺秀。开篇写秋娘的美丽，她的美是从骨子里透出的天然的美。但她是个苦命的人儿，她的父亲是留过洋的音乐家，回国后在音乐学院作曲系当教授，母亲原本是芭蕾演员，后来生了孩子改当了中学老师。"文革"中，父亲因批斗而跳楼自杀，母亲也吃了一瓶安眠药，撇下秋娘而去。后来，迫于生计，秋娘在蓝冠歌厅唱了三四年。不久，她嫁给了一个外交官，出国了。可是没过多久，她便一个人回来了，那人与她离了婚。秋娘开了一家饭店，取名秋娘小厨，生意非常好。慢慢地，在上海滩，大家都知道了"秋娘小厨"，这里常常聚集着不少名流，成了一个交际场所。但无论是谁，秋娘都不动心。后来，大律师韩定初向她示爱，她不动心。韩意外身亡，也没有在她的心底留下任何涟漪。她将他用过的杯子摔了。小说作者凭借对女人的理解，将秋娘写出了味道，写出了她对世事的洞察及对世人的认识，可谓入木三分。②

迟子建中篇小说《世界上所有的夜晚》：书写了城乡边界里小人物的生存状态、个性畸变、悲欢离合

《世界上所有的夜晚》3月份发表在《钟山》第3期，2007年获得第四届鲁迅文学奖（2004—2006）。小说讲述的是一个与"死亡"有关的故事。"我"因为魔术师丈夫遭遇车祸身亡而痛不欲生，为了排解哀伤，决定去三山湖旅行。列车行至乌塘镇的时候，突遇山体滑坡，于是"我"在这个盛产煤炭和寡妇的小集镇邂逅了一群卑微老实的人：善良朴实的周二夫妇，夜夜喝醉和靠卖身自我糟蹋的蒋百嫂，专讲鬼故事的史三婆，开画店却更爱唱悲歌的陈绍纯老人，以及更多对命运逆来顺受的草根人群。小说以密集的视角书写了城乡边界里小人物的生存状态和个性畸变，用最大的耐心和敬意关注了蜉蝣众生的悲欢离合，萃取了关于生命的领受和忍耐，包括死的寂寞以及生的艰难，从而让人

---

① 参阅阎晶明《〈秦腔〉：贾平凹的还乡冒险》，《北京日报》，2005.6.8。
② 参阅车令英《"美"的极致——解读潘向黎的〈永远的谢秋娘〉》，《小说评论》，2007.S1。

·885·

深切地感受了粗粝世界里另一场残酷的人生风景。小说的结局极具魔幻现实主义色彩，在云领的牵引下，七月十五那个夜晚，"我"和云领在清流为各自已逝去的亲人放了河灯。"我"那魔术师丈夫的精魂经过月光的洗礼，幻化成一只长着湖蓝色翅膀的蝴蝶飞落在"我"的无名指上，似乎给"我"戴上了一枚戒指。小说的意境凄美深邃，如宗教般圣洁清明。经过这一遭经历和自我救赎后，"我"为自己曾经幽暗的内心世界投射了光明，消极颓靡减少，生活重新起程。①

罗伟章中篇小说《我们的路》：对农村存在的种种现实进行了审视

罗伟章（1967—），四川宣汉人。《我们的路》3 月份发表在《长城》第 3 期，进入 2005 年度中篇小说排行榜。小说写外出打工的农民大宝与其同村的春妹都打算回家过年，但是二人只买到一张车票，结果，五年都不曾回家与老婆孩子团聚的大宝把车票让给了春妹。但是大宝最终没有抵挡住家的诱惑，在付出讨不到两个月的工钱并丢掉工作的代价后，在大年初四那天回到了家中。工友的惨死、春妹的被骗、工钱被恶意扣留、在老板叫骂声中的下跪、一头牛也买不起的窘迫、老婆的温良、女儿的可爱以及贫穷又偏狭的村人等都煎熬又温暖着大宝，逼迫他在一系列困厄的现实境遇中，既想摆脱贫穷又想力争为自己保留一点尊严。但是，当他在城市中卖力打工时，城市逼迫他迈出回乡的脚步；当他回到农村后，贫困又催促他再回到城里做工挣钱。两难的境地，最终让大宝没能遵守他许给女儿的诺言："爸爸不出门打工了，爸爸从今天起跟你在一起"，他再度踏上返城之路。在小说中，另一个悲剧性人物是刚刚 16 岁的春妹。春妹是一个心地善良、富有牺牲精神的女孩，但命运对她仿佛更加不公：既要打工为哥哥挣学费，又在被人欺骗后产下一个幼婴而遭受家人的鄙弃；但是，即使这样，她也不曾埋怨过家人，只是把一切痛苦独自咽下，最终不得不重新踏上到城市去流浪的道路。小说以清醒、冷静、理性的态度，对农村普遍存在的种种现实进行了认真而又真情的审视，在漫不经心的叙事中向我们传递

---

① 参阅江冰《童话中的精灵与现实中的悲悯——读迟子建的〈世界上所有的夜晚〉》，《名作欣赏》，2008.5；参阅蒋子丹《当悲的水流经慈的河：〈世界上所有的夜晚〉及其他》，《深圳晚报》，2008.7.22。

了许多信息；第一人称的叙述方式，使小说读来亲切、自然；血肉丰满的人物形象塑造，使小说显示出了不同寻常的意义，说明作者既是一位充满平民意识与人文情怀的知识分子，又是一位具有道德良知与社会责任感的知识分子。①

张翎中篇小说《雁过藻溪》："历史风云下的女性悲歌"

《雁过藻溪》3月份发表在《十月》第2期，进入2005年度中篇小说排行榜。小说中的末雁是刚和丈夫离婚的女人。母亲死后，末雁带着18岁的女儿宁宁回国，然后送母亲的骨灰回乡下的藻溪。在藻溪，一个名叫乡财的老人接待了她们。乡财早年时曾经爱过末雁的母亲。末雁和乡财老人那个在城里大学教书、此时回乡看望父亲的儿子发生了一段肉体之情。乡财忌讳提起老宅院，但他还是带着末雁看了她母亲、婶娘们住过的老宅院里的房子，在那里，他回忆起"文革"时的一段事情。最后，末雁明白了母亲一段隐藏了一辈子的秘密，原来母亲当年回家被拘，看管她的乡财和她做了交易后，在晚上放她逃了出去。然后，母亲带着身孕嫁给了父亲，说明末雁其实是乡财的女儿。末雁带着宁宁离去后，乡财老人在羞愧中死去。宁宁讨厌地用英语对末雁说：离我远点。因为，她看到了末雁和乡财儿子在一起的场景。小说到此结束。小说给读者带来了大量的信息和淡淡的忧伤。末雁回忆起小时候母亲为什么总是厌恶她，使她无法走进母爱之中。她一直不理解。现在她明白了。作者用故事缓缓地推进情节，让前面的谜，在情节发展中逐步得到解开，生动曲折，引人入胜。②

乔叶短篇小说《取暖》：讲述了一个发生在寒冷除夕夜里的温情故事

《取暖》3月份发表在《十月》第2期，进入2005年度短篇小说排行榜。小说讲述了一个发生在寒冷除夕夜里的温情故事。一个犯了强奸罪的青年出狱回家了。当年，他是个好学生，好孩子。一天晚上，他遇到了一个喝醉酒的女人，一时冲动，犯了罪。在狱中，他度过了四年时光。他出狱后，家人一时难

---

① 参阅温长青《对沉重现实的清醒观照——评罗伟章的小说〈我们的路〉》，《名作欣赏》，2006.22。

② 参阅程珮《历史风云下的女性悲歌——浅析张翎〈雁过藻溪〉中的女性书写》，《名作欣赏》，2014.20。

以接受他，他便在除夕的晚上搭上一辆公共汽车离开了家。他在一个小镇下了车，却找不到住处，甚至连吃饭的地方也没有。有人说去找小春，她那里很方便。他去了。小春开着一家饭店。他在她那里吃上了热腾腾的水饺。小春只带着一个女儿，家里没有男人。夜深了，小女孩睡了，他该走了，小春却留他住下。凌晨时，小春叫他起来放鞭炮。他放完后，他们聊天。他才知道，小春的男人也在狱中，是他服刑的地方，因为一个流氓欺负了她，丈夫把那人打残了，被判入狱。他却撒谎说他是打工回家和家人闹翻了才出来的。其实，小春已经知道他的身世，并劝他回家和亲人团聚。小说时空交错，把写景和写情相结合，通过不枝不蔓的细节，准确地描绘出了男主人公微妙的精神世界，生活气息相当浓郁。①

杨志军长篇小说《藏獒》：张扬了当下时代愈来愈罕见的正义、良知、善良、悲悯、仁慈等人性理念

杨志军（1955.5—），生于青海西宁，祖籍河南孟津。《藏獒》5月发表在《当代》第3期，进入2005年度长篇小说排行榜，同年由人民文学出版社出版。小说的故事发生在20世纪50年代的藏区草原。"父亲"、白主任、汪政委等一批入藏干部驻扎到草原上，他们既要与草原牧民交朋友，又要调和部落恩怨。"父亲"无意间用一袋天堂果（即花生）将七个上阿妈草原的小男孩与一只雪山藏獒引到西结古草原，这却引爆了一场深埋在两个部落间的宿怨。七个小男孩成了西结古草原人复仇的对象，而角斗的双方，则是各卫其主的藏獒。藏獒的身后，还有草原上的各种动物：藏狗、狼、金钱豹……它们彼此制约，形成险象环生的生物链。两个部落的藏獒的角色尤其复杂：在人与狼的冲突中，它们要保护人类的安全；在人与人的冲突中，它们要保护自己的部落……作为狼的天敌，它们不屑于小算计、小花招，智慧与计谋惊人。小说结尾处的两次比武更加逼人魂魄：上阿妈草原的藏獒与西结古草原的獒王比武，前者为的是印证自己是传说中的雪山神狮，它认为自己必须战胜送鬼人用仇恨养大的饮血王党项罗刹，才能维护领地的安全……但最终征服饮血王党项罗刹的，不

---

① 参阅王宁《撕开我们内心的隐痛——评乔叶的中短篇小说》，《艺术广角》，2009.5。

是它的威力，而是"父亲"的爱心。

《藏獒2》2007年由人民文学出版社出版。它讲的是：西结古草原上发生了百年不遇的特大雪灾，牧民和牲畜似乎都在瞬间消逝了。肆虐的灾害代替了一切，大草原上到处都是在饥饿中寻找猎物的狼群、豹群和猞猁群。不寻常的是，多猕草原和上阿妈草原的狼群也都悄悄集结到了这里，饥饿的狼群随时准备向受灾的牧民发起攻击。为了保护人类的利益，西结古草原的狗群在獒王冈日森格的率领下，扑向了大雪灾中所有的狼群。与前作相比，《藏獒2》的场景更加壮阔宏大，故事情节更加曲折刺激，内涵更加丰富，叙事更加娴熟，基调也更加苍凉悲壮。獒狼之间的战争由小规模的单兵作战升级为獒群与狼群之间大规模的冲突。在作者笔下，草原上最敌对的两种动物之间的战争与人类战争一样，既讲求战术策略，也注重排兵布阵协同作战。可以说，《藏獒2》展露的是更为丰富的藏獒精神。

《藏獒3》2008年由人民文学出版社出版。它延续了前两部的精彩和悲壮，讲的是：1967年，人类驱使藏獒替代自己进行大规模武斗，于是，西结古藏獒和东结古藏獒、上阿妈藏獒和多猕藏獒开始了一场悲壮的自相残杀，瞬间，鲜血染红了雪山草原，秃鹫覆盖了蓝色的天空，悲伤逆流成奔腾的河。结果，一代獒王雪山狮子冈日森格死去了，饮血王党项罗刹多吉死去了，无数忠勇的藏獒都死去了，纯种的喜马拉雅藏獒遭受了灭顶之灾，成了青藏高原不死的魂灵和"父亲"心中永远的痛。如果说《藏獒》和《藏獒2》写的是藏獒的成长和辉煌，《藏獒3》（终结版）则写的是藏獒的悲剧性终结。读《藏獒3》会使人感受到前所未有的情感冲击，那种悲怆，那种凄凉，那种心痛，将是一种难得的阅读体验。藏獒因为忠诚和无私无畏成了人类的朋友，又因此成为人类贪婪和愚昧的牺牲品。

《藏獒》张扬了一种在当下时代愈来愈罕见的诸如正义、良知、善良、悲悯、仁慈等人性理念，在很大程度上对以张扬狼性意识、表现"丛林法则"为明显特征的一种小说写作倾向进行了强有力的批判与反拨。小说受藏传佛教的影响较为明显，具有浓郁的宗教色彩。小说受武侠小说与神秘文化的影响也较为明显。作者为了展现藏文化重要代表藏獒丰富深刻的精神世界，采用了拟人叙事。①

刘醒龙长篇小说《圣天门口》：书写了党派斗争和文化价值的冲突

《圣天门口》5月份由人民文学出版社出版，进入 2005 年度长篇小说排行榜。小说依托鄂东大别山的天门口小镇，将笔锋从现实指向历史，情节复杂，人物众多，时间跨度大，从 1916 年一直写到"文革"，前十二章描写天门口镇在 1949 年之前发生的故事，其中以傅朗西（谐音"法兰西"，喻革命）、杭九枫、阿彩等为代表的共产党一派，与马鹞子、王参议、冯旅长等代表的国民党一派之间的矛盾、对立、斗争，构成了小说的主要故事情节。小说后三章从 1949 年写到"文革"，主要表现新中国成立后以革命名义发起和领导的历次政治运动在天门口上演的一出出悲喜剧。除党派斗争之外，小说还写了天门口镇雪家和杭家两大家族之间旷日持久的恩怨情仇、家族斗争及两种文化价值的冲突：暴力文化与宗教文化（一种以仁慈、宽恕、博爱为根本内涵的基督教文化，其代表人物是超越于党派之外的梅外婆、雪柠和后来的董重里）之间的矛盾冲突。②

李铁中篇小说《冰雪荔枝》：写了通奸、偷情对婚姻、家庭、子女的伤害

《冰雪荔枝》5月份发表在《花城》第 3 期，进入 2005 年度中篇小说排行榜。小说写女孩荔枝从 12 岁起就生活在一个与其他孩子不一样的生活模式中，直到 18 岁，这个模式还是没有任何变化，即荔枝总是受母亲的指派跟踪父亲，然后母亲去捉奸。父亲毒打荔枝母亲，荔枝母亲离家出走，荔枝又去把母亲找回来。然后荔枝再跟踪父亲，母亲再捉奸，再遭丈夫毒打，再离家出走，荔枝再将母亲找回来。每次都一样，只是母亲捉奸的地方不一样。荔枝的母亲就是用这样的方式维护着自己的家庭，久而久之，荔枝觉得母亲已经乐在其中，她并不在意捉奸的效果。但荔枝在意。她想找到一个彻底解决问题的办法，结束这个模式。最终她想到了向父亲单位举报其经济问题的办法，如果父亲不在那

---

① 参阅王春林《悲悯与仁慈的人性证词——评杨志军长篇小说〈藏獒〉》，《晋中学院学报》，2008.1。

② 参阅孟繁华《小说是作家的一个梦——评刘醒龙的长篇小说〈圣天门口〉》，《中国图书评论》，2006.3。

个职位上了，那么就没有女人愿意跟他了。荔枝举报了父亲后，她生活了多年的那个模式结束了。但荔枝家里的生活却一下子困难起来。当母亲得知是荔枝写的检举信时，竟打了荔枝，说是她让家里的生活变差的。荔枝终于明白，相对于父亲的不忠，生活的拮据才是让母亲难以忍受的事情。荔枝给自己的生活确定了新的目标：那就是挣钱，至于怎么挣钱，她认为是不重要了。就这样，心灵单纯美好的荔枝走上了歧路。小说从被损害的妻子、女儿的角度入手，同时引入了偷情者另一方的儿子安子，将通奸、偷情对婚姻、家庭、子女的伤害进行了充分的展现。荔枝在实施与父母的较量行动之前与之初，有着属于她自己的成长经历和美梦，那是她在寒风冰雪般的环境里春心萌发后长出的嫩芽，它招展着纯洁朴素的芽尖，散发着清新美妙的香味，使她没有防范和猜忌之心，有的只是向往和争取它的努力；渐渐地，它长出了藤蔓，这使她被牵绊在了由父亲编织的孽缘上头，从此再也难以挣脱。荔枝父亲的所作所为是所有孽缘的源头，她母亲虽然通过她去盯梢以报复丈夫的花心，但她母亲逐渐形成了以捉奸为乐的病态心理。荔枝通过与安子的恋爱来报复父亲，安子却真的爱上了荔枝，但荔枝这时却对真爱失望至极——因为这孽缘的绳结都系在了她一个人身上，这使她的成长过程变成了被孽缘捆绑，然后使她扭曲了的过程。① 另外，小说在以文学样式书写荔枝成长的关键时间节点上，选取了江林雪野、二浪河、木房子三个显在空间，它们对应着荔枝的三个成长时间节点，成为小说所表现的"成长"主题的象征物。小说虚拟的南方这一潜在空间，给小说人物提供了光明和理想，也使得空间这一电影语言功能在小说中得到淋漓尽致的发挥，实现了小说艺术与电影艺术的对接，给读者呈现了一个别样的"电影化小说"。②

严歌苓中篇小说《金陵十三钗》：书写了风尘女子的"牺牲"与"救赎"

《金陵十三钗》6月份发表在《小说月报·原创版》第6期。小说讲述1937年底，日寇烧杀抢掠腥风血雨的南京城时，一群教会学校女学生、一群秦淮河的风尘女子、几个中国伤兵同在一座教堂避难，这些风尘女子在女学生和

① 参阅施战军《论中国式的成长小说的生成》，《文艺研究》，2006.11。
② 参阅张翠、宋扬《李铁小说〈冰雪荔枝〉的"电影化"特征》，《鸭绿江（下半月版）》，2015.3。

英格曼神甫眼里低贱不堪，而在伤兵眼里风情无限。处在屠城灾难中的小小教堂充斥着隔膜敌视、情色挑逗与死亡威胁，最终伤兵被日寇残杀，13 个风尘女子在英格曼神甫安排下代替女学生舍身饲虎。小说表达的"牺牲"与"救赎"具有多重含义。风尘女子的"牺牲"与"救赎"具有宗教徒献身的意味。她们虽然沦落风尘，为人不齿，但她们每个人都有一部血泪史，尽管女学生鄙视她们，但她们还是从女学生身上看到自己曾经的纯洁与美好，她们既是救女学生，更是挽悼自己曾经的纯洁与美好。最后，尽管女学生对这群风尘女子嗤之以鼻，但到头来却是她们拯救了自己，不但拯救了自己的肉体，更是以她们的风尘情色唤醒了自己的身体欲望。小说通过"金陵十三钗"舍己救人的事情为自己正了名。但她们轻浮、放荡，举止、言词充满情色挑逗，与那些单纯、青涩的女学生形成鲜明对比。2011 年，作者又在《当代·长篇小说选刊》第 4 期上发表长篇小说《金陵十三钗》，同年 6 月，小说单行本由陕西师范大学出版总社有限公司出版。

范小青短篇小说《我们的战斗生活像诗篇》：写了"文革"时人物的生存状态和精神状态

《我们的战斗生活像诗篇》7 月份发表在《山花》第 7 期，进入 2005 年度短篇小说排行榜。小说故事发生在 20 世纪"文革"期间，父亲不知去向，家里是外婆以及三个外孙女。三个女孩的母亲在劳动干校接受改造。外婆负责外孙女的生活。故事从三个女孩开始讲起，在母亲到干校劳动改造期间，姐姐成了家里的主心骨，她带着妹妹出去游玩，给她们及周围的小伙伴买好吃的东西。姐姐买零食的钱都是家里日常生活的费用，这样的"截留"自然会使家里面临入不敷出的结果，大家都盼着母亲回来。母亲回来后认为这是上年纪的外婆管理不善造成的结果，便让姐姐帮助记账。但母亲发现这种入不敷出的现象并没有得到改观，这让她想到女儿们的"截留"，便想尽办法来找到这其中的"秘密"，但最终没有抓到截留人。母亲的"侦察"无果后回到劳改干校。一天天长大的姐妹们，已经有了自己"成熟"思想，小妹妹想用自己积攒的棉线，为姐姐织一双手套，但发现自己的毛线球没有了。姐姐知道毛线球的去处，在河边的草地上。她去向一个男孩索要，男孩却将毛线球扔到了河里，姐姐不顾一切地跳到河里去捞毛线球，结果沉入河底。当大人将姐姐捞起来之后，发现她手里紧紧握着毛线球，并且看到家中少了的那些钱的最终藏匿地点，它们被裹在毛线球的中心。小说以"文革"为叙事背景，写活了一群机敏可爱的女孩子，从清朗婉约的文字中透出特定时代下人的生存状态和精神状态，呈现出作者独特的反常规写作风格。小说不仅没有让人们看出母亲精神上的变化与现实的残酷，反而使人们沉浸在孩子们与母亲相斗的乐趣里。整篇小说文字简洁舒朗，相斗的过程充满诗意，童趣盎然。儿童视角的选择，虽然使我们看不到灰色叙述和历史的严峻，但依然会有一种痛和酸楚慢慢升腾起来。①

毕飞宇长篇小说《平原》：一部扎根于乡村，立足于大地的民间之书

《平原》7—9月份发表在《收获》第4—5期，进入2005年度长篇小说排行榜。小说描写的是20世纪70年代中期农村的生活片段，整个故事围绕主人公端方展开，主要人物有贫下中农端方一家、地主分子三丫一家、赤脚医生兴隆一家、大队书记吴蔓玲、南京知青混世魔王、右派分子顾先生等。故事从端方的成长开始，当年端方的母亲沈翠枝带着他改嫁，并且以死为要挟逼迫继父让他读高中。端方高中毕业后，回家务农，与继父比赛割稻；端方小弟杀人闯祸后，他一手摆平了村上的混混头子，最终彻底了结了此事，赢得了继父的信任。此后，端方不再是一个拖油瓶，而是家里的顶梁柱。端方的母亲看起来是个苦命老实的女人，其实不然，在端方未掌权之前，家人对她还是有些忌惮的。当她得知端方与地主的女儿三丫好上后，她厉害的本色显露无遗，她与三丫的母亲一来一往地说话，句句都不挑破，句句却直指对方死穴。三丫对端方的爱情，从萌发、到热恋、到自残、到最后香消玉殒，脉络清晰可见。三丫成分不好，她偏偏爱上了好人家高中生端方。三丫的过人之处在于她的大胆与不计后果，她向端方表白、向端方献身。大队书记吴蔓玲是个知青，立志要扎根农村，她把王家庄治理得井井有条，还到公社大胆地与顶头上司拍桌子要东西，这样一个女书记深受村民的喜爱。吴蔓玲看到身边那些长得不如她的人都得到了男人的疼爱，而自己喜爱的人却被别人夺去了，她于是渐渐地醒悟到是

---

① 参阅王淼、巫晓燕《"文革"中的日常叙事——评范小青的两个短篇小说》，《辽宁经济管理干部学院》，2011.1。

自己为了空洞的政治信念才失去了获得幸福的机会，这使她陷入了人生的两难之境。最后，她被自己所养的狗咬伤致疯，这隐喻的是她被自己所追求的虚无缥缈的"崇高目标"咬伤致疯。[1]小说通过这些故事和人物，构筑起一个充满诗情画意但又饱含美丽忧伤的"乡土民间"，其叙事直抵那个时代的生活本质，直抵那些人物的真实内心。从这个意义上说，小说的真正主体不是故事，不是人物，不是命运，亦不是场景，而是一个形态丰满、众声喧哗的"民间形象"。小说所有的一切最终都归结到这一形象上来，它的故事性已经与丰富、复杂而万象纷呈的民间性真正融为一体了。这一形象不再是一种简单的姿态或者理念，而是在历史与人物的逐一展现中有了饱满充实的内涵的。正是这样一种叙事使得小说成为一部扎根于乡村、立足于大地的民间之书。[2]

葛水平中篇小说《黑雪球》：写出了人生本相的小说

《黑雪球》8月份发表在《人民文学》第8期，进入2005年度中篇小说排行榜。小说叙述了发生在太岳山区深处良平村的一段故事：在日寇的一次突袭中，青年农民伍海清为了保全村子和村民，被敌人剁去了一只手。虽身有残疾，但他还是深入敌占区，炸毁了一列运送军火的列车；为了救出心爱的女人豆寡妇，他混进敌人占据的寺院，恰遇敌人正在对妇女们施暴……他看到心爱的豆寡妇惨死的场面，这使他失去了一个男人本能的生理需求，后来终生独身。小说中的李书枝、王西才等这些血性男人们在看到自己的女人、孩子被杀被辱时，义不容辞地加入武工队，与敌作战。村庄最后只剩下了伍海清叔侄二人。小说对人性的精细把握，对文字的敏锐感悟非常高明；对色彩、形状、气味、月光下的山影、树隙间的日光，以及走路时脚下那种粗粝的感觉，都使读者感到自己就跟在作者的身后，使心灵得到了一次洗涤，使灵魂得到了一次升华。小说在不经意间，按照事件的发展，写了这个写那个，一切都是人生的本相，一切都是事件的必然。[3]

---

[1] 参阅任宵燕《毕飞宇长篇小说〈平原〉叙事策略浅析》，《浙江师范大学学报（社科版）》，2007.3。

[2] 参阅陈劲松《一曲诗意的乡村歌谣——评毕飞宇长篇小说〈平原〉》，《阅读与写作》2008.1。

[3] 参阅韩石山《对人性有精细把握：葛水平中篇小说〈黑雪球〉及其他》，《文艺报》，2005.10.11。

李燕蓉短篇小说《那与那之间》：关注了一群灵魂漂泊、无处安放的人

李燕蓉（1975—），山西晋中人。《那与那之间》8月份发表在《山西文学》第8期，进入2005年度短篇小说排行榜。小说讲述的是一个颇有荒诞色彩的故事，美术家李操借用偶然的车祸事故，导演了一场让人瞠目结舌的行为艺术，当然他自己也在人们的恼羞成怒中众叛亲离。作者设定的那个差不多处于死亡状态的失忆者的角色，给李操在人们面前最终露出原形提供了极好的机会。但令人难以置信的是，那眼看着就要成为死亡的现实，到头来却是一场骗局。小说关注的是我们身边一群生活单调、内心寂寞，漂泊的灵魂无处安放并一无所有的人。但作者的叙述与当时的"底层叙事"有着实质的不同，"底层叙事"侧重表现底层小人物的苦难，有的作品甚至为赚取读者眼泪使用煽情手法来创作；李燕蓉该篇小说的着墨点却写了主人公如何通过自己单薄而实在的努力，让自己略显灰暗的生命底色提亮那么一点点，从而活得更好一些的事情。①

鲁敏短篇小说《方向盘》：反映了丈夫在妻子指挥下的司机人生

鲁敏（1973—），江苏东台人。《方向盘》8月份发表在《人民文学》第8期，进入2005年度短篇小说排行榜。小说虽然主要写的是机关小车班的司机刘开强在机关车改中何去何从的一段经历，但他的妻子叶春春才是小说的真正主角。刘开强的一切行动都是在叶春春的指挥下实施的，车改中的重要信息也是她提供给刘开强的。刘开强和叶春春结婚后跑长途货运，后来因为挣不了钱，就改开出租。当开出租车的生意也难做了的时候，刘开强就到机关开小车。他换工作的每一步都是叶春春给他设计好了的，而且每一步都赶得正好。可以说，没有叶春春，刘开强就不会给领导当司机，就不会到保安部以工代干。叶春春其实只是在机关的二级单位工作，但她对机关里盘根错节的人际关系了如指掌，总能预先看好风向，见风使舵。她能给刘开强指点迷津，实际上也是为自己争取美好的生活。而从根本上说，给叶春春提供机会让她见风使舵的，还是机关里复杂而微妙的权力之争。如果刘开强不是在给领导开车时有机会见识他们的各种小秘密，叶春春也没有办法让刘开强去争取什么。叶春春不过是钻了这些关系网的空子而已。小说同时也反映了司机职业 20 年的变迁。①

方格子短篇小说《锦衣玉食的生活》：写了一个离婚女人的悲惨生活及结局

方格子，本名应湘萍，生年不详，浙江富阳人。《锦衣玉食的生活》8 月份发表在《天涯》第 8 期，进入 2005 年度短篇小说排行榜。小说主人公艾芸原本在工艺美术公司画屏风，有丈夫、儿子，还"有过一段安逸的生活"。但后来，她从家庭和社会里下了岗，先是"在丈夫曹木那里下了岗"——因为她满足不了丈夫的需要，丈夫偷情导致离婚，她一下子失去了丈夫和儿子；当工艺美术公司被城东砖瓦厂买去了后，她"像一片黄了的菜叶，被掰下，丢了"。从此，她一个人东奔西走，"每天出门就是找口吃的"。生活无情地改变了她。"艾芸以前多么积极向上，走路挺起胸膛来精神很好，看到别人搓麻将，常常是目不斜视"，还说"人没有了意志就是废物了"。而现在的她，"整个人像一只被掐了头的苍蝇，旋来旋去没有目标"。艾芸从丈夫那里"下岗"后生计日益艰难。"艾芸以前是离不了曹木的，每到晚上，只要她的身子骨一挨着曹木，整个人都活起来了，那张脸呀，粉红粉红，桃花一样。"而后来"却好像变了一个人"——"整日为生计皱眉的艾芸，好像身上的某个器官也下了岗，床上的事对她来说，是忍无可忍和痛苦不堪"，生计问题让"艾芸连自己最喜欢的一口都戒了"，她自己都觉得"好像为了过得像个日子，连最基本的男女之欢也丢弃了"。她从美国来的废纸里翻到一本宣扬人生轮回的旧杂志，这杂志拯救了她，使"她忽然觉得自己的生活有了新的目标"，"一个伟大的目标"——锦衣玉食地死去，然后下辈子就能过上锦衣玉食的生活。她于是举债缝制镶有珍珠的织锦缎寿衣，买回软底绣花鞋，穿上后准备去自杀。但一出门就遭遇车祸而亡，美丽的新衣也被弄得血污肮脏。作者把小说中要呈现的思想、价值观及一路走来的人物关系、人物处境、人物意识或潜意识层面的微妙动静，都拿捏得恰如其分。她用那漫不经心的语调，完成了对人物的悲剧意识的叙述。总

---

① 参阅黄绮冰《扬"善"表理想 揭"恶"为疗救——评鲁敏的中篇小说》，《小说评论》，2008.3。

之，作者是足够地理解她的人物的内心的。①

黄咏梅短篇小说《负一层》：书写了一个"后抒情时代的都市边缘人"

黄咏梅，20世纪70年代生，广西梧州人。《负一层》9月份发表在《钟山》第5期，进入2005年度短篇小说排行榜。小说写地下停车场的管理员阿甘是一个在思维上总比别人"慢一拍"的老姑娘，她最后被各种无情的现实逼迫得跳楼自杀。阿甘39岁了，从小到大总是一副"脑筋"没长合的样子。她的现实生活极其乏味，每天在地下室里管理泊车，因为慢半拍，她总是不记得帮总经理拉开车门，爱情和婚姻也迟迟未到。阿甘并不觉得自己的脑筋不太灵光，反而活得很开心。她虽然对人生有很多问号，但她很自然地把它们都挂到天上去，就像她母亲在烧鹅店里挂烧鹅一样，一只接一只。但渐渐地，生活和经历让她发现她对人生的很多问号其实是这个世界上最不值钱的东西，不但不值钱，还需要花很多的钱来摘除掉。在这些问题中，有关乎生存的大问号——工作被辞，也有关乎兴趣的小问号——挂张国荣的画像也常常被妈妈骂。因为没有一个欲望能得到满足，所以她只好跟随她的那些问号，从空中坠落。②

钟晶晶中篇小说《我的左手》：写了主人公在"文革"时期的悲惨遭遇

钟晶晶（1960—），辽宁海城人。《我的左手》9月份发表在《十月》第5期，进入2005年度中篇小说排行榜。小说以30多年前的"知青"岁月为背景，写了几个人物：冬子、水珍、王长海、冯八，还有作为故事叙述者的"你"。这几个人物都写得有声有色，性格鲜明，其中，冬子无疑是最主要的人物，是这篇故事的"真正主角"，是叙述者"你"的情同手足的好友——"我的左手"。冬子是老"知青"，有一个并不完整的家，母亲是生母，父亲是继父。生母为了生存而委曲求全地与继父结为夫妻，但实际上她与丈夫并没有真正的情感生活。这个家使冬子感到屈辱、压抑。他因为在家里找不到情感的寄托，于是就转而在他的知青群体中寻找寄托。他爱上了当地一个相貌出众的农

---

① 参阅朱正平《底层女性对生命意义的追寻——〈祝福〉与〈锦衣玉食的生活〉的比较阅读》，《延安大学学报：社会科学版》，2015.2。

② 参阅张柠、李壮《后抒情时代的都市边缘人——黄咏梅近期中短篇小说研究》，《中国现代文学研究丛刊》，2014.12。

家女水珍，在遭到拒绝后，竟丧失理智地对水珍实施强暴；在厂长王长海占有了水珍之后，他愤而要跟厂长算账，却遭到暗算而断了一条腿；他对"你"产生了超出友情之外的同性之爱，因为得不到"你"的回应又感到深深的压抑……接二连三的情感受挫使他受到极大的打击，使他本来就存在的心理和情感的残缺愈益加大了。冷酷的生存环境和冷漠的人际关系最终导致冬子精神失常。该小说是一篇十分独特的小说，显现出作者观察生活的独到眼光，其表现生活的叙述形式独特，读后给人留下深长的回味。冬子精神失常有内外原因，内因是他自身心理和情感世界残缺，如果外在世界能给他多一点关爱，他的精神也许可以得到些许慰藉。但他心理和情感的残缺，不是光能靠外在环境的改变弥补的，还要靠自我理性的调节和制约。冬子恰恰却是一个情绪化的，缺乏这种调节和制约能力的人。小说的独特之处在于，作者就写了这么一个独特的人物，深入地开掘了他的心理世界和情感世界，这也正是这篇小说的主要特质之一。①

姚鄂梅中篇小说《穿铠甲的人》：塑造了一个困顿不堪但却不委琐的农村小知识分子的形象

姚鄂梅（1968.12.8—），湖北宜昌人。《穿铠甲的人》9月份发表在《钟山》第5期，进入2005年度中篇小说排行榜。小说写的是一个痴迷文学的青年人杨青春郁郁不得志的一生。杨青春想通过"业余创作"成为作家，但被左邻右舍嘲笑为"文疯子"。他的这份梦想构成了他的"铠甲"。小说开头写"我"先和村民们站在一起，嘲笑着杨青春的"痴"和"迂"：他爱书成痴，连地上的破纸片也不放过；一直痴恋"我"妈，却送她出嫁两次，直到"我"妈第三次当上寡妇才把她娶回了家；有点话痨，时不时还说些傻话，比如让"我"和他做朋友……如是种种，让"我"和村民觉得他疯了。但随着时间的推移，"我"被杨青春的情所感动，于是，他那"痴"和"迂"背后的情感世界也被逐层打开。在温情的目光中，杨青春的"铠甲"被一点点剥离击碎的过程让人倍感心酸：他念叨了一辈子要写书，最终却只是在捡破烂糊口的空余，编了本没人看

---

① 参阅安殿荣《钟晶晶中短篇小说研究》，中央民族大学2006年学位论文。

的方言谚语集；他一直想送"我"这个继子继续上学，最后却使"我"仍然只在一家餐馆里当跑堂的伙计；"我"妈一直看不上他，宁愿留在城里当妓女也不回家……杨青春最后将自己唯一的书——《观音桥谚语集》塞在了锅下，他亲手铸就的心灵的铠甲终于被困顿的尖刀戳穿，藏在铠甲中的文学梦也随之破灭。他那一声"垮了，全都垮了"的慨叹，表现了他那一生持续不断的梦想的幻灭，读来令人唏嘘。小说故事虽然情感真切，但比较浅露直白。杨青春的人生境界远远超出同村人，或者说，正是由于他心中有梦，他的感情才能超出世俗偏见，接近于纯真、人道和博爱的境界。这份情，这份梦想，这重境界，构成了这个人物的"铠甲"，在这副破烂不堪却又不屈不挠地抵挡着世俗风沙的铠甲之下，一个略有文化的农村小知识分子困顿不堪而决不委琐的形象呼之欲出。① 作者在对人物的处理上，是客观而全面的，展现他的性格时多方着墨，精心刻画，运用了多种艺术手法：通过人物与环境的矛盾来充分表现人物的性格特点；通过人物的语言来展示其性格；通过细节描写来刻画人物。品味小说，仿佛让人感觉到社会中又不有这样的人，他们应该抓住社会提供的大好条件，提高自身素质，走进生活中去，创造光辉的未来。

荆永鸣中篇小说《大声呼吸》：写了"异乡人"在京城憋着气活着的生存状态

荆永鸣（1958—2019），内蒙古赤峰人。《大声呼吸》9月份发表在《人民文学》第9期，进入2005年度中篇小说排行榜。小说的主线写来北京的外地下岗工人刘民和妻子秀萍开餐馆的故事，夫妇两个在北京开小餐馆，情况也不错，但还是被北京人视为没有自尊的"异乡人"。夫妻俩虽说人在北京，但那儿却并没有他们的"家"。他们居无定所，前后搬过好几个地方，总是逃不掉歧视和排斥的目光。好不容易租下个房间，隔壁的老头却有心脏病，听不得一点响声，害得他们干什么事都得敛气屏息，连想放声痛哭都得坐车跑到郊外的野地里。副线写刘民店里的伙计王留栓和他妻子带弟的故事。王留栓和带弟因为没有个人空间，平时行夫妻之事只能到野外。一次，他们打扫别人新房时候

---

① 参阅文珍《评姚鄂梅〈穿铠甲的人〉》，《文艺理论与批评》，2006.1。

触发激情，房主发现后非常生气，感到新房让别人"苟且"了，于是把他们告到派出所要求赔偿。王留栓和老婆的遭遇反映了他们尴尬的生存处境。小说题目"大声呼吸"形象地道出了"异乡人"小心翼翼地、憋着气活着的生存状态。小说采用了后设的叙述视角，即从前的叙述者最后成了故事的主角，这样的安排与其说是想借刘民这样的"小老板"来反衬处于最底层的"外地人"的生活之艰难，倒不如说是反映了作家本人想法的某种变化，即有意识地通过拉远叙述距离来淡化小说的故事性，把重点移向对日常生活琐事的叙述上，从而来擘析社会生活的肌理。在一篇创作谈里，荆永鸣说他笔下的人物差不多都处在不同的"尴尬"里，以至于"尴尬"已经不知不觉地成了他小说里的一种符号。"尴尬"可以理解为进退两难，举止失措，是既与环境也与自我相疏离的一种状态。本小说中的"尴尬"就表现为刘民夫妇和王留栓夫妇丧失了个人空间的困厄。①

阿成短篇小说《流亡者社区的雨夜》：表达了人与人之间应该多些谅解、交流、互助的主旨

《流亡者社区的雨夜》10月份发表在《文学界》第10期，进入2005年度短篇小说排行榜。小说讲述的是70多年前在哈尔滨的流亡人群中，一个叫敖德萨餐馆的女老板娜达莎在雨夜被年轻的邮递员达尼强暴的故事，其实，这个强暴并不是强暴，而是流亡者之间互相谅解、互相温暖、互相安慰的动人故事。达尼的父亲借一个法国女人生子，本来完全有违常情，但无论是达尼的父亲，还是那个有心上人却愿为人代孕的法国女人都欢天喜地，彼此谅解，互相帮助。达尼的继母——那个法国女人和父亲的婚姻生活成为流亡者社区的趣谈，他们过着和睦而又充满世俗情趣的生活。娜达莎原谅了达尼的一时冲动，她和达尼进行了一次美妙的交流。上述故事的背景是战乱频仍、人们流离失所、诗人厌世自杀的大环境，作者善于从人世的喧嚣和苦难中把宁静与欢乐表现出来，显示了他对上述事情所寄寓的期望，就是人与人之间应该多些谅解、交流、互助。②

---

① 参阅倪伟《并无传奇的尴尬》，《读书》，2006.11。

② 参阅汪树东《抚摸尘世的善意与悲怆——阿成短篇小说简论》，《文艺评论》，2010.4。

石舒清短篇小说《果院》：一篇人景合一、叙事丰盈的小说

《果院》10月份发表在《人民文学》第10期，进入2005年度短篇小说排行榜。小说写农民耶尔古拜请剪树师傅去了，他的女人便在果院里一边翻着土等待剪树师傅，一边即景即情地回忆着来来往往的剪树师傅和他们的工作情景。耶尔古拜家的果树每年春夏与秋冬要剪两次，请的师傅每次都不同。但是，此时，能够进入女人记忆里的，只有一老一少。少的是乡园艺站的小伙子，他在女人记忆里的位置更深入些，甚至一度让她动了情。但小伙子却有意无意地绕开了女人。老者却让女人动了气，因为他在剪果树时与小伙子的轻拿轻放轻剪不同，他动不动对果树大动干戈，很多时候不是在剪果树，而是骑在树上锯树。这让女人看得心惊胆战，怒气冲冲。但一老一少都剪出了丰收的年景来。耶尔古拜去请他们时，小伙子却晋升到邻乡做乡秘书了，老的已经睡进土里了。小说蕴含着动与静之间的张力，在终极关怀层面上表现了一种和谐、顺应的生命状态，暗合了回族文化最本质的宗教意蕴。小说人景合一，叙事异常丰盈，时间几乎静止，呈现出一种诗意的画面感。耶尔古拜媳妇劳动时的意念信马由缰，隐含的意蕴在其意识流动中逐渐显现。这和生活中每一个活生生的人一样，展示的是凡俗人生的常态。①

陈应松中篇小说《太平狗》：贯穿作者对"三农"问题的密切关注和对现实的沉重思考

《太平狗》10月份发表在《人民文学》第10期，进入2005年度短篇小说排行榜，主要讲述一只名叫太平的神农架猎狗跟随进城打工的主人程大种去城里的故事。一开始，太平就成了主人的累赘。它偷偷跟着主人进城，被主人狠狠地打了两锨，打得脊盖骨断裂，差点一命呜呼。但它凭着一股不屈的韧劲，一点一点地站起来，继续跟随着主人前行。它进城后，主人把它卖给了杀狗的屠夫。在那里，它遭受了屠夫的毒打，也遭受了同类的攻击。它的身体更加虚弱了。但它始终有着一个坚定的信念——逃亡。最后在被屠宰之际，一个曾经在神农架当过知青的老人适时出现，它才得以捡回半条性命。它离开了主人，

---

① 参阅马梅萍《动静之间——石舒清小说〈果院〉的文化意蕴》，《回族研究》，2013.3。

但却一直在寻找着主人的踪迹。程大种先后在两个工地上做事。在第一个工地上，他吃不饱，睡不足，工资又低，还经常遭到包工头的咒骂和压榨，最后不得不选择离开。之后，他又被一个老板雇了去，一去才知道自己被骗了，那是个黑工厂，大批工人在里面被逼着没日没夜地干活，他们泡在一种有毒的黄水里，很多人都染上了病。程大种也没能逃过这样的命运，他染病了，但却得不到任何医治，最后全身腐烂而亡。太平两次都在工地上找到了主人，它想救出生命垂危的主人。但它只能看着主人离它而去。它拖着病体，忍受着剧痛，爬回了乡下，见到了女主人——程大种的妻子。但它却无法向女主人讲述自己在城市的遭遇，只能以一具瘦得露骨的身架和一双泪汪汪的眼睛无声地控诉着这个无情的世界。[1]小说表现了太平狗和程大种为了生活，或者叫生存，面对的是一个险象环生的恶劣环境。他们的目标很小，就是想通过一种合理合法的劳动去谋取生存的机会。但社会或者叫城市却给他们设置了很多障碍和陷阱，使他们不能和城里人一样享受那五彩缤纷的繁荣。作者的神农架系列小说中的每一部作品，除了故事性和艺术性的交融以外，始终贯穿着他对"三农"问题的密切关注和对现实的沉重思考。除了他那可贵的社会责任感和关注民生的赤子情怀之外，他的创作技巧也属上乘，文字的叙述颇具个性。有些语句虽然着墨不多，但言简意深。[2]

六六长篇小说《双面胶》：书写了一个家庭中的矛盾与冲突

《双面胶》10月份由上海人民出版社出版。小说写上海姑娘丽鹃嫁给了一个大学毕业后留在上海工作的东北小伙子亚平。亚平在丈母娘家的帮助下，在上海买了房子成了家。亚平在父母来上海前是个标准的好丈夫，对丽鹃嘘寒问暖，端茶倒水，小夫妻亲密无间，恩爱无比。但婆婆到来后，温馨的小家生活开始发生质变。婆婆传统思想严重，认为女人应该多做些家务、克勤克俭，以丈夫孩子为中心，把家中最好的东西留给男人吃。她以这些思想去影响、改造上海媳妇丽鹃。但这些思想与丽鹃现代的生活方式产生冲突，婆媳之间的矛盾

---

① 参阅刘进、禹权恒《一曲"流散"者的悲歌——解读陈应松中篇小说〈太平狗〉》，《当代文坛》，200.5。

② 参阅《"真实"仍然是小说最雄辩的力量：读〈太平狗〉》，中国作家网，2008.6.27。

与日俱增，摩擦不断升级，使丽鹃和亚平也变得水火不容，最后导致了悲惨的结局，亚平痛打丽娟，亚平妈妈在旁边教唆儿子："打，狠狠地打，打死这个贱人。"最后亚平一拳打在丽娟的太阳穴上，丽娟一动不动地躺在地上，没有了呼吸。2007年，小说被拍摄为同名电视连续剧热播。但电视剧的结尾是亚平痛打丽鹃时，无人看管的孩子从二楼摔了下来。一年后，亚平到报社找丽鹃，说他妈病危。丽鹃于是去看婆婆。在婆婆床前，丽鹃和亚平和好了。婆婆在亚平、丽鹃及他们的孩子的送别中，安心地走了。

迟子建长篇小说《额尔古纳河右岸》：第一部描述我国东北少数民族鄂温克人生存现状及百年沧桑的长篇小说

《额尔古纳河右岸》11月份发表在《收获》杂志第6期，获得第七届茅盾文学奖（2003—2006），是第一部描述我国东北少数民族鄂温克人生存现状及百年沧桑的长篇小说。小说通过一位年届九旬的鄂温克族的最后一个酋长女人的自述，向我们讲述了在中俄边界的额尔古纳河右岸，居住着一群在数百年前由贝加尔湖畔迁徙而至，然后与驯鹿相依为命的鄂温克人的故事。他们信奉萨满，逐驯鹿所喜之食物而搬迁、游猎；他们在享受大自然恩赐的同时也备尝艰辛，人口衰减；他们在严寒、猛兽、瘟疫等的侵害下求繁衍，在日寇的铁蹄、"文革"的阴云乃至现代种种文明的挤压下求生存。他们有大爱，有大痛，有在命运面前的殊死抗争，也有眼睁睁看着整个民族日渐衰落的万般无奈。然而，一代又一代的爱恨情仇、独特民风、生死传奇都显示了这个弱小民族顽强的生命力及其不屈不挠的民族精神。小说分为"清晨""正午""黄昏"和"尾声"四个乐章。"清晨"部分的文字有一股清新的自然之风，就像神灵附体，每一句话都充满着灵性，具有一种泛神论的色彩，令我们想到很多少数民族所信奉的万物有灵的宗教。作者所描写的山是活的，水是活的，所有的花草树木都是活的，她自己的文字也是活的。而在所有这些活的东西里，浸透了作者对自然的向往，对神话世界的渴望，对生命的热爱。小说中的鄂温克女画家依莲娜既不想放弃自然，但又抵挡不住现代文明的诱惑，当她在山上的时候，她羡慕山下生活的方便；当她在山下住久了，她又怀念山上的自由。她不住地折腾自己，一会山上，一会山下。最后，当她完成了巨型画作后便投河自尽。作者没有刻意地去安排依莲娜的故事，而是采取散点透视的方法，在时间的流淌里，穿插着人物的故事、鄂温克人的传说以及对山水自然的描写。作者做到了云行云止，非常随意，又非常得当。这是一种至高的境界，而这种境界的得来，不是靠精心布置，而是心灵的投入。小说以小见大，以一曲对弱小民族的挽歌，写出了人类历史进程中的某种悲哀，其文学主题具有史诗品格与世界意义。从文学史的角度看，小说对提高鄂温克族文学在整个当代文学史上的地位具有不可低估的价值。它是一部记载鄂温克民族近百年来遭受苦难和文化变迁的宏大史诗。作者在字里行间里袒露着对这个弱小民族的挚爱及对个体命运、族群命运的强烈关注，她对鄂温克民族的过去历史和未来变化进行了深沉思索，竭力在现代文明与传统民族文化的撞击中、在独立坚守与迅速适应的矛盾中寻找着一条鄂温克族的生存发展道路。可以说，该小说不仅是一部厚重的、洋溢着作家创造力和想象力的长篇，而且是一部兼具民族历史、民间立场与自然叙事的力作。①

---

① 参阅汪政《深情的回望与唯美的书写——评迟子建的〈额尔古纳河右岸〉》,《中华读书报》,2000.11.10；李红秀《民族历史的自我坚守与族群隐痛——迟子建长篇小说〈额尔古纳河右岸〉赏析》,《民族论坛》,2007.4。

2006 年

范小青短篇小说《城乡简史》：揭示了"无用"变"有用"和"偶然改变命运"的玄妙哲理

《城乡简史》1 月份发表在《山花》第 1 期，2007 年获得第四届鲁迅文学奖（2004—2006）。小说写城市居民自清把一批旧书捐赠给了贫困乡村学校。不久，爱好记账的自清发现自己的一本流水账本不见了。虽然那账本没什么用，但他的心却空荡了起来。他想找回那账本，可谈何容易？他没有想到，那个账本混在一堆书中间去了西北乡村，并被一个叫王小才的小学生抽到了。王小才拿着那个账本当然没什么用。他的父亲王才抱怨他手气不好，但他却对账本中记着的一个商品的名称"香薰精油"产生了好奇心和"强烈的兴趣"，"因为账本上的内容，对他来说，实在太离奇，实在太神奇"。他由"香薰精油"四个字对城里人的生活产生了兴趣，对自己的生活现状产生了强烈的不满。他的想法是，"我枉做了半辈子的人，连什么叫'香薰精油'都不知道"。他于是决定举家迁往城市。进城以后，王才偶然地住在了自清家附近，然后以收旧货为生。他对自己的选择十分满意，对城市生活也由衷地赞叹。这样，"无用"的账本就产生了"用处"。小说揭示了"无用"变"有用"和"偶然改变命运"的玄妙哲理。①

莫言长篇小说《生死疲劳》：展现了 50 多年时间里中国乡村社会的庞杂喧哗以及充满苦难的蜕变历史

《生死疲劳》约 50 万字，1 月份由作家出版社出版，进入 2006 年度小说排

---

① 参阅樊星《别致的哲理小说——读范小青的短篇小说〈城乡简史〉》，《名作欣赏》，2008.15。

行榜。小说涉及有名有姓的主要人物达 20 余人。作者采用拟人化的写作手法，用第一人称主要讲述了高密东北乡西门屯地主西门闹解放后被枪毙，转生为驴、牛、猪、狗、猴的情况，还写了他转生为大头婴儿蓝千岁后的所作所为，所见所闻。小说中的故事由西门闹以及由他转生的驴、牛、猪、狗、猴、大头婴儿蓝千岁讲述，另外还有两个叙事者是蓝解放和他的好朋友莫言，时间跨度为 50 年，即从 1950 年写起，直到 2000 年底结束，包括解放初期、土改、抗美援朝、十年动乱、包产到户、全面改革开放等主要历史时期。书中许多人的名字都带有历史的烙印，像蓝解放、黄互助、黄合作、庞抗美、马改革、蓝开放等等就是如此。小说脉络清晰，层次分明，读起来津津有味，引人入胜。该小说堪称鸿篇大作，它透过各种动物的眼睛，观照并体味了 50 多年来中国乡村社会的庞杂喧哗以及充满苦难的蜕变历史，是莫言在艺术上向中国古典章回体小说和民间叙事的伟大传统致敬的巨制，充溢着知识分子的启蒙意识、庙堂意识和国家观念，里面的六道轮回与民间轮回观存在着较大矛盾，其叙事语言与民间语言表现出较为明显的错位，这些不同程度地呈现了作者对于民间立场的偏离。①

铁凝长篇小说《笨花》：展现了清末民初到 20 世纪 40 年代中期中国变幻莫测、跌宕起伏的历史

《笨花》1 月份由人民文学出版社出版，进入 2006 年度小说排行榜。小说以向氏家族祖孙三代从清末民初到 20 世纪 40 年代中期近 50 年的生活命运为主线，将中国那段变幻莫测、跌宕起伏、难以把握的历史融于凡人凡事的叙述中。在冀中平原上一个叫笨花的村子里，人们世代的劳作就是种植棉花，当地人叫"笨花"。村子里的向有喜是小说的主人公。1902 年，向有喜弃农从戎，渐次做到了陆军第十三混成旅旅长、直隶总督府咨议官、吴淞口要塞司令、浙江全省警务处长的职务。后来，向有喜拒绝与日本人合作，回到兆州县城当了粪厂的经理，有一天为了保护一个受到日本兵追赶的马戏团演员而自尽。向有喜的长子向文成天资聪颖，他留在了笨花村，靠自己的努力成为一方名医，并

---

① 参阅梁小娟、陈祖如《偏离于民间立场之外——评莫言长篇小说〈生死疲劳〉》,《西安电子科技大学学报（社科版）》, 2010.6。

且在笨花村的抗日斗争中起到了重要作用。向有喜的女儿取灯自小生长在保定，是受新式教育成长起来的新女性。取灯开朗、热烈而单纯，投身抗日武装斗争后，不幸被出卖而惨死在日本兵手中。与向氏家族比邻而居的西贝家人也是小说中着墨较多的人物形象。爷爷西贝牛被称为大粪牛，是一个种庄稼的好把式；孙子西贝时令走着一条与长辈们不一样的道路，成为一名职业的革命者。在西贝家中，形象最为独特的当属孙女西贝梅阁，她是一个自幼体弱多病的女孩，受到基督教教义的召唤而受洗，成为一个坚定的基督教徒。但宗教信仰并没有让西贝梅阁病恹恹的身体好转起来，当她在一味地等待着救主而不接受治疗的情况下，病入膏肓，最终在对天国的期盼中死在了日本兵的"排子枪"下，"枪声起时，梅阁栽倒在笨花街上，远看去，像两件飘落在地上的衣服"。小说中的其他人物也塑造得很鲜活，如同艾、秀芝、向桂、瞎话、小袄儿、金贵、甘子明、尹率真、山牧仁、松山槐多等，他们穿插衔接在向氏家族近50年的历史中，各具神形。小说语言精到，很具地方色彩，情节安排有致。①

艾伟长篇小说《爱人有罪》：一篇立足于现实，对现实进行想象和关心的小说

《爱人有罪》1月份由春风文艺出版社出版，进入2006年度小说排行榜。小说写年轻漂亮的俞智丽被"老猴"强奸了，受到惩罚的却不是真正的强奸犯，而是一直暗恋并跟踪她的鲁建。鲁建为此遭受了长达八年的牢狱之灾，而俞智丽也由此踏上了漫漫的"赎罪"之路。俞智丽嫁给王光福不是对性的向往，而是对性的逃离。新婚之夜，"俞智丽知道自己的身体对男人意味着什么，她相信任何一个男人见着她的身体都会成为一只恶狼。她忍受过这样的粗暴。那件事给她的记忆是：男人是粗暴的、锋利的、邪恶的，甚至是仇视女人的身体的"。于是，"她一动不动躺在床上。她感到自己对男人确实没有兴趣"。但王光福的小心翼翼却让她十分感动。俞智丽与王世乾老人之间的无性之性，仅仅是出于怜悯而已。王世乾是一个在"文革"中被人戳瞎双眼的老革命，俞智丽成了他精神的依附。"有一次，当俞智丽敲背时，老头的手朝后面伸了过

---

① 参阅朱育颖《世俗尘烟中的"笨花"——铁凝长篇小说〈笨花〉的一种解读》，《名作欣赏》，2008.5。

来，开始在俞智丽身上轻轻抚摸……当老头的手在俞智丽身上游动时，俞智丽内心充满了悲悯。宁静的悲悯。"在这里，俞智丽仅仅是王世乾意淫的对象与精神寄托者而已。后来，王世乾知道俞智丽与人私奔，他做出了一些古怪异常的行为，骚扰了一个服务员。俞智丽与陈康发生的唯一的一次性关系完全是她出于对陈康因女友被杀而痛苦的一种同情与爱怜；与李大祥的一次未成功的性关系，是她为解救鲁建的献身交易，她虽然极不愿意，然而为了营救被关押的鲁建，她不得不做出身体的牺牲，但李大祥突然间失去了性能力。在俞智丽走后，李大祥又兴奋起来。俞智丽与鲁建的性关系以她唤醒的身体作为一个突破口，加速了她自我救赎的过程。当鲁建被陈康杀死后，俞智丽的灵魂与肉体最终走向死亡。小说立足于现实，是对现实的想象和关心的结果。冤屈者鲁建的形象直击了社会的敏感问题，表现了难以平复的灵魂。救赎者俞智丽痛苦的灵魂中有着宽广的善良和慈悲，具有温暖的人性力量。小说题目让人在心里面打着转（"爱人"是动宾词组，还是偏正词组），不好去作肯定的评说。读者心灵随着故事意识流般的前行，同时也忍受着煎熬、挣扎。艾伟用文字搭起的是一座文学魔方，在变幻之中，让人产生了去窥视、阐释的冲动。①

李浩中篇小说《失败之书》：塑造了一个"坚硬的失败者的形象"

《失败之书》1月份发表在《山花》第1期，进入2006年度小说排行榜。小说以"妹妹"作为叙述人，以女性的视角，多角度、多侧面地塑造了哥哥这样一个"坚硬的失败者的形象"。这样的写法类似雕塑。但哥哥这个失败者不是人们通常熟悉的那种"不服输""从头再来"的失败者，而是一个"彻底放弃"的失败者。小说省略了哥哥失败的原因和过程，但人们能意会到他其实在开始之初就注定了会失败，因为他生活的那个地方，是一个弥漫着绝望气息的地方。然而，正是他的彻底放弃，使他变得"坚硬"了起来，他理直气壮地要别人来承担他失败的后果，他于是成了所有家人的敌人。他对此毫不含糊地宣称，你们可以杀了我，但我绝不自杀。他于是越来越孤僻、乖戾，越来越主动挑起事端。当他越是走向极端，越是让人"忍无可忍"，读者也越来越不知道

---

① 参阅周航、杨红《"爱"与"罪"孕育的悲歌——评艾伟长篇小说〈爱人有罪〉》，《理论与创作》，2008.3。

该怎样看待他和对待他。他确实让我们厌恶、憎恨，但我们觉得事情到这里并没有结束，而是似乎还应该"延伸"点别的什么。至于这"别的什么"究竟是什么，却需要我们自己把自己"拉长"以后才有可能去探寻。正因为如此，小说构成了对阅读的挑战，但不是通常所说的对"阅读习惯"的挑战，而是对阅读者的智力、人性的挑战。这篇不到三万字的小说，给我们的当代写作提供了非常鲜明的、令人印象深刻的"新质"，这在当时的中短篇小说中是不多见的。整篇小说一直笼罩在紧张的气氛之中，这样的效果部分来自情节本身的张力，部分来自作者直接有力的语言风格，读来颇有劲道。①

叶弥中篇小说《小男人》：一篇具有堂吉诃德式反讽意味的小说

《小男人》1月份发表在《收获》第1期，进入2006年度小说排行榜。小说的主人公是"小男人"袁庭玉，他在有梅花时看梅花，有菊花时赏菊花，甚至跟意中人幽会，意中人要跟他野合时，他也在大谈梅花。他的人生理想就像风筝一样，认为"后面有好多女人牵着，我在前面飞啊飞啊，飞得老高。一辈子都觉得幸福"。但他又是不幸的，原因在于他遇到了苏小妹。在他被苏小妹算计着误入婚姻牢笼时，他不能自拔，也无力自拔，充分表现了他的无能和懦弱。苏小妹虽然被袁庭玉用水果刀扎了一刀，但她还是说，袁庭玉这辈子都是她的人了。袁庭玉命中注定是要痛苦的，因为他有着诗意的、雅致的生活理想，并且试图去追寻这种理想。而他的这种痛苦竟然跟他老子的痛苦如出一辙，他老子只求速死，竟然有病不看；而他也求速死，竟然没病盼病。可见，他的这种痛苦已经达到了生不如死的地步。小说具有堂吉诃德式的反讽意味，但却是一种典型的东方叙事，更确切地说，是一种南方的、具有传统才子佳人意味的叙事。但就人物与故事而言，它更是对中国传统才子佳人故事模式的一种反讽："才子"袁庭玉与"佳人"苏小妹、王南风、老郁、王秋媛的故事是在一种平庸的日常生活中徐徐展开，又轻轻合上的。在这里，我们既没有见到对传统意义上的琴棋书画非常精通的古典才子，也没有见到传统意义上的那种美丽温淑、聪颖文雅的经典佳人，传统、经典在这里被揉碎了，就像是已经被践

---

① 参阅张丽军、关建华《断裂与接续：70后作家中篇小说创作的审美流变》，《创作与评论》，2016.22。

踏过的雪道，剩下的只是污浊的雪泥。而这似乎就是小说展开叙述的一种文学与精神语境，也是袁庭玉以及与他纠缠周旋的女人们的生活现实。①

葛水平中篇小说《连翘》：讲述了一个淳朴的乡村少女积极应对苦难，不懈追求所爱的故事

《连翘》1月份发表在《芳草》第1期，进入2006年度小说排行榜。小说对太行山区底层人民苦难的生活进行了真实的描摹。从文中的描摹来看，作者对太行山区普通山民生活的熟悉达到了能够如数家珍、娓娓道来的程度。寻红本来有个完美的家庭，然而不幸却接连降临到她家。先是寻红娘为了供儿子寻军上学读书，去摘青疙瘩（黄花瓣儿）时被天雷击中身亡。紧接着出事的是出外打工的寻军。由于寻军从城里回村时搭乘了收购青疙瘩的王二海的四轮车，结果车翻了，寻军永远地失去了双脚。不可预见的苦难不仅降临到了寻红一家身上，而且也降临到了本来家庭还算富裕的王二海一家身上。翻车事件不仅毁掉了王二海的四轮车，而且他也被撞得长期处在昏迷不醒的状态之中。为了给王二海治病，王家把多年积攒下来的"小十万块钱"都花在医院里了。寻红本来对王二海充满了向往仰慕之情，意外灾难的降临使她迅速地成熟了起来。她对王二海造成弟弟的残疾不仅恨不起来，反而还尽自己最大的努力去帮助王二海尽快地康复起来。在寻红不懈的启发努力下，王二海的记忆一点一点地在恢复了。作者把寻红帮助王二海的部分写得特别动人，展现了一个淳朴的乡村少女在天灾中失去母亲后，迅速成长起来并积极应对苦难，不懈追求所爱，最终获得爱情的故事。寻红身上体现了中国女性美丽、善良、勤劳、淳朴、执着、宽容等多种性格特征。②

黄咏梅中篇小说《单双》：展现了生命的无常、脆弱及一种悲壮而忘我的投入和盲目

《单双》1月份发表在《钟山》第1期，进入2006年度小说排行榜。小说塑造了一个偏执、疯狂的女性李小多的形象。李小多出生在一个暴虐的家庭中，承受着不幸，同时也制造着不幸。李小多对数字有着与生俱来的敏感，她

---

① 参阅段怀清《岂有才子，何处佳人？——简评叶弥的〈小男人〉》，《文学报》，2006.12.28。
② 参阅潘慧《生命的悲悯与温情——读葛水平中篇小说〈连翘〉》，《名作欣赏》，2007.13。

通过预知数字的单双可以控制买彩票的输赢。这使她变得非常偏执、决绝。因为这，她在漏数一颗扣子的时候干脆将它吞下去；她帮母亲李婉芳买了彩票，却承受着母亲赢钱后给她带来的痛苦；她的执拗让父母毒杀智障哥哥的计划功亏一篑；她将唯一的情人和知己向阳残忍地刺死；她用近乎无赖的打赌方式把哥哥抛弃在茫茫的人海中……当她以这样那样的方式赢了父亲，赢了母亲，赢了向阳等人之后，她突然发现，"我现在实在想不起来我还有谁该去赢了"。李小多在最后与自己的赌局中，为了改变结果，义无反顾地赔上了性命。和李小多一样，小说中的主要人物几乎都置身于现实或者人生的赌局之中，赌注可以是金钱，是内脏，是身体，是亲人，乃至生命。小说展现了生命的无常和脆弱，展现了一种非理性的绚烂，一种悲壮而忘我的投入和盲目。小说的叙述语调很有特色，透着一股漠然处之的冷劲儿。[①]

魏微短篇小说《姊妹》：描写了女性对自我及其情感世界的重新认知

《姊妹》1月份发表在《中国作家》第1期，进入2006年度小说排行榜。小说写的是毫不新鲜的婚外情，但它的立足点不是男女之间的爱恨纠葛，而是将视点落在女性在婚姻和爱情中的自我发现过程，揭示了男女之间的情感真相，表达出女性对自我及其情感世界的重新认知。小说中的黄姓三娘是三爷名正言顺的妻子，他们有着和睦幸福的家庭生活。三爷是一个庸常的男人，他既不叱咤风云，也没有腰缠万贯，更不会纵横捭阖。对黄三娘来说，三爷是她的丈夫，是她的世界，她的一切。当黄三娘得知三爷和温姓三娘搞婚外恋时，她骂的不是肇事的男人，而是周围的人。当她与温三娘狭路相逢时，她没有像自己想象的那样，扇对方的耳光，而是用温柔甜蜜的声音表现出一个名正言顺妻子的优越感。黄三娘对自己是三爷妻子身份的认同，使她拥有了强大的传统势力的后盾，显示出一个拥有婚姻的女子在心理上的优越感和理直气壮。相反，有爱情但没有婚姻做后盾的温三娘，此时的感受却是"她的身份是那样的可疑可鄙，她算什么，她在那个黄脸婆的眼里充其量只是个婊子"。黄三娘和温三娘为了一个男人而爆发的"战争"旷日持久，长达一

---

① 参阅刘涛《呈现城市与乡村的面貌——论黄咏梅的小说》，《西湖》，2013.8。

生，没有结果没有胜负。而在一生的较量中，两个女人谁也没有得到男人，她们在这个过程中，放弃了男人，完成了被动而痛苦的自我发现。在这场爱的争夺战中，男人最终成了摆设和背景，退到了幕后。到了后来，在这两个女人由贤妻良母变成泼妇的过程中，黄三娘终于获得了自由，她抬头看了看蓝天白云，知道一个女人活在这世上，什么都靠不住，丈夫，儿子，爱情，婚姻，有一天都会失去。温姓三娘作为婚姻的入侵者，她的"下半生已经撇开了三爷……她一改她年轻时的天真软弱，变得明晰冷静——她再也没有男人可以依靠，心里只有一个目标，那就是活着，要比黄脸婆更像个人样"。也就是男人实际上已经被两个女人同时抛弃。在这场争战中，男人表现出来的是孱弱和不负责任，他已经完全失去了掌控能力，他不过是两个女人人生的道具。小说通过叙述两个女人对一个男人的争夺过程，解构了男权神话，男人在这场情感战争中成了一个背景，两个女人为爱的较量逐渐演变成生的较量。当男人离去后，两个互为对手的女人成了惺惺相惜的真正姊妹。在这里，男性成了一个障碍，爱情也是昙花一现的幻影，而女性间的相恤相怜之情，远远超过了亲情和爱情的层面，表现出作者对于人类情感、命运、情谊的迷惑和探解。[1]

苏童短篇小说《拾婴记》：一篇具有神秘色彩、诱人解疑的小说

《拾婴记》1月份发表在《上海文学》第1期，进入2006年度小说排行榜。小说写一只柳条筐趁着夜色降落在罗文礼家的羊圈。柳条筐里面盛放着的是一个婴儿。罗家的羊圈一下子萌动着一股神秘的气氛。羊圈里的三只羊是目击者。第二天，罗家人把柳条筐放在家门口，似乎有点失物招领的意思。罗文礼的妻子卢杏仙派大儿子庆丰看着婴儿。罗家来了不少人，都是妇女，她们问庆丰，这是谁家的孩子？庆丰不高兴了，他想如果知道是谁家的孩子，还会放在这里让人参观吗？他有些烦，离开了，让他母亲来照看婴儿。女人们对婴儿的来历猜测不已。有人对卢杏仙说，你有两个儿子，这个女孩你就养着吧。卢杏仙说，婴儿要是一头羊，就留着！后来，卢杏仙让二儿子庆来把婴儿送到了

---

① 参阅刘媛媛《从魏微的〈姊妹〉看女性的情感流变》，《海南师范大学学报（社科版）》，2010.1。

政府。庆来就去对岸的花坊镇送婴儿了。女婴乖得有点出奇，不哭。庆来想尽快把孩子送到政府，然后去打台球。但他正好来到幼儿园，他从幼儿园的窗边把孩子放到床上，就一阵风似的逃走了。李六奶奶发现是个女婴，让阿姨把孩子端回去。但阿姨不要这个孩子。李奶奶生气了，她用小木轮车拉着孩子，来到外甥张胜家门口，想让外甥媳妇给孩子喂一阵奶。张胜带着孩子去了政府大楼，但政府也不收孩子，让他下楼等着，两点半后到计生组登记。张胜想把孩子留给在传达室看门的老年。老年不要。张胜便把柳条筐放在楼外花坛边后走了。两个跳牛皮筋的小女孩发现了柳条筐，她们来敲传达室的门，老年钻进被窝装作没听见。后来，柳条筐被疯女人瑞兰端走了。瑞兰的哥哥瑞昌又把孩子送到河对岸的卫生院。卫生院的小陆认得筐里一个用盐水瓶做的奶瓶，那是枫杨树乡的妇女到卫生院偷走的盐水瓶。第二天早晨，卢杏仙来到羊圈，一眼便看见了归来的柳条筐。卢杏仙惊叫起来，她大声问二儿子庆来，你到底把那孩子送哪儿去了？回头之间，卢杏仙突然发现羊圈里多了一头小羊，怯懦地站在角落里。庆来抱住小羊的脑袋，说，妈快来看，这头羊在哭。再别撵它走了，撵不走它的，都怪你，你昨天说错话了！卢杏仙说，我说错什么话了？庆来说，你昨天说那孩子要是一头羊，你就能养。妈，你别怕，那不是走散的羊，也不是别人家的羊，是你说错话，那个孩子认准我家的门，又回来了！小说不是只写了人们对生命的冷漠，主要写了女婴变成了一只羊，她其实是一个非人非羊的生命，她的脸是女婴的，身子可能是羊身，她被包在衣服里，一直没有解开，这是一个谜。小说从头到尾，多处提到女婴身上淡淡的膻味，也暗示着这个指涉。她的父亲是谁？很显然，大儿子庆丰是个可疑人物。因为当几个妇女在他家门口议论女婴的时候，他很不耐烦。后来，他一直没有在小说中出现，更增加了他的可疑性。二儿子庆来其实明白一切，他对他母亲透露了枫杨树乡间历史上最大的一个秘密，他说那个孩子认准我家的门，又回来了！小说因为有着一种神秘的色彩，所以显示出了一股诱人解疑的魅力。①

---

　　① 参阅王丹《短篇小说也有春天——重新定位苏童的〈拾婴记〉》，《齐齐哈尔师专学报》，2015.4。

温亚军短篇小说《成人礼》：写了一对夫妻给儿子请割礼师时的争执

《成人礼》2月份发表在《大家》第2期，进入2006年度小说排行榜。小说写男人和女人为儿子操办割礼的事情。女人想趁着区长请割礼师伍师达的机会给儿子行割礼，男人不悦，讥讽女人要给区长老骚狗捧场。女人大怒，怄气。晚上，男人爱抚女人，女人气消，男人同意割礼。女人买割礼礼物，给快本命年的男人买了红裤衩、红裤带。男人误会是女人给伍师达的，翻脸。女人又生气伤心。夜晚，男人给儿子搭建小床，儿子大哭，女人心疼，男人训斥。早上睡醒后，女人看见男人躺在小床上搂着儿子，感动不已。小说从意蕴到技巧都相当不错。为了给儿子请个好的割礼师，夫妻二人围绕这个话题反复争执，扯出了一堆日常琐事，看似别扭，实则温馨，夫妻间的生活意趣就浓缩在行割礼这个焦点事件和一天两夜的"拉扯"中。①

周大新长篇小说《湖光山色》：揭示了商业文明取代农业文明的必然趋势

《湖光山色》3月份发表在《中国作家》第3期，4月，作家出版社出版单行本，获得第七届茅盾文学奖（2003—2006）。小说以河南南阳丹江口水库为地点，描述了一个曾在北京打过工的乡村女性楚暖暖与命运抗争，追求美好生活的不屈经历。小说的主人公名为"暖暖"，本身充满着一种挥之不去的暖意。到北京打过工的楚暖暖攥着存下的钱回家了，因为母亲病了。但实际上让她回家的并不是母亲，而是和她两小无猜的穷小子旷开田。楚暖暖与旷开田生米煮成熟饭后，他们结婚了。因为家贫，楚暖暖谋划起了致富之路，她觉得自己"是去过北京的"，是"开了眼界"的人，于是萌发出一种上进、奋斗之心。她揽了杀虫剂的生意，结果却受了骗，旷开田也被抓进了派出所。为了救旷开田，她被村长詹石磴侮辱了，交易过后，旷开田被放了。不久，楚长城遗址的巨大商业良机敲开了楚暖暖的家门，导游、食宿吹响了她创业的号角。然而她手中无权，处处受限。但她为了兴修楚地居，她又一次含泪走进了村长詹石磴的家。楚暖暖从詹石磴的床上下来不久，楚地居拔地而起，客如潮动。楚暖暖广播善心，使村人皆得其福。在她的积极准备和张罗下，旷开田也如愿当

---

① 参阅杪椤《庸常生活里的淘金者——读温亚军中短篇小说》，《文艺报》，2010.10.29。

选为村主任。此时，更大的机遇正悄然而至。一位名叫薛传薪的五洲旅游公司的高管与楚暖暖签下了共同开发、运营赏心苑的合同。时过不久，一座巍峨、富丽的度假村便迅速在楚王庄的一处不起眼的荒地上诞生了，随之而来的巨大经济效益也席卷而来。前村长詹石磴却无耻地炫耀了自己与楚暖暖的旧事，旷开田暴躁如雷。在权钱的吞噬下，原本憨厚、善良的旷开田也一步步地出现蜕变，他蛮横、自大、偷荤、嫖娼。楚暖暖对旷开田的堕落无法再忍，很快与他正式离婚，独自回到楚地居。但赏心苑里面的招妓卖淫、强拆圈地使村人深受其害，楚暖暖于是四处告状，结果屡屡碰壁。最后当五洲旅游公司高管薛传薪和楚暖暖的前夫旷开田被戴上手铐后，押送他们的摩托艇在丹湖水面划开了一道长长的浪痕，楚王庄的楚国一条街才正式剪彩开业。街上游人如织，商农工贾，不败其业。楚暖暖露出了暖暖的微笑。小说描写了楚暖暖的人生历程，她是当代中国农村有思想、有目标的青年奋斗者的绝好缩影。在楚暖暖奋斗的历程中，她的民主意识觉醒（如村长选举）、经济意识萌发（如意识到楚长城的经济价值）、开拓精神生成（如旅游公司的兴办）、法制意识增强（如请律师打官司解决问题）……所有这一切，使她成为一个在死亡中再生的鲜活而又生动的新时代的女性形象。小说通过描绘新时代农村在经历农业文明向商业文明过渡时期的真实情状后，揭示了商业文明取代农业文明的历史必然趋势，表现了现代化历程中出现的裂变转型所引起的阵痛。小说从物质层面和精神层面关注了人的生命情状、生活况味，真实展现了裂变中人性的嬗变与持守。小说本身就如湖光山色一样，清新可人，给人以阅读的快感。如开篇向读者描绘的南阳盆地的美景是：清澈灵动的丹湖、甘甜润喉的湖水；八百里连绵的伏牛山，纯净清新的空气；肥沃的土地、丰富的物产；日复一日的划桨打鱼，年复一年的春种秋收……这些都如诗如画一般纯净美好，给人留下深刻印象。但小说里真正可摆上台面的人物却寥寥无几，很多人物有跑堂之嫌，脊骨人物也多面目全非，不得而终的缺陷。小说里的重复和拖沓也是其"硬伤"。①

---

① 参阅孟繁华《乡村中国的艰难蜕变——评周大新长篇小说〈湖光山色〉》，《名作欣赏》，2009.3；刘坤《〈湖光山色〉中的人性阐释》，《西安社会科学》，2010.1。

罗伟章中篇小说《我们能够拯救谁》：呈现了底层普通人在权力钳制、压迫下的生存境况

《我们能够拯救谁》3月份发表在《江南》第2期，进入2006年度小说排行榜。小说讲述的是发生在川东北新州矿务局一中的故事。高二（1）班漂亮而有文艺天分的女生万丽君因为听到男生赞美女生李秋的秀发浓密，身材比电视里的广告明星还要好，便恼羞成怒，当天下午带着四个女生闯进李秋的寝室把李秋打得躺进了医院。李秋的父母要将李秋转学，刚上任两个月的教务主任黄开亮是李秋的语文老师，他面对好学生的流失，"不亚于当父母的丢失了一个孩子"一样心痛，但他又无可奈何。出生在单亲家庭的万丽君打人之后也因惧怕学校处理和承担医药费而逃之夭夭，学校决定开除她。黄开亮去万丽君的家，目睹了她家的困境，请求学校撤销对万丽君的开除决定，以便让她能去青河镇的幼儿园做老师，从而拯救万丽君和她的家。但黄开亮的请求没起作用，万丽君去了昆明，一边寻找同人私奔的生父，一边在酒吧当陪酒女郎。黄开亮作为刚上任的教务主任，他对自己无法治理学校病态的教风学风校风，甚至不能掌控自己的命运而感到很痛心。他与妻子江佩兰、儿子狗狗分居。他想摆脱身为矿务局副局长的岳父的权力的荫庇，去重庆找一份工作时，他在火车开出仅两个小站后又惶惑了，他对自己是走还是留的问题无法决定。黄开亮是从大巴山深处走出来的一个大学生，大学毕业后，他在新州矿务局的一中教高中语文。他没有背景、势力、钱财及特殊才能。他靠自己的努力在全市青年教师技能大赛上取得了第二名的荣誉，他的理念就是靠自己的本事吃饭，靠自己的实力说话，甚至在力所能及的范围内去帮助一些需要帮助的人。但现在，他却沦落到连自己都拯救不了的地步！黄开亮的父母是老实巴交的农民，以攀上矿务局副局长的家为荣耀。他的岳父被人称做"江铁腕"，权力很大。当黄开亮父母一提到江副局长这个亲家时，就神采飞扬，充满了无比的骄傲和自豪。但江家人却瞧不起黄开亮这个来自穷山沟里的人，瞧不起他的农民家庭。黄开亮与江佩兰生下儿子狗狗后，江副局长基本上没有正眼看过黄开亮一眼，没说过一句充满亲情的话；他饭前饭后是永远看不完的报纸，吃饭时他只管自己吃，从不招呼黄开亮；他每时每刻的言行举止都体现出了用权力来对黄开亮进行钳制

的色彩。小说呈现了底层普通人在权力的钳制下，在逼仄的生存时空中挣扎、痛苦、无奈、坚忍、逃避、妥协、投降、蜕变等一些情况，深刻地揭示了令人震惊的教育困境，展示了教师和学生日常生活的艰辛与悲苦。①

苏瓷瓷短篇小说《李丽妮，快跑》：塑造了一个充满同情心的护士形象

苏瓷瓷（1981—），湖北十堰人。《李丽妮，快跑》3月份发表在《花城》第2期，进入2006年度小说排行榜。小说取材于精神病院的生活，写一个经常犯错的精神病院护士李丽妮，因自己及同事的疏忽而导致的一起医疗事故，造成了善于长跑的女病人王某的右脚坏死，如不及时治疗可能会被截肢。恰在此时，医疗安全检查组要来医院检查，为此全院上下从领导到护士都一致同意将王某一弃了之以保全全院利益。但李丽妮最终奋起反抗，她反复请求领导留下王某并马上施救。当领导拒绝了李丽妮的请求后，李丽妮便背着王某逃离了精神病院。小说为我们呈现出精神病院里各种各样的常态与非常态的事情，它们相互交织，共同构成了一个十分复杂、矛盾的网络。在这个网络中，人们互为他者，当他人威胁到自身的利益时，人们便毫不犹豫地去践踏他人，甚至抛弃自己的良知。小说以隐喻的方式说明有时理性与疯癫并无绝对界限，医生与病人的角色亦无法确定，他们的自我都会处在一种完全失落的状态之中。②

王松中篇小说《双驴记》：展现了人类中心主义思想的失败

《双驴记》3月份发表在《收获》第2期，进入2006年度小说排行榜。小说写下乡知青马杰在北高村当了饲养员后，"北高村的牲畜都很怕他，他的鞭子很疼，而且可以不留任何痕迹"。马杰饲养着黑六和黑七两头驴，黑六是头种驴，不干活，只被好吃好喝地养着。马杰认为这是资源浪费，于是让黑六参加体力劳动。黑六拒绝参加劳动，遭到了马杰的一顿鞭打，使其丧失了生殖能力。黑六从此失去一切待遇，沦为村里干部们的坐骑。黑六自残求死，以至于牙齿全部脱落。村里的胡子书记下令杀了它吃肉。黑七为此报复了马杰，马杰将一

---

① 参阅钟钦《权力对教育的腐蚀——评罗伟章的中篇小说〈我们能够拯救谁〉》，《当代文坛》2006.5。

② 参阅杨雪《自我的失落与复归——评苏瓷瓷〈李丽妮，快跑〉》，《湖北师范学院学报（哲学社会科学版）》，2011.3。

块刚烤好的白薯用凉水泡了一下喂给了黑七，造成了黑七嘴巴严重烫伤的后果。此后马杰又故意虐待黑七，不给它吃喝，还让它干重活，并用鞭子将它完全抽打成灰驴。马杰对双驴的虐待使他在黑七的报复中一次次受伤，最后黑七点燃了自己，追赶马杰，它要和马杰同归于尽。但马杰"怎么也想不明白，这个黑七不过是一头驴，农学院的它为什么会对自己怀有如此刻骨的仇恨"。后来，马杰离开插队的农村，报考了牧医系，对驴的记忆成为他终生走不出的阴影。他在上了牧医系后，专门研究驴，这似乎传达了人类中心主义思想的失败。①

当年明月历史小说《明朝那些事儿》：使用现代方式讲述了明朝发生的许多故事

当年明月（1979—），原名石悦，湖北武汉人。《明朝那些事儿》3 月 10 日在博客连载，获得了网民的追捧，出版后销量达 500 多万册，故事源自史书《明史》。作者在反复研究《明史》等正史史料的基础上，结合一些档案、笔记、野史、碑刻及各地发现的墓志，使用现代的方式讲述了明朝发生的许多事。小说第一部《洪武大帝》（后又名《朱元璋卷》）从朱元璋出生讲起，写朱元璋生于乱世之中，长大后背负着父母双亡的痛苦，历经千辛万苦，从死人堆里爬起来，掩埋了战友的尸体，然后继续前进，继续战斗，最终用自己惊人的军事天赋战胜了陈友谅、张士诚、王保保等厉害角色。可以说，他几乎是凭借赤手空拳，单枪匹马建立了庞大的明帝国。他驾崩后，长子朱标之子朱允炆继承了帝位。后来，朱棣以"靖难之役"的名义夺位，成为永乐大帝。第二部是《万国来朝》，讲述永乐大帝挥军北上五征蒙古，派郑和七次下西洋，敕令修著《永乐大典》，派兵南下讨平安南等等大事。当永乐大帝在北伐蒙古归来途中病逝后，明朝接着经历了比较清明的"仁宣之治"。但"仁宣之治"后，明朝开始进入动荡时期。大宦官王振把持朝政胡作非为，导致 20 万精兵毁于一旦，著名忠臣于谦在"京城保卫战"中力挽狂澜，挽救了明帝国。但随后的两位皇帝为争夺皇位而发动了"夺门之变"。第三部《妖孽宫廷》从"夺门之变"后写起，叙述了忠奸不分的明英宗朱祁镇听信谗言，杀害曾救其于危难之际的

① 参阅郝淑艳、李芳峰《悲壮的抗争——王松〈双驴记〉的精神启示》，《青年文学家》，2011.4。

大功臣于谦，这是他继"土木堡之变"后在历史上留下的又一个大污点。朱祁镇病逝后，相继继位的宪宗和孝宗两位皇帝，都懦弱不堪，无所作为。第四部《粉饰太平》从嘉靖即位、议礼之争写起，讲述嘉靖皇帝借议礼之争清除了一批前朝旧臣，总揽大权。此后他的生活日渐腐化，一心想得道成仙，把国家大事抛诸脑后，使得奸相严嵩长期把持大权，使得大明因此财政空虚，兵备废弛，东南沿海的倭寇和北方的蒙古成为明朝的心腹大患。第五部《帝国飘摇》的内容分为两大部分，一为内争，一为外战。内争写严嵩倒台后徐阶、高拱、张居正三人各施手段，你方唱罢我登场。三人都是实干家，都为了中兴朝廷而呕心沥血；但他们又都是阴谋家，为铲除异己而心狠手辣。尤其是张居正，他为了推行遗惠万民的改革，结果殃及门生。外战亦即援朝抗日战争，其场面被写得波澜壮阔，塑造了李如松、李舜臣、邓子龙等一系列栩栩如生、呼之欲出的英雄人物形象。第六部《日落西山》主要讲述了晚明时期由"三大案"而引发的党争及魏忠贤的兴起和袁崇焕的奋战。张居正去世后，无人敢管万历皇帝，他查妖书，打闷棍，与大臣展开拉锯战，30年时间里不上朝。东林党因此发展壮大。该党把持朝政后，与齐、楚、浙三党明争暗斗，借国本之争，扶持明光、熹宗二帝即位，成功掌握了政权。魏忠贤出身平民，他利用熹宗的昏庸，傍上了皇帝乳母客氏，然后与东林党展开对决。而在外，明王朝派没落贵族之后李成梁率军攻打蒙古、灭女真，使其成为一代枭雄，但却养虎为患。努尔哈赤这时候乘机兴起，统一了后金。明王朝为抗金、守城、夺失地，在帝师孙承宗的带领下，一介文人袁崇焕担任守边大将，最终击败努尔哈赤。第七部《大结局》主要讲述了明朝最后一位皇帝崇祯在位时期的事情。崇祯皇帝17岁继承帝位，即位后便诛杀了大宦官魏忠贤，为东林党人平反。此时，明朝统治阶级内部党争激烈；连年天灾，赤地千里，颗粒无收，导致了明末农民起义的爆发；外部是后金兴起，不断掠夺中原。崇祯皇帝知道自己的悲剧结局，他无法改变，却依然在尽心尽力、全力以赴地平叛，直到起义大军兵临城下的那一天，也没有放弃。1644年3月，李自成率农民军攻入北京，崇祯皇帝在紫禁城后的煤山（今景山）上吊自杀。《明朝那些事儿》于2006年3月10日在博客开始连载后，获得了2亿多人次的巨大关注量。2006年6月，中国友谊出版公司出版了第一册《明朝那些事儿·朱元璋卷》。2009年4月7日,《明朝那些事儿》全集结束本第七册出版。

严歌苓长篇小说《第九个寡妇》:塑造了一个具有灿烂人性的寡妇形象

《第九个寡妇》3月份由作家出版社出版。小说从解放前的1944年开始写起,直到"文革"结束,以王葡萄的经历为主线,贯穿了30多年的中国近代史,也贯穿了王葡萄从14岁到将近50岁的年华。王葡萄身上背负着一个巨大的、不可告人的秘密。当日本人来镇上搜查时,他们让男丁站在一边,然后让妇女们把自己家的男人领回去,没被领回去的就被认定为八路。八个妇女忍痛把丘八领了回去,因为她们的男人都被日本人处死了,她们是寡妇。葡萄领回了铁脑,但铁脑却在当天被冷枪打死,葡萄于是成了镇上的第九个寡妇。葡萄自幼在孙家做童养媳,"土改"时,她的公爹二大被错划为恶霸地主,她从死刑场上将公爹背回后,将其在红薯窖中藏匿了几十年。她始终恪守着最朴素、最基本的人伦准则,凭着勤劳和聪慧,使自己和公爹度过了一次次饥馑,一次次政治运动带来的危机……小说的情节从王葡萄以童养媳身份掩护公爹尽孝与她作为寡妇身份以强烈情欲和不同男人偷欢之间的落差展开,写出了人性的灿烂,体现了民间大地真正的能量和本原。王葡萄这个人,在细节上是现实的,在精神上是形而上的。她强大而嚣张,坚忍而娇媚,作者通过她展现了一种来自中国民间大地的民族的内在生命能量和艺术美的标准。她的浑然不分的仁爱与包容一切的宽厚使她超越了人世间的一切利害之争。直到最后,葡萄依然守着公公,看着他老死。葡萄的觉悟不低,她的想法很本真,她说"爹没了,我就是没爹的娃儿了"。葡萄虽然是寡妇,但她从来不缺少男人的滋润,所以她一点都不孤独。但她绝不是滥交,她有她的底线和原则。她有父亲一样的公公,有儿子,有男人。她当寡妇比当媳妇还有滋有味,因为她从不追求那些虚伪的东西。她永远是最直接、最现实的一个人。①

---

① 参阅国荣《政治无意识——读严歌苓的长篇小说〈第九个寡妇〉》,《宁夏师范学院学报(社科版)》,2013.1。

秋风短篇小说《洛城戏瘾》：塑造了一个留学打工的小子乐观、憨厚、实在，对生活充满热爱和信心的性格

秋风，20世纪70年代生，本名管晨，祖籍江苏南通，出生在北京，在美国、加拿大生活近十年。《洛城戏瘾》4月份发表在《江南》第4期，进入2006年度小说排行榜。小说写了戏场后台杂七杂八的情况及鸡零狗碎的闲事儿，把留学打工的小子写得活灵活现、有鼻子有眼。小说的文笔是北京80后的风格：京味儿十足，韵味儿无穷；言语轻松，俏皮调侃，时不时"出个小状况"，甩个小包袱，逗个小乐子。略有不同的是，作者的热情多于讥讽，乐观大于忧郁，从字里行间可以看出作者塑造的打工小子是一个憨厚、实在，对生活充满热爱和信心的好小子。戏场打工的生活，苦是苦，累归累，但他图的是开心、乐和以及大伙儿的心里高兴。他为了挣50美元，耗去了八九个小时，其间"没五分钟那汗珠子就吧嗒吧嗒直往下掉"，但他觉得"别有一番乐趣"。可读者感到的却是心酸，读者在笑了以后，心底里产生的是沉甸甸的感觉。①

王手短篇小说《软肋》：讲述了一个"厂霸"变成好人的故事

王手（1957.8—），浙江温州人。《软肋》4月份发表在《收获》第4期，进入2006年度小说排行榜。小说的主人公"我"是一个二十五六岁的青年，一个金盆洗手的货运埠头的"埠霸"。"我"在母亲退休后，顶替她进了国营单位工作。单位里有一个无赖叫龙海生，车间主任、工友，甚至是厂长都不敢惹他。可是这个令所有人害怕的无赖却在"我"的努力下，彻底地改头换面，成了一个好人。这并不是因为龙海生知道"我"曾经是个有过13道刀伤，被人称为"刀不怕"的人，也不是他觉得自己对不起"我"母亲，是为了赎罪。他变好的原因是因为他女儿。龙海生实际上并不是一个蛮不讲理的霸道的人，他也有善良的一面，他的善良主要体现在他对女儿的关心与爱护上。为了给女儿喝牛奶补充营养，他不顾一切地冲进厂长办公室要求把自己调到牧场工作；为了让女儿穿上纱衫保暖，他想方设法地要求厂长供应棉纱手套；为了接送女儿，他冻坏了神经成了面瘫。所有这一切，都被"我"看在眼里，所以当他在

① 参阅《2007年文坛热点追踪》，中国作家网·文学批评之维，2009.12.28。

我们为他女儿召开的庆功会上听到女儿对他表示谢意时，他完全被感动了。这也使他与我们之间的所有不快消失了。

盛可以短篇小说《淡黄柳》：写了一个少女的爱情苦旅

《淡黄柳》4月份发表在《作家》第4期，进入2006年度小说排行榜。小说写了少女桑桑的爱情苦旅。桑桑少年时失身于中年男人鲁一同，中师时真正地爱上了高中生乌获君，但最终又为世俗和生计所迫嫁给了城市人李阔朗，与自己的真爱失之交臂。当乌获君再次出现在她面前时，她才知道自己的爱情像淡黄柳一样，永远不死。该小说是一篇诗化小说，在富有诗意的象征中，生动地展示了桑桑的心路历程。小说隐含着道德的诘问，感情的质询，人生的慨叹，冷峻之下又运行着火一样的激情，淡雅之中又蕴含着哲理，从而使人不能不对制约女性自由的集体无意识进行严肃地反思。淡黄柳是对人物的暗喻。柳树春天淡黄、夏天翠绿、秋天凋零、冬天干枯，而新春一到又出现回黄转绿的生命景象。淡黄柳形象而诗意地象征了一个女人的生命与情感状态。

胡学文中篇小说《命案高悬》：讲述了底层百姓的生命苦难

《命案高悬》4月份发表在《当代》第4期，进入2006年度小说排行榜。小说讲述的是底层百姓的生命苦难。尹小梅因为在林中放牧，遇到护林员吴响。吴响是一个"好色"的光棍，一直在设置圈套想把有夫之妇的尹小梅"搞到手"，就在将要得手之际，倔强的尹小梅和她的牛被前来视察工作的副乡长毛文明带走了，一夜后却传来尹小梅因"心脏病"突发死在乡卫生院的消息。尹小梅丈夫黄宝对尹小梅不明不白地死亡很气愤，乡政府便用八万元堵住他的口，并叫他不要告状。吴响良心发现，想查清尹小梅是怎么死的？毛文明在那一夜究竟做了什么？但吴响却在毛文明所设的圈套中越陷越深，险些赔上性命。最终，吴响被派出所诬以嫖娼罪罚款1500元，他的护林工作也失去了。尹小梅的丈夫黄宝和公爹在强大的政权威慑力下，只能认定尹小梅死于心脏病，他们无法发出自己的声音。小说以精巧的铺垫和缜密的结构展示了作者超凡的叙事能力，当读者期望揭开谜团时，作者却为小说安排了一个乡政府用八万元堵住尹小梅丈夫黄宝的口不让其告状的结局，使尹小梅的死因变得更加扑朔迷离。"尹小梅之死"于是演化为重压在读者心头的一桩悬案。[1]

蒋韵中篇小说《心爱的树》：描写了一棵具有丰富象征意义的树见证的故事

《心爱的树》5月份发表在《北京文学》第5期，2007年获得第四届鲁迅文学奖（2004—2006）。小说采取了双线结构，从大先生和梅巧两个主要人物的生活情感经历铺展讲述。线的分叉点在于大先生和梅巧感情的破裂，而结合点则在于两人相隔40多年后的车站重逢，其中起到关键串联作用的是他们的亲生女儿凌香。梅巧是作者塑造得最为到位的一个人物，她的性格，她的经历远比凌香、大先生等人物复杂，震撼人心。梅巧在16岁的时候就嫁给了比自己大20岁的大先生，原因是她不想念书，她说："让我念书，我就嫁。"婚后，他们生了女儿凌香。梅巧聪明伶俐，大先生教她数学，她一学就会。大先生是个严谨、严肃、古板、不苟言笑的人，梅巧一直像"敬畏父亲一样地敬畏他"。当梅巧从大先生那里得不到需要的爱情，尤其是当她发现自己逐渐成为一个生孩子的工具的时候，她就产生了到更大、更远的城市去的愿望。梅巧对同学张君和心爱的人一路出逃的事情艳羡不已。当席方平到来后，梅巧的欲望实现了，她最终和席方平走了。他们辗转到汉口后，生活并不像她期待的那样，席方平害了肺痨，日子过到穷困潦倒的地步。但梅巧坚强、倔强，在兵荒马乱、饥寒交加的岁月中，她对席方平不离不弃，宁可自己挨饿，也要让虚弱的席方平吃上东西。时间到了20世纪60年代，梅巧和席方平变得更加穷困，但大先生一家的生活平稳。40多年后的一天，年迈的梅巧和大先生在火车站重逢。他们一起想起了以前住的那个院子里的大槐树，它是梅巧心爱的树，它见证了她的青春野性，她的寂寞温情，她的归来与永远的离开……故事就在此结束。在小说中，作者善于营造安静的自然环境，这反衬了梅巧有一颗躁动不安的年轻的心。大先生和梅巧在火车站再次重逢时，梅巧沐浴在阳光中，这光将梅巧也消融在逝去的日子里。作者也擅长写激烈矛盾冲突前的静态环境。当大先生和梅巧的感情因席方平的出现而产生裂痕时，大先生动手打了梅巧。梅巧离家出

---

[1] 参阅胡智辉《顽强的"癞皮狗"——胡学文〈命案高悬〉解读》，《当代文坛》，2007.1。

走后，满屋子的人寂然无声，大家都明白发生了什么事情，可谁也不愿第一个提及。这很好地诠释了什么叫暴风雨前的平静。作者对动态画面的描写也是功力深厚，凌香为寻找出走的母亲梅巧，不顾一切地从西安到汉口，即使是快考试了，即使兵荒马乱，即使她后来坐的船被炸沉，她依然前行，最后终于见到了梅巧。作者将凌香在枪林弹雨中跋山涉水的情形描写得扣人心弦。作者对大先生院子里的大槐树的多次描写也具有象征意义，梅巧曾在那大槐树下作画，大槐树见证了她的激情和青春，也见证了她这个有点"邪气"的女人的成长；凌香在大槐树下等待母亲归来，大槐树是凌香的期待和希望之所在，大槐树见证了凌香的善良、纯朴以及对母亲深深的依恋；大先生与梅巧重逢后，他们谈及了大槐树被锯掉的情况，给人带来的是辛酸和悲情，因为它是见证了他们从相守到分离的一棵树，也是见证了他们的快乐、悲伤、痛苦、愤怒的一棵树……另外，作者对大先生家乡柿子树的描写，表达了大先生也像这棵柿子树一样，具有坚忍不拔、威武不屈的精神，更好地烘托了他的形象。①

葛水平小说《凉哇哇的雪》：表达了作者对金钱、权力对人性腐蚀的忧虑

《凉哇哇的雪》5月份发表在《芙蓉》第3期。小说写在小河西村的选举中，明花为了情人李保库在选举中能胜出，制造了"放水"事件。当"放水"事件没有达到预期效果时，李保库猥琐、卑劣的人性得到了暴露。他和竞争对手黄国富不惜以金钱来收买民心。村民海棠收了钱后，觉得自己"收了两家的钱，那就是一个闺女许了两个婆家"，她于是在选举前发疯了，她"突然大白天拿了一沓子钱跑到大街上乱撒"，引来了全村人的围观；当她的男人弓腰捡拾地上的钱时，她觉得小河西村的人都变成了虫子。作者借海棠的反常举动和臆想，表达她对金钱、权力对人性腐蚀的忧虑，以及希望人们在金钱、权力的诱惑面前能够葆有独立人格的美好期盼。

王祥夫中篇小说《尖叫》：关注了农村妇女的权利得不到维护，无处寻求公道的问题

《尖叫》6月份发表在《中国作家》第6期，进入2006年度小说排行榜。

---

① 参阅张莉《传统与现代之交错——从深层结构解析〈心爱的树〉》，《哈尔滨学院学报》，2016.12。

小说写米香的丈夫嗜赌，米香经常遭受家庭暴力，她到派出所求助离婚，问题却得不到解决。警察们声称为了维护模范镇的牌子，镇上没有离婚的名额。结果，米香的丈夫更加有恃无恐，以至剪掉了米香的一节手指。米香在求助无望之下只好雇凶杀夫。案发后，警察反倒责难米香不求助法律。米香发出了一声无比凄厉的惨叫。米香的惨叫声是长期以来，农村妇女的权利得不到维护，无处寻求公道而发出的反抗之音。小说延续了作者以往叙事的范围和模式，但他在建构该小说故事的两性伦理关系时，并没有将读者引入到对造成这类悲剧的社会环境、个体原因的谴责上，他只是对当下失序的伦理文化表现出了前瞻性的焦虑与哲学思考而已。[1]

乔叶中篇小说《锈锄头》：讲述一个小偷被一个民营企业家用锈锄头打死的故事

《锈锄头》8月份发表在《人民文学》第8期，进入2006年度小说排行榜。小说叙述的是进城收破烂的农民石二宝在入室盗窃时，被突然返回的房屋主人李忠民打死的故事。石二宝是从乡村流浪到城里的庄稼人，他前几十年在农村是借助锄头过活的，由于农村的土地越来越少，生活中的各种开销越来越大，他觉得小小的锄头已经不能刨出一家人的口粮了，他于是来到城里收废品，并乘机干些小偷小摸的事情。李忠民是民营企业家，年轻时当过知青，当年的乡下生活虽然艰苦，但却磨炼了他的意志，使他积累了不少的生活经验。返城后，李忠民成了人们眼中的成功人士，并包养了一个"二奶"小青。李忠民为了纪念昔日的农村生活，他将一把锄头留在装修豪华的房间里。有一天，当石二宝进入李忠民的房间偷盗时，他翻出了小青私藏的40万元存单和一个假阳具，这一切让刚刚进门的李忠民饱受屈辱，颜面扫地，他失控地举起锈锄头，打死了石二宝。

姚鄂梅短篇小说《黑眼睛》：写了一个人的善良和脆弱

《黑眼睛》9月份发表在《山花》第9期，进入2006年度小说排行榜。小

[1] 参阅邱艳萍、林晓华《王祥夫小说对两性伦理关系的焦虑与前瞻性思考——以中篇小说〈尖叫〉为核心》，《当代文坛》2014.3；王学群《一种诗意的残忍——评王祥夫〈尖叫〉》，《名作欣赏》2014.6。

说写阿昌的妻子阿玉在医生赵明跟前治病，但她的眼睛却被治瞎了。阿昌去报复赵明，发现赵明已获罪入狱。有一天，阿昌获知赵明已经出狱了，他便去报仇。当他正要对赵明动手的时候，他突然想起了自己心里始终纠缠着的两件事情，一件是报仇，欲除赵明而后快；另一件是家庭责任，他觉得自己不能丢下妻女而独自去坐牢，而且他觉得即使杀了赵明也无法改变生活中的苦难。所以，阿昌在最后关头放弃了杀死赵明的打算。小说看似在讲述复仇的故事，实则在处理更加复杂的主题，行文中处处透出了命运的悲凉，无论阿昌、阿玉或是赵明，都只是苍天之下卑微的小人物而已。小说语言清晰而节制，特别是对阿昌初遇赵明并为他剃胡须的几段描写，笔墨虽然不多，但那利刃在喉的紧张气氛却被写得异常紧张，本性善良的阿昌，最终下不了狠手，显示了他内心里隐藏着的无奈和悲怆。阿昌本是一个对生活饱含热情的人，但在生活面前却体会到了失败感。作者想写的，也许就是他的善良和脆弱。

范小青短篇小说《我就是我想象中的那个人》：写了现代人的彼此猜忌、彼此孤立

《我就是我想象中的那个人》9月份发表在《当代》第5期，进入2006年度小说排行榜。小说中的老胡被工友怀疑偷了自行车。自那以后，老胡总以为别人在怀疑自己。这种心理让老胡最后发展到一听到警车便很紧张。老胡的神经质最后使他说出了自己曾经杀过人的胡话。幸好，这个胡话没有给他带来麻烦，也点明了题目的真相。原来一切就是一场梦，最后梦醒了。小说在描写老胡生活的一些场景时，虽然没有离奇曲折、惊心动魄的情节，但却仍然写得丝丝入扣，动人心弦。作者所揭示的不是老胡心底虚幻的隐秘，而是一种需要治疗的心理疾病。这种疾病属于现代人，是现代人彼此猜忌、彼此孤立的结果。如果很多人得了这种病，破坏力就很大了。因为，这种病会使人产生猜忌和孤立，还有自卑。在此，作者觉得自己应该像医生那样，为给心灵受苦者治疗这种病而努力。

郭文斌短篇小说《吉祥如意》：传达了作者对生命存在的思索和感悟

郭文斌（1966—），宁夏西吉人。《吉祥如意》10月份发表在《人民文学》第10期，进入2006年度小说排行榜，2007年获得第四届鲁迅文学奖（2004—

2006）。小说的主人公是五月和六月姐弟俩，而重点则在六月心态的细腻呈示上，并把过端午节的民俗、民情、人性融会在一起。六月是一个还未被世俗观念同化的纯真孩子，他有着天真、幻想、灵性、自由的诗性思维，作者正是利用了这一特点，真切地触摸到了人的灵魂世界，传达了自己对生命存在的思索和感悟。在六月看来，节日时整个村子笼罩在蒙蒙的雾里，各家大门上插着的柳枝使巷子活了起来，充满了生命的活力；柳枝散发出的清香，更是让人陶醉，唤起了人们对"美"的体验，环境美也引起了人们美的情感。吃供品花馍馍是人们祈求吉祥如意的方式，凝结了乡村人心底的美好愿望——抵挡"歪门邪道"。六月希望天天吃供品的理想，折射了乡村人的朴素情感，他们质朴的心灵渴望一切美好的东西长驻人间，与生命存在相随相伴。对端午节戴花绳和香包的讲究，两个稚嫩的孩子都接受了，他们善良母亲的说法是可以避蛇咬。尽管他们吃了供品，胳膊腕上绑上了如同"布下了百万雄兵"的花绳，可当有人谎称有蛇或真正遭遇蛇的时候，他们还是惧怕了，甚至六月被吓得尿了裤裆。六月凭直感开始怀疑娘的说法，而五月则相信真正的毒蛇在人的心里。姐弟俩对香包的争夺，对其飘溢而出的香气的贪婪吸咽，相互戏称蛇"就像个你""你就是一条美女蛇"，以及由此而产生的"人的心在哪里""人怎么就这么喜欢香呢"等疑问，都具有丰富、深刻的隐喻意义，触动了我们对人自身本质的思考。小说展现了乡村许多古老的传统民间风俗，比如人们在端午节这一天吃甜醅子、在家门上插柳枝、用花馍馍供神、戴花绳香包避蛇咬、上山采艾蒿驱蚊虫等富有地域色彩的习俗。小说在叙事策略与技巧上很讲究，作者把过去和现在交织在一起，叙述含蓄且富有儿童趣味，他没有编排曲折离奇的故事情节，只是凭借自己的敏锐和细腻，选择"过端午节"这一小而富有诗意美感和艺术张力的切口，对极其普通的乡村节日活动流程进行了细致地描述，通过人物在特定环境中的心理活动的揭示，深入开掘了其中的底蕴。①

徐则臣中篇小说《跑步穿过中关村》：写了北漂底层的友情、爱情和事业

徐则臣（1978—），江苏东海人。《跑步穿过中关村》11月份发表在《收获》

---

① 参阅杨森《送你一份吉祥如意——评郭文斌短篇小说〈吉祥如意〉》，《黄河文学》，2007.11。

第 6 期，进入 2006 年度小说排行榜。小说写主人公敦煌为了生活，从事贩卖碟片的营生。在这个底层人的圈子里，敦煌结识了卖光盘的夏小容、做妓女的七宝及一个骨感女人。敦煌也穿过中关村为一个住在高楼上的"金丝鸟"女人送碟片，他看到"金丝鸟"的生活虽然奢侈优雅，但她的精神却很空虚；他认为"金丝鸟"其实是一个被包裹在烦躁焦虑和颓废无暖意的生活之中的冷漠女人。当然，敦煌接触最多的女人是夏小容、七宝、骨感女人等，他从她们那里渐渐了解到了"北漂"的底层年轻人的青春、爱情、家庭情况，她们都干着违法的卖假证、卖假碟、卖身的营生，处境窘迫，但她们对生活始终有幻想。她们的窘迫生活大都是因为梦想有一个能赚钱养家的男人和温暖幸福的家而产生的，她们的精神和肉体其实都被牢牢地捆绑在这个梦想上了。夏小容、七宝、骨感女人都爱上了敦煌，她们自愿给敦煌奉献自己的肉体，使困厄中的敦煌有了一种柔软的、温暖的感觉。夏小容等几个女人无法跨越这个被金钱操控的世界，所以她们平时只能像沙尘暴一样，穿行在城市的高楼大厦之间，她们从"奔跑开始"到"奔跑结束"。最后，敦煌在完成了一次替人办假证的事情后，他又去贩卖假碟片，结果被警察抓住了。小说结构精巧，语言流畅，贴近社会底层，真实可信，给人一种酣畅淋漓、拍案叫好的感觉。①

张悦然长篇小说《誓鸟》：一部在大故事中镶嵌着小故事的小说

张悦然（1982.11.7—），山东济南人。《誓鸟》11 月份由光明日报出版社出版，进入 2006 年度小说排行榜。小说分为八个部分，采用了晚明话本的形式给各部分进行了命名，依次是《贝壳记》《投梭记》《磨镜记》《纸鸢记》《种玉记》《香猫记》《焚舟记》《贝壳记》。在每个部分里，作者都创造性地采用了故事中镶嵌小故事的独特叙述模式，这些小故事对 17 世纪晚明"大航海"时代华人下南洋的生存状况进行了似真似幻的描写。小说写了 11 个关于南洋华人的故事，除第一个故事外，作者在每个故事前都写了一段引人入胜的引导性文字，使小说笼罩上了一种神秘的色彩。小说展现的南洋华人的生存状态是种族歧视、随意残杀、没有尊严。小说主要围绕主人公春迟找寻记忆的事情，展开

---

① 参阅李微昭《飘泊者穿过中国——评徐则臣小说〈跑步穿过中关村〉》，《小说评论》，2007.S1。

了几桩爱恋故事。春迟、淙淙、钟潜、宵行、骆驼、婳婳等都是这些离奇爱情的主角。春迟在母亲惨死及自己被蹂躏时，海盗粟烈救了她，她然后与粟烈私奔，但粟烈在海啸中为了保护她却葬身大海了；春迟在海啸中也失去了记忆，错把粟烈的哥哥骆驼当成了记忆中的爱人。春迟与骆驼并没有真正的爱情，有的只是肉体的结合，有的只是骆驼对春迟的一次次背叛及他内心深处存在着的挥之不去的种族歧视。当骆驼贪婪地占有了春迟后，他又把她抛弃了。春迟为了找回爱情，希望在贝壳中找回记忆，但她得到的却是徒劳与欺骗。淙淙和春迟一样，也是一个美好的女子，媚而不妖，天真烂漫。淙淙爱上同为女人的春迟后，她对春迟那平静的性情下隐藏着的神秘世界非常感兴趣，她希望春迟永远守在自己身边。她于是不断地思念着春迟，每天攒着钱希望与春迟建一个家园。当淙淙知道春迟怀孕后，她心中存在的那个美好愿望破灭了，她认为春迟这个眼窝干涸的女子的心中已无自己的位置了。她于是报复起春迟来。春迟有一个名叫宵行的养子，他也很爱养母春迟，他为了帮助养母找寻记忆，宁肯失去自己的一切。钟潜是一个太监，他也爱着春迟，他渴望自己能像正常人一样去爱春迟，但他的无能却让他很是痛苦无助。小说写的淙淙的同性之恋、宵行的乱伦之恋、钟潜的无性之恋都是中国传统道德所不能接受的，但当作者将这些放在南洋的这个国度里时，似乎一切情爱都不再受道德、伦理的谴责了，也不受法律的束缚了。但这个国度里有的只是苦闷的生活，落空的欲望以及无法满足的性爱。小说还描写了宵行与婳婳的感情纠葛。婳婳尽管执着地爱着宵行，但她却无法得到宵行的爱，最后她走向了死亡。作者采用了"环形叙述"的方式，即将春迟寻找记忆的事情回环在"贝壳"与"记忆"之间，使小说具有了双重的叙述视角及双重线索，这不仅不会使读者感到故事之间互相脱离，反而给人一种灵动之感。小说在题材的选取、叙述方式的使用及情爱观的表达上都有大胆的反传统表现，它让人们看到了张悦然在尝试冲破传统牢笼的一种努力，看到了她想象力的丰富与奇特。①

---

① 参阅刘冰洋《论张悦然〈誓鸟〉的反传统精神》，《文学教育》（上），2013.9。

田耳中篇小说《一个人张灯结彩》：把笔触伸向社会生活底层，描写了富有时代特征的生活

　　田耳（1976.10—），本名田永，湖南凤凰人。《一个人张灯结彩》12月份发表在《人民文学》第12期，2007年获得第四届鲁迅文学奖（2004—2006）。小说写一个叫老黄的老民警，干到50多岁，还是个足痕专家，没能混上一官半职，反而总被领导从这一个分局调到那个分局。有一天，老黄先在一个理发店认识了一个手艺不错的哑巴女，然后又在一个偶然的机会认识了哑巴女的哥哥。老黄从哑巴女那里获知了钢渣和皮绊两个罪犯的情况。钢渣和哑巴女发生关系后，却阴差阳错地和皮绊抢劫并杀害了哑巴女的哥哥。最后，老黄破了这个案子。小说中，老黄是第一主角，他表面慵懒，但关键时刻"眼睛很毒"，虽然是个干刑事侦破的好手，但由于不谙官场路数，所以一直未能被提拔。但是，他具有丰富的办案经验和敏锐的直觉，为人正直，工作有股韧劲，也懂得如何回避与庸官污吏直接发生矛盾，以免给自己的工作造成阻碍。与老黄形成对比的是一个叫刘副局的人，他一出场就让两个实习民警对一个调戏女老师的男生进行刑讯逼供，结果把这个男生打疯了。刘副局还在一家带有色情服务的娱乐场所参了股份。当民警在查处这家色情场所时，刘副局穿便衣赶来为老板说情，结果被一个妓女认出："这老东西老嫖我，我认得，我举报"，弄得他当场出丑，险些无法收场。最后，这个公安败类在小饭店外面撒尿时，被人捅死，案子最后也由老黄破了。小说对哑巴女与钢渣的爱情描写，虽然有点怪异粗俗，却也饶有趣味，令人喟叹。此外，小说还把笔触伸向了社会生活的底层，描写的生活的具象和细节也是相当充实而富有时代特征的。小说幽默、风趣，不时恰到好处地出现一些俏皮的网络语言，这些语言不是滑入油嘴滑舌一路的语言，而是一种气脉贯通、筋骨相连的语言，让人始终沉浸在一种欲罢不能的阅读兴奋之中。小说在结构上环环相扣，层层递进，几乎每个细节都得到了照应和交代，滴水不漏。①

---

　　① 参阅聂茂《底层人物的现实困境与命途隐喻——论田耳的〈一个人张灯结彩〉及其它》,《理论与创作》, 2008.1。

赵赶驴长篇小说《赵赶驴电梯奇遇记》：给人们提供了一个真实、可爱的爱情想象空间的小说

赵赶驴（1979—），原名聂海洋，湖北襄阳人。《赵赶驴电梯奇遇记》本年在猫扑网贴出 3 个月后，点击量超过 1 亿次。小说主人公赵赶驴因为这个名字，经常引人爆笑。一次加班晚归，赵赶驴与同事白琳被意外困在电梯里，两人得以邂逅结识。赵赶驴从此不可自拔地喜欢上了白琳。为了感谢赵赶驴，白琳将自己的一间屋子出租给他使用。后来，赵赶驴又救了患有心脏病的白琳的妹妹白璐一命，白璐也因此喜欢上了憨厚老实的赵赶驴。白琳为了陪妹妹白璐出国治病，离开了赵赶驴。而白璐为了能让姐姐与赵赶驴在一起，表示即使病好了，也不会再回来找赵赶驴了，她要用自己一生的时间来忘记他。赵赶驴最终想方设法调换岗位，去了白琳所在的部门。这是一部轻松愉快的都市言情小说，语言诙谐幽默，令人捧腹，适合作为都市白领的休闲读物；小说除了给人带来快乐以外，也给人们提供了一个真实、可爱的爱情想象空间。该小说网络总点击量超过一亿，是 2006 年网络上最火爆的长篇爱情小说。赵赶驴这个名字来自梁羽生小说《龙凤宝钗缘》，它里面也有一个人物就叫赵赶驴，但他一出场就死了，作者一直忘不掉这个名字，于是将其作为自己小说主人公的名字，同时也作为了自己的笔名。

2007 年

叶广芩长篇小说《青木川》：一部关于古镇、老街、栈道、土匪的小说

《青木川》1月份由太白文艺出版社出版，进入2007年度小说排行榜。小说讲述了发生在距陕西省汉中市宁强县西约百公里的陕甘川交界地带一个"一脚踏三省，鸡鸣三省惊"的老镇青木川的故事。故事围绕着三个人展开，即离休干部冯明、他的作家女儿冯小雨和唐史研究学者钟一山结伴后翻山越岭，在一个有风的夜晚来到了秦岭深处的小镇青木川。青木川是陕西一个一脚踏三省的地方，紧邻甘肃的文县和四川的青川县。1951年，冯明在这里当过土改工作队队长，如今他旧地重游，缅怀起了过去的岁月，祭奠了昔日在这里牺牲的恋人林岚，看望了青木川的乡亲。作家冯小雨在照顾父亲的时候，对民国时期一份报纸上刊登的一则消息产生了兴趣，消息说，当年教育督查的夫人是北平女子师院西语系的毕业生程立雪，她跟着丈夫来到陕南视察时，在这里被土匪劫持，从此音信皆无，下落不明。但后来，偏僻的青木川却出现了一批会讲英语的孩子。历史学家钟一山研究杨贵妃东渡之谜，他把青木川认作了杨玉环东逃的通路，于是想在这里考证出唐代道路遗留的一些蛛丝马迹。该小说是一部关于古镇、老街、栈道、土匪的小说，它不仅写足了曲折动人的爱与恨、生与死、正义与邪恶、浮华与没落的"土匪"戏，而且蕴含着深层的人生哲理及人性呼唤；另外，小说在描写历史变迁时，也反映了现代人思想的困惑。[①]

---

① 参阅王春林《超越了意识形态立场之后——评叶广芩长篇小说〈青木川〉》，《小说评论》，2008.3。

刘静长篇小说《戎装女人》：书写了军人的感情生活

刘静（1961—），山东烟台人。《戎装女人》1月份由解放军文艺出版社出版，进入2007年度小说排行榜。小说讲述了某通信总站政治部主任吕师如何从话务员干起，一步步走上了领导岗位的故事。吕师的父亲很关心大校女儿吕师能否在千军万马中走过"独木桥"，成长为将军的问题；吕师的丈夫、儿子及兄弟姐妹也关心这个问题……这仿佛是个谜。吕师是最优秀的女人，性别使她赢得别人的尊重，也不断给她带来麻烦。作为一个爱美、憧憬美的女人，吕师具有浪漫的情感需求，内心不乏波澜，她喜欢新一代通信兵刘敏的天生丽质，在她的心目中，这是女人上乘的境界。小说透过吕师与其父亲及兄弟姐妹之间的关系，折射出军人的情感生活，展现了人世间的父母儿女之爱、上下级之爱、军民之爱、祖国之爱和战友情、爱情等种种情谊。①

郭潜力中篇小说《今夜去裸奔》：展现了现代人的精神奔突

郭潜力（1962—），生于湖南，祖籍江西。《今夜去裸奔》1月份发表在《十月》第1期，进入2007年度小说排行榜。小说主人公韦瑞是一位博弈于商海中的精英，他身居国际大公司的管理层，个人能力、工作业绩和社会地位都非一般人可比。然而，韦瑞在现代这种规则分明、文质彬彬的职场里却感到自己迷失了内心，他灵魂深处的欲求和外在世界正在发生着的严重冲突使他很焦虑，他于是采用一种反常的、有悖世俗习惯和正常伦理的行为方式来慰藉自己的身体和心理，来抵抗异己的力量，来释放生命。他对一切都失去了热情，干工作仅仅是出于一份应尽的责任而已；他对女友虽然表现出一腔热情和真情，但他更看重的是女友是不是处女的问题；他厌恶公司里的肮脏和阴暗，于是表现出了一种彻骨的冷淡。韦瑞虽然对上述问题无奈、痛苦，但他却无法超越。一次偶然抢劫时的裸奔，才使他体验到了释放的快感。小说展现了现代人的精神奔突，主人公做出的那些用来解放生命的事情虽然荒诞，实则是他必然的选择。②

---

① 参阅白烨《军中女杰的悲喜剧——读刘静长篇小说〈戎装女人〉》，《文艺报》，2008.9.25。
② 参阅杨景生《生存压力之下的精神垮塌——评当代心理问题小说〈无巢〉〈今夜去裸奔〉》《小说评论》，2008.4。

张翎中篇小说《余震》：构建了一个发生在地震中及地震之后疼痛与梦魔相交缠的生命世界

《余震》1月份发表在《人民文学》2007年1期，进入2007年度小说排行榜。小说主人公王小灯是一名旅居加拿大的华人作家，因常年的严重焦虑而失眠，多次企图自杀。有一天，她来到了一家心理诊所，在医师的引导下，学习哭泣与倾诉，尝试于1976年发生的唐山大地震的那一天遭遇。当所有的惨痛经历在王小灯那漫长幽深的记忆隧道中开始复活时，她开始直视起将她击倒的一件事——在地震中，她与弟弟一起被掩埋在废墟下，一根梁柱悬置在他们的头顶，撬起一端，另一端的人就会被永埋地下。王小灯透过瓦砾听到妈妈向施救者表示她的选择是救儿子……但是王小灯却活了下来，虽然众人都以为她早已不在人世。从此，命运开始了对王小灯的放逐——被收养的生活、成长、上大学、出国……可地震那一天的伤痛在她身上更加刻骨，直到让她崩溃。多年以后，王小灯终于和多年不曾联系的母亲取得了联系，她原谅了母亲，她们的手握到了一起。小说穿透历史的厚厚屏障，出色地构建了一个在地震发生及地震之后疼痛与梦魔交相纠缠的生命世界。在芸芸众生的斑斓驳杂的人性中，作家虔诚地高扬起了怜悯和宽恕的旗帜。2010年，小说被拍成电影《唐山大地震》，后来又被拍成电视剧《唐山大地震》，与此同时，张翎在《余震》基础上创作出长篇小说《唐山大地震》，由花城出版社于2011年1月1日出版。[①]

秦岭短篇小说《硌牙的沙子》：讲述了教师被迫介入政事的社会问题

秦岭（1968—），原名何彦杰，甘肃天水人。《硌牙的沙子》1月份发表在《北京文学》第1期，进入2007年度小说排行榜。小说写尖山中学地处西部，干旱，缺水，环境恶劣，人们饮用的山泉水混浊，而且取水艰难，尤其是里面有硌牙的沙子。人们在想方设法地调查着沙子硌牙的原因。随着一个学生的"告密"，"沙子硌牙"的秘密始被揭开：沙子竟然是学生认为教师"坏"而故意"塞"到水桶里去的，目的是"硌他们的牙"以解恨。教师做了什么事竟然让学生如此地愤恨他们呢？原来，尖山中学的教师被乡政府派到村里向农民

---

① 参阅夏楚群《推开人性的最后一扇窗——张翎中篇小说〈余震〉解读》，《世界华文文学论坛》，2008.3。

挨家挨户地收取强加在他们头上的各种税款。于是，本该在教室里讲课的教师们，都加入乡干部的队伍中，干起了对农民"吆五喝六"的"工作"，而且成为制度，让他们年复一年地干下去。对这种有辱师道尊严的事情，教师们开始并不愿意干，但是上面有整治教师的措施：凡征税消极的教师，一律扣除工资。教师，就这样"合理"地被"组织安排"成了征收非法税款、加重农民负担的"乡干部"，而那些本来能逃过乡干部催税的贫苦的农民，却因子女的前途命运系于学校，在逃不过教师的征税的情况下，只能忍痛拿出最后一文钱来缴纳苛捐杂税。于是，教师的饮水中就被学生放进了硌牙的沙子，而且是年复一年地出现，这竟然成了尖山中学学生特有的"传统"。小说结尾写道，尖山中学的教师们仍在一个个地被乡干部吆喝着，下到农民家里去收税款，他们的饮水虽然不再让学生拉了，但乡村的土路上却出现了阻挡拉水车的土坑，一个接着一个，填也填不平。小说从一粒沙、一滴水中揭示出了一个深刻的社会问题，也表现了作家的忧患意识和社会责任感。

艾伟短篇小说《游戏房》：对普通人生存困境的深刻洞察

《游戏房》1月份发表在《长城》第1期，进入2007年度小说排行榜。小说写曾经当过民办教师的老徐，如今只能在街上摆摊修理自行车，他老婆也在前几年跟人跑了。老徐的儿子徐小费进入青春期后，整天钻在游戏房里玩着"杀人"游戏，崇拜起社会上很有权势的流氓王勃，跟着他干起坏事来。懦弱的老徐为了管教儿子，费尽心思，甚至动了粗，但儿子不仅不买他的账，还把他揍了。小说设置了两个背景：一是未成年人迷恋游戏的大环境，二是徐小费的母亲出走、父亲摆摊的困难处境。徐小费沉迷在游戏中的暴力世界里，这使他的征服欲和破坏欲在一种虚幻的境界里得到了极大的满足。当他回到现实世界，尤其是当他面对着孱弱的父亲和残缺的家庭时，他又感到无比自卑。他于是疯狂地崇拜王勃，并很快成为他手下的喽啰，由此开始了他的暴力生涯。一次次施暴，使他品尝了征服的快感，宣泄了他青春期的苦闷；在他打了父亲之后，他心里的负罪感与恐惧不安感越来越沉重。当他看到父亲受辱时，他终于悄悄地实施了暴力反击。小说把老徐将儿子从派出所领回家时的情形，老徐跟踪儿子的情形，徐小费犯事后回到家里的惶恐等，都叙述得淋漓尽致。①

金仁顺短篇小说《彼此》：通过一场婚外恋展示了当事人心灵深处存在的苦涩情愫

金仁顺（1970— ），吉林白山人。《彼此》3月份发表在《收获》第2期，进入2007年度小说排行榜。小说描写的是一场婚外恋，生动、真诚、深刻地展示了三个当事人心灵深处存在的一缕缕苦涩的情愫。女医生黎亚非经常与主任医生周祥生外出做手术，日久生情。黎亚非的爱人郑昊是个英俊的编辑，婚前有过不少女友，其中一个女友在黎亚非与郑昊结婚当日，对黎亚非说："昨天郑昊一整天在我的床上，我们做了五次，算是对我们过去五年的告别。"这些话给黎亚非种下了一个巨大的心理障碍，使她对自己的婚姻生活悲观和冷漠，她一直生活在双重的心理压力之中，夫妻生活一直很不和谐。三年后，黎亚非与郑昊离婚，然后与周祥生结婚了。但在结婚前夜，郑昊又出现了。郑昊向黎亚非表达了深深的懊悔，他们于是又拥抱在了一起。周祥生遇到了当年黎亚非与郑昊结婚时，让黎亚非痛苦了几年的郑昊的那个女友，周祥生觉得自己的心理以后也会长期存在一个阴影。

王手中篇小说《本命年短信》：讲述了一个感伤的故事

《本命年短信》3月份发表在《收获》第2期，进入2007年度小说排行榜。小说主人公乐蒙是一位出类拔萃的中医，48岁，在第三医院当妇科医生。每天早上七点钟，乐蒙就从家里出来走到医院。八点钟一到，乐蒙带的女实习生就会在他的示意下打开门，把早已候在外面的病人放进来。三医院有七八个妇科诊室，两个西医，五个中医，还有一个人流室，都是清一色的女医生。但女病人却喜欢把号挂在乐蒙名下。有病人说，看着乐蒙的打扮心里就舒服，看他写的病历更是一种享受。乐蒙用毛笔写病历，字体是繁体，这是他一向追求的。经常来找乐蒙看病的是一位名叫柯依娜的病人，三十五六岁的样子，人像她的名字一样漂亮，确切地说是风流。柯依娜喜欢下午五点钟来乐蒙这里，来后就悄悄地坐了乐蒙的身边。柯依娜不是来看病的，她没什么太大的妇科毛病，

---

① 参阅徐舒超《艾伟小说创作论》，宁夏大学2013年硕士学位论文论文。

她是来聊天，以至于只要她一踏进诊室，乐蒙带的那些女实习生就会微笑着自觉告退。柯依娜向乐蒙聊的是和女人有关的话题：婚姻、性生活、手淫、高潮、同性恋等。乐蒙只能认真地听着。小说还写了从去年开始，三医院的一个副院长的职位空出来了，乐蒙被确定为后备干部。在医院重点培养乐蒙期间，他不断地受到组织部门的调查。乐蒙想把握自己的命运，但却无法找到有效的方式，他只好听命于一条条手机短信的暗示去配合组织部门的调查。作者以天马行空的想象力及思想力，游刃有余地讲述着故事。他讲述的故事很感伤，但这种感伤却显示了他对人的尊严的守护，乐蒙最终放弃了当副院长，这给读者带来的启示是：一个应该人从现实与理想的紧张关系中学会善于擦亮自己眼睛的能力。

盛琼短篇小说《老弟的盛宴》：揭示了人心不古、亲情不再的残酷现实

盛琼（1968—），安徽安庆人。《老弟的盛宴》3月份发表在《十月》第2期，2010年获得第五届鲁迅文学奖（2007—2009）。小说是作者在收音机里听到一个盲人说他此生最大的愿望，就是想看一眼自己到底长什么样。他还说了一些让人心碎的期盼，它们是我们正常人视为最基本、最简单、最理所当然或者完全忽视的小事。据此，作者便写了这篇小说。小说讲述了一个盲人按摩师（平瞎子）回乡下参加自己弟弟（老弟）的婚宴，并由婚宴上的遭遇联想到自己的一生，深感悲凉和屈辱，从而引发了他对爱与温暖无限憧憬的故事。但与人物相关的两条情节线索在价值取向上却逆向发展。一条是平师傅的线索，他从乡下进城挣了些钱后，他的老弟向他借钱结婚，这使他有了一种被人需要的尊严感，于是他怀揣着钱回乡参加了老弟的婚宴；另一条线索是平瞎子回去后老弟和家人在婚宴上对他显得很嫌弃，很冷漠。两条线索最后在婚宴上汇聚在了一起。作品在结构设置上充满了"反讽"意味，老弟盛宴的热闹、喜气，与平瞎子的孤独、忧伤形成了巨大的反差，彰显了悲剧力量，它引导读者洞悉真实，远离虚假。作品结构上的"反讽性"主要是以"家"为主轴进行了表现。其一，小说前半部分写平师傅渴望逃离"家"，求得生存。因为他遭遇了家人和村里人的嫌弃和白眼，尤其是周围那些人放肆的笑声，使他觉得自己的心都破碎得无法收拾了。最后，村支书的儿子大荣把他带到城里当了一名盲人按摩

师后，他能自食其力了。"家"是他逃离的原因。其二，小说后半部分写平师傅渴望融入"家"但却遭到了拒绝。多年来，家人都是围着"老弟"这个陀螺转的，现在老弟又先于他要结婚了，他心绪不宁，五味杂陈。但最后他还是参加了老弟的"盛宴"，他幻想着能得到家人的尊重和老弟的感激，可是在婚宴上，他还是被家人冷落、抛弃了。小说的反讽性设计，揭示出人心不古，亲情不再的残酷现实。①

储福金长篇小说《黑白》：赞颂了中国棋文化的博大精深

储福金（1952—），江苏宜兴人。《黑白》3月份发表在《西部华语文学》第3期，进入2007年度小说排行榜。小说中的陶羊子出生在民国初年。那时，清王朝虽然被推翻了，但中国仍无宁日，军阀混战使人民处于水深火热之中。陶羊子的江北老家缺水，干旱连年；江南的民众却因水患而逃难了苏城。北伐军胜利了，苏城来了国民政府的官员，说要实行新政，利国利民。但苏城的物价还在涨着。不久，日本鬼子打过来了，他们企图占领上海，发生了淞沪之战。日本飞机轰炸南城时，陶羊子的妻子任秋被炸死了。接着，南城沦陷，日军进行了血腥大屠杀。陶羊子被日军强迫编入收尸队掩埋死去了的兵民。陶羊子气愤难平，以1000块大洋的代价，把师傅任守一留给他的珍贵围棋卖给了松三，离开了南城，然后向西南大后方走去。途中，他把1000块大洋捐献给了抗日的军队。陶羊子与阿姗在山区邂逅后，结了婚，成了家，生下了竹生。陶羊子一家三口，历经三年多时间的行程，终于到达昆城。不久，日本宣布投降，激动的人群挥动着"抗战胜利"的旗帜，陶羊子也回家乡了。小说通过天才棋童、天才棋士、天才棋王陶羊子在三个阶段里对棋文化的感悟，形象地揭示了棋文化的奥秘，写出了中国棋文化的博大精深。小说还从中日棋文化的比较和交流中，赞颂了中国的棋文化。②

---

① 参阅刘晓文《以悲悯情怀为底色的现代叙述——盛琼〈老弟的盛宴〉解读》，《当代文坛》，2013.6。

② 参阅段崇轩《黑白世界中的文化"风景"——评储福金长篇小说〈黑白〉〈黑白·白之篇〉》，《扬子江评论》，2015.2。

红柯短篇小说《大漠人家》：通过大漠人家的素朴生活，反衬了现代人复杂而虚伪的生活

《大漠人家》4月份发表在《山花》第4期，进入2007年度小说排行榜。小说描述的一对爷孙的生活环境是贫困的，他们几乎生活在与现代文明相绝缘的世界里，过着一种蛮荒而粗粝的生活；他们在日出日落之间种土豆，烧土豆，在荒漠的大地上孤独而坚韧地活着；他们唯一与现代文明相联系的就是一个"鲜橙多"瓶子。小说的情节是淡化的，似有若无，作者追求的是诗的氛围和生命的境界。爷孙俩的蛮荒人生充满了生命隐喻和文化象征意蕴。爷爷就像一个岿然不动的山神，不管儿子和儿媳如何看待他的固执与保守，他仍然兀自坚守着自己的人生信仰和生活形态，并引导着孙子一同坚守。清晨，一老一少奔向太阳，天地非常辽阔，初升的太阳匍匐在沙丘之上，仿佛大地的一扇窗户。迎着朝阳，爷爷挖了个坑，点上火，然后把浑圆鲜活的土豆埋在大地里烧烤着，那带着土腥味的芳香冲天而起，弥漫在天地之间。阳光如同一支支从远方射来的金箭，扎满了爷爷的前胸后背，爷爷就像传说中的英雄，把大地照亮。劳动，收获，然后与人分享收获的果实，是爷爷最大的快乐。爷爷用博大无边的胸怀迎接着远方来的陌生人，他把他们当作最尊贵的客人，让他们无偿地享受着这天地间的盛宴。黄昏，夕阳西下，爷爷固执地认为，那是太阳在给土豆磕头。在爷爷的世界里，所有的东西都是从大地里生长出来的，包括他自己，从大地中来，死了也要埋葬在大地里。爷爷具有如同大地朴素雄健的生命力一样的生命力，也具有大地深沉博爱的德行之美，他就是大地的化身。爷爷的人格深深地感染了他的小孙子，当小孙子情不自禁地跪在大地上的时候，他无声的行动已然就是一个崇拜大地的原始的仪式。这既是一个崇拜生命的仪式，也是一个文化的仪式，带有宗教般的虔诚和敬畏。不仅仅是孩子和老人，世界上所有的万物生灵都对大地表现出了虔敬，连一向高傲的太阳在一天结束的时候也不得不跪拜在大地之上。小说的结尾是意味深长的。当京城来西部支教的大学生用五光十色的光碟炫耀他们心中神圣的北京城的时候，那个大漠人家的小孙子的话，使年轻的老师恍然大悟：是的，"北京太好了，就是太偏僻了！"置身在钢筋混凝土构筑的城市世界里，现代人复杂而虚伪的生活无疑是褊狭的，它远远没有大漠人家素朴的生活来得神圣。①

薛媛媛短篇小说《湘绣旗袍》：反映了普通民众对诚信、尊严、荣誉的坚守、敬畏、珍视等

薛媛媛（1963—），湖南桃江人。《湘绣旗袍》5月份发表在《北京文学》第5期，进入2007年度小说排行榜。小说写薛师傅打算过完六十大寿就不做旗袍了，让女儿薛蓝接班。这时却来了一位身份不明的女顾客，请薛师傅做条湘绣旗袍。面对女顾客的信任，薛师傅接下了这单生意，并倾其余力，制作了一件湘绣精品。然后，他等待着顾客来取湘绣旗袍，其态度至死不移。小说描写了薛师傅和女儿薛蓝两代人对待湘绣旗袍的传承与发展的理念冲突，以及他们在艺德、操守上表现出来的不同行为和态度，反映了普通民众对诚信的坚守，对尊严的敬畏，对荣誉的珍视，对湘绣旗袍终生不变的守护，对渐行渐远的民间艺术的缅怀。小说通过对缝制旗袍的一针一线及工艺制作形式的精致、细腻的描写，刻画了工艺师的人格魅力和神采。

方方中篇小说《万箭穿心》：一篇引人思索的小说

《万箭穿心》5月份发表在《北京文学》第5期，进入2007年度小说排行榜。小说讲述了一个强悍的武汉女人李宝莉发现老公马学武与别的女人偷情，然后悲愤报警的故事。马学武得知报警人是李宝莉，同时得知自己下岗的消息后，投江自尽。之后，李宝莉一人扛起了家庭的重担，她独自赡养公婆，抚养儿子。但她的儿子却怨恨她害死了爸爸，将她赶出了家门。面对这一切，李宝莉坦然接受。小说塑造的李宝莉是个平凡的女人，她读书不多，不注重自己的形象，性格粗鲁，不懂温柔，说话做事直来直去，只管自己痛快不管别人的感受，让人难以忍受。小说也用朴实的文字成功地塑造了其他或善良、或懦弱、或乐观的人物，他们都挣扎在生活中的各种矛盾中，读后让人心生思索：我们生存的意义究竟是什么？人们的婚姻究竟该如何经营？每个人的身上其实都压着或生活、或婚姻、或情义、或人性等千斤一样的重担。作者以辽远而深刻的想象力彰显了自己全新的叙述策略。首先是叙述对象的转型，作者借助李宝莉

---

① 参阅李遇春《神圣的底层叙述——红柯与〈大漠人家〉》，《名作欣赏》，2008.13。

的生活姿态，彻底颠覆了女性一贯的弱者形象；其次是叙事节奏张弛有度，小说的内容环环相扣，让读者始终保持着强烈的阅读兴趣；再次是叙述情感的变化，小说引导着读者去多角度地探讨着主人公悲剧的根源。[①]

杜光辉中篇小说《浪滩的男人女人》：展现了人们对金钱的贪婪及由之而丧失的人性、家园及生命

《浪滩的男人女人》5月份发表《时代文学》第5期，小说写浪镇得名于流过它的一条河流浪河。但浪河在小镇人的意识中却是一条废河，没有任何价值，这使管理它的水利所所长刘善有在镇上抬不起头来。刘善有做梦都想让自己所在的水利所翻身。有一天，镇上的年轻人任志强找到了一条让浪滩给镇上创造效益的路子，那就是在浪滩筛沙子，然后卖给开发区。于是，平日里没有什么大用的沙子突然间闪烁出了金子般的光芒，吸引着浪滩所有的男人女人在这片普普通通的河滩上，上演了一幕幕人性的悲喜剧。小说将所有人都集中在浪河的河滩上，以戏剧的方式刻画出了任志强、牛狗胜、麻三婶等一个个鲜活的人物形象。小说显现出一种戏剧性风格，时间、地点、人物都非常集中。表面上，浪滩的矛盾很复杂，而且人与人之间的关系一直在转换着，刚刚还是朋友的，瞬息之间成了敌人，刚刚是敌人的，突然之间又因为某种原因变成了一个战线上的战友。但若深究之，则会洞察出，所有的矛盾之起因皆是沙子，谁占有更多的沙子谁就占有更多的金钱。作者把每一个人都放在浪滩上，无情地拷问了他们的灵魂，揭示了贪婪的人性与自然的矛盾。最终，沉默的浪河用洪水卷走了浪镇的所有生灵，浪滩的男人女人们在得到了他们求之若渴的金钱后，却丧失了人性，丧失了美丽的家园及他们珍贵的生命。

沙石短篇小说《玻璃房子》：讲述了一个情欲汹涌的妻子的尴尬故事

沙石，生年不详，天津人。《玻璃房子》6月份发表在《当代小说》第6期，进入2007年度小说排行榜。小说中的伊丽莎和丈夫彼得森看上去生活得幸福美满，可他们的人生，却是那样的"不可理喻"。彼得森虽然是心理医生，但对自己太太的心理却弄不清楚，当伊丽莎情欲汹涌，希望与丈夫行鱼水之欢的

---

① 参阅吴雁琴《方方小说〈万箭穿心〉的叙述策略》，《名作欣赏》，2012.21。

时候，彼得森却坚持着"我们的时间表上的安排是星期三，就要等到星期三"；而当饥渴难耐的伊丽莎将目光转向了来自中国的新移民花匠阿德，希望在"出轨"中以阿德的雄性和阳刚来满足自己的欲望之时，她那白种女人的种族优越感更显得"不可理喻"了，她遭遇了阿德的拒绝，然后她竟用毁坏阿德保养的墨西哥铁树来进行报复。这一行为，最终使她与丈夫彼得森一起，都被归入了"不可理喻"的行列。①

吴克敬中篇小说《手铐上的蓝花花》：展现了贫富差距带来的社会问题及农民可怜的生存现实和个人奋斗改变命运的渺茫前景

吴克敬（1954—），陕西扶风人。《手铐上的蓝花花》6月份发表在《延安文学》第6期，2010年获得第五届鲁迅文学奖（2007—2009）。小说采用追叙和顺叙两条线索的交互迭进形式，讲述了陕北农村女子阁小样的故事。学习成绩优异的阁小样因母亲病逝，从县高中辍学回家，承担起家庭主妇的重担。后来，阁小样的命运发生转机，她在县民歌大赛中脱颖而出，于是得到了本县首富、年龄大她一轮的石油老板顾长龙的喜欢。顾长龙喜欢的是阁小样的歌声和美貌。阁小样在顾长龙给予的各种压力下，嫁给了顾长龙。但在新婚之夜，阁小样却失手害死了顾长龙，最后被判了死缓。后来，判了死缓的阁小样由宋冲云和谷又黄两名警察押解着由陕北前往西安的省女子监狱。途中，两名警察展现出他们的人性之大德大愿、大善大美，尤其是宋冲云给予了阁小样很多怜惜、信任、呵护……这些都温暖了阁小样这个不幸的、令人心疼的女孩。阁小样到了目的地之后，她在监狱门口给宋冲云说："答应我，把我的结婚照取来送给我。"宋冲云表示一定会满足阁小样的要求，以让这些照片来陪伴她度过漫长的监禁生活，让她保留一丝温暖的美好的回忆。小说通过多层铺垫手法扩展了悲剧的题材范围和内含的底蕴，凸显了人物性格中的悲中之美和美中之悲。小说没有按时间顺序从头到尾来叙述故事，而是将倒叙和顺序穿插在一起，用电影蒙太奇的手法，让时空自由转换，让过去和现在交替闪现，让各种细节进行对比和重叠来激发读者的联想和思考能力，提醒读者去关注主人公。小说

---

① 参阅张惠雯《沙石和他的〈玻璃房子〉》，《海南师范大学学报》，2013.10。

运用了《女儿谣》《这么好的妹子咋就见不上面》《小妹妹不嫌穷哥哥》《老祖宗留下个人爱人》《蓝花花》等十首陕北民歌，它们使读者在文学欣赏的过程中经历了极为丰富的审美体验。其中，《蓝花花》是这篇小说的"主题歌"，它是理解小说情节发展和主题的重要线索。被判了死缓的阎小样无疑就是小说标题所说的"手铐上的蓝花花"。阎小样学习成绩好、歌唱得好，"出类拔萃"，"风情万种"，有着"惊心动魄的美丽"。小说延续了作者对农民和农村的一贯的关切和担忧，一方面，他通过小说展现了矿产资源开发、社会开放使得乡村面貌发生巨大变化，使一小部分人一夜暴富，大多数人通过教育或打工获得向上流动机会的现实情况；另一方面，他对权力和资本结合后在乡村形成新的强大势力的情况进行了批判，展示了农民对遭受的天灾人祸，对遭受的权贵的金钱的打击和压迫毫无抵抗之力的现实，这使人感到当下靠个人奋斗来出人头地的希望已经变得十分渺茫。但小说故事的碰巧显得太多了，这影响了它的真实性。

毕飞宇短篇小说《相爱的日子》：写了两个年轻男女随性的爱情

《相爱的日子》6月份发表在《人民文学》第6期，进入2007年度小说排行榜。小说写一对男女大学生毕业后没有找到工作，在一个酒会上，他们相识了，他们都是"蹭饭"者，醉酒后睡在了一起，清醒后又一起在大排档里"共进晚餐"，然后各奔东西。不久，女孩生病了，一个人在地下室孤零零地熬了许多天，直到男孩打电话过来。后来，他们的关系相对稳定了，"一个星期见一次，一次做两回爱"。他们越来越亲了。女孩回了一趟老家后，两个人体验了"小别"的感觉。有一天，女孩从手机里调出两张相片，和男孩商量自己嫁给哪一位好，"商量"的结果是女孩嫁给了一个离过一次婚，有一个七岁的女儿，但收入要高一些的姓郝的男人。小说结尾写女孩走的时候，男孩给她穿好了衣服。女孩走时，男孩没有送，而是把女孩留在床单上的头发捡起来，绕在指尖上，点着了。小说也就结束了。①

---

① 参阅刘淑青《欲望旗帜上的爱情——毕飞宇〈相爱的日子〉解读》，《山东文学》，2008.9。

曹征路中篇小说《豆选事件》：反映了农村复杂的生活现实和作者对底层民众现实困境的真挚同情

曹征路（1949.9.30—），江苏阜宁人。《豆选事件》6月份发表在《上海文学》第6期。小说写方家嘴子的村长方国栋的父亲原是村支书，二弟方国梁是副乡长，三弟国材在省里当处长，四弟方国宝在美国读博士。在这种显赫的家族背景下，方国栋横行乡里，私自买卖土地，并在县城买了洋楼，开上了小轿车。得罪过方国栋并受其报复过的退伍军人继武子为了护地，发动一帮年轻人成立了护地队，他还联络大伙乘乡村民主选举（豆选）之际扳倒方国栋。继武子发动堂兄——方家嘴子人民代表继仁子一起扳倒方国栋，因为他老婆菊子和副乡长方国梁有着不清不白的关系。但方家嘴子许多人摄于方国梁的淫威，不支持继武子同方国栋作对。此时，方国栋一方面暗中指使人把继武子打了个半死，使其头上缝了七八针，另一方面又以每张选票300元的价码让村民们给他投票。县委钱书记又以"破坏选举"，"扰乱社会治安"的罪名指示公安机关拘留了继武子。继仁子的老婆菊子听说后，受继武子不屈不挠斗争精神的感召，吊死在了方国梁办公室的门框上。这件事发生后，乡亲们才把票投给了非常懦弱但又不乏善良的继仁子。落选后的方国栋全家搬到城里发财去了，方国梁也被调到邻乡当调研员去了。这样的结局给方家嘴子的人带来的是五味杂陈的感受。但他们却没办法。小说以大量的笔墨写出了方家嘴子的村民们在方家的长期奴役下忍气吞声、安于现状的生存境况，真实地反映了异常复杂的农村生活现实，表现了作者对乡村民主进程举步维艰的深切体认和对底层民众现实困境的真挚同情。

苏童短篇小说《茨菰》：批判了20世纪70年代的人性状态

《茨菰》7月份发表在《钟山》第4期，进入2007年度小说排行榜，2010年获得第五届鲁迅文学奖（2007—2009）。小说以当事人"我"的视角叙述了顾彩袖"换亲"的遭际。顾彩袖的哥哥娶了媳妇，作为交换，媳妇的哥哥就要娶顾彩袖，但顾彩袖却像皮球一样被踢来踢去。因为"顾庄也是归毛主席管的"，群众的婚姻问题党组织也必须要管，于是，顾彩袖就"被一帮知识青年做了思想工作，不肯嫁过去了"。顾彩袖正常的生活轨道被打乱后，她到城里去找一个叫巩爱华的女人。巩爱华于是给顾彩袖策划了逃婚，也就是她以先进知识分子的姿态把顾彩袖抛给了"我"姑妈的儿子。但"我"表哥家没地方给顾彩袖支床，顾彩袖于是暂时来到"我"家，和"我"姐住在了一起。巩爱华只为她的"思想"负责，不想为具体的人负责，顾彩袖后来又被推到了"公家"——妇联。但"公家"根本无法有效地解决这个"私家"问题，顾彩袖在城里挣扎了一番后，最后流落街头，被一位"好心人"带走了几天。作者成功地刻画了顾彩袖、"我"姑妈等人物的鲜明形象，故事里的关键人物巩爱华始终没有露面，她始终隐于幕后。小说将农村姑娘顾彩袖的逃婚遭遇与20世纪70年代的社会现实和时代特征紧密结合起来，对导致顾彩袖走向人生悲剧的各种因素即那个时代的社会状况、人们的心理状况以及人性状态等进行了有力的批判，同时也给予了新世纪的我们一种心灵的震撼。小说的情节设计、叙事风格仍是典型的苏童风格，讲究，平静，没有大的跌宕起伏，但却绝不平淡无奇，而是在叙事中隐藏着巨大的冲突。①

鲁敏中篇小说《风月剪》：叙写了乡镇中小人物身上发生的事情

《风月剪》7月份发表在《钟山》第4期，进入2007年小说排行榜。该小说是鲁敏"东坝"往事系列小说之一，中心人物是宋师傅，他是通过"我"（徒弟小桐）20年后的回忆叙述出来的。宋师傅是东坝出了名的裁缝师傅，技艺精湛，尤其擅长裁剪女人的服装。宋师傅修身白面、秀气、整洁，对人客气、耐心，在东坝粗糙的男人群中，可以说是出类拔萃的，因而博得了女人们的好感，成为东坝女人们的"大众情人"。但是，这个"大众情人"又是个"阴阳人"，也就是女人引不起他的欲求，或者说他根本就不具备这方面的能力，即使漂亮如"乡下玫瑰"的英姿，他也是心有余而力不足。然而，宋师傅偏偏对尚未成年的、不谙性事的徒弟产生了暧昧之情。这超越了东坝人的伦理常识的极限，东坝人尤其是东坝的女人们很难接受。由于宋师傅触犯了众怒，所以他的名声便一落千丈了。宋师傅对自己的所作所为非常悔恨，他曾向徒弟小桐表白了自己内心深处的这种矛盾和混乱，他甚至尝试与另一个粗俗的女人

---

① 参阅刘阳《浅析〈茨菰〉中顾彩袖的悲剧命运》，《江西科技学院学报》，2013.3。

望石苟合。漂亮的英姿曾把欲求投向宋师傅。英姿的丈夫长年出海，而且是个性无能者，致使她长年独守空房。但宋师傅始终没有碰过英姿，因为他没有勇气，没有能力迈出这一步。英姿却更加在乎宋师傅了，她在无边的寂寞中，趁着夜色，主动来到宋家铺子想让宋师傅给予她一些安慰，但宋师傅拒绝了她。这对她的打击实在太大了。她于是选择了出走，永远从东坝消失了。宋师傅最后也自戕了。作者在描写对故乡东台的记忆和想象时，半凭经验，半靠虚构，着力叙写了乡镇中小人物身上发生的事情，情节婉转，视角独特，充盈着淡淡的悲剧色彩，散发出浓郁的乡土气息。裁缝宋师傅秀气、整洁，对人客气、耐心，他最后的自戕，表明他性格中除了阴郁、软弱的一面外，还有澄明、刚烈的一面，给人留下了深刻的印象，显示出作者在描写人物方面不一般的功力。作者对"乡下玫瑰"英姿的描写着墨不多，但其身影和形象也是栩栩如生的，给人留下的印象绝不次于宋师傅，这是小说的又一个悲剧性人物。小说语言准确、新鲜、灵动，可圈可点之处很多。①

范小青长篇小说《赤脚医生万泉和》：塑造了一位憨厚且具有至善、至孝、至仁之心的"赤脚医生"的形象

《赤脚医生万泉和》7月份由人民文学出版社出版，进入2007年度小说排行榜。小说以赤脚医生万泉和的经历起伏为主线，围绕这条主线，叙述了后窑大队第二生产队（后来叫后窑村）的人们的生活琐事，人生苦难。后窑村的一个很大问题是村民看病难。有一次，赤脚医生万人寿外出后，他的儿子万泉和给一个人治病，结果治好了，这使他得到了村民的赞誉。从此以后，只要村里有人生病，就来找万泉和治疗，村支书也动员万泉和拜师涂医生，向他学习医学基本知识。但万泉和的父亲万人寿却不让他学医。村里人认为万人寿家有家传秘方，于是对万人寿产生了崇拜。一个名叫白善花（绰号假柳二月）的女人为了用万人寿家的秘方发财，她主动与万泉和睡了半年。万泉和其实做人很失败，第一是他的医术没有长进，第二是他的日子过得紧紧巴巴的，第三是他的

---

① 参阅陈骏涛《东坝的悲情与风情——评鲁敏〈风月剪〉》，见《2007中国小说排行榜》，北京工业大学出版社，2008.1.1；李云雷《底层、魅惑与小说的可能性——读鲁敏的中短篇小说》，《当代文坛》，2008.8。

婚姻很失败。万泉和找下的对象很多，加起来都有一个排了，但那些女子们最后都离他而去了，比如一个叫马莉的姑娘是从医学专科学校毕业的，她不顾家人的反对，来到后窑村找万泉和谈恋爱，当她与万泉和谈得有了点感觉时，一个叫刘玉的女人带着两个哑巴孩子来到了万家，这使马莉不得不离开了万泉和。但刘玉在扔下两个哑巴孩子后就不告而辞了，据说是和男人南下打工去了。万泉和家里于是生活着包括两个哑巴孩子在内的四个男人。不久，万人寿得了病，万泉和精心照料后，万人寿康复了。万人寿觉得刘玉不错，他对有知识有文化的马莉却不感兴趣。他于是不让万泉和与马莉来往，也不让他学医。但万泉和面对得病的村民寄予他的期望，他最终还是走上了当一名赤脚医生的道路。小说展示了一幅古朴、传统的乡村生活图卷，塑造了一位憨厚的，有着至善、至孝、至仁之心的"赤脚医生"万泉和的形象。小说还塑造了一批生活在后窑村的村民形象，他们在闭塞与落后的乡村社会里，与万泉和一起演绎着一个个感人至深的故事。①

杨争光中篇小说《对一个符驮村人的部分追忆》：呈现了有关乡土乡情、出身背景、城乡差距、血缘人伦等故事

《对一个符驮村人的部分追忆》7月份发表在《收获》第4期。小说主人公"他"是从符驮村飞出的一个"凤凰男"，他在大城市做了官。小说讲述了他人生中的几个时期：先是"诗情画意时期"，他在大城市做了官后，娶了个城里的妻子，这个城里妻子对他老家的什么事都感兴趣，觉得好玩，觉得符驮村的人个个都可爱，有趣味，比如她很喜欢有风时，符驮村的那些皂荚树上的皂荚像铃铛一样响起来的情景，她对符驮村的女人用皂荚来洗衣服的事情也很感兴趣。但渐渐地，他老家的人却越来越过分了，他们问他要东西，托他办事，络绎不绝的。他妻子便经常说："怎么这样啊，他们？"他们的婚姻于是就步入了"怎么这样啊时期"。他本是好人，不忘本，不忘根，竭力地为老家人服务，但最终却使他的婚姻进入了"恶心时期"，他的妻子很恶心他的老家人，这进而严重影响了他们的"肉体关系"。他在老家人和妻子之间活得很累，最后得

① 参阅姜瑜《"村落小传统"与"社会大政治"的博弈——范小青〈赤脚医生万泉和〉的阅读视角》,《名作欣赏》,2013.29。

了喉癌而死。他死后，留下的却是老家人对他的骂，因为他没把老家人托付的事情办好。符驮村人靠牢不可破的血缘和地缘伦理，用自己的思考逻辑和人伦方式侵入了他的生活，使他不断地挣扎在符驮村人层出不穷的要求和妻子愈来愈强的反感之中。作者借符驮村人的语气说"日久生情"，"日久"也会"生事"啊。作者用一种严谨而冷静的语言方式及一个略显极端的个案呈现了有关乡土乡情、出身背景、城乡差距、血缘人伦的故事，这个故事既颠覆了"衣锦还乡"和"亲不亲故乡人"的传统逻辑，又强有力地维护着这个逻辑。小说在平静散漫的讲述中隐隐透露着作者的自我辩难，进一步深化和复杂化了相关问题，让文本在有限的空间内承载了多维立体的内涵。小说语气轻松幽默，让人看着不累；小说带着些无奈和忧伤，使用的是第三人称，但作者一直没给主人公起一个名字。

裴山山短篇小说《野草疯长》：谴责了男性对女性的占有欲，同时对青春期女孩的自重寄予了希望

《野草疯长》8月份发表在《作家》第8期，进入2007年度小说排行榜。小说写了一个美容院的打工妹先后与黑牛、赵推销、松林等三个男人相好而终被遗弃的故事，表现了年轻女性生存的艰难和不幸。25岁的"我"在历经了婚姻的波折之后，来到城市里的一家美容院上班，并意外结识了松林。随着"我"和松林的情感发展，"我"自觉地向他道出了自己的情感往事，希望在心爱的人面前真实地打开自己，结果松林却选择了消失。于是，"我"在某网站的BBS上将自己的经历慢慢地公布出来，并借此"疗治"自己的内心之伤。小说一方面对男性对女性的占有欲进行了谴责，同时也对青春期的女孩子洁身自好，保护自己寄予了希望。小说的动人之处，在于"我"对每一次爱的流失所表现出来的凄婉和无奈，以及耐人寻味的复杂伦理。[1]

辛夷坞长篇小说《致我们终将逝去的青春》：对青春进行了通透、深刻的思考

辛夷坞（1981.8.4—），原名蒋春玲，广西桂林人。《致我们终将逝去的青

---

[1] 参阅韩石山《一个人生的永久命题——评裴山山〈野草疯长〉》，《名作欣赏》，2008.13。

春》8月份由北京朝华出版社出版。小说讲述为追寻初恋对象而步入大学的郑微，在大学邂逅了新的爱情，然后，她在为这场新的爱情付出代价时获得成长的故事。郑微自喻为"玉面小飞龙"，对邻家哥哥林静心怀着爱意。当郑微终于如愿考上林静所在学校的邻校后，她却发现林静已出国留学，杳无音信了。此时，郑微的父母离异，他们离婚的原因竟然是郑微的妈妈和林静的爸爸产生了婚外情。生性豁达的郑微，于是将自己的爱情埋藏了起来。后来，郑微却因一场闹剧而意外地爱上同校的陈孝正，在经历了种种坎坷后，她和陈孝正终于在一起了。但陈孝正毕业后出国留学了，他放弃了郑微。郑微工作后，林静和陈孝正都出现在了她的面前，这使她又置身在了工作和感情甚至阴谋当中。小说对青春进行了通透、深刻的思考，契合了读者的精神渴求，勾起了读者心灵深处的记忆和生命体验的认同。该书于2013年与2016年各被改编拍摄成影视作品在多家电视台播放。

千夫长长篇小说《长调》：一篇将宗教、人世、牧民们的精神世界与旧时代、新社会、神圣、平凡等联结起来的小说

千夫长（1962—），内蒙古人。《长调》9月份发表在《作家》第9期，进入2007年度小说排行榜。小说主人公是一个蒙古男孩阿蒙，他的父亲失踪多年，这使他的心理和生活都处在了真空状态，他就是在这种状态中长大的。其间，他感受着母亲、妹妹雅图和情人阿茹的爱和关怀，尤其在阿茹身上，他品尝到了神圣的男女之爱。他平时练习马头琴，但为了寻找父亲，他放弃了马头琴，改学长调。长调独有的深邃苍凉、悠长不绝的声音把他与他父亲连接在了一起；同时，长调也是他与尘世隔绝、独自静思的一个寄托。长调是他面对生活，疏解青春阵痛的伴奏，是寻找父亲征程的游吟。有一天，阿蒙从乡下草原来到小镇寻找曾经是活佛的父亲时，他的父亲已经被迫还俗成了旗歌舞团的长调歌手。由于政治和时代的变迁，阿蒙的父亲在活佛和歌手、神与人之间变换着角色。阿蒙觉得自己需要的只是一个父亲，而不是被众人膜拜的佛。他于是寻找起了能与自己亲近并且只属于自己的父亲。小说的结尾是，阿蒙在一次上厕所时，无意间发现失踪多年的父亲已经圆寂在了厕所的屋顶上；父亲虽然已经成为干尸，但他的头发却还在生长着，柔软、乌黑，就像自由摆动的马鬃，又像在风中摇曳的柳丝。小说中的"我"不仅是叙述者，而且是一个枢纽、一个联结点、一个象征。"我"从牧场来到旗镇寻找曾经是活佛，后来又是做长调歌手的父亲，因此，"我"联结了宗教与人世、牧民们的精神世界与现实生活、旧时代和新社会、神圣与平凡；"我"是中间带，代表了怀疑、融合，也代表了民族灵魂无法割断的延续性。①

李可长篇系列小说《杜拉拉升职记》：塑造了一个有理想、有追求、有担当的拼搏者的形象

李可，生平不详。《杜拉拉升职记》共四部：第一部《杜拉拉升职记》2007年9月由陕西师范大学出版社出版。该部写杜拉拉大学毕业后，先在一家国营单位工作，因受不了清闲，她辞职了。她然后又在一家民营企业工作，因受不了老板的性骚扰，她又辞职了。杜拉拉毕业三年后，终于入职到著名的美资五百强企业DB，因她勤奋有责任心，两年后便升任为广州办事处的行政主管，然后被提升为中国区的人事行政经理，完成了从职场菜鸟到职场精英的华丽蜕变。第二部《杜拉拉：华年似水》于2009年1月出版。该部写杜拉拉在DB卖力地工作着，但七年后，她却经历了人生中的一次重大挫折，她的男友王伟被迫离开了公司，她自己也受到了牵连，处境四面楚歌，使她走也不能，留也不能，她陷入了两难的境地。2006年盛夏时，她冒着酷暑，又踏上求职之路。第三部《杜拉拉：我在这战斗的一年里》于2010年5月1日出版。该部写2007年，杜拉拉迈入了中产阶级的行列。DB美国总部地产总监罗斯来到中国后，意外地发现了杜拉拉职场失意的事情，经罗斯说情，杜拉拉又在DB复职了。杜拉拉也和分离一年多的王伟重聚了。后来，杜拉拉却离开了DB，跳槽到美资500强企业SH的OFFER工作，并成为一名经理。然而在SH，杜拉拉并没能得到一个良好的开始，老板的下马威，繁重的工作量，下属的不成熟，使她在试用期里颤抖不已。第四部《杜拉拉大结局：与理想有关》于2011年10月1日出版。该部写杜拉拉又到SH做了C&B经理，然而，SH现有的薪酬制度的繁杂及不科学，使她深陷被动，使她倍感压力。本部还写了品貌出

---

① 参阅傅明根《宗教·自然·文化——解读〈长调〉的三种话语》，《长城》，2009.6。

众，自信满满的王伟的表妹兼老板陆宝宝工作一再受挫的情况。陆宝宝面对王伟不拘小节的身体语言，她感到自己对王伟至少拥有部分的特权。这使杜拉拉的心中极为不爽，但她却不便发作。杜拉拉和王伟结婚后，杜拉拉面临着许多人生的尴尬。王伟对她很是体贴宽慰，她虽然心有所感，但欲说却休。当杜拉拉遇到原 DB 的同事童家明后，童家明极力怂恿她和自己一起创业。但杜拉拉想到自己在 SH 好不容易打开了局面，所以她陷入了矛盾。有一天，一场从天而降的意外使杜拉拉和王伟的关系出现了波折，他们都很伤感。但日子总要过下去，杜拉拉觉得自己得一步一步地在走下去。小说主人公杜拉拉是一名外企白领，是典型的中产阶级代表，她没有背景，但受过良好的教育，她靠个人奋斗获得了成功；她在外企的经历，使她从一个朴实的销售助理，最终成长为一个专业干练的 HR 经理；她见识了各种职场变化，也历经了各种的职场磨炼；在复杂多变的人际关系中，她不断地进行自我调整，终于百炼成钢。杜拉拉是一个靠着彪悍的性格和工作的韧劲成长起来的草根，当遇到挫折时，她没有退缩；遇到机遇时，她能适时地抓住。杜拉拉的工作和爱情，虽然有充满了曲折，但结局却是完美的。杜拉拉有理想，有追求，有担当，她面对生活积极主动、乐观向上，她对待工作认真负责、能不断进取，她的这些精神应该很值得我们学习。小说被拍摄为电影、电视剧后热播；小说还被排演成话剧竞相上演。

迟子建中篇小说《起舞》：讲述了城市底层贫民生活的苦与乐

《起舞》9 月份发表在《收获》第 5 期，进入 2007 年度小说排行榜。小说以哈尔滨的城市改造为背景，主要叙写了两代女子齐如云、丢丢的传奇人生。齐如云和丢丢都穷其一生地追求着灵魂起舞的瞬间。棚户区"老八杂"的人们在凌晨四五点钟就得出门去操劳一天的生活，人人都活得自得其乐、自在自足，他们共同汇成了一幅和而不同的图景。女主人公丢丢在和柳安群分手之后，很快从市井生活中获得了安慰和乐趣。她在布满着卖土产日杂、蔬菜水果、糕点面食的各种小本生意的夜市里穿行着。她内心里的失落和忧伤随着这热气腾腾的生活气息悄然消逝了。丢丢成了老八杂的一分子，她开了个水果铺，但她并没有把水果看成是换钱的东西。她装扮着水果和水果铺，使商业化的贩卖活动艺术化和生命化了。小说中的齐如云是个普通工人，她因为舞跳得好，被单位派去参加了和苏联专家联欢的舞会。一年后齐如云生了个金发碧眼、高鼻白肤的孩子。她的丈夫李文江对这个来历不明的孩子恼羞成怒，他在家里闹、到齐如云厂里闹，弄得满城风雨。但齐如云却沉静得如同磐石，没有羞愤也没有痛苦，一如往常地生活、工作着。李文江最终和齐如云离婚了。齐如云带着儿子齐耶夫住进了俄式小楼"半月楼"之后，母子俩安然而又惬意。冬天时，齐如云用玉米秸秆烧着壁炉，她握着一杯茶，坐在壁炉前，一边续火，一边喝茶，屋子里洋溢着秸秆燃烧时散发的甜香气，齐耶夫在一旁快乐地玩耍着。小说将视线锁定在城市底层贫民的身上，用淳朴、沉静的风格叙述着底层民众的苦与乐，通过对众多底层民众世俗生活的精细叙述，让我们看到了人性的光辉之美与世俗之美，通过对城市改造背后的一些不为人知的辛酸故事的叙述，让我们对底层百姓的生活有了真切的体会。①

蒋韵短篇小说《红色娘子军》：讲述了不同的人生经验及不同的故事

《红色娘子军》9月份发表在《收获》第5期，进入2007年度小说排行榜。小说讲述"我"与丈夫去新加坡访问，认识了大黄、小黄与骆先生。大黄年轻时是一位"愤青"，在大学的学生组织中担任重要职务，主编一份叫《启明》的刊物，参加了新加坡共产党。在大学期间，大黄看上了一个一年级的新生，一个花朵般娇嫩的女孩唐美玉，他们都住公寓，大黄住这边楼上，唐美玉住那边楼下。每天夜里，唐美玉煮一碗甜品，到固定的时间，让大黄用从自己窗口垂下的一只拴着绳子的竹篮，将甜品吊上去享用。每个夜晚，"他们就用这种方式传达着彼此绵长的想念"。忽然有一天，大黄被捉进监狱，唐美玉为了寻找他而精神失常，最后又投海自尽了。11年以后，大黄刑满出狱，听到唐美玉的结局后，一夜间就白了头。一天，从中国来了一家芭蕾舞剧团，带来了两场节目：一场是古典芭蕾舞选场，一场是《红色娘子军》。大黄和小黄看完节目后，都去喝啤酒。当他们走到路灯下时，大黄戛然站住，他"手扶着灯柱，慢慢滑下去，一蹲身，然后小黄先生就听到了一声撕心裂肺的、泣血的长

① 参阅董亚丽《迟子建小说〈起舞〉的底层叙述》，《北方文学旬刊》，2011.5。

嚎。他蹲在地上，号啕痛哭"。大黄在"听到鲜花般的唐美玉蹈海的死讯，他都没有哭过，人人都以为，他骨鲠如铁"。但是当他看了《红色娘子军》以后，他却号啕大哭。小说至此结束。小说的特殊价值在于，在大黄故事的末尾处接龙了一个"我"对"文革"中经历的回忆，从而将故事的方向进行了扭转。"我"原来是听小黄讲述大黄故事的，现在"我"却成了故事的叙述者。"文革"中的一天，"我们"在楼上排练《红色娘子军》时，突然听到有人喊："葛华，你爸跳楼了！"的喊声，大家跑下楼后看到，一个男人趴在地上，泥土上布满了血迹。一个小姑娘冲进围观的人群，看了一会儿，突然"呸"的一声，啐了口唾沫。围观者中有人叫好，有人鼓掌，鼓励和赞赏那个叫葛华的小姑娘与父亲划清界限。小说通过对"我"对《红色娘子军》的回忆与对大黄悲惨经历的讲述，泛射出了不同的人生经验、不同的故事，这两个故事相同的地方是"红"的底色。"我"的回忆在大黄故事的背后，是由他的故事引起的，在指向上，"我"的故事颠覆了大黄的故事。这种让后面讲述的故事并不为前面讲述的故事服务的写法，从话语角度看，就是漫溢话语，也就是小说话语其实在故事的后面就漫溢开来了。作者的这种写法，增加了小说的时空变幻与叙事的复杂性，让人在叹息爱情是何等脆弱，命运又是何等不堪的时候，体悟出了作者的叙事指向。①

葛水平中篇小说《比风来得早》：揭示了中国根深蒂固的官场文化对一个本性纯朴、善良的人的影响、改变、扭曲

《比风来得早》9月份发表在《上海文学》第9期，进入2007年度小说排行榜。小说写吴玉亭为了进入县政府工作，牺牲了自己的感情和爱情，娶了长相平平、不能生育的张国花为妻，因为张国花是城里人，她的父亲是县委机关的司机。但张国花不久因病去世了。吴玉亭是一个热爱文学的青年，他会写小说、诗歌等，正因为这样，演员陈小苗便喜欢上了他。吴玉亭对陈小苗"也有那个意思"。但吴玉亭很是顾及自己的名声与官位前程："刚提了副科，刚死了妻子……怕县里有人说三道四"，他于是想到"不能让人看到了把他和小苗同

---

① 参阅王彬《试论小说中的漫溢话语》，《南京师范大学文学院学报》，2016.3。

志的事当个事情来闹腾，政治上最忌讳这男女之事了。而自己首先的表现是让县长肯定自己，自己不是一个写小说的人，更不是写小说的喜欢拈花惹草的那种"，他于是就冷淡、疏远了陈小苗。但在他的内心深处，他却仍然时刻关注着陈小苗的"一举一动一颦一笑"。吴玉亭经过十年的努力和付出，终于换来了他村里从村民到村支书的百般的尊崇与巴结，享受了做一个"正经官"的风光和荣耀。可乐极生悲，正如题目"比风来得早"所说的，小说的结尾是当陈小苗给吴玉亭带来一个"52岁的副科级一刀切"的消息后，过了年龄线的吴玉亭不久就退居二线了，最终他只得到了一个正科级的虚名。小说写出了主人公吴玉亭在从一个农家子弟成为县政府办公室副主任过程中所经历的人生风雨、酸甜苦辣，通过对他的文化性格和心理上的探微析幽，揭示了中国根深蒂固的官场文化如何将他这样一个本来纯朴、善良的人影响、改变、扭曲了的情况，从而使他这样的小人物具有了现实的、文化的深刻内涵。①

笛安中篇小说《莉莉》：书写了感人至深的亲情、爱情、友情

笛安（1983—），本名李笛安，山西太原人。《莉莉》9月份发表在《钟山》第5期，进入2007年度小说排行榜。小说以拟人的口吻，诉说了一头叫作莉莉的狮子被原野上孤独的猎人抚养长大的故事。在这个由狮子、猎人与狗组成的奇特的家庭中，莉莉得到了足够的爱和温暖，逐渐遗忘了自己的野性和仇恨。莉莉成年后，被猎人放回了森林，遭遇了一系列的变故。莉莉在相聚与离散，得到与失去，眷恋与背叛中，学会了独立面对这个世界的能力。此时的她，终于蜕去了青春的感伤与青涩，变得无比的成熟与强大。在莉莉成长的历程中，有因年幼被柔情呵护的温暖，有由此而生的浓烈的恋父情结，有成年后被放逐漂泊的孤独，有年长后世事皆历的苍凉。作者以爱编织起她对整个社会关系的理解，以爱来冰释和抵御生命中的各种各样的苦难。小说对母爱、父爱、男女情爱、友情都写得感人至深。小说也写了杀戮，但却是优美的杀戮；也写了清晰而又被模糊了的性别。小说正面描写了两位女性，除了主人公莉莉，还重点描写了驯兽师婴舒。婴舒有姣好的身段、相貌和"柔软、甜蜜的表

---

① 参阅石立干《小干部的喜与悲——葛水平中篇小说〈比风来得早〉解读》，《名作欣赏》，2010.33。

情"，但她却是夺走并间接害死阿朗的人，也是夺走又抛弃了猎人、帮助别人"抢"走莉莉孩子朱砂的人。小说中的莉莉是思考的，沉静的，独立的，坚强的，温柔的，隐忍的，倔强的，她从不知道"怨恨"，也不怨恨婴舒。莉莉是一只特别重感情的狮子，她自如地游弋在人和动物之间，模糊了两者的界限；她打通了人和动物、人和自然的通道。作者在小说的字里行间里信手展示了她的种种奇思妙想，充分显示了她喷薄的才情。①

孙惠芬中篇小说《天窗》：引发人们思考表象之下不为人知的幽深

《天窗》11 月份发表在《十月》第 6 期，进入 2007 年度小说排行榜。小说写斜眼睛的鞠老二和窝囊人小久子是村里为数不多的留守劳动力，后来成了搬到镇上的富裕农民孔兴洋家的雇工。说是受雇，其实他们拿不到钱，只能吃点好饭。但他们都非常愿意当雇工，因为鞠老二暗恋着老板娘，小久子很崇拜老板。当雇主家发生失窃的事情后，正在挖地窖的鞠老二和小久子成了怀疑对象。他们两个也互相怀疑，最后演变成了相互逼问。情急之下，小久子杀死了鞠老二，并在去强奸鞠老二老婆之前喝了农药。强奸未遂之后，小久子回到鞠老二身边。老板娘发现了两具尸体，但慑于被丈夫嫌恶和抛弃，她不敢声张，她只是以自己的方式处理问题，其间，她还感受了鞠老二的"温存"。整部小说仿佛明亮生活中猛然出现的地窖，引发人们去思考表象之下那些不为人知的幽深；整部小说又仿佛幽暗人性中猛然打开的天窗，透出的一丝光亮突出了惯常和偶然之间原本是毫无界限的意思。②

曹明霞中篇小说《士别三日》：塑造了一个"硬汉"的形象

曹明霞，生年不详，满族，黑龙江铁力人。《士别三日》11 月份发表在《中国作家》第 11 期，进入 2007 年度小说排行榜。小说中的宋汉风能力很强，智力很高，人格也很健全。宋汉风当兵后，想入党提干，但他发现，要"进步"还得靠"鬼祟"。宋汉风复员回家后，东挪西借，拉起个小工程队，"发了点小财"。后来，他揽下了一桩大工程——给区政府盖新办公楼。工程完工后，区

---

① 参阅谭湘《离散：有多少爱可以阐释，可以重来——读笛安的中篇小说〈莉莉〉》，《名作欣赏》，2008.13。

② 参阅刘佳《小说〈起舞〉与〈天窗〉的不同点》，《文学教育（下）》，2012.9。

政府领导换了人，新领导愿意在新楼里办公，但却不肯付工程款，说是前任遗留问题太多，得了解清楚了再付。宋汉风资金链断裂，工程队解体，只得靠开出租车为生，同时常到区政府讨要 108 万元工程款。这笔工程款里面包括宋汉风的许多亲朋好友的投资。但宋汉风要了十年工程款还是要不回来，而且还被关进了看守所。但宋汉风不想放弃，于是找媒体帮忙。当女记者把宋汉风从看守所里保出来时，见多识广、阅人无数的女记者觉得宋汉风是个"蒙难的亚瑟"。小说通过宋汉风"不屈不挠"的要账过程，塑造了一个"硬汉"的形象，一个强者形象。但这个强者因为没有权力而落入了"弱势群体"。和宋汉风成为对比的是那个副区长，他在能力、智力、人格上都处于弱势，连赖账都赖得很没有水平，十年之后还在说等把情况搞清楚了再还。但就是这样一个在方方面面都是个弱者的人却处在了强势群体之中，只因为他有一个唯一的一个强项——有权。

刘震云长篇小说《我叫刘跃进》：揭示了当下社会生活在变动中的种种乱象

《我叫刘跃进》11月份由长江文艺出版社出版。小说写刘跃进很倒霉，运气很不济，他在街头听人卖唱时，腰包不慎被青面兽杨志偷了，弄得他差点儿自杀。刘跃进的腰包里装有他辛辛苦苦挣来的 4100 多元血汗钱，以及他老婆李更生写给他的一张名为精神赔偿费的 6 万元的欠条。刘跃进为了自己的后半生和儿子刘鹏举的抚养费，他认为必须找到这个包，尤其是找到包里的那张欠条，但他的包怎么也找不到了。刘跃进在寻包的过程中，却捡到了入室抢劫的杨志在慌乱中丢下的一个女包，包里除了有 500 块钱及一些女士用品外，还有一个记录了某部委贾主任贪污腐化的各种证据的 U 盘。刘跃进因此就成了各路人马竞相追找的对象，使他不得不与社会上的三教九流打起交道来，比如与乡党韩胜利，与青面兽杨志，与唐山帮的曹哥、崔哥，与发廊女马曼丽，与工头任保良，与大老板严格等这些互不相干的行当与人物打起交道来。因为受各种利益瓜葛的驱动，这些人彼此利用，纠缠不清，结果使刘跃进置身在一个非常险恶与龌龊的环境中，使他的一举一动都处在风险中，处在许多陷阱中。但狡黠的刘跃进没有让这些人找回 U 盘的愿望得逞。最后，政法机关凭借刘跃进所藏匿的 U 盘将贾主任等人绳之以法。这虽非刘跃进出于政治觉悟的有意作为，但却是生活发展的应有逻辑，那就是不管是怎样的一件违法之事，结局都必然是：不法者必自毙。刘跃进的故事深入地揭示了当下社会生活在变动中的种种乱象，和盘托出了各色人等在不同想法与活法上的交织与碰撞。①

六六长篇小说《蜗居》：一部集情感、职场和反腐题材于一身的作品

《蜗居》是六六继《双面胶》之后创作的又一部都市情感大作，沿承了她一贯幽默飞扬、鲜活灵动的行文风格，12月，小说由长江文艺出版社出版。小说写海萍与苏淳从上海的名牌大学毕业后，在上海租来一间10平方米的石库门房子成家。当两个人攒了些钱后，海萍一心想当房奴购买一套属于自己的房子；海萍的妹妹海藻与男友小贝及其他人合租住在一套三居室的房子里，他们也等着攒够首付后就谈婚论嫁。海萍为了买房，四处筹款，苏淳、海藻、小贝也被卷了进来，四个人的生活被推向了无法掌控的轨道。这时，市长秘书宋思明出现了，他在一次饭局上与海藻结识。海萍失业后，间接地通过宋思明的介绍做了外教兼职，这意外打开了她的事业局面；苏淳也因宋思明的出面而免了受牢狱之灾。海藻和宋思明相识后，她觉得自己已经无法继续与小贝的恋爱了，因为她成了宋思明的"职业二奶"。最终，当海萍两口子入住新房时，海藻怀上了宋思明的孩子。但"大奸似忠"的宋思明却因一桩命案而在看望海藻的路上被警察跟踪。当宋思明得知海藻流产且子宫被切除后，他在心灰意冷中故意制造了车祸死亡。小说借买房故事写出了当前都市人群面临的普遍困惑，他们不只要承受来自房子、工作的物质压力，而且更多地去承受婚姻、情感上的精神压力。小说呼应了都市白领情感上的苦闷焦灼，使夫妻情、母女情、姐妹情、恋人情、婚外情都得到了透彻的展现和人性化的诠释。小说虽然通篇是饮食男女，却彰显了世态的本色；虽然写的是家长里短，却深蕴着生存哲学；虽然随处峰回路转，却没有一个能跳脱常情。小说是集情感、职场和反腐三类题材于一身的作品，使每个人都在小说中找到了自己或周围朋友、同事的生活剪影。小说语言轻松流畅，"笑点"频生，令人或捧腹或会心，堪称"烦恼人生幽默集锦"。2009年，小说被拍摄成同名电视剧热播。

---

① 参阅杨士斌《论小说〈我叫刘跃进〉对道家文化的具象解析》，《郑州大学学报》，2008.5。

2008 年

王安忆中篇小说《骄傲的皮匠》：描写了上海小里弄里的人情心态、世俗政治

《骄傲的皮匠》1 月份发表在《收获》第 1 期，进入 2008 年度小说排行榜。小说开篇即说，小皮匠拥有了上海的一块方寸之地，这大约"涉及了近代城市的发展史"。接下来，作者把目光投向小皮匠所在的弄堂，用条分缕析的细节写了他的敬业，他的矜持，他的洞达和他的骄傲。另外还写了他不声不响的爱情，他对弄堂生活不言不语的参与。小皮匠和根娣的爱情并不是源于根娣帮他热中饭，而是弄堂里的老太太制造的根娣和另一个男人的"绯闻"。根娣和那男人偷情的突然中断也不是因为东窗事发，而是那男人把根娣误认为是"那种女人"了。故事沿着这样的主线有条不紊地发展着，仿佛都是生活水到渠成的演变逻辑。而在这样的情节之外，小说还写了麻将桌上的男女们背后的生存状况，他们都被城市变迁裹挟着，使各自的工作、房子、家庭关系、情感重心都在不断地变化着，只是，有的变化是看得见摸得着的，有的则是潜滋暗长、辨不清缘由的。小说将大上海小里弄中的人情心态、世俗政治描绘得丝丝入扣，滴水不漏。作者既能浸淫其中，将市井生活的毫厘之微品咂入味；又能跳脱之外，在平俗生活的精神品质中觅得珍奇。[1]

---

① 参阅岳雯《消费主义时代的文学趣味——以王安忆小说〈骄傲的皮匠〉和〈月色撩人〉》，《解放军艺术学院学报（季刊）》，2011.2。

陈中华中篇小说《脱臼》：表达了作者对弱势群体的人道主义关怀和现实主义的批判精神

陈中华（1957—），山东莒县人。《脱臼》1月份发表在《钟山》第1期，进入2008年度小说排行榜。小说主要展现了城市底层乞丐的生存状态，表达了作者对弱势群体的人道主义关怀和现实主义的批判精神。小说由"瓜蛋"脱臼的场景写起，讲述了来自贫困农村的瓜蛋、刘锅、小米等乞丐在领头"二叔"的带领之下，在城市里不断流浪和乞讨的故事。他们的乞讨中有阴险狡猾的欺诈和剥削，有为了乞讨而脱臼的疼痛与残忍，有乞丐之间的斗智斗勇，有领头及其他乞丐对女乞丐的性骚扰，有孩子对亲情的向往和依恋，有同伴之间合谋逃跑又相互取暖的温情。作者真正地深入到了这个特殊的社会阶层之中，掌握了他们的背景来源、谋生手段、竞争方式、居住饮食的生活细节、伦理道德体系、复杂微妙的人际关系以及这个阶层与外部世界的关系等。作者描写了以上这些因素相互关联、相互影响后形成了一个有机的社会系统的情况。小说题目采用"脱臼"，正文便以"脱臼"为线索，一以贯之，总领全文。作者对瓜蛋脱臼后身体上疼痛感觉的种种描写细致入微，使人感同身受；通过对瓜蛋与刘锅的较量的描写、对瓜蛋与二叔之间掌控与反掌控的权力争斗的描写、对瓜蛋暗恋小米的描写、对瓜蛋对自己尊严捍卫的描写，成功地塑造了他这个圆形人物。小说语言质朴浑厚，简洁有力，活泼生动。[1]

李约热中篇小说《一团金子》：让人可以直面生命的温度及痛感的小说

李约热（1967.8—），本名吴小刚，壮族，广西都安人。《一团金子》2月份发表在《作家》第2期，进入2008年度小说排行榜。小说主要讲述的是：农民刘成国和胡秀云夫妇不断向庄家万江吹嘘他们有"一团金子"，万江在金子的诱惑下，愿意赊账给刘成国和胡秀云买六合彩。刘成国和胡秀云于是狂买了六合彩。但万江结账时发现刘成国和胡秀云原来根本没有什么金子。刘成国和胡秀云于是欠了一笔债务。他们的儿子刘远在南宁的一所职业学校读书，刘远发现自己爱恋着的女友方小华与她的老板有染，他便将方小华打成了残废。

---

[1] 参阅郑建军《乞丐与乞丐制造者——解析陈中华的中篇小说〈脱臼〉》,《山东文学》, 2012.4。

方小华的哥哥方小明知道后，让刘远把自己的相片扫描好从 QQ 上传过去。方小明来到南宁探望妹妹时，却把刘远和妹妹的假结婚证交给了刘远。万江听说刘远出事了，便与两个助手来到南宁看刘远。万江不再追讨刘远父母刘成国和胡秀云的债，但刘远父母却因"吞单"，欠下了野鸭帮帮主向清的巨额债务。刘成国和胡秀云不得不逃往广州，试图当老板。刘远默认了和方小华的婚事，把残废的方小华接回家。刘远的父母为了尽起责任，出远门去海南岛准备割橡胶。小说到此突然结束。刘远父母去海南岛割橡胶，似乎意味着他们洗手不干赌博了，他们的欺骗慢慢地回归到善良上了，他们是为了儿子和方小华，才选择了去海南。小说的色彩跳脱，格局彪悍，仿若是从南方巫文化的神秘土壤中生长出来的强韧乔木，守望着脚下一代代被压榨的隐忍生活，让我们直面了生命的温度，以及痛感。[①]

葛亮短篇小说《阿霞》：呈现了一个斑斓驳杂的底层世界

葛亮（1978—），原籍南京，现居香港。《阿霞》2 月份发表在《天涯》第 2 期，进入 2008 年小说排行榜。小说通过大学生毛果的视角，为我们呈现出一个斑斓驳杂的底层世界。底层女孩阿霞是一个来自农村的打工者，患有轻度的狂躁抑郁症。她拥有一个坚定而高贵的精神世界，那就是一种朴素的做人的良知。她丝毫不顾及现实世界的一切"规则"极有可能给自己造成的各种麻烦。当大有来历的毛果迟到后，阿霞愤怒地去质问经理："为什么我们迟到你都骂，为什么他你不骂？"当有孕在身的安姐受到吃客的指责时，阿霞冲上前去对吃客破口大骂，差点被老板开除。当安姐因生活所迫偷了钱后，阿霞又站出来当众直接揭发了她，使她不得不辞职。当安姐被禽兽不如的丈夫打得流产后，阿霞又拿出自己全部的积蓄给了她，并在后来用菜刀把安姐的丈夫砍成了重伤。阿霞做事没有任何功利主义考虑，是一个"缺根筋"的人，作者甚至将她设计为一个精神病患者。这蕴藉着作者的某种反讽意图：现实日益机巧世故、含混暧昧，道义、良知和真诚只有在那些精神病患者或者精神病患者式的人那里才能获得坚守。小说彰显的是阿霞身上那种发自内心的真诚、纯朴、勇敢、正义

---

① 参阅《远离时代浮躁的坚持》，南宁新闻网，2014.9.7。

的可贵品格。韩少功评价道："这个作品对一般政治和道德立场的超越性在于，它昭示了一个人（葛亮）对艺术的忠诚，对任何生命律动的尊崇和敬畏，对观察、描写以及小说美学的忘我投入。从某种意义上来说，他是这个时代感觉僵死症的治疗者之一。"①

李骏虎中篇小说《前面就是麦季》：讲述了一对夫妻如何抱养一个孩子以及怎样为孩子过满月的故事

李骏虎（1975.10.3—），山西洪洞人。《前面就是麦季》2月份发表在《芳草》第2期，2010年获得第五届鲁迅文学奖（2007—2009）。小说的故事情节并不复杂，人物关系也较为简单，作者在不到三万字的篇幅中所渲染描摹的乃是中国北方乡村麦收前夕一个普通农家的日常生活。南无村的农家少妇红芳结婚十多年了都未能生养孩子，憨直的她根本没有想到生不了孩子的原因其实是丈夫福元无能。既然生不出孩子，红芳就想着设法去抱养一个孩子的事情。于是，小说就围绕着怎么样地去抱养一个孩子，以及孩子抱养成功后怎样给他大过"满月"的事情展开叙述。这是小说的核心情节。小说还写了红芳的大姑子秀娟拒绝出嫁而成为母亲兰英心头一大病的事情。兰英曾经被"土匪"欺负过，当时六岁的秀娟碰到了母亲和"土匪"之间的事情，被吓破了胆，觉得母亲不是个正经女人，大了之后拒绝出嫁。兰英对秀娟不想嫁人有很多不满，总是表现出一副骂骂咧咧的样子来。这其实是母亲对女儿的关切之情，是一种美好的人间温情。后来，兰英"渐渐看开了秀娟的事情，不再把娃当眼中钉肉中刺，望着她们的眼神就越发温柔得近乎迷离"。由于少年时期的遭遇，秀娟虽然终生不愿意嫁人，但她的内心深处其实一直渴望着能够拥有一种家庭生活的温馨。她不声不响地为弟弟、弟媳抱养的孩子准备着服饰鞋袜，这些反映了她内心里潜在的情感欲望。兰英的形象也相当生动鲜活；她显然是乡村世界中的泼辣女性，这从她的丈夫、子女对她的忍让畏惧，村里人和她相处时的一些事情中可以看出来。但她的泼辣中也包含着精明与温情，这精明具体地体现在她对于乡村人情世故的理解与把握上；而温情则主要体现在她对于家人发自内心

---

① 参阅朱白《葛亮的本质只是一过客》，新浪读书专栏，2014.3.10。

的体贴关怀上。可以说，兰英是小说中塑造、刻画的一个带有一定人性复杂性，体现了相当人性深度的人物形象。小说有意识地规避了政治意识形态以及当下文学界所普遍流行的底层苦难叙事模式，也就是它没有写乡村世界中围绕权力的争夺而形成的那些激烈的"官场"争斗，也没有写农民们被侮辱被伤害的苦难生存状况，它具体讲述的是红芳两口子如何抱养一个孩子以及怎样为孩子过满月的故事，这个故事将北中国乡村农家的日常生活点点滴滴地展示在了读者的面前。①

陈丹燕短篇小说《雪》：准确、充分地表现了人物的心理状态

陈丹燕（1958.12.18—），广西平东人。《雪》2月份发表在《上海文学》第2期，进入2008年度小说排行榜。作者选择了新年佳节这个特别的时刻，讲述了主人公郑玲在阖家团圆的节日清晨浮想联翩的事情。郑玲为了避免单独面对母亲，便在父亲及其他家庭成员到达母亲家之前，选择在肯德基店等待父亲他们。郑玲路过健身房时，看到一个女人独自在跑步机上健身，这让她感到了孤独的可耻。郑玲到了肯德基店后，店里的一对年轻人又让她感到了一些安慰，她想看来在新年时节逃离家门的人不只她一个。在店里，郑玲的脑海里涌现出了许多童年记忆，这些记忆既侵蚀着她又温暖着她。它们使郑玲生活过的街区也在正在下着的雪花中恢复成了她小时候的样子。最终，郑玲明白，自己一直在试图改变的孤独是不可能得到改变的，只有母亲、婆婆和那个陌生的老太太才是自己的未来，这个像宿命一般的孤独，会继续缠绕着她。郑玲的思绪中还不断地出现着现实中的人物、小说中的人物、小说的作者等。他们串联起了她的意识流动。最后，一场大雪铺天盖地而来，这不仅还原了郑玲童年的生活现场，而且还原了她的孤独的真相，击中了她以及和她一样在雪中张望着的人们。小说在现实的时间流程中随机插入了人物的回忆和感受，让童年记忆成为现实心理的一种必要补充。小说中穿梭着的两种不同时间，使人物的心理状态得到了准确、充分的表现。小说艺术技巧老到、圆熟，令人几乎察觉不到技巧的存在。

---

① 参阅王春林《乡村日常生活的温情展示——读李骏虎中篇小说〈前面就是麦季〉》，《芳草》，2008.2。

严歌苓长篇小说《小姨多鹤》：读者阅读时需要把自己及自己的记忆和情感放进去的一部小说

《小姨多鹤》3月份发表在《人民文学》第3期，进入2008年度小说排行榜。小说写20世纪30年代，日本人按照"满洲农业移民百万户移住计划"，向东北移来了五个日本村庄。中国的抗战刚刚胜利后，五个村庄中的"崎户村"全体村民未能成功撤退，他们为了捍卫所谓的日本人的尊严，集体自杀。但14岁的多鹤出于本能的恐惧，选择了逃离。她逃离后，遇到了中国人二孩和小环这一对夫妻。由于日本人造成了小环不孕，二孩决定买下多鹤，让多鹤和自己生孩子。小环对二孩跟多鹤生孩子感到别扭、痛苦，于是就对多鹤很刻薄。但小环也经常保护多鹤，当多鹤被人欺负时，小环就用她那张"厉害"的嘴，让别人生畏。多鹤美丽、勤劳、隐忍、爱干净，把家里擦拭得锃亮锃亮的，把孩子要穿的衣服熨烫得平平整整。但多鹤因为是给二孩家传宗接代的工具，所以她成了小环眼里的"第三者"，成了给二孩生下孩子后又会成为二孩眼里的"多余的人"，成为亲生孩子眼里的"小姨"及邻居眼里的"哑巴"。但当二孩后来入狱后，小环和多鹤又团结起来，共同支撑着她们的家，两人最终成为彼此都不能离开的人。故事的结尾是，多鹤回到了日本，但她在日本却没有自己的位置，还受到了她的同袍的歧视。① 小说出版后受到作家王蒙、文学评论家李敬泽等人的好评。李敬泽认为《小姨多鹤》很好看，"但是读这部小说却不只是一次消遣。我们不得不把自己放进去，把我们的记忆和情感放进去，把我们恨的能力和爱的能力放进去，我们不可能无动于衷。这样的一部小说，它会感动人、触动人"。②

吴玄长篇小说《陌生人》：写了人物身上弥漫着的一种莫名其妙的虚无

吴玄（1966—），浙江温州人。《陌生人》3月份发表在《收获》第2期，进入2008年度小说排行榜。小说以主人公何开来妹妹何燕来的口吻进行叙述。何燕来是一个正常人，何开来是一个"不正常"的人。何开来从南京大学毕业后，选择了回乡工作，成为政府的一名公务人员。但他很快放弃了在他人看来

① 参阅黄亚明《读严歌苓长篇小说〈小姨多鹤〉》，《文汇读书周报》，2008.6.2。
② 参阅《严歌苓三次赴日采访 长篇小说〈小姨多鹤〉出版》《京华时报》，2008.5.12。

很安逸并且前途远大的秘书职位，进入到电视台工作，成为一个对于家庭毫无贡献、对于单位可有可无的人。一天，何开来悄无声息地从亲人的视线中消失后又北上求学了，但他却在考研之前忽然放弃了考研。何开来回乡后，基本上过着一种无所事事的生活，其间曾经动过自杀的念头，但未付诸实施。何开来眼中不存在常人所说的"事业"，他不仅不愿意适应体制，而且也不接受一份普通的职业牺牲了他所谓的自由的事情。何开来数次恋爱，都荒诞离奇，有头无尾。何开来对妓女不仅毫无偏见，还堂而皇之地将其作为自己的女友介绍给母亲。何开来在爱上医生李少白后，成功地俘获了李少白的芳心，但他又用自己所谓的强大的"陌生感"推开李少白，回避和李少白进行身心交流。当悄然离开的李少白在后来又忽然归来时，何开来最终与李少白分手。何开来在与相识不久、毫无共同语言的箫市蛋糕店女老板杜圆圆成婚后，他们的婚姻最终还是以离婚收场。小说被视为一次道德挑战，它写了一个无法解决的道德焦虑和无法调和的心灵冲突，其中弥漫的是一种莫名其妙的虚无。①

陈谦中篇小说《特蕾莎的流氓犯》：一篇人物关系较为复杂，对"文革"进行了严肃反思的小说

陈谦，生年不详，美籍华人。《特蕾莎的流氓犯》3月份发表在《收获》第2期，进入2008年度小说排行榜。小说写1975年，13岁的广西女中学生劲梅（原名静梅，后来改名特蕾莎）在暑假里遇到了一个大她三岁的师政委的儿子王旭东，对他产生了好感。王旭东也很喜欢她，给她找了当时的"禁书"让她看，还让她吃自己家的番石榴。劲梅和王旭东之间产生了朦胧的性需要，但他们只是搂抱搂抱而已。当劲梅看到王旭东又和她的好朋友如此亲热的场面时，就对王旭东进行了控告。王旭东于是被以"流氓罪"开除了学籍，随后被押送到邕宁劳动教养了一年。劲梅的内心里从此不得安宁，她的泪水在30年里一直没有停止过流淌。30多年过去了，特蕾莎（劲梅）辗转在中国、英国、加拿大、美国等国，其间把自己嫁给了一名美籍华人，成了美国硅谷英特尔芯片质控研究的一线科学家，获得了"英特尔的奥斯卡"奖杯。有一天，特蕾莎听到

---

① 参阅程德培《陌生人的镜子哲学——读吴玄长篇小说〈陌生人〉》，《当代文坛》，2009.1。

一个来自中国的名叫王旭东的青年历史学家在美国研究中国的"文化大革命"有了点名气，她以为这个王旭东就是 30 年前的那个"流氓犯"王旭东，邀约交谈之后，她才知道这个王旭东并不是那个王旭东，她的心灵于是才得到了一些安宁。其实，这个王旭东也是广西人，他也曾在 1975 年喜欢过一个来自南宁的 14 岁的李红梅，两人还发生了性关系。但第二天中午，李红梅母亲拉着李红梅通过县委书记找到了王旭东那当师政委的父亲，王旭东为逃避责任却反咬一口，致使李红梅一家三口被发配到了遥远的三江县去生活。王旭东在第二年春天利用父亲的权势改动了年龄之后，直接去黑龙江当了兵。王旭东的这段经历只有极少数人知道，就是他的妻子也不知道。王旭东后来听说李红梅念完了大学去了美国，内心充满了无限的愧悔，于是也来到美国。[①] 可以看出，小说中的主人公都叫王旭东，特蕾莎与第二个王旭东的错认相谈，使特蕾莎多年来积在心头的愧疚暴露在了读者的面前，也使特蕾莎与第一个王旭东的感情，以及特蕾莎与第二个王旭东的自私暴露在了读者的面前。小说中的这两对男女的故事先是魔幻般地叠合为一，然后通过特蕾莎与第二个王旭东的错认拆分开来，结尾又引导着读者去合并反思发生在两对男女身上的故事。小说以严肃的反思态度来面对"文革"，蕴含了更丰富的意蕴。主人公由静梅改为劲梅，再改名为特蕾莎，折射出"文革"中青年人的命运轨迹；小说对忏悔的执着和质疑将忏悔主题推向了一个新的高度；特蕾莎和第二个王旭东的微妙心理的展现使小说更具有了文学性和动人的魅力。另外，从美华文学"文革"题材小说的整个链条上看来，该小说显示出美国华人作家们从以"文革"为背景进行的文学叙事向重新反思"文革"的文学叙事的转变趋势。

叶广芩中篇小说《豆汁记》：在展现主人公的悲苦命运时，又给读者呈现了多样的、令人垂涎欲滴的清廷菜肴

《豆汁记》3 月份发表在《十月》第 2 期，进入 2008 年度小说排行榜。小说在写莫姜的悲苦命运时，又给读者展现了多样的、令人垂涎欲滴的清廷菜肴。莫姜是常常"异想天开地做出惊人之举"的"我"父亲领回家的一个弃

---

① 参阅黄惟群《一部值得推荐的优秀小说——〈特蕾莎的流氓犯〉赏析》，《南方文坛》，2009.2。

妇。莫姜 11 岁就进宫侍候敬懿太妃了；莫姜 28 岁时，敬懿太妃将她许配给了侍奉溥仪的御厨刘成贵，刘成贵当时 20 岁，他对大自己 8 岁的、长得并不漂亮的莫姜"心里是一百个不愿意"，但君命难违，他还是和莫姜组成了家庭。但刘成贵却是一个赌徒，不仅输光了家当，而且还把莫姜也输给一个叫陆六的小混混儿，多亏陆六没有看上莫姜的长相和年龄，莫姜才没有沦为他人之妻。后来，刘成贵强行抢了敬懿太妃赠给莫姜的一个翡翠扁方还赌债，莫姜不给，刘成贵便提起菜刀在莫姜脸上砍了一刀，然后，他就到伪满洲国去投奔他的旧主子溥仪去了。从此以后，莫姜一个人过日子。"我"父亲把莫姜领到家里时，莫姜已经五十多岁了，她在来"我"家后的第二天做了一顿早点，显露出了她高超的厨艺。此后，她常常能想着法儿将宫廷里的食谱比如那些精巧美丽的各种动物造型小点心、松枝熏制的肉肠、醋焖肉、樱桃肉、核桃酪、鸽肉包、奶酥饽饽、炸三角、"熟鱼活吃"等倒弄出来，给"我"家人送上一道道美味的佳肴。当莫姜的丈夫刘成贵来到"我"家后，他这个真正的宫廷御厨更是给"我"家做了更多的美味佳肴。刘成贵回来时，还带来了一个年轻后生刘来福。刘来福是刘成贵的昔日相好——妓女卫玉凤的遗子，与刘成贵没有一点血亲关系。莫姜于是离开了"我"家。离开了"我"家后，莫姜卖了敬懿太妃赠给她的翡翠扁方租了房子和刘成贵、刘来福一块过日子去了。"文革"爆发以后，刘来福以"我"家与溥仪的御厨刘成贵有染为由，领着一群造反小将来造"我"父亲的反，莫姜拼力救护"我"父亲，使刘来福只得率众撤退。但莫姜对此一直心怀内疚，为了使那个逆子不再到"我"家寻衅滋事，也为了使当时已经瘫痪在床的她丈夫刘成贵免受折磨，一天晚上，她有意将煤炉放在屋内，结果使夫妻两人都中毒而死。小说名字《豆汁记》源于传统戏剧《豆汁记》，该剧写了潦倒书生莫稽中进士后，将救他于危难之中，然后又嫁给他做妻子的恩人金玉奴推进长江，金玉奴被大官林润救起后收为义女，然后，林润革去了莫稽的官职。小说《豆汁记》化用了戏剧《豆汁记》中金玉奴用自己家的豆汁挽救了落难公子莫稽这一个重要情节——当"我"父亲把饥肠辘辘的莫姜领回来后，母亲嫌做饭麻烦，于是把"我"吃剩下的一碗豆汁稀饭端给莫姜喝，莫姜认真地谢过了之后，"背过身静悄悄地吃着，没有一点儿声响"。就因为这一碗豆汁，莫姜第二天早晨便给"我"家做了一顿丰盛可口的早餐。莫姜被留在"我"家后，在此后的时间里，她使"我"家的生活过得有滋有味。可以看出，小说让人获得了对两个故事的解读，在古代故事中，人们读到了忘恩负义者的可耻，在现代故事中，人们读到了知恩必报者的高尚。卑鄙的莫稽以卑鄙弃杀发妻但最终却把自己弄得身败名裂，既丢官丢职，又遭人唾骂；高尚的莫姜却以高尚获得了"我"及对"我"父亲对她的永久纪念。①

鲁敏短篇小说《离歌》：刻画了人物对待生活与死亡的文化心态

《离歌》3月份发表在《钟山》第2期，进入2008年小说排行榜，属作者的"东坝"系列小说之一。"东坝"是江苏盐城东台的别名，既是作者的现实故乡，又是她的精神故乡。小说主要描写了东坝人的丧葬仪式以及他们为此而做的物质准备，集中刻画了东坝人对待生活与死亡的文化心态。在诗味荡漾的叙述之中，东坝人的勤劳、质朴、善良的人格品质以及温和、朴素、感恩的人生态度铺满纸端。小说的调子是抒情性的。主人公是两个老人。三爷在河那边，他是给死去的人扎纸人的人，他有着扎纸的好手艺。彭老人七十三了，在河这边。去三爷那边的桥塌了，彭老人一直惦念着修桥的事情。三爷看尽了人间的生死，他为死去的人扎纸人就是想送他们最后一程。三爷想起了他们活着的情况，也见到他们死时的样子，比如一个年轻的孩子，一个胖大婶……他们都令他心里感到悲伤。彭老人惦记着自己的死，他要三爷在他死后给他扎个水烟壶，扎双软布鞋及庄稼果实等。另外，彭老人还给三爷讲了自己当年的她……彭老人离世后，三爷照办了他生前的一个个愿望。小说的结尾是："水在夜色中黑亮黑亮，那样澄明，像是通到无边的深处。"小说气息湿润，有诗情画意，传达着温情和悲悯，展示着对生活、对世界宽厚的理解。②

王十月中篇小说《国家订单》：涉及了劳资关系的方方面面

王十月（1972—），湖北人。《国家订单》4月份发表在《人民文学》第4期，进入2008年度小说排行榜，2010年获得第五届鲁迅文学奖（2007—2009）。小说写一个小型服装厂因为无钱订购原材料，无钱给工人发放拖欠了

① 参阅何英《缄默无语中见醇厚——评叶广芩的小说〈豆汁记〉》，《当代小说（下）》，2010.4.
② 参阅赵瑞静《东坝上的美丽与忧愁——读鲁敏小说〈离歌〉》，《小说评论》，2010.S2.

四个多月的工资而面临倒闭。在这种情况下，小老板心急如焚，既要一天无数次地联系港商救星赖查理，又要心平气和地接待一批批讨薪工人。他给每一个工人说好话，鼓励他们对拿到工资一定要抱有信心。他对和他一块打拼了几年的想辞职的李想温和相劝，最终使李想留到了他的服装厂起死回生之日；他对待随恐吓信寄来一把刀子的张怀恩时，也没有打击报复，而是委任他为车间主管。小老板的这些做法赢得了全厂工人的尊敬和爱戴。在破产将至的时候，港商救星赖查理终于出现了，他不仅带来了所欠货款，而且带来了一个大订单——为美国人生产20万面鼓励他们从"9·11"事件的悲伤中摆脱出来的国旗，赖查理说必须在五天之内加工完毕。小老板答应了。李想对在五天时间里完成这么大的生产量提出异议，建议匀出一些给其他厂生产。但小老板不同意，他觉得好不容易接了这么大一个单子，匀出一些太可惜了。他认为只要提高日工资，给工人们把后勤保障工作做好就一定能按期完成。他于是要求工人们加班加点地生产国旗，使工人们在五天之内只休息了四个小时。在生产过程中，机器因为长时间地运转而引燃了布料，小老板也没有足够重视，他只是让机器在短暂停歇之后又加足马力继续生产，让工人也马不停蹄地工作，结果使张怀恩累死在了车间里面。张怀恩死了以后，小老板拿出八万元给其父母以表示赔偿，但律师周城及张怀恩的老乡认为小老板是在应付张怀恩的父母，致使张怀恩的父母没有接受这个赔偿。在小老板面临着三角债危机，香港人赖查理欠着他的货款，他也欠着供货商的钱和工人工资的情况下，工厂山穷水尽，连最受老板器重的李想也萌生了去意。小说涉及了劳资关系的方方面面，揭示了在当下工业社会的伴生关系背后所牵扯到的多层次的社会矛盾问题。[1]

乔叶中篇小说《最慢的是活着》：从哲学层面思考一种永恒的人生体验

《最慢的是活着》5月份发表在《收获》第3期，2010年获得第五届鲁迅文学奖（2007—2009）。小说讲述了祖母与孙女两代之间的文化差异与联系，以家庭传记文学的方式来展开情景叙说。主人公二妞的父亲早已去世，几个大哥也在城里混出了成绩，母亲是基督徒，因信仰而导致长期不看病，死后只剩

---

[1] 参阅付艳霞《王十月〈国家订单〉谁是劳资矛盾制造者》，《文艺报》，2008.5.12。

下二姐和祖母相伴为生。祖母曾经饱受沧桑，身上映现了中国农村传统女性的一些优良品质：耐劳、节俭、顾家等。她为了照顾一家的生计，除了夜以继日地织布，还使出浑身解数对有限的口粮进行合理调配。祖母的羽翼不仅保护着二姐的母亲、父亲，使得父亲像这个家庭的长兄，母亲像长姊，而且还荫及了四个孙子孙女。但她又有着那个年代的妇女所固有的浓厚的封建意识：重男轻女、迷信命运、保守固执。就是这样一个老人，直接或间接地在二姐的眼中经历了从生到死的过程。二姐从幼年起就慢慢地读着祖母。二姐是家中最小的女孩，因为祖母有严重的重男轻女思想，所以打小就不受祖母待见，比如祖母嫌二姐是左撇子，不让她睡那张陈年的雕花大床。这些使二姐对祖母生出了怨恨和抵触。随着年龄的增长，二姐开始体验一个女人全部生命过程中的若干个阶段和若干个角色来，慢慢地，她对祖母的态度也逐渐从儿时懵懂的恨意与对立，发展成女人对女人的理解与敬意。小说把一个中国祖母的脾气、节俭、对感情的执着、未曾完全缠好的小脚、私情和隐私，甚至于她的私处在糅合了众多的人生体验和自身的经历后都真实地展现了出来，回归到了意识和生命的底端和根本。这样的真实式写作，是从一位孙女的视角叙述的，她赋予了祖母这一人物真切的生命质感和典型的性格特征。小说所表现的对生命的慈悲境界构成了它的深层意蕴：活着原本是最快的事，但变成了最慢。生命将因此而显得更加简约、博大、丰美、深邃和慈悲。小说在揭示人物性格上的激烈冲突和她们殊途同归的女性体验方面，都达到了炉火纯青的境地。作者表现出的那些琐碎而刻骨铭心的生活体验都令人震惊，触动了读者的心灵。小说叙事浑然天成，细节信手拈来，表现了作者驾轻就熟的写作技巧。单纯从艺术的角度看，本小说的确是一篇优秀之作。然而，小说的故事与世隔绝，几近抽象，它的用心根本不在当下，而在于从哲学层面来思考一种永恒的人生体验。①

孙皓晖长篇小说《大秦帝国》：新世纪我国长篇历史小说的重要收获

孙皓晖（1949—），陕西三原人。《大秦帝国》5月份由河南文艺出版社出版，进入2008年度小说排行榜。小说费时十六载创作完成，计有十一卷

---

① 参阅王凤玲《女性生命意识与男权文化的博弈——乔叶小说〈最慢的是活着〉解读》，《名作欣赏》，2010.30。

　　五百万言，规模宏大，内涵厚重。小说对秦始皇嬴政统一中国后修长城，开大道，奠定郡县制，推行书同文、车同轨、行同伦等影响后世的大举措进行了展现，既有庙堂上的庭争面折，也有战场上的金戈铁马，既有宫廷后妃的钩心斗角，也有儒法墨各家的坐而论道，既有男女私情的美丑故事，也有敌我争斗的残酷杀戮，广涉了政治、经济、军事、文化和社会习俗等各个领域，可谓世情千姿百态，冲突错综复杂，有似千山万壑，河川纵横。全书结构绵密，情节波澜起伏，细节丰富生动，人物刻画丰满而真实，特别是塑造了秦始皇的高大形象、复杂性格，歌颂了他的雄才大略和丰功伟绩，为这一人物的历史评价，做了一篇令人信服的翻案文章。作者从大量历史资料出发，运用辩证唯物史观，把人物放置到一定的历史范围，分清主流与支流，客观地对秦始皇做了分析与评价，既不抹杀他曾滥于杀戮的历史事实，揭露他作为帝王的性格残暴的一面，又从人物的历史进步作用上，对他的治国方略、军事才能和善用贤才、能够驾驭历史潮流等主导方面，做了充分地描绘和介绍，从而使读者从艺术形象上认识到了秦始皇的伟大，认识到了他作为"千古一帝"对中华民族的形成，对中央集权制度的确立，对经济发展、文化传播和依法治国等多个方面做出的卓越贡献。小说也写到了其他更多的历史人物，数量达百多个，除了数代帝王君主，还包括将相、学者、文士和侠客，如商鞅、吕不韦、李斯、蒙恬、王翦以及庞涓、孙膑、苏秦、张仪、墨子、孟子、荀子、侯嬴、荆轲等，对他们的形象都不同程度地进行了生动地刻画。小说写到的大小历史事件也举不胜举。其中，关于许多历史细节的描写，虽然不乏想象，但多是于史有据。总之，该小说是新世纪我国长篇历史小说的重要收获。[①]

　　阿袁中篇小说《郑袖的梨园》：讲述了一个女性的自我救赎及复仇故事

　　阿袁（1967—），原名袁萍，江西乐平人。《郑袖的梨园》5月份发表在《小说月报·原创版》第5期，进入2008年度小说排行榜。小说写郑袖小时候，她的父亲被一个女教师勾引，父亲便和妻子离了婚。郑袖跟着父亲、继母过了几年尴尬的生活。郑袖因此痛恨像继母这样的第三者。成年后，郑袖以自

---

　　① 参阅张炯《一部波澜壮阔的帝国史诗——评〈大秦帝国〉》，《光明日报》，2013.12.9。

己独有的方式去报复第三者，方法就是自己再去勾引那些小三们的丈夫，以拆散她们的家庭。她先在做研究生时拆散了导师苏渔樵和朱红果的夫妻关系，因为师母朱红果以前就是第三者。郑袖于是失去了男友。郑袖 32 岁时，又勾搭上了一个沈姓学生的父亲沈俞，因为沈姓学生的继母叶青也是第三者。在沈姓学生的家庭即将破裂时，他的继母叶青却在车祸中去世了，这给郑袖留下了无尽的遗憾。小说通过一个套层结构书写了女性自我救赎复仇的故事；在一个倒置的两性关系中，作者试图表现女性意识的强化，但由此却使女性恶魔化了。抗争与颠覆男性话语，使作者或主人公复杂矛盾的女性意识成为非平等审美的残缺的女性意识。同时，作者在小说中对知识分子的形象进行了"去知识分子化"，使其人物于是出现了知识分子的精神蜕变和失守。[1]

倪学礼中篇小说《六本书》：书写了高校教师为评职称而发生的钩心斗角

倪学礼（1967.10.18—），蒙古族，辽宁建平人。《六本书》5 月份发表在《十月》第 3 期，进入 2008 年度小说排行榜。小说讲述了内蒙古 E 大的几位教授、副教授——金河、徐尘埃、林若地、郁君子、李冰河等人为争夺 E 大电影学博导之位而发生的一系列令人大跌眼镜、捧腹大笑，却又悲伤心酸的故事。每年能写出三本书的高产作家林若地有个把垃圾丢在门口的坏毛病。住在林若地对门的副教授徐尘埃年近退休，他不堪忍受林若地的"肮脏"，于是写了一张小字报贴在楼梯口以示抗议。林若地欣然应战。这一切又让另一位教授郁君子窥视到，他将小字报拍下，然后发到互联网上，引起了网友热议。林若地便和郁君子在网上来了一场大论战，他们的"口水"战被认为是为争夺博导之位才发生的。小说还写了在内蒙古 E 大学的一则传闻：一个教授咬掉了另一个教授的舌头。小说人物很多，主人公是 E 大中文系的主任金河，他是出了名的"妻管严"，当他老娘得了癌症，要钱治疗时，他才发现自己的手里只有 420 元人民币和一把工资条，因为他的钱全在他老婆云霞的手里攥着。小说故事中的很多情节让人觉得很真实，在高校供职的人读了之后更是感同身受。

---

[1] 参阅钱旭初《〈郑袖的梨园〉与知识分子精神状态》，《江苏广播电视大学学报》，2009.6。

迟子建短篇小说《一坛猪油》：讲述了一枚戒指引发的很多故事及悲剧

《一坛猪油》5月份发表在《西部·华语文学》第5期，进入2008年度中国小说排行榜。小说写1956年，"我"接到丈夫老潘的来信，带着三个孩子去小岔河投奔他。临走前，"我"变卖了所有的家具锅碗，居住的草房被屠户霍大眼用一坛猪油换了去。"我"检查了那坛猪油，油是好油，坛子也是"我"见过的最漂亮的坛子。霍大眼嘱咐"我"不要给别人吃，免得辜负了他的心意。"我"领着孩子上路后一直紧紧地抱着那个坛子，到了老鸹岭的一个客栈时，老板看上了这个猪油坛子，说是古董要买下来，"我"很喜欢这坛猪油，不想卖，谁知却引发了老板夫妻的矛盾。到了开库康后，老潘的手下崔大林前来接"我"去客店住下，送"我"去客店的是一个鄂伦春猎人赶着的一辆马车。在去客店的路上，由于路况不好，致使猪油坛子从马车上掉了下去，坛子自然被打碎了。"我"和崔大林一起把还能吃的猪油刮进了一个容器里。十月份时，怀了孕的"我"要生孩子了，但"我"却出现了难产，老潘便带"我"去苏联生下了孩子。"我"的孩子于是给起的大名叫苏生，小名叫蚂蚁。蚂蚁四岁时，崔大林和一个来小岔河的皮肤白净的女教师程英结了婚。当"我"看到程英手上戴着一枚绿宝石的戒指时，"我"羡慕得不得了。崔大林和程英结婚几年后，程英还是没有怀上孩子。有一天，程英洗衣服的时候，把戒指给弄丢了，她整个人一下子就像丢了魂似的。后来，人们在黑龙江下游发现了她的尸体。蚂蚁18岁时，有一天钓到了一条很大的鲤鱼，当他剖开鱼肚时发现了一只绿宝石戒指，这就是程英丢了的那枚戒指。过了一段时间，蚂蚁去苏联了，因为他爱上了一个苏联姑娘。1989年，"我"丈夫老潘死了。在老潘的葬礼上，崔大林才给"我"说那个戒指本来是"我"的，他说当年那个猪油坛子碎了后，他在帮"我"往碗里划拉猪油时，发现了那枚戒指，他一时贪财就据为己有了；有了戒指，他才娶到了程英；婚后，当他一看到这枚戒指他的腿就发软，他也做不了男人该做的事。"我"问崔大林为什么要等到老潘死了才告诉"我"。他说老潘要是知道了，眼神就能把他杀死。"我"这才明白，当年霍大眼为什么嘱咐"我"不要让别人吃了那坛猪油，原来他是要送"我"那枚戒指，原来他喜欢"我"。第二年，崔大林也死了，"我"却依然活着，儿孙满堂。①小说的故事设计很精妙，一开始就是主人公要远行寻夫，带着一坛猪油、拖着大的、带着小的远行，乍一看，就显得有些波折。事实上，故事的本身就波波折折，发生了多次逆转，一坛猪油把几个人爱的故事串了起来，比如屠夫霍大眼爱的故事，店主爱的故事，老潘爱的故事，崔大林爱的故事，蚂蚁爱的故事。小说里的老潘大气正直，女主人公豁达，老潘的手下崔大林"机灵，会说话"，程英因迷恋戒指才移情别恋，终于因戒指而送了性命。蚂蚁也是个像老潘一样的英雄汉。小说语言不温不火，透着干练和大气。

方格子短篇小说《像鞋一样的爱情》：讲述了一个已婚女性情感出轨的故事

《像鞋一样的爱情》5月份发表在《收获》第3期，进入2008年度小说排行榜。小说讲述已婚的江南（富春工艺厂）女子陈小纳本来已经有了一份属于自己的爱情，她得到了丈夫徐政的呵护与疼爱，但她并不满足已经得到的且已固定在婚姻中的多少有些循规蹈矩的爱情。她自己说："婚姻中最不稳定的因子其实还是女人，女人对婚姻的态度有时就像换鞋。"陈小纳的癖好是喜欢买各式各样的鞋子。于是，她因买鞋而与南方城市里的男人伯年发生了爱情纠葛。当他们第一次相见时，他们就对对方有了异乎寻常的感觉。陈小纳一见伯年那张"结实，富有弹性"，"特别健朗的黝黑的男人的脸"，就觉得"似曾相识，但又想不起来"。伯年对陈小纳说："小纳，那天一见你，我总觉得以前我们见过。"后来，伯年把害怕水的陈小纳拉到海里，似乎隐喻了小纳被拉下水的意思。陈小纳本来对水"抱着敬而远之的态度"，这缘于她12岁那年的一次经验，当她看到倒映着天空的江水时，江水"像是一个巨大的窟窿，具有强烈的吸引力"，因而她被吓着了。在海边，伯年不经意地对陈小纳的一次搂抱，使陈小纳的爱欲被唤醒了，她从此再也无法摆脱伯年那有一搭没一搭的"别样的情怀"了。再后来，当伯年得到陈小纳发给他的示爱短信后，他就从南方千里迢迢地来寻爱了。陈小纳终于因了一双鞋的缘分，而偷尝了禁果，得到了一份富有刺激性的爱情。小说结尾是，"小纳在微暗的房间里闭上了眼睛，用被角

---

① 参阅姚国军《一坛猪油引发的爱情传奇：评迟子建小说〈一坛猪油〉的叙事艺术》，《社会科学论坛》，2011.8。

悄悄拭去了流淌下来的泪水。"陈小纳的流泪，不仅是对丈夫的愧疚，也是对自己和伯年那段已经消失了的情事的哀婉。其实这泪水也有陈小纳对美好的期待最终变了质的失望以及对自己的人生依旧空虚的恐惧。[1]

施雨短篇小说《你不合我的口味》：写了一个发生在异域他国的爱情故事

施雨，1989 年赴美。《你不合我的口味》5 月份发表在《钟山》第 3 期，进入 2008 年度小说排行榜。小说写男青年亚当斯是外科医生，女青年茉莉是麻醉师，他们在工作中密切相连，谁也离不开谁。茉莉是手术室唯一的华裔女麻醉师，大家都对她好，也都对她不好。"对她好，是对她客气。对她不好，是这种客气背后的生分与隔离。""你不合我的口味"是亚当斯与茉莉之间的最大障碍。最后茉莉虽然仍坚持"你不合我的口味"，但她还是在亚当斯那里愉快地告别了自己的处女时代。亚当斯于是对茉莉说：虽然"你也不合我的口味，但我要娶你"。他们最终结了婚。小说讲述的这一对有着不同文化背景的青年男女在懵懂而又交融着情爱与性爱的短暂交往中，似乎已经轻易地跨越了文化鸿沟，孕育了一段跨国婚姻，其实这只是一次文学操作而已。因为小说从题目到内文上都显示了作者好像一直在欲擒故纵，一直在从反面做文章，最后终于给我们展示了一个意想不到但也并不太意外的结局。[2]

王昕朋、刘本夫的长篇小说《天下苍生》：描绘了一幅沉重而苦涩、抑郁而悲怆的历史画卷

王昕朋（1957—），江苏徐州人；刘本夫，生年不详，江苏丰县人。《天下苍生》5 月份由作家出版社出版。小说讲述了三户庄生产队自 1958 年到 1978 年近 20 年的故事，为读者展现了沉重里浸透了苦涩、抑郁中弥漫着悲怆的历史画卷：盲目的大跃进、浮夸的共产风、荒诞的擂台赛、离谱的大食堂、无效的炼钢铁、愚昧的除四害……这些一连串的脱离实际但却无法抵御的瞎折腾，以及由此导致出的狂热、浪费和短视，将三户庄的农民置于了生存的绝境。一时间，三户庄的吴黑豆、许景云等外出逃荒去了，三叫花子、方小翠等到野地

---

① 参阅李遇春《鞋的精神分析》，《文学教育》，2008.8。
② 参阅古大勇、王宏蕊《社会透视、文化思考和女性关怀——论"新移民文学"作家施雨的小说创作》，《西南科技大学学报：哲社版》，2016.2。

里求生去了，除此，三户庄更多人只能用瓜菜果腹，而柳叶儿、何樱桃等人为了活命，不惜以"色"易食，这成了她们无可奈何的唯一选择。而这时，忽视生命的战天斗地和无限扩大的阶级斗争更是让三户庄人的命运雪上加霜。就在三户庄的人舔着伤口，忍着悲痛，稍获喘息的时候，"文化大革命"又骤然降临了。长期的、大面积的社会动乱和经济破坏，使得三户庄人原本贫困艰窘的物质生活更加地愈发沦落不堪。在走投无路的情况下，三户庄的人为了活着，便无可奈何地上演了一出"借粮"悲剧。这些惨状自然表达了一种无声的但却有力的画外音：在极"左"思潮的危害下，三户庄以及它所立足的中原大地乃至整个中国人的生存之路，已经走到了历史的尽头，中华民族正在面临着一次生死的考验。正是在这一意义上，小说虽然只在结尾部分涉及了改革开放、春回大地的消息，但就整体而言，它仍然不失为一部展现改革开放历史大潮的重要作品。因为它透过极"左"思潮造成的中国人艰难的生存描写，昭示了中国改革开放的迫切性与必然性，并进而告诉读者：中华民族要生存、要发展，要自立于世界民族之林，必须得走改革开放之路。小说着力塑造了以任王氏一家为代表的中原农民的形象，其语言饱含着无限的深情，其叙述和描写在酣畅、粗犷中却具有清新、细腻之明显特点，其人物对话描写更是大雅大俗，生猛活脱，直逼着人物的性格；尤其在风格层面，小说明显带着含泪的笑，苦涩的爱，它对悲剧内容进行了喜剧表达，用幻化进行了辛辣地反讽，张力丰盈，委实让人刮目相看，回味再三。①

韩少功短篇小说《第四十三页》：一篇具有独特艺术魅力的小说

《第四十三页》7月份发表在《香港文学》第7期，进入2008年度小说排行榜。小说以其看似天马行空实则神思凝聚的叙述，让我们再次体会到了形式的陌生感、思想的惊愕感以及两者融为一体后产生的艺术魅力。作者重操"原小说"的技法，将阿贝这个新新人类放置到那个被妖魔化了的时代中，让他"活"了起来，自行其是，甚至与叙述者"我"产生了激烈的争论，使历史与现实、真实与虚构并置，在疏离中亲近，在杂糅中澄清，焕发出一种令人惊讶

---

① 参阅古耜《历史褶皱里的民生与民魂——读王昕朋、刘本夫的长篇小说〈天下苍生〉》，《博览群书》，2008.10。

的艺术魅力。这使我们认识到：今天，不仅"十七年文学"成了一份被背叛的遗嘱，甚至"先锋文学"也成了一份被遗忘的遗嘱。小说在善意地提醒我们：当很多人患了健忘症之后，我们大家其实又被历史的健忘症给攫住了，这使我们都成了"单向度的人"。在这种情况下，作者吁请我们要用一种辩证的历史视野来看待过往和现世。但高明的是，作者在小说中并没有自己站出来说话，而是以阿贝的见闻为载体，道出了他所意识到的历史内容。另外，阿贝在车厢内的遭遇看似粗暴，但这与车厢外那些看似文明的一些行为相比，车厢内的"粗暴"似乎具有了别样的温柔……①

乔叶短篇小说《家常话》：表达了对生命的关怀和生存的体悟

《家常话》7月份发表在《上海文学》第7期，进入2008年度小说排行榜。小说是为汶川大地震而写的一篇短篇小说，由一个外祖母对自己的外孙女的劝慰性话语构成，由纯粹的独白带出基本的故事，来透显人物的心境和情绪，表达了对生命的关怀和生存的体悟。外祖母在大地震刚发生时，对远在灾区的亲人的安危非常担忧，当知道女儿女婿已经遇难后，她坐在马路边失声恸哭，泪如泉涌。但她并没有被灾难彻底击倒，而是从灾区接回了自己的外孙女，给她重新注入了生的希望和信念。小说如清泉透迤，春雨化醇，丝毫不见任何枯瘪生硬的说教性东西，它以家常话这种特殊的话语表述方式，呈现出了我们在面对精神疼痛时，需要的不仅仅是外力的帮助，更需要的是自我成长和自我疗救的能力。②

毕飞宇长篇小说《推拿》：对残疾人的真实生活进行了如实的描绘

《推拿》9月份发表在《人民文学》第9期，随后由人民文学出版社出版单行本，获得第八届茅盾文学奖（2007—2010）。小说由"引言""尾声"和二十一章构成，以"沙宗琪推拿中心"的老板和工作人员的姓名为各章标题。里面的人物基本上都是盲人，主要有擅长理论与管理、不顾身体状况、追求女员工都红的老板沙复明，沉稳笃定、坐怀不乱、唯恐中毒的老板张宗琪，在家事、婚事、工作等方方面面处乱不惊的推拿大师王大夫，以时间为玩具、暗恋

①　参阅鲁太光《小说的精神》，《小说选刊》，2008.9。
②　参阅韩传喜《疼痛与成长的精神向度》，《文艺报》，2013.8.23。

嫂子小孔的小马，为一场婚礼活着的金嫣，对方言异常敏感的泰来，为盲人尊严活着的都红，在嫖趣中做皇帝梦的张一光，前台的高唯，厨娘金大姐。这些盲人推拿师或多或少都有一段痛苦的生活。先天失明的他们小心翼翼地争取着自我的独立和尊严，比如身体强壮的王大夫，为了教育游手好闲的弟弟划开了自己的胸膛。音乐天才都红只要听过如任何曲调，旋律，都能哼唱，能弹奏，音乐对于她是一种本能，然而，在现代社会，她却无法安心地去追求高妙的神乐。在这种情况下，都红抛弃了自己的音乐天赋，改学了不擅长的推拿。而张宗琪的生活更近乎悲剧，他的幼年被威胁所包裹，这使他永远处于被毒死的恐惧之中。小马因车祸伤了眼睛，九岁时，当他知道自己再也无法重见光明后，他用瓷碗的碎片划开了颈动脉自杀，自杀未成后，他每天便以沉默来玩着他的时间游戏，因为在他的世界里，时间是有刻度的，有质感的，时间可以反复堆砌，并可提供他所冥想的玩具。小孔幼年时因为发烧烧坏了眼睛，疼爱她的父亲接受不了这个现实，整日酗酒，喝醉了就用力撕扯她的眼皮，要她睁开眼睛看看他的脸。顽强的金嫣用她仅剩的光明来执着地追求着想象中的爱情。张一光为劫后余生而窃喜，却用"天赐"的失明来放纵生命。沙复明当年赚钱心切，绝不肯放走一个客人，于是，发明了"喝"饭法，他将米饭汤料混在一起，几分钟内能解决一餐，就这样，在没有任何人的帮助和提携下，他只靠他可怕的勤奋和忍耐，以自己的身体健康为代价换来了"第一桶金"，终于开业当了老板。沙复明的同学、推拿手艺极好的王大夫，也梦想着和情投意合的恋人——同为推拿师的小孔回家乡南京去开业，然而，由于急于求成，他的钱都被套在股市里了，在不得已的情况下，他只得忍气吞声地为自己昔日的同学打工。小说中的主人公不是某个人，而是一群人，他们普遍隐忍着自己的欲望，小心翼翼地生活着。他们的坚持、追求却常常走错了方向。作者对他们的生活真实进行了如实地描绘。作者不无犀利地指出，社会对盲人廉价的同情、无意的戏弄和有意的利用，造成了一种可悲的隔阂，同时，盲人们的敏感压抑与沉默无声也在加厚着这堵高墙。小说的结构、故事简单，但一切看上去又是那么自然，可以说是浑然天成，细琢磨，无一处不可爱，无一处不真诚，无一处不涌荡着令人心碎的柔情。小说故事普通，但作者却用他的鬼斧神工使其生花，一点点沉浸，一点点渲染，一点点荡起水花，慢慢荡漾，慢慢沁人心脾，慢慢刮骨疗伤，慢慢缠绵悱恻。小说塑造的人物是黑暗中的舞者，他们甚至比舞姿更妖娆。该小说是色，是香，是味，是亮，是光，是美好，是宽容，是贴心贴肺，是意气意气相投，是肝胆相照，是断肠欲绝。该小说是黑暗之王，洞幽烛微，关照一切。①

笛安短篇小说《圆寂》：讲述了一个残疾人的悲惨故事

《圆寂》9 月份发表在《十月》第 5 期，进入 2008 年小说排行榜。小说描写了袁季与普云之间的故事。袁季没有四肢，在村里受尽屈辱，被路上孩童欺负，被路边小伙抢钱。袁季的母亲去世后，他又被哥哥抛弃了，成了无依无靠的人，成了乞丐。但袁季却为哥哥着想，全然没有对他的薄情产生丝毫的怨恨。他默默地腾出 50 多平方米的新居给哥嫂居住，自己则住到老鼠蹿来蹿去的地方。普云是袁季的老朋友，她从来没有忘记袁季，她主动帮助袁季解决生活中的许多不便。但普云后来命运多舛，做了妓女。在一个寒冷的冬夜，袁季与"同是天涯沦落人"的普云分享着一块烤红薯，普云则以自己的肉体，给袁季注入了生命的活力和尊严。"有那么一个瞬间，袁季觉得，自己的手和脚从那四个肉团里面不管不顾地，莽撞地长了出来。"袁季也获得了街坊邻居、普云寺方丈以及其他人的同情和关怀。袁季是世俗生活中的活佛，心如止水，他对命运给他带来的不幸从不抱怨，这在无形之中影响了身边的许多人。

蒋子龙长篇小说《农民帝国》：描写了一群农民起伏变化的生活，塑造了一个半佛半魔式的农民形象

《农民帝国》10—11 月份发表在《中国作家》第 10—11 期，进入 2008 年度小说排行榜。小说以改革开放三十年为背景，以郭家店的发展变化为蓝本，以郭存先的经历为线索，细腻而深刻地描写了一群农民起伏变化的生活。小说主人公郭存先所在的郭家店坐落在华北平原的海浸区上，贫瘠、贫穷。当人们的生活实在难以为继的时候，郭家店的人就去四处讨饭。久而久之，讨饭成了郭家店的一种传统。20 世纪 60 年代初期，郭存先离开郭家店后，凭着做棺材

---

① 参阅林雨《毕飞宇长篇小说〈推拿〉在黑暗中寻找光明》,《文艺报》, 2008.12.23。

的手艺去讨生活，结果，他不仅维持了一家人的生活，而且还从外地领回了漂亮贤惠的媳妇朱雪珍。郭存先在改变家庭生活方面表现出来的能力被村领导看中后，任命他为第四生产队的队长。郭存先担任队长后，鼓动社员们从老天爷嘴里抢夺粮食，他因此又被撤销了队长职务，但社员们却得到了实惠。后来，县革委会生产组组长封厚力主郭存先出任郭家店的大队长。郭存先担任大队长之后，大胆起用了地主刘玉成和富农金来喜，让他们分别负责郭家店的农业队与工程队。紧接着，郭存先又把经商能力超群的王顺从外地召到郭家店，创办了屠宰厂，为后来郭家店的突飞猛进式的发展积累了最初的资本。随后，郭存先又创办了砖窑、磨面房等村办企业，全面开始了在郭家店的创业过程。"文革"结束后，郭存先率领郭家店人坚决不分队，继续实行集体化经营。这遭到了大化市委派来的联合调查组的调查，但调查并没有动摇郭存先在郭家店的地位，反而更加坚定了他要让郭家店走工业化发展道路的理念和信心。在此之后，郭家店又先后创办了电器厂与化工厂。当村民欧广明的儿子被大化钢铁公司的汽车撞死后，其老总张才千为了表示悔恨，以计划内价格给郭家店划拨了50万吨钢材。正是张才千的援助，郭家店才办起了钢铁厂，并且最终发展成在全国都产生了巨大影响的工业村、富裕村。小说上半部结尾写到，春节时，省委书记熊文来给郭存先拜年，这使他的付出得到了省委的肯定，他精心营构的农民帝国初步成形。小说下半部写熊文访问郭家店之后，郭存先的私欲与权欲开始膨胀，他居然想建立一个明显带着封建色彩的"农民帝国"。小说第二十章揭示了他渴望自己成为像陈永贵一样的人的心理，先当上人大代表，然后升为国务院副总理。他的权力欲望已经膨胀到一种难以被理性遏制的地步。"钱围着他转，他围着钱转；女明星们围着他转，他也围着女明星转……天转地转，神转鬼转，眼转心转，情转智转，这样转来转去，还有谁能保证脑袋不大？"正是在这样的情况下："郭存先被转'大'的不光是脑袋，话越说越大，口气越来越大，架子越来越大，脾气越来越大……"，到后来，他竟然把大化市委书记高敬奇也不放在眼里了。对郭存先的变化，老县长封厚曾经给他泼过冷水，但郭存先却不把封厚的一番好意当回事。这样，郭存先转来转去转得分不清好坏人，也听不出好坏话了。当他从北京开会回来时，郭家店人以一种自我炫耀的方式大张旗鼓地到火车站迎接他，他竟然挡住了大化市委书记、市长的车队，这为他最终成为阶下囚埋下了种子。郭存先又滥施淫威，纵容手下打死了蓝守义与杨祖省，唆使保安人员扣留了前来调查处理案情的四个公安人员。他的灵魂最后彻底被权力扭曲和异化了。从根本上说，郭存先最后的彻底失败正是因他内心中的自我权力欲望过于膨胀导致的。他已经是一个半佛半魔式的中国农民形象。①

方方长篇小说《水在时间之下》：写了一个艺人异常坎坷曲折的命运遭际

《水在时间之下》11月份发表在《收获》第6期，进入2008年度小说排行榜。小说女主人公水上灯刚刚来到人世，就毫无理由地号哭不止。她的生身父亲水成旺在这个时候偏偏被陈一大杂耍团的杂耍演员红喜人误伤而亡。于是，水家的大太太刘金荣认定，刚刚出生的水上灯是一个十恶不赦的克星，是她克死了她的父亲。刘金荣逼迫大儿子水文下令让仆人山子将水上灯遗弃。但在山子准备将水上灯送给一个在大街上捡垃圾的讨饭婆子时，本性善良的菊妈略施小计，把水上灯送给了自己那个靠下河淘洗马桶为生的老实巴交的表弟杨二堂。就这样，水上灯开始了她那充满悲剧性的人生历程。幼年时期，水上灯艰难的生长过程使她具有了刚强、倔强、坚韧的性格特征。在养父母杨二堂夫妇离开人世之后，水上灯为了能够比较体面地安葬养父，她把自己抵押给一个四处游走的汉剧草台班洪顺班。在跟着洪顺班唱戏的过程之中，水上灯被一个70多岁的糟老头糟蹋了。在汉剧名角余天啸的相救、帮助下，水上灯后来成为汉剧名角，光照全武汉。水上灯后来才知道，长期以来与自己一直作对的水文、水武是自己同父异母的两个哥哥。有一天，日本人到水家来抓水文，说水文先一晚参加了反日活动。其实，水文那晚上在水上灯家里。但水上灯没有承认，结果，水文被日本人抓起来。水家为了救出水文，变卖财物房产，但拯救未果，水文还是惨遭了杀害，他母亲刘金荣投江自尽。水武在父亲水成旺之死的刺激下，精神失常了，当水文和刘金荣死了后，他彻底疯了。水上灯面对水家的败亡，惊愕得半天都说不出一句话来。其实，水上灯没承认水文那晚上在自

① 参阅王春林《深入一个人的灵魂究竟有多难？——评蒋子龙长篇小说〈农民帝国〉》，《当代作家评论》，2009.3。

己家里，并不是要刻意要报复水文，而是为了保护刚刚枪杀了一个汉奸的自己的恋人陈仁厚。水上灯知道水文与汉奸陈一大一直保持着很好的关系，日本人抓走他，可能不会让他吃太大的亏。但是，陈一大反而落井下石，致使水家彻底败亡。水上灯知道，自己的养父杨二堂的死亡与水家有关系，而且自己屡屡遭受的欺辱也来自水家，因此她和水家结下了巨大的怨仇。水上灯最后还是原谅了水家，尤其是原谅了几次差人暗害自己的同父异母的二哥水武。小说"尾声"部分写到，当水上灯在大街上无意间撞到已经沦落为乞丐的水武时，她超越了几十年时间里累积下来的巨大仇怨，毅然决然地收留了这个已经完全疯掉了的痴傻亲人。她把水武带回家，养活起了他。小说集中展示了汉剧名角水上灯一生异常坎坷曲折的命运遭际。①

张炜短篇小说《东莱五记》：流露出作者对原始生命力的追寻和向往，也表现了作者回归大地、民间，重寻精神之源的智慧和勇气

《东莱五记》11 月份发表在《人民文学》第 11 期，进入 2008 年度小说排行榜。小说写了莱州地区有特色的生活。《砸琴》中的神秘蟒蛇与男人来往的故事，《龟又来》中的来人与龟相处、相交、相念的情感故事，都让人体验到了一种新鲜、陌生而又极富感染力的来自民间的审美经验。《失灯影》中灯影里机敏可爱的少年人，野趣无限和神秘的看瓜人，《赠香根饼》中仁慈而又神奇的老人，也都给我们带来了不同凡响的阅读体验。《三返与定居》中对世外桃源生活方式的细细描摹，让人浮想联翩，艳羡不已。作者对出海的渔人，种地的农民，山中的石匠，天真烂漫的儿童，荒年投亲的弱女子，耕读的儒者，擅长仙法妙方的道士等都进行了生动传神地塑造，洋溢着村舍、泥土、山林、海滩的气息，让读者身临其境，感受到了大自然的奥妙神奇和人世生活的丰富滋味。小说短小精悍，想象奇异，营造的氛围似真似幻，容传奇性、情节性、神秘性于一体，堪称一组难得的佳作。小说采用古代笔记体写法，蕴满着民间情趣，充满了神话色彩，既流露出作家对原始生命力的追寻和向往，也表现了作者回归大地、民间，重寻精神之源的智慧和勇气。作者对人文知识分子情结

---

① 参阅王春林《人道主义情怀映照下的苦难命运展示：评方方长篇小说〈水在时间之下〉》，《当代作家评论》，2009.6。

的坚守，对世俗商业语境的排斥，对纯净之地、美善之源的寻找与重构，都可由此可见一斑。①

杜光辉中篇小说《陈皮理气》：表达了知识人对社会问题的深入关注及对社会危机的深切忧思

《陈皮理气》11月份发表在《时代文学》第11期，进入2008年度小说排行榜。小说的情节乃至人物，几乎都有所本。中医陈皮和教授章之含是小说中两个难以俯仰世俗的文化人，他们是"说话人"杜光辉的一体两面，是化身为对社会进行批判的两个知识分子；他们对疾患深重的当今社会进行了毫不客气的揶揄和鞭挞，表达了知识人对社会问题的深入关注和对社会危机的深切忧思。作品设计了一个中医诊所，但来此求医的几位病人并未患器质性的疾病，而是精神受了伤，引起了情志变化，然后"导致肝气不畅，血气郁结"。几位病人得病的病源相同，那就是败坏了风气的社会侵犯了他们的正当权益，使他们愤怒，使他们因动气而伤了身。陈皮医道精深，忠于职守，关心病人，为他们解除病痛，化解了危机。陈皮同时关注社会，对官场腐败、日下的世风表达了深切的忧虑，可以说他自觉地担当着救人与济世的双重责任。小说中的另一位知识分子章之含，是"杜光辉"用分身法创造出来的。章之含是文学教授，也是高校行政化的受害者，因而成为医生陈皮的病人。在求医治病的过程中，章之含由病人变成了陈皮的医疗助手，陈皮让他记录病人的就诊经过，事实上是通过病人的讲述反映了当今社会的种种病态。章之含观察病人时，观察着致病于他们的社会，也观察着帮病人祛除病痛的医生对待病人和社会的态度。在观察中，陈皮渐渐走进了章之含的精神世界，但他却与之作了反向的精神运动。章之含因单位的酬金分配不公"和系领导发生矛盾，把身体气垮了"，最后他决定给领导做检查，要求继续代课，这实际上是向权力的妥协。陈皮和章之含两个人的精神历程呈现了社会知识分子与学院派知识分子在社会认同上的差异，但都反映了社会溃败的严重性。正因为愤激不能济世，甚至不能救人，所以他们只能去寻找另外的救世之道，那就是挖出社会腐败的根源，给社会顽

---

① 参阅许丙泉《繁复与轻灵：评张炜〈东莱五记〉短篇小说美学特色》，《小说评论》，2009.S1。

症下猛药。①

孙惠芬中篇小说《致无尽关系》：写了两家人之间的关系

《致无尽关系》11月份发表在《钟山》第6期，进入2008年度小说排行榜。小说写了两家人，一家是"我"的娘家，以"我"大哥为轴心；另一家是"我"的婆家，以"我"公公为轴心。"我"大哥是一个自办修配厂的厂长，在弟妹中具有强烈的主导意识、自我中心意识。他的性格是两面的，既有老一代农民遗传的宽厚，也有新一代农民滋生的虚伪。他希望得到别人的尊敬，甚至簇拥；但他又常常不顾及别人的感受，二弟、三弟以及回乡拜年的"我"，只能成为他的附庸。"我"公公是供销社里的退休工人，他的愿望是"伸断腰也要进镇，也要上楼"。他于是从农村搬进了城镇，并在那个狭小的生活圈子里，扮演着高高在上的角色，个性张扬，说话尖刻；他的外表看似强硬，内心却脆弱得不堪一击。"我"是小说中的引线，在两个家庭中穿梭，在错综的亲情中，伸展着手脚。年味虽然在两个家庭中发酵出了不同的味道，但它们都属于生活中的本真，是褪去虚华的朴素。

---

① 参阅毕光明《疗救沉疴赖"青皮"——评杜光辉的〈陈皮理气〉》，《小说评论》，2009.5。

2009 年

鲁敏中篇小说《伴宴》：展现了艺术与世俗的艰难博弈

《伴宴》1月份发表在《中国作家文学》第1期，2010年获得第五届鲁迅文学奖（2007—2009）。小说题目"伴宴"是"给宴会伴奏"的意思。具体说就是在举办重要宴请时，主办者邀请乐团为之助兴。本小说围绕着民乐团团长仲熙想说服从不去伴宴的琵琶手宋琛接受一次点名让她伴宴的任务而展开，结果宋琛断然拒绝了仲熙的劝说。琴艺高超的宋琛，个性孤傲，在人人都追逐实利的剧团里，洁身自好，成为"别在民乐团寒凉衣襟上的最后一朵自由的小花"。在这个充满物欲、礼崩乐坏的时代，像宋琛这样坚守高洁的人已属凤毛麟角。然而，正当仲熙因宋琛拒绝伴宴而绝望时，情节却出现了转折，宋琛竟然接受了这个任务，而且找来了许多通俗歌曲准备演出，还穿上了客人喜欢的大红演出服，最后以非常彻底的方式打破了自己"冰清玉洁"的形象。然而，令宋琛没想到的是，重金邀请她演出的竟是自己恋人的妻子，这位财大气粗的女商人在宴会现场极尽所能地羞辱、刁难了一番宋琛。小说让我们看到了在物化时代艺术所面临的隐形的摧折与残酷的蜕变，作者对人的精神与灵魂的关注，对劣俗人性的剖析与批判都令人震撼。其实，更令我们震撼的是艺术与世俗的艰难博弈。物欲横流的现代都市经济颠覆了传统道德与价值体系，使艺术陷入了生存困境，使人们陷入了精神上的生存困境。在这个物化的时代，人们的精神越来越空虚，情感越来越钝化，人与人之间的关系也变得越来越冷漠了。[1]

---

[1]　参阅李欢《艺术乡世俗的博弈——鲁敏小说〈伴宴〉解读》，《北方文学旬刊》，2011.5。

杨显惠短篇小说《恩贝》：讲述了一个仇杀和复仇的故事

《恩贝》2月份发表在《上海文学》第2期，进入2009年度小说排行榜。小说中的寡妇恩贝是一个生在藏区的命运多舛的女人。多年以前，恩贝的丈夫桑杰与闹柔合伙偷牛。动手前他们立下攻守同盟，如果一个被抓住，另一个不能供出同伙。桑杰被公安抓住后，遵守了诺言，被打得半死也没有招供。桑杰释放后却中了公安人员的计谋，闹柔最终被发现，受到了法律制裁。闹柔认定是桑杰出卖了自己，在争吵中愤而杀死了桑杰。闹柔被公安抓起来，将面临死刑的处罚。他的家人急忙找到两个村子的调解委员会，希望他们按照传统的习俗来赔偿人命价。恩贝也同意调解，并和调解委员会一起到法院为闹柔求情。但法院不同意，闹柔最终被判了死缓。闹柔家人知道这是按照法律来判决的，因此没有再要赔命钱。桑杰死了后，恩贝过得异常艰难。虽然她长得非常漂亮，但却没有人愿意娶她。原因是桑杰给她留下了四个年幼的孩子，生活负担异常沉重。十几年后，闹柔经过一再减刑，出狱了。恩贝的三个儿子已经成年。恩贝在儿子们面前不断说起复仇的事情，全然不顾村人的劝阻。终于，恩贝的三个儿子在一个节日里，合力杀死了闹柔。结果他们受到了法律的严惩。面对大儿子被枪毙，另两个儿子也被判刑的结果，恩贝异常平静地说："杀人偿命，不偿命赔命价，我们的先人们不是这么做的吗？"小说篇幅很短，但故事的讲述却大巧若拙、繁简得当。作者对"留白"技法的使用，使小说的意蕴深远、回味不止。其中，最令人遐想的空白是恩贝十几年的心理情绪，这一不仅使小说具有了充满弹性的叙事空间，而且给人物日后的行为也提供了一个可靠、可感、可依的心理事实。

张惠雯短篇小说《垂老别》：批判了现代化使传统伦理道德的瓦解和沦落

张惠雯（1978—），祖籍河南西华，现居美国。《垂老别》2月份发表在《莽原》第2期，进入2009年度小说排行榜。小说题目取自杜甫的《垂老别》。在杜诗中，主人公"投杖出门去"的原因是因为战乱，膝下的子孙均已战亡，他被官府征兵而不得不泣别老妻。张惠雯笔下的王老汉则是生活在当下的太平时代。他和老伴拼尽一生心血，帮助两个儿子成家自立，在本该安享天年的时候，却落得无立锥之地，只好在野地里搭了一间小泥屋艰难度日。老伴死后，窝棚也被风雪压塌。而比风雪更冷酷无情的是两个儿子把他作为一件嫌厌的包袱推来推去，最终在垂暮之年，他以老迈之躯，无奈悲凉地背井离乡。小说虽然也约略呈现了农村老人的基本生活保障问题，但这并不是它表达的重心。它的叙事主旨其实在于揭露和批判了对传统伦理道德在现代化进程的急遽推动下的全面瓦解和沦落。造成王老汉悲剧的主因，既不是战争，也不是贫穷，而是在现实利益的操控下人心的荒芜，亲情的凋零，道德良知的泯灭。①

刘震云长篇小说《一句顶一万句》：知音难觅

《一句顶一万句》2—3月份发表在《人民文学》第2—3期，进入2009年度小说排行榜，获得第八届茅盾文学奖（2007—2010）。小说上半部分"出延津记"写的是过去。杨百顺想上学却被父亲用假抓阄的把戏给阴了，杨百顺于是跟父亲在家做豆腐，豆腐做了一个月，就跟父亲闹翻了，16岁的他离家出走，做过剃头、杀猪、种菜、挑水、扛活、蒸馍等活，目的是找到"说得上话"的人。因为找不到，他便跟随意大利牧师老詹信了教，心想可以和神"说得上话"。老詹把杨百顺的名字改作杨摩西，他倒插门到吴香香家后又改作吴摩西，最后又改为罗长礼。杨百顺的养女巧玲是一个在坎坷中长大的苦难小女孩。巧玲的亲妈吴香香为了和妯娌斗气，"打巧玲给人看"。巧玲三岁时得了个拉肚子的小病，爹妈不当回事。变成大病后好不容易治好，但她却落下个胆小的毛病，她妈"嫌弃她是个夹尾巴狗不喜欢她"。杨百顺却疼巧玲，觉得和她能"说得上话"。但他在寻找跟人私奔的吴香香的路上却把巧玲弄丢了。五岁的巧玲被三个人转手由河南卖到山西，长大后和老曹结婚，这时候，她才努力寻找自己命运的病根（延津、人贩子老尤），她思念杨百顺，想象延津是她心里的家。杨百顺把巧玲丢了后，他走出延津，去找巧玲，找了半辈子，却没找着。下半部分"回延津记"写巧玲的儿子牛爱国的事业稳定，却因妻子的绯闻闹得满城风雨，不得不离乡另谋生路，在身处异乡惹出麻烦后又返乡避祸，妻子与人私奔后再次出走，颠来倒去总难如愿。牛爱国回到延津，踏上的是祖先走过的路，同样是为了摆脱孤独，寻找着"说得上话"的朋友，但他也逃不脱命运

---

① 参阅段乔木博客文章《何乡为乐土，塌然摧肺肝——〈垂老别〉赏析》，新浪博客，2009.6。

的驱使和轮回的力量。小说中的老汪是一个教书先生，因讲解《论语》得不到知音而落泪，一生都没有遇到"说得着"的人，他只能在荒野中暴走以疏解心情。老汪不喜欢淘气的小女儿灯盏，当灯盏掉到水缸里淹死时他也没有特别伤心，直到数日后看到灯盏留在没有吃完的月饼上的小牙印，他才异常伤心，对着淹死女儿的水缸放声痛哭。后来，他离开家乡，一直向西远走，靠捏哭泣的小媳妇面人度生。小说上半部分"出延津记"不仅指离开延津这片土地，也指去往更遥远的神的国度。杨百顺在尘世中寻找知音的路断了后，他把自己交给神，皈依神路，离开延津就是离开尘世，去往天国寻找知音，和神做知音。下半部分对应上半部分，它不是单纯的理意义上的回归，不光是象征人生的轮回，更象征着由天国到尘世的回归。两部分表面上看主要是在讲杨百顺和牛爱国两个人的历史，但实际上是在讲"孤独"的历史。"孤独"世代相传，祖辈的故事在后辈人的身上重演，祖辈的"孤独"在后辈人的身上延续。①

张者长篇小说《老风口》：讲述了新疆生产建设兵团的政治婚姻往事及军垦战士的屯垦戍边功绩

《老风口》3月份发表在《当代·长篇小说选刊》第2期，进入2009年度小说排行榜。小说的故事是从1949年开始的，这一年十万大军徒步向新疆开进。这支身经百战的队伍平均年龄在38岁以上，95%的人是光棍。部队要去解放新疆，要去屯垦戍边，要去荒漠上扎根，但最稀缺的却是女人和水。陆陆续续地，一大批女军人加入这支从来没有女性的戍边部队中。但这些来自祖国内地农村、城镇的女军人们到了部队并不是做军人，而是要做军人的家属。她们必须服从组织和工作的需要，被动地选择着个人的情感生活。例如小说中的胡一桂连长拦截下运送女军人的车辆后，强行留下了几个女兵给连里的干部当老婆；李桂馨被当作开荒竞赛的奖品分给了第一名当老婆；首长生硬地把风尘女子宁彩云分配给老兵油子葛大皮鞋当老婆……这些情节反映出当时妇女的地位并没有得到真正提高，她们的情感并没有得到真正的尊重。小说中的连长胡一桂、知识分子秦安疆、老兵油子葛大皮鞋、风尘女子宁彩云、女军人李桂馨

---

① 参阅马云鹤《消解孤独的两种方式——浅析刘震云的〈一句顶一万句〉》，《当代文坛》，2010.6。

等都被塑造得丰满生动。几十年之后，沙漠变成了绿洲，荒原变成了良田，一支十万人的部队发展成了有两百多万人的新疆生产建设兵团，成了保卫新疆，建设新疆，稳定新疆的"定海神针"。小说在当事人父亲的战友马长路指导员的讲述和一个野种孩子的倾听与补充中，把那些闻所未闻的"口述实录"故事缀合成一个传奇化的有机整体，最终以扎根、断根、无根、拔根、寻根的潜在脉络，完成了故事的多重意蕴的生成。胡一桂连长和维吾尔族姑娘阿依古丽的那段旷世奇恋，被渲染得一波三折，回肠荡气。小说语言豪壮粗粝而又细腻，其语感有骨力有血肉，营造出了异域境界；整个叙述把宏大叙事和个人叙述、个人野史和正史巧妙地结合在一起，形成了一种文学叙述的"双声道"，大气磅礴，给人震撼。①2010 年 1 月，小说由作家出版社出版。

于晓丹长篇小说《一九八〇的情人》：围绕着一个早早缺席却始终在场的幽灵来展开叙事

于晓丹（1960—），祖籍山东荣成，现居纽约。《一九八〇的情人》3 月份发表在《当代》第 2 期，进入 2009 年度小说排行榜。小说写主人公正文始终难以摆脱一个幽灵对自己的控制，这一幽灵就是他的哥哥正武。正文、正武、毛榛在溜冰场上第一次见面时，正武在女友毛榛面前表露出了对正文的专制；正武在刻意地管束毛榛的同时，多疑地盘问起与毛榛搭讪的男生的来历。同时，正武事无巨细的关照和洞悉一切的心机，在正文与毛榛的心里形成了巨大阴影。当正武等四人去莫斯科餐厅进餐时，正武的霸道又得到了进一步强化。正武不久后落水而亡了，但他的阴影却笼罩着正文，使正文一直走不出哥哥死亡的阴影。哥哥的形象永远在正文心中定格为稚嫩的少年。正文与毛榛虽然相好了，但他们之间的性事总因为毛榛内心的拒斥而一再被延搁，毛榛在冥冥中觉得总有一双熟悉的眼睛在窥视着自己。正文身边的男性无论扁豆还是老柴，都较果敢、强大和自信；毛榛、谭力力等身世曲折的女人，也主动地包容和暗示着依然懵懂的正文。正文摆脱正武幽灵的最好时机，是那次对毛榛的"解救"行动。他在调查正武死因的时候发现，毛榛与已婚教师的情事是正武临终

---

① 参阅张者博客文章《〈老风口〉：保卫新疆的备忘录》，新浪博客，2010.1.19。

前无法解决的难题，甚至可能是正武失神溺毙的原因。正文看到毛榛身上被殴打的伤痕，决意斩断毛榛与那个教师之间的关系。但正文对"解救"的意义却缺乏真正的体察，他始终亦步亦趋跟在老柴身后；在对小个子教师的伏击中，正文反而成为唯一的伤者，这使他的姥姥及毛榛都感到了更大的羞辱。毛榛匆匆嫁人，与正文越走越远。正文最后一次反抗正武的机会是由谭力力之死引发的。谭力力是正文生命中的第二个重要女人，她的毁灭同样让人措手不及和莫名其妙。但正文最终却放过了最后一次"翻身"的机会，永远地被压在正武的幽灵之下。小说的结局是多年后，正文满心期待地去见毛榛，却依然看到了正武那张永不衰老的恐怖面容，而且正武的幽灵依然以毛榛儿子的身份，挡在了正文与毛榛之间。①

滕肖澜中篇小说《倾国倾城》：讲述了职场里的黑幕、扭曲与潜规则

滕肖澜（1976.10—），上海人。《倾国倾城》3月份发表在《人民文学》第3期，进入2009年度小说排行榜。小说讲述的故事是银行职员崔海和佟承志都面临着升迁的机会，二人于是暗暗地竞争起来。崔海暗中给佟承志派了一个叫庞鹰的"卧底"，庞鹰是刚分配来的一个爱脸红的小姑娘，崔海曾经救过她。为了报答救命之恩，庞鹰和男朋友黄昊分手后，心甘情愿地去帮助崔海实现升迁的目的。但佟承志却悄悄地爱上了庞鹰，庞鹰也爱上了佟承志。佟承志的妻子苏圆圆是个心计很重又不可爱的女人，她无法生育，她非常关心丈夫的升职。她为了挑拨崔海跟第二任妻子蒋莹的关系，为了搞臭崔海，也在暗中给崔海派了一个叫高丽华的年轻貌美的女人。高丽华去"诱惑"刚和蒋莹成婚的崔海，险些造成蒋莹和崔海离婚。蒋莹是个天真而单纯的"小女人"，喜欢崔海，既大胆表明，又勇敢追求，终于和崔海成婚。当蒋莹知道崔海和高丽华的暧昧关系后，她流产了，并想和崔海离婚。但当她知道这是苏圆圆的计谋后，她就把情况讲给了崔海，使苏圆圆的"计划"得到曝光。最后，佟承志顺利升迁，崔海依然是个处长。庞鹰无法再待下去，不得不辞职，变成了一个没有爱情、没有男友、没有工作的人。高丽华虽然

---

① 参阅胡妍妍《可惜只能活一次——读于晓丹〈一九八〇的情人〉》，《名作欣赏》，2009.19。

"诱惑"崔海失败，但苏圆圆仍旧"奖赏"了她，让她到海外去工作。该小说的高明之处，是叙述者的不动声色，里面所写的事，其实全是黑幕的、扭曲的、潜规则的事情，比如佟承志等人的种种徇私违规等，但作者却把它们全当作正常事来写，完全不带善恶分辨，这种看似麻木的声音其实更具有反讽的力量，比肤浅的道德批判更深刻。在完全失去了善恶对立的语境里，游戏的规则被凸显了，一切都成了争权夺利的棋子，潜伏、偷情、美人计、计中计……在这样的一场比战场更残酷的职场游戏中，每个人都深谙游戏规则。然而这还不是最精彩的，最为奇妙的其实是庞鹰，这个涉世未深的女孩子，如《色·戒》里的王佳芝一样，是崔海派到佟承志身边"潜伏"的"卧底"，但最终她却也如王佳芝一样，在即将成功的一瞬间，被爱情的力量克制了精心的巧计，最终功亏一篑。庞鹰是唯一一个身陷游戏之中，但却不谙游戏规则的人。与作者以往的小说相比，这篇小说略显不足的是有些地方太为故事而故事了。虽然故事很精彩，人物也丰满，意义也深刻，但当把很多故事合在一起后，似乎给人带来了不配套的感觉。看得出来，作者是想通过本小说来超越自己，想让小说更加充满张力。①

王手中篇小说《自备车之歌》：一篇精准把握人物心理活动的小说

《自备车之歌》3月份发表在《收获》第2期，进入2009年度小说排行榜。小说写拥有私家车的小官僚崔子节看上了在车库看车的女人李美凤，于是打着"扶贫"的道德旗号，给李美凤的孩子送糕点送书，希望这个很卑微的女人能够感恩戴德自己，然后再和自己发生点情色小故事。处身在困顿生活里的李美凤看到一丝光亮，于是把崔子节的"扶贫"当成救命稻草，说出了"带我走吧"的话。但崔子节听后却心生退意，害怕自此难以摆脱。李美凤后来离开城市，和崔子节终成陌路之人。小说细腻、舒缓，尤其是对人物的心理把握得很精准。崔子节挖空心思的试探、臆想、欲求，困惑，恐惧，忧虑，庆幸以及他细细的回味和淡淡的失落都被写得张弛有致，娓娓道来，显得精密而流畅。

---

① 参阅臧策《发现的智慧》,《文艺报》, 2010.11.26。

次仁罗布短篇小说《阿米日嘎》：表现了现代文明与乡村传统的冲突与和谐，以及人性中恒久的善

次仁罗布，生年不详，藏族，西藏拉萨人。《阿米日嘎》4月份发表在《芳草》第4期，进入2009年度小说排行榜。小说题目"阿米日嘎"在藏语中的意思是"美藏策发现的智慧国"。小说中的贡布是个"看着本分，心却不安分"的农民，在亲戚的建议下，他通过从信贷所借款等方式，花了近万元钱从拉萨买回了一头美国血统的种牛，期待成为村里第一个靠牛致富的人。贡布为了保证种牛的体力，拒绝了村民们为自家母牛配种的请求。然而，种牛却意外猝死了。贡布怀疑是噶玛多吉出于嫉妒毒死了他的种牛。但公安"我"的调查结果却是种牛误食了毒草才死了的。这个结果使贡布号啕大哭。但在这个时候，为了减少贡布的损失，噶玛多吉第一个站出来，要买种牛的肉，村民们也蜂拥着来买。"我"也被感动了，"我"用500块钱买下了牛头。小说表达了现代文明与乡村传统的冲突与和谐，以及人性中恒久的善。

次仁罗布短篇小说《放生羊》：以现实生活为背景，演绎了一场将罪、爱、救赎与重生交织在一起的大爱剧

《放生羊》4月份发表在《芳草》第4期，2010年获得了第五届鲁迅文学奖（2007—2009）。小说思考了人生和人性。它讲述了藏族老人年扎为救赎爱人的罪孽，希望爱人尽早转世，便带一只领放生羊日复一日、年复一年地转经、拜佛、祈祷的故事。年扎在睡梦中，梦到已去世了12年的老伴桑姆在地狱里备受煎熬，还没有转世。噩梦惊醒后，年扎认为，这不是噩梦，是托梦。年扎于是在清晨五点就加入到了转经的人群中。年扎每天转经，逢吉日拜佛，向僧人、乞丐布施。但年扎梦见，桑姆还在地狱。他便感到自己还做得不够，于是，他又去为桑姆烧斯乙，去四方小庙添供灯、祈祷……他一心只想着靠多行善来救赎桑姆的罪孽，好让佛祖觉汝米居多吉（释迦牟尼佛）保佑桑姆，使桑姆在来世有个好去处。年扎依靠信仰的力量，在有一天拜完佛，从甜茶馆来到一个幽深的小巷时，与一名留山羊胡子、戴着白顶圆帽的甘肃男人相遇，男人牵着四头绵羊。突然，一头绵羊驻足不前了，它看着年扎时不停地"咩咩咩"地叫唤着，年扎便掏钱将它买下，打算养一段时间后再放生，任它生老病死。年扎又一次在仓琼茶馆喝甜茶时，旁边一个中年人说："南边的三怙主殿正在维修，听说缺人气，要是谁去帮忙，那功德无量。"年扎想这正是一个好机会，去义务劳动，可以让桑姆有个好去处。于是，他安排好放生羊，并打算捐出自己积蓄的 500 块钱，义务劳动一个月。年扎找到三怙殿管事的僧人后，捐了钱，并为放生羊缝了褡裢，然后在三怙殿劳动了 23 天，便结束了工作。以后的日子，年扎和放生羊依旧一日复一日地转经、拜佛、行善，为桑姆救赎。直到有一天，年扎胃痛难忍，不能再活动，当邻居把他送往医院后，检查结果显示他得了胃癌。他虽然知道自己的生命没多少日子了，但他还是想着在有限的生命里去做更多的善事。他没有在医院治疗，而是带着放生羊去各大寺庙拜佛，逢到吉日又去菜市场买了几十斤活鱼，由放生羊驮着，到很远的河边去放生。当他看着几百条生命被自己从死亡的边缘拯救后，他感到神清气爽，心里充满了慈悲和爱怜。小说以平凡的现实生活为背景，演绎了一场大爱无声的剧目，它将罪、爱、救赎与重生交织在一起，将信仰、救赎和人间大爱展现得淋漓尽致。

杜光辉短篇小说《洗车场》：道出了获得希望与公平的艰难

《洗车场》4 月份发表在《天津文学》第 4 期，进入 2009 年度小说排行榜。小说以洗车场为场景，塑造了三个社会底层的男性：下岗工人张富贵、农民刘狗顺、技校毕业生黄天朝。50 岁的张富贵拥有 30 年的工龄，被一纸文件宣布下岗，带着 2 万元的买断工龄钱经营起了洗车生意，他招聘的刘狗顺被乡书记追逼赋税跳崖致残，黄天朝花净父母的血汗钱读完技校后，却找不到工作。三个经历不同、年龄不同，命运却相同的人因洗车场聚在一起，他们在冰天雪地里等候着车主的惠顾。刺骨的寒冷和车主傲慢的挑剔并没有让他们灰心泄气，因为他们心里装着各自的希望，刘狗顺和张富贵的儿子都在北京读大学，他们想着孩子毕业后能考研究生、博士生，然后找到好工作；并且他们还想到让儿子们当上大干部，然后去整治一下使他们下岗、残疾的企业厂长、乡镇干部。而二十出头的黄天朝则在空闲时用很毒的眼光盯着马路对面，想象着在城市的某个地方能有一间自己的电脑维修门面房。因为各人都怀揣着宏伟的理想，所以他们在洗车场中抵抗严寒，吃着粗茶淡饭，自得其乐。有一天，将刘狗顺追逼得致残的乡书记来洗车，他对刘狗顺说："我知道你娃在北京的名牌大学，你指望你娃有前途了，用你娃压我娃。我也给你说句老实话，我娃没有考过你娃，但你娃的前途不一定比我娃的前途大。现在社会是综合实力的竞争，啥是综合实力你懂不懂？综合实力就是多方面的实力，你娃除了考试好还有啥实力？你家的七大姑八大姨本家叔伯大舅二舅都是干啥的，能不能让你娃当干部？你有多少钱给你娃的前途铺路，就凭你给人家洗车挣的那点钱，干上一年恐怕也请不起人家吃顿饭。我这辈子比你有前途，我娃肯定比你娃有前途，这就是命。"乡书记的话让刘狗顺、张福贵、黄天朝的希望完全破灭，因为他们觉得乡书记的话道出了生活的真实，公平是个让人望尘莫及的东西。小说结尾是作者给予人们的微弱希望，秦川八百里的树木长出了嫩芽，匍匐在地里一冬的麦苗挺起了身子，希望是有的，只不过它需要生长。

张翎长篇小说《金山》：重现了海外华人饱蘸血泪的艰难创业史

《金山》4—5月份发表在《人民文学》第4—5期，进入2009年度小说排行榜。小说通过对几代海外劳工生活秘史和悲苦命运的描写，刻画了中国普通民众在全球化进程中艰难前行的身影。麦氏年轻时候失去丈夫后，与儿子方得法相依为命。方得法16岁时，跟随着红毛到金山（加拿大）修筑太平洋铁路，最终，他用血泪和汗水换来了家产，成了方家的顶梁柱。当方得法要娶亲时，他却不要早已定下亲的司徒家的女儿，他看中的是本村文雅识字的六指。麦氏认为六指有不吉祥的"六指"，因此执意不允，只松口说可以做妾。六指知道后，以惊人的胆量与毅力用切猪草的刀砍下了自己的第六根指头，结果造成了毒火攻心、命悬一线的危局。方得法闻讯色变，决意启程回金山。麦氏惶恐，妥协了。顽强活过来的六指便嫁到了方家。但麦氏对六指经常发火。六指是个孝顺而贤惠的媳妇，面对婆婆的挑剔与指责，她没有据理反驳、顶撞。后来，六指生下儿子锦河。1900年，方得法回乡打算带六指和儿子去金山，但因麦氏阻挠未能成行。不久，六指和儿子被绑匪劫持，义仆墨斗只身一人赎回了六指母子俩。麦氏怀疑六指失身于土匪，给六指带来了致命的打击。墨斗为了证明六指的清白，给方得法写信，告诉了他真相。当麦氏大口吐血，危在旦夕时，六指忍痛剜下了自己腿上的肉，炖汤救回了麦氏的性命。从此，婆媳之间的僵冰开始打破。1913 年，当方得法再次回乡探亲时，麦氏去世。六指想去金山，但为了一张船票，却等候了一生。在六指和方得法结婚后的 50 年时间里，方得法总共回来过两趟。1915 年，六指本可以和方得法在金山团聚，但她放弃了，她心疼年岁已老的丈夫，毅然决定让小儿子锦河过去帮助操持家业。后来，由于时运不济、战乱不断，六指去金山的梦彻底破碎，直到 1945 年方得法去世，她也没能见上他的一面。方得法给六指留下的只有八封书信。小说以一种高度写实的方式，逼真地重现了海外华人饱蘸着血泪的艰难创业史。六指是一个性格特别坚韧、强悍的悲剧性女性形象。她是被禁锢在某种无形的男权传统中的"阁楼上的疯女人"。小说通过对以方得法家族为代表的海外华人的描写，突出表现出的是国家民族想象的问题，关于这点，主要表现在三条线索上：一是对欧阳家族三代人的描写；二是对方得法家族与国家民族之间的种种牵系；三是一直贯穿于小说始终的中国劳工在金山所遭受的种族歧视。总之，小说对海外华人苦难命运的展示，透视了人性和渗透于故事情节之中的现代民族国家想象，这是小说引发我们深思的两个问题。小说将书信、报刊报道、族谱记载、通报、广告等多种文体形式杂糅运用，一方面使小说的篇幅大大缩短，另一方面也帮助作家更好地实现了自己的创作意图。①

刘醒龙长篇小说《天行者》：讲述了民办教师的转正以及他们的爱情故事，显现了作者鲜明的爱憎情感

1992 年 5 月，刘醒龙在《青年文学》发表了反映民办教师在极其艰苦的条件下为我国的义务教育无私奉献的中篇小说《凤凰琴》，获得了全社会的巨大反响。十几年后，我国的乡村教育出现了极大的变化。2008 年 12 月—2009 年 4 月期间，作者又接着《凤凰琴》的情节创作发表了继续讲述乡村教师生活和工作的小说《雪笛》。《凤凰琴》写高考落榜生张英才在界岭小学当民办教师时，因一篇题为《大山·小学·国旗》的文章被发表而获得去城里进修资格的情况。《雪笛》写张英才的文章虽然受到了关注，但是界岭小学的条件并未改善，界岭村的村长余实依旧拖欠着老师们的工资。在这种情况下，界岭小学的

---

① 参阅王春林《人性的透视表现与现代国家民族想象——评张翎长篇小说〈金山〉》，《理论与创作》，2010.2。

余校长、副校长邓有米、教导主任孙四海帮助另一位村民叶泰安当上村长，但叶泰安却在村委会受到了排挤，他于是无奈退出，余实又重掌了大权。不久，界岭小学来了两位支教老师，但他们都因各自的原因离开了界岭。支教老师离开后，和张英才同年工作的寡妇蓝二婶的儿子蓝飞被从乡中心小学调到了界岭小学任校长助理。同时，余校长去省城学习了。在余校长学习期间，界岭小学又得到了一个转正名额，蓝飞却凭借着公章在手的便利，把自己的资料填报后报上去了。这使副校长邓有米、教导主任孙四海愤愤不平，他们决定上告。余校长学习归来后，平息了大家的愤怒。因为孤身一人的他爱上了蓝飞守寡的母亲蓝小梅。

2008年12月—2009年4月，刘醒龙又接着《雪笛》的情节创作发表了继续讲述乡村民办教师工作生活的长篇小说《天行者》。2009年5月1日，《天行者》由人民文学出版社出版，荣获了第八届茅盾文学奖（2007—2010）。小说写一场暴雨摧毁了界岭小学的教室，余实指挥着工匠维修校舍但却不愿支付费用。教室最终没有得到维修，使学生们只得在露天上课。还留在界岭的蓝飞在上课时与突然前来的余实大打出手。随后，蓝飞离开学校到新单位工作去了。无奈之下，孙四海将自己刚收获的茯苓卖掉后维修了校舍。余校长与蓝小梅的爱情终于修得正果。国家在此时下达了通知要求各地结合实际情况将所有民办教师进行转正。但政策下发到地方后却变味了，上面要求民办教师们用钱买工龄，否则不予转正。余校长及副校长邓有米、教导主任孙四海三人中，只有邓有米有钱能够转正，其余两个人只能望之兴叹。此时，一对外来夫妻决定出资为界岭建造新校舍，全校欢腾。邓有米主持了修建，但他却私吞了两万元工程款，目的是想用其帮助余校长及孙四海转正。工程队建造的校舍却是豆腐渣工程，当房屋交付使用的时候，校舍轰然倒塌了。邓有米贪污的事被查出，被开除了公职。最后，他在众人的帮助下逃走。张英才在认真思考后决定回界岭小学教书。

《天行者》采用了作者惯用的叙事模式，即以一个乡镇或以某一个单位为相对完整的叙事空间，在这个空间中非常集中地书写了其中发生的种种事情。小说存在着一主一辅两条线索，主线讲述三位民办教师转正的故事，辅线讲述张英才、余校长、孙四海、万站长、蓝飞和夏雪等人的爱情故事。大故事中穿插着小故事，小故事又是下一个故事的源头，这使小说的叙述不再拘泥于双线结构，而使其叙事显得精彩纷呈，紧缩而富有张力。小说也显现了鲜明的爱憎。如当上边有关部门让余校长等人要交巨额工龄费时，作者先描述了去省城上访的邓有米的妻子成菊在教育厅看到的那里正在盖的一栋仰头看不到顶的高楼。成菊说，教育厅盖的楼只要节省一只墙角，全省的民办教师就不用交钱买自己的工龄了。作者通过成菊之口表达了自己的不平和愤慨。在叙事策略上，作者采用第三人称叙事，同时也使用了外部叙事人张英才来叙述，通过张英才的视角从另一个层面上讲述了界岭小学的破败和落后。小说还运用了象征主义手法，这使它的意蕴更加饱满莹润，如小说中多次出现"大雪"意象，一方面是为了反映界岭恶劣的自然环境，反衬那里的生活艰难；另一方面又用它昭示了一种新生的力量，即第一位到界岭支教的教师是"夏雪"，这与"下雪"谐音，寄托着作者希望更多的"雪"到贫困农村支教。大雪出现后又总有许多意想不到的事情发生，比如新建的教学楼轰然倒塌后，天"又在落雪了"。大雪意象也承载了小说人物的忏悔意识，无论是张英才、夏雪，还是离开的蓝飞，都伴随着的是漫天的飞雪。小说中类似"大雪"这种意蕴深远的意象还有"笛声""狼"和"凤凰琴"等，都透露出作者现实主义文字的弦外之音。①

叶广芩中篇小说《三岔口》：书写了清朝贵族后代在时代变乱中的生活

《三岔口》5月份发表在《中国作家》第5期，进入2009年度小说排行榜。小说写"我父亲"瑞被是生在北京的旗人，是一个画家，20世纪30年代到江西景德镇去云游写生时，他的外甥小连正好18岁，小连把北京一个药铺老板的女儿小瑛子的肚子搞大了，小连他娘不同意小连娶小瑛子为妻，反而叫小连跟"我父亲"一起到景德镇去，以逃避婚事。当"我父亲"和小连到了九江后，小连听到小瑛子上吊自杀的消息，痛不欲生，决定跳九江殉情。"我父亲"劝说后，小连才打消了自杀的念头。他们到了景德镇后，住在一个庙里。庙里的住持是"我父亲"的同学，留过洋，生活得不错。庙里也住了一个团的红

---

① 参阅徐洪《生存夹缝里的爱——浅析小说〈天行者〉中爱的表达》，《青年文学家》，2014.15。

军。小连很快喜欢上了一个叫吴贞的女红军，并跟着红军做些事。由于红军大多没上过学，标语都写不好，"我父亲"就帮着写些标语。红军团长还叫"我父亲"帮助开办一个培训班。"我父亲"干得很好。等红军撤退时，团长极力鼓动"我父亲"参加他们的队伍。然而"我父亲"不同意，他要继续自己的艺术写生生涯，过云游闲散的生活。小连却跟着红军走了，因为那位女红军吸引着他。解放后，小连当了大官，他要来"我"家：还没来时胡同里就站满了哨兵。小连在北京老家有个哥哥叫大连，小连想见哥哥一面，但直到他们老死都没见上一面，因为大连在新社会不好好干，参与了骗人钱财的事情，被判了15年刑。小连从未为大连说过情，在新中国成立10周年大赦时也不肯为小连的事出面，只有他们的母亲去监狱里看望大连。"我父亲"去见小连，小连因工作忙没有见"我父亲"。小说题目"三岔口"一方面揭示了人的命运的偶然性，如小连被母亲逼着去江西逃婚，很偶然地参加了红军，最后成了高官。另一方面，小说也写了在三岔路口的抉择中，有的人清醒地保持着自身的独立，做出了自己的选择，比如"我父亲"本可以加入革命队伍，却因文化背景、家庭出身、处世方式等方面的因素，宁愿做一个闲云野鹤一样的散淡的人。小说使人们看到了清朝贵族后代在时代变乱中的生活，是一种对民间历史和生活方式的记忆和留存。

铁凝短篇小说《风度》：塑造了一群性格突出的人物形象

《风度》5月份发表在《长城》第3期，进入2009年小说排行榜。小说讲述了一位即将步入老年生活的退休女职工程秀蕊接到一个聚会通知，城里一帮30多年前在她的村子黑石村下乡插队的知识青年要在"法兰西"包房聚会。程秀蕊来到酒店包房后，一个人喝着普洱茶，静静地待着，她内心深处感觉自己和这些城里朋友有些差距。程秀蕊19岁以前一直生活在农村，她是村里为数不多的上了高中的人，在她的心里，始终有一种矛盾，那就是她认为自己读高中学习文化知识，接受的是文明教育，然而自己生活的环境却是文化落后的农村，这种文化的差异和冲突，形成了她缩手缩脚、自卑敏感的性格。其实，她早已是城里人了，她和老朋友聚聚，"原本谈不上什么扭捏和不自在"，但她在城里的朋友们面前却显得"扭捏和不自在"。她对"法兰西"包房内豪华的装饰、精巧的家具，墙上高贵、优雅、神秘的女明星照片都很敏感，她觉得自己穿得太朴素了。她回忆起30多年前，这些被村里人称为"学生"的知识青年们在他们黑石村插队的岁月。其中一个叫李博的风度翩翩的少年唤起了她对城市文明的向往。李博给她家挑粪。李博喜欢打乒乓球，对手是吴瑞。他们在乒乓球比赛中表现出来的谦虚的风度吸引了她。小说通篇描写的是程秀蕊和朋友们一起等待从法国归来的李博时的情景，通过动作、语言、环境等描写清楚地呈现了不同人的不同心理。但作者对30多年后的李博只字未提。当胡晓楠接了一个电话，说李博已经出了电梯，马上就到门口了时，这让等待李博的人及读者都焦急不已，人们都想看看这个在法国学业有成，事业成功，胜利而归的人到底变成了怎么样的一个人。可出乎读者意料的是，作者只写了一句："这时，门开了。"小说到此戛然而止，造成读者有种小说没写完的感觉，有种想亲自去补充完整的冲动。小说人物性格突出，心理刻画细腻，准确地捕捉到了人物情感脉络的起伏，结尾留下悬念，让读者回味无穷。

陆颖墨短篇小说《海军往事》：表现了海军官兵的生活、情感及他们对当代军人核心价值观的践行

陆颖墨（1963—），江苏常州人。《海军往事》由《长波》《彼岸》《舱门》《远航》四个相对独立又互相关联的精短短篇组成，是作者为纪念人民海军创建60周年而精心创作的，5月份在《解放军文艺》第5期发表后引起较大反响，2010年获得第五届鲁迅文学奖（2007—2009）。小说以独特的视角表现了海军官兵在人民海军现代化建设中忠于人民、无私奉献、锐意进取的精神风貌，深刻反映了海军官兵的生活、情感、韵味和境界，是海军官兵践行当代军人核心价值观的真实写照。《长波》讲述了60年代初中国海军在面临苏联封锁的情况下，自行建设我国第一个长波台的故事。一位身经百战但文化程度不高的老红军担任总指挥，由于自身知识结构的不足，他在先进科学技术面前捉襟见肘，连连闹出笑话；他在经历了恼怒、痛苦、自省后，最后勇敢地打断下属为自己的掩饰，在全体官兵大会上，要求大家以自己为鉴，指出知识结构跟不上时代发展的危害。从此，这支部队形成了反省自身、崇尚学习的良好风气。小说展现了这位老红军崇高的境界，也说明了事业的成功，领导者胸怀的博大是第一要素。《彼岸》讲述了我国南海深处一个小岛上守岛士兵海生和军犬海虎生死相依的感人故事。军犬海虎是守岛多年的"老战士"，因年龄偏大、眼睛老花，上级决定让它退役。海生为了留住海虎，想尽各种办法并别出心裁地为海虎配了老花眼镜，同时说服领导留下海虎。后来，海虎在执行任务时误伤了海生，海生被送往大陆抢救。海虎由于自责和忧虑而绝食，在生命垂危之际，海生冒险从医院逃出，搭渔船赶回小岛，终于和海虎见上了一面，海虎倒在了海生的怀里。小说展示了在遥远的海天相连之处的一方圣土上，守岛战士和军犬在难以想象的艰苦条件下所表现出的无比高尚、感人至深的情怀。《舱门》讲述了在潜艇远航试验中海军官兵在试验舱里承受着的各种困难、痛苦和压力的情况。总部来了一位上将，当他看到官兵们的情况，深受感动，要进试验舱慰问他们。按照试验规程，一旦开舱门，试验就会失去真实性。潜艇艇长果断地拒绝了上将的要求。后来，上将故意发怒施压，官兵们依然不为所动，坚持遵守规程。最后，上将感叹潜艇战士比想象的还要勇敢。小说展示了潜艇兵身在大洋深处，心系国家最高利益，崇尚科学，不唯上的可贵品格。《远航》是四篇中最为精彩的一篇，讲述了父亲肖远和儿子肖海波两代舰长对军舰的深厚情感。肖远当年在海战中为抢救西昌舰而受伤，之后，他的身体和西昌舰就有了感应。西昌舰每次出航，肖远伤口都会疼痛。肖海波担任西昌舰舰长后，西昌舰退役。癌症晚期的肖远，冒着危险和西昌舰历任舰长参加了它的退役仪式。之后，老西昌舰要完成最后一次任务，作为靶舰，必须由新西昌舰来击沉。为了瞒住肖远，西昌舰在肖远被药物深度助眠时悄悄启航，但肖远依然能感应到军舰出航，他忍受着极大痛苦，让人扶上山顶，用手电打信号灯询问军舰出航的目的。肖海波为了保密，让信号灯用"远航"来回答。最后，肖远终于读懂了，他用信号灯深情地说他羡慕西昌舰能在轰轰烈烈中远航。小说从一个侧面展示了在人民海军发展历程中，几代人的不断努力和无私奉献，展示了军舰是有生命和人性的，它的生命和水兵的生命紧紧连在一起，不可分割。①

---

① 参阅朱航满《让小说飞翔起来——近年鲁奖获奖军事题材中短篇小说综评》，《文艺报》，2011.9.30。

方方中篇小说《琴断口》：书写了人性深处最难抚平的创伤

《琴断口》5月份发表在《十月》第3期，进入2009年度小说排行榜，2010年获得第五届鲁迅文学奖（2007—2009）。小说写了一个荡气回肠、催人泪下的故事。一个下雪的早晨，杨小北约米加珍的前男友蒋汉到白水河边作一个彻底了断，然而，白水河上的桥却坍塌了。杨小北因一件雨衣捡回一条命，而蒋汉却连人带摩托车掉进河里，失去了生命。婚后的杨小北和米加珍，并没有过上幸福美满的生活。最终，杨小北在别人的指责声中，带着深深的自责和负罪感，离开了米加珍，去了南方……小说中，杨小北俏皮可爱，杨小北和米加珍共同的朋友马元凯（也暗恋着米加珍）真诚、善良，又充满爱心，蒋汉忠厚、老实，都给人留下深刻的印象。另外，小说中外公这个人物也不可忽视，他那充满哲理和谶语色彩的语言，也给人以奇异的审美效果和艺术感染力。小说题目中的"琴断口"是汉阳的一个地名。作家把这个爱情故事放在这里演绎，目的就是想通过琴断口这个具有地理意义的故事——春秋时期伯牙、子期高山流水觅知音之断口，来演绎杨小北和米加珍之间的感情纠葛，既强化了小说主人公的负罪感、自我救赎和良知的觉醒，又有较强的隐喻性、象征性和地域性。小说想写出人性深处最难以抚平的创伤。死人折磨活人，是这部作品最突出的主题。小说以史为鉴，在现代情爱故事中，探寻着人性的变异。汉阳琴断口，今成了杨小北、蒋汉、马元凯和米家珍三男一女的情爱以至于人生命运的断口。为知音而断琴，是古代士大夫重情义的佳话，而今日，面临情爱和命运的断口，三男一女又该如何抉择？情与爱，责任与道德，流言与蜚语以及生命的重负等该如何承担？人生的枷锁如何解脱？人性的压抑怎样才能释放出来？这些都是作家的拷问。①

季栋梁短篇小说《吼夜》：展现了农村妇女之间的互帮互助

季栋梁（1963— ），宁夏银川人。《吼夜》6月份发表在《朔方》第6期，进入2009年度小说排行榜，是作者的成名作。小说主要写了巧红与青木的故事，同时侧面写了冬儿与秋早的故事。青木与秋早原为好友，因选村长，秋早

---

① 参阅《向历史的纵深处掘进——评〈09年度中国小说排行榜文集〉》，《南昌大学学报（人文社科版）》，2010.6。

当选了，自此势不两立。后来，巧红面对丈夫青木的挑逗、调情、小挠痒、真做爱等都不配合，都不动情，原来她因自己的乳汁多，想去奶冬儿的孩子，以化解矛盾，重续友情。最终，在巧红的努力下，两家人冰释前嫌，和好如初。小说把农村的劳作场景，夫妻间的打情骂俏，男女之间朦胧但不越轨的情感及乡村妇女之间的互帮互助、权利之争都以含而不露的方式展现了出来，特别是展现了青木和秋早早年的友谊以及他们在乡村权利之争中产生的瓜葛，也展现了巧红与冬儿之间那种超越世俗的姐妹情感。小说对"吼夜"习俗、谣曲唱词、方言口语的展现，都让人觉得这是一个原汁原味的反映西部农村现实和西部精神的小说文本。

曾晓文短篇小说《苏格兰短裙和三叶草》：呈现了生活在西方主流社会中的少数族裔人物在"爱"与"被爱"上的挣扎和困苦

曾晓文（1966—），祖籍湖南，生于黑龙江佳木斯。《苏格兰短裙和三叶草》6月份发表在《文学界》第6期，进入2009年度小说排行榜。小说写主人公蕾在国内是大学的心理学教师，到了加拿大后，她先在多伦多的一家工厂打工，后来为了多挣点钱，又到安省小镇圣凯瑟琳的养老院做清洁工。蕾在义工安吉拉的介绍下，周末还到白人水手肖恩家里做打扫房子、割草种花的活。渐渐地，寂寥的蕾在肖恩的性格和经历中找到自己，两人都喜欢文学作品，都被社会遗弃，都和各自的家人，特别是和母亲的关系尴尬。蕾的母亲不停地榨取蕾的血汗钱。肖恩的母亲期待他像哥哥姐姐那样读大学，当律师或医生，但肖恩不喜欢上学，选择做了水手，而且还是一个"非正统"的水手；当船一靠岸，他就骑着车去看市景，逛旧书店，他确信自己在母亲的眼中"永远都是失败者，落水狗"。蕾于是和肖恩互生情愫。蕾是不受中国男子青睐的丑女，"即使在芳龄十八时也无人问津，年过三十仍待字闺中"。肖恩很喜欢蕾，因为他和蕾一样都意识到他们不仅相互是"他者"，而且在各自的群体（家人、亲友、同事和族群）中也是"他者"。正是这种异化的"他者"感让他们之间有了感情上的惺惺相惜。当他们两人的爱恋发展为肉体关系后，蕾愿意继续他们的恋情，但肖恩却缩进他的情感的茧子里，对蕾的示好生出了"对入侵者的恐惧"，关上了对蕾的最后一道门。有一天，义工安吉拉突然失踪了，后来发现被人谋杀了。安吉拉的死使蕾理解了肖恩过去的感情生活。肖恩曾经经历了破裂的婚姻，这对他的影响很大，使他无法面对现实，无法翻开生活的新的一页。肖恩最终病逝于癌症，遗嘱上留给蕾5万加币，让她作为读大学的费用。蕾学成之后成为心理学家，专门医治像肖恩一样的人所患的"痴迷症"，即他对背叛了他的妻子所产生的痴迷，和前妻一样对有"金发碧眼、巨乳丰臀的美女"的色情杂志和影像产品的痴迷。小说采用第一人称叙事，从蕾的视角出发，表现出"我"与肖恩这对"来自两个半球的刺猬"，在孤独与欲望的交织中走到一起后，用向对方给予慰藉的方式来试图拯救彼此情感的情况。小说表现了对生活在西方主流社会中处于弱势地位的少数族裔和处于白人社会中的弱势群体的关注，凸显了族裔间的关照意识以及在异族文化碰撞交织的背景下作者既言说"自我"，又言说"他者"的写作立场，呈现了对各族群人物在"爱"与"被爱"上的挣扎和困苦，并在跨越性别、种族、文化的视野下，对人性所进行的思考。①

迟子建中篇小说《鬼魅丹青》：展现了传统道德舆论中的人世百态

《鬼魅丹青》7月份发表在《收获》第4期，进入2009年度小说排行榜。小说先写了主人公卓霞和原同事、中药师罗郁的爱。罗郁缘于痛苦的往事，选择了无性的婚姻，最终不得不解体。罗郁和卓霞的婚姻只有一天。卓霞不想听原单位人的闲言碎语，选择了离开。然后写了公安局副局长刘良阊和妻子齐向荣的爱。齐向荣因给重病中的婆婆捐了一个肾，获得了美名，她把这当作了维系婚姻的绳索。刘良阊的爱其实在卓霞这里。齐向荣获知刘良阊的秘密后，常常装神弄鬼搅扰他和卓霞的幽会。最后一次的搅扰使刘良阊因睡眠不足在追捕越狱犯时遭遇车祸身亡。小说又写了卓霞的好友蔡雪岚和丈夫刘文波的爱。蔡雪岚不能生育，是某中学的语文老师，因为"她善待丈夫的婚外情人和私生子"，所以在小镇很出名。蔡雪岚曾经和罗郁相爱，后来她在一个平淡无奇的春日黄昏擦拭窗户玻璃时，一只黑鸽子啄食她头上发卡上面的玉石，结果使她失足坠楼而死。黑鸽子因为罪孽屡屡想自杀，刘文波也因这个意外事故而被

---

① 参阅陈梦圆《〈苏格兰短裙和三叶草〉中的欲望解读》，《时代文学（下半月）》，2013.3.

捕，锒铛入狱。小说中的鬼魅代表的是传统的道德舆论力量，鬼魅丹青，指小说为我们展现的传统道德舆论中的人世百态。黑鸽子代表的是看不见、摸不着的强大无比的道德舆论。

李骏虎中篇小说《五福临门》：对乡土风情进行了深入、细致的描画，使人看到了农村人对生活的热望

《五福临门》7月份发表在《山西文学》第7期，进入2009年度小说排行榜。小说写福娃跟着他爸小喜学了30年的木匠手艺。南无村的组合柜都是福娃做的，福娃靠这挣的钱在村头盖了一座五间瓦房，和父母搬离了老院子，旧房子让弟弟二福住。二福是复员军人，县里的柴油机厂招工时成了一名卡车司机。二福娶的媳妇叫莲，白胖且能说笑，嗓门高，和黑脸大嗓门的婆婆有一比。二福后来也在村头盖了一座五间瓦房的院子，和福娃家成了隔壁。二福的厂里实行改革，车队解散，他承包了一辆"依发"卡车，给煤矿拉煤，成了运输专业户。很快，二福比福娃富，福娃的生活水平却落败了。有天晚上，二福的战友来鼓动他合作开采小煤窑。二福没和莲商量就答应了。莲也不敢问。二福和镇上新华书店的售货员刘娥儿关系暧昧，他们在镇上的旅馆偷情时，被刘娥儿丈夫捉奸在床，二福头上被打了个血窟窿。二福在镇卫生院治伤时，战友的煤窑瓦斯爆炸，死了十几个人，战友跑了。小喜老汉因二福的事情却作古了。后来，二福的大儿子军要结婚，莲跑遍南无村借钱，没借下，最后，在莲娘家兄弟姐妹的帮助下，军才娶了媳妇。几年之后，莲那黑壮高大的婆婆作古了。福娃也老了。福娃没钱给老二娶媳妇，便听从闲汉银贵的主意敲棺材咒人死，以便把自己做的棺材卖出去。敲的时候是正元家的女子出嫁，二福也去帮忙。银贵撺掇二福多喝了些酒，结果二福死了。埋了二福，村里都在传说是福娃敲棺材才把他亲弟弟敲死的。福娃的小儿子小崽要结婚，问莲要她借去的一万元，莲说钱在二儿子海的媳妇手里，让他问海的媳妇要去。镇上派出所长老叶的老婆死了后，刚出头七，老叶来找莲，要求莲嫁给他。老叶婆娘的七七过了之后，第五十天，老叶就把莲娶进了门。小半年过去后，莲和老叶商议把二福欠的两万元还了。莲回村给人还钱的时候，到死了男人的腊梅家劝她改嫁，说男的是在铁路上工作的老赵。腊梅骂莲："你怎么不死！"莲瞪瞪眼说：

"我还要美美地活着哩。"两个婆娘呱呱地笑个没完。后来，腊梅把这件事当笑话讲给婆娘们听，她们都骂莲不要脸。但骂过后又认为莲有本事，是个有福气的人。小说对乡土风情进行了深入、细致地描画，笔调轻松，使人能从字里行间看到农村人对生活特有的热望，这样的热望渗透于风俗和人情之中，是风情推动着人物，而人物又延续了风情。这样的风情，是温暖的，虽然悲喜相掺，但是绵绵不绝。从这里还可看到，每一个村庄，都是一个大家庭；村庄与村庄之间，就是兄弟，就是姐妹，就是亲家。与城市不同，这样的关系不是停留在口号上，而是以感情相维系的，所有人之间的纠葛，不过是一大家子人之间的内部矛盾而已。①

葛亮短篇小说《过客》：讲述了一场婚外情的真相

《过客》7月份发表在《大家》第13期，进入2009年小说排行榜。小说由一辆火车开始，紧扣"过客"主题。她来到香港与他相会。她看到他时，他正在仰着头看一幅广告。他回过头，恰好看见她，她就跟上微笑着的他走了。来到一个地方，他说他去广州见客户。然后，她就睡了。她睡醒后，看见自己和衣盖着毛毯，还看到一个信封摆在桌子上，她觉得那里面有她的全部尊严与权利；然后，她看到了前卫艺术家米尼亚思的"洛丽塔系列"和一幅名为《婚姻》的画作，这是一个关于阳性崇拜的小小玩笑和隐喻。接下来是一场属于他的发布会。在镁光灯、黑西服、英语等的烘托下，他是一位"成功人士"。在陆羽茶室，他对她很体贴，很关爱，她说出自己有身孕的事实。两个人的现实关系于是被彻底廓清。在兰桂坊，她逐渐进入音乐中的情境，他轻轻牵起她的手，一把揽过她。她很清醒，知道一切不过是"过客"的虚荣而已。她知道自己只是个过客，无论对于这座城，还是对于他都是如此。小说用"过客"概括了这场婚外情的真相。小说采取了类似意识流的手法，让情节总是依傍着人物的内心思绪前行，让身处繁华世界中的清醒的"她"，引领着人们走进人性的两难境地。

---

① 参阅康志宏、马顿《李骏虎小说风格探索》，《山西高等学校社会科学学报》，2010.6。

艾伟长篇小说《风和日丽》：探究了人性世界，成功塑造了若干生动丰满的人物形象

《风和日丽》7—9月份发表在《收获》第4—5期，进入2009年度小说排行榜。小说从杨小翼的身世写起。杨小翼出生在1941年，在永城长大。父亲尹泽桂是将军，因为受伤偶遇貌美如花的小护士杨泸，一时情动，有了杨小翼。杨小翼是他们的私生女。小说围绕杨小翼的成长与寻父逐渐展开。刘云石受将军尹泽桂委托照顾杨小翼母女，杨小翼把刘云石错认为父亲，并与刘云石的儿女刘世军、刘世晨成了朋友。杨小翼在干部子弟学校认识了武司机的儿子武思岷。刘世军公开了武思岷给杨小翼的情书，武思岷一怒开车撞向刘世军。武思岷被遣返到四川广安。为寻找父亲尹泽桂，杨小翼来到北京，进入北大读书。进京前，米艳艳告诉杨小翼，她有了刘世军的孩子。后来，米艳艳和刘世军结婚。尹泽桂的儿子尹南方爱上了杨小翼，但他后来坠楼瘫痪。尹泽桂不肯认杨小翼，施加压力让其离京。杨小翼来到四川广安，然后和伍思岷结婚。成亲的晚上，因为床单上没有沾血，伍思岷露出了冷漠的一面。杨小翼怀孕后，伍思岷问是谁的。杨小翼怀孕四个月后仍然挑水，伍思岷依旧对她不闻不问。伍思岷因上访被抓，杨小翼提着好酒去找伍思岷以前的领导帮忙，回来时，因为天黑害怕，摔倒，伍思岷还是不闻不问，反而把家里的重任丢给杨小翼。"文革"中，伍思岷成了造反派的头头，杨小翼冒险救出了关押在地下室的生父尹泽桂将军，却被人要挟强奸，导致她和伍思岷离婚。离婚后，杨小翼被调回北京军企工作。她从刘世军那里得到慰藉，堕入爱河。但他们的爱却伤害了刘世军的妻子米艳艳。在尹泽桂将军的暗中关照下，杨小翼重回北大完成中断的学业。瘫痪的尹南方见到杨小翼，近乎崩溃。不久，杨小翼的母亲杨泸患癌离世。1976年，杨小翼的儿子伍天安来到北京，他父亲伍思岷犯事后，他们都踏上了流亡之路。杨小翼苦苦寻找伍天安却杳无音讯。1991年，杨小翼到法国里昂访问，意外见到了伍思岷，得知儿子伍天安在云南边境遭遇车祸身亡。再后来，伍思岷万念俱灰，在里昂自杀身亡。秋天，尹南方带着杨小翼来到香山，因为尹泽桂将军将伍天安的遗体找到后安葬在这里，墓碑上写着将军当年在里昂写的诗："愿汝永远天真，如屋顶上之明月。"后来，杨小翼来到尹泽桂将军的家，她问将军是否爱母亲时，将军说："对一个革命者而言，个人情感不值得一提。"杨小翼转身离去，但她依稀看到了将军的泪光。杨小翼忍不住痛哭起来。此后，她放下了一切，不再恨和爱。1995年，尹泽桂将军葬礼过后一个月，尹南方给杨小翼一张照片，那是她八岁时的照片，背面写着："我的女儿，刘云石从永城带来，1949年12月20日。"新千年快要到来，杨小翼在永城的石库门的家成了红色旅游景点，杨小翼站在其中百感交集。岁月流逝，她终于从自己的血脉中释然。小说以共和国的60年历史变迁为基本写作背景，通过若干主要人物曲折命运的充分展示，对人物复杂深邃的人性世界进行了深入的探究挖掘，而且还甚为成功地刻画塑造出了若干生动丰满、别具人性深度的人物形象，也非常成功地传达出了某种只可意会难以言传的命运感。小说起名《风和日丽》就是寓意风雨过后的风和日丽是更可贵的。①

葛亮长篇小说《朱雀》：一部关注人性的本然逻辑，表达人在大时代中如何自处的小说

《朱雀》9月份由作家出版社出版。小说写苏格兰华裔青年许廷迈回到父亲的家乡南京留学，在秦淮河畔邂逅了经营古玩铺和地下赌场的神秘女子程囡。故事以二人的感情经历为经，对金陵（南京）古都的观照为纬，回溯家族渊源，纵横中日战争、"反右"、"文革"等历史关隘，交织出三个时代的传奇。程囡18岁时，和美国中年男子泰勒堕入情网，但泰勒竟是个特务，于是这段恋情无疾而终。程囡的好友——年轻的艺术家雅可，才华过人，游刃于各种领域，成为许廷迈体认金陵这座城市的另一个引领者。但雅可因早年家庭离散，自认是社会的弃儿，于是沦落为瘾君子。但他天性里的纯净与特立独行却造就了他具有魏晋名士的风度，这吸引着程囡与许廷迈。当程囡的赌场被警方查封后，她又遭遇了生父去世的打击。在无家可归的情况之下，程囡投靠了雅可，并且结识了雅可的导师——东都大学教授芥川龙一郎。芥川因为父亲早年有过在中国的经历，于是移情于程囡。但程囡最终未接受他。程囡在朋友童童的帮助下开了一间画廊，万象更新的时候，得到雅可进入戒毒所的消息。她自愿去

---

① 参阅王春林《在波诡云谲的历史中叩问人性——评艾伟长篇小说〈风和日丽〉》，《海南师范大学学报（社会科学版）》，2010.4。

照顾雅可,帮他摆脱毒瘾。雅可终因再次吸食海洛因过量而亡。雅可去世当日,中国驻南联盟大使馆被北约轰炸,激起高校学生的游行与抗议。而此时,程囡已怀上雅可的骨血,医生告诉她,雅可患着艾滋病。但程囡决定将孩子生下来。许廷迈对程囡很失望,决定离开中国,去加拿大参加姐姐的婚礼。他到了温哥华后,巧遇了前国民党少将洛玉成。

洛玉成在抗战初期曾被程囡的外祖母所救,从而揭开了程囡的身世之谜。原来,程囡的外祖母是南京齐仁堂药局掌柜叶楚生的独生女叶毓芝。1923年,叶毓芝随着父亲来到南京继承祖业。1936年,亭亭玉立的叶毓芝与日本青年医生芥川龙一郎热恋并怀孕。叶毓芝在日军对南京进行大屠杀时被俘并遭到强暴,临死前在废墟中生下女婴。女婴被圣约瑟堂神父所救,然后由寄居在教堂的妓女程云和收留。程为其起名为程忆楚,将其抚养成人。程云和供程忆楚大学毕业,却让儿子早早地去当工人。时间到了20世纪50年代,程忆楚爱上马来西亚侨生陆一纬。然而陆一纬在1957年被划为"右派",发送北大荒劳动改造。程忆楚苦等几年后,她的哥哥即程云和的儿子程国忠的同事老魏很心仪她。一日,老魏强奸了程忆楚,程忆楚无奈嫁给老魏,老魏对其百般呵护。"文革"爆发,程忆楚的身份被叶毓芝生前好友赵海纳发现,程云和与她达成协议,对程忆楚隐瞒其身世。后来,程忆楚的丈夫老魏在武斗中受伤失去生育能力,夫妇俩收养了邻居知青的儿子,取名为老虎。这时,赵海纳因为是市领导而被批斗。一个认识程云和的白俄妓女揭发了程云和解放前的妓女身份和她曾是国民党官员外室的事情。程云和最终在批斗中自杀。"文革"后期,程忆楚见到赵海纳,终于知道了自己的身世。她的丈夫老魏因救溺水的老虎而死。当天,伟大领袖亦逝世,举国悲恸。陆一纬"右派"帽子摘掉后返城,与程忆楚重叙旧情。相会后不久,程忆楚发现自己有孕并欲告知陆一纬,却得知陆在东北已有妻儿。程忆楚最终决定诞下女婴,独力抚养,取名为程囡。程囡因为私生女的身份,无缘认父,耿耿于怀。小说分别着眼于当代与历史。着眼当代,关注的是人性本然的逻辑,着眼历史,更偏重表达人在大时代中的自处。小说对外来留学生、有着人生宿命的女孩、站在社会边缘的艺术家、异国的教授等不同人之间彼此温暖与伤害的情况进行了展示。小说贯穿的是叶毓芝身上流淌的那股不隐忍的性格，这种性格也遗传到程忆楚身上，继而又遗传到程囡体内。小说把从叶毓芝到程云和，从程云和到程忆楚，从程忆楚到程囡三代女性承传的一只小小的颈饰朱雀作为拴着这些缘分浅薄的人的线索，展现了她们生活在不一样的时代里的境况，在战火纷飞或人人自危的时代里，她们流着的是不一样的泪水。小小的朱雀也承载着亲缘与血缘，使几位金陵女子的生命展现出相似的风采：她们都生命弱薄，又都优雅坚韧。小说气势磅礴，故事情节跌宕起伏，蜿蜒绵长，节奏性、跳跃性强烈。

徐则臣中篇小说《居延》：描写了几个人物以爱情、婚姻、理想为基点，对目标的追逐

《居延》9月份发表在《收获》第5期，进入2009年度小说排行榜。小说写的是居延与胡方域的爱情。居延是海陵某大学大二的女生，她对年长自己20岁、有着雄辩的口才、常把课堂变成展示自己思想和修辞杂技的哲学系副教授胡方域佩服得五体投地，随之与其擦出爱情火花：二人先是在课堂上用目光交交错错、躲躲闪闪地传递爱意，接着胡方域送书邀谈，面谈三小时后居延就被胡方域这个已婚男人抱到了床上。迅疾发生的一切对两个人来说都像做梦一般。居延觉得很幸福。胡方域出轨自然被妻子知道，但他却压下了妻子的打闹，也摆平了居延父母的反对，一切都做得严密而稳妥，以至于直到毕业，居延身边的同学都不知道居延正跟一个已婚老师谈恋爱。居延毕业后做了中学老师，与离婚的胡方域同居，她想等胡方域评上教授了再结婚。胡方域让居延停薪留职，回家做准太太，专职照料他的生活，居延没有反对。居延以为自己可以在胡方域设计的轨道上幸福地生活下去。但胡方域在没有评上教授后失踪了，这使居延陷入了"不知道以后该怎么办"的境地中。居延在海陵寻找胡方域无果的情况下，只身到北京去寻找胡方域，她使用了所有能用上的寻人之法却仍然找不到。其实，胡方域已经放弃这份"爱情"了。居延在北京寻找胡方域时，邂逅了28岁的房产中介小职员唐妥，唐妥帮助她寻找胡方域、租房子、登寻人启事、找工作等。在居延有一天终于遇到胡方域时，她对胡方域说自己和唐妥居住的地方是"家"，她接受了唐妥的爱情。小说所描写的几个人物，居延、唐妥、老郭、支晓虹，包括只在结尾处露面的"主要人物"胡方域，他们每一个人都在寻找，以爱情、婚姻、理想为基点，在迷途中徘徊，又各自向着目的地展开的追逐。①

张惠雯短篇小说《怜悯》：一篇描写冷漠的小说

《怜悯》9 月份发表在《中国作家》第 9 期。小说描写了三个警察押送一个犯人保外就医的故事。从某种意义上说是三个警察虐待了一个犯了罪的病人。犯人曹大余过去是个无恶不作的恶棍，可他现在服了刑，是劳改犯，还得了重病，需要保外就医。在去医院的途中和在医院里，狱警老刘和老陈对待曹大余的心肠都是坚硬冰冷的，他们的硬是源于多年的见多识广和职业素养，而男主人公王干事的心软和对自己不断的良心谴责证明他还不太适合做狱警，他还是有良知的。医院里的几位女护士对曹大余稍好一点，但也只是稍好一点而已，曹大余两天没吃饭，她们也是一样不管，曹大余刚做完手术，怕冷，被子被掀开露出身体，一夜的时间里，她们也是不闻不问。当曹大余用尽最后一丝勇气和力气哀求狱警替他盖上被子时，遭到的却是严厉的训斥和嘲讽。曹大余用眼神哀求王干事，心肠软的王干事居然也没管他，而是与朋友们去饭店歌厅喝酒玩乐去了。第二天早上，曹大余死了。他在临死前，已经几天没吃东西了，他面对美好的人间，其实早已心灰意冷地闭上了眼睛。医生得知曹大余死了也不当回事，因为他到了下班时间，他早换好衣服着急着要回家了。他被整个社会集体的无良知给扼制住了，他势单力薄，不敢发力，不敢挑战。他害怕自己发出的善心会被同事嘲笑，因此，他逃避开，也融入集体的无良知与麻木的洪流中。

杨少衡中篇小说《昨日的枪声》：用民间视角观照了一个家族发生的剧烈的冲突，表现了对正义与人性等精神之光的追求

杨少衡（1953—），河南林州人。《昨日的枪声》10 月份发表在《人民文学》第 10 期，进入 2009 年度小说排行榜。小说写 60 年前，解放大军进军东南，盘踞在某县十数年的地方实力人物吴文龙率部上山为匪，与刚刚建立的新政权周旋、对抗。年轻干部林一新奉命与驻军陈排长一起，到田中央村与吴文龙部

---

① 参阅骆烨《徐则臣在寻找什么？——评〈居延〉及徐则臣小说》，《作品与争鸣》，2010.3.

谈判，但遭到对方伏击，陈排长等人牺牲，林一新被俘后被送到吴部老巢。吴文龙宣布要处死林一新，但其小妾在黎明前将林一新推入河中放走。原来，林一新是吴文龙的亲生儿子，他在省城读书时参加地下党，而后成为新政权的干部。林一新逃归后，即给驰援本县剿匪的解放军主力部队带路，直扑吴文龙的老巢。经激烈战斗，吴部被歼，吴家大院被大火焚毁，林一新的母亲及家人全都死于大火之中。但吴文龙却不见踪迹。战后，林一新请调到军分区集训营地担任政治教员，其间继续追索吴文龙下落。其实，吴文龙逃跑后正潜藏在集训营地附近的小村庄，他在早年建立的隐秘关系的掩护下，企图东山再起。随着新政权剿匪斗争的深入，吴文龙成为惊弓之鸟，惶惶不可终日。在一次意外受伤后，他让郭木鑫等人用牛车将他连夜转移出村，途中遇到林一新返回集训营地。林一新不惧危险，只身阻拦，父一伤心落泪的人。小说起名《怜悯》，可我们满眼看到的却尽是冷漠。小说结尾写王干事的歉疚心理，也显得那么苍白无力，原来，他的良知只停留在心里层面，子拔枪相向。千钧一发之际，追兵逼近，吴文龙强行逃离，被林一新一枪击毙。事后，林一新安排人将吴文龙的遗骨远埋深山。"文革"时，林一新担任地方官员，被打成"走资派"与"土匪孝子"，饱受磨难，复出后悄悄让郭木鑫为吴文龙修坟。林一新的儿子婚后生子，他让孙子重归吴姓。孙子初中毕业时家逢灾难，林一新的老伴、儿子儿媳亡故，林一新带着孙子踏访深山老墓，鞭打吴文龙墓碑，孙子看得目瞪口呆，深切感受到祖辈亲人间的爱恨情仇。十数年后，林一新要求孙子在清明时候进山扫墓，孙子却不愿前往。林一新年过八旬后，因病过世，孙子按其遗愿，将他的骨灰背进山，和他父亲吴文龙埋在一起。小说用民间视角观照历史，在亲情、道义、伦理与革命的撞击中，迸发出人性的闪光。小说从历史与现实两个角度，剪取一个冲突剧烈的家族故事，在历史大变迁场景展现中，细致入微地描绘了人物情感，表现了对正义与人性精神之光的追求。①

---

① 参阅陈公仲《向历史的纵深处掘进——评〈09年度中国小说排行榜文集〉》，《南昌大学学报（人文社科版）》，2010.6。

毕飞宇短篇小说《睡觉》：展现了主人公丰富的内心世界，表达了现代人的精神困境

《睡觉》10月份发表在《人民文学》第10期，进入2009年度小说排行榜。小说主要写了一个被商人包养的妓女小美的生活。富商包养小美的目的是想让小美给他生个儿子，他和小美签了三年的"合约"，希望得到一个儿子。但富商每个月只来一次，恰好都赶在小美"最危险"的日子。小美于是出现"经济危机"，富商却要削减她的开支。小美"包养"了一只叫泰迪的狗后，她把泰迪当儿子养，给它美容，给它买好吃的，并且对它进行"教育"，"在泰迪身上付出了全部的爱"。小美寂寞时，泰迪陪伴她，使她感动。小说表达了人和人的情感还没有人和狗的情感真挚，人与人只是利用，之间没有真情。小说题目之所以叫《睡觉》，是因为很多地方写了睡觉。小美与"先生"睡觉算是她的"本职工作"；小美做妓女时与斯文小伙子睡觉，她是为了挣钱；小美上大学时与斯文男生睡觉，这是她仅有的一次"疑似爱情"，但最终也破灭了；小美与泰迪睡觉，这是她想要一种有陪伴的温暖感觉；结尾处，小美出钱请阿拉斯加犬的主人斯文来睡"素觉"，这是她对纯真爱情的渴望及对美好旧梦的重温。可见，每个睡觉都各有含义或作用。小说主要是塑造了一个"温文尔雅，善解人意，甚至还有几分含蓄和羞涩，且又精明异常"的"二奶"形象，其主旨是展现主人公这个"二奶"丰富的内心世界，也表达了现代人的精神困境。[①]

徐贵祥长篇小说《马上天下》：一部具有军事教科书品质的小说

《马上天下》11月份发表在《当代》第6期。小说写乡绅子弟陈秋石因不满妻儿丑陋，离家出走，被动参加红军，成为一个战术专家。后来，陈秋石的儿子陈三川因家庭变故，同母亲流落他乡，改名换姓，参加游击队，成为少年英雄。抗战后期，部队合并，陈秋石运筹帷幄，陈三川死打硬拼，成为抗战名将。解放战争中，陈秋石先后任旅长和纵队司令员，因用兵谨慎一度受贬，陈三川则以不惜一切代价的作战风格受到赏识，二人地位发生变化。父子两人因对战争理解不同，指挥风格存在差异，矛盾不断出现。渡江战役中，在陈秋

---

① 参阅童志祥《孤寂人生，情归何处？——试析毕飞宇小说〈睡觉〉之主题》，《现代语文：上旬·文学研究》，2010.9。

石的高压下，陈三川首次运用战术，获得成功，被提升为副师长，经袁春梅斡旋，父子相认。陈三川之女陈潇潇由爷爷陈秋石抚养成人，长大后得知母亲梁楚韵原是爷爷陈秋石的崇拜者，爷爷因对抛妻别子的行为愧疚而拒绝了梁楚韵的求爱。陈秋石临终之前，和儿子陈三川就某一战役的战术运用进行探讨，陈三川认为，按父亲的打法，不知道要少消灭多少敌人。父亲则说，按照我的打法，不知道要少牺牲多少战友。陈三川顿悟。小说通过共产党指挥官陈秋石跌宕起伏的军事生涯，呈现了抗日战争、解放战争的一隅。与作者此前的创作一样，这部小说也充满了精彩纷呈、令人眼花缭乱的战争描写、战术分析与战例讲解，显示了作者在这方面积累下的丰富知识，小说的内容肌理因而显得相当结实饱满，具有了如生动的军事教科书一般的品质，激发了读者的阅读热情。作者无疑在提高军事文学的可读性上下足了功夫，并获得了相当的成功。他对宏大战争场面的铺排调度，对交战双方战前战中战后你来我往斗智斗勇的描写，对扑朔迷离、峰回路转、拨云见日的战局的叙述，都显示了他把握战争题材的杰出能力。小说的叙事简洁有力，秉承史传所开创的中国叙事文学传统，少有静态的描摹，主要通过人物的语言和行动，在事件的发展中去呈现人物的性格特点和心理变化。[①] 小说单行本由人民文学出版社在 2010 年 2 月 18 日出版。

韩少功短篇小说《怒目金刚》：讲述了一个乡村文化人维护人格的故事

《怒目金刚》11 月份发表在《北京文学》第 11 期，进入 2009 年度小说排行榜。小说讲述的是乡村文化人吴玉和想要讨回个人尊严的故事。吴玉和在村里备受尊重，他"读过两三年私塾，他能够办文书，写对联，唱丧歌，算是知书识礼之士，有时候还被尊为'吴先生'，吃酒席总是入上座，祭先人总是跪前排，遇到左邻右舍有事便得出头拿主意，并且他在同姓宗亲辈分居高，被好几位白发老人前一个'叔'后一个'伯'地叫着，一直享受着破格的尊荣"。但他却因为一次开会迟到而遭到行伍出身的乡书记老邱的当众骂娘，人格受到十分严重的侮辱与伤害，会后要求书记道歉，书记却发窘地逃开了。自此以

---

① 参阅饶翔《徐贵祥长篇小说〈马上天下〉在传统与现代之间》，中国作家网，2010.2.1。

后，较真的吴玉和开始了漫长的等待，临死前他双目大睁，双拳紧攥，活生生一个怒不可遏上阵要打架的模样，让身旁人都想起佛庙门前的怒目金刚。老邱书记一句迟来的道歉，才使吴玉和闭上了眼睛。小说写由当权者的一句行伍京骂，引起了一场人格保卫战，使被骂的吴玉和坚定地要讨回尊严，临死前终于取得胜利。小说塑造的吴玉和与老邱这一对冤家，个性鲜明，跃然纸上，给人留下十分深刻的印象。

刘庆邦中篇小说《我们的村庄》：反映了当代乡村的实际现状和人际网络

《我们的村庄》11月份发表在《十月》第6期，进入2009年度小说排行榜。小说中的叶海阳曾经外出打过两次工，第一次出去后是自己仓皇逃回来的，第二次出去后因为受到了和他一起去城里打工的人的欺负便回来了。后来，叶海阳渐渐由一个农村少年变成了外强中干的乡村恶棍。小说将叶海阳的恶写得淋漓尽致，他在外来人小杨夫妇面前首次展示了他的权威。小杨夫妇是为躲避计划外生育才借住在叶桥的，村长都首肯了，但叶海阳却不同意，他靠一身唬人的蛮力和深到人性最深处的恶，吓走了小杨夫妇。叶海阳又狠狠地敲诈了一番来村里作业的旋土机手。"他自己挣不到钱，也反对别人挣钱"，他反对一切外来人到叶桥村挣钱。叶海阳还与给警察开车的表弟相互勾结偷盗黄金。他的父亲叶挺坚一直想让这个恶棍儿子去抢占村支书的位置，以使他在村里能找到一个可以立足的位置。小说中的另一个重要人物是黄正梅，她在城里"卖肉"，使其父兄成为村里的富裕人家。叶海阳的发妻是张开朵，她已经不能满足叶海阳的欲求了，于是叶海阳就强奸了黄正梅，黄正梅略做挣扎之后便无可无不可地接受了这单免费的"生意"。小说用叶海阳的足迹丈量出当代乡村的实际现状，用叶海阳的身影反映了当代乡村的人际网络。

阿袁中篇小说《鱼肠剑》：揭露、鞭笞了人性中的虚伪、自私、恶毒和阴暗等丑陋面

《鱼肠剑》12月份发表在《中国作家》第12期，进入2009年度小说排行榜。小说的主体故事发生在上海某所大学中的三个女博士身上，描写和表现的是她们之间在情感问题上的钩心斗角、尔虞我诈。三位女博士分别是住在同一个房间里的吕蓓卡、齐鲁和孟繁。吕蓓卡凭借其身体资本，在一次学术会议上搞定了导师，不经考试，轻而易举地成为一名女博士，研究明清戏剧，据说她的男朋友在大洋彼岸留学，她准备毕业后到美国去和男朋友会合。齐鲁整日读"关关雎鸠，在河之洲""上耶，我欲与君相知"这样的古朴诗文，不知不觉亦变得古朴了；孟繁想把丈夫的朋友老季介绍给一直没有谈过恋爱的齐鲁做朋友，但老季真正迷上的，却是风姿绰约风情万种的吕蓓卡。孟繁是个有夫之妇，她的丈夫孙东坡在上海的另一所大学里读博，她出于对孙东坡有一种戒备心理才来读博，但孙东坡的情感还是出轨了。有一天，孟繁突然发现丈夫孙东坡在吕蓓卡的房间里，她心里清楚吕蓓卡对于男性具有巨大的杀伤力。但孙东坡在孟繁面前把吕蓓卡说得一无是处。孙东坡说自己在吕蓓卡的房间里的理由是想借助于吕蓓卡的力量，在博士毕业后好去吕蓓卡的学校工作。有了这样的一个理由，孟繁内心中感到十分自得。在吕蓓卡的倾力相助下，早一年毕业的孙东坡果然如愿以偿地进入了吕蓓卡所在的学校。由于贪图单身博士入校可以得到30万元安家费的待遇，孟繁答应了与孙东坡假离婚。但最后的结果却是，孙东坡不仅没有把梦想中的30万元拿到手，而且连孟繁的调动也成了泡影，甚至于，孟繁把自己一直看得很紧的丈夫孙东坡也拱手送给了吕蓓卡。齐鲁很酷爱学习，虽然老大不小，但还没有谈过一次真正的恋爱，她暗恋师兄，但师兄却和别人喜结连理，她便在心里用"鱼肠剑"把师兄"杀死"了事，在网络虚拟世界里与一个叫"墨"的人寻求情感的实现。"鱼肠剑"是春秋晚期的义士为刺杀吴王藏于鱼腹之中的锐利短剑，它现在成了三个女博士钩心斗角、相互攻讦的心理武器。这鱼肠剑的隐蔽性和杀伤力，显现出了这场争斗的虚伪性和凶狠性，其结局必定是三败俱伤。[①] 小说意在揭露鞭笞人性的丑陋面——虚伪、自私、恶毒和阴暗心理。小说塑造的吕蓓卡是博士楼里的楼花，她的博士毕业论文是找男同学宋朝代写而成的。在她看来，读书不能为她带来根本的改变，只有身体这一天然资本才能改变她的命运。她曾直言不讳地说："女人的身体，是天然资源，和伊拉克的石油、南非的钻石一样，一定要开采利用，否则就暴殄天物了。"

---

① 参阅《向历史的纵深处掘进——评〈09年度中国小说排行榜文集〉》，《南昌大学学报（人文社科版）》，2010.6。

由此，她利用自己的身体资本，在学校里要风得风，要雨得雨，"她和主管人事的副校长很熟，和中文系的系主任的关系也不错"，她要调动一个人，要捕获一位男人的心，真是易如反掌。知识、学问、诚实、守信等伦理价值在她美艳的身体面前悄然离场了。她成了当下消费社会的消费对象。齐鲁、孟繁、汤毛等人的知识比吕蓓卡高出好几倍，但由于她们自己的"黄花胸"而都失去了自己的幸福人生，未能留住自己心仪的男人。小说表现了身体不仅仅是女性的肉身，更是她们的一种身份、一种象征、一种符号、一种资本形式，它们成了当下女性的价值指向与追求。①

艾米长篇小说《山楂树之恋》：讲述了一段20世纪70年代的爱情故事

艾米，生年不详，居于美国。《山楂树之恋》是艾米根据好友熊音的经历写成的爱情小说，12月，由江苏人民出版社出版。小说讲述了一段20世纪70年代的爱情故事。静秋是个漂亮的城里姑娘，因家庭成分不好，一直很自卑。而英俊又有才气的军区司令员之子老三却喜欢上了静秋，甘愿为她做任何事。他等着静秋毕业、等着静秋工作、等着静秋转正，但当静秋所有的心愿都成了真的时候，老三却得白血病去世了……老三死后，1977年，静秋已经顶职参加了工作，在L省K市八中附小教书。静秋开始写作她与老三的回忆录。艾米在老三去世30周年时，得到熊音的回忆录，熊音请她将老三和静秋的故事写成小说《山楂树之恋》。艾米写成后，贴在海外华人圈最热的文学网站"文学城"上，所有人看到结局，无不泪下，在几个月内迅速成为海外同龄人追捧的"网络时代的手抄本"，形成庞大的"静秋粉丝"群。小说随后传入国内，顷刻间引发众多个人博客、论坛、贴吧的热议，形成奇异的"山楂树现象"，尤其是自称"老山楂"的60后读者更是对其赞叹不已。众人热捧的同时，多位作家、文化批评家、企业家和演艺界人士也对《山楂树之恋》赞不绝口。2010年，电影《山楂树之恋》，2010年9月16日全球同步公映。2010年9月出版电影纪念版。

---

① 参阅康梅钧《惊艳的悲悯：消费社会的美女书写——论阿袁小说及美女消费》，《当代文坛》，2014.5。

莫言长篇小说《蛙》：对基层变味的计生工作进行了控诉与批判

长篇小说《蛙》是莫言"酝酿十余年、笔耕四载、三易其稿，潜心打造的一部触及国人灵魂最痛处的长篇力作"，12月，小说由上海文艺出版社出版，小说荣获第八届茅盾文学奖（2007—2010），是作者获得2012年诺贝尔文学奖的主要作品之一。小说以"蛙"为名，寓意深刻。首先"蛙"音同"娃"，我国实行的计划生育本身是要控制"娃"的出生率，所以本小说是一部描写计划生育、描写"娃"的小说。其次，"蛙"跟"哇"同音，"哇"是娃娃的哭声，计划生育使娃娃的"哇哇"声消失了，在此过程中，非法引产现象非常普遍，小说对此进行了批判。再就是"蛙"跟"娲"同音，女娲是造人的女神，但计划生育却扼杀了女娲所造的人，也是对那个时代的严肃拷问。小说共分五部分，分别以剧作家蝌蚪写给日本友人杉谷义人的五封信为引线，引出"我"即蝌蚪对姑姑陈眉种种经历的回忆。"姑姑"的原型是作者大爷爷的女儿，一名从医50多年的乡村女医生，她的一生充满了传奇和悲剧色彩。在高密，不知道有多少个新生命经她之手来到这个世界，所以她被乡亲们视为"送子娘娘"，她是个隐去了年龄和辈分的圣母级人物。可后来，她又不得不在自己无奈的叹息声里中止了一个个幼小生命的成长发育，被视为杀人魔王。姑姑陈眉在当乡村妇科医生时，接生了成千上万的婴儿，但也有成千上万的"胎儿"被她引产，更有很多"产妇"死在她的手里。她对自己的所作所为当时不但不感到罪孽深重，而且还认为自己是在"为人民服务"。晚年后，她才开始意识到自己实在是"罪孽深重"，双手沾满了那么多人的鲜血，有接生婴儿的血，有被引产扼杀的胎儿的血，还有那些本来不应该引产而被强行引产的"大月孕妇"的血，她们的生命被无情地扼杀了。所以"姑姑"对自己扼杀了那么多的生命感到自责，她对那些亡灵表达了忏悔。晚年的"姑姑"已经不是一个正常的女人了，由于深深的愧疚，她精神失常了，她最害怕的是"青蛙"，因为青蛙的叫声就像一个个婴儿"哇哇"的哭声，她感到这哭声是被自己扼杀的那些幼小"幽灵"的控诉，所以她见了青蛙就怕得不得了。小说中的"我"虽然没有参与姑姑所干的事情，但"我"作为一个高级知识分子，在面对那些事情时，却没有去劝止与抗争，而是默默地忍受，默默地接受了，所以"我"其实是那些人的"帮凶"。当"姑姑"强迫"我"的妻子王仁美引产时,"我"为了自己的"前途",不但没有反抗,反而还多方劝说妻子配合"姑姑",最后造成妻子死亡。妻子死亡后,"我"不但对那些人没有产生仇恨的情绪,而且还在"姑姑"的劝说下,与崇拜她的计生人员小狮子结了婚,虽然受到了很多人的白眼,但"我"却无视"世俗的眼光",把自己的人格隐藏了起来,去顺应时代潮流。小说的最后一部分跳出蝌蚪的叙述,向人们呈现了一部九幕话剧,其内容是对前面故事情节的有力补充,通过几个场景来对基层变了味的计生工作进行控诉与批判,将作品推向巅峰,使人们久久停留在高峰的阅读体验中。信件、小说及戏剧融于一体,大大丰富了小说的表达空间。小说的语言平实简朴,结构有别于他以往的任何一部小说。小说中融入了大量国际化的细节,比如蝌蚪信件的收信人是日本作家杉谷义人,写作剧本的参照对象是法国著名存在主义作家萨特,小说中一个重要角色的一家人具有俄罗斯血统,作品的一个重要场景——堂吉诃德饭馆取材于西班牙文艺复兴时期的名著《堂吉诃德》。①

陈河长篇小说《沙捞越战事》:讲述了华人移民的历史和他们在马来西亚热带丛林里的对日作战情况

《沙捞越战事》12月份发表在《人民文学》第12期。小说写"二战"时期的马来西亚沙捞越是日本军队的占领区域,那里活动着英军136部队、华人红色抗日游击队和土著猎头依班人的部落等复杂力量。加拿大华裔士兵周天化,本想参加对德作战,却因偶然因素被编入英军,参加了东南亚的对日作战。1942年,他在奔赴马来西亚丛林作战时,被日军意外俘获,日本人给他注射了必须不断回到日军军营补射一种特殊的针剂后,才把他放回英军军营,他从此成了双料间谍。周天化进入颂城侦察时,在城里梦游了一天,离开时,坐上马来人的货船回到丛林营地。日军在占领地沙捞越和婆罗洲,将大批的英国和澳洲战俘送去修机场或道路。在粮食严重短缺的情况下,被俘的白人士兵很快都被折磨而死,活着的也都瘦得只剩下骨架。周天化奉命去刺探那些白人战俘的生存状况。他隔着铁丝网看到白人战俘的眼睛像是空空的黑洞,除了裤裆里拦

---

① 参阅苗变丽《仿真与寓言的融合——对长篇小说〈蛙〉的一种阐释》,《理论与创作》,2010.6.

着一块遮羞布，什么也没穿，瘦得完全只剩下一副骨架。周天化划着小船，在狭窄的河面上漂流了大概两个小时，他看到桥边有一些草房子，他知道那是华人游击队的营地。周天化在战斗生涯中，还与土著女人猜兰恋爱。猜兰给了他爱，也给了他致命的威胁。最后，在英国人为了挖出内部间谍而进行的夺城之战中，周天化付出了生命的代价。小说没有将敌我双方做绝对的划分，而是从身份模糊的角度去呈现人类在野蛮战争状态下的残酷与荒唐，但其批判矛头最终指向了侵略者。作者特别揭示了女性是战争的最大受害者。小说有一半的篇幅在讲述移民的历史，而不是热带丛林里的战斗。移民与母国的关系、移民国与移民的关系、来自各个国家的人在共同的移民国里的关系，都在小说的历史性叙述里得到展现。作者使用故事性很强的战争传奇使小说故事连贯且跌宕起伏，文本的形式和内容平衡统一。

2010 年

张翎中篇小说《阿喜上学》：讲述了一个华人女孩在加拿大上学时对知识、文明、进步、爱情的向往

《阿喜上学》1 月份发表在《江南》第 1 期，进入 2010 年度小说排行榜。小说写少女阿喜的父母早年赴加拿大的金山赚钱，把她留在广东开平乡下与祖母相依为命。父母为了能将阿喜带到金山团聚，在付不起高昂的"过埠费"的情况下，把阿喜许婚给了年长的阿久，由阿久承担费用。当阿喜刚到金山的第二天，阿久却死了，阿久家人要求索返"过埠费"。在这样的一波三折中，命运却向阿喜射来了一缕阳光——当时的金山官府为了鼓励华人子女入学，规定凡上满一年学的，就可以退返"过埠费"。阿喜因此得以上学并体悟到了与此前完全不同的人生。阿喜读书有灵性，刻苦用功，连跳两级，但某些老师和洋学生却歧视、欺辱她。平时，阿喜能忍气吞声，一心埋头读书；但在忍受不了欺侮时，她也会来个咏春拳、扫堂腿，几乎置人死地。阿喜为了争得读书的权利，做好了付出生命代价的准备。阿喜有思想，有情感，关爱他人。当别人歧视同桌独眼仔时，她能给予其关怀帮助。阿喜能向革命党人四眼佬虚心学习，热情关照他的生活，悄悄地为他做了一双鞋子，藏于枕芯之中。阿喜擅长绘画，她留下的唯一一幅人物画就是画四眼佬的画。小说结尾写道："1985 年夏，中国官方一代表团参观了温哥华艺术馆，一位老画家发现了一幅清末人物画。那画中的人物是当年的华工，但没有辫子，一副眼镜还裂了一条缝。作画时间为 1911 年，而画家名字已经模糊得看不清了。"不言而喻，画中人物就是四眼佬，作画的画家就是阿喜，显然，他们都已作古。小说成功描摹了女性在当时那种背景下，自我意识的逐渐觉醒和对知识、文明、进步、爱情的向往，以及她们希冀通过上学来改变命运的强烈渴求。①

鲁敏短篇小说《铁血信鸽》：写了主人公在忍受不了妻子的养生折腾而跳楼自杀的惨剧

《铁血信鸽》1月份发表在《人民文学》第1期，进入2010年度小说排行榜。小说中的穆先生48岁，离职在家，生活无虞，精神迷茫，肉身安逸，灵魂漂泊。妻子终日忙在如何延长夫妻二人肉身寿命的养生中，无休无止的锻炼及对各种饮食的讲究和搭配使穆先生不胜其烦，他无法理解妻子以养生为唯一目的的整日奔忙，他们是最近的人，但永远却无可与语，偶尔想与她沟通、交流，却总是风马牛不相及。穆先生无法安心于这种行尸走肉的状态，他灵魂的翼翅总想扑扇一下，他忍不住地向往飞翔。当他看到在楼群之间飞翔的一只鸽子后，他忽然为自己的灵魂找到了契合的伴侣。鸽子引燃了他长期沉睡而终未死去的心灵。他最后从窗台一跃，化作了一只飞翔的鸽子。那一刻，他的肉身在沉重地下坠中，精神却得到了闪亮的飞翔。小说中的鸽子是整个时代和民族的隐喻，让人们看见浮世和众生微茫的闪光，看见作者自己在现实的淤泥和灵魂的求索之间所进行的一场艰难的跋涉。

韩东长篇小说《知青变形记》：讲述了一个知青以一个死者的姓名和身份永远扎根农村的事情

《知青变形记》1月份发表在《花城》第1期，进入2010年度小说排行榜。小说讲了一个恍若梦境的故事。在20世纪60年代，一个叫罗晓飞的城市青年因为政策和家庭的原因被下放到农村。在原始的体力劳动中，他只能对食物和性或叹息或惊喜。为了接近同为下放知青的女友，他积极要求去照看生产队的耕牛，然后被冠以强奸母牛、破坏春耕的罪名而被拘押，并有被判死刑的可能。与此同时，村里一户人家发生了命案，哥哥失手打死了弟弟，为了不使有限的劳动力减少，为了使悲剧之后的悲剧不再发生，罗晓飞与那个死者被当地村民调包而出，罗晓飞全面接收死者的妻儿和社会关系，并以死者的姓名和

---

① 参阅公仲《一个无声隐忍、无畏抗争的女性形象——评张翎〈阿喜上学〉》,《文艺报》,2011.3.4.

身份继续生活。在返城大潮中，罗晓飞也曾想过恢复"原身"，但以失败告终，他最后接受了命运，用个人的生活完美地实践了"扎根农村"的最高指示。[①]

杨争光长篇小说《少年张冲六章》：展现了原生态的现实人生，批判了应试教育

《少年张冲六章》3月份发表在《人民文学》第3期，进入2010年度小说排行榜。小说中的张红旗有个儿子叫张冲。张冲长大后，张红旗为了让他将来幸福地生活，付出了很多的心血，常常在黑夜里给人放电影挣小钱供张冲念书；另外，他为了鼓励儿子好好念书，还花了一天时间做了一张他称为"火箭基地"的石桌，让儿子在它上面认真学习，将来成为对国家有大用的人，成为不受苦的人，成为一个光宗耀祖的人。但是，张冲并不理解他爸的这片良苦用心，他并不去好好学习，而是经常把头发染成黄色，然后戴上耳环，穿上奇装异服，开上摩托，挂个女孩胡浪胡逛。张冲还在学校里和老师对抗，恐吓、威胁爱学习的学生，在校外提块砖头往人头上拍，最终使自己锒铛入狱。小说在写张红旗之时，充分地展现了张红旗作为一个务农之人的性格，他在和儿子探讨学习问题时，有时说的一些道理朴素真切，让人感动，甚至自愧不如；他动不动用"你妈的X"骂儿子，虽然粗俗、没有父亲样，但却很真实，他就是这么一个和现实里无数个当父亲的人一样的人，当他们听到自己的子女对自己念不好书而说出这样那样的歪理，故意抬杠时，他们也会被气得粗话张口而出。作者这样写，正是展现了原生态的现实人生，使我们在感叹作者高超的写作水平之时，也会对这样的事情感同身受。小说也成功地塑造出了像袁方老师、上官英文老师、小学的女语文老师、初中的女语文老师等人物形象。作者刻意从父母、老师、同学、姨夫一家、课文和他（张冲）六个不同的视角来结构小说，六个视角就像六面镜子，既独立成章，又相互交织、相互生成、相互渗透，批判了应试教育。

张炜长篇小说《你在高原》：中外小说史上篇幅最长的纯文学作品

《你在高原》全书共450万字，分为39卷，归为10个单元（10册），分

---

① 参阅王春林《被变形中的人性幽微评韩东长篇小说〈知青变形记〉》，《文艺评论》，2011.11。

别为《家族》《橡树路》《海客谈瀛洲》《鹿眼》《忆阿雅》《我的田园》《人的杂志》《曙光与暮色》《荒原纪事》《无边的游荡》，被称为"中外小说史上篇幅最长的纯文学作品"，3月份由作家出版社出版，获得第八届茅盾文学奖（2007—2010）。小说以地质队员宁伽的故事为主线，穿插讲述了梅子、吕挚、宁周义、宁珂、曲绪、阿萍、庄周、武早、林蕖、小白、象兰、四哥、罗玲、肖潇、毛玉、太史、瓷眼、三先生等五十余人的故事，人物阶层包括知识分子、实业家、政治人物、流浪汉、边地异人等，情节涉及创业、情感、心路历程等。小说在对自然、乡土、人性表达忧患时，也对现代文明进行了反思，构筑起了一部当代社会的心灵变迁史。①

林白中篇小说《长江为何如此远》：写了叙事人在生活挫伤中远离人群，彻底关上心扉的事情

《长江为何如此远》3月份发表在《收获》第2期，进入2010年度小说排行榜。作者将记忆锁定在20世纪80年代，里面的叙事人今红在大学毕业26年后的一次聚会时，脑海中不停地闪回着昔日的大学生活，她想起了林南、顾彬彬、励宪等同学，他们充满朝气，劲头十足。林南比今红年长十岁，是曾经的上海知青，上大学时已是一个孩子的母亲。林南有着比今红更为丰富的生活阅历，同时也有着比今红更多的磨难与创伤。但她乐观，热情，博爱，勤奋，胸怀宽广，大学毕业后坚持给今红写信、寄物，并在人到中年后远渡重洋试图开辟新的人生疆域。但今红却在生活的挫伤中远离了人群，向世界彻底关上了心扉，以至于她是最后一个知道林南去世消息的人。刹那间的顿悟与忏悔，让今红心灵的厚茧被瞬时软化，她狭隘的"个人记忆"也瞬时露出了自私、冷漠和无情的底色。她在自责中不禁问道：为什么，长江（世界）会变得如此远？②

苏童短篇小说《香草营》：讲述了一个政协委员婚外情的故事

《香草营》3月份发表在《小说界》第3期，进入2010年度小说排行榜。小说写政协委员、当地著名的外科大夫梁医生和女药剂师有一段隐秘的私情。

---

① 参阅文娟《思想者的精神漫游——读张炜的〈你在高原〉》，《当代作家评论》，2013.4。
② 参阅何向阳《水光潋滟晴方好，山色空蒙雨亦奇——2010年中篇小说读记》，《小说评论》，2011.2。

为了约会方便，梁医生曾在医院附近的香草营租了房子。一次性爱过程中，他们突然发现他们的房东、养鸽协会的副秘书长小马住在鸽子笼里——小马为什么会住在鸽子笼里？小马窥视了他们的隐私了吗？梁医生和女药剂师都有做贼心虚的感觉，但心理暗示的方向各不一样：当婚外情感置于第三者的目光下后，女药剂师的精神几乎崩溃了，随后她终止了和梁医生的"罗曼蒂克"；但作为名人的梁医生却在等待着小马的勒索。小说对人物的内心世界进行了细腻传神的描写，使其故事既有悬疑、侦破的成分，又有"螺蛳壳里做道场"般的幽微细致的心理揭示。

盛可以《白草地》：叙述了主人公一败涂地的人生

《白草地》3月份发表在《收获》第2期，进入2010年度短篇小说排行榜。小说叙述武仲冬是一位外企的职员，主要做电子产品的销售工作，他已经在这家外企做了三年的产品销售工作。武仲冬尽管工作辛苦，但业绩并不显著，以至于他必须去巴结多丽等公司的采购员，才能维持销售业绩。武仲冬的妻子蓝图"无可挑剔"，但他们的情感却存在着问题。武仲冬在外边找了个名叫玛雅的情人。玛雅不向武仲冬索要回报，反而不断地给他送些假冒的高档消费品。从红色的Louis Vuitton领带，到Pakerson皮鞋，甚至于Dior内裤，真可谓是无所不送。但玛雅没有与武仲冬结婚的心思。武仲冬熟练地游走在妻子蓝图和情人玛雅之间，但实际上，他却早已被这两位女人联手给算计了。多丽曾警告过武仲冬，玛雅的丈夫另有女人后，玛雅闹得很厉害，不久那个女人就很蹊跷地死了，玛雅在精神病院住了大半年。玛雅很恨男人，她只想搞破坏，不想得到任何东西，沾上她的男人没有不遍体鳞伤的。武仲冬知道这些后想抽身却已经不可能了。就在多丽警告武仲冬之后不久，武仲冬因为工作业绩差，主动辞掉了外企中的销售工作，成了一位名副其实的失业者。一次偶然的机会，武仲冬看了妻子蓝图的网上淘宝店，终于明白自己的所有行为其实都在蓝图和玛雅的掌控之中。武仲冬也明白了玛雅送给他的那些假冒高档消费品是从蓝图的网上淘宝店里买来的。面对这样一种出人意料的沉重打击，武仲冬的精神崩溃了。更让武仲冬感到震惊的是，他因身体不适去医院检查，结果发现自己其实长期在服用着某种可怕的雌性激素，不久，他的胡子突然脱落，乳房意外疼痛。这些都是蓝图每天早上例行公事似的给他喝的一杯盐水造成的。小说对叙述者兼男主人公武仲冬表面上仿佛能够操控一切的洋洋自得及实际上一败涂地的情况进行了"反讽"对比。小说在艺术构思上匠心独运，保证了其思想上的成功。①

叶弥短篇小说《香炉山》：写了一颗戒心与一颗爱心的邂逅

2008 年，作者迁居到靠近太湖的一个镇村接合地带后，独自去太湖边散步，不知不觉迷了路，在几个小村落里转圈。但当她听到动人的虫鸣，闻到花草之香后，不再紧张。她猛然意识到，现代人对于陌生的人、陌生的环境，已经失落了探究的心情，总是处在保护自己的焦虑中。当人们完全放松戒备时，世界也会给人以全新的面貌。受此启发，作者在 2009 年 7 月 21 日—7 月 25 日创作了不足万字的短篇小说《香炉山》，然后发表在 2010 年 3 月出刊的第 2 期《收获》杂志，2014 年荣获了第六届鲁迅文学奖（2010—2013）。《香炉山》写女主人公在夜游香炉山时与一个陌生男子相遇，在某种意义上，小说写的是一颗戒心与一颗爱心的邂逅。小说中的女主人公"我"（艾我素）是一名居住在城市的单身女性，在大学里教书，喜欢文学创作，心思细腻，间或有些火爆的脾气。小说开篇交代"我"听闻镇上出了杀人案，被害者是一名单身女士，她是被同居男友"无故"杀害的。"我"于是对陌生环境和陌生人充满了恐惧与不信任感，在近半年的时间里没有结交新的朋友。但"我"为了在城市繁华富丽的生活之余获得身体与心性的双重平静，于是在一个雨后微醺的傍晚独自踏上了乡间的小路，期望上香炉山山上后能与清丽淡雅的明月邂逅。"我"虽然独身一人，虽然不熟识去往香炉山的路径，但"我"仍然坚持前往。"我"在村落间迷路后遇到了一个村民，但这个村民早已不同于"我"的祖辈和父辈口耳相传中的模样，她或多或少地沾有了城市人的冷漠。然后，"我"暂留在村子里。和"我"一样，留在村子里的还有陌生男青年苏，他和夏婆婆寒暄着喂养的"增寿"的情况。"增寿"是一只母鸡。苏的母亲三年前生了怪病，无法进食，连大医院也无计可施，无奈之下只得听信花码头镇上大道观看门人老邬的"偏方"，用精心喂养的一只母鸡来作为病患的替身，并给其取名为增寿，

---

① 参阅王春林《从猎手到猎物——读盛可以短篇小说〈白草地〉》,《名作欣赏》, 2010.16。

如果鸡死人也死，鸡活人安康。苏从集市上挑来一只小母鸡后，交由夏婆婆细心喂养。从此，苏妈妈呕吐的毛病不治自好。这件事情在瞬间宽慰了"我"的躁动不安。随后，苏热情地给"我"引路。在我们的交往中，"苏感到的是爱，我感到的是恐惧和厌恶"。但苏早就在暗中了解了"我"，他不介意"我"对待陌生人的敌意。在香炉山的夜游之后，"我"那长久紧闭的心门成功地打开了。苏就是拯救"我"的人。苏似一位洞悉一切的智者，用心烹了一杯香茗，于幽香缭绕中疗救了"我"内心中的创伤，改观了"我"对现代乡村人的认知"偏见"。香炉山的"一夜之爱"虽然短暂，却足以让"我"今后的人生受益无穷。小说的故事相当精简，在物理时间的推进过程中，"我"那因凶杀案出现的思想负累在黎明到来后逐渐消失，"我"还顺利完成了对人性创伤的疗救与自我回归。天亮之后，"我"在微微的晨曦中与苏"共饮"着花雕黄酒，为自己的"回归"接风洗尘，感恩苏给予"我"的"一夜之爱"。天大亮后，"我"从香炉山回到了熟悉的城市生活中。小说除了主要人物"我"和苏外，还写了善良淳朴的夏婆婆，乐观豁达、无私奉献的燕姐姐，似有若无的看门人老邬等，他们都给人留下了深刻印象，他们纯美的人性与村庄中的几户村民形成了鲜明的对照。小说笔法灵动，构思精巧，文字细腻，叙述流畅，艺术上充满了张力，挖掘出了丰富而幽深的女性内心世界，并以不着痕迹的浮世情怀，叩问了人性深处的奥秘。①

朱晓平长篇小说《粉川》：讲述了一个女人与四个男人的交往经历

《粉川》4月1日由人民文学出版社出版，为长篇小说《苍白》三部曲的第一部。本部写乡村异人白三怪因生殖器出奇怪异，于是得到乡间女性的向往。唱银碗儿腔的戏子榴红天生俊俏，颇得人喜爱。白三怪一见到榴红，就迷上了她。榴红因一次唱戏受伤而在白三怪家里养伤时，他们感情加深，许下终身。当时，花花公子白瑞良和土匪出身的军官隗守堂都喜欢戏子梅红。在一次争夺梅红的战斗中，隗守堂的小舅子马飞雄误把榴红当作梅红抢走了。马飞雄一见榴红，心生喜欢。但他却把榴红献给了姐夫隗守堂。隗守堂使榴红怀上了

① 参阅陈青山《分裂的女性内心世界:〈香炉山〉导读》,《语文教学与研究》,2011.5。

孩子，他还把白三怪抓去驮运财宝。后来，马飞雄害死了姐夫隗守堂。白三怪乘机赶着牲口逃脱，但被抓住后打成废人。然而，他却得了一笔巨大财产。榴红生下孩子后，在人生最艰难的时候，她和马飞雄走到了一起。为了生计，马飞雄投靠了川军于成宽部。当与马飞雄同在一个部队里的军人韩玉顺出现在榴红面前时，韩玉顺的书生气又引起了榴红的喜欢。马飞雄前往陕西去寻宝，不获，反被大火烧成怪物，他回到川藏之后，隐匿在一座寺庙里。在一个偶然的机会，马飞雄发现了于成宽和韩玉顺都对榴红有所企图，于是发生了三虎恶斗的事情。于成宽最终死于非命。马飞雄也在榴红所唱的银碗儿腔《花丘吟》的优美曲调声中，被榴红毒死。小说讲述了榴红所经历的四个男人的生命历程，但是，其中所体现出来的人性维度和生命况味是有所差异的。榴红和白三怪之间是纯真的爱情，体现了人性美好的一面；隗守堂激发了榴红身上的母性；马飞雄成就了榴红的坚韧；韩玉顺却为榴红打开了一扇可望而又不可即的窗户。因此，榴红的形象体现了人性的多维与复杂性。小说在写榴红与白三怪、隗守堂、马飞雄、韩玉顺等四个男人之间的传奇故事时，情节曲折离奇。但是，和传统的传奇叙事相比较，作者并没有只停留在对简单的外在事件的叙述上，而是紧扣人物的命运，深入剖析了人性，窥探了人性的秘密。榴红虽然过早地见识了男女之事，但是，她仍然保留了少女的纯真，也带有少女对爱情的憧憬。

徐小斌长篇小说《炼狱之花》：用魔幻化叙事讽喻了现实社会的浑浊和人性的堕落

《炼狱之花》4月1日由长江文艺出版社出版。小说主人公是一位公主，她在海王的命令之下，来到人类世界寻找一枚戒指的主人，然后与他"和亲"，目的是阻止人类对海底世界日益疯狂的掳掠。她来到人类世界后，学会了人类的语言和文字，并在一家影视公司找到一份人类的工作。她试图以人类的方式生活时，却发现了一连串的"不可思议"，比如尔虞我诈、欺世盗名、见利忘义、口是心非、指鹿为马、恶意中伤等人类惯伎。当她用她的善良无法阻止恶的蔓延时，她决定不再回到海底，她要以恶制恶。这是小说的主线之一。小说的另一条主线是对现实社会的写照。女作家天仙子的家庭因时尚杂志女主编罂粟的介入而解体；她的女儿曼陀罗从十几岁起，就因经营地下迷药生意而暴富，但却与母亲隔阂甚深。天仙子于是一直在痛苦中寻找着心灵的救赎之道。巨龙影视公司董事长铜牛和总经理老虎只知道追逐利益，沉湎美色。罂粟凭借她的诱人身姿，周旋在她的情人——天仙子的前夫阿豹和铜牛、老虎三个男人之间，获得了她想得到的价值。在这个过程中，涌现出了作家圈、影视圈里形形色色的"潜规则"和"幕后交易"。小说的主旨是借魔幻化叙事的壳来讽喻现实社会的浑浊和人性的堕落，以引起读者对灵魂、归宿等终极问题的深思。

刘亮程长篇小说《凿空》：一部奇特而令人难忘的小说

刘亮程（1962—），新疆沙湾人。《凿空》4月1日由作家出版社出版。小说是以张旺才的儿子张金的口吻来讲述的。张旺才20世纪60年代逃荒到新疆，住在龟兹县的阿布旦村。包产到户时，他靠种植蔬菜很快成了村里的富裕户。张旺才有一个喜好，就是挖洞，他白天在菜地干活，晚上便到地下挖洞。有一天，他突然想把地洞挖到村子里的老房子那儿。就在他快挖到自己家的房子下面时，他突然听到村底下也有人在挖洞，那些挖洞的人是玉素甫及几个村民。玉素甫是阿布旦村最早出去当包工头挣了钱的老板，多年前，他挖地窖挖出了一疙瘩红铜钱，从此一有空就钻到自家院子下面的地洞里，不停地和几个村民一起挖掘。随着挖掘的深入，他发现这个村庄下面还埋着另一个古代村庄。另外，他打算把地洞挖到村外的麻扎（墓地）下面去。有一天，由他带着的人挖掘下的从村里通往村外的地洞与张旺才从村外向村子挖的地洞相遇了。不久，村外的石油井架竖立起来，村边也打出了天然气，一条从阿布旦村边通到上海的"西气东输"工程正在启动中。人们传言挖管沟的工程要用坎土曼（一种农具）来干，人们于是去铁匠铺打坎土曼了。然后，大家等待着管沟工程的开工。佛窟研究员王加也加入了这场等待。他也研究着坎土曼。他发现人们新打的坎土曼的形状正在发生着变化，比原来的大了。在王加和村里人一起等待着挖管沟的大活时，县上出台了以毛驴换三轮摩托的政策，这让好多村民动了心，大家纷纷用毛驴换了跑得快又不吃草的三轮摩托。把地洞挖到村子底下的张旺才每天每夜都能听到路上的驴蹄声、驴叫声、石油卡车经过的轰隆声、三轮摩托的突突声。这时候，龟兹县破获了一个以地下洞穴为据点的"东突"组织，公安人员来到了阿布旦村后，大规模地搜查地洞，这使人们期待已久的用坎土曼挖管沟的大活泡汤了。一个早晨，人们发现几十台挖掘机在村外的荒野上一字排开，不到半天工夫，一条穿越荒野的油气管沟便横在了那里；万头毛驴在龟兹大巴扎上齐声鸣叫，引发了上级对三轮摩托彻底取代毛驴政策的反思。一个月后，玉素甫的地洞被公安发现，公安进入地洞追捕挖洞者。地洞最后被灌水爆破。这一天毛驴又一次声音高亢地跟警笛声比高低。最后，驴叫声喑哑了。张旺才在洞里心惊胆战地听到阿布旦村地下地上发生的一切。他的地洞侥幸没被公安发现。在玉素甫的地洞被破获的半年后，张旺才又开始了挖掘，他的地洞终于和自己的家挖通了。这时候，阿布旦村的新农村建设开始了，县上给每家补助了几千元钱让盖新住宅；文物部门的人也来到阿布旦村，他们在村里打了好多探洞，每一次都打在地下空洞里。埋在阿布旦村地下的村庄作为文物被保护了起来。而地上的阿布旦村也将面临新一轮的挖掘和改变。张旺才的儿子张金初中毕业后帮父亲种了两年蔬菜，他和母亲都不理解张旺才几十年如一日的挖洞行为，认为父亲的脑子有问题。父子俩经常不和，张金去了附近的矿区当矿工，干的是用电钻和爆破挖洞的活。张金干了不到一年时间便被爆破声震聋了耳朵，最后被矿区老板解雇了。张金去县医院看病，医生给他开的治疗药方是让他努力回想以前的声音，"那些过去的声音能唤醒你的听觉"。张金听了医生的话后回到阿不旦村，在父亲的引领下，他穿过长长的地洞，走到了自己出生长大的房子里，但他却没有从那个洞口钻出去，他沿着父亲挖的地洞回到河岸边的地窝子。他每天坐在河岸上，一遍遍地回忆着那些过去的声音，他从自己出生后听到的第一声驴叫开始，回忆着父亲挖洞的声音，铁匠铺的叮叮声，石油大卡车的轰鸣声，坎土曼的挖掘声，万头毛驴的鸣叫声和警笛声，当他最后听到父亲在地洞里喊他的名字时，他知道这个由声音唤醒的故事该结束了。张金通过自己对声音的回忆，构筑起一个独特而神奇的村庄世界。小说中人的听觉被发掘到了极致，几十年来发生在这片大地上的所有声音都被捕捉和呈现了。这是一部艺术价值极高、奇特而令人难忘的小说。①

---

① 参阅刘芳《刘亮程小说〈凿空〉：一个人的新疆》，《瞭望东方周刊》，2012.11.14。

滕肖澜中篇小说《美丽的日子》：灵动丰盈地描写了两个女人间的"战争"

《美丽的日子》5月份发表在《人民文学》第5期，进入2010年度小说排行榜，2014年荣获第六届鲁迅文学奖（2010—2013）。小说写卫老太与儿子卫兴国是上海人，儿子因腿疾娶不下妻子，卫老太心急火燎，便张罗着从外地找一个能料理家务且又深爱儿子的媳妇。但卫老太让未来的媳妇是以"保姆"的身份来家里的，一个理由是这样可以把她持家的能力一眼明了；第二个是可以弄清她的脾气性情，如果合适，就"转正"为儿媳妇，如果不合适，可以给双方都留一个台阶下，不伤和气。卫老太还认为"保姆"可以辞退，但"儿媳妇"的"辞退"却要破财。几天后，卫老太招来的准儿媳是来自于江西上饶乡村的姚虹，姚虹在卫家做保姆期间也知道"试用期"是关键，于是尽心尽力地为卫老太母子服务。当她将卫家的情况摸清楚之后，她的心思便花在了卫老太的儿子身上，她真心想和这个老实也踏实的男人过日子。但卫老太还想再考验一段时间。姚虹于是想出了假怀孕招数，但这被卫老太发现了，她立马想辞退姚虹。可是儿子对姚虹已经产生了感情，无法分开，卫老太最终让了步，姚虹也真的怀上了卫兴国的孩子。在面对老房拆迁时，姚虹也如维护自家利益一般与居委会打上了持久战。由此，两个女人站在一个战线里面，终于变成了一家子。她们都想，在自己前面，还有一大堆过也过不完的好日子呢。但不久后，姚虹在上饶老家还有一个十岁女儿的秘密被发现了。姚虹本打算将来把女儿接来，让女儿"满月"成为上海的"满月"。卫老太觉得自己算计了任何事，却没有算计到这个。小说写了两个女人间的"战争"，这是"本土"与"外来闯入者"之间的战争，是在历代文学作品中已得到充分表达的"婆媳之战"。小说叙述细致绵密，作者紧紧揪住一些生活里的风波与情绪去叙事。卫老太与姚虹的较量里尽管也有谎言、伪饰、逢迎、刁难，但作者主要聚焦了这些暗色背后的心酸和疼痛，表达出女人在困顿中寻觅希望的坚韧，意在体现她们都有一种"把日子过下去"的生活哲学。小说着力表现了美丽日子中的"不美丽"，通过描写婆媳之间你来我往的试探、博弈，使叙事显得灵动丰盈。小说整体上采用了延续自然时间的顺叙方式，以人物的回忆和心理活动等来拓展叙事时空。结构上采用了明暗双线结构，明线写卫老太与姚虹的斗法，暗线写姚虹的过去，也即她在上饶乡下育有一个女儿的事实，使叙事进入一个新的阶段，给人意犹未尽的感觉。在语言上，作者遵循了"节制"的美学规范，只是抓住沪语中的几个典型话语，使人去对所用之词去进行深刻理解。①

夜子中篇小说《田园将芜》：描写了一个乡村小知识分子的生活悲剧

夜子，生年不详，河北沧州人。《田园将芜》5月份发表在《长城》第3期，进入2010年度小说排行榜。小说写石桥村很少有人到外边去发展。但王水例外。王水一直在偷偷地尝试着写诗，并且写出了点名堂，他不仅把自己写成了一位小有名气的乡村诗人，而且在一位素不相识的儒官的安排下，他成了一家刊物的编辑。王水总是热情地去帮别人的忙。但帮来帮去，他却因为帮别人打一场官司而被编辑部打发回村了。返乡的时候，那些曾经得到过王水帮助的人冒着风险到火车站送他。王水上车后，他抬起窗玻璃，示意他们回去，但他们仍然默默地站着。列车开动了，王水看见很多朋友仍在不停地挥手。王水回到石桥村之后，他难忘朋友们当时的郑重承诺，盼望着他们能来村里看他。但他的那些朋友们早已背叛了他。他老婆也对他大打出手。后来，他老婆意外死亡了，他便和他小舅子小青原来的妻子陈玉兰结婚了。小说一方面淋漓尽致地写出了新一代理想主义者——乡村知识分子王水的生活悲剧，另一方面也强有力地呈现出了处于现代化进程下中国乡村世界的凋敝图景。②

方方中篇小说《刀锋上的蚂蚁》：讲述了一个著名画家忘恩负义的故事

《刀锋上的蚂蚁》5月份发表在《中国作家》第5期，进入2010年度小说排行榜。小说写德国人费舍尔是在中国庐山出生的，三岁时，他妈妈带着他在庐山的长冲河边玩，他们遇到一个画家在那里写生。因为他们马上就要回德国了，所以妈妈想买下那个画家的画作纪念，最后，那个画家给费舍尔的妈妈送了一幅画。后来，费舍尔来到庐山的长冲河边后，他遇到了正在写生的画家鲁昌南。费舍尔对鲁昌南的画很是欣赏，认为他很有才华。鲁昌南处境窘迫、穷困潦倒，活得像只刀锋上的蚂蚁。费舍尔很喜欢鲁昌南的画，便想帮助他成为

---

① 参阅苏婧《生活在此处——滕肖澜与〈美丽的日子〉》，《百家评论》，2015.2。

② 参阅王春林《理想主义者王水的悲剧生活——读夜子中篇小说〈田园将芜〉》，《文学报》，2010.10.21。

一个著名画家。于是，费舍尔就资助鲁昌南到欧洲去接受西方最新的艺术思想，并想办法让欧洲一些有名的画展接受鲁昌南的作品，让他出名，使他的作品能够卖出好价钱。在费舍尔费尽心机的帮助下，鲁昌南由一个无家可归、穷困潦倒的落魄画家成为一个赫赫有名的大艺术家。费舍尔一直没有向成功后的鲁昌南索取任何回报。当鲁昌南与新欢明娜在纽约住着豪华别墅，过着奢华的生活时，他却早已把费舍尔抛在脑后，他还忘记了曾经给过他很多无私帮助的亲妹妹鲁昌玉，他已多年不曾和妹妹联系了。他也忘了他原来的妻子，当妻子病得奄奄一息，他也从不过问。①

范小青短篇小说《我们都在服务区》：对人与物的本质关系的反思

《我们都在服务区》5月份发表在《人民文学》第4期，进入2010年度小说排行榜。小说叙述了市改革委员会办公室主任桂平的故事。桂平工作繁忙，社交很广，手机用得特勤，可谓"机不离手，手不离机"。这样的生活终于使他难以承受，烦不胜烦。在办公室干事小李的建议下，他使用了种种办法，企图摆脱手机对他的支配。他虽然有选择地接听手机，但却引来了种种误会，闹出了不少笑话，甚至招致顶头上司的"臭骂"。最终他又回到了"手机从早到晚忙个不停"的状态，他像陀螺一样旋转在生活中。这样的经历和体验，许多人都有过，但却未必留心和思考过。作者敏锐地捕捉到了手机带给人的方便与烦恼，然后通过艺术创造，使其变成了一个完整有序、内涵丰富的故事，促使我们认真打量自己所置身的当下的现代文明生活，深入反思人与物的本质关系。②

于坚短篇小说《赤裸着晚餐》：写了房子对于人的意义

于坚（1954.8.8—），出生于云南昆明。《赤裸着晚餐》5月份发表在《人民文学》第5期，进入2010年度小说排行榜。小说提出了一个常识性的问题，即房子对于人的意义。小说因此不厌其烦地叙写戈伟装修别墅的经历，在他向老同学们的夸耀中，他的那套别墅已经不是财富的象征，而是寄托着他全部的幸福与尊严的东西。戈伟在住了12年的充满屈辱的集体宿舍之后，第一次拥

---

① 参阅王达敏《中国故事西游记——方方小说近作〈刀锋上的蚂蚁〉》，《名作欣赏》，2010.34。
② 参阅段崇轩《无望的"突围"——读范小青短篇小说〈我们都在服务区〉》，《名作欣赏》，2011.16。

有了单位分配的公房。但是统一的装修风格令他愤怒不已，和同事们共居一楼又使他毫无隐私可言。因此，他在背负上沉重的贷款负担后，拥有了一套"分分钟"都属于自己的房子。在自己的房子里，他独自赤身裸体地享受着难得的自由。他觉得，自己在这里才获得了绝对的自由与解放。但是，当他正在赤裸着进晚餐时，保安却在无意中闯了进来，这一下子激怒了平日懦弱、备受嘲笑的他，他用墙上的猎枪射杀了保安。

范稳长篇小说《藏地雅歌》：一部文风豪迈、血性、惨烈、魔幻、神奇的大作

《藏地雅歌》6月1日由十月文艺出版社出版，是作者"藏地三部曲"中的第三部。

第一部《水乳大地》2004年1月1日由人民文学出版社出版。所写故事发生在抗战时期和西藏解放前。流浪艺人扎西嘉措在康普土司家演唱时，爱上了土司的小姨妹央金玛，然后带着她私奔。他们来到教堂村的教堂，在神父的劝说下，受洗入教。在扎西嘉措和央金玛举行婚礼的那天，强盗格桑多吉独自来到教堂村向央金玛求婚。格桑多吉被天主教徒们吊在树上殴打，扎西嘉措扬言要杀了他。但神父们要大家宽恕这个强盗。格桑多吉于是忍辱负重地给神父们当马倌。后来，格桑多吉的强盗兄弟们绑架了央金玛，但央金玛已经有身孕。格桑多吉救出了央金玛。他的义行得到了教堂村的神父们和扎西嘉措的赞赏，他的强盗之心也慢慢地被教堂村感化着。他终于接受了洗礼，改名为奥古斯丁。他入教的初衷只是为了在教堂里做弥撒时，跟央金玛站得更近一点。奥古斯丁从前的大哥贡布喇嘛则告诫他，不要忘记自己的诺言。央金玛的儿子受洗时，奥古斯丁受邀后假扮成孩子的父亲参加了洗礼。教堂村里有个叫伊丽莎的姑娘，她是神父从狼窝里救出来的女孩，她的性格中有一半是狼的性格，人们都叫她"狼女"。她爱上了奥古斯丁。一个晚上，她摸进了奥古斯丁的房间，强迫他与自己做爱。奥古斯丁事后很后悔，在神父面前忏悔了自己的罪过，神父劝他和伊丽莎结婚了才能弥补罪过。但奥古斯丁认为这不是他要的爱情。当神父带领奥古斯丁和伊丽莎等一批教堂村的教民去恢复传教点时，奥古斯丁得知擦卡教堂的神父要安排他和伊丽莎的婚礼，他于是偷走了神父准备重建教堂的钱，离开了教堂。随后，他召集起当强盗的兄弟，重新使用格桑多吉的名字去为自己的兄弟复仇。战斗中，他被国民党军打败，但却被进军西藏的解放军所救，他便参加了解放军。小说以西藏东部边缘地区一个世纪以来的风云变化为背景，反映了藏族、纳西族杂居区域多种文化的冲撞与融合，显现了艰苦环境中人的意志、信仰力量以及人们顽强不屈的精神，讲述和塑造了一系列惨烈而有光彩的故事和性格突出、生动可见的人物形象。

第二部《悲悯大地》2011年9月1日由人民文学出版社出版。作品主要讲述西藏和平解放后的故事。外国神父被赶出大陆，到台湾继续传教。格桑多吉成为我党的干部，带领工作组到教堂村搞民主改革。他根据上级指示，许诺要将共产主义的生活带给教堂村的人们。他仍然没有忘记对央金玛的爱。伊丽莎也没有忘记对格桑多吉的爱。伊丽莎请央金玛帮她约见格桑多吉。但央金玛和格桑多吉见面时，却被嫉妒的流浪艺人扎西嘉措误会了。在争执中，扎西嘉措的枪走火了，伊丽莎忽然出现，为格桑多吉挡住了子弹。扎西嘉措只得亡命天涯。后来，藏区发生了反抗民主改革的叛乱，格桑多吉的父亲康普土司和扎西嘉措都在叛乱队伍里。在一次战斗中，身为县公安局局长的格桑多吉亲手击毙了自己的父亲，俘获了扎西嘉措。央金玛哭着来向格桑多吉求情，请他不要杀扎西嘉措。格桑多吉没有杀扎西嘉措。扎西嘉措和几个犯人逃跑了。格桑多吉被撤了公安局长的职务，还被送去劳改。扎西嘉措逃亡到印度后，被几年前已去了台湾的罗维神父搭救，然后和几个藏族基督徒去了台湾。到台湾后，他们先被送去当兵，然后被安排接受严酷的特工训练。结业后，扎西嘉措自愿到缅甸金三角地区的一支国民党的残余部队中任职，他认为这里离台湾本岛更近一些，可以潜逃回大陆见妻子央金玛。格桑多吉的命运则一直走下坡路。当他被提前释放后，他回到教堂村当了农民，守着央金玛过日子，但央金玛的心还在扎西嘉措身上。"文革"开始后，一个造反派头头想欺负央金玛，央金玛请求格桑多吉和她假结婚，格桑多吉答应了。一天，他们终于走到了一起。运动中，格桑多吉天天被批斗，央金玛那个当了红卫兵的儿子若瑟也一直在毒打他，但他却将满身的伤痕看成是爱情的勋章。不久，已经被训练成冷血杀手的国民党特务扎西嘉措受上司指使，从境外给格桑多吉写来一封信，格桑多吉马上被国家安全部门当成里通外国的特务而再次被抓了起来。扎西嘉措在缅甸干了六年后，回到了台湾，他始终忘不了故乡的妻子央金玛。退伍后，他在东海岸和一起去台湾的藏族人托彼德开了家小农场为生，并和罗维神父一起生活。在那里，有个叫阿芳的离异女工对扎西嘉措很有好感，但他一直不敢答应阿芳的爱。"文革"结束后，格桑多吉被平反，但他已经忘记了自己是谁，更不知道央金玛的门会不会为他打开。在海峡那边，年过六旬的扎西嘉措和阿芳仍然没有结婚。有一天，当他们准备筹备婚事时，忽然传来海峡两岸的人们可以互访的消息。扎西嘉措痛哭流涕地对阿芳说："对不起了，我要回家和我的妻子团聚了。"格桑多吉平反后重新和央金玛生活在一起，他也再度回到了教会，又被人称为奥古斯丁。他靠着在监狱学到的制陶绝活很快成为村庄里最富裕的人。扎西嘉措虽然准备回大陆，但他却不敢贸然回来，他担心自己一回到大陆被公安抓去。他请罗维神父先行来大陆探路。年迈的罗维神父再次回到了教堂村，发现人们的宗教信仰已经得到恢复，生活也发生了很大的变化，一些老天主教徒也记得他。尤其是当他看到央金玛时，他给央金玛说了扎西嘉措还活着并渴望回来的话。这个喜讯再次打乱了奥古斯丁和央金玛宁静的日子。奥古斯丁不再做土陶了，成天酗酒。当扎西嘉措在台湾得知央金玛改嫁后，曾一度不想再回故乡了。但罗维神父带给他的故乡讯息，以及大陆对他这样的台湾老兵实行的宽松政策，让他最终决定回家看看。当他一踏上大陆的土地后，让他没有料到的是，有关部门热情地接待了他，人们把他当贵宾看待，并护送他到了县上。第二天，奥古斯丁和央金玛去县上见扎西嘉措，当他们在过澜沧江上空的溜索时，奥古斯丁却一刀斩断了自己身上的羊皮保险绳，坠入澜沧江。他用自己的死，为扎西嘉措留下了一扇敞开的家门，也实现了把央金玛挡在地狱门口的诺言。后来，扎西嘉措在雪山上租了一座高山牧场，天天守望着央金玛回心转意……小说以史诗般的笔法表现了善与恶、人与自然、人性与神性等丰富的精神内涵，从而使悲悯的主题呈现出震撼人心的力量。小说中精彩的细节、奇异的物事，真实地再现了藏地人神共处的生活场景，它们使小说成为中国本土意义上的魔幻现实主义力作。

第三部《大地雅歌》描绘了位于滇藏接合部地带澜沧江峡谷里藏区社会在

20世纪的历史变迁。在那里,神界和人间的故事,外国传教士在藏区传教的经历,信仰和信仰的对话,文化和文化的碰撞,民族与民族的交融都被作者进行了详细的描写。作者用一段被信仰拯救的爱情和被爱情改变了命运的故事达到了"用爱来解释生命的价值,用爱来重新讲述藏地的历史和生命经验"的目的(陈晓明语)。作品借鉴了《圣经》的结构模式,在空间上横跨了藏区、台湾、欧洲三个地区的人生经历和人文背景;在文化背景上描写了传入藏区的天主教与藏传佛教的砥砺与坚守,活佛与神父的冲突与对话;在人性命运上刻画了有信仰的藏族人对爱的坚韧守望,展现了20世纪中后期藏区的历史风云和社会变迁,讴歌了人性之大爱,救赎之大义,真情之坚贞,信仰之虔诚,延续了作者在前两部作品中一以贯之的豪迈、血性、惨烈、魔幻、神奇的文风,浓墨重彩地勾勒出气势磅礴、迷幻空灵的藏地人文历史与风情。[①]

宁肯长篇小说《天·藏》:讲述了一位自愿到拉萨教书的老师经历的故事

宁肯(1959—),原名宁民庆,生于北京,旅居西藏多年。《天·藏》6月1日由北京十月文艺出版社出版。小说主人公王摩诘原本在内地一所大学教哲学,20世纪90年代来到拉萨郊外一所乡村中学教书。故事发在某个午后,一场雪降临,在雪中散步的王摩诘看到外籍修行者马丁格坐在一块石头上打坐,几乎与石头成为一体。回到学校,王摩诘决定邀请维格去看雪中的马丁格,路上两人谈起马丁格的父亲要来拉萨的事。马丁格的父亲让-弗朗西斯科快80岁了,是一位怀疑论哲学家,法兰西院士,不久前王摩诘还在读他的书。20年前,马丁格在靠近尼泊尔的喜马拉雅山区皈依佛教,之前他是一名在读的生物学博士。20年后,他成为大师。曾到法国留过学的维格,现在是马丁格的弟子。维格对马丁格父亲来拉萨的事有些疑虑。午后,阳光强烈,村子安静,狗睡在墙下,拖拉机像静物,王摩诘出来散步,看到一个三岁男孩出来,到了小溪边上,想要迈过小溪却又不敢。王摩诘在门前开有一小片菜地,自己种菜吃。有一天早晨,王摩诘发现菜地里的小油菜竟然少了一半。维格主动告诉王摩诘菜是她偷的,要付钱给王摩诘。王摩诘决定加固菜园,专门装了一道木门,上了

---

① 参阅赵德明《试论神奇因素的艺术价值——评长篇小说〈水乳大地〉与〈悲悯大地〉》,《解放军艺术学院学报》,2006.4;《第八届茅盾文学奖部分参评作品内容梗概》,中国作家网,2011.5.19。

一把特大号的锁子。维格见王摩诘加固菜园，讥笑王摩诘小气。有天早晨，王摩诘的菜园却不翼而飞，被夷为平地，好像昨夜刮了一夜飓风。不久，菜园被毁已不再是新闻，人们慢慢地不再关注这事，废墟慢慢显出了陈旧。王摩诘拿起了扫把、铁锹，在肖斯塔科维奇音乐的轰响中，重建菜园。他设计了一个开放的月亮门，门边上装饰了经幡、哈达和一小块绘有释迦牟尼佛的唐卡。拉萨的夏季，沐浴节开始了。在众目睽睽之下，维格款款入水。她只穿了一条丁字裤，上身披了一条飘逸的哈达。哈达表明了虔诚、洁白、古老，同时也与人体、弃山星、水构成了从未有过的关系。维格在水中完成了各种仪式，她一身洁净，向河水和公众袒露了一切。

张玉清短篇小说《地下室里的猫》：对人性状况的忧患及关切

张玉清（1966—），河北香河人。《地下室里的猫》6月份发表在《人民文学》第6期，进入2010年度小说排行榜。小说写邻居的地下室内进入了一只猫，它的叫声被一个小姑娘听到了，她告诉了母亲。几天过去了，那只猫不叫了，小姑娘却出现了轻微的幻听。这引起了她母亲的高度重视，她挂了心理门诊，医生让小姑娘的爸爸妈妈去录制一份与那只被困在地下室的猫的叫声相同的叫声。于是，小姑娘的父母就买了一只宠物猫，将它丢进地下室后去录它的叫声。几个月后，地下室业主易人，新主人去打扫地下室，却扫出了两张猫皮。这个场面恰好被小姑娘看到了，她看着铁锹上的猫皮没作声，她也没和新来的夫妇打招呼，而是自顾自地推上车子，头也不回地上学去了。但她的心理上却蒙上了阴影。小说所写的两只猫的死，触目惊心，刺痛了人们内心深处的柔软，震撼着人们麻木的神经，让人们在现代生活的绚烂外表下产生了警觉。小说语言自然贴切，以冷静的叙述和触手可及的细节，达到了强烈的现实感，视角独到，意味深长。小说体现了作者对人性状况满怀的忧患及关切。①

石舒清短篇小说《低保》：揭示了农村基层现实对新世纪农村发展步伐的桎梏

《低保》6月份发表在《人民文学》第6期，进入2010年度小说排行榜。

① 参阅吴海进《双重视角碰撞中的人性考量——评张玉清短篇小说〈地下室里的猫〉》,《当代作家评论》, 2012.5。

小说写老鸦村的村长王国才自己动手翻地修果园时，村里吃着低保的人以及那些吃低保不够资格但却吃着低保的人闻讯后纷纷前来帮忙。随后，村里那些想吃低保的人闻讯后也纷纷前来帮忙。为了提高效率，老会计马保仓规定凡低保户，每人须到果园里去劳动，最少三天，多则不限。他还制作了花名册监督每天干活的人。村里没钱没势的低保户为了确保自己能继续享受低保户的权利，都扔掉手头重要的活计，来给村长家义务平整果园。王国才顿时明白了一个道理：一定要笼络住这些人，当官就是要人抬人。小说通篇让人在每个地方能够触摸到权力的威力。果园里表面和谐的劳动场面，其实是村长靠手中的权力来维持的，敢怒不敢言的村民们在这里都失去了自己真实的声音。村长和老会计手中掌握着权力，村民们貌似自愿的辛勤劳作背后也存在着权力。因为权力拥有者村长和老会计时刻掌控着村民们的行为，所以，村民们在表面上都是和气的、顺从的、卑微的。小说揭示出，农村的权力拥有者完全剥夺了广大农民的言说权，使他们处在一种被动、无奈的状态中。这种现实，不仅桎梏着新世纪农村发展的步伐，而且也充分反映了在当下的乡村，无论是当权者还是普通农民，他们共同"孕育"了当下中国乡村的落后和苦难。作者通过对几个非常有代表性的家庭的扫描，展现了他们的痛与苦，这是以前的小说未曾表达过的内容。小说结尾以村长与妻子的对话作结，展现了两人对待权力的不同态度，村长的妻子显得更加清醒些。①

铁凝短篇小说《1956年的债务》：讲述了一个父亲平凡的一生和许多历史记忆

《1956年的债务》6月份发表在《上海文学》第6期。小说以万宝山的限制性视角展开，回忆了曾是工厂普通干事的他父亲平凡的一生。万宝山的父亲吝啬、精打细算，甚至有时借钱不还，这让童年的万宝山深感羞耻。然而，令万宝山没想到的是，父亲临死之前的遗愿竟然是让他给曾经的债主，现在居住在北京的李玉泽还一笔积年旧债。父亲的这个举动在万宝山的心中，有了与众不同的深意。为了家庭的生存，父亲虽然抛弃了自尊，但他那寻找和重塑自尊

---

① 参阅刘姣《同样的故事，不一样的言说方式》，《朔方》，2014.9。

的计划却一直存在于他的内心深处，而且从未熄灭过。万宝山借给单位出差的机会，来到北京，去给当年的邻居李玉泽还钱，却发现李玉泽已在北京过着高档的上流生活，他那高大的洋房、美丽的草坪、豪华的汽车、高雅而温馨的酒会，都让来自小城市的万宝山手足无措，并产生了深深的荒诞感。当年李玉泽用5元钱拯救了父亲的家庭，可今天当自己带着父亲的遗愿，将50元钱还给对方时，却突然发现，自己家和李家的差距已经很远了。父亲那执拗地寻回尊严的努力，似乎只是一个滑稽的玩笑。小说还展现了很多历史记忆，如20世纪50年代的饥饿记忆，当时一只冰棍的价钱的记忆，80年代的流行歌曲的记忆，工厂的社会主义福利待遇的记忆，这些都让人感到了一种熟悉的温暖和感动。小说在故事结构上，一波三折，一唱三叹，含蓄隽永，主题内涵也具有一定的深度。①

杨志军长篇小说《伏藏》：讲述了六世达赖喇嘛仓央嘉措可歌可泣的一生

《伏藏》7月1日由人民文学出版社出版。小说以空间转移为横向线索，以六世达赖仓央嘉措为主角，讲述了他坎坷的一生。仓央嘉措生于公元1683年的藏南门隅地区，父母是农民，在童年时即被选定为五世达赖喇嘛的"转世灵童"。仓央嘉措及其家中几代人都信奉宁玛派佛教。宁玛派佛教不禁止僧徒娶妻生子，仓央嘉措根据自己独立的思想意志，写下了许多缠绵悱恻的"情歌"。1697年10月25日，仓央嘉措在拉萨布达拉宫举行坐床典礼，成为六世达赖喇嘛。1708年，24岁的仓央嘉措遭受政敌迫害，被废除达赖称号后，押送北京，但他却在途中失踪，不知去向。仓央嘉措的归宿便成了一个永远的谜，或说病逝于青海湖，或说被政敌拉藏汗秘密杀害，或说被清帝囚禁于五台山后，禅坐而终，或说他脱困后云游各地，弘法利生，最后圆寂于内蒙古的阿拉善。仓央嘉措因为他的情歌，成了西藏历史上最富诗意的人物。小说之名"伏藏"的意思"就是把信仰或经典埋藏起来，让千百年后的信徒发掘而成为当代的精神资源"，"发掘"的过程叫"掘藏"。小说的主线是藏学研究院副研究员香波王子从北京雍和宫出发，然后到达拉萨布达拉宫，在此期

---

① 参阅房伟《暗夜的羽毛：那些似水流年的风声与舞蹈》，《当代小说》，2010.9。

间，伴随他的除了追杀和追捕，就是他利用自己的知识来破译"授记指南"，破译第六代达赖喇嘛仓央嘉措的人生轨迹。同时，作者在讲述香波王子的故事时，也让他不断地讲述着仓央嘉措的故事。小说的各条伏线设计得比较完美，当香波王子找到一个"授记指南"后，便讲述起仓央嘉措与指南有关的故事，唱一段仓央嘉措的情歌，然后再奔赴下一个地点，其间又遭到追杀或追捕。小说最后的高潮是布达拉宫被放置了炸药，使情节陡然紧张起来，但其节奏还是慢条斯理的，这是由香波王子带慢的，不管情势多么紧张，他都要像个作家一样仔细地讲述仓央嘉措的故事并唱他的情歌。小说在完整呈现出仓央嘉措可歌可泣的一生时，也以现代人追寻信仰的历程为主要情节，把西藏的历史、文化和精神作为大背景，试图表达这样一种信念：在这个世界上，能够撼动人的力量一定是友善与高尚，是爱；信仰表现最不掺假的方式就是爱。[1]

秦巴子长篇小说《身体课》：讲述了一个颇有意味的故事

秦巴子（1960.10—），陕西西安人。《身体课》7月份发表在《花城》第4期，进入2010年度小说排行榜。小说写中年女子康美丽虽年届五十，但依然美丽性感，拥有一个幸福的家庭。康美丽的丈夫林解放事业有成，是一家公司的老总，女儿林荫在报社当记者，一家人过着富足安康又平静的生活。但是，在一个周末的家庭聚餐中，报上的一则消息却彻底打破了这种平静。那是一则关于某建筑工地上发掘出女性裸体雕塑的报道。当康美丽一家三个人面对报上刊登的雕塑照片时，康美丽的记忆被带回到30多年前的少女时代。那是1967年的夏季，康美丽跟随同学们去揪斗雕塑家陶纯，当她无意间独自闯入陶纯的工作室，看到那些令她惊诧的裸体作品后，她竟对陶纯产生了一种特殊的心理感受，而且身体上获得了她人生中唯一的一次高潮。当陶纯看到康美丽异常完美的胴体后，激发起了他创作的灵感，他很快完成了一尊裸体雕塑。如今，康美丽面对这个以自己为原型的雕塑，她再一次地体验到了30年前的那次绝无仅有的身体感受。她立即决定买下这尊雕塑。但随后发生的事情却令康美丽震

---

① 参阅傅小平、杨志军《草原游牧者的信仰公式——关于杨志军长篇新作〈伏藏〉的访谈》，《江南》，2011.2。

惊——陶纯竟然是林解放的父亲。最终，康美丽在无法面对自己内心隐秘的情况下，坚决地和林解放离了婚。这是一本令人焦虑的书，它写的是男人无法弄懂女人，女人无法弄懂男人；女儿猜不透母亲，母亲也猜不透女儿，没有谁了解谁的情况。说明人都想彼此了解，但往往带来的却是误解。这让叙述者都几乎不相信人与人之间能有敞亮的沟通了。①

徐则臣短篇小说《这些年我一直在路上》：让人对生活进行不尽思索的小说

《这些年我一直在路上》7月份发表在《收获》第4期，进入2010年度小说排行榜。小说写生性喜欢平静的他因为和爱热闹、爱折腾、爱到处跑的妻子闹了矛盾，在外面淋了雨，又不愿回去而在外面的长凳上睡了一觉，受凉之后，咳嗽不止，一直到和妻子离婚之后也没有好。和妻子离婚后，他开始了一个人常常走在途中的生活。接着，小说写了另外一个女人的情况。那女人只是个随遇而安的女子，结婚成家后守着丈夫和孩子。当她那给局长当司机的丈夫蒙冤入狱后，她便一次次地奔波在探监的路上，即使无法与丈夫相见，她也执着在这样的奔波里。有一天，和妻子离了婚的他和她坐在同一列火车上。他咳得很厉害，她便给了药让他吃。为表达谢意，他请她去餐车吃早饭，他们一边吃饭一边诉说着自己的故事：他讲述了与妻子吵架后在楼下凉椅上睡觉并遭到雷雨浇淋，然后患了感冒，患了支气管炎的事情，也讲述了他最终与妻子离婚的事情；她讲述了丈夫蒙冤入狱的事情。互不相识的他和她便成了陌生的知己。后来他经过她居住的城市时，给她打电话想见她，但她却拒绝见他。有一天，他又来到了她的城市，他给她打了电话，但她的手机停机了。他找到她工作的新华书店，里面的人说她调到航运处了，他去航运处后找到了她。他们在茶坊喝茶的时候，她说她丈夫在入狱八个月后终于被放出来了，并且还被提升为副主任；但她丈夫在当官之后也变得世俗起来了，经常在外面玩女人，而且还理直气壮地说不就是玩玩嘛，又不是跟她们结婚。她想方设法劝丈夫收回放纵的心，但没有任何效果。他听了觉得她很陌生，也知道自己已经失去了可以

① 参阅孙希娟《关于〈身体课〉的多重阅读》,《小说评论》, 2013.2.

诉说心事的知己了。他打算还是继续走在人生未知的路上吧。小说散文一般呈现着他和她的一段岁月，飘飞的情感和思绪带给读者的是对生活的不尽思索。①

魏微中篇小说《沿河村纪事》：传达了作者对中国乡土政治民主及其与经济发展关系的思考

《沿河村纪事》7月份发表在《收获》第4期，进入2010年度小说排行榜。小说主要讲述的是15年前三个大学生奉导师之命去一个叫"沿河"的小村考察调研的故事，沿河村的发展与现状已经完全不同于导师印象中的古老乡村了，市场经济的冲击使它变得一如这个社会一样复杂。小说所写的沿河村出现的权力争夺和利益纷争，爱情与偷情，使小说具有紧张的节奏与跌宕的情节。作者以局外人（并且是知识女性）来审视一切，所讲述的故事来自她在乡镇的挂职体验。小说记叙了沿河村20年间的现代化历程，尤其对几派政治势力纠葛的历史展现，对以村长为首的"主和派"、以胡道广为首的"主战派"和貌似"主和"但实际上自有打算的胡性来之间的几番博弈的描写，展现了小村经济积累的方式是靠假冒的军车来搞蔬菜贩卖而积累起来的。而当小村走上富裕路之后，两派的矛盾纠纷却愈演愈烈，双方都打着"致富""平等""民主""反独裁"的旗号，上演的却是一出出群众互斗的大戏。小说通篇用寓言的手法，借助沿河村来传达作者对中国乡土政治民主及与经济发展关系的思考，触及了很多现实的问题，比如群众的盲动、基层民主的乱象、知识分子对乡镇工作实际的隔膜、物质丰富与欲望膨胀等。

麦家长篇小说《风语》：讲述"中国黑室"的故事

《风语》7月份由金城出版社出版。小说写抗战时期，留美破译天才陈家鹄携日本籍妻子惠子回国报效国家。国共双方都想留用他，日本间谍则密谋暗杀他。几经曲折，陈家鹄到国民党秘密情报破译机构"黑室"工作，多次成功破译了日军的秘密情报。"黑室"的最高领导陆丛俊为留住陈家鹄，不惜设圈套陷害惠子，拆散了他们夫妻。陆丛俊原名陆涛，曾被日本人秘密绑架到一个神秘的地方，受尽了非人的折磨，但他禁受住了严刑拷打与威逼利诱。陆涛被释

---

① 参阅杨剑龙《物欲世界中的温情——评徐则臣的短篇小说〈这些年我一直在路上〉》，《名作欣赏》，2011.10。

放后，他受到"三号院"老板杜先生的赏识，还受到蒋介石的接见，之后被委以重任。从此，他改名"陆丛俊"，受命组建"中国黑室"。陆丛俊将陈家鹄夫妇拆散后，陈家鹄在"黑室"结识了蒙面敲钟人徐州。原来，徐州是中共地下党员，潜伏在"黑室"，后被陆丛俊发现，惨遭杀害。就在陈家鹄陷入迷茫与绝望的时候，地下党员林蓉蓉的出现让他再次振作起来。在目睹了国民党的所作所为后，陈家鹄毅然去了延安……小说主要塑造了陈家鹄的形象。陈家鹄是一个惊世骇俗的数学奇人，天才破译家。他手无缚鸡之力，却令人谈之色变；他不识枪炮，却是那场战争中最大的战斗英雄；他纸上谈兵，却能歼敌于千里之外；他孤身一人，但起的作用却抵得过一个野战军团；他门外有重兵把守，抽屉里有各种保健良药，却依然生死有虑。这是一个神奇的人，"黑室"让他变得更加神奇。他活着，就有更多的人能够幸免于死；他活着，就有更多的人要为他而死；他活着，就有传奇，就有故事，就有人世间最欢心的事，最揪心的痛。[①]

阿袁中篇小说《顾博士的婚姻经济学》：讲述了一个博士的两次恋爱、一次婚姻以及一次不成功的婚外情

《顾博士的婚姻经济学》7月份发表在《十月》第4期，进入2010年度小说排行榜。小说的开头部分极力渲染了顾言博士和妻子陈小美的外形与身高的不般配，从而引出了顾博士的三段情史，对象分别是三个大学生，即外语系的系花沈南、中文系的才女姜绯绯，第三个是鲍敏。精明、吝啬、器量狭促的顾博士在美貌、才华、青春之间兜兜转转，最终还是选择了平庸可亲的陈小美。在顾博士的世界里，婚姻不是一场风花雪月的台上戏，而是柴米油盐及斤斤计较的生活悲喜剧。小说笔法辛辣，风格颇有轻喜剧色彩；小说条分缕析地分析了顾言的两次恋爱、一次婚姻以及一次不成功的婚外情，并引入经济学原理来对其婚姻进行了解读。作者能熟练掌控人物的性格与叙事节奏，对男性文化的分析也入木三分。

---

① 参阅姚国军《乱世背景中知识分子的智力角逐及其心理博弈——评麦家的长篇小说〈风语〉》，《社会科学论坛》，2012.7。

须一瓜中篇小说《义薄云天》：讲述一个勇追夺包歹徒的青年证明自己英雄身份的曲折历程

《义薄云天》9月份发表在《人民文学》第9期，进入2010年度小说排行榜。小说主人公管小健是一个善良但怯懦的小人物，他在无意中充当了一回勇追夺包歹徒的英雄，结果，包没夺下，自己却被歹徒捅了数刀。刀伤痊愈之后，憨直的管小健渐渐淡出人们的视线，默默退回到自己的生活，甚至他还否认了自己的行为是见义勇为。于是，管小健接二连三地遭遇到亲人的痛斥、邻居的嘲笑、警察的不屑。但让他接受不了的是，他几乎拼了性命去帮助的那个丢包女人萧蔷薇，居然此后连一次面也没露过。在生存和尊严的双重压力之下，管小健不得不重新去追求和认证他曾经放弃的英雄身份，跟萧蔷薇打起了口水官司。在媒体的宣传及市民的积极参与下，管小健的见义勇为行为又在全城掀起了一场关于道德的大讨论。一时间，管小健又成了众人景仰的大英雄，每天来看望他的人络绎不绝。之前一直避而不见管小健的萧蔷薇也站了出来，并最终与管小健结为夫妻。当然，萧蔷薇与管小健结婚的另一个目的是想让她的儿子可以在高考时因有一个见义勇为的爸爸而加分。虽然这个动机让管小健的妹妹不高兴，但不管怎么说，管小健还是得到了他的幸福。

叶兆言中篇小说《玫瑰的岁月》：写了一位书法家对汉字的敬威和虔诚

《玫瑰的岁月》9月份发表在《收获》第5期，进入2010年度小说排行榜。小说中的邵老先生因为写字而名气在外，他的外孙女藏丽花的书法也渐渐著名。从小因痴迷写字而误了考大学黄效愚很喜欢藏丽花的字，进而又爱上了藏丽花这个人，非要娶大自己八岁的藏丽花为妻，因为他从藏丽花的字中看出了她的精神。黄效愚在认识了藏丽花十年时间后，他们才结婚。在婚后的20多年时间里，藏丽花的书法如日中天，在国内和国外不停地举办书展。但真正识得其字之精神的人却认为黄效愚的书法其实早已超出了藏丽花，因为他在字中体现出了骨气，他的字没有俗媚，没有奴性，显得朴素真实。但黄效愚并不将写字看作是取得名利的途径，他认为自己只是喜欢写而已。当藏丽花生病住院后，黄效愚说，如果爱人没有了，他要字干什么，如果能够换得爱人的健康，

"他宁愿焚琴煮鹤"。黄效愚于是把字烧掉，一辈子都不再碰毛笔了。黄效愚不把写字当作争名夺利的工具或手段，而只对几千年来绵延至今的汉字存在着敬畏和虔诚，这种态度是他写字时所持的唯一态度。小说还折射出了中国社会30多年来尤其是"文革"前后的发展变化。小说内容充实、语言生动，给人以警醒、发人以深思。

铁凝短篇小说《春风夜》：表达了对处于社会底层弱势群体的同情

《春风夜》9月份发表在《北京文学》第9期，进入2010年度小说排行榜。小说写了两位在北京花源湾赵女士家打工的农村妇女的私人生活。50岁的刘姐给赵家做饭，46岁的俞小荷负责给赵家保洁、洗衣、陪老人看病。刘姐没结婚，20年前和人恋爱时生了一个女儿；她性情古怪，挤走了在赵家打工的一个个保姆；她爱干净，做的饭菜可口，博得赵家人的喜欢。俞小荷嘴有点歪，同情刘姐没男人的难处，很多事让着她，俩人相安无事。一个寒冷的早晨，俞小荷向主人请了一天假后，想到方庄的春风旅馆和分别半年的开大货车的丈夫王大学会面。天没亮，俞小荷到卫生间洗澡，引起没男人疼的刘姐的"忌妒"。俞小荷没还嘴，她穿上新风衣后就去找丈夫王大学。找到王大学后，王大学高兴地抱着俞小荷就要亲热，但驾驶员二孬也在房间里睡着。俞小荷就让丈夫睡在她腿上，给他讲述自己在赵家打工的事。然而，这难得的一次夫妻"团圆"，却被不通人情的旅馆男服务员以没有身份证不能与丈夫同居为由搅黄。夫妻两个只得在三月初春的深夜里，在旅馆门洞外侧的路边度过了一个痛苦与欢乐并存的"春宵夜"。小说批评了街道派出所、旅馆对农民工夫妻住宿"不人性化甚至为难"的做法，真诚表达了作家本人对处于社会底层的弱势群体充满的发自内心的情怀和同情。

六六长篇小说《心术》：一篇试图重建医患之间信任感的小说

《心术》9月份发表在《收获》第4期。小说分为两个部分，一是医生的日记，二是网友以及六六在论坛中的评论。小说以"我"为叙述视点，写了大师兄刘曦、二师兄霍思邈，几个人的性格各异，但都是好医生，大师兄类似"圣人"，二师兄尽管在手术台边调情，但心却始终在病人身上。大师兄的女儿肾衰竭，等待换肾；二师兄情感一再受挫；"我"是医院里的小角色，默默无闻，收入不高，生活艰辛，情感受挫。除此之外，"我们"都要承受来自患者的压力，双方斗智斗勇，稍有不慎，"我们"或心灰意冷，或遭殴打，甚至官司缠身，破财失业。譬如，"我"的女朋友小蕾是个热心的护士，因为患者闹事而被打伤，最后愤然辞职。小说试图重建医生与患者之间的信任感。医患双方的声音有主次，从篇幅分配上看，医生的日记占绝大部分，论坛的讨论作为陪衬只局于一隅。医生的日记记录着医生们在日常生活中的酸甜苦辣、悲欢离合，读者将随着医生的引导走进医院内部，走入手术台现场，进入医生们的内心世界。①

东紫中篇小说《白猫》：书写了人与动物的相处和互相慰藉

东紫（1970—），本名戚慧贞，山东莒县人。《白猫》10月份发表在《人民文学》第10期，进入2010年度小说排行榜。小说中的"我"是一位人到中年的大学教师，和拥有医学博士身份的妻子离婚后，便与八岁的儿子音信阻隔。当"我"再次与考上大学的儿子见面时，父子间的情感已经荡然无存。"我"在小心翼翼地尝试修复父子关系未果的情况下，"我"于是在忧伤中精心照料和"抚养"着儿子救助的白猫。其间，"我"观察和体验到了猫的"情感世界"。比如白猫对黄猫很执着，黑猫对人类会维护等。小说通过描写白猫的生活、白猫与主人的交往，反映了主人"我"的生活。小说把"我"在爱情上的孤独与渴望、怀疑与压抑写得细腻而密致；把动物之爱写得合理而动人；把猫与人的相处和慰藉叙述得踏实而温暖。

吕新中篇小说《白杨木的春天》：叙述了主人公一家在特殊年代里的遭遇

《白杨木的春天》11月份发表在《十月》第6期，2014年获得第六届鲁迅文学奖（2010—2013）。小说叙述了曾怀林一家在特殊年代里的遭遇。"文革"中，曾怀林被裸身搜查，下放劳改。曾怀林的妻子明训没有正面出场，她在不堪忍受折磨的情况下自杀身亡。自杀前，她留下的遗书，让我们见证了一个暗到完全没有一丝光亮的年代，是如何吞没了那些敏感倔强的人的。曾怀林妻子自杀后，曾怀林的衣食堪忧，心灵备受煎熬。但曾怀林生活的小城里也有同

---

① 参阅郭名华、谭光辉《消费主义时代的精神价值建构——六六长篇小说〈心术〉中的白衣天使形象》，《绵阳师范学院学报》，2012.10.10。

情、帮助他的人。食品公司的杜加禄和养马的老宋就给予他和他女儿冬冬、儿子多多的关心，杜加禄提供了让他们父子三人充饥的食物，老宋则给他修起了白杨木栅栏，还种了树，使他的家有了家的模样。小说还写到了沦为阶级敌人的县委书记车耀吉和负责审问搜查他的干部明海之间的对话，车耀吉的话具有穿越历史的震撼力，这使明海为彼此保留了最后的底线。车耀吉最后被居住的土屋埋葬，侠肝义胆的老宋在帮人打窑洞时也被埋在里面。死亡给了主人公曾怀林新生的力量。小说里穿着露出脚趾的鞋子去捡蘑菇的武桂梅，以卧底方式充当伐木工人的政工干部阎松长，在白天黑夜呈现出不同面目的宣传队魏团长都给人留下深刻印象。小说还多次认真地写到了花草树木。在那个审判人的院子里，桃花刚谢，一棵白海棠开得美丽非凡；牵牛花也很快开满院墙。但没有人知道这个芳菲明媚的人间四月天与凶残有什么关联。还有那城墙上的野花，农场的野花，它们都以灿烂而顽强的生命，与冷漠的尘世构成了对照与呼应，也给那个绝望年代的主人公以心灵的慰藉和支撑。小说中有大段的议论，其实都在论述活着的尊严。小说在伦理层面始终缠绕于此。小说的叙事语言内敛节制，求新求变，对人情事理的分寸拿捏得非常好，既保持了作者一贯的先锋个性，又有一些艺术嬗变，读后令人为吕新不知不觉的中年变化惊讶、惊喜。①

关仁山长篇小说《麦河》：展现了一幅全景式的城乡生活图画

《麦河》11月份由作家出版社出版，进入2010年度小说排行榜。小说展现了冀东平原一个村子在实行生产责任制之后，面对国内国际的市场经济潮流，将传统乡村经济体制发展为现代大农业的情况。其间，农村和农民所经历的痛苦、迷惘、探索、自强的嬗变轨迹也得到了很好的表现，构成了一部有史诗意味的、丰厚而抒情的大作品。小说叙述者是"瞎子"白立国和他的苍鹰"虎子"。白立国生活在麦河流域的鹦鹉村，他有一种特异功能，可以和死人对话。他在与逝者狗儿爷对话时，狗儿爷回顾了20世纪的土改、大饥荒等历史。新中国成立后，鹦鹉村的新一代农民曹双羊和官员子弟合开煤矿后，又扳倒合作者独占企业，实现了原始的资本积累。他创立"麦河道场"食品集团有

① 参阅张艳梅《当代小说四季评：冬日里的温情和残酷》，《当代小说》，2011.3。

限公司，挤垮多家同行，南征北战占领了大片方便面市场。他趁农村实行流转土地的契机，兼并全村土地，实现了农业的工业化和现代化。他推进全村的政治、经济、文化建设，使农民走向小康，成为一方土地的农民领袖。曹双羊的朋友桃儿为了改变家境和养活母亲、弟弟，投身城市创办保洁公司。为了帮助曹双羊，桃儿闯荡市场；为挽救误入风尘的众姐妹，桃儿苦苦支撑着小公司。后来，桃儿不幸滑入卖身歧途，被救助后痛改前非，洗心革面，终于回到了农村的改革事业和正常的家庭生活中。她深爱曹双羊和白立国，最后选择了白立国。白立国也以自己的聪慧、学识、才艺和思想，成为鹦鹉村人尊敬的"仙人"。最后，在桃儿的努力下，白立国的视力得以恢复。小说以现实主义为根基，同时又吸纳了许多现代的思想和手法，集中描写了曹双羊等一些农民先驱开办煤窑进行原始积累，创建方便面食品企业闯荡市场，流转土地实现农业工业化等一系列改革创举，故事情节的主线集中、明朗。小说又由这些重要事件横向延伸，描述了从村到镇到县的政治风波、经济发展、文化态势、道德风尚乃至人们的日常生活，展现了一幅全景式的城乡生活图画。小说在结构安排上采用月相的变化来统摄全篇，从逆月、新月、圆月、残月，又到朔月，既是一种自然天象变化的周期，又是一种社会人生的运行规律，把农村改革置于自然演化之中，蕴含了作家对"天人合一"的哲理感悟。小说塑造了一系列各式各样的农民形象。主人公曹双羊穷则思变，胆大、心硬、执拗，在创办企业、开拓市场，整顿管理、联盟官商等方面，常有惊人之举，不达目的绝不罢休；他也守信、仁义、重情，在处理亲人、朋友、乡民以及家庭、商界、官场等复杂关系时，表现出一种宽阔的胸怀和真诚的品格。桃儿是一个独具异彩的年轻女性形象，她美丽、多情、勇敢、要强。白立国聪明、正直、淡泊名利。小说中的老一代农民郭富九勤劳、俭朴、能干，但他只满足于"分田到户"的传统生活；在农村改革不断走向集中化、机械化的时候，他充满了抗拒和敌对情绪；在土地流转大势到来后，他忧心、愤怒，百般要挟曹双羊，成为农村变革的"钉子户"；在曹双羊的帮助、感召和整个形势的逼迫下，他最终让出土地进入了集团。郭富九是一个自私、狭隘、固执，把土地当作命根、没有长远眼光的传统农民形象，从他身上，我们再一次看到了梁三老汉、糊涂涂的影子。①

陈河长篇小说《布偶》：书写了一代人的人生悲剧

陈河（1958.11.21—），浙江温州人，现居加拿大多伦多。《布偶》11月份发表在《人民文学》第11期，进入2010年度小说排行榜。小说的故事源自作者青年时在故乡的亲身经历。20世纪70年代初期，W城的一群拥有华侨身份的人趁"文革"之乱"占领"了一所教堂，在里面办起了纺织厂。从此，"教堂工厂"成了这个特殊群体的避难所。他们高度团结，谨守秘密，每年都要在裴家花园聚集狂欢。但局外人吕莫丘挤进后，使"教堂工厂"的平静被打破了。17岁的吕莫丘与柯依丽姑娘恋爱，但他们的恋情却陷在了全厂人员高度的抵制与阻挠之中。这对年轻人于是被逼上了绝路。最后，因柯依丽怀孕，吕莫丘被判强奸罪，发配到青海劳改七年。吕莫丘服役之后，柯依丽因难产死亡。柯依丽死了后，这个群体也分崩离析。小说以吕莫丘的人生际遇为主线，展现了作者在20世纪中后期移民到国外前的一段生存形态。小说表明，在沉重的历史面前，没有谁是幸免者。吕莫丘、柯依丽代表着一代人的人生悲剧，真凶是那个畸形、荒谬的年代。在社会和历史面前，个人不能掌控自己的命运，只能像被人施了蛊的布偶。作家麦家评价说：小说背景浩大无边，作者不是用写实手法去写吕莫丘这个生活在畸形年代的畸形人物，而是用象征、荒诞的先锋主义写法，让一座城市和城中的人物在不知不觉中处在一种还原的历史中。"陈河有很好的讲述能力，像一个优秀的篮球后卫，把进攻和防守组织得机智迭生，好球连连，令人叹服。"②

红柯长篇小说《生命树》：一篇充满灵性感受和神性印迹的小说

《生命树》12月1日由北京十月文艺出版社出版。小说讲述了四个家庭的故事：种洋芋的大户马来新上中学的女儿被歹徒强奸，另一个女儿的丈夫经营蔬菜致富后因不愿以神牛的牛黄牟利而被贪利之徒打死；马来新的战友牛禄喜离婚后，又被陕西老家的弟弟、弟媳骗光巨额积蓄而发疯；记者徐莉莉被丈夫杜玉浦折磨，最终抑郁而死；美丽迷人的王蓝蓝与具有超常智力和预测能力的

---

① 参阅段崇轩《关仁山长篇小说〈麦河〉雕塑改革中的新农民形象》，中国作家网，2010.8.30。

② 参阅卜昌伟《作家陈河将青年经历写进〈布偶〉》，《京华时报》，2011.9.30。

丈夫陈辉离婚。作者努力以自身立场为人类生存状态中的信仰危机提供了想象性的出路。他对普通事物和日常生活的灵异化想象以及对人物和故事的幻觉化把握，使小说充满了灵性的感受和神性的历史印迹，而且也再次成为由个人而通悟古老生活，由历史而开凿现实的一个标志。生命树作为生命内核，散发出了灵魂之光和精神价值。小说表明人是靠精神和心灵而生存的，神牛、神龟、生命树、生命树之上的少女都是心灵力量的象征，这是对生命的崇拜。①

付秀莹短篇小说《六月半》：写芳村人在六月里给女方家送喜帖子的习俗，串起了芳村的种种常与变

付秀莹（1976— ），河北无极人。《六月半》12月份发表在《人民文学》第12期，进入2010年度小说排行榜。小说写芳村人对娶了新人的人家，都要在当年的六月里把喜帖子送到女方家，这叫"打帖子"。但随着时代的发展，"打帖子"的风俗却不断增添了"时代内容"：先是票子，然后是"三金"（金项链、金戒指、金耳环），后来又有了手机和婚纱照。小说以俊省张罗着给儿子兵子"打帖子"开始，串起了芳村的种种常与变。俊省当年拒绝了门户单薄的宝印，使宝印后来嫁入了人丁兴旺的刘家，给刘家的进房做了媳妇。在时移世易中，宝印后来成了财大气粗的包工头，兵子也在她手下打工。进房为了赚取区区500块钱，他放下男子汉的身段，去给别人家当男佣。俊省平时省吃俭用，反复盘算着如何给兵子凑够迎亲钱。宝印主动提出要把兵子调到舒适的岗位上。俊省知道后，心中充满了委屈、伤怀、矛盾、不甘等各种复杂纠结的微妙情感。就在万事俱备时，传来噩耗，兵子在工地上出事了。俊省受到致命的打击。小说叙事密而不乱，线头穿插、民俗描写、心理描摹均调度有序，从容不迫，体现了作者成熟的小说技艺。

孙惠芬长篇小说《秉德女人》：在对乡村人苦难生存现状的聚焦中挖掘了人性

《秉德女人》12月份由湖南文艺出版社出版。小说中的"秉德女人"王乃容出生在1905年的辽南海边小镇，尚未出嫁时，有一天她看到世界地图后，

---

① 参阅施军《心性智慧中的叙事——评红柯长篇新作〈生命树〉》，《文汇读书周报》，2011.4.15。

就幻想着与丹麦传教士的儿子一起去航海看世界。她为了逃避父亲，偷偷去教堂躲起来，然而却被匪胡子秉德掳走做了老婆。小说开篇将王乃容放置在一个悲惨的境遇中。王乃容被匪胡头子曹宇环压在身下蹂躏着，因为曹宇环给她带来了一架梳妆台，所以她并不感到耻辱。她的丈夫秉德想继续跟着土匪头子曹宇环靠抢劫财物来维持生计，所以眼睁睁地把她让了出去。秉德是一个由着本能意识做事的"粗人"，当匪胡头子曹宇环通过送梳妆台的方式侵占自己的老婆后，他也效仿曹司令送梳妆台的套路去勾引青堆子湾许记照相馆许老板的女儿，当许小姐怀孕后，他又无情地抛弃了许小姐。许小姐在无法承受情感上的痛苦后精神失常。王乃容在物质困境稍有改善的情况下，就隔三岔五地把高粱稀米粥分散给她生活的周庄里的老实巴交的残疾人罗锅家和屯西的二婶家。当她听说周庄人周克让家的媳妇没有奶水喂养孩子时，就主动上门去做孩子的奶妈。但她的热心善良并没有让接受帮助的人心存感念。在羡慕和嫉妒的交织下，周克让家的媳妇说她是利用喂奶之举来企图勾引公公周成官。谣言通过罗锅嫂子的嘴巴散播出去后，屯西的二婶在打着维护周庄声誉的旗号下，不分青红皂白地对王乃容进行精神上的摧残，让她承认自己是个"不洁"之人。当周庄的大地主周成官充满恶意地刁难王乃容时，她刚柔并济地去对抗他，并一次又一次地挣脱了周成官精心设置的"牢笼"。土改运动席卷到周庄时，周成官被活埋，王乃容听到后并没有感到报仇雪恨的释然，而是条件反射地感叹：这活埋的可是一条人命啦！当周家家破人亡时，王乃容放下昔日的恩怨，不顾家人的强烈反对，不顾周庄其他人的猜忌，毅然到周家帮忙料理后事。王乃容在苦难的摧折中升华自己的灵魂，昭示出人性中美好而坚韧的因子。她在生命困顿处表现出的隐忍与坚持，使独立的生命意识和人性力度最大限度地舒展出来。当初，王乃容被打家劫舍的匪胡子秉德抢走后，她一生的动荡浮沉让她尝尽人情冷暖。然而她始终恪守着对生活的信念，安逸时不欺贫弱，困顿时不显落魄。她主导着自己的生命，并以坚强来对抗苦难赐予她的诸般荒谬。小说还写了其他更多人的命运沉浮。秉东是秉德二叔家的儿子，因没钱娶老婆，便在欲望的驱使下，去侵犯自己的堂嫂，最终因无法逃离伦理道德的审判，投井自杀。罗锅是个饥寒之人，他用扭曲的方式诱奸了幼女。"文革"时期，周庄承多的妻子耿风莲为了表示自己对国家和党的忠诚，大义灭亲地"揭盖子挖病灶"，使承多被打成"右派"。耿风莲为了不给阶级敌人承多抚养后代，把刚出生一个月的孩子无情地扔给年迈的老人抚养；承民为了彰显自己对党的忠诚改名换姓，与成分不好的家人决然地断绝关系。人与人之间的冷漠甚至充满仇恨的图画令人感到可怕。小说从人和人之间的关系上切入，通过对乡土日常生活的描写，在对乡土生命主体苦难的生存现状聚焦中去挖掘人性。秉德女人所展示的不是黑白分明的单一人性，而是常常徘徊在正确与错误界线之间的复杂多维的人性。①

---

① 参阅汪莎《评孙惠芬的长篇小说〈秉德女人〉》，《文学教育（上）》，2012.8。

2011 年

龙一长篇小说《借枪》：讲述了抗战时期一个具有强烈戏剧色彩的故事

龙一（1961—），生于天津，祖籍河北盐山。《借枪》1 月 1 日由新世界出版社出版。小说的故事发生在抗日战争时期的天津，背景异常错综复杂。共产党员熊阔海接受了去刺杀日军华北司令部特高课课长小泉敬二的任务，经过精心观察和安排，准备行动。但由于多国情报系统的交叉，一切细节都被日本人知道得一清二楚。在各种奇妙因素的作用下，这场戏仍然按时上演了。原本安排好的一场暗杀却演变成了两人进退维谷的表演。小泉敬二决定如期出现在指定场所，以表示他不惧怕共产党。熊阔海也无路可退，他的妻女身陷绝境，他自己也被全面监视，他只能架起机关枪，出现在万人瞩目的行刺点。因为枪是借来的，中间便发生了许多令人啼笑皆非的故事，让人在紧张刺激之余忍俊不禁。小说带有很强的戏剧色彩，始终是步步惊心。里面的每个套在以哭笑不得的方式解开后，下一个套又出现了，可谓惊心动魄，酣畅淋漓，令人欲罢不能。小说表明在最艰难的人生处境下，悲观的生存观照与乐观的生活态度会合二为一。

贾平凹长篇小说《古炉》：用真实的生活细节和浑然一体的陕西风情展示了中国基层"文革"发生时的历史轨迹

《古炉》1 月份由人民文学出版社出版，进入 2011 年度长篇小说排行榜。小说约 64 万字，作者用四年时间完成。其故事发生在陕西一个叫"古炉"的村子里。古炉村的人以烧"瓷货"为生，偏远、封闭，但人丁兴旺，树木繁茂，并保持着传统的风韵。但从 1965 年冬天开始，古炉村的宁静却结束了。几乎古炉村的所有人，在各种因素的催化下，被迫卷入了一场声势浩大的运动之中，时间一直持续到 1967 年春天。最后，山水清明的古炉村，在"革命"的召唤和名义下，成为"派系争夺"和"血腥对决"上演、落幕的现场。小说选择了一个四类分子家庭的孩子狗尿苔来进行叙事。狗尿苔是蚕婆从州河里捡来的，长得小，长得丑，婆叫他平安，村人们都叫他"狗尿苔"。狗尿苔生活在古炉村，环境逼仄，他于是与动物、植物交流，他能闻得到死亡的气息。他进不了古炉村的"社会生活"，他是个边缘人。作者用真实的生活细节和浑然一体的陕西风情，将中国基层开展"文革"的历史轨迹展示在读者面前，是他对这场历史大浩劫的人文解读。作者称，小说之所以叫《古炉》，是因为在他眼里，古炉是有中国的内涵在里头的，中国的英语词，以前在外国人那里称为"瓷"，所以，与其说小说写的是古炉这个村子的事情，倒不如说它写的就是中国的事情，"瓷"暗示的就是中国。①

阿袁中篇小说《子在川上》：揭露了当今大学的学术研究活动被金钱和权力侮辱践踏的现实

《子在川上》1 月份发表在《十月》第 1 期，进入 2011 年中篇小说排行榜。小说通过苏不渔教授和系主任陈季子之间的矛盾反映了现在大学制度的弊病。苏不渔强调孔子的"述而不作"，桀骜不驯，率性而为。在家庭生活中，苏不渔的"无为"思想使家里的一切都乱七八糟。在雇请保姆一事上，苏不渔只关心是否能够吃到鸭掌，而不在乎生活上的计算。陈季子是作者精心塑造的非常具有现实感的人物。他外表宽厚大度，和苏不渔见面时，即使对方不理睬，但作为系主任的他还是会主动上前打招呼。陈季子的出版量巨大，他利用权力之便为自己谋利益，深刻揭露了当今大学的学术研究活动被金钱和权力侮辱践踏的现实，也让人们对现在的学术论文、著作到底有多少价值产生怀疑。"督导们六七十了可以无欲，而陈季子呢，五十还不到呢，各方面欲望都是如火如荼的时候"，这句话应该是对陈季子最精准的概括。苏不渔以"不为"来抵抗当今对论文量狂热追求的怪状。他视著书立说为粪土，猛烈抨击把论文写作当作种萝卜一样的官僚学者。但他这种只强调孔子的"述而不作"观点的人最终却

---

① 参阅重阳《自然产生意义——访贾平凹说〈古炉〉》，《青年文学家》，2012.34。

被边缘化了。苏不渔和陈季子之间的矛盾,好多时候是由朱小黛来调剂的。一次,朱小黛骗苏不渔参加有陈季子在场的宴席,当陈季子挨个给众人敬酒时,苏不渔却兀自吃着芙蓉鸭掌,这让陈季子下不了台。小说语言诙谐风趣,雅俗兼容,使我们看到了大学校园中学术与权力的较量,官僚耀武扬威,学者尊严被重重踩在脚下,师道尊严已被世俗物欲、世态炎凉重重遮蔽。逝去的是传道授业解惑的良师及学问之道,留下的则是论文课题与职称的纷纭乱象。小说直指当今大学的学术腐败、官僚作风,具有强烈的批判意识。从现实意义上来看,苏不渔的悲剧,是这个时代知识分子的宿命,潜藏着作者对于当代知识分子价值和命运的思考和担忧。①

张楚中篇小说《七根孔雀羽毛》:反映了人们普遍在金钱面前道德缺失、原则模糊的状况

张楚,20世纪70年代生,河北唐山人。《七根孔雀羽毛》1月份发表在《收获》第1期,进入2011年度中篇小说排行榜。小说故事发生在一个小县城里,主人公宗建明离婚后,患上了选择性失忆症,并度过了一段声名狼藉的日子。他放纵自己的肉体,随意地与并不喜欢的女性同居,靠酒精麻痹自己,甚至迷上了赌博。心情压抑下的豪赌使他输掉了所有财产以及前妻留下来的房子,更输光了一个男人的自尊与人格。输钱后他一次次厚颜无耻、心安理得地去向前妻讨要赌资,直到前妻消失。过了很长一段时间,儿子在一个非常寒冷的天气里来到单位找他,他才终于回忆起自己还有个儿子,一个像天使一样可爱的儿子——小虎。儿子的出现唤起了他内心的责任和爱,死掉的心也开始苏醒。于是他不顾曹书娟、李红等的阻挠,想尽办法将小虎接回自己的身边。为此他向朋友康捷借钱,甚至参与到谋杀丁盛的案件中。小虎的形象和心灵是纯洁的化身,是这个世界上道德和良知的拯救者。他和小说中的那七根孔雀羽毛的意象共同构成了正义的力量,向人们宣告光明的存在。而故事里更多的是生活中的黑暗面。出场的人物没有一个是在过着正常人的生活。首先是一系列病态的人,宗建明的选择性失忆症,李浩宇的宇宙恐惧症,小女孩丁丁的自闭

① 参阅姜岚《文化的魅影:〈子在川上〉的高校权力生态及其他》,《小说评论》,2012.3。

症。而其他人物如李红有尴尬的婚姻经历，曹书娟傍着大款，康捷辗转在老婆与情人之间。小说反映了人们普遍在金钱面前把什么都变得无所谓的状况，道德缺失、原则模糊，盲目羡慕一些黑社会人物比如像丁盛这样的人的奢华生活。小说语调平淡却很有感染力，叙述琐碎却能吸引读者，涉及的人物杂多却出场有序。七根孔雀羽毛作为不断出现的意象不仅是小说中未被揭秘的引人思考的线索，更起到了升华主题的作用。七根孔雀羽毛上的一只只沉郁的蓝眼睛，就像是黑暗中的微弱灯光在召唤着人们的良知。①

张庆国中篇小说《如风》：人间万事皆如风

张庆国，生年不详，云南昆明人。《如风》1月份发表在《芳草》第1期，进入2011年度中篇小说排行榜。小说写民警陈刚出生在野猪经常出没的大山里，他的领导在腻味了花天酒地、灯红酒绿之后，喜欢去山野里打猎，于是瞄上了陈刚家乡的野猪。领导提拔陈刚回到家乡所在镇的派出所担任所长。县里还拨款在山上建起了喂养猎狗的场所，请专门的猎人担任养狗员并陪同前来打猎的领导围猎野猪。陈刚不得不离开刚刚在县城交上的女朋友小丁，走马上任了。陈刚陪同领导围猎野猪，收获颇丰，他在猎狗追逐野猪时那如风的奔跑中寻求到了生活的乐趣和成就感。但女朋友小丁因为耐不住寂寞迅速地傍上了县人保局的赵局长。陈刚在野猪面前是一个很好的猎手，但是在情场上，他却无法"猎获"小丁的心，恋爱的温馨与他渐行渐远。陈刚的精神世界快要崩溃了，几乎要去杀人，但在同事的帮助下他很快地冷静了下来。几经思索，陈刚领悟到了其中的真谛：我们在生活中所遇到的种种遭际和获得的各种快感都会如风一般远去，我们穷其一生所能够把握的恐怕就只剩下在一个个"坎"面前保持住的那种进取的精神和勇气了。小说主题可从如风的工作、如风的爱情、如风的人生等多个层面多义解读，从而使人悟出人间万事皆如风的人生哲理来。②

① 参阅刘涛《张楚的轻与重——从〈七根孔雀羽毛〉谈起》，《西湖》，2011.10。
② 参阅上官婉清《权力与欲望的双重隐喻——论张庆国的中篇小说〈如风〉》，《小说评论》，2011.4。

晓苏短篇小说《花被窝》：表达了作者对特定生存境遇里的女性生命情态的关注和对乡村家庭伦理的思考

晓苏（1961.12.15—），湖北保康人。《花被窝》1月份发表在《收获》第1期，进入2011年度短篇小说排行榜。小说写乡村女子秀水与偶尔来家里修电视锅盖的李随产生了感情，两人有了两次秘密的性事活动。由于他们不慎，秀水前两天才洗过的花被窝上留下了一摊污渍。秀水洗过之后，拿出去晾晒，引起了婆婆的怀疑。之后婆婆又多次提起了李随，这让秀水战战兢兢的，担怕婆婆告诉给长年在南方打工的儿子，毁了这个家。秀水于是成天想着如何才能封住婆婆的口的方法，最后想到的是尽量讨好自己以前一直很讨厌的婆婆。而此时婆婆早被她赶出了家里的楼房，一人孤零零住在老屋的破房子里。婆婆对媳妇秀水的热情举动虽然很惊讶，但还是高兴地接受了。小说的结尾是，婆婆去邻村看望每年都要去看一次的一个表舅母，这给秀水与李随又提供了一次偷情的机会。在这次约会中，秀水从李随口中得知，婆婆经常念念不忘的表舅母的丈夫其实正是她年轻时最爱的情人。秀水喜出望外，自己和婆婆都在情感上出轨了。秀水释去了心中所有的忐忑不安。晚上婆婆回家后，秀水真心实意地与婆婆推杯换盏，婆婆也讲述了自己年轻时的爱情故事，这才使得婆媳两人在情感上找到了共鸣、依托和安慰。小说最后一句话是："后来，两个人都有点醉了。"小说讲述的其实不是主人公为何偷情和怎样偷情，而是偷情败露后仓皇应对过程中的心理和行为，通过这种心理和行为的戏剧性展示，表达了作者对特定生存境遇里女性生命情态的关注和对乡村家庭伦理的思考。[①]

东西中篇小说《救命》：讲述了一个都市女孩的精神和情感困境

《救命》2月份发表在《人民文学》第2期，进入2011年中篇小说排行榜。小说写都市女孩麦可可因为得不到婚姻而准备跳楼，她的男朋友郑石油和警察请来了已有家室的中学教师孙畅设法营救她。孙畅情急之下撒谎说郑石油愿意跟麦可可结婚，麦可可于是被救了。但孙畅因为这个谎言，使他以后的生活混乱不堪。半年后，麦可可的男友郑石油还是不肯与麦可可结婚，而且还玩

---

① 参阅李东雷《乡土小说的另一书写——读〈收获〉2011年第1期晓苏短篇小说〈花被窝〉》，《电影评介》，2011.15。

失踪。麦可可找到孙畅后责怪他不该欺骗自己，并第二次跳楼。麦可可再一次得救后，又在医院进行了第三次自杀，孙畅用"善意"的谎言再次把麦可可从鬼门关上拉回到世上。麦可可经过三次轻生、两次被孙畅的谎言救回后，她对郑石油彻底失望了，她反而把孙畅作为了自己的理想对象。麦可可对孙畅一家非常"热情"，使孙畅一家像逃债一样拼命躲避。麦可可对孙畅的痴迷使她不愿意再接受任何其他一个男人，包括孙畅为她介绍的匡老师。当孙畅一家准备搬家逃离麦可可时，麦可可又表现出了一定的善解人意，她主动到精神院接受治疗去了。当麦可可从精神病院出来的第一天，她又用自杀方式来逼迫孙畅夫妇离婚。小说的结尾是孙畅与麦可可结婚了，但孙畅每天都要坐在窗前注视对面那个曾经是自己和前妻住过的房子的窗口。小说把生活中像麦可可这种没有生活目标，执意把自己绑在一个男人身上的人的情况展现在了读者面前，让读者去思考，去反思。现代生活中像麦可可这种女孩大有人在，她们打着女性平等，女性自由的旗号，甘心让自己处于弱势的位置。小说《救命》这个题目本身就含有双关的意思，不仅是指拯救麦可可的生命，而且指拯救这个时代的"命运"，也就是为这个时代寻找出路。①

毕飞宇短篇小说《一九七五年的春节》：写了"文革"时期一个女演员的悲剧

《一九七五年的春节》2月份发表在《文艺风赏》第2期，进入2011年度短篇小说排行榜。小说以"文革"为背景，以压抑、含蓄、神秘、俭省的线条，写公社的一个演出大帆船被冻在村边的湖边上了。村里人以为这回可以看上一场大戏了。当船被冻住后，从船里面只出来了一个女人，村里人不认识这个女人。女人跷起了二郎腿，吸着烟。女人看到一个叫阿花的小女孩后，给阿花化起了妆。阿花被女人的双腿紧紧夹着，挣扎不出，她给女人的脸上吐了一口唾沫后才得以逃脱。女人又抽起了烟来。孪生兄弟大智、大勇砸冰捞鱼时，迷路了。当他们依着大帆船的桅杆找到村庄后，发现了女人抽过的几个烟头。女人再次出现是在大年初一，她走出船舱，她的活动是被严格限制的，尤其是

---

① 参阅李逊《救命·救心·救梦——读东西的〈救命〉》，《教育观察》，2012.8。

白天更是如此。女人的双脚上永远戴着一副看不见的镣铐。女人其实是个大腕儿，她闲着没事，就想给孩子们化妆。她在冰面上表演舞蹈时，失足滑入了冰窟窿，那隔着冰挣扎的情景像她生前的表演一样，是绝唱。①

许春樵中篇小说《知识分子》：展现了部分知识分子在世俗社会中的溃败与逃离

许春樵（1962—），安徽天长人。《知识分子》2月份发表在《小说月报》（原创版）第2期，进入2011年度中篇小说排行榜。小说写郑凡从上海某大学研究生毕业后，到K城文化局艺术研究所工作，他在网上认识了单纯可爱的家乐福超市收银员韦丽后闪婚。郑凡的工资只2000多元，过年过节只领一些单位发的色拉油之类的福利而已。韦丽一个月工资800元，他们租住在城中村狭窄、破旧、漏风漏雨的小屋中。郑凡的家人、亲戚、村里人以为他成了"党和政府的人"，就找他办这办那。表舅和城管发生冲突后，郑凡的父亲来找郑凡摆平。郑凡表叔要郑凡跟县委书记说说，让自己在乡政府食堂烧饭的儿子转成国家干部，还让他"跟省里、中央的领导说说"，解救自己被骗到广东卖淫的女儿。镇执法队队长胡标养猪场的猪被人下毒毒死后，找到郑凡父亲，让郑凡帮忙。郑凡父亲带给郑凡办这办那的压力已让郑凡难以承受，他的丈母娘又给他施加了买房的压力。在这些压力下，郑凡去做家教，去做房地产宣传专刊等赚外快。但他因为参与了假药广告制作而被工商局"逮去了"。郑凡做家教的家长出两万元让他给他写传记，郑凡拒绝了。郑凡为赚外快，当市里的效能办来单位检查时，他不在岗，他于是被通报批评并扣发了季度奖金。郑凡父亲得知真相后，外出打工赚了3000元钱送到他手里让他买房。和郑凡同在K城的大学同学舒怀的父亲在家里私自办鞭炮厂赚钱，目的是帮儿子买房，但最终，舒怀的女友悦悦还是投入了一个老板的怀中。舒怀的精神崩溃，一天竟为了二两苹果和水果摊主争吵并杀死了他，最终被判了死刑。舒怀父亲因鞭炮厂爆炸也入狱了，都无法给儿子收尸。郑凡的同学黄杉的女友也跟着一个50多岁的老头走了，黄杉又和一个野模特交往，最终因为无房而分手。后来，黄杉找了

---

① 参阅何烨菲《论毕飞宇小说中的死亡书写》，《广东技术师范学院学报（社会科学）》，2014.9。

一个富商的遗孀，过上了上等生活。舒怀被枪决之后，郑凡去给他收尸，但因为他给偷了自己钱、被抓住后因挨打而受伤的一个小偷办理出院手续，结果没有见到舒怀最后一面……郑凡回到城中村的小屋，倒头就睡。在梦中，他梦见自己和韦丽有了一套房子，交给他房子钥匙的就是那个找不到工作、饿极了就去偷抢他血汗钱的小偷。这个时候，K城房子均价突破一万元一平方米，高档楼盘超过两万元一平方米。小说的主线是写一个知识分子的住房梦，副线则展现了部分知识分子在世俗社会中的溃败与逃离。小说通过知识分子那种不愿苟同于世俗的孤独，来展示他们面对市场经济社会时，个人的社会责任与人格修养出现的困惑与无奈、奋斗与挣扎。[①]

陈应松中篇小说《一个人的遭遇》：写了社会生活的另一面及一个反抗者寻找正义和真理的固执、坚强

《一个人的遭遇》3月份发表在《北京文学》（原创版）第3期，进入2011年度中篇小说排行榜。小说主人公刁有福下岗了，他凭自己的一点儿技能混生活，混得有点声色，可一场大水却让他重回到了一无所有。"水退后，他的酒坊、猪场什么也没有了。……他坐在那个池塘边，鱼也跑了，只有几只野鸭寂寞地望着他，偶尔嘎嘎叫上几声。"然后是参股的人都变成了债主，一个是他舅舅，一个是他母亲。刁有福被一顿暴打后，昏死在水退去后的泥浆里。刁有福丢了一个肾，报纸却称其不肖，说他对他母亲暴力虐待了。刁有福被告到法院后输了官司，还离了婚。从此，刁有福为自己讨说法，为同厂下岗工人要待遇，走上了一条漫长艰辛、曲折的上访之路。后来，刁有福被以妨碍公务罪判了两年半徒刑。刁有福从监狱出来后，众叛亲离，再次进京上访。最终他与告他的人及原单位和解，恢复了生产生活。小说不仅写出了我们今天面对的歌舞升平的社会生活的另一面，而且写出了一个反抗者寻找正义和真理的固执和坚强，揭示了当前乡村中出现的新问题，并在艺术上达到了较高的成就，这得益于作者在家乡荆州为期一年的挂职生活体验，使他对各阶层尤其是农民的生活

---

① 参阅颜敏《论新世纪小说中的知识分子形象》，《天津师范大学学报·社科版》，2013.3。

与心理有了细致地把握。①

胡学文中篇小说《从正午开始的黄昏》:"揭示灵魂隐秘与生命迷津"

《从正午开始的黄昏》3月份发表在《钟山》第2期,进入2011年度小说排行榜,2014年获得第六届鲁迅文学奖（2010—2013）。小说主人公乔丁有两个世界:一个是他每天身处其中的当下生活。他的妻子温柔贤惠,孩子乖巧伶俐,岳父、岳母在周六、周日都会为他们包三种馅的饺子。乔丁经营着一家小店,虽非大富大贵,但也衣食无忧。但是,乔丁还有另外一个世界:他每隔一段时间都会离开眼下的生活,奔赴一个外地城市里,带着一个心爱的女人"她",溜门撬锁,入室偷盗。乔丁是一个因贫困而肄业的半拉子大学生,在穷困潦倒、走投无路的时候偶遇了以偷盗为生的"她",他被这个女孩征服和吸了,并和她一起进入了一种刺激的侠盗生活。乔丁在一次入室偷盗中,偶遇了偷情的岳母,两个人都直面了各自的秘密。原来,乔丁和岳母都以为自己把自己的隐秘世界藏好了。但现在,一切秘密都被这样被掀开了。他们两人于是成为对头和敌手。他们相互抵制和谴责,相互包庇和理解。直到有一天,那个女贼在意外中死亡,乔丁才拥有了看上去安定、美满的生活。②

王小鹰中篇小说《点绛唇》:写女主人公嫁入豪门及被抛弃的悲惨命运

《点绛唇》3月份发表在《收获》第2期,进入2011年中篇小说排行榜。小说整体分为22章,写的是上海人,事情也发生在上海。女主人公叶采萍是在20世纪70年代末嫁入淮海坊虞家的。这桩事情当年在她周围的人群中掀起了不小的风浪,被人们翻来覆去地考证、探究、追踪、议论,足有大半年之久。那个年代,一个女人能在淮海路上拥有一间方方正正、亮亮堂堂、煤卫齐全的婚房,简直就是公主王妃一类的人了。何况叶采萍是从打浦桥一带旧式里弄的一间三层阁里嫁进淮海坊的,好比一步登了天,但她的大半生过着的却是"凄凄惨惨戚戚"的日子。她嫁入虞家后,整日里提心吊胆、小心翼翼地

① 参阅李云雷《"一个人"与体制的较量——读陈应松的〈一个人的遭遇〉》,《北京文学（精彩阅读）》,2011.3。

② 参阅梁海《揭示灵魂隐秘与生命迷津——评中篇小说〈从正午开始的黄昏〉》,中国作家网,2011.4.29。

生活着，没过几日就被出国的老公甩了，最终她被赶出了虞家那扇并不算大的大门。

王璞短篇小说《灰房子》：揭示了关于"文革"的集体记忆

王璞（1950—），生于香港。《灰房子》3月份发表在《收获》第2期，进入2011年度短篇小说排行榜。小说依靠叙事者沉浸式的回忆和对梦魇的复述来结构全篇，像絮语一般地述说着并非散漫不着边际的故事。小说里被重点讲述的几段故事都发生在"灰房子"——一所没有隐私的居住空间里，主人公为了性爱竟然付出了生命的代价。主人公是一个受过高等教育的女人，她连食堂的工作都得不到，而且由于她丈夫的"右派"身份，也使她的女儿陷入了看不到前途的绝境。"文革"的疯狂就这样把人打入了绝望中，使每一个身在其中的人都体验着"比死更可怕"的深度恐惧。小说的叙事者虽然亲历了"文革"，但他却是"文革"那段历史的旁观者、窥望者。小说所写的与其说这是一段童年经历，毋宁说是一种集体记忆——因为它表达的是一种难忘的心理经验，也就是被恐惧击中的"文革"经验，这种经验是人们的共同经验。最要命的是，"灰房子"虽然被推倒了，但它的身后却依然留下了一条难以清除的肮脏痕迹。①

铁凝短篇小说《海姆立克急救》：表现了人物欲望泛滥后的真情回归

《海姆立克急救》3月份发表在《江南》第3期，进入2011年度短篇小说排行榜。小说讲述了一个情感迷失和心灵救赎的故事。男主人公郭砚在事业上春风得意之时，与同学马端端发生了婚外情，他的妻子艾理因鸡块呛入气管死亡，郭砚陷入了追悔之中。当郭砚偶然得知了"海姆立克急救"方法之后，他就像获得了宝贝，按照其方法反复地做着救人、他救及自救的练习。小说的意蕴表现了一种欲望泛滥后的真情回归。三个主人公扮演着等爱者、赎罪者、自救者的角色。

须一瓜短篇小说《小学生黄博浩文档选》：展现和还原了现实生活的本来面目

《小学生黄博浩文档选》3月份发表在《人民文学》第3期，进入2011年

---

① 参阅林霆《亲历者与旁观者——论新世纪短篇小说的"文革"叙事》，《天津师范大学学报（社科版）》，2013.4。

度短篇小说排行榜。小说由十六个长短不一的片段构成，从总体上看，有一点类似个人化写作的模式，不是以对话和情节来完成故事，而是以小学生黄博浩的视角进行情绪化的文本展开，用日常生活中的细节来呈现生活的真实感。这些细节是片段性的："我"忘记给外公买报纸的一件小事；"细节决定成败"的一句格言；因恶作剧把青蛙放在周黛诗同学座椅上导致课堂大乱而写检讨书的事情；给山区穷困孩子写带有自我教育成分的一封信；竞选班干部失败的发言稿；关心祖国统一大业而给台湾小朋友写的信；与外公外婆和未来小姨父共处时的混乱生活；偷看家里小狗发情时大人们对"我"的监视；周黛诗与"我"所谓的早恋引起的大人们如临大敌的心态。这些片段式生活借助小学生黄博浩的作文呈现出来，在充满童趣与童真的烂漫生活里，又见了出故作成熟状的情态，幽默中引发着人们对生活的思考及对大人的世故与孩子的无邪的反思。小说独特的审美效果来自拼贴叙事的效果。小说里那些混乱的、无序的碎片，被作者随意挥洒后，意义被无限延搁，让人们见出社会对人的改变，看到这个世界到处充斥的虚伪及其对少年和未来的污染。小说将作文、日记、信件、检讨书、博客等体裁混杂，语言表达随意、调皮，堆砌了大量的成语与俗语、书面语与口语、日常语言与网络语言等，几乎每一个片段都在跑题，片段之间也没有明显的联系，非常符合一个小学生笔下未经打磨和雕琢的文档特征。作者用这种"陌生化"的艺术手段巧妙地展现和还原了现实生活的本来面目；用深藏不露的叙事技巧把零碎的片段编织成一个具有高度连贯性的有机整体；以我们熟悉的小学生图式为背景，借其清澈的视角和有限的写作水平，颠覆了叙事小说的常规，不但为文学园地增添了一道亮丽的风景线，而且以看似非常真实的虚构语类，刷新了我们对"小学生作文"和"小说"的认知图式，对我们探索日常语篇的"文学性"和随意拼接片段来进行叙事提供了一个范式，也为我们探讨语言形式与文学意义之间的关系提供了一个范式，所以是一个很有价值的文本。小说在语体上扩展了我们的文学语言和文体视野，在叙事手段上增进了我们对小说叙事性的认识，在创作手法上是对现代先锋派小说和反小说的发展，既刷新了读者对"小说"和叙事语篇的认知图式，也促使着读者进一步去思考困扰文学研究的"文学"概念和"文学性"的问题。①

王祥夫短篇小说《真是心乱如麻》：反映了空巢老人的处境等当下的一些现实问题

《真是心乱如麻》5月份发表在《上海文学》第5期，进入2011年度短篇小说排行榜。小说讲述了一位中年妇女来到城市后，她那当工人的丈夫却去世了，她被赶出了宿舍。在她几乎要流离失所的时候，有人给她介绍了一个当保姆的工作，让她去照顾一个年迈的老太太。老太太的儿女们都移居国外了，剩下的只是老太太和一套房子了。老太太的儿女给妇女的薪水不低，他们甚至还承诺：只要老太太多活一年，就加薪一百元。妇女照顾老太太一直延续了九年，生活平缓而安静，悠闲而从容。但一天清晨，老太太在无人知晓的时候停止了呼吸。妇女的"乱"由此而生，她想到，大厦已倾，自己将再一次要流离失所了。在惊慌失措中，她产生了一个惊人而且疯狂的决定：盖住尸体，用胶带封住老太太卧室的所有门窗，以防尸臭外泄，这样就可以一直得到老人子女们付与的工资。妇女不顾一切地做了这些之后，就给老人的子女报了平安。老人的子女们毫不起疑，工资照付。而妇女却在胆战心惊中，独守着一具尸体……小说叙事从容不迫，篇幅短小却意涵深刻，反映了空巢老人的处境等当下非常现实的一些问题，体现了作家对现实生活的关注与思考。②

周瑄璞短篇小说《故障》：影射了时下一种非正常化的生活现象

周瑄璞（1970—），祖籍河南临颍，现居西安。《故障》6月份发表在《芳草》第6期，进入2011年度短篇小说排行榜。小说中"她"的生活是细密的柴米油盐，她对做菜等日常生活十分在意而且细致入微。"她"把平凡的家庭生活过得有滋有味，甚至生出了一些诗意。一个男人对她的进攻，使她的生活开始有些不平静，使她有些纠结，但她还能勉强稳住阵脚。她下楼扔垃圾时，电梯出了故障。身陷电梯中的她真切地感知到即将遭遇的种种危机。但电梯故障也帮助她完成了今后生活的正确选择。她心思细腻，能对生活的点点滴滴既浓情关注又勤于思考，即使这样，她还需要经历一次绝境式的时空才能想明白

① 参阅封宗信《日常语篇的文学性与片段随意拼接中的叙事性》，《人民文学》，2017.7.31。
② 参阅《2011中国小说学会排行榜》，二十一世纪出版社出版，2012.5。

一些事，才能彻底安抚自己骚动的心。小说其实是在影射时下一种非正常化的生活。人们的脚步匆匆，整天都忙这忙那的，觉得自己很清醒，其实一切行走都是迷茫的。人们在不停地追逐时，早已顾不上去与自己的心灵对话了，人们甚至已经忘记了生活该有的意义。① 小说以日常生活中人们所熟悉的诸如买菜、洗菜、淘米等事情为情感意象，赋予了情感的短期性和恒久性意蕴，而且通过这些生活细节，展露了人物的心灵。作者以人物意识的游走来确立人物的典型形象，可以看到他的创作力度情况。

张惠雯短篇小说《爱》：写出了人世间的美好、温暖和幸福

《爱》7月份发表在《收获》第4期，进入2011年度短篇小说排行榜。小说中的艾山是一位未婚的年轻医生，他来到维吾尔族牧区诊所就职。艾山就职的诊所与兽医院在同一个院子里。当艾山听到院子里被人强按住的牲口声嘶力竭地嚎叫时，他感到自己的职业被侮辱了，他开始沉闷，烦躁，迷惘。但渐渐地，艾山也发现了牧区的一些好处，他骑着马，能望见远处山坡上云块样移动的羊群，能呼吸到混杂着青草和牛奶味的空气，能看到潭水一样的蓝天。富裕牧民阿克木老人给第四个孙子摆周岁酒时，邀请艾山医生去赴宴，并请他坐在重要人物坐着的一张桌子上。艾山喝了酒，这时，他看到了她的眼神，那是一个姑娘投向他若隐若现的目光。"她坐在一群女客人中间，娇小，毫不突出，但她那双眼睛，她垂在脸庞两侧的黑头发……一瞬间，他的心里被一种欢喜、甘甜、涌动着的东西充满了。"酒席散了，她也不见了。艾山站起身，走到了外面。他有点儿累了，在一个草垛下面坐下来。他听到一个女孩儿正在和另一个女孩儿说她爱上了谁的话。艾山又回到阿克木老人的毡房里，人们都散了。他向阿克木老人告辞后，搭乘一个身材高大的妇女的马车回兽医站时，他看到酒席上那个娇小的女孩儿也坐在马车上。妇女说那是她女儿。女孩儿主动对他说话，他们像小孩儿一样无拘无束地靠在一起。艾山回到兽医站后，心里一直想着女孩儿。第三天晚饭后，艾山去找阿克木的小儿子帕尔哈特，帕尔哈特又带他去找朋友阿里木江，三个年轻人骑着马往牧场的北面走去。路上，艾山一

---

① 参阅安玮娜《都市人生的女性言说——周瑄璞中短篇小说叙事策略探微》，《东疆学刊》，2015.4。

直想着找到女孩儿的事情，因为她那双灵活的眼睛，柔软飘动的衣服深深地吸引着他。女孩儿也曾碰过他的手臂。艾山想女孩儿可能就在某个地方等着他。带着这些有点儿盲目的乐观信念，艾山在马背上低声唱起了歌。①小说精确地写出了人世间的美好、温暖和幸福，在艺术表现力上，小说已经达到了炉火纯青的水准，里面的一个表情，一个动作，一个眼神，一个闪念，每个景物，每个场景，每个道具，每个心境，都达到了惊人的准确程度，透出一股近于完美的意境。

何顿长篇小说《湖南骡子》：歌赞了湖南人敢拼敢打、不逃跑不屈服的骡子精神

《湖南骡子》7月份由人民文学出版社出版，进入2011年长篇小说排行榜。小说故事围绕湖南展开，从辛亥革命写到国共内战时期。写长沙会战时，"我"爹何金山带领的国军队伍打退了日军的疯狂进攻，一个军人说湖南籍军人在战场上面对武器精良的小鬼子，奋勇杀敌，如同"湖南骡子"一样。"湖南骡子"就是"倔强，身上有一股固执的灵光，认死理，不屈服，就像谭嗣同，可以逃也不跑，宁愿死，也不弯腰。这种宁死也不屈的精神，在湖南人身上体现得十分充分"。在抗击日军入侵长沙时，"湖南骡子"都是勇敢和顽强的。日军在冈村宁次率领下，先一年攻克了武汉，几个月前又拿下了广州和南昌。拿下南昌后，日军分兵两路进犯长沙，以为长沙唾手可得，但长沙军民没给他们机会，他们共同御敌，硬是把两路日军打退了。"我"爹率领的队伍在长沙城外就歼灭了20余万日军，极大地鼓舞了中国人的抗日热情。这就是骡子精神，敢拼敢打，不逃跑不屈服，最终使日军失败了。小说人物众多，塑造了一批有血有肉的湖南人，这些人不是简单的类型化英雄人物，他们普通平凡，像湖南骡子一般，有坚韧的一面，也有怯懦的一面。他们信仰不同，相互不理解，甚至参军和加入革命的思想起点并不高，但都有着保家卫国的爱国情怀，真实而富有人性。小说时间跨度长，所涉及的历史事件很多，读来让人深思。②

---

① 参阅《"爱"的精致传达——评〈爱〉》，《2011中国小说学会排行榜》，二十一世纪出版社出版，2012.5。

② 参阅黄盼盼《该如何讲述中国近代百年史——读何顿〈湖南骡子〉》，《创作与评论》，2012.2。

李锐长篇小说《张马丁的第八天》：讲述了一个意大利传教士来中国后的灵魂救赎

　　《张马丁的第八天》7 月份发表在《收获》第 4 期，进入 2011 年度长篇小说排行榜。小说写出生在意大利瓦拉洛小城的乔万尼跟随莱高维诺主教来到中国后，取名为张马丁。当张马丁当了天石村天主教堂的执事后，莱高维诺主教一心想铲平村里的女娲娘娘庙，然后在原址上修建一座教堂。在天主教圣母过升天节的那天，祈雨的村民们和教民发生了冲突，张马丁被人投掷来的鹅卵石击中头部而亡。三天后，张马丁竟意外地复活了。莱高维诺主教对张马丁复活的原因秘而不宣。用鹅卵石击中张马丁的是天石村迎神会的会首张天赐，他因此被官府以"杀害"张马丁的凶手而斩首了。三个月后，养好伤的张马丁得知张天赐被斩首了，心里很痛苦。然后，张马丁自动脱离了教会，走入了异教徒之中。张马丁于是被教民唾骂，被地痞洗劫，过了七天乞讨的日子。在第八天，冻僵的张马丁撞入娘娘庙后，张天赐的妻子张王氏误把张马丁当成了丈夫的转世神童，然后她用自己的身体焐热了冻僵了的张马丁。光绪二十六年的立春一过，天石村女儿会的五个女人的子宫突然膨胀起来，因为张天赐的转世神童张马丁的精子进入了她们的子宫里面。但张马丁却在得了败血症后死亡了。张天赐的弟弟张天保担任着骑兵棚长，他在护送战死的聂提督的灵柩返乡时，被义和团包围在天石村的天主堂里，张天保率兵逆转复仇，除掉了教民自卫队的火力点，然后，将莱高维诺主教绑在十字架上并用大火烧死了他。风潮过后，天石村女儿会的五个女人生下了五个黄头发、蓝眼睛的婴儿，她们被迫将婴儿交给了教会，才免去了官府对天主堂案子的追究。张天赐的遗孀张王氏也把位于娘娘庙中石墙里的张马丁的坟墓告诉给了教会的人。张马丁的墓碑上写着的话是：真诚者张马丁之墓——你们的世界留在七天之内，我的世界是从第八天开始的。小说结尾是张王氏坐着木盆，在河水中漂流而去。小说有两条主线：一条写张马丁的灵魂救赎，他经历了佯死、复活、背叛、被逐、受冻、挨饿及被张王氏当成丈夫的转世神童予以救治后再生等事情；一条写张天赐之死、张天赐之妻在癫狂中将张马丁作为其夫的"转世灵童"及"转世神童"的种让五个女人怀孕、五个女人生下婴儿后又被迫送还教会、张天赐之妻坐着木盆在河水中漂流而下莫名消失等事情。前面的线索重复了西方小说中常见的救赎故事模式，后面的线索则延展了作者一向倾心的历史神话叙事。小说在讲述这些故事时，时而"东"倒，时而"西"歪，同时也将两条主线之外的其他支线错落、自然、不受人力牵引地表现了出来，比如像张天保返乡途中逆转复仇的事情，看似枝蔓斜生，实则与整体互为肌理。①

张翎中篇小说《生命中最黑暗的夜晚》：由四位游客讲述他们曾经经历的最悲惨、悲伤、恐怖的事情

《生命中最黑暗的夜晚》7月份发表在《收获》第4期，进入2011年度中篇小说排行榜。小说中的女主角吴沁园把自己包裹在厚实的衣服里，提着行李包，戴着墨镜，关上手机，走上了一个人的布拉格之旅。在"九日八夜的东欧之旅"中，吴沁园和很多游客遭遇了一个停电的夜晚，游客们于是聚在一起讲述自己遇到的最黑暗夜晚的经历。袁成国说自己遭遇的最黑暗的夜晚是舍弃顺风顺水的学术研究生涯，带着女儿投奔在巴黎的妻子，然后当起了导游；当他有一天提前归家时，却撞上了妻子和情人在他们的床上缠绵的事情。红衫女子说她经历的生命中最黑暗的夜晚是她毫无功利地帮助邻居家的大男孩，却意外地得到了她想象之外的大回报，这回报使她不得不放弃与已成为富商的大男孩的婚姻。徐老师说她经历的生命中最黑暗的夜晚是对一对从苏联留学归来的夫妻屈打成招而使丈夫被流放，继而含冤而死之事的痛心。吴沁园说她生命中最黑暗的夜晚是在加拿大度日多年，为写作把自己熬得只剩下一把骨头，当作品被电影导演相中而声名大振后她却陷入抄袭的诽谤之中。小说中的出场人物不止这四位，但有故事的，却是他们四位。随后，导游、弃妇、退休大学教师、作家等被塞进了一辆大巴里，然后从巴黎的香榭丽舍出发，开往了捷克、匈牙利和奥地利。小说让我们在无奈的时候可以跟袁成国、红衣女子、徐老师、吴沁园他们互相取暖，不然，无奈的时候一定会觉得这个世界太灰暗了。②

① 参阅徐妍《李锐〈张马丁的第八天〉：一次艰难而虚妄的探索》，中国新闻网，2012.2.21。
② 参阅夏榆《张翎：异乡人眼中的家国叙事》，《经济观察报》，2016.9.25。

叶兆言短篇小说《写字桌的1971年》：写"文革"时期"政治之手"对人命运的操控

《写字桌的1971年》9月份发表在《上海文学》第9期，进入2011年度短篇小说排行榜。小说以回忆的笔调讲述了一张写字桌在1971年的故事。1971年，"我"的父母被打为右派，房子被母亲剧团的徒弟吴凤英占有了，母亲想向吴凤英要回一张写字桌，因为父亲写剧本需要这张桌子，但吴凤英断然拒绝了。"林彪事件"发生后，局势发生了逆转，"造反派"成为惩罚的对象，父母恢复原职。母亲再次向吴凤英要写字桌，吴凤英再次恶言相拒。后来，母亲莫名其妙地当上了"革委会"副主任，吴凤英才登门谢罪，写字桌得以物归原主。小说围绕写字桌，写了这样一些事情：讨要桌子被拒，吴凤英态度强硬，母亲黯然，父亲做了新桌子；吴凤英搬家后，仍拒绝归还桌子，态度未变，母亲气愤悲伤；母亲境遇突变后，吴凤英主动归还桌子；吴凤英要求转业，与母亲关系和解。一多年以后，"我"找到吴凤英，才知道她从未想要占有那桌子，她恨着这张桌子。小说全篇都在写一个没有出现的形象——政治之手，桌子不过是这股力量与人物命运之间的小小的杠杆而已，支点就是1971年。[①] 小说还写了盖房子的事情，盖房的一方是变相抗争的农户们，他们为"捞钱"而在旧宅前面抢盖新房子，明知不可还要抗争；拆房的一方是高新区管委会的人，代表政府和法规。最终，管委会采取软硬兼施、各个击破的措施，使农户们在惊吓、悲愤、挣扎中，眼睁睁地看着自己的房子被拆掉了，惨痛地"赔了夫人又折兵"。在这场博弈中，"我"是应邀去为沾亲带故的农户们助阵的。

哈金长篇小说《南京安魂曲》：表达了复杂人性在灾难时的厮杀以及个体的无助

哈金（1956—），原名金雪飞，辽宁人，美国华裔作家。《南京安魂曲》9月份发表在《收获》秋冬卷，取材于大量真实的历史资料，讲述故事的人叫安玲，她的儿子战前去日本留学，娶了一位善良的日本女子，战争期间被迫入伍回到中国，担任日军战地医院的医生，最后被游击队以汉奸处死。安玲也是小

---

① 参阅《撬动历史的杠杆与支点——评〈写字桌的1971年〉》，《2011中国小说学会排行榜》，二十一世纪出版社出版，2012.5。

说主人公美国教士明妮·魏特琳（MinnieVautrin）的中国助手。小说通过安玲讲述了20世纪中国历史最黑暗的时刻——1937年12月日军攻陷南京屠城后，作为金陵女子文理学院教导主任的明妮·魏特琳怀着巨大的勇气与舍身精神，坚守校园，建立了当时在南京屈指可数的国际安全区之一，为上万名的妇女、儿童提供了可以暂时栖身的庇护之所，使他们尽量免遭日军的性暴力和杀戮。明妮·魏特琳还冒着生命危险，全力以赴地营救了难民们的亲人和当时为南京市民提供帮助的国际人士。在那个艰难、残酷的岁月里，明妮·魏特琳给予难民的绝非是自上而下的施舍，她更多的是支持人们在精神上要自尊自强；当难民营的供给严重不足和人们的情绪遭受创伤时，她勇敢地主持了公平、正义，给人们展现了她的善良和乐观。小说也写了明妮·魏特琳的痛苦情结和精神磨难。小说对血腥杀戮的场面描写得非常少，在刻画明妮·魏特琳的同时，也写了故事讲述者安玲一家及周边人物的遭遇、命运，安玲在战后出席东京审判时与自己的日本儿媳和孙子相见了，但她却不敢相认他们。其情景令人感伤。小说表达了复杂人性在灾难时刻的厮杀以及个体的无助。①2011年8月26日，余华在给《南京安魂曲》写的序中评价道："哈金想要表达的，让我们面对历史的创伤，在追思和慰灵的小路上无声地行走。在这个意义上说，哈金写下了他自己的安魂曲，也写下了我们共同的安魂曲"，"他在看似庞杂无序的事件和人物里，为我们开辟出了一条清晰的叙述之路，同时又写出了悲剧面前的众生万象和复杂人性"，"《南京安魂曲》有着惨不忍睹的情景，也有温暖感人的细节；有友爱、信任和正义之举，也有自私、中伤和嫉妒之情……在巨大的悲剧面前，人性的光辉和人性的丑陋都在不断放大，有时候会在同一个人身上放大"。②

严歌苓长篇小说《陆犯焉识》：展现了一个旧时代知识分子的内心世界及其对独立和自由的追求

《陆犯焉识》10月份由作家出版社出版，进入2011年长篇小说排行榜。小说写了一个叫陆焉识的人，民国时期出生于上海一个条件优越的家庭，才智过人，气质脱俗，风度翩翩，留学美国。陆焉识的父亲去世后，陆焉识那年轻

---

① 参阅何宗《哈金边哭边写〈南京安魂曲〉余华赞伟大的作品》，中国新闻网，2011.11.1。
② 引自余华《我们的安魂曲》，《军营文化天地》2012.2。

无嗣的继母为了巩固自己在家族中的地位，采用软硬兼施的手段使陆焉识娶了她娘家的侄女冯婉喻。陆焉识对婚姻失望，于是出国留学。陆焉识毕业后，回国当教授。陆焉识孤高不从庸俗，独立不随大溜，他在一个越来越肮脏的世道里，沿袭着自己一贯的洁癖。他本来是一个公子哥儿，他无忌的性格使他掩藏不住自己过剩的灵气，他常用诙谐、幽默的语言来展现自己强烈的表现欲。但他渐渐地却沦为了一个"没有用场"的人。再后来，他成了右派，徒刑先从几年变成死刑，由死刑又变成死缓，再由死缓变为无期，最终，他在大西北的草原和荒漠里当了20多年的劳改犯。陆焉识在所有人的眼里只是一个可怜虫，他的妻子冯婉喻对他来说只是长辈安排给他的用来限制甚至剥夺他自由的一个活物罢了。陆焉识与冯婉喻20多年的隔绝使他有了最充分的时间去反刍他们曾一起经历过的时光，他领悟到自己之所以"不爱"冯婉喻是因为她是长辈安排和强加给自己的。当陆焉识对冯婉喻的反感在20年时间里褪尽之后，他终于对冯婉喻怜惜了，全身而爱了。陆焉识渐渐觉得再苦涩再荒谬的命运不但是可以忍受的，而且还要感恩它。他于是不断地在脑子里给妻子"盲写"情书，还时时润色。他不恐惧死亡，他害怕的是自己还没来得及把这些情书写下并呈给妻子时就死去。当然，也因为他很想向妻子倾吐这个秘密，所以他选择了逃跑。可是当他意识到自己的逃跑将给勉强喘过气来的妻子儿女带来更大的灾难时，他自首了。冯婉喻并不知道陆焉识曾经"不爱"自己，她相信丈夫的冷淡是表面的，是不得已的。当陆焉识终于得到平反而回归上海后，他却再也找不到自己存在的位置了：儿子的排斥利用，女儿的爱怨纠结，妻子在他到家前的突然失忆，都使他感到了自己的多余。作者称，陆焉识的部分原型来源于自己的祖父严恩春。严恩春16岁上大学，20岁赴美留学，25岁取得博士学位，是托马斯·哈代《德伯家的苔丝》的首位中文翻译者。40岁时，严恩春在对时局的失望中自尽身亡。小说将关注和探讨的目光投向了作者惯常描写的知识分子，试图通过自己的笔触和写作技巧去展现一个旧时代的知识分子的内心世界及其对独立和自由的追求。①

---

① 参阅李良《不可能处还有多少可能？——以严歌苓〈陆犯焉识〉为中心》，《世界华文文学论坛》，2012.4。

秦岭短篇小说《杀威棒》："2011年度最具反思意味的小说"

《杀威棒》10月份发表在《飞天》第10期，进入2011年短篇小说排行榜。小说写20世纪六十七年代，知识青年上山下乡期间，甄文强因家庭出身不好，被家长送到农村的知青点跟随叔叔甄逸夫生活。甄文强来了后，在"我"父亲曹尚德执教的学校里借读。"我"父亲是在原担任村小学教师的知青返城后，才成为村学校的民办教师的，他只有初中文化，文化基础较薄弱。有一天，"我"父亲上课时，将梭镖念为俊镖，甄文强说"我"父亲念错了，并进行了纠正，学生们也嘲笑起"我"父亲，说他唱歌像"驮着麦捆子上坡的驴叫"。坐在教室里的"我"也感到父亲"实在有些丢我的人"。"我"父亲被激怒后，拿起杀威棒———一根蛇皮教杆鞭笞了甄文强。甄文强叔叔甄逸夫带着一双穿旧了的解放鞋，来给"垂涎知青穿旧了的衣服和解放鞋"的"我"父亲赔了罪。后来，甄文强成了著名旅美歌唱家，当地博物馆将"我"父亲那根曾经打过他的蛇皮教杆"供奉"了起来，"我"父亲也幸运地当选为县政协委员。改革开放后，世界著名歌唱家甄文强回来了，"我"父亲虽然凭借杀威棒把甄文强教育成了名人，但他死也不愿与甄文强见面。甄文强唯一的要求是把那根堂而皇之地"供奉"在博物馆的杀威棒带走。可以看出，"我"父亲使用"杀威棒"，并不是为了要刻意地整治甄文强这样的城里人，而是为了发泄他那说不出的对城里人的情绪。在那个时代，知青到农村，说是要接受贫下中农再教育，表面上贫下中农的地位提高了，可在物质和精神方面，农民比城里人还是低一等，这一点深深地刺激了农民，于是他们对城里人的感情很复杂，既同情城里人来乡下受苦，又恨城里人各方面比自己优越。《杀威棒》被评论界誉为"2011年度最具反思意味的小说"。[①]

杨争光中篇小说《驴队来到奉天峙》：对人性卑弱和国民性的深刻剖析

《驴队来到奉天峙》11月份发表在《收获》第6期，进入2011年度中篇小说排行榜。小说写蝗虫忽地一下就来了，像谁往天上扬了一铁锨土，咯喳喳、咯喳喳地啃嚼完了所有的田禾。吴思成所在的村子里的人过着饥寒交迫的

[①] 参阅段崇轩《2011年短篇小说述评》，《文艺报》，2012.2.13。

日子，盗抢横行。在这种情况下，吴思成从九娃、瓦罐等十二个村民中选出了队长和军师后，组成了一支驴队。然后，他们拿起刀棒，走上了匪路。土匪们沿着东南方向走去，一路上要吃要喝要钱款，都很顺利。半年后，一个打兔子的人带着一杆土枪加入了驴队。土匪们有了枪，真成了队伍。土匪们劫财不劫色，因此没有死伤一个人。瓦罐在一张牛皮纸上画下了他们走过的地方。有一天，土匪们来到了奉先峙，土枪手误把在奉先峙的碾场上碾场的任老四当成黄羊打死了。然后，土匪们把任老四的尸体搭在驴背上，进入了正在庆祝丰收的奉先峙。奉先峙是一片丰美的土地，土匪们决定住下不走了。试图礼送土匪们出村的村长赵天乐却被土匪们打死了，然后，鞋匠周正良便做了村长。周正良为土匪们筹粮，筹女人，造房。百姓唾骂周正良，但谁都不敢反抗。赵天乐的儿子包子和周正良的女儿芽子早有婚约。土匪们要筹芽子，包子一怒之下杀了瓦罐。土匪们便把村里的所有女人拉到了舍得大院，包子夺枪进行反抗，最后所有土匪都被包子打死了。包子然后就逃走了，自然，包子和芽子的爱情也悲伤地破灭了。奉先峙也恢复了宁静。小说对人性的卑弱及国民性的深刻剖析，都蕴含在传奇的故事中。①

邵丽中篇小说《刘万福案件》：对乡村社会一系列问题的思考

《刘万福案件》12月份发表在《人民文学》第12期。小说讲述了鄂豫皖交界处的羊山村农民刘万福手刃了黑社会头目刘七及大喽啰后被判死刑又转判为死缓的故事。刘万福在死牢里收到了妻子送来的西装、衬衣、秋衣、袜子和"来生还做夫妻"的信后，放生痛哭。刘万福勇杀恶霸刘七的始末，让人看到人性善良的曙光，以及民众对是非好坏的看法。小说也从经济与人的关系上写了一个个人物，比如刘万福、刘七、放羊的刘爷爷、阎班长、周书记、杨局长、经济学家、赵县长等人，他们的形象被作者塑造得既鲜活又逼真。这些人物引发了人们对"刘万福案件"的思考，也引发了人们对城市化浪潮，对进城农民的职业培训，对乡村公共安全、治安、经济秩序、法制教育、管理公正和村官监督等一系列问题的思考。

---

① 参阅五味子《直抵人性——评杨争光的小说〈驴队来到奉先峙〉》，《书屋》，2013.2。

2012 年

朱山坡短篇小说《灵魂课》：写了两个青年农民工的悲惨遭遇

朱山坡（1973— ），本名龙琨，广西北流人。《灵魂课》1月份发表在《收获》第1期，进入2012年度短篇小说排行榜。小说的主角是青年农民工阙小安和他年迈的母亲。由寡母养大的阙小安与他的堂兄阙小飞一道从他们的老家米庄来到大城市当建筑工人。一天，阙小飞从他们正在建造的几十层高的楼上失足摔了下来，血肉横飞地惨死了。消息传回米庄后，惊吓过度的阙小安的母亲误以为摔死的是儿子小安，精神失常，从此得了癔症。米庄人相信人死后灵魂也应该回到乡里。阙小安母亲于是走了几百里路来到城里，在寄存过儿子（其实是她侄儿阙小飞）骨灰盒的地下旅馆，想把儿子留在城市的灵魂带回老家，结果遭到并未出事的儿子阙小安的暴力阻止。阙小安不肯跟母亲回老家，他想继续留在城市里实现买房、买车、娶城里姑娘、在城市安家的梦想。但最后，阙小安也像他堂兄阙小飞一样，从更高的楼上掉下来摔死了。失去独子的母亲，没有计较儿子的执拗，而是把儿子的骨灰盒送到了寄存她侄儿阙小飞骨灰盒的那家地下旅馆里，让兄弟两个都留在了城里。阙小安的母亲也决定把自己留在城里，以看护儿子的灵魂，以成全他的城市梦。

王璞短篇小说《捉迷藏》：书写了关于"文革"的个体性记忆

《捉迷藏》1月份发表在《收获》第1期，进入2012年度短篇小说排行榜。小说采用了儿童视角，写了童年时的"我"所玩的一场无比复杂的捉迷藏游戏。由于熟悉地形，"我"始终未被同伴找到。有一次，当"我"藏在图书馆时，结果被在那里锁了整整一个晚上，其间，没有一个人来寻找"我"，"我"

感到亲情、友情的尽失。当"我"带着恐惧、委屈、失望回到家中时，养父母告知"我"，"姥姥死了，是被他们打死的"。"我"被锁在图书馆的那个晚上，正是"文革"中第一次大抄家的血腥之夜。与那晚上的残暴相比，"我"的委屈不值一提。但"我"和养父母之间从此以后关系很僵，谁也不肯原谅谁，理由似乎是"我"不是他们亲生的。但事实却是，那夜之后，和"我"一起玩耍的小娅疯了，她被送进了精神病医院；那夜之后，"我"的同学二毛也变成了同学们眼中的"狗崽"。我们的游戏结束了，童年中止了，记忆被封存了。"我"被定格在灾难开始的时刻，"我"内心的震惊与伤痛一直持续了很长时间。小说笔力严峻、雄奇，令人忘记了它出于女性之手；其"文革"书写没有浪漫情节，更没有理想的遐想，它在摆脱了集体记忆的缠绕后，显示出了清晰的个体性。

王昕朋长篇小说《漂二代》：展现了一个"复杂中国"的形象

《漂二代》1月份由人民文学出版社出版。小说写了户口惠赐的权利造成的城里人对城外人的多种歧视。十八里香是一个"漂一代""漂二代"的聚居之地，住在这里的人们对于自己在城市里干又脏又累的活倒无多少怨言，他们的怨言主要是对户口所引发的多重权利的阙如上；他们的痛苦不在物质上的多寡，而是在精神上强烈地感到自己没有归属感。和城市人交往的时候，他们动不动就遭受到这样那样的侮辱和歧视。初中生肖祥和社会青年张杰就因为和房地产大亨汪光军的儿子汪天大产生了一点冲突，结果招来了肖祥被关进监狱、张杰被通缉的厄运。在营救肖祥的过程中，他的姐姐宋肖新、姑姑肖桂桂等遭受了许多磨难和波折。小说讲述营救肖祥的曲折过程的目的在于展现打工一族难以融进城市里的现实情况。这种难以融入城市的根本原因就在于城市人从骨子里对打工者所具有的种种偏见。他们以户口为借口对打工者持异样的眼光，嫌弃他们的农民身份，嫌弃他们的生活方式。小说中的副区长冯援朝的妻子和女儿就是这种人的典型代表，她们百般阻挠冯功铭和美如天仙的宋肖新的恋爱，当着宋肖新的面弹嫌她是外来户，是民工。小说中的肖辉从北京的大学毕业后到国家机关工作，但他的北京妻子却从骨子里瞧不起他的农民出身，于是矛盾不断，最后，肖辉主动申请到西部甘南地区去工作。小说总体上对户籍制度的合理性进行了质疑，是一部"再一次彰显了现实主义的力量"的小说①。小说塑造了七类人物：一是宋肖新、肖祥、肖辉、张刚、张杰、李豫生、李京生、韩可可、"小东北"等"漂二代"；二是汪天大为代表的"富二代"；三是冯功铭为代表的"官二代"；四是李跃进、冯萍萍等为代表的"漂一代"；五是汪光军、韩土改等为代表的"富一代"；六是冯援朝为代表的"官一代"；七是小乔、韩冬为代表的真正的人民公仆。小说的线索清晰，全篇以给肖祥洗刷罪名为线索将众多事情串联在一起，情节复杂但不混乱。有论者指出："这部小说的真正价值，在于让我们深入看到了一个'复杂中国'的形象。今天的中国发展是世界变化的关键之点，而正在高速发展之中涌现了无数机会，也面临诸多挑战。《漂二代》成为'漂二代'的一部文学的历史，也在虚构中展现了中国在复杂变化中的真实。在此角度上，这部小说具有独特的、不可替代的价值。"②

魏微短篇小说《胡文清传》：揭示了变幻莫测的历史是如何深刻地支配、捉弄人的命运的情况

《胡文清传》1月份发表在《花城》第1期，进入2012年短篇小说排行榜。小说中的胡文清生于1948年，个子不高，却给人以魁梧的印象；周正的四方脸，棱角分明，浓眉大眼、鼻直唇正。15岁那年，胡文清就读《资本论》，因为读不懂，便纠集身边几个同道，搞了个"兴趣小组"。后来，"兴趣小组"吸引了校长、老师以及"石城名流"也来"指导交流"。胡文清因此成了学校里的名学生。有一天，胡文清主持完"兴趣小组"的聚会后，在回家的路上，遇到一个算命的，算命的说他"逢乱世，必成事"。四年后，19岁的胡文清当了"东方红"造反派的头头，但他有一天看见有个人从楼上跳下来后，脑瓜子迸碎，惨不忍睹，他然后在20岁的时候退出了造反组织。14年后，已有两岁男孩的、32岁的胡文清每天靠着媳妇养活。街坊邻居对他议论纷纷。直到有一天，一辆卡车给胡文清家送来了全自动洗衣机、双门电冰箱、十七寸松下彩电、电

---

① 参阅汪政《城市发展中的身份认同——评王昕朋的长篇小说〈漂二代〉》，《文艺报》，2012.2.22。

② 参阅张颐武《"漂二代"的文学形象》，《中国文化报》，2012.2.15。

热水器等那个时代的奢侈品，大家才知道，胡文清在南方发财了。胡文清于是成了巷子里的一个标杆。巷子里渐渐地也有了经商的人。但胡文清属于上够得着中央，下抵不着群众的一类阶层，他住在郊区的别墅里，有门卫，有狼狗，有司机，有保姆，他的邻居们平时也难得见他一面。胡文清60岁出头的时候，满头华发，风度翩翩，看上去就40来岁。他出席公共场合时，被安排坐在主席台的最中央。再后来，胡文清深居简出，轻易不出来见人，他和糟糠之妻整日吃斋念佛。他办公室的书橱里，全是佛经，佛经里也夹着一本《资本论》，但他几乎不碰。他少年时读不懂的地方，现在全懂了。他说自己就是马克思批判的那一类"从头到脚，都沾着血和肮脏的东西"的人。小说在写胡文清当造反派头头的事情的时候，是通过李大爷和阿顺的争执来显示的。李大爷家里五口人，在造反派的手里死了三个，他说国家怎么没杀了那些造反派头头。阿顺听了说他自己也当过造反派，武斗中也抄过家，顺过一些宝贝；但他私下里也保护过很多人。他说胡文清本是石城有名的天才少年，是进北大清华的料，在他19岁当了"东方红"派的领袖后，他并未干过什么坏事。李大爷和阿顺的吵嚷，胡文清全听见了，他对自己说他们说的样样都是真的。李大爷在和阿顺吵嚷时，因阿顺替胡文青说了句公道话，结果犯了众怒，大家商量了一个结果，要找胡文清算账。晚上的时候，居委会主任张阿姨叫胡文清和妻子出去躲躲，但胡文清并没有躲出去，而是抱着小孩去巷口的杂货店买棒棒糖。那时，他家门口已乌压压地聚了一群人，他们都在等着他算账。胡文清走近后，阿顺让他给大家就"文革"期间的事情道个歉。胡文清便当众人说："我今天站在这里，要杀要剐由你们；我能做到打不还手，骂不还口；那边是警察，你们可以叫他来抓我；我会永远住在这里，欢迎你们来报复！但是我不说那句话。"大家听了，竟没有人再说什么。此后，巷子里也没有人再提起胡文清的事情。小说选取了胡文清一生中最为典型的三个片段："文革"中的造反派头目，20世纪80年代的居家男，改革开放中应时而起的大老板。但最后，胡文清却成为隐居修行的佛教徒。作者透过胡文清，表现了人生命运与时代变迁之间的深刻联系，揭示了变幻莫测的历史是如何深刻地支配、捉弄人的命运的情况。

董立勃短篇小说《杀瓜》：书写了一个瓜农的精神裂变

《杀瓜》1月份发表在《作家》第1期，进入2012年度短篇小说排行榜。小说中的陈草种了二十几年的瓜，以种瓜为本，靠种瓜养家。天年好的时候，陈草的收成高一点，遇灾年则亏。但陈草不怨天怨地，安心于一个农民的本分，善良做人。村长王大强年年都会用陈草种的西瓜招待来村里检查工作的上级领导，因此给陈草打下了不少的白条。陈草看着手中厚厚的白条无法兑付，心里很无奈。有一天，陈草看见村民刘国红掉了一百元钱，他追上刘国红想把钱还给他时，看到一个领导在练车时把自己的瓜棚撞倒了，一堆西瓜也被撞碎了。那领导给陈草给了一千元的赔款，并嘱咐他不要把这事说出去。陈草庆幸自己去给刘国红还钱而没有被领导的车所撞，所以对刘国红的一百元钱救了自己的命心存感激。刘国红是个杀人犯，因为他把村长一家杀了。陈草知道刘国红是个杀人犯后，他还是想感谢刘国红，他给了刘国红一万元，还在刘国红被执行死刑之后，把那一百元烧了来祭奠他。小说叙事充满智慧，体现了作者在短篇小说叙述上的独到修养。这种修养体现在两个方向，并最终在作者那里水乳交融，合而为一：一是向中国传统文学，特别是笔记小说汲取营养，使叙述简洁、凝练、朴素；二是向西方现代文学，特别是先锋小说汲取营养，使小说在故事与现实、作者与叙述者之间闪展腾挪、张弛有度。当然，更为重要的是，小说的叙述是及物的，在短短万余字的篇幅中，瓜农陈草的精神裂变轨迹跃然纸上，甚至他身后那个尘土飞扬的世界，也跃然纸上。①

李佩甫长篇小说《生命册》：讲述了许多人各不相同的人生故事

《生命册》1—2月份发表在《人民文学》第1—2期，进入2012年度小说排行榜，2015年8月16日，获得第九届茅盾文学奖（2011—2015）。小说写"我"（吴志鹏）从乡村走入省城的大学当教师后，老姑父蔡国寅不时传来让"我"为村人办事的指示性纸条，这让"我"很为难。在对爱情的憧憬与困顿面前，"我"毅然接受了大学同学"骆驼"的召唤，辞去工作成为一个北漂。骆驼身有残疾，是个才子，有领袖气质，因为"作风问题"被原单位免

---

① 参阅聂建国博客文章《再读董立勃的小说〈杀瓜〉》，新浪博客，2016.12.28。

职，被逼下海，和几条"杂鱼"来到北京，做枪手，写通俗小说。被书商坑骗后，骆驼和"我"一起讨回了十万元，我们用这钱炒股，收购药厂。骆驼还用不法手段使企业借壳上市。当赚到了一千万后，骆驼又想赚一个亿、十个亿，他赚钱的野心越来越膨胀，做事越来越胆大妄为，最终因为案发跳楼自杀。小说中其他人的故事也是各不相同。梁五方是个很"傲糙"的人，年轻的时候很有本事，不用任何人帮忙一个人盖起了一栋房子。但他倔强的个性让他走上了33年的上访之路，后来他无师自通，成为一个算命先生。夏小雨和范家福是恋人，他们都曾陷入了骆驼布下的"局"，接受了骆驼的贿赂，最终毁掉了自己的前程。身材矮小的虫嫂，内心很强大，从不服输，为了大国、二国、三花三个孩子，丢掉尊严去偷窃，去拾破烂，最终将三个孩子供成了大学生，死时还留下了104份邮局的汇单和三万元的存折。梅村是一个追求爱情的女人，很善良，很理想化，也很轻信他人，结了几次婚，于是落下了一个"作风不好"的名声，最终也没有找到自己的幸福。杜秋月因为"作风问题"被从城里下放了，遭受了批斗，后来与寡妇刘玉翠结婚；他为了给自己平反，艰难地上访；平反之后，他将工作从大学调到中学，从中学调到小学，最后竟然连当小学教师的资格也失去了。杜秋月的妻子刘玉翠在城市租了个小卖部，做起了小生意，后来成为一个小老板。纯朴能干的青年春才暗恋着蔡苇秀，蔡苇秀也喜欢春才，但最后他们的姻缘失败了，蔡苇秀嫁到了另外一个村子，春才也自宫了。以上这些人物几乎都是残缺的，有的精神上残缺，有的生理上残缺。骆驼身有残疾；虫嫂是个侏儒；春才因身体苦闷而自宫；叙事者吴志鹏出生不久就失去了父母，他的老姑父蔡国寅常执意而行，倔强透顶；蔡苇香是个叛逆者；梁五方倔强傲气；梅村过于理想化；春才脑胴；杜秋月身负"罪过"；范家福、夏小羽的爱情有伤痕。因为残缺，所以影响甚至制约了他们的一生。小说写出了生命中的必然性和偶然性，使人对生命的流逝和神秘莫测不由得发出慨叹。①

---

① 参阅周志雄《论李佩甫长篇小说〈生命册〉》，《小说评论》，2013.2。

王跃文中篇小说《漫水》：既洋溢着一种田园牧歌般的美好情调，也埋藏着一些隐忧

王跃文（1962.9—），湖南溆浦人。《漫水》1月份发表在《文学界·湖南文学》第1期，2014年荣获第六届鲁迅文学奖（2010—2013）。小说中的漫水是个真实地名，是生养作者的村庄。小说最主要的故事线索是由有余（余公公）和慧阿娘这两个人物的经历组成的。在刚刚解放的时候，漫水的青年有慧从城里领回了一个漂亮的女人并成了家。这个女人本来是一个无家可归、走投无路的妓女，结婚后，大家都叫她慧阿娘。有慧那位出了五服的兄弟有余，在第一次见到慧阿娘的时候就喜欢上了她。慧阿娘长得非常漂亮，心地善良，能识文断字，眼界较为开阔。她与没有什么文化、有些懒惰的丈夫有慧谈不上有什么精神交流，但却与小叔子有余却颇有些共同语言。他们彼此相互吸引，互相倾慕，在数十年的交往中，没有做出任何"出格"的举止。但小说并没有停止在只讲述有余与慧阿娘感天动地的交情上，它还写出了作者对家乡漫水的认识和想象。漫水是一个具有浓厚的诗性气息和地域经验的地方，它有独特的民风民俗和伦理准则。在漫水人的心目中，生与死都是极其神圣、庄严的事情，尤其是当人们面对死亡的时候，他们要举行一套颇为复杂的仪式。漫水的人也是善良的，有余曾经给经常到漫水来蹲点的政治人物"绿干部"说过这样的话："我活到四十多岁，漫水老老少少两千多人，我个个都晓得。讨嫌的人有，整人的人有，太坏的人没有。"尤其是有余自己就是一个善良的人。村里的秋玉婆是个喜欢说人坏话，喜欢造谣生事的人，她在喝乡酒时突然发病身亡了，她死后既没有寿衣，也没有棺材。在这种情况下，"是木匠，也会瓦匠，还是画儿匠"的有余便不计较秋玉婆说慧阿娘的儿子强坨是他的私生子的话，毅然决然地将自己屋里的木料锯了，通宵给秋玉婆做了棺材，慧阿娘则极其认真地给秋玉婆妆了尸。小说写到有余的两个儿子都出国了，一个在美国，一个在德国，女儿也随女婿住在了香港。慧阿娘的儿子强坨的老婆嫌家里穷，已经走了好多年了。强坨的一对儿女也不是读书的料，十五六岁就打工去了。为生计所迫，强坨每天在窑上替人做砖，挣几个辛苦钱，早出晚归，却还是连替他父母做棺材的能力都没有。后来，穷怕了的强坨抵不住诱惑，不惜联合外面的人把村里抬埋故人棺材的龙头杠给偷去卖了。小说的故事时间跨度长达半个多世纪，里面写了新中国成立以来的诸多重大的政治事件，例如土改、反"右"、"文革"、市场经济改革，等等。通过上述情节与细节，可以看到，《漫水》既洋溢着一种田园牧歌般的美好情调，也埋藏着一些隐忧。漫水并非总是那么谐和，每个人并非都能"把日子过得像闲云"，它也难以抵挡现代化进程的影响。小说甘甜，温润，回味无穷，意趣萌动，韵味悠长。小说有着对人的心灵及人性意境的深刻把捉、犀利揭示与艺术玩味，独特而微妙，深邃而有意味，显示了作者的艺术天赋、功力和审美趣味，也证明了作者作为一位富有良心、善意和智慧的人，对于现实生活的严肃审视、建设性批判，以及对现实生活中各色各样"人"的同情之理解，理解之剖析。①

马晓丽短篇小说《俄罗斯陆军腰带》：表达了在新的历史条件下对军人伦理的思考和认识

马晓丽（1954—），辽宁沈阳人。《俄罗斯陆军腰带》2月份发表在《西南军事文学》第2期，2014年获得第六届鲁迅文学奖（2010—2013）。小说讲述了中俄两国军队联合演习期间的故事。我军中校秦冲和俄军上校鲍里斯在演习过程中意外相遇。两人既是老朋友，亦是老对手，都担任中俄边防连连长。小说在当下和过去两条线索中展开叙述，选取了"陆军腰带"这一物件作为牵引点，通过描写双方的几件交集事件，在对比中表现了中俄军人在思想、文化、情感上的差异，也写到了两国军人之间从对峙到和解、再到互相认同的过程。秦冲为了保持挺拔的军人之姿，大冬天仍然穿着薄薄的作训服，鲍里斯则始终以他穿着的那双锃亮无比的大头皮鞋来显示他作为军人的自豪与尊严感；秦冲敬佩俄军严格的饮食配餐制度，鲍里斯在参观了中方的连队之后，他让自己的部队也悄悄地改善着内务，使牙缸摆成一排，使牙刷朝着一个倾斜方向也摆成了一排。秦冲第一次近距离地看到鲍里斯的腰带是一条皮质优良的俄罗斯陆军腰带，它的颜色为棕黄色，上面用明线扎出了规则的菱形图案，纯铜卡头在阳光下闪耀着油亮的光，秦冲很想得到鲍里斯的腰带；鲍里斯也一样，他对

---

① 参阅雷达《从〈漫水〉看完整的王跃文》，中国作家网·王跃文作品研讨会，2013.11.12。

秦冲的腰带也具有很浓的兴趣，也想得到这条腰带。当二人为腰带而产生正面冲突时，曾经发生过的一件事情梦回一般地重现了。那就是俄军方面的一个大个子士兵曾因在私下里交换了腰带，结果被鲍里斯无情抽打了一顿，致使大个子士兵最终自杀了。小说在结尾写道，那个大个子士兵并非因为承受不了鲍里斯的酷刑而自杀，他想以军人的方式体面地结束自己生命。后来，大个子士兵被授予了由总统签发的"勇敢"勋章。当鲍里斯和他的部队对大个子士兵表示哀悼时，秦冲也认识到：在演习中牺牲的中方战士也像战死在沙场上的战士一样，他们用生命捍卫的是军人明亮的精神世界。想透了这层意思，秦冲那屡犯的神经性皮炎竟不治而愈了，"借着月光，秦冲惊讶地发现，自己的胳膊平整光滑"。在演习结束时，秦冲和鲍里斯互赠腰带，对于秦冲来说，那根俄罗斯陆军腰带是中俄两国军人之间友谊的见证和象征。小说在获得第六届鲁迅文学奖时的授奖辞是："马晓丽的《俄罗斯陆军腰带》巧妙地利用腰带这个象征性物品，描写了中俄两军交往中因文化背景、生活习惯和军事传统等方面的差异而引起的误解，准确地刻画出秦冲、鲍里斯两人以至两国军人不同的精神气质，通过他们的碰撞、理解、合作和感悟，表达了在新的历史条件下对军人伦理的思考和认识。作品延续了短篇小说写作的优秀传统，小中见大，显示出对复杂经验宽阔、准确的把握能力和精湛机敏的叙事技巧。"[①]

姚鄂梅短篇小说《狡猾的父亲》：写了一位父亲与三个儿子之间发生的故事

《狡猾的父亲》2月份发表在《人民文学》第2期，进入2012年度短篇小说排行榜。小说写一个丧了妻的男人与三个儿子之间发生的事情。这个男人就是所谓的"狡猾的父亲"。这个父亲靠吃苦耐劳把三个儿子养大成人。三个儿子受到很好的教育后都成了城市人。父亲也在一个单位的传达室找到了一份临时工作。三个儿子的母亲去世后，父亲在葬礼上不但不难过，还蹲到路边和路人说闲话。儿子们偷听后，知道父亲原来是在动员隔壁保姆介绍所里的一个女人和自己合伙过日子。三个儿子商量后，决定每月给父亲给些钱，赡养他。后

① 参阅中国作家网文章，2014.9.22文章；徐艺嘉《精神明亮的人——评马晓丽短篇小说〈俄罗斯陆军腰带〉》，《文艺报》，2014.10.13。

来，当三个儿子回到父亲的住所时，看到一个皮肤微黑的姓古的女人正在厨房里忙活着。三个儿子便不愿交钱了，他们不想赡养那个跟他们毫无关系的女人。可父亲要求他们必须继续交钱。儿子们其实都面临着各自的生活压力，情况都不是很好。很快，二儿子和老婆离婚了，他搬到父亲的屋里来住。二儿子不久又恋爱了，他带着女朋友回到家里，他想把父亲的住处当作自己的新婚房子。父子隐晦地说，他也想再成立一个家。后来，父亲要求三个儿子都回家过端午节。儿子们媳妇们都以为父亲要和那姓古的女人结婚了。但当他们回去后，父亲说他和几个儿子的母亲当年没办结婚手续，所以和那个女人的婚没办法结。同时，父亲宣布，他准备搬回乡下去住了。又过了一年，姓古的女人给儿子们打来电话说他们的父亲患了肝癌。儿子们回去后，看到父亲一直由姓古的女人照顾着。儿子们让父亲去住医院。父亲说，有了她照顾，不比医院好？儿子们最后问父亲，你要是死了，我们怎么对待这个女人？父亲躺在病床上，有气无力地说了句"忘掉她"。小说就结束了。小说把人物写得很真实，很深刻，毫无做作之处。父亲虽然没有多少文化，但内心极为坦率，他面对亡妻、面对亲生儿子的计较、面对一个又一个新换的女人，都是那么真实，那么勇敢。小说中出现的几个女人里，第一个女人对和老头子是否建立家庭不抱希望；姓古的女人只以自己的善行来对待老汉，小说隐约透出了她的前段婚姻和人生都过得很悲惨，现在好不容易遇见这个老汉，所以要当作珍宝一般去对待。这个充满善行的女人可能没有想到的是，这个老实的老头，竟然在临死前丢给自己孩子"忘掉她"三个字。作者以严谨的构思及大量的细节描写了当今时代很多中国人以及家庭的生活真况。

王祥夫短篇小说《归来》：表现了民间社会的文化风俗和温暖动人的人伦亲情

《归来》2月份发表在《天下》第2期，进入2012年度短篇小说排行榜。小说中的吴婆婆早早丧夫，在抚养的三个儿子中，二小是个哑巴。二小结婚后，和大小一样另过。三小为了减轻母亲的负担，外出自谋出路，打工生活充满了苦难、辛酸，但他硬是靠自己的能力结婚生子，完成了一个农村青年的最低生存愿望。吴婆婆独自生活。她将从牙缝里剔出的15800元钱攒起来，打算自己死了后，给孩子们留下一笔遗产。三兄弟面对母亲的遗产，推来让去。大小二小不约而同地把钱给了在外打工丢了胳膊的三小。三小觉得二哥是个哑巴，比自己都可怜，于是把钱偷偷留给了二哥。小说对吴婆婆丧事的描写，表现了民间社会重生厚葬的文化风俗，发掘出了一种温暖动人的人伦亲情。小说把民情风俗、日常生活描写得细腻、深广，显示了作家坚实而阔大的思想和艺术视野，体现了母爱与人性是传统文化熏染的结果。作者自小在山西大同长大，行走于雁北农村，了解雁北的丧葬文化。雁北人办丧事时，孝男孝女在打发了亡人后，会聚在一起"嚷丧"。穷人家争嚷遗产礼金时，有时会大打出手；富人家"嚷丧"时不仅争嚷的是遗产，还要营造争嚷的气氛，让外人知道他们的家族兴旺发达，后继有人。但小说中的三兄弟没有嚷丧，而是礼让。先是，三小站起来，把放在自己面前的那碗炖肉端起来放在大小的跟前，紧接着是大小也站起来，把那碗肉又端起来往弟弟三小这边放过去，这便表现了一种原始朴素的礼仪文化。[1]

南翔短篇小说《绿皮车》：讲述了一个底层人的酸甜苦辣

南翔（1955.4—），原名相南翔，广东韶关人。《绿皮车》2月份发表在《人民文学》第2期，进入2012年度短篇小说排行榜。小说深情款款地描绘了一列老旧"绿皮车"的景观及一个即将从绿皮车上退休的茶炉工的工作生涯与命运，激荡出令人百感交集的诗意。这个并无名字的茶炉工，以"接班"身份入职，与绿皮火车同行，经历了曾经新鲜却逐年褪色，曾经满足却愈显卑微，最终显出草芥之身的人生；茶炉工被时间和时代远远地抛下，并且最终还要告别这样一趟本就被历史抛掉的列车。茶炉工退休前最后一次推着售货车在车厢里行走，遇到了经常遇到的学生、小贩、卖菜农民、乞丐等人。茶炉工有病，又穷，却把一张50元钞票悄悄塞进了一个交不起学费的女生的书包里。茶炉工是一个好人，一个当代的活雷锋。小说刻画出了一个底层人的酸甜苦辣，显出了历史或时代的一份淡淡的忧伤。

---

[1] 参阅段崇轩《衰落中的永恒——读王祥夫短篇小说〈归来〉》，《名作欣赏》，2013.16。

刘慈欣作家四篇科幻小说旧作《微纪元》《诗云》《梦之海》《赡养上帝》：既礼赞了人类的善良和纯真，又揭示了人性的冷漠

刘慈欣（1963.6—），山西阳泉人。《微纪元》《诗云》《梦之海》《赡养上帝》以特选形式发表在3月份出刊的《人民文学》第3期。《微纪元》讲述在大灾难之后的时代里，人们为了节省资源，把人做得很小，既是小人国的传统，也是科技的结晶，为人们创造了新的乌托邦。《诗云》和《梦之海》讲述的是艺术在高技术时代的归宿及人类在宇宙中的渺小。《赡养上帝》（原载于2005年的《科幻世界》杂志）巧用倒叙和插叙相结合的叙事手法，先写了上帝在热好牛奶后因忘记关掉液化气，遭到了西岑村的秋生一家人的数落。接着讲述了上帝来到地球的原因，他与人类达成了赡养自己的共识，自此，他走进了人类的家庭中。西岑村人在得知可以凭借上帝们的科技资料来实现按需分配，然后进入共产主义社会的消息时，每个家庭于是都真诚地欢迎上帝的到来。在得知上帝可以给家里带来实际利益时，秋生和玉莲"亲热地挽着上帝的胳膊"，灿烂地笑成了一朵花。但在共产主义理想破灭后，上帝又逐渐遭到了秋生一家特别是玉莲的嫌弃，他们从最初的温顺孝敬上帝变成了对上帝恶语相向；他们抱怨"摊上他这么个老不死的真是倒了大霉"。秋生爹更是认为上帝就是个老骗子。最后因为上帝把方便面送给了河对面的其他上帝，致使秋生家与上帝的关系彻底破裂，别的上帝同样也遭到人类的虐待。小说在故事情节的一步步推进中完成了对人性冷漠的揭示。而当上帝们要离开地球的时候，西岑村的人们又都依依不舍地前来送别，与之前的态度截然不同，玉莲甚至哭着向上帝道歉，并送了煮鸡蛋给上帝吃，体现出以玉莲为代表的人类内心的善良和纯真。

鲁敏长篇小说《六人晚餐》：面向传统与现代的突围之书

《六人晚餐》3月份发表在《人民文学》第3期，进入2012年度长篇小说排行榜。小说取材当下，故事发生在城郊接合部的老旧厂区，讲述了两个单亲家庭六个主人公相互间的靠近、取暖与伤害，以及偶然的同行与长久的离散。他们这样做都是为了追求所谓的"成功"，为了改变自己的阶层与身份。小说描写的是"失败的大多数"，"他们在苦熬，如同凡·高画中吃土豆的家人，围坐在一起，沉默地吞咽着他们的艰涩与饥饿，忍让着彼此的自暴自弃，晦暗中相互取暖，并痴心向往着光明的高尚的生活"。作者以戏谑、狂欢的语调书写着被掩埋牺牲掉的中下阶层，里面的人物有的局限于童年的先天不足，有的执念于虚妄且无望的成功，有的躲避着芬芳的单恋顺流而下，有的笨拙粗鄙如野草枯荣，有的在隐私权与公共道德中终身博弈，有的沉湎于杯中物，时而清醒时而糊涂。小说传达出的悲悯情怀具有普世的意义，而其精雕细刻的手法和技艺水平在当今的作家中实属罕见，称得上是中国小说面向传统与现代的突围之书。[①]

杜光辉长篇小说《大车帮》：描写了西北车户为生存而与各种势力展开的血性抗争

《大车帮》3月份由作家出版社出版，进入2012年度长篇小说排行榜。小说人物的活动场景主要集中在三处：一是陕西的三家庄，二是大车帮所行的河西走廊的戈壁之上，三是甘肃武威的黄羊镇。三家庄是车帮车户们的家，但对于一年有八九个月时间漂泊在外的脚户来说，他们在家的日子只有年关前后不到一个月的时间。在民国那个动荡的年代，车帮们的家乡同样充满了各种不公和陷阱，他们一年到头在外隐忍做人，回到家后仍然不得安宁。车户的大东家张富财仗势凌人，强暴车户们的妻女；车户们虽然教训了他，但却没有让他偿还命债。吴老大是书中运用笔墨最多、刻画得最为成功的三家庄车帮的"大脑兮"（车帮首领的称呼），他八岁就上了车道，能文能武，有胆有谋，有情有义，能用和平的方式化解两村之间延续了几代的械斗，使三家庄所有车户组成了西北五省第一马车帮。吴老大在西北五省、河南河北、山东山西都是威名赫赫的人物，三教九流，七十二行道，只要听到他的名字都会肃然起敬。吴老大身上承载的不仅仅是自己的梦想，更是整个三家庄的梦想。三家庄车帮在路上遇到危难时，有时打出吴老大的旗号，就能免去一些灾祸。车帮所行之路上，会遇到以大欺小的同道、杀人不见血的刀客、情义尚存的妓女、古道热肠的店家。为了生存，车帮们容忍了自己的妻妾和车帮"大脑兮"的睡觉，对于妻妾和别的男人生下的孩子也能接受，甚至视如

---

① 参阅王春林《现实关切、人性冲突与存在悖谬——评鲁敏长篇小说〈六人晚餐〉》，《当代文坛》，2013.2。

己出，让其上学受教育；他们也联合土匪去整治首领吴老大。在民族存亡的关键时刻，车帮们能杀身成仁、舍生取义。喜欢窑姐儿的脚户侯三上战场时吼起了"两狼山战胡儿天摇地动，好男儿为国家何惧死生"的秦腔唱词。妻妾们对丈夫在外面养情妇的事情，也能够宽容地接受，并且将她们视作亲姐妹。吴老大的父亲吴骡子在甘肃武威黄羊镇上留下了真爱，也因此丢掉了性命。他的情人玉蓉千里送灵到陕西，在日军的轰炸中死去了。小说中的很多人物都有自己的梦想，风陵渡小镇上一个店家的梦想是在小镇上开小酒店，不问世事，过世外桃源的日子；刘七的梦想是做个忠诚的护院；孟虎的理想是学程咬金当个混世魔王，甚至当皇上。这些人的一生都处在追逐梦想的过程中，与世界和他人交战，与自己的灵与肉交战，不屈不挠地延续着生命的轨迹，其意志力和命运造化可歌可泣。小说的语言质地坚硬耐嚼，大量运用陕西、甘肃方言，读来酣畅淋漓。但小说对民间文化呈示时过多地强调了江湖文化的一面，而且对其缺乏明晰的道德判断。另外，小说写张富财屡次奸淫了吴老大妻女，吴老大对此却隐忍以待；吴老大为了能实现最基本的生存目标，当张富财的打手们跟踪他时，他都不敢给被张富财害死的童养媳烧纸。作为大车帮"大脑兮"的、威震大半个中国、能文能武、有胆有谋的吴老大竟然这样害怕张富财，令人实难相信。①

陈应松中篇小说《无鼠之家》：揭示了乡村社会的病象

《无鼠之家》3月份发表在《钟山》第2期，进入2012年度中篇小说排行榜。小说中的阎国立是灭鼠行家，他时常走村串户地为乡民们消灭老鼠，因而他的家境自然也比一般的人家要富裕得多。他的儿子阎孝文从小就谨小慎微，只能在家里务弄庄稼。阎国立家庭的富裕引来姑娘们对阎孝文的竞相追逐，阎国立最终给儿子娶了燕桂兰。但燕桂兰婚后几年一直没有给阎家生下个一男半女，这让阎国立非常郁闷。一次很偶然的机会，阎国立夜晚单独送燕桂兰回娘家，燕桂兰悲苦地告知公爹，是孝文得了不可治愈的脓精症才使她不能怀孕生养。阎国立便和儿媳妇有了苟且之欢，儿媳终于怀孕了，后来生下了圣武。随

① 参阅雷达《大西北，人性的光辉》，《文艺报》，2012.8.6。

后的日子，阎国立和儿媳再度苟且偷欢，并且多次致其堕胎，最终致其患上了宫颈癌。阎孝文除了侍弄好庄稼地，几乎把身心都放在了圣武身上。一家上下其乐融融。圣武长到 13 岁时，阎家乱伦的惊天秘密才因为家里不愿出钱给燕桂兰治疗癌症而被捅破。故事结尾是燕桂兰患病含恨死去，阎孝文悲愤地杀死了父亲阎国立后，他自己也锒铛入狱了。小说里出现的野猫的尖叫预示着阎国立和儿媳情欲的疯长，同时也显示出乡村乃至社会的病象。小说将环境作了夸张的表现，但是最终指向的还是人的生活：有违人伦道德的偷情，信教事件以及儿子的杀人。这些变态和非常态的事件，进一步提示了陈应松小说关注社会的价值取向。①

马原长篇小说《牛鬼蛇神》：讲述了一个东北男孩和一个海南男孩于"文革"期间在北京相遇后的不同命运变化

《牛鬼蛇神》3—5 月份发表在《收获》第 2—3 期。小说讲述了一个叫大元的 13 岁东北男孩和一个叫李德胜的 17 岁海南男孩于"文革"期间在北京相遇后的不同命运变化。小说首卷题为"北京"，以大串联为背景展开。当时在东北的 13 岁少年大元向往革命，来到北京后参加了青年大串联。在北京，大元结识了从海南赶到北京串联的青年李德胜，两人由此结下了深厚的友谊。卷 1 题为"海南岛"，讲述了串联之后李德胜充满磨难与苦痛的生命经历。卷 2 题为"拉萨"，主要讲述了大元到西藏几年的一些奇特见闻，着重刻画了拉萨的"神秘"以及李德胜身上的"神性"。最后一卷卷 3 题为"海南"，写大元的家庭、工作、生活都经历了一系列变故，大元的肺部被查出肿瘤，但并未查到癌细胞；大元与退役运动员李小花结识，收获了爱情。小说中充满了马原自己真切的生命经历，其章节排列顺序是倒叙，第 3 章，第 2 章，第 1 章，而且还有一个第 0 章；而且每一章的每一个小节也是按倒序法排列，从 3 到 0 排列。作者解释道："这根本就是一个顺序小说，但我的章节是从 3-2-1-0 这样倒着排列，这是归零的方法。……'0'在汉语里经常和'无'重合，我用归零的方法，实际上是想暗示我的读者，到'0'的时候忽略它也没有损失，故事还在

---

① 参阅管兴平《野猫在尖叫：陈应松小说〈无鼠之家〉》，《长江大学学报（社科版）》，2014.3。

继续。"小说中还突兀地插入了作者早期一些作品的片段。马原解释道，他之所以把早期的小说放进来，是因为这些片段写到了通鬼神的内容，他无法在一年的时间里（《牛鬼蛇神》的写作时间不足一年）穷尽人鬼神的思考，于是将所有的精彩片段放进去了。①

叶广芩长篇小说《状元媒》：展示了钟鸣鼎食的皇族世家在时代风雨中的兴衰沉浮史

《状元媒》4月1日由北京十月文艺出版社出版。小说以小格格"我"的视角为轴线，以"跳加官"代序，以"状元媒"打头，讲述了在清朝最后一位状元刘春霖的做媒下，皇室后裔的"我"父亲金瑞祓与平民出身的"我"母亲陈美珍结成了婚姻，由此引发了金家大宅门里的家庭成员和亲戚朋友间的故事，展示了钟鸣鼎食的皇族世家在时代风雨中的兴衰沉浮历史。小说依次将大登殿、三岔口、逍遥津、三击掌、拾玉镯、豆汁计、小放牛、盗御马、玉堂春等京戏名作作为段落篇章，最后又唱了一出"凤还巢"，把辛亥革命到今天的改革开放期间，北京的百年人物的众生相做了跳跃性的描写，展现了北京百姓的价值观念和北京社会的风土人情。小说除了讲述身为"金四爷"的"我"父亲、南营房出身的"我"母亲、散漫逍遥了一辈子的七舅爷、入了"一贯道"后被捕的大连抑或当了大官的小连的故事之外，还讲述了生前被人瞧不上眼但死后却让人敬重的青雨、为了养爹养兄弟一辈子未嫁人的大秀、不招父亲待见的老五、门房老张、做饭的莫姜、太监张安达、贫困又超然的老姐夫、客死在异乡的五狄等人的故事，他们的形象都在作者的笔下活了，而且活得那么有个性。行文中，作者动用了她最独特、最难忘、最熟悉的生活素材，精心创作了该小说。作者对传统的京剧剧目以及人物、唱词都烂熟于心，信手拈来，就跟她所讲的故事一样，严丝合缝，珠联璧合，使小说具有了非比寻常的文字魅力。②

---

① 参阅曾于里《马原"老"矣？——评〈牛鬼蛇神〉》，《文学报》，2012.5.25。

② 参阅李星《叶广芩的"京派"回归及内心纠结——〈状元媒〉及其他》，《海南师范大学学报（社科版）》，2013.10。

孙惠芬长篇小说《生死十日谈》：反映了社会转型时期农村社会存在的很多困境以及广大农民遇到的新问题

作者回到辽宁农村老家后，对农民自杀现象进行了深入采访，写下了长篇非虚构小说《生死十日谈》，4月份由人民文学出版社出版。小说以十天的调查采访为线索，讲述了十数个触目惊心的自杀事件。这些自杀者的年龄不同，角色不同，自杀的起因和方法也不尽相同，他们有的是因区区生活小事导致婆媳矛盾而自杀；有的是因患病无钱医治又不想拖累亲人而自杀；有的是被在城市发展的丈夫抛弃，自己又患了性病而自杀；有的是遭到邻居辱骂，羞愤难当而自杀；有的是因感情上的纠葛而自杀；有的是缘于现实生活的重压而自杀……十数个案例中，最动人的是第十日的访谈，也就是"小老头"的死。"小老头"是乡村少有的懂得珍惜艺术的农民，他深爱他那喜欢剪纸的知青妻子"大辫子"，给她梳了四十年的头，他不让她做家务，就连死，也是出于爱。"小老头"的故事和前面十几个自杀者的故事一起，诉说着生命中不能承受之重。小说将当下部分农民艰窘局促的生活情状——展露后，反映了在社会发生巨大转型的时期，农村社会存在的很多困境以及广大农民在生产生活、情感心理等各方面遇到的新问题，具有鲜明的人文关怀品格，是本年度非虚构创作的重要收获。[①]

弋舟中篇小说《等深》：探究了一代人与另一代人的因果呼应

弋舟（1972— ），原名邹弋舟，江苏无锡人，现居甘肃兰州。《等深》5月份发表在《乌江》第5期，进入2012年度中篇小说排行榜。小说写20年前，"我"的女友莫莉出于道义，和贫穷且患有癫痫的好友周又坚相恋，原因是周又坚敢于对时代疾言厉色，敢于斥责生活中的一切不义。莫莉和周又坚结婚后，我们之间的关系自然很僵。三年前，"我"做了大学教授，以"说话"谋生。但和周又坚比起来，他因为能说真话而赢得了爱情，"我"却经常觉得自己说的话语很空虚、很无力，而且带有欺骗性。当然，周又坚因为爱说真话，所以他与这个世界格格不入，以至于他最终成为一个被遗弃的"病人"，他离

---

① 参阅李朝全《这是什么体裁？——读孙惠芬〈生死十日谈〉》，《中国艺术报》，2013.8.12。

家出走，神秘失踪了。三天前，莫莉快满14岁的儿子也失踪了，这使莫莉陷入了绝望。"我"凭直觉判断，男孩的失踪肯定与莫莉的情人、公司老总郭洪生有关：因为男孩曾目睹了郭洪生依借权势摸了母亲莫莉的屁股，所以男孩想在不负刑事责任的14岁前刺杀郭洪生。"我"慨然前往，阻止了这场随时都会发生的血案，成功地从男孩手中截获了短刃。

阿乙短篇小说《阁楼》：源于一个真实的案件

阿乙（1976—），原名艾国柱，江西瑞昌人。《阁楼》5月份发表在《当代》第3期，进入2012年度短篇小说排行榜。小说源于一个真实的案件，被称为"慈溪白骨案"。一个母亲在家中阁楼上发现了一箱白骨。警察调查的结果是，她的女儿杀死了自己的初恋男友，并藏尸于阁楼。其实，她女儿杀人的原因是因为当她要嫁给"门当户对"的结婚对象时，出身农村且是"农业户口"的初恋男友百般纠缠、以死相逼，最终使她痛下了杀手。小说的真正主角是女儿的初恋男友。十年来，他静静地躺在阁楼上，用白骨不断地折磨、惩罚、否定着他的女友。他让她经常遭受着死亡威胁，他说要毁掉她的一切。她母亲的精神也出现了障碍，常出现幻觉并伴有迫害妄想症。他的死亡，是他爱上了这个门不当户不对的女人才造成的。小说用庞大的篇幅描写了女儿的婚姻关系和她与母亲的关系。女儿温顺地接受了母亲所做的婚姻安排后，神经兮兮、疑神疑鬼并患有性冷淡，她每天的生活路线固定单一，行踪诡秘，常去一家农户，并称农户家的两个老人为"爸妈"，她说她当时如果嫁给那个初恋男友，总比现在要强。小说的叙事极富耐心，作者有意让故事枝杈横生，从头到尾都伴有丰富细节的缠绕，这使得它的故事远离了案件回顾式的讲述，而变得饱满充实，令人遐想。

尤凤伟中篇小说《岁月有痕》：讲述了一位退休工人与一位退休的市人大副主任的恩怨纠葛

《岁月有痕》5月份发表在《十月》第3期，进入2012年度中篇小说排行榜。小说写的是一位退休工人姜承先过着平静刻板的生活。某一天，已经退休的市人大副主任周国章突然拜访。周国章被姜承先拒之门外后，中风住进医院。小说围绕姜承先的恐慌、忧虑展开叙事。姜承先和周国章有着半个多世纪的恩怨纠葛。50多年前，姜承先被周国章打成右派。30年前，周国章拒绝为姜承先落实政策。周国章中风后，坚持要告姜承先，再次把半个多世纪的阴影笼罩在姜承先平静的晚年生活之上。

刘震云长篇小说《我不是潘金莲》：展现了李雪莲执拗的性格对整个社会神经的牵动情况

《我不是潘金莲》的部分章节5月份发表在《花城》第5期；8月，小说由长江文艺出版社出版。小说写李雪莲为了生二胎不被处罚，和丈夫秦玉河假离婚。但秦玉河离婚不久后和别的女人结了婚。李雪莲便打官司要求证明原先的离婚是假的。不久，秦玉河又在公众场合说李雪莲是潘金莲。李雪莲既为了证明自己之前的离婚是假的，又为了证明自己不是潘金莲，于是走上坎坷、漫长的告状之路。李雪莲开始告状的时候29岁，她依次把状告到了法官、法院审判委员会专职委员、法院院长、县长、市长那里，但这些人都没有好好聆听她的事情，而且懒得耐心开导她，逼得她只好闯进首都正在召开的人代会上告状。一位中央领导把李雪莲的事情随便在李雪莲所在省的省长跟前说了一下，省长于是下令撤了一大批干部。但李雪莲还是继续告状，因为她认为自己的两个目的还没有实现。她于是在官员们眼里就成了一个难缠的老上访户，一个维稳的对象，一个在每年春天"两会"召开的时候，省市县都要围追堵截的人。直到秦玉河在意外车祸中身亡，李雪莲才停止了告状。小说结尾是没达到目的的李雪莲想自杀，她找到了一棵果树准备上吊，却被果农制止了，果农劝她到隔壁果园去上吊。李雪莲听了后扑哧一声笑了。小说围绕"上访"谋篇布局，展现了李雪莲执拗的性格对整个社会神经牵动的情况。小说不仅是中国传统社会的寓言，也是一部乡村中国的心灵史。小说的现代主义色彩，使其具备了超现实主义的哲学意味。小说的结构也很有特点。第一章是"序言：那一年"，29岁的李雪莲闯入大会堂，中央领导意外参加李雪莲所在省的代表团讨论，随口讲了下李雪莲的事情，心机深重的省长便雷厉风行，把市长县长院长撤了个精光。第二章是"序言：二十年后"，49岁的李雪莲本来不想上访，但又被逼得不得不上访。一二章序言267页，而第三章"正文：玩呢"只有10页，写被李雪莲拉下马的县长史为民急着从北京回家，但却买不到火车票，于是在一张纸上写上"我要申冤"几个字后举到头顶，警察立即把他当成上访者遣送回了家，使他不但很快回家，而且还省了一笔车费。①

格非中篇小说《隐身衣》：借主人公之口，冷嘲热讽了知识分子的坐而论道等

《隐身衣》5月份发表在《收获》第3期，2014年获得第六届鲁迅文学奖（2010—2013）。小说主人公"我"从一个诗人变为一个靠给人制作音乐器材来谋生的"手艺人"。"我"行走在客户的住所，看暴发户们的附庸风雅，听知识分子的高谈阔论。"我"本有房子住，它是母亲的遗产，但却被姐姐梨花占有，姐夫保国和姐姐梨花采用双簧计一直逼"我"搬走，软弱的"我"却无应对之法和力量。在寻找房子的过程中，由于"我"急需凑钱买房，便把收藏多年的绝版胆机组装成一套高价音箱后，卖给一个叫丁采臣的神秘富翁。"我"于是随着丁采臣走了让人眼花缭乱的具有后现代风格的生活社区。后来，丁采臣跳楼自杀了。"我"便和别墅中脸上全是刀疤的女子同居了，"我"还意外收到了丁采臣原先答应的后期款项。和"我"同居的女子其实是"我"的前妻玉芬，让丁采臣向"我"购买音箱器材及丁采臣消失，都是由她一手安排策划的。小说写了"我"与玉芬的恋爱、结婚、离婚；"我"与发小蒋颂平自小到大一起所经历的生死恐惧及最后的绝交；"我"与姐姐姐夫的恩断义绝；"我"与侯美珠的相亲；"我"与丁采臣别墅里的女子同居生女等事情。在这些人中，蒋颂平、玉芬、姐姐姐夫是一类人，他们除了忠实于自我，对其他人随时都可以背叛。丁采臣是个聚合体，他既是个苍白虚弱的男人，又是个威猛的人，他在餐馆里因为一个烟灰缸而和人拔枪相对，但他最终却端着咖啡跳楼自杀，很像行为艺术。至于被毁容的玉芬，她更像一个符号，她以面目全非的方式，证明生命的内在力量。作者在丁采臣和玉芬身上留下不少空白，比如当年究竟发生过什么，小说始终没有交代。小说借主人公之口，冷嘲热讽了知识分子的坐而论道，尤其是他们对现实的批判，虽然耸人听闻，但都是臆测。大学教授的无知无畏，陈词滥调，目中无人，夸夸其谈，胡说八道，品位低下，令人忍无可

① 参阅夏仁娟《触碰荒诞背后的生活底线——解读刘震云的长篇小说〈我不是潘金莲〉》，《名作欣赏》，2014.26。

忍。作者还总结了这些知识分子的类型，一派是悲观型，到处散布着中国随时会崩溃的言论；一类是乐观型，随时宣扬中国是世界的救世主。小说中的教授和他的朋友的确让人心生反感。小说也在不经意间让人们回想起昔日先锋派的智力游戏，比如题目就让人无从猜测。小说只有一次提到隐身衣，说的是社交场上的名流拥有一件隐身衣，这位名流的情人无数，到处游玩享乐，最后死于雪崩。按常理猜测，隐身衣应该指他放浪得意的人生背后可能隐藏着无数的悲伤和孤独。小说写"我"置身在古典音乐中，遗忘于世界之外，似乎音乐就是"我"的隐身衣，玉芬脸上的刀疤是她的隐身衣。总之，小说在对浮躁的社会表达极端不满之后，又沉溺在一种优雅的伤感落寞之中，这是很多知识分子的隐身衣。[1]

余一鸣中篇小说《愤怒的小鸟》：对唯分数取才的功利性教育和虚拟的网络游戏进行了批判

余一鸣（1963— ），江苏高淳人。《愤怒的小鸟》6月份发表在《人民文学》第6期，进入2012年度中篇小说排行榜。小说由两个故事组成：一个是网络"王者"帮主金圣木的堕落过程，一个是金圣木父亲金森林的兴衰史，展现了他由老板到司机到失业，从顶峰到深谷的演变过程。金圣木是一个初二年级的男生，曾经获得过奥数一等奖，被视为"天才"。但他迷上了网络游戏。金圣木在现实中，趾高气扬，发号施令，尽情发挥权力欲，俨然一副"领袖"像。金圣木在游戏中，指挥他的团队破解网络密码，盗取金币，进行着犯罪活动。在最后进行网络大搏斗的时刻，金圣木为了获得一台属于自己可以单独操作的电脑，他不惜绑架自己的表妹，并致其死亡。金圣木的父亲金森林起初是做房地产开发的，因为没有从业资质，只能"挂靠"在某公司名下，以向其缴纳一定数额的"管理费"来获得承包工程的机会。但是，他却被人耍了，他破产了。他让连襟郑守财给他收拾残局，自己躲了起来。等他回来时，郑守财已经做了老板，并且使用着他过去的机器和工具。他不能不怀疑连襟玩了他，可是他又没有证据。为了生活，他给郑守财当了小车司机。一次出差，出了事故，

---

[1] 参阅张晓琴《隐者之像与时代之音——关于格非的〈隐身衣〉》，《当代作家评论》，2014.4。

郑守财双腿被压住，呼喊金森林救助。金森林质问郑守财是不是玩了自己，郑守财自然矢口否认。郑守财被送到医院救治，痊愈回公司后，第一个便开除了金森林。两个故事在小说中多次"交汇"叙述，从而使故事向前推进了一步。第一次"交汇"是在固城宾馆餐饮部，游戏玩家们请客，金圣木是贵宾，金圣木爸爸金森林也在这里用餐，金圣木被爸爸发现了。当金森林追过去后，金圣木的三个精英一哄而上将金森林打了一个耳光，金森林大喊"我是他爸"后才脱身。金森林和金圣木的最后"交汇"是在儿子被警察以涉嫌网络犯罪名义带走后，金森林无意间发现"失踪"了的郑婷婷的超薄电脑竟在自己家里，他意识到了问题的严重性，把电脑悄悄埋了。从此，金森林变成了一个醉鬼，也去网吧玩起了杀人的游戏。可是他一上战场就被变成了一具骷髅，屡战屡亡。在一旁的小伙子说，大爷，你这水平，还是回家去玩"愤怒的小鸟"算了。"愤怒的小鸟"是一款游戏，金森林不懂，于是发出了"老子人愤怒，鸟不愤怒。你家才养那种愤怒的小鸟"的责怪。小说对唯分数取才的功利性教育和虚拟的网络游戏进行了批判。金森林夫妇的悲哀在于始终不懂儿子的愤怒所在，而沉迷于虚幻世界的金圣木甚至不屑向父母展示自己的愤怒。数字化背景下的教育，需要成人去尽力解读孩子的愤怒，并为这些愤怒找一个合理的出口。愤怒并不可怕，化愤怒为积极的行动力量，才是每个人愤怒的最好去处。[①]

王手中篇小说《贴身人》：从人性的深处挖掘了身份低微者的心理感受

《贴身人》6月份发表在《收获》第6期，进入2012年度小说排行榜。小说以一种貌似轻松的语调，叙述了教育局女局长的司机崔子节的复杂心境。崔子节渴望拥有一个永久性的工作，为此特别留意领导的"瑕疵"，希望借此作为把柄，留住自己的工作。崔子节发现，局长的"五十肩""不对称""偏头痛""闻香失态""酒后驾车""苍井空U盘""省城男朋友"……都是她的"瑕疵"。局长信任崔子节，但崔子节却在摧毁着她的人格大厦。小说最后的结果是无结果，表明这个世界不奇怪，上上下下的人都成"精"了。小说从人性的深处挖掘了身份低微者的心理感受，以及看似地位高尚的领导同样具有的低微

---

① 参阅吴俊《直面困境的写作——关于余一鸣的小说》，《小说评论》，2014.3。

的心思，这种对人物细微心态的描述展示了作者对人性的剖析深度。

张楚短篇小说《良宵》：讲述了一位善良的老艺人与一个罹患艾滋病的孤童相遇、相识、相知的情况

《良宵》6月份发表在《天涯》第6期，2014年荣获第六届鲁迅文学奖（2010—2013）。小说中的老人是一个历尽沧桑、繁华落尽的戏曲名旦，晚年选择在麻湾这样一个偏远的小村庄里安度晚年。这位曾经红极一时的戏曲名角，却被脾气暴躁的儿子看作是"命比草贱"的人。老人逃离的原因是，她的儿子只知道向她要钱，不断地算计她，从不关心她的生活等，老人于是在大病后选择了避居在麻湾村。然而，麻湾村里那些爱搬弄是非的"女光棍们"及村主任却使她仍然处在窘境之中。后来，老人遇到了一个感染了艾滋病的小孩，他的得了艾滋病的父母死了，奶奶也死了，他被全村人驱逐，他为了躲避人们对他的追打才来到麻湾村。一天，小孩来到老人那里偷东西吃，当老人得知他的身世后，她给他煮了吃的，并原谅了他杀鹅祭亲的事情；老人还在亲人、乡人的不解中做出了陪伴孩子的选择。这些表现了老人的善良、质朴。老人对小孩的关爱，使他所遭遇到的"恶光阴"变成了真正的"良宵"。但老人居住的麻湾村的现实却越来越糟。麻湾村下面蕴藏着的铁矿被勘探出来了，一个巨大的地下采矿场将建成，村里的家家户户都在忙着签订拆迁合同，"巴不得搬到县城"的村民正在怀揣着现代化的梦想，憧憬着未来。为此，作者在小说中营构了这样一幅富有诗意的"美景"：凝敛成水晶的紫云英、柳树顶的绿苞芽、洇成一片的蒲公英、酱色的七星瓢虫、嗡嘤飞着的花腰小蜂……麻湾村"夜晚的气味"入心入肺，它还拥有"静默生长着的神灵"，这些才是作者眼中真正的"良宵美景"。但这样的"风景"却将要不存在了。小说中时隐时现的另一条线索是萦绕在老人身边的"戏曲风景"。小说先后提到了三出戏，它们隐隐道出了老人的凄苦身世。《木兰从军》似乎隐喻着她女扮男装的"铁姑娘"时代；《春闺梦》里的张氏与丈夫王恢互诉衷肠的唱段却和老人丈夫那"暴躁、酗酒、打老婆"的行为形成对照，可怜的老人似乎连张氏的梦境都不曾有过；《红拂夜奔》预示着老人的不断逃亡，但和红拂不同的是老人根本无处可逃。小说既是讲述生活的故事，也是在讲述伦理的故事。作者用散文的笔法细致地描绘了环境，然后在一幅幅与人物融为一体的美丽图景中，对人性进行了深入挖掘。小说以"良宵"为题，从情节来看，切合了那个小孩通过"偷食"来果腹，因而觉得每晚都是"良宵"的感觉；从主题来看，切合了善良的老艺人与罹患艾滋病的孤童相遇、相识、相知后产生的温暖，这些都闪耀着至善、至美的人性光辉；从人物塑造的角度来看，暗示了在白昼与夜晚、喧哗与静谧之间老人和孩子所具有的复杂人性。小说文字清新活泼，细腻温暖，透露出一种悲悯的情怀，令人感动。①

周大新长篇小说《安魂》：一支悲伤中夹着旷达的安魂曲

《安魂》7月份发表在《当代》第4期。小说非同寻常，详述了作者痛失爱子的苦难历程及以他以无疆的父爱"护送"儿子到达天国去履行另一种使命的情况。小说通篇由作者和他英年早逝的爱子周宁之间的对话构成，20万言的绵长对话，记录了父子间许多过去想说却没来得及说出的话。这是一对父子灵魂坦诚而揪心的对话。父亲在对话中回视了自己的人生，发出了痛彻心扉的忏悔；儿子周宁在对话中细说了自己对死亡的体验，告知了天国的奇异图景。真实和虚构交错，当下的无奈和想象中的极乐互现，既让人感到沉重，又使人获得解脱。死亡是人生的结局，是人人都要面对的问题。这本书零距离地观察了死亡，对人的最后归宿展开了想象，既是对死者的安慰，也是对生者的宽慰，是一支悲伤、沉郁中夹着旷达的安魂曲。②

陈亚珍长篇小说《羊哭了，猪笑了，蚂蚁病了》：反映了人性的时代特征

陈亚珍（1959—），山西昔阳人。《羊哭了，猪笑了，蚂蚁病了》7月份由北京燕山出版社出版，进入2012年度长篇小说排行榜。小说以一个叫梨花庄的村庄的命运，反映了一个巨大时代跨度下的人文情怀。作者借亡灵叙事的技法讲述了叙事者"我"死后20年，灵魂重返人间，寻找未曾获得的人间亲情、人世伦常，并以此来反思从"抗战"到新中国成立后半个多世纪的历史，反思潜藏在人们心底的英雄膜拜、革命情结、男性权力、女性伦理等是如何改变和

---

① 参阅陈涛《发现一种真实的生活——评张楚小说的小城镇叙事》，《当代作家评论》，2015.2。
② 参阅晓伟《透骨髓的安魂曲——评周大新长篇小说〈安魂〉》，《湖南工业大学学报（社会科学版）》，2014.6。

重塑了特殊年代的人们的情感和道德的。小说中的"娘"（兰菊婶）一生勤劳善良，坚强地忍受着苦难和不幸。她无私付出，收养了荷叶、喜鹊等濒临绝境的孩子。但在那个特定的历史时期，不但命运捉弄她，连她收养的孩子也无情地迫害她。"娘"在大饥荒的死亡线上救下了"我"的丈夫张世聪，张世聪后来却成了斗争"娘"的打手。小说也讲述了天胜娘及正直、有知识的侉娘等人的故事，她们的形象都血肉丰满，呼之欲出。这些不起眼的小人物都反映出了人性的时代特征。评论家雷达认为，该小说视角独特，其中深切的人性情思，忠实地反映了民族的质朴精神。而作者对于苦源的深思，是其独具强劲的根部力量。①

计文君中篇小说《白头吟》：讲述一个保姆在雇主家被要求当小偷的故事

计文君（1973.12—），河南许昌人，出生于河南周口市。《白头吟》7月份发表在《人民文学》第7期，进入2012年度中篇小说排行榜。小说写周家老先生为了让在县里当书记的大儿子与媳妇离婚，和小女儿设计让保姆偷了家里的钱，然后栽赃给大儿媳妇。善良的保姆明知是计，但为了生存，不得不听从周老先生的计策。但保姆最终利用媒体，将周老先生的计策和盘托出，给自己洗清了冤屈。大儿媳也离婚了。在这件事中，小说主人公即作家谈芳被利用了，谈芳的朋友唐惠也被利用了。唐惠想嫁给周家的大儿子，但未能如愿，她自嘲道："心强命不强，替别人做了一锅饭，姐姐我准备继续寻找如意郎君！"谈芳吟诵的《白头吟》——"锦水东北流，波荡双鸳鸯。雄巢汉宫树，雌弄秦草芳。宁同万死碎绮翼，不忍云间两分张。此时阿娇正娇妒，独坐长门愁日暮。但愿君恩顾妾深，岂惜黄金买辞赋。"贯穿在小说中，使小说呈现出了一个亮点。小说的另一个亮点是保姆虽然着墨不多，但她的善良、宽容、乐意助人、在底层苦苦挣扎、活得没有尊严的情况却被表现得淋漓尽致，与周家的自私行为形成了对比，引人深思。小说结尾搬出了周家二女儿即作家周乙的小说《白头吟》，写出了现代社会中的一些老人在无助与恐惧中折磨子女的事情，他们这样做的其目的是为了提醒子女，他们还有一个爹。①

曹寇中篇小说《塘村概略》：写了一个女大学生被殴打致死后警察破案但却无果而归的故事

曹寇（1977—），江苏南京人。《塘村概略》7月份发表在《收获》第4期，进入2012年中篇小说排行榜。小说写一个名叫葛珊珊的女大学生在塘村小学大门口被殴打致死，王警官与张亮一起调查了案发现场、目击证人、涉案嫌疑人，最后两人却无果而归。随着这些事情的开展，作者不断地变换空间，有条不紊地描写了每个人物对事件的反应以及他们的故事。作者对这样一个严肃题材的处理恰到好处，他并没有把其写成一个沉闷的"案件陈述"，他甚至连批判也是克制的；他没有流露出对被害人葛珊珊的过度怜悯，在他的笔下，参与群殴事件的人，也有其可怜之处。在人性面前，作者对每个人物都是平等的。

金宇澄长篇小说《繁花》：一部地域小说和记忆小说的杰作

金宇澄（1952—），原名金舒澄，上海人。《繁花》9月23日发表在《收获》长篇专号秋冬卷，进入2012年度长篇小说排行榜；2015年8月16日，小说获得第九届茅盾文学奖（2011—2015）。小说的三个核心人物是生活在上海的阿宝、小毛和沪生。小说共三十一章，单数章节讲述"过去的故事"，双数章节讲述"现在的故事"。"过去的故事"包括阿婆带阿宝和蓓蒂回乡下老家、蓓蒂和阿婆化鱼遁世、姝华爱书、兰兰和大阿妹玩马路游戏、小毛和银凤的故事、小毛和春香的故事等。这些故事的背景主要是"文革"。"现在的故事"是一个混沌而又单调的世界，场景类似，出现了没完没了的饭局。饭局上的人有的是中国的台湾人，有的是中国的香港小开，有的是韩国人，里面的男人们都是带"总"字的人，康总、陆总、徐总以及宝总；女人们则是汪小姐、梅瑞、苏安、玲子、亭子间小阿嫂等，她们风情万种兼具各种谋略手段。饭局上少不了的是酒和黄段子，男人和女人在一团酒气中将一个个黄段子演绎成活报剧。汪小姐最后怀了怪胎，梅瑞则落入了由自己的母亲和情人设置的陷阱之中而倾

---

① 参阅吴义勤《〈白头吟〉对底层人群的悲悯与同情》，广州《羊城晚报》，2013.1.13。

家荡产。这些女人的结局很可悲，但不一定让人同情，因为她们本来是处心积虑、惯于玩弄别人的人。"过去的故事"一步步迈入了"现在的故事"。"过去的故事"散发着各种食材的气味，菠菜的甜、小白菜的爽、豌豆苗的香，还有芥菜的鲜，个个不同，给人带来愉悦的感觉；"现在的故事"散发出的是泔水桶的味道，浓烈而难闻，桶里的东西混杂后散发出来的气味更难闻。[①] 该小说是一部地域小说，作者所写的人物的行走，都可找到"有形"的地图对应。该小说也是一部记忆小说，它记录了20世纪60年代少年的旧梦，记录了人间处处的斑斓烟火，记录了90年代的声色犬马和一场接一场的流水席。小说在两个时空里频繁交替地叙事，迭生的传奇延伸了上海的"不一致"和错综复杂的局面；作者对这些所进行的小心翼翼的嘲讽以及咄咄逼人的漫画处理，都暗藏在上海的时尚与流行里。小说记录了昨日的遗漏，也对明天提供了启示……即使繁花零落，死神到来，但一曲终了时，人犹未散。[②]

徐则臣短篇小说《如果大雪封门》：在非因果、非逻辑中描写了生活的原生状态

《如果大雪封门》9月份发表在《收获》第5期，2014年荣获第六届鲁迅文学奖（2010—2013）。小说开篇写宝来因为被人打傻了，于是不得不离开北京。但小说聚焦的却是依然生活在北京的"我"、行健、米箩等几个"小人物"的生活，他们以贴小广告来维持生活。严寒、贫穷和劫难并没有使他们消沉、倦怠，令他们感到厌烦的是出租房附近的一群鸽子发出的哨音，他们被那哨音弄得"神经衰弱"了。小说写道："昏黄色的明晃晃的声音往我脑仁里扎"，"我"被"神经衰弱"这种"富贵病"弄得苦不堪言。"我"为了躲避鸽哨，于是去驱赶鸽群。在驱赶鸽群时，"我"结识了少年林慧聪。林慧聪是一个瘦弱的、来自"南方以南"的少年，他对北方的大雪充满了想象和渴望，在高考语文考试中，他毫无顾忌地写下了题为《如果大雪封门》的作文，表达了他的渴望。作文的内容不得而知，但结果却确凿无疑，他高考落榜了。他于是来到了北京，想着在北京也许能够看到一场真正的大雪。他来北京后，跟叔叔

---

① 参阅王春林《试论金宇澄〈繁花〉的叙事特色与精神风骨》，《黄河》，2013.6。
② 参阅《金宇澄长篇小说〈繁花〉》，人民网－文史频道，2013.12.31。

在广场给人放鸽子，获得的报酬只能维持他们的基本生活。林慧聪在放鸽子的过程中，鸽子一只一只地丢失了，他于是面临着被二叔"炒"掉的危险。但他不管这些，他唯一关心的事情是天气预报。有一天，天气预报说大雪将至北京了。果然，大雪如愿来到了北京。"我"和林慧聪爬上屋顶去看雪，但林慧聪想象的大雪封门的童话世界并没有出现。小说敏感地捕捉并准确地把握了年轻人心灵世界里的微妙变化，结尾处写到，米笋把冻死的鸽子拿去掩埋，这看似不经意的一笔，写出了他们的善良、软弱和无奈。小说最有意思的地方在于，无论是"我"还是林慧聪，他们都有一种强烈的"看"的冲动，林慧聪想看到雪，而"我"作为一个隐秘的讲故事的人，则想看到一切故事发生的秘密。小说将开头写宝来离开北京的故事放弃了，它只是被当作一个背景来进行了虚化处理。这是这篇小说非常明显的特色。作者不着意于某些突发性的、具有冲突意义和戏剧色彩的事件或细节，他对这些只是点到即止。他试图恢复日常生活本身的节奏和无序感，在非因果、非逻辑中描写了生活的原生状态。由此，这篇小说便充满了现代感。①

裘山山短篇小说《意外伤害》：提出了人为什么总是把别人想象得那么坏，人间是否还有真情在的问题

《意外伤害》9月份发表在《长江文艺》第9期，进入2012年度短篇小说排行榜。小说写一个政府机关的小领导去参加同学孩子的婚礼，在婚礼上遇见了大学时代的美女同学，她是他暗恋的对象。然后两人一起离开婚礼去喝茶。突然有人跳河。小领导没有考虑，马上下水救人。因为平时有锻炼，他很快就把跳河的女子救了上来。小领导怕麻烦，只留下了电话号码，就和同学匆匆离开了。但网络上却出现了很多关于他的负面的东西，表扬他见义勇为的话却很少。尤其是人们更加关注多他和一个不是他老婆的女人在一起的事情。有的人还关注他喝茶时抽的是中华烟。其实他抽的烟是从同学婚礼上拿的，他的领导（也是他的同学）也参加了婚礼。小说提出了人为什么总把别人想象得那么坏，

---

① 参阅张琦《"鸽子"与"大雪"神秘意象的轻重转换——评徐则臣短篇小说〈如果大雪封门〉》，《名作欣赏》，2016.14。

人间是否还有真情在的问题。

刘建东中篇小说《羞耻之乡》：提出了"道德还乡"的问题

刘建东（1967— ），河北邯郸人。《羞耻之乡》9月份发表在《山花》第 9 期，进入 2012 年度中篇小说排行榜。小说首先虚构了一个以盗窃为生的村庄，并借助这个村庄里的一个"最失败的盗贼"之口，讲述了故乡如何一步步地沦为"羞耻之乡"的过程，以及成为精神荒芜之地的过程，在荒诞的故事情节背后渗透着强烈的现实人文关怀。小说主人公因"羞耻感"而背井离乡，后又反复还乡，探寻着在"羞耻感"中重返家园的可能性。小说提出了"道德还乡"的问题，这对诚信危机越来越突出、道德越来越沦丧的当今现实具有深刻的反省意义。

斯继东短篇小说《你为何心虚》：解剖和批判了现代人的虚伪和赤裸裸的欲望

斯继东（1973— ），浙江嵊州人。《你为何心虚》10月份发表在《上海文学》第 10 期，进入 2012 年度短篇小说排行榜。小说写贤妻良母式的年轻女教师赵四意外发现了丈夫黄皮在外边有了女人，气急败坏之下决定离婚。在绝望悲愤的煎熬中，赵四渴望与别的男人发生关系，以报复丈夫黄皮。但当黄皮要她时，她又半推半就地接受了他的"强暴"。在整个故事中，赵四的理性、意志与肉体、欲望始终处在矛盾、分裂的状态。作者以此撕下了现代人虚伪的外衣，露出了人赤裸裸的欲望，是对现代人性的解剖和批判。

陈谦中篇小说《繁枝》：一部移民题材的作品

《繁枝》10月份发表在《人民文学》第 10 期，进入 2012 年度中篇小说排行榜。该小说是一部移民题材的作品，里面的立惠、锦芯与作家本人都是移民，生长在广西，后到美国工作生活。立惠的母亲与锦芯的父亲何骏一起到大山里搞"四清"时，生下了立惠这个私生女。为了保护立惠，立惠母亲毅然放弃了条件很好的工作远走广州。立惠的父亲严明全爱着妻子，也爱着立惠，毫无怨言地一起迁往广州。立惠上大学时，她的亲生父亲何骏只看望过她一次，他看望立惠的主要目的是给立惠送玉镯。这玉镯是锦芯的奶奶（其实也是立惠的奶奶）去世前留下的一对玉镯，何骏给了立惠和锦芯一人一只。何骏婚外生女，其妻叶阿姨是知道的，她理解和宽容了丈夫的出轨。同样，严明全也一如既往地爱着妻子和立惠。锦芯上大一时，她在火车上与袁志达一见钟情。后来，当袁志达站在风雪中向锦芯求爱时，锦芯激动不已。锦芯与袁志达不久到美国去上学、工作，然后结婚、生子。可是后来，袁志达在回国发展时，与一个歌手有了关系。锦芯面对袁志达的背叛，努力地想拉他回头，在未果情况下，锦芯毒死了袁志达。小说通过两个家庭，三代人之间如同一棵繁枝交织着的家庭树一样，叙述了暗含着的波涛汹涌的矛盾冲突。被现实压抑的一代、在懵懂中摸索着的一代及在异国他乡觉醒的一代都在寻根的伤痕里诠释出了爱与亲情、痛与幸福。①

贾平凹长篇小说《带灯》：展现了转型时期中国乡土社会在政治、经济、文化、伦理和人心等方面出现的各种问题

《带灯》40多万字，11月16日上部发表在《收获》第6期，下部发表在《收获》2013年第1期；2013年1月，《带灯》由人民文学出版社出版，并进入2013年度小说排行榜。小说用对乡村日常生活的精微描绘风格，展现了转型时期中国乡土社会在政治、经济、文化、伦理和人心等方面出现的各种问题。小说的原型是一位在乡政工作的女干部，她经常与作者联系。她在短信里给作者讲述自己的生活和工作。小说的女主人公名叫萤，因为她不满"腐草化萤"的说法，便改名为"带灯"。带灯在秦岭山里的樱镇政府工作。小说以一种细碎化的叙事美学，叙述了充满文艺气息的带灯负责着樱镇综合治理办公室的维稳工作，经常要接触形形色色的人员，包括专业户、代理者等。这些人中，有的人在利益受到侵害后却不知如何申诉，有的人因为一棵树的利益而纠缠了几十年政府。"带灯"是萤火虫在黑暗中发光发亮意思。带灯负责着处理农村里发生的各种复杂矛盾，赢得了人们的尊重。小说的现实感极强，它从一个中国乡镇的角度，折射出了中国正在发生着的震撼人心的变化。小说发表后至今仍被人们评说着，褒贬不一，褒赞的观点如

① 参阅胡月《悲剧色彩下的爱与婚姻——论陈谦中篇小说〈繁枝〉》，《北方文学》（下旬刊），2017.9。

上；贬斥的观点认为作者不懂乡镇的机构设置及工作的实际情况，在臆想中随意编排人物及在其身上发生的故事，叙事太过烦琐，失却了其早期小说的诗意特征等。①

① 参阅杨光祖《修辞并不只是一个简单的技巧问题——贾平凹长篇小说〈带灯〉论》，《中国现代文学研究丛刊》，2014.5。

2013 年

叶舟短篇小说《我的帐篷里有平安》：讲述了信仰和价值这样一个古老的话题

叶舟（1966—），甘肃兰州人。《我的帐篷里有平安》1月份发表在《天涯》第1期，2014年获得第六届鲁迅文学奖（2010—2013）。小说以古代的拉萨为背景，通过对一个佛赐的机缘的巧妙叙述，讲述了少年达赖侍僧仁青在陪伴尊者仓央嘉措出行后，被设计绑架到一个部落里演唱尊者的道歌的故事，书写了部落众生对于平安喜乐的向往和祈求。小说从仁青的视角来叙事，以"门是半扇式的，没有天，也没有地，就挂在门框中段，齐腰高"来开头。作者借这扇门逐渐道出了故事发生的起因、背景、环境，同时也为下文的故事惊变埋下了伏笔。前文描写了客栈、雪顿节、冬宫、尊者、卖艺老人等诸多内容，都以"我"（仁青）的视角叙述，杂而不乱。下文也通过仁青的视角烘托出了佛爷仓央嘉措的形象，叙述灵动机智；然后，因为仁青是尊者仓央嘉措的贴身侍僧，他自然对仓央嘉措的诗歌是耳熟能详的，所以"黑脸"部落绑架了仁青。仁青到达目的地后，被"黑脸"部落恭敬地尊为上宾。至此，仁青被"请"来的目的真相大白，那就是朗诵佛爷仓央嘉措的诗歌，来慰藉部落里的人饥渴的灵魂。这一结局，无不令人又惊又喜，意味深长。"黑脸"部落用绑架这种疯狂的行为来实现他们对平安的祈求愿望，这其实就是文学的力量在起作用，文学就是"黑脸"部落的人想听的"道歌"，它能给人们带来温暖。小说题目"我的帐篷里有平安"，意旨就是我的帐篷里有文学，我的帐篷里有诗歌，我的帐篷里有凌驾于物质和政治之上的精神的力量。小说的字里行间里折射出的是"黑脸"部落对仓央嘉措及其诗歌的膜拜，这进一步表达了人们希望从诗歌中汲取到精神慰藉的心理。小说对高原风物的细致描摹与对人物心灵的精妙刻画相得益彰。小说的叙述灵动机敏，智趣盎然，诗意丰沛，同时又庄严热烈，盛大广阔，洋溢着赤子般的情怀和奔马雄鹰般的气概。小说的语言充满着地域性。像"乌鸦是金刚护法的化身"，"无数个莲花生大师的故事"，"我指的是西门上的城楼子，你却是东门上的笨猴子"的日喀则谚语以及"擦哇""冬宫""囊谦""插刀子"等这些特有的名称都是具有当地地域色彩的语言。小说语言的地域性除了反映藏族人民日常生活环境和习俗外，也增加了小说的趣味性和真实性以及神秘、悠远、厚重的色彩。小说所使用的夸张等修饰手法也给其内容润饰了不少色彩。比如"我和族人们干渴坏了，盼佛爷的道歌，盼得眼睛里哭出了血，心中也寂灭了许久。恩典的夜晚呀！从此，我的帐篷里有了平安"。这些话表达了"黑脸"部落里的人对于诗歌（道歌）的渴望。小说让读者感受到了信仰的力量。①

毕飞宇短篇小说《大雨如注》：描述了底层百姓负重攀爬的悲哀、辛酸与苦涩

《大雨如注》1月份发表在《人民文学》第1期，进入2013年度小说排行榜。小说讲述在大学里打工的大姚夫妻与他们多才多艺、最后却"失语"的女儿姚子涵的故事。姚子涵是个优等生：学业优秀；长期练舞让她气质颇佳；下过四年围棋，获得段位；能写一手明媚的欧体；素描造型准确；会剪纸；"奥数"竞赛得过市级二等奖；擅长演讲与主持；能编程；古筝独奏上过省台春晚；英语特别棒，美国腔。这样一个全才的超级女生被父母叫作"公主"，被同学尊称为"画皮"。但姚子涵内心里依然感到很自卑，认为自己学的一切都是"小家碧玉"款，不够大气、不够国际，觉得自己的人生被耽误了，所以她要求自己必须完美，她甚至还想如果能有一种时空机器让自己重新选择父母多好。大姚夫妻给女儿早早规划好了人生，让她从小奔波在各类培训班之间，甚至隐瞒家庭实际的经济状况，一心让女儿向上。当两股狠劲越拧越紧，终于靠

---

① 参阅钟祖流《单向叙述方位中的意味无限——以叶舟〈我的帐篷里有平安〉为对象》，《语文教学与通讯》，2015.8。

近了临界点时,我们终于听见了命运之弦的断裂。姚子涵在大雨如注的足球场奔跑时,放肆地喊出了各种脏话,这是她从来没有过的人生体验。但这场如注大雨也让她得了脑炎,她在昏迷中,在清醒后突然不会说汉语了,她只能一嘟噜一嘟噜地往外喷英语。有统计数据显示,"子涵"是中国父母近年来最爱给孩子取的名字之一。作者以"姚子涵"命名主人公,显示了他的良苦用心,他以洗练的文笔描述了底层百姓负重攀爬的悲哀、辛酸与苦涩,聚焦了各种教育压力,表达了对教育的思考。

蒋峰中篇小说《手语者》:讲述了一个哑巴蒙冤后越狱出逃讨还公道的故事

蒋峰(1983.6—),生于吉林长春,现居广州。《手语者》1月份发表在《人民文学》第1期,原名《守法公民》,是长篇小说《白色流淌一片》里的第四章,描写了一个法律意义上的"罪犯"的"守法"人生。小说借"我"之口,书写了继父于勒的信仰与梦想。已经被判了死刑的冤犯于勒,为了洗刷罪名不惜杀死多人越狱出逃。于勒的蒙冤不单因为他是个哑巴,对自己被冤判有口难辩,还因为他有重大作案嫌疑……精密策划又危机重重的越狱杀人过程,颠沛流离又尝尽悲苦的逃亡之路对他来说都不算什么,最难忍受的是自己最钟爱的人(继子"我")的误解和鄙弃。于勒的内心始终有一个信仰,就是对公正的期待。于勒的努力最终得到了"我"的理解和认可。"我"最终感受到:那么肮脏的钱,终于闪耀着圣洁的光了。小说的副线是"我"和美院学生谭欣的爱情纠葛,恋爱中的"我"为了谭欣而苦学绘画。"我"一直认为自己和谭欣是天生的一对,可是最终,谭欣却嫁给了她的"梦想"。小说意外连连,曲折幽深,饱满的叙事张力和特有的蒋氏幽默使小说与众不同。

贾平凹短篇小说《倒流河》:描写了地下资源使人们的贪欲日渐膨胀、失控

《倒流河》2月份发表在《人民文学》第2期。小说写倒流河的河北出煤矿,河南出农活,摆渡人叫老笨,老笨的儿子叫宋鱼。立本、顺顺夫妇从河南到河北采煤、开窑,几经反复,最终发了财,又最终散了财。宋鱼走邪道,也是财来财去的。只有老笨,不管行势咋变,还是老笨。小说铺了两条线,立本、顺顺一条，老笨、宋鱼一条，联结两线的，是宋鱼。河有顺流的，也有倒流的，宿命的人生亦然。小说在日常乡村场景上，描写了闷头干活的村民中有一部分人被脚下的资源激活了心思。暗处的黑煤就是未来的财富，但它也使人们的贪欲日渐膨胀，使挖掘之手变得越来越失控。

刘永涛中篇小说《我们的秘密》：一篇如同寓言一样的小说

刘永涛，生年不详。《我们的秘密》3月发表在《西南军事文学》第2期，进入2013年度小说排行榜。小说如一篇寓言，主人公"我"是一位在机关工作的小公务员，先后与办公室里的两个和"我"同名的"王红兵"共事。由于机关工作的无聊，"我"开始跟他们玩起了猜谜游戏，并且将游戏延伸到更多人。"我"便逐渐有了"半仙"的称呼。在游戏中，"我"可以猜到他们的经历和任何其他细节，但却猜不到"我"妻子的情况。结果，第一个王红兵莫名其妙地消失了，第二个王红兵疏远了"我"，局长怕"我"猜到他的很多苟且秘密，便把"我"送到了精神病院里。在那里，"我"又忍不住去猜里面的精神病人，惹得他们集体想要杀"我"。"我"不得不逃出精神病院，来到一个落后的农村，与那里的一只狗成为知己。

张惠雯短篇小说《醉意》：写了人物借酒释放长期压抑的内心情感的故事

《醉意》3月份发表在《人民文学》第3期，进入2013年度小说排行榜。小说写现实生活中的她，沉默寡言、循规蹈矩、甚至有些木讷，从未有过惊人之举，但这并非她的本性，而是平庸生活压抑之后产生的结果。在一次家庭聚会中，她因为多喝了几杯，便有了些许的"醉意"。在"醉意"中，她索性将长期压抑的内心情感进行了一次并不彻底的释放，并在心理上有了一次未遂的出轨。这虽然是一场未遂的心理事件，却足以颠覆她和丈夫的婚姻关系。小说在让主人公摘下面具，展露出另一个有欲求、有活力的自我时，也表达了对她被现有婚姻所囚禁的质疑，她的"醉意"实际上是对现实存在的超越之思，这让她体味到了短暂幸福的真谛。

迟子建中篇小说《晚安玫瑰》：讲述了一个非婚生姑娘逼迫生父自杀，后来又赎罪的故事

《晚安玫瑰》3月发表在《人民文学》第3期，进入2013年度小说排行榜。

小说中的赵小娥并非父母亲婚生，她是母亲遭受强奸之后才生下的。赵小娥在少年时期受尽了苦难与屈辱。大学毕业后，赵小娥留在哈尔滨工作生活，她租住在犹太女人吉莲娜家里。赵小娥谈过三次恋爱，第一个男友是大学校友陈二蛋。第二个叫宋相奎。第三个是在超市相遇的制药厂的销售副经理齐德铭，当时小偷欲窃走齐德铭的钱包，被赵小娥发现，两人合力制服小偷之后，随之也就开始了感情上的交往。赵小娥跟随齐德铭去齐父的印刷厂做客，遇到了当年强奸自己母亲的工人穆师傅。赵小娥便开始了复仇行动，她将穆师傅诱骗至松花江上的游船上。穆师傅明白赵小娥的身份之后，求情无果，便纵身跃入波涛之中。赵小娥的男友齐德铭有一个怪癖，那就是早早地给自己备下了寿衣。一次他在哈尔滨机场下飞机的时候，突发心肌梗死，再没起来，他的寿衣就这样派上了用场。赵小娥的房东吉莲娜在日本人统治东北的时候用砒霜毒死了自己的继父，因为继父设计让日本军官占有了她的身体。赵小娥害死了自己的生父，吉莲娜毒死了自己的继父，两人都成了有罪的灵魂。但赵小娥拒不承认自己有罪，吉莲娜却认真地赎着罪。后来，在吉莲娜赎罪情怀的感召之下，赵小娥也逐渐地意识到自己是一个有罪的灵魂，她给生父穆师傅买了一块墓地，安妥了自己的灵魂。小说最有戏剧性的情节是把赵小娥与吉莲娜的生活牢牢地捆绑在一起，两人由于城乡生活习惯的不同而产生了许多矛盾，这些冲突看上去是无声无息的，可是我们可以从中感受到吉莲娜对赵小娥沉甸甸的精神压力。小说独具特色之处，在于字里行间潜藏着作者对在城市中生活的那些手足无措的乡村人的同情，意在唤起读者对乡村生活的保护意识，重新树立对乡村世界的挚爱之情；作者也在充分展示城市与乡村的对峙过程中，表达了自己内心深处对乡村精神的敬仰之情。[1]

韩少功长篇小说《日夜书》：讲述了几个知青的上山下乡经历以及他们在新时代的遭遇和思想危机

《日夜书》3月份发表在《收获》第2期。小说以白马湖茶场的知青生活为背景，以知青陶小布的视角，讲述了大甲、马涛、郭又军、贺疤子、陆学文等

---

[1] 参阅张艳辉《迟子建〈晚安玫瑰〉中乡村与城市意象的对峙》，《四川文理学院学报》，2015.3.

知识青年上山下乡的经历以及他们在新时代的遭遇和思想危机。永远糊里糊涂的艺术青年大甲，成了轰动一时的前卫艺术家；知青队长郭又军在都市环境的压抑下，上吊自杀；知青的"思想领袖"马涛由坚持真理蜕变成一个重视功名利禄的人，这给女儿笑月留下了巨大阴影，后来笑月意外去世；技术奇才贺疤子最终却戴上了镣铐；位居副厅职位的陆学文平庸无为，却因懂人事而生活得游刃有余，陶小布想查办他却面临重重压力，最终以辞职来解脱自己。小说描写了从知青时代走过来的各种人物的命运轨迹，深刻展示了一大批青年知识分子、工人、个体户乃至普通官员当年的困惑及当下的处境和顽强的命运追求。小说的名字叫《日夜书》，是和它蕴含的唯物辩证法韵味相吻合。有白天就有黑夜，有正面就有反面，有左就有右。①

方方中篇小说《涂自强的个人悲伤》：一篇给人带来感动、疼痛、愤怒、震撼的小说

《涂自强的个人悲伤》3月份发表在《十月》第2期，进入2013年度小说排行榜。小说写涂自强的家乡在偏远山区，家境特别贫寒。涂自强原有两兄一姐，姐姐16岁时跟人外出打工，从此杳无音讯；两个哥哥，一个痴呆，没满七岁就死了，另一个到山西挖煤，后来"山西有人带来口信，说是死在煤井下了。"就这样，兄弟姐妹四个人走的走，死的死，最后只剩下可怜巴巴的涂自强一人了。好在涂自强天生聪颖过人，不仅考上了高中，而且几年后还考上了武汉的大学。在大学，涂自强在认真学习之时，依靠在食堂打工和做家教来维持生计。打工时，他结识了一位中文系的女生，虽然有一点恋爱的意思，但终因经济的困窘而被迫分手。同寝室家境富有的赵同学送给了他一台旧电脑，他决定认真复习功课考研究生。但在考研前夕，涂自强突然得到了父亲病重的消息，只得放弃考试，匆忙赶回家中。回家后，他只看到父亲冰冷的尸体。大学毕业后，涂自强辛苦打工，先是在一位学长的公司打工，但五千多块钱的报酬却因老板的悄然失踪而打了水漂。这一年，家乡下了大雪，压塌了涂自强母亲孤身一人住着的房子。涂自强于是把母亲带到了武汉艰难生活。涂自强辛苦工

---

① 参阅徐小斌《韩少功长篇小说〈日夜书〉：夜与昼交替时的文学奇观》,《文艺报》,2013.12.9。

作，勉强把艰难的日子支撑了起来。这时候，涂自强被确诊为肺癌晚期。涂自强把母亲安顿给莲溪寺的住持之后，一人离开了武汉。涂自强的理想就这样被现实一点点地蚕食掉了。[1]小说带给人的是感动和疼痛，还有愤怒以及各种情绪纠结在一起的震撼。涂自强的梦想无非是走出大山之后，有栖身之所可以为母尽孝。这样朴实、卑微又伟大的梦想终于败在了种种意外之间。如果没有这些意外，涂自强顺利考研，然后进一家大公司，将父母接到城市，再娶一如花美眷，此后儿孙绕膝共享天伦。但人生就是这样充满了各种变数。作者以真挚同情的文笔描述了涂自强这样一位山村青年艰辛奋斗的短促人生。

晓苏短篇小说《酒疯子》：反映现实中弱势个体生存的无奈困境

《酒疯子》3月份发表在《收获》第2期，进入2013年度小说排行榜。小说写袁作义的媳妇被村长黄仁霸占了，他无奈地为其腾地方，并用酒来麻醉自己。他的酒量不行，但却嗜酒如命，每次来"我"的杂货铺买酒，专找便宜的，度数最高的，还说"度数越高越过瘾，像当了神仙"。"我"问起他买酒的原因，他谎称"自己过生日"。其实，他知道村长黄仁又找他媳妇了。袁作义对村长霸占媳妇的事情没办法，只能在喝酒后用恶毒的、充满个人想象力的诅咒来发泄愤怒："村长死球了"，"得了癌症，胃癌，肝癌，肺癌，他一个人都得上了。听说，他的胃已经穿了孔，肝子上长了十几个黑瘤，肺烂得像一把米筛子。医生说他顶多还能活半个月，他媳妇娃子都找人漆棺材了"。这是他在意念上对村长的诅咒。袁作义谎称镇上任命他为代理村长，县长给他打电话请他去开会。他想自己当上村长了就可以找村长漂亮的女儿黄蕊做相好的。这自然是他的意淫。袁作义是一个生于改革年代的农民，他对黄仁的霸妻之恨只能用这种本能的情绪来做反应，却没有依凭正义感去对权力表达自己的愤怒。小说主体部分是三个出场较多的人物——"我"、"酒疯子"袁作义、老板的"媳妇娃子"，设计上颇具匠心且含而不露。小说对袁作义在想象中为了当上村长而找靠山、送礼，当上村长后去追黄仁的女儿以及自己治理村子等情节的描写，意趣盎然，既是对村长黄仁横行乡里、欺男霸女劣迹的揭露，也是酒疯子袁作

---

① 参阅曾于里《只是个人悲伤——方方〈涂自强的个人悲伤〉的一点批评》，《文学报》，2013.8.22。

义在麻醉状态下潜意识的释放。①

陈继明中篇小说《陈万水名单》：书写了历史深处的创伤和极端境况下的人性情态

陈继明（1963— ），甘肃甘谷人。《陈万水名单》3月发表在《天涯》第3期。小说首先夺人眼目的是"丝"和"爬"。在1959年的海棠村这个具体的时空环境里，"丝"是生与死的边界，也是生死两端的连接物。凤玉及母亲瓦琴和村里其他人一样，要不停地"爬"来"爬"去地寻找苜蓿根、寻找熏老鼠肉、喝狼肉汤，大家一直要"爬"到能站立，才能活下来。小说的第一部分"1959年的丝"由七节构成，写了那个饥饿的春天里的个体；第二部分"遗物和逸事"也由七件"遗物"和七则"逸事"组成，写了1959年之后53年中的人和事，偏重群体的言行描述，以"遗物一：捕狼板"，"逸事一：梦见爬行"等文字标题作点染性的白描。两部分由"陈万水名单"统合成一体。小说的本事几近于写实，1959年春天，瓦琴和女儿凤玉因为吃了"脏东西"（老鼠肉）而被村里人做了道德判决。已经被"污名化"的凤玉只能嫁给没了"鸡娃儿"的丙丁。此后的日子里，瓦琴和凤玉一直"名声糟糕"。瓦琴在晚年时开始存储旧粮，选择属于自己的一种死法——活活饿死。瓦琴是"陈万水名单"上的最后一个姓名，也是小说的终篇。小说情节跌宕起伏，将视线投向了历史深处的创伤，亦是对极端境况下人性情态的一次书写。小说语言有趣生动，世界观新奇，受到了大量读者的喜爱。②

李唯中篇小说《暗杀刘青山张子善》：讲述了国民党特务六次暗杀刘青山、张子善未果的故事

李唯（1953— ），山东沂水人。《暗杀刘青山张子善》4月份发表在《北京文学》第4期，进入2013年度小说排行榜。小说以特务刘婉香的视角展开叙事，以国民党特务六次暗杀刘青山、张子善未遂的经历，揭示出革命干部走向腐败堕落的全过程，这也构成了小说的反讽视阈。刘婉香是一个以骗猪为生的乡村骗匠，生活无着落的他在国民党溃败前被招为特务，被派到天津去暗杀地委书记刘青山、行署专员张子善。刘婉香以一副驴拥脖、一个灯碗、一斤灯

---

① 参阅吴平安《杏与墙：晚苏三篇上榜小说的意思与意义》，《长江丛刊·理论研究》，2016.5。
② 参阅郭海军《陈继明小说的心理学——〈陈万水名单〉撷议》，《朔方》，2013.12。

油、一罐咸盐贿赂了庶务科的倪科长，当上了庶务科的职工，开始了他的暗杀行动。第一次暗杀，由于刘青山、张子善吃饭时身边有人而落空。第二次暗杀，由于刘青山和警卫员同宿、张子善与姘头姘居而失败。第三次暗杀，由于国民党行动经费紧张，难以承担租住接近刘青山、张子善别墅的费用而被否决。第四次暗杀，由于刘青山、张子善忙于应付各种检查团而把杀手拖垮了。第五次暗杀，由于佩服刘青山的兄弟义气而罢手。第六次暗杀，由于刘青山、张子善贪污案发被捕枪决而使暗杀又落空。刘婉香由此感叹"是腐败保护了他们"。作者精心描摹了人物的心理心态，在人物朴拙而机智的作为中，使作品充满了戏剧性。虽然小说具有反腐倡廉的政治色彩，但是作者以诙谐的叙事语调展开，反讽的、调侃的、戏谑的语调，读来令人忍俊不禁。小说在戏谑中现真相，调侃中见实情。小说以反讽的视阈，借新中国成立后的第一个反贪大案，突出了反腐倡廉的重要性，成为一幅生动谐趣的反腐镜像。①

王蒙长篇小说《这边风景》：描绘了一幅"文革"前夕少数民族人民日常生活的风俗画

《这边风景》4月由花城出版社出版；2015年8月16日，小说获得第九届茅盾文学奖（2011—2015）。小说长达70万言，是王蒙的代表作，创作于1978年，是一部反映新疆伊犁地区农村生活的长篇小说。20世纪80年代曾在浙江的《东方》杂志上发表过三四万字，但一直没有全本的单行本小说面世。由于受当时的时代影响，这部小说的创作是"戴着镣铐的舞蹈"（王蒙语）。王蒙创作这部小说时刚刚40岁，正值创作的"盛年"，所以里面的人物和细节描写都非常精彩。该书于2013年4月出版，描述的是一段在20世纪60年代前期推行的"社会主义教育运动"特殊背景下发生在新疆伊犁一个维吾尔族百姓聚居的村落里的故事。与内地的"社教运动"不同的是，小说以1962年的"伊塔边民外逃事件"为开端，然后写了三年自然灾害及城市经济在没有农村的支撑下趋于萎缩的情形。主人公伊力哈穆在乌鲁木齐当了三年工人后返回公社，继续当农民……所有的故事便由此铺陈展开，展现了伊犁地区独特的风土人情，

① 参阅杨剑龙《反讽视阈的反腐镜像——读李唯〈暗杀刘青山张子善〉》，中国作家网，2014.3.10。

描绘了一幅"文革"前夕少数民族人民日常生活的风俗画。小说具有强烈的真实性，众多人物由于来自生活而非观念，所以具有活泼的生命；小说的人文内涵是它把伊犁少数民族人民的乐观性格与人文风貌表现得十分丰沛。理想主义的内在倾向在创作中也起了很大作用，坚持现实主义精神是它穿越时空而葆有新鲜感的一个原因。[①]

张浩文长篇小说《绝秦书》：讲述了民国十八年（1929年）陕甘发生的一场大饥荒的全过程

张浩文（1958.4—），陕西扶风人。《绝秦书》4—5月份发表在《中国作家》第4—5期。小说写民国十八年（1929年）前后，陕甘发生了一场大饥荒，这段历史被称为民国十八年饥馑。小说从民国十五年（1926年）写起，到民国十八年旱灾达到高峰时结束，描绘了灾难发生的全过程。关中西府周家寨里的种粮大户周克文在旱灾发生后，与三个儿子周立德、周立功、周立言三兄弟在赈济灾民还是乘机发财的事情上产生了矛盾，发生了难以调和的斗争，以至父子失和、兄弟反目，最后整个村庄在铺天盖地的流民冲击下变成了一片废墟。小说通过周家三兄弟在大饥荒中的不同选择、不同结局，展现了灾难的严酷惨烈，也揭示了人性的复杂多变，赞颂了民众的守望相助。

苏童长篇小说《黄雀记》：一部讲述罪与罚、自我救赎、绝望与希望的复杂作品

《黄雀记》5月份发表在《收获》第3期；2015年8月16日，小说获得第九届茅盾文学奖（2011—2015）。小说分为三章：保润的春天、柳生的秋天、白小姐的夏天，标题暗示了三个叙事视角，每一章又有许多带标题的小节，如"照片""去工人文化宫的路"等。小说开始于"照片"。保润的祖父每年都执意要去照相馆照一张相片。某天，少年保润替祖父去取相片，却拿错了照片，他看到了一张愤怒的少女的脸。他不知道少女是谁，但却记住了这张脸。祖父照相的事引起了儿媳妇栗宝珍的不满，在反复争执中，祖父变成了一个丢了魂的人。他执意要找出多年前埋藏的先人尸骨，结果把整个香椿街挖了个遍也没

---

① 参阅雷达《这边有色调浓郁的风景——评王蒙〈这边风景〉》，《文汇报》，2015.8.15。

找到，最后他被人们视作疯子，被送进了井亭精神病医院。在医院里，祖父继续四处挖掘。保润只好把祖父用绳捆了。一天，保润在医院里撞见了照片上的那个不知名的少女。少女是从小被医院的老花匠收养的弃婴，人称仙女，是被街上的居民视作扫帚星的妖精。一个叫柳生的人安排仙女和保润约会，但约会却不欢而散。后来，保润用绳子将仙女捆在水塔上，柳生强暴了仙女。但被判刑坐牢的却是保润。其间，仙女远走故里，保润一家则家破人亡。柳生深藏罪疚，代替保润照顾他祖父。仙女后来回到了香椿街，改名"白蒹"。柳生迷上了白蒹。白蒹却陪庞姓台商去巴黎游玩了，其间不小心怀孕，回国后用生下孩子的方式向台商索取了巨额赔偿。保润出狱时，柳生来迎接他。这时，白蒹又回来了，三个人在水塔那里跳了一场舞，保润觉得自己和白蒹之间的账清了。然后，柳生与白蒹结婚了。但后来，白蒹又走了，留下了一个红脸婴儿，红脸是羞耻，是愤怒。该小说是一部讲述罪与罚、自我救赎、绝望与希望的复杂故事的作品。[1]

乔叶长篇小说《认罪书》：表达的是罪与罚，忏悔与救赎，以及几个人物成长的主题

《认罪书》5月份发表在《人民文学》第5期，以复调的结构写了一个遭遇坎坷的女孩子金金的临终自述。金金的母亲生下金金大哥后，虽然寡居，但却接连生了二哥，三哥，四哥及金金。五个孩子五个父亲。为此，金金的母亲承受了很多冷眼流言。孩子们也未能幸免。金金为了有限的尊严，自小蛮横霸道。她从卫校毕业后，为了能得到一份体面的工作而和一个男孩谈起了恋爱，当身世被揭穿后，医院辞退了她。因为男友父亲的势力很大。此后，金金在小城中再也找不到工作。金金只好去了郑州，租住在德庄城中村，开始了蚁族生活。金金后来偶遇了来省城进修的源城卫生局局长梁知，两人相爱了。梁知进修结束后，向金金提出了分手。但金金怀上了梁知的孩子。梁知还是要和金金分手。金金随后认识了梁知的弟弟梁新，并与梁新结婚。金金的长相酷似梁新的姐姐梅梅。金金因为要报复梁知，于是走上了揭开梁家隐秘家史的道路。金

---

[1] 参阅张学昕、梁海《变动不羁时代的精神逼仄——读苏童长篇小说〈黄雀记〉》，《文艺评论》，2014.3。

金在生下梁知的孩子安安后，安安一岁多时因为得了白血病死了。梁新在车祸中死亡，梁知也割腕自杀。小说表达的是罪与罚，忏悔与救赎的主题。同时，还在金金、梁知和梅梅三个人物身上隐含有成长的主题。他们的少年时代均经历了侮辱与损害。成长的烙印如此深刻，成为一种心灵疾病的根源。[①]

鲁敏短篇小说《小流放》：表现了主人公在现实生活重压之下心灵上所承受的煎熬

《小流放》5月份发表在《人民文学》第 5 期，写穆先生和妻子为了让儿子中考能考出好成绩，暂时离开了条件优越的家，到离学校最近的小区租了房子陪读，过起了"小流放"的日子。夫妻两个为了儿子的学习甘愿忍受"租房生活因陋就简的清贫气息，一切的娱乐与消遣皆取消"，儿子"放学回来，除了吃饭，便自觉回房坐牢，勾着头苦干，连早上喝牛奶时也在记单词"。时间一长，这样的生活使穆先生逐渐感到"没着没落得简直像是与世隔绝了"，他于是开始自我调节，打听以前的租户是谁，又翻找他们丢在房里的东西。一天，穆先生翻到一沓名片，于是便上街和人交换名片，还洽谈业务。这使穆先生疲惫的心灵似乎得到了缓解。一天夜里，穆先生回到家里去给儿子拿几本书时，看到儿子以前读过的书和写的作业，它们堆得很高，这使他禁不住地流下了"如老牛之泪"。小说对穆先生一家"流放"生活的书写，侧面表现了在现实生活重压下人的心灵所承受的煎熬，让人读到一种无奈与苦涩。

刘鹏艳《红星粮店》：讲述人物下岗后开办粮店的故事

刘鹏艳，生年不详。《红星粮店》5月份发表在《阳光》第 5 期，进入 2013 年度中篇小说排行榜。小说写 20 世纪 80 年代，小丁高中毕业后没考上大学，于是代替父亲老丁到"红星粮店"工作。当小丁像爱自己的家一样爱着粮店并认真地投入工作时，粮店却在市场经济的冲击下进行了改制，其地皮被地产商老姜征用了。小丁下岗了。但在感情上，小丁无法割舍下粮店，于是要求老姜给他留了一间门面房继续开粮店，店名仍然用原粮店的"红星粮店"的名字。

---

① 参阅王春林《残酷历史呈现与深度人性拷问——评乔叶长篇小说〈认罪书〉》，《百家评论》，2013.4。

陈谦中篇小说《莲露》：讲述了三个女人与几个男人的故事

《莲露》5月份发表在《长江文艺》第5期，进入2013年度小说排行榜。小说讲述了三个女人与几个男人的故事。第一个女人是外婆。外婆年轻时被五十岁出头的外公从风月场救出，因她聪颖好学，气质出众，外公出门时常让她陪伴左右，使她在家中的地位提升不少。后来解放军进城，新婚姻法出台，外公和孩子多的二房生活在一起，和外婆离了婚。当"三反""五反"运动及公私合营开展时，外公在批斗中死去。外婆也被赶到拥挤脏乱的上海普陀区的棚户区里居住，最后抑郁而终。第二个女人是母亲。母亲是一个美貌的小花旦，年轻时赶上饥荒，为了保住上海的户口，嫁给了崇明岛上的一个军官（"我父亲"）。母亲的父亲去世后，她随"我父亲"逃到了桂林。因为初到外地，人生地不熟，加之和"我父亲"在生活上有很多问题，两人便很快离婚了。母亲后来嫁给了大她20多岁的一个男人（"我继父"），继父解决了母亲在生活上的窘境，但两人的夫妻关系名存实亡。后来，母亲和与她年纪相仿的继子辉哥发生了乱伦。第三个女人是莲露。莲露在14岁那年遭到了舅舅的性侵，造成了她不敢与男性单独相处的心理阴影。大学时代，学校开展了关于处女、贞操的大讨论，莲露更加沉默。后来莲露遇到了朱老师，她向他坦白了自己的经历，得到了他的谅解。莲露和朱老师结婚后，由于朱老师忙于事业，两人聚少离多。朱老师后来有了外遇，两人的婚姻陷入了危机。莲露通过参加众多的社交活动来淡忘过去，在与情人亲昵时，被女儿发现，情感崩溃，便去看心理医生。而心理医生因个人原因，将莲露推开，最终，莲露选择了死亡。

陈河中篇小说《猹》：讲述一只浣熊在主人公家里安家及与人斗智斗勇的故事

《猹》7月份发表在《人民文学》第7期，进入2013年度小说排行榜。小说写移居多伦多的"我"在一个春天发现浣熊在家里的阁楼上过了一冬，"我"想将浣熊一家送到100里以外的大自然之中，但它们不愿意，仍留恋着这个阁楼里的家。当阁楼被钉上铁皮，浣熊发现自己进不了门后，就与人展开了斗智斗勇。后来"我"了解到，其实是人侵犯了浣熊的领地，浣熊并没有将人看作天敌。但是已"进化"为人的"我"早已不习惯与动物共居一室，因此还是奋起捍卫"自己的"领地。这场纷争最终让浣熊付出了惨重代价，"我"也因为用长矛击打浣熊而被警方带走。虽然浣熊从此再也不把"我"家当成它的"家"了，但是作为"人"的"我"却失去了众人的信任和社会声望。而且，从整个人类来说，人类付出的代价更大：人类唯我独尊使自己已经失去了与大自然中的物种和平共处的机会。"那段时间我和我妻子在精神层面上可能都是病人"。其实，整个人类也得了"病"。

铁凝短篇小说《火锅子》：写了一对老夫妻相濡以沫的真情

《火锅子》7月份发表在《北京文学》第7期，进入2013年度小说排行榜。小说写在20世纪50年代初，当铁路工程师的他和当博物馆讲解员的她在东来顺涮"共和火锅"时相识。后来，他和她结婚。结婚时，她从娘家带来了一只紫铜火锅。他一辈子都没对她说过缠绵的话，他们一共生了四个孩子，他有时只是让自己抱着的女儿用小手抓挠她的头发，这是他对她公开的示爱。在他87岁，她86岁的时候，有一天，下大雪了，他们手拉着手站在窗前看雪，她提议吃火锅，他赞同。他们请小时工田嫂外出买菜。她擦铜火锅，他看她擦。田嫂买菜回来后，火锅沸腾起来了。她捞起几片羊肉放进他的碗里，他捞起一块冻豆腐递给她。当他捞起一条海带放进她的碗里时，她发现那是擦火锅的抹布。他问她好吃吧？她捡了一片大白菜盖住"海带"说，好吃！好吃！他又往锅里下了一小把荞麦面条，其实是将牙膏皮下到了锅里。但喝面汤时，他们谁都没有喝出汤里的牙膏味儿。小说以妙趣横生的情节，写出了一对老人相濡以沫的真情。

艾伟短篇小说《整个宇宙在和我说话》：写了一个盲人的故事

《整个宇宙在和我说话》7月份发表在《上海文学》第7期，进入2013年度小说排行榜。小说以一种奇幻性的天真心态，写了盲人喻军的故事。喻军在一次意外事故中眼瞎了，但他学会了和整个宇宙对话。他讲述的一个母亲为了使儿子戒掉毒瘾而使自己沾上毒瘾的故事，说明了母爱的伟大，亦说明了爱的不对等及人性的弱点。

沈宁短篇小说《两份手抄乐谱》：讲述了音乐学院的一个学生与波兰的一位音乐大师的跨国师生情

沈宁，生年不详，浙江嘉兴人，生于南京，长于上海，美籍作家。《两份手抄的乐谱》7月发表在《上海文学》第7期，进入2013年度小说排行榜。小说讲述的是上海音乐学院学生谢崇维的父亲生前给谢崇维传授了乐谱和乐理知识，让处在大二的谢崇维在本没有机会向波兰音乐大师杜拉克献艺时，他的命运却突然得到了改变，他获得了演奏机会。在忐忑的演奏过程中，谢崇维获得了大师的垂青，这使他更加发奋努力。谢崇维和杜拉克之间的跨国师生情，是通过大师的一块手帕、两份手抄乐谱的徐徐展现建立起来的。大师的两次巨大的情感起伏，以及他不加掩饰的"失态"，流露了他所经历的法西斯对他的老师维尼亚夫斯基孙子摧残的愤怒，以及他对法西斯对老师和学生的生命及艺术摧残的愤怒。大师的手帕及最终展现的两首手抄乐谱，表现了法西斯和"文革"对生命的摧残，让人荡气回肠，让人眼眶湿润。

田耳长篇小说《天体悬浮》：讲述了一对辅警搭档不同的人生之路

《天体悬浮》（上）7月份发表在《收获》第4期，《天体悬浮》（下）9月份发表在《收获》第5期。小说主要描写了在佴城洛井派出所的丁一腾、符启明身上发生的事。丁一腾和符启明是一对辅警搭档，他们每天都要和三教九流打交道。他们一起抓嫖、抓赌、抓粉客、搞罚款，也一起和大学生妹子恋爱、观星，日子过得平淡充实。业余歌手安志勇的出现打破了丁一腾、符启明两人看似平淡的生活。然后，大学生妹子纷纷离开了他们，他们一同失恋了。这时，所里有了一个正式编制的名额，一番竞争之后，丁一腾和符启明反目成仇，两人先后离开派出所，走上了不同的人生路。符启明利用当辅警时聚积的人脉开赌场、开歌厅、放高利贷，很快成为佴城最大的黑社会大哥；丁一腾则考上了律师。后来，一个妓女被杀的离奇案件使歌手安志勇被当成了犯罪嫌疑人，安志勇又出现在了他们的面前，而这一切都源于他们当时和大学生妹子的恋爱、观星。小说以丁一腾为叙述人，讲述了"混世魔王"符启明的兴衰史。丁一腾与符启明表面上为编制而弄得关系僵化、冷淡，实际上是他们两人不同生活世界的分裂，一个过的是居家寻常的生活，一个却成为佴城的风云人物。符启明以中国速度取得了在俚城的巨大成功，通过黑社会进入了房地产领域，借着金钱和名声的日增，混进了资本市场，空手套白狼，直到牵涉命案入狱，才结束了他这个刹不住车的、靠非正常手段取得成功的发迹史。小说里出现的望远镜是丁一滕和符启明跟俚城两个女大学沈颂芬、小末谈恋爱时看星星用的，但符启明却从望远镜里看到了另一种世界对他的诱惑、吸引，然后他为之做出了拥有的行动。所以望远镜是小说中最奇异、最突兀、最疏离的物体，它勾起了符启明强烈的、不择手段发财欲望，给他设置了一个巨大的欲望黑洞。小说描写一条街道和一个望远镜，但却缺少一个勾连这两个东西的具体附着物，这便让人觉得故事还没有结束，还缺少点什么，喧嚣与孤独同场歌唱，时间之河还在继续流淌，或许不可言说处的言说，方能逼近人心和真相。①

卜谷长篇纪实小说《为毛泽覃守灵的红军妹》：讲述了一位红军女战士在77年时间里为毛泽覃守灵的风雨历程

卜谷（1953—），江西宁都人。《为毛泽覃守灵的红军妹》8月份由解放军出版社出版。小说讲述了一位名叫张桂清的红军女战士为毛泽东胞弟毛泽覃守灵77年的风雨历程，展示了曾经发生在那场革命中的至今鲜为人知的一面。张桂清所守的陵墓最终被挖开后却是一座空墓，这使她的经历蒙上了一层悲壮的色彩。张桂清至今健在，是一位已经102岁的老红军。作者对作品中所写的事情注重真实性，曾采访过当事人，做过实地调查。比如，作者对曾在当年担任红二十四师师长的毛泽东的胞弟毛泽覃遭遇敌人围剿直至最后牺牲的情况进行了辨析，对毛泽覃夫人贺怡在新中国成立后为去寻找毛泽东与贺子珍的小儿子，遭遇车祸身亡的事情也进行了实地调查。这些都丰富了老一代革命者的传奇历史。

黄永玉长篇小说《无愁河的浪荡汉子·朱雀城》：一部近似作者自传的小说

《无愁河的浪荡汉子·朱雀城》的作者是当代著名画家，该小说近似作者的自传。小说从主人公张序子的出生写起，写了作者自己的故乡和他小时候经历的人和事，计划写三部，总字数将接近三百万字。作者自1945年开始动

---

① 参阅项静《喧嚣与孤独——读田耳小说〈天体悬浮〉》，《文学报》2014.4.29。

笔创作该小说，中间因为众所周知的历史原因而长时间停顿，到了20世纪80年代末，作者重新拾笔，创作出小说的部分章节后在《芙蓉》杂志连载；2009年，《收获》杂志决定从头连载，至今未曾中断。《无愁河的浪荡汉子》凝聚了作者70多年的人生历练以及对人情世故的品味。第一部《朱雀城》80万字，2013年8月由人民文学出版社出版，主要描写作者的童年生活，详尽而细腻地描写了他经历过的某一天的美景、看到的美丽河流及河边"打波斯"野餐的朱雀城的年轻子弟，他们是从黄埔军校回来休假的；也讲述了作者最爱的老师、保姆、苗族小伙伴、民间艺人等形形色色的朱雀城人的故事，是一部浓墨重彩的历史生活长卷，是一幅多民族文化交融的边城风俗图画。第二部《八年》分三卷，已出版上卷和中卷，主要描写1939年到1946年主人公独自离开凤凰到闽地的经历，这八年漂泊正处在抗战时期，苦难深重。主人公执着不屈地在幽微中寻找光明、在苦涩中辨析温暖。①

蒋韵中篇小说《朗霞的西街》：探讨了人性中的幽暗之处

《朗霞的西街》8月份发表在《北京文学》第8期，进入2013年度中篇小说排行榜。小说写民国时期某年，经营杂货铺的马老板的独生女儿马兰花18岁了，马老板决定把女儿嫁给28岁的国军连长陈保印，陈保印当兵前读过私塾，粗通文墨，是个知冷知热的好男人。马兰花和陈保印结婚后，夫妻感情极好。后来陈保印升了营长，给马兰花在谷城买了一处宅院，安了个像样的家，马兰花也怀孕有喜了。这时候大规模的内战爆发了，国军最终战败，陈保印侥幸地活了下来。当陈保印怀揣着解放军印制的一张"国军的弟兄们：放下武器，回家团圆"的传单、一小瓶长官发给他自尽用的毒药和几根金条一路南逃后，他来到了一个可以让他远走高飞的地方。陈保印于是用金条换来了一张去台湾的船票。当他把那张珍贵的船票拿在手中时，他却犹豫了。因为他想起了妻女，他也对时局做了天真的估计。陈保印将船票出让后，然后踏上了北返之路。他计划回家后带上妻子一起离开大陆。但当他化装逃回谷城后，才知道自己的计划非常可笑。在他偷偷见马兰花和家中原来的老女佣孔婶时，马兰花

---

① 参阅卓今《"超文体写作"的意义——以黄永玉〈无愁河的浪荡汉子·朱雀城〉为例》，《文学评论》，2014.6。

和女佣把他藏在了院子西厢房的一间小屋里。但她们仍然觉得不安全，于是又把他藏在后院的地窖里。陈保印在地窖里藏了整整八年，躲过了镇压反革命等政治运动。马兰花为了保住这个天大的秘密，忍痛捐出了半个院子，并谢绝了医术高明、心地善良的赵彼得大夫的真挚爱情。但是，这个秘密最终还是被她的女儿朗霞及其同学引娣发现了，引娣将这件事告诉给了在谷城中学上学的大姐吴锦梅。当吴锦梅和谷城中学美术教师周香涛的不正常恋情被周香涛的妻子向学校告发后，吴锦梅出于自保，卑鄙地向组织揭发了陈保印藏在地窖里的秘密。陈保印被枪毙了，马兰花也被判刑并死在狱中。后来，孔婶领着朗霞回到自己的老家后，得到了赵彼得大夫经济上的帮助，这让朗霞觉得有了赵叔叔后，这个世界还没有坏到底。朗霞决定以后要好好地活下去，并立志要做一个好人。小说延续了作者写作的一贯风格，将一个传奇色彩浓郁的故事讲述得冲淡平和，读过之后却能使人从中咂摸出不一样的韵味。小说的精彩之处在于写出了吴锦梅的出卖动机，她出卖陈保印不是为了别的目的，而是自己把自己被逼到了心理的死角。当她的恋爱秘密快要被揭穿时，她于是选择了说出邻家马兰花家里隐藏着的一个更大的秘密，希望以此来掩盖自己的秘密，这是她由恋到罪的开始，而她这种不自觉的保护自我的行为却给马兰花带来了生离死别、家破人亡。小说旨在探讨人性中的幽暗之处，由此，历史的书写变作了背景，凸现的仍是人性破解的疑难及作者对人性弱点尖锐的质询。①

南翔短篇小说《老桂家的鱼》：一篇超越了一般故事性的小说

《老桂家的鱼》8月份发表在《上海文学》第8期，进入2013年度短篇小说排行榜。小说的生活原型是南翔每年必带学生去"实习"的惠州的一户疍民之家，疍民即水上之民，因为他们长年累月浮在海上，故称之为疍民。小说中的老桂是当代都市的被抛弃者，是现代社会的疍民，他想上岸而不得，像一个提线木偶，被命运之手拨弄着。他是一具病体，是一堆即将熄灭的余烬。但他又是一个清醒的观察者、叙事者，参与了作者的叙事。他一直是沉默的，通篇没有一句话，只是用表情、动作、眼神、手势来表达感情。老桂家打上来的翘

① 参阅徐悦柠《浅析蒋韵小说〈朗霞的西街〉中的爱善观》，《青年文学家》，2015.35。

嘴巴鱼也是人的生命终归被现实榨为鱼干的象征，有尊严但想自由体面地生存却很难得到，这条翘嘴巴鱼其实是小说的文眼，是高度集中化的象征物，是作品的核心穿缀物。小说中潘家婶婶在桥底下开垦的一片菜地在城市整治时，也被清理了，这使潘家婶婶想在都市中做一个隐士的愿望也得不到实现。总体上，小说通篇描写的是老桂的所见所感所思所为及他的自语式叙事。在老桂眼中，行走在人世上所有人都像是重病之人、将亡之人。他的老伴宁愿让他病死也舍不得花钱给他治病，这是当代中国部分穷困之家的现实。小说集思想性、隐喻性、象征性、外观性、内省性于一身，是超越了一般故事性的短篇小说。[1]

王秀梅短篇小说《父亲的桥》：讲述了"我父亲"失踪、回家又失踪的故事

王秀梅，生年不详，山东烟台人。《父亲的桥》9月份发表在《人民文学》第9期，进入2013年度短篇小说排行榜。小说以从容有致的叙事、凝重真切的感情为我们讲述了一个意味丰富的人生故事。20年前，父亲缪一二已经是一名技术过硬的铁路桥涵工程师。一个闷热的下午，母亲宣布和父亲离婚。从此，父亲在家中彻底消失，不知所终。20年后，父亲的名字再度从母亲口中吐出——缪一二要回来了。父亲是被工程局送回来的。其时，父亲已经65岁，是被单位返聘的高级工程师，但他的脑子出了问题，他忘掉了他的专业，成了一个无用的人，成了一个近似白痴的人。对重新出现的父亲，母亲对孩子们斩钉截铁地说："你们的父亲绝不能住到别的地方去。他必须死在这个家里，这张沙发床上！"最后，父亲为了小区门口一个在建的铁路涵洞而离奇失踪。母亲也失去了她在晨练时和一个交好建立的爱情。缪一二的最终去向是一个谜，小说为读者提供了三种版本去猜想，这使其获得了一种迷离闪烁的气质，而不是让人的双脚深陷进现实的泥潭中。[2]

马娜长篇小说《滴血的乳汁》：刻画了一群哺育红军后代的奶妈的形象

马娜（1979—），籍贯不详。《滴血的乳汁》9月份由作家出版社出版。小说切入的角度是战场背后的故事，即那些以自己的乳汁甚至是生命为代价来哺

---

① 参阅于爱成《丰富的隐喻与象征——对南翔短篇小说〈老桂家的鱼〉的一种阐释》，《深圳特区报》，2013.9.30。

② 参阅刘晓闽《父亲的桥，母亲的爱》，《文艺报》2013.11.4。

育、保护与拯救红军遗留在苏区的子女的革命"奶妈"的故事。作品分为上下两个部分，分别叙述了赣南和闽西两个苏区的情况，重点刻画了哺育红军后代的奶妈形象。作品比较详尽地再现了毛泽东、毛泽覃、陆定一、唐义贞、邓子恢、林伯渠、周月林等红军领导人的子女被苏区群众收养，最终因为各种原因或失踪、或死亡、或历经艰辛长大成人的故事。收养红军子女的苏区革命奶妈黄阿莲宁当财主家的用人，甚至二房太太，也要养育捡来的红军崽；朱秀香烈士为了保护红军后代，不惜把自己的女儿交到敌人手里；李美群烈士"马前托孤"；卢月英被巫为"克夫之妖"之后，强忍着丧子之痛，精心养育着红军后代。小说还写了彭国涛、谢水秀、"狱中奶妈"周月林、英勇的双"细娥花"、"国共合作"的奶妈和"小曾仔"等为了保护和养育红军子女所历经的沧桑和磨难，他们经历了常人难以想象的痛苦和牺牲。在描述革命奶妈之外，小说还真实地再现了苏区广大群众为养育红军后代所做出的各种艰辛努力和前赴后继的献身、流血的感人事迹。①

毕飞宇长篇小说《苏北少年"堂吉诃德"》：描写了作者的童年生活

《苏北少年"堂吉诃德"》9月份由明天出版社出版。小说由衣食住行及人物对自己小时候的各种片段回忆组成。它一开始就告诉读者，作家毕飞宇本不姓毕而姓陆，江苏兴化人，但他出生和童年成长的地方并非兴化，而是跟随父母辗转在这个村那个村。伴随着这些经历和家庭之谜，铺展开了毕飞宇在苏北农村的童年和少年生活。毕飞宇试图带着读者回到40多年前的苏北农村现场，通过一个少年的视角，叙述和反思那个时代。作品以细腻而节制的笔触描写了作者的童年生活，快乐与悲切共存、温暖与峻厉交融、庄重与诙谐兼具，让读者真切地感受到了沉甸甸的生命重量。

计文君中篇小说《卷珠帘》：描写了人们普遍存在的"近疯者疯"的心理变化状态

《卷珠帘》9月份发表在《人民文学》第9期。小说的故事在两个失意的小城女人之间展开：一个生活困苦的售货员偶遇了中学同学，在半是嫉妒半是好

---

① 参阅王晖《革命奶妈的鲜活呈现——读〈滴血的乳汁〉》，《文艺报》，2013.12.4。

奇的接触中，却发现对方早已精神失常。但小说的着力之处，并不在于表现一个精神病患者的内心世界，而是在于描写那些与她接触的人也被勾起了心病，陷入了癫狂状态。这些使夫妻关系、母女关系、兄妹关系也产生了潜移默化的改变。尽管小说最后把人物们一个个又拉回到了生活的常态之中，但那些"近疯者疯"的心理变化却将小说定格在了悲剧的意义之上，同时重申了一个现代主义文学的经典命题：哪个人敢说自己是真正的"正常"人呢？

红柯长篇小说《喀拉布风暴》：演绎了一部极具震撼力和艺术表现力的人类生存史和生命史

《喀拉布风暴》9月份由重庆出版集团出版。小说共48万余字，讲述了一段地老天荒的爱情故事以及对人的心灵和精神世界的探寻情况。在神秘的新疆沙漠，时常出现一种名叫"喀拉布风暴"的奇观：它冬带冰雪，夏带沙石，所到之处使大地成为雅丹，使鸟儿折翅而亡，使胡杨成为行走的骆驼，使人却陷入爱情……小说中的三对青年男女在沙漠风暴里绽放出他们跌宕起伏的爱情故事。作品通过男主人公张子鱼、孟凯、武明生，女主人公叶海亚、李芸、陶亚玲，以及由他们所勾连的各个家族，在西域大漠，在边地塞外或繁华都市，演绎了一部极具震撼力和艺术表现力的人类生存史和生命史。小说具有诗意的浪漫、血性的力量和生命的激情，体现出独特的创作风格和语言魅力。

马金莲中篇小说《长河》：写出了生存的艰难及生命和灵魂的尊严

马金莲（1982— ），宁夏西吉人。《长河》9月份发表在《民族文学》第9期。小说共分为四章，以秋季开篇，然后依次是春季、夏季、冬季。秋季篇写"我"和母亲剥玉米，听到伊哈在打井时出事了。伊哈家很穷，他死了竟然连裹身的一页新毡都置不起。在邻居帮助下，他才得以入土为安。伊哈死了后，他的媳妇改嫁了。后来证实他是被翻了的架子车上的粪土压死的。这成为秋季的结局。此段文本有相对独立性。春季来了后，"我"和素福叶一起去看马云会家白发人送黑发人的事情，素福叶的小手一片冰凉，她已经提前感受到了死亡的临近。后来，素福叶和"我"去寻找马兰花儿，先天生有疾病的素福叶便在春季凋谢了。夏天里，"我"给母亲摘来了豌豆花儿。母亲久病难愈，一年四季都下不了炕。夏天过去后，母亲在"滴水成冰的时候"病故了。冬天，年轻时有过传奇经历的 91 岁的穆萨老爷爷也死了，村庄的男人们扫除积雪给他操办了一场隆重的葬礼。尾声部分，作者写道"死亡是洁净的，崇高的"，"时间的河水裹挟上他们，汇入了长长的河流"，照应题目，完成了季节的轮回。小说在写死亡、写葬礼时没有一个完整的故事，也没有一个贯穿始终的人物，而是由一个儿童的视角来讲述不同年龄、性别、身份的四个人的生命逝去的过程，写出了生存的艰难及生命和灵魂的尊严，蕴含着对生活、人性、自然、灵魂的无限热爱。[①]

海飞中篇小说《麻雀》：讲述了一位中共地下工作者不断为我党提供敌方重要情报的故事

海飞（1971—），浙江诸暨人。《麻雀》4 万多字，9 月份发表在《人民文学》第 9 期。小说以"麻雀"为线索，讲述了中共地下工作者陈深在汪伪总部下属的直属行动队创造性地开展工作，不断为我党提供敌方重要情报的故事。在紧要关头，陈深必须尽快拿到汪伪打击新四军的"归零"作战计划。为了拿到情报，陈深机智地与毕忠良周旋，制造了种种假象。陈深的妻子牺牲时，陈深为了让自己坚定地潜伏下去，他装作不认识妻子。他的小姨子慷慨赴死时，他也是装作不认识。他的儿子因为战争瘸了一条腿，被寄养在孤儿院里。他自己则以光棍的身份生活在行动队里。和陈深并肩战斗的亦敌亦友的军统人员唐山海是一个有爱情、有梦想的人，他温文尔雅，对陈深的共产党员身份不屑一顾。但是他们同是潜伏者，所以他们必须合作工作，渐渐地，他们产生了一种界线模糊的友谊。该小说还原了那个动荡年代里一些属于暗流的角斗。作者后来在本中篇小说的基础上，将其扩写成了 70 万字的同名长篇小说，2016 年 11 月由江苏文艺出版社出版。

鲍鲸鲸长篇小说《等风来》：揭示了人生不单要做加法，更要做减法的道理

鲍鲸鲸（1987.1.19—），北京人。《等风来》9 月份由长江文艺出版社出版。小说写北京某杂志社美食专栏作家程羽蒙打肿脸充胖子，向老同学炫耀自己即

---

① 参阅藏策《评马金莲小说〈长河〉：故事跟随着心灵走》，《中国艺术报》，2014.2.14。

将到托斯卡那出差，结果却阴差阳错地去了尼泊尔。在去尼泊尔的旅途中，程羽蒙遇到了幼稚女李热血及被富豪老爸冻结了信用卡的富二代王灿。程羽蒙继续装高大上却被揭穿，然后遭遇了种种旅途中的极品事件，演绎了一出程羽蒙版的"人在囧途"。但程羽蒙也在旅途中找到了真实的自我，明白了人生不单要做加法，更要做减法的道理。小说最后说，其实很多事情我们需要做的只是静静地等风来。

七堇年长篇小说《平生欢》：讲述了某军工厂一群子弟的成长故事

七堇年（1986.10.5—），原名赵勤，四川泸州人。《平生欢》11月份发表在《收获·长篇专号》秋冬卷。小说讲述的是雾江一群军工厂的子弟从少年到青年时代的成长故事。邱天开朗骄横，他是他父母领养的孩子，因为他养父母的女儿失踪了。当邱天意外得知自己身世后，便在一气之下出了车祸，从此在轮椅上生活。但他刻苦用功，最终去了海外求学、工作。弹簧的家境贫穷，受了欺负之后，发誓要出人头地，终于也经商致富。李平义是陈臣学业上的对手，被陈臣的父亲锤杀未死之后，成为一名成功的金融家，后来他去遭灾的海地做了一名志愿者。陈臣的母亲离婚再嫁，陈臣跟着父亲生活，但他常常遭受着父亲的压迫，在父亲锤杀李平义未遂之后，父亲跳楼自杀，陈臣于是自暴自弃，但因他长相俊秀，便走向了娱乐圈。美丽的白杨没有考上大学，在小镇随便嫁了人后又离婚，然后她在少年时代的恋人陈臣和少年时代的追求者弹簧之间过着放纵的生活。"我"曾是邱天的同桌，与邱天有着亲情般的友情，但"我"在对自己的初恋付出真爱后却心碎情灭。

薛忆沩短篇小说《上帝选中的摄影师》：书写了个人在革命战争中的命运浮沉

薛忆沩（1964—），湖南长沙人。《上帝选中的摄影师》11月份发表在《新世纪》第11期，进入2013年度短篇小说排行榜。小说写"我"在日军撤退时刻被一位加拿大传教士的照相机快门键击中，成为"上帝选中的摄影师"。"我"在记录20世纪中国历史的激荡风云时，也接受着历史无情的"遗弃"。当"我"儿子移居加拿大后，在蒙特利尔图书馆，"我"意外地邂逅了当年的传教士，在万里之外，"我"从传教士跟前又目睹了战火后故乡的荒野。

2014 年

黄咏梅短篇小说《父亲的后视镜》：讲述了一位父亲从当货车司机到退休的人生故事

《父亲的后视镜》1 月份发表在《钟山》第 1 期，进入 2014 年度短篇小说排行榜，2018 年 8 月获得第七届鲁迅文学奖（2014—2017）。小说的创作，源自黄咏梅初到杭州时在运河边的偶遇，一名老者在运河里惬意地游泳，与往来船只自如交错，亦不理会岸上人的责怒。在黄咏梅看来，这位与共和国同龄的老者的自在生活状态折射出了一个国家的时代变迁和一座城市的人文发展，"在杭州这个既不断向前发展却又安静的城市，在不断向远方奔流的运河边，我真切地感受到了时代的步音，亦感受到了浙江作协对文化建设的重视"。小说以女儿的视角，讲述了一位父亲从当货车司机养家糊口到退休颐养天年的人生故事，凸显了置于亲情中的人伦关系与人生过程。小说以"父亲生于 1949 年"这句话开篇，讲述了父亲的大半个人生是从车上到路上，再到水上。父亲数十年的生活就在那后视镜中，那后视镜就像一个渐行渐远的小点，从这个小点的不断倒叙中，父亲的平凡人生就被铺陈了开来，呈现了父亲是一位具有鲜明个性和丰富生命内涵的人。父亲做卡车司机时，精力旺盛，他在那后视镜照射出的倒行中遭遇了一次"艳遇"，与一位老女人荒诞不经地亲密交往了一段时间；他还遭遇了诈骗，其结局让人们心生同情之时也感到了啼笑皆非；他学习游泳的过程及在运河里游泳的经历又向人们展示了他幽默而又充满生命活力的独异风景。小说只写了父亲一人，主要情节是父亲跑长途汽车，遭遇了"四川婆"；不跑长途了，他学开车，邂逅了女"驴友"，被骗；学游泳，把人家大

· 1127 ·

船吓了。小说的人物、故事都很简单、很平常。

毕飞宇短篇小说《虚拟》：描写了一个小教师的平淡卑微

《虚拟》1月份发表在《钟山》第1期，进入2014年度短篇小说排行榜。小说中的祖父是一个中学的教师，他成功地教育出一大批散布在各行各业的精英人才，但他却没有时间来教育自己的孩子，只能让那些英才们衬出他的自卑，衬出他作为一个县城小教师的平淡卑微。祖父退休了，在岁月面前，他渐渐成了老人，他对自己死后学生是否会送来许多花圈产生了期待。而"我"作为祖父最信任的孙子，最后对父亲虚拟出来的一份爷爷死后前来奔丧的人名单而感到无奈。

余一鸣中篇小说《种桃种李种春风》：针砭了当今教育的弊病

《种桃种李种春风》1月份发表在《人民文学》第1期，进入2014年度中篇小说排行榜。小说写来自农村的徐大凤从小就接受着父亲关于"考试改变前途"的教诲，屡试不中的命运使她患上了严重的"考试综合征"，她于是将未来的希望变本加厉地强加在儿子清华身上。她采用贱卖房产、进城打工、威逼利诱，甚至不惜出卖自己的身体的方式来让清华接受更好的教育。可是，徐大凤处心积虑为儿子搭建起来的"晋级"阶梯却因教育局下发的一个空头文件而差点失效。虚惊一场的徐大凤开始意识到了自己病态的教育心理和变质的母爱。小说通过徐大凤等人疯狂的行径和悲剧性的命运呈现出当前中国所面临的教育难题。僵化的教育生态不仅催生了家长们畸形的价值观，也衍生出畸形的教育市场："团购"特级教师、倒卖县长批条、学生集体到文庙烧香、教师课外私开辅导班等等，这些教育乱象和潜规则既造成教育资源的严重浪费，也滋生出许多贪污腐败。小说通过文学的形式为人们撰写出了一份严峻的当代中国教育生态报告。小说脉络清晰，立意深刻，通过戏剧性的故事情节，用朴实且不乏谐谑的语言针砭了当今教育的时弊。权色交易、填鸭式教学、学校官衙化、教师商品化等一系列中国教育黑幕犹如恶化了的脓疮，被作者犀利的反讽式笔触一一戳破。①

---

① 参阅赵振杰《余一鸣〈种桃种李种春风〉当代中国教育生态报告》,《文艺报》, 2014.3.10。

陈冲中篇小说《紫花翎》：讲述了抗战时期一位游击英雄的悲剧人生

《紫花翎》2月份发表在《人民文学》第2期，进入2014年中篇小说排行榜。小说所写的故事发生在抗战时期白洋淀上大名鼎鼎的雁翎队里。白洋淀里的柳水凤在丈夫离家的时候坐在地上编草席，丈夫说不用送，柳水凤便没起身，结果瞒着柳水凤去参加抗战的丈夫牺牲在了战场上。柳水凤一想起丈夫走时的场面，没想到竟是永诀，心里一直感到无限的遗憾。柳水凤决定不让同样的事情发生在自己的情人呼保信身上。呼保信是雁翎队中令日本人闻风丧胆的一位游击英雄，这个名字是日本人起的。但在雁翎队里，大家都叫呼保信为"紫花翎"。日本人为了给死在呼保信枪口下的鬼子、汉奸、特务报仇，悬赏两千要买呼保信的人头。在柳水凤成了寡妇后，她和呼保信很快就相爱了。但按照雁翎队的政治纪律，他们之间的爱情是绝对不允许的。雁翎队的姬政委与呼保信有冲突，渐渐势不两立。有一天，姬政委让呼保信去执行刺杀特务队长王保华的任务。呼保信打探地形后，制定了刺杀计划。在呼保信将要去刺杀王保华前，他去柳水凤家借船，结果被姬政委捉住后关了起来，姬政委要处决呼保信。崇拜呼保信的孙涛为了救呼保信，他端着枪在门口守了整整三天三夜，呼保信最终被释放了，但姬政委却不让他参加刺杀行动了，而是让孙涛去执行任务。孙涛完成任务后回到队上，却发现呼保信已经被枪毙了。柳水凤在得知呼保信被杀的消息后打算钻进冰冷的水里殉情，但由于冰面太厚没死成。柳水凤打算等冰化了再与情人相见。但雁翎队的人这时候却来"帮助"她与呼保信团聚。来的人说，是柳水凤诬告了革命战士呼保信，致使队伍判断错误错杀了好人，队伍决定要让诬告者以命抵命。但为了显示他们的仁慈，他们决定让柳水凤体面地钻进冰窟窿里。柳水凤早有殉情之意，面对诬告和死亡，她便去慷慨赴死。柳水凤脱得一丝不挂，怀抱着一根紫花大雁翎毛无限欢乐地喊着"哥——妹子来了"，便消失在冰窟之中。第二天清晨，阳光洒在白洋淀明晃晃的冰面上时，冰面上一个不显眼的地方颤抖着露着半截大雁翎毛，正如呼保信生前每杀一个敌人，然后在其身边放一根雁翎毛一样。小说还写了村长邓发顺的人生悲剧。邓发顺曾经给抗战工作做出过很大的后勤保障贡献，但有人告发邓发顺是汉奸，在雁翎队侦察员孙涛的鼎力相助下，邓发顺去往天津卫，逃得了一条性命。小说形象生动地塑造了呼保信的率直机智性格，也塑造了枪法高超、情深义重的孙涛和小肚鸡肠、假公济私的姬政委等主要的人物形象。小说先写水凤与呼保信相会的回忆，然后写呼保信一系列紧张的对敌战斗和雁翎队的内部斗争情况。小说结尾与开头相对应，但开头甜蜜，结尾却悲凉。[1]

刘荣书短篇小说《枪毙》：再现了"文革"时期的一桩冤案，批判了一群与愚昧伴行的人的人性之恶

刘荣书（1968.10— ），河北滦南人。《枪毙》2月份发表在《当代小说》（上半月）第2期，进入2014年度短篇小说排行榜。小说写艾子一家原来是大城市的，她的父亲是个小学教员。有一天，艾子的姐姐给父亲做了一双鞋，鞋底上绣了一句向领袖欢呼的话，父亲因此被打成了反革命而要被枪决。在艾子的父亲临行前，艾子的对象陪同艾子去了刑场。艾子对象的父亲曾带人抓捕了艾子的父亲，所以他乞求艾子谅解。和艾子及对象同行的人还有老朱叔，他是艾子弟弟小飞的同学——竹子的父亲。老朱叔给艾子说，他去刑场是为了取艾子父亲的脑浆给自己的女儿治病，因为她被一个解放军退婚了，所以发疯了，一个郎中说吃了聪明人的脑子就能治好。另外，艾子弟弟的同学四胖等也要去刑场，他们是为了能看一眼枪毙艾子父亲的经过，他们很兴奋，欢呼雀跃着。艾子父亲死了后，刚成年的艾子和未成年的弟弟在一个寒冷的早春清晨，拉着板车经过一片花开如血的桃林后，在刑场上为冤死的父亲收了尸。作者用写实的手法，再现了又一桩"文革"冤案中让人惨不忍睹的一幕：艾子亲眼看着无辜的父亲以"反革命"罪被枪决，这惨痛至极的一幕，成为描述"文革"伤痕的浓重一笔。事隔几十年后，该小说用文学叙事再一次剥开了那场浩劫给中国人带来的深重创痛。小说没有简单地把悲剧的发生归罪在极"左"路线上，而是把批判的焦点对准了与愚昧伴行的人性之恶，从而发现了人的自私本性。[2]

---

[1] 参阅张艳梅《记忆的真切与现实的虚妄：记忆的真切与现实的虚妄》，《当代小说》，2014.5。
[2] 参阅毕光明《血染的罪证——评刘荣书短篇小说〈枪毙〉》，《名作欣赏》，2015.13。

张惠雯短篇小说《岁暮》：写了一个寡妇充满嫉妒、怨愤、空虚的晚年生活

《岁暮》3月份发表在《收获》第2期，进入2014年度短篇小说排行榜。小说写她是孀居在美国加尔维斯顿港口小城的女人，因为孀居身份，她便刻意地表现出"谨慎与克制"。她在侄女婷婷的刺激下产生了强烈的嫉妒和怨愤。李医生不听她的劝阻执意要带婷婷外出；客人们对这对年龄相差悬殊的男女嘲笑不已。这一切都让她抑制不住地感到"刺痛和羞辱"。夜深人静的时候，她终于陷入反思：多年来，她早已习惯"用冷漠、扭曲的方式"表达"任何东西"，其中也包括爱，"因为她害怕、充满负罪感，却又渴望"。第二天一早，醒来的她带着疲惫和沮丧，重新开始了"等待"，尽管这种等待也许同样没有结果。小说描写了她在新年夜里的好客、矜持，她与另一群异国侨居者一起，徒劳无力地彼此慰藉着。新年钟声响起后，她对更年轻的女人嫉妒得发抖，而天亮时，尊严让她再一次错失了相爱的机会，她只能在新的一年中，陷入了新的等待与衰老之中。

徐则臣长篇小说《耶路撒冷》：聚焦了20世纪70年代出生的年轻人的精神和心灵

《耶路撒冷》3月1日由北京十月文艺出版社出版，进入2014年度长篇小说排行榜。小说写初平阳12岁那年，目睹了秦环奶奶的孙子景天赐割腕自杀的场面。少年时代，初平阳和发小杨杰、易长安在运河边的一座摇摇欲坠的老教堂外，听见秦环独自坐在耶稣像前的蒲团上读《圣经》，一遍遍地说着"耶路撒冷"。后来，初平阳在北大念博士，他从一位以色列教授那里得知了耶路撒冷的含义。这使他对景天赐之死感到内疚不已。19年后，初平阳想赴耶路撒冷留学，为筹集学费，他回到故乡花街典卖了旧居"大和堂"。这时候，发小杨杰已经是个企业家，易长安也是个在全国很多城市设有制造假证分部的总头头。他们在19年后也对景天赐之死心怀忏悔。景天赐之死伴随了他们的成长。最后，他们达成共识，将房子卖给了景天赐的姐姐秦福小。另外，他们还决定修缮少年时见过的那个老教堂。小说的故事横跨70年，从"二战"时犹太人避难上海写到美国的"9·11"事件，从"文革"写到北京奥运会之后的2009

年。在浩繁复杂的背景下，小说聚焦了出生在 20 世纪 70 年代的中国年轻人，探寻了这一代人的精神脉络，呈现了这一代人的心灵史。

弋舟中篇小说《所有路的尽头》：写了一群青年人初入社会时的情况，立体式地反观了 20 世纪 80 年代

《所有路的尽头》3 月份发表在《十月》第 2 期，进入 2014 年度中篇小说排行榜。小说以叙述者刘晓东的口吻讲述了 20 世纪 80 年代的青年人及他们如今成为中年人后所面临的困境。小说故事的叙述动力来自对邢志平自杀原因的追问，分为八个部分，分别从几个不同角色、不同立场上去讲述，除了"我"及和"我"一起度过两个生日的朋友之外，还有邢志平的校友、老师、前妻、偶像诗人，他们分别讲述了与邢志平有关的故事，但是每一个故事都没有给出确切的答案，而是留下线索，让读者跟随刘晓东一起去解码。这些人讲述的故事多有交错，使真相逐步接近。小说写出了一群眼睛里闪烁着理想主义光芒的青年人在初入社会时被风雨打湿翅膀，失散流离的情况。小说是对 20 世纪 80 年代所作的一次全方位的立体式的反观，笔调冷静而克制，庄严而悲伤。

刘醒龙长篇小说《蟠虺》：讲述了很多贪婪的人对一件青铜重器的觊觎情况，抨击了官场、学界的腐败

《蟠虺》4 月份发表在《人民文学》第 4 期，进入 2014 年度长篇小说排行榜。小说写青铜器学界的泰斗曾本之突然收到 20 年前跳楼自尽的同事郝嘉写给他的一封甲骨文信，信上只写了"拯之承启"四个字。曾本之想那四个字应该指的是春秋战国时期的一件青铜重器——曾侯乙尊盘。该文物出土后被许多人追逐。曾本之和老友——楚学院丝绸研究专家马跃之分析后决定等待下一封信。与此同时，退居二线的老省长神秘地约见了曾本之的得意门生及女婿郑雄，许诺以 3000 万的启动资金让他出任新成立的正厅级的青铜重器学会会长。曾本之和马跃之一起去宁波参加了青铜学术会议，然后到武汉去见八年前因偷窃国宝曾侯乙尊盘未遂而被判了八年徒刑的郝文章。郝文章是曾本之的另一个弟子，很快就要刑满释放了。但郝文章并没有被如期释放，曾本之从招待所老板娘华姐那里打听到，郝文章把监狱工厂里的一个显示屏砸坏了，刑期于是被延长了六个月。华姐还透露，郝文章在监狱里和一个判了无期徒刑的狱友关系很好，说不定是想多陪陪那位狱友。曾本之在监狱外等郝文章时，意外地看见了自己的女儿曾小安。曾本之从曾小安嘴里知道了她一直爱着郝文章，八年来，她一共探望了郝文章96次，但每次都被拒绝。曾本之又去监狱探望郝文章，他见到了郝文章的狱友何向东，何向东是华姐的丈夫。曾本之向何向东谈起了20年前死去的郝嘉，谈起了曾侯乙尊盘。何向东听后唱起了一首动听的《花儿》。后来，曾本之又收到了郝嘉用甲骨文书写的第二封信，上面写着"天问二五"四个字。曾本之将华姐转交给他的一块透空蟠虺纹饰附件残片仔细看了后，大吃一惊，他觉得这片残片会推翻自己提出的曾侯乙尊盘是用石蜡法制作的学术研究成果。他想向华姐弄明真相，但华姐却去向不明了。后来才知道她已不在人世了。何向东也在保外就医后的第三天莫名其妙地被车撞死了。同时，老省长也带着郑雄加紧了对曾侯乙尊盘的猎取。这时，一个叫熊达世的文物贩子横空出世，搅起了满天风雨。在马跃之的帮助下，曾本之知道了20年前郝嘉跳楼的真相，也知道了曾侯乙尊盘被人偷梁换柱的真相。但曾侯乙尊盘的所在依然不得而知。曾本之决定一定要追回真正的曾侯乙尊盘。这时，老省长也加紧了寻找它的步伐。在无意之中，曾本之从何向东给他唱过的《花儿》中发现了真相。小说通过曾本之寻找曾侯乙尊盘的过程，讲述了很多贪婪的人对这件青铜重器的觊觎情况。高官大员庄省长和退居二线但仍然野心不死的老省长对这件重器趋之若鹜，都想据为己有，以图大富大贵。曾本之的女婿郑雄、文物贩子熊达世也参与进这场权力争斗之中，他们罔顾道德底线，玷污着这尊价值连城的文物。这些人在面对这件青铜重器时，都遮掩真相，尔虞我诈，将一切变得真假难辨。文物的真真假假，使他们的人性也处在纠结与挣扎之中。一件埋藏千年的珍贵文物成了一面照妖镜，照出了现实生活中那些冠冕堂皇的强权者的真实面目，他们的贪婪欲望可以吞噬一切，最终吞噬的却是自己。作者在刻画这些人的丑恶嘴脸时，强烈地抨击了官场、学界的腐败，也赞扬了曾本之坚持学术真理的精神、马跃之教授给曾本之的学术帮助、华姐为坚守青铜器的秘密最终献出生命的精神。曾本之为逝去的好友写下的悼文，表现了他对过去错误的忏悔和与黑暗势力斗争的决心。①

王方晨短篇小说《大马士革剃刀》：在细节描写中拷问了人性

王方晨（1967.3—），山东金乡人。《大马士革剃刀》4月份发表在《天涯》第4期，进入2014年度短篇小说排行榜。小说写左门鼻是老实街上的第一老实人，他的先祖在民国时期是莫大律师家的马夫，莫家去台湾前将大院赠予左家。左门鼻虽然居住在大院里面，但并不将其据为己有，而是等候着莫家人回来。理发师陈玉伋是一个具有高尚情操的人，他住到大院里后，时刻学习左门鼻的诚实品格。左门鼻于是给陈玉伋赠送了一把锋利的剃刀，陈玉伋认出它是一把颇有来历的大马士革剃刀，于是暗中归还并如实相告其价值。左门鼻又予以相赠，陈玉伋又归还，还特意给剃刀配了个木匣子。陈玉伋如此不贪财宝，为人实在，重情重义的品行很快赢得了老实街居民的认可，两人之间两赠两还大马士革剃刀的事情被居民们津津乐道并传为佳话。左门鼻养了一只猫，但它的毛却被人全剃光了，猫受不了这个羞辱而投湖自尽。后来，左门鼻又养了一只猫，这只猫还经常跑到陈玉伋的门前，甚至上到门楼上不下来，居民们私底下纷纷议论着陈玉伋如此残忍的虐猫行为。这使陈玉伋有口难辩。有一天，陈玉伋请求左门鼻给自己剃个光头。当他了解了左门鼻的剃功之后，终于明白了谁才是真正的虐猫者。陈玉伋了解了左门鼻的另一面之后，离开老实街回到老家，不久郁郁而亡。后来，老实街拆迁，一个拾荒老人在废墟中翻检出了左门鼻一直拿着的那把大马士革剃刀，并看到剃刀上面沾着猫毛。这进一步显示了左门鼻才是真正的虐猫之人。小说在故事、意象和氛围之间，取得了很好的平衡。老实街上的"老实"，既是意象，也作为空间氛围，成为小说的真正主角。叙事者着力轻重得当，并不刻意渲染，而是以作为居民的"我们"勾勒出一切：左陈二人"老实"的巨大反差也形成了巨大的反讽。作者对老实街的"老实"所进行的讽刺，也为读者布置了迷宫。很多人都以为是陈玉伋在虐猫。作者曾说，他在小说中充分描写了左门鼻对陈玉伋所得声望的严重焦灼不安，也详细描写了陈玉伋告辞前又去找左门鼻剃头以试探他是否是虐猫人的细节，结

---

① 参阅贺绍俊《青铜重器的分量——读刘醒龙长篇小说〈蟠虺〉》，新浪专栏·悦读汇，2014.8.20。

果发现左门鼻比读者想象的要冷酷得多。由此，我们终于看到了左门鼻的刚愎自用及他在"老实"背后掩藏的残忍。当然作者并没有在文本中去凸显自己立场鲜明的谴责，而是在细节描写中蕴藏着对人性的拷问。倘若不去仔细分析，那么将会忽视小说所营构的朦胧多义，这给当下从事小说解读的人进行了提示。①

宁肯中篇小说《汤因比奏鸣曲》：再塑了 1980 年的现场，检视了如今的我们是在何时开始走上迷途的

《汤因比奏鸣曲》4月份发表在《大家》第 4 期，进入 2014 年度中篇小说排行榜。小说描述了 20 世纪 80 年代初期京城一群年轻大学生的思想求索及追求真爱的历程。斯特恩、梅纽因、小泽征尔、《九三年》、星星美展、月坛北街的红塔礼堂……这些启蒙时代的象征性事物在小说中随处可见。小说之所以再塑 1980 年的现场，目的是为了回过头去审视那个披着华丽光芒的 1980 年，检视快速奔走在通往现代文明的路途上的我们是在什么时候开始走上迷途的。

薛忆沩短篇小说《一段被虚构掩盖的家史》：讲述了"我"朋友的老外公和外公一生的悲惨历史

《一段被虚构掩盖的家史》曾在 2000 年第 6 期的《花城》杂志上发表过，2014 年 4 月又发表在《作家》第 8 期，进入 2014 年度短篇小说排行榜。小说写"我"给朋友整理的一段不为人知的"家史"润色，这段"家史"就是朋友的老外公和外公一生的历史。"家史"里讲抗战时期，老外公家里的一个长工因为向日本士兵漫无目的地开了一枪，导致了老外公家的房屋被日本兵烧掉，老外公家里珍藏的书籍和长工的尸骨也被一起烧掉。老外公从外面避难回家时，时局已发生变化，日本即将投降。外公对时局的变化已经模糊地预感到了，他劝老外公卖掉祖上留下的一千多亩土地，但老外公不同意，而且在被日本兵烧掉房屋的原址上重建了房屋。老外公曾留学日本广岛，其间爱上了一个日本女人。日本人投降后，老外公被日本女人的弟弟——一个日本军官认了

---

① 参阅李倩冉《"感时而动"的书写困境——2014 年中短篇小说创作论析》，《扬子江评论》，2015.4。

出来。老外公给了他一笔钱，让他带给他姐姐。这事瞬间就传开了。解放后，老外公给日本军官钱的事便成了他当汉奸的"铁证"，他于是被长工侄子代表的政府逮捕。但长工侄子逮捕老外公并非因为他是"汉奸"，而是要老外公和外公说出家里的黄金藏在哪儿了。老外公家里其实根本就没有黄金，这使外公陷入了两难境地，如果说家里有黄金，那明显是假的，自己欺骗自己；如果说家里没有黄金，对方又不相信，认为自己撒谎。老外公被折磨致死以后，外公带着一家人逃离了家园，在北方改名换姓地苟活着，从此活在了"虚构"的真实之中。[1] 小说让我们经历了一段在中国土地上实际发生过但却被掩盖了的生活。近现代中国经历了惊险的生存危机和文化危机，历史发生了断裂，至今我们仍不知道如何通过个人的生活史与传统发生连接。作者在这里担负起使命，使真实的过去连接上了真实的未来。

鲁引弓短篇小说《隔壁，或者 1991 年你在干啥》：叙述了"我"和一个女厂长在他乡相遇、相爱、相离的故事

鲁引弓，生年不详。《隔壁，或者 1991 年你在干啥》5 月份发表在《收获》第 3 期，进入 2014 年度短篇小说排行榜。小说叙述"我"在 1990 年秋季的时候大学毕业，"因为前一年的运动，我被分配到了珠三角的 D 镇"。在 D 镇，"我"被安排到镇上的招待所里临时居住。在"我"的隔壁居住着的是一个叫应红雨的年轻、漂亮的女性，她是镇上一家旅游鞋厂的厂长，这家鞋厂的投资者是一位台湾人。应红雨被那个台湾人包养着。相邻而居的"我"便能听到他们之间的一切喜怒哀乐。春节前夕，"我"与应红雨都因故未能回家过年，于是我们在一起过年。我和她沉浸在床笫之欢中。后来，应红雨断然离开了台湾人，与"我"一起私奔他乡。但在那个水泥桥头苦等车辆而不至的时候，应红雨却放弃了与"我"私奔的念头。我看着她的样子，傻了半天。

王手中篇小说《斧头剁了自己的柄》：写了为讨债而讨出了人命的故事

《斧头剁了自己的柄》5 月份发表在《收获》第 3 期，进入 2014 年度中篇小说排行榜。小说写陈胜指使曾在自己小厂做过工的张国粮扮演歹徒，腰间绑

---

[1] 参阅申霞艳《探询灾难的另一种叙述方式》，《北京日报》，2014.10.9。

满假冒雷管，潜入欠债人的家里讨债。张国粮到负债人家里后，以为不过是上演美国大片而已，吓一吓对方，让他把钱吐出来就行了。他想，万一失败，大不了就是一场闹剧。不料，事情却在不知不觉间朝向另一个方向扭转，警察突然包围了张国粮潜入的小区，甚至连绝杀"三人组"都出现了。最后张国粮被当成暴徒击毙了。陈胜难以面对张国粮的父亲，决定放弃一切，走上了赎罪之路。在妻离子散之后，他对赎罪仍然无怨无悔。作者在叙述中穿插了一些荒诞的戏剧化成分，使讨债者张国粮赔上了性命，活下来的陈胜却成了孤家寡人，内心始终无法解脱。在第四届郁达夫小说奖上，有评委认为这篇小说有一种"自由自在滔滔不绝的表达力，有一种渗透的感染力，在比较荒诞的幽默感中，有着真切的真实感。"[①]

范小青长篇小说《我的名字叫王村》：写了一个哥哥寻找弟弟的坎坷历程

《我的名字叫王村》5月份发表在《收获》（长篇专号）春夏卷，进入2014年度长篇小说排行榜。小说写王全的弟弟常把自己想象成一只老鼠。他平时的举止、生活习性都和老鼠相同，这使家人蒙羞。当王全的弟弟在医院精神科检查无果后，全家召开会议郑重决定，必须得把这个总以自己是老鼠的人遗弃。这个艰巨任务最终落在了王全身上。王全丢掉弟弟之后，他一直被道德所困扰和压迫，在实在无力承受这个恶名时，他又去找寻弟弟。但他的寻找却落入了怪圈，让他挣脱不得。王全听说弟弟在江城救护站后，便到了救护站，但他没有身份证来证明自己的身份，于是，他便没有找到弟弟，反而被救护站的人当作精神病要护送回家。在护送途中，王全挣脱护送。他化名为王王后第二次来到救护站找弟弟。这一回，他为了能在救护站找到弟弟，想方设法证明自己就是精神病患者，但却无果。最后，他只能到精神病院去找弟弟，但同样，他因无法证明弟弟真的在那儿住院，结果还是没有弄清弟弟的下落。小说也写了王全村里的事情。村长王长官和王图是两个能人，他们一直处在明争暗斗的过程中。小说从头到尾弥漫着许多不确定的因素，这种不确定从王全和他弟弟身上扩展到整个世界。作者通过该小说将我们引导到一个被凿空的世界，直到合上

① 参阅金许斌《郁达夫小说奖揭晓 浙江籍作家祁媛获中篇小说提名奖》，浙江在线，2016.10.21。

书页的那一刻，我们才意识到，我们面对的，是一个空空如也的世界。我们就在这个"空"之中，甚至我们自己也成了"空"的一部分。①

石一枫中篇小说《世间已无陈金芳》：观察与思考了当下社会的一些问题

石一枫（1979—），北京人。《世间已无陈金芳》5 月份发表在《十月》第 3 期，进入 2014 年度中篇小说排行榜，2018 年 8 月获得第七届鲁迅文学奖（2014—2017）。小说写陈金芳的姐夫在京城某大院的食堂工作，陈金芳全家便从农村来到京城。陈金芳在京城读书，生活。陈金芳读书时，班上那些来自大院的调皮小伙伴们歧视、嘲弄甚至羞辱、调戏她。后来，当陈金芳习惯了京城里的生活时，她家人却要回乡下去了。陈金芳执拗地不愿离开京城，即使家人暴打她，她也不愿离开。在付出惨痛代价后，陈金芳终于留在了京城。但留在京城的陈金芳却发现，自己面临着如何生活及住在何处的重要问题。最后，陈金芳认识到作为一个女孩子，要生存，唯一可依靠的就是自己的身体。于是她跟着小混混混日子，期望通过打拼来使自己向着京城人转变。陈金芳和豁子结识后，她完成了对金钱的初步积累。此后，陈金芳凭借自己的社会经历和攒下的人脉，先后涉足股市、艺术圈，并把名字改为陈予倩，以期彻底摒弃过去的自己。当陈金芳把所有的钱都投入到股市以期在政策的漏洞中大赚一把时，政策却突然发生了变化，她最终以非法集资罪被抓，落了个一无所有的下场。小说以现实主义的清晰笔法，从"我"的视角，写了"我"在 20 多年间与陈金芳的交往，通过讲述陈金芳跌宕起伏的命运，勘探着我们这个时代的奥秘，那就是在这个迅速发展的时代，尽管看上去每个人似乎都有机会，都有个人奋斗的空间，但为底层人打开的却只是一扇窄门，尽管他们一时可以获得成功与辉煌，但终将要灰飞烟灭，被"打回原形"。小说让我们看到了作者对当下一些社会问题的观察与思考，以及对现实主义创作方法的新探索。②

① 参阅贺绍俊《伟大的续写和感性的哲学——读范小青的〈我的名字叫王村〉》，《扬子江评论》，2015.4.

② 参阅李云雷、石一枫《〈世间已无陈金芳〉：为全球化时代的"失败青年"赋形》，《文艺报》《新京报》，2016.6.27.

曹文轩短篇小说《小尾巴》：探讨了亲情，叩问了伦理

曹文轩（1954.1—），江苏盐城人。《小尾巴》6月份发表在《人民文学》第6期，进入2014年度短篇小说排行榜。小说主人公珍珍的出生有点奇特，她在妈妈的肚子里比别的孩子多待了一个月，生下来之后，片刻离不开妈妈。她看不到妈妈就哭，一哭起来便是惊天动地，即使再见到妈妈，她还是要哭很长时间，让人揪心。于是，她便总是跟着妈妈，下地要跟着，打工要跟着，她像妈妈的尾巴一样，赶也赶不走，甩也甩不掉。有一天，妈妈要进城卖大米，费尽心机后终于甩掉了珍珍。但珍珍却因此"丢"了。当然，珍珍只是迷路了，她为了找妈妈，不知不觉地走进了芦苇荡。妈妈找到她以后，她却不再那么黏妈妈了。她开始天天往野外跑，为的是看蚂蚁，看蚂蚱，为的是给她的小兔子喂青菜。妈妈在外地的朋友们要聚会，邀请她参加，她想带些礼物，但她发现自己只有种出来的庄稼，无法带过去。妈妈想来想去，便带上她眼里最漂亮的女儿珍珍去了。但此时的珍珍不再是妈妈的小尾巴，她有了自己的天地，她为了遵守和动物的约定，拒绝了妈妈。妈妈于是自己一个人去赴约。一路上，妈妈只觉得天很大，地很大，河很大，树很大，但心却是空空的，似乎只有寂寞跟着自己⋯⋯故事到此戛然而止。小说讲述的故事来源于作者对幼年的记忆，他的大妹妹就是这个故事里的"珍珍"的原型。小说是一篇探讨亲情、叩问伦理的作品。小尾巴是一个普遍的隐喻。作者通过珍珍的故事告诉我们，在给自己的孩子全心付出的时候，也不要忘了为我们付出过的父母，我们在一点点抽空他们的同时，也要想着用什么方法去填充他们孤寂的心灵。[①]

李凤群中篇小说《良霞》：表达了平民百姓的血脉深情和女性的"硬汉"精神

李凤群，生年不详，安徽无为人。《良霞》7月份发表在《人民文学》第7期，进入2014年中篇小说排行榜。小说写居住在江心洲上的良霞自幼就是家里的掌上明珠，父母和两个哥哥悉心呵护她，加上她的美貌，她自然成了人们竞相追逐的对象。心高气傲的良霞也想在县城找个男朋友跳出农门，使一家

[①] 参阅辛泊平《当父母被我们抽空之后——读曹文轩〈小尾巴〉》，《河北日报》，2014.7.18。

人过上有滋有味的生活。但如花的良霞却因为"腰子上长了个东西"而一下子黯然失色了。手术后，良霞卧床不起，曾经追求过她的县棉纺厂的小伙不见了踪影。后来，良霞的父母在生活的折磨中先后辞世，大哥二哥也因为她而与门不当、户不对的姑娘成婚。良霞决定以死来减轻两个哥哥的负担，但她想起妈妈曾经的叮嘱，于是打消了自杀的念头。日子在不紧不慢地过着，大哥在豪赌中沉沦，连家都不敢回；二哥二嫂在协议离婚时却产生了感情。良霞帮助大嫂稳定了家庭，最终找回了迷失的大哥。几十年后，良霞成了大哥二哥两个家庭的定海神针，"累赘"的良霞在侄儿侄女们心中成了最可心的"姑姑"。江心洲的很多人进城了，好多房子都空了。良霞常年守着江心洲，看守着人们的家园。在她安详离世的时候，她那"被人遗忘的美把人给镇住了，那不可冒犯的感觉，使人一下子就想起了她 20 岁的样子"①。小说从亲情出发，归结到人的尊严，归结到女性伟大的力量，不仅通过良霞患病的全部过程表达了平民百姓的血脉深情，还从良霞与疾病的搏斗中凸显了女性像大地一样绵绵不绝的生命力，这种生命力体现出的是一种"硬汉"精神。良霞的意志力是她在不可抗拒的疾病面前所表现出的认真活着的态度，她慢慢成为一个普通农民家庭的智囊和依靠，并拯救了这个险些崩溃的家庭。她的活着，有一种本体论和形而上的意义。

马金莲短篇小说《1987 年的浆水和酸菜》：一篇具有独特艺术风格的小说

《1987 年的浆水和酸菜》8 月份发表在《长江文艺》第 8 期，2018 年 8 月获得第七届鲁迅文学奖（2014—2017）。小说并没有吸引读者阅读欲望的离奇情节，其成功之处在于独特的艺术风格：朴实而流畅的语言，真实而有趣的场景，单纯而温暖的人情。小说从一个孩子的视角入手，述说了 20 世纪 80 年代西北农村一家人的生活。那时候，农村的物质生活还比较匮乏，为了尽可能让日子过得有滋味，"奶奶"利用自己的经验和智慧，每年都要精心制作一大缸浆水和酸菜。在青黄不接的日子里，他们就是用这一缸浆水和酸菜，来滋养

---

① 参阅张菱《〈良霞〉中的女性美的现实意义》，《山海经》，2016.8。

着贫困但并不落寞的生活。作者不惜笔墨，详细叙述了浆水和酸菜的制作过程、拣菜、串菜、晒菜、煮菜、卧浆水……写得颇有特色，也饶有趣味，浓浓的生活气息扑面而至，让读者很享受如此单纯而质朴的生活氛围。小说语言非常朴实，与整个作品的内容十分合拍，有着天人合一的感觉。小说中的亲情也是自然流淌、水乳交融的。真挚的情感，无疑是人世间最为温暖、最为重要的东西。小说还发挥了顺口溜和童谣的作用。"羞脸鬼，羞脸鬼，端个瓦盆要浆水。""二奶奶"的出场就是由顺口溜引出的；"我"和"姐姐"去抓蜗牛时，口里也唱着不知什么时候流传下来的童谣。这些顺口溜和童谣穿插在小说中，让小说的语言充满着西北民族特色，洋溢着浓浓的地方味道，也从一定程度上增添了小说的生活气息和语言趣味。小说犹如一曲民间小调，一出地方小戏，写独特的题材，写地方的特色，写真实的生活，写温暖的场景，写感人的情节，都显示出是作者精心调制的一缸"浆水和酸菜"，其味道醇厚、耐品耐读。①

关仁山长篇小说《日头》：对当今中国的乡村文化伦理、道德伦理进行了深刻思考

《日头》8月份由人民文学出版社出版，进入2014年度长篇小说排行榜。该小说是关仁山创作的"中国农民命运三部曲"（《天高地厚》《麦河》《日头》）的收官之作。小说以敲钟人老轸头和飞翔的毛嘎子的双重视角来叙事，一个在地上，一个在天上。"文革"开始后，日头村成立了造反组织，红卫兵也进入了日头村。造反组织和红卫兵烧了日头村人为金状元修的魁星阁后，接着又批斗了金世鑫。这一切都是在造反司令权桑麻的指使下完成的。金家和权家在土改时就结下了冤仇，当时权家和金家闹出了人命，于是，两家的争斗，成了日头村一直未变的生活政治。权桑麻掌权以后，把日头村的天启大钟、状元槐和魁星阁视为眼中钉，因为它们与金家有关。因此，从土改一直到"文革"，权家没有停止过对金家的打击和争斗。小说中的两个主要人物金沐灶、权国金都是当代乡村青年，但是权国金继承了祖上的仇怨心理，一定要和金沐灶斗争。当日头村在招商引资潮流中办起了工厂后，权家便掌控了工厂。在火苗的

---

① 参阅陈修平《一缸味道醇厚的浆水和酸菜——评马金莲短篇小说〈1987年的浆水和酸菜〉》，河北新闻网，2018.9.14。

说服下，权国金把魁星阁又建了起来。但金沐灶认为这是一个陷阱，是一个难以预料的灾难。谷县长批评了权国金招商不力，权国金便伙同邝老板破坏耕地挖湖。当权国金指挥人将村口的石碑挖出来后，蝈蝈用大锤把石碑砸断了，石碑的断裂表明日头村已不复存在。金沐灶作为乡长，为招商引资而操劳，为追回乡亲们的补偿款而险些殒命；他深挖农村贫困和苦难的根源，批判了官商勾结；他牢记父亲临死前重建魁星阁的嘱托。最后，他却在与权氏父子的斗争中弄得满身伤痕，这使他陷在了精神的困境中难以自拔。叙事者老轸头既是权桑麻的亲家，又是金沐灶的准岳父，他以这种身份言说，给故事赋予了传奇的魔幻色彩，里面的魔幻意象不断呈现：毛嘎子升天，老槐树流血，天启钟自鸣，状元树被烧，大钟滑落响了三天三夜，枯井冒起了黑水，日月同辉等。小说的文化气息浓厚，作者将乡村政治文化、伦理文化、自然文化、宗教文化相交织，体现了他对当今中国乡村文化伦理、道德伦理的深刻思考。小说的时间跨度有五十多年，风雨纵横，事件密集，但贯穿全篇的却是家族的命运与"文脉"的断续，以及城市化浪潮中乡村的"空心化"与中国农民寻求精神出路的努力等。总体看，作者对中国农民的灵魂有比较深切的理解，对土地有着非同寻常的感悟，其小说打通了传统与现实，历史与当下，革命与建设的对接关系，从而扩充了张力，为关注现实的写作提供了新的艺术经验。①

王十月中篇小说《人罪》：透视了国民的劣根性和人性的幽暗之处

《人罪》9月份发表在《江南》第5期，进入2014年度中篇小说排行榜。小说写了一个现代版的"狸猫换太子"的故事。法官陈责我将要主审与他名字一样的故意杀人嫌犯陈责我。原来法官陈责我本名赵城，高考落榜后，在县一中当教导主任的舅舅陈庚银将农家子弟陈责我的录取通知书弄来，然后让外甥赵城顶替陈责我上了大学。有一天，农家子弟陈责我与城管发生了激烈冲突，他持刀偷袭了城管并致其死亡。法官陈责我的妻子杜梅是报社记者，她一直不知道丈夫是顶替农家子弟陈责我才上的大学。律师韦工之是杜梅的大学同窗及热烈追求者。韦工之介入小贩陈责我的故意杀人案后，发现法官陈责我与小贩

① 参阅孟繁华《乡村中国的深度书写——评关仁山的长篇小说〈日头〉》，《文艺报》，2014.9.1；雷达《北国土地的灵魂及其变迁——读关仁山的长篇小说〈日头〉》，《人民日报》，2014.12.2。

陈责我之间可能存在着李代桃僵的问题，他于是就控制、摆布着法官陈责我，但最后却无果而终。杜梅获知事情真相后与法官陈责我办理了离婚手续，然后辞职，离家出走，一直走到小贩陈责我的家乡，走到最终被枪决的小贩陈责我的坟头。[①] 小说坚持现实主义精神，追求艺术的真实性，通过反映现实生活中的热点问题，深刻透视了国民的劣根性和人性的幽暗之处，进而呼唤美好人性的复归。小说将西方忏悔意识带入了中国本土社会，讲述了一个带有忏悔情愫的故事。但它却呈现出了一种不同于西方忏悔模式的中国式忏悔，以此表现了作者对中国忏悔意识的困惑和思考。

肖江虹中篇小说《悬棺》：描写了贵州一带极具地方特色的生活方式及人们的价值信仰

肖江虹（1976— ），贵州修文人。《悬棺》9月份发表在《人民文学》第9期，进入2014年度中篇小说排行榜。小说讲述了一个少年在14岁时就拥有了自己的棺材，也讲述了他的先祖父辈们如何在时代的变迁中一步步丧失了自己的安身之地的情况。小说让人们了解了贵州一带极具地方特色的生活方式及人们的价值信仰，那里的人顺从自然规律，坚守着"悬崖"来延续血脉，始终如一地热爱着贫瘠的"家"。正是这些世世代代的人无怨无悔的坚守，才有了如悬崖般顶天立地的汉子，有了他们遗世独立的傲骨及由其所支撑起的坚韧的热血生活。

秦岭短篇小说《女人和狐狸的一个上午》：讲述的大大小小事件都充满着特定的寓意

《女人和狐狸的一个上午》9月份发表在《人民文学》第9期，进入2014年度短篇小说排行榜。小说里面的男人不断地猎杀狐狸，一只怀孕的母狐在痛苦中目睹了丈夫的被杀过程，在担惊受怕中，它对男人产生了仇恨。在干旱年景中，男人那怀孕了的妻子与母狐因生存而狭路相逢，女人与母狐都相互猜忌着，女人对母狐带着的杜鹃花百思不得其解；女主人发出求救助信息后，母狐同样也不理解。最后，母狐因受惊吓而掉进水缸里，女主人在去救助它时也遇

---

① 参阅焦会生《深切呼唤：人性的复活——评王十月中篇小说〈人罪〉》,《殷都学刊》,2015.4.

险，结果也被淹死在水缸中。小说中的大大小小事件都有特定的寓意。人类对皮草的需求导致了男主人对狐狸的疯狂猎杀，他与狐狸的矛盾不可消解，小说将人类的欲望和对自然的无节制掠夺本性淋漓尽致地揭示了出来；女人与母狐的相互猜忌及心灵的不可通约隐喻了人性的复杂，两者最后双双死于水缸中的悲剧也将个体人性中的善意和命运的无常揭示得触目惊心；两个怀孕的生命在发出彼此不能理解的信息后，都将本能的母性之爱和善意诉求彰显得格外感人。小说多次出现的"杜鹃花"这个意象以及开头与结尾出现的男人和女人的简洁对话，都是有意味的形式，都是小说艺术性生发的重要来源。①

贾平凹长篇小说《老生》：以老生常谈的叙述方式记录了中国近百年的历史

《老生》9月份发表在《当代》第5期，进入2014年度长篇小说排行榜。小说故事发生在陕西南部的山村里，从20世纪初一直写到今天，是现代中国的成长缩影。书中的灵魂人物老生是一个在葬礼上唱丧歌的职业歌者，他身在两界，长生不死。他超越了现世人生的局限，见证、记录了几代人的命运辗转和时代变迁。小说通过他串起了近百年历史里的四个阶段的四个故事，即闹革命时期、土改时期、"文革"前后、改革开放之后的故事，几乎涵盖了整个现代史的时段。闹革命的故事里，老黑、李得胜、匡三等人的革命行为与遭际，不乏草根色彩（民间性），多带荒诞感及残忍的性质，事件偶发之特征压倒了历史的必然规律，草莽气十足，角色口中无堂而皇之的话语，虚拟的"光环"消泯得无踪影，凸显了民间说史与革命正史的区别。比如写游击队里的小人物摆摆的一段话："摆摆要参加游击队，老黑不要摆摆，因为摆摆屁股翘，容易暴露目标。摆摆去找李得胜，李得胜认为他可以送信，摆摆就参加了游击队。摆摆有一次去送信，半路上遇见了保安，因为摆摆的屁股翘，藏在草丛就被发现了。摆摆爬起来就跑，保安上来就是一刺刀，为了革命为了党，摆摆就光荣牺牲了。"和正史的一本正经不同，给人一种"不正经"的强烈感受。在写土改的故事里，地主家产被分，贫农获了益，但基层的土改工作却具有"捣糨糊"

---

① 参阅张元珂《关于〈女人和狐狸的一个上午〉》，见吴义勤主编《中国当代文学经典必读》（2014·短篇卷），百花洲文艺出版社出版，2015.2。

的特征。写"文革"时写出了基层政权与乡村的乱象，鲜活度很足，但没有给人一种豁然的"陌生感"，因为这些事情别人写过，作者在《古炉》等里面也写过，所以有一种老生常谈的感觉。写改革开放后的故事时，作者将一些时政热点事件写入小说中，比如"非典"及"周老虎"事件等，而且写得较好，没有给人产生如油浮于水的游离感，但作者似乎只是在讲故事而已，展示多于开掘，并没有更进一步的发展与提升。在讲述四个时期的四个故事时，其间又穿插了许多《山海经》的原文及虚拟问答，对此，作者说："《山海经》是写了所经历过的山与水，《老生》的往事都是我所见所闻所经历的。"众所周知，《山海经》在表面上描绘的是远古中国的山川地理，是一座山一座山地写，它的真实意图是描绘记录整个中国，其旨在人;《老生》亦是如此，一个村一个村、一个人一个人、一个时代一个时代地写，无论怎样沧海桑田、流转变化，其真实意图是在写中国和中国人的命运。但作者采用这种结构方式似乎没有必要性，因为用古奥的《山海经》原文及解读来"陪侍"，似乎并没有达到"相看两不厌"的效应：一个土气满身，一个古意盎然，给人产生的是不适感。①

孙频短篇小说《不速之客》：写了一个挣扎在底层的边缘小人物苦苦追求爱和尊严的故事

孙频（1983—），山西人。《不速之客》9 月份发表在《收获》第 5 期，进入 2014 年短篇小说排行榜。小说主人公苏小军是专业追债人、打手。有一天，苏小军认识了陪酒女纪米萍，玩过之后就想甩了她，但纪米萍一直缠着他。当苏小军多次说不爱纪米萍后，纪米萍离开太原，到了大同。但纪米萍仍旧频繁地坐七个小时的火车来看望苏小军，苏小军事先并不知道，这便是小说标题《不速之客》的来意。苏小军和纪米萍在一起并不快乐，做男女之事对他们来说是一种煎熬。纪米萍始终在精神上奴役着苏小军，苏小军下定决心要摆脱纪米萍，他说自己有了别人。纪米萍便不再从大同来太原了。纪米萍仿佛消失了。苏小军的心空落落的，期待纪米萍的出现但又怕她的纠缠。苏小军开始追忆、回首过往。当他遭到仇家报复变成残废，坐上轮椅的时候，他主动联系了

① 参阅逄存磊《贾平凹〈老生〉：流于疲沓的民间史一种》，新浪读书专栏，2014.11.27;《〈老生〉记录百年中国史 贾平凹领衔再次冲击茅奖》，《西安日报》，2015.4.21。

纪米萍……小说在这里戛然而止。小说所写的这种男女关系很特别。纪米萍是挣扎在底层的边缘小人物，没有尊严，也许连爱也没有。因为没有爱与尊严，所以她终其一生苦苦追求与斗争的，其实不是赚多少钱的问题，而是能不能在这荒凉的存在中获得一点爱和一点尊严。纪米萍是这个社会里最底层群体的一个缩影。①

滕肖澜中篇小说《又见雷雨》：一部体现了叠加之美的小说

《又见雷雨》12月份发表在《人民文学》第12期，进入2014年度中篇小说排行榜。小说描写的是郑家、张家、周家三个家庭里极少的几个人物的复杂关系。郑苹是贯穿于作品中的主要人物之一，小说的情节和背景是通过她而开启、发展和结束的。郑苹从英国留学回来，在上海办起了"郑寅生话剧社"。郑寅生是她的父亲，生前是话剧演员。郑苹办话剧社，本意是想替父亲出气圆梦。然而这个剧社的出资者却是她母亲的现任丈夫周父的儿子周游。周父在开车送儿子周游上学途中撞死了过马路的张父和骑车的郑父。后来周父跟第二任妻子离了婚，娶了他垂涎已久的郑妻。张妻原本是周父在苏北老家的糟糠之妻，其儿子张一伟是周父的亲生儿子，张一伟知道这事，但周父不知道。张一伟的恋人是郑苹。同时，周父的儿子周游也在追求着郑苹。周游还与女孩刁瑞有勾连。郑母与扮演话剧《雷雨》中周朴园的演员骆以达又有暧昧关系。阔佬周父涉足慈善界后，成立了一个叫作"怡基金"的基金会。揭牌时候，设了一个宝马车的大奖。周父亲自抽取了一辆型号是X3的宝马车，他得知该车被在检察院当办事员的张一伟获得，于是将型号改成了X6。张一伟决定把得奖的车在二手市场上卖掉，将款项用作给周父曾因修建劣质工程造成众多遇难人员的抚恤金。故事最后，周父的儿子周游跟刁瑞被雷劈死；张一伟开着中奖的车撞到电线杆上也死了。周父和郑母离婚了。郑母找了个老和尚皈依佛门。骆以达进了戒毒所。周父的生意也不做了，他把全副家当都投进"怡基金"。小说的故事情节紧紧围绕着话剧《雷雨》的旧演和新演展开，描写的对象并不多，只有郑家、张家、周家三个家庭，以及三个家庭所涉及的极少的几个人物，然

---

① 参阅纪雅《十字架上的耻与荣——读〈不速之客〉有感》，文章见疏延祥博客。

而反映出来的关系却十分复杂。小说构思精巧，作者把故事的聚焦点放在话剧《雷雨》的演出上，由此引出台前幕后发生的事情;《雷雨》的旧演和新演，以及舞台上演《雷雨》的演员，都与现实生活中的相关人物叠合在一起，非常巧妙。纵观整个故事，无论是情节的起始、展开、结局，还是自然和社会环境的描述，都与《雷雨》的剧情十分相似。这不能不说是作家的匠心独运。从小说艺术美学的角度来说，《又见雷雨》体现出了一种叠加的厚重之美。这种叠加，主要体现在以下几个方面：第一，20 世纪 30 年代产生和演出的《雷雨》，十年前在上海人艺演出了，当下又在"郑寅生话剧社"演出了。第二，尽管社会环境和时代已经不同了，但《又见雷雨》里面描写的家庭纠葛、人物命运与《雷雨》里面描写的家庭纠葛、人物命运非常相似。第三，小说在故事情节的关节处，都有对自然界雷雨的背景描写，与人物活动的"雷雨"相映衬。正因为有了这几个方面的叠加，小说在有限的篇幅里，显得特别厚重。因此，读罢中篇小说《又见雷雨》，不得不让人拍案叫绝，显示出作家出手不凡，很有功力，也很有才气的特点。①

---

① 参阅郑京鹏文章《叠加的厚重之美——评滕肖澜的中篇小说〈又见雷雨〉》，《人民文学》官网 2015.1.5 发布。

2015 年

罗伟章中篇小说《声音史》：揭示了农村"空心化"的现实

《声音史》1 月份发表在《十月》第 1 期，进入 2015 年中篇小说排行榜。小说题目一方面与主人公杨浪有着千丝万缕的关系，另一方面，它以一个叙述者的身份向人们讲述了千河口村里的人和事。主人公杨浪无论听到什么声音，都能惟妙惟肖地模仿，甚至能把声音里的全部情感保留下来。但在整个千河口村，所有的村民都看不起杨浪，连嫡亲的哥哥杨峰也对他不管不问，视他如同瘟疫。人们都叫他"那东西"。杨浪曾模仿小学房校长说话，导致房校长和李老师发生口角，李老师被开除的后果。杨浪于是陷入了无限的懊悔与自责之中。钱云是杨浪的同桌，也是他最好的朋友。杨浪模仿房校长说话就是钱云叫他这样做的，事后他却告发了杨浪。一年以后，钱云考入大学，他当着同学的面让杨浪难堪，杨浪的心里难受极了。但杨浪没有为自己辩驳，他用开阔的胸襟放下了这可笑的友谊。千河口村民陆陆续续地进城打工去了，村里剩下的只有杨浪、九弟、贵生三个光棍汉，另外还有被丈夫符志刚抛弃了的勤劳女人夏青。符志刚在外面打工期间有了女人和儿子，他便抛弃了夏青。九弟、贵生、杨浪在年轻时并无多大交集，到了暮年，随着千河口村民的流失，他们便彼此惺惺相惜了。有次，九弟和贵生请求杨浪重现所有村民的声音，杨浪答应了。杨浪将每一种声音模仿得几乎像复活了一样。杨峰及钱云功成名就之后，千河口村由于一直没通公路，村民组长便想让杨峰筹资修路，但他却不接电话。钱云得知消息后，用自己的行动践行了"吃水不忘挖井人"的传统信则。杨峰对家乡如此无情，杨浪认为哥哥是有苦衷的，他少年时，母亲毒打过他，自己伤害过他，他于是用薄情寡义甚至是冷酷无情来对待家乡。杨峰对杨浪不闻不问，但杨浪依然想念着哥哥。小说结尾是夏青请求杨浪学符志刚说话，她听完后打算彻底丢开这个男人。小说通过书写杨浪的天赋异禀，显示了他模仿的各种声音在一个古老村庄里的意义，这些声音书写着村庄的历史。声音消失，就意味着一个村庄的消失。杨浪用他的耳朵和嘴唇，把村庄完完整整地保存了下来。他相信总有一天，那些远离村庄渐次老去的人们，能循着他的声音，找到回家的路。①

晓苏短篇小说《三个乞丐》：一个"罗生门"式的故事

《三个乞丐》2月份发表在《天涯》第2期，进入2015年短篇小说排行榜。小说虽然名为《三个乞丐》，但这三个乞丐并不是主角，相比之下，故事发生的主要地点"老三篇"饭馆及饭馆里的三个人却占了更大的篇幅。"老三篇"饭馆之名来源于《为人民服务》《愚公移山》《纪念白求恩》三篇文章。饭馆的墙上除了挂着穿着军装、戴着红袖章的毛主席的像外，另三面墙上，还挂着那三篇摊开的文章。改名之后，餐馆的生意日渐火爆起来。餐馆老板是一个40多岁的男人。打杂的是老板的小姨子，她与老板之间有着说不清道不明的暧昧关系。厨子是老板的小舅子。入伏那天上午，厨子出来抽烟时，看到门口来了三个乞丐，男乞丐五六十岁，瘦高个；女乞丐皮肤很白，不胖不瘦，30来岁；小孩乞丐四岁左右，看不出性别。厨子给了女人一个包子，打杂的给了孩子一个包子，后来老板把剩下的包子抓了好几个也塞给他们。三个乞丐的反应是：男人当即给老板鞠了一躬，头几乎挨到脚尖；女人双手合十，给老板作了个揖；小孩居然一下子跪在了地上，姿势十分标准，明显受过训练。整个过程中，三个乞丐几乎都没说过几句话，也没称呼过对方，这不禁引起餐馆里三人的猜测。第二天十点钟，老板闲着没事读《为人民服务》，这时退位的村支书汤白虎来吃饭。汤白虎最近很倒霉，他老婆吴折桂上吊死了，原因是汤白虎在任时，村民聂志达常给前来买鸡的汤白虎的老婆免费送鸡，以拍汤白虎的马屁。但汤白虎卸任后，他老婆去买免费的鸡时，聂志达表示要收钱，这让没带

---

① 参阅雷达《罗伟章〈声音史〉：乡村心灵史的绝妙隐喻》，《文艺报》，2016.1.4。

钱的吴折桂感到了莫大的羞辱，一气之下便上吊死了。另外，汤白虎的女婿吕兆先因为贪腐也被抓了，女儿和他离婚后，带着儿子回娘家来住了。汤白虎的经历使打杂的想起了昨天的三个乞丐，她笃定他们的关系应该是父亲、女儿和外孙。第三天，修公路的施工队来吃饭，大家说起了《愚公移山》，接着一个小青年说要找一个女按摩师，有人给他推荐宋至美，宋至美是个远近闻名的风流女人，据说与公公有不正当关系。那人又提起了三个乞丐，说亲眼看到那男人与女人有亲密动作，于是人们又怀疑，他们可能是公公、媳妇和孙子。第四天，老板又在念《纪念白求恩》，这时来了个熟人万千一，他是个颇有些传奇色彩的男人。万千一说，他因为有了外遇，他老婆便服毒自杀了。他去上坟的时候，遇上一个女孩，后来他们暗生情愫。但他却因为上坟引起了森林火灾，于是坐了牢。出狱后，还是跟那女孩在一起了，而且有了孩子。万千一的例子又使人觉得那三个乞丐的关系应该是丈夫、妻子和儿子。第五天，老板闲暇时听着京剧，广播里播报着某地因洪水而失踪了三个人，特征与那三个乞丐极为相似。打杂的说肯定就是他们了。接着又有一则寻人启事，说失踪了三人，男五十多岁，女三十岁，小孩五岁，三人都患有间歇性精神病。大家不由得面面相觑。再接着有人从一辆旅游大巴里往外扔出一张废报纸，上面有一则通缉消息说，一个五十五岁的男子和三十一岁的小姨子勾搭成奸，他们联手杀害了各自的配偶后，挟持了亲戚的一位四岁半的女儿，并给其剃成男孩头。看到此处，打杂的"啊——"了一声扔掉了报纸。故事到这里戛然而止。小说讲的是一个"罗生门"式的故事。故事焦点是三个乞丐究竟是什么关系，这构成了小说叙述的动机和张力，也是读者的期待所在。这种讲述故事的方式是颇为先锋的，与20世纪80年代中期以后盛行的"叙事圈套"相类似。作者的用心在于：一、暗示当今社会伦理错位、道德倾斜、价值混乱的现实。二、乞丐之间的真实关系，可以理解为事实的真相，而真相却永远无法揭示，也完全没有揭示的意义。这便带有哲学上的思辨色彩。三、从艺术上看，作者想将自己一贯的线性叙述变为多部合唱，将封闭式的结构变为开放式结构。小说故事扑朔迷离的，带有博尔赫斯式的迷宫性质。小说故事的构成单元又是复调的，具有明显的对话性，带有巴赫金的色彩。题目里的"三"字的含义在作者的很多小说里都体现过：要么是人物的三角关系，要么是情节的三段式（起、承、转、合，中间刚好形成三个叙事空间）等。"三"在本篇小说里是作者将"零乱"故事统一起来的"法器"，"老三篇餐馆"，老板、打杂的（实为老板的姨妹）、厨师（老板的妻弟）也是一个三人关系，所有这些都将小说的锁扣扣得很紧，使小说很富有形式感和装饰性。小说语言幽默风趣，充满意味和灵动之气，读起来脍炙人口。①

阿来中篇小说《三只虫草》：描写了污浊败坏的社会世相

《三只虫草》2月份发表在《人民文学》第2期，进入2015年度中篇小说排行榜。小说以藏族少年桑吉的视角窥探了官员、僧侣面对虫草的种种心态，由此延伸到宗教与牧民的关系、藏族群众的日常生态、官员的腐败现象以及农村教育现状等问题。桑吉单纯美好的愿望反衬出污浊败坏的社会世相。虫草是产于青藏高原的名贵中草药。小说随着叙事的推进，社会粗鄙的现实逐步粉碎和瓦解了童真少年关于三只虫草的美好怀想。三只虫草包裹着少年真挚热烈的情感，承载了他对姐姐、表哥和老师所许下的心愿。而这种美好的情愫与这三只虫草在官场被策划、收送、贿赂的命运之间，构成强烈的反讽效果。小说不仅结构精妙，在人物心理开掘上也颇见功力。桑吉天真、勤劳、善良，富有爱心，不谙世事却又勇敢无畏，应当说，如此丰满鲜活的少年形象在当代小说中并不多见。

林白短篇小说《汉阳的蝴蝶》：一篇具有象征意味的小说

《汉阳的蝴蝶》2月份发表在《上海文学》第2期，进入2015年度短篇小说排行榜。小说里一共出现了六位人物：罗明宇、李小榴、王劲风及其未婚妻、刘铁阳及其小姨。罗明宇、李小榴和王劲风是武汉某大学的同班同学，而刘铁阳作为王劲风大学最好的兄弟，不知什么原因离开学校后已经步入社会，与小姨一起生活在城市边缘的棚户区；王劲风的未婚妻据说是个售票员，实际上她不仅是某高校的校花，而且是省领导的女儿。小说以罗明宇的视角落笔，回忆了几个人在大学异性朋友之间相处的故事以及毕业多年后各自的人生

---

① 参阅夏元明《一篇有意思又有意味的小说——评晓苏〈三个乞丐〉》，《湖北日报》，2016.6.26。

境遇。当年，李小榴和王劲风在外人眼里看来就是男女朋友关系，但他们却不是男女朋友，而是以男女朋友的方式相处着。至于原因，用王劲风的话来说就是他不能抛弃未婚妻，他不能剥夺李小榴爱的权利。明明不爱或者说不可以在一起，但王劲风还是接受着李小榴对自己的靠近。正是王劲风这种对爱情不清不楚、不果断的态度，造成了李小榴的悲剧，李小榴在将近40岁时才嫁给一个高官，在这之前的十多年里，她靠王劲风的信过日子，王劲风不断地给她介绍对象，十年之后，她终于接受了其中的一个高官并嫁给他，但不久她却成了高官的遗孀。小说还通过神秘主义叙事手法，塑造了一个让人难以忘记的形象，那便是小姨。这个年轻美丽的女子，不知道什么来历，不会说话，却时不时出现在情节之中，给全文营造了一种神秘氛围。小说也塑造了一个唯美的意象——蝴蝶，蝴蝶是小姨额头前的白色发卡，象征一种美好的事物。蝴蝶又可视为人生变幻莫测的象征。蝴蝶体型优美，色彩明丽，但是生命却很卑微、脆弱，是大城市里孤独无依的女性边缘人的象征。而蝴蝶是由毛毛虫化蛹成蝶而来的，代表作者对未来的希望，她自己就是那只蝴蝶。①

葛亮短篇小说《不见》：写出了对深度分裂的人性的观察与洞见

《不见》2月份发表在《作家》第3期，进入2015年度短篇小说排行榜。小说主人公聂传庆是个中年钢琴家，其貌不扬，腼腆、秃顶、瘦弱、贫穷而要强。女主人公杜雨洁，虽然是教授的女儿，但成绩一般，前途暗淡。十年前失败的恋爱让杜雨洁成为都市剩女大军中的一员。杜雨洁是一个图书管理员，但她不愿干图书整理的工作，她要求调到前台给读者还书，从而使自己接触到更多的外人。有一天，杜雨洁发现聂传庆与别的女人有染，然后她不断地去跟踪与试探。杜雨洁在某一天留宿聂传庆家时，发现一个少女被聂传庆囚禁在地洞中做性奴。小说结尾是那少女与聂传庆合谋把杜雨洁也骗入了地洞，然后少女用杜雨洁换取了自己的自由。这种结局令人窒息。小说文笔细腻，尤其重视细节的打磨，描写生动而真实。比如杜雨洁每次回来，母亲总是在看戏，烘托了母亲与父亲的感情。小说还讲述了一个毫不相干的社会新闻，当这个社会新闻

---

① 参阅王姝佳《爱情，一场精神的修行》，《当代小说》，2015.5。

的进展情况被有条不紊地推进到杜雨洁的眼前后，在冥冥之中便与杜雨洁的故事产生了千丝万缕的联系。这样一个社会新闻，如何通过小说去呈现，又为何如此呈现，是葛亮带给我们的文字冲击。作者颇有技巧地将各种偶然事情联系在一起，令人吃惊却又有理有据。聂传庆相貌平凡，身上的油渍透露着他是生活中一个很世俗的人，他木讷老实，斯斯文文，却又不乏才情。人们似乎很难把他与囚禁少女做性奴的事情联系在一起。但在人们吃惊之时又觉得很合理，若是一开始就把聂传庆描述成一个猥琐的人，反而觉得不真实了。作者借助白描的手段，将人物的语言、行动、感情与事件琐碎而细致地连构在一起，让读者自己去感受主人公的性格，去感受作者要隐隐表达的含蓄情感。小说结尾对读者来说是耐人寻味的。杜雨洁说："会音乐的人，不会太坏。"可正是这个有音乐才华的聂传庆却把她囚禁了起来，她未来的命运无非是死或者重蹈少女的覆辙。如此讽刺性的结局令人局促不安，也让人迷茫。小说人物的语言和整体叙事配合得圆润而不生涩，自然地流露出了"历史意外事件"的不规矩与断裂的痛感，给人以很大的启迪。

陶纯长篇小说《一座营盘》：彰显了当代军人在价值观、人生观上的博弈情况

陶纯（1964—），山东聊城人。《一座营盘》2—3月份发表在《中国作家》第2、3期，进入2015年度长篇小说排行榜。小说以军事科研基地为平台，以改革开放年代为背景，以将士的成长进步为主线，围绕军队建设发展中官兵所表现的和平观与现代战争的发展观的碰撞，以及官兵个人的不同命运等事情，充分彰显了当代军人在价值观、人生观上的博弈情况。小说中的两个核心人物是布小朋和孟广俊，分别代表了改革时期军队将士在发展与开放大潮中所体现的能量和价值。布小朋的成长轨迹充分展示了军队的正能量是坚不可摧的，孟广俊的反能量只能是昙花一现，邪不压正是客观的历史规律，"人在干，天在看"，说的正是这个道理。作者怀着对人民的情感，对国家命运的责任以及对军队建设发展的担当，直面将士人生，直面社会现实，直面军队优劣，揭示了多年来社会上存在的令人最痛心的腐败问题，写出了军队30年来的变革，腐败与反腐败，尤其是近20年来，腐败在军队中愈演愈烈的情况。正如作者所言："写三十多年军队的变革，如果有意忽略这个重大问题（腐败），那就是一个军队作家的失职。因此，我不想粉饰现实，不想回避矛盾，我想改变过去军事文学高大上的传统，把军人拉回到地平线。"于是，作者写出了部队建设中的一些问题和矛盾——形式主义、用人不察、面子工程、缺乏科学的决策、讲排场、惊人的浪费、买官卖官等种种腐败现象，读后让人深思。①

次仁罗布长篇小说《祭语风中》：反映了西藏反动贵族的武装叛乱及西藏到现在的社会变迁

《祭语风中》3月份发表在《芳草》第3期，进入2015年度长篇小说排行榜。小说描述了20世纪50年代末期时，西藏上层反动分子的武装叛乱以及到现在的西藏社会变迁，时间跨度长达六十余年。小说的叙述者晋美旺扎在生命的最后阶段，回忆了自己的一生，但往事如风，历史如风。在他的回忆中，西藏的每一个阶段中的动乱和变革如一场场飓风掠过。在他看来，人在历史中不论经历怎样的艰辛沧桑，最重要的是内心的皈依和对生命灵魂的安放。所以，人的存在与历史之间形成了一个"身在风中"的隐喻。小说中的人们，一方面是身在风中，身不由己；另一方面，在每个人的生命轨迹里，他们把灵魂的安放作为自己生存的意义，作为不能被风完全裹挟的存在之根而进行深入的思索。由僧人还俗的罗扎诺桑，紧跟着政治形势进行了人生的选择，但他没有慈悲和感恩心，最终在藏人最为看重的生死轮回的生命之思中，留下了悔恨和遗憾而辞世。努白苏管家为了报答主人在几十年的时间里，自甘承受污名、不离不弃地照顾着孤身一人的努白苏老太太；他备受苦难的折磨，但内心里却葆有着感恩和慈悲之心，当"文革"结束后，他又不顾年老，从事着有利于众生的事情，这让他的灵魂得到了安放，生命有了价值。贵族瑟宕二少爷始终坚持自己的政治信仰，在西藏贵族上层反动分子叛乱开始时，他旗帜鲜明地站在共产党和解放军的一边。他真心喜欢新社会，拥护人民的翻身。"文革"后，瑟宕依然站在一位知识分子的理性立场上拥护党的领导，并为西藏的发展而操心，以坚定的政治信仰来安放自己的灵魂。小说还写到了众多形形色色的人物，其

---

① 参阅汪守德《直面当下的现实主义力作——读陶纯〈一座营盘〉》，新浪读书，2015.5.11。

中希惟仁波齐活佛是一位智者和仁者，他以慈爱和有利众生的教导，照亮了晋美旺扎的心灵，使两人的灵魂都安放在历史和尘世的风中，成为小说中耀眼的光亮。这是一部以对人的关怀为立足点的小说，它写了叛乱贵族的坏及对他们的憎恶，也写了进步贵族的好及对他们的同情；它写了翻身解放的贫苦民众的新生活和喜悦，也写了其中一些人的无赖和贪婪。小说始终以人如何安放自己的灵魂这样的视角来写作，以藏族文化的慈悲以及对历史和人性进行反思、对生命的意义和价值进行探索为重点和核心，将人和历史之间的纠缠看作是"身在风中"的隐喻，凝聚着生命之思，深入到灵魂里去观照和澄澈生命价值的意义。①

刘建东中篇小说《阅读与欣赏》：阅读与欣赏的核心是人生这本大书

《阅读与欣赏》3月份发表在《人民文学》第3期，进入2015年度中篇小说排行榜。小说写20世纪80年代，"我"从大学中文系毕业，被分配到学校教书。结果天不遂人愿，学校被撤销了。不得已，"我"被分到了炼油厂车间，在那里遇到了师傅冯茎衣。"我"对师傅的最初印象是她年轻、貌美，喜欢文学。小说主要写了师傅冯茎衣的两个故事，一个是放荡滥情的故事。师傅经常像男人一样豪爽地喝酒，经常去舞场里跳舞，是跳舞王后，经常和形形色色的男人约会。她自己毫不讳言地说身边的男人"七八个是有的吧。我算不清楚了"；"她所有的生活，几乎被一个词所笼罩：放荡"，她沉浸在情欲的暖流之中，随心所欲。她觉得这才是真实的自己，"反正我是快乐的。我遵从我内心的需要而活着"。面对这样一个有点离经叛道的女人，"我"最初的反应是慌乱，是无所适从。"我"甚至尝试用自己的方式劝解她。然而，得到的反而是师傅的善意嘲讽。在她眼里，"我"不过是一个不谙世事的毛头小子。她之所以和"我"走得那样近，一方面是她喜欢写字的人，另一方面是觉得"我"单纯可靠。可以这样说，在师傅眼里，"我"只是一个没有性别概念的孩子，是一个可靠的徒弟。在"我"以男人的立场审视师傅的时候，她却取消了"我"的性别。她对"我"很好，给"我"买书，教"我"认识社会，体味人生。她

① 参阅叶淑媛《将灵魂安放于风中——次仁罗布与〈祭语风中〉》，《文艺报》，2016.6.6。

美丽、自我、单纯而又复杂，从某种意义上来说，她是"我"从未经历、从未感受过的人。师傅的第二个故事是她的爱岗敬业。"师傅是个顶呱呱的技术能手。她是全厂最好的班长"，"师傅头上的火红色的安全帽永远是全厂最新的，仿佛刚刚从仓库里拿出来一样。这是她的招牌"；站在 30 米高的催化塔上，"整个厂区一览无余，大大小小的装置塔、设备、密密麻麻的管线尽收眼底，环视这些，师傅的眼神里充满了自豪和骄傲"。但师傅的一生却充满了悲剧。她的"放浪"及"不规矩"使她经常遭到人们的非议。她曾因为过失而入过狱。她的父亲是一个酒鬼，她母亲于是和他离婚而和另一个男人生活在一起。小说的另一条线索是"我"一直渴望写出一篇好小说，在遇见师傅之前，"我"没有真正的生活，随着对师傅的了解，"我"终于有了写作的根。"我"最终完成了对师傅故事的书写，但"我"依然没有读透人生，没有读透生活。在"我"的内心深处，依然有许多无法解开的谜团。师傅虽然游走在众多男人之中，但她却没有背叛自己的丈夫。所以，在丈夫遭遇车祸之后，她便不再跳舞，不再约会，而是全身心地投入到工作中。她看重她的家庭、父母、丈夫。她那看似轻浮的生活背后，其实掩藏着一个女人脆弱而卑微的情感诉求。她身上虽然流淌着纯粹而自我的人性，但她并没有彻底走出传统意义上的伦理。该小说是一个关于人生也关于写作的故事，是一个所有人都试图清晰却又无法明确的人生悖论。甚至可以这样说，在作者笔下，作家阅读与欣赏的核心，不是传统意义上的文本，而是人生这本大书。从人物和情节看，这是一段充满纠葛而又颇感沉重的人生经历。[①]

麦家短篇小说《日本佬》：抨击了日本佬式的制度

《日本佬》3 月份发表在《人民文学》第 3 期，进入 2015 年度短篇小说排行榜。小说围绕德贵的四个身份，布置了四组矛盾。一是真的日本佬和被抓去当壮丁的"日本佬"德贵之间的矛盾。德贵 15 岁时上山打柴时，不知道鬼子进了村，回村后，就被鬼子抓了个正着。鬼子的马死了，德贵被逼着做了挑夫，一直挑到铜关镇鬼子的军营。在军营里，他先是养马，后来养狗。有一

---

① 参阅辛泊平《错位的阅读与欣赏——读刘建东〈阅读与欣赏〉》，河北新闻网，2015.4.17。

次，因为给狗洗澡，救了落水的一个日本大官的孩子。德贵于是获得了自由，他从军营回到村里过上了原来的生活。由于他在鬼子军营里学会了几句日本话，回村以后就当本事显摆，村里人便给他起了"日本佬"的绰号。战后，因为德贵救过一个日本佬的孩子，他于是被打为"汉奸""反革命分子"。二是副队长关金和德贵及"日本佬"的冲突。还没当上干部的关金，一次在生产队开夜会时，随手从旁边妇女手上抢了一把瓜子，对德贵说："小鬼子，你的过来，这里的，有米西米西的。"德贵踢了关金一脚，从此，两人结下冤仇。关金当上村干部后，便不停对德贵使坏。在造纸作坊，德贵一人干着派料的力气活，十分辛苦。关金的亲兄弟关银和堂兄弟关林轮流负责造纸，如果他们看到料还没派好，就告诉关金，关金就扣掉德贵一天的工分。三是公社武装部对"黑五类分子"德贵的专政。矛盾的根子还在德贵被日本人抓去当壮丁以及救人的事情上。专政总共发生了两次，第一次是还当着治保主任的关金领着公社武装部的老吴去调查德贵1938年给驻扎在铜关镇的日本宪兵队做事的事情。调查之前，德贵的父亲挑衅关金，在老吴面前故意暴露出了关金和他家的矛盾。调查中，德贵编造了进城之后就与鬼子分手、讨饭、在理发店做事的经历，其间还穿插了鬼子像捅稻草人一样捅了逃跑的挑夫及鬼子用鱼手淫、鬼子杀狗等恐怖、恶心的细节。这成功地骗过了老吴，德贵最终拿到了公社盖着大红公章的清白结论。第二次专政是公社武装部科长带着老吴和一个扛长枪的，把德贵铐走了。这一次是德贵救过的日本佬的孩子为了报恩托人来找德贵，德贵在日本军营的一切细节于是全部公之于众，德贵的"汉奸"罪名也坐实了。德贵被五花大绑着游街。四是德贵和父亲之间的矛盾。德贵和父亲之间的关系原本很不错，父亲非常支持德贵在村里耍日本佬的脾气，也支持德贵打关金。但不支持德贵救日本佬的孩子。当德贵游完街被关金押回家后，父亲和德贵进行了一次长谈，父亲知道了德贵身上发生的事后，斥骂了德贵，然后就决绝地喝了农药自杀。该小说让人们思考谁才是日本佬的问题。当然，鬼子首先是"日本佬"。但德贵父亲曾说过："心像才是真像"，"关金才是真正的日本佬，心肠大大的坏。"关金心思像日本佬，蛇蝎心肠，不像人，像鬼，老是害人，不仅德贵家人怕他，村里人都畏惧他。另外，那个热衷于在每次批斗会上带头喊口号的班主任，那个骂德贵为"反革命""四类分子"的同学等人或多或少都有"日本佬"的影子。而让他们变成"日本佬"的真正原因是制度和运动。所以，该小说写的不是"日本佬"，而是"中国人"，写的不是日本佬式的人，而是日本佬式的制度本身。该小说也是麦家对自己和父亲之间很僵的关系的反思。①

双雪涛中篇小说《平原上的摩西》：呼吁出现一个摩西一样的人，引领人们早日走出苦难的泥淖

双雪涛（1983— ），辽宁沈阳人。《平原上的摩西》3月份发表在《收获》第2期，进入2015年度中篇小说排行榜。小说运用第一人称叙事，而且用这种方式叙事的多达七人。其中，蒋不凡、孙天博、赵小东只叙事一次，庄德增、傅东心叙事两次，庄树叙事三次，李斐叙事四次。借助于这种频繁转移的叙述视点，作者高度浓缩地讲述了时空跨度达五六十年的人生故事。"一九九五年刚入冬，一个星期之内，市里死了两个出租车司机，尸体都在荒郊野外，和车一起被烧得不成样子。一个月下来，一共死了五个。"这么短的时间内，接连发生数起凶案，且有五人被害，自然引起公安机关的高度警觉。警察蒋不凡和他的团队遂立下军令状，要在20天的时间内破案。蒋不凡们采用假扮出租车司机的"钓鱼"手段去破案。这一年的12月24日晚上十点半，蒋不凡遇上了一个长着四方脸的中年男人，他领着一个十二三岁的女孩。男人要去艳粉街，那儿正好是刑事案件多发的城乡接合部。这引起了蒋不凡的注意，他认定这两人是犯罪嫌疑人，一个明显证据是那个小女孩身上携带着汽油。汽油正与出租车的被烧密切相关。蒋不凡于是在那个中年男人下车解手时用枪相逼，想将他铐起来。在这时，车祸发生，出租车翻了后尾部被撞烂。出租车里的小女孩在劫难逃。中年男人救出车里的小女孩后，用砖头去击打已被撞倒的警察蒋不凡。中年男人是曾经在拖拉机厂工作的李守廉师傅，小女孩是他唯一的女儿李斐。李守廉父女与罪案无关。原来，李斐为了兑现给好友庄树用汽油烧高粱地放一场焰火的诺言，她假装肚子疼，让父亲带她去位于艳粉街的诊所看病。诊所就在高粱地旁边。但他们父女俩没想到自己竟然被蒋不凡当

---

① 参阅许徐《谁才是日本佬？——读麦家新作〈日本佬〉》，《西部学刊》，2016.5。

作了犯罪嫌疑人。蒋不凡的无端怀疑使李斐双腿致残,蒋不凡自己也变成了植物人,并于三年后死亡。李守廉也因用砖头击打蒋不凡而成了杀人犯,他的犯罪杀人,又牵扯出发生在2007年的另外两次袭击城管的罪案。当时两个城管在一次行政执法中,没收了一个女人的苞米锅,争执中,女人12岁的女儿摔倒在煤炉上,被严重烫伤面部。事发后,"有关部门对这起事件的定性是,女孩属于自己滑倒,她自己的母亲负有主要责任,两人(城管)并无重大过失,内部警告,继续留用"。小说的结尾处,作者借助于叙述者之口提及了《出埃及记》,这对理解小说题目为何要用"平原上的摩西"有解题作用。这种结尾方式,一方面固然是要表达一种精神救赎心理,另一方面,是要借此吁求一个类似于摩西一样的人物,或一种宗教精神,能够引领我们这个民族与国度早日走出苦难的泥淖。①

田耳短篇小说《金刚四拿》:讲述了乡下人"进城"和"归来"的故事

《金刚四拿》3月份发表在《回族文学》第3期,进入2015年度短篇小说排行榜。小说以瘸子"我"展开故事叙事。"我"是四拿的小跟班、小伙伴,也是连接四拿与乡村生活的重要人物。小说开始写道,四拿的爷爷罗瞻先因闻凶兆,认为自己将要离开人世了。远在城里的四拿用一个轻松的谎言使爷爷"起死回生"。四拿回乡后,劝爷爷选择在春节死去,这大逆不道的言论使他与父亲发生了争执。四拿于是与"我"的大爹同住在茅棚里。这又引出了"金刚"的故事。在打狗坳,人死后要由"八大金刚"抬棺,这八个人必须能喝能吃,体格健壮,是"一个村庄的颜面"。四拿少年时代的理想便是做"金刚",可惜生得太矮。后来由于青壮年都进了城,只有过年时才回来,因此,如果老人在过年时去世还由"八大金刚"抬着走最后一段路,等过了正月十五便只能由拖拉机拖走,既没面子又没尊严。清明之后,大爹去世了,人人都想看四拿的笑话,因为他答应过病中的大爹要找"金刚"为他抬棺。在送大爹"上山"的前一天,四拿出人意料地确定了"金刚"的人选,他确定的是那些围在一起吃夜宵、喝大酒的老弱病残,而且"八大金刚"还变成了"十六金刚"。这一

---

① 参阅申霞艳《信念与叙事——解读〈平原上的摩西〉》,《北京日报》,2015.9.24。

举动不仅改变了打狗坳牢固不破的"金刚"制度，即谁都可以成为"金刚"，谁都可以替换与被替换；而且，四拿还以此项"改革成果"获得了重返故乡的资格，当上了村长助理。四拿回来了，但"我"却带着四拿送的增高鞋，头也不回地直奔到三岔路口的搭车处，"我"要到城里打工去了。小说中，作者将自己变身为一个乡村"说书人"，让纷纭驳杂的传说、故事、人事、风情给了他丰富的表达内容，给了他对乡村的"信"与"根"的态度。他相信那些走出乡村的一些人也会像罗四拿一样，有一天在一无所有却又脱胎换骨的情况下会回到故乡的。但接下来还会有人继续走出去，一代一代无穷已，比如"我"去路口的搭车处或许就是对四拿命运的延续，或许不是，但这不要紧，要紧的是，看过了世界的"归来者"，他的世界就不一样了。①

梅驿短篇小说《新牙》：一篇充满隐喻的小说

梅驿（1976—），本名王梅芳，河北栾城人。《新牙》3月份发表在《花城》第2期，进入2015年度短篇小说排行榜。小说故事从主人公老伴的葬礼开始。一个96岁的老太太的老伴死了，按照常理，即使是做给人看，老太太也应该表现得悲戚一点。然而，老太太没有手足无措，捶胸顿足，而是从容地应对着亲人们的吊唁与安慰。老太太之所以这样，是因为她不想死。小说没有从纵深角度去讲述老人的一生，而是始终围绕葬礼这个现场，用轻描淡写的插叙，介绍了老人的身世。老人30多岁跟着从部队复员的丈夫来到农村，一住便是一辈子。在这期间，老人必须适应乡间的一切，包括她以前不熟悉的田间劳作及乡间的人情世故。老人是一个要强的女人，她自尊、自律、自爱，而且还懂得审美。她喜欢开满院子的花朵，喜欢整洁。即使到了耄耋之年，她依然爱好如故。老人的后半生却遭遇了太多的不幸。先是大儿子得肺病死了。接着二儿子和小女儿也相继死去。在孩子们一个个死去之后，老人竟然长出了新牙。这有违生理的生长，似乎是她克死孩子的明证。对此，她羞愧难当，惶恐不安，但又无能为力。她能做的，就是不再开口说话。小说最后写了老太太老伴的出殡，也是故事的高潮。重孙女小来竟然打开了棺材，看到了里面的鲜花，于是

① 参阅曹霞《"归来者"罗四拿——评田耳的〈金刚四拿〉》，《文学教育》，2015.10。

喜欢花儿的小来扑进了棺材。而此时，唢呐正吹得热闹。混乱之中，老太太终于开口了，不是呵斥不谙世事的小来，不是督促子孙准时发丧，而是问了一个看似毫不相干的问题，她问吹鼓手：你们吹的究竟是什么曲子？这是她一辈子都没弄清楚且想弄清楚的问题。她得到的回答是："大开门，小开门，连娶媳妇儿带埋人"。至此，故事戛然而止。作者对该故事的讲述采用了轻松的、诙谐的笔法，使小说有了一种自然亲切的风格，让人在不自觉之中进入到那个满含深情的但又压抑着人性的生存现场。小说中那个五岁以后"只有身胚子长、别的都不长"的小来也是一个重要的隐喻，像老太太的新牙一样，她也是一个有违常理的存在。①

陈谦短篇小说《我是欧文太太》：一篇让读者去思索的小说

《我是欧文太太》4月份发表在《广西文学》第4期，进入2015年度短篇小说排行榜。小说选用了间接记述的手法，通过第三者阿兰的口吻讲述了自己的一场陌路相逢，间接记述了一个动人心魄的人间恩仇故事。20年前的一个暴风雪天，在加拿大的蒙大拿，阿兰与丹文在一辆"灰狗"车上初次相遇。当时，丹文一心要找前夫胡力讨个说法，甚至亮出了勃朗宁手枪。原来在国内的丹文未婚先孕，孩子的父亲是胡力。但胡力在匆匆办了个婚书，并伪造了学历后去美国留学去了。丹文在国内苦等胡力一年，却收到了一纸离婚协议。丹文流产后去美国寻找胡力，在暴风雪中遇上了阿兰。丹文向阿兰诉说了这一切，希望阿兰能帮她提供线索。阿兰从照片中认出胡力就是她现在的房东逸林，但她隐瞒没说。不久，阿兰在电视上看到一起血案，一辆陷在郊外峡谷雪地中的小跑车后盖边飘着一条红围巾，车子上有冻成冰的血迹。阿兰认出红围巾正是丹文的。丹文死了吗？是自杀还是他杀？此事令阿兰深感自责。但20年后，阿兰与丹文却在阳朔西街的肯德基店不期而遇了。这让阿兰异常激动。20年来，阿兰有太多的问题要问丹文。阿兰发现，丹文的穿着十分讲究，身旁还有一位混血的美丽女儿。丹文似乎对当下的生活很满意，而且对悲伤的过往只字不提。在阿兰说了胡力已意外去世的事情后，丹文也无动于衷。丹文在告别阿

---

① 参阅丁璨《生命的伦理——评梅驿〈新牙〉》，河北新闻网，2015.5.8。

兰时只说了她是欧文太太。小说至此结束，故事结尾留下的疑团值得人深思。丹文当年应该是见过前夫胡力（逸林）的，他们可能在郊外雪地的小跑车里发生过一场搏斗。而后，胡力死在亚特兰大郊外高速公路的花生地边，没有显示出打斗痕迹，其身上盖着的是一件家属都没见过，但丹文却经常穿着的陈旧的军绿色棉大衣。这究竟是怎么回事？胡力是自裁还是被复仇？丹文又是怎样活下来的？她之后的命运又是怎样的……小说没有交代。小说的主题是"善有善报，恶有恶报"，还是"自我救赎，宽大为怀"，或两者兼而有之？作者想通过这个开放性的故事，让读者去思索。①

王蒙中篇小说《奇葩奇葩处处哀》：塑造了几个奇葩的女性形象，揭示了造成她们"奇葩"的个人、社会、历史原因

《奇葩奇葩处处哀》4月份发表在《上海文学》第4期，进入2015年度中篇小说排行榜。小说讲述了局级干部沈卓然丧妻后，好心人为他介绍对象，年长的年轻的、强势的温柔的、复杂的单纯的，各种女人心怀着各自现实的利益前来向他投怀送抱，真是奇葩朵朵，各显神通，尤其是一些荒谬的场景，一些世俗的情怀，一些呆痴的窘相，不断地冲刷着男主人公的人生体验。小说的第一章节全是抒情，是年逾古稀之人对人生的认识。第二章写半个世纪以前，沈卓然打破了一只温度计而不敢承认。他的同学欺负了美丽的女教师那蔚圚，但却认为是他干的，他也不敢辩驳。从第三章到第五章，讲述沈卓然年轻时的故事，是对后面讲述奇葩故事的继续铺垫。接下来写了四枚奇葩：一是集美女、大厨、保健员、护士等角色于一身的连亦怜，她在和沈卓然准备结婚前，要求沈卓然将房子、存款、值钱的书画首饰全部转到她的名下，并要求沈卓然在美国的儿子放弃遗产继承权。连亦怜为什么这样奇葩？小说暗示在她的人生经历中，曾受到过过分"政治化"的外婆那蔚圚的伤害；她和病儿生活贫困且有生存危机；老年婚恋中的乱象使她恐惧。二是住在郊外地下室的，对天文地理无所不知的知识型老太太聂娟娟。聂娟娟与沈卓然的恋爱是柏拉图式的。聂娟娟每次见沈卓然总是侃侃而谈，每打电话就是一个多小时，她卖晚报打发日子。

---

① 参阅公仲《陈谦〈我是欧文太太〉：吊人胃口的短篇小说》，《文艺报》，2016.2.19。

聂娟娟的生活很"讲究"，不吃鱼，不吃红皮鸡蛋、香菜、芹菜、大葱、花椒等等，乃至每顿饭量只是一个饺子或三分之二的小笼包或一个半馄饨，这种极端的、违背健康的生活"讲究"，令人感到她着实是个奇葩。比如她与沈卓然吃第一顿饭时，她只吃了三个馄饨，就这还怕把自己撑死。三是主动上门而遭拒绝，然后拂袖而去的教员吕媛。吕媛对沈卓然不乏感情，却从不考虑他的感受。她在和沈卓然交往时咄咄逼人，充满霸气；她不征求沈卓然的意见便搬进沈家；她买各种小商品时从不和沈卓然商量；她讨论起问题来也是强词夺理、不容置疑。她的喧宾夺主的主动与强势，使沈卓然处处感到被动与痛苦，最终被迫结束交往。四是为给自己的创业寻找一间写字间和半间临时住房的39岁的"女孩子"湘女乐水珊。乐水珊比连亦怜年轻11岁，她以奇特的方式进入沈家，给沈家带来了新生代的气息与生活习惯。当然，沈卓然与四位"奇葩"的恋爱均以失败告终。小说通过这些试图指出：奇葩之所以奇，不仅在于她们的"奇葩"风格，更在于造成她们"奇葩"风格的人生遭际，在于塑造、挤压、摇荡着她们人生的社会与历史。正因为如此，沈卓然恋爱失败之后的"哀"，才能深沉感人，才能俗眼不俗，眼光清明，识透天机，"充满了大觉悟与大悲悯"。作者对四个人物的刻画都相当成功，在连亦怜、聂娟娟身上体现的是物质的爱、精神的爱。小说末尾是一段总体评价，给整个故事收口，向女性整体致敬。小说表面上写的是家长里短、鸡毛蒜皮、洋相丑态，但背后却勾画出了飞速变化的世间百态，折射了命运的高高低低、苦苦甜甜。用王蒙的话来说，"我且写且加深，触动了空间、时间、性别三元素纠结激荡。何况还有正在飞速地变化着、瓦解着、形成着、晒晾着与寻觅着的众生风景，能不拍案惊奇？"在他看来，俗人亦有雅念，搞笑不无哀怨；写尽人生百态，就是透露了天机，勾画了世态，学会了宽恕与理解，展示了新鲜与发现，充满了大觉悟与大悲悯。小说标题中的"奇葩"本是个褒义词，后来演变成网络语言，带有骂人取笑的意味，但作者给它赋予了悲情化色彩。小说故事之精彩，人物之奇葩，构思之新巧，让人感慨万端，拍案惊奇。①

---

① 参阅崔建飞《中国文化报》文章，2015.8.26。

石一枫中篇小说《地球之眼》：关注了大学生就业及劳资矛盾、经济贪腐、侵吞国有资产、道德精神缺位等社会问题

《地球之眼》5 月份发表在《十月》第 3 期，进入 2015 年度中篇小说排行榜。小说主人公安小男上高中时曾经获得过奥林匹克数学竞赛的金牌，上大学后成为"电子信息与自动化"专业的高才生。后来，安小男突然对历史学产生了强烈的兴趣，于是萌生了转系的念头。安小男的父亲是一家建筑公司的土木工程师，后因业绩突出被提升为副总。成为副总进入管理层之后，安父才发现公司存在着极其严重的贪腐问题，几个领导"没有一个不贪的"。因为安父拒绝同流合污，便遭到了管理层的集体排挤、打压。到最后，在一次垮塌事件发生后，公司的管理层众口一词地把责任全部推卸到了安父头上。百口莫辩，万般无奈的安父只得跳楼自尽。安小男有一次请商教授就中国社会的腐败和道德缺失发表看法时，商教授因为看见了可能会被提拔为副校长的历史系党委书记也在跟前，就眼神迷离地说："我认为我们应该分清主流和支流，比起繁荣的、蓬勃的历史主旋律，这样那样的问题都是小小不言的。"安小男听了后一字一顿地说："我认为您很无耻。"这话使很多人被定住了，也使另一些人逃也似的离开了。商教授僵在了原地，连话都说不出来。接着，安小男手指着商教授的鼻子，开始了滔滔不绝的大鸣大放大批判。自然，他转专业的事情最终成为泡影。安小男毕业后遵从母亲的意愿，顺利地到一家银行去工作，他依靠自己出色的电脑技术成为了一名局域网的设备管理员。有一天，支行行长让安小男安装一个监控一份名单上的人在上班期间情况的特别软件，安小男觉得领导的安排明显有违做人的准则，便说："这么干很不道德。"行长于是对他进行了报复，没过多久，他从技术部门被调到了总行直属的信用卡中心做推销员。做了推销员的安小男的销售业绩非常糟糕，最后被迫下岗。下岗后的安小男，为了生计，只能发挥自己的高智商优势，成为中关村一带几所大学中赫赫有名的替考"枪手"，雇主们对他的评价普遍是："待人诚恳，业务精湛，要价合理，不留后患。"从这些评价中，可以感觉到，安小男即使已经落魄到当"枪手"，他还是在努力地恪守着某种职业道德。安小男落魄到当"枪手"的地步后，叙述者"我"即庄博益良心发现，觉得自己大学毕业前"黑"过他的钱很不对，于是便千方百计

地去帮助他。不久，"我"把安小男介绍给已经在美国扎下根的李牧光，让他利用高科技手段来远程监控李牧光的美国仓库。安小男指挥美国"那边的技术人员将摄像头安置在最合理、最精确的位置，保证偌大的仓库不留一个死角：他还修改了软件程序，升级出一套可以迅速切换视角的操作方法……总之，这套系统的精髓正是：让安小男像身临其境一样，在那两个篮球场大的空间里明察秋毫。"但安小男在使用这些完美无缺的监控系统工作时，却发现了李牧光侵吞转移国家资产的秘密。他对李牧光如此侵吞转移国家资产，不顾一大批退休工人的利益的做法觉得很不"道德"，他说："现在我是不为钱而发愁了，但却把他们抛下不管，这道德吗？"他身上这种极强的道德感主要是来自他的父亲之死，父亲之死成了他心中始终无法释怀的一种精神情结。小说从关注大学生毕业后的出路问题起始，涉及了社会底层的悲剧遭遇，也触及了诸如劳资矛盾、经济贪腐、侵吞国有资产等一系列重要的社会问题，同时更在精神的层面上紧紧围绕"道德"这一关键词提出了当下时代中国社会道德精神严重缺位的问题。①

普玄中篇小说《酒席上的颜色》：触及了非婚生孩子的尊严等问题

普玄（1968—），原名陈闯，湖北谷城人。《酒席上的颜色》5月份发表在《小说月报》（原创版）第5期，进入2015年度中篇小说排行榜。小说以一个刚满月的孩子的口吻叙述了一个非婚生孩子的成长史。刘蝌蚪自满月就目睹了母亲的屈辱、刘背头的软弱、刘背头老婆的霸蛮，因此他不断地想要杀死自己的父亲。小说触及的不仅仅是婚外生孩子的尊严问题，还有如何看待刘背头与"我母亲"爱情的问题。道德可以规范人类的行为，但不足以解释人类丰富的情感和命运。人生的丰富正在于其情感和命运并不是按照程序设计的轨道来运转，这也正是人类生活的魅力和价值之一。每一个具体的人都应当对各自人生中不可预知和超出"规划"的情形报以宽容和仁慈，把"无常"看作"日常"。如此，人人都渴望的和谐才有可能性。

储福金短篇小说《棋语·靠》：写了一个棋痴在领养孩子时亡故的故事

《棋语·靠》是作者的棋语系列小说之一，5月份发表在《作家》第10期，

---

① 参阅黄文倩《在天理与人道间——读石一枫〈地球之眼〉》，《文艺报》，2017.5.17。

进入 2015 年度短篇小说排行榜。小说写了棋痴张好行因为婚后多年不生养，张妻便极力主张他领养一个亲戚家的孩子。张好行虽不同意，但他又拗不过妻子，于是决定去乡下接孩子。在路上，他却遭遇车祸而亡。时隔两年，张好行的好友顺路去看望他的遗孀，却发现她已经再嫁，并且生育。该小说跟作者的其他棋语系列小说比起来，它的故事与围棋的联系并不是很紧密。

阿来中篇小说《蘑菇圈》：塑造了一个可爱的藏家阿玛形象，批判了唯钱是求的社会风气

《蘑菇圈》7 月份发表在《收获》第 3 期，2018 年 8 月获得第七届鲁迅文学奖（2014—2017）。小说的故事发生在一个只有二十多户人家的藏地小山村机村，叙事时间从 1955 年起始，一直写到了当下。机村山上盛产着有毒的和无毒的蘑菇。主人公斯炯姑娘是机村最早参加"革命"的人，因为她认得些字，还会说汉话，于是被招进工作组，参加了工作。斯炯的哥哥法海是宝胜寺的和尚，那里有 800 个和尚，政府决定只留下 50 个僧人，其他僧人都还俗回乡，从事生产。斯炯的哥哥也在被精简之列，但他不愿意回乡，而是逃到山里藏了起来（后来才知道，他其实是被公安局莫名其妙地拘押了起来）。这事连累了斯炯姑娘的一生。她被责成一定要找到她哥哥。到最后，因为斯炯没有完成任务，她便被逐出了就读的民族干部学校，她短暂的"革命"生涯就此彻底结束了。"四清"时期，工作组新来的女组长反复追问斯炯孩子的父亲是谁，但斯炯始终都不肯吐露实情。到了当下的"经济"时代，斯炯的儿子胆巴已经长大成人，成为一名政府官员。在这个"经济"时代，蘑菇圈变得值大钱了。斯炯对蘑菇圈精心呵护，在干旱年岁里，她把一桶桶水背上山，浇灌她的蘑菇圈，这虽然被人耻笑，但她仍然这样去浇灌蘑菇圈。在作物歉收时，她采下一部分蘑菇，分享给村里的人，使那些曾经耻笑过她的人通过各种方式给她道歉，她对之都微微一笑，向他们说不要感谢她，要感谢，就感谢蘑菇圈吧。后来，斯炯慢慢知道，自己的蘑菇圈，长着的是松茸。因为是松茸，所以价格便从 5 毛钱涨到上千元一斤，村子里便来了大批收购松茸的人。但斯炯仍旧只采蘑菇圈的一部分，不像多数的采集者，在松茸很小的时候，就连根拔起。斯炯耐心地浇灌着蘑菇，耐心地等待着它们长大，然后耐心地采摘，不破坏其根部，留下了大部分的菌子做根底，以待明年成长。小说通过对斯炯一系列动作行为和有趣的对话的描写，让我们看到了一个可爱的藏家阿玛的形象，也让我们看到了现代化的浪潮带给人内心的冲击，人们为了金钱，不惜以破坏自然为代价，砍伐大片柏树，端掉大量的蘑菇圈，将其菌丝拔除，使其像经历了一场战争一样，一片惨烈。小说沿袭了阿来一贯的对于藏区"人"的观照，用笔极具诗意，将现实融进空灵的时间，以平凡的生命包容着一个民族的历史，表露出阿来对于藏区的人的"生根之爱"。

南翔短篇小说《特工》：讲述了主人公的特工经历给他带来的厄运

《特工》7月份发表在《作家》第13期，进入2015年度短篇小说排行榜。小说写主人公"大舅"的特工经历，使他在不同的历史阶段迭遭厄运。他能骗过日本人，骗过国民党，骗过妻子，却骗不过造反派，他死守秘密的面容下藏着对"文革"非人性的无声控诉。"大舅"离世后，带走了太多尘封的个人秘密与历史潮汐。掩卷之余，令人无限忧伤与感慨。小说烛照出大时代的变迁，是历史与现实的交融，记忆与反思的并峙，思考与审美的偕行。

东西长篇小说《篡改的命》：表现了城乡之间的文化冲突及区域文化认同的问题

《篡改的命》7月份发表在《花城》第4期，进入2015年长篇小说排行榜。小说讲述一个名叫汪长尺的农村高三毕业生虽然高考超分，但因填报高考志愿时出现"失误"，没有被录取。汪长尺的父亲汪槐年轻时，参加招工，但却被人莫名顶替。基于这种教训，汪槐怀疑儿子的志愿被人动了手脚，于是进城抗争，结果却遭到意外而摔成重伤。汪家重担于是压在了汪长尺肩上。为了还债，汪长尺进城打工，因领不到薪水替人去蹲监狱，出来后继续讨薪，被捅两刀。正当汪长尺处在人生的低谷时，一个名叫贺小文的姑娘爱上他，并且很快嫁给了他。小两口带着改变汪家命运的重托来到省城，但一道接着一道的难题使他们无能应对……他们一边坚守一边堕落，一边堕落一边坚守。当他们的孩子汪大志出生后，汪长尺觉得自己的墨色将来会染黑儿子的前途，于是，他不惜以生命为代价去换取儿子命运的重写。最终，汪长尺不仅成功地"篡改"了儿子的命运，也顺带"篡改"了自己的命运。在该小说中，作者尝试在一种独立封闭的南方语境中来表现全球化时代困扰中国农民的命题：当空间上的流动已经不再成为障碍的今天，空间上的差异及其存在的意义何在？小说虽然表现的是城乡之间的文化冲突，但展现的却是全球化时代区域文化认同的这一复杂问题。小说在呈现城市生活与乡土风俗时，现实主义和现代主义创作方法并用，笔法老辣，文字生动，细节扎实，虚实恰当，语言幽默，可读性极强。①

张欣中篇小说《狐步杀》：直面了现实问题，传递了"接地气、贴民心"的正能量

《狐步杀》8月份发表在《北京文学》（精彩阅读）第8期，进入2015年度中篇小说排行榜。小说以一起凶杀案的侦破为主线，讲述了柳三郎、苏立（苏而已）、苞苞、端木哲等人的情感纠葛乃至爱恨情仇，以及公安刑侦员周槐序对苏而已的爱慕之情。故事从两起看似普通的案件展开，老干部老王因为看护的疏忽突然死亡，在医院与家属的调解中，老王家庭中暗藏的所有矛盾迅速恶化；服装设计师柳三郎因为妻子有外遇而离婚，而他妻子的外遇又因私制冰毒而被通缉，然后他一夜之间人间蒸发……警察忍叔和年轻的搭档周槐序深藏在民间，密切关注着有关的蛛丝马迹，在缓慢的进展中，真相在敬业和专注中慢慢走向清晰，所有的事件都出人意料，却又在情理之中。小说在描写时代的紧张气氛与戾气的同时，生动地塑造了警察忍叔的形象，忍叔平凡而坚韧，沉默而专注，敬业而执着，十多年如一日地默默追踪着一桩看似毫无进展、毫无线索的案件。在忍叔身上，有着作者对当今时代某种人性的赞美——"总有一些笨人忠于职守，总有更多的人选择正直、善良、是非分明，专注到极致"。小说故事以南国为背景，以通俗化的手法、独特的题材和视野，将南国都市的人和物展现得淋漓尽致，不仅拥有直面现实问题的社会性容量和人性内涵，更传递了"接地气、贴民心"的正能量。小说情节紧凑，引人入胜，写爱情的语言美轮美奂，语言富含哲理。②

---

① 参阅饶翔《在真实与荒诞之间——读东西〈篡改的命〉》，《小说评论》，2016.1。
② 参阅许峰《论〈狐步杀〉的侦探叙事及张欣写作的意义》，《岭南师范学院学报》，2016.4。

祁媛中篇小说《我准备不发疯》：表现了现代人孤独的生存状态

祁媛（1986.7.1—），生于东北。《我准备不发疯》9月份发表在《收获》第5期，进入2015年度中篇小说排行榜。该小说是一部表现现代人孤独生存状态的作品，它并没有连贯性的故事情节，只是连缀了若干生活细节与场景。它的第一人称叙事沿着两条线索展开。一条是女主人公"我"即莫莫的情爱故事。莫莫是一位32岁的未婚女性，在宏达广告有限公司从事广告策划工作。和她发生情感纠葛的，是一位名叫陈杰的画家。但按照陈杰的说法，他虽然爱莫莫，却不准备和她走进婚姻殿堂。莫莫有一次在帮着陈杰收拾居所的时候，发现了女人的头发丝，这让她陷入胡思乱想中。莫莫继续搜寻后，她在陈杰画室中发现了闺蜜小雅的全裸画像。这一发现，顿时激发了莫莫沉潜许久的嫉妒心理，她用美工刀毁坏了画像。画像被毁坏及后来手机卡被砸毁，自然终结了莫莫和陈杰之间的关系。另一条线索是莫莫母亲的发疯。莫莫父亲死了多年，她母亲再婚又离婚，住在外公外婆家里。时间久了，外公开始烦她，觉得嫁出去的女儿老住在家里不像样，彼此分开吃饭。莫莫母亲再次落单，再加上她曾被舅公和数学老师性侵，这些因素使她最终发疯，被送进了精神病院。但在病院，莫莫看到的却是母亲被两个护士迫害的场景，她们把母亲像犯人一样从车上拖了下来，架进了住院部的铁门，"她俩把母亲往床上一摁，手脚一捆，母亲便呈大字状被绑在床上了"。经过了一番折腾之后，"现在，母亲已经像一尾剥了壳的大虾一样躺在床上了，她扭动着，好像知道自己即将被扔进滚烫的煎锅里似的，不停挣扎，嘴里发出啊啊啊的声音"。这些描写，说明母亲"被迫害"的情景与她发疯之间存在着互为因果的关系。因为"被迫害"，所以发疯，发疯后，就更加逃脱不了"被迫害"的命运。小说结尾是莫莫对疯子母亲产生了强烈的认同感。小说的标题是"我不准备发疯"，但结尾却是莫莫的发疯。就此而言，标题具有反讽特质。①

陈彦长篇小说《装台》：讲述了一场以父女矛盾为中心的家庭风暴

陈彦（1963.6—），陕西镇安人。《装台》10月份由作家出版社出版，进入

① 参阅王春林《现代人的一种孤独，〈我准备不发疯〉》，《收获》杂志，2016.6。

2015 年度长篇小说排行榜。小说主人公刁顺子是西京城里的装台明星，他把"装台"作为主业，围绕他的是一群以此为生的底层人物，如大吊、猴子、墩子等这些来自乡村的人。顺子娶回第三个老婆蔡素芬后，他那个丑陋且缺少爱的大女儿菊花长期处在抗议之中，她用勒死狗的极端行为来阻止父亲和蔡素芬生活在一起，使蔡素芬和顺子的养女韩梅相继"晕厥"。菊花勒死狗后，她没有看到父亲的愤怒，觉得父亲就是一个窝囊废，和他在外带领大吊、猴子、墩子等兄弟揽活"装台"的形象不一样。其实，菊花在顺子心里一直是一个阴影，她"嫁不出去"。后来，菊花虽然和爱她的烟酒商人谭道贵结婚了，但谭道贵因为制造假酒案发，他们的婚姻便戛然而止。菊花在深秋的一个下午回到娘家，顺子看见她那张在韩国整过的面容有些歪，有些塌陷。菊花回来后，顺子家一直处在不安宁之中，导致蔡素芬、韩梅最终都离开了顺子。后来，顺子又娶回第四个媳妇周桂荣，但菊花继续无休止地制造起不安宁，周桂荣也只得选择离开顺子。菊花想着的是把父亲顺子牢牢地囚禁在孤独的深渊中，使他无法选择，也无法选择。菊花作为家庭舞台中的绳索，在"捆缚"父亲的时候，她自己也始终没能跳出这根绳索的束缚。不久，顺子又娶回了第五个媳妇，离家出走了一段时间后的菊花也失望地回来了。顺子似乎又要经历一场家庭风暴和心灵苦难了。小说塑造的菊花、刁顺子、蔡素芬等这些人物的性格特征都非常鲜明，小说也关注了民生、人性、情感、女性问题，叙事语言淳朴、厚重，对秦地的风貌也进行了深情的描写。

袁劲梅长篇小说《疯狂的榛子》：对 20 世纪的中国历史进行了鞭辟入里的批判性反思

袁劲梅，生年不详，现居美国。《疯狂的榛子》11 月份发表在《人民文学》第 11 期，进入 2015 年度长篇小说排行榜。小说写在抗战期间，美国人瑞德和马希尔等来到中国参加了"中美空军混合联队"，以实际行动来支援中国的抗日战争。小说主人公之一的范笛河在他留下来的《战事信札》中对战争进行了深度思考。范笛河认为给日本军队干活的"大多都是汉奸"，他的话遭到了美国人怀尔特的坚决反对。怀尔特说他们是民工，是被日本人逼的。怀尔特的观点让范箔河备感震惊。马希尔对中国抗战乃至中国文化做出了深刻反省，他认为衡阳失陷的原因是由"中国整个社会都好像是按军衔编制设的"导致的，"走到哪儿都有上下级。""美国军队有严格的军衔等级，那是为了有效打仗。可你们的军衔等级，也不是为了有效打仗，是为了有效统治。"同样对战时中国社会问题进行细致观察的是老兵汤姆森，他是第 14 航空军中的罪犯，但他的犯罪，与中国军官"在这么糟糕的生死关头，不打仗，反而在黑市上从商有关"。范箔河是"中美空军混合联队"的队员，与舒家二小姐舒暖相爱，但最后，又与舒暖分道扬镳。这与范箔河父亲、爷爷的政治选择有关。"范爷爷和他的两个儿子，先是潜伏在国民党里的共产党，后来都成了潜伏在共产党里的'美国特务'。"抗战胜利后，一直没有暴露自己真实政治身份的范箔河，先是参加了内战，然后随着失败的国民党退到了台湾岛。1951 年，范箔河驾着"浪榛子Ⅱ"从台湾返回大陆。已有孩子的舒暖乘"宏远号"不顾一切地从澳门回到内地来找范箔河。舒暖在看到与范箔河结合无望的时候，吃了安眠药自杀，所幸被及时发现，未酿成恶果。1960 年，范箔河被定为"右倾"分子发配下放到南方小镇金湖村劳改时，舒暖追随至此，他们在这里生育了一个名叫"浪榛子Ⅲ"的孩子（"浪榛子Ⅰ"和"浪榛子Ⅱ"都是范箔河在抗战时期曾经驾驶过的飞机）。但在那样一个"特殊时期"，"浪榛子Ⅲ"自然不能以真面目示人，只能改头换面，变成舒暖闺蜜好友南诗霞的孩子。小说中另外一位主要人物是王一南。王一南是与舒暖同乘"宏远号"返回内地的一位知识分子，曾经在 N 大教了十多年"革命战地新诗"。"文革"中，王一南在劳改农场被红卫兵要求脱光衣裤，当众接受检查，他愤而自杀。小说为读者提供了一个深入理解认识 20 世纪中国历史的契机。作者依托这种套嵌式结构对 20 世纪中国历史进行了鞭辟入里的批判性反思。①

曹军庆中篇小说《云端之上》：表达了对一个"宅男"的可怜可叹可悲可恨之情

曹军庆（1962—），湖北广水人。《云端之上》11 月份发表在《长江文艺》

---

① 参阅王春林《文明的高度与历史的反思——关于袁劲梅长篇小说〈疯狂的榛子〉》,《上海文化》, 2016.9。

第 11 期，进入 2015 年度中篇小说排行榜。小说中的焦之叶是一个宅男，他不是因为网瘾太大而不愿走出屋子，而是害怕外部社会给自己带来伤害。他于是选择了当一个宅男。父母面对独生子变成了这样一个"怪物"，焦虑不已。母亲为了引诱儿子出门，想出了假扮妓女勾引他的歪招，但收效甚微。在没办法的情况下，父母对儿子的"死宅"采取了放任态度。不久，父亲孤独地死了，只给母子俩留下了一点赔偿金。小说结尾是焦之叶固守的小破屋被一个无证驾驶的少年撞飞了。小说没有对这个社会如何压制、打击、拒绝了焦之叶的情况进行详细交代，但他心理得病的原因无疑与这个社会有关。另外，作者在可怜可叹可悲可恨这个青年时，也谴责了他的父母的教子无方。

王啸峰短篇小说《井底之蓝》：揭开了一段苏州城的野史谜团

王啸峰（1969— ），江苏苏州人。《井底之蓝》12 月份发表在《上海文学》第 12 期，进入 2015 年度短篇小说排行榜。小说写"我"着迷于一间黑屋子里发生过的人事：消失的老万头，投井的女工宣队员，奇怪的声响，井里腐臭的气息，倏忽出没的蓝衣人及街坊邻居对各种奇异之事神神叨叨的谈论……这些激发着"我"与舅舅、小伙伴东东的好奇心，我们决定去小黑屋探索一番。我们付诸多次的探究行动后，都无功而返。终于有一次，"我"遇见了蓝衣人，"我"被他带到了井下，在水的夹缝世界里游历了一番。回来后，"我"从外公那里听到了当年蓝衣人营救元朝末年抗元起义领袖张士诚的故事。小说以姑苏城的气息为底蕴，用平实而富有神秘性的语言，揭开了一段苏州城的野史谜团。

2016 年

尹学芸中篇小说《李海叔叔》：讲述了城乡两家人的友情由浓变淡的情况

尹学芸（1964.3—），天津蓟县人。《李海叔叔》1 月份发表在《收获》第 1 期，进入 2016 年度中篇小说排行榜，2018 年 8 月获得第七届鲁迅文学奖（2014—2017）。小说的故事跨越了半个多世纪，写"我"父亲和李海叔叔是结拜兄弟，"我"家在农村，李海叔叔在一个煤矿工作。20 世纪 50 年代的困难时期，李海叔叔每年初一都要带着煤矿上的一些故事以及乡下人所神往的"城里"的一些东西到"我"家拜年，"我"父母每次都会给他家一些粮食。"我们"两家的感情很深，其纽带就是"我"。几十年后，当"我们"两家的第二代再度走到一起时，李海叔叔已经去世了，李婶也因为再嫁，与她的子女的关系不尴不尬了。尤其在当今天的经济条件越来越好，粮食也不缺了的时候，"我们"两家的隔膜比以前深了许多。小说描摹了友情的弥漫及两家人的友情由浓变淡的情况，也描摹了在极度贫穷的状态下，人们所表现出来的点滴的狡黠和市侩。

徐则臣中篇小说《狗叫了一天》：写了"北漂"者精神上的狂躁焦虑

《狗叫了一天》1 月份发表在《收获》第 1 期，进入 2016 年度短篇小说排行榜。小说写了"北漂"者生存的艰难与辛酸，里面讲述了两组"北漂"小人物的故事：一组是张大川和李小红夫妇，他们赖以维持生计的职业是贩卖水果，他们在贩卖水果时还要照顾傻儿子小川；另一组是行健、米萝以及叙事者木鱼，他们三人都是发野广告的，"基本上是昼伏夜出，经常大清早才能爬上床"。两组小人物毗邻而居。张大川夫妇每每在出门卖水果时，都会把傻儿子小川托付给富有同情心的木鱼照顾。但行健和米萝反对木鱼照顾小川。他们俩之所以反对，是因为他们被小川父母养的一条狗给吵烦了。他们要求小川父母把狗及小川都带走。最后，木鱼把小川还给了夫妇俩。夫妇俩只好带着傻儿子去街上卖水果。夫妇俩一走，行健和米萝就决定好好折腾一下他们的狗。他们把排骨汤涂抹在狗的尾巴上后，让狗去咬自己的尾巴。狗为了咬住自己的尾巴，被折腾得发疯了，它几次向大门发起了冲击。有一次，当狗又向大门发起冲击的时候，张大川夫妇骑着三轮车回来了，张大川为了躲避疯狗，猛地刹了一下车，但车翻了，他的儿子被车压死了。小说的结局是小川死了后，疯狗不停地往门上撞，最终把自己撞死了。张大川夫妇也回老家去了。作者通过犀利的笔触，深深地切入了"北漂"的精神深处。行健和米萝为什么一定要恶作剧地折腾那条狗呢？表面上看是因为那条狗干扰了他们的午睡，但究其根本，他们的恶作剧行为所反映出的其实是底层小人物长期被压抑所导致的一种内在精神的狂躁不安、精神焦虑。①

冯骥才短篇小说集《俗世奇人》（足本）：描写了清末民初天津卫的市井生活、社会风土人情

《俗世奇人》（足本）1月份由人民文学出版社出版，2018年8月获得第七届鲁迅文学奖（2014—2017）。小说写晚清光绪年间，天津卫本是水陆码头，居民五方杂居，性格迥然相区别。然而，燕赵之地，血气刚烈；水咸土盐，风俗习惯强悍。近一百多年来发生的中华大灾大难，没有一个不与它有关，于是产生出了各种怪异人物，既有显赫达贵，也有市井小民。作者以《俗世奇人》为名，写了清末民初天津卫的市井生活，社会风土人情，每个人一篇，各不相关。该小说集在2008年曾经出版过，当时只有18篇小说，文字极精短，半文半白，带有"三言两拍"笔意。2016年版收录36篇小说，多数为《小小说选刊》刊载。书中所讲之事，多数长期流传在津门民间，人奇事异，生动有趣，令人惊叹不已。作者重写人物之奇，这些奇人可以分成三类：一类是令人仰视的俗世奇才，作者对他们持肯定态度，比如具有时代工匠精神的刷子李、泥人

---

① 参阅杨雅雯《〈狗叫了一天〉中的荒诞现实与浪漫》，《青年文学家》，2016.33。

张、张大力、狗不理等，他们都是每个行当里的能耐人，对手艺很讲究，对事业很执着，对生活很认真，值得当代人学习。第二类是可以平等对视的一些俗世怪才，作者对他们持褒贬态度，比如苏七块这个人具有妙手回春的能力，但却缺少点医者仁心；具有一双火眼金睛，但却缺少点自信。第三类是可以让人俯视、让人批判的俗世歪才。作者对这类人进行了讽刺和批判，比如用死鸟贺道台且在酒里掺了水的酒店老板、靠卖嘴皮子为生的杨巴等，读者从这些人身上看到的是良知和道德的欠缺。作者用看似轻松的笔调，写出了他对民族前途的忧思。《俗世奇人》的艺术特色体现在：首先，作者以境写人，即以地域风貌、风土人情、生活风尚、生活环境等社会背景写人，所写文字真实地刻画了天津卫在晚清光绪年间所特有的社会风貌。其次，作者运用大量的富于诙谐、嘲讽和节奏性的语言进行叙事，给小说笼罩上了一层"津味"色彩。最后，作者也借鉴了相声表演的模式来对大量的奇人奇事进行描写，这在书中表现为"捧哏""逗哏"的情节模式。如《小达子》写了小达子在电车上偷窃，结果被高人反偷；《泥人张》写了泥人张与暴发户海张五的对立。其他篇什也莫不如此。①

陈希我中篇小说《父》：描写了一家"父不慈""子不孝"的情况

《父》1月份发表在《花城》第1期，进入2016年度中篇小说排行榜。小说讲述了四个兄弟和他们的父亲之间的矛盾冲突。"我"是一个普通的工薪族，年事已高的父亲住在"我"家。但父亲却不慈，属于凶神恶煞一类的人，他年轻时生活在"革命"凌驾于一切社会事物之上的那个时代，这使他的精神深处摆脱不了时代因素的强势控制。在那个时代，"我们几个兄弟都是放养大的，没给父母添多少事。母亲说，父亲抱都没抱过我们"。基于此，我们兄弟几个便对父亲没有亲近感。当父亲老了后，他患上了老年痴呆症，多次出现了迷路情况。有一次，他竟真的失踪了。父亲失踪后，我们兄弟相互推诿，竭力逃避为人子的责任。如果父亲还活着，他就会继续住在"我"家。所以，"我"和妻子暗暗期盼着失踪的父亲不会被找回来。小弟在异国他乡，他同样离真正的

---

① 参阅沈滨《奇才·歪才·怪才：论冯骥才的〈俗世奇人〉》，《兰州教育学院学报》2018.5。

"孝顺"很远。小说结尾是：警方让我们去北京接回父亲，但很快又传来父亲去世的噩耗。"我"儿子一力却一再强调他爷爷已经回家。这样的结尾在显示这家人"父不慈""子不孝"的事实时，也犀利地谴责了四个儿子都是属于忤逆之子的这样一个事实。小说题目叫"父"而不叫"父亲"，其意在于要赋予小说一种抽象性的意味，展示"父不慈"与"子不孝"的现象。①

苏童短篇小说《万用表》：思考了现代科技、城市文明是否真的能让人拥有更多的智慧和更大的幸福等问题

《万用表》1月份发表在《钟山》第1期，进入2016年度短篇小说排行榜。小说中的小康是一个在传统道德里浸淫、长大的乡村少年。他在城市的一家瓷厂宿舍里用自以为正常的孩童化、女性化心理"忍"着人欲。不久，他在以大鬼为代表的城市文明的"启蒙"或曰"诱惑"下释放出了蓬勃的荷尔蒙。大鬼对他提及小姐时，他"眼睛一亮，闪避着大鬼的目光"。大鬼离开后，他便模仿着做了染发、刺青、自由恋爱等。一个礼拜之后，小康跟厂里请了五天假，离开了宿舍；五天后，他给厂里打来电话说家里出了点事，还要过五天才能回来。但过了好久，他的表兄来宿舍收拾东西，人们才知道他一去不返的谜底："他老婆跳了崖，没死成，落了个全身瘫痪"。小说以"康"命名小康，但小康其实并不健康，他在小说前半篇的蒙昧状态代表着今天依然盘踞于山区的旧道德，就像家里人说的，后来他却在瓷厂学坏了。大鬼的"鬼"代表着古怪、诡秘、歪门邪道、隐隐的不安和威胁。小说题目万用表作为符号，一方面是科技的象征，科技在不同人的手中体现着万用的功能；但在精神层面，科技又是"无用"的。作家通过该小说传达着他近几年在很多作品中思考的东西：现代科技、城市文明是否真的能让人拥有更多的智慧和更大的幸福？转型和改革是否真的已经使人类告别了悲剧、获得了救赎？倘若所谓的新与旧、城与乡都难以成为人类命运最终的安息地，那么我们的路途又在哪儿？②

周李立短篇小说《爱情的头发》：展现了人物无所皈依的情感与内心隐痛

周李立（1984—），四川人。《爱情的头发》1月份发表在《上海文学》第

---

① 参阅王春林《评陈希我〈父〉：僭越与颠覆》，《文艺报》，2016.7.6。
② 参阅顾星环《一种无能的力量——评苏童中篇小说〈万用表〉》，《文艺报》，2016.5.17。

1期，进入2016年度短篇小说排行榜。小说中的许小言是一个训练有素的护士，专业知识扎实，天真、友善，但也比较冷酷，甚至还有些歇斯底里的自虐倾向。她与有妇之夫方卓的交往，表面上看不求名分，也不为实利，更没有做出破坏他家庭的行为，她渴望的似乎只是一种情感上的满足。但实际上，这种悬置的情感，使许小言从一开始就将自己置身在一种异常尴尬的困境之中，注定了是没有结果的投入。随着时间的推移，许小言在种种理性与非理性的挤压之下，变得焦躁而烦闷，那种无根的情感所造成的内心隐痛，开始无休止地折磨着她。她先是失去了给方卓拔白发的兴趣，随后又神经质般地改为吃素，最后则以自残的方式来拔自己的头发，以排解内心的疼痛和生命的困境。就在这种不断加深的自虐中，许小言无助而绝望的人生展露无遗。小说并没有展示许小言和方卓之间那种尖锐的正面冲突，而是通过一些有意味的细节，将许小言无所皈依的情感与内心隐痛如蒜瓣一样剥离开来，从而表现出她那难以承受的生命之重。小说文笔细腻，对人物的刻画惟妙惟肖，对人物的外貌、神态、动作、语言描写都很细致。①

贾平凹长篇小说《极花》：关注了贫困农村里男性的婚姻问题

《极花》共约16万字，1月份发表在《人民文学》第1期，进入2016年度长篇小说排行榜。小说的创作素材来源于作者的一位老乡的真实经历：十年前，老乡的女儿被拐卖，历尽千辛万苦被解救回来之后，女儿却无法融入原先的生活了，她最终又回到了那个地方。小说中的女孩胡蝶是一个不甘于重复父辈生活的姑娘，她为了摆脱农村，尤其是为了摆脱农村姑娘的身份，便想将自己变成一个城里人。当她到了城市后，她按着城市人的标准去生活，去审美。她喜欢穿高跟鞋、小西服，也喜欢房东的大学生儿子。这些使她对未来充满了向往。但是，当她第一次出去找工作时，她却稀里糊涂地被人贩子贩卖到了中国西北的一个村子里，给一个叫黑亮的男人当媳妇。黑亮和他的父亲及瞎眼叔叔对买来的胡蝶几乎是倾其所有地供养着，只求她能留下来。其间，胡蝶也经受了种种折磨。当公安部门来营救她时，全村村民都来给黑亮家帮忙，他们与

① 参阅欧阳光明《短篇小说教学与文本解读》，《文学教育（上）》，2017.3。

警察及记者进行了几近殊死的搏斗，其中一个光棍汉猴子喊道："你解救被拐卖妇女哩，我日你娘，你解救了我们还有没有媳妇！"这一句喊，道出了症结所在。黑亮家所处的山村，贫瘠偏远，女性流失出去后，很少再有女性嫁进来。警察解救了胡蝶后，她的命运并未得到改变，周围人的冷嘲热讽使她的内心异常痛苦，她变得性格孤僻，少言寡语。最后，她又回到黑亮家，和黑亮生活在了一起。这是一部现实主义的作品，也有自然主义的影子，它凝聚于一个人的视角，让那个可怜的名叫胡蝶的被拐卖来的女子来唠叨，叙述她的遭遇，展示她所看到的外部世界和经历过的内心煎熬。胡蝶和作者的小说《带灯》中的主人公带灯一样，都是有文艺气质的女性，都在现实面前不断抗争，但她们一个是胡蝶，一个是萤火虫，都是飞蛾扑火式的小虫子，对现实无力抗争，最终只能妥协。小说虽然是从拐卖人口事件入手，但真正的着眼点却是当下中国最为现实的贫困农村男性的婚姻问题，是城市不断壮大，农村迅速凋敝的问题，具有震撼人心的现实冲击力。①

盛可以长篇小说《取暖运动》：对当代人的生活和心理进行了深刻的反省和洞察

《取暖运动》1月份由春风文艺出版社出版。小说写冬天来到长春后，巫小倩出于一种身体需要，必须找一个人来取暖。她不断给南方的死党打电话取暖。死党们说，找个长春男人恋爱吧，没有爱情滋润，女人容易枯萎。巫小倩的取暖运动便开始了。巫小倩需要在长春待半年，为的是完成一部报告文学。在这个半年时期内，她却跌入了一个真空时期，没有遇到什么暖心男的爱，这使她对身体的温暖陷入了空前的渴望之中。她挖好陷阱，等待猎物，结果身强体壮、激情澎湃的雄性动物刘夜掉了进来。巫小倩内心里的窃喜自不待言。她只管把刘夜当作取暖工具，完全不管他的身体能否承受。其实，她与刘夜是完全不同的两类人。在取暖运动如火如荼地开展一段时间后，刘夜表示要娶巫小倩，但巫小倩却没有嫁给刘夜的愿望。于是两人的关系变得曲折起来。六月天气已经很暖和后，巫小倩自然不需要取什么暖了。其实，在内心里，刘夜和巫

---

① 参阅谭宇宏《贾平凹〈极花〉：这并不是一个拐卖故事》，《深圳晚报》，2016.5.12。

小倩都把对方看作累赘。他们真是一对狗男女。小说就这样结束了。小说将巫小倩和刘夜的内心世界细腻地呈现了出来，他们最终发现，取暖运动其实将各自灵魂的面纱撕开了。作者以冷静清晰的叙述体现出她对当代人的生活和心理进行了深刻的反省和洞察，说明天长地久的爱情神话已经被杯水主义的享乐态度所取代。在巫小倩的身体得到温暖的同时，她荒凉的内心世界却难以温暖起来，甚至显得更为苍凉，成为一片绝望的没有生机的荒原。①

方方长篇小说《软埋》：呈现了真实的历史，写了人与人之间在利益和性格上的冲突

《软埋》近20万字，2月份发表在《人民文学》第2期，进入2016年长篇小说排行榜。小说由两条线索交织叙述，一条线是今天的人们去寻找和发现历史真相的过程，是正着写的线索，具体就是女主人公丁子桃（原名胡黛云）对过去的事情一点儿也想不起来了，但有时候，她却会在无意之间流露出对过去的记忆。这让她的企业家儿子吴青林怀疑她可能曾经是一个大户人家的女子。吴青林还发现父亲吴家名生前留下的日记本，知道父亲竟然不姓吴，他是一个地主子弟，祖上在川东一带。吴青林于是到川东考察，结果发现了一处神秘荒废的名叫"三知堂"的庄园。吴青林想起母亲曾经说过这个地名。他在和"三知堂"所在的陆晓村的干部交流后，最终断定母亲就是"三知堂"的人。"三知堂"是地主陆子樵的庄园，陆子樵在辛亥革命时立过功，在抗日战争时接济过游击队，在解放战争时为解放军帮过忙，在政府号召捐粮时捐了很多粮食。陆子樵显然是一个开明的地主，但解放后，陆子樵及家人却遭到了批斗。在批斗会上，陆子樵为了保住胡黛云的性命，让她在批斗会上表态，与他们划清界限，然后让她当场焚烧地契，并打他们的耳光。胡黛云做了之后，得到了一条生路。但她的公公陆子樵及一家人最终还是被迫集体自杀了。胡黛云用没有任何棺椁的软埋方式把家人埋葬在庄园的花园里后，就只身逃走了。但在路上，胡黛云却落水并失忆了。医生吴家名救起她后，他们两人后来就生了儿子吴青林。吴家名还给胡黛云起了丁子桃这个名字。就在吴青林奔赴川东进行实地调

① 参阅邢孔辉《灵魂何以取暖——盛可以〈取暖运动〉细读》，《海南师范学院学报（社会科学版）》，2006.3。

查接近尾声，眼看就要真相大白的最后时刻，他却选择了逃避，他不敢也不愿正视陆子樵一家被软埋的残酷历史，他希望真相继续被软埋，直至永远；而且他认定，即使试图去发掘真相，也不可能找到。但是他的同学龙忠勇却坚决地选择了继续探寻，因为他认为，即使当事人的后人不需要，历史也需要真相。吴青林从川东回来后，想把母亲从痴呆状态中唤醒，但母亲却在痴呆中对着幻境中的天雷愤怒地大喊道："我不要软埋。"这是她说的最后一句话。吴青林听到后，知道母亲要在最后一声的叹气中把这个秘密永远地尘封起来了，所以她至死都没有说出这个秘密。另一条线索则是陆子樵一家被软埋掉的历史事实的层层复现，是倒着写的线索。先写丁子桃和家人一起被打入十八层地狱的惨状，原因是她说了错话，把全家人带入了地狱。陆子樵过去曾经做了对不起王四一家人的事情。有一天，胡黛云（即丁子桃）给王四的后代金点讲了陆王两家的怨仇。金点便利用自己是土改工作组的领导人的权力公报私仇。陆子樵在遭遇到金点的报复时，他主动选择了"软埋"，他及家人死得很悲壮。金点也没有想到陆家人集体自杀的惨痛结果，事后他给陆子樵立了碑，表明了他有忏悔之心。当陆家人集体自杀之后，胡黛云和后来做了尼姑的小茶以及疯了的富童都软埋了自己当初的记忆。吴家名是陆子樵的儿子，他也软埋了自己的身世。

小说发表后，褒贬不一。按作者方方自己的说法，小说名字"软埋"有两层含义："有些人直接被泥土埋葬，这是一种软埋。而一个活着的人，忘却过去，忘却自己，无论是有意识地封存往事，还是下意识地拒绝记忆，也是软埋。只是软埋他们的不是泥土，而是时间。时间的软埋，或许就是生生世世，永无人知。屏蔽历史事件，就是软埋自己的方式。"小说用两条线索交织着塑造人物，处理故事情节，体现出很高的技巧。地狱中的十八个场景，彼此衔接，一环扣一环，形成一部完整的悲剧。小说在历史的层面上，显示出了现实主义文学的力量。它在尽可能呈现真实的历史，恢复历史的本来面目时，将决定历史的各种因素同时呈现出来。阶级斗争是历史大背景，它决定了地主阶级被镇压是一种历史的必然性，但是必然性中有偶然，陆子樵作为爱国和开明地主的特殊经历，可以使他避免被镇压。然而偶然之中又有偶然，他与王四一家的私人历史恩怨又使他的全家死于非命了。小说的主题不仅是文学的，历史的，更是哲学的。在哲学层面上，"软埋"意象超越了文学和历史学上的意义，而变成了一种极具普遍性和概括力的概念。软埋是多义的，作者把人死后用土直接掩埋尸体的入葬方式和人在世时用时间把自己的记忆埋葬的方式联系在一起，称作两种相似的"软埋"，总之都是使被埋葬的东西"不再暴露在阳光之下"了。后一种软埋，作为前一种软埋的延伸，含义深广。①小说带给人太多的沉重，它的整个故事体现了人性的多面特质：在丁子桃最绝望无助的时候，一向忠心于她的用人富童毅然决然地抛弃了她；面对快要揭开的过往真相，吴青林和龙忠勇却做了不同的判断和决定；面对"土改"这同一个历史事件，吴家名和刘晋源的态度却存在着天壤之别……小说也写了很多人与人之间的利益和性格冲突。②

孙颙中篇小说《哲学的瞌睡》：反映了权钱等世俗之物对如今的学术界造成的冲击及一些学者迷失自我的丑态

孙颙（1950— ），浙江奉化人。《哲学的瞌睡》2月份发表在《上海文学》第2期，进入2016年度中篇小说排行榜。小说写"我"作为首席记者被主编派回到母校给恩师古教授祝寿。"我"进入学校后接到了留在母校任教的师妹的电话，她告诉"我"古教授在过寿辰的前一天突然失踪了。古教授的儿子古公子对他爸一部重要的手稿《哲学的瞌睡》的不知去向很着急，他要求莫明校长代表学校立刻报警。《哲学的瞌睡》是古教授用小楷写的，娟秀端庄，在书法界颇有名气，曾有土豪开价两百万，但被古教授婉拒了。其实，古教授是因为看不惯莫明借着给自己办祝寿活动，实则是为自己的晋升铺路才离家出走的。但古公子认为他爸是被人拐走的。"我"到了莫明校长的办公室外面时，古公子正和他老婆同莫明争吵着。"我"见他们闹得很厉害，就去了居住的酒店。第二天一大早，莫明校长到酒店来探"我"是否与古教授串通的口风。在没得到任何消息后，他便去接从德国回来的著名教授郭文师兄了。郭文和莫明都是古教授的得意门生。在古教授不知去向的情况下，莫明想让郭文来

① 参阅李昕《方方的〈软埋〉：如何面对历史上的难言之隐》，深圳新闻网，2016.8.15。
② 参阅吴宝林、王维、卢云芳《方方长篇小说〈软埋〉漫谈》，《长江丛刊》，2016.5。

会上救场。晚上，莫明拉着"我"去说服郭文。郭文便询问古教授的去向，莫明说因为古公子整日盯着钱，盯着教授的手稿，惹怒了古教授，教授便离家出走了。在晚宴快要结束的时候，郭文发现，莫明在大会的主题"金融危机与哲学视角"下加了"丧钟敲响了"的副标题。郭文指出这个副标题太过骇人听闻了，若不取消，他就拒绝演讲。莫明强压下火气，答应拿掉副标题。到了第二日，所有媒体都到场了，莫明想了各种办法来阻止领导们到场。因为领导们是冲着古教授的名声才来的。但当他们到场后，他们发现教授没来，于是都等着看莫校长如何圆场。莫明去致辞时，刚说了"尊敬的各位来宾，老师们，同学们"的话，古教授突然推门而入了，整个报告厅霎时沸腾了起来。其实，古教授最后愿意出席会议是"我"劝说的结果。莫明在感到意外之后，迅速调整了情绪。他拿出之前准备好的稿子抑扬顿挫地讲了起来。但古教授却安详地睡着了。小说写出了学术界的异化情况，刻画了古教授、古公子、莫明、郭文及"我"先生等一系列鲜明的人物形象，反映了如今权钱等世俗之物对学术界造成的冲击及一些学者迷失了自我的丑态。①

房伟短篇小说《中国野人》：讲述了一位农民被日军抓到日本做劳工后变成了"野人"的故事

房伟（1976—），祖籍山东济南，生于山东滨州。《中国野人》2月份发表在《青年文学》第2期，进入2016年度短篇小说排行榜。小说源于真实历史：1944年秋，山东高密农民刘连仁被日军抓到日本做劳工。刘连仁逃出魔窟后，躲进了北海道，开始了13年时间的"野人"生涯。小说最着力的地方是写刘连仁当了野人后的孤独感。在异国雪原，在几无生还可能的苦寒之地，野人刘连仁在孤独中一次又一次地战胜了饥饿和寒冷。有一次，他还用怒吼击退了跟他对视的熊。他战胜了一切，却无法战胜孤独。孤独迫使他丧失了行走和说话的能力，迫使他习惯性地对洞外的世界哪怕是人类都充满了无可名状的恐惧。13年后，刘连仁终于回到了故乡，变成了正常的中国人。但他的孤独感并没有消失。因为他所面对的已经是一个异化的世界，这使他有时候反而怀念起了北

① 参阅赵丽宏《乡音的魅力》，《上海文学》，2017.1。

海道的雪……作者把时间和空间都推远了写，里面频频出现的民国三十三年、700个中国农民、洞外40度的寒冷等等数字，一再地提醒人们，小说是介于虚构与非虚构之间的。小说也写了野人在雪原靠什么存活，在洞里靠什么来计算时间等事情，不妄不乱，彰彰可考。

康志刚短篇小说《归去来兮》：描写了一场礼崩乐坏的家庭大战最终逆转成一场温馨的依依惜别的亲情交流场面

康志刚（1963—），河北正定人。《归去来兮》5月份发表在《朔方》第5期，进入2016年度短篇小说排行榜。小说讲述四喜子死了后，以大喜为首的几个兄弟和几个妯娌严阵以待，准备迎接一场由四喜子的遗孀梅香可能会发起的争夺将要拆迁的房产的挑战。然而，梅香的要求却是"要回娘家住几天，并且什么都不要，房产更不要"。这样的"要求"令所有人大出意外，"震惊的程度不亚于往院里扔一颗炸弹"，几个兄弟和几个妯娌最初的反应是不相信："嘿，这，这怎么可能呢？这次看四喜子不行了，她才肯回来，不就是奔着遗产来的吗？怎么又自动放弃了？"他们在利欲的驱使下，用惯常的逻辑想着那个面临拆迁的房产，想梅香本来可以利用那个一夜暴富的机会大捞一把，但她怎么又轻易地放弃了呢？瘦弱而又憔悴的梅香没有按常规出牌，这令她的几个婆家兄弟和妯娌困惑不已，尴尬不已。可以说，几个兄弟为了这处房产，已经谋划了很久，都做好了充分应对的准备，但突然间，一切都失效了，"就像一个披甲戴盔的将士刚摆开阵势要和敌人决一死战，对方却乖乖地缴械投降一样，你说，能不让人感到扫兴吗"。于是，几个人都把目光投向了大哥大喜。大喜是村中的能人，又是个发家致富的富人，是家里的主心骨，也是企图阻止梅香抢夺房产的主谋。他对梅香的怨恨非常深重。他知道，梅香其实并不爱四喜子，虽然他们俩在一起生活了十多年，但基本是出于无奈。后来，在四喜子中风之后，梅香就离开家回娘家去了。这让乡亲们看了四喜子的笑话，大喜觉得，乡亲们也看了自己的笑话，使自己丢尽了面子。大喜本来是憋足了劲要痛击梅香的，但他没料到梅香这个瘦弱、可怜而又可恨的女人竟然以另一种示弱的方式打乱了自己的谋划。小说写道："大喜就用极复杂的目光，悄悄地扫了梅香一眼。梅香呢，一碰到大喜的目光，就赶忙低下头。但从这匆匆的一瞥中，大喜还是从她的眼里发现了一缕哀求。没错，她是心里有愧呀，她想得到他的宽恕哩。"梅香对大喜的一瞥，击中了大喜内心里最为隐秘和柔软的那方领地，使他面前浮现出 40 年前梅香因"偷欢"而被自己拿获时，她的眼睛里满是惊恐和哀求的情景。"正是这双眼睛，让大喜觉得今天的事情变得复杂而棘手了。是呀，十年，多么漫长的岁月；一个女人，和一个半傻子在一起生活这么长时间，也真难为她了。"大喜心里羞愧的力量于是发生了逆转，他最终给了梅香 2000 元钱。在大喜的感染下，其他几个兄弟、几个妯娌的羞愧之心也被激活了，他们也给梅香塞了不少钱，一场礼崩乐坏的家庭大战最终转换成一场温馨的依依惜别的亲情交流场面。①

盛可以长篇小说《水乳》：展示了发生在一对男女之间的灵肉战争

《水乳》5 月份由四川文艺出版社出版。小说以 20 世纪 90 年代中期的深圳为背景，反映当下年轻人的新"围城"生活。主人公左依娜是一个对生活有着高要求的女人，她希望自己能拥有一种脱离平庸生活的力量，来把自己从水火之中拯救出来。但她丈夫前进的一切，都跟她的这种愿望不太合拍。左依娜和新情人庄严本来天衣无缝，十全十美。但是，当他们中间夹进庄严的前妻和庄严的女儿时，事情就变得复杂了。左依娜是一个占有欲很强的女人，她不仅希望占有庄严这个人的肉体，还要占有他的一切。结果，这种占有的冲动，让她失去了庄严。小说在描写主人公左依娜平淡无奇但又风云跌宕的婚恋纠葛时，展示了发生在男人和女人之间的一场深入心灵和肉体的战争。这场战争里面没有胜者，有的只是千疮百孔的诚挚心灵，还有一群男男女女的众生态。

盛可以长篇小说《道德颂》：表达了作者对爱情、婚姻、人生的思考

《道德颂》5 月份由四川文艺出版社出版。小说讲述女主人公旨邑在高原上遭遇车祸，在大海里遭遇鲨鱼，堕胎时在鬼门关前徘徊了许久的事情。这些事情，旨邑都挺过来了，然后继续向前推进着她的人生旅程。旨邑宣称自己只爱已婚男人，她于是成功地拆散了几个家庭。她对苦苦追求自己的谢不周和秦半两若即若离，迟迟不愿让自己戴上婚姻的紧箍咒。但她却紧紧拽住一个有着国

---

① 参阅郭宝亮《羞愧的力量——评康志刚短篇小说〈归去来兮〉》，河北新闻网，2017.11.3。

际声誉的历史学教授水荆秋不放，对他玩起了婚外恋的危险游戏。当水荆秋向她表达赤裸裸的情欲时，她不但没有反感或者羞涩，反而兴奋异常。她开了一家玉器商店，但店里卖的全是赝品。水荆秋的妻子梅卡玛不止一次地包容了水荆秋的出轨行为，挽救了水荆秋视若生命的大学教授名誉。在小说中，梅卡玛直到最后也没有出场，她只出现在水荆秋的话语和旨邑的想象当中。但梅卡玛却是旨邑和水荆秋发展情感的巨大障碍。作者将旨邑安排给水荆秋，让旨邑处身在与一个已婚男人无休无止的纠葛之中，表达了旨邑的一种宿命——做妾的命。小说通过描写女主人公内心的细腻感受和情感遭遇，表达了作者对爱情、婚姻、人生的思考。小说的字里行间透露着作者深厚的文字功底以及哲学味的人文理性。小说对我们这个时代人的道德境遇和道德体验进行了有力的表达和探索。

裴山山中篇小说《隐疾》：反映了飞短流长给人物关系带来的破裂和精神压力

《隐疾》6月份发表在《作家》第6期，进入2016年度中篇小说排行榜。小说讲述了40年没见面的青枫和王丽闽在幺妹的安排下见了一次面，其间，青枫内心里潜伏了多年的隐疾一下子被勾起了。40年前，青枫、王丽闽、幺妹三个女孩就读在同一所子弟学校，也生活在同一个家属院内。后来，有人造谣王丽闽与乡下来的男同学冷锁江谈恋爱，这激怒了王丽闽，她发誓一定要揪出造谣者。王丽闽在听信了别人的"诬告"后，将青枫锁定为造谣者，然后和冷锁江欺侮了青枫，这令青枫在多年之后仍然难以释怀。王丽闽和青枫在这一次见面后，青枫看到当年骄横异常的王丽闽已经垂垂老矣，而且也信了佛。王丽闽请求青枫原谅自己当年的鲁莽行为，并偷偷告诉她，当年的告密者，其实是幺妹。这令青枫一下子陷入纠结之中。青枫在想自己到底该不该原谅王丽闽，原谅幺妹？最后，青枫选择了"不原谅"。"但这个'不原谅'不是仇恨。她不恨他们。她不原谅的只是……那个年代。"因为是那个年代让家长之间出现了等级关系，从而让孩子们之间也出现了"政治"；那个年代是个不开明的年代，它让许多飞短流长给人们带来了太多的精神压力。小说追问的是一个大问题，反映了时代的心跳，记录了时代的脉搏。

李凤群长篇小说《大风》：礼赞了亲情

《大风》6月份发表在《收获》长篇专号（春夏卷），进入2016年度长篇小说排行榜。小说中的张长工本名梅先声，为了隐瞒自己曾是地主的历史，他将本名改为现名。解放后，张长工带着老婆、孩子逃离故乡，踏上了逃亡之路。一路上，张长工希望儿子张广深能够活下来，以使梅家血脉不断。张长工和家人后来来到了乌源沟并在那里安顿下来。再后来，张长工跟着儿子张广深来到安徽的江心洲，在那里，第三代、第四代人也出生了。在城市化浪潮裹挟下，江心洲的人纷纷到了都市，到了异国。家园的渐渐丧失使张长工在痛苦中离开了人世。张广深经商后，也走出了江心洲。但张广深根本没有商业头脑，在儿子张文亮和儿媳陈芬的帮助下，他的商业活动才得以维持。第三代张文亮自幼丧母，从小生活在江心洲的孩子之外，孤独地长大。张文亮在成为有钱人后，去寻根却无果，便把心思放到做生意上，放到对儿子张子豪的教育上。第四代中的梅子杰是张文亮的私生子，一出生便背负着野种的罪名，他的母亲因此一次次自杀，但都被江心洲的人救下。在血缘亲情的感化下，背负野种之名的梅子杰最终没有沦为抢劫银行的歹徒。小说是对亲情的礼赞，不管是张长工对张广深，张广深对张文亮，张文亮对张子豪，还是张长工、陈芬对梅子杰，都有一份基于血缘而来的牵肠挂肚。正是这份牵肠挂肚的感情使他们有了奋斗的动力，有了在苦难的日子里坚持下来的勇气。[1]

吴亮长篇小说《朝霞》：一篇无法被当作传统小说的小说

吴亮（1955—），广东潮阳人。《朝霞》6月份发表在《收获》长篇专号（春夏卷），进入2016年度长篇小说排行榜。小说讲述在20世纪70年代，阿诺及其伙伴由于家庭的解体，父母的松散管束，整日游荡在上海都市的缝隙中，生活在漫无边际的聊天和格格不入的闲言碎语之中。他们借病逃避工厂的劳动，逃避"上山下乡"，逃避恋爱，逃避革命……而这一切只是他们克服挫折的一种方式。小说里面有大量的摘自《资本论》和《圣经·旧约·雅歌》的内容，也描写了大量的事件、故事、偷情、激情澎湃的场面、片段等。小说无

---

[1] 参阅王春林《当代中国历史的精神症候式表达——关于李凤群长篇小说〈大风〉》，《南方文坛》，2017.2。

法被当作传统的小说来看，里面的大量议论，与普鲁斯特的作品一样，是"散文对小说的入侵"。

弋舟短篇小说《出警》：表达了孤独这一人生难以破解的难题

《出警》7月份发表在《人民文学》第7期，2018年8月获得第七届鲁迅文学奖（2014—2017）。小说讲述了一个平淡却有点沉重的故事，通过警员"我"的眼睛，让人们看到了不同剖面的生活暗影，笔风沉郁有力。小说通过"我"这个入警五年的不新不老的警察来叙事。前面先用很多文字讲述了"我"师傅老郭及"我"和同事小吕的事情。老郭爱抽烟，得了喉癌，似乎不久要离开人世。其间，讲了老郭和一个在监狱里待了18年的杀人犯老奎经常在一起抽烟的事情。老郭很关心老奎。然后，主要写"我"和小吕每天面对的无数报警电话及出警情况。那些警情五花八门，比如一个女孩在窄道里遇到两条流浪狗，一前一后夹击她，她被吓惨了，裙子尿得湿漉漉的，就打电话求助；一个退休的中学校长老报警说他住的楼上一个化学老师在制毒……小说后面的大部分主要写老奎的几次报警，"我"去了几次，他都不说是什么事情，有一天，他主动来到派出所，说自己从监狱里放出来后，把闺女卖了。细问才知道，老奎在监狱里有个狱友是重庆云阳县人，那个云阳人跟老奎开玩笑说自己出去后要把老奎的闺女买了当老婆。这使老奎开了窍，他便以两万块钱把闺女卖给了那个云阳人。老奎要求我们把他铐起来。但所长拿不准该怎么处理这种事情，就让他先回去，但他怎么也不回去。"我"想如果把老奎关起来，一系列麻烦事就会接踵而至，比如得派专人看管他，等等。"我"想老郭肯定有办法。老郭出面后，老奎被老郭送到了养老院。当时是"我"开车送老奎去养老院的。"我"看到，坐在后排的老郭居然拉着老奎的手。我问老奎为啥要在一把年纪了的时候来自首，老奎说："就是孤单么，想跟人说话。"也就是说，孤单、孤独、寂寞是本小说想表达的一个重要主题。孤单、孤独、寂寞的感觉不仅在年老的老奎那里越来越强烈，而且在"我"那孤单的母亲、被癌症折磨的老郭、儿子去了美国的那个中学校长的身上越来越强烈，甚至连年轻的小吕也对"我"说他感到很孤独、很寂寞。从这些情况看，小说除了表现了其他意义外，它所表达的孤独这一意旨更具有鲜明的哲学色彩。这也是当下很多人遭遇的难以破解的人生难题。

张楚中篇小说《风中事》：表达了"这世界叫人看不懂，凑合着过吧"的寓意

《风中事》7月份发表在《十月》第4期，进入2016年度中篇小说排行榜。小说讲述了小警察关鹏乱七八糟的生活状态。关鹏在旧房改造时，分得了三处楼房。他先后谈了三个女友，第一个是很野蛮的王美琳，第二个是舞蹈教师段锦，第三个是吃货米露。关鹏为找个结婚对象，考虑了家族遗传史、家庭负担和个人性格等很多因素。他觉得和王美琳结婚不适合，因为王美琳的父亲在北京开了12家羊肉泡馍店，手下有百十号员工。关鹏想和段锦结婚，但段锦的男友却开着宾利慕尚，而且她为了挣120万元钱，竟然去做帮人代孕的事情，结果不明不白地死了。最后是外表很纯情的米露胜出了。当关鹏知道米露在两年时间里在同一酒店开了36次钟点房之后，他收到了一条莫名其妙的短信："你会后悔的，关。"小说在此结束。小说想诠释的寓意大概是：这世界叫人看不懂，凑合着过吧。生活始终是个未解之谜。我们以为和一个人交往久了就会了解他的大部分事情，其实未必，也许只有在某个大数据上才能发现那个人的真相。

蔡东中篇小说《朋霍费尔从五楼纵身一跃》：一篇优雅、清新且极富张力的小说

蔡东（1980—），山东人。《朋霍费尔从五楼纵身一跃》7月份发表在《十月》第4期，进入2016年度中篇小说排行榜。小说中的朋霍费尔是一只年届中年的猫，身手敏捷，后来摔死在了小区的天井里。中学语文教师周素格明白这只猫死得不对劲。她的丈夫乔兰森患了痴呆症，片刻也离不开她。但她渴望自由的行动，她于是将丈夫用绳子绑在了椅子上，这就是"海德格尔行动"。周素格绑了丈夫后，就离开了家，但她眼前闪现出了朋霍费尔纵身一跃的场景。她走出小区后，来到公园的长椅上坐下，她后悔绑了丈夫，她便转身回家了。回到家的周素格将一场音乐会的单人入场券换成了另一场音乐会的双人券，然后，她带着丈夫走进了音乐厅。在柔曼的乐曲声中，周素格情不自禁地与丈夫相拥在一起。小说写得跌宕起伏，引人入胜。一是作者充分发掘了周素格矛盾、复杂的心理；二是除过剖析了人物的心理外，小说的魅力还来自"空白"的有意留存。小说使用了通感与远譬手法，使语言表达诗意化，给人带来优雅、清新且极富张力的感觉。

小白中篇小说《封锁》：讲述了抗战期间发生的一起暗杀汉奸的事件及一位小说家脑洞大开的救人方式

小白，生于上海。《封锁》8月份发表在《上海文学》第8期，2018年8月获得第七届鲁迅文学奖（2014—2017）。小说写20世纪30年代时，在上海三不管地段的甜蜜大厦里发生了一起爆炸暗杀事件，汉奸头目丁先生因为把汉奸当成一项事业来做，惹得天怒人怨，结果被一颗炸弹炸死。当时，丁先生的贴身卫士小何提着热水瓶，正在给丁先生倒茶时，热水瓶突然爆炸了，小何的尸首都没有拼齐，丁先生也是满身碎玻璃。大夫说，致死丁先生的原因主要是丁先生的那颗假牙，它在丁先生口腔中弹出，撕裂下巴后，切入了他的颈部主动脉才使他死了的。随后，日军发布了封锁令，借机派兵抢占了该地段的管辖权；与此同时，日军的上海负责人——狡猾凶残的林少佐封锁了整个甜蜜大厦，企图抓捕刺客。于是一场封闭式的恐怖调查在甜蜜大厦中展开。在一浪高过一浪的风暴中，鸳鸯蝴蝶派的小说家鲍天啸为了自救，说出了一个神秘女子在大厦里不寻常的举动，这个女子曾是他的小说《孤岛遗恨》里的人物。鲍天啸竟然让她出现在生活中。其实，这个神秘女子是民国时期最著名的女刺客施剑翘，她原是饱读诗书的大家闺秀，父亲施从滨曾任奉系第二军军长，在北伐战争中因为拒绝倒戈而被军阀孙传芳所杀，尸首在蚌埠火车站陈列了三日。十年之后，这位侠女成功地在居士林击毙了杀父仇人，并油印好"告国人书"讲述了杀人动机。此案曾震动了民国时期的朝野上下，受到广泛报道。在巨大舆论压力下，施剑翘获得了特赦出狱。脑洞大开的鲍天啸将自己笔下的神秘女人作为诱饵，一步步地让林少佐信以为真，最后还给其致命一击。最终，居住在甜蜜大厦里的人们自然也都得救了。《封锁》已被拍成微电影《晚风》。

迟子建中篇小说《空色林澡屋》：表达了人们只有到大自然中去，才能摆脱困境、安放内心

《空色林澡屋》8月份发表在《北京文学》（精彩阅读）第8期，进入2016

年度中篇小说排行榜。小说以幽深莫测的乌玛山区的原始森林为背景，写"我"带领一支小分队对休养生息后的森林进行实地勘察。山民关长河一路上给我们当向导和护卫，他讲述了森林深处空色林澡屋的故事，由此揭开了一个女人不幸而传奇的经历。那女人长着一张不对称的脸，她的丈夫于是离开了她。她的丈夫只身来到翠岭林场后，她又跟了过来，受尽了丈夫的奚落和挖苦。最终她因为帮助一个瞎眼的算命先生而被丈夫误会，婚姻彻底解体，儿子也因嫌母亲貌丑而跟了父亲。孑然一身的女人没有选择离开，而是住进了林场边废弃的小屋。女人的第二个男人是个有家室的跑船的汉子，他给她带来了真正的爱情。某日，跑船汉子突然得了脑溢血瘫痪了，但女人发现自己连伺候他的资格都没有。女人进山锯了一截松树做了条小船，用它当作澡盆来洗澡。洗澡是女人的习惯，隐喻着她的洁净与美德。小说的根底在于书写人性，传达作者基于现实的一种愿望和努力，即在快节奏、高压力的现代生活中，一方面是人心的日益浮躁与功利，另一方面是精神上所遭遇的不断压抑与蒙尘。所以，到大自然去，到澡盆中去，去洗浴人生，去净化灵魂，去发掘流淌人性的清泉，去寻找人类精神的避难所，这才是人们摆脱困境、安放内心的一种可能的路径。[①]

秦岭短篇小说《寻找》：塑造了一个伟大与凡俗相结合的人物形象

《寻找》8月份发表在《飞天》第8期，进入2016年度短篇小说排行榜。小说写了80多年前红二十五军、红一方面军（陕甘支队）及红二、四方面军经过甘肃天水时遭遇国军、地方武装围追堵截的惨烈场面，但更多地书写了存在于民间百姓口耳相传中的红军"遗事"。故事主人公秦球球当年掩埋了一位红军连长的遗体后，却遭受了长达几十年时间的来自两股政治力量的质疑，他掩埋的到底是保安团的人，还是共产党领导的红军战士？保安团为了弄清秦球球到底埋的是什么人，就掘坟验证。秦球球为了保命，找了一具穿着保安团行头的尸体，然后才逢凶化吉，而且"被奖励五石小麦，五石青稞，还被任命为甲长"。解放前夕，解放军解放天水城的时候，秦球球却被冠以"反动甲长、

---

① 参阅吴佳燕《迟子建〈空色林澡屋〉：寻找人性清泉》，《文艺报》，2016.11.25。

为伪政府卖命的狗腿子、给国民党反动派守陵的孝子贤孙"的罪名而受到调查，因为他当年为了应对保安团的质疑，刨开了红军连长的坟，然后给他穿上了保安团的衣服，所以当工作组让他对此事拿出证据的时候，他显得很心虚。为了保命，他只得虚构了一个证据，那就是自己曾经把红军连长的血衣装在一个罐子里埋在了馒头山。工作组让他寻找这个罐子，但他一直没找到。解放后，人民政府对秦球球当年的埋尸行为仍然质疑不断，时间绵长而难以终止。秦球球为了寻找这个罐子，他带领全家人将馒头山挖了个遍也没找到。秦球球为了寻找这个证明自己是同情、拥护、帮助革命者的证据的行为惊天地、泣鬼神，因为他想假着寻找那个罐子，来把光秃秃的馒头山变成一座绿树成荫的山，他的这个目的实现了。但那个罐子却没找到。小说最后写道，政府的人一直没有看到秦球球要让馒头山披上绿装的这种良苦用心，所以直到他死的那一天，也没有听到来自官方的对他造林绿山的肯定之言。在他死后的 20 世纪 70 年代末，县里才给他树了碑，上书"全县植树造林模范秦球球之墓"，是否称他为"同志"，却被认为"还不是时候"。从这个方面说，小说也在吁请人们去寻找潜藏在像秦球球这样的最普通的农民身上的一种朴素而智慧的爱国、爱家乡的精神。如此，秦球球的形象便不再是一个饱受屈辱的形象，而是一个对善恶具有高度辨别能力的形象，他知道他埋葬的是仁义之师红军的战士遗骸；他也是一位以他固执或倔强的信念去改变恶劣的生存环境的环保先行主义者，他知道只有假着寻找红军战士的血衣才能取得一箭双雕的结果，既保全了生命、免受不尽的批斗折磨等，也可治愈秃山，使很多人的生存环境变得很美好。秦球球的形象是伟大与凡俗相结合的形象，这也许是那个年代里无数像他一样的普通老百姓的化身。这个形象也起码真实地写出了那个年代无数既与战争相关（他们是战争的受害者、目睹者）又与战争无关（他们不是军人）的普通人的普遍人性。小说以回到地域话语的方式来叙述秦球球自证清白的故事，这是作者在寻找长久以来被普通话淹没了的一种真正的生活本相。对今天我们越来越被千人一声的城市话语控制的现状来说，小说的叙述语言似乎有一种是来自空谷之音的感觉。

肖江虹中篇小说《傩面》：描写了市场化浪潮对民俗传统的冲击

《傩面》9月份发表在《人民文学》第9期，2018年8月获得第七届鲁迅文学奖（2014—2017），与作者之前的《百鸟朝凤》《悬棺》等中篇小说同属一个序列。《傩面》写大山深处的年轻女子彦素容进入繁华省城之后，在花花世界里迷失了自我，全身心地投入到捞物质而忽视其他的状态中。当彦素容得知自己患了绝症后，她才回到了大山深处的家里以期"叶落归根"。在彦素容在家"等死"的日子里，她乖张暴戾、桀骜不驯的种种表现，让村人及家人难以接受。其实，在彦素容冷傲猖狂表象下掩藏着的是无尽的虚弱和焦虑，她很想寻找机会结束自己面对的这不堪忍受的悲绝；但她又很留恋人世，她便暗自去山间地头采集草药给自己治病。当彦素容的父亲请来傩师秦安顺要给彦素容唱"过关傩"以医治她的疾病的时候，颜素容认为自己每天的恶言相向已将人世间的温情痛快地杀死了，结果她发现不是这样，自己的"一切都是徒劳"。最终，颜素容接受了秦安顺那种宗教式的悲悯，以及他的人性中体现出来的最温暖的底色，她战胜了自己的心魔。作者以傩师秦安顺的视角展示了建立在巫术文化之上的生命信仰，描写了彦素容的延寿傩场面，另外也描写了德平祖的安葬傩场面，这些傩以傩神附体的神秘仪式连缀起了人生的重要节点，比如在一个人的出生、成长、婚恋嫁娶、生儿育女、死亡等生命端点都配有傩面戏，目的是接通阴阳两界的巫术及其内涵的神性之光，启悟灵魂，缓解生者的焦虑，或为亡者超度生命。小说让我们明显感觉出作者在描写原本是乡间宗教仪式重要道具的"傩面"如今成了"外人"眼中的俏货，点明了市场化浪潮对民俗传统的冲击。小说着眼贵州古老质朴的民俗风情，将其放置在市场经济大潮冲击、经济全球化进程加速的转型背景下，凸显新世纪城市与乡村、传统与现代、物质与心灵的对抗与纠缠、坚守与溃散。①

范小青短篇小说《谁在我的镜子里》：反映了人与自我的关系在被现代通信工具绑架后变成了"能指的游戏"

《谁在我的镜子里》9月份发表在《天津文学》第9期，进入2016年度短

---

① 参阅宋嵩《在哪里，读懂中国？——以2016年的中篇小说为例》，《扬子江评论》，2017.2。

篇小说排行榜。小说所呈现的是人们被智能手机绑架后给生活带来的同质化的困扰。老吴误拿了别人的手机，这给他带来了一连串的麻烦。但老吴发现更大的麻烦却在于自我的唯一性被稀释了，自己的身份和生活完全让渡给了另外一个无关的人，自己的名字也脱离了自己的肉身被代码化了。小说最后写道，老吴在镜子里发现了一个和自己一样衣着光鲜的、拿着苹果手机、戴着欧米茄手表的人，但他却无法确定那人就是自己。小说反映了人与自我的关系在被现代通信工具绑架后变成了"能指的游戏"。媒介制造出消费的盛宴，也制造出关于中产阶级生活的各种仿像，把按图索骥的人一个又一个地变成了幸福的赝品。

弋舟短篇小说《随园》：揭示了人与人之间关系的隔膜与疏离，聚焦了女性幽微的生活经历

《随园》9月份发表在《收获》第5期，进入2016年度短篇小说排行榜。小说中的"我"名叫杨洁，是一个来自甘肃某师专的学生，也是一个在生活上饱经沧桑、在精神上遭遇千疮百孔的知识女性。"我"玩世不恭，在两性关系上特别混乱，很多男生围着"我"转，姿势千篇一律，他们一边寻找"我"的嘴唇，一边伸手探索"我"作为青春标志的一对骄人的高挺乳房。在围绕着"我"的众多男生中，有一位裕固族的男生被"我"命名为"尧乎尔"。"我"也与一位名叫薛子仪的元明清老师有着不清不白的关系。"我"这样一个"问题女生"，自然使校方向"我"母亲发出了"劝退"的威胁。但"我"最后没有被"劝退"，而是在毕业后被分配到县城的中学当了老师。但不久，学校也"劝退""我"。在这个时候，"我"结识了一位四处漂泊的流浪诗人老王，然后追随老王回到了他位于河北某个小县城的老家，在那里生活了很多年。其间，老王和他的朋友们背诵诗句，这样的生活状态一直延续到千禧年来临的那个夜晚。那个夜晚，"我"在老王组织的一场诗会上被两个名气不小的诗人给糟蹋欺辱了。老王去追那两个诗人，但他却被关在监狱里八年。后来，"我"离开河北，开始在北京生活，一直到一只乳房因为发生了癌变而被切除的时候。在一个偶然的机会，"我"意外邂逅了当年那位裕固族的"尧乎尔"，他告诉"我"，薛子仪老师在成为地区首富后因为罹患绝症，不久将要离开人世了。

"我"于是与老王踏上了返乡之旅。当"我"再次出现在薛子仪老师面前的时候，他已经是一个奄奄一息的人了。薛子仪老师对清代才子袁枚很了解，在他后来成为地区首富之后，他在祁连山脉建造了一座名为"随园"的庄园。现在，他的生命衰颓，他对袁枚和随园的"戏仿"，似乎具有了一种生命的被嘲弄与被反讽的意味。小说将人物的心理剖露得纤毫毕现，对中年人的生活状态进行了展现，对人与人之间关系的隔膜与疏离进行了揭示，对女性幽微的生活经历进行了聚焦。小说张力多重，将现在与过去、现实与虚构、中年与青年、女性与男性放在多重关系中联结互动，意义也在此展开。①

许春樵中篇小说《麦子熟了》：讲述了一个在离乱、苦楚中力图有所守护、安慰及流言对人物产生伤害的故事

《麦子熟了》10月份发表在《人民文学》第10期，进入2016年度中篇小说排行榜。小说中的高中肄业生麦叶，家在群山深处的河谷地带，26岁时，她嫁给了憨厚老实的桂生，生了一个女儿。麦叶的家庭经济极其拮据，加上公公患有风湿病干不了活，她于是和丈夫抓阄之后，跟随同村堂姐麦穗外出打工。麦叶除了在电子厂加班加点挣钱外，还到建筑工地上扛水泥、卸黄沙挣钱。不久，麦叶因为拒绝了工头王瘸子的包养条件，引发了王瘸子的打击报复。麦叶给在同厂打工、夜晚跑摩的的老耿打了电话，让他带自己脱险。而老耿在救麦叶的过程中打伤了王瘸子的爪牙，被处以15天的拘留，并赔偿了5640元的医疗费、营养费。对此，麦叶颇感不安，反复琢磨后，决定请老耿吃饭。这引起了麦穗的误解，以为麦叶与老耿关系暧昧。麦穗回村后，在丈夫及村里人跟前说麦叶与老耿的关系暧昧，并将事实夸大，引发了村里人的闲言碎语，最终导致桂生偷车撞死了老耿，走向犯罪的深渊。小说中的麦苗也是麦叶同村的一位外出打工人员，19岁就在足浴城谋生，经常与麦叶、麦穗聚会。在王瘸子手下的无赖欺负麦叶的过程中，麦苗受到了拳脚伤害，但最终却成了王瘸子包养的对象。小说讲述了一个在离乱、苦楚中力图有所守护、安慰和关于流言对人物产生伤害的故事，线索复杂，人物性格耐人寻味，语言富有滋味，情境开合适

① 参阅黄凯《弋舟〈丙申故事集〉：中年困境与还乡青春》，《文艺报》，2017.6.28。

当，情韵真切，心态诚恳。麦叶与老耿、麦穗这三个底层人物，血气或外放或内敛，但无不脾性鲜活，他们看似微弱，实则心力强悍，刻下了现时代中国人的人性标痕。①

陈河中篇小说《义乌之囚》：在"去国"与"还乡"中展开叙事

《义乌之囚》10月份发表在《人民文学》第10期，进入2016年度中篇小说排行榜。小说有三条并行发展的线索，它们又紧密地纠缠在一起。第一条线索是加拿大籍华人杰生返回义乌去调查弟弟杰林的死因。杰生在妻子家人和父母的相助下，让弟弟杰林从义乌进货后，在加拿大销售，实现了当富人的梦想。杰林后来却在一起打架斗殴事件中丧生了。第二条线索讲述杰林生命终结的事情。杰林生前是个不安分的小伙子，擅自挪用了哥哥的货款，去做一桩所谓伟大的"非洲事业"，结果被黑人割断了动脉。第三条线索是查理的故事。查理原名杜子岩，在加拿大做生意，经历了失败之后，终于把生意做大了，成了多伦多有名气的大批发商。但在一夜之间，查理的生意却惨败了，然后他销声匿迹了。几年后，查理又在义乌出现了。从加拿大回来的杰生了解后才知道，查理原来把包括从他这里获得的钱财都投到了非洲最黑暗的心脏地带。他在中国的工厂里生产假冒名牌产品，然后以此来给"非洲事业"筹备资金。杰生找到查理后，查理正忙于自己的非洲事业，并宣称自己可以为之牺牲性命。杰生看到自己根本无法追回钱财，那么他将如何面对"义乌之囚"的困境呢？小说在这里戛然而止，留下了现代资本与人性及革命之间令人玩味的谜题。整个小说在"去国"与"还乡"的逻辑中展开，用一桩死亡事件勾连出了种种人物的命运，以及他们对于资本的永不厌倦的追求，对于性事的或隐或显的迷恋，对于生活的浮躁而又切实的期盼，对于革命的遥远而迫切的追思。②

娜仁高娃短篇小说二则《热恋中的巴岱》《醉阳》：都讲述了在"爱"的驱使下人物做出的奇异行为

娜仁高娃，生年不详，蒙古族，内蒙古鄂尔多斯人。《热恋中的巴岱》和《醉阳》10月份发表在《草原》第10期，进入2016年度短篇小说排行榜。《热

---

① 参阅本期《人民文学》编者按，2016.10。
② 参阅陈河《〈义乌之囚〉，去国与还乡的变奏曲》，《文学报》，2016.11.25。

恋中的巴岱》写的是一个叫巴岱的年轻人，无意间蹭到了一个女子的乳房和唇瓣，瞬间开启了他的性意识的闸门，欲望苏醒，爱恋上了这位女子。五天之后，巴岱在女子家喝酒的过程中发现女子已有婚配，便感到欲望受阻，于是喝醉撒酒疯，踢破了女子家的门扇，然后又负气背来一扇新门板；刚安好门板，他又想起自己心爱的女子原来是别人的爱人，一怒之下，又把门板踢破了。作者在开篇时便将巴岱这个人物置身在一个昏黄的沙窝子中。这沙窝子是鄂尔多斯高原西部旗的半荒漠化地貌，雨水充足时，生活尚可；干旱时，生活则很艰难。在这样的条件下，草原严重退化，有些已成为纯粹的荒漠。生活在这样的环境里的巴岱被爱欲折磨着，似乎不亚于这片荒漠对人的折磨。当希望和失望交替出现时，巴岱便难以摆脱人世间的红尘男女的宿命了。《醉阳》写了一对蒙古族老夫妻在暮年时相依为命的一段生活。老头子是个嗜酒却不酗酒的人，在微醉的状态中，他找到了一种不为老伴所知的隐秘的快乐。当这种隐秘的快乐伴随着他的时候，他的生命也进入了最后的时刻。老头子去世后，他的老伴很思念他，于是唤来了他生前最喜爱的一只老公羊莫七，然后给它灌了几杯他生前最爱喝的烈性酒，莫七醉了后，咩咩地叫唤着，那声音既像吟诵长调时发出的声音，又像他生前歌唱的声音。

葛亮长篇小说《北鸢》：勾勒了一幅民国社会的生态图景

《北鸢》10月份由人民文学出版社出版，是作者继《朱雀》之后，书写近现代中国历史、家国兴衰的"中国三部曲"的第二部。《北鸢》共8章，截取1926年到1947年这一时间段，写主人公卢文笙来历不明地出现在襄城的大街上后，被商人卢家睦之妻孟昭如收为养了。孟昭如的娘家在民国时期日渐没落，她的大姐孟昭德嫁给了军阀石玉璞，二哥孟盛得投靠军阀后获得了一官半职，失势后做了颓唐的寓公。孟昭如嫁作商人妇后，过着普通人的生活。她天性宽厚仁义，与丈夫卢家睦一起培养儒商精神。当卢文笙长大后，他与没落士绅冯明焕之女冯仁桢相遇相知，然后缘定于乱世。小说最后写卢文笙与冯仁祯没有结婚，他们共同抚养起了已故亲人姚永安的儿子。这个孩子的身世如卢文笙一样，显示了小说在结构安排上的前后照应。小说还写了其他更多的事情：冯仁桢偶然撞见父亲冯明焕与戏曲名角言秋凰幽会；冯仁桢的姐姐冯仁珏"通共"一事败露后，日本军官和田逼其吞针自尽；冯仁珏其实是言秋凰与冯明焕的私生女，言秋凰不知此女尚在人世，冯仁珏牺牲后，她的好友范逸美带着一枚"玉麒麟"找她，请她除掉和田，她才知道冯仁珏就是自己的女儿，从而制定了为女儿复仇的计划，她以献身和田的方式，除掉了和田，然后自尽身亡。小说在讲述卢文笙的成长经历及卢氏家族与冯氏家族的沉浮命运时，也展现了一些政客、军阀、寓公、文人、商人、伶人等在动荡的民国时期的情况，映照了当时的风云翻涌，灵动地勾勒了一幅民国社会的生态图景。小说之名"北鸢"来自曹雪芹的《废艺斋集稿》中《南鹞北鸢考工志》篇，和作者的前一部小说《朱雀》构成对照：《朱雀》描写的是南方金陵的传奇，《北鸢》钩沉的则是位于北方的两个家族的日常生活细节及民国野史。

唐颖长篇小说《上东城晚宴》：写了患得患失的知识分子的情爱博弈及纽约社会无处不在的诱惑和陷阱

《上东城晚宴》11月份发表在《收获》第5期，进入2016年度长篇小说排行榜。小说写女主人公里约从上海出发去纽约寻找好友天兰曾经的恋人高远。在一次晚宴中，里约结识了一位成功的华人艺术家，得知这个男人是通过他富有的白人妻子的帮助，才在纽约的艺术圈中获得巨大成功的。里约于是在心里称他为"于连"，因为"于连"象征着纽约上东城的奢华生活，以及神话般的成功。那男人强烈的个人魅力，使里约在明知会遭遇一些麻烦的情况下，仍然陷入了爱的迷狂之中。天兰曾经的恋人高远因为事业不顺，居住在皇后区中下阶层狭小的公寓里。里约于是便穿梭在失意者高远和得意者"于连"之间。小说题目"上东城"和文中提及的其他居民街区，诸如皇后区法拉盛、布鲁克林区威廉斯伯格、曼哈顿区东村等这些名字具有超越地理位置指谓的政治经济文化意味，作者由之感受到了族群和阶层之间密切而又复杂的关联。小说的视角完全是里约的。作者还安排了一群或者失败或者还在苦苦奋斗的各色艺术家，从里约的眼睛看出去，他们更加衬托出了男主角"于连"住在上东城褐色小楼里的得意来。比如做着导演梦的台湾姑娘艾丽丝为了省钱，与无趣的男友同居在一起；希冀在纪录片上搞出点名堂的小李哥，穿了一双有洞的袜子。作者敏锐地抓住了纽约这个大都会的文化特点，从女性的视角出发，写出了里约这种现代知识女性在独立和寻找依靠之间的摇摆和不彻底，写出了患得患失的知识分子的情爱博弈，写出了纽约无处不在的诱惑和陷阱。①

陈仓中篇小说《地下三尺》：写了一堆生存乱象，引发人们去思考荒诞之外的生命意义

陈仓，20 世纪 70 年代生，原名陈元喜，陕西丹凤人，目前定居在上海。《地下三尺》11 月份发表在《人民文学》第 11 期，进入 2016 年度中篇小说排行榜。小说讲述陕西塔尔坪人陈元是农业学校兽医专业毕业的学生，到上海后，在建筑工地搬过砖，当过房产推销员，还去一家报社卖过报纸。后来他开了一家给人看病的小诊所，主要鉴定胎儿性别、治疗性病、给女大学生打胎等，积攒了一点钱。后来，陈元用捡来的 20 块钱买彩票中了 50 万，于是想在上海市的普陀区与嘉定区之间的一块空地上建一座寺庙，以给市民们提供一个心灵皈依之地。政府的吴官员曾被陈元治好了性病，排除了他怀疑自己得了艾滋病的疑虑；陈元还帮吴的女友打掉了胎儿。吴官员在知道陈元想建寺庙的事情后，就帮助他拿到了在那块空地上建一座医疗垃圾处理站的建筑许可证。但陈元还是想建一座寺庙。在焦大业的帮助下，两人先在那片空地里埋了一个关公像，以"地下三尺有神灵"为由鼓动市民反对建医疗垃圾处理站。市民们给政府施加压力后，政府便改变了决定。陈元于是开始建寺庙，他表面的用意是给市民们提供一个心灵皈依的地方，实际上是想在寺庙建成后，靠其挣香火钱，以实现自己翻身发财的梦想。但最终，陈元建寺庙的想法没有实现。小说用夸张幽默的笔法写出了一堆生存乱象，让读者在对陈元们小丑般的经营伎俩莞尔一笑之时，也思考着荒诞之外的生命意义。②

宋小词中篇小说《直立行走》：讲述了底层社会的人为改善生活而挣扎的悲剧故事

宋小词（1982—），原名宋春芳，湖北人。《直立行走》11 月份发表在《当代》第 6 期，进入 2016 年中篇小说排行榜。小说写农村女孩杨双福在武汉上

① 参阅唐颖、王雪瑛《现代女性的所有努力，都是一种自我坚守——关于唐颖新作〈上东城晚宴〉的对话》，《文汇报》，2017.10.14。

② 参阅马兵等《当代小说四季评：微观时代下的丰富痛苦》，《当代小说》，2017.2。

完大学后，在城中村租了一间终年散发着霉味和馊味的房子住了下来。杨双福经常做着房子和人一起被挖掘机推倒的梦。此时，武汉人周午马出现了，他仿佛是杨双福困顿生活中照进来的一道光，他和周午马恋爱了。杨双福想自己可以成为武汉人了。周午马领着杨双福来到家里，杨双福看到周午马的父亲正患着重病，他母亲为生活而辛劳异常，而周午马却对父母漠不关心。杨双福觉得自己一定要做这个家的保护者与拯救者。周母见到杨双福后，第一个念头就是如果儿子和杨双福结婚了，就可以多分30平方米的新房，她于是催促他们第二天就去领结婚证。很快，杨双福和周午马结婚了。拆迁开始后，周午马因为骂了一个警察而被其用电棒击倒在地。杨双福为了给丈夫报仇，把一个秤锤扔向警察头部，致其受重伤。杨双福被判刑入狱了。小说以城市房屋拆迁为题材，讲述了底层社会的人为改善生活而挣扎的悲剧故事，塑造了委曲求全的人物性格，叙事节奏一波三折，冷静地表达了人的命运与尊严。小说题目"直立行走"指杨双福想在武汉的大街上堂堂正正地直立行走的愿望。①

---

① 参阅杨剑龙《直面底层社会的困境与病痛——读宋小词的〈直立行走〉》,《名作欣赏》,2017.1.6。

2017 年

王安忆中篇小说《向西，向西，向南》：表现了女性在现代生活中的屈辱、坎坷、不幸、无奈、崩溃、崩溃式的自救和自救中的尊严维护问题

　　《向西，向西，向南》1 月份发表在《钟山》第 1 期，进入 2017 年度中篇小说排行榜。小说写陈玉洁和丈夫都是普通的上海人，他们结婚时，在公婆房间里隔出一块地方做婚房，他们的私人生活都是在周末和节假日度过的。后来，他们在城乡接合部有了一个独立的单元房。当钱已不是问题时，他们买了四室两厅的公寓房、两层复式楼，后来又在国外买了房。他们在计划和市场的两种体制的狭缝中发展事业，左右逢源，得尽先机。他们的女儿高中毕业后直接去了美国读大学。陈玉洁在外贸公司做公关经理，来往于上海与德国的汉堡之间。在德国，陈玉洁认识了香港的基督徒潘博士，还认识了在柏林开中餐馆的浙江青田人徐美棠。当陈玉洁的女儿一到美国读书后，她就从外贸公司买断了工龄，然后自营进出口贸易。她收缩德方的贸易，然后转移到纽约，在那里全款买下了一套新公寓，一边陪女儿读书，一边注册了一个空壳公司，为的是签证与货币进入。徐美棠和潘博士因种种变故，也从柏林来到了纽约。这便是作者写的向西、向西。陈玉洁在美期间，她的丈夫继续在国内打拼挣钱。后来，陈玉洁丈夫在纽约也买了房，他希望陈玉洁和女儿住在纽约；但他自己却带着女助手维维安在香港安家了。当维维安变成陈玉洁丈夫的小三时，陈玉洁的女儿也成了别人的小三。陈玉洁打了女儿一巴掌。但这一巴掌却把女儿打到了巴黎。女儿去了巴黎，丈夫去了香港，形影相吊的陈玉洁渐渐成了萎缩的隐身人。在纽约，陈玉洁到中餐馆里当洗碗工，她也不再给丈夫打电话。徐美棠告诉她，人要学会崩溃，才能自救。陈玉洁虽然羡慕崩溃，却学不会崩溃。她把中餐馆当成自己的家，过起了一种上班族的生活。当徐美棠向南发展，到临近墨西哥边境的一个小城开中餐馆时，陈玉洁也毫不犹豫地扔下纽约的房子，毅然与徐美棠一起南去，两人互相做伴。后来潘博士也光顾了她们的中餐馆。这便是向南、向南。小说虽然写的是上海平凡人家的世俗生活，向西、向西、向南，没有离奇的情节，没有魔幻的色彩，也没有赤裸的性爱，只用了几个方位词，但却表现了女性在现代生活中的屈辱、坎坷、不幸、无奈、崩溃、崩溃式的自救和自救中的尊严维护等问题。[①]

刘建东中篇小说《丹麦奶糖》：折射了"60后"一代人的心灵图景

《丹麦奶糖》1月份发表在《人民文学》第1期，进入2017年度中篇小说排行榜。小说中的"我"是一个功成名就的作家、教授，但在妻子肖燕的眼中却是一个满脑子都想着个人名利地位的精致的利己主义者；肖燕对现实生活充满厌倦，一心想回到过去去找寻遗失的梦想，但在"我"看来，她却是个不识时务的悲观主义者。在价值观念上，"我"和肖燕尖锐交锋、寸土不让；而在为人处世中，"我"和她又互相理解。小说中不断出现的一盒盒来历不明的奶糖，具有隐喻性：从意义层面来看，它寄托着作者对生活乃至人性的某些思考和表达；从叙事学角度看，它为读者提供了一个透视生活和人性本质的"外"视角，在这个"外"视角的审视下，那些原本贴近生活本相的生活场景都被作者有意识地拉开了一定的观察距离，从而产生出奇妙的间离感和陌生化效果。小说题目"丹麦奶糖"中的"丹麦"寄托着一种远离尘嚣的渴望与幻想，"奶糖"则意味着现世诱惑。和"丹麦奶糖"一样，小说中还存在着这样两组截然相反的意象：精神的——丹麦、安徒生、童话、寻找叶小青、北戴河、孙尔雅；物质的——笔记本、文学博士、全国大奖、《幽暗之光》，它们始终由一盒盒神秘的"丹麦奶糖"这条线索串起来，隐喻了现代社会里人人内心的躁动、焦虑和不安。作者曾说过，"60后"既是"迷失的一代"，又是"忧郁的一代"，他们已人到中年，掌握着大量的社会资源，拥有着广阔的天地，但他们又时常

[①] 参阅魏鹏《"生活在别处"，看得到尊严——评王安忆中篇小说新作〈向西，向西，向南〉》，《解放日报》，2017.6.16。

感到莫名其妙的惶惑与空虚，因为他们永远无法铲除根植于自己思想意识深处的那些梦想。这或许就是一个中年知识分子的一体两面吧：既一往情深地留恋着"丹麦"的纯粹，又无可救药地惦念着"奶糖"的香甜。作者有意识地将现实主义叙事风格和西方现代派表现技法融于一体，使读者既能从现实中感受到一种神秘与荒诞，又能从荒诞中体会到一种真实与残酷。小说采用时间的跳宕闪回、空间的并置衬比等艺术手段，通过"我"和肖燕及其他几个人20年来的人生经历和生存感悟建构了一个等边三角形式的叙事结构，使价值观各不相同的人在这个封闭的时空结构中彼此碰撞又相互融合，由此折射出"60后"一代人的心灵图景。[①]

万玛才旦短篇小说《气球》：写了藏区牧民繁衍生育的事情

万玛才旦（1969.12—），青海贵德人。《气球》1月份发表在《花城》第1期，进入2017年度短篇小说排行榜。小说涉及的是藏区牧民繁衍的话题。这个话题关系着藏区牧民的生计，也关系着他们家庭的未来。但他们用来抑制繁衍的避孕套却被顽皮的孩子们偷去当作气球玩耍了。牧区的女人们害怕再次孕育，心理负担越来越重，于是希望结扎；男人们则忙碌、忧心地为羊群配着种。然而，老父亲却突然失足摔死了，来不及结扎的女人也怀孕了，孩子们也陆续步入了学龄阶段。他们又开始面临起了新的生存问题……万玛才旦曾用电影记录过藏区牧民的原生态生活，关注了他们的生存与迷失。该电影剧本曾经获得过韩国釜山国际电影节"ACF"剧本发展基金，并在2012年3月19日至21日举行的"香港亚洲电影投资会大奖"上获得了海外区大奖。

赵红都短篇小说《英式下午茶》：写了一个中年知识分子去北京看望表侄的感慨

赵红都，生年不详，河南南阳人。《英式下午茶》2月份发表在《莽原》第2期，进入2017年度短篇小说排行榜。小说由一个名叫子陌的中年知识分子讲述他去北京看望表侄的感慨组成。讲述的地点是在高铁上，听他讲述的对象自始至终没露面；叙述方式别开生面，令人极容易联想到西方的《十日谈》、东

---

① 参阅赵振杰《当梦想照进现实——评刘建东中篇小说〈丹麦奶糖〉》，河北新闻网，2017.3.17；刘世芬《这个时代被他掐准了"三寸"——读刘建东中篇小说〈丹麦奶糖〉》，《名作欣赏》，2017.31

方的《一千零一夜》、中国小说中的"评书"。然而这篇小说锐于创新，其叙事智慧令人过目难忘。进而言之，该小说看似是一场漫无边际的闲聊，其实却透析了历史与人性中层层淤积着的隐情或幽暗。它虽然不乏"日常化"叙事的吉光片羽般的沧桑感悟，但却没有流于琐碎和刻奇化；它用写实的方法刻画了世俗百态，笔力遒劲；它将个体成长的心灵与社会变迁的进程稳健地进行了全息曝光；它是对"中国好故事"的优异的践行，也是本年中国短篇小说创作的标杆，其情韵绵长，令人爱不释手。①

李延青短篇小说《匠人》：一篇令人掩卷沉思的好作品

李延青（1961.9— ），河北赞皇人。《匠人》3月份发表在《当代》第2期，进入2017年度短篇小说排行榜。小说中的周向文从事的工作是缠电机，这是他的"手艺"。但他竟然"缠"起了县委书记，他"缠"县委书记的目的先是为了举报县委书记片面追求政绩、弄虚作假的事，后来则纯粹是出于正义。周向文没想到，他举报县委书记最终会成为他的新"手艺"。小说的结尾是周向文因为实名举报弄虚作假、胡作非为的官员而被判处了劳教。该小说是一篇荡人心魄、耐人咀嚼、令人掩卷沉思的好作品，它成功地塑造了周向文、田桂生、乔江山、林局长和公安局长等人物形象，特别难能可贵的是作品用扣人心弦的故事、层层推进的高潮、流畅朴素的语言，将周向文、田桂生这两个技艺精湛、才华横溢、正气凛然的"匠人"的形象，刻画得栩栩如生，呼之欲出。

南翔短篇小说《檀香插》：表达了腐败分子被查后，给他们的家庭带来的伤痛，以及种种不可向外人述说的隐情

《檀香插》3月份发表在《芙蓉》第2期，进入2017年度短篇小说排行榜。小说写罗荔的丈夫因涉嫌贪腐而被纪检部门"双规"，罗荔也要接受调查组的讯问。当调查组向罗荔展示其丈夫与别的女人幽会的视频时，她内心里仅存的一点幻想破灭了。她该怎么面对呢？在恍惚中，罗荔仿佛听到了丈夫回家的声音，一切都似乎回到了之前的轨道。接着，罗荔发现丈夫西服上有一点胭脂红，这让她再一次想到视频里那些污秽的画面。罗荔盛怒之下要赶走丈夫，但

---

① 参阅窦跃生《〈英式下午茶〉入选2017年度中国小说排行榜》，《南阳日报》，2018.1.12。

当丈夫真的要走时，她突然感到了"悚然一惊"。小说写罗荔丈夫回家这一笔时，会让人误以为是确实发生的事情。实质上，这只是罗荔心力交瘁时的一场梦境。小说题目"檀香插"是罗荔和丈夫三年前在住宅小区对面的一座工艺美术大厦里花了 260 元钱买的，它是承载主人公散淡自适的生活愿景的意象。小说虽用第三人称叙事，但从一开始就以内聚焦的方式对罗荔内心的错乱、惊惶和悸动进行了细致的勾绘。罗荔这种仿真的"梦境"在叙事层面上是一个巧妙的收尾，但在情节和主题意义上却指向了一个更大的遥指，即她已经陷入了无尽的苦痛之中，这让人感受到了一种痛苦的情绪弥散于文本之外，也使小说具有了复杂的属性。小说将罗荔丈夫的贪腐细节与纪检部门的查办经过都一笔带过，作者更加关注的是腐败分子被查后，给他们的家庭带来的伤痛，以及不可向外人述说的种种隐情。罗荔的困境不仅仅是法理与人情的纠结，也是她那"简慢而单纯"的生活信条被扭曲的表现。罗荔最焦灼的渴望是丈夫能够平安无事地回来，但丈夫与别的女人有染的事实又让她无法承受，所以她幻梦中出现的丈夫回来的事情既是对她的安慰，更是对她的刺痛。小说有意放大了罗荔这个善良女人内心里的悖谬，她的未来如何，小说没有写，但读者自会明白。[①]

张悦然中篇小说《大乔小乔》：讲述了一个合法出生的姐姐和一个非法出生的妹妹的故事

《大乔小乔》3 月份发表在《收获》第 2 期，进入 2017 年度中篇小说排行榜。小说的故事是作者从一个研究计划生育的学者那里听来的：在一对姐妹里，合法出生的姐姐不堪家庭压力，在多年后自杀，非法的妹妹却没有受到影响，她不仅健康地活着，而且上了大学。但她的人品有问题，似乎有点没心没肺。具体而言，该小说的主人工叫乔妍，即小乔，她本是一个不该出生的二胎，但由于她母亲患了心脏病，使做人流的时间一再拖延，结果使她长大成型；医生在给她母亲注射了一针毒素后，也没有让她死亡；最终，她来到了这个世界。乔妍的父亲乔建斌是一名公办教师，因为多生了乔妍，所以失去了工作。乔建斌被开除后，他的家庭被疾病、贫穷、绝望笼罩着。他后来唯一的生

活内容就是上访。乔妍的姐姐乔琳即大乔长大后谈了男友并未婚先孕，但因为她父母的缘故，所以她一直得不到男友家庭的承认。大乔身怀六甲，但她还得为父母的事情四处奔走。小乔知道自己是非法出生的，所以在办身份证时，便将自己的名字改为了许妍。后来，当她从北京的一所大学毕业后，留在了京城的一家电视台里做主持人，她暗下决心再也不回家里。有一天，怀着身孕的大乔到北京找律师帮忙打官司，恰巧许妍的男友就是律师，许妍把大乔称作表姐，并要求她不能向自己的男友说出自己的身世；另外，她还隐瞒了自己没有生育能力的事实。大乔从北京返回家里后不久就生了孩子，但她却得了严重的抑郁症，当孩子满月后，她自杀了。大乔的自杀给许妍带来了无限的自责与追悔。她在犹豫了很久后终于回到家中。她看到母亲一边为失去大女儿悲哭着，一边牵挂着人们在网上对她的家庭遭际的关注。这些使她忽视了大乔那尚在襁褓中的嗷嗷待哺的婴儿，也使屋子里凌乱不堪，蟑螂横行。大乔是最令人唏嘘的人物，她本应该理直气壮地活着，但却成了最为无辜的人；她无微不至地关心和照顾妹妹，但妹妹却那样对待她；她为父母、为妹妹献出了一切，也为初恋、男友、婚姻、孩子献出了一切。小说以大乔到北京见小乔的两天三夜的时间为主线，其间穿插了小乔零星的儿时回忆，详细解释了她的家庭悲剧的来龙去脉，展示了时下多数人心中对于一些问题解决方式的惯性想象：上访、找人、送礼、诉诸媒体等。小说最后让大乔的孩子乔洛琪成了小乔的"拯救者"。但这个襁褓中的孩子是否能担任小乔的"拯救者"，却令人深思。①

严歌苓长篇小说《芳华》：展示了特定年代主流意识形态与公众舆论对异性交往的严格规约

《芳华》4月份由人民文学出版社出版；7月，小说又以《你触碰了我》为名（中篇小说）发表在《十月》第3期。小说的故事源于2013年冯小刚和严歌苓的一个约定——因为两人都曾在文工团服役，成长的年代也差不多，所以约好创作一个贴近亲身经历的文工团故事。2016年4月，严歌苓写完了初稿，当时该书叫《你触摸了我》。冯小刚建议改名字，严歌苓便提供了几个选项：

---

① 参阅深海《自我催眠的受难者——评〈大乔小乔〉》，中国作家网，2017.6.12。

《好儿好女》《青春作伴》《芳华》等，冯小刚选中了《芳华》，他解释道："芳"是芬芳、气味，"华"是缤纷的色彩，非常有青春和美好的气息，很符合记忆中的美的印象。该小说以作家萧穗子的口吻叙事，讲述了她亲历的何小曼与郝淑雯等人在文工团里的争执，也见证了刘峰坎坷的命运起伏。故事的具体内容是，20世纪70年代，一些有文艺才能的少年男女从大江南北被挑选出来，进入了某部队的文工团，担负起给军队进行文艺宣传的特殊使命。郝淑雯、林丁丁、何小曼、萧穗子在这个团队里朝夕相处，她们才艺不同、性情各异，于是碰撞出不乏黑色幽默的事情。在严格的军纪和单调的训练中，每个人的青春都以独有的姿态绽放着芳华。男兵刘峰在这个文工团里是最不起眼的一个人，他和那些才华横溢的男乐手、英俊潇洒的男舞蹈队员相比，他的个子不高，相貌平平，也无才艺。他自觉地承包了团里所有的脏活累活，慢慢地，他成了每个人潜意识里的依靠，大家有了任何困难，第一个想到的就是"找刘峰"。他被大家公推为"模范标兵"，得到了各级表彰。刘峰在这样的被需要中，活得心满意足，并深深地爱上了独唱演员林丁丁。当他经过几年漫长的等待，在一次自以为时机成熟的时候，向林丁丁表达了爱意，并情不自禁地摸了林丁丁后，结果林丁丁一声"救命啊"的呼喊，改变了他的人生轨迹，也葬送了他的一生。当事情引起组织的注意后，刘峰遭到了公开的批判，然后被下放到伐木连去干重体力活。当中越边境发生冲突后，刘峰回到了老连队并参加了对越自卫反击战，战争使他失去了右臂，剥夺了他安身立命的能力。从此，他只能靠冰冷的塑料假肢过着贫困潦倒的日子。萧穗子和郝淑雯了解到刘峰的境遇后，就去寻找他，她们甚至给站街的妓女付小费打听他的消息和线索。郝淑雯还央求丈夫给刘峰寻找一份工作。最后，何小曼最先找到了患有肠癌的刘峰。何小曼是刘峰触摸过的第二个女性，她是个另类，排练舞蹈的时候，没人愿意跟她一起搭档。善良的刘峰于是做了她的搭档。当何小曼和刘峰跳舞时，她从镜子中看到了自己从女孩长成了女人，同时她也可以像一个孩子一样依偎在刘峰的怀抱中，她第一次感受到了爱。当何小曼找到患有肠癌的刘峰后，她就陪伴刘峰走完了生命的最后一刻。小说用四十余年的跨度，展现了许多人命运的流转变迁，讲述了刘峰的谦卑、平凡及背后值得永远探究的意义。小说展示了特定年代主流意识形态和公众舆论对异性之间交往的严格规约，这与青春期特有的荷尔蒙冲动和性成熟阶段的身体觉醒构成了激烈的冲突。2017 年 12 月，小说被改编拍摄为电影《芳华》上映。

钟求是短篇小说《街上的耳朵》：写了流淌的岁月和潜伏的情感，写了生活中常见的及隐秘的东西

钟求是（1964—），浙江温州人。《街上的耳朵》5 月份发表在《收获》第 3 期，进入 2017 年度短篇小说排行榜。小说的创作灵感来自一个打架事件，力小者咬掉了力大者的半只耳朵后，然后跑进派出所去自首。一天，作者与中学同学聚餐，旁桌一位长发男人过来给他敬酒，才知道他就是丢了半只耳朵的力大者。据此，作者写出了本小说。小说写式其三年前让一个愣头愣脑的理发师修剪头发，理发师后来向别人描述了式其残缺的耳朵。两天后理发师的发廊被砸。当天傍晚，式其照例到一家吃店吃饭。饭桌上十几个人边吃边聊着闲话，瘦女人王静云说起了一个叫王静芸的女人得了胃癌死了的事情，王静云的朋友以为是她死了，留言悼念。式其起身去了洗手间，出来后拐到总台那里买单刷卡。刷完卡他没有回包厢。他出了餐馆，在街心公园的一张椅子坐下。然后，他回忆起了一件件往事。小说写了流淌的岁月和潜伏的情感，写了生活中常见的及隐秘的东西。这些东西当然与那两位打架者没有关系。但这些现实小事却为作者写两位打架者的文字提供了出发地。①

叶兆言短篇小说《滞留于屋檐的雨滴》：蕴含着关于生命、关于命运的巨大悬念的小说

《滞留于屋檐的雨滴》5 月份发表在《江南》第 3 期，进入 2017 年度短篇小说排行榜。小说笔触散淡，却蕴含了关于生命、关于命运的巨大悬念。主人公陆少林在刚刚恢复高考的时候，连续参加了两次高考，却都以失利告终。其中，第二次临考前，陆少林的父亲去世了。他和父亲的感情"非常好，可以说特别好"。父亲死了后，陆少林的母亲"十分平静"地告诉陆少林一个惊人的消息：死去的这个男人不是陆少林的生父。从那一刻起，重重疑窦便缠上了年

---

① 参阅钟求是《创作谈：文学的距离》，《收获》杂志微信公众号专稿，2017.5.18。

仅 20 岁的陆少林。陆少林经常尿床和梦遗，这使他的精神崩溃，但在父亲的开导下，他得到了释怀并健康地成长。养父为什么要对他这么好？他的结论是养父为了讨好母亲。当陆少林询问时，母亲却说丈夫那样做是让为了让她难堪，让她觉得亏欠他，让她抬不起头来。陆少林想弄清的另一大疑问是：自己的生父是谁？在哪里？对于这一点，陆少林没有任何线索，因为生父是母亲的另一个最记恨的男人，母亲声称："只要我还剩一口气，他别想见到你，你也不许找他。"带着这样的人生"底色"，陆少林的工作、生活、情感、婚姻全都被笼罩在一种无可无不可的晦涩中，他没有考上大学，于是成了电大学生，他觉得没意思，干脆中途退学，在一家集体所有制的小饭馆当厨师。工作之余，他突然对书法产生了兴趣，天天临字帖，还迷上了制作砚台；另外，他还常常到大学里"蹭课"，旁听古代文学史和古汉语。他甚至还有过一个"让人哭笑不得"的念头：他想要向"我"拜师写小说，原因仅仅是为了把在生活中无法追溯到的线索，用虚拟的场景来落实。小说的叙事氛围晦暗暧昧，所有的悬念和疑问都如"滞留于屋檐的雨滴"，欲坠未坠，不可捉摸、无从把握。小说凝缩了作者过往的叙事技巧与生活经验，通过陆少林失父一事牵出了他的身世之谜，并在他考大学的数次失败里涵纳着时代青年的无限心事。从陆少林个人生活的起落沉浮里，可以清楚地看到时代的波峰浪谷是如何强有力地介入到个体的生活，塑造着、修改着他的人生与命运的情况。[1]

东紫中篇小说《芝麻花开》：用细腻温暖的笔触，时而幽默时而疼痛地为我们讲述了母亲的付出、担当以及真挚无私的爱

《芝麻花开》5 月份发表在《人民文学》第 5 期，进入 2017 年度中篇小说排行榜。小说用大量笔墨描写了母亲，塑造了栩栩如生的女性形象，流露出作者的女性意识。小说借助"我"的所见所闻，讲述了父亲与母亲的生活状态和疼痛遭遇，真实生动地展示了乡土图景。在那个集体劳动的时代，母亲成为植树最多、成活率最高的先进标兵。母亲在深达百米的库底以及刺骨的冰水中修水库，赢得了人们的尊敬和赞扬，被誉为"铁姑娘"。"铁姑娘既能和男人一样

① 参阅刘凤阳《叶兆言〈滞留于屋檐的雨滴〉：自我认同的焦虑与困厄》，《文艺报》，2017.9.1；曹霞《一个人的经验与时代——评叶兆言的〈滞留于屋檐的雨滴〉》，《文学教育（上）》，2017.11。

干活，也能和男人一样打架"，在父亲抓起小板凳朝她抡去时，母亲也不甘示弱地还手，表现出母亲急躁爽直的特点。除了体力，母亲在智力上也表现出超出男性的一面。"文革"时，她以媳妇的身份劝说和守护公公，维护了家人的安全。母亲在很多时候，考虑的不是自己，而是整个家庭。她想尽各种办法委婉地劝说生病严重的父亲砌坟，最终得以如愿。母亲把别人不要的地边拓出小菜园，还在春天缺粮的时候指导父亲去哪儿撸榆树叶掺到饭里。母亲指挥了父亲一生，督促了父亲一生。母亲看到父亲一天天消瘦下来，便知道父亲时间不多了。她看到父亲起伏的情绪，骗他不要担心身体，自己却把所有的痛咽到了肚子里。母亲始终站在父亲的角度为他考虑。她怕自己眼花看不清，就早早地给她自己和父亲缝制了寿衣。缝完之后，每年夏天，母亲还要将它暴晒，拍打翻个。作者用细腻温暖的笔触，时而幽默时而疼痛地为我们讲述了母亲的付出与担当以及父母对孩子们真挚无私的爱。①

石一枫长篇小说《心灵外史》：展示了人物的精神演变史，让人们看到了中国普通民众在传统与现代之间不断摇摆的情况

《心灵外史》5月份发表在《收获》第3期，进入2017年度长篇小说排行榜。小说写杨麦的父母离异，家人将他托付给一个叫"大姨妈"的女人照顾。"大姨妈"在照料杨麦的同时，20世纪80年代，她迷恋气功；90年代，她陷入了传销的陷阱；新世纪，她又进入了一种宗教式的迷狂，陷入了家庭教会的困境之中。她越来越无法适应这个现实世界，最终走向了自我放逐，下落不明。而杨麦在长大成人之后虽然选择了主流的功利主义生活方式，但却无法真正解决埋藏在深处的心理危机，并且得上了焦虑症。多年以后，当杨麦为内外交困的生活而焦头烂额时，突然得知了"大姨妈"的下落。他感念"大姨妈"留给自己童年时代的温暖记忆，便决定去寻找"大姨妈"。他想报答"大姨妈"，也希望能将"大姨妈"从盲信气功、传销等状态中拉回到现实生活里，从而完成对自己的精神治愈。然而事与愿违，等待他的不仅是一段荒唐的冒险经历、一系列的社会怪现象，而且是一个悲剧结局。小说展示了"大姨妈"的精神演变

---

① 参阅汪茗惠《浅析东紫〈芝麻花开〉中的女性意识》，《神州》，2017.23。

史，从中，我们可以看到中国普通民众的内心生活，以及他们在传统与现代之间不断摇摆的情况。①

胡迁中篇小说《大裂》：一篇给读者带来强烈的梦魇般冲击感的小说

胡迁，1988 年 7 月 20 日生，又名胡波，山东济南人，2017 年 10 月 13 日上吊自杀。《大裂》6 月份发表在《西湖》第 6 期，进入 2017 年度中篇小说排行榜。小说写的是一场噩梦，荒郊野外的一座由化工厂改建成的"野鸡学校"是这场噩梦的中心。经历了数次高考失败，然后走投无路的"我"是梦里的主人公。在梦里，"我"遇见了赵乃夫、丁炜阳、郭仲翰、刘庆庆等几个同样走投无路的年轻人。他们像罪犯一样无处可去，也无人可爱。他们的噩梦做了四年都醒不过来。有一天，"我"和赵乃夫因为一个诡秘的契机，在校园东边的荒野里发现了一张刻有黄金标记的藏宝图。黄金让他们黯淡无光的生活突然开出了一大朵英雄梦想。他们立刻相信了黄金的存在，他们孤注一掷地抓紧了开辟新人生的机遇。"我"认为："我们找到了黄金，从此以后可以通往别的世界，那里没有荒原和干涸的河流，也没有不可控的四处滋生的糟糕感觉。"黄金深埋在暗不可测的荒原深处，甚至可能不存在。和"我"一起加入挖掘黄金队伍的赵乃夫、丁炜阳、郭仲翰、刘庆庆也都遭遇着各自不能为外人道的困境。他们寻找黄金的行动本身为他们的困境找到了绝佳的安置或庇护：赵乃夫还残存着白日梦，刘庆庆依然摆脱不掉精神刺激，郭仲翰在难以承受失恋的打击后住进了洞穴，丁炜阳最后身披青铜盔甲从地道走向了复仇的战场。只有"我"坚持到最后，在第四年冬天，"我终于找到了黄金，我意识到自己可以离开这里了"。小说中的"我"身上有着作者显见的自叙传气息。"我"和赵乃夫等年纪都在 20 岁上下，是一群找不到人生方向的人，都过着不及物的生活，处处感到一种焦虑感的存在。他们办社团、写作、种花、恋爱，惶惶不可终日，"想要做点事情"的小打小闹一一失败，最终只能通过大规模的暴力斗殴来释放过剩的荷尔蒙。小说给读者带来的是强烈的梦魇般的冲击感。血流遍地的宿舍走廊，管制刀具砸在肩胛骨上铿铿然的响声，厚厚的扑克牌像时间的容器一样被

---

① 参阅李云雷《长篇小说与我们的时代生活》，《学习时报》，2017.10.13。

摔得粉碎。小说如其名《大裂》是本伤害之书，里面的年轻人有着深不见底的虚无和幽暗，但作者拼了命要去撕开这种死水般的生活，爆绽而出的不仅仅是伤害，还有对麻木的抵死反抗以及他在最脆弱的时刻依旧愿意给人示好的美好心愿。作者穿透黑暗的锋利之处，去寻找光明。"我"和其他人相信存在着黄金，这是对一个给定方向的信任。他们期盼着凭借自己的双手去挖出一条最终通向他们自己也说不清楚的美好道路。这是作者向那些身陷噩梦，但却心怀着黄金的年轻人的致敬。小说的文字滚烫而不冰冷，因为它无视死亡的阴影，像黄金一样灿烂并不朽，它静等着寻找它的人的到来。[1]

曾晓文中篇小说《金尘》：讲述了一个华人"蛇头"给许多偷渡到美国的中国人办绿卡及最终入狱的故事

《金尘》7月份发表在《江南》第4期，进入2017年度中篇小说排行榜。小说题目"金尘"来源于佛经中所说的"合七极微为一微尘，合七微尘为一金尘"。小说的灵感来自作者于2014年春天在网上看到的一则"纽约曼哈顿唐人街万人空巷，很多人在雨中为'偷渡皇后'披麻戴孝、跪守灵前送葬"的图片新闻。大约20年前，作者有一次去纽约，因为赶时间在东百老汇大街上急走，同行的人指点着路对面一位相貌平常、穿着土气的中年女人，说她正是大名鼎鼎的"偷渡皇后"，曾经手几千福建人偷渡来美。没想到作者的那个"惊鸿一瞥"，为她日后创作的这篇作品埋下了伏笔。小说开篇描写了华人蛇头青姐的葬礼场景，然后引出记忆，讲述了一批渴望踏上美国国土的偷渡人的爱怨情伤。导演炜煊的妻子陶霏被纽约的一所大学录取后，到美国求学。当陶霏在唐人街高老板的店里为了生活与梦想而隐忍打工时，她认识了白人律师杰夫·金西。陶霏将偷渡来美的财仔介绍给金西，然后通过各种伪造的"受难"经历，帮助财仔拿到了绿卡。在越来越熟悉的情况下，金西的律师事务所做得"风生水起"，并且与华人蛇头青姐强强联手，建立起了办理偷渡、拿绿卡的一条龙服务，被成群结队的偷渡者挤破了门槛。不久，金西与陶霏步入婚姻。当偷渡女阿芸来到美国找丈夫江哥时，却因付不起偷渡费而被青姐的手下残害凌辱，

---

[1] 参阅刘欣玥《致那些依然心怀黄金的年轻人——读胡迁〈大裂〉》，《同代人》，2017.11.24。

最终悬梁自尽。事情败露后，青姐、金西、陶霏以及律师事务所的相关涉案人员，一起被美国 FBI 通缉。联邦以"反黑连坐法"重罪起诉他们，他们悉数入狱。结尾是青姐替陶霏承担了部分罪名，她说出了《佛经》中的几句话，她说：人活一辈子，就像一粒金尘，太微小了。她又说：我（青姐）有过的万金，也会随我变成尘土。这些话是小说的主旨灵魂所在。多年后，坐了五年、七年牢的金西、陶霏和陶霏的前夫炜煊等人相聚在青姐隆重的葬礼上，这时候，金西、陶霏曾经具有的精神早已磨掉，曾经挺直的身形也不再具有，曾经的欲望与戾气也被冲淡。陶霏向金西要回了儿子的抚养权。炜煊在多年后实现了他的美国梦，拍摄了大大小小数部电影，最后也知道了自己获得金奖的第一部电影正是由前妻陶霏投资的。[①] 小说中的某些元素在作者的其他作品中也出现，比如中餐馆、监狱、偷渡客、跨族裔夫妻等。小说前三章分别以炜煊、陶霏、金西的视角讲述，他们爱怨情伤的"金三角"关系随着情节的推动发生了微妙的变化。随着时光的流转，每个人的回想都独有版本，并且进行着自我辩护。后两章以全知视角讲述，当然也不全是百分百的"全知"，而是留有诸多空白。

孙频中篇小说《松林夜宴图》：从现实与历史的双重维度上对知识分子的精神困境进行了深入勘探与透视

《松林夜宴图》7 月份发表在《收获》第 4 期，进入 2017 年度中篇小说排行榜。小说写李佳音从某大学艺术系毕业后，为了回家乡干一份安稳的工作而放弃了理想和爱情。李佳音在离开学校之前，在她崇拜的老师罗梵的屋外站了一夜。李佳音回到家乡后，在一所学校里教书，她先后引诱了五个男学生，用他们的身体解决了自己对罗梵的遥远思念和痛苦的回忆。李佳音于是被学校开除了。她然后离开家乡去找罗梵，去追求理想。有一天，李佳音看见了特立独行的行为艺术家常安，常安不肯向世俗低头，比谁都贫困，但她对美的追求和罗梵一样，"勇敢得近乎邪恶"，曾经大光头的她此时乌发齐肩，也许她戴的是假发，但她终究还是被现实打回原形。李佳音去寻找罗梵，却一直找不到。其

---

① 参阅曾晓文《创作谈：从谁的角度说沧桑》，《北京文学·中篇小说月报》，2017.8。

实她要的不是找到罗梵这个人，要的是寻找罗梵的过程。李佳音终于看到了罗梵，罗梵贫困潦倒，但仍然不坠青云之志，她在理想与俗世中做着最后一搏。后来，李佳音看到罗梵的一幅画，画上画着一口莲花缸，缸里漂浮着两朵睡莲，一条红鱼游在花下，旁边还立着一个女子。李佳音想罗梵是爱她的。李佳音的外公宋醒石是个画家，他把自己画的一幅《松林夜宴图》送给李佳音，它上面画了一棵松树，"松下有三个老者在煮酒夜饮，其中一个正在抚琴，另外两个则醉卧，似听非听"。"抚琴的老者正看着画外，脸上有一种似笑非笑的神秘表情，正欲说还休。"宋醒石曾在甘肃被流放过，和他一块流放的两个好友都死了，只有他活了下来。20年来，他年年都给两位好友寄东西，但都被退回。李佳音向一位老右派了解了外公当年的事情，老右派神情古怪地说了一句话："二队那十几个人，最后活下来的就你姥爷一个人。"《松林夜宴图》里究竟隐含着什么，外公要对她说什么？李佳音迷惑不解。常安认为那幅画画的根本不是什么松林夜宴，可能是比挨饿更可怕的东西。一个与李佳音处过对象的人说，你外公给他那两个早已死去的好友不断寄东西是为了求得自己内心的安宁，会不会是他当年害死了他们？罗梵看了《松林夜宴图》说，山水倒没有什么出彩之处，不算上乘之作，只是画里弥漫着一种奇怪的不安气息，很紧张，近似于恐惧，像什么事情即将发生之前的平静一样很可怕。李佳音于是烧掉了《松林夜宴图》，她从它里面看到了一段历史，也看到了当下，看到了老艺术家的情怀、友情和他终身的忏悔与赎罪，也看到了灾难对人性的毁灭。整篇小说写了一个年轻画家对理想与爱情的追求，对艺术的执着，她经历了生存的压力与精神的折磨，迷惘、屈服、苦恼与不甘。小说对人物追求精神的过程的描写引人入胜，耐人寻味，语言唯美，每一段末尾及有的地方中间出现的几句精辟的诗，起到点睛的作用。这些诗有些来自兰波的《奥菲利亚》，有些来自当代诗人余秀华，有些来自叶芝等其他优秀诗人，它们被作者巧妙地嵌入文本中后，用黑体字标示。作者还把书信有机地融入小说的叙事过程之中。书信主要指文本中先后引用过的两封信，一封是霍夫曼斯塔尔写给梵高的，另一封则转引自冯骥才《一百个人的十年》中一位右派语文教师在弥留之际写给妻子的泣血家书。小说对知识分子的精神困境从现实与历史的双重维度上进行了深入勘探与透视。其中，李佳音的经历集中表现了当下市场经济条件下知识分子的精神困境。①

张翎长篇小说《劳燕》：塑造了一位具有博大悲悯情怀的女性形象

《劳燕》7月份由人民文学出版社出版，进入2017年度长篇小说排行榜，是作者根据上海市静安区的一位业主在装修房子时意外发现的一封70年前的信件写出的。该信件是一位叫伊恩的援华美军写给一位叫温德的中国女人的。"信纸是那个年代常见的米纸，字为毛笔所书，字体老辣遒劲，不像是一位外国人的手迹，极有可能是寄信人口授请人代笔的。这封信很短，更像是一封略嫌臃肿的电报。"信件的内容是："亲爱的温德：假如你愿意，在收到这封信时，请立即按照信址 ×× 来找我。我打算向 ×× 事务处申请 ××× 许可证。近日 ×××××× 剧增，等候期 ×××× 个月。具体面叙，请速 ××。你的伊恩。"小说主人公名叫阿燕，她原本是一个生长在江南小村落里的单纯天真的女孩子，如果没有日军发动的侵华战争，或许她可以从容地长大、嫁人、终老一生。但是，战争来了后，灾难和厄运瞬间降临到阿燕的头上了，使她的一切变得破碎，她被日本兵强奸了，差点致死，她的父亲被炸弹炸得四分五裂，母亲惨遭杀害，家中茶园被毁。所幸美国牧师比利救了她，比利教她医术，给她传授信仰，才使她重新顽强地生存了下来。后来，一个新战士鼻涕虫想强暴阿燕，按军纪，鼻涕虫应该被处死，但在临刑之际，她挺身而出为鼻涕虫说情，使他免于一死。当鼻涕虫战死后被日本人砍下脑袋时，阿燕亲手将他的脑袋缝回到身体上。她的这些震撼人心的举动，深深地影响了刘兆虎、比利、伊恩三个男性。刘兆虎是阿燕的未婚夫，在他的眼中，阿燕如同燕子般质朴善良，当他遗弃她时，她并没有消沉和自暴自弃，也未心生恨意，而是坚强地活着。再后来，当刘兆虎被诬为"美帝国主义训练的特务，国民党的残渣余孽"而被捕入狱，判处了长达15年之久的徒刑去邻省一座煤矿服刑时，阿燕想方设法地去营救他，最终使他被提前释放。比利把阿燕叫作斯塔拉（star，星星），因为他认为阿燕是一位闪烁着圣洁光泽的女孩；美国大兵伊恩把阿燕叫作温德

① 参阅晴朗的麦子的博客；王春林《知识分子精神困境的深度勘探与透视——评孙频〈松林夜宴图〉》，《收获》微信公众号专稿，2017.8.20。

（wind，风），因为他认为阿燕是一位充满了青春的激情和力量的人。阿燕拥有三个名字，带有鲜明的三位一体的意味。在基督教的教义里，唯一的三位一体者是上帝，上帝集"圣父、圣子、圣灵"于一身。所以，阿燕具有的三位一体显然是作者引入了宗教维度。宗教维度的引入，在很大程度上构成了衡量人性的一个重要标准，这点在作者的很多小说中都有体现，这与作者在西方世界的日常生活中，受到基督教的浸染影响紧密相关，使她塑造出阿燕这样一位具有博大悲悯情怀的女性形象。作者在叙事艺术上的努力，主要表现在两个方面。其一是对多种文体形式的适度穿插式征用。举凡书信、日记、新闻报道、地方志、戏文，乃至于两只狗之间的对话，等等，全都被作者有效地纳入自己的叙事进程之中。其二是对交叉性亡灵叙事手段的精心设定。小说中存在着三位亡灵叙事者，其中的牧师比利和美军军官伊恩属于正常死亡，比利之死是他过于疏忽大意造成的结果。一次，他给一个看似不起眼的火疖子做切除手术时，食指不慎被手术刀割了一个小口子，他没当回事，结果他死于由此而引发的败血症。伊恩之死属于年岁很高的寿终正寝。刘兆虎之死是因肺癌所致。[①]

刘庆长篇小说《唇典》：叙述了发生在主人公身上的许多惊心动魄的故事及东北一个满汉杂处之地众多人物的命运沉浮故事

《唇典》耗时15年才完成，共54万字，7月份由作家出版社出版，进入2017年度长篇小说排行榜。作者以满斗的视角，讲述了满斗用一生时光来拒绝成为一个萨满的故事。满斗长着一双"猫眼"，有着神奇的夜视能力。满斗12岁那年，村子里来了个马戏团，他和团里一个花瓶般的姑娘苏念认识后，就开始踏上了陌生的人生旅途。满斗和苏念后来被土匪劫持到王良寨，因为满斗具有神奇的夜视能力，所以得到重用。后来，满斗把王良寨改造成了一个理想之地。抗战中，满斗在朝鲜爱国者的营地因为能够看清黑夜，所以成了他们的战友。后来，满斗又成了一名抗联战士。当他成为苏军进军中国东北的先遣人员时，他因跳伞失误，丧失了记忆。1967年，满斗在批斗会现场恢复了记忆。小说在辛亥革命至改革开放初期的漫长时间跨度里叙述了发生在满斗身上的许多

① 参阅王春林《战争中人性与命运的裂变——评张翎长篇〈劳燕〉》，《文汇报》，2017.3.21。

惊心动魄的故事及东北东部山区一个叫作白瓦镇的满汉杂处之地的众多人物的命运沉浮故事，全景地再现了 20 世纪东北跌宕起伏的变迁史。文学评论家孟繁华说："刘庆通过对萨满文化的解读，提供了一种殊异而独特的看待世界的角度和理解生命的方式，刘庆在小说中呈现的萨满文化的豁达与温暖，宽容和柔情，对自然的敬畏和生命深沉的大爱，对现代社会来说，是一种独特而新鲜的价值标准与伦理观念，这是东北的高山大河、冰川莽原孕育出的思想结晶，是东北先民独特而宝贵的文化遗产。"文学评论家贺绍俊说，刘庆的小说赋予了"唇典"这个词新的意义——就是口口相传的民族史，民间史，他是要向一切口头文学表达崇高的敬意。这些口头文学包括东北大地的创世神话、民族史诗、历史异文，通过这一切勾画出了东北百年的文化史和心灵史。①

朱辉短篇小说《七层宝塔》：塑造了一个具有盗寇的、奴才的和革新的三种面相混杂的"破坏者"的形象

朱辉，生年不详，江苏南京人。《七层宝塔》7 月份发表在《钟山》，进入 2017 年度短篇小说排行榜，2018 年 8 月获得第七届鲁迅文学奖（2014—2017）。小说中的"塔"是印度梵语的译音，本义是坟墓，是古印度高僧圆寂后用来埋放骨灰的地方。汉代，随着佛教传入中国，宝塔成为重要的有着特定形式和美学风格的传统建筑形式。小说借宝塔的倒塌，暗喻了乡土文明的式微和消亡，以及现代社会精神信仰的沦丧和塌方；除此，小说也让人想到了鲁迅的杂文《再论雷峰塔的倒掉》里那句有名的"悲剧将人生的有价值的东西毁灭给人看，喜剧将那无价值的撕破给人看"的话，鲁迅借雷峰塔的倒掉，无情地指出了人们精神上的病象：固执守旧，自私自利。有病要医治，药方便是"破坏"，所谓"不破不立"，但鲁迅也认识到，"无破坏即无新建设，大致是的；但有破坏却未必即有新建设"，"破坏"有"寇盗式的破坏者""奴才式的破坏者"和"革新的破坏者"三种，我们需要的是"革新的破坏者"，"因为他内心有理想的光"。《七层宝塔》中的阿虎是一个"破坏者"，他毒死了唐老爹家养的鸡，他在自己家的仓库里摆放着炮仗和焰火，他盗掘宝塔，是一个蛮不讲

理，甚至是一个大逆不道的"坏人"。但当唐老爹命悬一线的时候，他又挺身而出，救人于水火。说明在阿虎的身上，体现出了鲁迅所说的盗寇的、奴才的和革新的三种"破坏者"的混杂面相，他更像是乡土和城市文明交融下的一个"怪胎"。他的冷漠和无畏是市场经济时代的特定产物，他的温情和善良却又是传统文化和乡土世界滋养出的理想之光。①

叶舟短篇小说《兄弟我》：一篇主题鲜明、人物形象突出的小说

《兄弟我》7月份发表在《十月》第4期，进入2017年度短篇小说排行榜。小说叙述的故事是：在即将对一家搬迁到新区的石化企业遗留的大烟囱进行爆破之际，王麻、冯彬文、陈劳辛、马四十三等几位当年建造大烟囱的人却铤而走险，"对抗"爆破公司，商量着用自己的方法去拆掉大烟囱。因为烟囱是他们箍起来的，是他们完成的首个项目，是他们青春的纪念碑，他们便承诺要对烟囱负责到底，烟囱在，他们在；烟囱亡，他们亡。所以，从一开始，他们就阻止了爆破公司来摧毁一号大烟囱。但马四十三老者的儿子马骥怕老人们受不了这份苦，便自己找人炸毁了一号大烟囱。等老人们匆匆赶到现场，他们看到烟囱只剩下了七米高的残骸。老人们依旧坚守信念，去拆掉它的残骸。于是，他们重拾自己已经生疏的技艺，开始去拆毁显示自己青春的标志——一号大烟囱。小说的主题鲜明，人物形象突出。故事里的四位老者可以看作是一类人，他们都具有豪情壮志，都具有豪放不羁的性格。小说的语言具有浓厚的关陇地域味道，不仅体现出关陇地区老一辈人的豪放性格，也给小说增色不少。这一点，在故事中的每一个人，每一句话上都有所体现。再者，小说中马四十三唱的歌首尾呼应，点明主题，发人深思；最后的结局点明题目"兄弟我"其实可以被每一个有信仰，有守护的人去称呼。小说中四位老者之一的冯彬文在发现雕刻着自己名字的砖头时，喜极而悲，最后去世，这更好地体现了小说的主题，升华了人物形象，说明他是为了守护信仰而去世的；同时，也凸显出"大烟囱"的象征性意义，升华了主题。

---

① 参阅韩松刚《"破坏者"，抑或"理想"的冲突——关于朱辉短篇小说〈七层宝塔〉及其他》，《江苏文学》微信公众号，2017.2.18。

徐贵祥中篇小说《鲜花岭上鲜花开》：塑造了两位坚执自尊的人物形象，砥砺人们为着理想而奋勇前行

《鲜花岭上鲜花开》8月份发表在《人民文学》第8期，进入2017年度中篇小说排行榜。小说围绕毕加索"为父正名"的事情展开叙事，其间又穿插着喧嚣的生活，拷问中凝结着薪火传承的价值观。毕加索原名毕得宝，童年时生活在贫穷的家庭，目睹了父亲毕启发"陪斗"的场面。毕启发曾是一位抗战老兵，1944年夏天参加茅坪战斗，立过战功，被提拔为排长。随后，毕启发奉命征粮离开主力部队，莫名地身负重伤，被国民医院抢救，虽然活下来，却丧失了记忆。毕加索为了寻求父亲莫名身负重伤的真相，为了给父亲正名，他在考取师范后，在县市两级档案馆查找资料，结果只查到一位新四军团长在《关于毕启发西华山战役中离队经过和处理意见》上的批示——茅坪战斗有功，西华山战斗离队，功过相抵，复原回籍。毕加索从师范毕业后，他以独特的眼光和智慧，创办了规模较大的民营教育体系——梦为集团（集团以同乡老一辈革命家韦梦为命名，旨在追寻英雄情结）。研究生亓元毕业后也加入梦为集团，为毕加索办学出谋划策，做出了较大贡献。毕加索为了"为父正名"，请人完成了《西华山战役中不为人知的秘密》。亓元知道毕加索"为父正名"的事情后，加入了毕加索寻访历史真相的行动之中。经过不断地寻访与考证，亓元终于从政协的文史资料中发现了一篇关于流波战斗的回忆文章，里面讲述了中国军人营救美国飞行员的事情。亓元然后前往美国去拜访原美军飞行员威廉，从而揭开一场尘封数年的谜团。原来毕启发在奉命征粮时误入流波镇，结果阴差阳错地参与了营救美国飞行员的战斗。在战斗中，毕启发负伤了，这说明他是一名抗战英雄。小说情节丝丝入扣，让读者从扑朔迷离的实情中了解了一段鲜为人知的历史故事。虽然里面那位老革命家韦梦为几乎从未登场，但他参加革命的献身精神却影响着毕启发及与毕启发同乡的热血青年，也影响着毕加索和亓元等当代青年。小说的最大亮点在于作者在当下这种喧腾不已的生活中，为我们塑造了毕加索和亓元这两位坚执自尊的人物形象，他们砥砺人们为着理想而奋勇前行。小说在历史与现实的时空交错中，在金钱与尊严、义与利、崇高与卑微等诸多命题的交织中，向人们传递了鲜明的价值取向，那就是我们这个民族是一个有着深厚英雄情结的民族，这一点无论过去还是现在，从未改变过。与此同时，我们民族也是一个具有深刻历史理性的民族，历史可以有迷雾，但是历史不容亵渎，特别是关于英雄的历史。[①]

陈仓中篇小说《摩擦取火》：讲述了主人公的苦难人生及其在黑暗中闪现出的人性光辉和生活诗意

《摩擦取火》9月份发表在《芒种》第9期，进入2017年中篇小说排行榜，是作者的"后进城"系列小说之一，主要用倒叙的手法讲述了陈元因被田老板等人陷害嫖娼，在监狱里待了五年后，出来寻找证人证明自己是被冤枉的故事。陈元刚来上海后，在一个建筑公司上班。假期的时候，他的女儿也来上海了，到开学的时候，女儿却不愿意回去，而是想和爸爸待在一起。面对女儿的恳求，陈元不忍心拒绝，他便四处给女儿找学校，但由于不是上海户口，女儿便在上海上不了学。有一天，派出所给陈元打来电话，说他女儿在河里淹死了。陈元到了事发地之后，了解到女儿是为了捡瓶子卖钱，结果被田老板的孙子推下河淹死了。在派出所的调解下，田老板给陈元赔了35万元。但陈元不忍心花女儿用命换来的钱，于是就用这些钱办了一所小学，让那些不是上海户口的打工者的子女在学校里上学。但好景不长，有一天，田老板让陈元帮忙把自己的干女儿黄丽弄到他们学校来念书，这其实是田老板给陈元设的一个陷阱。田老板诬陷陈元嫖了未满十四岁的黄丽，陈元于是被关进了监狱。五年刑满之后，陈元出来了，他想回老家看看妻子和儿子。但回去后，才知道妻子已经死了，儿子也去给别人做了上门女婿。陈元在妻子留给他的一封信上看到上面写着刑小利、黄丽、田老板，还有儿子陈改朝现在的地址。陈元为了证明自己的清白，去找民警刑小利，但刑小利因贪污受贿被判刑五年；他去找黄丽，黄丽也因为自己配合田老板诬陷了陈元而得了病，治好后却失明了；田老板最终也成了植物人；儿子陈改朝也换了名字跟了别人的姓。小说讲述了陈元悲惨的命运。陈元在寻找证人的过程中，发现了被卷入这场冤案中的每个人都经历着身体和精神上的痛苦，他的心态于是释然了，这体现了主人公心怀慈悲，感

① 参阅徐义平博客文章《寻访与拷问——读徐贵祥中篇小说〈鲜花岭上鲜花开〉》，新浪博客，2017.8.16。

恩上苍的情怀。小说直面了生活的苦难和人性的软弱，又在黑暗中闪现出人性的光辉和生活的诗意。

鲁敏长篇小说《奔月》：塑造了一个在希望和绝望之间不停折腾的人物

《奔月》10月份由人民文学出版社出版，进入2017年度长篇小说排行榜。小说写了五年，改了六遍，其故事从一辆开往梵乐山的旅游大巴意外坠崖展开。小六在这场事故中消失了，生不见人死不见尸，只留下散落满地的物品。小六的丈夫贺西南不相信小六已死，于是开始寻找小六的下落，但他却渐渐地揭开了小六隐藏在温顺外表下的多重面目。与此同时，小六也以无名之躯来到完全陌生的小城乌鹊开始了自己的新生活。在乌鹊，小六遭遇了各种沉沦起伏，她预期中的自由却没有出现；她多重的身份叠加后，在荒诞中显露出了人性的诡谲云图。小说以一个小六不在场，一个小六在场；一个小六是旧我，一个小六是新我来让故事在两个时空中交替上演。小说的主题是逃离与寻找，它也是作者长期无法摆脱的东西。关于书名，李敬泽评论说它本身既包含着逃离，就像嫦娥想逃离庸常生活，结果又悔偷灵药，在希望和绝望之间折腾。所以，书名贴切地表达了现代都市人的状态，它犹如一面镜子，照出了我们所有人内在的焦虑、不甘心及那些在深夜里或者在每天早晨起来后忽然产生的倦怠感，也照出了我们忽然而生的对生活的深深厌倦和我们要为此所做的闹腾、折腾、冒险等。小说主人公小六就像嫦娥一样抗争厌倦的生活，但结尾却反转结构，叫人思索到底什么是自由，什么是你内心渴望的自由，有没有真正的自由。小说依旧沿袭了作者对人性暗疾的关注，打破了固有及逃离庸常的渴望和对自我身份的困惑。①

张学东中篇小说《蛇吻》：说明人间情爱失却后的彼此怨毒，可以使双方达到你死我活、彼此残杀的地步

《蛇吻》11月份发表在《十月》第6期，进入2017年度中篇小说排行榜。小说叙述者"我"即张戈是一个40岁的浪荡男人。有一天，张戈为了缅怀当年的青春岁月，召集了当年的大学同学周枪、赵剑一起去河湾水库野餐。后

---

① 参阅《鲁敏长篇新作〈奔月〉：失踪案背后都市人的"逃离冒险"》，见人民文学出版社"搜狐号"文章，2017.9.28。

来，张戈又和全班同学到河湾水库那儿聚会，目的是为了纪念毕业20年。但那次聚会时，班上年龄最长的老谭却没有到。在聚会上，大家意外地发现了一段古长城的遗址，它是一个土包。全班同学都爬到土包上去拍照留念。但一位男同学在往土包上爬时，滚了下去。正在大家帮他脱困时，土包突然坍塌了，里面露出了一具女尸。女尸是老谭的前妻。老谭在大学期间曾经被大家公认是地道的爱情专家，但他的婚姻却相当失败。他的妻子和一个南方人打得火热，没多久就跟着那人南下经商去了，老谭只好和尚且年幼的儿子在一起相依为命。后来，老谭的前妻跑回来跟老谭要儿子，儿子恰好在这时被绑匪绑架了，老谭因为耽误了交易时机，儿子便被绑匪撕票了。老谭认为是前妻的纠缠耽误了救儿子的时机，他于是愤怒地杀了前妻，然后把尸体掩藏在古长城下的洞坑里。老谭以为自己做得万无一失，但尸体还是被自己的大学同学发现了。这种阴差阳错的人生吊诡，让老谭的全班同学都觉得自己很可耻，因为他们觉得自己充当了揭发老谭罪行的告密者和揭发者的角色，或者，他们觉得自己无意识地检举了老谭这个可怜的男人。老谭被抓住后交代，他之所以杀死前妻，是因为每当他看到前妻，就会想起儿子，就会陷入失独后的无尽的悔恨和痛苦当中。小说命名为"蛇吻"的原因在结尾处给出了答案：老谭和前妻都是属蛇的。张戈听了后，想起自己和周枪、赵剑第一次聚会时，他们无意间撞见了老谭，老谭给他们讲述了自己在一个洞中的所见：两条如同孩子的手臂一般粗的蛇在忘情地狂吻，它们丝毫不为外界所动，依然故我地绞缠在一起，似在不停地交换毒液，嘴巴唑唑作响。老谭说他看见其中一条蛇不动了，奄奄一息，一定是僵死在对方的毒吻下，另一条则迅速挣脱了对方的纠缠和束缚，然后跃跃欲试地吐着芯子，随时要冲人直扑过来。老谭说他当时被吓得拔脚逃出了洞外。小说将老谭及其前妻的悲剧性人生故事和一场不无神奇的"蛇吻"联系起来，这个故事也可以被看作是人世间的一种"蛇吻"。人间情爱失却后的彼此怨毒，竟然可以使双方达到你死我活、彼此残杀的地步。小说标题显然由此而来。小说在艺术上的一大特点是对一波三折、峰回路转的艺术结构的精妙设定。另外，作者先以同学情谊构成了小说的一条结构线索，然后又以老谭的故事作为另外一条结构线索，这条线索又与前一条线索有时交叉在一起，但从罪案小说的角度来说，老谭这条线索是小说的结构主线。①

范迁长篇小说《锦瑟》：叙述了生命的华美与无奈

范迁，生年不详，上海人。《锦瑟》11 月份发表在《收获》长篇专号（秋卷），进入 2017 年度长篇小说排行榜。小说以李商隐的同名七律为轴，叙述了他是一个从衰落的封建家族里走出来的人，抗战胜利后，他在上海的一所私立大学读书。家道衰落后，他没有了经济来源，茫然无计可施，只能靠房东用人阿香的接济生活。当一个富家女喜欢他时，他便利用这层关系，吃大餐、住豪宅、到乡间大院疗养。当阿香喜欢他时，他又与自己并不爱的阿香放纵、发泄肉欲。后来，当他阴差阳错地参加革命后，他认为自己从此成了革命者中的一员，在勤勤恳恳地完成上级交给的任务时，他获得了短暂的风光。其间，首长的小夫人恽姐看上了他，他于是与恽姐又纠缠在了一起。新时代到来后，在历次运动中，他所熟悉的世界一点点地崩塌，他被划分到对立面中，历尽了波折，身心备遭打击，终至人生没落。他一直没有想透，自己的命运为什么如此多舛？究竟是哪个关节出了岔子？小说重塑了当时微妙的政治气候、日益紧缩的经济环境及人文世情和市井百态，既把人物的遭遇归咎于时代，归咎于我们这个民族的性格、认知，以及与生俱来的惰性，又表明他的人生没落与他自己的人生观有关。他没有主见，所过的完全是一个被动的人生，从结交社会人士，到参加革命，再到经历各种运动，他都是随波逐流，没有一样出自他自己的意志。小说更像是一曲普通人的哀歌，让我们看到了自己身边某个熟人的影子，比如某个远房堂叔，世伯家从未晤面的侄子，或是对门邻居家孤僻的兄弟的影子，他们虽然读过一些书，生性敏感懦弱，但却狷介自赏。小说贯穿其间的是涓涓滴滴的血肉人性，是小百姓日常生活的悲欢炎凉及生活在夹缝中时怎样一天天捱过日子的痛苦及迷惘。自然，作者在书写这种痛苦及迷惘的人生时也写得很痛楚。但是痛苦中也蕴含着警醒，发生过的还会再发生。在当前眼花缭乱的世界上，警醒和反思都是必要的，就像一锅美味中的一撮盐。也许，

---

① 参阅王春林《罪案中的人性审视与探索——关于张学东中篇小说〈蛇吻〉》，《文艺报》，2017.12.11。

《锦瑟》的特殊意义就在于此。[①]

贝西西短篇小说《谁是李俏》：一篇氤氲着温柔之美的小说

贝西西，本名贾琼，生于20世纪70年代，陕西西安人。《谁是李俏》11月份发表在《雨花》第11期，进入2017年度短篇小说排行榜。小说写女孩李俏是"我"的同学李晓的姐姐，漂亮、体态丰盈、面如满月、盼顾生辉。她虽然只大我们两岁，身体却发育得非常丰满，如枝头刚刚成熟的桃子，蓬勃而饱满。她在安斌和那五两人间游刃有余。李俏的母亲是河南人，父亲长得瘦而有棱角。李俏像母亲，李晓像父亲。村子传言，李俏不是她爸亲生的。李俏有个毛病都不好意思给人说，那就是尿床的毛病。母亲到处给找方子，却无效。最后，她母亲说或许结了婚就好了。李俏的命运于是就以结婚才能治好尿床的毛病而发生了改变。李俏在一场病后远嫁广州，再次邂逅时，她"儿时那无邪的夺目之美再也不见了"。李俏这个形象代表了许多普通女孩隐秘而躁动的梦想，小说因此氤氲着一种温柔之美。

毕飞宇短篇小说《两瓶酒》：描写了转型时期社会底层人生活的一个片段

《两瓶酒》11月份发表在《人民文学》第11期，进入2017年度短篇小说排行榜。小说围绕"父亲与酒"的故事展开。父亲和巫叔是一生的酒友，在碰撞中结下生死之交的情谊。父亲重男轻女。巫叔则给刚出生的丫头"我"起名为"大侄子"，给儿子起的名字更妩媚，叫"二妮"。父亲在最鼎盛的年纪下岗后，他听着电视里播放着刘欢的《从头再来》时，由于心里正在痛苦着，所以没有"豪迈"起来，反而更加痛苦，然后就把电视机砸了。从此，父亲就成了一个名副其实的酒徒。后来，父亲突然死了，巫叔用两瓶酒为父亲举行了一场特别的追悼会，但他喝完两瓶酒后却瘫了，从此自然再不能喝酒。当"我"考上北京的大学后，"我"的爱情观、性观念都轻浮起来，审美观也西化了。"我"频繁地遭遇着情场上的失意，"……我和罗密欧的故事无疾而终，……后来，我和奥赛罗的故事也无疾而终。再后来，我和张生与董永的故事依然无疾而终。"这让"我"无所适从，但巫叔的微信点赞却让"我"有了"存在感"。

---

① 参阅严歌苓《文本的痛楚——读〈锦瑟〉》，《收获》微信公众号专稿（秋卷），2017.11.15。

"我"回家后，"我"顶替父亲的酒徒位置又与巫叔一饮而尽。在与巫叔的喝酒中，"我"竟然为了巫叔"早走"而干杯。巫叔说："也不是想走，是没啥区别。在这儿可以，到了那儿，也行——你说能有啥区别？"这让人们清晰地感觉到他内心无以言表的痛楚。也点中了巫叔和父亲这些下岗工人的心痛点。他们下岗后，无所寄托，无所思想，以至"身体喝坏了又算什么呢？身体不坏也没啥用"。巫婶怕我嫁给"二妮"粘上她家门，"二妮"于是干脆离家跑到了深圳，后来几乎没回来过。本小说"跟他（作者）以往的小说比，写法上不那么紧绷，老老小小在亲情的氛围中交流，本来有点多肉植物的憨厚可掬，可是当各自难以调和的部分需要流露之时，多肉植物就成了仙人球，粗粝之感不只存在于人物之间，对读者的承受力也构成了考验。"[①] 小说里随处都可见到作者对现实的描写。作者在提炼和叙述故事时，把饱含深情的笔触伸到社会底层，对他们的遭遇表示了深切的同情，让读者真切地感受到了社会转型的阵痛和它所带来的情绪反应。

---

① 参阅《人民文学》卷首，2017.11。

2018 年

莫言短篇小说《等待摩西》：批判了社会上一些人利用教会搞传销的犯罪活动

《等待摩西》1 月份发表在《十月》第 1 期，进入 2018 年度小说排行榜。小说写的是几个基督徒的故事，具有浓厚的基督教色彩。作者站在一个旁观者的角度，展现了"文革"到现今的某些社会变迁，同时也揭示了社会底层基督教徒的一些状况。柳彼得是东北乡资格最老的基督教徒，1900 年左右出生，是美国美南浸信会牧师高第丕发展的 100 多个信徒中的一个。柳彼得经历了北洋军阀时期，民国时期。新中国成立之后，他的孙子柳摩西（柳卫东）因为痛恨基督教而批斗了他，并打了他两记耳光。结果，他咬掉了柳摩西的手指头。柳摩西批斗爷爷柳彼得的行为给自己赢得了大义灭亲的"美名"。后来，柳摩西和村里大他五岁的马秀美相恋。在经历了马秀美家人的极力反对后，两人还是要结婚。"我"在 1975 年参军，柳摩西希望能戴着"我"的军帽举行婚礼。但"我"没有借他，"我"怕他把军帽弄丢了而使"我"受处分。柳摩西和马秀美结婚后，他被马秀美的哥哥打了一顿。随后，柳摩西也被父亲赶出了家门。改革开放之初，柳摩西通过做生意，很快成为村里的首富。1983 年春天，人们传言柳摩西的暴富引起了县城几个大公子的嫉恨，所以他神秘地失踪了三十多年。柳摩西失踪后，有人说他在外边又成了家，也有人说他被人谋害了。在这三十多年里，马秀美一直在痴痴地等待着柳摩西的归来。其间，马秀美的大女儿柳眉去工厂打工，二女儿柳叶考上了山东师范大学。两个女儿离家后，马秀美一个人孤独地生活，并不时地提着糨糊，拿着寻人启事，寻找柳摩西。这期间，柳摩西的弟弟因做房地产开发生意而发家了。2017年8月，失踪了35年的柳摩西突然回来了。当人们问他去了哪儿时，他却支支吾吾地打起了马虎眼。柳摩西回来后，以基督教徒的身份劝其他一些教徒投资他的"讨还民族财富，解冻民族资产"的项目。这其实是一个传销骗局。柳摩西的弟弟提醒"我"千万不要被他哥骗了。柳摩西的两个女儿甚至想报警，想将父亲赶出家门。柳眉生活在胶东，从不和父亲来往。柳摩西回来后，马秀美一下子容光焕发，经常帮着柳摩西接待教友。柳摩西的口才特别好，一边宣扬基督思想，一边讲解解冻民族资产的投资项目。柳叶在济南工作，她经常给马秀美钱，但马秀美却把钱给了柳摩西去做解冻民族资产的传销。这激起了柳眉、柳叶对父亲柳摩西的愤怒。①

　　小说塑造的柳彼得给人留下了深刻印象。柳彼得像很多基督徒一样，坚守"吃得苦中苦，方为人上人"的信仰，所以在"文革"时期，当他面临一个个苦难时视死如归。"文革"结束后，他重新在当地教会中获得了威望，活得长寿而且幸福。他认为自己的幸福生活、长寿和在教会中的地位，都是自己受苦后上帝赏赐的。他认为苦难是上帝对一个人的考验，是获取美好生活的必要条件，也是必须经历的过程。当他的重孙女柳眉姐妹饥肠辘辘时，他正吃着炉包，但他对她们的饥饿无动于衷；当孙媳妇马秀美和孙女柳眉发高烧时，他不愿意掏钱给她们看病，而是说"主啊，饶恕他们吧"。他对邻居的指责这样回敬道："我不能够，她们正在承受该她们承受的苦难，然后才能享平安。"在他看来，一个人经历苦难是将来获得平安的必然阶段，就像自己当年经历的苦难一样。柳彼得的这种基督教哲学贯穿在小说始终，它也是支撑马秀美生存下来的精神支柱。柳彼得的孙子柳摩西失踪后，马秀美继承了爷爷的信仰，一个人带着两个孩子，坚守了35年，吃尽了苦头。柳摩西回来之后，马秀美认为这是自己经历的苦难让主显灵了。马秀美对柳摩西回来之后重新入教及利用教会搞传销的事情，不但不反对，反而是积极支持。但作者对马秀美的人生哲学进行了否定，对社会上一些人利用教会搞传销的犯罪活动进行了严厉的、无情的

---

① 参阅《等待约书亚？——莫言短篇小说〈等待摩西〉读后有感》，今日基督徒百家号，2018.5.7。

批判。小说最后写"我"去造访柳摩西，当"我"到他家后，柳摩西正在和几个教友谈着话。马秀美进门通报时，"我"看着院子里的一切说："一切都很正常，只有我不正常。"然后，"我"离开了。① 这最后一句话是小说的点睛之笔。说明"我"想道：柳摩西是一个来路不明的人，连他的弟弟，他的女儿都提防着他。他和教友谈论他的"投资计划"，可能是在外面打不开局面，然后以教会为幌子继续搞传销。因此，小说对基督教进行了嘲讽和揭露。有人认为小说是在给基督教"抹黑"。实际上，在目前，一些地方的一些基督教会确实成了传销者藏身并进行传销的地方。小说在结构上采用了"离乡——回乡"的模式。具体而言，小说写了"我"的离乡（1975年离乡当兵），"我"的回乡（当兵第二年与1983年春天回乡探亲及2017年的无乡可回）。在离乡——回乡中，"我"看到改革开放以来乡村的变化早已超出了"我"的认知视野，乡村世界发生的翻天覆地的变化（彩色电视机、四喇叭收录机、邓丽君、费翔）不仅让"我"倍感不适，而且使"我"在身份与认识上也出现了大换位，比如"我"称柳摩西（柳卫东）为"柳总"；在柳摩西失踪后，"我"却无法解答马秀美的疑问，只好用"也许，他在外边做上了大买卖……也许，他很快就回来"的模棱两可的话来回应。这些巨变让"我"怅然若失、无所适从。②

潘军短篇小说《泊心堂之约》：揭示或展现了打麻将的四个人在生活和心灵深处隐藏的一些故事

《泊心堂之约》1月份发表在《人民文学》第1期，进入2018年度小说排行榜。小说原题为"一场风花雪月的麻将"，后在别人的建议下改为自己工作室的斋号——泊心堂，在意旨上显得更为含蓄、严肃。小说写了四个人的"泊心堂之约"，即打麻将之约。但从文本内容看，又不止于这些。在小说里，打麻将的三男一女在打麻将时，话题须臾不离"风花雪月"。也就是，他们不只在打麻将，而且也在闲聊过往。从他们相互调侃的话语中可以看出，四个人之

---

① 参阅《馈退出基督教里的祥林嫂——读莫言〈等待摩西〉有感》，今日基督徒百家号，2018.5.11。

② 参阅《是信仰上的"浪子回头"还是教会里的"藏污纳垢"？——对莫言小说〈等待摩西〉的一点观察和思考》，今日基督徒百家号，2018.4.21。

间的情感往事、隐秘关系以及当前的世态与情态都被自然而然地显现了出来。虽然小说也讲述了打麻将的有关知识、规则，细致地描述了打麻将的推演过程，但它的重点却在揭示或展现隐藏在打麻将人的生活与心灵深处的那些秘而不宣的故事。诚如小说最后一句话所言"麻将是好玩的"，四个人在打麻将过程中有意或无意地谈及的诸多话题都是意味无穷的。

裴山山短篇小说《听一个未亡人讲述》：一篇耐读、耐咀嚼的小说佳作

《听一个未亡人讲述》1月份发表在《青年作家》第1期，进入2018年度小说排行榜。小说写詹月和老廖的妻子在电梯里相遇，老廖是詹月单位里的一个高大帅气的中层领导，詹月给他当了三年情妇。詹月和老廖妻子出电梯后，老廖妻子请詹月去家里坐坐，说她要给詹月讲讲老廖在澳大利亚悉尼去世前后的情况。詹月去了后，老廖妻子翻着微信里的照片边看边说着老廖的肺癌是怎么发现的，怎么治疗的，怎么去世的，怎么举办告别仪式的等事情。在两人一问一答及詹月不时的回忆中，老廖和他的妻子及他们的女儿的过往生活展现在了读者面前。老廖在詹月眼里是一个帅气、温文儒雅、博学多才、脾气好，但胆子有点小的人；另外，老廖还有那么一点忧郁，这让詹月对他充满了同情。老廖的妻子非常漂亮，她文化水平不高，做过几年营业员，后来因为商场倒闭失业回了家。她经常让老廖苦不堪言。首先，她是一个俗气而缺乏教养的女人：她把自家垃圾扫到楼道里；她随地吐痰，没有公德心。其次，她很贪：她常常背着丈夫收受礼物，还借着各种理由敛财，尤其是在丈夫面临提拔的关键时刻，她以女儿要去外地上大学为由，到处通知丈夫的部下还有亲戚前来贺喜，"当时他正面临职务调整，需要小心谨慎，她这么做很让他窝火。他说她，她却不以为然，收下的东西坚决不肯退"。最终，老廖被提拔为"廖局"，她收礼的事情就不了了之。再次，她很笨：她什么也不会，什么也不做，"除了逛街打麻将去美容院，其他什么兴趣都没有，不要说看书，连看肥皂剧的兴趣都没有"，这使老廖简直没法和她说话，一句都说不到一起，他说啥，她要么唠叨，要么就听不懂他在说什么。但老廖的妻子也有优点，那年的大地震发生时，老廖吓得不顾发妻还在楼上，自己却穿着一只拖鞋、一只皮鞋跑到了楼下，而老廖那"花瓶"妻子却在关键时刻不慌不忙地关了煤气，关了电源，然后从容下楼后，先跑到老廖父母的家里看望了他父母，再然后买吃的买喝的，买帐篷，安顿老廖睡下，自己却在外面待了一夜。天亮后，老廖才醒来，第一次对妻子心生了愧疚（地震发生时，老廖也没有打电话询问詹月的安危，这使詹月看清了他，立马结束了和他的关系）。老廖的女儿很娇气，"詹月一直对他女儿不以为然，有一次他们约好下午在星巴克见面，他却突然打电话说来不了了，女儿在学校肚子疼，要他送卫生巾去。她惊讶得说不出话来，学校附近就可以买到这东西，至于要老爸跑一趟吗？他解释说女儿只用那个牌子，小店没有。她妈妈呢？这种事情不是该妈妈做吗？'她妈妈去美容院了。'""詹月不由同情起他来，一个娇懒的老婆就够受了，又来个娇气的女儿，看上去一个英俊潇洒的男人，在家却像个仆人。"小说的题目是具有讽刺性的，从詹月的角度看，似在表达她对老廖妻子的极致诅咒，即让自己心醉神迷的老廖都成了故人，而他妻子这样的俗人却还活着，虽然她在地震发生时候也很善良、勇敢、贤惠，但她在讲述老廖死在异域的情况时却显得那么地津津乐道——这是詹月难以接受的。在听老廖妻子的讲述时，詹月实质上一直处在失语状态：老廖妻子不理睬詹月希望她将老廖生前的照片存储在相册里的建议，她总是以夸耀的口气讲述老廖从得病到离世及举行葬礼的过程，还一个劲地夸赞澳方医院对老廖的"无偿"救治等。这些似乎都是詹月所不想听的，不能接受的。小说结构巧妙，将老廖一家三口过去的事情通过老廖妻子给詹月的讲述，通过詹月的回忆显示了出来，语言简洁，感情倾向明显，是一篇耐读、耐咀嚼的短篇小说佳作。

鲍十中篇小说《岛叙事》：展现了一个小岛开发的计划与岛上居民的传统生活发生的冲突

鲍十（1959—），黑龙江肇东人。《岛叙事》5万余字，1月份发表在《钟山》第1期，进入2018年度小说排行榜。小说讲述了一座方圆不到两平方公里的海岛——"荷叶岛"数十年间发生的传奇故事，表现了几代岛民命运的变迁和沉浮，叙事宏阔，笔力遒劲。荷叶岛上住户的先祖是南宋末年参加崖山海战的一名云姓年轻士兵，明代时，他的后人在海岛中间建了一座名叫南海云公祠的祠堂，堂门对联是"大难身不死，南海第一公"。20世纪80年代以后，荷叶岛在社会、经济、人伦、资本等种种力量的作用下，发生着巨大变化，尤其是岛上的云姓住民只剩下了80多岁的云英珠姑婆。云姑婆年幼时，她的两个哥哥出岛求学，后参加国军抗战，最后双双殉国。哥哥们的战友梁久荣来岛上报信时，成了云姑婆的丈夫。在新中国成立后的历次运动中，因为云姑婆的两个哥哥是参加国军后，在和日本人作战时死了的，所以云姑婆的父母为了云姑婆的生存与平安，悄然地消失在大海中。梁久荣也把自己那段原本光荣的抗战历史深深地藏匿了起来，并改名为梁玉昌。梁玉昌和云姑婆生的两子一女长大后都离开了海岛，分别在广州、上海等地工作生活，梁玉昌也在几年前去世了。云姑婆不愿跟随儿女们同住，因为她总在想："我要是走了，祠堂谁打理呢？"荷叶岛的西边有一家酒店，它最早是人民公社时期的生产队大院，后来变成了私人经营的海产品加工厂、海岛宾馆、海岛大酒店，现在又被房地产大佬收购后改造成"海上时光大酒店"，规模越来越大，设施越来越豪华，俨然就是海岛"现代化进程"的一个缩影。酒店的周边也应运而生了一些小吃店、烧烤店、海鲜店。但不久，"全岛覆盖计划"要实施了，开发商要对岛上进行全面开发，岛上的人都得搬离。对这样重大的事情，云姑婆的儿女们显得很淡漠，因为他们知道谁也阻挡不了开发商，那些掌握了资本的人，"如果他们想怎样做，那是一定会做成的"。在开发商以各种手段动员、利诱之下，岛上的大部分人家怀着隐忍和谦卑、不甘和不舍，拱手让出自己的土地和祖屋之后就离开了。云姑婆也签了合同，随后，她的家和云公祠在四处耀眼的红"拆"字的包围下，纷纷地被拆掉了。小说塑造的云姑婆的父母是一对讲信义、有主张、有人格、有道德、帮乡邻、安四方的传统乡绅夫妻的形象。小说对他们夫妻消失在大海上的情况讲述最揪心动人，他们为了遮掩一段旧事，为了躲避时代的灾祸，为了女儿的平安，和女儿女婿及家乡祠堂做了生死诀别。梁玉昌年老后经常面朝大海站着，回忆着从前的旧事，其中岳父岳母的失踪是永远笼罩在他心头的阴影。小说营造了几个梦境：云姑婆的梦、梁玉昌的梦，他们女儿的梦，这些梦境牵引着岁月怀想、内心情结、人生隐秘，渲染出了岁月沧桑。小说的故事按两条线展开：一条是云姑婆的生活及她的三个儿女的生活；另一条是荷叶岛上的旅游开发，它虽然没有被充分展开，但却暗喻了全海岛的旅游开发覆盖计划有可能造成海岛历史的断裂、家族记忆的消失、传统文化的清场。在这个"全岛覆盖计划"里，投资人、牵线人、收购人、经营人次第登场，他们合力造成了云氏家族在海岛上的生存史的最后终结。小说内涵丰富，张力十足，表面波澜不惊，其实暗流汹涌，作者恰到好处地处理了现实与历史的关系，在所有的现实环境中，随时随地都让读者感受到了历史的阴影如影随形，弥散各处。比如云姑婆梦见岛上突然飞来了好多海鸥，它们不停地鸣叫着，声音非常响亮，这是作者的超现实主义描写，不但对现实情节进行了推动，而且提升了整个作品的精神境界。小说展现了小岛开发计划与传统生活之间形成的冲突，并且指出：荷叶岛的全岛覆盖计划的目的就是为了遮蔽并切断民族的记忆。这必将蕴含一个绝望的结局：从个体到集体、从个人经历到民族命运，一如云氏家族一样终将会消失。云姑婆已经知道自己生存的意义如风消散而去，她最终在拆迁的喧嚣中，以死亡完成了对现实的控诉！①

陈河长篇小说《外苏河之战》：描写了一群中国青年积极参加抗美援越战争并捐躯于异国的悲伤故事，表现了战争中人性与意识形态之间的激烈对抗

《外苏河之战》1月份首发于《收获》第1期，8月份由人民文学出版社出版，进入2018年度小说排行榜。小说描写了赵淮海等中国青年积极参加抗美援越战争并捐躯于异国的悲伤故事，在讴歌英雄主义的同时，也表现了珍爱和平、反思战争的复杂主题。作者说，他着墨更多的是年轻人追寻理想、探求人生真谛的成长故事，为此参阅了大量历史资料和参战老兵的回忆文章，以虚构的方式写出了这部小说。他还于2015年12月花了半个月时间去越南的胡志明市、湄公河地区、越共的古芝地道游击村、越战博物馆等地进行了实地考察，之后还去了河内。在河内街头的漫步沉思，让他找寻到了不少灵感。尽管小说写的是20世纪六七十年代的抗美援越战争，但作者坦言，他更写的是自己当兵的历史和感受，写的是他们那一代年轻人内心的感受和想法。②小说采用第一人称叙述方式叙事。叙述者"我"是居留于美国的一位华人青年，"我"的

---

① 参阅江冰博客文章《听鲍十讲述海岛故事——读鲍十新作〈岛叙事〉》，文见鲍十新浪博客，2018.12.1。

② 参阅陈河《年轻人为理想而战最让我感动》，《北京日报》，2018.11.23。

姥爷"当年在朝鲜战场上是中国人民志愿军装甲兵团司令员,在朝鲜待了五年,是有名的将领"。"我"对很多年前的"抗美援越"战争很感兴趣,因为"我"母亲给"我"赋予了一项重要使命,要求"我"专程去越南寻找和祭拜"我"从未谋面的舅舅赵淮海的陵墓,舅舅就是在那场战争中牺牲的。"我"母亲一直认为假如自己不配合弟弟一起隐瞒了"我"姥爷,那么,"我"姥爷肯定会阻止弟弟的行为,弟弟也不会那么早地牺牲在异国他乡的土地上的。正因为"我"母亲一直心存内疚,无法原谅自己,所以才专门打越洋电话给"我",要求"我"专程去越南寻找和祭拜"我"舅舅的陵墓。"我"开始对母亲提出的要求不以为然,采取了半推半就的应付态度。但是,当"我"逐渐了解了那场战争的历史真相以及"我"舅舅的命运真相后,"我"对那段在我们的国度一直讳莫如深的战争历史慢慢地产生了浓厚兴趣:"我"便去完成母亲交代的任务了。"我"了解到,当时中国军队出兵越南参战是处于高度保密状态的,以至于很多战士牺牲之后,他们的葬身之地也处于高度保密的状态。"我"舅舅参战的动机具有鲜明的政治意识形态味道。他原是热血沸腾的红卫兵,在轰轰烈烈的大串联告一个段落后,他便去参加了"神圣"的"抗美援越"战争。"我"舅舅之所以能够及时获知"抗美援越"这样一个"国家机密",与"我"姥爷是我军装甲兵的副司令有关,他从"我"姥爷那里获知了这样的机密。"我"舅舅参战之后,与库小媛相识并产生了曲折缠绵的悲剧性爱情。库小媛的爷爷是资本家,父亲很早就参加革命,后来由北京下放到了昆明。库小媛之所以参军入伍,与她在北京时曾经遭受过的一种莫名其妙的侮辱有关,一次她在湖边遇见一群烧篝火的人,其中一个脸上长满雀斑的女孩无端地骂了她,使她明白了人是分等级的,军队的人是一级,平民百姓是另外的一级。她不服气,就产生了进入军队的想法。库小媛参军后,她仍然摆脱不了家庭的复杂背景给她造成的巨大阴影。当医院要抽调一部分人员到越南战地医院工作时,里面并没有她。在她的坚决要求下,上级才同意了。"我"舅舅与库小媛偷偷恋爱后,库小媛偷偷约他在医院的被服室里偷偷约会。对这一次约会,他们一方面充满着期待,另一方面也存在着莫名的恐惧。在库小媛这里,她怕"我"舅舅赵淮海在战斗中牺牲。所以,无论如何,她一定要和赵淮海会面。但就在

"我"舅舅赵淮海进入被服室，两个人刚刚抱在一起说话的时候，门突然被打开了，几支手电筒的强光照射到了他们的脸上。原来由政工组长甄闻达亲自指挥的人来抓他们了。"我"舅舅被"抓获"了，他面对这个结果，觉得"无所谓"，因为他不想提干，不想入党。但库小媛却背着一支五六式冲锋枪钻进了山上的丛林里。在山上，库小媛很快意识到了自己携枪出走的严重性，所以决定把枪放回医院去。就在她要返回时，她听到了一阵阵充满敌意的呼喊声："库小媛，你不要与人民为敌！如果你负隅顽抗，只有被消灭的下场。"她于是害怕极了，便决定不下山了，继续向山林深处爬去。最终，她在走投无路的情况下，自杀在了异国他乡的土地上。库小媛是死于自己之手，也是死于政工组长甄闻达之手，更是死于当时笼罩在一切之上的那种畸形的政治意识形态之手，是当时的政治意识形态假借甄闻达之手，扼杀了她美丽而年轻的生命。"我"舅舅在库小媛死后不久，在和美国鬼子作战时，他的太阳穴处中了一颗钢珠弹，不幸牺牲了。库小媛是因为"我"舅舅赵淮海而死的，"我"舅舅则是被他那高干子弟的光环背景害死的。甄闻达是一个典型的在时代政治意识形态压力下精神不断扭曲变形的形象。但他也遭受了时代政治意识形态的伤害，他对资本家女儿江雪霖不管不顾的爱引起了组织上的注意，组织让他选择，要么选择政治前途，和女友结束关系；要么选择女友，失去政治前途。最终，甄闻达毅然选择了继续和江雪霖在一起，并且很快订了婚。当他在越南前线担任某部政工组长之后，他却用当时流行的政治意识形态来对待"我"舅舅赵淮海和库小媛，一手制造了这两位青年男女的爱情悲剧。当他面对着库小媛那惨不忍睹的自杀场面后，他也知道她并不是去投奔敌人的，她是在走投无路之下才自杀的。甄闻达出生于一个普通的平民家庭，他对"我"舅舅这样的一个根红苗正的部队高干子弟很嫉妒，他更嫉妒"我"舅舅与野战医院最漂亮的女兵库小媛谈恋爱。所有的这一切，综合在一起便激起了他内心的怒火。他最终制造了"我"舅舅与库小媛的爱情悲剧。① 小说结尾写作者在河内街头漫步的情况，其间，他和越南姑娘交谈，以让她们珍惜今天的和平生活。小说基本遵循了现实

---

① 参阅王春林《陈河〈外苏河之战〉：战争中的人性与意识形态》，《收获》微信公众号，2018.2.7。

主义的写作要求，但仍不忘在深入历史的隧道时，用今日的目光来审视当年的那场战争。这使得这部作品既没有简单地为讴歌英雄而美化战争，也没有因为要揭露战争的残酷而贬低了英雄的面貌。①

迟子建中篇小说《候鸟的勇敢》：批判了一些污浊、阴暗的人毁灭大自然生灵的事情，触及了东北根深蒂固的人情社会与体制迷思等问题

《候鸟的勇敢》3月份发表在《收获》第2期，进入2018年度小说排行榜。小说讲述了人与候鸟的故事。春天来了，候鸟北回。东北小镇瓦城金瓮河河畔的候鸟保护站站长周铁牙要实施他憋了一个冬天的发财梦了。他瞒着憨呆的张黑脸，抓了两对野鸭，打算将其中的一对送给林业局局长的父亲邱老——瓦城人中的"候鸟"——他冬天去海南，初夏又飞回，是瓦城最爱吃野味的有钱、有权人。

另外一对中的一只送给自己的姐姐，因为她女儿是主管自己的林业局的常务副局长；剩下的一只卖给当地酒楼的老板庄如来。当周铁牙去瓦城送鸟时，虽然在检查站遇上了新上任的检查员，但站上的老葛还是放了他，因为老葛想依靠周铁牙的外甥女给自己那大学将要毕业的女儿找工作。小说然后跳跃性地写了瓦城突然发生了禽流感，感染者邱老和庄如来都死了，原因是他们吃了周铁牙的野鸭子。候鸟保护站于是被封闭了。但医院最后查明，庄如来是死于脑干大面积出血，邱老是死于重度肺炎及其引发的多脏器衰竭，都与野鸭没关系。警报于是解除了。小说又笔锋一转，主要描写了候鸟年年春天都来金瓮河的情况，其中三对东方白鹳里面的一对白鹳竟然把家安在了河畔娘娘庙的三圣殿上。作者在小说后记中说，这对白鹳曾在自己的爱人去世前出现过。某年夏天的一个傍晚，作者和爱人去河岸散步，忽然看到从河岸的丰茂草丛中，飞出一只白身黑翅，细腿伶仃，脚掌鲜艳，像一团流浪的云，也像一个幽灵一样的大鸟。这是他们从未见过的大鸟。作者爱人说那一定就是传说中的仙鹤。鸟儿出现后不久，作者就失去了爱人。作者忘不了这只鸟，查阅相关资料后，知道它是东方白鹳，所以很自然地在该小说中将它拉入了画框。②后来，居住在

---

① 参阅周俊生《〈外苏河之战〉：中国战争文学的新收获》，光明网百家号，2018.2.14。
② 参阅迟子建《〈候鸟的勇敢〉后记：渐行渐近的夕阳》，《收获》2018.2。

三圣殿上的这对白鹳被偷猎者用超强胶粘在了树杈上，候鸟保护站的张黑脸救了它们后，将它们放在救护站养伤。深秋到来后，雌白鹳带着三只幼鸟向南飞去，但它为了爱情又北返了，然后在暴风雪来临的前夜带着伤刚初愈的雄白鹳一起向南飞。可是第二天，进山捡柴的张黑脸和娘娘庙松雪庵里的德秀师傅却看到雌雄白鹳已经被冻死了，它们的翅膀贴在一起，好像在雪中相拥着甜睡一样……其实，小说的主要笔墨集中在对张黑脸和德秀师傅爱情的描写上。张黑脸用一颗童心守护着对自己有救命之恩的金瓮河候鸟，一心一意地干着自己喜欢的事情，发自内心地爱着这个世界。德秀师傅一生有过三个男人，在历尽感情磨难后，她来到了娘娘庙。在这里，她遇到了张黑脸，并对他产生了爱情。当张黑脸要娶德秀时，他的女儿张阔却极力阻拦，因为她想着的是，如果把父亲的房子出租了，就可以挣下一笔不小的收入。当爱得异常纯真的张黑脸和德秀师傅在遇到相爱的白鹳夫妻的尸体后，他们小心翼翼地掩埋了白鹳夫妻。然后"他们很想找点光亮，做方向的参照物，可是天阴着，望不见北斗；更没有哪一处人间灯火，可做他们的路标"。作者对张黑脸和德秀师傅这对有情人倾注了深深的情感，通过寄情山川、绿草、蝴蝶，特别是那对东方白鹳，将二人的爱情进行了恣意宣泄。小说告诉人们，在这个世界上候鸟和人类的生存息息相关，所以人们一定要善待候鸟，与大自然和谐相处；人们要像善良的张黑脸、德秀师傅一样，做勇敢的候鸟，去追求人世间最纯美的爱。小说无情地批判了毁灭大自然生灵的邱老、庄如来、周铁牙、老葛等这些污浊、阴暗的人，触及了东北根深蒂固的人情社会与体制迷思等社会问题。小说非常淳厚、淳朴、淳美、丰富，让人们看到了一片山野、一个地方的完整事情，看到了自然界的生命形态。在人的层次上，小说通过管护站、尼姑庵、瓦城及瓦城对管护站、尼姑庵的支配关系，既写出了东北的落寞，也写出了东北的生机。小说在将这些人事、情事、心事融汇在东北莽林荒野中后，也汇聚成了迟子建文字的特有力量。①

---

① 参阅《迟子建谈新作〈候鸟的勇敢〉：我们面对的世界波澜重重》，《人民日报》百家号，2018.5.11；《迟子建最新中篇小说〈候鸟的勇敢〉讲述东北的落寞与生机》，人民网－读书频道，2018.5.14；《迟子建〈候鸟的勇敢〉：白山黑水的苍凉》，《人民日报》百家号，2018.5.17。

弋舟短篇小说《如在空中，如在水底》：追求深度和难度写作并带有一定精神探索性的文本

《如在空中，如在水底》3月份发表在《人民文学》第3期，进入2018年度小说排行榜。小说写蒲唯丧妻后，他的岳母来信劝他"走出丧妻的痛苦"。蒲唯在读岳母的来信时发现程小玮"立秋"即将来临，他突然记起了"一个遥远的承诺"。这承诺也与程小玮息息相关。他便打算和程小玮去山中旅馆等待并接收十八年前由汪泉发来的信件。他们痴等着来信，也做着毫无希望的找寻。其实，汪泉的来信能否准时寄到预定地点，或者能否被蒲、程二人按时接收到，都在文本中不具有实际的、重要的意义。因为对蒲唯而言，他故地重游隐含着要逃离现实之困和心灵之痛的企图，即"寻找真空般的与世隔绝的存在感"。小说对这两层意旨的反映很明显。但小说在展现上述两点时似乎又不止于这些，比如程小玮对"凉造新泉"近于玄学意味的反复玩味；他和蒲唯对"写信的人就在写信的地方"的理念的坚信；他们听说邮件意外掉入水里，然后都凭着本能钻入水底，一厢情愿地去打捞那"有希望的东西"的行为；蒲唯"有幸目睹到一道圣光"的神奇经历等，都使人觉得小说展现的似乎还有人对时空体的神秘感应，特别是人与时间的关系以及由此而生的有关生命意义的形而上的东西，这也是小说侧重表现的主题向度。作者借助蒲唯和程小玮的出行，发现和捕捉到了时间的联系、意义的联系、观察的联系等各种联系，让蒲唯和程小玮在不确定性的等待中，与十八年前的事情交织、碰撞在一起，这其实也是一种逃离和回归。当蒲、程二人对时光驻足回望时，那时生活中的疼和爱，无论是在水底的，还是在空中的，都变为了他们亲爱的生活。小说确实"如在水底，如在空中"，考验着我们的阅读能力。但我们能否读出它蕴含的这些意味，需要依靠我们与文本之间展开的对话程度了。所以，该小说是一个在追求深度和难度写作时，也带有一定精神探索性色彩的文本。

张楚短篇小说《中年妇女恋爱史》：表面讲述的是一个中年妇女的恋爱史，深层是在讲述时间本身，呈现了时间应该有的本来样貌

《中年妇女恋爱史》3月份发表在《收获》第2期，进入2018年度小说排行榜。小说讲述的是女主人公茉莉的恋爱历程与婚变遭际。1992年，18岁的茉莉即将高中毕业，此时，她情窦初开，和邻班15岁的男生高宝宝谈起了恋爱。当县一中篮球队的高一亮出现后，茉莉又和高一亮相恋了。1997年，茉莉与高一亮结婚。高一亮买了一辆大货车跟发小黎江一起跑运输。时间一长，疲倦、劳累的高一亮由"爱干净的人"变成了懒散而邋遢的人。茉莉逐渐心生抱怨，并与黎江来往频繁。1999年，茉莉与黎江结婚。四年后，茉莉不让黎江再跑大车，而是改开饭店。后来，发家致富后的黎江移情别恋，抛弃了茉莉。2008年，茉莉打算与老实巴交的姜德海完婚，但她的初恋高宝宝突然出现了，这令茉莉的内心里再起了涟漪。2013年，年近不惑的茉莉在牌局上邂逅了不务正业的蔡伟。茉莉明知蔡伟靠不住，但还是难以招架他的甜言蜜语，结果落得人财两空……小说讲述的是一个老生常谈的故事。茉莉漂亮，是犹如"风中花香"一般的女孩；但她又很无知，思维有极大的局限性，对命运恍惚而懵懂。她的情感遭遇可以从那些经典名著中找到原型，杜十娘、茶花女、卡门、苔丝、艾玛、安娜……但作者塑造的茉莉这个人物给我们带来了许多疑团。其中之一是塑造这个人物的目的是什么？其实，这与作者使用的叙事视角和表现手法有关系。作者在小说的每个章节的后面都添加了一篇大事记，采用虚实相间的手法，将真实的历史要闻与虚拟的想象熔于一炉。这种带有"科幻现实主义"色彩的叙事方式，一方面为小说文本建构了三重时空景别——特写镜头是茉莉的情感故事，中景是时代风云变幻，远景是外星科技文明。三重景别又以电影蒙太奇的表现手法同步呈现在了读者面前。小说还提供了一个"宇航员视角"，让作者似乎站在一台哈勃望远镜的后面，以定机变焦的纪录片镜头语言，冷静、客观、不置褒贬地记录了茉莉个人命运的自转、她围绕时代和历史进程的公转，以及她与外星文明在平行宇宙当中的共时性运转情况。透过"宇航员视角"来观照文本中的"三重景别"，让人们清晰地感受到了小说中所有人物、事件、意象都被有意识地进行了客观对象化的处理，从而带有鲜明的"他者"色彩。显然，作者的目的不在于讲述一个中年妇女的恋爱史，而是讲述时间本身，因为小说每个章节的题目都是以时间命名的，其后的大事记是时间的代名词，叙事空间也被做了时间化处理，致使不同空间中的独立事件被并置呈现出来。即相对于茉莉、时代和外星生物而言，时间才是小说真正的主角。作者没有刻意地将时间深刻化、浪漫化、审美化，也没有习惯性地给时间赋予过量的意义和指向，而是以一种近乎物理常识的方式，如其所是地呈现出了时间应该有的本来样貌。正因如此，小说在思想内涵上有效地避免了拾人牙慧和烹制心灵鸡汤的风险。阅读该小说时，能够隐约体会到一些并不强烈的共识性情感，诸如，沧海一粟的渺小感，人何以堪的苍凉感，天地之大的悲悯感，为沉默者代言的道义感等。但小说真正给我们带来的心灵震撼却是在它那静静流淌着的时间中所蕴藏的动能、势能以及它们所具有的巨大的吞噬力与破坏性。小说暗藏着关于宇宙与生活的奥秘，这奥秘是一种超越时间存在的、对于希望与爱的强烈追求和向往。①

刘醒龙长篇小说《黄冈秘卷》：展现了一方故土和一个家族的历史变迁

《黄冈秘卷》3月份刊登在《当代·长篇小说选刊》2018年第2期，6月份由湖南文艺出版社出版，进入2018年度小说排行榜。小说32万字，名叫《黄冈秘卷》而不是《黄冈密卷》，后者是曾经被无数学子追捧而风靡全国的教辅资料，前者是刘醒龙的最新长篇小说。教辅《密卷》只是小说《秘卷》架构情节、铺排故事的一条引线而已。小说开头写"一个刚刚上高中一年级的花季女孩，从未见过面，第一次交谈，便恶狠狠地表示，要变身为杀手，到我的老家黄冈寻仇。另一个年逾古稀的老人，是这个世界上最熟悉的，用从未有过的躁动，气急败坏地说，有人要打她，揪她的头发，要她的老命"。这些"天壤之别，又都带着某种戾气的话语，是通过电话传来的"。"第一个电话是朋友少川从北京打过来的，她没有说那些凶神恶煞的话，说那些话的女孩名叫北童，是少川的女儿。"少川的女儿北童在电话里还说："这世界对黄冈的恨有多深，天都不晓得，只有我们自己晓得。我们班已经三次举手表决，要我化装成杀手，杀到你们黄冈来！"北童要杀的是《黄冈密卷》的出题人。黄冈的高考生在20世纪八九十年代的高考中成绩斐然，其高考复习资料《黄冈密卷》风靡全国，考生几乎人手一册。但北童却要杀《黄冈密卷》的出题人，原因就是她从一入高中就被《黄冈密卷》中的每一道"变态"试题搞得发了疯。如她在电话里给

① 参阅赵振杰《时间是真正的主角——评张楚短篇小说〈中年妇女恋爱史〉》，《河北日报》，2018.4.13；小珂《〈中年妇女恋爱史〉：俗世与永恒》，《北京日报》，2018.11.15。

"我"讲的一道题目:"有一只熊掉到一个陷阱里,陷阱深19.617米,下落时间正好2秒。求熊是什么颜色?"备选答案分别是:"白色""棕色""黑色""黑棕色""灰色"。"我"不仅"被这道怪题折磨了好久",而且还知道了《黄冈密卷》里的一则写作素材竟然是"我"写的一篇名叫《世上最贵的一双皮鞋》,另外,里面还有一篇是"我"叙述"伯"(黄冈方言称父亲为伯)和当地一位富家女海棠相爱,但被祖父拆散了的故事。"我"也不知道这个故事为何会出现在了《黄冈密卷》里。但北童却认为"我"就是《黄冈密卷》的出题人。"我"于是想找到出题人。当"我"在对父辈的历史进行寻找时,自然地走向了"刘家大塆",牵扯出了"我们的父亲"("我"和大姐、小妹的父亲)老十哥的经历。第二个电话是"我"母亲打来的,她给我说:"你伯要打我!""我们的父亲"是一位身上带着两个弹孔的老革命,在山里工作了大半辈子,是一个老黄牛似的人物,把生命交付给了"组织",是组织里的人;他也把自己的才情献给了"山里的这个县",数十年如一日,堪称真正的人民公仆、真正的人民英雄,结果始终得不到"组织"的提拔,一辈子没当过县里的主官,甚至在"山里的这个县"里忍饥挨饿,拿不到退休工资。"我"母亲因为说了他一辈子都没当过县里的主官的话,才惹得他操起扫帚向"我"母亲挥了一下。"我"母亲认为这是"我们的父亲"在打她。小说主要塑造了"我们的父亲"老十哥及其堂弟老十一的性格。"我们的父亲"是党的好干部,兢兢业业,两袖清风;老十一却是时代的"弄潮儿",做生意,开公司,买轿车,娶了第六任妻子紫貂。"我们的父亲"记恨老十一在"文革"时对他的背叛,使他被关在监狱中。当然,"我们的父亲"在监狱中,由于受到国教授的启蒙,对"组织"产生了感情,然后在美丽姑娘海棠的帮助下,实现了与"组织"的对接。"我们的父亲"对组织无条件信任的一生从起点开始便与个人的浪漫情感相勾连在一起了,这成为纠缠他一生的记忆。小说在讲述这两个典型人物充满恩怨纠葛的人生经历时,揉进了黄冈历史、文化、政治、经济等多种元素,全景式地展现了一方故土和一个家族的历史变迁,启迪人们对历史、对文化、对人性进行探究和反思。小说讲述了性格耿直的"我们的父亲"的革命、反腐、退休的一生,展现了他这样一位典型的黄冈人一辈子的命运,反映了他对党的事业、对自己信仰的矢志不渝的忠诚。小说也写了《黄冈密卷》里那些"变态"难题的真正出题人紫貂的经历,紫貂因为没考上大学,便在怨愤加"心理扭曲"的情况下出了《黄冈密卷》。小说最后说北京女性文友少川其实是"我"父亲当年的恋人海棠的女儿,海棠至今也还健在。当少川作为海棠女儿的身份被揭示,进而牵引出多年前的爱恨情仇后,小说便走向了"团圆"的结局,整部作品终于得到完成。① 作者说《黄冈秘卷》首要的,是要引发人们的重新回忆。黄冈大地人文品格与众不同,历史上的"五水蛮"给这块土地上的人们留下了别样的血脉,也因为"五水蛮"的恶名远播,所以才有了唐宋时期朝廷将失宠与失意的杜牧、王禹偁、苏轼等人贬谪到蛮荒之地黄州流放的事情。这种历史的恶作剧,无意之中将黄冈这块土地打造成了壮心与诗意并存的贤良之辈纷纷出现的一个地方。一个小小村落中人的壮心与贤良,是这部小说的筋骨。

贾平凹长篇小说《山本》:既是一部篇幅宏伟的历史小说,也是一部关于秦岭的"百科全书"

《山本》近50万字,4月份由作家出版社出版,进入2018年度小说排行榜。小说以秦岭的自然与人事为广阔背景,将"涡镇"作为历史的叙述场,通过对形形色色的人物与丰富的日常生活细节的描写,展现了中国20世纪二三十年代盘根错节的历史,是一部浩瀚、厚重、饱满的史诗性力作。小说故事发生在秦岭腹地的涡镇,涡镇那里有一处涡潭,它是秦岭深处清浊分明的黑河与白河交汇形成的,漩涡性极强,涡镇由此得名。涡镇棺材铺杨老板的儿媳陆菊人从娘家带来了三分胭脂地,风水先生说那地是出官人的风水宝地。但杨老板对此却不知情,他将那片地送给了涡镇枭雄井宗秀,让他埋葬他的父亲井掌柜。井宗秀在给父亲挖墓的时候,在墓地下面挖出了一面铜镜。这一发现一下子在秦岭深处开启了一场命运与人性交织、苦难与超脱并存的历史大戏。陆菊人的丈夫杨钟是个游手好闲、不务正业之人,他们的儿子是个瘸子,陆菊人凭借自己的力量撑起了杨家摇摇欲坠的"基业",然后又为涡镇的平安出谋划

---

① 参阅陈晓明《在现实与历史交汇处的和解——读刘醒龙〈黄冈秘卷〉》,《光明日报》2018.8.22;阎晶明《刘醒龙长篇小说〈黄冈秘卷〉穿行历史照亮现实》,《光明日报》,2019.2.20;朱小如《真爱黄冈——简评刘醒龙的长篇新作〈黄冈秘卷〉》,中国作家网,2018.12.22。

策。陆菊人激励和辅佐了井宗秀从一个资质平平的寺庙画师，成长为一个组建了地方武装的乱世枭雄。在杨钟被人一枪打死后，陆菊人被井宗秀任命为茶行总领掌柜。可以说，井宗秀依靠着某种神秘命运和对陆菊人的微妙情感实现着陆菊人的远大抱负。井宗秀在与活跃在秦岭山中的游击队，以及与阮天保率领的保安队等武装力量相制衡、相争夺时，逐渐成为盘踞在涡镇的实力霸主。在井宗秀的势力不断得到扩张、他的欲望也在日益膨胀的高峰时刻，他却突然毙命了。当然，井宗秀的死对头阮天保、傀儡县长麻县长，以及当地一些富甲一方的能人，最后也都没有获得一个圆满的结局。最后，涡镇被毁灭了。陆菊人的三分胭脂地再也无法散发出扭转乾坤的神力了。小说描写了刀客、土匪、游击队等多股势力之间的厮杀，描写了井宗秀与参加了游击队的哥哥井宗丞的特殊关系，描写了井家兄弟与阮姓家族群的刻骨仇恨以及这些仇恨在特定时期与地点中的变化升级情况。除此，作者还对秦岭里的草木鸟兽进行了详尽的描述，足以称得上是一部秦岭地方志。小说是一部篇幅宏伟的历史小说，也是一部关于秦岭的"百科全书"。小说描述的是 20 世纪二三十年代秦岭地区的社会生态，在更为广阔的历史视野里，作者以独到的体察和历史观，表现了底层民众的生命苦难，寄寓着他真切的悲悯情怀。①

易康中篇小说《恶水之桥》：写了几对男女的交往和各自的人生

易康（1961—），籍贯不详。《恶水之桥》4 月份发表在《上海文学》第 4 期，进入 2018 年度小说排行榜。小说写了几对男女的交往和各自的人生，以一栋大楼为连接点，讲述了一场凶杀案的目击者与受害者饶有兴致地议论着凶杀案现场的另一位女性当事人的事情；作者用"一日长于百年"式的叙事演进方式，将那位被议论的女士的悲情一生撮合在一起，突出了她困于欲望但却毫无所得的结局。作者将人物出入于故事"内""外"，使"看"与"被看"成为小说的一条叙事"主线"。与此同时，作者还并置了另一对萍水相逢的中年男子与美眉在案发现场的另一处咖啡店里莫名其妙的交往的线索。小说分层叙事，繁复穿插，使"词"与"物"产生了奇妙的想象关联，使小说分明在"元

---

① 参阅《贾平凹第 16 部长篇小说〈山本〉》，《西安晚报》，2018.3.31；钟红明《贾平凹的新长篇叫〈山本〉》，光明网百家号，2018.2.11。

叙事"的挪用上,增添了审视时代异样的哲学风调,增添了先锋性探索的机智。小说的叙述不停地转换,节奏快而飘忽,使生与死,时间与空间在叙述中渐渐成为诡异的存在。[①]小说的生活基础非常扎实、深厚。从创作方法看,作者没有采用一般意义上的传统现实主义写法,而是使用了多少带点先锋试验探索的艺术方法。通过作者的创作可以看出,他在文学观念、小说观念以及艺术创作的思维方式上一点也不封闭保守。

李宏伟中篇小说《现实顾问》:思考了现实、真实、存在等许多命题

李宏伟(1978—),生于四川江油,毕业于中国人民大学,哲学硕士。《现实顾问》5月份发表在《十月》第3期,进入2018年度小说排行榜。小说在一个看起来充满科幻色彩的故事中表达了作者对现实、真实、存在等许多命题的思考,用科幻小说的叙事模式,思考了现实呈现下的中国经验,属于另一类的风格。具体而言,小说讲述一家"超级现实公司"通过其产品,试图将使用者终生拴死在其系统上。公司扩张的野心与白条湖的原居民发生了矛盾,主人公受命去处理这个难题。老周和周兴这对父子是尚未被超级现实公司覆盖的白条湖的权益人,也是白条湖扩大商业版图的障碍;唐山则是超级现实公司的副总派来参与谋划合并白条湖的特使。老周父子是亲子关系的典范,他们互相尊重,总是为对方考虑。唐山和他的母亲则因唐山大学时无意间酿成的火灾而心存阴影。那场火灾造成了唐山父亲的死亡,也使唐山母亲的身体受到严重的损伤。唐山母子一直不敢见面,母亲是因为不愿意引起儿子的负罪感,唐山则是不敢直面自己犯下的错误。唐母在去世前不久,终于通过小邱安装的盗版的超现实眼镜,把自己美好的样子呈现在了儿子的眼前,然后安然地离开了人世;而唐山则坚持取下眼镜,他想直面现实,想正视自己应当承担的责任,他于是去看了母亲未经过滤的真实的样子。在这里,真实与呈现真实之间的界限产生了暧昧的裂缝,亲子之间的爱超越了现实与超现实的界限。无论是周氏父子,还是唐山母子,他们之间的深情,无疑都是超现实滤镜所无法过滤掉的。小说揭示了资本借助高科技对日常生活进行无所不在的渗透的情况,揭示了高科技

---

① 参阅刘阶耳《2018年中篇小说述评》,作家网,2019.1.9。

在用不可逆转的"拟象"世界对人性进行着刻奇化、马赛克化的全面屏蔽的真相。小说对两种真实进行了关切：一是经超现实眼镜过滤美化的"呈现真实"，一种是未经过滤，显得粗糙朴素的原始真实。超现实眼镜的开发者是超级现实公司，该公司的版图几乎覆盖了所有区域。小说中有一节叙述了超级现实公司的现实顾问唐山取下眼镜后的幻觉，在他的幻觉世界里，原始现实代表了一种更高的真实；而从超现实眼镜中感受到的"呈现真实"则是虚假的真实，是原始现实在镜像上的投影。或者说，那些戴上超现实眼镜的人，就如同柏拉图洞穴中的人一样，一个个都被束缚在了虚假的幻象里，丧失了对原始真实的感知能力和追求更高真实的可能性。从这一维度而言，小说以原始真实反抗了"呈现真实"的霸权，是对整一性的商业帝国束缚个人自由的警惕与反思。小说的另一主题是亲子之情。作者让周兴和父亲老周，唐山和他的母亲的亲子关系互为镜像，说明了亲子之间的深情，用这可能会抵御住由人类个体的创造性所产生的同一性和虚假真实。①

麦家短篇小说《双黄蛋》：展现了极致的人性恶，证明了时代败坏人性人心的史实

《双黄蛋》5月份发表在《收获》第3期，进入2018年度小说排行榜。小说写在里镇中学教地理课的张老师有五个孩子，前三个都是千金，后两个是儿子，为"双黄蛋"（双胞胎）。张老师的屁股较方，就是"双黄蛋"撑的。解放的前一年大家游行，张老师是游行的积极分子，她呼喊口号时练出了大嗓门。张老师的一对宝贝"双黄蛋"，一个叫毕文，一个叫毕武，两人长大后都有些轻度斜视。张老师的丈夫在农机站上班，会修拖拉机，毕文、毕武经常跟着父亲去上班，有时顺手牵羊，偷个螺帽、弹簧回家。"双黄蛋"怕母亲，但不怕父亲。"双黄蛋"长大后，开始调皮捣蛋，联手作恶。比如小说讲述他们暴打"王八蛋"的情节就显示出他们坏到了极致：他们"熟门熟路到王八蛋家，踢开门，王八蛋正在犒劳自己：喝酒。你们想干什么！两兄弟二话不讲，经验十足，分左右夹攻，左一鞭，右一鞭。他们一以贯之的战术是，先鞭打，后脚

---

① 参阅刘阶耳《2018年中篇小说述评》，作家网，2019.1.9；王晴飞《〈暗经验〉：经验、现实与真实》，《文艺报》，2018.10.26。

端，然后再辱骂。打蛇打七寸，打人要先灭掉对方气焰，所以开始出手必须威风，狠！这叫下马威，也是撒手锏。在他们以往打人的经历中，这一套战术屡试不爽，经验已成宝典。果然，两鞭子下去，王八蛋抱头呻吟，败相毕露。下一步是上前用脚踢，哥一脚，弟一脚，猛踢，把他踢翻在地，然后用脚踏住：是踩扁的样子，也是插红旗的意思。这时再开口骂，目的是要叫他求饶讨好。两兄弟一致认为，听敌人求饶讨好，比听最动听的歌声还要悦耳：是心花怒放的景象，像筷子插到红烧油肉里一样。"作者在此使用的词语、长短句，营造了一种急促的节奏，动感十足。真是如见其人，如闻其声。"双黄蛋"二恶合体，屡做坏事，最后是毕文死去，毕武的末日也来临。他们老实巴交、窝窝囊囊的父亲为了替死去的儿子毕文以及苟活的毕武抵命，采取了自杀方式，才终结了"双黄蛋"一损俱损的悲剧。小说具有三个鲜明特点：一是通篇都在审丑，所涉人物几乎都是坏到极致的人物。他们的人性恶的极致表演充分证明了时代败坏了人性人心的史实。"双黄蛋"是谐谑说法，作者以嘲讽的笔墨写出了毕文毕武这对双胞胎兄弟的顽劣人生，他们联手作恶后比别人强大许多，他们既是二，又是一，他们的人生从一开始就进入了一种宿命，在小说结尾部分，作者抛出了他们的生死秘密，就是前面所讲述的他们干过的许多配合默契的恶行，这些都显示了他们最终的命运。他们父亲的自杀是点睛之笔，是小说的中心，告诉我们，对坏到极点的混蛋儿子，卑微无能的父亲只能用自己的生命去替儿子赎罪。[①] 二是人物设置颇合一个"奇"字。"双黄蛋"是双胞胎兄弟，他们"不但同卵，也同体、同心"，长相（包括"四环素牙"）、品性都相同，像"镜子照出来的"。这些使他们的"恶"也相同。三是作者运用夸张、变形手法时非常娴熟，令人感叹；小说的语言凝练、精确、张力十足。小说全文的句式颇讲究，连续的短句子，造成了一种急促感、紧张感，如同疾风暴雨到来的节奏。小说故事就在这鼓点般的节奏中被讲述出来，使人胆战心惊，使人热血沸腾。

---

① 参阅王彪《评麦家短篇〈双黄蛋〉：属于短篇的智慧》，《收获》企鹅号，2018.5.12。

秦岭短篇小说《天上的后窗口》：揭示了西部乡村在经济发展过程中出现的文化根脉的断裂、精神世界的迷失等问题

《天上的后窗口》5月份发表在《芙蓉》第3期，进入2018年度小说排行榜。小说自觉跳出乡村底层叙事的模式，大胆聚焦了乡村文明进程中放弃、抛弃与秉承、传承之间的尖锐对立与磨合，让我们看到了中国几千年农耕文化与时代文明交汇处存在的新矛盾与人性温度，为我们提供了观察乡民内心世界的"后窗口"。小说以尖山村摆脱缺水困境走向致富这一历史性变化为背景，深刻地揭示了乡民们内心里更为复杂的纠结与困惑，使一个振聋发聩的社会命题摆在了我们面前：富裕，是否意味着乡村文明的全面进步？"民以食为天，食以水为先"，这是中国农民生存与命运的根本现实。缺水时代的"我"祖爷爷为了给村民们提供一个可供找水的"瞭望塔"，不惜在"高如天上"的阁楼上开了一个后窗口，然后派"我大"守在后窗口引导村民找水。这个后窗口既和村口象征着农耕文化的水爷庙遥相呼应，同时也承载了水爷庙无法替代的现实功能，它的象征性、寓言性和神秘性深入到了乡民的骨髓，几乎成为乡民对水、对命运、对日子的精神图腾。但是，当"自来水进村"给乡村带来"千年等一回"的巨变之后，"后窗口"再也无人问津，祖祖辈辈给水爷庙"添水"的祭祀风俗也被置之脑后了，人们还把那些代表着苦难印记的扁担、木桶全都抛弃了，有些甚至被人们付之一炬了。但"我大"却一以贯之地坚守在后窗口，在冷静地观察着全村"农家乐"的兴起，同时也坚持着给木桶"添水"。"我大"昔日那"水爷"般的光环在如今已经一文不值了，他那对水的祭祀、守候也被人们讥笑为迂腐、陈旧、保守、落后。不堪其辱的"我"也无法理解"我大"了，享受着现代教育的"我"儿子认为他爷爷是社会进步的阻力。"我"甚至偷偷地把"我大"当作"祭器"的木桶扔进了苦水沟。但还有一个人受过"我大"的启蒙而对"水"保持着敬畏和警觉的人，他就是在当年"破四旧"时想砸掉水爷庙后来却把水爷庙改建成"农家乐"第一人牛岁年，牛岁年思想深处的变化始终与历史、时代纠结在一起，这使他心甘情愿、心照不宣地以"自残"的方式配合着"我大"给木桶"添水"，他选择在"二月二龙抬头"的日子里故意"破坏水利设施"，然后一次次地把高枕无忧的乡民们从美梦中唤醒。

在"承"与"弃"的博弈中，人们最终回归到了"承"。水重新成为乡民们的精神图腾和时代文明的象征，人们重修了水爷庙，工匠们还把人们早已忘却了的"水爷"形象重新塑造成了"我大"的模样。应该说，"天上的后窗口"和水爷庙具有对等的功能，"我大"是人间的"神"，水爷是"天上人"。至此，作者完成了对水与历史、水与时代、水与日子、水与神灵、水与人的全部思考，使乡村文明进程里的这一客观主题，最终得到了奇妙的反思和升华。小说不光写了底层与改变、落后与发展，而且用开阔的、成熟的历史观解密了乡村的文明进程。"我大"属于鲁迅所说的"中华民族的脊梁"式的人物，他身上聚集着中国传统农民可贵的道德标识、灵魂底色和社会经验，也代表了中国农耕文明和传统文化的温度、厚度和深度，他用自己的坚韧和坚持战胜了时代发展中的狂妄、浮躁、遗忘和堕落。小说入木三分地反映了这个发展时代里中国乡村的迷茫、渴望与愿景。小说显然和作者早先的《女人和狐狸的一个上午》《吼水》《借命时代的家乡》同属于"水系列"小说，如果说《女人和狐狸的一个上午》《吼水》《借命时代的家乡》通过人与狐狸、人与牲口的荣辱与共，揭示了发展与生态背景下的人性世界，那么，《天上的后窗口》则通过"我大"由人变"神"，由"神"变人，最终又被人们送上"神坛"的过程，直接进入了乡村文明进程的反思空间，为我们全面认识农民的精神世界提供了新文本。小说始终能让我们感受到富有个性的"土"味儿，而且这种纯正的乡土气息还被作者不留痕迹地融入了乡村文化、风俗、人情和叙事语言之中，为人与"神"的角色变幻提供了强大而丰厚的民间文化"土"壤。①小说体现了可贵的社会认识价值，尤其在呈现中国农民的精神层面方面具有独特的判断和反思路径，其叙事语言充满着鲜活、浓郁的乡土气息和民间文化色彩，体现了作者乡村叙事的独特性。

王占黑中篇小说《小花旦的故事》：关注了大都市里弄中的庸常人生

王占黑（1991— ），生于浙江嘉兴。《小花旦的故事》6月份发表在《山西文学》第6期，进入2018年度小说排行榜。作者说她曾听过两个故事，一个

---

① 参阅周宝东《秦岭〈天上的后窗口〉：乡村文明进程的新观察》，《文艺报》，2018.8.6。

是关于绰号为"巴黎小姐"的北京大爷的故事,一个是在人民公园的跳舞角里见过的不止一个被闲言围绕的未婚老人的故事。一个偶然机会,作者随上海双年展的"51人"活动去虹口区的某舞厅里,在那里,她看到了20世纪风格的灯光照亮了爷叔们在舞池中晃动的身影,他们衰老的母亲则在一旁静坐、抽烟。台上的人穿着隆重的礼服,反串身份,用假声唱着优美的歌。其中最红的歌手开心地发放着印有他写真相片的新年历,他那种盘发束腰的样子,以及粗糙、怪异但却鲜活自适的美,令作者难忘。本小说中的阮巧星身上就有这些人的影子。阮巧星是一个热爱跳舞的大爷,绰号"小花旦"。阮巧星年轻时在一家工厂上班,干的是女性化的缫丝工种,下岗后在小区里开剃头店,因不可言说的失败而与妻子离婚,离婚后单身,一直与母亲相依为命。阮巧星看起来有些女性化,这在大众话语里,他的娘娘腔自然会被人粗暴地归入到"不像个男人"的行列里。人们给阮巧星起的绰号就是印证。对之,阮巧星却不言语。小花旦阮巧星最终被小区和亲人遗弃,或者说是他主动跳出了旧框架,然后以新的自我在都市中游荡。阮巧星转换的不是身份,而是空间的移动。阮巧星也说"口头语",也讲江湖情义,他的情感细腻,活得自得其乐。阮巧星与过去的一些文学所塑造的街道英雄不同,他是可移动的——当他的生活在被身份割裂出了新旧两个空间后,他能和上了大学的"我"一样在其中来去自如,与"我"建立起了深厚的情谊。他像一颗从旧工厂里射出来的卫星一样,在旧地界里闪耀着扎眼的光,又在新地界闪耀着复古的光,他的生活路径既超出了秩序,又有随大流的色彩。小说写"我"和小花旦阮巧星的牵扯时从嘉兴到上海写起,这正好是对社区空间"泛开去"书写的一种实践。作者没有仅仅停留在故事的表面,她在阮巧星轻松的玩笑之下,写出他生活的沉重和对往事命运的无可奈何,生动地刻画了一个迷人的人物形象。小说让读者的整个阅读体验都很愉快,文字非常有特点,字里行间弥漫着南方的生活气息,在吴侬软语的背后,读者能看见一个坚定的有力量的灵魂。小说中"我"和小花旦阮巧星的牵扯,嘉兴和上海的牵扯,扯出了人情、家庭、社区、工厂、大小城市,也扯出了在看似统一的群像中的普通人的秘密。小说所牵扯出的东西,几乎构成了一个人的生活史，一类少数群体的生存状况，和一些城市近十年的变化轨迹。[①] 有评论认为，王占黑作为"90后"文学新锐，她的这篇小说的意义不容低估。它关注的是大都市里弄中的庸常人生，让久违的市井气在日益繁盛的都市景观中弥漫了开来，有助于抵消物质化外表的炫示，以及外乡人凝视的同质化的叙事模式。纵使它也看到了当下都市繁华下的寒碜，但这却是对城市中崛起的日常景观的严肃谛视。小说以"异故事叙述"的方式，统摄了生活底层者平庸的生活甘苦，又在"启蒙"叙事及"含泪的笑"之外另辟了蹊径；小说使个体的物质性生活得到基本保障后，也没有使其丰盈的精神需求落于虚诞。作者以自己娴熟的写实笔调，保证了人物"偷着乐"的饱满个性，蕴含着极为丰厚的现实质感。[②]

刘亮程长篇小说《捎话》：一部众生喧哗及回响之书，一部关于不同声音的理解之书

《捎话》7月份发表在《花城》第4期，进入2018年度小说排行榜。小说是一部声音（语言）之书，一部关于"捎话"这个词的"大辞典"。主要写毗沙国、黑勒国之间的对峙、征战、隔绝，以及鱼雁中断后，催生出民间捎话人这一职业的故事。毗沙国著名的翻译家库受人委托，要捎一头叫谢的小母驴到黑勒国去。委托人把文字刻在谢的皮毛下，谢能听见鬼魂说话，能看见所有声音的形状和颜色，懂得为人服役，也懂得猜度人心。库和谢一路上穿越战场，其间，谢试图跟库交流，库虽然懂得几十种语言，但却听不懂谢说的话。当谢死后，库才真正地明白了谢说的话（驴叫声），由此打通了人和驴之间的物种障碍，最终成为人驴之间孤独的捎话者。《捎话》是一部众生喧哗的书，鸡鸣狗吠、人的声音、鬼魂的声音、风声、炊烟声都在向远方传递着话语，也在向今天的人们捎着话。《捎话》完全是一部虚构的现实主义之作，在人和万物共存的声音世界里，作者让各种语言悄无声息地穿行其间，跨越了语言间的沙漠戈壁，见证了许多生死和不可思议的事情。选择毛驴当主人公，是作者一贯的偏好，在他看来，在所有被驯服的家畜中，只有毛驴处于半驯服状态。"人驯

---

① 参阅《关于王占黑的小说〈小花旦的故事〉》，《小说选刊》，2018.7.16。
② 参阅刘阶耳《2018年中篇小说述评》，作家网，2019.1.9。

服了它的身体，没有驯服它的眼神，没有驯服它的脾气，看毛驴的眼神就知道它是有思想的，它喜欢偏着头很诡异地看人。"作者说，毛驴的寿命只有30年，和人相处几十年，它对人的脾气总是摸得很准，它倔强，它反抗人，但人却能忍受。作者很喜欢毛驴的叫声，他说，动物的声音大多是朝下的，毛驴的声音却是朝上的，它的声音是如此洪亮。小说的特别之处还在于多次写到了死亡。对此作者说，他的着重点不是写死亡，而是写死亡的仪式、尊严，"当死亡来临的时候，死亡并不是结束，结束的是生，死才刚刚开始"。他想表达的是，死亡没有恐惧，死亡变成了安慰，死亡变成了"如花盛开"。小说所写的几场战争都发生在黑夜，或昏天黑地的沙尘中，作者说，"我喜欢写黑夜，我在夜里可以看见更多，大白天，万物都肤浅地存在"。作者并不是第一次写声音，早在25年前，他就写了一部"声音之书"《一个人的村庄》。这部书年年印刷，至今销量已过百万册。这也是他出版的第一部书。他的长篇小说处女作《凿空》同样也是对"声音之书"的另一种书写。①《捎话》作为一部声音之书，其思考的即是有灵之万物的隔与无间。库最后既听懂了驴叫声，也在不同语言的覆盖中聆听到了自己三岁之后再也没有回去过的故乡的初语。小说也因此成为一部灵魂还乡之书，说明语言（声音）是众生大地上的故乡。因而可以说，《捎话》又是一部对不同声音的理解之书。库和谢在天地间旅行，在行旅中谛听，最后通向的是敞开。隔与无之间相关的是声音或者语言的隐失和澄明、遗忘和记忆。在所有声音都以各自方式抵抗、记忆和澄明时，它们被诵读、转译，被复刻在驴皮之上，但最终，声音的栖居之所，却是众生的生命本身。声音像生命唯一的行李，被记忆，被唤起，在此生隐失时，却在彼生里唱响，就像驴那高亢的嘶鸣一样。《捎话》是一部众声回响之书，虽然作者只是让可数的"数生"作为小说的叙述者，但如果读者需要，作者是可以让万物众生都成为一个个沛然涌动着生命活力的叙述者的，一个个捎话者的。②

郭爽中篇小说《九重葛》：写了女儿对父辈那一代人的理解与对话

郭爽（1984—），贵州人。《九重葛》7月份发表在《收获》第4期，进入

---

① 参阅路艳霞《作家刘亮程长篇小说〈捎话〉面世》，《北京日报》，2018.12.10。
② 参阅何娟《读刘亮程长篇新作〈捎话〉》，《文汇报》，2018.8.18。

2018 年度小说排行榜。小说故事的布景在我国西南省份的一个小城，再具体些，在这座小城的一个大院里。大院里住着的是政府职员和家属，袁天成家和顾言刚家就是其中的两户。袁、顾二人都出生于 1956 年，相识于 1984 年，是两个基层公务员，如今都年过六十，走在街上，会被人喊作"老人家"。他们的太太分别是林冬莹和朱虹，一个生得好看，一个不怎么好看。他们各生了一个女儿，分别取名为袁园、顾恬。两对父母，两个女儿，就像院子里繁茂的九重葛一样，在时间中交叉、成长。袁园、顾恬父母在衰老，院子也在衰败。两个女孩从童年深处走来，劈开荆棘与玫瑰，在漫长的道路中点燃了自己的火光。她们未把真实的生命交付给虚空，她们"举着脑袋大的棉花糖，顾恬静静搂住袁园。两团棉花糖在她们各自身后，包围，环抱，切割出只属于她们的小世界，像她们五岁时那样。又像她们十五岁时一样"。顾恬和袁园从少女时代相伴到"熟龄"时代，小说就以这两位好友的视角，呈现出了两个公务员家庭在转型时代走过的曲折历程，探讨了女性的情感和命运。在那并不久远但却已成为历史的年代里，刻印着他们 30 年来生活的更迭与变迁。小说的特点在于它首先接近于还乡的叙事模式，但由于偏重于两代人 30 余年沧桑交集的回顾与审视，以及"80 后"一代与其父辈荣辱不一的际遇、命运，于是又夹杂着成长叙事、反腐叙事的复调色彩；当这些纷繁的故事枝蔓，由一个地方风物意象——九重葛——得以象征性地贯穿后，小说诉诸"地方志"的空间在渐渐收拢，其目的在于使人不要产生出乎意料的感觉。小说的时间纵深是最长的，叙事在不同的时间段里来回跳跃，平添了一种沧桑感。其次，小说的人物关系也是最复杂的。作者为笔下人物设定的情感纽结主要来自两个方面：一是父母子女之间的血缘关系，二是男女之间的情爱关系。小说也没有脱离这种设定：让代际亲情与男女情爱仍然作为人物关系的主要模式，但在此之外，又加入了一些新的变量，其中最醒目的，是同侪之间的友爱与竞争，又因为这些友爱与竞争同时在两代人之间展开，所以使得人物的相互瓜葛显得更加错综复杂。第三，小说叙事者的声音尽管是袁园的，但实际上它并没有赋予叙事者什么显著的色调，它的讲述者的声音是抽离的、克制的，即便有那么一星半点的离愁别绪，也并非来自某个人物身上，更多的来自对世事翻覆的淡淡感喟而已。小说让我们看到了作者巨大的叙事潜力与创作野心。①另外，小说以少女的视角叙事，残酷气息消解了不少，使小城镇的忧伤和怀旧得到了进一步的弥漫。小说中的叙述主体与上一辈人的关系似有调和，彼此的目光里也多了生活本身的体温。叙述者的语调不变，作者只做了一些叙述策略的调整而已，而且增大了对老一辈人之间的关系的描写，这与作者不可更改的低平的语调产生了深度的契合。小说的文字之下有暗流隐伏，让人觉得在前面不远的地方可能会发生些什么……但高潮最终仍然未见来临，可能高潮隐伏于文字之下，于是令人当时产生恍惚，回过神来后又唏嘘不已。作者这种决绝地拒绝起伏，顽固地回避高潮的写法，以及这种写法给读者引发出来的回味，实际上暗含了我们对生活实质的公允理解，这不多不少，不增不减，隐而不发，当时惘然，后来明白的阅读效果其实就像我们的人生一样。这是这篇小说呈现出来的艺术张力。②

朱文颖中篇小说《有人将至》：慨叹了当代人的精神困顿问题

朱文颖（1970—），生于上海。《有人将至》7月份发表在《钟山》第4期，进入2018年度小说排行榜。小说深入婚恋心理的幽微层面，显示了日常化叙事的别异境界。作者以"私人诊所"大夫的身份介入到病人的生活空间后，将个人感情的困扰与生命孕育、呵护亲情等联系在一起，不失温情地慨叹了当代人精神困顿的现状，分寸拿捏得很精准。③具体而言，小说写"我"在一个闷热的盛夏午后，接待了这天的最后一位女病人。女病人叫丽芳，她说她有抑郁症。后来，丽芳说她丈夫并不知道这件事，叫"我"给她保密。当"我"去一家医学类大学图书馆查阅资料时，"我"认识了图书管理员重生。一天下午，"我"又见到了丽芳，她说自己意外怀孕了，但她丈夫还不知道，她不知道该留下孩子还是该打掉孩子。"我"给她配了一些综合维生素药剂及平复心绪的药品。她提出让"我"见一下她丈夫的要求。一个中午，"我"见到了她丈夫，他竟然是重生。重生给"我"说他也抑郁了。这令"我"很吃惊。丽芳后来给"我"说她是偶然知道重生也抑郁了，也在吃药，而且和她吃的是同一种药物。

---

① 参阅乔纳森《"盼望那所不见的"》，《南方都市报》，2018.12.9。
② 参阅田耳《当一扇门暗自虚掩》，《收获》微信专稿，2018.7.12。
③ 参阅刘阶耳《2018年中篇小说述评》，作家网，2019.1.9。

她和重生结婚十年了，第一年有过一个孩子，后来再也没有怀上过。"我"劝她不要再服药了。丽芳说她和重生是大学同学，一个学校，但专业不同，他们经常吵架。两天以后，"我"再次见到了重生，"我"与他在灵魂与肉体上契合了。"我"最后一次见到重生时，丽芳也在旁边。重生告诉"我"，他和丽芳有了一个孩子。后来，"我"再也没有见过重生。小说中的"我"是叙述者也是角色之一，这一角色的"公共"身份是心理治疗师，她面对的是各种有心理问题的人，除了对症下药，更主要的是对各种心理问题运用训练有素的话语方式，即既专业（有心理科学依据）又通俗（让所有的病人听得懂）的方式展开询问，进行阐释，施以催眠，给予抚慰。可以说，有着各种心理问题的"他（她）"界定了作为心理治疗师的"我"。但"我"究竟是怎么看病的？开的什么药？问了病人的哪些细节？……这些在小说里是找不到明晰、确凿的答案的，但这却让我们发现作者近年来发表的小说里的叙述者所具有的一个共同特质——它们（作为语言主体而非历史主体，所以这里用非人格的代词来指称）都扮演了"心理治疗师"这一人格化的角色，以此来实现讲述人与人物之间交流与沟通的功能。①

范小青短篇小说《变脸》：写了科技高度发展给人类带来的便利和不便

《变脸》7月份发表在《人民文学》第7期，进入2018年度小说排行榜。小说写的是当下时代里科学技术的高度发展，给人类带来的便利和不便。具体说它写的是在刷脸时代，一个人若和自己的影像匹配不上，便会给自己带来身份确认上的难题。所以身份识别、刷脸、误差、纠结等等这些很荒诞的现实指向了我们每个人都置身其间的媒体景观社会，当我们的肉身被编码驯化后，千差万别的个体只能在庞大的数据库中被分类和定位，这关乎了我们每个人"何以为我"的本质命题。小说通过身份证匹配中碰到的让人啼笑皆非的事情，希望我们能够在享受现代化科技的同时，时时警觉过度依赖科技的问题。作者说身份证匹配不上的事情，她也碰到过。因为换了新手机，结果配来配去配不上，害得她自信坍塌，以为自己已经老得都不是自己了，还担心别人怀疑自己整容了。后来经过反复摆弄，终于配上了，工作人员认真研究了半天，最后认

---

① 参阅林舟《朱文颖：觉悟的微芒》，《文学报》，2018.6.3。

为是她耳朵上的问题，即把耳朵揪到和身份证上的耳朵一样的位置，才能配上。但也有人确实一直配不上，只好借用别人的身份证办手机。可是现在都要求实名制，用别人的名字给自己办手机，别人的麻烦就开始了。但没办法，机器就是不承认你，你能拿它怎么办呢？你又不能打它，你也不能跟它讲理，你还不能投诉它。在这种情况下，她就写了这么一篇荒诞的小说。但它其实并不荒诞，因为我们每个人就身处在这样的现实里。所以它就是现实的写照。我们生活的现实是信任缺失，骗子横行，人人都高度警觉，但还是经常上当受骗。人们宁可相信一张纸，也不愿意相信任何一个人。一张纸比一个人更重要。时代的巨大变化使人可以证明自己的过去一去不复返了，过去人的话是可信的，但现代，人却无法证明自己。人要证明自己，必须靠纸，因为没有人相信你说的话。于是，很快，假纸也就和假人一样，雨后春笋般地出来了。小说所写的事情虽然荒诞，但我们的生活就是这样。在遍地"奇葩"的现实中，如果写出遍地正常，那才是真正的荒诞。在新旧交替的时代，新与旧的衔接是有缝隙的，缝隙中尽是荒诞的种子，它们迅速蔓延，很快遍地都是。机器人就像疯了一样，无论你是赞叹还是哀叹，它都已经来了，无法阻挡！①

李洱长篇小说《应物兄》：一部呈现、探索当代知识分子生活的百科全书，一部关于当代文明困境的隐喻之书

《应物兄》9月份发表在《收获》秋、冬季号，进入2018年度小说排行榜。小说的故事时间设置在21世纪第二个十年的某一年内，中心情节是济州大学召开儒学研究院的筹备成立大会及迎接儒学大师程济世的"落叶归根"。应物兄作为轴心人物，上下勾连，触及了所有的相关者。小说围绕济州大学的古典文学研究泰斗乔木、考古专家姚鼐、古希腊哲学研究专家何为老太太，还有世界级儒学大师、哈佛大学东亚系教授程济世先生及这些大师的众多门生、弟子和友人来叙事，展开了一场轰轰烈烈的儒学复兴大业。由于筹备儒学研究院事情重大，引起了领导的重视，不仅济大校长、常务副校长亲自挂帅，连省里的领导也全力参与了。在建造太和研究院、恢复程济世先生旧居原貌的工程一事

---

① 参阅范小青《来得很快——〈变脸〉创作谈》，《人民文学》，2018.7。

上，因为涉及了各方的复杂利益，所以连桃都山连锁酒店的老板、养鸡大王、内衣大王甚至全球的资本巨鳄都登场了。就这样，原本简单、明白的学术之事却演变成了复杂、微妙的旧城改造、科技创新、引进外资等发展济州经济的大事了。小说写出了 70 多位形象鲜明的各色人等，他们遍布了政、商、学、媒体、寺院、江湖、市井等各界，但主体仍是三代学院知识分子。第一代知识分子除了程济世，还有姚鼐、乔木、何为、张子房、双林等新中国历史实践的参与者、见证者，他们中的有些人在"文革"时期蹲过牛棚。姚鼐毕业于西南联大，是闻一多先生的弟子。乔木的个性最为突出，他言辞犀利、性格倔强，写得一手好字，历次的政治运动使他懂得了"世故"二字。何为老太太命运有点不济，因滑倒而卧床不起，当人们渐已淡忘她时，她却以"死亡"强势地复活了。经济学家张子房立志要写一部新的《国富论》，他给邻人题的一幅不装裱、不落款的字是：凿破苍苔地　偷它一片天。乔木的好友双林院士是一个物理学家，下放期间即便在猪圈旁也不忘用算盘计算导弹运行的数据，离开"五七干校"后即隐名大漠，长年与家人不通音讯，妻子死了、埋了也不知道。到了有孙子的时候，他也没得到儿子双渐的谅解。他多次悄然潜入济大图书馆，为的是看一眼可能来此查阅资料的双渐。他一直保持着读古诗、打算盘、用毛笔写字的习惯，以及与同代人用文言通信的习惯。双林院士是"民族的脊梁"，当国家需要他的时候，他会义无反顾，会挺身而出；他身上凝聚的罕见品质，和当下的许多人文知识者完全不同。第二代学人的教育背景是 20 世纪 80 年代，他们是应物兄的同辈人。其中的思想者文德能早逝，文德能的至交芸娘是应物兄大学时代的辅导员，人格纯正，思想如多切面晶体一样，她由考古学而现象学、语言哲学，一路走来，获得的知识非常丰富。他们都是应物兄怀念和尊敬的友人。他们身上凝聚和承载了一代人的情怀与思绪。在应物兄眼里，芸娘、文德能以及双林院士的儿子双渐，都是一个时代精神历程的象征。第三代学人中，芸娘的弟子文德斯，以及一闪而过的佛门弟子净心，同样让读者心生期许。小说成功地塑造了上述性情各异、精神世界各异的知识分子的形象。小说借鉴了经史子集的叙述方式，在每个篇章里撷取了首句的二三字作为标题，然后或叙或议、或赞或讽，或歌或哭，从容自若地铺展了物、事、情、理。各篇章之间又互相勾连，不断被重新组合，产生了更加多样化的形式与意义。小说借对话、讲演、讨论、著述、回忆、联想，引用和谈及了数百种古今中外的文献，显示了作者阅读范围之广博。小说或展示、或引用、或杜撰、或调侃的诗、词、曲、对联、书法、篆刻、绘画、音乐、戏剧、小说、影视、民谣、段子、广告、脱口秀等，使读者体会到了作者卓越的叙述才能。作者在生物学、历史学、古典学、语言学、艺术学、医学乃至堪舆风水、流行文化等领域所做的大量案头工作，显示了他积累和触碰到的知识量的浩瀚。小说细致地描写和提到了数十种植物，近百种动物，以及很多器物和玩具，也生动地叙述了很多食物。总之，小说没有用曲折动人的情节，也没有用意识流手法来行文，而是遵循着人物日常的"言行举止"以及即时的"所感所发"，塑造了三代知识分子群体的当下风貌，不仅有着充分的社会学和美学依据，而且也推陈出新地将《红楼梦》每回都以"话说""却说"起头的全知叙事，改造成了"他见""我想""后来才知道"等更为自然的有限叙事。①

王祥夫中篇小说《一粒微尘》：反映了十年动乱对美的摧残、对人的尊严的践踏、对人性的伤害，对个人生活的破坏及主人公心灵上的挣扎

《一粒微尘》6万多字，9月份发表在《山花》第9期，进入2018年度小说排行榜。小说写主人公李书琴老师在"文革"时期处处遭遇挨批，她为了保护自己，为了不连累家庭，不得不与心爱的丈夫王重生离婚。她的丈夫王重生，自然也难以保护她。李书琴企图靠近郑连长，甚至一度产生了色诱他的想法来保护自己，但都没有如愿；她反倒被觊觎她良久的王党生扑了个正着。王党生在她的肉体上极其卑劣的占有欲表演（意淫美丽影星、美女校长），以及郑连长等人捉他们奸的过程，被作者沉静地描写之后，剥尽了一幅人性被肆无忌惮地扭曲、摧残的群丑图。李书琴虽然有着种种的算计和抗争，但她的命运还是躲不过悲惨，旗袍被剪、剃阴阳头、裸体现丑、饱受处分、被批判……这些她最终还是一一经历了。好在，她还活着。只是，到了最后，"她在说什么，没人知道，也没人听，可能，也许连她自己也不知道在说什么……"李书琴本

---

① 参阅《李洱〈应物兄〉：一部"难以终结"的小说》，人民文学出版社，2018.12.30；《李洱〈应物兄〉：升级版〈围城〉，一本"不可能读完的书"？》，澎湃新闻百家号，2018.12.26。

该拥有自己的美好人生，结果却落了个悲惨下场，让读者读时悲中含泪，欲罢不能。小说塑造了许多人物形象，但李书琴命运的起伏跌宕，凄凉与曲折，却让我们看到了那个年代对美的摧残、对人的尊严的践踏、对人性的伤害，对个人生活的破坏的残酷，也让我们看到了主人公为了避害而所做的算计及心灵上的挣扎。小说已脱尽了伤痕文学、反思文学的激烈，而变得沉静，仿佛是历史深处的一声叹息。在那个似乎"并不真实"且动荡的年代里，李书琴其实就是一粒微尘，她在经历了重重苦难后，还得像一粒微尘一样活着。小说以警世恒言式的书写，隐喻着强烈的反思情怀，让人们沉思，让人们惊醒。[1] 小说活灵活现地对大量琐细的日常器物所进行的适时勾勒，使得过往的生活氛围与人物挣扎的心灵拥有了巴尔扎克般写实的精准度。小说对主人公向组织交代早年"糗事"的描写，将平庸者的"恶"抖露得淋漓尽致，显示了它和以往那些对"落难"知识分子进行美化描写的作品的区别。[2]

林森中篇小说《海里岸上》：给渔民们传统的出海渔猎方式遭受资本吞噬的命运吟唱了一曲悲伤的挽歌

林森（1982—），现居海口。《海里岸上》9月份发表在《人民文学》第9期，进入2018年度小说排行榜。小说最初的题目叫《更路经》。所谓《更路经》，就是在导航设备、定位系统不像今天这么发达的时候，渔民们用其来指挥航程的"海上地图"。现在的题目是指渔民们在见惯生死之后，有时很惧怕自己死在海里，有时又恨不得立即死在海里。他们在弃船上岸之后，当初在陆地上无比确信的东西，在海上却往往荡然无存了，他们于是就有了许多的讲究与忌讳……小说开头写老苏每天下午三点半时，总要到木麻黄林里去。到了那里后，他沐浴着清凉的海风，在一块木麻黄树根上雕刻着记忆中的一艘船，他希望复原自己的记忆；他在那流传了很多代人的《更路经》之间犹疑；他幻想着把自己葬入大海，然后和那些已经葬身大海的故人相遇。老苏是"海里"的最后一代了。他从他那由于意外而瘸了腿的父亲手里接过船舵、罗盘和《更路经》后，他就在海浪和狂风中翻滚、搏击，与一切不确定的凶险做着关乎生死

① 参阅《创作谈＋评论：谈王祥夫〈一粒微尘〉》，《小说选刊》，2018.10.31。
② 参阅刘阶耳《2018年中篇小说述评》，作家网，2019.1.9。

的对决。总的来说，老苏的出海史是辉煌的，但这并不表示他就是一个海里的猛士和天才。事实上，他倒是一个再寻常不过的渔民。老苏家族以出海渔猎为生，老苏是他们家族的代表。在整个渔民部落中，"搏浪"并不是他们乐趣的所在，"英雄"也不是他们生命的主题，他们所做的一切，只是为了简单地生活下去。他们对广阔的海洋、璀璨的星空、狭窄的甲板、咸腥的海风，虽然充满了感情，但舍弃它们时也是非常果断的。随着时代的发展、科技的进步，老苏他们这一代人的出海方式渐渐地被卷入了历史的旋涡中。老苏的子女们纷纷离开了"海里"，回到了"岸上"，或者他们从来就没有下过海。老苏对子女们并没有表示出过多的怨愤，他只是间或在心里升起一缕缕怅然罢了。他始终无法接受的是，他那祖传的《更路经》和罗盘却遭遇了被资本吞噬的残酷命运。小说中，"收藏家""砗磲贝生意""媒体""旅游节""记者""相机"等意象不断闪现，肇示了一种不以老苏这些老渔夫们的意志为转移的新气象的出现。这些新气象对于古旧的"老苏文化"而言是一曲曲悠扬的挽歌。小说的构思别具一格，各个章节的标题不是"海里"，就是"岸上"。在交替往复中，渔民生活的场景和经验、老渔民对大海深沉的爱恋和宗教般的崇拜，给没有海上生活体验的人带来一种耳目一新的感觉，为读者打开了一扇了解别样生活的窗口。小说中关于生与死，新与旧，明与灭，进步与保守，勇猛与怯懦，亮丽与晦暗等这些一个个对立的矛盾给小说奠定了基调，同时也构成了它的主题。小说在叙事的过程中自带着一种节拍，就像潮汐的涨退，抑或像海浪的起伏一样。小说以沉郁的笔调，通过南海渔民老苏暮年时期对跑海生涯的眷恋，使那些行将消逝的渔民信仰、习俗和风物得到了一一铺展，寄寓了作者对传统如何进行现代转化的问题进行了深广的思考。小说在字里行间及叙事推进中，非常清晰地表现了作者的情感、心绪以及他那抑制不住的叹惋、惆怅。小说最后写到，当旅行社的船只载着老苏重游旧日的航线时，当众多的旅游从业者们一边想象着美好的"钱"景，一边笑逐颜开、议论纷纷时，老苏只是独自默然地坐在玻璃窗边，望着外面茫茫的大海，把内心无尽的言语，硬生生地吞了回去。老苏知道，与其让这些话说出口然后碎裂在海风之中，还不如让它们就葬身在自己肚腹这个海洋中吧。①

二湘中篇小说《罂粟，或者加州罂粟》：以越南、阿富汗、美国为背景，对战争与人性进行了思考

二湘，生年不详，生长于湖南西南部的一个小城，现居美国。《罂粟，或者加州罂粟》9月份发表在《江南》第5期，进入2018年度小说排行榜。小说来源于作者的一个越南同事给他讲述的自己的偷渡经历及他在难民营里遭遇的惨绝人寰的磨难。那越南人偷渡的时候只有12岁，他孤身一人上了一艘到马来西亚的船只后，在比东难民营受尽磨难后才去了美国。他的父亲和孪生弟弟随后偷渡到美国，最后是他的母亲也偷渡到美国。他们一共偷渡了20次，历尽艰险，才获成功。作者后来查阅了1975年到1995年期间越南人偷渡的资料，知道大约有200万越南难民逃离南越，抵达美国、欧洲等地，但活下来的只有80万左右。②本小说写"我"打开领英的邮箱后，看到了很久以前的一个同事雅各布的来信。信是有关大卫的。大卫使"我"眼前似乎出现了一大片一大片的罂粟田野。"我"曾作为联合国人口基金组织的雇员，要去阿富汗的喀布尔工作。当"我"上了运输飞机后，看到一个亚裔士兵挺像"我"以前的同事雅各布，但"我"随即否定了，因为雅各布做高科技，不可能来当兵。飞机到了喀布尔后，"我"前往空军基地。在基地不远处的罂粟园里，"我"遇到了一个女人，突然有人把"我"扑倒在地，随后"我"的身后传来一阵巨响。在美军空军医院里，"我"才知道扑倒"我"的就是那个亚裔士兵，也知道"我"遇到的那个女人是一个身上带着炸药的自杀袭击者，她在靠近"我"的时候引爆了身上的炸弹。亚裔士兵救了"我"。他的胸部被炸弹的碎片击中了，好在不是要害部位。亚裔士兵说他叫大卫阮（David Nguyen），越南人，是在硅谷的平米科技公司做过工程师的"我"以前的同事雅各布阮的孪生兄弟。大卫后来给"我"说他其实是第二代越南华裔，中文名字叫阮华勇，哥哥雅各布叫

---

① 参阅林森《来，是时候听听大海的声音了》，《人民文学》，2018.9.19;《〈海里岸上〉：应和海风，唱一曲渔猎文明的挽歌》，《文学报》企鹅号，2019.1.12。

② 参阅二湘《从历史的缝隙里挖掘创伤的本源——〈罂粟，或者加州罂粟〉创作谈》，《小说月报》微信公众号专稿，2018.12.13;

阮华良。20世纪70年代末，少年阮华勇的父亲阮凯明曾经是南越政府间谍机关里的一个职员。南越兵败以后很多政府人员移民去了美国。阮凯明恋家，没去。但他当间谍的身份泄露后，很多人总是为难他。他的双胞胎儿子在学校也总是受人欺负。1979年中越战争爆发后，大规模的排华行动开始了，阮凯明一家的日子举步维艰。他开始策划偷渡移民的方案，一共试了20次，最后，只有12岁的阮华勇上了偷渡船。在海上，阮华勇和很多偷渡者一样遭遇了海盗的洗劫，也遭遇了偷渡船迷失方向，汽油用尽后在大海上漂泊，食物和水用尽，吃死人的磨难。船最终抵达到马来西亚的比东岛难民营后，阮华勇被一些少年欺负，他和他们打架打赢后，混成了头。在难民营，阮华勇喜欢上了一个叫玉燕的女孩。八个月后，阮华勇来到美国。后来他在美国碰到了玉燕。玉燕已经成了一个单亲母亲，一个人养活着三岁的女儿。玉燕在来美国的路上被几个海盗轮奸了。玉燕孩子的爸爸便不要她了，他们本来就没结婚，玉燕于是拿不到一点抚养费。她找不到工作，只能靠着政府的一些福利过日子。玉燕后来开着车，带着女儿从一号公路的悬崖上冲下去自杀了。其实，"我"和玉燕一样，也亲手害死了自己只有两岁的女儿。因为"我"为了做一个天使投资的路演，居然把女儿闷死在车上了。四月一日的早上，"我"在去公司上班的路上接到了圣何塞市警察局的电话，警察说大卫劫持了鲍威尔老兵之家的三位女员工，让"我"去劝他赶紧停止。"我"到达鲍威尔老兵之家后，看到了阮华良。我和阮华良轮换着用大喇叭劝着阮华勇放下枪，他的眼神垂了下来，枪口也耷拉了下来。但这时，警察却对他开了枪！阮华勇于是向三个人质扫射了起来，三个人质死了，阮华勇也死了。阮华良一拳打在可以观看阮华勇劫持人质的显示屏上。警察马上把他捉住，紧紧地按在凳子上。阮华勇劫持三位女员工，是嫌他供职的老兵之家开除了他。三个人质中一个是老兵之家的负责人，一个是专门负责他的项目的人员，一个是以前和他有过接触的人员。"我"没有去参加阮华勇的葬礼。2013年的最后一天，"我"打算回国工作。临行前夕，"我"又见了阮华良。阮华良和阮华勇兄弟两个，多像罂粟和加州罂粟啊！罂粟和加州罂粟属于同一科，但前者有毒，后者没毒。回国前，"我"到救过"我"命的阮华勇的墓前看了看。"我"采了一大束加州罂粟，并在阮华勇的墓地前站了很久。当"我"离开没几步时,"我"突然听到一声鸟叫。"我"猛一回头,后面却是空空如也,恍惚间,"我"似乎看见阮华勇墓碑前的加州罂粟没了踪迹。小说以越南、阿富汗、美国为背景展开了对战争与人性的思考,结构并置合理,视野开阔,叙事品质尤其豁人耳目。作者说她写这个越南难民"投奔怒海"的故事的缘起与着眼点,就是要"从历史的缝隙里挖掘创伤的本源"。她把同事的叙述与新闻报道糅合在一起,形成了一个有机的、逻辑关联的故事,在她"试图从历史的缝隙中挖掘创伤的本源"的过程中,虽然"这中间的摸索和找寻有些崎岖",但她意识到,"很多的时候,创作一个小说的思索和文字排列组合的过程让我感到快乐——来自文字本身的愉悦。而这一次,更多的是一个交代,对那一段鲜为人知的历史的交代。"这段特别的岁月,在中国国内的文学作品里几乎没有触及,但作者经过良久酝酿,并在思考成熟后写出了这个中篇小说,她"希望小说依凭历史的骨架而更具力量,而写作也因为历史的书写而更有意旨"。①

夜子短篇小说《旧铁轨》:描写了底层人的生存状态

《旧铁轨》9月份发表在《十月》第5期,进入2018年度小说排行榜。小说描写了底层人的生存状态,题名"旧铁轨"有三个方面的意思:一是说旧铁轨确实已经被废弃,二是说"旧铁轨"并未完全从生活中退出,它不仅横亘在女主人公贾姗姗去往市中心的必经之路上,而且使男主人公潘金程被它绊倒后腰肌受伤,三是它象征了男女主人公都处在了被废弃的生存境况之中。小说的女主人公贾姗姗是一位迫于生计而卖身的风尘女子,原名仁素花,由于父母早逝,她唯一的哥哥嫂子便狠心地把年仅17岁的她嫁给了嫂子娘家东北延边的一个男人。贾姗姗过门之后没几天,她的男人便表现出了极端的家暴倾向,他总是没头没脸地殴打并折磨她。贾姗姗在忍无可忍的情况下,在一个寒冷的冬日从家里逃跑了。贾姗姗几经周折后回到了关内的故乡,但哥哥嫂子却不愿意接纳她。万般无奈之下,贾姗姗只好出卖自己的肉体为生。贾姗姗在东北生活期间,基本上学会了东北话,这使她在那个特殊的行当里假冒起东北人来驾轻就

---

① 参阅阙维杭[美国]《2018海外中文小说写作大丰收》,《观潮》,2019.2.3。

熟。贾姗姗和那些嫖客几乎都是逢场作戏，但当她遇到潘金程这样一个能给她带来些许温暖感觉的底层男人后，她便很珍惜他。她认为潘金程是自己遇到的一个难得的精神知己。潘金程在油库工作，月收入只有一千多元，平时度日艰难。当潘金程借来五千元给贾姗姗赎身后，贾姗姗没想到自己又再度堕入了绝望的深渊。因为潘金程不仅偷偷倒卖了油库里的四杆加油枪去挣钱，他还肆意地殴打贾姗姗。小说写出了底层民众的艰难的生存困境，但作者没有把底层与苦难神圣化，而是真切地写出了他们精神世界中的负面因素。贾姗姗和潘金程这样的底层民众，就如同那段被废弃的旧铁轨一样，生存状况特别艰难与绝望，让人在作者极端冷峻的书写姿态中看到了某种不无犀利的批判锋芒，这也正是该小说在思想艺术上最值得我们肯定的地方。[①]

慢先生短篇小说《魔王——献给我的父亲》：讲述了一个不肖之子的悲惨故事

慢先生（1990—），即君达乐的慢先生，祖籍江苏苏州，长于青海西宁，现居墨尔本。《魔王——献给我的父亲》11月份发表在《花城》第6期，进入2018年度小说排行榜。小说写有一天，青海省歌舞剧团的著名指挥家孙国宏从剧院大楼上的一个高塔上一跃而下，结结实实地将自己拍扁在地面上。人们纷乱地围拢上前来，个个面面相觑。孙国宏年龄尚小的儿子孙东旭这时正走进院子。他手插在裤兜里，脏兮兮的衣服上遍布着脚印，显然他刚跟人打过架。孙东旭兴致极高地向人群走去，想看看热闹。唱京剧的李玉声大喊着让人把孙东旭摁住。孙东旭见有人要捉他，因他惹事极多，心虚，所以拔腿就跑。孙东旭便没能见上他爸孙国宏的最后一面。孙东旭这时也没妈，他于是就成了青海省歌舞剧团的孩子，吃百家饭过日子。后来，死了男人的李玉声收留了孙东旭。孙东旭在这期间老得病。李玉声就带着他去医院看病，家底很快就被糟践完了。孙东旭只要不病，就在院子里跑圈练身子，一老一小凑合着过了几年后，孙东旭长大了。1979年，孙东旭考上了西安音乐学院。毕业后回到青海省歌舞剧团当了指挥。孙东旭和蔡思源结婚后，生了儿子孙科。孙东旭当了民族

---

① 参阅王春林《底层生存状态的冷峻谛视与书写——关于夜子短篇小说〈旧铁轨〉》，《十月》微信公众号专稿，2018.12.7。

交响乐团的指挥后，他的心思并不在乐团上，而是从早到晚地盯着孙科练琴。孙科还被他逼着练长跑，跑完后他再将孙科放到自行车的后座上，带着他去上学。当孙科长到练琴和念书已无法兼顾的年纪时，孙东旭决定让孙科退学，然后带他去他爷爷孙国宏在北京的老哥们那里弹一曲，那位老前辈听完后只说了"还行，能听吧"一句话。孙东旭觉得这话说明儿子离上柴可夫斯基音乐学院的距离还远。孙东旭急眼了，但孙科弹钢琴时不会断句，靠背谱子死弹，致使没有任何感情。孙科也越来越频繁地罢弹，孙东旭便暴揍他。孙东旭暴揍孙科时，李玉声以自尽相要挟，战争才熄灭。孙科后来干脆就不练琴了，他母亲蔡思源抱怨了几句，孙科就说了跳楼的话。孙东旭听了如遭电击，他把酒瓶掷向电视机。电闸跳闸了。孙科在黑暗中摸出一支烟，大大方方地将它点着。第二天，孙东旭将孙科拉到钢厂那里去跑步，完了再拖着去练琴。但孙科和孙东旭对视良久后，背过身去，跑了。此后，孙科便全面地放开自己，他每晚在西宁几乎所有的歌舞厅里不要命地玩着，当玩到天蒙蒙亮时，才一身酒气地回到家里。孙东旭要排舒伯特的《魔王》了，他认为如果能拿奖，就可以将自己调离西宁。孙东旭为了排《魔王》，得了魔怔，他把团员、后勤、歌手，甚至是门口树上的鸟都骂了个狗血淋头。孙科这时却吸上了白面。李玉声死了后，她的房子过户给了孙科。当孙东旭的节目快成型时，孙科将房子租了出去，他自己则睡在了当年练琴的地库里。孙东旭叫了歌舞团的几个壮劳力把孙科弄到戒毒所戒了一段时间毒。孙科回来后，因为家里经常来要债的，他就把自己锁在地库里，直到有一次因失手把地库点着了才出来。但他毁容了。当孙东旭人生中最重要的演出来临后，各级领导也到位了。演出过程中，舞台后边突然传来一声巨响。孙东旭去后场查看时，看到孙科仰面倒在地上不省人事。现场显示，孙科可能想把脚手架拆了去卖钱，结果从脚手架上掉了下来。血从孙科的后脑处涓涓地流了出来，他急剧地喘着气，发不出任何声音。孙东旭将孙科的头扶起，孙科看着父亲，两人互相注视着。随后在一瞬间，孙科歪过头去，双眼暗淡了下去。孙东旭重新回到台前，扬起手，《魔王》的演出开始了。小说题名指堕落的孙科是魔王，当然也可以从更多方面去阐释，比如个人和时代的关系；比如家族的创伤记忆和成长；比如文学和救济疗愈等。

徐怀中长篇小说《牵风记》：一部具有深沉的现实主义质地和清朗的浪漫主义气息的小说

1945 年，作者参加八路军后，曾任晋冀鲁豫军区政治部文工团团员、第二野战军政治部文工团美术组组长。作者在用连环画、木刻作品宣传革命时，他的女朋友于增湘劝他写小说。1962 年，作者在北京西山八大处的中国作协创作之家里开始创作长篇小说《牵风记》，内容是反映刘邓野战军挺进大别山的事情。稿子写了近 20 万字后，由于种种原因搁置了下来。"文革"中，作者担心红卫兵抄去稿子，于是将其付之一炬。2014 年，作者开始重新创作《牵风记》，陆陆续续写了四年后，13 万字的小说《牵风记》最终发表在《人民文学》2018 年第 12 期上，并进入 2018 年度小说排行榜。小说题目《牵风记》最初想表达的是在敌强我弱时，我们如何"牵引战争反攻之风"的意思，写完后，作者却看到了它具有"牵个人写作转变之风"的意思，当将这个意思延伸到小说中英姿飒爽的战马后，又有了"牵马驰骋之风"的意象联想。小说开头写有"献给我的妻子于增湘"的话，说明里面的主要人物汪可逾是以作者的妻子于增湘为原型来塑造的。小说以 1947 年晋冀鲁豫野战军挺进大别山，进行战略反攻为历史背景，讲述了女主角汪可逾入伍投奔光明却在 19 岁时牺牲了的壮烈故事。小说开头从摄于 1947 年 6 月 30 日人民解放军抢渡黄河前夕的一张集体照写起，写了 19 岁的汪可逾让人难以忘怀的形象，她双眸有光、笑容动人，是一个具有灵性和一身仙气的人。汪可逾在奔赴边区的路上，巧遇了齐竞率领的夜老虎团的演出，她弹奏了 20 世纪梅庵琴派著名的代表曲目之一《关山月》后激起了齐竞的爱慕之情。接下来，小说讲述了汪可逾和齐竞的爱情故事，前半部分以写实笔法写了他们的感情发展情况，后半部分以写意笔法写了汪可逾在进入大别山之后越来越具有仙气了，以至于喜好拈花惹草的警卫员曹水儿也受到了感染。在大别山里，汪可逾和齐竞相依为命，即使困难重重，也依然掩盖不住他们兄妹般纯洁的感情和探究自然之美的革命乐观主义精神。但当汪可逾被俘归来之后，齐竞却抛弃了汪可逾。汪可逾牺牲之后，她的遗体由老马"滩枣"驮至一棵银杏的树干之中。当齐竞的警卫员曹水儿被枪决后，齐竞看到了银杏树洞中汪可逾迈步向前的躯体，他才醒悟到自己失去了什么，于是口吐鲜血,不省人事。齐竞年老之后,依然无法忘怀清秀可人、纯真如玉的汪可逾,呼唤着她的小名"纸团儿",写下了纪念碑文《银杏碑》。他对汪可逾说:"人的一生,不外是沿着各自设计的一条直线向前延伸,步步为营,极力进取。而汪可逾却是刚刚起步,便已经踏上归途,直至回返零公里。从呱呱坠地,便如同一个揉皱的纸团儿,被丢进盛满清水的玻璃杯。她用去整整十九个冬春,才在清水浸泡中渐渐展平开来,直至回复为本来的一张白纸。"作者认为这段话是小说的"文眼",表达了"以自己已知的来倾诉未知之事",有虚玄之意,不必点破,读者可以揣摩,看出三分就三分,看出五分就五分。该小说不是一部通常意义上的悲剧小说,它在血色硝烟中氤氲着唯美的奇幻色彩,闪耀着人性的光华,具有深沉的现实主义质地和清朗的浪漫主义气息。小说主要写了文化教员汪可逾、骑兵通信员曹水儿、旅长齐竞三个人的战友情和两性爱恨。小说的写作意图不是写正面战场,而是凸显了特殊情境下人性的纠结与舒展,它除了写军与民、敌与我、男与女的互动,还写了一匹颈项高扬,四肢修长,面孔正中长有一"笔"白色条纹,像京剧脸谱似的屡立战功的军马"滩枣"。"滩枣"的两耳正中直至嘴唇处的脸部狭长,给人一种天然的奇幻感,使人觉得它是那样的高大伟岸,那样的文明优雅;当能歌善舞的汪可逾弹奏《关山月》时,它居然循声而动,挣扎着从马厩奔来,它能听懂刚健琴曲里的报国思乡情怀,能明白音符对军马战车威武气势的赞美。小说结尾写奄奄一息的"滩枣"驮着汪可逾的遗体行走在茫茫的大山之中,表明汪可逾与军马之间迸发出的是默契和灵犀相通,这是体现小说写意抒情的地方。有人认为该小说仿佛有个强烈意图,那就是它想把美灌溉到残酷、血腥、惨烈的战争现实中,顽强且不失张扬地晕染了一道道美丽的景色,这些景色又带着一丝丝温暖和沉情,凝视着那段巨大的历史,并把其中的情意化作了美传达了出来。作者认为对美的感觉和呵护是人先天就有的。①

---

① 参阅许旸《90岁徐怀中〈牵风记〉》(1)(2)(3),《文汇报》百家号,2018.12.4;许旸《90岁作家徐怀中捧出〈牵风记〉:尽最大力量完成精彩一击》,文汇网,2018.12.4。

后 记

本书的写作缘起是平时的教学工作。

我从事文学理论教学工作，当给学生讲授文学理论的时候，总要举出具体的文学作品来印证理论的恰切性。对列举什么样的作品，很多时候，都要去认真思考，首先会举自己熟悉的作品，也就是知道该作品写了一个什么事情，抒发了怎样的感情，艺术特色怎样，等等。但我们面对的古今中外的文学作品，尤其是优秀的文学作品，数量太庞大了，一个人的精力和时间却是有限的，谁也不可能把这些作品都阅读一遍。在文学史教材及文学理论教材里列举的经典作品常常只是用三言两语来简介一下而已，或只是提及一下名字罢了。在这种情况下，我产生了撰写一部介绍优秀的、经典的文学作品内容并对其思想和艺术特色做一番简评的书籍的想法。目的之一是给从事文学教育的人提供帮助，让他们通过本书能了解优秀文学作品的情况，有利于教学和研究。二是为学生、为社会上学习文学作品及文学理论的人士带来一些方便，使他们能通过本书了解文学作品的内容和艺术形式上的特色。

这种想法产生后，我觉得要介绍和评价中外优秀的、经典的，尤其是进入文学史教材中的四种体裁的作品根本不可能，这种工程太浩大。于是就决定介绍 1949 年至今中国当代文学中的重要小说。在具体操作的时候，我又遇到了凭什么标准来认定一部（篇）小说是重要小说的问题。认真思考之后，认定的标准有以下几条：

一是根据我国高校普遍使用的一些"当代文学史"教材及一些专著来认定。比如按照洪子诚撰著的《中国当代文学史》（北京大学出版社 2010 年 1

月版），陈思和主编的《中国当代文学史教程》（复旦大学出版社 2005 年 3 月版），王庆生主编的《面向 21 世纪课程教材：中国当代文学史》（高等教育出版社 2003 年 2 月版），孟繁华、程光炜、陈晓明合著的《中国当代文学六十年》（北京大学出版社 2015 年 12 月版）等来选取小说。也就是从这些教材和专著中选取它们都涉及的小说。在对这些教材、专著进行统计时，我看到 1949 年至 1976 年发表、出版的小说数量较为有限，很多小说在它们里面都能看到。而 1977 年以来发表、出版的小说涉及了不少，但也有不少没有被涉及。为此，我又确定了下面的标准。

二是根据中国作家网发布的《中国当代文学大事记》（有时称"文坛大事记"）来认定重要小说。《大事记》按时间顺序收录了一些重要小说的题目，说明了它们发表及出版的时间，选择的期刊和出版社。依据此标准，我对 1949 年至 2018 年发表、出版的小说进行了选取。

三是根据中国现代文学馆发布的"文学史上的今天"来认定重要小说。它也说明了一些小说发表及出版的时间，选择的期刊、出版社。依据此标准，我对 1949 年以来发表、出版的小说进行了选取。

四是参阅了中国社会科学院文学研究所编撰的反映我国文学领域年度发展态势的"蓝皮书"，即自 2003 年起发布的年度文情报告来选取 2003 年以来发表、出版的小说。

五是获得历届全国优秀中短篇小说奖的小说。1978 年至 1988 年，中国作家协会举办了九届评选全国优秀短篇小说的活动，获奖小说至今仍然影响巨大；1977 年至 1986 年，中国作家协会又举行了四届评选全国优秀中篇小说的活动，获奖小说至今仍然产生着巨大的影响。根据这种情况，我对获得 1977 年至 1988 年期间全国优秀中短篇小说奖的小说进行了评介。

六是获得"茅盾文学奖"的长篇小说。1982 年，中国作家协会举办了第一届"茅盾文学奖"评奖活动，至今已经举办了九届（截至 2015 年）。依据这种情况，我对 1977 年至 2014 年期间获得"茅盾文学奖"的长篇小说进行了评介。

七是获得"鲁迅文学奖"的小说。中国作家协会在 1997 年举办了第一届鲁迅文学奖评奖活动，至今已经举办了七届（截至 2018 年）。依据这种情况，我对 1995 年至 2017 年期间获得鲁迅文学奖的小说进行了评介。

八是进入中国小说学会发布的全国优秀小说排行榜里的上榜小说。2000 年至 2018 年，中国小说学会对每年的长中短篇小说进行排行并发布年度小说排行榜。依据此标准，我对 2000 年至 2018 年（截至 2018 年 12 月）期间进入中国小说排行榜里的小说进行了评介。

九是没有获得上述奖项、没有进入排行榜但影响却比较大的一些小说。比较典型的是 1989 年至 1994 年，除了举办第四届茅盾文学奖（1989—1994）外，再没有举办其他任何影响较大的文学评奖活动。但此期间也出现了很多优秀的短、中、长篇小说。为此，我对 1989 年至 1994 年期间发表的一些优秀小说进行了评介。除了这个时段，我还对在其他年份里发表的一些影响较大的小说进行了评介。比如冯骥才和李定兴的长篇历史小说《义和拳》、梁斌的长篇小说《翻身纪事》、曲波的长篇小说《桥隆飙》等，以及 2000 年以后出版的王蒙的《狂欢的季节》、杨争光的《从两个蛋开始》、张炜的《外省书》、麦家的《风语》、贾平凹的《带灯》等长篇小说。另外，还涉及了几部网络小说，比如当年明月的长篇历史小说《明朝那些事儿》、艾米的长篇小说《山楂树之恋》等。

本书在选取小说时，认为只要具备上述九条其中一条即可选。

本书对所选小说进行了内容介绍和简单评价。介绍内容是为了让人们了解小说所讲述的故事；然后又对其进行了评论，评论时尽力做到客观、公正。为了介绍内容和评论，我参阅了大量的文献资料。有很多资料，是从公开发表或出版的文章、著作里得来的，为了让其符合我只介绍作品内容的要求，我阅读了它们之后，重新撰写了内容简介；当搜不到资料时，我只能去读原作品，然后再概括其故事内容；搜集资料时，也搜集了一些没有在期刊上发表的资料，它们有的出自学位论文，有的出自个人博客、微信公众号、百家号、简书、知乎等自媒体，对这些资料，我在使用时，一般都注明了出处。当然，由于篇幅所限，有少数参考资料未做注释，敬请谅解。对所涉小说进行评论时，我对搜集到的资料进行了再度加工，对大多数资料在忠于原意的情况下，对表达语句进行了改写，但文末一般都以"参阅……"的形式进行了说明。当然，也有少数资料未进行说明，敬请谅解。

另外，本书还对一些小说的创作过程、发表或出版过程、发表后的反响和结果做了介绍，以帮助大家了解作品之外的更多情况。

本书按照年月（日）的次序来评介所选小说，一个目的是为了显示这些小说的诞生时序。所选小说诞生的年月（日）基本上是它们最初发表、出版时的时间。介绍所选小说的发表、出版的具体日期时，我进行了认真查考，个别的作家作品因为资料缺乏，显示的是它们出版单行本或被收在小说集里的时间。这可以使人们看到一条中国当代小说发展的清晰的时间脉络。第二个目的是为了弥补现实中很多人常对一些小说最初面世的时间和发表的刊物、出版社不太在意的问题，这可以帮助人们了解这些信息；对有些小说获得荣誉（主要是新时期以来的小说）的时间及一些小说被改编、拍摄为影视剧的情况，我也进行了介绍，这为人们了解它们的获奖情况和传播情况提供了一些方便。

本书的出版得到了咸阳师范学院文学与传播学院院长袁方教授的大力支持，也得到了我爱人慕明玲及学校图书馆李智敏同志的大力帮助。中国言实出版社王昕朋社长和张强编辑为此书的出版付出了很多心血。在此，对各位表示衷心感谢。

在撰写本书稿时，其间甘苦自知。由于本人水平有限，难免存在不足之处，敬请读者不吝指正。

马振宏

2019 年 5 月 1 日